rororo

rororo

Fritz J. Raddatz

TAGEBÜCHER

Jahre 1982–2001

Rowohlt Taschenbuch Verlag

3. Auflage März 2015

Veröffentlicht im Rowohlt Taschenbuch Verlag,
Reinbek bei Hamburg, November 2012

Umschlaggestaltung any.way, Hamburg,
nach einem Entwurf von
ANZINGER | WÜSCHNER | RASP, München
(Foto des Autors: © Karin Székessy)
Satz aus der ITC New Baskerville und
Akzidenz Grotesk PostScript
bei hanseatenSatz-bremen, Bremen
Druck und Bindung
CPI books GmbH, Leck, Germany
ISBN 978 3 499 25899 2

Max Liebermann war ein gefragter Porträtist der Berliner Geld-Aristokratie seiner Zeit. Als er das Bild einer Bankiersgattin fertig hatte, bat er die Dame vor seine Staffelei. Die Abgebildete – die offenbar gehofft hatte, schöner, eleganter, liebenswerter dargestellt zu werden – zeigte sich entgeistert. Daraufhin sagte der Künstler:

«Ick habe Ihnen, jnädige Frau, ähnlicher jemalen, als Se sintt.»

Anekdote

1982

13. Mai

Ein Tagebuch. Es schien mir immer eine indiskrete, voyeurhafte Angelegenheit, eine monologische auch – ich möchte nie «hinterher, wenn die Gäste weg sind», aufschreiben, wie sich Augstein oder Biermann, Grass oder Wunderlich benommen haben. Deshalb lange Tagebuch-Pause. Typisch die beiden Daten, die den Neubeginn auslösen: der Tod von Peter Weiss, ausgerechnet an einem 10. Mai – Tag der Bücherverbrennung, an dem ein Exilierter sterben muß! Der mich doch sehr berührt hat, wohl auch wegen unserer «Entfernung» der letzten Jahre, seiner Verletztheit über meine negativen Kritiken seiner «Ästhetik», wobei mir Michaelis merkwürdig-freundlich-versöhnliche Grüße nach der Bremer Preisverleihung überbrachte. Das zweite Datum – ein Beginn, kein Ende: die «Premiere» nächste Woche in Zürich, wovor mir bange ist – die erste Lesung aus «jenem» Buch, auf Einladung von Muschg, der mir ganz ungewöhnliche Briefe schrieb, der sicheren Überzeugung, ich müsse auch anderes schreiben als «nur» Essays. Ertappe mich bei der «Probe» zum Lesen … Es kommt da allerlei zusammen, um nicht zu sagen, hat sich vieles gestaut: so wunderbare Abende wie gestern der bei Grass oder vor drei Tagen bei Wunderlich, nach denen man durchaus das Gefühl hat, Freunde zu haben – beide direkt in mich dringend, sie im Sommer oder wann auch immer auf ihren Landsitzen im Süden zu besuchen; Grass baut angeblich auf dem Dach seines Portugalhauses extra für mich eine kleine Wohnung. Aber nicht nur das, sondern auch – das spüre ich wohl nicht falsch – Respekt vor meiner Arbeit. Natürlich reziprok – ich finde die bildhauerischen Arbeiten von Grass, der 30 Jahre in dem Metier nicht gearbeitet hat, enorm. Habe gleich zwei gekauft – obwohl ich im Moment weiß Gott andere Sorgen habe. Es ist dieses Moment gegenseitigen Respekts, auch des Spürens einer gemeinsamen Ermüdung, das bindet; Grass ist kaum noch dazu zu bewegen, auch nur die Tagesschau zu sehen, so weit weg ist er – er! – von allen öffentlichen Dingen. Paul sowieso; sein Hauptziel ist momentan sein – unser? – Museum. Darüber werde ich ja Montag mit Hochhuth in Zürich noch sprechen. Wir vier sind schon eine merkwürdig-schön-verquere Kombination. Ich verkrauche mich in mich, bin nur noch müde, fühle mich am Ende meines Lebens angekommen, empfinde die Hauskauf-Situation als Paradoxon, ähnlich dem Endeinrichten meiner Ostberliner Wohnung, als ich schon wußte, ich werde türmen. Ich bereite ein Nest, das ich nicht mehr bewohnen werde.

15.–17. Mai

Seltsames, im Grunde trauriges Wochenende in Berlin. Freitag abend mit Brasch essen, ein anfänglich wunderbarer, freundschaftlicher Abend – habe das Gefühl, daß wir uns gegenseitig sehr mögen (was er ja, als ich krank war, auch durch rührende Fürsorglichkeit bewies) und uns auch sehr viele «Wahrheiten» sagen können. Er wohnt sehr am Abgrund, an der Finsternis – und versteht dadurch offenbar meine Lebenssituation, die ich als immer auswegloser empfinde; was ich ihm sagen kann. Sonst muß ich ja der Muntere und Flinke sein. «Ediert, nicht geboren», nannte das der ahnungslose Henrichs neulich, weil er annimmt, daß Leben für mich nur aus Lesen und Intellektualität bestünde. Wenn er wüßte, daß ich bereit wäre, die ganze Scheiß-Intellektualität hinzuwerfen, wenn … Neulich nach dem Montand-Konzert sah ich jemanden, der prompt hinterher auch im bösen Keller auftauchte, dann – obwohl ich ihn ansprach – sehr rasch «weg» war. Ärgerte mich nexten Tags, weil ich dachte, das sei wegen «betrunkener, alter Mann» gewesen. Nix da: Donnerstag abend, bevor ich nach Berlin flog, war ich dort wieder, traf den, sprach mit ihm – ein CDU-Parolen plappernder Dummkopf, der mir gleich sagte, er sei aber kein Gesprächspartner für mich. Erstens sei ich doch nun wohl alt genug geworden, um zu wissen, daß man sich hier nicht unterhalten wolle, und zweitens sei ich ihm zu «hoch» – er wisse genau, wer ich sei. Sprach's und ging vor meinen Augen in den Dunkelraum. Das meinte Brasch, wenn er mich zu «mächtig» nannte. Ein gutes Wort auf der Suche nach dem Grund, warum Menschen – erst von mir fasziniert – mich gleichsam abstoßen, sich retten; mindestens in die «Scheidung» à la Ledig: Alle retteten sich ja vor mir. Es ist irgendeine «Über»-Spannung in mir oder an mir. Ich habe das nun tausendmal erlebt. Der Brasch-Abend wurde eine Brasch-Nacht mit entsetzlichem Besäufnis, wohl ganz komisch, was er mir hinterher davon erzählte – ganze Teile, die ich nicht mehr erinnerte, habe dann ja förmliche Blackouts und wüßte selbst unter Mordverdacht nicht mehr zu sagen, was ich wann und wo tat. Auch kein gutes Zeichen. So lag ich Samstag, bei herrlichstem Berliner Sommerwetter, hinter verhangenen Gardinen des Kempi und kam mittags mühevoll zu meiner Sitzung hoch, um mich gleich hinterher wieder hinzulegen. Ein vertaner (vertrunkener) Tag. An der Sitzung nur interessant, wie mehr und mehr alle Literaten übereinander herfallen, es gibt KEINERLEI Freundschaft oder auch nur Solidarität – Jaeggi über Habermas (und vice versa, «Jaeggis Geschleime»), alle über Wapnewski, selbst ein Niemand wie Wiegenstein erlaubt sich das bereits, Grass zeigte sich mit einem Pasquill von Janssen, das offenbar gegen Wunderlich gerichtet war (er «warnt» Grass davor, sich «sponsern» zu lassen; der reinste Quatsch – wohl weil Grass bei Wunderlichs Lithoanstalt in Zürich arbeitet). Und so: Es geht ihnen entweder zu gut oder zu schlecht, Kaiser ruft mich an und macht sich über Mayers Buch lustig, aber der sitzt nächsten Tag bei mir und erzählt, Kaiser habe ihn voller Begeisterung angerufen. Da bietet sich nicht nur die Frage an: Wie werden sie alle über mich reden, sondern: Was tun wir alle miteinander uns an? Wir wissen es alles besser als die Politiker – aber ich für meinen Teil möchte von keinem von denen regiert werden! Ihre Narzißhaftigkeit und Eitelkeit ist zu schlimm.

20. Mai

Zürich-Report. Wahrscheinlich liegt's ja an mir und meinem sonderbaren «Zustand» – ob's auch das Männer-«Klimakterium» ist? –: Aber genossen habe ich nichts von alledem. Das ist das eigentlich Bemerkenswerte und traurig Machende – es war STRAHLENDSTES Frühlingswetter mit kleinen Wölkchen über dem See, mit feinem Zimmer, herrlichem Essen, ein Leben wie ein König und «Herr Professor» hinten und vorne im Hotel und auch sonst. Behagliches Mittagessen mit Ruthchen Liepman, ganz viel Zeit zum Bummeln – aber, aber. Ich weiß eben nicht, wie man das macht, bummeln. Ich laufe nervös durch die Stadt, die ich ja schließlich auch schon mal gesehen habe; was muß ich mit 50 Jahren staunend durchs Niederdorf trudeln, das macht man als Student, oder mir den Kakteengarten am See ansehen. Mumpitz. Ich sitze dort in einem Café – und bin nach 20 Minuten nervös, zwinge mich da, eine Straße langzugehen, zwinge mich ins Museum – aber auch Cézanne-Bilder habe ich schon mal gesehen (allenfalls verblüffend eine Hans-Richter-Ausstellung, den ich immer für einen 3.klassigen Dadaisten hielt und der offenbar doch mehr war). Ist es auch unser Fatum, daß wir nicht mehr oder kaum noch neugierig sein können? Was soll man mir schon Neues bieten? So streife ich ziellos und wahllos durch Zürich, getreu dem neuen Motto, mir nicht mehr als 4 Termine auf einen Tag zu legen; das halte ich nun zwar brav durch, aber viel Sinn gibt's auch nicht. Dann also Muschg und die «Kuhauge»-Premiere – hm. Ich war doch ziemlich aufgeregt, hatte ja aus diesem Manuskript noch nie etwas öffentlich gemacht. Muschg holte mich ab, war einerseits nett und fast freundschaftlich wie immer, andererseits merkbar irritiert, daß ich in diesem Hotel wohnte – im «Baur au Lac» hätten seit Jahrzehnten keine Linken mehr gewohnt. Das alte Lied – die Uniform, Ente fahren und Gauloise rauchen ... An der Uni dann ein eher merkwürdiger Kreis, keineswegs in erster Linie Studenten, mehr kunstsinnige, alte Damen, davon reichlich. Zuerst ein «Seminar» über mich, was auch merkwürdig ist, mit anzuhören; die Eingangslaudatio ist man ja gewöhnt, es ginge ja auch nicht, jemanden einzuladen, ohne ihn «wundervoll» zu finden. Dann «Textanalyse» – bizarrerweise anhand von WARUM. Dann meine Lesung, ich spürte deutlich, wie sich Muschgs Gesicht verschattete. Hochhuth, der als rührender Kumpel dabei war, meinte – wie er mir am nächsten Tag am Telefon sagte –, das auch bemerkt zu haben; da er wie alle Dramatiker das Böse im Menschen sieht und betont, meinte er nur: «Neid.» Wie immer – und das Abendessen in seinem ganz und gar gräßlichen, kleinstbürgerlichen Hause – Madame kredenzte mit einer Küchenschürze uns etwas Unbeschreibliches, was sie sehr lobte, dazu gab es süßen Wein, der dafür schön warm und wenig war – blieb eher verhangen im Gespräch, so daß ich gegen 23 Uhr verschwand. Den Abend zuvor, mit Hochhuth draußen in Paul Wunderlichs Lithoanstalt, so 80 km vor Zürich, weil dorten nemmlich Junterchen am Drucken war, und wir wollten in dem attachierten (SEHR guten) Gasthofe zusammen essen. Taten wir auch, und es war eigentlich ein netter Abend, nur daß Grass nicht aufhören wollte zu trinken (was mir neuerdings nicht mehr bekommt) und auch ganz herrschaftlich sagte (auf mein: «Ich möchte den Fahrer nicht so lange warten lassen»): «Chauffeure sind das gewohnt.» Hm.

Kampen, den 28. Mai

Was für eine sonderbare Woche wieder hinter mir liegt. Hier sitze ich nun in meinem geliebten Handschuhfach in Kampen, brennende Ginsterbüsche begrüßten mich, unvorstellbar schön, die Bude renoviert, gereinigt, alles OK – eine neue Hausbesorgerin, selbst einen Masseur für/gegen meinen schlimmen Rükken scheine ich gefunden zu haben, perfektes Sylt-Wetter mit Sonne, kühlendem Wind, jagenden Wolken, zum Abendessen von der Gänseleber mit frischen Feigen über den Spargel bis zur frischen roten Grütze ein «Dinner»; und trotzdem bin ich innen ganz kaputt. Ob meine Energie, die ich nicht recht loswerde, sich gegen mich selber richtet, mich sozusagen aushöhlt? Diese monologische Situation, die mich – der ich ja sehr auf Gespräche angelegt bin; schon mein Kindermädchen brach in Tränen aus über mein «Geplapper» – zerstört? Ich weiß es nicht – ich merke nur einen regelrechten physischen Verfall, weiche Knie, unsicheren Schritt, ständige kleine «Schrammen» und Beulen am Auto (ich bin in einem Zustand, daß ich eigentlich überhaupt nicht fahren dürfte), das rasende Kopfweh Tag und Nacht IST irgendwas und wird durch Massagen allein nicht weggehen. Meine Hypochondrie läßt mich auf letzte Phase Syphilis oder multiple Sklerose tippen … Tatsächlich habe ich Wortfindungsstörungen, gratuliere Herbort zum schönen Corff-Artikel, wenn ich Orff meine, und sage: «Ich muß noch eine Bank ausfüllen», wenn ich einen Scheck meine; das Gehirn ist also haarscharf «daneben». Meine Chaplin-Scenen mit fallen lassen, vergessen, alles doppelt machen füllen inzwischen Teile des Tages, eigenartigerweise nicht in der Redaktion, wo ich natürlich gefordert bin. Es klappt eben nur noch die Inscenierung – so wie letzten Freitag: Abendessen mit Wunderlich und seiner Familie und meinem Neffen Peter, Anfahrt mit dem großen, Abfahrt mit dem kleinen Rolls-Royce, was für den Jungen, der aus der Wüste Nevada kommt und für den mein Porsche schon der Hollywood-Traum ist, ja auch verwirrend sein muß. Es war ein «vergnügter» Abend. Sonntag abend draußen bei Kunert. Meine ewige Rolle, wenn die Leute wüßten, wie mir eigentlich zumute ist; die nähmen sich fein ihre Krise ... Munter aus dem Auto, alles brav bewundert und auch die Kartoffelsuppe brav gelöffelt. Als Vorspeisc Salat, Nachspeise keine, für uns drei zwei Flaschen Wein (was ja gut wegen Auto und Kopfweh ist, aber als Angebot halt doch ein wenig wenig). Trotzdem: Beide waren eigentlich wieder nett und fast freundschaftlich, er wirklich sehr endzeitlich, ich glaube nicht nur als Masche, resigniert, bitter *vis-à-vis de rien.* Durfte dann, nachts, zusehen, wie der einzig gut-, will sagen: nicht verkommen – aussehende Mensch in der Unterwelt durch mich hindurchblickte wie durch eine Glaswand – aber lustige und flirtende Augen bei jemand anderem bekam, mit dem er genau DREI Minuten nach Flirtbeginn abzog. Sehr ermutigend, wieder mal. Inzwischen ist nun Peter Meyerhoff ausgezogen – doch ein ziemlicher Schmerz für mich, auch durch die Art, wie er das tat: nämlich ohne ein Wort. Ich bin's ja nun von ihm gewöhnt, die Jahre hindurch, daß er aus einer Mischung von komischem Zynismus («Sieh mal die Frau mit den Krampfadern da») und Multschigkeit eigentlich an anderer Menschen Leben nicht teilnimmt, auch an meinem nicht, mich ja in 5 Jahren nicht ein einziges Mal zu sich in die Wohnung eingeladen hatte – aber dieser stumme Auszug, ohne ein Abschiedswort, die schönen Biedermeier-Möbel und Palmen auf der Straße vorm Möbelwagen und Peter (als ich in den Wagen stieg) mir nebenbei winkend, so, als sähen wir uns morgen früh wieder; das war doch arg. Wenn man denkt, daß er mal meinetwegen herzzerreißend weinte! Ich glaube, er kann garnicht mehr weinen, und seine lustigen Zynismen sind inzwischen seine zweite Natur geworden (weswegen er letztlich menschlich leer und deswegen auch so unzuverlässig bleibt; letztes von den unzähligen Beispielen: meine Bitte, mir diesen hübschen, kleinen See aufzuschreiben, den er da in Schleswig-Holstein entdeckt hat, damit ich da mal mit meinem Neffen an einem Wochenendtag hinkann; nichts. Es ist ihm so egal, was andere Menschen tun, daß er's einfach vergißt – sei es nun eine Glühbirne oder geliehenes Geld). Das Pünktchen auf dem i war, als ich zum soundsovielten Male ihn zum Essen – Abschiedsessen – bat, auch, weil ja noch vieles Vertragliche zu bereden war, auch nach vielen Absagen und «Logierbesuchen» (von denen ich nie wußte, wer's war, und zu denen ich auch nie dazugebeten wurde) bequemte er sich endlich am vorletzten Wochenende, wir gingen zum Italiener, ich hatte vorher noch ein paar kleine melancholische Zeilen oben durchgesteckt (ohne jede Reaktion), und als die Rechnung kam, er hatte gerade 10.000 Mark von mir kassiert, sagte er glatt: «Laß es uns doch teilen», und hechtete mit dem Satz: «Laß es uns jetzt nicht dramatisch machen» fast wie in Angst mit einem Riesensatz die Treppe hoch, als wir nach Hause kamen – nix noch 'nen Drink oder wollen wir noch ... (ich wollte garnicht, mußte ja nächsten Morgen früh nach Zürich, aber ...). Es wird kühler um mich herum, einsamer. Nun wird Frau Stützner dort wohnen, und es wird wohl sachlich in Ordnung gehen, aber eine bestimmte Wärme ist weg. Ich hing menschlich doch sehr an ihm, hatte ein – wieso eigentlich? Er spricht inzwischen von den Verträgen, die «ganz klar» sein müssen, weil ich doch jeden Moment sterben könnte – ganz großes Vertrauen zu ihm. Habe ich zur Stützner auch – aber es ist doch, in gewisser Weise, eine sehr andere Situation. So ist sein Auszug ein Stück mehr Vereinsamung. Zu Zürich nur noch das: Wie merkwürdig, daß ausgerechnet die eine Stelle in meiner «Prosa», die nun ausschließlich und authentisch autobiographisch ist, jener Moment, der mein ganzes Leben bestimmt und zerstört hat, nämlich als mein Vater mich verführt und ich mit seiner Frau ficken muß – daß der als «unwahrscheinlich» abgelehnt wird. «So was gibt es nicht.»

Ach Gottchen. «So was tut ein preußischer Mann nicht!» – Tja, ich hab's ja gerade geschrieben, um zu zeigen, daß so einer so was eben tut. Und mehr.

Kampen, den 12. Juni

Zerwirbelte Vor-Sylt-Tage; fahre nächste Woche, nach dem letzten Autor-Scooter (den ich als «Autor» mit Wapnewski mache), nach Kampen, wie immer: Jetzt freue ich mich auf die Ruhe und Einsamkeit, nach einem wahren Reigen von «social commitments», Abend für Abend. Aber sitze ich dort erst einmal, bin ich spätestens vom 3. Tag an todunglücklich in meiner Einsamkeit. Und die Berge von Arbeit, die ich mitnehme, beunruhigen mich schon jetzt. Merkwürdige «Urlaube» sind das immer. So hat mich auch ein Satz in einem Fassbinder-Nachruf besonders geschockt: Er habe nie in seinem Leben auch nur einen Tag Urlaub gemacht. Was für mich ja nun wirklich auch zutrifft – ob nun Sylt, auf Sardinien oder in Fuerteventura: Ich habe doch stets ein Buch vor der Nase oder kritzle an etwas. Ist wohl eines der «Geheimnisse», nach dem alle immer fragen, wenn sie sagen: «Wann schaffen Sie das alles bloß?» So ist eigentlich eine ziemlich sinnlose Woche vorbeigerast, ein Abend bei Peter Koch, STERN-Chef, schönes Haus in Övelgönne, bemerkenswerte Bilder – aber törichter Abend mit plappernden Gästen in Turnschuhen. Ein anderer Abend mit dem wie immer kakelnd zurückgekehrten Fichte, der wieder viele Male in Lateinamerika ermordet wurde, von der AIR FRANCE die Concorde-Tickets geschenkt bekommen habe («Ich bin eben berühmt») und anstandslos ein entlegenes Hörspiel von sich einen «Klassiker» nennt, den zu verlegen Herr Heinrichs sich freuen würde, weil er dann ja ein Werk hätte. Letztlich genauso grotesk der nächste Abend mit Felix Schmidt, zweiter STERN-Chef, der nur über seine Armut – bei geschätzt 500.000 DM im Jahr – klagt und auf eine Insel will. Ich weiß oft nicht: Gehört das nun wirklich zu meinem Beruf, oder warum mache ich's? Wohl nur, weil man auch nicht Abend für Abend zu Hause seine Boulette alleine rühren mag. Vermutlich, mit wenigen Ausnahmen wie Brasch, reden sie nur schlecht, und die ganzen Angebote wie die vom STERN («Wir engagieren Sie am Tage, an dem Sie bei der ZEIT aufhören») sind nur Gerede. Schrecklichster Klatsch in der Beziehung: ein kleiner, klatschsüchtiger Nicht-Schriftsteller namens Steinke erzählte mir, habe es angeblich von Havemanns Tochter Bille (die früher Biermanns Geliebte war), daß Havemann diesen letzten, berühmten und gefilmten Besuch von Biermann nicht ertragen, immer nur gestöhnt habe: «Wann geht dieser gräusliche Mensch endlich» und nach B.s Abgang gerufen habe: «Jetzt brauche ich SOFORT ein Stück Schweinebraten zum Trost.» Aß es und starb (dran). Freunde fürs Leben nennt man das. Wichtiger als all das: Wie soll ich mich wegen des «Kuhauge»-Manuskripts entscheiden? Ich kann mich auch nicht zu Tode beraten. Es haben nun Grass und Wunderlich, Enzensberger und Brasch gelesen, Muschg Teile gehört und einen hoch-merkwürdigen Brief dazu geschrieben. Alle sind zumindest angetan, einige begeistert, Brasch drängt auf Veröffentlichung und sagt zu Recht, Rücksicht irgendeiner Art wäre nicht nur neu für mich und mir ungemäß, sondern würde sogar alle meine bisherigen Proklamationen und Positionen vis-à-vis Literatur unglaubwürdig machen. Brasch vorgestern: Muß so und nicht anders raus, es ist fertig so. Grass gestern: Es ist aber noch nicht fertig, gib es nicht zu früh aus der Hand. Hat nun Brecht recht oder Thomas Mann? Ich neige zu Brasch-Brecht. Ich finde, dieser Teil hat SEIN Klima, anstückeln ginge auch schon sprachlich nicht, es kommt nach dieser Lebensphase eine andere innere Haltung, damit andere literarische Struktur. Möchte danach lieber meine «Toten vom Spoon River» schreiben. Aber was noch und wann?

Kampen, den 28. Juni

Mitscherlich ist tot – und ich gehe Tennis spielen. Wenn ich schon mal von zwei Gewohnheiten Abstand nehme: abends Tagesschau und morgens VOR dem Frühstück in die Zeitung sehen. So war meine groteske Trauergeste: schlecht Tennis spielen. «Es regnete Tote» – das scheint weiter zu gehen. Zeigt auch meinen Jahrgang, ob nun Havemann, Peter Weiss oder jetzt Mitscherlich – das sind ja alles Menschen, die ich entweder persönlich gut kannte oder deren Arbeit für mich, für meine wichtig war. So bewege ich mich aufs Grab zu, und tatsächlich macht mir mein stetes Kopfweh, von morgens beim Aufwachen bis zum Zubettgehen, große Sorge. Mir ist den halben Tag schwindlig, das muß etwas Ernsthaftes sein, mein tiefes und endlos langes Schlafen ist ja ohnmachtsähnlich, und Luft und Wind, Massage, Tennis und Schwimmen – also perfekte «Erholung» hier eigentlich – haben NICHTS genutzt. Die Kraft, mal 14 Tage wirklich keinen Tropfen Alkohol zu trinken, habe ich dennoch nicht gehabt – Schwäche des Alkoholikers? Makaber bei Mitscherlich auch, daß ich 3 Tage vorher mit seiner Frau korrespondierte, sie Grüße ausrichtete und ich zurückfragte: «Kann man irgendwie helfen?» Gleichzeitig ein Brief von Augstein, der sich verwundert, wieso der kranke und «debile» Mitscherlich Jury-Mitglied bei der von mir initiierten ZEIT-Bibliothek der 100 Bücher ist; was ja nun, auch eine Pointe, in der Tat seine letzte «Arbeit» war. (Augstein, trickreich wie immer, schreibt ja auf meine Frage, ob er den Plato übernehmen möchte: «Ja, gerne mache ich den Hobbes.») Sie sind ja alle absonderlich, die Herren Schreiberlinge, eitel, weswegen sie – von Kreisky bis Bertaux, von Aron bis Golo Mann – mitmachen; aber jeder will ein Extra-Süppchen à la: nein, diesen Titel nicht – aber jenen. Und das MUSS dann einer sein, der – wie die mitgeschickte Liste zeigt – vergeben ist. So muß Küng natürlich den Luther rezensieren, den aber Frau Ranke-Heinemann «hat». Jetzt die Tucholsky-Briefe, meinen Text dazu, die Auswahl für NDR und ZEIT-Magazin, die Zwischentexte, Benjamins Passagenwerk, Ernst-Weiß-Aufsatz vorbereiten. Im Genick der große Jünger-Aufsatz und die beiden großen Gespräche mit Böll und Lenz. Einerseits natürlich alles sehr schön – aber auch bißchen viel (gut, daß ich das meiste für mein Buch verwenden kann; das ist natürlich die privilegierte Situation meiner Tätigkeit). Der Gedanke, daß ich meine «eigentliche» Arbeit dabei vernachlässige, ist momentan etwas erstickt; Unseld hat auf einen gewiß sehr empfehlend-dringlichen Brief von Brasch über «das» Buch reagiert: Er will – wie damals bei der Intervention von Enzensberger – es nicht mal sehen! Ledig reagiert nicht auf Hochhuths Tip: Also diese «Rolle» des Prosa-Schreibers gesteht man mir nicht zu. Wenn ich mich erinnere, daß Unseld, damals nach dem Rowohlt-Bruch, als er mich zu Suhrkamp holen wollte, wörtlich sagte: «Sie sind mir zu groß, ich habe Angst vor Ihnen.» Was ist da nur an/in mir, was die Leute so reagieren läßt – auch einfach was Großes voraussetzen läßt (Augstein vor Jahren: «Nee, mit dir spiele ich gottserbärmlich Tennis.» Oder Stefan Heym hier neulich, der einfach als selbstverständlich annahm, daß mir DAS GANZE HAUS hier, und nicht nur die kleine Wohnung, gehört).

Kampen, den 16. September

Das letzte Ei ist gegessen, die letzten fahlen Dahlien sind verblüht, das letzte Vivaldi-Band gespielt; time to part. Es ist ja komisch – obwohl dies ja hier auch eine Art «Zuhause» ist und eine Wiederkehr eher wahrscheinlich (wenn auch eventuell mit dem Makler zum Verkauf unterm Arm …), dieses «ziehende» Abreisegefühl, das wir aus dem Wort «partir, c'est un peu mourir» kennen, stellt sich auch hier, und immer wieder, und diesmal besonders stark ein. Verstärkt wohl durch allerlei bedeutsame (?) Details, wie daß ich die Fenster neu streichen ließ, einen langen Sylt-Tee wieder bei meinem Pastor war und die Bepflanzung meines Grabes in Keitum nun endlich erledigt wird (das Grab, *by the way*, ist sehr «schön» – zwischen Suhrkamp, Avenarius und Baedeker; mehr kann man wohl nicht verlangen ...). So beschleicht mich ein wenig das Gefühl: «Haus bestellt.» Nun wird der Blumenkohl und das Töpfchen Rote Grütze in Plastik verschnürt, weil ich nicht genau weiß, ob zu Hause eigentlich der Tisch gerichtet ist. Es waren wieder mal merkwürdige Wochen – einerseits betörend schön dieser Herbst, alle Wetter, die man sich wünschen kann, hintereinander, mal tosende Brandung und mal faul daliegende See, mal heiß und mal herbstlich verschleiert, hinter den pflügenden Bauern diese von weitem wie wehende weiße Brautschleier wirkenden Wolken von Möwen, die sich da aus den Furchen was picken – es hätte ohne diese brutale Störung durch den Herrn Sommer ein schöner Urlaub werden können. Daß alles nicht Zeit hatte bis NACH dem Urlaub, daß nun gar ein Brief meinen sogenannten «Untergebenen» gezeigt wird (was für ein Chef bin ich da eigentlich noch?) – wie grob und taktlos ist das alles. Zur Identifikation mit diesem ZEIT-Hause also kein Grund. Maria Augstein fragt verdächtig «leise», ob die Einladung Siedlers an mich zu seinem morgigen Fest auch «freundlich» sei; mir scheint, daß sie da mehr weiß, als sie sagen will oder darf – es sieht ja wohl so aus, daß er mein möglicher Nachfolger wird, was auch passend wäre: intelligent, konservativ und im Habitus ins Haus «passend», immer gestern mit Golo Mann spazieren gegangen und morgen mit Speer zum Tee. Ich hatte da letztlich doch den falschen Geruch – denn in Wahrheit bin ich nicht nur zu bunt und zu «outwayish», sondern ist ihnen Speer doch lieber als Grass, und die Gräfin ging halt immer mit Jünger zur Schule ... Dieses Gefühl – was heißt Gefühl, WISSEN –, eigentlich nirgendwohin zu gehören, von niemandem getragen zu werden, immer nur das Tier mit dem falschen (bzw. keinem) Stallgeruch zu sein – das sägt schon ganz hübsch an meinen Nerven. So fahre ich unfroh zurück, ängstlich sogar – und graule mich sogar vor den beiden «Verlegergesprächen» der kommenden Tage. *On verra.*

25. SEPTEMBER

Zurück aus Lavigny und dem vollkommen sinnlosen Leo-Fest, wo es schlechten Wein, langweilige Leute und ein Steak gab (was mich, alles zusammen, 1000 Mark gekostet hat), und in 1 Stunde beginnt mein Interview mit Siegfried Lenz, wovor ich mich immer wieder graule, Lampenfieber, habe das Gefühl, es wird nix, es fällt mir nix ein – – – und versinke im übrigen weiter wie eine Beckettfigur im Sand, so in der Finsternis; ich «grinse» noch, aber der Sand knirscht schon zwischen meinen Zähnen. Aufregend und wichtiger eigentlich, daß mein alter Studienfreund Gerd, der ja noch und für immer in Ostberlin lebt, anrief, bei irgendeiner Schwester zum 60. in Solingen oder so, und mir erzählte, daß er STÄNDIG und IMMER WIEDER vom SSD kontaktet würde, meinetwegen. Er könnte so was haben, jede Woche ’ne Westreise, wenn er wolle – wenn er sich bereit fände, mich zu «übernehmen». Ich habe mich fast übergeben müssen – was ist nur an meinem Leben, daß alles so merkwürdig, spektakulär, angriffig ist? Warum ist gestern zum zweiten Mal (von allen hier in der Straße parkenden Wagen) MEIN Wagen versucht worden zu klauen; warum will Bucerius MICH loswerden und nicht Petra oder namenlose Langweiler – oder auch namHAFTE –, warum fühlen sich die Lover «erwürgt» und die Kollegen «überwältigt» (Grass hat Lenz vor dem Interview quasi gewarnt, er müsse aufpassen, ich denke doppelt so schnell wie normale Menschen), und warum fiel der betrunkene Wagner-Zelinsky gestern abend über meinen (kostbarsten) Majorelle-Tisch, daß er hin ist?

Gerade zurück von Lenz; das Gespräch ist eher *middle-brow*, aber ich war auch nicht auf der Höhe, nicht nur, weil mir zu ihm nicht viel einfiel, sondern weil ich aus Wut über den zerstörten Tisch und aus Kummer über alles Mögliche kaum geschlafen hatte, trotz 9 Stunden im Bette, rasendes Kopfweh, obwohl wenig getrunken und Bauchweh vom Lenzschen Pflaumenkuchen. Vielleicht macht mich die Schulaufgabe, ich habe nur noch Glanzstücke zu liefern, auch unfähig zu Glanzstücken. Einzig erfreulich die Reaktion aus dem Hause Fischer, aus dem immerhin dieser junge, neue Cheflektor hingerissen sich für den Abend bedankte (die Inhaberin nicht!) und meinte, daß dieses von mir so «bescheiden» charakterisierte Buch mit Sicherheit der Haupttitel des Fischer-Programms des nächsten Herbstes würde. Hm. *On verra.* Es soll «Die Nachgeborenen» heißen. Das schließt übrigens eine baldige Publikation von «Kuhauge» aus, denn die Frühjahrsprogramme sind fertig, und ich kann im Herbst nicht neben diesem dicken Schinken meine kleine *novelet* präsentieren. Dienstag mittag bin ich mit Augstein verabredet – dann wissen wir wenigstens, daß das NICHTS wird. Ich kalkuliere, daß es bei der ZEIT auf eine Trennung im Laufe des kommenden Jahres hinausläuft und auf irgendeinen Mitarbeitervertrag. Dann müssen wir uns eben einschränken … Rührend übrigens und dann eben doch mein alter Tigertank, der sie ja mal war, Mutter und Vater zugleich, die alte Mary Tucholsky, die einen «Donnerwetter»-Brief schrieb, wieso ich sie nicht an meinen Sorgen teilnehmen ließe und wie sie helfen könne. Ich solle ihr mal meine «Bücher» offenlegen (wie in einem Kontor bei Fontane), damit sie wisse, wieviel Geld ich denn brauche, um meinen «Seelenfrieden» zu finden; sie würde das dann irgendwie regeln. Das hat mich doch ziemlich umgeschmissen – und natürlich habe ich Geld-Hilfe abgelehnt; aber daß sich jemand so konkret kümmern will, hat mir gutgetan. So, jetzt ist Bloody-Mary-Time, dann gibt's Heringe mit Apfel und Zwiebel zum Columbo-Krimi.

1983

22. JANUAR

Meine München-Reise vorgestern war auf vielfältige Weise gespenstisch: Maximilian Schell war vor Monaten zu dem – wohl letzten – großen Gespräch von Marlene Dietrich empfangen worden und hatte 40 Stunden Tonbandaufnahmen. Als ich davon erfuhr, rief ich ihn an, um zu fragen, ob da für die ZEIT etwas bei rauskommen könnte. Kurz: Ich flog nach München, und er spielte mir im Schneideraum die von ihm verabschiedete Fassung vor; er will einen Kinofilm daraus machen, ein «documentary», also mit eingeschnittenen Filmscenen. Der erste Schock: Da saß ein rückenkrummer, ältlich und auseinandergelaufen aussehender Maximilian Schell, mit dicken Ringen unter den Augen und einer Strickjacke an. Nix mehr vom einstigen Film-Beau und Tennisstar-haften. Mein Schock war deshalb so groß, weil ich natürlich sofort dachte: Das geht ihm jetzt umgekehrt genauso, noch dazu mit Bart, den ich damals, als wir uns vor Jahren kennenlernten, nicht hatte. Und: Es geht auch allen anderen so, die mich heute kennenlernen: alt, faltig. Nächster Schock: Eine oft fast lallende, offenbar meist betrunkene alte und dünne Stimme sprach da – die, die wir vom strahlenden «Heute, da such ich mir was aus, einen Mann, einen richtigen Mann!» kennen. Streckenweise sprach sie nur Unsinn, gelegentlich wieder sehr schöne, kluge Sachen – im ganzen aber ein wirres Potpourri. «Das letzte Band», nur nicht als Kunstwerk, sondern ein echter, lebendiger Mensch – der noch gespenstischer dadurch wurde, daß man ihn nie sah; sie läßt sich nicht mehr fotografieren und sagte auf eine wiederholte Bitte von Schell:

«I've been photographed to death!» Das wird meine Überschrift in der ZEIT! Danach zu Schell – ein unordentlicher, leicht schmuddeliger Junggesellenhaushalt, ungemütlich und auch häßlich, lieblos eingerichtet – – – und dabei die wundervollsten Kunstgegenstände an der Wand, Picassos (ihm gewidmet), Rothko, Chagall, Giacometti. Aber auf dem Tisch eine Decke mit kleinen, eingestickten Weihnachtsbäumen – und AM Tisch ein müder, resignierter Mann, der seinen Beruf nicht mehr mag und nicht weiß, welchen anderen er ausüben soll. Das Essen – Büchsensuppe und Geschnetzeltes – war um 18 Uhr vorbei!

26. April

Beerdigung vom alten «Papa» Pisarek, hat mich ungeheuer aufgewühlt – wobei, wie immer bei Tod, man nie genau weiß, ob man nicht nur um sich selbst heult. Hier ist das gewiß sehr stark: Ich bin immer bei «meinen» Beerdigungen – Bernd, Eckfried – der «Eigentliche»; gleichzeitig habe ich hinten zu sitzen, der Fremde, der ja nicht wirklich zur Familie gehört. So war's auch hier. Für Ruth war ich der Bezugspunkt; noch in der kleinen Kapelle, neben ihr saß ihr Mann, schaute sie sich wie ertrinkend nach mir um. So weinte ich am jüdischen Grab, zu jüdischen Klageliedern, wohl auch um mein «falsch gelebt» – und zwar doppelt: Einmal war es ja in gewisser Weise mein Schwiegervater, den ich da mit Käppchen auf dem Kopf beerdigte, der mir als jungem Mann in herrlichem Jiddisch Thomas Manns Joseph-Romane auf Hiddensee vorgelesen hatte, wo ich mit der verliebten Ruth im Gras lag und Angst hatte, sie «zu nehmen». (Was auch nie klappte; ein Tucholsky-Mary-Syndrom?) Diese Frau, diese «mögliche Familie», die da jetzt ihre ist – sähen meine/unsere Söhne so aus oder sehr anders? –, könnte meine sein. Zum anderen auch «falsch gelebt», so anders-allein: als Ruth – im Arbeitszimmer ihres Mannes mit mir alleine – erzählte, wie der Vater sie, sie den Vater geliebt hatte, wie er im Koma sie «Mama» genannt hatte, wie er in der Familie gestorben sei, die aber auch seine Liebe erfahren hatte; wie sie selber sagt, daß sie ist, was sie ist, durch ihn, weil seine Liebe ihr Selbstbewußtsein gegeben hatte, Liebesfähigkeit ihrerseits – da fragte ich schon: Und ich? Und mir? Wer hat das je mir gegeben? Kommt daher ihre großzügige Uneitelkeit und meine übertriebene, die ja inzwischen Menschen verprellt? Selbstbestätigung und Unbestätigtsein? Und das wird nun durch Papier ersetzt, möglichst Selbstbeschriebenes, Selbstbedrucktes? Es war auch die Beerdigung unserer Jugend. Wieviel Leichtsinn, wieviel Fröhlichkeit, Unbelastetheit, Frechheit haben wir drei – sie, Georgi und ich – geteilt, ob jubelnd ohne Führerschein betrunken am Wannsee oder bei Katja nach der Lenya-Platte tanzend, Georgi immer gerade von einer anderen Flamme – noch bettwarm – kommend. Heute stand da ein grauhaariger Familienvater mit Tränen in den Augen. Bin vom Friedhof geflüchtet ins Kempi wie in eine Wagenburg – jetzt Kaffee und Kuchen mit Freunden: das nicht. Werde bald Ruth alleine sehen, wollen müssen. Wie anders wäre mein Leben verlaufen, wenn …

21. JULI

Nach einem Tag bei Claude Lévi-Strauss in einem Château (!) in Burgund sehr verwirrt wieder hier, verwirrt, weil: ich mich eben doch an jenen 20. Juli erinnerte, an dem Eckfried starb und an dem ich auch ein «Interview» – nämlich mit Walter Mehring – hatte; am selben Datum Bernd Geburtstag hat; und weil ich mir dieses Gesprächs überhaupt nicht sicher bin. Ich habe buchstäblich Wochen in die Vorbereitung investiert, war – und bin – immer wieder hin- und hergerissen, weil seine Gedanken einerseits hochstaplerisch-reaktionär wirken, andererseits sehr überzeugend. Bahnt sich da in mir selber eine wachsende Bereitschaft zu reaktionärem Denken an? Nicht im täglichen «Geschäft» angesichts des Kohl-Deutschland: aber in den «tiefen» Einsichten, z.B. der Vergeblichkeit allen Tuns, der Unsinnigkeit, wirklichen

Kontakt, eine wirklich sich gegenseitig befruchtende menschliche Beziehung haben zu können. Dazu kam – bis zur Schlaflosigkeit am Vor-Abend in Paris, vor Nervosität – das Sprach-*handicap*. In Wahrheit ist es ja die reine Hochstapelei, daß ich mit meinem kümmerlichen Küchenfranzösisch ein solches Gespräch führe. Was treibt mich überhaupt zu solchen Eskapaden – warum MUSS ich den Herrn Lévi-Strauss interviewen, der doch meine ureigenste Arbeit garnicht betrifft? Ist es ein ewiges «Penis zeigen», ein – noch immer – Ausruf: «Ich bin der Größte», jenes alberne «Außen-gesteuert-Sein», das schon Rousseau (den ich zu meinem größten Vergnügen bei der Vorbereitung las) verächtlich verurteilte? Immer noch und immer wieder «das ungeliebte Kind», das sich eine Ersatzliebe durch Bestätigung holt und dabei sozusagen vorm Schokoladeklauen (i. e. «falsche Interviews» machen als Süßigkeitenersatz) nicht zurückscheut?

28. JULI

In mir eine zitternde Unruhe, die ich nicht «lokalisieren» kann. Es kann eine innere «Umbruch»-Situation sein; gestern den ganzen Tag Korrektur der Erzählung gelesen und sie doch ziemlich gut gefunden; aber auch ziemlich aufgewühlt durch den Gedanken: vielleicht falsch gelebt? Will sagen: Hätte ich mich nicht viel früher, Jahre früher, trennen sollen von der unendlichen und mühseligen Sekundärliteratur-Schreiberei, mir den Mut zum Eigenen früher fassen sollen? Ist es zu spät? Oder ist, umgekehrt, das sogar ein Irrtum? Das nächste «Sekundär-Buch», Weimar Culture, macht mir Spaß, das merke ich bereits jetzt beim Einlesen in das Material (das uferlos ist) – – – aber in Wahrheit ist es ein Buch, ausgepreßt aus vielen anderen. Es wird nichts drinstehen, das nicht anderswo auch schon stand, allenfalls zerstreut. Eine auch noch so schmale eigene Erzählung wäre doch mehr? Wieder andererseits: las gestern abend spät Gerd aus dem KUHAUGE vor, das Kapitel DIE RUSSEN KA-

MEN GANZ IN WEISS; offenbar zu seiner VOLLKOMMENEN Verblüffung und Verstörung. Die nicht einmal so sehr von dem «anstößigen» Text ausging – das auch: auch wegen des «Vielen», was da angeboten wurde –, sondern vor allem von dem, was er, nun wieder zu meiner Verblüffung und Verstörung, in der Frage zusammenfaßte: Wozu machst du so was? Das geht doch niemanden etwas an? Du setzt dich ja vollkommen anderen Menschen aus. (Er findet bereits zumindest indezent, daß ich das so «nahe» Wunderlich-Portrait auf dem NACHGEBORENEN-Umschlag abbilden lasse.) Verstörende Frage: Warum macht man so was? Warum schrieb Thomas Mann den TOD IN VENEDIG (mit dem er sich ja, noch zumal damals, sehr «aussetzte» ...) oder Proust die RECHERCHE? Ist es nur der gigantische Schrei nach Liebe, das ewige Thema «Ich-armes-Kind-habe-ja-keine-Mutter-gehabt», was ja allmählich platt und banal wird? Ist es «Kreativität»? Wichtigtuerei?

Mittags Jürgen Becker und Rango – lieb, aber auch *strange*: Wenn man denkt, daß sie bereits quasi-geschieden waren, er ausgezogen zu einer Rothaarigen, und sie weinend zu mir nach Hamburg kam – und jetzt saß man sich fremd-siezend gegenüber und machte literarische «Konversation». Vielleicht auch das ein Beispiel für das, was Lévi-Strauss (und Rousseau) meint, wenn er sagt, daß man sich selbst und seine «Wirkung» überhaupt nicht einschätzen kann. Paar Tage später kam ein rührender Brief, in dem u. a. steht: «Ein nachwirkendes Erlebnis, Sie und Ihre fabelhafte Adresse besuchen zu dürfen. So kurz, so intensiv, und seitdem weiß ich auch wieder, daß Sie und Gespräche mit Ihnen mir fehlen. Ich rede ja kaum noch mit jemandem, wozu auch, ein paar Stunden mit Ihnen wiegen alles auf. Ich bin Ihnen dankbar, war tagelang noch bewegt. In Ihrem Haus ein guter vibrierender Geist. Verlieren Sie nicht die Begeisterung, darin zu leben und zu arbeiten.» Hm. Scheint ernst, kein Parfum-Kompliment.

3. August

Was ist nur mit den Menschen los – saurer Regen über den Intellektuellen? «Schade, daß sie eine Votze ist», soll Fichte über Marlis Gerhardt vom Süddeutschen Rundfunk gesagt haben, die es mir heute abend beim Essen, lieb-doof-verquatscht-empört, weitererzählte. Platschek habe ihr das weitergetratscht (was auch sehr überflüssig ist), und sie wird Fichte das nie vergeben, er wird dort nie mehr eine Sendung kriegen (wo eigentlich noch – er ist mit allen, saurer Regen, verkracht). Ich schämte mich, den alten, nun auch mit mir entzweiten Copain nicht besser verteidigen zu können, verteidigt zu haben – stattdessen meine Funk-Schäfchen ins Trockene zu bringen versucht zu haben.

4. August

Kunert. Sehr betroffen machender Abend bei herrlicher Kartoffelsuppe, die seine Juno gekocht hatte; er IST tatsächlich, ohne Koketterie, ein Endzeit-Pessimist, sieht uns nicht VOR, sondern IN der Katastrophe. Das dann allerdings schon bei gepflegten Weinen. Eben noch berichtet er eindringlich, wie all die Menschen auch durch elektrische und magnetische Schwingungen vergiftet würden – da erstrahlt plötzlich, beim Aus-dem-Haus-Gehen, ohne daß ein Schalter berührt worden wäre, Halogen-Licht überall unterm Dachfirst. «Ja, das mache ich mit einem kleinen, elektromagnetischen Sender in der Hosentasche.» Menschen sind eben konsequent.

7. August

Paul Wunderlich zurück aus Frankreich, beide sahen herrlich aus, hatten den Zorn, Wut und Demütigung offenbar hinter sich, müssen dort auch wirklich angenehm leben, inzwischen mit Freunden, Nachbarn, Leuten, die zu Besuch kommen – mal zum Riesen-Diner, mal zum Bistro-Besuch. Zutiefst versteht er natürlich nicht, warum ich mit dem Hauskauf zögere: weil ich eben das Geld nicht habe, daß es mich strangulieren würde, daß ich den Apparat nicht in den Griff bekäme, daß jeder Anruf «Die Regenrinne leckt» mich aus der Balance brächte; noch dazu in meinem Angestellten-Beruf, der ja doch einen anderen Rhythmus hat als der Tag des freien Künstlers. Aber unser Essen mit all meinen schönen Geräten, dem alten Meißen, den Tiffany-Schälchen, den Fadengläsern und den neuen Lampen, viel Silber und allerlei Gerät und herrlichem Essen, war schon ein großer Genuß; er sieht eben jedes Detail, jedes ulkige Messerbänkchen und jeden Lichteinfall auf einer Skulptur. Ein großer Genuß.

ROTTACH, DEN 21. AUGUST

Zu Mary Tucholsky nach Rottach: schlimmer Eindruck, ein zusammengesunkener, ganz grau gewordener Mensch, eine erlöschende Kerze, nur noch (dann geradezu ridiküle) Reste ihrer alten Energie. Fahl, schlotterig, ein paar *central issues* («Die Stützner kann kein Englisch» oder «Das Tucholsky-Archiv bin ich» oder «Das Haus gehört ja mir, ich kann damit machen, was ich will») – – – aber sonst alles durcheinanderbringend: UNSER UNGELEBTES LEBEN nennt sie «Unser ungemachtes Bett» (o heiliger Freud!) und Tucholskys BRIEFE AN EINE KATHOLIKIN seine «Briefe an eine Kommunistin». Will das Haus verkaufen und ins Altersheim – aber wie soll das alles, z. B. die Post, arrangiert werden? Weiß sie selber nicht – in meine Trauer mischte sich auch die Bitterkeit: Von mir nimmt man alles, so selbstverständlich – sie erzählt zwar, daß ihre Sekretärin aus einem entfernten Ort jeden Tag per Taxi hin- und herfährt; sie fragt aber nicht, wer den Flug nach München bezahlt. Nächsten Tag Sammlung Wormland, die mich fast glücklich machte; meine «Sammlung ist dagegen wie ein äffisches Echo»; der «Vergleich» bietet sich deshalb an, weil er in dieselbe Richtung sammelte: Wunderlich, Hundertwasser, Max Ernst, Botero, Magritte.

Nur meins eben, außer Paul (und meinem besseren Hundertwasser), alles klein, klein – – – und da groß, groß. Trotzdem oder deswegen eine herrliche Ausstellung. Dann noch kurz in einer SEHR schönen Wunderlich-Ausstellung: immer wieder nicht zu begreifen, warum die Leute so auf ihm herumhacken – dahingegen wirklich gute Bilder und Lithos und Gouachen, auch schöne Objekte. Auch hier wieder merkwürdig: In derselben Artcurial-Galerie war neulich eine Ausstellung von «meinem» Chadwick. Mittwoch Bayreuth. Meistersinger. Unerheblich. Nur EIN schöner Satz: «Versungen und vertan.» Merken. Donnerstag Tiefpunkt der Woche: Hans Mayer in Stuttgart. Der Egoismus des Mannes hat nun endgültig krankhafte Züge angenommen, hob schon im Hotel – zwecks Abendessenverabredung – den Hörer ab mit dem Satz: «Ich sehe gerade mich im Fernsehen ...» Nicht «Guten Abend» oder «Gute Reise gehabt?» (war immerhin seinetwegen gekommen) – ich, ich, ich. Das ging im Galopp den ganzen Abend, zu dem er nicht einmal einen Tisch bestellt hatte und nun – wo er ist, ißt, MUSS es fein sein – in einem behelfsmäßig hergerichteten Hotelsalon das von ihm direkt BEFOHLENE – «also wir essen kalt» – Essen eingenommen wurde. Gleich nach der Vorspeise platzte die Kröte – ich verfolge ihn seit Jahren, kränke ihn seit Jahren, vergleiche mich, auf ungute Weise, mit ihm, habe keine Zeile von ihm gelesen und wisse überhaupt nicht, wer er sei. Hätte ich nicht das unglaublich verwinkelt-liebe FS von Gerd bekommen (der auf diese Weise einen Eklat in der deutschen Literaturscene zu verhindern wußte! ...), ich wäre mitten beim Tatar aufgestanden, auf Nimmerwiedersehen. So beruhigte ich den Mann wie einen Kranken, rief alte Erinnerungen herauf, beschwor sein Gedächtnis, wo ich was für ihn getan habe, in Wort und Schrift und Fluchthilfe mit seiner Bibliothek. Anfangs noch als einzige Reaktion sein aggressives, kindhaftes «Nein, nein, ich habe viele Beweise, lassen wir es, das Gespräch hat keinen Sinn» – bis er (weil ich so energisch wurde, fast laut?) wie ein Schiff bei anderem Wind abdrehte; was allerdings hieß: den GANZEN Abend NUR ausschließlich von sich sprach, vom 2. Band seiner – sicherlich wieder wie der erste verlogenen – Memoiren, wie ALLE Leute den 1. Band gelesen hätten (Auflage 12.000), wie und bei wem und vor allem MIT wem er eingeladen sei zu Vorträgen (das sind doch fabelhafte Leute, müssen Sie doch zugeben ...), wie er dort herrlich bewirtet und da bejubelt worden sei (die Leute waren sehr nett zu mir), mit dem schließlich alles krönenden Satz: «Kurzum: Ich bin sensationell.» Das ist er – ein Alp. Wäre froh, den Menschen nie mehr im Leben wiedersehen zu müssen. Ranicki ist nun wahrlich nicht mein Freund – ihn aber den ganzen Abend «der Pole» zu nennen, das ist geradezu faschistisch. Im selben Ton über Augstein oder Wapnewski, Jens oder wen immer. Er ist erbarmungslos – und in seinem Urteil überhaupt nicht sicher, ich meine im literarischen auch. War Walser «nett» zu ihm, ist der groß, hat Handke ihn nicht gegrüßt, ist er nix. Von mir mit keinem Wort die Rede, ich meine meiner Arbeit, vom neuen Buch keine Silbe. Als ich – wie ein Testpilot – meine Geschichte mit Kunert und dessen vergebliche Einsätze für den Améry-Preis für mich berichtete, einleitend mit «Améry mochte mich ja sehr gerne und hat über mich geschrieben», nickte und bejahte er sonderbar heftig – bis sich herausstellte: Er hatte falsch gehört und meinte, ich spräche von ihm! Als ich nur sagte: «nein, es war von MIR die Rede», war in Sekundenschnelle ein anderes Thema, ein Vortrag von IHM dran. Das Merkwürdige ist, daß er mit einer Sache (die mal aufzudröseln interessant wäre) recht hat: daß wir uns in unseren Arbeiten berühren, sei es Genet oder Lukács, Sartre oder Karl Kraus oder Tucholsky oder Bloch. Wobei keiner dem anderen «nachschreibt», mal er, mal ich zuerst zum Thema. Ist das Eifersucht auf den («erfolgreichen») Jüngeren, muß (wie Henrichs, als ich's im Ressort erzählte, sagte) für einen alten Mann –

siehe Bucerius – die Welt mit ihm enden? Bucerius dagegen nexten Tag bei aufregender, fast seminarhaft intensiver Sitzung frisch und dann doch wieder sehr liberal: «Wenn ein solches Buch – wie das von Kuby – in diesem Land nicht mehr erscheinen darf, dann ist an dem Land etwas falsch.»

FRANKFURTER BUCHMESSE, OKTOBER

Buchmessen-Cafard: im «Hessischen Hof» nur alte Gespenster, Mumien aus Madame Tussaud. Ansonsten NUR Quark, nur Anrempelei von mindestens 100 Autoren und Verlegern: WANN WIRD MEIN BUCH IN DER ZEIT BESPROCHEN, mit der für mich sehr makabren Pointe, daß ich Adolf Muschg (der DIE NACHGEBORENEN ja für den SPIEGEL rezensieren wollte) bei Unseld traf und er als erstes von sich aus zu mir sagte: «Ich habe NIE vom SPIEGEL etwas gehört.» Also: Ich weiß nicht mehr, was ich zu derlei sagen soll, jedenfalls schon garnichts zu der pampigen Monika Böhme, die auf einem anderen Empfang, auch unaufgefordert, sagte: «Unser Abend war neulich auch OHNE euch sehr schön.» Gott sei Dank bin ich nicht langsam und schnippte zurück: «MIT uns wäre er bestimmt schöner gewesen ...» Intrigen, nur Intrigen. Jeder gegen jeden. Der erste Verriß nun heute in der SZ, nicht «knallend», aber als erste Reaktion auf ein Buch was Negatives – zum Jauchzen auch das nicht. Im ganzen bleibt meine Metapher, daß der saure Regen auch über uns alle gekommen zu sein scheint. Passend: von George Weidenfeld zu Fest, von Sternberger bis Unseld – wem immer ich sagte: «Gabriele kommt dieses Jahr nicht», drehte sich in Sekundenschnelle um, sagte: «Ach so?» und weiter kein Wort. NIEMAND fragte, WO sie denn sei, wie es ihr ginge, was sie mache – es war halb, als wäre sie schon tot, und halb, als hätte ich mich unanständig benommen, in der Nase gebohrt. George schnaufte in Sekundenschnelle: «But YOU are in the zenith of your fame, everybody says so» – und war im selben Moment weg, nicht mal 1 Drink. Auch die Horst-Krüger-Party war fad, gereicht wurde die dünne Gratis-Sauce; IHR BUCH IST DAS GRÖSSTE DER MESSE. Und das Abendessen bei der DVA dann doch nicht meine Sache: Diese Konzentration von in feine Tücher genähten Reaktionären ist mir dann doch zu viel; allein die Art, wie sie über Frauen reden, im Kasinoton (wenn keine dabei ist) – ob nun Fest oder Siedler, Scholl-Latour oder Sternberger, not *my cup of tea.* Es hat etwas Unbarmherziges, Kultiviert-Widerliches. Da geh ich nicht mehr hin. Was nicht heißt, daß ich die diversen Schultz-Gersteins und ihre Genossen vom SPIEGEL herrlich fände. Dasselbe in Jeans ... Ob man sich in Zukunft nicht einfach ersparen sollte, all dies «How are you?» und «Tag, Herr Piper» und «Wie geht's, Erval?» – – – und lieber arbeitete? Es zehrt ja an den Kräften, ich habe NUR schlecht geschlafen in dem luftleeren Hotel-Loch, habe nur Kopfweh. Von der Messe bei Tatar und Krimi einen ruhigen Abend mich erholt, dann am nächsten Tag ein chaotischer Grass-Geburtstag, an dem mindestens 25 Personen durcheinanderquirlten. Der liebenswerte Kunert mit seiner Juno – ein Botero-Paar –, ein gräßlicher SPD-Abgeordneter, ein Schweizer Schriftsteller, dessen Namen ich nie gehört hatte und der dem Geburtstagskind ein Päckchen Bündnerfleisch schenkte, mit einem Gastgeber, der bei Tisch einschlief, und einer Ute, die einen Herzanfall bekam – was niemand außer den aufmerksamen Wunderlichs bemerkte; Karin kümmerte sich rührend um Ute, und Paul hatte zu meinem Erstaunen Herztropfen dabei. Wir beide betranken uns «aus Schutz», und ich hielt eine entsprechende Tischrede ... So müde, mürrisch und kaputt, daß ich am nächsten Tag in München kaum genießen konnte, weder die wunderbare «Baumeister Solness»-Inscenierung von Zadek noch das (Business-) Gespräch mit Enzensberger für die ZEIT. Mittwoch abend Paul Wunderlich und Karin zur «Kehr-wieder-Boulette», wir hatten uns ja außer bei dem Grass-Chaos lange nicht gesehen. Schön wie immer mit den beiden. Es war ja auch das offizielle «Haus-Beerdigungs-Essen», denn die beiden (unsere Reisen waren alle durcheinandergelaufen) wußten ja noch garnicht, daß ich mich gegen einen Hauskauf in Frankreich entschieden hatte. Paul – obwohl er verstand und auch akzeptierte – doch auch ein wenig traurig: Hinter dem Ganzen stand ja auch SEINE Bouvard-und-Pécuchet-Idee der beiden alt werdenden Freunde, die ihre Sommersitze in der Nähe haben sollten ... Donnerstag abend in Berlin, wo Botho Strauß «auf dem Programm» stand, er hatte mir nämlich sehr nett zu dem Kapitel über ihn in DIE NACHGEBORENEN geschrieben. Es wurde ein sehr guter, intensiver und offenbar von Sympathie getragener Abend – er übrigens viel weniger «zart» und weltfern, als ich vermutet hatte, ein sehr robuster Mann, der sich «völlig normal» verhält. Gern und gut ißt, trinkt und klatscht; sich eben nur mit keinem Stückchen am sogenannten Kulturbetrieb beteiligt, nie TV, nie ein Interview, nie Funk, nur sein Schreiben und das Theater.

AMSTERDAM UND ROTTERDAM, DEN 1. UND 2. NOVEMBER

Amsterdam und Rotterdam. Niedliches Hotel mit «Salon», schönes Wetter, freundliche Leute, übervolle Lesung, viele Interviews, sie nehmen hier mein Buch als ein (gutes) Buch und kümmern sich nicht um die falschen oder richtigen Söckchen, die ich trage. Interessiert an meiner Arbeit. Michael Krügers Verriß in der SZ wurde nur verlacht.

3. NOVEMBER

Abends in einem Hamburger Studio Fernsehgespräch der ZEIT-Redaktion mit F. J. Strauß, ein schlimmes, schwitzendes, furchterregendes Tier, ein Debakel für die Redaktion (deren GAST er ja war – das ist der Charakter der Sendung) und die in einer Mischung aus Hochmut, Dummheit, Unpräpariertheit und Negativ-Faszination nicht zu reagieren vermochte, von der Gräfin bis zu Sommer. Ich war der einzige, der wenigstens – 1½ Minuten lang – aggressiv war, länger ließ einen diese Dampfwalze nicht zu Worte kommen; manche meinten, ich habe die Ehre der ZEIT gerettet, andere wieder, ich habe sie besudelt, na ja.

7. NOVEMBER

Sehr sonderbarer, eigentlich unsympathischer Besuch – «Antrittsbesuch» – von Helmut Schmidt im Ressort; er hatte sich extra – wegen Feuilleton – einen Rollkragenpullover angezogen, lächerlich (trägt er nicht mal am Brahmsee!). Weltenfern von unseren Dingen, was ja auch sein Recht wäre, er ist eben – *if so* – Politiker und nicht Schöngeist; wenn dieser Mann nur nicht den Ehrgeiz hätte, über schlichterdings ALLES Bescheid zu wissen, ob den Milchpfennig der EG oder Barock. Damit geht er natürlich bei meinen Eminenzen herrlich unter, zumal, wenn er predigt, wir sollten doch nicht nur die volksferne Avantgarde wie Brecht oder Kafka pflegen – die ja seit einigen Jahrzehnten nicht nur populär, sondern Massenerfolge sind, also nix volksfern und auch seit sehr langem nicht mehr Avantgarde. Daß es die Aufgabe eines guten Feuilletons ist, den Formenkanon DER EIGENEN ZEIT aufzubrechen, da nach vorne zu sehen, die neuen Autoren zu finden, zu sehen, zu beurteilen – das versteht er nicht; Kunst ist Justus Frantz und Christoph Eschenbach, nicht mal Penderecki oder Boulez (auch schon *arrière-garde*).

SAULGAU, DEN 11./12. NOVEMBER

Also Saulgau zu Hans Werner Richters Geburtstag (bereits entsetzlich, da auch nur hinzugelangen!), einerseits nehme ich mir's übel, mich so zu verschwenden und durch die Gegend zu flitzen (statt hier zu sitzen und an Texten zu arbeiten, z. B. zwei sehr wichtigen, vielleicht sogar guten?? Funk-Essays, die verabredet sind). Andererseits finde und fand ich's schnöde, daß nun, da der alte Mann «nicht mehr ist», alle wegbleiben, die vorher, zu Zeiten der Gruppe, nicht eilig genug ihren Ruhm dort ernten kamen; selbst Böll, der ja für Raketenblockaden Zeit hat, hätte kommen müssen – und sei es nur für zwei Stunden. So war es eigentlich nur 2. Besetzung, mit Ausnahme von Grass, Johnson und Hildesheimer (denn in Wahrheit sind ja auch Raddatz, Kaiser und Hans Mayer 2. Besetzung). Johnson wirklich krank, seit mittags betrunken, wir mußten einmal den Notarzt holen; und wenn er nicht voll ist, ist er bösartig. Ich glaube, der schreibt nie wieder ein Buch. So war es eine eher makabre Veranstaltung, auf der Hans Mayer (der offenbar seine Bücher im Vertreterkoffer mit sich schleppt) das vor Jahren erschienene AUSSENSEITER verteilte (zum peinlichen und stummen Entsetzen der Teilnehmer), auf der Hildesheimer mir erklärte – was ich auch nicht NUR komisch finden kann –, daß er das Wunderlich-Buch, das ich ihm geschenkt habe, ZERSCHNITTEN habe, um Collagen daraus zu machen; eine, wie ich finde, erbarmungslose Sache; selbst wenn jemand Pauls Sachen nicht mag, kann man sie doch nicht ZERSCHNEIDEN. Grass erzählte – zur bleichen Wut Johnsons, der das hatte werden wollen – viel von seiner Akademie-Präsidentschaft, und niemand hörte zu, als ich die (wahre) Anekdote zum besten gab, daß Wunderlich, als man ihn einlud, in die Hamburger Akademie einzutreten, geantwortet hatte: «Gerne – aber nur, wenn auch Horst Janssen aufgenommen wird ...» Ich zog immerhin eine Konsequenz: Ich betrank mich nicht, spielte nicht meine stets erwartete Rolle des heiteren Partyclowns, sondern ging Mitternacht zu Bett – nachdem ich zum Dinner dem Geburtstagskind 75 weiße Rosen geschenkt hatte. Die Herren Kollegen hatten ihm je ein Taschenbuch ihres letzten Opus gestiftet. Wer hat mir neulich gesagt: Du lebst unter Verrätern?

4. Advent

Vorm Besuch bei einem der anderen «Größten», bei Grass in Portugal, graule ich mich zunehmend. Natürlich nehme ich mir auch übel, Gerd zu Silvester alleine zu lassen – nur ist das eine so alte Verabredung, letztlich schon 2 Jahre alt, wenn damals auch noch nicht auf den Tag fixiert, daß ich mir auch wieder etwas Maria-haft vorgekommen wäre, nun April, April zu rufen, wo die Grassens extra alle Kinder meinetwegen ausgeladen haben. Aber ich graule mich auch, weil ja eine Woche zu dritt (ich hab's schon von 10 auf 6 Tage reduziert «wegen Umbruch») doch ziemlich viel ist, weil er sehr Sonnensystem ist, und weil Ute, die ich ja sehr gerne mag, todunglücklich ist – ich weiß nicht, ob da nicht sogar eine Trennung ins Haus steht. Er betrügt sie an jeder Ecke (manches wußte ich durch die Urwaldtrommel und schwieg darüber, wie sich's gehört, in der Hoffnung, es dränge nicht auch zu ihr). Das Ganze eine Mischung aus verschwiemelter Katholizität und Größenwahnrotz: «Ich wünsche nicht, mit einem schlechten Gewissen zu leben – ich wünsche zu leben, wie ich will.» Hm.

1984

RÜCKFLUG AUS PORTUGAL, 5. JANUAR

Was für eine hochseltsame Reise; ich sitze im Flugzeug Faro–Lissabon–Porto–Frankfurt–Hamburg und resümiere: 5 Tage in dem bestürzend primitiven Haus von Grass in der Algarve, kein Strom, keine Heizung, kein Telefon, Wasser knapp, unbequeme Möbel, kein einziger Sessel im Haus, kein Sofa, kein Liegestuhl, ein Gärtlein mit Winz-Bäumchen und -Büschen, ein kahles Atelier (mit übrigens ganz schönen neuen erotischen Skulpturen), Frühstück am Klapptisch mit Hockern (!) und abends eine Wärmflasche ins eisige Bett, waschen zitternd vor Kälte (und ich, ungewarnt, zuwenig und zu dünne Sachen dabei):

Und dennoch waren es schöne Tage. Eine Mischung aus großer Herzlichkeit und gänzlicher Gleichgültigkeit anderen Menschen gegenüber, sein Humor («Kannst du eigentlich reiten?» – «Wahrscheinlich») und seine erfinderische Genügsamkeit (macht sich Tinte zum Zeichnen aus der Blase von Tintenfischen) formen schon alles in allem eine starke Persönlichkeit. Ute – der gute Geist, freundlich, lieb Bäume pflanzend oder Jeep fahrend, ständig zur Stelle («Ute, was steht da?», «Ute, wie heißt diese Graphik?» den ganzen Tag) – warum tun Frauen das?

Der große Krach blieb aus, Grass nahm (2. Abend) meine ganz unverhohlene Schärfe erstaunlich gemessen hin bzw. an; ich habe, vom Im-Stich-Lassen Pauls über Ich-nicht-Akademie-Mitglied bis zu seiner unappetitlichen Rumhurerei auch vor Ute (die das so wollte) kein Blatt vor den Mund genommen. Auf sein albern-katholisches: «Ich will kein schlechtes Gewissen haben» sagte ich: «Aber wenigstens Unrechtsbewußtsein könntest du haben.» Aber selbst diese Schärfe trübte die Tage nicht – die mich wieder sehr nachdenklich gemacht haben: Gut, ich drucke – «um im Bilde zu bleiben» – Grass' diverse Sachen (als inzwischen einzige deutsche Zeitung) und mache – u. a. dadurch – ein gutes Feuilleton. Aber wenn er demnächst daraus einen Band zusammenstellt, ist es ein Buch von Günter Grass – DIE ZEIT wird knapp als Copyrightzeile auftauchen, ich garnicht. So wie er, offenbar stumpf gegen derlei, da unten lebt, möchte ich nicht – aber es gibt auch sehr schöne Häuser, groß, elegant, herrlich gelegen, am Meer, mit Pool; und billig. Ich könnte dort bequem und mühelos bis ans Ende meiner Tage leben, wenn ich mein Leben umstellte. Nur: Alleine geht das nicht.

Mit Gerd? Ginge das? Ich hatte sogar große Sehnsucht nach ihm, weniger am Schwanz als im Herzen (schön übrigens, daß ich, nach wie vielen Jahrzehnten, nun so frei mit meinen Freunden – auch mit Grass – über meine Homosexualität sprechen kann; «zweihäusig» nennt man die Bisexualität bei Pflanzen und Tieren, erzählte Ute). Dennoch: Ginge das, so ganz auf sich angewiesen? Ginge es überhaupt, egal mit wem?

Als ich am vorletzten Tag zum Abendessen den Tisch mit Mimosenzweigen, Muscheln und heimlich gekauften Servietten deckte, sagte Grass ganz gerührt: «Der Fritz ist eben doch eine echte Doppelbegabung – er ist sein eigener Butler.» So war es – trotz (oder wegen?) Streites – eine sehr menschliche, gar intime Atmosphäre, wir sammelten Tannenzapfen für den Kamin oder klauten, wie in Nachkriegszeiten, Mimosenbäumchen am Straßenrand – das exakte Gegenteil jeder Stilisierung. Kann es sein, daß in dem Mann so viel Kraft steckt, daß er die «Krükken» des Schmucks nicht braucht? Denn Zierat – ob Messerbänkchen oder ein Picassobild – ist doch auch gewiß das Harz, das aus Wunden getropft ist. Hier, in irgend so einem Portugal, braucht man Jeans, 'nen Pulli, und die Wachtel kostet achtzig Pfennig. So hat er auch umgekehrt auf mich eingeredet, ich solle *mein* Leben ändern, nicht meine intellektuelle Kraft und schöpferische Phantasie an eine Zeitung verschwenden – wo ich mich darum kümmern muß, ob Boy Gobert in «My Fair Lady» spielt oder welchen Unsinn ein Redakteur aus New York berichtet. Ob's das «Kuhauge» entscheidet?

Dabei hat sich ja mein Leben «auf der anderen Ebene» sehr normalisiert; ich bin dankbar für viele Gesten: Heute morgen – zurück in Hamburg –, als ich wie immer schwimmen gehen wollte, rannte Gerd mir die Hausflurtreppe hinterher mit nem Regenschirm: «Es regnet zu stark, du bist ja naß, bis du zur Garage kommst.» Vollkommen ungewohnt in meinem letztlich *immer* chaotischen Leben, in all meinen Beziehungen steckte ein Glimmerwahn – da genieße ich es doch sehr, wenn mir jemand wie gestern beim Fasanenessen im «Mühlenkamper Fährhaus» sagt «Rauch nicht so viel» oder vor Angst regelrecht aufschreit, wenn ich bei Rot fast in ein Auto hineinrenne.

Frau
Helga Schuchardt
Kultursenatorin der Freien
und Hansestadt Hamburg
Hamburger Str. 45

2000 Hamburg 76

11. Januar 1984

Liebe Frau Schuchardt,

eine gute alte Regel will es ja, daß man einen Abend besser unter ein Thema stellt. Nun haben wir am 25. gewiß viele, vor allem Sie beschäftigende Themen, und die hoffentlich gemütliche Runde (Gräfin Dönhoff, Hochhuth, Grass und Wunderlich haben zugesagt) wird da viel Neugier und offene Ohren haben. Ein offenes Ohr jedoch hoffe ich auch bei Ihnen zu finden für folgenden Plan, der nicht unkompliziert ist – daher die Belästigung mit einem so ausführlichen Brief:

Seit geraumer Zeit denkeln Günter Grass, Paul Wunderlich und ich an der Idee einer Stiftung herum. Es geht darum, daß zumindest wir drei (gedacht ist daran, daß auch Gräfin Dönhoff und Rolf Hochhuth mit von der Partie seien) große Teile ihres Nachlasses, wenn nicht im ganzen, öffentlich machen wollen. Unabhängig von persönlichen Legaten und Vermächtnissen an Frau und Kinder und sonstige Verwandte finden zumindest wir drei, daß es nicht in Ordnung ist, Dinge von einem bestimmten kulturellen oder gar kulturpolitischen Wert privat zu vermachen; sie sollten eines (zu bestimmenden) Tages der Öffentlichkeit gehören.

Das betrifft nun, dem Charakter der Arbeit dieser verschiedenen «Produzenten» entsprechend, ganz unterschiedliche Dinge.

Bei Wunderlich ist es am sinnfälligsten und deutlichsten: Es sind optische Gegenstände von großer Vielfalt und Vielzahl, Bilder, Gouachen, Lithographien, Skulpturen, Möbel, Objekte.

Bei Grass ist es sozusagen gemischt. Einerseits existiert ja von ihm inzwischen auch ein ziemlich variiertes bildnerisches und bildhauerisches Werk; andererseits gibt es Manuskripte, Studien und vor allem eine enorme Korrespondenz.

Wieder anders im Fall Raddatz. Abgesehen von meinen vielleicht nicht allzu wertvollen Manuskripten existiert zum einen eine sehr umfangreiche Autographensammlung mit Briefen wohl fast sämtlicher europäischer Intellektueller und Schriftsteller von A wie Aragon oder Alfred Andersch über B wie Böll und Bachmann oder James Baldwin das Alphabet hindurch bis zu Z wie Zuckmayer. Wesentlicher aber vielleicht ist meine private Sammlung, von der Sie ja am Donnerstag einiges sehen werden, die ziemlich viele Exponate der europäischen Moderne umfaßt: Picasso und Max Ernst, Beckmann und Christian Schad, die wohl umfassendste Privatsammlung von Paul Wunderlich überhaupt, aber auch Hundertwasser und Botero, Richard Lindner und Delvaux, um nur einige zu nennen.

Uns allen leuchtet nicht ein, daß derlei eines Tages an Kinder, Witwen oder Neffen gehen soll. Ich will mich in meinem Fall nicht vermessen und meine Dinge etwa mit der Sammlung Wormland vergleichen, von der Sie gewiß gehört haben. Sicher aber scheint mir zu sein, daß es sich hier um Werte handelt, die eines Tages, sagen wir: Zeitgenossenschaft repräsentieren; und ebenso sicher ist, deshalb müßte dieses Gespräch wohl doch auch ernsthaft geführt werden, daß inzwischen jeder von uns, weil Hamburg in seiner sprichwörtlichen kulturellen Sorgfalt sich nie ernstlich gekümmert hat, andere Pläne verfolgt: Günter Grass erwägt, seinen gesamten Nachlaß Danzig zu vermachen; Paul Wunderlich ist bereits mit großer Energie dabei, eine Fondation (etwa nach dem Beispiel der Fondation Vasarély) in Frankreich zu organisieren, und ich stehe bereits in Verhandlung mit dem Schiller-Archiv in Marbach, das dringlich an dem kulturellen bzw. kulturpolitschen Teil des «Raddatz-Erbes» interessiert ist. (Sie wissen vermutlich, daß ich Präsident der Kurt-Tucholsky-Stiftung bin und der gesamte Tucholsky-Nachlaß in Marbach verwahrt und verwaltet wird.)

Unsere Überlegungen sind zugegebenermaßen – und können es wohl in diesem Stadium auch nicht anders sein – vage. Ich hatte mehrere Gespräche seinerzeit mit Bürgermeister Klose und eine ausführliche Unterhaltung mit Freiherr von Saldern (der von dem Plan entzückt war und sehr begierig schien, ein solches Stadtmuseum seinem Museum für Kunst und Gewerbe anzugliedern). Wir finden uns also in der etwas grotesken Situation, daß einige Leute, die die Nachkriegszeit wohl doch ein wenig mitgeprägt haben, das Resultat ihrer Lebensarbeit verschenken wollen aus, sagen wir einmal: Hamburger Bürgersinn. Ich vor allem bin es, den es einigermaßen empört, daß wir damit gleichsam hausieren gehen müssen, denn ich stehe, um ein Beispiel zu geben, auch verbittert in dem wunderschönen Haus von Lion Feuchtwanger in Kalifornien und sage mir, eigentlich gehört das nach Berlin-Grunewald und nicht an die University of California. Als Historiker und Literarhistoriker erlaube ich mir den hoffentlich nicht hoffärtigen Vergleich: Ein Haus, in dem von Korrespondenz bis Bildern, von einer Privatsammlung bis zu Manuskripten die Nachlässe von Beckmann, Thomas Mann, Gerhart Hauptmann, Alfred Kerr und Theodor Wolff gesammelt wären – ein solches Haus würde ich sehr gern in Deutschland sehen und besuchen.

Es besteht also, wie mir ernsthaft scheint, hier eine ganz große Chance für Hamburg, etwas Exemplarisches zu erhalten bzw. zu konstruieren bzw. das unwiederbringliche Abwandern von wichtigen Zeugnissen der Kultur der Nachkriegszeit zu verhindern. Deshalb schreibe ich vor unserem Abendessen diesen Brief, damit Sie nicht jäh und unvorbereitet mit solchen Überlegungen konfrontiert werden; es ist, fürchte ich, in dieser Sache mein letzter Versuch.

Ich freue mich auf unseren Abend und bin
mit herzlichen Grüßen
Ihr
Fritz J. Raddatz

25. Januar

Absurd-deprimierender Abend.

Eingeladen Frau Schuchardt (Kultursenatorin), Gräfin Dönhoff, Günter Grass, Paul Wunderlich, Rolf Hochhuth.

Thema des Abends siehe beiliegenden Brief.

Frau Schuchardt aber plauderte von ihren administrativen Sorgen, die niemanden interessierten, von irgendwelchen Bibliotheken oder Kulturhäusern, und hätte ich nicht rigoros die Sprache auf das Thema gebracht: Sie hätte kein Wort gesagt; sowenig sie sich im Hause auch nur mal umsah (weswegen ich ja u. a. das Ganze bei MIR arrangiert hatte), nicht mal ins Speisezimmer ging sie den ganzen Abend lang. Sie verstand nicht die Dimension des Unterfangens: Sie zündete nicht, selbst grammatikalisch begann jeder Satz mit einem «aber» oder «obgleich». Sie hatte sogar den Charme, den anwesenden, ja nicht ganz bedeutungslosen Gästen ins Gesicht zu sagen: «Wenn ich im Senat Ihre Namen nenne, dann – das verspreche ich Ihnen – weiß NIEMAND, wer Sie sind; ausgenommen eventuell Grass – und von dem weiß man nur, daß er gegen die Pershing II ist.» Da muß man mit Brecht sagen: Man weiß nicht, was schlimmer ist – wenn es so ist, oder daß sie es sagt.

Also: Aus der Sache wird nix. Die Dame hat zwar einen Chauffeur (den sie, bezahlt von Steuergeldern, bis halb ein Uhr nachts vorm Hause warten ließ), aber keinen Verstand. Und auch keine Manieren; immerhin gab es zu essen und zu trinken: Ich habe nie wieder von ihr gehört, *ni fleur ni couronne.*

1. FEBRUAR 1984

Lieber Fritz Raddatz,

zunächst noch einmal herzlichen Dank für den besonders netten Abend bei Ihnen. Ich fand, er war sehr gelungen und will, wenn es Ihnen recht ist, auch selber noch einmal mit Dohnanyi anhand Ihres Briefes sprechen, denn mir schien, daß Frau Schuchardt kein großes Zutrauen zu Ihren diesbezüglichen Fähigkeiten hatte.

Tausend Dank dem Secretarius für den prächtigen Brief, den ich wiederum als Modell für ähnliche Fälle in mein Archiv einordnen werde.

Hoffentlich haben Sie gutes Wetter!

Schöne Grüße
Ihre
Marion Dönhoff

15. FEBRUAR

Nach langer Pause: Erster Faustschlag gegen/wegen KUHAUGE – warum eigentlich? Was habe ich anderes getan als Mishima, Genet, Baldwin, Fichte und viele andere? Weniger sogar: Für mich IST das doch garkein homosexuelles Buch, zumal es mit dem Gegenteil endet. Und wieso dieses ständige «Autobiographie»-Gekreische? Welches Gesetz habe ich eigentlich verletzt?

Und welches sonderbare Gesetz der ständigen Explosionen steht überhaupt über meinem Leben? Stimmt jenes von Stiefmutter Irmgard aus der Los-Trommel gezogene «Fällt auf den Rücken im Grase und bricht sich die Nase»? Gerade dachte ich, es sei Ruhe eingezogen in mein Leben, nicht zuletzt durch Gerd. Was Rühmkorf mir heute schrieb und gestern Muschg über die vis-à-vis mir offenbar gänzlich abgebaute Beiß-Hemmung (die Kehrseite vom Kriechen), die ständige Attacke von Harich/Marx oder Rowohlt-Affäre, aber auch die «Schicksals»-Attacke à la Eckfried und Bernd: Was ist das? Und wie lebt man damit?

Sehr unverständig allerdings, auch das verwirrt mich zumindest, wenn nicht mehr (weniger): meine Mondäne. Ist sie doch ein sehr kurzer Mensch? 14 Tage mit ihr in Gran Canaria – und, es sei denn, ich «erzwang» es, kein ernsthaftes Wort. So, wie sie ißt – d.h. NICHT ißt: nämlich 3 Minuten nach dem Frühstück im Auto an den Strand schon wieder in einer Joghurt herumlöffelt, 10 Minuten nach einer Orange am Strand einen Tee trinkt, gleich danach Sodawasser oder wieder einen Apfel: also einen Häppchenwirbel zelebriert (manchmal scheint die Hauptsache, die Sachen werden ihr bereitet) – – – so konzentriert sie sich auf ein Thema bzw. nicht. Ob sie vielleicht GARNICHTS in ihrem Leben ernst nimmt, an allem nur nippt – Liebe, Kunst, Arbeit; eigentlich das ganze Leben. Ich muß mich aus dieser Beziehung ganz, ganz leise herausziehen, sie passt nicht (mehr?) zu meinem Leben.

Zu meinem Seufzer: «Stell dir vor, in der auflagenstärksten europäischen Illustrierten stünde Vergleichbares über dich» kam ein eher mokantes: «Ich schreibe ja auch nicht solche Bücher.» Solche Bücher!!! Als hätte ich eine kleine schwule Fickfibel geschrieben. Nein, sie schreibt nicht solche Bücher und keine anderen: Sie schreibt eben garkeine.

NACHTRAG ZU DEN MERKWÜRDIGEN LETZTEN REISEN

Besuch in Marbach

Sonderbare Doppelrolle: Tucholsky-Verwalter und FJR von Beruf. Sehr berührt – und «klein» geworden, was Tucholsky doch für eine große Welt errichtet hat, 100e von Büchern mit und über …; schrecklich auch diese gesamte Archiv-Welt; ein Kafkabrief (DER Kafkabrief, an den Vater) im Safe, wo ihn so gut wie nie jemand sehen darf und kann, Reliquie – – – welchen Sinn hat das? Ein ganzes Depot voller Büsten und Totenmasken, wie bei einem Grab-Steinmetz, eine Horrorkammer, wo auch Tucholskys Totenmaske in Samt und Pappe gehüllt liegt. Wozu, für wen. Da ein Koffer von Gerhart Hauptmann, der nicht geöffnet werden darf, und dort ein Karton Hofmannsthal-Nachlaß, sekretiert bis zum Jahre X – unheimlich, tot, sinnleer. Arbeitet man DAFÜR? Daß irgendwo Papierberge von einem dämmern?

Bedrückte mich noch den ganzen Abend, weil ich ja, genau umgekehrt wieder, DAS in Marbach besprach, nämlich MEINEN Nachlaß dorthin zu geben (und was ich, Junggeselle, ja auch rechtzeitig regeln muß: wohin mit Manuskripten, Arbeiten, Korrespondenzen). Nur: Wieso – wohin? Damit es dort modert? Dafür lege ich mich krumm? Es ist schein-logisch wie die Absurdität, daß ich Tag für Tag schufte, um mir noch irgendeine kleine Max-Ernst-Skulptur zu leisten – – – während ich bereits jetzt mit dem Senat verhandle, wohin «demnächst», also nach meinem Tod, mit dem Zeuch …

Tübingen, Besuch bei Mayer

Tübingen wie immer niedlich, schon Frühling, schön, still, freundlich. Mayer wie immer hektisch-verlogen, diesmal verlogen-freundlich. Ich glaube kein Wort von ihm, nichts, was er schreibt, nichts, was er sagt. Auch seine aesthetischen Urteile sind vollkommen nach Laune austauschbar. Mal ist er Handke-Entdecker, mal kann Handke nicht schreiben. Neulich fauchte er mich noch an, ich habe nie ein Buch von ihm gelesen, jetzt hieß es bei jedem Take während der Aufnahmen, der Film würde eben so besonders gut, weil ICH ihn fragte, jemand, der eben jede Zeile von ihm kenne. Grotesk, so verlogen ist auch jede Zeile in seinen Memoiren, ob die erfundene Brecht-Nähe oder was immer, zu Teilen kann ich's ja noch kontrollieren (Brecht hat ihn kaum gekannt). Er lügt sich seine eigene Biographie zurecht (tun wir das alle?), und er lügt sich seine Urteile zurecht; daß er KUHAUGE so wundervoll findet, ist eben auch nur eine Laune (wie übrigens bei Fichte, der kakelnd vom «großen» Buch spricht, wohinter er wegschminkt, daß er in

Wahrheit außer sich ist und es empörend findet, daß ich ÜBERHAUPT schreibe).

Gibt nichts her, keine eigene aesthetische Theorie, nichts. Und die Begegnungen sind meist erfunden oder übertrieben, Adorno sprach z. B. immer von dem «kleinen jüdischen Anwalt aus Köln»; aber jetzt, wo er sich nicht wehren kann, war er «mein Freund» (wie Celan oder sonstwer – nur bedeutende Leute waren seine Freunde).

WIEN, BEI HAUSNER

Hm. Der Wienbesuch im ganzen war schön, im Sacher wunderbar gegessen, sogar Oper – Rigoletto – gefiel mir, obwohl ich doch nur wegen Gerd Karten besorgt hatte. Intensiver Besuch bei Hausner, dessen Malweise mir eben doch sehr liegt und von dem ich SEHR gerne ein Bild hätte; ein frühes, das ich herrlich fand, hätte 100.000 gekostet. Schade. Angeblich malt er mir – «über Geld reden wir nicht» – eins bis Ende des Jahres, ich würde mich mächtig freuen.

Natürlich auch eitel und eigenes Sonnensystem, aber nicht so aufdringlich-pappig wie bei Mayer. Der Riesenbesitz, die 2 Rolls-Royce, der Park mit Schwimmbad, Atelier-Riesenbau etc., hat mich natürlich sehr beeindruckt, aber das Gespräch mit ihm auch – und die, immer mal wieder, Erkenntnis: Froh, mit sich eins ist so jemand nur, wenn er allein ist; die Frau ist angenehm und hat leise da zu sein – aber sprechen, denken, arbeiten – das nur allein. Wie weit und versteckt vom Haupthaus das Atelier – das wurde mit Zwinkern zugegeben.

Im Dehmel traf ich noch Hrdlicka mit einem dicken, rosaschweinchenhaften Mettchen, sie kamen offensichtlich grade aus dem Bett, und sie piepste nur immer in diesem scheußlich-melodiösen Österreichisch: «I meht noch a Äichen haben» – und wurde gefüttert wie ein Marzipanschwein. Komisch auch, wie selbstverständlich das ist – daß es da eine Ehefrau gibt, aber man «natürlich» unentwegt so kleine Affärchen hat.

KÖLN, VORGESTERN BEI UND MIT ROBERT WILSON

Aufführung dieses Teils von CIVIL WARS wunderbar, ein Märchen. Irritierend nur, daß ich neben dem Regietisch sitzen mußte: Man will nicht sehen, wie ein Märchen technisch hergestellt wird, sondern in die Bilder eintauchen. Dies wischte den Staub von den Flügeln. Aber seine Rätselwelt, meist wortlos oder mit unverständlichem Text, nur imaginiert mit Wundern und Bildern: herrlich (wenn's dann mal so gelingt); neben EINSTEIN ON THE BEACH das beste – auch «philosophisch» eindringlichste. Hat er Monod gelesen – oder ist das Koinzidenz, daß «Der Mensch ist ein Zufall» immer wiederkehrte.

FLUG KRETA–MÜNCHEN AM 7. MAI

Ab nach Kreta, in den Mythos. Es war eine der irrsinnigsten Veranstaltungen, an der ich je teilnahm. Und hat doch einen ernsten Hintergrund: Es geht um die Verabschiedung der Ratio, um die Verkündung des Endes des Zeitalters der Aufklärung. Ob Peter Stein nur noch «Bilder setzt»; ob Robert Wilson sich gar bewußt dem Verstehen entzieht mit seinen Imaginationen; ob in Rom ein Benn-Kongreß stattfindet oder nun hier einer über «den Mythos»: Geschichte als das von Menschen Gemachte und von ihnen zu Verantwortende wird verabschiedet. Vom Begriff zum Bild – von historischer Dialektik zum statischen Mythos, zum Schicksal; denn Ödipus, z. B., hat ja keine Entscheidungsfreiheit, er ist verurteilt, unschuldig schuldig zu werden, kann ja nicht sagen (weil er's nicht weiß): «Meine Mama mag ich aber nicht ficken.» Ein großes Thema – von diesem Publikum unbegriffen, das aus Milwaukee-Handarbeitslehrerinnen, San-Francisco-Gays und allerlei *middlebrow*-Hochstaplern bestand: «But we wanted to touch the heros», weinten die enttäuschten (und um ihr Geld geprellten) Amerikanerinnen: Kein Lévi-Strauss, kein Ernst Jünger, kein García Márquez war gekommen. Ein halber (für 2 Tage) Paul Feyerabend, wirr und unvorbereitet, aber lustig-temperamentvoll, wie alle jüdischen Amerikaner aus Wien stammend – – und ein Viertel Borges (: für 1 Abend; absurd: aus Tokyo eingeflogen!!!). Ansonsten war es eine reine Irren-Veranstaltung, mit «morning-workshop» bis morgens um 4 oder Ringelreihentanz frustrierter Emanzen, jeder 3. war Psychotherapeut (was das nun mit Mythos zu tun hat?), und jeder 2. brauchte auch einen.

Die ewige Antatscherei und kindlich-einfältigen Gesichter, hinter denen aber auch wirklich außer Einfalt nix ist! Ein herrliches Beispiel: mein «Kurschatten», ein junger, sehr gut aussehender Amerikaner, «no profession». Auf dem «Selbstfindungstrip», sagte er mir, meine «glowing eyes» hätten ihn vom ersten Moment an fasziniert, und als er meine Hüften am Strand gesehen hätte …

Ja, und dann: war eigentlich garnix. Unsereins denkt doch nun an zumindest eine heiße Nacht – und ich sauste los und besorgte Kerzen und 'ne Pulle Schampus in den Eisschrank (hatte einen Bungalow für mich) und rückte die Betten zusammen, stellte 'ne Schale Obst hin und klaute Blümchen – und dann hatte der Herr 'ne «Krise»!! Und nun kommt das Schönste: Er wußte garnicht, wo er war. Daß Kreta irgendwie zu Griechenland gehörte, ahnte er – mein Vorschlag, mit Leih-Auto'chen nach Knossos und vor allem ins minoische Museum in Heraklion zu fahren, löste tiefstes Unverständnis aus: was denn in Knossos «los» sei, was minoisch sei – und überhaupt möchte er lieber ein Motorrad (!) leihen und in den Bergen zu sich selbst finden. Daß er da garnix findet, hatte das schöne Reh immer noch nicht begriffen, sowenig wie meinen Satz, hier seien wir an der Wurzel Europas, an der Wiege. Wahrscheinlich hielt er es für einen obszönen Witz …

Die Pointe wollte es, daß ich ihn abends – er zurück von den Bergen, ich zurück von Knossos – ohne Benzin auf der Autobahn auflas. Zu dumm zum Tanken …

Vor lauter Starren auf sich sehen sie die Welt nicht und ertrinken wie Narziß im Wasser. (Wir sind Egoisten, aber keine Narzisse: Egoisten sind auch ich-bezogen, ziehen daraus aber Ehrgeiz, Kraft, Produktivität – gehen in die Welt, nicht aus ihr raus. Selbst Eitelkeit ist ja eine Produktiv-Kraft.)

Deshalb ist mir diese Anti-Aufklärungs-, Anti-Ratio-Welle so unheimlich; und natürlich auch, weil sie meinem Gesetz des Aktiven, des Tuns, der *vita activa* statt *vita contemplativa*, zuwiderläuft.

Wobei ich ahne und spüre, daß es sehr wohl noch eine andere Dimension gibt/geben muß. Religion? Ich ahne da sogar eine Veränderung meines Lebens in den nächsten Jahren. Bin da in einem Tunnel, dessen Licht am Ende ich noch nicht sehe. Das hat wohl nichts zu tun mit dem banalen «Jetzt legen wir uns alle auf den Rücken und bilden einen Kreis und denken einen Satz mit 3 Worten»; grauslich – und dirigistisch, gar diktatorisch – das Entsetzliche auch, daß Menschen das machen, mit-machen, mit sich machen lassen. Ob diese leise Veränderung in mir auch mit Gerd zu tun hat? Mit älter, müder, dem Tode näher ohnehin. Aber – im Moment ist ja Wahn, Abenteuer, Jagd aus meinem Leben weg; es ist «beschaulicher» geworden – ich saß sehr gerne dort am (15 Taxi-Minuten entfernten) kleinen Fischerhafen abends alleine, aß den ewigen Greek Salad und den Swordfish oder Dorade, trank meinen Wein, schaute den heimkehrenden Fischerbooten und den auf Fang wartenden Katzen zu – und war ganz «at ease».

Gerd hat übrigens heute Geburtstag, und ich habe bißchen ein schlechtes Gewissen. Andrerseits ist/war es ja keine Lustreise, sondern wirklich für die Zeitung – und morgen Fernsehen für Tucholsky, was ich ja auch nicht Herrn Zwerenz überlassen konnte; denn immerhin bin ich der Mary das schuldig – bei der Einschaltquote dieser Sendung (wie der SPIEGEL natürlich wieder nicht ohne Häme ankündigen kann). Ich hab ihm natürlich – noch aus Hamburg und entsprechend zum Datum «organisiert» – geschrieben und einen schönen Strauß geschickt; trotzdem klang er heute morgen etwas kläglich. Tatsächlich finde ich ja, wohin immer ich reise, als erstes in jedem Hotel ein Fernschreiben – – meist mit einem Witz, einer Anspielung, einer kleinen Pointe oder auch Zartheit; übrigens nie direkt, sondern – rätselhafter Mensch – verklausuliert. So kam zum Weekend (Brecht per Fernschreiber!) dies Gedicht:

Er hat gesagt
Ohne Dich
Kann er nicht leben
Rechne also damit,
Wenn Du ihn wiedertriffst.

Ich finde es nicht sentimental-kitschig, durch die Zitat-Verfremdung.

Und nicht mal juristisch kann ich wirksam vorgehen – erst NACHDEM (falls) Briefe von mir an Johnson, die das Bürschlein doch gewiß auch hat, in einer Schmierenpresse veröffentlicht wurden, könnte ich klagen – präventiv garnix. Absurd.

Diese Wehrlosigkeit macht mich kaputt. Ich kann ja nicht mal jemandem erläutern, daß ein Brief zwar authentisch sein mag, aber sein INHALT es doch deswegen noch nicht ist. Johnson, der heimlich sich in Kurzwellen-Telefonate einblendete und dann mir «Indiskretion» vorwarf, hat die irrsinnigsten Dinge behauptet: daß Grass seine Ehe zerstört habe; daß Enzensberger seine Schwägerin umgebracht habe (die in einer Enzensberger gehörenden Wohnung in Westberlin zur Zeit seiner Abwesenheit verbrannte); daß die eigne Tochter nicht die eigne Tochter sei: lauter Wahn- oder Paranoia-Ideen, was man ja auch im SPIEGEL oder im Stern weiß und wußte. Also wird eine Johnsonsche Wahnidee als Wahrheit verkauft – um mich zu «erledigen».

Wie weiter?*

---

* Es war vermutlich die Nacht vom 22. auf den 23. Februar 1984, als Uwe Johnson in seinem Haus in der englischen Kleinstadt Sheerness an Herzversagen starb. Da der Schriftsteller zuletzt fast völlig isoliert gelebt hatte, wurde sein Leichnam erst am 12. März von Nachbarn gefunden, die sich zu Johnsons Wohnung Zutritt verschafft hatten. Gut zwei Monate später, am 24. Mai 1984, veröffentlichte Tilman Jens im STERN die Reportage «Der Unbekannte von der Themse» über den Tod Johnsons; er war für die Recherche in das leerstehende Haus des Schriftstellers eingebrochen und hatte dort Briefe und andere Dokumente gelesen. In seiner Reportage erhebt Jens gegen Fritz J. Raddatz mehr oder weniger direkt den Vorwurf, für das Scheitern der Ehe von Elisabeth und Uwe Johnson mitverantwortlich zu sein. Elisabeth Johnson hatte über einige Jahre eine Liebschaft mit einem Mann gehabt, der dem tschechoslowakischen Geheimdienst S. T. B. angehörte; nachdem Johnson das Verhältnis entdeckt hatte, versuchte das Paar zwei Jahre lang, die Ehe zu retten, doch Johnson fühlte sich nicht nur betrogen, sondern auch verraten, er unterstellte seiner Frau sogar, ihn bespitzelt zu haben. Als die Probleme der beiden schließlich publik wurden, verließ Elisabeth Johnson das gemeinsame Haus in Sheerness. Tilman Jens schreibt: Die Johnsons seien um einen Neuanfang bemüht gewesen, «bis die Tragödie, die bislang nur die beiden betraf, durch die Indiskretion eines Hamburger Feuilletonisten ruchbar wurde, der sich später in einem Nachruf auf Johnson zu allem Überfluß mit dessen Freundschaft brüstete, obwohl die ihm in einem bitterbösen Brief längst aufgekündigt worden war.» In seinem Buch «Unterwegs an den Ort wo die Toten sind. Auf der Suche nach Uwe Johnson in Sheerness», das er im November 1984 bei Piper veröffentlichte, wiederholte Tilman Jens seinen Vorwurf weit weniger deutlich. Er spricht allerdings immer noch von «postum bis zum Überdruß erörterte(n) Indiskretionen von außen». Als ans Licht kam, mit welchen Mitteln er an seine Informationen gelangt war, führte das nicht zuletzt zu seiner Kündigung beim STERN.

Herrn
Dr. Theo Sommer
Chefredaktion DIE ZEIT

6. Juni 1984

Lieber Ted (Sommer),

ohne von Ihnen darum gebeten worden zu sein; aber weil mir daran liegt, daß Sie wissen, um was es eigentlich in dieser «Spiegel»- und «Stern»-Verleumdungskampagne geht, hier ein paar erläuternde Zeilen. Was ich Ihnen hier aufschreibe, kann ich Wort für Wort beweisen, anhand von Briefen oder Artikeln. An dem, was in diesen Blättern steht, ist KEIN WORT WAHR. Wenn ich mich je – in all meinen Beziehungen, Verflechtungen und Entfernungen mit komplizierten Literaten – einem gegenüber aufs Nobelste verhalten habe, dann heißt der Uwe Johnson.

Mit ihm war ich seit Anfang der sechziger Jahre eng befreundet; das nahm seinen Anfang durch meine – wie er mir wörtlich schrieb: «die beste» – Kritik zu seinem ersten Roman. In den Berliner Jahren ging ich bei ihm ein und aus, war mit seiner Frau und – «Onkel Fritz» – der Tochter eng befreundet. Die Tochter war gelegentlich mein Gast in Hamburg; davon gibt es noch heute Fotos und «Bedanke-mich»-Briefe.

Wir blieben während seiner Amerika-Jahre in Kontakt, ich besuchte ihn in New York. In diesen Jahren begann sein Alkoholismus – ein Janssen der Literatur: genial und verrückt. Allmählich veränderte sich seine Charakterstruktur – er wurde jener «schwierige Freund», als den Grass ihn noch in seinem kleinen Nachruf bei uns im Feuilleton bezeichnete. Wenn andere Menschen *en famille* «Schiffe versenken» spielen, spielte er «Menschen versenken»: Er beleidigte seine Freunde, prügelte, trank bis zur Bewußtlosigkeit (verprügelte zum Beispiel in meiner Wohnung einmal James Baldwin und Ledig gleich mit). Anfangs dachte jeder seiner mehr und mehr verwirrten Freunde, das gälte nur ihm: Hans Mayer oder Walser, Jürgen Becker oder Grass.

Bis die Zersetzung so offenkundig wurde, daß keiner es mehr persönlich nahm. Doch man mied ihn – ohne zu wissen, WAS ihn eigentlich zerstörte. Mich rief zum Beispiel Hannah Arendt einmal aus New York an, die wußte, wie gut ich ihn kannte, ganz alarmiert und fragend, ob ich ihn nicht beeinflussen und zu einem Arzt bringen könnte; das wäre im «Stern»-Jargon eine «Indiskretion».

Trotzdem blieb ich in Kontakt. Er schrieb sogar für die ZEIT (obwohl er sonst nie für Zeitungen schrieb), und ich besuchte ihn und die Familie das letzte Mal im Sommer 1977. Laut «Stern» war das das Jahr, in dem ich durch «Indiskretionen» die Ehe zerstörte. Sie war aber bei meinem Besuch keineswegs (jedenfalls mir nicht sichtbar) zerstört. Nach meinem Besuch in Sheerness kamen noch verschiedene Briefe in der üblichen Frotzel-Spiel-und-Ernst-Manier; der letzte freundliche Gruß vom Mai 1978 – also ein halbes Jahr nachdem durch mich die Ehe zersprungen sein soll.

Im Herbst 1978 hörte ich zum ersten Mal, und zwar von Enzensberger und Grass, daß Uwe und Elisabeth Johnson sich getrennt haben sollten. Da ich wußte, daß diese Klein-Familie das Zentrum seines Lebens, die Tochter das Zentrum seiner Prosa-Arbeit war, daß er in Wahrheit mehr und mehr gemieden auf einer abtauenden Eis-Scholle lebte – war ich vollkommen entgeistert.

Ich rief Unseld und Helen Wolff (seine amerikanische Verlegerin, an der er sehr hing) an, um zu erfahren, wohin man fliegen müsse, um helfen zu können – und buchte bereits das Tikket nach London. Ihn konnte ich nie erreichen – sonst hätte ich ja nicht seinen Verleger fragen müssen. Unselds Sekretärin Burgel Zeh hat ihn dann erreicht – und ihm, offenbar harmlos und wohlwollend, erzählt, daß ich ihn dringlich und vergeblich versucht habe anzurufen. Daraufhin kam jener jetzt im «Spiegel» zum Teil zitierte Brief, der mich beleidigte und kränkte – es war sozusagen ein schriftliches «Menschenversenken»-Spiel geworden (selbst Martin Walser, einer seiner engsten Freunde, hat seinetwegen, geradezu aus Angst vor ihm, die Unseld-Feier zu Max Frischs Geburtstag verlassen; Hans Mayer, bei dem Uwe Johnson in Leipzig studiert hatte, brach vollkommen mit ihm). Ich lege hier die Kopie meiner damaligen Antwort an ihn bei – die self-explanatory ist.

Nur: Auch zu diesem Zeitpunkt gab es nichts, was Indiskretion genannt werden dürfte. Er meldete sich nicht, ich mich auch nicht. «Jedermann», sozusagen in der Welt der Literatur, wußte: Uwe Johnson ist nun vollkommen verrückt geworden, trinkt und läßt wie auf dem Berg Athos nicht mehr ein weibliches Tier ins Haus. Der Roman stockte.

Dann kam seine Aufsatzsammlung BEGLEITUMSTÄNDE, in der er – nie dagewesen in der Literatur – seine Frau öffentlich des Ehebruchs und der Ost-Agentenschaft zieh – sie sei in Wahrheit nie seine Frau gewesen, sondern ihm «unterschoben» worden. Die Tochter (so erzählte er gelegentlich einiger Deutschland-Besuche Kollegen wie Grass, Brasch oder Hildesheimer) sei nicht von ihm, sondern von dem Agenten.

Ich rezensierte das Buch bei uns (positiv; ZEIT Nr. 42/1980) und ging korrekterweise auf diesen Skandal ein. Auch das – als habe ich, nicht er die Dinge öffentlich gemacht – soll er übelgenommen haben.

Dann kam, wider alles Erwarten, der Abschlußband JAHRESTAGE. Ich rezensierte (positiv, ZEIT Nr. 42/1983): habe also nie, mit keiner Zeile die objektiven Pflichten und Rechte des Kritikers auch nur andeutungsweise mit Privat-Querelen vermengt. Im Nachruf, geschrieben noch in der Nacht der Todesnachricht, habe ich aufs Reinlichste eben diesen Bruch einer Freundschaft erwähnt.

Sie wissen am besten, daß ich mich sogar trotzdem dafür eingesetzt habe, daß die ZEIT ihn nach New York schickt; kann man fairer, korrekter, humaner handeln?

Uwe Johnson, bei aller Verrücktheit ein Moralprediger und Prinzipienreiter, hätte NIE IN SEINEM LEBEN diese Einladung von mir – er wußte, sie kam von mir, er hat mit mir wegen dieser Reise korrespondiert; also 1983 – angenommen, wenn er mich als «Zerstörer seiner Ehe» angesehen hätte. Er hätte auch nicht einen langen Abend lang bei Hans Werner Richters Geburtstag, also noch im November 1983, an einem Tisch mit mir gesessen, gegessen, getrunken. Dafür hätte ich Zeugen: Grass (der mit am Tisch saß), Hans Mayer, Joachim Kaiser, Christian Gneuss vom NDR.

Pardon für das Epos. Sie verstehen, daß ich zutiefst verletzt über diese haarsträubenden Lügen bin – die ja zu verifizieren gewesen wären durch zwei Stadtgespräche. Das ist Journalismus unterhalb der Springer-Grenze. Ich weiß, daß ich mich im Blatt nicht dagegen wehren kann – aber es lag mir daran, daß SIE wenigstens wissen: Der ZEIT-Feuilletonchef ist weder Indiskretin noch Klatschkolumnist noch jemand, der quasi durch Skandalsucht Autoren in den Tod treibt.

Herzlich
Ihr
Raddatz

Zigmal umsteigen und SEHR unbequem schließlich doch in Brüssel angekommen. Es war bizarr: ein RÜHRENDER, halb blinder, halb tauber Mann, eine natürlich entsprechend jüngere, aber auch nicht mehr JUNGE Frau, hochtoupiert und im feinen Braunseidenen, ein rescher Neffe (resch ist jiddisch und heißt laut-energisch), der das alles in der Hand hat und sagt: «Paul, du mußt jetzt …», und dann erhebt sich der alte Mann und tut's.

ABER: ein Märchen-Museum, klein, übrigens PRIVAT von Delvaux als Stiftung aufgezogen, mit unentwegtem Besucherstrom, die Eintritt zahlen, Kataloge und Poster und Postkarten kaufen – und mit wundervollen Bildern, viele seiner berühmtesten hängen tatsächlich da, im ganzen vielleicht 30–40. Eine SEHR lohnende Reise. Auch wenn das Gespräch mit ihm eher wirr und wegweichend war wie die Stimme der BBC im Kriege im Volksempfänger.

Abends habe ich mich daraufhin ganz alleene ins Maxim's am schönen Platz gesetzt, von Kopf bis Fuß auf Aschenbach eingestellt, der soignierte Grauhaarige, ließ mir den besten Tisch am Erkerfenster geben, trank eine ganze Pulle Champagner nur für mich und bestellte mir feine Pasteten. Ich wollte das feiern – denn tatsächlich «empfängt» der Mann ja niemanden mehr; außer daß er in Hausschuhen durchs eigne Museum latscht und jedem, der's will, eine Unterschrift «schenkt».

Nextes Jahr hat Tucholsky 2 runde Gedenktage. Aus diesem Anlaß hatte ich dem ZEIT-Magazin vorgeschlagen, im Frühjahr 14 Tage auf seinen Spuren (er hat ein «Pyrenäen»-buch geschrieben) die Pyrenäen abzufahren und eine Art literarische Reportage zu schreiben. Wegen der langen «Vorlaufzeiten» muß ich im Herbst fahren, damit der Fotograf hinterher im Oktober noch das schöne Licht nutzen kann. En bref: fahre nun vom 26. August bis Mitte September mit Pörschlein und Gerd durchs Gebirg.

Montag abend aufs Mondänen-Schloß gerast, einerseits verrückt, für ein Abendessen nach Tirol, andrerseits sind's auch nur 2 Stunden. Dort Kaiser, Enzensberger und Tankred Dorst, weswegen ich auch hinfuhr. Kaiser sehr nett, in vielem sind wir uns sehr ähnlich, nicht zuletzt in unserem Verhältnis zum Geld, wobei ich sicher bin, daß er mehr verdient (hat aber auch 2 Kinder). Sein Satz «In der 1. Generation wird eben nischt» ist nicht ganz falsch, ihm geht's wie mir: Er verdient gut, aber es bleibt nichts. So war das Beste die Autofahrt mit ihm zum Schlöß'chen. Eine Tischdekoration, die die Dame des Hauses für «genial» hält und allen Ernstes fotografieren läßt wie ein Bühnenbild von Wonder, u. a. eine uralte Schreibmaschine, die eine Endlosschlaufe mit dem Aufdruck «mon œuvre» ausspie; im Grunde doch recht rokoko-frivol mit schließlich einigen Autoren am Tisch, hieß es doch, daß wir uns alle mit unserem An- und Ausspruch «mein Werk» lächerlich machen. Kaiser am nächsten Tag, herrlich, wie ein Tucholsky-Satz: «Na, die Krebse waren ja doch recht klein ...»

Enzensberger seltsam weich – ich halte das für eine Schutzhaltung. Im Grunde war er mir als Rasierklinge lieber – dies heißt doch im Grunde: Mir ist alles gleichgültig, ihr alle seid mir nicht mal mehr wichtig genug, um mich über euch zu erregen, euch zu hassen, euch zu attackieren. Mit dem Hausherrn hätte er früher kein Wort gesprochen, und die endlose Adenauer-Bewunderung und Anbetung der (scheußlichen) 50er Jahre hätte ihn schaudern gemacht, jetzt steckt er sich nur ein neues Cigarettchen an. Dorst bißchen grob-nichtssagend. Sicher ein guter Handwerker, sicher aber kein Dichter. Nett-bedeutungslos. Für nächsten Tag war schon die nächste Ladung Gäste im Anrollen, und eigentlich hat die Dame des Hauses in dem Moment, in dem die Gäste da sind und bei Tische sitzen, schon die Nase voll von ihnen und denkt an die nächsten. Die Blumenarrangements für nächsten Abend standen ungeniert bei unserer Abreise vor der Haustür. Schade um unsere einst so zart-liebevolle Freundschaft.

Gestern abend bei Grass, in der soeben bezogenen Hamburg-Wohnung, in der er unglücklich wie ein Rabe wirkt, dem die Schwingen geknickt sind. GANZ sind sie wohl nicht geknickt, denn er schreibt wieder, hat schon über 200 Seiten vom neuen Roman, der ja am Neujahrsmorgen in Portugal nach meinen «Ermahnungen» begann. Immerhin – seine Kraft ist bewundernswert, wie er sich in einer, trotz der 7 Zimmer zu engen, letztlich unkomfortablen Wohnung (allein 4 Schlafzimmer wegen der 3 Söhne) einfach an den Tisch setzt und weiterschreibt.

Es war ein Chaos aus unausgepackten Kartons, Söhnen, vollen Aschbechern, Straßenlärm (so laut, daß man sich kaum unterhalten konnte – wie kann man allein deswegen so eine Wohnung nehmen ...), Handwerkern und einfach ohne Anmeldung so hereintröpfelnden Besuchern. Boulette mit Karotten, dazwischen schmatzende Gören mit Fanta-Flaschen, das Ganze an einem Küchentisch.

Aber merkwürdig (bißchen ähnlich war's ja auch in Portugal), das Ganze hat eine sehr menschliche, sympathische Atmosphäre, ich fühle mich dabei, obwohl doch so etepetete, überhaupt nicht unwohl, im Gegenteil. Und Grass eben doch sehr freundschaftlich, immer wieder teilnehmend an meinen Problemen.

16. AUGUST

Vorgestern letztlich deprimierender Abend bei der Gräfin Dönhoff mit «1. Bürgermeister» Dohnanyi, Grass, Wunderlich und mir wegen der Stiftungsidee.

Zuerst 1 Stunde nur SEINE Sorgen beim Regieren der Stadt, was uns 1. weiß Gott nicht interessierte, wofür er 2. bezahlt wird; man will ja auch nicht die Sorgen der Müllabfuhrmänner hören. Unser Anliegen muß ihm tief innerlich fremd sein. Obwohl ein für Politiker relativ gebildeter Mann, der offenbar gern in Museen geht, auch oft im Theater zu sehen ist und so entlegene Sachen weiß (die ich nicht weiß), daß Schiller in Oggersheim die RÄUBER geschrieben hat (der Ort also nicht NUR durch die Geburt des Herrn Kohl verunziert ist): Er richtete *ni* EIN Kompliment an Grass *ni* an Wunderlich à la: «Ich bin ein Bewunderer Ihrer Werke ...» Dann ist er's entweder nicht oder zu arrogant, es zu sagen. Am Rande der Unhöflichkeit.

Unsern Plan will er durch so viele Siebe rühren, daß zum Schluß wahrscheinlich ein Eisenbahnmuseum dabei rauskommt: zurück bis Heine (der Nachlaß ist aber von Pompidou für Frankreich erworben worden, also garnicht zu haben) und voran bis Augstein und Springer. Nun will ich aber nicht mit Augstein und Grass nicht mit Springer und Wunderlich mit keinem «verewigt» werden.

En bref: Das Ganze wird nix. Gut, dann eben nicht. Nur: Es war SO nicht gedacht. War ausnahmsweise weniger eine Idee der Eitelkeit, des Sich-Verewigens, als des sozialen Empfindens: Kunst in Privathand ist doch eigentlich nur Leihgabe auf Lebenszeit.

Wenn das Ganze doch bei besserem Essen beerdigt worden wäre. Aber die Abende bei der Gräfin (ist sie nun geizig oder tatsächlich so unkultiviert?) sind ja immer ein Cauchemar, was das Lukullische betrifft: ein Eiersalat mit Thunfischkonserve und rote Grütze aus Suppentassen, als habe sie nicht mal Kompottschüsselchen. Dazu 3 – drei! – Flaschen Wein, jedesmal eine andere Sorte und hinterher Schladerer Kirschwasser. Selbst Grass, der nun nicht Messerbänkchen und Dom Pérignon fordert oder gewohnt ist, sagte hinterher im Auto: «Bewirtet denn die Frau auf so einfältige Weise ihre vielen internationalen Gäste?»

Wütend im Anschluß noch zu mir, wo wir uns, mehr frustriert als hungrig, auf dicke Schinkenbrote stürzten.

1985

6. Januar

Die lange Schweigepause hat vor allem mit der vielen Arbeit der letzten Monate zu tun, mit der herrlichen, aber anstrengenden Pyrenäenreise, über die ich ja öffentlich Tagebuch führte, und all dem anderen: Im Grunde findet mein Tagebuch ja in der Zeitung statt, jedenfalls die wichtigeren Dinge – ob ich nun eine Woche in New York war oder ein Interview mit Kundera in Paris machte: alles gedruckt. Nicht festgehalten die Zwischentöne – das will ich nun wieder versuchen. Die kleinen Erfahrungen, Verletzungen, Verwunderungen (und Verwundungen) – ob nun ein skurril-lebhafter Abend mit und für Hrdlicka (von Beginn an mit Strömen Vodka betrunken), an dem sich Kempowski nicht ins Nebenzimmer «traute», denn da sitzt ja «Grass», oder ein Riesen-Abendessen für Enzensberger (der eine verspielt-vertänzelte «Blattkritik» in der großen Konferenz der ZEIT macht), bei dem sich eben noch vereinsamte Literaten auf- und übereinander stürzten wie weiland in der Gruppe 47: Kunert auf Rühmkorf und Grass auf Enzensberger und Lenz auf die Dönhoff und Hochhuth auf alle (nebenbei immer seine kleinen Geschäftchen machend); nur Wunderlich saß etwas erstaunt (und wohl auch befremdet – zu viele andere waren Mittelpunkt) dabei. Also soll künftig wieder regelmäßig festgehalten werden – auch, wenn Gaus mir groteske Sachen von Kohl erzählt, der ihn auf dem Höhepunkt der Botschaftsbesetzungen (heimlich) zur Beratung empfing – in Pantoffeln («Marscherleichterung» nennen das die Militärs – typischerweise auch die Politiker) und in den zu kurzen Helanka-Söckchen schwadronierend, ob Präsident Reagan mit seinem

Witz, die USA hätten soeben die Sowjetunion angegriffen, nicht doch einen tiefen Wunsch vieler Menschen ausgesprochen habe ... Trauer um Erich Arendt, den so langjährigen Freund, den ich mochte, der gar zuzeiten eine Art Lehrer war – und der nun verscharrt liegt neben Brecht und Becher und Hegel und Zweig. Aber sein Grab (ich habe Gerd mit Blumen hingeschickt: «Dem abgereisten Vaganten – der dagebliebene FJR»; er hieß immer Vagant bei uns, nannte sich in allen Briefen so), sein Grab war nicht zu finden, kein Stein, kein Name, keine Blume. Gerd mußte eine Stunde suchen und Einheimische fragen. So endet man? Und kein Mensch weiß, wer sein Urheberrecht geerbt hat – ein Brief von mir cc an Grass, an die Akademie wurde nicht mal beantwortet (ICH will da nun wahrlich nix, will nur Wächter sein); niemand weiß, wer wann was für eine Edition macht. Grauslich. Wie wird das denn mal bei mir – – wer wird der Raddatz von Raddatz? Soviel Glück wie Mary (die ich im November besuchte, SEHR alt, fast gaga, wußte nicht mal, was – und wo – ihr Erbvertrag ist – die Basis der gesamten Stiftung; von der sie erwartet, daß ich sie umsonst leite). Ein anderes Thema – soviel Glück werde ich nicht haben. Vernutze ich nicht meine endgültig letzten Jahre in dieser Zeitung, wo ich ja nicht als Autor, sondern als Chef engagiert bin, als «Papa» von 8, wenn nicht verrückten, so doch höchst störbaren, eifersüchtigen, schwierigen Redakteuren; als Redakteur fremder Texte, an deren Präsentation, Kürzung, Aufmachung, was weiß ich – ich meine Phantasie wenden muß, Fichtes Platen-Essay 8mal lesen (prüfen, korrigieren, kürzen, Korrektur lesen etc.) – was geht MICH das eigentlich an? In der ZEIT schreibe ich ja was Eigenes. Heute abend Paul Wunderlich und Karin, «Welcome-back-home»-Dinner, wird sicher schön. «Unterfüttert» allenfalls von meinem, ja, was nun: Neid oder was, wie mühelos sich andere auf irgendwelche Stühle schwingen – der flanellen-wendige Herr Naumann auf den des Rowohlt-Chefs oder Felix Schmidt als Chef der HÖRZU (was ich nun wahrlich nicht wollen wollte). Ich werde nur noch UM RAT gefragt: von Mohn, wer ihm einen literarischen Verlag leiten könnte; von der Kultursenatorin, wer Intendant des Schauspielhauses werden könne; von X, wer den Rowohlt Verlag leiten könnte – – – – nur MICH zu fragen, darauf kommt niemand. Plärrerei, Herr Raddatz? NUR gekränkte Eitelkeit – oder auch steigendes Gefühl von «nicht gesellschaftsfähig»??

24. JANUAR

Dienstag abend merkwürdig gespenstischer Abend: zum Essen mit Gaus, Lea Rosh und Kempowski, die den – ENDLICH – aufhörenden Momos ersetzen sollen. Sommer kam nach dem Essen hinzu, und Gaus fiel förmlich über ihn her, ungebremst, nicht inhaltlich, sondern *ad personam* (so, daß Sommer schweigend ging): Eigentlich sagte Gaus nur in höchster Erregung, und 30 Minuten lang, den EINEN Satz: Du bist Chefredakteur und ich nicht. Seine Eitelkeit ist nicht die putzig-kindhafte von Mayer, bei dem's ja immerhin noch um das «Machen von etwas» geht, sei's nun ein Vortrag, ein Buch oder ein Essay; die Gaussche ist nur auf Macht respektive den ihm offenbar nicht verdaubaren Verlust von Macht konzentriert und dadurch ganz unerträglich. Er beginnt jeden 2. Satz: «Als ich noch Leiter der Ständigen Vertretung war ...» oder: «Als ich mit dem russischen Botschafter aß ...» oder: «Als ich mit dem englischen Attaché ausritt ...» Da wir bei CÖLLN saßen, hieß es zwischendurch auch: «Als ich noch Chefredakteur des SPIEGEL war und hier oft mit Strauß aß.» Es ist ihm deutlich nicht genug, NUR Buchautor zu sein, obwohl dort sogar erfolgreich, und Fernsehmoderator. Er will einen Schreibtisch, eine Sekretärin und ein Diensttelefon: «Ich verbinde mit Herrn Gaus ...» Und ich? Wie ginge es mir, säße ich da nicht mehr? Mal abgesehen von finanziellen Dingen – wie würde ich es psychologisch nehmen? Bin mir da meiner selbst garnicht mehr sicher.

Gestern abend bei Grass, der eben doch ganz anders ist, ganz in sich ruht – obwohl kleine Nebensätzchen verraten, daß er sich schon jetzt grault vor dem Gemetzel, ist erst mal sein neues Buch raus. Die «Haushaltsführung» dort grotesk, Ute lieb, aber keine aufmerksame Gastgeberin, kein Soda im Haus und kein Aschenbecher – respektive ein überquellender – auf dem Tisch, man sitzt in der Küche, ein Sohn schmeißt erst mal den herrlichen Orchideentopf um, den ich mitbrachte, der andere, das Fleisch auf dem Teller, steht einfach beim Essen auf und geht ans Telefon, der dritte – für ihn ist mitgedeckt – taucht garnicht erst auf. Ich erinnerte mich, wie jener Bruno, als ich sie in Wewelsfleth im Winter besuchte, vor Jahr und Tag, sagte: «Günter, hast du die neue ZEIT da?», Grass mich bedeutungsvoll-strahlend ansah: «Siehst du, meine Söhne lesen – und zwar dich», er dann aber bat: «Aber wiedergeben, ich bin noch nicht durch», und der Herr Sohn ganz empört sagte: «Aber wieso denn – ich brauche sie doch, um meine nassen Schuhe auszustopfen.» Klaus Mann im Hause Thomas Manns, Alfred Kerr zu Gast: «Gib mir mal das BERLINER TAGEBLATT», undenkbar. Bin neugierig auf das Buch. Grass will nächstes Mal daraus vorlesen – und wünsche sehr, daß es gut geworden ist. Was er erzählt, hört sich zumindest schön-skurril an, und ich bin immer wieder baff, wieviel er doch offenbar liest, verarbeitet an Material, das er sich doch erst mal besorgen muß.

HOTEL IM PALAIS SCHWARZENBERG,
WIEN, DEN 31. JANUAR

Der Besuch bei Günther Anders wird ja seinen Niederschlag im ZEIT-Gespräch finden. Eine der Schwierigkeiten meines Tagebuchs: Vieles an Erlebtem, Gesehenem geht ja unmittelbar in meine (öffentliche, veröffentlichte) Arbeit ein. Also: Die Diskrepanz zwischen meinem Luxushotel und seiner unbeschreiblich ärmlichen, dreckigen, «anspruchslosen» Wohnung – 1 kaputter

Stuhl, 1 zerrissenes Sofa, 1 wackliges Tischchen – war bedrückend. Küche ein Schweinestall, verfleckt, voller Reste, geronnener Speisen, dreckigem Geschirr, Eisschrank förmlich speckig – er wollte partout «Kompott» essen mitten im Gespräch, und wie 2 Marx Brothers arbeiteten wir beide in dieser vermisteten Küche an einem Schraubglas mit allerlei verrosteten Zangen. Bis ihm einfiel: «Metall dehnt sich bei Hitze aus», er mit seinen zu Flossen verbogenen Gichtfingern Gas anzündete, das Glas verkehrt herum auf die Flamme stülpte und schließlich mit einem seit gewiß 4 Jahren ungewaschenen Lappen aufdrehte. Dann aßen wir «Kompott» im «Musikzimmer» – da hatte seine letzte Frau, Charlotte, die ihn schon vor 10 Jahren verlassen hat, ihren Flügel stehen. Nun steht da nichts – 2 Stühle, 1 Tisch, ein leeres Bücherregal und ein Handtuch – als Wandteppich – aus Hiroshima. Ambiente wie die Kompott-Scene sehr typisch für Anders, seine Intelligenz, seine *care-less-ness* gegenüber allem Irdischen («Ich kaufe mir nicht mal mehr eine Hose, ich demissioniere ja bald. Wir werden uns wohl nicht mehr sprechen …»). Ein Clochard als Philosoph. Ob er das ist – auch wenn er sich unentwegt so nennt –, bezweifle ich. Mehr ein politischer Publizist. Typisch, daß seine Brecht-Anekdoten das Beste und Lebendigste waren an dem Gespräch; das «Philosophische» eher wirr und – auch des Alters wegen? – dem Gedankengang öfter nicht folgen könnend. Schreckliche «Mahnung» das Ganze vorm Alter. Wenn da nicht seine Ex-Ex-Frau Lisl wär, zu der er abends schlafen geht – wie lebte so jemand? Wie werde ich mal leben, alt und krank? Der Abend vor 3 Tagen bei Wunderlichs kreiste bereits (wie schon oft) darum, wobei Paul nach zunehmendem Wein – und nachdem Karin sich zurückgezogen hatte – in zunehmende Lebensbitternis ausbrach, auch Frauenverachtung: «Frauen sind nie kreativ.» Köstlich, undiszipliniert und quakelig, aber eben doch voller Ideen, Assoziationen, Einfälle, den andern Abend Hochhuth. Auch mit dem mir so sympathischen historischen Gewissen – er sieht zwar auch die herrlichen Bilder in der Kronenhalle, aber er sagt sofort: «Die meisten davon bestimmt für ein paar Mark einem armen, jüdischen Flüchtling abgeluchst.» Erzählte, daß er ein berühmtes Bild, das Klaus Mann im WENDEPUNKT schildert, also den Pringsheims gehörte, bei den Reinhardts wiedergefunden habe; und, als er das Golo und Katja gesagt habe («Sie können doch klagen und sich Ihr gestohlenes Eigentum wiederholen»), nur ein müdes Achselzucken geerbt habe. Wie würde man selber reagieren? So. Heute abend Dohnanyi. Was er wohl will? Wird bestimmt ein verlorener Abend.

13. FEBRUAR

Abends Dohnanyi. Bin mir nicht klar, ob er mir nicht «eigentlich» unsympathisch ist: Er zieht zwar in der Bibliothek – vor dem Lukács-Regal stehend – spontan einen Band Béla Kun heraus, weiß, wer das war, sucht im Index nach seinem Großvater, der da involviert war – aber er schmiert sich bei Tisch eine «Stulle» (die er zusammengeklappt aus der Hand ißt) mit dem Fischmesser. Das Gespräch interessant und sehr intelligent, wo es um (eine möglichst neue) politische Moral ging, um Chancen der SPD, wenn sie die neuen Probleme er- und begreift; albern Gaus-haft, wo er sich lobt («Ich bin der Mann mit dem besten Gedächtnis der Welt»), und zwar kennerisch, aber flach, wo es um Kunst geht. Unsere schöne Museums-Idee wird nichts, meine «Sammlung» fand er «nett», aber deutlich auch unbedeutend, zufällig – eben keine Sammlung. Vielleicht hat er recht? Die Sachen kann ich also ohne Reue verkaufen (wenn ich's «kann»; kann ich aber nicht ...). Dohnanyi setzt dagegen seine Archividee, die mich nicht sehr interessiert; denn das von mir beschriebene Papier ist ja ohnedies «da» und bleibt.

Noch Februar

Eine Woche Venedig und Zürich. Venedig ein angeblich «wichtiger» Kulturkongreß. Gräßlich. In was für ein RECHTES ESTABLISHMENT ich da geriet: Lasky und Scheuch und der nun vollends grausliche Reich-Ranicki, der buchstäblich nicht ein Wort, nicht einen Satz über ein Buch, ein Gedicht, irgendeinen Inhalt reden kann; es geht wie ein Wasserfall nur um Literaturklatsch, wer über wen was gesagt hat, wer durch welche Intrige welchen Preis kriegt und vor allem: was er wann und warum, welchen Artikel abgelehnt, gekürzt, bestellt, zurückgeschickt hat. Die guten Manieren wollten es, daß ich mich (jovial?) unterhielt – aber der Mensch ist zu stumpf, um zu merken, daß Höflichkeit sehr schneidend sein kann. Zürich war eher flach, auch eisig. Muschg nett, aber erklärte, er müsse für die Swissair-Bordzeitung einen Fernsehfilm ansehen und daher gleich wieder weg; wir hatten keine 1½ Stunden – eigentlich eine Frechheit, zumindest Ungehörigkeit. Sehr berührte mich ein Satz; erzählte, daß er hier in der Kronenhalle «immer im Kriege mit meinem Vater» gesessen habe – mein Gott, wo haben wir mit unseren Vätern im Kriege gesessen: im Bunker, im brennenden Berlin, im Hunger und Dreck, egal, daß «wir» es ja auch verschuldet hatten – es kommt einem schon merkwürdig vor, sich vorzustellen, wie satt und warm und wohlig die da lebten. Kann so jemand unsereins überhaupt verstehen mit den spezifischen Wunden und Schwären lastender Erinnerungen?

16. Februar

Schöner, reicher Abend mit (und für) Grass, der erstmals – übrigens auch für Ute – aus seinem Buch las. Vor dem Essen, 1 Stunde; dann schönes, üppiges «deutsches Essen» und noch «Nachlese», alles zusammen bis 3 Uhr morgens. Für solche vollen, harmonischen Abende (z. B.: mit Paul und Karin Wunderlich und Gerd) kann man dankbar sein, kein Bla-Bla, wirkliche

Gespräche und schönes gegenseitiges Vertrauen. Der Text scheint mir ungleichmäßig, kraft- und phantasievoll, wo unrealistisch, und platt, wo er nur beschreibt bzw. – 50er Jahre als bloße Nierentischzeit – karikiert. Werde versuchen, ihm das zu sagen. Welch ein Unterschied zu irgendeinem kakelnden «diner blanc …». Marginalie: Obzwar bei mir, dem Junggesellen, so oft und stets reichlich bewirtet: Sein Litho «Bölls Schreibmaschine» bringt Grass nicht als Gastgeschenk mit, sondern will 600 Mark. Der Kolonialwarenladen ist nie verlassen worden …

13. März

Hatte buchstäblich vor Zorn über diese Bucerius-Replik in Sachen DAS BOOT nicht geschlafen, die ganze Nacht zuvor. Auch, weil ich mich schäme: Muß ich mir wirklich derlei gefallen lassen, muß ich gar noch den Sonntag, also einen Tag zuvor, in seinem (piefkigen) Haus zu Abend essen, mir von ihm Wein servieren lassen wie ein Kutscher? Widerlich, diese Puntila-Matti-Situation und diese falsch-feine, pseudo-englische Art, an einem langen Abend in seinem Haus («Wahlparty») kein Wort zum «Thema» zu sprechen. Es hat etwas Unehrliches an sich – und auch etwas Herablassendes; mit dem Personal streitet man sozusagen nicht, das bekommt zum Nikolaus sein Marzipan – und ansonsten Schriftliches. Ich hätte sofort gehen sollen, als er, während Meichsner vom NDR mir zu dem Artikel gratulierte, nur den einen Satz hervorstieß: «Unerträglich» – wieso bleibe ich im Hause eines Mannes, der weder Manieren noch Geschmack hat, nur Geld, der mich evident haßt und dessen Ruhm ich doch auch mehre. Wie schön wäre es, unabhängig zu sein – und heute mit einem knappen Satz zu kündigen, mit jenem Tucholsky-Satz an Theodor Wolff*, mit dem ich vor vielen

* Sehr verehrter Herr Wolff, ich habe den Eindruck, daß meine Tätigkeit im Hause nicht so ersprießlich für beide Teile ist, wie das wohl nötig

Jahren schon (als heimliches Zitat) bei Kindler kündigte. Dies Gefühl, ungebeten, unerwünscht zu sein (noch dazu bei DER vielen Arbeit), daß man mich nur aus rechtlichen Gründen nicht rausschmeißen kann, quält mich. Oder werde ich immer empfindlicher, dünnhäutiger? Haben mich die 7 Zeitungsjahre abgewetzt? Der «Geburtstags-Abend» tags zuvor, Montag, mit Fichte, war geradezu gräßlich: nicht nur, daß er mich den teuersten Champagner bestellen und zahlen ließ, die Austern dutzendweise (mein kleines Bremsen, ich nehme nur 6, schlichtweg überhört). Ich fürchte, er ist in einer akuten Johnson-Gefahr: eine echte Paranoia. Allen Ernstes verkündet er, die verzögerte Auslieferung des Jubelbuches über ihn bei S. Fischer sei ein Werk der Geheimdienste (wobei er sich zwischen KGB und CIA nicht entscheiden kann), genauso wie ein Druckfehler in einem KONKRET-Artikel über Luther oder das Verschwinden eines Rezensionsexemplars in einer NDR-Redaktion. AIDS ist ohnehin vom CIA – ein umgekipptes Reagenzglas der Chemical Warfare. Das hat etwas so Absurdes, daß man auch nicht mehr lachen kann. Gipfelpunkt ist dieses Jubelbuch über sich selbst, an dem er wohl mehr gearbeitet hat als je an einem Buch VON sich selbst. Die Biographie hält so denkwürdige Daten fest wie: 1948, filmt mit Lil Dagover (also mit 14!) oder 1962 Freundschaft mit Fritz J. Raddatz oder 1979 Interview mit Elfriede Gerstl (wer ist das?) oder 1984: Fichte spricht selbst den Grafen Platen (in einem Hörspiel, das noch dazu kein Hörspiel ist). Die Bibliographie gibt mit SÄMTLICHEN Titeln ein 19bändiges Romanwerk

---

wäre. Ich bitte Sie daher, aus meiner Stellung zum nächsten zulässigen Termin – das wäre der 31. März d.J. – ausscheiden zu dürfen. –

Indem ich Ihnen für das mir bewiesene Vertrauen danke, bin ich in alter herzlicher Ergebenheit Ihr Kurt Tucholsky,

Berlin, den 11. Februar 1920

(aus: Kurt Tucholsky, Gesamtausgabe, Texte und Briefe, Bd. 17, Reinbek 2006, S. 153)

an, von dem es keinen einzigen Band gibt (angeblich sind 6 im Manuskript fertig – aber wer weiß, ob das stimmt?). Und im Fototeil heißt es unter einem beliebigen Foto von Borges «Besuch bei Borges» (so könnte ich «Besuch bei Kafka» unter ein Bild von Kafka schreiben). Das ist doch schon krank. Fange an, mir regelrecht Sorgen zu machen – wird das nicht auf seine Begabung, auf sein Schreiben Wirkung haben, es noch monomanischer, also: monologisch machen? Das früher Witzige – «Ich bin die größte Schriftstellerin» oder: «Raddatz, ich bin gestern ermordet worden» – ist weg; geblieben ist eine ungute Schärfe, Verachtung ALLER anderen und in meinem Fall ein schrilles Lob – «KUHAUGE ist das wichtigste Buch der Nachkriegszeit!» – – – zu einer 10-Zeilen-Glosse in der letzten ZEIT über Leni Riefenstahl usw. sagt er: «Das war Ihr bester Artikel, den Sie je geschrieben haben.»

Kampen, den 14. Mai

Mildred Scheel tot. Hat mich doch sehr erschüttert – ein Glück, daß ich ihr doch noch telegraphiert hatte; wie Scheel sagte, hat sie sich noch sehr über diesen Gruß gefreut – und ihre Karte mit dem Dank gab mir die Schulze mit dem Satz: «Übrigens ist sie tot.» Post von Toten …

Frankfurt, Mai

Podiumsdiskussion mit Horst Krüger und Iring Fetscher zum Thema (das man nun bald nicht mehr hören kann) 8. Mai. Wobei ich allerdings ganz verblüfft war, wie unglaublich viele – auch junge – Menschen kamen und geradezu «ergriffen» zuhörten. Und bei meinen (ja gewohnt radikalen) Thesen enorm applaudierten: meiner ewigen Frage, was wohl die Mieter in den Berliner oder Breslauer Mietshäusern gedacht haben, als alle Familien Goldstein verschwanden (sie konnten ja nicht ALLE zu Ferien an der Ostsee aufgebrochen sein); wie frenetisch doch immerhin nahezu ALLE Herren Deutschen diesem Herren aus Braunau applaudiert haben; wie wenig es mir nach «Sabotage des Proletariats» klingt, wenn man heute weiß, daß der höchste Industrie-Ausstoß im 3. Reich im März 1945 war: Sie wären doch alle, alle mit ihm bis ans Ende der Welt marschiert, wenn's nur «technisch – also militärisch» geklappt hätte, und die Gauleiter hätten sich auf ihren Rittergütern im Osten gesuhlt, und die Mimen hätten gemimt, die Dichter gedichtet, die Karajans «gegeigt» ... Und dies ewige «Was hätten sie denn machen sollen, sie konnten doch nicht alle emigrieren» kann ich nun auch wieder nicht hören; ich habe ja nie 90 Millionen Widerstandskämpfer gefordert – aber erlaube mir, festzustellen, daß Heinz Rühmann eben nicht nur «Quax, der Bruchpilot» spielte oder die «Feuerzangenbowle», sondern widerliche Hetzlieder gegen Churchill sang: um seine Villa im Grunewald zu haben. DAS «mußte» man eben garnicht, und wenn man's tat, muß man sich das schon vorhalten lassen. Auch von einem, der «zu jung» war – was für ein albernes, wieder feige-exkulpierendes Argument: Dann darf ich also kein Wort zu oder über Büchner und Kleist, Fontane und Balzac sagen? War ich ja auch «zu jung» und nicht dabei? Fetscher begrüßte mich mit einem: «Sie glauben nicht, wie ich Sie um diesen Brief beneide.» Ich: «????» Er: «Na, das weiß doch jeder, daß SIE diesen Lenin-Brief an Rosa Luxemburg geschenkt bekommen haben, der neulich auf einer Auktion für 240.000 DM wegging ...» Ich: «Was Sie so alles wissen.» Fetscher: «Ja, das war allen klar, als es hieß, eine rheinische Dame habe ihn ersteigert.» Aber er ist so dumm, daß er mir ja auch erklärte, er wisse ja, daß bei jedem Artikel von Helmut Schmidt die Auflage der ZEIT um 50.000 stiege. Dann wären wir jetzt bei einer Auflage doppelt so hoch wie STERN und SPIEGEL ...

Am Freitag ein «tosendes Fest» – fast schon wie Abschluß der Saison, denn nun gehen bald alle in die Ferien, ich ja auch nach Kampen: Grass und Wunderlich, Enzensberger und Lettau, Inge Feltrinelli und die Mondäne, Jürgen Becker und Robert Wilson, Zadek, Flimm und Liebermann, Rühmkorf. Es war sehr schön, sehr «leicht», die «Chemie» stimmte, keine Mißtöne – außer hinterher Mißfarben auf meinem Teppich; ob da ein kleines Stück Neid-Haß unterbewußt reagiert und die Leute achtloslieblos sein läßt nach dem Motto: «Der hat's ja» (weil sie wohl denken, ich hab's wirklich, und sich nicht vorstellen können, daß hier zwar der Champagner in Strömen fließt – es wurden 50 Flaschen getrunken –, ich aber gleichzeitig hohe Schulden habe). Joachim Kaiser der Betrunkenste. Muß man sich Sorgen machen? Scheint unfroh und kein heiterer Trinker, sondern ein Bilanz-Alkoholiker. Wie auch Klaus Stephan, der neue Hoffmann-und-Campe-Chef. Mein Satz zu Rowohlts Heepe neulich abend: «Ich überlege, zu einem anderen Verlag zu gehen mit meinem nächsten erzählerischen Buch» löste die nicht sehr ermunternde Antwort aus: «Das kann ich verstehen.» Schade, daß Hochhuth absagte, hätte gerne den Herren Intendanten zu-intrigiert; Zadek nannte ihn den modernen Autor von «Onkel Toms Hütte». Ist da was dran? Die Mondäne in ihrem Element. Zu sonderbar – diese Frau. Zu einem gemütlichen Abend, sagen wir zu viert, an dem man sich doch in Wahrheit viel besser, nein: überhaupt unterhalten kann, käme sie nie. Aber für so einen Wirbel ist ihr nichts zuviel, zu weit und zu schade, da schleppt sie Champagner und Vodka an, Rote Grütze und Servietten, Braten, Plätzchen und Blumen. Und vor allem Robert Wilson, dem sie halb verfallen ist, den sie zur Hälfte («Bob, komm mal hierher – Bob, mach das nicht») wie ein Eigentum behandelt. Seltsam anämischer Mann, der durch die Wohnung ging wie eines seiner weißen Nashörner oder eine seiner Schildkröten durch eine seiner vielen Inscenierungen. Vor 4 Tagen Fichte hier, der anstrengend, schrill und gleichzeitig wieder angenehm-ungewöhnlich war; wie halt immer. Am Morgen nach seinem Besuch (immer essen wir bei mir, dem Junggesellen; wieso lädt er nicht auch mal mich ein?) kam ein Brief von ihm aus Agadir, in dem unsinnige Banalitäten standen wie: «Heute bin ich traurig», aber dann wieder so ein schöner Satz wie: «Wir schreiben doch alle nur gegen den Tod.»

EUROTEL, NEUCHÂTEL, DEN 13. JUNI

Im Zug zurück zum Flugplatz Zürich, zurück nach Hamburg

Gestern also der «Besuch des alten Herren», bei Dürrenmatt, vor dem – d. h. dem «Interview» – ich so ängstlich-nervös war wie stets. Nicht ganz zu Unrecht: Mir schien nämlich schon bei der Vorbereitungslektüre, daß Dürrenmatt etwas dumm ist. Im Gespräch stellte sich heraus, daß er einen Gedanken nicht zu Ende denken, ihn nicht einmal festhalten kann. Er scheint älter, als er ist, und hat die für alte Menschen typische «Gedankenflucht», man kann auch sagen, er «labert». Wird viel Arbeit, aus den 2½ Stunden Tonband ein druckbares Gespräch zu schneidern. Die Aufnahme war sehr nett, geradezu freundschaftlich, mit dem «undeutschen» Ende, daß er mich zum (leider mäßigen) Essen einlud und hinterher noch einmal zu sich – und einem 1973 Saint-Émilion, violetter Samt. Die Behausung *strange*. Drei verbaute, verfummelte 50er-Jahre-Häuser, flach und schmal und kleinräumig, verteilt auf einem märchenhaften, verwucherten Riesengrundstück hoch über dem See, still, grün, wunderschön. Innen nichts Besonderes, gelegentlich auch ein schönes, aber auch einfaches Möbel; in der Mehrzahl Sperrmüll, scheußliche Lampen und Gardinen. Schöne Bücher – erstaunlich bei einem «Nichtleser». Das ist ungerecht – er liest Entlegenes, aber nicht Thomas Mann oder Grass. Über mein Geschenk des Wunderlich-Minotaurus-Prospekts hat er sich sehr gefreut.

Auch wieder seltsam, diese europäische Intellektuellen-Family: Natürlich kennt er Wunderlich und dessen Arbeit genau, kennt alle (?) meine Arbeiten aus der ZEIT (ich mußte mich also keineswegs umständlich vorstellen; aber meine Bücher natürlich nicht), und er hat seine Frau an einem Abend bei Maximilian Schell kennengelernt. Tja, die Frau. Ein Typ, zu dem ich ganz rasch Zugang habe; *good-looking*, frech-spröder Charme, wirkt berlinisch, man kann frivol-frotzelnd mit ihr umgehen – aber sie gängelt ihn wie einen Sugar-Daddy. Keinen Moment stellt sich das Gefühl ein, hier lieben sich zwei Menschen. Vielmehr haben die 2 eine Firma gegründet: «Biete Schweizer Paß und Wohlhabenheit – erwarte *to be taken care of.*» Offenbar wollte er nicht alleine leben (schwer zuckerkrank, 2 Herzinfarkte) und sie «in den Hafen». Groteskerweise sagt sie (ohne eine Spur Bedauern, gar Mitleid in der Stimme) wie nebenbei, daß sie ja wochenlang zum TV-Filmen unterwegs ist und er dann eben sehen müsse, wie er sich abends versorge ...

Sie ist deutlich der Mann (vielleicht komme ich deswegen so gut mit solchen Frauen «hin?»).

KAMPEN, DEN 17. JUNI

Seit gestern im Handschuhfach. Auf der Herfahrt eine «Kurve» über Lüchow-Dannenberg, wo Grass und Uwe Bremer zu einem SPD-Fest geladen hatten – – – was einerseits eine der üblichen Sozi-Bierzelt-Veranstaltungen wurde, andererseits auch anrührend war. Über 600 Menschen, von Lettau bis zum alten Leo Löwenthal (wie eine alte Indianerin in dem eisigen Zelt in eine Decke gewickelt), von Kopelew bis Horst Janssen zig Leute da: immer und immer wieder die alte Hoffnung, die SPD könnte und würde ... Als hätte sie uns alle nicht oft genug enttäuscht, als habe nicht sie Notstandsgesetze und Berufsverbot und Pershing II (unter Helmut Schmidt) uns eingebrockt. Und dennoch ging's auch mir so, zumal, als ich mit dem sehr sympathischen Niedersachsen-Kandidaten Schröder sprach: Man wünscht sich so sehnlich diesen grauslichen Kohl weg, daß man lieber eine matte SPD hätte als die da. Wenn's wenigstens Weizsäcker wäre (bei dessen Lob-Porträt, das ich für VOGUE, ausgerechnet, schrieb, die tapfere Redaktion mir alle Anti-Kohl-Gemeinheiten rausstreichen will ...).

Nachmittags nach Berlin zur Grüber-Schaubühnen-Minetti-Lear-Premiere, zu der ich Jugendfreundin Ruthchen eingeladen hatte. Komplizierte doppelbelichtete Fotografie: Neben mir saß das Mädchen, das mich noch heute liebt. Letztes Mal brachte sie mir kleine Zettelchen mit, die ich ihr vor vielen Jahren während der Vorlesung geschrieben hatte und die sie offenbar wie Kleinodien hütet – diesmal Fotos.

Gleich nach dem Mittagessen retour nach Hamburg gesaust, wo ich die «große Jury» für mein Lyrik-Projekt einberufen hatte – eine rein wegen der Termine komplizierte Sache, denn unsere armen hungernden Dichter sind ja immer entweder auf einer ihrer Datschen oder zu Vorträgen in Amerika.

Das war einerseits ein SEHR schöner Abend, weil eben ein Gespräch, das sich ja um einen INHALT dreht, erstens ohnehin amüsanter ist als Society-Blabla, und zweitens ein Streit um eine Lyrik-«Hitlist» zwischen Enzensberger, der wendiger als Nurejew und Baryshnikov ZUSAMMEN war, Grass, der nur ganz still an der Pfeife sog und «Ich will aber den Autor des Hohen Lieds erfinden» brummte, Jürgen Becker, der nur absurde Vorschläge hatte (Breton, als sei das ein Lyriker), und Rühmkorf, der allen Ernstes erklärte, er sei nun mal kultureller Nationalist und könne diese ganzen Franzosen nicht ausstehen, egal ob sie Verlaine, Mallarmé oder Rimbaud hießen – also ein solcher Streit natürlich sowohl komisch ist als auch eine herrliche *tour d'horizon.*

Da es um REDEN ging, für Literaten das Schönste, gingen die Herren – – – um 4 Uhr morgens!!! Ich war einer Ohnmacht nahe – sie dagegen etwas verstimmt-erstaunt, daß ich sie rausschmiß. Und noch 'nen Cognac und noch 'nen Vodka und noch 'nen Sherry und, und, und. Rühmkorf hatte sich gar einen Beutel alter Brötchen mitgebracht – gegen den vielen Alkohol. Meine Frage «Woher wissen Sie denn, daß es den bei mir heute gibt?» wurde weder ernst noch auch nur wahrgenommen.

25. JULI

Mittags aus London wegen Bacon. Fing damit an – vielleicht bin ich doch ein schlechter «Journalist», nehme Dinge zu ernst? –, daß ich schon 2 Tage vorher unansprechbar war. Ich puppe mich vollkommen in so ein Werk – egal ob Dürrenmatt, Anders oder eben Bacon – ein, ziehe mich wie eine Schildkröte in einen Panzer zurück und bin von so hochgradiger Nervosität, daß ich mit NIEMANDEM ein Wort sprechen kann. Ich bin auch ganz unsinnlich, d.h. für andere Sinneseindrücke ganz «zu», mag nicht essen, noch schmausen, noch schmusen, nix Champagner.

So saß ich «zu» Abend alleine im Claridge's und hing meinen Bacon-Gedanken nach. Nexten Morgen war die große Tate-Gallery-Ausstellung wegen kaputter Klimaanlage geschlossen, und ich mußte mich mit Presseausweis bis zur Direktion durchkämpfen und immer schreien: «Lunch mit Bacon.» Tatsächlich machten sie mir dann auf, und ich konnte, auch 'n Vorteil, die Ausstellung ganz alleine sehen, ohne Hüte von Bus-Amerikanerinnen.

Die Begegnung war dann ganz «leicht», sehr wohlerzogen-englisch, höflich, offen. Ich brachte ihm als etwas zu dick geratene Visitenkarte meinen englischen Marx mit, worin er angeblich hochinteressiert blätterte, wobei er auch murmelte, er wisse ja bereits, daß ich nicht «bloß» Journalist sei – – – und mich dann fragte: «Why did he ever leave Russia?» Peinlich, eine Antwort darauf zu finden, die nicht kränkend war. «Oh, I remember, didn't he live for quite some time in London – but where is he buried?» – Also, so ganz profund gebildet ist der Mann nicht. Dafür aber gibt's neben und außer ihm keinen anderen Maler auf der Welt, allenfalls ein klein wenig Picasso (aber 85% of his *work is rubbish*) und Velázquez. Das ist der EINZIGE, den er gelten läßt. Die Leute bei Marlborough hatten extra eine Art kleinen Clubraum für unser Gespräch *after lunch* (bei dem nur Röderer-Cristall in Strömen floß, den ich – *no drinks while working* – in eine Blumenvase goß) hergerichtet und dort ein großes Delvaux-Bild hingestellt und einen großen Picasso – – – aber Bacon fiel förmlich her über beide. Und Hockney ist ein Deko-Bühnenbildmaler und Guttuso, o Gott, und Genet ein Schönschreiber und Baldwin «junk»: also auch ein bißchen eine bösartige Tunte, der Herr.

Die Bilder sind trotzdem schön und beunruhigend, und es hat ihn wohl sehr berührt, daß ich schon beim Lunch sagte, woher es wohl komme, daß man sie streicheln, sie berühren möchte – ein Gefühl, das ich bei keinem anderen Maler hätte; sogar noch mehr, daß man ein Bild von ihm SEIN möchte.

30. Juli

Gestern Abendessen mit dem jungen Reemtsma, der eine sonderbare Mischung aus linkisch, intelligent, hochgebildet, politisch interessiert und «lebensgleichgültig» ist. Zeigte mir vor dem Essen sein Super-Office, ca. 12 Räume mit dem herrlichsten Alsterblick, den ich je gesehen – – – aber schauerlich möbliert mit falschen englischen Möbeln wie eine reiche Anwaltskanzlei; am besten gefiel mir: «Und dies ist das Zimmer meines Anlageberaters, der sonst sein Büro in London hat ...» Beim Essen läßt er mich den Wein aussuchen, raucht – mit DEM Namen eine besondere Pointe – meine Cigaretten, schwitzt und streicht sich dicke Butterstullen vorm Fisch, und ich, obwohl der Gast, muß eine zweite Flasche bestellen. Aber warum seine Wieland-Ausgabe keine Anmerkungen hat, das weiß er genau zu begründen. Alle seine Pläne mit dem Institut oder seinen Arno-Schmidt-S.-Fischer-Prozeß nimmt er sehr ernst, sieht auch die etwas makabre Pointe, daß neben allem Sachlichen darin auch «Holtzbrinck-Erbin läßt sich nicht von Reemtsma-Erben ...» steckt.

Fichte, für den ich ein gutes Wort einlegen wollte, kennt er überhaupt nicht. Erzählte, daß mein Artikel über ihn eine wahre Sintflut von «Bettel»-Briefen ausgelöst habe – u. a. finanziert er jetzt das Adorno-Institut, dem Geld zu geben der noble Herr Unseld sich weigerte; wie er der schwerkranken Witwe Adorno kein Geld gibt – auch das darf mit einem monatlichen Betrag der Herr Reemtsma mit seinen 32 Jahren tun. Unseld zahlte ja damals schon dem armen Uwe Johnson nicht jene Amerika-Reise, zu der ich ihn dann einlud, die seine letzte werden sollte – – – und die mir so wunderbar gelohnt wurde.

Kam sehr müde nach Hause, bin schon wieder urlaubsreif, eine Flasche Wein ist mir zuviel.

5. AUGUST

Letzten Mittwoch Aufnahme mit Hrdlicka in Berlin, Beginn meiner neuen TV-Serie «Dialog». Ging sehr gut, mit ihm ein erotisch-selbstverständliches Verhältnis, Gespräch mühelos und nicht oberflächlich. Fast wie Fortsetzung des Bacon-Disputs.

Vergangene Woche auch *de-profundis*-Brief an Mary Tucholsky. Es täte mir SEHR leid, wenn diese jahrzehntelange Freundschaft bräche, aber ich kann umgekehrt nicht für mein «Opfer», da dem Werk eines toten (und mir ja persönlich unbekannten) Autors zu dienen, mich ewig beschimpfen, bemißtrauen, beschnöden lassen im Sinne von «Wieviel wollen Sie?». Dann eben nicht, dann heißt es zum zweiten Mal in ihrem Leben, umgekehrt: «Du hattest den Goldklumpen in der Hand und hast Dich nach den Pfennigen gebückt.»

Freitag abend Grass und (uneingeladen) Schlöndorff. Sie waren auf der «Durchreise» zwischen 2 Urlauben, und es war mein Willkommensessen; das wird, auch sehr sonderbar, obwohl schließlich ein Junggesellen-Haushalt, als ganz selbstverständlich genommen. Als Gastgeschenk 2 Knoblauchzehen. Üppig.

Grass schien etwas selbstgenügsam, wobei selbstverständlicherweise happy, daß sein neuer Roman fertig.

Heute Hochhuth am Telefon. Es ist der Tag, an dem die Eltern seiner 1. Frau enthauptet wurden – und an dem ihm, heute, sein Freund Irving bisher unveröffentlichte Tagebuchnotizen des Henkers von Plötzensee schickte. Was es alles gibt. Aber Hochhuth zieht förmlich Assoziationen auf sich: daß wegen irgendwelcher Eichhörnchen-Motive Fouché nach langem Weigern schließlich eingesperrt wurde, bringt er in Zusammenhang mit der Notiz in Münchens ABENDZEITUNG, ein Junge in Frankreich sei erschossen worden, weil er angeblich ein Eichhörnchen umgebracht habe, und das wiederum mit des SS-Henkers Jeschonnek makabrem Satz: «Der Teufel ist ein Eichhörnchen.»

Derlei *prima vista* unsinnige Assoziationen sind Hochhuths grotesker Charme – mit dessen Unerbittlichkeit er aber auch die Motive für seine neue Erzählung MUTTERLIEBE findet; die Mutter eines hochstehenden Fähnrichs hat so lange aus Angst um ihren Sohn mit der Obersten Heeresleitung ge-te-lext, bis das Schlachtschiff «Scharnhorst», an sich bereits gerettet vor den Engländern, durch einen Abstand von 150 Kilometern, dadurch (die Engländer hatten den Code geknackt) eingeholt und versenkt wurde. Mutterliebe. Eines der grotesken und doch historischen Themen Hochhuths.

13. August

AIDS.

Wird durchaus zu Recht als «Geißel Gottes» empfunden – noch nie, auch nicht zu Zeiten der Syphilis, hat man sich ja durch diesen «Akt» den TOD geholt. Eros und Tod in ZU wörtlicher

Übersetzung. Es wird – beginnt schon – DIE große Umwälzung sozial-psychologischer Art werden, auch politischer. Die Angst der Schwulen wird ihre Balance in der Angst vor den Schwulen finden – bald wird man in einer Sitzung ängstlich darauf achten, nicht versehentlich aus meinem Glas zu trinken und, wer weiß, wird (m)eine Haushälterin kündigen, aus Angst, sich anzustekken. Meldepflicht, Massenuntersuchungen und eine vollkommen ausgestorbene Subkultur werden die Konsequenzen sein.

Letzteres finde ich SEHR schade, auch wenn ich sie – vor allem seit Gerd – garnicht mehr und früher eher selten und angewidert frequentiert habe. Es war schön, DASS ES SIE GAB; man geht ja auch nicht ständig auf den Eiffelturm, aber er soll DA sein. Die bunte Vielfalt und Selbstverständlichkeit, mit der man schwul war – das wird bald vorüber sein. Die Angst im Hotel, im Restaurant, im Schlafwagen – überall wird wieder kommen, was ich noch so gut erinnere, als wir, Eckfried und ich, in Schweden über die Feuerleiter des Hotels flüchteten, weil wir unten Hans Werner Richter vorfahren sahen, oder als wir in Taormina panikartig eine Einbahnstraße zurückfuhren, weil unten Erich Kuby einbog.

So, wie der Antisemitismus NIE weg war und ist, so wie Kuby in seinem Brief an Erika sich angewidert über die «Homosexualität» in KUHAUGE äußerte, so sagt auch gestern Thomas Brasch ganz «unbefangen» am Telefon: «Na, wissen Sie, wenn mir morgen 'n Mädchen sagt, sie hat vorige Woche mit 'nem Schwulen geschlafen – dann mach's ich mit der nicht …» Mit 'nem Schwulen.

Fichte (vorgestern abend bei mir), zwar wie immer schrill und sich tuckig in den Tüll tretend, hat dann aber mit seinem immer gewitterähnlich durchbrechenden Zorn oder seiner Traurigkeit recht: «Wissen Sie, ich hab doch alles, was ich mein Leben lang getan habe, nur in der und für die Illusion der großen Verschwulung der Welt getan; und damit habe ich nie gemeint, alle sollten schwul sein und werden – sondern, daß es gleich ist, ob man mit Mann oder mit Frau oder mit beiden oder Frau mit Frau oder 8 auf einmal etwas miteinander tun. Der große EINE Körper – das hab ich gemeint. Und das haben sie uns kaputtgemacht.»

Wer «sie» ist, sagt er nicht richtig, mal ist es der CIA, mal der KGB, die die Krankheit produziert haben – – – warum sie das getan haben sollten: nix. In seinem Wahn (selbst sein einst schönes Gesicht wirkt nicht nur böse, sondern auch gedunsen) ist ja auch Herr Reemtsma von Moskau gekauft. Zu eigenartig – gewiß, Kunst ist immer auch Übertreibung, und «wir» Künstler hören, riechen, schmecken mehr und anders; ein Maler, der nur sähe, was ICH sehe, ist keiner, und ein Komponist, der nur hört, was ich höre, auch keiner. Aber DIESE ewige Übertreibung auch im Leben – brrr. Er kann doch nicht meinen, daß man selber ernst nimmt, wenn er mir nach dem Essen schreibt: «Jetzt sind Sie da, wo Sie hingehören – in die erste Reihe der europäischen Schriftsteller; und das seit dem Marx.»

Nur, weil eine entlegene Pariser Zeitschrift meinen Pound druckt und KUHAUGE in Paris erscheint. «Sie sind im Zenit Ihres dichterischen Schaffens …» – – – – will er mich damit verhöhnen, verletzen, die Distanz zu sich, dem Berühmten («Ach, Raddatz, ich leide so unter dem Ruhm. Sie wissen ja nicht, wie das ist»), deutlich machen wie eine Frau, die zur Freundin sagt: «Ach, meine Liebe, sei froh über diesen hübschen, leichten Wollmantel von Hertie, der dir so gut steht – du hast ja keine Ahnung, wie lästig so ein Nerz ist …»?

FLUGZEUG MÜNCHEN–HAMBURG, DEN 2. OKTOBER

Zurück von Margarethe von Trotta und Barbara Sukowa, deren Rosa-Luxemburg-Interpretation (ich lese ihre Briefe an Jogiches) das Bild dieser Frau für mich prägt; merkwürdige Arbeit, dieses Filmen: Es setzt einem Bilder in den Kopf. Magischer als «bloße» Worte.

Sukowa ist ganz identisch mit der Rolle, hat 4 Monate nichts als das getan und Rosa Luxemburg gelesen, zieht – sie scheint sehr intelligent – Konsequenzen, wenigstens im Denken: «Da urteilen wir über Nazizeit und Nazis – aber wir tun doch auch nichts gegen Atomwaffen, Chemie und Weltraumbewaffnung.» Das sagt sie, als wir über den Irrsinn sprachen, daß ja Smoking-Publikum im Eden zusah, als Rosa Luxemburg verhaftet und verprügelt wurde: «Wäre es heute anders?»

Liest keine Belletristik, kennt weder Fichte noch Enzensberger, nie eine Zeile von Grass gelesen.

FRANKFURT, 12. OKTOBER

Die Messe auch eine riesige George-Grosz-Zeichnung: wie etwa Jane in spitzen Tönen kreischt: «She is the most beautiful woman in the world!»: Gemeint ist Ann Getty, die in der Tat eine der reichsten Frauen der Welt ist und dann geradezu voll religiöser Inbrunst seufzt: «Just think – 6 million Dollars a day to spend ...»

Daneben, die Augen vor Abwehr zusammenkneifend, Inge Feltrinelli, auch nicht gerade arm. Ledig und George, tatsächlich wie auf der Bühne, wenn der junge Getty naht, ein ca. 20jähriger *undergraduate student,* springen auf, holen ihm einen Sessel und bieten ihm, von rechts der eine und von links der andere, aus ganz ähnlichen, dicken Lederetuis Davidoff-Zigarren an; der junge Schnösel nimmt gnädig eine, die Ledig ihm schneidet und anzündet und ergeben fragt, ob sie gut: «Danke, ganz OK ...» Die Rechnung am Tisch der Millionäre bezahlte übrigens ich. Was sitze ich auch an solchen Tischen der *has-beens,* wo ewig geseufzt wird: «Ach, was waren das für schöne Zeiten» – womit Ledig die Zeiten meint, die er damit beendete, daß er mich (telegraphisch) hinauswarf. Wäre ich heute ohne diesen ZEIT-Job – sie kennten mich garnicht.

Ein verlegener Händedruck, auch schon 'ne Pulle Champagner – *c'est ça.*

Zweierlei macht mich sehr nachdenklich: geschlachtet ohne Ausnahme von Journalisten; verteidigt (mit vielen Ausnahmen) von Autoren. Wo gehöre ich hin? Gerd gestern abend: «Die Leute spüren – du liebst die Künstler, und du verachtest die Medien.» So, wie er sich wunderbar freundschaftlich verhält in diesen Tagen, so recht hat er.

Das zweite: Was ist es nun, was mich so furchtbar verhaßt macht? Es kann ja wohl nicht die ewig vorgehaltene Automarke, die Hemden aus England oder die Bilder an den Wänden die eine Ursache sein? Ist sogar dieser Mechanismus, der mich Fehler begehen läßt, eine Art «Todestrieb»? Und ist die Ursache für den Haß vielgefächert? Homosexuell, jüdisch-schnell, zu sehr und zu oft Überlegenheit vorführend?

12. Oktober

Gespenstisch, meine Vorahnungen: Es ging alles zu gut, zu erfolgreich in der letzten Zeit; ich spürte förmlich, daß da von irgendwoher demnächst ein Blitz einschlagen wird. Man sagt, auch Herzinfarkte würden «vorausgeahnt». Nun also mein beruflicher Herzinfarkt.

Diese «Affäre» – wenn auch der eigentliche Anlaß eine Lappalie ist, eine törichte Blamage, wie sie jedem passieren kann – überstehe ich nicht. Bin sogar skeptisch, wie ich als «freier Autor» überstehen soll und werde.*

---

* Am 11. Oktober 1985 veröffentlichte Fritz J. Raddatz in der ZEIT die Glosse «Bücher-Babylon», in der er die bevorstehende Frankfurter Buchmesse und Entwicklungen auf dem Buchmarkt kommentierte. Dabei schrieb er Goethe fälschlicherweise folgende Äußerung über Frankfurt zu: «Man begann damals das Gebiet hinter dem Bahnhof zu verändern. Die alten Schreberhäuslein wurden niedergelegt. Ver-

Die schlimmste Erfahrung dabei allerdings: die absolute Dis-Loyalität; in der ZEIT und, mit ganz wenigen Ausnahmen, außerhalb.

In der ZEIT Freitag eine Sitzung à la «Parteigruppe Rote Pumpe»: «Kritik und Selbstkritik des Genossen Raddatz.» Außer zwei Feuilletonkollegen kein einziger «Fürsprech». Ich meinte, nicht recht zu hören, wie einer der Redakteure, die den Artikel mit dem «Goethe-Fehler» gegengelesen hatten, und der vor 6 Monaten – «Sie sind der einzige, zu dem ich Vertrauen habe» – von mir berufliche Hilfe erbat, weil er mit Ted Sommer nicht mehr auskam – , wie der das Feuer eröffnete. Der 2. hatte mich vor genau 1 Woche um Unterstützung seiner Bewerbung zum Ressort-Chef Wirtschaft gebeten: «Ihr Wort hat Gewicht.» Jetzt kam aus demselben Munde: «Gewiß ist Raddatz farbig und anregend – aber der Preis dafür ist zu hoch geworden.»

Und «außen»? Immerhin kam Enzensberger gestern extra für 2 Stunden angeflogen, haben Hochhuth, Habermas, Rühmkorf Briefe geschrieben und wollen Anders und Hrdlicka und noch ein paar … aber *in toto*: nix. Eben noch «Ohne Sie wäre es eine Katastrophe» oder «Nur Sie können …»; eben noch eine Eloge von der Suppe bis zum Nachtisch beim Abendessen

---

leger hielten mit ihren Bücherständen Einzug. Aber bald herrschte, wo vordem des Lebens Rankenwerk gewuchert, die neue Unübersichtlichkeit des Geistes. Modische Eitelkeit.» Was dem Chefredakteur Theo Sommer und weiteren Redakteuren der ZEIT als Gegenlesern entging, sprang den Feuilletonisten anderer Zeitungen sogleich ins Auge: Das Zitat konnte nicht von Goethe stammen, weil es zu dessen Lebzeiten in Frankfurt weder den Bahnhof noch eine Buchmesse gegeben hatte, auch wenn Goethe in Briefen und Tagebucheinträgen das neue Transportmittel, die Eisenbahn, tatsächlich schon erwähnt hat. Raddatz hatte das Goethe-Zitat einem parodistisch gemeinten Artikel der NZZ entnommen. Der Fehler wurde von den Feuilletons skandalisiert, ja regelrecht gefeiert und führte letzten Endes dazu, daß Raddatz seinen Posten als Feuilletonchef der ZEIT räumte.

mit Pastor Albertz, eben noch Dutzende von Gratulationen auf der Messe, ob zum Böll-Nachruf oder zum Springer-Böll-Artikel «Der Riß», eben noch von TV-Rosenbauer: «Ohne Sie säße ich nicht mehr, wo ich sitze» – nun ist Schweigen ringsum, ein paar Telegramme.

14. Oktober

Gestern, 13.! ZEITende, nicht ohne Pointe: Abendessen mit dem Herrn Sommer bei Austern; ZEITtypisch falsch-fein, *fake antiquities.* Zeigt mir fast amüsiert seinen pampigen Antwortbrief an Grass (der interveniert hatte).

Am Ende des Abends Sommer: «Warum machen Sie nicht mal ein Interview mit Dürrenmatt oder Susan Sontag?» Mußte sehr höflich bleiben bei der Korrektur, daß beide ja vor Jahren erschienen …, ich dächte jetzt an Norman Mailer. Sommer: «Ach, ‹In cold Blood› und ‹From here to Eternity›» – mich wegen eines läppischen Fehlers rausschmeißen – aber Truman Capote mit James Jones und Norman Mailer verwechseln … Als ich von Breyten Breytenbach erzählte, hieß es: «Ach, dieser elsässische Schriftsteller.» Armer Freund Breitbach.

Die Dönhoff – wie oft war sie mein Gast? Eben noch *«ready to create a common foundation»* – sagte zu Sommer: «Sie wollen den Mann doch nicht etwa im Hause behalten?»

Der Silberdiener, der geklaut hat.

Leeds Castle bei London, den 15. Oktober

Übersetzungs-/Übersetzerkongreß von Weidenfelds «Fang», der Getty-Dame, arrangiert; alle sitzen wie die hungrigen Vögel mit aufgesperrtem Schnabel und denken: «Geld, Stipendien, Preise.»

Mary McCarthy, George Weidenfeld und der englische Solschenizyn-Biograph erzählen bei dicken Zigarren am Kamin dieselbe Geschichte in 3 Versionen: Als Solschenizyn in der

Schweiz war, gingen umfangreiche diplomatische Verhandlungen los, ob er sich mit Nabokov träfe.

1. Version

Er wollte, Nabokov auch. Die Damen tauschten Briefe. Als S. eine Schweiz-Tour per Wagen begann, schrieb Mme. S. an Mme. N., um Tag und Stunde in Montreux zu verabreden. Da nie Antwort kam – täglich Telefonate nach Zürich, ob Antwort eingetroffen –, stiegen die S. nicht aus dem Wagen vor dem Hotel, um nicht gesnobt zu werden.

2. Version

S. sei pünktlich in der Hotelhalle in M. gewesen, aber kein N.; daraufhin beleidigt abgereist.

3. Version

S. sei 1 Stunde zu früh gekommen und, angewidert vom Luxus des Hotels, wieder abgefahren.

Nur eines stimmt: Die beiden haben sich nie gesehen – – – und Nabokov fand Solschenizyn einen schlechten, ihm ungemäßen Schriftsteller, à la Dostojewski, den er haßte. (Er liebte Gogol, Tschechow, Puschkin.)

23. Oktober

Ich war vor Jahren mit einer sehr schönen Frau liiert und mit der oft in der Bar des Hotels VIER JAHRESZEITEN, wo man vor mir/uns auf dem Bauch kroch.

Als die Beziehung zu Ende war, ging die Dame dort alleine hin, der Kellner, der sie genau kannte, knallte ihr das Glas mit dem Drink auf den Tisch und schnauzte: «Ist da noch irgend etwas, was ich für Sie tun kann?» Zu deutsch: Raus hier! Ohne Herrn Raddatz sind Sie hier, alleinstehende Dame, in einer Bar nicht gelitten.

DAS ist, was ich unter alltäglichem Faschismus verstehe, und DAS ist, womit ich mich in diesem Lande nicht verständlich machen kann …

Das Löwenfest – die Superfête zu Konrad Henkels 70. – ein grauslicher Reinfall, ein Kantinenabenteuer schlimmster Art, wenn auch mit Champagner. Na und. Ansonsten lieblos; 500 Menschen in Riesenparteitagshallen zusammengepfercht und quasi zur Ordnung gerufen zu Beginn von Gabriele, die wie Marlene aussah: Man möge nicht so drängeln und kein «Strandburgensyndrom» entwickeln, es seien eben so viele Leute da und nicht genügend Stühle. Unbegreiflich, wie jemand an so 'nem Quatsch Monate arbeiten kann und ewig von «Inscenierung» spricht und dann nicht mal das Selbstverständlichste bietet, nämlich Sitzgelegenheiten.

Wieso war'n es denn «so viele», die waren doch wohl eingeladen worden? Und wer glücklicher «Besitzer» eines Stuhles war, der saß dann auf einem harten Gartenmöbel wie in einem Berliner Bierlokal – was ja gemeinhin die Aufforderung ist, rasch wieder zu gehen. Der so häufige Eindruck bei Gabrieles – sonst wenigstens schmaushaften – Festen war hier eklatant: Die Gäste stören eigentlich. Am besten, sie machte nur eine GästeLISTE.

Auch das Löwen-Blabla albern, noch dazu mit der peinlichen Pointe, daß Konrad von dem Löwenbaby gebissen wurde, mit dem im Arm er auftreten sollte – auch schlechte Regie; dann muß es eben ein GARANTIERT zahmes Vieh sein, oder man muß ihm Schlaftabletten geben. So verschwand der Jubilar für 2 Stunden in der UNI-Klinik, wo ihm die Oberlippe genäht werden mußte.

Sonst alles furchtbar: billige Tische, keine Servietten, Essen mußte man sich selber holen. Ohrenbetäubende Musik. Ich floh um 12.30.

Erfuhr aber in meiner «Situation» wieder merkwürdiges Echo. Manchmal habe ich wirklich den Eindruck, daß man IN der Zeitung einfach nicht weiß, wer und was ich bin. Von Scheel zu Hamm-Brücher, von Höfer bis Ehmke, von Liebermann bis Ledig: Was wollen die überhaupt, wieso verteidigen die Sie nicht, das alles wegen eines läppischen Fehlers? Man kann NIRGENDS begreifen, daß eine solche Lappalie überhaupt ernst genommen wird, geschweige denn meine Andeutung, daß es wohl «Folgen haben wird». Ledig, wie er nun mal ist, steuerte auf Helmut Schmidt zu (der mir gerade noch zum Böll-Nachruf gratuliert hatte), um ihm mal zu «vertellen», wer und was der FJR für die Zeitung ist – – – der Mann stand nicht mal auf vor dem soviel Älteren, Arme verschränkt und derart pampig-eisig, daß Ledig für den gesamten Abend hinüber war. Es sind alles keine Herren – auch der Herr Bucerius nicht, der mich im Flugzeug retour heute morgen sieht, knapp grüßt, kein Wort – vom Älteren zum Jüngeren – findet. Ekelhaft. Herrliches Beispiel dieser säuglingshaften Egoismushaltung: Biermann schreibt mir dieser Tage, es sei nun Zeit, sich zu versöhnen, und er lege mir ein Gedicht bei nur für mich als Freund, und nur an mein Herz – – – wenn ich es allerdings doch auch drucken möchte, dann …

26. Oktober

Hochhuth erzählt mir, daß man auch Karl Schiller, als er «stürzte», nicht mehr grüßte. Die beste Freundin, auch seiner Familie, Rut Brandt, rief NICHT EIN EINZIGES Mal bei ihm an. Wölfe. Diese Tage und Wochen bringen enorme «Studien». Hans Mayer: «Unter Schmidt tue ich's nicht», als er mir erzählte, er schriebe einen Protestbrief für mich. «Mayer an Schmidt, das ist die richtige Ebene – es wird ein sehr schöner Brief, und er muß mir auch antworten.»

3. November

Der SFB will bereits meine DIALOGreihe stoppen, ich bin zu «belastet». Es ist wirklich alles wie im Osten …

Selbst sogenannte «Freunde» – also nicht die richtigen, aber wohlwollende Bekannte à la Fritz Arnold oder andere – finden:

«Na ja, Sie waren aber auch immer so scharf.» Einer sagte, ich sei eben nie ausgewogen gewesen, dieses von mir gehaßte Wort vom Tomatenmarkt; ich habe eben immer «engagiert», nie objektiv geschrieben – und das sei die Quittung. Engagiert als Vorwurf!

Da liegt die Ursache, warum jemand wie die Dönhoff, die ja wahrlich nicht schreiben kann, so großen Erfolg hat: die Journalistin als Dame oder umgekehrt. Sie schreibt eben immer, «aber man muß auch ... verstehen», ob das nun Botha oder Jaruzelski ist, sie hat nie eine kämpferisch-dezidierte Meinung vorgetragen. DAS ist nicht fein, und das duldet man in Deutschland nicht – und diese alten Rechnungen werden aufgemacht. Meine Art Attacke gegen den unsäglichen BOOT-Film oder meine Glosse zur Springer-Böll-Beerdigung, mein Eintreten für Peter-Paul Zahl (von dem u. a., durch mich frei, jetzt nicht mal 'ne Karte kommt!) oder Boock oder Brückner, meine Artikel à la «Warum ich Pazifist bin» oder «Bruder Baader» – das will man in diesem Lande nicht. Es ist politisch tief versaut – und nicht mal der sich so links gebende Herr Reemtsma antwortet mehr auf meinen Brief.

Dafür schmeißt Augstein EIGENHÄNDIG Hochhuths Leserbrief aus dem SPIEGEL – wie niedrig kann man eigentlich noch sein. Und gestern abend erzählt mir seine derzeitige Geliebte, er schwärme so für mich, er sei mein Freund, er litte, er wolle mich anrufen (offenbar eine technisch nicht zu bewältigende Handlung), er habe neulich mit Ledig um die Wette mein Loblied gesungen.

Ich habe nur gesagt: «Rudolf ist ein Verräter – und ER ist es, der mich schließlich abgeschossen hat mit dem von ihm herausgegebenen Blatt.» Grass gestern an einem langen Nachmittag: Die von mir angestrebte Lösung sei zu unwürdig. Ich soll mich kündigen und auszahlen lassen und dann als freier Autor leben. Er hat das sehr lieb und freundschaftlich gemeint – es ist aber reiner Unsinn. Grotesk die «una sancta» der Spießer, für die ich das andere, also: schlecht riechende Tier bin. Eben sagt mir Biermann am Telefon, daß der generelle Haß eben auch mit dem Porsche, mit meiner Frisur (???), mit meinem «eleganten Habitus» zusammenhängt. Der Haß darauf, und auf meinen «Hochmut», ist stärker als jede politische Überlegung, gar Solidarität.

11. November

Gestern abend schöner Abend mit Paul Wunderlich, der der Gräfin ein «vergiftetes Billet» geschickt hat – ein zerknicktes Litho mit FJR-Schutzworten drauf; hebe ich auf. Paul rät VOR ALLEM, MICH UM DAS GELD zu kümmern – 180 Grad anders als Grass. Was für verschiedene Freunde ich habe, und beide meinen es ernst und gut mit mir.

Doch notierenswert die Reaktionen der Feigheit. Mayer findet seinen Briefwechsel mit Helmut Schmidt nun ganz «fabelhaft» – offenbar in 1. Linie die Tatsache, daß er eben eine Korrespondenz mit Schmidt hat und der ihm «sehr respektvoll» geantwortet hat; WAS er geantwortet hat, sagt er mir nicht – als handele es sich um Liebesbriefe. «Vertraulich». Aber es geht doch nicht um «vertraulich»?

Schoenberner – liebenswert – wirr wie immer und von Vorträgen, Leibschmerzen und Reisen erzählend – hat immerhin versucht, mit paar Leuten zu telefonieren, die meist (Frau Dürrenmatt) im Swimmingpool des Hotels nicht erreichbar oder beim Film (Schlöndorff, Kluge) oder «schon 85 Jahre alt, da muß man mit seinen Kräften haushalten» (Eggebrecht), sind. Wollte ich umgekehrt ein Interview, eine Magazin-Reportage machen – was wären sie alle gesund, jung, vorhanden. Selbst Pastor Albertz – auf der Messe noch einen ganzen Abend mich beim Kindler-Dinner umturtelnd (Kindler hatte zigmal angerufen, ob es auch ja bei der Verabredung bleibe, Albertz käme «nur Ihretwegen») – deutete allerlei Vorbehalte gegen FJR an. Also hat er nur mit der Funktion gegessen? «Der schauerlichen Gräfin» wolle er sowieso nicht schreiben. Man schreibt also nur an nette Leute in so einer Situation. Gneuss vom NDR – wo ich seit 25 Jahren Mitarbeiter bin – versichert mich seiner «Solidarität» – und schweigt. «Ich kann ja nichts machen.»

Und wie weit doch der «alltägliche Faschismus» geht: Ein alter Rentner-Trottel, der mich sonst liebedienerisch im Schwimmbad umhopste und mir irgendwelchen Quatsch über die ZEIT erzählte (in Wahrheit «las» er darin nur das Kreuzworträtsel), sagt seit 2 Wochen knapp «Guten Tag» und kam heute im Ton eines Feldwebels: «Was ich Sie noch fragen wollte – kennen Sie die Geschichte vom Alten Fritz und dem Schrankenwärter»? – «Nein.» – Dann ging ich sogar nach, weil ich merkte, es war was Beleidigendes, und fragte: «Ihre Frage ist noch ohne Pointe – wie geht denn nun die Geschichte?», worauf er mit «verächtlichem Blick» ins Wasser stieg.

17. Dezember

«Der Obengenannte ist heute am Leben gewesen» steht auf/über einer Wohnsitzbescheinigung (die ich mir vom Einwohnermeldeamt holen mußte). Schöner Sinnspruch fürs Jahresende.

Heute aus der Kirche ausgetreten. (In der gleichen Behörde, aber beim Standesamt.) Wird behandelt wie Strümpfekaufen – vollkommen emotionslos, inhaltslos – Papier, Stempel, zack, zack. Ich stand vor dieser Büroschranke mit pochendem Herzen, kam mir ein wenig wie ein Verräter vor – dort nix. Ein Vorgang wie die polizeiliche Abmeldung. Bin mir auch sehr unsicher: Ich bin ja kein religiöser Mensch, habe eher meine Privat-Moral – – – – wozu also in der Kirche bleiben. Aber Jochen Mund gegenüber finde ich's irgendwie nicht in Ordnung – und auch generell. In gewisser Weise ist Kirche für mich eben doch eine moralische Instanz, eine Institution – und der nehme ich nun mein Scherflein weg. Letzter Auslöser – banal und schlimm eigentlich – war die Nachricht gestern, daß die ZEIT mich nicht informiert hat über den neuen Betrag und ich «Umsatzsteuer» auf die gesamten Bezüge zahlen muß – ein Wort, das ich noch nie gehört hatte. Es kommen also doch finanzielle Probleme. Vorgestern abend noch Jahresende-Glas-Wein-Besuch bei Grass, der müde aus Heilbronn kam, nur Milch trank, aber sehr guter Dinge scheint. Sie haben sich ein wunderschönes Haus, eine Art kleines Herrenhaus in Schleswig-Holstein gekauft in einem riesigen Wald mit Bächen und Teichen und einem kleinen See in 10 Minuten Entfernung, ein wahrer Traum. Freute mich sehr, vor allem für Ute, der ich das ungeheuer gönne. Hinterher nur schoß mir so durch den Kopf, wie ungleichzeitig Leben doch ist; die haben also, während ich sozusagen um meine Ehre und berufliche Existenz rang, vergnügte Hausbesuche mit Maklern unternommen und für ½ Million ein kleines Schloß gekauft; ich konnte zugleich nicht schlafen und nicht wachen und vor Herzschmerzen nicht aufrecht sitzen. Das ist kein Vorwurf, sondern die Beschreibung einer Piscator-Inscenierung: Gleichzeitigkeit des Verschiedenen.

19. Dezember

Fichte, am Telefon, nur Gift und Galle: «So, also bekommen Sie wieder Geld – na, ICH will ja so was nicht!» sagt der Mann, der gleichzeitig sich wütet, daß weder Wunderlich noch Gabriele Henkel (wie kämen sie dazu) ihm ein Monatsgehalt aussetzen noch Herr Reemtsma. Statt sich mit mir zu freuen, daß ich für 3 Jahre Ruhe habe – nur Neid. «Erklären Sie nun bloß nicht, Sie hätten so viel für Autoren getan – es ging Ihnen doch um Ihr Wohlleben. Ich jedenfalls wurde unter Dieter E. Zimmer 10- und unter Ihnen 4mal gedruckt – ich habe Sie nicht gebraucht.»

Schärfer geht's nicht. Zimmer war 1½ Jahre Feuilletonchef – – – und hätte Fichte also fast einmal pro Monat drucken müssen. DAS lasse ich jetzt mal herausfinden – und schicke ihm diese Statistik. Nur: Warum muß er IMMER kränken?

Wunderlich in seinem herrlichen Suff sagte, nein: deutete das ERSTE MAL an, was er sonst zu kontrolliert ist, auszusprechen: «Es ging und geht in Ihrem Fall natürlich noch um ganz andere Dinge.»

Er meinte: schwul. Als ich von Henrichs' schönem Satz aus jener denkwürdigen ZK-Sitzung erzählte: «Hier ist eine Atmosphäre wie Bürgerwehr jagt Sittenstrolch», sagte Paul: «Genau, das ist es.»

1986

1. Januar

Was mache ich falsch? Da waltet doch wahrnehmbar ein tückisches Gesetz in meinem Leben? Es kann ja nicht nur die Schuld der anderen sein – irgendwas muß auch an mir liegen. Aber was bloß? Ich würde ja versuchen, es zu ändern – aber ich weiß einfach nicht, was es ist. Zu «intensiv» – Manfred Sack, einer «meiner» Redakteure, ein anständiger und sympathischer und auf seinem Gebiet kenntnisreicher Mann, schrieb mir heute einen nachdenklich machenden Brief – einen Abschiedsbrief, der gut gemeint war, der aber auch mich «charakterisierte»: «... selbst wenn das Kapriziöse, Witzigkeitsbeflissene, Pointeneitle miteinander manchmal schwer zu ertragen war ...» War es so, war ich so? Ist das, was ich als Heiterkeit meinte, als «Verpflichtung zu guter Laune», in Wahrheit schwer zu ertragen? Aber das ist es wohl: Vielleicht ist wirklich den meisten Menschen lieber, ganz «einfach» zu leben – Mensch-ärgere-dich-nicht zu spielen und seine Ruhe zu haben – als mein ständiges Rumbohren in Problemen und meine Eitelkeit. Aber alle Menschen sind doch eitel? Ich bin doch durchaus in der Lage, mich über mich selber lustig zu machen, über mein Alter, meine Häßlichkeit, meine Flecken auf der Haut, sonstwas.

11. Januar

Gestern Abschied vom ZEIT-Feuilleton-Ressort. War tief aufgewühlt, traurig, bin hinterher regelrecht zusammengeklappt. Es war wie das Weggehen aus der DDR – ich wollte es, und es war doch ein schmerzender Verlust.

Es ist hinter mir – und morgen fliege ich nach New York zum PEN-Kongreß.

19. JANUAR

Die New-York-Woche habe ich «durchweht» wie Zittergras, meiner selbst innerlich vollkommen unsicher, meinte gar, mein Zimmer im 44. Hilton-Stock «schwanke», so unruhig und unausbalanciert war ich. Nicht zuletzt wegen der merkwürdigen Zwittersituation: War/Bin ich denn nun der Mann von der ZEIT oder nur «auf Bewährung»; das alles hat doch viel in mir angerichtet, und das herrlich-stabile Selbstbewußtsein von Grass, der mir bei einem Drink im Trump Tower erzählt, er habe Ute morgens beim Aufstehen gefragt: «Bin ich nicht ein schöner Mann?» (worauf sie geantwortet hat: «Stattlich»), ist mir ganz fremd, zumindest abhanden gekommen.

Dazu trug natürlich auch die dort manifest werdende neue Situation bei: Ich sitze nun zwischen ALLEN Stühlen, bin nicht eigentlich «Schriftsteller» (war als solcher nicht eingeladen und auch kaum zu einer Party gebeten), aber auch nicht mehr richtig Journalist. Wenn ich bloß bald aus dieser Übergangszeit herausfinde. Man kann doch schließlich auch beides sein? Wen stört es, daß Umberto Eco Professor ist und Pasolini Journalist war, immer? ... zig der auf dem Podium Diskutierenden begannen mit dem Satz: «When I was a journalist ...» – wieso nur ist das hierzulande so fürchterlich aneckend?

Andrerseits (eine kleine *consolation*): KUHAUGE erscheint nun definitiv in Amerika, bei einem der renommiertesten Verlage, wie ja auch der Pariser Verlag eine der ersten Adressen ist – also nicht irgendwelche obskuren Klitschen –, und solche Häuser tun das ja nicht (was man bei meiner nebbich Position in Deutschland immer unterstellen/befürchten kann), um sich bei einem vermeintlich mächtigen Mann der deutschen Literaturscene beliebt zu machen – das geht die nix an und interessiert sie nicht; sie müssen ja sogar (also: überzeugt von einer literarischen Leistung?) mich und so ein Buch GEGEN meine dortige Unbekanntheit durchsetzen. Ich drehe mich mit mir selber im Kreise: mein erstes Hörspiel gleich von 5 Sendern ausgestrahlt, in VIER Sprachen übersetzt, darunter absurderweise ungarisch (was ja bei HÖRspielen ganz und gar unüblich ist, sie zu drukken), meine Interviews fast regelmäßig in andere Sprachen, der Böll-Nachruf in zwei (Holländisch, Schwedisch), die Berufung nach Paris (von jemandem, der nun wahrlich nichts von mir im Do-ut-des-Verfahren will): Dann KANN doch nicht alles unterkietiger Mist sein, was ich produziere – – – – – was man mir aber in der deutschen literarischen Öffentlichkeit einreden will.

Mir ist New York zu mühsam, von allem zuviel, zu groß, zu laut, zu dreckig – was immer man tut, man muß anstehen und kämpfen, sei es ums Frühstück oder um den Lift oder um den Eintritt ins Museum (wobei, seltsames Detail, man in KEINER öffentlichen Garderobe mehr Pelzmäntel abnimmt, auch Mrs. Getty müßte also im dicken Pelz durchs Museum waten – ginge sie ins Museum). Apropos: Mit dem durchs viele Geld für den Verkauf seiner Grove-Press ganz verjüngten und vergnügten Barney Rossett aß ich einen Abend, und es berührte mich ausgesprochen unangenehm, wie er sagte: «Willst du Caviar, Champagner – bestell, was du willst – Ann Getty bezahlt alles» und dann sich den Abend hindurch NUR über sie lustig machte; immerhin hat er ihr seinen Verlag Grove-Press verkauft, irgendwie finde ich das ungehörig. Auch über George Weidenfeld nur Jokes – der übrigens wirklich TIEF in den Topf gegriffen zu haben scheint, nur noch im Pierres' residiert, bis seine Wohnung fertig ist, und in einem der teuersten Skyscraper (bei Harpers) eine GANZE Etage für seinen neuen Verlag gemietet hat, so daß sich sogar der President von Harpers, der mich mit seinem Riesenauto zu einer Party mitnahm, mokierte.

23. Januar

«Ich studiere mich mehr als alles andere. Das ist meine Metaphysik und meine Physik ... Jeder blickt vor sich hin, ich blicke in mich hinein: Ich habe es mit nichts zu tun, außer mit mir, ich betrachte mich ohne Unterlaß, ich prüfe mich, ich versuche mich –»

Eintragung von Montaigne. Könnte Motto meines Tagebuchs sein, gar meines Lebens. Und ist natürlich Motto eines jeden Schriftstellers, jedes Künstlers. Das kreidet man mir – wieso aber dann nicht den anderen auch – als unerträgliche Eitelkeit an, muß das nicht jeder sein, der was «macht» – und ist deswegen so verdächtig, so verletzend für andere, die nichts machen?

Es bleibt die Frage – die ich gestern in meinem Fernsehdisput mit Grass zu erörtern suchte –, ob nicht das zu starke Einlassen des «Tages» dem Kunstwerk schadet, das Sich-Öffnen für Politik etc. ein Unberührbares berührt und damit den Kraftkern (zer)stört. Bei seinem neuen Buch scheint mir das deutlich in den Passagen, die über tote Wälder etc. reflektieren – – – das kann Journalismus auch. Da scheint mir Benns Dictum, daß Prosa – im Gegensatz zum Gedicht – leicht sich ans Journalistische verrät, ganz richtig.

Kampen, den 26. Januar

Gestern ein traumschöner Tag, der in der Alp-Traumschwärze endete: morgens strahlender sonniger Wintertag, herrliches Schwimmen mit Dunstschwaden unter der Sonne, gemütliches Frühstück, spazieren mit Gerd, Bibliothek aufräumen, Fahrt durch die Heide zur Wunderlich-Vernissage in Uelzen, die unglaublich voll. Begrüßt mit Applaus und dann seltsam: In Wahrheit hatte ich für meine Einleitungsrede den Text aus jenem großen Wunderlich-Band genommen, den ich vor Jahren über ihn und seine Arbeit geschrieben habe, den er damals so gut fand; ich war, als ich ihm seinerzeit das Manuskript gab, etwas besorgt, ob ich ihm «zu nahe» getreten sei, und meine Sorge wuchs, als ich zwei Tage kein Echo hörte. Dann kam er per Taxi («Bitte kommen Sie an die Tür, ich fahre gleich weiter»), drückte mir eine Plastik-Tüte in die Hand und brauste ab: Darin war das *bronce-doré* – «Fischbesteck». Das ist zwar viele Jahre her – aber daß er garnicht merkte, daß ich diesen alten Text, knapp variiert, vortrug, Karin auch nicht und Gerd auch nicht, dem ich immerhin das Buch mal geschenkt habe, war zwar «taktisch» erleichternd, eigentlich aber unheimlich: Entweder sie lesen das alles wirklich alle nicht, oder sie merken sich's nicht von hier bis zur Wand. Paul und Karin waren begeistert von der Rede, er sagte sogar: «Den Text hätte ich gern» – woraufhin ich schnell sagte, es seien nur Notizen gewesen … Gerd erzählte, daß die Leute im Publikum, mehrere, gesagt hätten: «Das kann eben keiner wie der.»

1. FEBRUAR

Fand ein Venedig-Buch mit einem kleinen Zettel von Bernd darin, beides wohl zu Weihnachten 1973 (!!!) – und nur die krakelige Schrift, nur das liebevolle «Dein Rübezahl», nur die Erinnerung an eine riesige gelbe Rose vor einem Palazzo in Venedig, den er mir so stolz gezeigt hatte – – – traf mich wie eine Faust in den Magen. Es war meine GROSSE Liebe. Und ich bin nie mit diesem Tod fertig geworden.

ROTTACH, DONNERSTAG

Donnerstag einen ganzen Tag bei Mary Tucholsky. Scheußliche Begegnung. Einerseits, weil dies Schrumpelweibchen nicht die stolze, große, kräftige Mary ist, die ich Jahrzehnte kannte. Auch da haucht einen der Tod an – und die Sinnlosigkeit des Alters, selbst mit Geld. Man kratzt und schafft «fürs Alter» – und dann sitzt man da und sabbert einen Kamillentee oder einen Haferschleim.

Zum anderen aber auch, weil das, was mal ihr Stolz war, jetzt nur noch Kälte und Härte ist, sie nichts begreift oder begreifen will, was mit der Stiftung zusammenhängt – ich wurde direkt laut und ausfallend, was mir sofort hinterher schrecklich leid tat, noch dazu, als sie sagte: «Sie sprechen mit einer 88jährigen.»

Aber wenn ich so vergeizten Unsinn hören muß wie: «Ich hatte auch nie ein Gehalt», weil sie an meinen Bezügen (die ich erstmals seit 15 Jahren fordere) oder denen der Stützner herumfeilscht, gleichzeitig das Haus verschenkend, in dem sie «ohne Gehalt», aber mit Köchin, Haushälterin und zwei Sekretärinnen lebte, nicht üppig zwar, aber doch sehr angenehm, per Taxi nach München und zurück – – – dann platze ich eben.

7. Februar

Heute ganz guter Dinge, weil gut in den Benn-Essay hineingekommen, der prall, rund und vielfacettiert wird.

Also: mein neues Leben als Schriftsteller – KUHAUGE in Amerika, Orden von Jack Lang in Paris, Sendungen, TV, gestern der Rowohlt-Vertrag für den neuen Roman und vorige Woche die ersten Verträge für die «Edition Raddatz» – peu à peu meine Bücher, die verstreut erschienen sind, als Taschenbücher bei Rowohlt gesammelt. Vielleicht geht's?

11. Februar

Anruf von Fichte mit ganz entstellter Stimme. Ich weiß nie, ob er sich nur insceniert oder ob er wirklich so elend ist. Bin sehr durcheinander: spricht von Ende und Qualen und 5 Operationen in 3 Monaten. Aber vor 2–3 Monaten war doch noch garkeine Operation? Eben mit seiner Frau telefoniert, die sagt, er sei guter Dinge, nichts Ernstes stünde bevor, er habe mit Appetit Himbeeren mit Sahne gegessen. Wer lügt da wem was vor bzw. sich? «Lore macht sich nicht klar ...» Sagt er am Telefon.

16. Februar

Etwas überspannte «Veranstaltungswoche» hinter mir: Zadekpremiere in HAMBURG, Botho-Strauß-Bondy-Premiere in Berlin, Abendessen mit Grass/Monk und ein anderes mit Rauch.

Beim Grass-Abend geradezu komisch, wie vehement Frau Monk Brecht gegen auch nur den kleinsten Einwand verteidigte. Er hat ihr wohl mal, als sie schwanger war, übers Haar gestrichen – davon verdreht sie noch jetzt die Augen, als sei das Kind von ihm. Muß eine eigenartige Macht über Frauen gehabt haben.

Grass übrigens (der den Namen Cioran nie gehört hatte) vollkommen bar jeden Verständnisses von dessen Vergeblichkeits-Philosophie – die mich im Moment sehr beeindruckt; obwohl's eigentlich nur ein Gedanke ist, den er in allen Büchern variiert. Aber tut das nicht jeder – von Thomas Mann bis eben auch Brecht?

22. Februar

Shakespeare-Abend: Essen bei/mit meinen Mördern. Rätselhafte Einladung in den Anglo-German Club, offizieller Grund die Verabschiedung des Wirtschaftsressortleiters mit Helmut Schmidt, Bucerius, Sommer, Dönhoff etc. – – – wieso ich dabei? Wieder diese *fake-antiquities*: feiner Ton, aber alles gelogen. Selbst Lady Macbeth, wie die Dame nur noch bei mir heißt, plapperte auf mich ein (nachdem ich ihr nur kühl die Hand gegeben und guten Abend gesagt hatte) – – – und alle hatten sich wie einen Kindervers eingelernt: «Wunderbar, Ihr Rosa-Luxemburg-Aufsatz.» Wie damals nach dem Böll-Nachruf. Als gäbe es von mir nur diesen einen Artikel. «Bewährungsstück». Es war ziemlich unaufrichtig und pelzig-eklig. Die Bildung dieser Leute, die dann auch noch unsereins beurteilen, gar verurteilen, reicht bis zu Nicole Heesters, Ida Ehre und Justus Frantz. Und Siegfried Lenz ist ihr Proust. Puh.

Relais Christine, Paris, den 28. Februar

Unruhige Tage in Paris. Finde meine Balance nicht, liege im Bett, statt durch die Stadt (im Schneematsch!) zu streunen. Erster Abend: allein und eher trist in der Coupole.

Das einzig Erfreuliche: Ich kann meine Vorlesung auf Deutsch halten im Frühjahr.

Der einzig «volle» Abend gestern mit einem Freund im «Closerie des Lilas» (schlechtes, teures Essen) – aber auch schmerzhaft, warnte mich: Ich solle nie glauben, wenn Leute freundlich zu mir sprächen, auch Wunderlich oder Grass würden das nicht meinen, geschweige denn ehemalige Mitarbeiter.

Ziemlich betäubt davon ins Bett.

Paris, Montag

Komme eben vom Gespräch mit Cioran, das mir gelungen scheint, reich, inhaltsvoll. Der Mann mag mich, kam ja damals extra zu meiner Lesung und «stellte sich vor» (schwärmte eben wieder von meinem Heine-Buch und von «Kuhauge»). Vieles, was er schreibt, geht mir sehr nahe. Wenn man sieht, wie bescheiden, gar kläglich so ein doch bedeutender Mann lebt – und ich will eine Suite im «Claridge» für die 4 Wochen meiner Vorlesungen mieten. Schamvoll nur: Ich kann nicht, mag nicht und muß ja auch nicht wie ein Student leben.

Zu Cioran noch: Lebensekel, Nihilismus – aber: «Ich habe Ihnen schon Fotos von mir bereitgelegt» ... die übrigens so geschönt sind, daß ich ihn nie darauf erkannt hätte.

Er zitterte dem Gespräch offenbar entgegen.

8. März

Hubert Fichte liegt, wenn nicht alles täuscht, wirklich im Sterben. Der Gedanke will nicht Platz greifen in meinem Kopf – – – eben habe ich noch über ihn gesagt, er «übertreibt sogar noch seine Krankheit», als er mich abends so «dramatisch» angerufen hatte. Und nun sagt mir Leonore Mau, das Lymphom, wohl eine seltene, aber unheilbare, krebsartige Krankheit, breite sich wie ein Steppenbrand aus, der Arzt habe ihr gesagt, es sei eine Frage von Tagen; er hat sie auch bei den letzten Besuchen nicht mehr erkannt, liegt stumm in seinen «schönen Locken», wie sie sagt, und verblutet (offenbar durch einen künstlichen Darmausgang?). Frauen sind anders: Die Mau berichtet das wie etwas Unabänderliches, sie schreit nicht, weint nicht, beklagt, daß er ihr «schönes Essen» und die teuren Blumen verschmäht. Frauen KÖNNEN einfach so was – wenn ich denke, wie ich auf dem Teppich rumrollte, schreiend und trinkend, als Eckfried tot war, und wie ich wochenlang nicht vernehmungsfähig war, nicht der Sprache mächtig, nach Bernds Tod.

An dem Tag, an dem ich das Sterben von Fichte erfuhr – wird mein neuer, sehr edler und sonderbarer Wunderlich-Tisch geliefert, ekelhaft-absurd. Da stirbt ein Freund, ein seltsamer, verschrobener, schön-lügnerischer Mensch – – – und ich kaufe ein bizarres Möbel. So ist das Leben. Ist so das Leben? Und abends mit Gaus zum Essen, dessen Sätze, obwohl er ein wirklich kluger Mann ist, immer wieder so beginnen: «Ich und der spanische König waren in Bonn ...» UND am Telefon einen quasi weinenden Grass. Kein Weltruhm und kein gefülltes Konto bewahren davor, sich grenzenlos zu kränken über die brutalen Vernichtungskritiken des neuen Buches.

Was geschieht da mit uns allen, mal Hochhuth, mal Wunderlich, vor kurzem noch Böll, dann ich – – – – tutti quanti. Es sind doch WIR – jeder in seiner mehr oder minder wichtigen Bedeutung –, die die Kultur Nachkriegsdeutschlands GEMACHT haben? Und nun werden wir gleichsam abgeschafft, fast ermordet, sollen «die Klappe halten», nicht mehr schreiben, publizieren, malen, Interviews geben. Eine Umwertung aller tradierten Werte, eine Wende, viel tiefer als die propagierte, ein «Umbruch» – neue Fühl- und Denkweisen; aber welche? Wo sind die toll begabten Söhne, die die Väter ermorden MÜSSEN? Die Beliebigkeit ist das neue Gesetz, der neue Standard.

Das «Ausrinnen» des Alten hat auch biographische Elemente: Meine Bekanntschaft und spätere Freundschaft mit Fichte z. B. BEGANN ja geradezu mit Wunderlich – als ich den jungen Autor, dem ich auf Grund einer Erzählung in der FAZ geschrieben hatte, im Brahmskeller das erste Mal traf (er: «Mein Gott, so jung – ich hatte Angst, der große Rowohltchef sei ein alter dicker Mann»), sagte er, er habe gerade über einen Hamburger Maler einen Essay geschrieben, dessen Namen ich gewiß nicht kennte, den er aber für den bedeutendsten seiner Generation hielte, sein Name sei Paul Wunderlich ...

Heute morgen trotz schwerer Erkältung schwimmen. Merkwürdiges Bild, wie die jungen glücklichen Väter da mit ihren winzigen Kindern spielen, sie hochwerfen, auffangen, sich tummeln wie junge Tiere. Und bald, sehr bald wird Krach und Unverständnis sein, die Jungen werden nix mehr wissen wollen von den Alten, gehen aus dem Hause. Die Alten werden die Frisuren oder Anzüge gräßlich finden. DAZU das alles? Wenn ich auch nur an Augstein und Maria denke: sie bildschön und jung, er intelligent, berühmt, sehr reich. Beide Kinder gut geraten, niedlich als Kinder, hübsch als junge Menschen, begabt. Und? Nur Elend, Chaos, Psychodrama und Psychoterror, er im Alkohol und Puff versunken, abgesunken zur Bedeutungslosigkeit, eine Witzfigur jeder Party, sie unsichtbar, am Leben nicht mehr teilnehmend, die Kinder «Erben». Fand heute diese Stelle bei Harry Graf Kessler, die GENAU auf Augstein trifft, aber auf den – artverwandten? – Harden geprägt ist: «Daß Harden Einsamkeit nötig gehabt habe, aber trotzdem politisch führen wollte, was ihn in einen unlösbaren, tragischen Widerspruche verwickelt habe. Auch keinen Freund habe er in seiner Nähe geduldet, sondern, sobald die Freundschaft enger wurde, einen Ausweg aus ihr, meistens durch wütende Feindschaft, gesucht.»

BUCHSTÄBLICH die Beziehung zwischen Augstein und mir.

Letztes Stichwort zum «biographischen Auslaufen»: der immer schlimmer werdende Krach, die tief-innere Auseinanderentwicklung mit der Mary, die mir auf meinen *de-profundis*-Brief dürre und dümmliche paar Zeilen schickt. Kann so eine jahrzehntelange Freundschaft enden? Und: Jochen Mund hat Darmkrebs. Das Ende also absehbar. Wie wird das sein, wenn ich da nicht mehr anrufen kann, nicht mehr traurig sein kann über seine Teilnahmslosigkeit? Selbst die war ja noch ein Stück Bindung.

10. MÄRZ

Fichte ist tot. «Und Siegfried Lenz lebt», wie der bösartige und betrunkene Platschek sagte.

Habe mir eine Art Seeleneis aufgepackt, um das durchzustehen, zumal ich noch den Nachruf schreiben sollte und wollte (eben fertig – ich glaube: schlecht).

Mit 50 Jahren, mein Gott, voller Pläne, Energie, Ruhmsucht, Eitelkeit, Verrücktheit – doch im ganzen ein wunderbarer Mensch, ein bunter Nicht-Kleinbürger, anders als jener grausliche Frankfurter Kritiker, dem immer nur «Mumpitz» zu Fichtes Arbeit einfiel.

Ach, lieber Fichte – wir waren schon ein seltsames Paar, merkwürdige Freunde, oft auch voller Gift und Haß auf den anderen – aber er wird mir sehr fehlen mit all seiner ballettösen Manie und Maniriertheit.

12. MÄRZ

Komme frühmorgens aus Frankfurt, habe mich breitschlagen lassen zu einer 1stündigen TV-Gedenksendung für Fichte im HR – bekam es nicht fertig, Nein zu sagen, obwohl eine Parforce-Tour: abends spät hin, ohne Essen vor die Kamera, Sendung bis nach Mitternacht, 1 Uhr im Hotel, 7 Uhr morgens Lufthansa ab Frankfurt; Sendung, glaube ich, eher flach – ich noch im Fieber, aber auch, was wichtiger und merkwürdiger ist, nicht im Lot mit diesem Tod. Ich krieg ihn nicht «runter», es ergreift mich aber auch keine wirklich schüttelnde Traurigkeit – etwas seltsam Blasses, Künstliches breitet sich in mir selbst vis-à-vis diesem Tod aus (wobei ich auch leicht irritiert registriere, daß Frau Mau sich ihrerseits nicht meldet; wenn ich sie nicht anriefe, hörte ich nichts, und auf meine vorsichtige Frage nach der Beerdigung betonte sie SO sehr: «nur im ganz kleinen Kreis», daß ich zu hören meinte: ohne Sie). Noch eine Schwierigkeit: Er hat mich ja mal als Erben respektive Nachlaßverwalter eingesetzt. Was ich Gott behüte nicht sein will – dennoch leichte Verwunderung, wenn Platschek mir jetzt erzählt, Gisela Lindemann sei als das «eingesetzt». Wer nun? Nur bin ich in diesem Fall froh, eine solche Bürde nicht noch mal übernehmen zu müssen. Aber warum hat er das nie ehrlich besprochen?

Den Abend zuvor Abendessen mit Ledig, leider mit seiner Frau zusammen, die doch nur plappert im Tone von «Oh, he was such a beautiful man»: Damit war für sie alles über Fichte gesagt. Er, wie immer, bog vor dem Thema Tod sofort in eine Anekdote aus – der Alte ging ja nicht mal zu Beerdigungen. Auch dieser Abend leicht gespenstisch, weil eine leicht bramarbasierende «Solidarität» mit mir und meiner Entlassung – als habe er sich nicht vor langem einmal genauso benommen. Alles, was ich zu und über Bucerius sagen wollte, schluckte ich runter – ich hätte ja auch den Namen Ledig einsetzen können. Als habe er das vergessen?

20. März

Die Nachtfalter in Hamburg sind nun alle engste Freunde von Fichte gewesen, auch absurd. Leute, deren Namen man nicht kennt, widmen Leonore Mau Manuskripte, die sie in der ZEIT veröffentlichen wollen – nur hat Leonore Mau knapp einmal den Namen gehört; nicht direkt ein Grund für Widmungen. Gestern jemanden «gesprochen», der angeblich Fichte sogar mehrmals im Krankenhaus besucht hat??? Dieser Schatten wird noch viel länger werden, er stilisiert sich sozusagen sogar als Toter: Schon spricht Hans Mayer von den 4 einzigen deutschen Nachkriegsschriftstellern von Rang: Arno Schmidt, Uwe Johnson, Günter Grass und Hubert Fichte.

Vor paar Tagen mit Kuenheim und dem neuen Robert Leicht essen: der Nachruf, der Nachruf, hallte es. Leicht ist nett, eitel, sympathisch und sehr sicher, auf der Siegerbahn des Lebens zu sein. War ich das in seinem Alter eventuell auch?

Ein «Spiel» war interessant: Auf meine Frage «Was wünschten Sie sich, wenn die berühmte Fee auf Ihrem Knie säße und Sie hätten 3 Wünsche frei (mal die 2 von wegen Geld und die tolle Blonde beiseite gelassen)?» Kuenheim: «Macht.» Er wäre am liebsten entweder Gorbatschows Berater für die Landwirtschaft oder Papst –!!! Fast nicht zu glauben – als Lebensinhalt keinen Inhalt. Ein Manager für Getreide oder für Weihrauch. Was für Lebensziele. Leicht wollte Präsident oder Reichskanzler werden à la Stresemann – also auch Machtverwalter. Drinnen nix. Über meinen «Wunsch», ich würde Thomas Mann oder Brecht oder Beckett sein/geworden sein wollen, herrschte geradezu peinliche Verwunderung.

Sonderbar, was Leicht über Joachim Kaiser erzählte – – – daß der nicht nur, wie ich freundschaftlich-ironisch sagte, etwas konservativ geworden sei, sondern er sei aggressiv reaktionär, würde nicht nur «Meinungen» haben (etwa Carl Schmitt oder Jünger feiern), sondern auch direkte (Zeitungs-)Politik damit machen respektive zu machen versuchen.

Paul, mit dem süßen Blick fürs Böse, sagt am Telefon: «Erinnern Sie sich noch, mein Lieber, an Ihr schönes Fest am Leinpfad? Die Hälfte der Gäste ist inzwischen tot ...»

Tatsächlich, er meint meinen großen Abend für Ernst Bloch («Wie hieß noch der Blinde mit der Jüdin?» ...): Ernst Fischer, Feltrinelli, Giese, Johnson, Bauke, Fichte.

Schauerlich.

Meine Phantasie reicht noch immer nicht aus, mir Fichte richtig tot vorzustellen, daß er nie wieder blühende Forsythien sieht, einen lila Krokus oder mit mir Austern ißt. Einfach vorbei. Zu seltsam. Schlimm, wie er jetzt bereits ein Mythos wird. Wie er gleichsam auf den Schultern der anderen Frühverstorbenen – Brinkmann, Konrad Bayer, Born – zu einer Mischung aus Rimbaud, Platen, Malaparte und Oscar Wilde wird.

Aber auch Literaturgeschichte schreibt sich eben willkürlich. Beendete gestern Hans Werner Richters Schmetterlings-Ensemble über einige seiner «Freunde» aus der Gruppe 47; rundum schlampig, dünn, falsch, oberflächlich das Ganze. Der Mann hat etwas getan, was er selber nicht begriffen hat – an den (wo steht das?) Menschen erinnernd, der nicht weiß, daß er Prosa schrieb. Ich muß mir so manche Details – etwa meine Freundschaft mit Uwe Johnson – direkt mühsam wieder ins Gedächtnis rufen, um nicht vor mir selber als Wichtigtuer und Ranmacher dazustehen. Aber schließlich, um nur EIN Beispiel zu geben, gibt's ja noch die Fotos, wie Johnsons Tochter hier bei mir zu Besuch war, mit dem Neffen Peter, bei Wunderlichs auf dem Lande (lachend auf dem Rolls-Royce thronend und weinend am Flugplatz bei der Rückfahrt: «Bei dir ist es so schön, Onkel Fritz, bei dir wird so viel gelacht – bei uns nie»).

25. März

Wo sind eigentlich all die Braschs und Jürgen Beckers und Rühmkorfs? Manchmal komme ich mir vor wie Brandt nach seinem Rücktritt, als 2 Minuten danach keine Kamera mehr auf ihn gerichtet war; zu Ostern keinen EINZIGEN Gruß von irgendwem.

Gestern abend STAMMHEIMfilm – meiner Meinung nach eine linke Demagogie, die Sympathie wird OPTISCH und metapsychologisch ausschließlich auf die Seite der «armen» Terroristen geleitet – als haben die nicht Menschen umgebracht. Sehr geschickt, weil verbal nicht fixierbar, nur unterschwellig.

Da gibt es eine schweigende Vereinbarung (ähnlich dem Einbruch des Jens-Bürschleins bei Johnson). Dafür fallen sie über Grass her. Widerlich.

9. April

Den Abend sehr amüsant und berlinisch verlebt, mit Grass à deux gegessen, was, wie mit Paul, immer am schönsten und intensivsten ist, er ganz rührend: «Ich habe vorgesorgt, habe genug Geld bis zum Schluß, ich bin ja ein Krämer – ich habe alles in festverzinslichen Papieren angelegt, das ist nicht viel und nicht viel Gewinn, aber sicher. Also Stube und Suppe ist für dich immer da.»

Im Restaurant setzte sich ein fremder Mensch neben ihn, gratulierte zum Buch, sagte: «Ich muß Ihnen mein Leben erzählen», und auf Günters (diesmal) gutmütig-väterliches Abwiegeln: «Aber ich erzähle Ihnen doch auch nicht mein Leben» sagte der Mensch: «Schon, schon – aber ich bin Ihr Buch.» Einen so komischen Satz habe ich noch nie gehört. Es stellte sich auf Befragen heraus, daß er DIE RÄTTIN weder besaß noch gelesen hatte. Dafür stellte er uns seine junge Freundin vor: «Dufte Biene, Mensch, sahre ick dia.»

Der «Krämerssohn» Günter hatte aber noch eine Überraschung: Er hat sich am Ku-Damm eine permanente eigne Galerie eingerichtet (die natürlich ins Berliner Kulturprogramm aufgenommen wird; vermutlich halten die Stadtrundfahrtbusse demnächst dort ...). Als die Freundin von Grass dort keinen Schnaps hatte, sagte sie: «Ick bein Nachban frahren», kam zurück, der Nachbar – 23 Uhr! – erwarte uns. Es öffnet eine Hosenverkäufertunte, dicklich-dümmlich-gemütlich, und ließ uns in ein «Stilmöbel»-Paradies (also eine Hölle) ein: 5 Zimmer wie ein Möbellager, nein, wie ein bösartiges Bühnenbild vollgestopft mit dem grauslichsten Zeug. Und auf jedem Stuhl, Sessel, Sofa – – – – eine Puppe. Berlin ist Berlin.

Jochen Mund ... Ob er wirklich im Sterben liegt? Oder ob meine Phantasie inzwischen so stumpf, meine Vorstellungskraft so egomanisch geworden ist, daß ich mir den Tod naher Menschen nicht mehr vorstellen kann? Jedenfalls liegt er sehr kläglich mit Darmkrebs, Schmerzen, Operationen, Todesangst. Ein (Abschieds-?)Telefonat à la Fichte: «Du musst wissen, daß du für mich immer der wichtigste Mensch in meinem Leben warst. Danke für deine Freundschaft.» So leise der Satz, so gellend.

11. April

Fichtes Beerdigung (Urnenbeisetzung) war gespenstisch. Glücklicherweise hatte ich Platschek im Wagen mitgenommen, sein Zynismus (vorm Grab: «Darf man hier rauchen?» oder über den Zeremonienmeister: «Der hat ja 'n Toupé») war sehr hilfreich. «Tote sind so wehrlos», sagte er angesichts der merkwürdig-kläglichen Schar: paar drittklassige Autoren (die selbst ich knapp dem Namen nach kannte), Leonore Mau (sehr gealtert), kein Senator, vom S. Fischer Verlag kein Kranz und der Lektor Beckermann auf eigne Kosten, die Lindemann als Witwe Nummer 2, kein Vertreter auch nur einer Zeitung, nur der noble Gneuss hatte 1 Kranz geschickt. Ich mit meiner herrlichen riesigen weißen Orchidee fast deplaciert. Auch nichts von seiner «eigentlichen» Welt, halb verborgen und von niemandem «wahrgenommen» ein Bahnhofsstricher mit einer gelben Tulpe, alles ganz kleinbürgerlich im kleinen Schwarzen.

Und im Flur der Wohnung (!!!, in die taktloserweise zum üblichen Umtrunk eingeladen wurde) hängt doch allen Ernstes der berühmte Pelzmantel, mit dem er, wie eine riesige Pelz-Litfaß-Säule, Nacht für Nacht vor der Hauptbahnhofstoilette auf seine «Opfer» lauerte. Frauen können so was anscheinend – aber dieser Mantel, das war doch ER, das darf doch dort nicht mehr hängen, als sei er eben mal ein Weinglas holen. So wurde man auch ins Arbeitszimmer gebeten (gespenstischerweise auf dem Schreibtisch ein Manuskript von ihm – mit Korrekturen von mir in meiner Handschrift). Alles zu nah an ihn herangelassen, seine Karteikarten, seine Manuskripte, seine Spielsachen auf dem Schreibtisch, es war peinlich-intim, als habe man einem Schlafenden das Deckbett weggezogen (was ja schon in der Bibel verboten ist). Der Auftritt der Mutter, am Stock, wie ein «Alter Fritz», wortlos und mit dem Blick einer fauchenden Katze vor der Mau, sie mit Hypnoseblick anstarrend, dann verschwindend: eine Scene von Fichte. Und diese furchtbare Kunstgewerbe-Urne. Das bleibt??

Jochen stirbt (was es für furchtbare Pointen gibt; an derselben Krankheit, an der Fichte starb: Darm- und Lymphkrebs) …

War gestern in München, ihn im Spital besuchen. Ein kleiner, magerer, verschreckter Mann, der nach Tod aussieht und riecht, der weint, wenn man das Zimmer betritt, und die schöne Blume kaum sieht … was sind auch Dinge (und Blumen sind ja auch Dinge), wenn der Knöchel an die Tür klopft. Er hat auch innerlich abgeschlossen, sich verabschiedet, abgedankt, will nicht mehr und kann wohl auch nicht mehr. Was für ein Stück Leben geht da dahin … wo ist der strahlende, verführerische, erotischen Charme und geistvolle Betörung ausstrahlende Mensch geblieben? Und wie schafft man es nur, vorher abzuhauen? Und die Frau, die er betrogen und hintergangen hat ein Leben lang, die er um ihr Lebensglück brachte und die ihn innerlich nicht «betraf» – – – die sitzt nun Tag und Nacht neben ihm, pflegt ihn noch im Krankenhaus, massiert ihn, wenn er kein Wasser lassen kann, und bringt ihm Essen. Leben ist voller Ekel.

18. April

Nachtrag einer fliehenden Woche: Letzten Samstag großer Cocktail bei/von Senfft (stellte sich als Hochzeitsfeier heraus), wo «tout Hambourg» war, u. a. der schon betrunken ankommende Augstein – – – ein immer grauslicher werdender Zwerg, dessen Buckel auch sichtbarer wird, klein, verwachsen, giftig, eklig. Das war ja mal ein ganz witziger und politisch frecher Journalist, jetzt ist er nur noch ein busengrapschender Millionär, sprachlich war er immer uninteressant, kein Stilist, Schriftsteller schon garnicht.

Es war ein Riesenaufgebot kaputter Typen, Frauen, die ihre Männer hassen, ein Ehepaar, wo er mit mir und sie mit Gerd ins Bett wollte, oder alle zusammen (die Kneipe absurderweise DIE, in der ich Gerd kennenlernte – – – warum gehen Ehepaare in schwule Kneipen?).

Vorgestern «Antrittsvorlesung» in Paris. Die Unileute sehr nett, machen aber einen unseriösen Eindruck, der Direktor namens Heller lud mich bereits nach 2 Minuten ein, diese Professur doch «auf Dauer» zu machen und jedes Jahr zu kommen. Nun war der Vortrag auch sehr gut ausgearbeitet. Das Ganze aber zu anstrengend: morgens früh um 6 raus, 8 Uhr ab Hamburg, in Paris den ganzen Tag auf den Beinen, Mittagessen, Vorlesung, Diskussion, Tee, dann Vortrag im Heinehaus (wo, sehr lieb, der alte Cioran saß und mich hinterher sehr beglückwünschte). Cioran ist schon ein merkwürdiger Mensch. Ganz weich, freundlich-liebenswürdig: «Sie sind ja ein rhetorisches Genie, das wußte ich garnicht», sagte er.

Am Wochenende den Nachruf auf Genet, der mich jetzt

schon «drückt». Die Kreise des Lebens sind schon irr: Er stirbt knapp nach Fichte, 1 Tag nach der Sartre-Frau Beauvoir und am selben Datum wie Sartre, der ihn mit seinem Lobbuch erschlug und zum Schweigen brachte.

19. April

Die Savary-Inscenierung des BÜRGER ALS EDELMANN übrigens wie ein PS zu Augstein: der neureiche Niemand, der sich zum Gecken macht und über den alle lachen. Was bliebe von Augstein, zöge man seine Millionen ab? Niemand würde sich doch auch nur umdrehen nach ihm, geschweige denn bekäme er noch eine, und sei es die mieseste Puppe, ins Bett. Er hat zwar 'nen Picasso an der Wand – – – aber MICH fragt er: «Wen soll ich neben Madame Chirico setzen?» (lange her), als er Giorgio De Chirico zu Gast hatte. Ein Bündel aus gesellschaftlicher und (das heißt auch: ästhetischer) Unsicherheit wie alle Neureichen eben; und für die eigne Unsicherheit haßt er die anderen.

Nachmittags bei Kempowski, der eine Art «Gruppe 47»-Revival versucht: Er zusammen mit Guntram Vesper lädt allerlei Autoren ein, die vorlesen und, da er auch Kritiker wie mich oder Drews einlädt, auch kritisiert werden ... übrigens zur Wut etwa von Karin Struck, die laut und ordinär die «kreative Atmosphäre» einklagt (was immer das sein mag); aber bezeichnend doch dieser Haßausbruch gegen Kritiker – dies Verhältnis (Autor–Kritiker) ist so gründlich zerrüttet wie noch nie. Schlagt ihn tot, den Hund, er ist ein Rezensent, das ist jetzt buchstäblich wahr.

Erwischte mich dabei, daß ich anfangs alles gräßlich und spießig und komisch fand – und es allmählich zu genießen begann. Hängt wohl mit meiner monologischen «Autoren»-Lebenssituation zusammen, ohne Redaktionsalltag. Erst dachte ich: «O Gott, auf MEINE kleinen Spiele, wie Ginster auf den Tisch stellen, um den Genet-Nachruf zu schreiben, kommt hier niemand» (weil Ginster auf Französisch Genet heißt). Aber dann war's ganz kollegial-amüsant, und selbst kleine Skurrilitäten wie das männchenhafte Benehmen von Kempowski amüsierten mich nur noch. Er sitzt wie Hans Werner Richter auf einem großen Gründerjahresofa (als einziger, alle anderen auf unbequemen Stühlen), klingelt mit einer Glocke und bittet nicht nur um Ruhe, sondern auch um «pünktliches Erscheinen» und so. Als er die Struck z. B. bat: «Aber nur, wenn Sie sich kurz fassen», explodierte sie in ihrer gewaltsam aufgeschminkten Emanzipiertheit. «Bei uns Frauen dauert eben alles länger, wenn Sie das noch nicht bemerkt haben sollten – wie beim Geschlechtsverkehr –, wir brauchen länger, weil wir potenter sind.» Stimmt vielleicht sogar. Kempowski läßt sich den ganzen Tag von irgendwelchen jungen Mädchen bedienen, läßt sich beim Abendessen sogar die Stullen schmieren und den Wein bringen und erzählte, er habe sich «zwei so junge Dinger» engagiert, um mit ihnen 2 Wochen durch Frankreich zu reisen: «In zwei Wochen kann man ganz Frankreich erleben.» Hm. Seine papale Eitelkeit hat die Figura wie eine Figur von Kempowski – fällt der Name der Stadt Berlin, dann fällt ihm dazu nur ein: «Da war ich noch nie zu einer Lesung eingeladen.»

Sonntag abend in der «anderen» Molière-Aufführung, Goschs Menschenfeind. Sehr eindringlich-strikt – – – – und für mich insofern eigenartig, weil ich in dem stets die anderen belehrenden, moralisierenden X mich wiedererkannte. «O Gott, ich bin doch erst zwanzig – und da soll ich mich auf dem Lande vergraben?» seufzte Madame dort. Die Inscenierung auch deshalb so gut, weil sie den Strang Tragödie herausarbeitete (wenn auch diskret und leise), der unter jeder guten Komödie liegt.

28. April

Strange days with Faulkner: vier Tage (davon zwei wunderschöne Sonnentage, lesend auf der Terrasse), um die 2000-Seiten-Biographie über Faulkner zu lesen, Vorbereitung für die Reise in «sein» südliches Amerika. Beeindruckend und erschreckend.

EIN VOLLKOMMEN STRIKTES Leben – aber falsch erzählt. Darf ein Biograph die persönlich-intimen Dinge GANZ auslassen? Hätte ich nun nichts anderes gelesen, dann erschiene er mir als treuer, wenn auch trinkender Familienvater – während er in Wahrheit mit seiner Frau nach der Geburt der Tochter NIE mehr geschlafen hat.

Wie seltsam: Unter jedes Menschen Leben liegt immer ein anderes noch verborgen. Hier gilt nun Estelle Faulkner als Frau und Witwe – und seine große, vielleicht einzige Liebe war jene Meta in Hollywood.

Auch der Gedanke an den Tod springt mich förmlich an bei dieser Lektüre. Faulkner wurde ja nicht sehr alt – ich muß wirklich auch mein Haus bestellen.

1. MAI

«Tag der Arbeiterklasse» – was habe ich das gehaßt in Ostberlin, wo ich nach den Demonstrationen wie zur «Waschung» an den Ku-Damm lief, in jenes Kempinski Eis essen (das war schon das Höchste), wo ich nun stets wohne und wo man mich beflissen mit «Guten Tag, Herr Professor» begrüßt.

Seltsame Lebenskurve. Von Sylt also nach Paris katapultiert.

Abends zurück – Reaktorkatastrophe in der Sowjetunion weckt verquere Reaktion: Ich setze mich mit Zigarre und Rotwein vor den Fernseher, um «gemütlich» zu betrachten, ob der Tod in einer Wolke auf einen zuschwebt. Erwische mich (unbewußt?), das beste Meißen zu decken, eine Kerze anzumachen, Blumen zurechtzurücken, die Bild-Lampe überm Schad, der überm Fernseher hängt, anzuknipsen; die Lust am Ende? Ist man innerlich so präpariert auf Katastrophe, auf Untergang, daß man ihn mit einem Gran Erleichterung geradezu feiert, so: «Na endlich ist's vorbei.»

Was für eine innere Müdigkeit muß da in einem wohnen – ganz im Gegensatz zu den Hagenströms, die hier mehr und mehr in der Nachbarschaft einziehen und kraftstrotzend alles «benutzen» wie Kinder, die alles in den Mund stecken – friert der Kanal zu, schon haben sie Schlittschuhe an den Füßen, und kommt der erste Sonnenstrahl, schon ist der Gartengrill in Betrieb, und die Rumtatata-Musik grölt, und die Boote werden gestrichen. Ekelhafte Lebensenergie.

2. Mai

Gestern abend Wunderlich hier – und prompt wurde es ein wunderschöner Abend. Ein Abend auch von «innerer Schönheit», mit ernsten Gesprächen von Kunst bis zum Tod und zum Sterben, wobei Gerd erstmals aus der Freimaurer-Loge erzählte, wo man z. B. ein vorgezogenes Sterberitual durchmacht. Nun sind Rituale ja Ersatzhandlungen, und das wiederum war natürlich Pauls Thema, denn wer, wenn nicht er, weiß von der Funktion der Rituale.

Mapotel Terrasse, Paris, den 21. Mai

Zurück aus Paris (darüber Extra-Tagebuch ...) und vom Rhein, wo ich «Nuttentour» – deutsch-französisches Colloquium – mit paar Tagen Bummelei gemischt habe, die Gerd wieder sehr schön vorbereitet hatte, so daß wir an der schönsten Ecke waren, ein niedliches Hotel hatten, wunderbare Restaurants zum Abendessen, herumspazieren im offenen Wagen in Burgundähnlich-schöner Landschaft, die ich, wie auch die Orte (Eltville oder Oestrich-Winkel), nicht kannte, deutsches Herzland; so aßen wir im «ältesten Steinhaus Deutschlands». Mehr nicht davon.

Eine geradezu panische Schönheits-Sucht. Je älter, faltiger, weißhaariger und häßlicher ich werde, desto unstillbarer das Verlangen nach schönen Blumen um mich, schönen Möbeln, Objekten, Bildern – eine riesige Ersatzhandlung. Während ich selber, Dorian-Gray-haft, immer «künstlicher werde» – morgens brauche ich inzwischen eine volle Stunde, wenn nicht mehr, mit allen Magentees, Salben, Augentropfen, Hauttinkturen, Fußpilzgels etc. –, wird die Inscenierung um mich herum immer stärker.

Gleichzeitig nicht in der Lage, Müßiggang zu ertragen. Muß mich direkt zusammennehmen, weil ich die Tage am Rhein lieber gearbeitet hätte, als herumzubummeln. Was geht mich noch 'ne Kirche mehr an oder in Paris ein Kinomuseum oder ein hübsches altes Dorf. Ich freue mich mehr auf die Arbeit am Roman im Herbst als auf die ganze Mississippireise.

25. Mai

Bin ganz froh, in mir «aufgeräumt» zu haben, was das Geld betrifft; habe immerhin festgestellt, daß ich noch nicht korrupt bin, daß ich ein Angebot, beim STERN zu arbeiten (wofür's ein Vermögen gäbe), nicht annähme und auch die offiziöse Frage, ob ich – nach Schlotterers plötzlichem Tod (komische Phrase – Tod ist doch immer «plötzlich»?) – den Hanser Verlag leiten möchte, für mich sofort negativ beschied. Ich will mich in meiner neuen Situation des «Nur-noch-Schriftstellers» wirklich einrichten. Muß nur aufpassen, mich nicht zu verzetteln und nicht ewig zuviel zu tun. Dieses Wochenende z. B. zwischen Faulkner, Leo-Löwenthal-Vorbereitung für die morgige Fernsehaufzeichnung und Hemingway-Lektüre für eine Funksendung über den Spanienkrieg – – – so was geht eben nicht. Es überstrudelt meine Phantasie.

26. Mai

Abends beim ganz erloschenen Grass, wirkt wie eine zusammengeschossene, ehemals stolze Fregatte. Hat wohl nicht für möglich gehalten, daß ihm auf seine Weise dasselbe wie mir in der sogenannten literarischen Öffentlichkeit passieren kann. Die FAZ-Kritik, dieser beißwütige Mörderüberfall eines Literaturstalinisten, hat ihm den Rest gegeben. Wobei, typisch für den Narziß Grass, er kaum ertrug, wenn ich seine «Affäre» der Totalverrisse voller Häme mit den Gemetzelschlachten gegen mich verglich. Wie um sich an einen Rettungsring zu klammern, las er seine – gute – Rede für den PENKongreß vor.

Wie wir alle in solchen Situationen spricht er von Wegziehen ins Ausland, «in Portugal geht's mir gut», davon, daß er sich auf das Jahr in Kalkutta freut (in meinen Augen eine ganz sinnlose Reise, was ich ihm auch immer wieder sage). Der Abend endete traurig – auch noch mit einer (berechtigten) Abmahnung: Ich hätte in meiner Rede auf ihn bei seinem Geburtstag davon gesprochen (woran ich mich garnicht erinnern kann), er habe Ute «verraten» – und das sei doch ein schlimmes und ungerechtfertigtes Wort. In der Tat: Wenn's sogar berechtigt wäre, so wäre es aber unangemessen für MICH, davon zu sprechen. Wenn ich doch nur lernte, die Klagen anderer Menschen über ihren jeweiligen Partner zwar anzuhören, aber nicht zu kommentieren.

25. JUNI

Unterbrochenes Tagebuch. 14 Tage Paris und die anschließenden 3 Wochen Amerika auf Faulkners Spuren durch den Süden der USA sind notiert im handschriftlichen Extra-Tagebuch. Turbulente Rückkehr, weil internationaler PENkongreß. Bin der einzige, der für die (einige) Autoren einen Empfang heute abend gibt – weder die Stadt noch der Kultursenat noch die Hamburger Verlage oder Zeitungsverlage reichen den durch die Stadt irrenden Autoren auch nur ein Leberwurstbrot. Und hier werden schon den ganzen Tag die Pasteten gerührt und die Mousse au chocolat gekocht für Susan Sontag und Alberto Moravia und Nathalie Sarraute und Heiner Müller.

Am schlimmsten aber, was Inge Feltrinelli über das neugezimmerte Getty-Weidenfeld-Verlagsempire erzählte: Barney Rossett, der ja seinen kleinen, aber feinen Grove-Press an die Dame

Getty verkauft hat, prozessiert mit der Dollar-Dame bereits, weil sie alle «nicht-lukrativen» Verlagsverträge cancelt. Jemand, der pro TAG 5 Millionen Dollar zu verbrauchen hat und sich gerade eine Riesen-Boeing als private Maschine einrichten läßt, hat Angst, ein paar tausend Dollar an immerhin Beckett oder so zu verlieren. Was für eine erbärmliche Welt – Hans-Jürgen Heinrichs, heute früh bei mir zum Frühstück, erzählte mir seinen ähnlich vergeblichen Kampf – mit Bettelbriefen an Reemtsma oder Bucerius, vergeblich – um Zuschuß für seine Max-Raphael-Ausgabe. Da setzt sich ein mittelloser Intellektueller monatelang auf eine Insel, um eine Edition (und Dechiffrierarbeit) zu leisten – – – und Leute, für die 50.000 Mark kein Geld sind, lassen ihn in der Haltung des Bittstellers allein – paßt zum Nicht-Empfang der Schriftsteller-Gäste in Hamburg. Das Geschenk der Stadt Hamburg, hätte ich's hier nicht stehen, so würde ich's selber nicht glauben, ist eine Flasche mit 'nem Schiff drin!

27. JUNI

Meine Mittwoch-PEN-Party war ein wunderbarer Erfolg, weil sich auch alle deutlich sehr wohl gefühlt hatten. Stefan Heym sagte, es sei sein schönstes Fest seit 20 Jahren gewesen, viele andere sagten, dies sei das einzig «Memorable» des ganzen Kongresses, und Susan Sontag war «overwhelmed by your apartment».

Einen schlimmen Eindruck machte Hermlin, über den ja schon Brecht gesagt haben soll, «außen Marmor und innen Gips». Nun NUR noch Gips – – – wächsern, sein Gesicht nie verziehend, als habe er Angst, es platze nach einem *face-lifting*, kaum sprechend, sich wie sein eignes Denkmal bewegend. Offenbar hat er auch auf dem Kongreß (den ich nicht besucht habe, ich habe ihn mir ja quasi ins Haus geholt) entsprechend gesprochen.

Was das einzige «inhaltliche» Gespräch morgens früh um 4

auslöste – nämlich Stalinismus und die Feigheit selbst berühmter Autoren wie Anna Seghers und Brecht angesichts offensichtlichen Unrechts, das zu attackieren sie nichts gekostet hätte; denn einen Brecht und eine Seghers hätte Ulbricht nicht gewagt einzusperren oder anderswie zu drangsalieren.

Heiner Müller, seltsam redegewandt und plötzlich, trotz (oder wegen?) 2 der teuren Flaschen Whisky intus, verteidigte diese Autoren. Sympathisch, aber historisch und politisch falsch.

30. Juni

Nach Lübeck zur Mozartmesse mit der Mondänen, Eröffnung der Schleswig-Holsteiner Festspiele. Der ewige Weizsäcker mit dann doch Silber-Fuchs-Glätte, der mir bei dem anschließenden Empfang auf meine «schöne Akustik in der Kirche» sagte: «Ja, aber nur für Musik.» Ein herrliches «nur» (er meinte: nicht für seine Rede). Das ist deutsche Kultur.

Abend mit meiner Mondänen dann sehr schön; wenn wir uns sehen, ist die alte Weichheit und Liebe und Freundlichkeit da, nur die Entfernung macht uns hart und zerstört alles. Bier in der «Schiffahrtsgesellschaft», deren alt-noble Schönheit sie mit ihrem schnellen Auge sofort erkannte – – – und scheußliches Nicht-Essen im Maritim. Die Fahrt im offnen Wagen durch dieses Stück Schleswig-Holstein für mich sehr bewegend, vorbei an Eckfrieds Grab und IMMER NOCH voller Erinnerungen. Mein Gott, was war ich damals glücklich, was klang in mir ständig eine Musik, ein Ton – – –.

21. Juli

Da soll einem nicht unheimlich vor einem selber werden: vor ein paar Tagen ein Vortrag in Bonn respektive Bad Honnef – – – bei der Ankunft dort, schon bei der Einfahrt des Zuges, dann vorm Bahnhof, dann ausgerechnet auch noch per Taxi die Straße entlang, wo er gewohnt hat: ganz, ganz intensives Denken an Bernd, sah ihn, schmeckte ihn, hörte ihn. Ein ziehender Schmerz, als sei alles gestern und nicht anderthalb Jahrzehnte her. Diesen Menschen habe ich geliebt. Aber es geht weiter: Nach dem Vortrag sehe ich: Man hat mir einen Geldschein gegeben, auf den hat jemand mit Kugelschreiber irgendwas gekritzelt, und darunter steht: «Bernd Kaiser». Direkt gespenstisch ... Und es geht NOCH weiter: Gestern war ja nun jener 20. Juli, an dem nicht nur die Generäle vergebens Adolf umbringen wollten; an dem nicht nur Eckfried vor ich weiß garnicht mehr wie vielen Jahren (2 Jahrzehnten doch mindestens?) «starb» – – – sondern an dem auch Bernd Geburtstag hat(te). So ist, was mein Pariser Freund dieser Tage von Jean Marais berichtet, grauslich: «Mein Gott, wie ich den Mann angehimmelt habe vor 30 Jahren, wie toll ich ihn fand. Und wie wurscht er mir nun ist. In Berlin nahm er mich in den Arm, sagte mir schmeichelhafte Dinge. Und da mußte ich in meinem Alter noch grausam zu dem 72jährigen sein und ihm sagen: ‹Oh, wie hätte ich mir das vor 30 Jahren gewünscht› ... Er ist hart im Nehmen, erzählte mir, daß er 3 Leute hat, die er regelmäßig bezahlt. Dem einen habe ich ein Café in Auvers (wo van Gogh sich erschoß) gekauft, dem anderen eine Pizzeria in Cannes ... na ja, und die müssen die nun abarbeiten.» Eiskalt wird das berichtet.

War er nicht mal der schönste Mann Europas, der begehrteste? Ein Idol? Eine Kultfigur?

Abends mit dem herrlich skurrilen und in seiner Weise eleganten Platschek essen («Sie können doch so was jetzt nicht mehr absetzen – darf ich Sie diesmal einladen? Ich habe nämlich einen heimlichen Beratervertrag – und kann nun meinerseits absetzen»). Das ist elegant, witzig und mir sehr ungewohnt, denn sonst bin immer ich derjenige, der zahlt.

Platschek, alt und bissig (spätabends im Wagen vor seiner Tür – die ja meiner gegenüberliegt – tranken wir noch aus meinem Auto-Flachmann Vodka, sah er wie ein Greis aus). Aber was er schreibt, ist IMMER erstklassig, was er erzählt, NIE nur Klatsch; nur seine angeblichen Weibergeschichten sind zu komisch, weil so evident erfunden: Der Mann lebt seit Jahren, fast hätte ich gesagt, «von der Hand in den Mund», da gibt's NIE die große Blonde, «mit der Sie mich doch neulich, aber pssst, gesehen haben», habe NIX und NIEMANDEN gesehen …

Aber sonst ist er ein ungewöhnlicher Kerl, gebildet (eben auch in meinem, d. h. dem Sinne meiner Generation) und in dem Maße verrückt, in dem man es mag (und selber ist).

29. Juli

Bedrückt, immer wieder, über die eisige Entfernung, die zwischen Mary Tucholsky und mir eingetreten ist, immerhin hat sie mir mal Asyl geboten, meine Papiere besorgt etc.; aber – selbst das hatte ich ihr ja in jenem «letzten» Brief geschrieben, der angeblich so beleidigend für sie UND Tucholsky war: Ich kann nicht mehr mit mir so umgehen lassen, so hart, dumm und meine Tätigkeit miß-schätzend. Wie komme ich dazu, an ein fremdes Werk jahrelang Arbeit umsonst, ohne Bezahlung, zu wenden. Nie hätte Tucholsky das getan. Aber gegen ihren andauernden Starrsinn gemischt mit List – «Ich habe auch nie ein Gehalt gehabt» – kommt man nicht mehr an. So zerbricht allmählich oder ist schon zerbrochen – eine jahrzehntelange Freundschaft, die mir wichtig war, eigentlich war sie meine «Wahlmutter».

Wie schützt man sich davor, genauso zu werden?

1. August

Spaziergang am Falkensteiner Ufer weckt viele heterogene Gedanken.

Umschlag von Dreck in Schönheit: Da überschwemmt nun einer, Axel Springer, das Land mit seinem BILDschlamm, und das Resultat ist ein Märchenpark mit einmaligem Blick. Aber der

Sohn, der es geschenkt kriegt, setzt sich nachts auf eine Parkbank und schießt sich eine Kugel in den Kopf.

Ich bin mit allem zu früh (auch mit dem Tod?): wie ich bei Rowohlt zu früh Horváth oder Hasenclever oder Toller verlegt habe. Zu Horváth sagte mir der damalige Kulturelles-Wort-Chef des Hessischen Rundfunks: «Wo haben Sie den tollen Übersetzer aus dem Ungarischen für diesen jungen Dramatiker gefunden?» Man muß, vor allem in dieser Stadt, erst tot sein: JETZT gibt es ein – übrigens unangemessenes – Fichte-«Festival»: Haupt-Rede von Hans Mayer («aber nur, wenn ich alleine spreche»). Der ja immer der engste Freund des jeweils frisch Verstorbenen war. Kaum war Adorno tot, gab's den Essay «Adorno und ich», und daß Musil die enge Beziehung zu ihm in den Tagebüchern nicht unter Mayer verzeichnet hat, erklärt er einfach: Er sei mit Ulrich gemeint: Der heißt aber «Mann ohne Eigenschaften» ... Werde ich also auch «zu früh» mit dem Sterben sein?

Kampen, den 16. August

Mein Tennistrainer sagte: «Sie sind zu ungeduldig, Sie nehmen den Ball zu früh.» Lebensmotto ...

Grass wird mir fehlen, der nun für 1 Jahr in sein dämliches Kalkutta abgebraust ist – der letzte Abend zeigte noch einmal eine hypertrophe Erbitterung. Einerseits wohl zu verstehen, und ich bin ganz auf seiner Seite – andrerseits hat's auch ein wenig die Geste: «Na gut, euch allen ist so was auch schon mal passiert – aber MIR, MIR durfte es doch nicht passieren.» Als nämlich Monk ihm sagte: «Nu gib mal Ruh, jeden von uns hat's schon mal erwischt, Fechners Film X wollten sie nicht senden, mich haben sie als Intendant fertiggemacht, und Fritz sitzt ja auch mit einiger Erfahrung darin hier» – war ihm das nicht recht, evident. Er ist darin nicht nur Star, sondern auch Diva – hat ja ohnehin etwas Weibliches (nicht Feminines); das sicherste Zeichen IMMER, nämlich Streichhölzer nach innen oder nach außen anmachen, funktioniert bei ihm prompt: Er streicht sie stets – wie alle Frauen – nach außen an, «behütend» sich und das eventuelle Baby.

Merkwürdig (gutes oder schlechtes Zeichen?), wie ich das Alleinsein hier genieße, jedes Detail – die Gräser in einer Vase oder die prächtig strahlenden Sonnenblumen, van-Gogh-haft in einem Krug, das geruhsame Frühstück, dazu Musik und Zeitung, ganz hinten im Kopf spinnt sich die nächste Scene des Buches an, auch wenn ich – wie jetzt – 2 Stunden mit dem Rad durch den Wind und die Dünen fahre.

Dabei komme ich mir auch lächerlich vor in dieser Thomas-Mann-Nachäfferei, es ist frivol und unangemessen, ich Winzigtalent in den zu großen Schuhen der Allür dieses Genies. Erwische mich aber bei grotesken Parallelen, z. B. dem An- und Nachstarren schöner Knaben- oder Männerkörper, von denen es hier natürlich wimmelt, daß mir manchmal schlecht wird im Magen: kräftig-muskulös oder elfenhaft schmal, behaart oder blond nur mit Flaum am Körper – – – ein Wettlauf männlicher Schönheiten, meist nackt, mit herrlichen Schwänzen, Muskeln, Hüften. Komme mir impotent und voyeuristisch vor, mache mich vorzeitig zum Greis.

Erwische mich sogar bei einem seltsamen Balzac-«Plagiat»: Mich beschäftigt das Schicksal der eignen Romanfiguren, habe neulich bei einem gereizten Dialog über Nazizeit und Emigration fast geheult, war gestern bei der wichtigen Scene zwischen den beiden Männern geradezu erotisiert, und heute wurde mir kalt, als ich den «Betrug» schrieb, dessen Opfer die Hauptfigur ist/wurde.

KAMPEN, DEN 22. AUGUST

Wie viele Leben kann man leben? Vorgestern abend «meinen» Sylter Pastor bei mir, ein fabelhafter, burschikoser Mann, nicht frömmelnd, sehr direkt, aber irgendwie doch tief verankert in seinem Glauben, ohne Augenverdrehen. Etwas zuviel jugendliche Emphase, aber für einen Abend erfrischend und eine Wohltat, verglichen mit dem Cartier-Uhren-Pack auf der Insel.

Gestern zum Abendessen nach Tirol geflogen, wozu hat Madame Getty diesen Wunderbomber. Einer jener Fabel-Abende – – – der aber, bei Lichte betrachtet, auch ein Monstrositätenkabinett war; Walter Scheel, Gläser auf dem Kopf balancierend, lustig und fidel, als habe es eine Mildred nie gegeben; nun muß er ja nicht in Trauerkleidern umherlaufen und Tränen in den Augen haben. Aber wenn ich denke, wie noch heute in mir der Haken, der Kloß wegen Bernd sitzt, 15 Jahre ist er tot, und als ich dieser Tage seine Schrift in einem Buch las, einen alten Zettel an mich, traf's mich wie ein Schlag: Und dieser Mann zeigt mit keiner noch so kleinen Geste, daß er seine Frau verloren hat.

Enzensberger nett und wendig wie immer, aber diese Frau, die ewig seufzt: «Magnus ist so lieb und anhänglich», als spräche sie von einem Dackel …

Mr. Getty, der Mann mit den Trillionen Dollar, ein grobschlächtiger lauter Ami wie aus Texas, könnte ein Russe sein, in schlecht sitzendem Anzug, Riesengürtelschnalle und pflegeleichtem Hemde, fing allen Ernstes an zu singen: Niemand würde den Mann 1 Sekunde beachten, schiene nicht hinter ihm wie bei einer Ikone das Gold.

George Weidenfeld, der Haus- und Hofmeister der Gettys inzwischen, kann keine 3 Minuten etwas Zusammenhängendes reden, lädt einen zum Frühjahr «zu unserer großen Tagung» nach Washington ein – aber kein Mensch, vielleicht auch er selber nicht, weiß, wozu, was da los, welches Thema usw.

Der Pleite-Molden mit seiner ordinären Frau, die beide schrien: «Wir suchen einen Thomas Mann, nur der könnte unsere Gastgeberin beschreiben» – auch ein bißchen übertrieben, und ein müde wirkender, alt gewordener Ivan Nagel: Haben wir uns alle überlebt?

Kampen, den 27. August

Triumph-Kakel-Anruf von Hans Mayer, der – wie stets – NUR von Erfolgen, abgeschlossenen Büchern, Vorträgen und Lesereisen berichtet, geradezu unwillig hörte, daß Rowohlt meine alten Bücher zu einer Taschenbuchedition zusammenfaßt und eifersüchtig fragte, wieso denn Günther Anders schon den Titel des neuen Buches, an dem ich arbeite, wüßte. War erst beruhigt, als ich ihm erklärte, Anders' Wort «Nun müssen Sie ein ‹Walfischauge› schreiben» war ein Witzwort.

Das Sonderbarste: Wie ein Schüler, der mit Eins versetzt wird, berichtete er stolzgeschwellt: «Es tun sich große Dinge in Sachen Hans Mayer – aber ich kann sie noch nicht erzählen.» Als ich auch nicht nachfragte, kam: «Also – wenn Sie wirklich nicht tratschen, erzähl ich's Ihnen.» Er BRANNTE drauf – – – er ist von der Ostberliner Akademie eingeladen worden. Und hat angenommen. Wekwerth hat ihn eingeladen, Hermlin wird ihn einleiten (und sein besonderer Freund Jens, nun ja korrespondierendes Mitglied dort, wird dann wohl im Publikum sitzen?).

Die Sucht, anerkannt zu werden, führt den Mann seltsame Bahnen. Im Grunde ist's ihm egal, ob's der Nationalpreis der DDR ist oder der Literaturpreis der Stadt Köln, ein Vortrag bei Dohnanyi oder einer in Dresden – «Hauptsache gedruckt». Es muß schöner sein als ein Koitus. Mayer sagt allen Ernstes, sozusagen in aller Harmlosigkeit: «Das ist die Belohnung für ‹Ein Deutscher auf Widerruf›»; will sagen, für sein «Wohlverhalten» in den Memoiren. «Wir sind eben nicht Kantorowicz.» Wobei zu überlegen wäre, ob der nicht in seiner Art Selbstverbrennung der Integerere war, nicht «schlau», nicht es sich richtend, eher sich versehrend. Mayer hat sich in Wahrheit nie politisch geäußert, zu keinem Terroristen, zu keiner Verhaftung in der DDR, nicht zu Biermann oder Havemann oder wem – allenfalls zu Gedichten. Das nimmt man nie übel. Eine Glätte, die ihn so jung und unversehrt erhalten hat, ohne Schründe und Kratzer. Sein

Weggang aus der DDR war eher eine persönliche Gekränktheit über jenen Satz in einer Leipziger Zeitung «eine Lehrmeinung zuviel» als ein wirklich politischer Akt; hätte sich jemand Hochgestelltes damals bei ihm, möglichst öffentlich, entschuldigt – er hätte 1000 Gründe gewußt, zu bleiben. Wie er ja paar Jahre vor seinem Weggang hier, ausgerechnet hier in Kampen, mit mir am Meer spazieren ging (übrigens gemeinsam mit Jens ...) und haargenau begründete, warum er eben NICHT die DDR verlassen werde. Eine verkommene Dialektik – mehr Rabulistik. Würde man ihm die Präsidentschaft der Ostakademie anbieten – ich glaube, er wäre imstande und ginge zurück.

Steckt in diesen bitteren Kommentaren von mir auch ein Gran Neid? Mich wählt ja niemand in irgendeine Akademie, mich bittet man weder zu Ringvorlesungen noch zu Festvorträgen (der ich nun wahrlich und nachweisbar der Entdecker und jahrelange Förderer etwa von Fichte war), mir hat auch noch nie irgend jemand einen Preis zuerkannt. Mit nun immerhin 55.

Manchmal möchte ich eine literarische Methode erfinden (und handhaben können), die gleichsam den Menschen die Schädeldecke abhebt, kein Rausch, aber eine Ent-Hemmungsdroge à la Poppers. Mit dem Zeugs in der Nase strömen ja die entlegensten Wünsche und Begierden hervor, die Leute schwärmen von drei Negerschwänzen, die sie sich wünschen oder mit deren Vorstellung im Kopf sie onanieren, sie bieten einem Frau oder Freund zum Dreierfick an, seufzen nach Vergewaltigung durch Lederkerle oder nach Massenorgien. Eben saß da noch jemand elegant gekleidet in einem teuren Restaurant und probierte spitz-züngig einen teuren Bordeaux – und schon steckt er einem dieselbe Zunge in den Arsch. «Die Decke wegziehen» ist ja wohl irgendein biblisches Motiv (hat Hochhuth es mal benutzt?) – das täte ich gern mal in der Literatur, Figuren erst in ihrer Außenrolle zeigen – und dann in ihren geheimen Lüsten, Lastern und Motiven.

55. Unaufhaltsam auf den Tod zu.

Da sitze ich – seit 10 Tagen im strömenden Regen – und bin doch zunehmend verzagt über mein Leben. Kleine Trostlichter (wie das, daß Rowohlt anstandslos und offenbar gar begeistert den Faulkner-Essay verlegt) trösten nicht über eine Negativbilanz: Resultat meines Lebens ist ein Stapel Bücher (von dem niemand, auch ich nicht weiß, ob sie das Papier wert sind, auf dem sie gedruckt wurden). Aber «Lebensgesetz» ist, wie sich mehr und mehr herausgestellt hat, «Unverträglichkeit», um nicht das ZEIT-Goebbels-Wort «untragbar» zu verwenden.

Wie es Menschen gibt, in deren Nähe Blumen eingehen oder zumindest nicht gedeihen, läßt mein elektromagnetisches Feld Menschen mich abschütteln, fliehen, auch langjährige Freundschaften brechen und auflösen; der Bruch mit Mary ist ein Beispiel. Und die letzte dramatische Kurve, der kaum verhohlene Rauswurf bei der ZEIT letztlich dasselbe – vom Ressort bis zu Bucerius, von Sommer bis zur Lady Macbeth Dönhoff war ich über alle wie eine Art Fieberanfall gekommen. Man brauchte Kamillentees wie weiland Ledig, als er Matthias Wegner sich als feuchte Binde über die fieberheiße Stirn legte. Der gedunsentrunkene Werner Höfer sagte mir ähnliches, in diesem Fall als Kompliment gemeint vorgestern abend in des toten Karlchen Bar: Ich sei so irritierend begabt, so hochgezüchtet dandy-haft, daß sich neben mir jeder als Zwerg, als grob und laut und vulgär, als Mensch mit falschen Gläsern, aus denen er den falschen Wein trinkt, und in falschen Anzügen vorkäme; «derlei macht nicht beliebt», war sein Fazit. Da Höfer zwar dumm ist, aber eine Art weiblichen Instinkt hat, war es sehr lehrreich (außer, daß ich nicht mehr lernen werde).

So kommen zum Geburtstag allerlei (meist atemlose) Pflichtanrufe, denen man den Gedanken «O Gott, ich muß mich doch kurz bei dem Armen melden» förmlich anhört. Wirklich von innen heraus Getragenes kam nur wenig: Gerd (mit einem sehr, sehr lieben Brief), Mary (eben doch), Jochen.

Geschenke sowieso nicht, das ist mir auch egal – habe mir selber einen riesigen Hibiskus-Baum ins Zimmer gestellt und werde den Abend mit einer herrlichen Flasche Krug und ½ Pfund des besten Caviar traurig «feiern». Wie lange noch …?

Merkwürdige Gedanken beim abendlich-nächtlichen Anhören z. B. von Billie Holiday – mir kam Jimmy Baldwin ins Gedächtnis: auch sein Leben immer Kampf, immer unter Hochspannung, noch nie hatte ich bei ihm, die vielen Jahre, die wir uns kennen, das Gefühl, daß er mal sagen könnte: «Ach, nun laß doch mal, reg dich nicht auf …»

Auch dieses eigenartige Element der Aktivität bei MIR: Ich will sofort etwas TUN bei dieser oder jener Gelegenheit – sei es jetzt diese Habermas-Debatte und sei es vor vielen Jahren bei den Schüssen auf Rudi Dutschke: Ich rief Minuten später Giangiacomo Feltrinelli in Mailand an, und ich organisierte Tage später die einzig wichtige, REALE Hilfsaktion – – – sammelte nämlich Geld; von Augstein bis zu Gabriele Henkel (und war damals noch so geld-dumm, daß ich die z. T. großen Beträge über mein Konto laufen ließ, also versteuerte …). Die jahrelange spätere Hilfe von Augstein für Dutschke und Dutschkes Aufenthalt bei Feltrinelli in Mailand – das hat alles durch mich angefangen, war durch mich initiiert worden (was Dutschke selber nicht mit Dank quittierte).

Kampen, den 6. September

Abendessen mit Hochhuth und Felix Schmidt. Doppelt bestürzender Eindruck: Wir beiden «Intellektuellen», um nicht zu sagen «Künstler», Hochhuth und ich, sahen alt, verbraucht, faltig und müde aus – – – der Redakteur Schmidt rosig, wohl, elegant. Hochhuth saß bei Tisch neben ihm und beide mir gegenüber: wie Vater und Sohn. Hochhuth mit aus der Hose gerutschtem

Hemd, schlecht und billig angezogen, Bloody Mary und Wein durcheinandertrinkend, vom Fisch vor allem die Kartoffeln geradezu schaufelnd – – – und neben ihm in Cashmere-Eleganz der Redakteur.

Die zweite Bestürzung, daß Hochhuth tatsächlich für diese HÖR ZU arbeiten will und wird. Zwar habe ich ihm das vermittelt – aber daß er's TUT. Ich täte es nicht – und hätte es doch wahrlich nötiger. Benehme ich mich auch da wieder falsch – als einziger? Ich meine im Sinne, wie ich meine Ressortredakteure geradezu umsorgt habe, verwöhnt, ob Fischsuppe aus Kampen im Plastikeimer mitbringend oder Pasteten aus Paris – – – das Resultat haben wir ja nun. Eine Redakteurin zählt noch die (meine) Teetassen nach, die die «umziehende» Sekretärin verpackt mit der Bemerkung: «Was braucht er denn noch das viele Geschirr, zu dem kommt doch keiner mehr.»

Kampen, den 10. September

Hauptsache «sauber»: heute in einer Zeitung gelesen, daß eine Kneipenwirtin in Hesperinghausen – wo immer das sein mag – sich weigert, die Hakenkreuze ihrer Flurkacheln auszuwechseln: «Mathilde Vogel meint: ‹Die Fliesen sehen ja auch garnicht so schlecht aus. Wenn der Boden geputzt ist, gefällt er mir immer wieder gut›» (taz vom 10. 9.). Wenn der Boden vom Blut «geputzt» war, gefiel er ihnen immer wieder gut … und der Gaststättenchef sagte: «Um in die Gaststätte zu kommen, muß man über den ominösen Flur. Wenn die Leute Anstoß daran genommen hätten, dann wäre das ja geschäftsschädigend für den Wirt gewesen, und er hätte die Dinger schon von selbst rausgenommen.»

Wenn Auschwitz geschäftsschädigend gewesen wäre, hätten sie's gelassen. Aber es war ja geschäftsfördernd …

Immer wieder erstaunt, wie knallhart Leute jemanden – mich – «fallenlassen», der nicht mehr «wichtig» ist. Hier seit nun 5 Wochen Hin- und Hertelefonate mit Heumann, Literaturagent aus Zürich, ein Bekannter, kein Freund, den ich mehr höflichkeitshalber angerufen hatte, ob man mal zu Abend essen wolle: Mir liegt garnicht viel daran, wenn ich so jemanden nicht oder nie mehr sehe, ist's mir auch recht. Aber wie der Mann sich windet, immer wieder verschiebt, «wichtige» andere Verabredungen verhinderten ihn (also ist unsere «unwichtig»?) – mich schließlich – zu einem Abendessen reiche es nicht, er habe noch eine sooo lange Warteliste (als seien wir nicht in Kampen, sondern auf der Buchmesse) – zu einem Drink einlädt, den ich natürlich eben abgesagt habe: Das ist schon direkt komisch.

Nun hat Helmut Schmidt einen viel schlimmeren Patzer gemacht als ich mit meinem Goethewitz, der hat die FAZ falsch zitiert und aus diesem Falschzitat ein Argument für die Kunstfeindlichkeit der FAZ (in Sachen Moore) gemacht, prompt mit einer wütend-scharfen Glosse in der FAZ. Wird er nun auch rausgeschmissen, wie tief wird der Fall sein, den die Lady Macbeth nun kommentiert?

Kampen, den 22. September

Die Mary scheint nun wirklich zu sterben, obwohl man bei diesem undurchsichtigen Weiberclub nicht weiß, wer übertreibt. Einen Tag nachdem sie angeblich ohnmächtig und der Sprache nicht mächtig mit einem 2. Schlaganfall darniederlag, kam ein knallharter Vertragsentwurf wegen der Siegfried-Jacobsohn-Briefe – an deren Publikation sie sich groteskerweise vertraglich beteiligen will, obwohl Tucholsky doch der EMPFÄNGER ist. Hart bis zum Ende.

Trotzdem wird mich der Verlust treffen. Daß jemand mit 88 stirbt, ist IN SICH nicht tragisch. Aber es stirbt ein Stück von mir, wieder mal – meine Zieh- und Wahlmutter, der ich viel zu danken habe, mit der es in den letzten Jahren (leider) scheußliche Auseinandersetzungen gab, zu der die Beziehung aber – wie bei einer echten Liebe – nie GANZ kalt werden kann. Mir zogen abends so viele Bilder durch den Kopf – Rowohlt polternd (und mich vor Ledig warnend) an der Weißach, wo er vor Wut – weil ich sein Angebot, sein Sekretär zu werden, nicht annehmen wollte – sein Gebiß in den Fluß spuckte und der ca. 7jährige Harry es herausfischen mußte. Er war wütend und begeistert zugleich über meine Antwort: «Ich bin und werde niemandes Sekretär – ich will meinen eigenen Verlag haben.» DAS sei genau, was er prima fände, nur aus solchen Leuten werde was …

Oder Ernst Rowohlts eifersüchtige Frau Maria, die ihm im Garten bei der Mary in die Glatze biß, weil sie zwischen den beiden «etwas» fürchtete. Oder der wahnsinnige Ernst Busch, der mit seiner gräßlichen 3. Frau den ganzen Tag im Garten sich zankte, Westgeld laut zählte – um abends mit voller Brust «bürgerliche Wohltätigkeit» zu singen, die Haushälterin «durfte» auf einem Schemel – «Irene, du darfst reinkommen, aber verhalt dich ruhig» – dabeisitzen, während Mary und ich in jenen schönen alten Sesseln lagen, die ich nun besitze. Bilder über Bilder.

Nicht nur die Blätter werden zu früh gelb und fallen ab – ich auch. Meine Kraft läßt in einem erschreckenden Maße nach, meine Sexualität – noch nicht lange her, wo ein Tag «ohne» mich ganz nervös machte – auch. Wenn ich denke, was ich gerade HIER früher angestellt habe, wie oft ich garnicht oder erst morgens nach Hause kam.

Kampen, den 28. September

Übrigens zwei schlecht geschlafne Nächte noch in Kampen nach «auf ein Bier»-Besuch der klatschsüchtigen Tunte Ben Witter, bei dem man nie weiß, ob er NUR sich wichtig macht oder in seinem Tratsch nicht doch ein Gran «Wahrheit», will sagen Information nistet. WENN letzteres, dann war er eine Art Tast-Bote von Sommer, weil man in der Zeitung inzwischen erkannt hat ... und «mal hören» will, ob ich mir vorstellen könnte ... Könnte ich? Einerseits: Rache wäre süß. Andrerseits: Ist das nicht eine vollkommen außengeleitete Reaktion, die MIT MIR an sich nichts zu tun hat? Will ich mich wirklich wieder diesem (Psycho-)Stress aussetzen, nur um der FAZ etwas «zu beweisen»? Was bewiese ich denn? Daß ich ein gutes Feuilleton machen kann? Das wissen und geben zu ja inzwischen sogar meine Feinde (ähnlich wie nach der Rowohltsache). Und zu MEINEN Dingen käme ich wieder nicht, nicht mehr, nie mehr. Aber: Ich hätte gesicherte Einkommensverhältnisse. Drückt mich das eigentlich zu sehr? Schließlich wird ja nicht die nackte Not an die Tür klopfen ohne das dämliche ZEITgehalt.

1. Oktober

Eben geht ein Journalist von der LIBÉRATION weg, Interview wegen des in Paris erscheinenden KUHAUGE. Löst den traurigen Gedanken aus: falsch gelebt? Warum habe ich nicht vor vielen Jahren «umgeschaltet» und, statt meine Energien und menschlichen Qualitäten auf andere zu werfen, mich um mich selber gekümmert, warum habe ich nicht früher angefangen, «Primär-Literatur» zu schreiben? Natürlich wäre kein Bekkett und kein Thomas Mann aus mir geworden – aber ein Autor dieser Zeit eben doch; dessen Stimme vielleicht garnicht so sehr untergegangen wäre im Chor? Jedenfalls eigenartige Situation – wie hier nun ganz beflissen ein junger Mann sitzt und zum Schluß sich mein Buch signieren läßt.

Alles wird zunehmend monologisch. Auch die zwei Telefonate mit Hochhuth in den letzten Tagen, lieb und wirr wie immer, zeigen das: Ich brauche nur ein Stichwort zu geben («Das Magazin hat ohne mich zu fragen den Titel meiner Faulkner-Reportage geändert») – schon kommt das Aequivalent, was ihm da und dort widerfahren ist, ob im FAZmagazin oder HÖR ZU: Er hört im Grunde keine 2 Minuten zu – was wiederum mich nervös macht: So höre ich umgekehrt auch nicht zu. Ein Satz allerdings machte mich nachdenklich: Als ich ihm klarmachte, daß bei ihm immerhin – bei und trotz allen Schmähungen, denen er ja wahrlich auch ausgesetzt war/ist – eine Art Gerechtigkeitswaage funktioniert, dort die Wahl in die Berliner Akademie, da ein Preis, sagte er: «Ja, ja, die Akademie-Jahrzehnte nach dem STELLVERTRETER.» Das besagt ja nicht nur, daß er sich selber immer noch vor allem als Autor dieses einen Stückes sieht – das besagt auch, ins Grob-Deutliche übersetzt: Ich, mein Lieber, habe immerhin den STELLVERTRETER geschrieben. Und da hat er ja eigentlich recht. Ich habe zwar viel gemacht, angeregt, herausgegeben, habe Fichte oder Kempowski «ermöglicht» – – – aber die AUTOREN waren schließlich sie (und hätten zur Not auch 'nen anderen Entdecker-Förderer gefunden. Obiges Thema. Hochmut-Tiefmut; reimt sich schön auf Hochhuth ...).

5. Oktober

Der Tag endete in einer Monolog«arie», einer Art Rausch in Einsamkeit. Zuerst die Wilson-Heiner-Müller-Premiere von HAMLETMASCHINE, ein einziges todessüchtiges Gedicht mit einer Stimme, eine der ersten Zeilen etwa: Hätte ich mich doch unmöglich gemacht – das Leit-(Leid?-)Motiv nach Brecht: «O wärt ihr doch im Schoß eurer Mütter geblieben.» Das Ganze angerichtet in Wilsons verlangsamter Schönheit, ein gelungener Theater-Abend. Vorher Wilson im Hotelzimmer munter, witzig, selbstironisch. Seltsames «Genie», in der Arbeit ein Zauberer, privat «a nice guy». Erzählte, daß erst auf intensives Befragen – «How do you like it?» – mehrere Mitarbeiter gesagt hätten: «In fact – it's a bit slow», und seine eigne Schwester, die er selten sähe, *a midwest-housewife,* die keine Ahnung von seiner Arbeit hat, habe nach einer Einladung zur New Yorker Aufführung desselben Stücks ebenfalls anfänglich gesagt: «I liked it a lot» and «great» and «it's fun», bis er gebohrt habe, was sie denn von ihm darin entdeckt habe und ob sie sich vorstellen könne, dies sei auch die Arbeit eines anderen – da habe sie gesagt: «Oh no – it's typical of you, it's so slow – you were always so slow as a child.»

Was man von der Mondänen nicht sagen kann. Das ewige Rätsel: Ihr Leben ist ein Maserati, nur ohne Lederpolster. Sie kommt hier nachmittags angerast, stürzt in die Küche (weil ich das schon kenne, hatte ich vorher aufgeräumt), reißt sämtliche Schübe auf, schreit: «Ich sterbe vor Hunger», macht alle Töpfe auf, schreit: «Lecker, lecker», nimmt einen Löffel eiskaltes Gulasch, einen anderen Löffel kalte Gemüsesuppe, steht in der Küche vor (Neu-)Gier, statt sich gemütlich zu setzen, versteht offenbar nicht, daß der Tee nicht aus der Leitung kommt, sondern erst gemacht werden muß; bis der Tee kommt, hat sie ein Schinkenbrot trocken verschlungen bzw. überall angebissen und liegen lassen. Dann ist der Tee kalt, wird runtergestürzt, sie schreit: «Ich habe Magenschmerzen» und rast davon.

Nach der Wilson-Vorstellung, wieder statt gemütlich hier zu sitzen, die extra für sie gekochte Suppe zu essen, ein Glas Wein, die sanfte Nachspeise – gehen wir in ein grausliches «Bräustübl», nur, es könnte ja Bob Wilson oder Heiner Müller noch nachkommen (kommen natürlich nicht), dort schlürft sie an einer ungenießbaren Knödelsuppe, bestellt sich zwei Salzkartoffeln, ich Sauerkraut mit Würstchen und Bier – sie schlingt von meinem Sauerkraut, schreit: «Ich habe solche Magenschmerzen», trinkt mein Bier, meinen Vodka – – – das war's.

Vor Gier nach Genuß kommt sie nicht zum Genießen, die Millionärin, die verhungert und im Atlantic-Stübchen zwei Salzkartoffeln ißt.

Ich habe bewußt den Abend «gekrönt», wußte, daß Ledertreffen in Hamburg ist, und bin noch nachts in die scheußliche Kellerbar gegangen, in der ich Gott sei Dank seit Jahren nicht mehr war und schon, als ich dort noch «verkehrte», das Ganze entsetzlich (aber nicht ohne Reiz ...) fand. Das war nun die endgültige Einsamkeits-Orgie, und die wollte ich, eine Krönung der Wilson-Inscenierung, ja auch sehen: Höhepunkt ein Junge, der mit Walkman im Ohr (Vivaldi???) vor einem anderen kniend dem einen bläst – der steht in vollem Motorraddress an die Wand gelehnt, MIT MOTORRADHELM AUF und langen Handschuhen, raucht dabei und sieht nicht mal «runter». Bühnenreif.

14. Oktober

Der seltsame «Erfolg» von KUHAUGE in Paris, wo alle Zeitungen Kopf stehen, Interviews schon mehrere hier in Hamburg, nächste Woche mit Le Monde und Le Matin in Paris, wo mich Pivot in seine wichtige Fernsehsendung APOSTROPHE eingeladen hat – was meinen «Betreuer» Lortholary wie meinen Verlag in helle Aufregung versetzt (als sei es der Goncourt).

Berlin, vergangene Woche, war ohnehin merkwürdig genug. Das Gespräch – für meine Fernsehserie DIALOG – mit Alfred Grosser zu glatt-routiniert. Das Gespräch blieb unterhalb des von mir erwarteten Temperamentniveaus. Nächsten Tag dasselbe mit der Noelle-Neumann, deren schlimme Nazischriften ich in Kampen gelesen hatte. Aber auch sie bog aus, keiner von «denen» ist imstande, auch nur das kleinste «Ich schäme mich» zu sagen, sie waren immer alle dagegen, haben «nur ein bißchen Wortgesäusel mitgemacht, um Schlimmeres zu verhüten». Mir fällt es immer sehr schwer, höflich und distanziert und nicht wütend-aggressiv zu werden; aber aggressiv «kommt nicht an». Auch ein deutsches Phänomen.

15. Oktober

Diesiges Nebel- = Selbstmordwetter. Anhaltende Depression, ohne inneren Elan. Alles war bei mir so früh – hört's auch früh auf (wenn ich heute etwa in der Zeitung lese, wie wichtig die Bilder von Charlotte Salomon waren/seien: Ja, wer hat sie denn damals, gegen alle Widerstände, verlegt?)? Und wer hat auf die scheußliche Anbiederung Noldes aufmerksam gemacht («Ich habe schon vor Beginn der nationalsozialistischen Bewegung als fast einziger deutscher Künstler in offenem Kampf gegen die Überfremdung der deutschen Kunst, gegen das unsaubere Kunsthändlertum und gegen die Machenschaften der Liebermann- und Cassirerzeit gekämpft», schreibt er am 2. Juli '38 an Goebbels!! – umsonst geleckt, sagt man dazu in Berlin).

Habe mehr und mehr das Gefühl, mich nicht verständlich machen zu können – Gefahr, deshalb larmoyant zu werden. Vorgestern abend z. B. mit Haug von Kuenheim gegessen, der eher kühl-erstaunt war, als ich ihm DIREKT sagte, wie unerhört ich's fände, daß er sich ein Jahr lang nicht bei mir gemeldet habe. «Ihr Zimmer liegt so ungünstig.» Muß aber aufpassen, nicht zum sozial-kulturellen «Pflegefall» zu werden, so à la: «Ach der Raddatz, den muß ich ja auch mal wieder anrufen.»

17. Oktober

Gestern abend Ledig und Jane zum Essen, ein einerseits schöner, ruhiger, sehr genießerischer Abend. Sie wissen, was sie sehen, bis zum Glas. Andererseits platzte mein Witz wie eine Seifenblase: Ich hatte als «Menukarte» ein Exemplar der französischen KUHAUGE-AUSGABE genommen – Jane schlug sie auf, fand es lustig und sagte: «Das Buch habe ich leider nie gelesen.» Gut, gut, ich bin nicht Thomas Mann, aber sie ist auch nicht Frau Samuel Fischer; das gehört sich doch nicht, zu Gast bei einem Autor? Wenn ich ehrlich bin: war der Abend nur Geplapper, bei luxuriösem Essen und Ambiente.

Derweil liegt Jochen im Sterben. Sonderbar: Einerseits macht mich dies langsame und endlose Sterben von Mary und Jochen «ungeduldig», grausiges Wort – aber man kann nicht monatelang traurig-gespannt sein. Andrerseits ist der Moment, in dem ich mir klarmache, der – die – ist morgen nicht mehr da, furchtbar. Und auch mein ewiges Selbstmitleid kommt gleich hervor: Warum soviel Tod in meinem Leben? Nun habe ich diesen Mann schon als «Ersatzvater» gewählt, er war 30, als ich ihn mit 14 Jahren «aussuchte» – da könnte er doch auch mich überleben? Andre haben doch JETZT noch Vater und Mutter, wenigstens eines von beiden?

20. OKTOBER

Trauer: das langsame Sterben von Jochen, mit dem ich nun täglich telefoniere – ausgerechnet mitten in DEM Roman!! –, dessen Stimme kaum noch zu hören ist. Absurd die verkehrte Situation: Nun pflegt Gitta ihn, den sie jahrelang gehaßt hat, selbst von Scheidung, Weglaufen usw. war ja schließlich mal die Rede gewesen, wie eine Samariterin. Sie schläft in seinem Krankenzimmer, wischt ihm 10mal pro Nacht den Schweiß ab, wäscht ihn, pudert ihn, salbt ihn – die Männer werden zum Ende hin wieder das Kind der Frau und die Frauen die vergebenden Mütter, deren Sohn nichts falsch gemacht haben kann (da können sie so viel herumgefickt haben, wie sie wollen ...). Wie einsam und un-gebadet wird man bloß mal verrecken?? Ach, wenn man bloß den Moment noch erwischt, das alles «reinlich» und mit korrekter Kraft «selber zu erledigen».

In diesem Kontext hat mich gestern die – sonst mittelmäßige – Aufführung von «Totentanz» sehr berührt. «Ist er tot?» fragt lüstern-düster, gleichzeitig ihre Erlösung erhoffend und ihre Trauer vorbereitend, die Frau. Welch verquer sich drehendes und immer wieder drehendes Kraftfeld, Elektrofeld menschliche Beziehungen doch sind. Und der Mord nistet immer daneben.

21. OKTOBER

Lese meinen eignen Faulknertext und darin die Enttäuschungen, mit denen dieser Autor fertig werden mußte, Rücksendungen von Manuskripten etc. – – – aber er wußte, er war «der Homer des Südens». Ich weiß garnichts, bin meiner selbst sehr unsicher. Selbst jetzt, bei Durchlesen respektive Durchredigieren meines neuen, in Kampen geschriebenen Roman-Manuskripts, finde ich's mal sehr gut, intensiv, voller Tempo, Verve und gelungener Menschenbilder – und manchmal *utterly* banal.

Haftender Eindruck übrigens beim Strindberg-Abend. Wie seltsam modern das Stück ist, wie kein Beckett und kein Bernhard ohne ihn denkbar, wie er das eigentlich alles schon geschrieben ... und wie eindringlich in der Literatur eben doch NUR das Private, das Persönliche, das subjektiv Erfahrbare respektive Teilbare, Übertragbare ist: Politik ist nach wenigen Jahren verstaubt, ihre Fragestellungen und Probleme veraltet. Fiel mir ja schon in Peter Weiss' Tagebüchern auf – immer da, wo er eine (uralte) Debatte mit dem ‹Neuen Deutschland› austrägt, liest man drüber weg: Überall da, wo von IHM, seinen Nöten und Freunden (Tochter) oder sogar Absonderlichkeiten (Motorboot-Verbot auf dem See) die Rede ist, liest man's gespannt.

Muß beim neuen Roman darauf achten! Nicht zuviel veritable Zeitgeschichte reinpacken! Die Zeit und ihre Geschichte muß durch das Schicksal der Personen leuchten, einleuchtend werden, nicht durch vom SPIEGEL abgeschriebne Fakten.

28. Oktober

Paris, das war nun endlich mal ein wirklicher, runder Erfolg. Die Presse in Frankreich STÜRZT sich geradezu auf KUHAUGE, man feiert es in den höchsten Tönen, stellt es neben die BLECHTROMMEL. Der französische Verlag stellte mir einen Wagen, übernahm sämtliche Hotelkosten, eine Sekretärin wurde extra mir zur Verfügung gestellt, da ein Lunch (mit dem dünnen, unscheinbaren und langweiligen Monsieur Flammarion) und da ein Galadiner (mit der herrlich-irren, ungewöhnlich häßlichen, dicken, trinkenden und rauchenden Literaturchefin, ein Weib wie ein Vulkan, ein Naturereignis – ich bin geradezu verliebt in so einen Menschen außer aller Ordnung in unserer Welt der Aktenkofferträger und flanellenen Klein-Angestellten).

Jedenfalls großer Respekt vor dem Romancier FJR, ich wurde nicht – wie hier – wie ein entlaufner Kritiker behandelt, der eine Privat-Ferkelei publiziert hat.

Jochens Tod. Noch lebt er, aber er stirbt Stück für Stück. Weil es so ungewiß ist, wie lange das überhaupt noch geht, buchte ich um und flog von Paris direkt nach München – auf diese Weise allerdings hatte ich von Paris NICHTS (nur Interviews), habe keine Straße, kein Museum, nix gesehen. Aber ich hätte mir nicht verziehen, da in der Coupole Austern zu fressen und deswegen mich nicht verabschieden zu können.

Es waren schreckliche, schöne, herzzerreißende 2 Tage. Jochen weiß, daß er stirbt, die großartige Gitta hat's ihm – gegen den Rat der ewig lügenden Ärzte – gesagt.

Da lag der wohl doch wichtigste Mensch meines Lebens, ein ganz kleiner dünner, flüsternder Greis, der sich kaum noch selber bewegen kann. Eine Situation, so verquer, wie auch der «Romancier» FJR sie sich nicht ausdenken kann: Eben noch sagt er zu mir: «Ich habe nie jemanden so geliebt wie dich» – da kommt Gitta herein, und er WARTET auch, geradezu ungeduldig, drauf. Sie wiederum, wenn auch überanstrengt, BESITZT ihn jetzt, sie bestimmt, wer ihn sehen darf (und hat bereits ganz feste Pläne für ihr Leben danach). Fast möchte man sagen: Zum ersten Mal in ihrem Leben hat sie ihn ganz (er kann sich nicht mehr wehren, kann sich nicht entziehen). Zugleich ist es aber tief bewegend, wie die beiden Alten da zusammenwachsen, zusammengewachsen sind, sich ohne viele Worte verstehen. WIR waren die jähe Flamme – die beiden sind die dauernde Glut.

Und abends gingen «die Kinder» zusammen essen: seine Tochter, die aus USA herbeigeeilt war, ihr Mann, der andre Pflegesohn Rudi und dessen Frau.

Und da wiederholte sich *en miniature* dieselbe Scene: Ich

knallte ziemlich durch und fing an zu flennen, irgendwie schaffte ich's nicht mehr, der ständig Überlegene, Souveräne zu sein, und mir kam der Vorgang des Essens – während Jochen da liegt und von Geschwüren durchbohrt ist – auch widerlich vor. Als ich in meiner aufsteigenden Angst die Hand dieses Rudi, der neben mir saß, ergriff, wirklich nur so wie einen kleinen Anker – sah ich plötzlich, wie seine Frau seine andre Hand ergriffen hatte. Warnsignal und Besitz-Zeichen. Das Gebiet wird abgesteckt, wie der Löwe seinen Rayon einpinkelt – da darf kein andrer hin.

Schrecklich, sich so zu verabschieden – das hat man ja auch nicht gelernt. Man kann ja nicht mal «auf Wiedersehen» sagen. Man geht aus einem Zimmer und WEISS, man wird den Menschen nie mehr wiedersehen.

Als Jochen, der auch kaum noch reden kann, munkelte: «Guten Rückflug», sagte ich: «Auch für dich.» Und er schaffte es, zu lächeln, ich hätte ihm diese Größe, diese Würde, diese Gelassenheit fast nicht zugetraut. Religiosität (die ich ja bei ihm – ungerechterweise? – auch oft in Frage gestellt hatte) ist, so praktiziert, dann doch eine große Sache. Ich wünsche nur, daß es nun schnell geht, er nicht mehr durch die letzte Etappe der grausigen Schmerzen hindurchmuß. Er hatte sogar noch die Kraft, nach Gerd zu fragen und zu meinem Satz «Ich hoffe, es geht weiter gut und wir bleiben zusammen» zu sagen: «Ich bete täglich für euch beide.» Ob das gar kitschig klingt, wenn ich's hier so aufschreibe, weiß ich nicht – es war tief berührend.

30. Oktober

Jochen ist tot.

Gestern abend, 18 Uhr, als ich mit der Stützner hier beim Diktat saß – und über die sterbende Mary sprach. Und da ja nichts in meinem Leben ohne «Pointen» ist, kam 1 Minute vor dem Anruf, der mir den Tod mitteilte, Ruthchens Sohn David, ihr ältester Sohn – – – also der, der gerade «mein» Sohn sein könnte (ich weiß nicht einmal, warum er kam), er lud sich ein, und ich wollte ihretwegen nicht unhöflich sein; mußte ihn natürlich nach 5 Minuten rauswerfen.

Nun habe ich's so lange gewußt – und doch ist der Schreck, die Traurigkeit ganz tief. Heute hier ein so strahlender Herbsttag – und er wird nie mehr eine Farbe, die Sonne, den Himmel sehen. Auf meinem Schreibtisch noch die herausgerissenen Briefmarken, die ich immer für seine Sekretärin sammelte – flogen in den Papierkorb; schreckliche kleine Geste.

Es gibt lauter schneidende Ecken (der Erinnerung?), ob ich nun die Kliniktelefon-Nummer wegwerfe oder die alten Fotos hervorkrame, auf denen ein junger, strahlender Mann zu sehen ist, glücklich. Da hilft auch der sogenannte «schöne Tod» nicht, den er wohl hatte: das langsame Verlöschen, die Schmerzen durch viel Morphium erträglich, die Familie um ihn herum, selbst als er's nicht mehr im Kopf wahrnahm, wird er's gespürt haben, Gitta und die Tochter (die auch die letzte Nacht bei ihm blieb und ihm schließlich die Augen schloß).

Ein Mäander von «Zufällen» – aber vielleicht gibt es garkeine Zufälle? –; daß Gitta ihm tatsächlich meine Rose, mit der ich zum Schluß sein Gesicht streichelte, in die Hand gab; oder das Definitive: daß er eine knappe halbe Stunde nachdem ich das Zimmer verlassen hatte, endgültig «abbaute», wie Gitta sagte, sich minütlich vollkommen veränderte, weg war – abgeschlossen. Unser Abschied war sein Ende.

Es war eine große Beziehung, etwas ganz, ganz Seltenes im Leben, und FÜR ein Leben, sie währte durch so viele Furchen und Fluten hindurch UND war sogar in die sogenannte Familie eingebaut. Daß ich da nie mehr anrufen kann …

Man weint ja immer um sich selber, der Tote weiß davon nichts mehr und «hat nichts davon».

1. NOVEMBER

Eben – auch so anders können Menschen sein – ein stummer Blumengruß von Paul.

MÜNCHEN, DEN 4. NOVEMBER

Jochens Beerdigung. Ein Riß durch meine Existenz: In diesem Sarg also lag/liegt der Rest jenes Menschen, neben, in, bei dem ich als junger Mensch so oft glücklich lag.

Und wer kam, «mich zu trösten»? Ruth aus Berlin, die meine Frau wäre, hätte er's nicht verhindert. In einer Reihe als weinende Trauergäste sitzen: die Frau, die er nicht liebte und die ihn wie eine Heilige pflegte; der *lover*, der offiziell sein Pflegesohn war; daneben der zweite Pflegesohn und die einzige Tochter, zu der er eine echte Beziehung erst spät im Leben entwickelte und die ihn emotional eher störte, als sie geboren wurde – denn da war ich das Zentrum seines Lebens.

Als ich am Grab mein (sehr schönes) riesiges weißes Rosenkissen mit dem Wort «Fritz» liegen sah – schmiß ich es dem Sarg hinterher. Es gehörte zu ihm, auf ihn, nicht oben über ihn. Und griff mit den Händen – nicht dieser gräßlichen Schaufel – die Erde, warf 3 große Hände voll schwarzer Erde auf das rosenweiße Seidenkissen – und meinen Namen. Ich verstehe, daß man Toten etwas mitgeben will.

Gestern vormittag – was für eine Woche! Denn morgen abend ist die Totenfeier für Fichte – bei der sterbenden Mary. Tief bewegt, dieses zuckende Vögel'chen mit schlaff hängenden Krallen: Das ist der Rest dieser so kämpferisch-energischen kräftigen Frau, die ihr Leben lang kommandierte: «Irene, mach, Irene, tu, Irene, geh!»

Das muß sie noch vor kurzem, als diese arme Schwägerin, ihre ehemalige Haushälterin, sie besuchte, getan haben: «Wieso hast du so schicke Kleider an», fragte sie zur Begrüßung, und: «Du kriegst kein Erbe, du stirbst ja bald.» Das «Erbe» beherrscht sie; selbst in den wenigen Minuten, die ich bei ihr war – «Jetzt ist genug besichtigt, machen wir's kurz, ich will nicht, daß Sie mich in meiner Schwäche sehen» –, sagte sie: «Ich übergebe Ihnen alles ordentlich.»

Gleichzeitig auch hier dieser Satz: «Du warst immer der Wichtigste, die Nummer eins.» (Aber das Haus wurde an Fremde verschenkt ...) Wie soll ich das bloß aushalten – hat es nicht auch etwas Ausbeuterisches? Ich war gewiß, für Jochen wie für die Mary, die «Nummer EINS» – aber leben muß ich, wie ich es schaffe, wie ich über die Runden komme.

Wobei entsetzlich, ein Dürrenmatt-Stück, ihre Situation ist: umlauert von Erben, von Altersheim-Schranzen, die nur eifervoll fragen: «Wo ist der Ring mit dem grünen Stein?» oder: «Die Goldbrosche mit dem lila Stein hatte sie mir aber versprochen.» «Ich kriege die Kuchengabeln» – das könnte der Titel eines schaurig-komischen Stücks über «die Erbin» sein – denn sie war ja wohlhabend, weil Erbin –, den Satz sagte irgendein russisch sprechendes «Schätzchen», das sich im Altersheim an sie herangemacht hatte.

14. November

«Ich lebe gerne» – diesen Aufkleber las ich dieser Tage an einem Auto; könnte ich so einen Satz sagen, so einen Aufkleber mir an den Kopf oder ans Herz kleben?

Wohl nicht. Es klingt so freudig. In meinem Leben war nichts Freudiges – war vielleicht viel Genießerisches. War auch viel Liebe – aber das ist eine andere, größere Kategorie. Man kann sehr lieben – ich habe bestimmt dreimal in meinem Leben sehr geliebt – und würde dennoch so einen Satz nie sagen. Er hat was Konsumentenhaftes. Eine Werbung heißt: «Ich rauche gern» – so was hat das.

Mindestens ebenso verständnislos stehe ich ja vor der Kultur«wende» – ich begreife viele der Texte, die produziert werden, nicht mehr (seltsamerweise NIE bei Primärtexten geht es mir so – die mag ich eventuell nicht, aber ich BEGREIFE doch Botho Strauß wie Handke wie Brigitte Kronauer oder Schütz, die ich schließlich auch alle rezensiere oder in Essays behandle). Aber der Journalismus? Ein Meinungsragout breitet sich aus, mal süß, mal sauer angerichtet. Ragout bleibt Ragout.

Man wird allmählich – oder sehr rasch – wie die alten Damen, die bespöttelt noch weiß geklöppelte Handschuhe tragen. Habe ich weiße Klöppelhandschuhe überm Hirn?

15. November

«Ich bin ein Klassiker» – das muß man auch von sich sagen können; jedenfalls sagte es Hans Mayer eben in einem einstündigen Bedeutungs-Duschen-Telefonat, in dem es von Vorträgen, Artikeln, Büchern, Einladungen nur so prasselte. Im Vordergrund «der Geburtstag», wie er stets seinen eigenen, runden Geburtstag mit selbstverständlicher Naivität eines Kindes zu nennen pflegt – diesmal wird die Stadt Köln dazu gezwungen, ihn auszurichten. Der er ja schon vor Jahr und Tag seinen «Nachlaß» aufgezwungen hat (den er per Wanderausstellung, als handle es sich um Buchheims Bilder, von Frankfurt bis Berlin herumschickt) und von dem Gneuss mir damals voller Entsetzen erzählte, daß er weder Briefwechsel noch Manuskripte enthalte, nur Postkarten von Celan, «ankomme 12.30» oder so. Und wer will die Handschriften seiner Aufsätze sehen??

Seltsamer Mann, nicht ohne «terroristische» Züge – «ich bin besser» war die Summe seines Urteils über Golo Manns Erinnerungen, die er gleichwohl rezensiert: «Aber natürlich keine Rezension, ich rezensiere keine Bücher – ich zeige das Gemeinsame zweier Biographien, die ja viel miteinander zu tun hatten.» In Wahrheit – außer, daß es zwei Schwule sind – haben beide Biographien rein garnichts miteinander zu tun, der Kölner Jude aus dem nur angedichteten Großbürgertum (eher Kleinbürgertum) und der Sohn des hochberühmten, reichen Lübeckers, dessen Mutter vielfache Millionärin. Gleichzeitig schrecklich, was er von Golo Mann erzählt, der sich elend fühlt trotz Bestsellerruhm, alleine (der Pflegesohn – vulgo: Lover) im Sterben, die irre Schwester ante portas. Die beiden Nachfahren Thomas Manns, Sohn Golo und Tochter Monika, liegen seit Jahrzehnten im Dauerkrieg, sie wohl ziemlich verrückt (hat mir manchmal geschrieben) und Golo, der es offenbar als natürlich ansieht, in Vaters Haus am Kilchberg sein Leben zu beschließen respektive seit Jahren dort zu wohnen, ist entgeistert bei der Idee, er könne dort nicht weiter alleine wohnen – obwohl's vermutlich der Schwester zu selben Teilen mitgehört.

23. November

Totensonntag. Requiem von Mozart (sein eigenes, quasi – wurde ja nicht fertig). Unaufmerksam, da eignes «Requiem» am Abend.

Besuch des Leiters Schiller-Archiv Marbach, zwecks Übernahme meines Nachlasses oder, wie er's ausdrückte, «Vorlasses». Der ihn «leckerig» macht, auch unübliche Formulierung – ohne zu begreifen, um was es sich handelt. Probeschilderungen meiner «kulturellen Verflechtungen» lösten nichts respektive Unverständnis aus: Das ist so gebildet wie weiland Albrecht Knaus' Frage (in meinem Eßzimmer) an Grass, den er «abwerben» wollte: «Und wo haben Sie Ihre Jugend verbracht?»

25. November

Jochens Geburtstag – und in Bernds Stadt – und zum «Feiern» von rororo-aktuell, das ich vor 25 Jahren gründete! Ich beginne, meinen länger werdenden Schatten hinter mir herzuschleppen, zernebelnde Lebensspuren.

Die Bonn-Feier unsäglich, Linke können nicht mal sich selber feiern (aber meine leise kaustischen Bemerkungen lösten nur Gereiztheit aus): kein Foto etwa von Dutschke oder

Walser, Cohn-Bendit oder Wehner, stattdessen eine chilenische «Combo» und ein (an sich nicht schlechter) Transvestit, der das Ganze zu einer Likör-Bar veränderte (nur in schäbig), auch an solchem Detail die «Entpolitisierung» manifest werdend, meine scharfe, aktualisierte Tucholsky-Collage war so deplaziert wie mein Anzug: Man ist schlampig/dreckig und innerlich; Hauptsache Amühsemang – «Buben», die sich eine Schale (ungenießbare) Suppe holen, während auf der Bühne der Bericht eines gefallenen Falkland-Soldaten gelesen wird. Diese Welt amüsiert sich zu Tode – eine Piaf- oder Marlene-Travestie löst röhrendes Gelächter aus – «noch n Bier her» – aber auf die Idee, das Ernst Busch oder Kate Kühl singen zu lassen, kommt kein Mensch!

6. Dezember

Zwei schöne (etwas anstrengende) Tage im winter-sonnigen Mailand, das mir – sauber, bürgerlich-solide, elegant – diesmal sehr gefallen hat.

Ein wenig stolz, wie ich mich so durch die Welt tummele, saß ich beim Kaffee in der herrlichen Galleria: stolz, weil ich alles in meinem Leben aus eigener Kraft geleistet habe; keine reiche Heirat, kein Erbe, keine Eltern, keine «Beziehungen». Beeindruckt von der geschmackvollen Eleganz, die Paris in den Schatten stellt, jeder Schal, jeder Pullover, jede Krawatte sicher im Stil.

Witzige Nacht-Parties mit der unermüdlichen Inge Feltrinelli, die noch um 2 Uhr mit Scharen junger Leute im Restaurant sitzt; darunter Sohn «Carlino», nun ein nervös blinzelnder, schweigsamer junger Mann – wie lange ist Feltrinellis Tod her? Ich kenne Carlino noch «als Flocke».

Traf Umberto Eco – überrascht, als er aus einem Saal bei einer dieser Parties «Raddatz, Raddatz!» rief. Wüßte nicht zu sagen, woher wir uns überhaupt kennen. Erstaunlich unprätentiös und nett für den Autor eines Weltbestsellers.

Hotel Las Salinas, Lanzarote, den 15. Dezember

Seit gestern mit ziemlich langer Nase hier, mieses Hotel, das Kleinbürger wohl «schick» finden (trinken auch zum Frühstück Sekt ...), viel zu teuer, ärgere mich sehr, da verdiene ich so mühevoll mein Geld, um es hier für mieses Essen und flachen Wein herauszuschmeißen.

Und schlechtes Wetter. Und ein schlechtes Buch, Wedekinds vollkommen banale Tagebücher, die lediglich Notate zwischen Déjeuner, Diner und Souper sind, anschließend stets irgendeine Henriette im Bett. Langweilig. Das war Brechts Lieblingsautor?!

Hotel Las Salinas, Lanzarote, den 20. Dezember

2 seltsam sich widersprechend-ergänzende Tagebücher gelesen: Henri-Frédéric Amiel (genannt «Fritz»!) und Varnhagen von Ense aus 1848. Der eine nimmt Zeit kaum wahr – und liefert ein geradezu finsteres, faszinierendes Innenbild vom Menschen (offenbar ist Botho Strauß sehr beeinflußt von ihm): der Mensch als Code, als sinnloses, zielloses Zufallswesen innerhalb einer (von Tausenden) sinn- und ziellosen Zufallswelt. Der andere fixiert nur Politik und Tagesgeschehen, nichts von sich – und liest sich prompt wie eine Zeitung. Die allerdings spannend, da Adel und gesamte Oberschicht bis hinauf zum König als erbärmlichste korrumpierteste Wichte verurteilend.

1933 begann 1918. Begann 1918 schon 1848? Die Verkommenheit der Deutschen liegt so tief, es wird einem bange.

Hotel Las Salinas, Lanzarote, den 26. Dezember

Am 24. eigenartige Heilig-Abend-Ikonographie beim Auto-Ausflug zu den wirklich bizarren Grotten-Schönheiten der Insel: Fischer mit nacktem Oberkörper in Tanz-ähnlicher Bewegung, an Pina-Bausch-Choreographie erinnernd, die ein langes, zum Schlauch (= Phallus?) gerolltes Netz aufwickelten. Sehr erotisches, faszinierendes Bild. Ist meine Erotik nur noch bild-haft?

Die Lektüre dieser Tage erregend – Thomas-Mann-Tagebücher 1944–46. Vor allem die allererste Nachkriegszeit, die Verknüpfung nahezu aller Intellektueller (der anderen ohnehin) mit dem NS-System, der Typen Walter von Molo, die sich leidgeprüfte innere Emigranten nannten und von dem man dann bei Rosenberg die signiert-gewidmeten Ergebenheits-Exemplare der eigenen Bücher fand: Ich wußte garnicht, wie recht ich hatte mit jenem «skandalösen» Aufsatz «Sie werden weiter dichten …», der ja in Wahrheit der Beginn vom ZEIT-Ende war, eingeleitet durch die Attacke von Walter Jens.

KAMPEN, DEN 31. DEZEMBER

«Jahresabschluß». So nennen Buchhalter das ja wohl. Was für ein schlimmes Jahr endet da: Es begann mit dem ZEITende, hinausgeworfen wie ein Hund, der ins Zimmer gepinkelt hat, ohne Erbarmen und ohne ein Zeichen der Menschlichkeit von IRGENDjemandem aus der Redaktion 12 Monate hindurch – und es endete mit Jochens Tod, der in mir wie ein schwarzer Vogel nistet und krächzt.

Die Sache mit der ZEIT seelenlos wie gestenlos. Das will die Welt moralisch belehren, eine Frau Dönhoff, die nie in meinem Leben ich je in einem Theater oder in einem Konzert sah, der spießige Millionär Bucerius in seinen Strickhemdchen, der sich anmaßt zu urteilen, weil er besitzt, oder der bramsig-eitle Helmut Schmidt. Nun ja.

Auch gezeigt hat das Jahr, daß meine Kräfte abnehmen: Mehr Genuß als aus irgendeinem Coitus zog ich aus Lektüre und Rezension der Thomas-Mann-Tagebücher und der herrlichen Radikalität seiner Ansprachen DEUTSCHE HÖRER 1940–45. Das geht ziemlich weit: Die übliche morgendliche Erektion ist in dem Moment weg, in dem ich wach werde – d. h. zu denken beginne.

Was wird da bleiben an «Genußfähigkeit»?

1987

8. Januar

Kehr-wieder-Boulette für Wunderlichs. Er ißt kaum noch, trinkt fast nur Wasser – ABER: Es ist schön wie immer, mit ihm zu reden, zu streiten auch – so leugnete er, beim Malen an irgendetwas anderes – Publikum, Erfolg, Echo – zu denken als an das, was er jeweils im Augenblick tut. Das glaube ich nicht. Form ist nicht nur Form – das gilt für Kunstgewerbe, aber nicht für Kunst, die ein anderes, einen «Mehrwert» produziert, deren Addition eben 2 mal 2 = 5 ist. Die schönste Jugendstillampe, die eleganteste Loetz-Konfektschale produziert eben das nicht, ist nichts als eine Lampe (die andere meinetwegen auch scheußlich finden können).

16. Januar

Tief bewegte Lektüre der neu erschienenen Mühsam-Briefe. Ein Charakter, ein gebildeter, literatur- und kulturhungriger Mann, der im Gefängnis Hilfe ausschließlich für andere erbittet. Was für ein Unrecht man ihm tat!

17. Januar

Mühsam-Lektüre beendet, tief beeindruckt von Bildung, Noblesse, Neugier und Menschlichkeit. Neu für mich, daß er schwul war.

19. Januar

Guttuso ist tot. Und nichts in meinem Leben geht ohne Pointe: Er starb in der Nacht von Samstag auf Sonntag – und am Sonntag, also im Hause des Toten, rief ich in Rom an: um ihn wegen seines Beitrages zur Wunderlich-Festschrift zu «mahnen». Ich mahne den toten Freund wegen des – noch – lebenden ... Freundes? Ich mochte ihn sehr, er mich auch. Aber: Eben ruft Platschek an und erzählt mir: Der krebs- und gehirntumorkranke Guttuso ist allen Ernstes am Ende seines Lebens konvertiert. Der Kommunist, den ich noch heute in meinem Nachruf feierte, der Maler, der uns doch die Welt nach- und neu erzählte, verrät sein ganzes Leben. Läßt seine alten Freunde nicht mehr zu sich, empfängt nur noch Pfaffen und einen ominösen, mit Andreottis Hilfe hastig arrangierten Adoptivsohn – – – der nun die drei Schlösser, das (in der Schweiz deponierte) Millionenvermögen und die Nachlaß-Bilder (darunter doch ganz wunderbare) erhält: welche Absurdität.

Ein doppelter Abschied auf diese Weise: von einer Person, einem Menschen – auch aber von einem Charakter.

27. Januar

Neulich im Bad ein ca. 14jähriger mit heftiger Erektion sich nicht nur provozierend neben mich unter die Dusche stellend, sondern mich dreimal in die Umkleidekabine verfolgend, jedesmal kokett das Hös'chen ausziehend und stolz-bewußt den sehr schönen jungen Schwanz zeigend. Ein Glück, daß kein Päderast.

Steigenberger Hotel, Bonn, den 28. Januar

Leeres Stroh beim und vom Bundespräsidenten. Weizsäcker ist letztlich doch sehr Silber-Zunge, «empfängt», aber weicht aus.

Verblüffend, wie der Begriff «Nation» – auch von ihm – geradezu geleugnet wird. Sind die Deutschen wirklich keine Nation mehr?

En bref: sinnlose Exkursion.

Fuerteventura, den 3. Februar

Sitze ca. 40 Meter über dem Meer, Abenddämmerung, eben grün-orangener Sonnenuntergang, gleich schlurfe ich den Strand entlang in die Fischerkneipe. Mal sehen, ob ich das (noch) aushalte, 14 Tage alleine, nichts als lesen.

Fuerteventura, den 4. Februar

Einsame Tage. Das Werk von García Márquez erschließt sich mir nicht – finde «Liebe in den Zeiten der Cholera» letztlich Unterhaltungsliteratur. Finde meinen Rhythmus nicht; habe Angst, eines Tages immer abends alleine zu sein …

Die Dämmerung auf meiner Terrasse hoch über dem quecksilberfarbenen Seidenmeer: auch sehr melancholisch. Abends alleine im Restaurant – unerfreulich. Spreche den ganzen Tag kein Wort.

Fuerteventura, den 6. Februar

Lese wie besessen – ein schönes, wucherndes, aber auch sehr undiszipliniertes Werk. Keinem europäischen Autor ließe man die ständigen Wiederholungen, ob Bild, Farbe oder Metapher, durchgehen – «getigerte Augen» darf man nur einmal verwenden, und auch den «Hodenbruch, groß wie eine Ochsenblase» kann man nicht 8mal lesen (respektive schreiben).

Die grünen Dämmerungen, das seidenwellende Meer im Abendlicht, meine Kerzen vor der tintigen Nacht mit Rotwein, Cigarre und Klaviermusik «leben» nicht. Eigentlich bin ich schon tot, leergeliebt?, ohne Freudigkeit, mein Blick geht nur noch nach innen. Kaum, daß ich mal den bezaubernden Spitzen-Saum sehe, den die schnellfüßigen Strandläufer in das auslaufende Wasser setzen, her und hin, hin und her. Bin verspannt, verkrampft und frage mich diese einsamen Abende durchaus, wozu ich eigentlich noch lebe.

Fuerteventura, den 8. Februar

Mit einem satten Samtmantel hüllt die Malvendämmerung die Insel ein, ein altes Segelschiff gleitet in die Bucht, auf dem Bug-Spriet (falls das so heißt) hocken Matrosen, wie Raben in das Dunkelviolett geschnitten. Wenig später rudern sie an Land, ein kleines Licht glitzert aus dem Schiff und tanzt ertrinkend im nun tintenschwarzen Meer – schöne Bilder, beruhigend. Oder nur, weil ich endlich Zugang zum García-Márquez-Werk gefunden? Jedenfalls zieht Ruhe bei mir ein, ich «nähere» mich diesem literarischen Kontinent und beginne, mich auf die große Kolumbien-Reise zu freuen. Entdecke – was hoffentlich nicht zu größenwahnsinnig – Parallelen: seine lange journalistische Arbeit, später Erfolg als Autor, noch mit 40 bettelarm.

Fuerteventura, den 9. Februar

Dem groß angelegten Spannungsbogen der Geschlechter im García-Márquez-Werk – die Männer als das «Tuende», Vorantreibende, auf Veränderung drängende Prinzip, die Frauen als das Bewahrende, das Währende – entspricht aufs Banalste, was ich am Strand beobachte: Wenn sie nicht wie rotgebrannte Frösche den ganzen Tag nur pennen (was die meisten, unfaßlich, tun), dann spielen die Männer, bauen kleine Sand-Schlösser mit Zwiebeltürmen und Gräben, fahren Tretboot, Wasserski; sind tätig selbst im «Nichtstun»; schlummern die Frauen, träge, gelassen, un-nervös, sind einfach «da» (auch stärker dadurch?), sie ruhen in sich. Sind auch deshalb so «transportabel», weil ihr eigenes Zentrum.

Ein Rätsel.

Fuerteventura, den 10. Februar

Testament gemacht. (Vordatiert auf 20. II., weil unklar, ob «Fuerteventura» rechtliche Schwierigkeiten brächte.) Sonderbares, nicht einmal un-gutes Gefühl, u. a. Gerd sicherzustellen mit der Kampenwohnung. Wird er dort einst an mich denken?

Heute übrigens sehr lieber Gruß von ihm – glaube ja doch, daß es hält ... Hat offenbar Sorge wegen meiner «Nächte» hier – wenn er wüßte, wie sehr nichts sich da tut, zu meiner eigenen Verblüffung. Wie lange ist es her, daß ich den Folklore-Tänzer in Madeira über die Gartentreppe einschleuste oder den kleinen Stricher, vor dem mich dann der Portier warnte: «*We by accident saw whom you invited to your room and must disadvice you ...*» Da arbeitete ich am Baldwin-Essay, vorm Schreibtisch einen Spiegel, den ich mir – man kann sich ja nicht stundenlang selber sehen – mit Zeitungspapier und Leukoplast zuklebte. Und schämte mich, über das Negerelend zu schreiben, und unten bedienten mich sechs Kellner unter Mimosenbäumen. Es war, glaube ich, kurz nach Eckfrieds Tod.

FUERTEVENTURA, DEN 15. FEBRUAR

Strahlender, perfekter Abschiedstag. Werde abends hier «Reste» essen, der gestrige Abend zu «bedrohlich»: Die dunklen Vögel von dem Segelschiff kamen ins Restaurant, verwegene, tätowierte Gestalten, deutlich zu allem bereit, Hauptsache Geld. «We need money urgently», sagte der Anführer, groß, dunkel, bärtig – wie ein leckeres Steak. Natürlich begreift so ein Typ sofort. «I would do something for a hot bath», sagte er ziemlich deutlich, als ich erzählt hatte, ich wohne 5 Minuten entfernt in einem Apartment. Und auf mein lüsternes «First something» kam frech: «Well, a little bit more than something.» Doch wahrscheinlich wäre ich tot aufgewacht, so jemand schneidet einem für 'ne Armbanduhr die Gurgel durch.

19. FEBRUAR

Eben lange mit Brasch telefoniert, der Geburtstag hatte (und etwas betrunken war): voller Haß auf diese Gesellschaft, beseligt von der Gorbatschow-Initiative; las mir endlos aus der Rede vor. Wenn es stimmt, daß er sie begann mit den Worten: «Ich weiß, hier sitzen eine Menge Menschen, die froh wären, ich würde morgen an den Baum fahren» – – – dann wirklich mutig und neu. Es keimt in einem die alte schöne Idee des WAHREN Sozialismus auf, DIE Welt, die wir meinten. Deshalb auch lieben Menschen wie Brasch und ich uns – – – weil wir diese unerfüllte Liebe noch immer in uns haben: nach einer Welt, die nicht so verlogen/verschleimt ist.

Mich macht das alles traurig und müde und alt. Erwische mich dabei, wie ich mehr und mehr und intensiver das Abtreten einer GENERATION sehe – ob nun die Gréco oder Madame Price-Jones 60 wird oder Wunderlich oder Grass –, WIR haben doch die Welt des Nachkriegs geprägt, weil Krieg und Nachkrieg erlebt und erlitten. Wenn ich dann auf so einem Abendcocktail wie gestern abend bei Naumann bin, wo nur alte reiche Lemuren herumstehen, von Jane Ledig-Rowohlt bis zu irgendwelchen schwerreichen Society-Damen, dreimal geliftet, auch im Gehirn – – – – – dann komme ich mir sehr alt und sehr überflüssig geworden vor. Mein ganzer intellektueller und moralischer Angang ist/war ein anderer.

Unsereins – ist wohl *vieux jeu.*

27. FEBRUAR

In der ZEIT-Redaktion, wo Haug von Kuenheim verabschiedet wurde. Die Präsenz im großen Kreis dort macht mir immer noch, wie lange soll das eigentlich so gehen?, schwer zu schaffen. Gestern noch besonders, weil Intrigen und Gerüchte schwirren, wer wohl nun stellvertretender Chefredakteur wird. Es kamen mindestens 12 – aus den unterschiedlichsten Ressorts – zu mir und sagten: «Eigentlich gäbe es nur einen Kandidaten, einen einzigen, der der Kopf des Blattes wäre: Sie.» Mein Mund war bitter, ich floh, setzte mich zu einem kleinen Italiener und betrank mich NICHT. Aber dort konnte ich nicht bleiben. Wartete dort auf Gerd, um in das Konzert mit der kleinen Mutter zu gehen,

Brahms, wunderbar, löste mich etwas – mein Gott, die Person ist 23!! Sie wurde geboren, da stand die Mauer schon, und ich hatte mein erstes Leben hinter mir.

HOTEL KEMPINSKI, BERLIN, DEN 1. MÄRZ

Das Schönste von diesem Berlin-Wochenende: die Oelze-Ausstellung in der Akademie, stille grause Märchen. Man denkt an Arno Schmidt. Ganz selten die Grau-rosa-Töne.

Wilsons DEATH, DESTRUCTION & DETROIT dagegen lärmiger Zirkus für Erwachsene. Feier des Unzusammenhängenden. Theater ohne Wort – also die Boutiquenversion des Barocktheaters. Was da «deus ex machina» war, ist hier die weiße Riesenmaus.

Gestern abend mit Jurek Becker. Man ißt nicht mehr bei irgendeinem «Mario» oder in der castellanischen Kneipe, sondern im Bierkeller des Rathauses. Befund des psychosozialen Klimas in Deutschland! Die Kneipen heißen nun wieder «Spreegarten» oder «Bei Emil» statt «Roma» oder «Madrid».

Becker spürbar verändert, behäbiger, mehr seiner selbst gewiß, die schöne jüdische Behendigkeit und Ironie noch in Resten; trinkt kaum, raucht nicht. Bis endlich des Rätsels Lösung: Er sitzt mit seinem Selbstbewußtsein auf viel Geld – verdient 1 Million beim Fernsehen mit einer Krimi-Folge. Fast ein Thema: wie Geld nicht nur (Selbst-)Bewußtsein, sondern den ganzen Menschen bis in die Körpersprache verändert. Nicht zum Guten ...

Der kleine Lunch bei Wapnewski in gewisser Weise eine Innuce-Inscenierung des Zerbröselns unserer Welt: die Wohnung eine Junggesellenbude mit verwelkten Blumen. In einem Raum vollkommen unangebracht – als habe es sich auf seinen zierlichen Beinen verlaufen – ein schönes Schreibmöbel. Gegessen wurde in der Küche (die winzig, nicht etwa eine gemütliche Eß-Küche ist) vor der Wäscheschleuder, durch deren Fenster man seine dreckige Unterwäsche sah!

Eine Kroetz-Scene: bei dem der über Bölls «Wohnküchen-Realismus» zu spotten pflegte!! Keine Butter, keine Servietten, keinen Kaffee, der Champagner und die elegante Krawatte wie ein Bojen-Signal in einem Meer, das ihn (uns?) verschlingt.

«Ich habe hier keine Freunde», definierte er Berlin, «von 30 Abenden bin ich 29 alleine, höre Musik, lese.»

Betrifft mich das alles so, weil es auch mich betrifft?

Fühle mich wie ein gestrandeter Wal.

7. März

Die letzten 24 Stunden sollten eigentlich für ein Hochgefühl von 4 Wochen reichen: 2 zu Tränen rührende Briefe von Günther Anders und Oto Bihalji zu meinem Thomas-Mann-Artikel.

Brief von

Günther Anders
Lackierergasse 1/5
A-1090 Wien

26.2.1987

Mein lieber Fritz,

also mit Deinem Text für die ZEIT über Tommy hast Du mehr, als was Du in Deinem Leben schlecht gemacht oder schlechtgemacht hast, wiedergutgemacht. Dein Text ist die gerechteste Darstellung eines schwer zu beurteilenden Mannes, die ich kenne. Und daß es Dir gelungen ist, diese schwierige Aktion des Abwägens noch amüsant durchzuführen, ist erstaunlich. Welch schöne «Reifeprüfung». Alle goethischen Schrebergärten sind in sich zusammengesunken. Und ich freue mich für und über Dich. Sela! –

Gestern erzählte mir der gute Oto Bihalji, daß Du ihn zu interviewen vorhabest. Spute Dich! Er wirkte über das Telefon sehr gebrechlich. Noch gebrechlicher, als ich bin. –

Hab Dank für Deine Solidarität mit uns, den versehentlich noch existierenden Emigranten –

von Herzen *Günther*.

Brief von

Oto Bihalji-Merin
Belgrad

27.2.1987

Lieber Freund Raddatz,

Dank für Deinen freundschaftlichen Brief mit dem mir wertvollen Vorschlag, ein ZEITgespräch mit mir zu führen.

Ich kenne Deine Interviews und schätze sie wegen ihrer Wahrhaftigkeit und stilistisch gedanklichen Vollendung. Nicht, daß dieses Gespräch übermorgen stattfände, könnte mir Sorgen machen. Eher vielleicht ein zu spätes Datum. Mein Gesundheitszustand ist nicht gut. (Ich schrieb Dir bereits, daß Lise und ich sehr gealtert und krank sind.) Es ist nicht zu erwarten, daß es besser wird.

Dein Gespräch mit mir bedeutet – da ich nicht reisefähig bin – Deinen Besuch in Beograd. Dann könnte ich auch für meine Chronik ein Gespräch mit Dir führen. Das würde ich auch gerne tun.

Heute habe ich Deinen Essay über Thomas Mann gelesen. Das aktuellste Thema, entscheidend für die Rettung des großen Erbes, in dem ich selbst erzogen wurde. Ich habe mit Mann gesprochen und korrespondiert, den «Zauberberg» und «Doktor Faustus» hier befürwortet und dem jugoslawischen Leser nähergebracht.

Niemand hat vor Dir die Vielstimmigkeit und sensitive Dissonanz seiner Partituren so durchleuchtet. Als hätte das Thomas Mann selbst geschrieben (er hätte es nie geschrieben). Ins Schullesebuch gehört dieser Text, allen Deutschen, denen er mißfällt, zum Nachholen bestimmt: hundert Mal laut lesen und dann schweigen.

Wie manches Mal hat Dein ungezügeltes Herz Tabudinge berührt. Viele werden es auch dunkel ankreiden. Die Zeit (nicht die Zeitung, wenn auch sie vielleicht), sondern das fließende Kontinuum von Werden, Vergehen und Auferstehen werden Dir danken. Auch ich.

Herzlich

O. Bihalji-Merin

12. März

Zurück von meiner Wunderlich-«Eskapade»: per Schlafwagen und Schnellzug für ½ Tag zu ihm nach Südfrankreich – das war, nebst der Freundschaft, mein Geschenk zu seinem 60. Geburtstag (den, unglaublich, außer der FAZ die deutsche Presse ignoriert!). Obwohl etwas anstrengend, war's die richtige Geste, er hat sich mächtig gefreut – wohl über den Besuch noch mehr als über die «Konfektschachtel». In Vassols (!) gemütlich-gemächlich, Paul tatsächlich mit Spuren des Alters, Gicht, Gehör – und, wie bei uns allen, nachlassendes Interesse an der Welt. Umstellt sich mit den eigenen Capricen, sein eigener Zeremonienmeister. (Das Haus, der Garten, sogar das kleine Becken vollgehängt, -gestellt mit Wunderlicharbeiten.)

Das schöne, großzügige Haus in eigenartiger Mischung aus graziös und verkommen – dort ein Art-déco-Möbel mit Rochenhautbezug, aber da abblätternde Farbe. Hier feine Salonmöbel – aber das Eßzimmer zur Küche offen, man «speist» mit Blick auf den Eisschrank! So stehen auch die 2 schweren Rolls-Royces nur in Hamburg in der Garage – durch die Berge oder zum Essen fuhren wir mit Karins mit kaputtem Auspuff klapperndem Wagen.

14. März

Heute abend übergebe ich «Der Wolkentrinker» an Rowohlt – habe, altmodisch, meinen Verleger zum Essen eingeladen; ein Roman-Manuskript nur so mit der Post?

Dabei in Welten-Angst. Die täglichen Horror-Nachrichten überkleben die Seele – da eine Plutonium-Verseuchung, dort vergiftete Molke (mit der niemand weiß, wohin), hier AIDS-Tote (und grotesk-deutliche Präser-Werbung mit steifem Riesenschwanz im «Stern») – unseren täglichen Schauder gib uns heute. Kaputte schöne Welt.

Das Brendel-Schubert-Konzert gestern abend in seiner Melodien-Schönheit fast Entrückung. Frage: Geht das überhaupt noch? Grob gefragt: Kann man nach Tschernobyl noch Schubert spielen (Romane schreiben ...)?

Bin schuldbewußt: habe «4. Jahrestag» mit Gerd vergessen, er zu schüchtern-introvertiert, um zu erinnern. Sagte es erst abends nach Brendel, lud mich (sehr schön) zum Essen ein, war dabei liebevoll-vorwurfsvoll-traurig.

Den Tag davor lustig-groteskes Telefonat mit Tabori, der also allen Ernstes das Heine-Stück für sein Wiener Theater will. Erzählte nicht nur von einer Krankheit, «which makes me stop eating so much Sachertorte», sondern auch, daß seine Wiener Adresse so schön sei: «Tiefer Graben». Da habe Mozart gelebt, Beethoven seine Streichquartette geschrieben – und da sei Wiens Luxus-Puff.

15. März

Gestern bizarrer Anruf von Mary Tucholskys Sekretärin: Sie verwechselt mich ständig mit Tucholsky, fragt, wieso Geld auf ihr Konto statt «bei Raddatz» eingeht, und versteht das Testament von Tucholsky nicht, das ihr daraufhin – «Sie sind die Erbin» – die Sekretärin zeigt. «Wieso hat Raddatz mir alles vererbt?» fragt sie und: «Aber das stammt ja von 1935 – wieso ist er so alt?»

Eine traurig-bigotte Komödien-Scene …

16. März

Gespenster-Abend «für» Fichte – Abendessen Leonore Mau, die «Witwe» – eine kichernde Greisin, die zwar schöne Fotos von ihm «als Gastgeschenk» mitbringt, aber im Grunde nur von sich, irgendeiner blöden Reise nach Indien, erzählt. Er kommt im Grunde nicht vor – keine Trauer, keine Nachdenklichkeit.

Einziger schöner Moment, als die Mau erzählte, sie habe die Beerdigung auch so gräßlich gefunden, habe nur durchgehalten, indem sie säuisch-obszöne Worte vor sich hingedacht habe.

Auf dem Grabstein, den «wir Autoren» (mit dem Honorar unserer Gedenklesung) bezahlt haben, ein wundersamer Empedokles-Spruch: «Einst schon bin ich ein Knabe, bin ich auch ein Mädchen gewesen …»

20. März

Was für ein seltsamer Mensch dieser Hans Mayer, den wir da nun mit Pomp und Prahl und obligatem Lob ins 80. gefeiert haben; er sei «völlig ungerührt und ohne Emotionen». Das entspricht der in Muschgs meisterlicher Laudatio leise angeklungenen Befremdung über Mayers Satz: «Ich habe weder unter meiner Herkunft noch unter meiner Veranlagung je gelitten.» War/Ist er so sehr sein eigenes Sonnensystem, daß Jude- und Schwulsein ihm gleichgültig sind? In der Hotelhalle saß er jedenfalls schon morgens, wie ein Kind die Spielzeug-Geschenke,

Telegramme, Zeitungsartikel und (vornehmlich die abgesagten) Funkinterviews befummelnd und sammelnd. Aber die Ehrfurcht vor Kunst ist ihm so eingeboren, daß er sein «Wie geht's Ihnen, was machen Sie als nächstes?» selber unterbrach: «Nein, viel wichtiger – was macht Ihr Roman?» Roman wichtiger als Gesundheit – als das Leben gar?!

Hôtel Pont-Royal, Paris, den 22. März

Eingesperrt-lichtlose Tage in Paris, Schneesturm bei Ankunft, strömender Regen unentwegt.

Mittags mit Lortholary – mag ihn, witzig, gebildet, spricht ein herrliches Deutsch. Bot mir Lehrstuhl in Paris an???

Erzählte vom geizig-bedürfnislosen Süskind (dessen «Parfum» er übersetzt hat und der sagt, er schreibe keinen Roman mehr): schlurft in Tennisschuhen durch die Welt, seine «Pariser Wohnung» ist ein *chambre de bonne*, und vor der Abreise kam er mit einer Plastiktüte, in der war ein Ei, eine Zitrone, ein angebrochenes Glas Senf – das könne er doch nicht im Eisschrank lassen. Als Lortholarys Frau die Tüte wegwarf, holte Süskind die aus dem Müll: «Die kann man noch brauchen», und als sie das Papier von der Flasche Wein knüllte, sagte er: «Das ist aber die ‹Libération› von heute.»

Der Mann ist Millionär! (von einem Buch ...).

Ansonsten treibe ich schattenlos durch die (kalten) Straßen, kein Augen-Blick, kein Sich-Umdrehen, es knistert nirgendwo – was doch früher an jeder Ecke und ... zigmal am Tag sich ereignete. So sitze ich dumpf im Deux Magots und trinke Tee wie eine alte Engländerin, nicht mal ein Gigolo in Sicht. Man mag sich so nicht.

Im Moment freue ich mich nicht mal auf Südamerika – stattdessen schleiche ich die rue Jacob am Hôtel Angleterre vorbei und erinnere mich, wie es mal war – mit Bernd: so tendre und so wild zugleich. Tempi passati ...

23. März

Willy Brandt zurückgetreten. Auch damit geht ein Stück «meiner Welt» zu Ende. Nicht nur, weil ich ihn persönlich gut kannte, seit er Berliner Bürgermeister war (mit seiner Hilfe etwa Hajo Rumpoldts Sohn – die Familie hatte ich durch den Gully aus Ostberlin geholt! – nach der Flucht einschulen konnte), ein wichtiges Interview mit ihm machte, ein schönes Widmungsfoto habe, zahllose Wein-Cognac-beschwingte Abende mit ihm, Böll, Grass (nach Abschluß meines Marx in Wewelsfleth; am Abend vor Bernds Tod!) verbrachte. Er war für mich auch ein Stück politische Moral, Hoffnung auf vernünftigen, machbaren Sozialismus. Er war kein Roosevelt, und ich bin kein Thomas Mann, aber was der für den war, war Brandt für mich. Die Demokratie mein(t)e ich …

24. März

Abreise-nervös. Morgen früh geht's also ab nach Kolumbien – fühle mich eher ängstlich-alt als aufbruchs- und abenteuerfroh.

Le Ritz-Carlton Hotel, Washington, den 23. April

Back to civilisation – und sonderbare Ankunft. (Tagebuch 4 Wochen unterbrochen, weil für die Kolumbienreise Separat-Tagebuch geführt): benehme mich wie eine kapriziöse Dame, weil mein extra aus Hamburg hierhergeschickter Koffer – mit Anzügen etc., die ich nicht wochenlang durch den Dschungel schleppen wollte – nicht da war; als könnte ich nicht zur Not in Jeans und Lederjacke auf einer Literaturtagung mich bewegen.

Erster Akt hier wie die panische Suche nach meinem (europäischen) Zentrum: National Gallery, voller allerschönster Bilder, ob Cézanne oder Leonardo, Tizian oder Puvis de Chavannes, Beckmann oder Tintoretto, Impressionisten, Picasso: die «Erkennungsmusik».

Traf Enzensberger im Museum – er ist immer (zu?) apart, spricht von seinem Baby als «höflich» (weil es ihn morgens schlafen läßt) und davon, daß er gegen reiche Leute wie Mrs. Getty keinen «Rassismus» hege; womit jedes Argument gegen reiche Nichtsnutze als «Rassismus» denunziert ist.

Will hier über die Weltbank recherchieren; auch apart. Und über den Weltwährungsfonds, der «eigenes Geld» druckt.

5. Mai

Das «Tagebuch-Loch» zeigt, wie lange ich nicht «bei mir» war. Zwar hat Kolumbien wie alle diese Reisen sein «eigenes» Tagebuch, und das anschließende Washington war zu wirbelig – aber nun bin ich fast 2 Wochen hier: und komme erst allmählich zur Ruhe.

1. Wochenende in Sylt war wie in der Reparaturwerkstatt, nur essen, schlafen, Sauna, Massage, spazieren, Rad fahren. Ich genoß Kühle und Wind und die «Mondlandschaft» (verglichen mit der Üppigkeit der Tropen) – wie deutsch man doch ist. Ob Hering mit Bratkartoffeln oder Tatar und Tuborg-Beer: Man will «seins». Je älter man wird ...

Hier erst mal der übliche Unrat in der Post, Haus-Ärger, Presse-Ärger (weil sie im Moment keinen Text von mir haben, bin ich, ausgerechnet!, nach 15 Jahren 1-Dollar-Man!, der Tucholsky-Verwahrloser ...). Es dauert über eine Woche, bis man den Dreck weggeschaufelt hat.

Positives: sehr gutes erstes Echo auf das Roman-Manuskript von Gisela Lindemann, die Auszüge im NDR sendet; von Rowohlts Naumann und, am enthusiastischsten, von Lortholary aus Paris, der's «sofort» verlegen will.

Also muß ich bei aller Quengelei auch das Gute sehen.

6. Mai

Manch Tag explodiert wie eine Kirsche, die die Sonne aufplatzen machte: geruhsamer Vormittag, Kram, Post, Telefon.

Nachmittags dann Grassens: er von ungebrochener Vitalität,

auch – wenn auch gekränktem – Selbstbewußtsein. Sie (heimlich, wenn er pinkeln war) von der Schauerzeit aus Kalkutta erzählend, vom Dreck, Elend, Wassernot und Bügeleisen, auf dem Schwarzmarkt gekauft. Für sie, Ute, fast un(über)lebbar; für ihn *«a challenge»*. Kehrt heim mit 300 Zeichnungen, die er *en bloc* an ein Museum oder garnicht verkaufen will.

KAMPEN, DEN 14. MAI

2 Tode sind «nachzutragen»!

Kurt Becker, seinerzeit stellvertretender Chefredakteur der ZEIT (und später Helmut Schmidts Regierungssprecher). Ein ehrbar-stumpfer Journalist, dessen (von ihm vielzitiertes) Ideal die Überschrift der alten FRANKFURTER ZEITUNG anläßlich der Röhm-Ermordung war: «Personelle Veränderung in der SA».

Mit ihm war einer meiner ersten Zusammenstöße in der ZEIT – damals schon Beginn vom Ende, obwohl ich erst kurz da war: auf dem Höhepunkt der Schleyerentführung, nachdenkend, wie man, wenn schon nicht Täter, dann doch eventuell Nachfolgetäter «erreichen» kann, bat ich Böll, Marcuse und Dutschke um je einen Aufruf-artigen Artikel. Die Texte kamen – und Becker, Statthalter des urlaubenden Sommer, lehnte es ab, sie zu drucken. Die Konfrontation ging 1½ Tage, ich saß rauchend und Tee trinkend in meiner Bibliothek (interessanterweise in solchen Situationen nicht im hochdekorierten Salon) und entschied für mich: Ich gehe morgens hin, und wenn's nicht gedruckt wird, räume ich am selben Vormittag noch meinen Schreibtisch. Das gab mir so viel innere Sicherheit und Souveränität – daß ich den Druck durch«drückte».

Wäre ich heute noch derselbe? Habe ich nicht bereits gekniffen, als Bucerius diese Rüpelei gegen mich in Sachen «Das Boot» publizierte? Der junge Schwelien – mit dessen Vater, seines Zeichens ADNchef im Nachkriegsberlin, ich bei Jochen

Mund betrunkene Feste und eine Silvesternacht feierte – sagte mir neulich, als er mich (er mich!) als ZEITmagazin-Leitartikler anwerben wollte: «Das war damals Ihr Fehler – Sie haben Schwächen gezeigt –, und die nutzt man aus.» Recht hat er.

Der zweite Tote: Schultz-Gerstein, ein bösartiger Literaturmörder, dessen «scharfe Feder» ihm nun nach-gerühmt wird, der in Wahrheit ein übellauniger Charakter war; nun ein betrogener Betrüger oder verratener Verräter, wie dieser Artikel über ihn und seinen «Übervater» Augstein zeigt. Allein, sich DEN als Übervater auszusuchen, zeigt geradezu Dummheit – es gibt ja auch seelische Dummheit. So schlitzt ein Schlitzohr dem anderen das Leben auf –.

KAMPEN, DEN 22. MAI

Auch in mir glimmt ein Fünkchen Schadenfreude, wenn es mal einen anderen erwischt – sogar bei einem Freund wie Hochhuth. Mehr noch: Ich stimme den Negativ-Urteilen zu – bei Hochhuth: schlampiges Schreiben, erotischer Kitsch; bei Wunderlich: zu glatt; bei Grass: zu kolportagehafte Tagesaktualitätscollagen in der RÄTTIN (was ich ihm schon beim Vorlesen in der Agnesstraße selber ins Gesicht gesagt hatte). Dann werden aber auch die Negativ-Urteile über MICH stimmen, wenigstens zu Teilen (flüchtig, oberflächlich, im Detail manchmal falsch) – also genau das, wogegen ich mich innerlich so verwahre. Dann werden übrigens auch Freunde – die Feinde lassen wir mal beiseite – so reagieren, nämlich: Ist schon was dran.

KAMPEN, DEN 26. MAI

Verstörende «letzte Tage» hier: Märchenwetter, wie ich mir's schöner und für mich idealer nicht ausdenken könnte – strahlende hohe Maisonne, kühler Wind, wolkenloses Blau, auf der geschützten Terrasse warm bis abends um achte.

ABER: Mein Mißvertrauen gegen die García-Márquez-Arbeit

wächst ins Beinah-Gewisse vom Mißlingen. Gesteigert durch bis zur Verzagtheit absinkende «Begeisterung» am Wolkentrinker-Roman. Vor allem Wunderlich hatte fast immer recht: schiefe Bilder, technisch Unstimmiges (Batik ist kein Druckverfahren) – das hielt ich also für fertig?? Aber viele der «Vorhaltungen» begreife ich nicht, verletzen mich, etwa, wenn ständig eine ROMANfigur als reales Ich angesehen wird, daß, wenn jemand was Dummes und Ungebildetes (etwa über die Gipse bei Goethe) sagt – aber nicht ICH spreche doch????!?

Doch bereits diese Tagebuch-Selbstrechtfertigung zeigt, daß ich SEHR verunsichert bin.

3. Juni

Draußen blüht alles, ein meist naß-kalter, nur gelegentlich, dann aber strahlend-schöner Mai: Flieder und Goldregen und die Rapsfelder wie schräggeschnittene Kissen, vor allem auf der Fahrt am Samstag zur Wunderlich-Ausstellung in Cismar – – – – – und ich bin tot, müde, mürrisch, verzagt, ängstlich. Schlafe schlecht, schwitze, Kopfweh, Haare fallen aus: «die Krankheit»?? Selbst so ein lächerlich-technischer Umstand, daß ich den Porsche nicht mehr mag, daß er mir zu hart, zu laut, zu robust ist, deprimiert mich – weil das ja ein Älter- und Empfindlicher-Werden anzeigt. Überlege allen Ernstes, einen Mercedes zu kaufen – obwohl man an Autos keine Ideologien festmachen soll, ist es doch ein Zeichen.

Die Wunderlich-Ausstellung großartig, auch wenn sie ein weiteres Mal den seltsamen Schnitt zeigt, diese «Umkehr», ich meine: Abkehr von der Malerei hin zur eleganten Produktion. Die frühen Bilder (die übrigens nie jemand wollte, sie gehören meist ihm – erst jetzt hochgeschätzt und hoch gehandelt) zeigen einen ungewöhnlich starken, intensiven Maler. Sonntag abend dann bei ihm, wo wir uns per Video die wegen Kolumbien versäumte Eröffnung samt lustig-ernst-freundschaftlicher Janssenrede ansahen. «Wir», das war nämlich auch Grass und Ute – und Günter Grass unterbricht nervös und rabiat jede Frage, Bemerkung, und sei's zu Wunderlichs Malerei; frage ich: «Wie ist das wohl für einen Maler, so durch sein eigenes Leben zurückzugehen wie durch einen rücklaufenden Film?», unterbricht er sofort Pauls Antwort mit einem: «Ich habe nie meine früheren Bücher wiedergelesen.» Erzähle ich von García Márquez, kommt SOFORT ein Bericht von seiner Begegnung mit dem. Will Ute was sagen, unterbricht er sie. Mir fiel sein schrecklicher Satz von vor paar Jahren ein: «Ich gebe nicht mehr, ich nehme nur noch.» Scheint kein Aperçu gewesen zu sein, sondern Lebens-Motto und -Inhalt. Geben tut er allerdings Geld – immerhin, an die zahllosen Kinder, Frauen, Kindesmütter.

10. Juni

Ein für mich herrliches, will sagen Schlechtwetterpfingsten in Hamburg mit Manuskript-Arbeit hinter mir, den Eisschrank voll Eintopf und Dauerwürstchen und Süßspeise, Gerd unten in der kleinen Wohnung auch in der Arbeit an einem Manuskript (über die Freimaurer und ihre Nazikollaboration), nachmittags Tee und abends gemütliches Essen oder Kino (mäßige, zu hübsche García-Márquez-Verfilmung) oder Theater (wunderbare Martin-Benrath-Lesung des Zauberbergkapitels, in dem Castorp sich in den neuartigen Apparat genannt Grammophon verliebt und allerlei Musikstückchen durchprobiert, die Thomas Mann z. T. köstlich parodierend analysiert oder nacherzählt, das Ganze mit alter Musik unterlegt, Caruso usw. – – – – ein Kabinett-Stückchen sowohl großer Prosa als auch der Schauspielkunst). Vorher eine Stunde auf ein Glas Champagner Paul und Karin – – – – – also Tage, wie sie mir sehr gefallen.

14. Juni

Habe eben den «großen» (?) Essay über die Gegenwartsliteratur beendet, der unter dem Titel «Die 3. deutsche Literatur» als Band drei meiner DDR- und BRD-Literaturgeschichten (die keine sind, sondern subjektive Überlegungen zur zeitgenössischen Literatur) im Herbst als Taschenbuch erscheinen soll. War eigentlich auf dieses Unternehmen recht stolz – nun ich's abgeschlossen habe, scheint's mir ungenügend. Einerseits: von Biermann bis Schädlich, von Christa Wolf, Walser, Fuchs, Handke, Botho Strauß zu Monika Maron und Wolfgang Hilbig – um nur ein paar zu nennen –: was für eine Fülle behandelter Literatur, interpretierter Autoren, zitierter Interviews, Artikel, Statements; eine enorme Materialfülle. Andererseits fehlen so viele – Bernhard oder Helga Schütz oder, oder. Es sollte und wollte und konnte ja kein Lexikon sein. Aber genau DAS wird mir die Literaturkritik vorwerfen.

Stelle leider fest, daß diese unentwegten Angriffe doch nicht spurenlos bleiben, Vorwegreaktionen hervorrufen, unsicher machen, Bedenken wecken. Ich müßte die Schultern zucken – in Wahrheit aber zucke ich im Schlaf.

22. Juni

Vor paar Tagen Empfang zu Ernst Rowohlts Hundertstem. Ledig vollkommen gefrorenen Gesichts – ist es noch immer, nach 80 Jahren, der Vaterhaß, der ihm den Mund versiegelt und das Gesicht einfriert. Es war eine Veranstaltung ohne Charme, ohne Autoren, ohne Liebe.

26. Juni

Gestern abend schönes Fischsuppenessen mit Grass, Ute, Gerd. Grass sehr «milde», freundschaftlich, hat kaum noch Umgang, fordert geradezu, daß wir uns öfter sehen, und berät sich – bizarr – mit mir, was er zu seinem 60. Geburtstag machen soll – – – – nur Familie und «engster Freundeskreis», aber wie eng ist engstens?, oder große Fête. Bot ihm an, die auszurichten. Erzählte hochinteressant von seiner DDR-Reise, seiner Polenreise und auch von seiner früheren Arbeit, von Paris (wieso sich dort in dem alten Haus Jahre später Manuskripte der heute sogenannten «Urtrommel» fanden). Gutes Gespräch über Heidegger (von dem ich nichts weiß, d. h. nicht mehr als die landläufigen Vorurteile; nie gelesen), Nietzsche, jetzt die Entdekkung von Borchardt durch Botho Strauß. Das Gespräch war eine sonderbare Fortsetzung des gestern abend endlich abgeschlossenen Essays über die «Dritte deutsche Literatur», dessen Manuskript heute in den Expresskasten plumpste. Wir kamen auf Lukács, ich hole «Die Zerstörung der Vernunft» aus der Bibliothek, dann kommen wir auf Einar Schleef, den er und auch Ute nicht kannten – ich holte die Bücher wieder aus der Bibliothek. So muß eigentlich ein freundschaftlich-vernünftiger Abend sein.

7. JULI

Vormittags mit der Post Kritiken über meine Lesung in Hannover, von denen mich eine mit Thomas Mann vergleicht – was zwar der reine Unsinn und Frevel ist, aber gut gemeint. Mittags «Akzeptanz» meines García-Márquez-Manuskripts, das in der ZEITmagazinredaktion großen Jubel ausgelöst habe, «der beste Raddatz je», auch dies natürlich Quatsch, aber besser als umgekehrt.

Nachmittags bei Kempowski, skurril. Erzählt ganz unbefangen vom «Freund meiner Frau; aber natürlich, mein Lieber – nach einer Weile wird die Sache mit der Sexualität doch ekelhaft –, wenn man sich da nicht entscheidet, wird man sich VOLLSTÄNDIG ekelhaft, also regelt man das besser, indem jeder seiner Wege geht – aber der neue Partner darf natürlich nicht ins Haus –, und man rettet die Ehe. Unsere ist daraufhin wunderbar.»

Dann zeigte er mir sein vollkommen absurdes, tickhaft überbordendes Archiv mit 1000en von Fotos, Laienbiographien, grotesken handschriftlichen Lebensläufen im Sinne des ewigen Taxifahrerspruchs «Mein Leben, wenn ich das aufschreiben täte, es wäre ein Roman» – das geht vom Arbeiter 1920 über die Hausfrau im Kriege und die Familie auf dem Flüchtlingstreck bis heute. Einmalig und verrückt.

Kempowski aber nett, kleinbürgerlich-herrenhaft (zu einem Hausmädchen: «Sie macht leider immer die Türklinken schmierig»), aber auch wieder freundschaftlich-kollegial. Will ein mehrstündiges Interview mit mir machen «Alles über Raddatz» und publizieren. Was ich in diesem Fall wohl mitmachen werde – er ist honoriger (deshalb vielleicht der schlechtere Schriftsteller?) als Fichte, dem ich das seinerzeit ablehnte, auch, weil er mir den Text nicht vorlegen wollte – was Kempowski zu tun verspricht.

8. Juli

Verblüffend vollkommen offene Schilderung von SPIEGEL-Redakteur Dieter Wild über die inzwischen unselige Rolle Augsteins im SPIEGEL, wo man froh ist, wenn er NICHT erscheint, weil er NUR betrunken ist, die Sitzungen mit übelsten Kasino-Macho-Witzen «belästigt» und für neue junge Mitarbeiter, die ihn als Mythos kennen, ein wahrer Schock ist. Grauslich. In gewisser, verquerer Weise spricht es FÜR ihn: Er hat Erfolg und Ruhm nicht verkraftet, ist nicht windschnittig genug. Selbstekel?

26. Juli

Korrekturlesen vom WOLKENTRINKER beendet. Peinliches Gefühl: Das Buch gefällt mir, ich finde Menschen, Situationen, Bilder gelungen, gar – was man ja nie über Selbstgeschaffenes sagen dürfte – «ergreifend».

Interessant dabei übrigens auch die endlos vielen Verzahnungen an Selbsterlebtem, Erfundenem, Menschen, die es gab, und Menschen, die es SO nie gab, die «zusammengesetzt» sind aus mehreren realen, Sätze, die mir mal jemand gesagt hat und die hier nun im Munde anderer Figuren hängen. Das sollte ICH mal analysieren.

Strange auch – las gerade das 17.-Juni-Kapitel –, daß genau in diesen Tagen per Briefwechsel mein alter Streit mit Stephan Hermlin (ausgerechnet: STEPHAN Hermlin ...) wieder entfacht ist. Was mich dabei beschäftigt: wie Menschen sich ihre Biographie zurechtlügen. SEINE Kommandeuse-Erzählung vom 17. Juni ist innerlich unwahrhaftig, selbst wenn sie Geschehenes kolportieren sollte. Aber dazu hat etwa ein Hans Mayer nie eine Silbe gesagt, weswegen die beiden Herren – auf der Basis der schweigenden Lüge – weiter befreundet sind, Hermlin Mayer kürzlich in der Ostberliner Akademie der Künste begrüßte und einführte (beider Text in SINN UND FORM publiziert), Mayer seinerseits, als sei nix geschehen, einen Vortrag über Karl Kraus «abziehend».

Hätte je einer der beiden auch nur EINMAL ehrlich zu irgendetwas Stellung genommen, zu Unrecht, Verhaftungen – irgendetwas: Dann gäbe es solche Einladungen, solche Vorträge, solche Übereinkünfte durch Schweigen nicht. MICH beleidigt Hermlin als einen, dem man nicht trauen kann (wiederum fast ein Kompliment), respektive einen, dem auf knifflige Fragen zu antworten er sich nicht traut. Dieser Briefwechsel ist ein Dokument.

Hotel Vier Jahreszeiten, München, den 27. Juli

Zwischenstation auf dem Weg nach Belgrad (wovor ich mich fürchte: meine erste Reise in ein Ost-Land seit meiner Flucht 1958!).

Mit Gitta am Friedhof. Die Absurdität des «schönen Grabs» – «ihm hätte es gefallen»; was für ein Satz. Meine Traurigkeit gefror.

Hotel Kempinski, Berlin, den 29. Juli

Gestern schöner, etwas vertratschter Abend mit Gerhard Schoenberner – auch, um meinen Besuch kommende Woche bei (seinem Schwiegervater) Bihalji-Merin vorzubereiten. Alte Sympathie, auch mit Schoenberner – obwohl wir wenig voneinander wissen. Fragte mich nach meinem «Elternhaus».

Heute nachmittag bei Blandine Ebinger, eine muntere Greisin, die von versunkenen Zeiten erzählt – alles durcheinander, ob Brecht oder Feuchtwanger, Thomas Mann oder Marlene, Chaplin oder Tucholsky. Ich liebe diese alten Gestalten.

Jetzt gleich Abendessen mit Botho Strauß.

Hotel Kempinski, Berlin, den 30. Juli

Dieses kaputte, dabei quirllebendige Berlin hat auch etwas Zerstörerisches. Botho Strauß: eine «Irrliebe». Wir sind uns sympathisch, leben aber in gänzlich kontroversen geistigen Kufen. Er verehrt Jünger, findet Borchardt einen Denker. So war der Abend nur Streit (freundlicher). Ich finde die kahle Wohnung auch prätentiös; daß der Gast keinen Stuhl, sondern die Fensterbank «angeboten» kriegt, ist doch albern. Große leere Räume – also eine Inscenierung. Er ist «mit Berlin», nein: «mit Deutschland» beleidigt, will in London leben, hat aber ein Haus auf – Mallorca! Sagte Kluges über die Differenz von Prosa (an der Erinnerung lebend) und Drama (immer «aktuell»).

Diego-Rivera-Ausstellung – einige ganz und gar wundervolle Bilder. Tief berührt vom Blumenkorb-Mann mit gelber Schärpe. Bedeutend.

Nachmittags bei Grass im Krankenhaus, wo er in seinem 1.-Klasse-Zimmer mit Urin-Beutel (am Katheter angeschlossen) herumstolziert, telefoniert, intrigiert (wegen Verkauf des Luchterhand-Verlages, wo er «ganz toll» und «unerbittlich» protestiert: «Nie werde ich Autor eines ausländischen Verlages sein»); liest mir seinen Protestbrief, wie Prosa, vor; schlägt mir vor, «sein Verleger» zu werden – wenn er von Luchterhand weggeht.

Zum Abendessen mit Brasch verabredet (dem ich vor Hochhuth oder Schoenholtz die «Priorität» gab) – und der bis kurz vor 11 Uhr nicht auftauchte. Saß über 1 Stunde wie ein Idiot da. Nun will ich mal ne Weile nicht, auch, wenn ich dann so eine Nachricht im Hotel finde. Irrtum, mich befreundet zu wähnen?

HOTEL BEOGRAD INTERCONTINENTAL,
BELGRAD, DEN 4. AUGUST

Wiederbegegnung mit Biha (Oto Bihalji-Merin), hier, in derselben Wohnung saß ich vor 30 Jahren – oder mehr – mit Jochen Mund; und die halb taube, halb blinde, halb gelähmte Lise, Bihas Frau, piepst mit ihrer Vögelchenstimme: «Wie geht's Ihrem Ziehvater?» (fragt auch nach Marianne Dreifuß, Czollek, weiß von meinem Brief voller Gewissensqual und Selbstvorwürfen, den ich nach meiner Flucht aus Ostberlin geschrieben habe).

Er, alt und dünn, weiß noch mehr – die entlegensten Anspielungen in Essays von mir («Als ich über Goyas schwarze Bilder arbeitete, dachte ich daran, was du über die Farbe Schwarz in deinem Baldwin-Essay gesagt hast»), ein 8-Seiten-Brief, den ich ihm mal wegen eines Buchprojekts geschrieben haben muß. Das Ende meines Gesprächs mit Wittfogel. Es ist eine wunderschöne, zu Tränen treibende, rührende Wiederbegegnung, ein Mensch, so alt wie das Jahrhundert (und so zerrissen). Von Belgrad sehe ich nichts. Scheint häßlich. Hotel peinlich west-komfortabel.

10. AUGUST

«Voll» noch immer von dem Besuch in Belgrad, der mich menschlich erfüllt, in einer bestimmten Weise glücklich gemacht hat. Traurig auch: Die, die durch den Sozialismus, auch seinen Verrat, seine Enttäuschungen gingen, sind doch andere Menschen als die Glasaugen hier. Sie werden auch «anders alt» –

Biha hat eben ein anderes Gesicht als der juchtenlederne Käfersammler Ernst Jünger (von dem Hochhuth mir dieser Tage erzählte, er habe ihn nicht empfangen wollen, weil «Sie doch mit diesem Raddatz befreundet sind». Große Ehre für mich – daß er so was überhaupt weiß).

Und über den habe ich mich nun so mit Botho Strauß gestritten, daß ich von ihm einen geradezu schnöden, auch läppisch-feierlichen Brief bekam, wie furchtbar er im nachhinein den Abend mit mir fand. Eine eisenharte Mimose. Man denke, daß ich dem 82jährigen Biha wirklich «LEBENSFRAGEN» gestellt habe – z. B. die, wie man Kommunist bleiben konnte unter und während Stalin, während der die Freunde mordete – also wahrlich keine bloß ästhetischen Differenzen: Und das hat kein bißchen die Freundschaft angenagt. Und dieses Sensibelchen schreibt mir nun einen Schmähbrief unangenehmsten Parfums. Interessant ist daran eigentlich nur: Ich spürte ja auch die GRUNDLEGENDSTE DIFFERENZ zwischen uns, war aber bereit, eine Dialogfähigkeit als Möglichkeit zu installieren INNERHALB dieser Divergenz. Und genau das kann diese Schnecke eben nicht. Anscheinend braucht er doch Jünger.

Manisch-selbstbezogen, Brasch: Er bringt es zwar fertig, mich neulich in Berlin im Restaurant 2 Stunden warten zu lassen (ein Glück, daß ich einfach ging und auch auf den Anruf dann im Hotel: «Herr Brasch ist jetzt da» nicht mehr reagierte) – – – aber plötzlich – es fehlt ihm eine halbe Million für den neuen Film, weiß er meine Nummer – ich kennte doch so viele reiche Leute und ob nicht Gabriele Henkel ...

13. AUGUST

Abwegig-schöne Idee für eine Erzählung, die ich wohl leider nicht schreiben werde (und die sich nur VORDERGRÜNDIG) wie ein Stefan-Zweig-Remake anhört: Ein älterer Professor, so Anfang 50, auf gemütlich-zuverlässige und auch liebevolle

Weise verheiratet, aber natürlich bei nachlassender sexueller Appetenz, lernt in einer «umtriebenen» Nacht einen jungen Mann kennen. Ist von Anfang an, wie er ihn nur von ferne sieht, von den riesigen dunkelbraunen Augen fasziniert, auch sonst von der schlanken Lässigkeit, dem schönen dunklen Bart usw. Spricht ihn sehr zögernd an und bekommt wider Erwarten sehr freundlich-offene Repliken. Ein paar Biere in allen möglichen Kneipen – – – und eine vollkommen berauschende, unerschöpfliche und hemmungslose Sex-Nacht. Wieder und wieder und ohne Ende – Sexualität, wie der Ältere sie seit langem nicht mehr gewohnt war, sich selber garnicht mehr zugetraut hatte.

Seitdem eine Professor-Unrat-Verwandlung ins Lächerliche: Der Mann denkt an NICHTS anderes mehr, hat Tag und Nacht geradezu quälende Erektionen, ist wie krank mit einer Art Schüttelfrost, Händeflattern, Schweißausbrüchen. Der Knabe entpuppt sich auf überraschende Weise als eine Mischung aus naiv und lasziv, ohne jede Hemmung. Lebt im Ruhrgebiet, der Alte telefoniert jede Nacht, am Telefon werden die deutlichsten Obszönitäten getauscht, dabei aber nicht eklig. Der Knabe erzählt in endloser Genauigkeit, wie er Nacht für Nacht wichst, und zwar «mit beiden Händen», dabei an ihn, den Alten, denkend, wie er sich wünscht, der Finger der 2. Hand sei kein Finger, sondern «dein sehr schöner starker Schwanz», spricht vollkommen frei darüber, was er gerne hat, daß er nicht festgelegt sei, feste Rollen hasse, d. h. sich sehr gerne ficken läßt, aber auch selber fickt, lange und intensiv, daß er – «Früher war ich mal in der Lederscene» – noch einen kräftigen Schwanzring habe, ob er den – sie sind mittlerweile für das kommende Wochenende verabredet (die Frau ist verreist) – mitbringen und anlegen solle, ob das ihn, den Älteren, geil mache. Der Alte ist so durcheinander, daß er kaum noch seine Arbeit machen kann, er schlägt sich beim Tennisspiel mit dem eigenen Schläger die Nase blutig, verliert seine Autoschlüssel, steht vorm Spiegel und onaniert.

In den nächtlichen Telefonaten sagt der Knabe geradezu unschuldig: «Siehst du gerne zu, wenn ich's mir besorge?», das könne er ja alles am Wochenende haben, er würde auch gerne morgens unter der Dusche sich dabei zusehen lassen, wenn er sich da einen runterhole, er nimmt das Telefon mit ans Bett und wichst, während er dem Alten haargenau erzählt, was er im einzelnen macht, wie er sich dabei mit dem Finger fickt, wie es kommt, wie er aber seinerseits – «Ich habe 6 Wochen keinen Mann gehabt, hier, in der Provinz» – gleich weitermacht, er könne mehrere Male hintereinander – – –.

Kurz, ein Obszönitätsrausch, der den Alten gänzlich überfällt, ihn aus allem Gleichgewicht bringt. Er sitzt am Schreibtisch mit einer Erektion, er sitzt beim Abendessen und erzählt geruhsam Berufliches, das alltägliche Abendgespräch, aber unter der Tischplatte hat er einen Steifen, und während die Frau – «Leg dich ruhig schon hin, ich räume noch die Küche auf» – mit dem Geschirr klappert, wichst er im Bett.

Fortsetzung der Erzählung(s-Idee):

Der Knabe kommt an einem Wochenende, an dem die Frau verreist ist. Der Alte ist den ganzen Tag vorher wie närrisch, wäscht sich die Haare mit einer «Pflegepackung», färbt sich die Brusthaare, die bereits graulockig sind, ißt und trinkt abends wenig – bis es an der Tür klingelt: «Krefeld ist da» (das könnte der Titel der Erzählung sein).

Hereingehüpft, mit einer Segeltuchtasche von «Möbel-Franz» in der Hand, kommt auf seinen Turnschuhen der Knabe, tatsächlich auch bei dieser Begegnung elektrisierend «schön» und erotisch. Man trinkt ein Bier, raucht. Dann sagt der Besuch: «Ich war so lange im Auto unterwegs, ich dusch erst mal.» Der Alte legt sich in sein Arbeitszimmer aufs Sofa, raucht, trinkt, wartet mit steifem Schwanz, mit dem Handtuch um die Hüften – «Nein, jetzt noch nicht, gleich» –, kommt der Knabe, ganz sportiv fragend: «Du, sag mal, du willst mich doch bestimmt nachher ficken, hast du so ne Dusche da zum Spülen?», als bäte er um ein Handtuch. Der Alte, seit Jahren weg von der Scene, hat so was nicht, kennt es nicht mal. «Na, dann mach ich das mit einem anderen Trick», sagt GANZ UNBEKÜMMERT DER KNABE: «Soll ich meinen Schwanzring ummachen, magst du das?» Der Alte steht schließlich, nach sehr kurzem «Vorspiel» in der Bibliothek, im Schlafzimmer vorm Spiegel, eine traurig-lächerliche Gestalt mit kleinem Bäuchlein: «Schön, daß du bißchen korpulent bist», sagt der Knabe zu ihm, der immer so stolz darauf war, in seinem Alter noch schlank zu sein. Der Alte ist so täppisch-geil, daß er die Präservativ-Verpackung nicht aufbekommt, der Knabe: «Du hast aber auch einen Mächtigen» hatte er immerhin zu des Alten Erleichterung gesagt, sagt: «Soll ich das mal machen, gib mal her, ich kenn mich damit aus», «zieht» dem Alten den Präser an und sagt, als sähe er einen Film, der ihm gefällt, oder als beiße er in ein leckeres Leberwurstbrötchen, nach ein paar Minuten: «Echt gut, wie du fickst.» Wie ein unbekümmertes Tier will er's vorm Spiegel, um zu sehen, wie der Alte ihn fickt, der Junge ist ganz bei der Sache – aber eben bei der «Sache», sagt: «Paß auf, wenn ich komme, daß ich nicht auf den Teppich spritze» und schließlich: «Aber nimm doch deswegen kein frisches Handtuch, ist ja schade drum, komm, ich hol irgendeinen Lappen.»

Am nächsten Tag, der Alte hat sich in der Nacht den «Orden fürs Dreifache» geholt, ist der vollkommen erschöpft, todmüde, zerschlagen, selbst der Spann an den Füßen schmerzt wie nach einem 1000-Meter-Lauf, Kopfweh, Tabletten, eiskalte Duschen. Er flüchtet nach dem Frühstück – «Ich muß den Tag über leider arbeiten» – in seine Bibliothek. Der Junge will bis abends (er bleibt 2 Nächte) «durch die Stadt bummeln». Beim Verabschieden merkt der Alte – der Junge hat seinen metallenen Schwanzring um.

Fortsetzung und Ende der Erzählung

Der Junge hat stundenlang in der Stadt NICHTS gesehen, kein Museum, kein Haus, war nur «bei Helmuth, du weißt, der Exfreund von Kurt, der früher mal was mit Ludwig hatte, wie gesagt» – wovon der Alte natürlich NICHTS weiß und nur bemerkt, daß ständig «wie gesagt» bei Zusammenhängen benutzt wird, über die nie was gesagt wurde. Der Abend – sie gehen in ein mittelpreisiges Restaurant – verläuft ebenso: Der Junge erzählt ohne Punkt und Komma über seinen Bruder, wieviel der wiegt oder was seine Mutter geerbt hat, oder die eigene schiefgegangene Ehe, alle erdenklichen beruflichen Dinge aus «der Firma», für die er wohl als Vertreter für Arbeitsschutzmittel unterwegs ist.

Aber er fragt nie, mit keinem Wort, danach, was «der Alte» eigentlich genau tut, wie er lebt. Er bringt zwar ein himmelblau gebundenes Fotoalbum mit und zeigt Fotos von seiner Wohnung, seinen Kindern, sich selber – aber weiß nicht, ob sein Gastgeber verheiratet ist, in einer Bindung lebt, fragt auch nicht danach.

Mit derselben etwas schafigen, zugleich lieben Selbstverständlichkeit erzählt er, daß er zweimal die Woche ins Bordell ging, nachdem die Ehe kaputt war und seine Frau ihn nicht mehr «ranließ», und sagt: «Eigentlich würde ich bestimmte Dinge im Bett nicht machen – aber mit dir ist es was anderes, ich habe gleich gemerkt, du bist sauber» – als könne man AIDS mit Seife und warmem Wasser verhindern. Mit eben derselben Selbstverständlichkeit stellt er sich in die Küche und wäscht ab: «Gläser muß man zweimal spülen, sonst haben sie einen Rand, das finde ich ekelhaft; meine Mutter hat auch so schöne Gläser – echtes Kristall, ganz dünn.» Dann sagt er geradezu stolz: «Nun kann keiner mehr sehen, daß du Besuch gehabt hast» – als ahne er, auch ohne zu fragen, daß der Alte eben NICHT alleine lebt. Was heißt ahnen – da die Bitte nach der Telefonnummer abgeschlagen wird, muß er das doch begreifen? Offenbar hat er auch begriffen, der Vater zweier Söhne – er meldet sich bei dem Alten nie mehr.

Schluß der Erzählung: die groteske Spurensicherung des Alten, nächsten Abend kommt ja seine Frau von der Reise. Da hat er das Poppers-Fläschchen im Tiefkühlfach vergessen, da sieht er plötzlich, daß der «Gästebademantel» noch im Bad hängt, im Wäschekorb werden die alten Tennissocken obenauf gelegt, über das gewechselte Laken, die vielen Bierflaschen (er hat keinen Wein angeboten) werden beiseite geschafft – und immer wieder irgendwo ein kleiner Schreck: Plötzlich sieht er durch Zufall den Schwanzring neben dem Bett auf dem Teppich liegen. Die Spurensicherung hat den Hauch des Kriminellen und, wie wohl alles Kriminelle, auch des Kläglichen, Zittrigen, Kraftlosen.

18. August

Vorgestern eher verschleierter Abend bei Wunderlich. Er scheint mir verändert, unaufgeschlossen. Die Medikamente (denen er immerhin spürbare Besserung zu danken hat)? Sonst ist gerade das Schöne, daß wir nie nur plaudern, sondern ein «Thema» haben. Aber mein «Thema», nach Belgrad, wie Kommunisten trotz Stalin Kommunisten bleiben konnten und wie ähnlich bzw. wie unähnlich das den Hitleranhängern ist, wieso wir niemandem verzeihen, daß er Hitler-Oden gedichtet, aber leicht vergeben, daß jemand Stalin-Gedichte noch weit in den 50er Jahren (Hermlin, Brecht) geschrieben hat – er ging garnicht darauf ein.

23. August

ICH mach mir Skrupel wegen einer ja oder nein Mitarbeit beim STERN – – – – um ganzseitige Anzeigen zu lesen, in denen sich der STERN des Exklusivabdrucks der Memoiren von ZEITherausgeber- und Verleger Helmut Schmidt rühmt. Die Moral hat eben bei ALLEN an der Brieftasche ihre Grenze.

Wie zum Trotz und zur «Reinigung» gestern bei letztem strahlenden Spätsommerwetter zu Grass aufs Land – wo ich aber ein verlöschendes Sonnensystem fand, doch noch recht mitgenommen von der Operation, aber auch unter deutlich schiefhängendem Haussegen und SEHR verbittert über das ganze Luchterhand-Theater, was ja nicht zuletzt eine große Niederlage für ihn, den Erfinder dieses Autorenstatus, ist. Mehr noch: Er sagte wörtlich: «Es ist wie ein Stück Sterben, etwas geht von mir fort, 30 Jahre literarischer Arbeit werden mir gleichsam gestohlen», ich weiß ja garnicht – der Autor Grass immerhin –, wem ich im Moment gehöre und ob ich vielleicht morgen einer Panzerfabrik oder einem Dynamitsyndikat gehöre. Der Tod hat an meine Tür geklopft.

Am schrecklichsten aber war: Ich hatte ihm ja angeboten, ihm zu seinem 60. Geburtstag im Oktober ein kleines «Fest» zu schenken; denn in Berlin feiert er mit «den Müttern», wie Ute es traurig formuliert, in Behlendorf mit der engsten Familie (also zahllosen Kindern) – hier also «richtig». Es stellte sich aber heraus, daß er niemanden weiß, den er sehen möchte, den er von mir eingeladen sehen will: Wunderlichs, na klar – aber die werden in Herbstferien sein, Kunert vielleicht, auch Rühmkorf «meinetwegen» – aber KEIN Kritiker, kein einziger Verleger, nicht Siegfried Lenz, nicht Kempowski, also praktisch so gut wie keine Autoren«freunde». Da sitzt der berühmteste Schriftsteller der deutschen Nachkriegsliteratur, auf seine Weise der Nachfolger auf dem Stuhl von Thomas Mann – und hat kaum literarische Freunde, mit denen er so einen Tag verbringen möchte. Es wirkte, als wolle er ihn überhaupt nicht begehen, er sagte auch: «Ich hatte mich auf den Tag mal gefreut, aber die Freude habe ich nicht mehr», selbst die Gesamtausgabe sei weder fertig, noch würde sie vom Buchhandel «angenommen», vielmehr notieren die Vertreter dieses an Holländer verkauften Verlages nur Rückgänge.

Unser – Gerds und meiner – Abend dann im Lübecker Dom bei Bruckners 8. unter dem alten Günter Wand war schön, traurig (der von mir sehr geliebte 3. Satz!), und selbst das Essen im herrlich patrizischen Schabbelhaus konnte mich nicht heiter stimmen.

Hotel Ritz, Barcelona, den 25. August

Begegnung mit García Márquez – *finally*. Beginnt mit Mißverständnis, als ich vom Element der «Vanité» in seinem Werk spreche (das Gespräch geht auf Französisch); ich meine Vergeblichkeit. Er, in weißem Seidenanzug, weißem Lack-Armband an der weißen Uhr, weißen Lederslippers, weißem Kugelschreiber, blickt verstört. Lehnt (schließlich verständigen wir uns) Vergeblichkeit, Tod als Element seiner Prosa ab, Tod ist nichts als das Nichts. Schreiben, um zu überleben.

Lehnt alle Konzepte – als europäisch – ab. Lebt(e) ohne Theorie, nie Marx, Lenin, Trotzki gelesen. Sozialist der Praxis – ohne Sozialismus. «Es gibt keinen, nicht in Moskau (wo er gerade herkommt), nicht in Kuba.» Sieht in Kuba keine Menschenrechtsverletzungen: «Sonst würde ich mit Castro brechen.»

Im Restaurant, nichts ist ihm «einfach» genug. «Last des Ruhmes» – blickt ständig um sich, ob er erkannt wird. Diskussionen (etwa mit Sartre) haßt er.

Kolumbien: «Ich bin überall Kolumbianer.» «Die herrschende Klasse haßt mich.» «Ihre Funktionäre, die Regierung, unterhalten gute Beziehungen mit mir (wie mit ‹einer Macht›).»

«Mein Werk ist ohne Denken, ist eine Aneinanderreihung von – gelegentlich größeren – Anekdoten.»

Über Faulkner: «Gibt keinen – überhaupt keinen – literarischen Einfluß. Nur ähnelt sein Süden ein wenig meiner Karibik.»

«Herbst der Patriarchen» sei seine «Autobiographie». Will das aber nicht erläutern. Dann: «Es ist mein einziges Buch einer Person, keine gestohlenen (erfundenen) Lebensläufe.»

Sein literarisches Prinzip sei die «montierte und interpretierte Wirklichkeit». «Ihr Europäer – für uns ist nicht die Sowjetunion der Feind, sondern die USA. Ihr seht und urteilt noch immer von euch aus, als sei Europa noch das Zentrum.»

Kampen, den 3. September

Also 1 Jahr älter, genauso alt übrigens, wie mein Vater war, als er starb; den Vater «eingeholt» …

Das Geburtstagsgeschenk, mir zittern noch die Knie, und die Hände zitterten so, daß ich den Anwalt bitten mußte, den Scheck von seiner Sekretärin tippen zu lassen: ist überdimensional. Ich habe die Nebenwohnung dazugekauft, so daß ich einen wunderbaren großen zweiten (Arbeits-)Raum dazugewinne, nun also nicht mehr nur eine kleine Ferienwohnung, sondern eine regelrecht, auch für längere Zeit, bewohnbare Bleibe; wo man auch zu zweit leben kann, ohne sich auf die Nerven zu gehen (immerhin mit 2. Bad). Was voraussetzt, daß ich auch «zu zweit bleibe» …

Aber ich bin überglücklich, habe mir ein Märchen wahr gemacht, einen langgehegten Wunschtraum erfüllt. Nun habe ich zwar Riesenschulden – aber ich «wohne» eben in meinen Schulden. Sehr alt werde ich ja doch nicht – da habe ich's bis dahin bequem.

Grotesk, wie widersprüchlich mein Leben. Vor ein paar Tagen zu Lesungen und Podiumsdiskussionen in Erlangen, wo man mich geradezu feierte, der Oberbürgermeister kam und bedankte sich für «die beste Diskussion, die wir je hier hatten», die Veranstalter wollten mich «zu mehr und länger» einladen – und genau diese gewisse Souveränität, mit der ich so was «kann», macht mich so unbeliebt. Wir werden das ja an den Reaktionen auf den Roman sehen – der wiederum in Frankreich schon im Manuskript enthusiastisch aufgenommen und per Lizenzvertrag erworben wurde.

Kampen, den 9. September

Famous last words nach 10 wunderbaren Tagen hier: in der richtigen Mischung aus Alleinsein und nicht aus «Menschen sehen» und mich in Lektüre vergraben, spazieren gehen, schwimmen, mit dem Fahrrad durch die Dünen gondeln: Es war perfektes, grün-gold schillerndes Spätherbstwetter, jeden Morgen Frühstück auf der Terrasse, das Herbstrauschen und die seltsamerweise im September sich rauher anhörenden Möwen im Ohr. Ich genieße das unbeschreiblich – und freu mich doch sehr auf/über den (allerdings leichtsinnigen) Kauf der angrenzenden Wohnung. Doch in immer kürzer werdenden Abständen die Angst, daß der «Blitz», den ich ja für den Herbst erwarte, daraus besteht, daß hier zwar alles wunderbar geht – ich aber bei der Durchfahrt durch die DDR auf dem Rückwege von Polen verhaftet werde. Dann erscheinen hier Bücher und Artikel und Interviews, und Wohnungen werden behaglich gemacht – nur ich sitze hinter Schloß und Riegel.

Ich gebe auf dem Postamt Briefe an Grass, Botho Strauß, Hochhuth und Enzensberger auf – der Postbeamte heißt Max Frisch.

13. (!!) September

Eigenartige Stimmung, nervös. Zu viele übereinander fotografierte Bilder: Heute ist der Todestag meines Vaters, und ich reise «zu ihm», mal nicht auf fremden Spuren, sondern auf «eigenen»: nach Polen, wo er geboren wurde, studiert hat, meine Großeltern begraben liegen, wo er junger Offizier war – Stolberg, Stargard, Basenthin usw. –, wo ich als Kind Ferien machte, Fischerskaten; wie immer das heute heißen mag. Es wird auch, bei der Rückfahrt, meine erste Reise in/durch die DDR sein seit meiner Flucht 1958 – und ich bin nervös wie ein Kind, das zum ersten Mal fliegt.

Ins Bild hineincollagiert nun gestern abend die Wilson-Dorst-Parzival-Premiere (mit und über Parzival wurde ich examiniert im Staatsexamen ...). Und in Berlin noch meine Mondäne, das ewige und wohl nie zu lösende Rätsel. Von so rasender Oberflächlichkeit, «das fliehende Pferd», immer muß zu einer Verabredung noch ein Zweiter, möglichst ein Dritter kommen, immer wird ein Brötchen angeknabbert, ein Schluck Tee getrunken, dazwischen telefoniert – und dann plötzlich, mittendrin, zwischen anrufender Friseuse und angerufenem Chauffeur, kommt sie und zeigt weinend Fotos des gestorbenen Freundes. Bei mir neulich zu einem Kurz-Besuch: «Bitte Tee», aber in der Küche, wo eine angebrochene Flasche Bordeaux steht, sofort davon ein Glas. Nehme ich eine Tablette, will sie sofort dieselbe (gleiche), egal, wofür oder wogegen. Warne ich sie vor jemandem, der schlecht über sie spricht, kommt sofort eine Retourkutsche: «Über dich sagt man auch, die Gräfin habe dich endgültig zum Abschuß freigegeben.» Sie ist in einer Sekunde sanft und hart, oberflächlich und genau, große Dame und Schulmädchen mit dem Ranzen, in dem das ewige Butterbrot steckt und der der Rock rutscht. Als ich sie im Hotel abholte, stand da im «Salon» eine kalte Suppe und 2 Scheiben vertrocknetes Weißbrot – ihre Kraft, aber damit auch ihr Interesse für den anderen, ihre Aufmerksamkeit reichen nicht mehr, auch nur ein Glas Wein und ein paar «Häppchen» hinzustellen.

KAMPEN, DEN 25. SEPTEMBER

Das Jahr faltet sich zusammen, leise, behutsam, wie ein (leider auch sehr nasser) Regenschirm, eine dünn-verschwimmende Septembersonne von den letzten Möwen zerschrien und darunter, in Plaids gewickelt, Pflaumenkuchen und Lektüre der wieder und wieder mich tief berührenden Tucholsky-Briefe an Nuuna.

Die Polenreise stak mir wie eine Gräte im Hals – nicht nur die Angst vor der DDR-Grenze, die ich ja nun das 1. Mal nach

3 Jahrzehnten überquerte. Aber all die Eindrücke und was mir durch den Kopf ging, steht in dem ZEIT-Artikelchen – muß also hier nicht notiert werden.

29. September

Schlimmes, gar kränkendes Zeichen für den Zustand unseres kulturellen *merry-go-round,* wieviel Absagen zu meinem Fest zu Grass' 60. Geburtstag kommen – immerhin dem bedeutendsten deutschen Nachkriegsautor; schlimm vor allem, MIT WELCHER Begründung abgesagt wird: Sie bauen alle unentwegt, emsig wie die Ameisen, an ihrem kleinen Rühm-chen:

Mayer hat einen Vortrag vor Anwälten (!!) in Köln und Enzensberger einen Termin in Prag, Muschg ist in Amerika und Brandt in Dakar, Hildesheimer muß sich erholen (wovon?), und Habermas hat einen «Familientermin», Jürgen Becker hat zuviel Arbeit, und Jens Jensen muß in die Ferien – – – – – was sie alle alles absagen würden, würde ein Preis winken, ein Auftrag. Sie können nicht mehr lieben, sie drehen sich um sich selber, können keine «Gabe» mehr bringen, und sei die Gabe nur sie selber. Der Narzißmus ihrer Bücher ist Produkt einer Haltung, die in so was offenbar wird.

1. Oktober

Der Egoismus, popelich und kraß, bei Brasch. Erst erwinselt er sich ziemlich unverfroren meine Hilfe («Sie kennen doch so viele reiche Leute») für eine Finanzlücke bei seinem Film, dann telegraphiert er nicht nur unverschämt, sondern auch peinlich an Reemtsma, weil der ihm das Geld nicht gibt; die Unterschrift «Thomas Brasch, dem 12 Verwandte in Auschwitz vergast wurden» könnte man nicht erfinden …

Die erste Gesamtausgabe der Werke von Günter Grass ist erschienen. Aus diesem Anlaß bitten wir Sie zu einem Empfang am Vor-Abend der Buchmesse,
Dienstag, den 6. Oktober 1987, um 20 Uhr
im Haus der Gesellschaft für
Industrie, Handel und Wissenschaft
Siesmayerstraße 12, Frankfurt a. M.

Luchterhand Verlag
Hans Altenhein
Um Antwort auf beiliegender Karte wird gebeten

Banaler, leerer Abend, Journalistengeplapper. Am Tisch Willy Brandt, heiter, voller Anekdoten und Sottisen – aber seine grauenhafte (junge?) Frau, besserwisserisch, oberlehrerhaft, ihm (und anderen) über den Mund fahrend. Eine deutsche Hausfrau, aber promoviert.

Inge Feltrinelli witzig, schnell, frivol wie immer. Grass gut in Form, sichtlich genießend, gefeiert zu werden. Ledig noch spät in der Bar vom Hessischen Hof: «Sie sind ein mutiger Mann – man wird es Sie entgelten lassen» zu meinem Roman.

Wieso eigentlich bin ich so «mutig»?

PARKHOTEL, FRANKFURT, DEN 13. OKTOBER

Weitere Absagen für den Grass-Abend: Biermann fällt plötzlich ein, er habe ein Konzert, Kunert dünnlippig und Kaiser per Telegramm.

Kann ich genießen? Ich lerne Hedonismus, wie andere Leute Schlittschuhlaufen lernen. Wochenende mit Gerd am Main-Spessart, u. a. in Deutschlands exquisitestem Restaurant in Wertheim essen: der schöne Herbsttag, Fahrt im offenen Wagen den Main entlang, seine «Überraschung», nämlich einen Schoppen in genau dem Gasthaus in Lichtenau, in dem Tucholsky während seiner Spessart-Reise mit Karlchen und Jakopp trank – ein Bild von ihm hängt tatsächlich im Schankraum.

Aber, angenommen, ich könnte es mir leisten: Wäre es mir genug, hier mal am Schloß Mespelbrunn langzubummeln und mal Riemenschneider (übrigens: grob) in einer Wallfahrtskirche anzuschauen? Wie wird es sein, wenn keiner mehr was von einem will, wenn – jetzt seufzt man über zuviel – garkeine Post mehr kommt? Wie bei Botho Strauß: «Knapp an keiner Post vorbeigekommen», als nach dem Urlaub ein Neckermann-Prospekt im Kasten liegt …

14. OKTOBER

Gestern abend Telefonat mit Ruth, deren Reaktion auf mein Buch die mir fast wichtigste war; ist SIE es doch, die am genauesten beurteilen kann, was Wahrheit und was Dichtung ist und wieweit letzteres gelungen ist – es ist schließlich IHR Vater, der vorkommt, praktisch als einzige nicht-fiktive Person. Sie ist begeistert und aufgewühlt – und ich daraufhin sehr glücklich. Mehr als über die erste positive Rezension im Tagesspiegel.

Nachmittags weiter Lektüre im Giordano-Buch, das mich sehr aufregt. ALLE seine Thesen sind richtig, entsprechen genau meiner Haltung und Überzeugung: NICHTS wurde wirklich aus den Köpfen und aus den Apparaten schon garnicht ausgeräumt nach 1945. Das Land ist INNEN – und auch technisch – dasselbe geblieben. Ein Polit-Krimi.

Was eine winzige Scene beim Einkaufen bestätigt: Mein Metzger, bei dem ich Dauerwurst für die Polenreise gekauft hatte, fragte mich: «Wie war die Reise?» und reagierte geradezu empört über meine «Bedrückungen»: Die Polen seien schon immer «so» (also dreckig und faul) gewesen, Krieg gäbe es halt immer, und «uns» habe man ja auch die Städte zerbombt. VOLLKOMMENE Indolenz gegenüber meinem: «Aber WIR haben ihn doch angefangen.» Andere fingen schließlich auch Kriege an, und die Amis und Dresden und wir seien eben fleißig, pünktlich und sauber und hätten alles so schön wieder aufgebaut. Mein Einwand «Und der Marshallplan, den die immerhin nicht hatten» wurde weggeschnitten wie eine Schinkenscheibe: «Ach was – WIR waren es, wir hätten auch ohne diesen Marshallplan ...»

Was für ein Land. Es ändert sich NIE. Da wundere ich mich.

17. OKTOBER

Mary Tucholsky ist tot – und draußen ist strahlender Herbst; Tucholskys «fünfte Jahreszeit» ...

Die Bäume verlieren die Blätter und die Menschen ihr Herz. In 2 Tagen ist Jochens erster Todestag – so geht einer nach dem anderen aus meinem Leben davon, Menschen, mit denen mich so vielfache Verästelungen verbinden, mein ganzes erwachsenes Leben lang. So merkwürdig: Ich kenne niemanden (geschweige denn Freunde), die wirklich jünger sind, keinen einzigen ca. 35jährigen. Alle, von Erich Arendt bis zu Mary, waren so viel älter – und nun sind sie weg. Seit gestern bin ich also wieder mal «Waise» – – – – – wenn Jochen Mund mein Ziehvater war, dann war Mary Tucholsky ja Ziehmutter; auch mit allen Aufs und Abs und Krächen. Ich bin nicht erschrocken, weil sie ja schon lange starb, ein peinigend-schmählicher *mort à credit,* Zerfall und Siechtum dieser einst so starken und stolzen Frau. Aber ein Loch gähnt eben doch. Oder bin ich auch kühler geworden, kann nicht mehr weinen, bestürzt sein?

Selbst das Fest für Grass gestern, das (nein: vorgestern) bis tief in den Morgen währte, war nicht frei davon: Es fängt damit an, daß er mir einen alten Katalog mitbringt, geht weiter über den nicht zu kittenden Riß zwischen Monk und Fechner (eine 24jährige Freundschaft, die zerbrochen ist) bis zum Knatsch zwischen Lettau und Rühmkorf. Selbst die kleine Idee mit den 60

Wunderkerzen, in deren Gefunkel ich Mitternacht für Grass die (bei mir!) eingegangenen Telegramme und Briefe verlas: kein Echo von niemandem. Auch von ihm kein Wort des Dankes – außer in der privaten Umarmung. Einzig der zähe alte Jude Liebermann hatte Stil, schickte vorher per Fahrer eine Kiste teuren Bordeaux FÜR MICH.

19. OKTOBER

So farbenfroh sich dieser Herbst schmückt, die Blätter schwanken im Wind herab wie Gold-Plättchen schimmernd, soviel Traurigkeit.

Von Grass, nach DIESEM schwungvollen Fest, NIE 1 Wort, 1 Zeile, auch von seiner Frau nicht – als hätten sie ein Restaurant verlassen.

29. OKTOBER

Jochen Munds erster Todestag (knapp 1 Monat vor seinem Geburtstag – wie bei meinem Vater!!!) – und mit vielen «Pointen»: Ausgerechnet heute kommt ein langer Brief von Ruth-chen mit einigen früheren Briefen von ihr und mir beigelegt, u. a. einem Bericht von mir über Ferien mit Jochen an der Ostsee (auch sehr geschmackvoll von mir!!!). Und einem langen, noch heute ratlosen Brief über uns beide damals: Zentrum der Frage ist die nach Nähe und Distanz.

Entsetzlich aber die Tucholsky-Situation. Nach erstem Überschlag sind es also 2 Millionen, die die sparsame Mary hinterlassen hat – wahrlich ein stolzes kleines Vermögen für einen «Schriftsteller». Nur: Für eine STIFTUNG reicht es nicht, da man das Vermögen selber ja nicht anrühren darf, sondern alle anfallenden Kosten – von Stipendiaten bis zum Stütznergehalt – NUR von den Zinsen bezahlen darf. Grob gerechnet: 5% von 2 Millionen sind 100.000 Mark im Jahr – was aber die Kosten nicht deckt. Ich weiß buchstäblich nicht, wie das werden soll.

Um die Addition der Pointen weiterzuziehen: Dieser Tage kam nun die Ernennungsurkunde für diesen französischen Orden – auch dies in sich ein Unding (und von mir mit einem sehr kühl-spitzen Brief an den Hamburger französischen Konsul beantwortet): 1½ Jahre nachdem Jack Lang mir das Ding geschickt und unterzeichnet hat, kommt es hier an, per Post, ohne 1 Zeile des Konsuls, mir quasi vor die Füße geworfen.

Excelsior Hotel Ernst, Köln, den 2. November

Tod ist sehr tot: Marys Vermächtnis ist Chaos, zuwenig Geld für die Stiftung, und Martha Feuchtwanger, höre ich, hat zwar 2 Millionen Dollar hinterlassen, aber die University of Southern California, der sie Haus, Bibliothek, Handschriften – alles!, ein Vermögen – geschenkt hat, will das wunderbare (letzte originale Haus eines Emigranten) verkaufen. 1 Tag nach dem Tod ist alles vorbei; man kann sich das nicht deutlich genug machen. Schlimm ist lebendig sterben.

Hotel Bachmair, Rottach-Egern am Tegernsee,
den 12. November

Schmerzliche Absurdität: Hier kam ich einmal mittellos an – und hier gebe ich nun der, die mich aufnahm, die letzte Ehre.

Aber auch nur ich – ob Blumen oder Leuchter oder das Menu: Ich muß die schlimmsten Scheußlichkeiten an grüngefärbten Nelken und Alpacakerzenhaltern und Lachshäppchen verhindern. Ledig-Rowohlt kommt zwar, aber sein (ehemaliger) Verlag, der im Gegensatz zu mir an Tucholsky, also auch der Mary, viel Geld verdiente, ist eben nur «Gast». Wer redet (und wer nicht), wer einen Tucholsky-Text spricht und welchen: Ich muß entscheiden. Ich tue es gerne; aber es ist bitter. Quittung auch für Marys Härte? Mir war dieser Mensch wichtig.

An diesen Frust mußte ich denken, als ich kürzlich in der Essener Vorlesung den wunderbaren Brief Rosa Luxemburgs an

Mathilde Wurm verlas: «Nie war mir euer griesgrämiges, sauertöpfisches, feiges und halbes Wesen so verhaßt wie jetzt. … Ach, Ihr elende Krämerseelen … Ein Glück, daß die bisherige Weltgeschichte nicht von Euresgleichen gemacht war, sonst hätten wir keine Reformation …» Wer hat recht? Hat sie was erreicht/verändert – außer die eigene Ermordung?

Lufthansa, auf dem Flug nach Stuttgart
am 13. November

Hans Werner Richters 80. Geburtstag in Saulgau (vor 10 Jahren entstand Grass' «Treffen in Telgte» aus diesem Anlaß) eine zu Teilen groteske Alt-Herren-Versammlung, bei der man zwischen dem halb-tauben Hildesheimer, einem erloschenen Jürgen Becker oder einem nur noch zur Lach-Grimasse erstarrten Höllerer wählen konnte. Der Jubilar selber sehr greisenhaft, ein Gespräch fand nicht statt – garkeine Gespräche; typisch das Frühstück heute morgen mit Joachim Kaiser, wo wir beide uns gegenseitig nach einem «Robert Wilson zitiert nur noch sich selber» oder «Der Hans Mayer ist wohl doch sehr überschätzt» erschöpft und nichts mehr zu sagen hatten. Die diskurslose Gesellschaft im Miniformat. Keiner hatte die neueren Bücher oder Artikel des anderen gelesen, Kaiser nicht Wiegensteins Wilson-Rezension, Baumgart nicht Beckers Gedichtbuch, Hans Werner Richter nicht meinen Artikel über sich selber!

Kolbenhoffs Auftritt mit weit ausgestellten Hosen der 50er Jahre und einem Text, in dem das Wort «Barchenthemd» vorkam, war wie ein Symbol; aber auch die geradezu gnadenlos fürchterlichen Schüttelreime, die Wapnewski verlesen ließ, oder diese gesamte «Weißt-du-noch»-Klassenwitz-Atmosphäre: Kramte eine Frau leicht ratlos in ihren Papieren, mußte gesagt werden: «Wie die Bachmann.» Wie überhaupt die Toten (auch, indem man sie möglichst nicht erwähnte) sehr präsent waren – die Bachmann eben, Peter Weiss, Böll, Fichte, Johnson …

Hotel Erbprinz, Ettlingen, den 19. November

Schnappschüsse

Manche Menschen essen «häßlich». Am Nebentisch in Heilbronn saß eine sich «fein» gebärdende Frau (in einer Gruppe zu viert), sie aß bösartig, eine Hinrichtung der Speisen. Ungefickt – rächte sich am Rindfleisch für das fehlende Mann-Fleisch.

Hotel Kempinski, Berlin, am gleichen Tag

Banale Tagung in der Berliner Akademie, wo sich Iring Fetscher mit einem «Die Sowjetunion ist groß und die Probleme vielfältig»-Vortrag blamierte; wenn ich solchen Bla-Bla je irgendwo vortrüge.

Hinflug mit dem besserwisserischen Klaus von Dohnanyi, der seinen «Geben-Sie-mal-her»-Ton des Bürgermeisters beibehalten hat, in der Lounge Notizen macht (als habe er sonst keine Zeit – obwohl er ja keinen Beruf mehr hat) und während der Vorträge Zeitung liest wie Schmidt als Kanzler. «Mein Rücktritt hat internationales Aufsehen erregt», sagt er – als wüßte jemand in Chicago, Mailand oder Liverpool, daß Hamburg überhaupt einen Bürgermeister hat(te), geschweige denn, wie er heißt.

Immerhin: Er ist zurückgetreten. Obwohl er wußte: Die Stadt stellt ihm kein Büro, keinen Fahrer, keine Sekretärin. Er muß jetzt Flüge und Hotels selber buchen!

So saßen Schmude, Dohnanyi und Ota Šik und schrieben, während Fetscher sich in Stileskapaden wie «Der Kampf wird entfaltet», «Das Ruder wird herumgerissen» (statt Steuer!) und «Es sollen Folgerungen stattfinden» erging – aber sie schrieben nicht extra mit, sondern füllten ihre Spesenbelegzettel aus und kramten ihre Taxirechnungen aus den Jackentaschen …

British Airways, auf dem Flug von Düsseldorf nach Hamburg, den 28. November

Meine Mondäne, das ewige Rätsel. Sitzt wie ein zerbrochenes Vögelchen auf dem Sofa, klagt, sie sei ohne Kraft, Motiv, Lebensmut und -sinn: «Wenn du da wärst, ginge es mir besser ...» Aber als ich mir ausdachte, ihr eine Woche «Süden zu schenken», d. h. ihr vorschlug, 1 Woche Gran Canaria o. ä., wo man auch gemeinsam arbeiten könne – da hieß es plötzlich: «Ich bin ja nächsten Monat in Boston – also Karibik.» Und als ich dann «zum Austausch» sagte, ich müsse ohnehin demnächst nach London – also paar Tage gemeinsam London, hieß es: «Da bin ich nächste Woche.» Vor lauter «Antriebsschwäche» ...

Hôtel Lutetia, Paris, den 2. Dezember

1. Tag in Paris. «Auftakt» gräßlich: Jimmy Baldwin ist tot. Ausgerechnet in Paris erfahre ich es, wo wir so oft und so ausgelassen zusammen waren. Wieder einer weniger – ein guter, enger, gar emphatischer Freund, mit und für den ich mancherlei Kämpfe bestand. Es war eine große Liebe, keine «Liebe».

Abends, beim «großen Empfang» zu Ehren von Moravias 80. – *«tout Paris»* bei Madame Fürstenberg – war Ledig geradezu beleidigt, daß ich Jimmy und den Tod erwähnte: «Ich will davon nichts hören.» Als schliche der Schatten ihn an.

Dort Botero kennengelernt – das Ganze der munteren Inge Feltrinelli zu danken, die mich mitnahm.

Moravia lieb, alt, taub. Erinnerte sich an meinen PEN-Abend in der Agnesstraße: «Der Fisch war so gut.» Mit Susan Sontag, mit Grass, mit Heiner Müller ...

Botero: besonders sympathisch, unprätentiös. Langes (kritisches) Gespräch über den anderen Kolumbianer García Márquez.

Am Nachmittag zuvor in der Fragonard-Ausstellung, verblüfft über die «Modernität», eigentlich schon fast ein Impressionist, malt Licht wie Whistler und nur Form, oft kaum Gesichter. Sujet interessiert ihn offenbar nicht, «nur *peinture*».

HÔTEL LUTETIA, PARIS, DEN 3. DEZEMBER

Nachmittags in der hinreißenden Ausstellung «Cinq siècles d'art Espagnol» im Petit Palais, von El Greco (und seinem finster-melancholischen Selbstportrait) über Goya (und wiederum sein kokett-freches Autoportrait vor der Staffelei) zu Picasso. Ging zu Fuß durchs winterlich-grünklare Licht, unter dem die letzten braunen Riesenlappen der Platanen zu Haufen zusammengekehrt werden wie die Nerz-Stürze in der feinen Rue du Faubourg Saint-Honoré (in der ich abends 18 Uhr eine kleine-feine Vernissage der Galerie Pertin – Barock-Handzeichnungen «wie Fragonard» – besuchte). Dann die wahnsinnige Lichterkette der Champs-Élysées mit den weißgespritzten Riesentannen am *rond point.* Aber: den Nachmittag bei Adami. Märchenwohnung, Postkartenblick auf Sacré-Cœur, McIntosh-Möbel, herrlich farbig exakt exekutierte Bilder, sehr charmanter Mann («Liebe auf den ersten Blick»); schenkte mir spontan 1 Litho und widmete mir einen Katalog.

Boule-spielende alte Männer in Baskenmützen im Hintergarten (an der Treppe zu Sacré-Cœur), das Bullaugenfenster mit der Mauer «wie ein Bild» dahinter, im Fenster eine afrikanische Plastik.

HÔTEL LUTETIA, PARIS, 4.–8. DEZEMBER

Im Quai-d'Orsay-Museum: ein Museum der «Flaneur»-Überraschungen – ob man erotisch-intime Akte des «Bauernmalers» Millet entdeckt oder von Corot eine Jeune Femme à la *robe rosé.* Selbst ein Delacroix («Chasse aux Lions») besteht nur aus Farbe und Form, keine Konturen, keine Gesichter. Manets «Berthe Morisot à l'éventail», 1872 (Schwägerin): der Schleier, der vom Hut gezogen wird wie eine grimassierende Maske, Totenkopf, Vanitas-Bild.

Warum ist Rodins Torso so viel eindringlicher als die etwas glatten, ausgearbeiteten Skulpturen?

Gefühl des Schwebend-schwindelig-Unheimlichen beim Gang über das Glas im Musée d'Orsay, darunter beleuchtet die Oper, das Zentrum von Paris. Über der Jugendstilkuppel der Galerie Lafayette statt unter.

Nationalismus der Franzosen: kein Franz von Stuck, kein Liebermann (aber viel 6.klassiges Französisches), kein Menzel, aber Fernand Cormon: «Die Schmiede». Schinken.

Nochmal bei Fragonard. Der ungewöhnlich heitere Diderot. Die Farben des Whistler-Lichts. Impressionist avant la lettre. (Übrigens auch Goyas «Le Pantin» – dasselbe Licht, fast schon 19. Jahrhundert.)

Zum Drink in Inge Feltrinellis wunderschöner Wohnung, «neben» der ehemaligen von Sartre am Place Saint-Germain, Kirche steht quasi im Salon. Perfektes *pied-à-terre*. Inge: «Er lügt, wenn ich den Mund aufmache»; «Ledig war gestern bei Simone de Beauvoir zum Essen, dumme Gans, vollkommen *out*» (gemeint war wohl Simone Gallimard!); «Ich war gestern in einem Vortrag von Sartre» (????). Ich hatte das Abendessen mit Ledig, Christian Bourgois etc. wegen Gerd, der kurz in Paris war, abgesagt, wir aßen schön alleine bei Boffinger. Danach noch mit Ledig und Jane (die hier um die Ecke diniert hatten im Récamier) 2 Flaschen Champagner im Tres Moille.

Noch einmal die Spanien-Ausstellung: das Greco-Bild kein Selbstportrait, sondern «un caballero». Hoch sonderbar: Jusepe de Riberas stillender bärtiger Mann.

Le-Corbusier-Ausstellung. «Voiture Matinium»: ein VW aus Holz. Das Flugzeug mit der lebenden Figurine auf der Einstiegtreppe und den Wolken. Palais des Soviets, Centrosojus, zu Fuß vom Pompidou die ganze rue du Faubourg Saint-Honoré (ab

Madeleine Faubourg Saint-Honoré) durch einen Luxus-Strom schwimmend bis zum Élysée.

Sonntag nachmittag Versailles. Das Gitter vorm Schloß, an dem sie rüttelten. Der künstliche Bauernhof der Marie-Antoinette.

HÔTEL LUTETIA, PARIS, DEN 9. DEZEMBER

Bis mittags Kampf um mein Geld an der École. Schmählich.

Nachmittags bei Botero im Atelier, das erstaunlich riesig nach winzigem Eingang in der rue de Dragon, große Wohn- und Atelierräume. Arbeitet an mehreren Bildern auf einmal, ca. 10 Tage an einem Bild, jedes erstaunlich ausgearbeitet, was man erst sieht, wenn man die Vorphasen gesehen hat, wie Skizzen in Öl. Macht keine Skizzen, keine Lithos (mein César-Daumen steht bei ihm!), aber scheußliche Skulpturen.

Abends Essen mit 2 lustigen *has-beens*, Georg Stefan Troller und Erwin Leiser. Letzterer eitler (weil erfolgloser?) denn je, Troller nett, aber von Beruf Zeitgenosse, weiß nur zu erzählen, wen er alles kannte – von der Piaf zu Pound –, ohne zu merken, daß er sie natürlich nicht kannte, sondern ihnen begegnet ist.

2stündiges Interview mit Nouvel Observateur in einer Art Privat-Restaurant. Sie wissen nichts von Deutschland, alle Namen, Titel, selbst Zusammenhänge sind ihnen fremd.

Begegnung mit Polac höchst sympathisch, schnell, witzig, dabei ernst. Werde nächste Woche in seiner Heidegger-Sendung auftreten.

Abend in Ronconis Shakespeare-Inscenierung, Kaufmann von Venedig im Théâtre Odéon mit der schönen ausgemalten Kuppel. Seltsam schwere, zu lang gedehnte Aufführung, deren Sprache (in meinen Ohren?) wie Racine klang. Schauspieler konventionell: Hände nach außen gedreht – ratlos; ans Herz gepreßt – traurig; ineinander schlagend – Wut; ausgebreitete Arme gegen die Wand gestemmt – verzweifelt. Ging in der

2. Pause in ein herrliches Jugendstil-Restaurant «La Gare de Paris» am Boulevard du Montparnasse essen. Früh mit Erkältung und Fieber zu Bett. Früh = Mitternacht.

HÔTEL LUTETIA, PARIS, DEN 10. DEZEMBER

Langer Vormittag mit schönem deutschen Frühstück (Wurst und Pâté von der Terrasse, Tauchsiedertee), Sonne über Paris. Lunch mit Edmund White. Nett. Schreibt eine Genet-Biographie, kannte den Rennfahrer, in den Genet verliebt war, als ich ihm (daher die Widmung, die ich habe) den Porsche besorgen sollte. Sprachen über García Lorca und die neue Lorca-Biographie, die nun endlich Lorcas Homosexualität nicht mehr verschleiert. War aber nach 1 Stunde leicht ermüdet, die Welt unter dem Aspekt schwul–nichtschwul zu betrachten, und zucke auch vor Indiskretionen – «Mein 27jähriger Lover ist so toll im Bett» – zurück. Mag man nicht.

HÔTEL LUTETIA, PARIS, DEN 11. DEZEMBER

Lunch mit Liehm. Fraß Wildente wie ein Barbar – «Barbar-Ente» statt Barbarie ... «Ich liebe das Blut an den Knochen», das ihm die Lefzen runterfloß, während er von Brodsky, Kundera, Lyrik und Heidegger quasselte. Im neuen Heft von «Lettre International» irrer Bericht über Majakowskis Tod von seiner letzten Geliebten, Moskauer Schauspielerin. Assoziation zu García Lorca – und wieder zu Baldwin.

Danach zum Kaffee zu Maurice Nadeau. Das kümmerliche Büro, wo zwischen Staub, Zeitungstürmen, Buchstapeln, qualmenden Aschenbechern und Tassen mit kaltem Kaffee ein alter Mann an einer noch älteren Fotokopiermaschine stand: Maurice Nadeau. So würde keiner der deutschen 25jährigen Jungredakteure, die in ihren Armani-Pullovern ihr kleines Talentlein spitzen, arbeiten. An seiner «Quinzaine Littéraire» Mitarbeit ohne Honorar! Auflage 25.000.

Morgen früh – die Worte von Saint-Simons Kammerdiener «Monsieur, stehen Sie auf – Sie haben große Taten zu vollbringen» fälschend – ausschlafen und Flohmarkt.

HÔTEL LUTETIA, PARIS, DEN 14. DEZEMBER

Gestern abend mit Jutta Scherrer im Chez Francis, herrliches Essen, ich saß mit Blick auf den erleuchteten Eiffelturm. Am interessantesten war, was sie von Susan Sontag erzählte, die sie wohl in New York näher kennengelernt hat: Sie sei eine verbitterte, inzwischen unansehnliche (??; finde ich nämlich nicht) Frau, die in ihrer Einsamkeit erstickt; sie habe ihr vorgeschlagen, mit ihr zu leben. Auch lebe sie in bedrückenden finanziellen Verhältnissen, muß aus ihrer winzigen Wohnung ausziehen, weil sie die Miete nicht zahlen kann, und Vorträge in Idaho halten.

Schämte mich fast meiner komfortablen Lebensumstände.

Heute Museumstag: Louvre, in den man «verkehrt herum» reinkriechen muß wegen Bauarbeiten. So geht man auch die Kunst «verkehrt herum» entlang. Zuerst die römischen und französisch-romantischen Skulpturen, dann die Spanier mit herrlichen Utrillos, Velázquez, Goyas und Grecos; dann die «Collection de Beistegui» (1942 geschenkt) mit Ingres, Meissonier und Rubens, und dann erst «geht es los» zu den Tiepolos, Guardis, düsteren Magnascos und lichten Caravaggios. Dann steht man plötzlich, falsch rum, allein! in dem riesigen Rubens-Saal. Wurde nervös, weil ich mein Lieblingsbild nicht fand: «Le Pérugin, 1446–1523, Apollon et Marsyas», der früher bescheiden in einem Nebenraum hing und jetzt neben der Mona Lisa und zwischen anderen Leonardos. Es ist «versetzt» worden und wirkt prompt nicht mehr so bescheiden.

Louvre ziemlich leer, Ruhe für La Tour oder Watteau oder Rembrandt, den schweigend manirierten Portraits von Bellini oder Botticelli. Sogar alleine vor der Mona Lisa. Keine Japaner!

Dann in der Orangerie. Überwältigt – so habe ich die nie gesehen – von den 8 Monet-Tafeln «Die Seerosen» (die er der Republik zum Waffenstillstandstag 1918 schenkte).

HÔTEL LUTETIA, PARIS, DEN 15. DEZEMBER

Gestern Abendessen (bei Récamier) mit Cioran, bezaubernder Abend. Sonderbar eleganter Nihilismus, eine Skepsis, die lächelt. Gelegentlich leicht greisenhaft, wenn er sich etwa mit Essen beschmiert oder Geschichten erzählt, die ich längst von ihm kenne. Er leugnet – bei Pouilly Fumé –, daß Leben irgendeinen Sinn habe, gibt den Widerspruch zu, daß auch er ja «genießt», was andere – ob Leonardo oder Beethoven – geschaffen haben; daß also doch, in deren Leben, ein Sinn war? Obwohl er im Essen nur stochert, erzählt er strahlend von einem Luxusrestaurant, in dem er mit Matta aß.

HÔTEL LUTETIA, PARIS, DEN 18. DEZEMBER

Die Metro ein Rasiermesser, schneidet durch die französische Gesellschaft. Porte-de-la-Villette nur schwarzer Markt: Ananas und Avocados; Strohpüppchen und Stofftierchen; Blumen und Schals – jeder verkauft alles, mancher auch sich selber. Als Blinder hätte man es leicht, man kann sich nach Gerüchen und Geräuschen orientieren; Concorde: Wo aus dem Synthesizer wehe Klänge zittern, Tag für Tag dieselbe Tonfolge, geht's rechts Richtung Mairie d'Issy, und wo es bei Châtelet nach faulen Bananen riecht, in Richtung …

Unseriosität des französischen Kultur- und Universitätsbetriebs. Daniel Rondeau bestellt im Le Bistro teuren Bordeaux (der garnicht getrunken wird), und meine Verlegerin Françoise Verny hält Champagner-Hof – aber die Autoren haben nix zu fressen, und die immerhin Professorin Scherrer muß durch die Uni rasen, um meine im Heizkeller gefundenen Brecht-Gedichte zu fotokopieren. Sie braucht einerseits nie da zu sein – hat aber dafür andrerseits keine Sekretärin, keinen Assistenten – nix. Und sie erzählt, daß die berühmtesten amerikanischen Soziologen hier 4 Studenten haben, für ein volles Jahr bezahlt werden und niemand sich um sie kümmert. Unbegreiflich.

Hôtel Lutetia, Paris, den 19. Dezember

Mein letzter Tag. Nach Sèvres ins Porzellanmuseum: ein ganzes Museum für mich alleine, kein einziger Besucher! Herrlichste Keramiken, eine Picasso-ähnliche Vase schon aus dem 16. Jahrhundert (spanisch-maurisch) und Trompe-l'œil-Teller und -Schalen, wie ich sie gestern in der Jugendstil-Abteilung im Musée des Arts Décoratifs sah, stehen hier – aus dem frühen 16. Jahrhundert: große Platten mit Schlangen, Fröschen, Kröten, Früchten. Herrlich.

Nachmittags Gedenk-Gottesdienst für Jimmy Baldwin in der American Church, ging mit Breyten Breytenbach, der mir sehr schwul (und sehr schön, aber auch elegant kokett im eng taillierten Mantel und zu betont lässig umschlungenem Schal) schien. Sehe ihn morgen, mein Abschieds-Abend.

20. Dezember

Rückflug von Paris. Es war ein besonders schöner, «voller» Abschieds-Abend mit Breyten Breytenbach. Anfangs in seinem Atelier, wo er mir seine zumeist scheußlichen Bilder zeigte; hält sich ernsthaft für einen Maler und erwartet 100.000 DM für ein Bild. Einzig interessant, daß er da seine zweifellos (zumindest latent) vorhandene Homosexualität ausleben kann – Riesenschwänze oder dreischwänzige Kerle beherrschen die Bilder –, die ich lügnerisch lobte.

Seine Frau ist deutlich «der Mann im Hause», eine harte, nur schwer zum Lächeln zu bringende Chinesin, die ihn ständig belehrt, kommandiert. Schade, daß sie stets dabei ist (sie wird wissen, warum ...). Würde gerne mal einen Abend alleine mit ihm verbringen. Es war aber auch so ein schöner, herzlicher Abend (in einem billigen, lustigen, lauten, übervollen chinesischen Restaurant), den auch er deutlich genoß – was u. a. daraus hervorging, daß er geradezu darauf bestand, nach dem Essen noch ins «Select» zu gehen und etwas zu trinken. Stand abends spät dann auf meiner Terrasse und sagte Paris Au Revoir (hoffentlich nicht Adieu?!), das unter mir lag, seufzend und ächzend, wie eben nächtliche Riesenstädte «Laut geben», St. Sulpice und Panthéon noch angestrahlt.

Es war der schönste Paris-Aufenthalt, den ich je hatte – wobei mich etwas ängstigt, daß er – «in größer» – meinem allerersten vor ca. 30 Jahren ähnelte. Positives macht mir meist angst.

1988

Kampen, den 2. Januar

Die vergangenen Feiertage waren kleinbürgerlich-gemütlich, habe mein «Pariser Tagebuch» für die ZEIT geschrieben – in der sich eine ganz unerhörte Notiz der dummen Herrenreiterin Dönhoff fand. «Peinlich» überschreibt sie eine Glosse im «Läßliche-Sünden»-Vokabular (Sünden sind ja läßlich und zu vergeben!) zur Affaire Höfer; aber peinlich meint nicht etwa, was Höfer für Naziartikel geschrieben hat – sondern peinlich findet die Kuh, daß man ihm seinen Frühschoppen wegnahm. Absurd, wenn man sich erinnert, wie dieselbe Person mit Riesenkugeln auf mich schoß – – – weil ich mich in einem Zitat geirrt hatte. Also Nazi-Hetz-Artikel sind läßliche Sünden, «äußerst komplizierte Probleme», aber ein falsches Goethezitat ist impardonnabel. Da hat man *in nuce* das ganze Deutschland – wehe, man geht an ihre vermeintliche Bildung, an ihre Gipsköpfe auf dem Buffet. An die Juden durfte man schon eher «gehen», das war dann allenfalls eine «peinliche Angelegenheit»; nicht mal peinigend …

Ärgere mich, daß ich mich darüber ärgere.

6. Januar

Das Jahr schleicht sich mit Schatten an – und ich glaube nicht, daß ich nur Gespenster sehe:

WOLKENTRINKER – «zuviel Dialekt», was heißt: ungelesen, denn es gibt im ganzen Buch 2 Dialektsätze – in USA abgelehnt.

Gestern beim Mittagessen mit dem neuen Ressortchef DOSSIER der ZEIT mein Vorschlag eines großen Brecht-Essays, anläßlich des 90. Geburtstages und der 2bändigen Biographie, schlicht abgelehnt: «Das macht mich nicht an.» Sagt ein junger Schnösel, der mir zuvor – Schmeicheleien sind ja billig – erklärt, wie er mich bewundere und wie er mich schon als Student gelesen habe. Wird man zum auslaufenden Ford-T-Modell, das man zwar als Oldtimer bewundert und «himmlisch» findet, aber fahren tut man lieber nen Audi?

Nächster «Schatten» – die ganze Tucholsky-Stiftung ist wohl durch eine Untat der sterbenden Mary gefährdet: Wie die meisten alten Menschen wollte sie sich zugleich einen Tempel bauen und ihn einreißen. So hatte sie, nobel, die Stiftung gegründet – aber im letzten Moment, unter Einflüsterungen und offenbar nicht mehr «dicht», einer fremden Frau eine halbe Million Mark vermacht und ihr Haus am Tegernsee; nicht der Stiftung.

7. JANUAR

Vormittägliche Fernsehaufnahme, «Streitgespräch» über meinen Roman «Der Wolkentrinker» mit einem dünnblütigen wie blutrünstigen SPIEGELmenschen. Habe ich es «gemeistert»? Jedenfalls habe ich die wüsten Angriffe, die geradezu infamen Unterstellungen (Sie haben Ihr eigenes Buch nie gelesen, kein einziges Bild stimmt, das Buch ist eine einzige Blütenlese an Stilblüten) auffangen und mit wohl ziemlichem Temperament abwehren können – so viel «Temperament», daß während der Aufnahme, die eigentlich streng auf 20 Minuten eingegrenzt war, immer und immer wieder eine Kreidetafel DIE SENDUNG WIRD VERLÄNGERT, BITTE WEITERMACHEN reingetragen wurde. Habe mir diesen infamen Quatsch einfach nicht stumm bieten lassen, sondern nicht nur die denunziatorische SPIEGELmasche insgesamt, ihr Nicht-Recherchieren, wenn es ihnen eine Geschichte kaputtmachen könnte (nicht eine einzige Meldung, die je über mich im SPIEGEL stand, stimmte – aber das zu verifizieren war ihnen keinen Pfennig, kein Stadtgespräch wert) – sondern auch die Details nicht bieten lassen. Schönes Beispiel: Das Buch beginnt mit dem Bild, daß Bernd Leere ausgießen wollte – das sei ein unerträglich schiefes, falsches Bild. Auf meine sehr schnelle Rückfrage, warum es eigentlich so schief sei, ob er nie in einem Park einen leeren Baum, hohl, gesehen habe, der mit Beton ausgegossen sei – blieb er 1½ Minuten stumm –, was ich boshaft auch währen ließ. So habe er das nicht verstanden.

En bref: Ich war/bin wohl der Sieger dieser Runde – von der man natürlich nicht weiß, ob die Sendung überhaupt laufen wird: 45 Minuten statt 20; vermutlich kommt ein Brief: «Bei näherem Nachdenken haben wir beschlossen …»

Aber, und das ist eigentlich das Schlimmste: Im Auto erklärte mir dieser Namenlose, wie er mich als Feuilletonchef toll gefunden habe, wie schrecklich es im SPIEGEL zugehe, wo ein ewig betrunkener Augstein z. B. den neu eingestellten Stefan Aust der Mannschaft besoffen lallend als «vermutlich mein unehelicher Sohn» vorstelle und wie deshalb und der ewigen alkoholisierten Illoyalität Augsteins wegen der Herr Böhme nun wohl definitiv zum STERN ginge – – – – nicht bemerkend, das Bürschlein, offenbar, daß er selber, dort in Lohn und Brot und gegenüber mir, einem Geschmähten und Fremden, von einer Illoyalität zur anderen stolpert. Was für Pack.

12. JANUAR

Gestern grotesker Abend mit einem Mann namens Riehn, den ich vor 100 Jahren mal bei der Witwe Hasenclever in Südfrankreich kennengelernt und, da völlig mittellos, ohne Geld für die Rückreise, mit meinem ersten Porsche mit nach Deutschland genommen hatte – er kotzte mir den Wagen voll, weil seit Tagen ohne Essen; so vertrug er mein scharfes Bergfahren nicht.

Hatte ihn dann aus den Augen verloren. Nun lädt der Herr mich ins LE CANARD, Hamburgs teuerstes Restaurant, ein, der

Abend kostete 500 Mark – – – er hat eines dieser unsäglichen «Public-Relations-Büros», von denen ich (und wohl niemand) nie weiß, was sie eigentlich tun. Es scheint eine Art «Firmen-Psychotherapie» zu sein – wie bestimmte Vögel davon leben, daß sie den trägen, gefräßigen Nilpferden und Krokodilen die Reste aus den Zähnen picken, oder bestimmte winzige Fische unter dem Bauch der Wale leben – – – – so züchtet sich der freßsatte Kapitalismus solche Mit-Esser. Sie beraten die Firmen zu irgendeinem Quatsch: «Ich verhelfe Ihnen zu Ihrer Identität», sagt so jemand, ohne rot zu werden. Grotesk. Hier soll nun, typisch deutsch, ein Kongreß zum Thema «Genießen» abgehalten werden – statt zu genießen, machen sie nen Kongreß drüber. Als er einen seiner feinen «Art-Director»-Kollegen erwähnte, dessen Tagessatz über DM 5000 liege, und ich belustigt sagte: «Na, meiner ist anders» (ich meinte natürlich: viel kleiner), sagte er ganz schnell und beschwichtigend: «Natürlich, in Ihrem Fall zahle ich das Doppelte.»

19. Januar

Sitze in tiefer Depression. Die eigene Bizarrerie erstickt mich: Ich umgebe mich, um mich zu «trösten», mit immer mehr Luxus – – – aber der tröstet mich nicht. Eigentlich ist mein Leben unfreudig. Nun habe ich das neue Super-Auto, und es ist auch so wunderbar, daß ich mich frage, warum ich eigentlich dieses Wasserski-Laufen mit dem Porsche die Jahre gemacht habe, statt so ein bequemes, komfortables Ding anzuschaffen; und irgendwie genieße ich's ja auch – leise, weich, elegant, Mahagoni und Leder: Aber ich genieße es auch wieder NICHT. So, wie ich jeden Morgen umgeben von feinen Blumen und Jugendstilmarmeladengläsern und Silber und feinstem Besteck und Orchideen frühstücke, Vivaldi oder Beethoven oder sonstwas auf dem teuren Stereo-Lautsprecher: und todunglücklich bin. Innere Fröhlichkeit, Heiterkeit, Frohsinn: nix.

Deutlich ist eben doch: Mir ist meine Arbeit wichtiger als

mein Wohlleben, man könnte auch sagen: Meine Eitelkeit wird eher und besser befriedigt, oder verletzt, wenn es um meine Arbeit geht, als wenn ich's um mich herum einrichte. Zur «Premiere» des Jaguar-Autos in einem großartigen Martha-Argerich-/Gidon-Kremer-Konzert: ohne innere Leichtigkeit.

23. Januar

Nach Berlin, zur Lesung aus WOLKENTRINKER. Auch da macht mich die Differenz zwischen öffentlicher Verdammung und privater Zustimmung ganz wirre; was stimmt nu?! IMMER sind meine Lesungen überfüllt, dort standen sie auf der Straße an, und verkauft ist praktisch NICHTS. Wenn ich nur höre, wer alles das Buch angeblich wie oft verschenkt hat, müßte das schon eine kleine Auflage sein, selbst der Sohn von Ruth-chen (mit blau gefärbten Haaren, aber irgendwie an den alten Pisarek erinnernd) war da – – – und Ruth, am nächsten Tag, aß mit ihr paar Austern und trank ein Schlück-chen Champagner; sie sieht noch immer wunderschön aus, es wäre bestimmt DIE Frau für mich gewesen, und sie konnte zum zigsten Male es nicht lassen, von dem Buch zu schwärmen (das doch recht eigentlich sie auch kränken mußte; Frauen sind ZU seltsam).

Danach, auch bizarr, ulkige Begegnung am Ku'damm mit einem Nun-nicht-mehr-Knaben, der mich ansprach, ob ich mich nicht erinnern könnte, wir hätten mal vor 12 Jahren ... NATÜRLICH konnte ich mich nicht erinnern, aber er wußte sogar noch, wo meine E.-T.-A.-Hoffmann-Ausgabe stand, war also ein paarmal bei mir in Hamburg und ich ein paarmal in seiner Wohnung (keine Erinnerung an nichts mehr). Das Ulkige: Zum Schluß, auf der Straße, faßte er mich am Halse an, ich wußte erst nicht, was es solle, und sagte dann: «Du hast Glück, alles in Ordnung» – – – er meinte: kein AIDS. Das merke man nämlich an geschwollenen Halsdrüsen ... AIDS-Test auf dem Ku'damm; eine bühnenreife Scene.

28. JANUAR

Es berührte mich, als ich gestern den Satz von Erich Mühsam «Auch mit 55 kann man noch sein Leben ändern» las. Kann man das? Wie macht man das, «refaire sa vie»? Natürlich könnte ich, wenn ich hier alles, was ich besitze, verscherbele, bis an das Ende meines Lebens sorgenfrei irgendwo im Süden leben. Finanziell. Aber sonst? Wie? Allein für den Preis der KAMPEN-WOHNUNG bekäme ich ein schönes Haus mit Swimmingpool und Personal in Mexiko, sagt die Schnecke. Und was, bitte sehr, soll ich in Mexiko? Man kann doch nicht den ganzen Tag am Swimmingpool sitzen? Lesen – gut und schön. Aber ich habe MEIN GANZES LEBEN auf eine Produktion hin gelesen, jedes Buch, jeder Aufsatz, alles – es kam immer irgendwie später «hoch», selbst jeder Film, den ich sah, und jede Inscenierung wurde doch fruchtbar gemacht. Wie ginge das, einfach mal so Tournier lesen (ohne die Absicht, ein ZEITgespräch mit ihm zu führen)? Es ist wie der Unterschied von Onanie und Geschlechtsverkehr – wäre eine ziellose Beschäftigung um ihrer selbst willen. Mir fremd.

JANUAR

Abends Konrad Henkel (gestern abend noch) am Telefon, im besten Chauffeurs-Kölsch: «Meine Frau is noch am Essen», und: «Ich habe vorgestern Ihre Sendung gehört, über Fracia oder so – war ja schön lang.» Gemeint war mein Text über García Márquez. Diese Leute haben ein halbes Funkstudio im Auto, können dort eine Sendung mitschneiden, Telefon sowieso: aber verstehen kein Wort von dem, was sie hören, wenn es nicht über Wim Thoelke ist.

Danach Telefonat mit Thomas Brasch, der abends um 23 Uhr AUFSTAND (!!) und gerade essen gehen wollte, noch verschlafen-verkatert klang, nur unzusammenhängenden Quark von der «Verkommenheit des Kulturbetriebs» redet – und von den Segnungen des Kokains, ohne das er seinen Film nicht hätte beenden können; er habe darüber sogar kürzlich ein langes Interview gegeben – was ja wohl hoffentlich nicht erscheinen wird. Die knappe Frage «Und was machen Sie?» kam quasi schon in Hut und Mantel, und eine Antwort war auch nicht erwartet.

31. Januar

Gestern schön-farbiges Fest bei Flimm, wo «ganz Hamburg» (minus der albernen Leute, die den Presseball vorzogen) war. Flash-Light: Der KULTURbeauftragte der SPD und Bundestagsabgeordnete Duve schneidet sich die Haare selber: «Das hat mir in 20 Jahren einen VW zusammengespart.» Der Kultursenator Ingo von Münch: «Ich möchte einen FJR-Literatur-Kritikerpreis stiften.» Peter Zadek: «Das ist ja klar – du wirst mein Nachfolger als Intendant des Schauspielhauses.» Eine Schauspielerin: «Ach, SIE sind der berühmte Raddatz – ich lese immer Ihre Leitartikel.»

Alles ähnlicher Humbug. So, wie ich neulich den Literaturredakteur der ZEIT in einem Restaurant traf, ich aß ein paar Austern vorm Theater (in das er nicht ging) – er trank einen Kaffee «ab», weil er beim Kauf einer Kaffeebüchse einen Bon bekommen hatte.

Grass kündigt seinem alten Duz-Freund Werth die Freundschaft und verbietet seinen Kindern, mit der Tochter weiter zu verkehren, weil in der SZ eine Glosse über seinen New Yorker PENauftritt (vermutlich wirklich schief) stand.

3. Februar

Gestern kurz auf einen Drink im Literaturhaus, wo Guntram Vesper las (deswegen ging ich hin – nicht zur Lesung, zum guten Tag sagen). Dort der spitzmündig beleidigte Kunert (weil er einmal bei mir nicht eingeladen war) und, sehr amüsant, Michael Krüger, der die schnurrigsten Geschichten vom Katastrophen-Lettau erzählte: Er kann nur mit einem bestimmten Bleistift Korrekturen lesen, den sucht er, während er ihn in CALIFORNIEN!!!! anruft – es gibt nur EIN Unglück auf der Welt, konzentriert, auf EINE Person: Lettau.

War dort mit Antje Ellermann, die heute abend hier zum Fischsüppchen ist und ißt: Man wird nicht klug daraus, ob sie nun eigentlich einen Verlag hat oder nicht, einen Mann oder nicht und ob sie selber Geld zum Leben hat, gar reich ist – oder nicht. Aber ich mag sie sehr.

Danach langes Telefonat mit Hochhuths Frau – er ist offenbar tief getroffen von der in der Tat unvernünftigen, viel zu rotzig-kurzen und am Impetus seiner Arbeiten vorbeigehenden Kritik in der ZEIT (auch die von einem Namenlosen – ist das die neue Masche?). Hochhuth habe sich seit drei Tagen geweigert, das Bett zu verlassen. Mir geht's ähnlich – neuerdings lege ich mich nachmittags 1 Stunde hin: Alter, Müdigkeit oder Erschöpfung von den EWIGEN Kämpfen? In meinem Alter müßte doch das Leben nun seinen geregelten Gang gehen, die Finanzen überschaubar gesichert, die Lebensbahn sich neigend, aber erkennbar. Bei mir ist alles Zickzack, Durcheinander und unlogische Diskontinuität: ein neuer, Nutria-gefütterter Mantel, aber innen zitternd.

7. Februar

In meiner wachsenden Bitterkeit und Verkrauchtheit verwundert über die Munterkeit z. B. von Grass, den ich gestern zum Tee besuchte. Sitzt vergnügt in seinem Haus, zwischen Kisten und Kartons, von 2 Tölen umkläfft, und freut sich seines Lebens, seines Ruhms und seiner selbst. Erzählt witzige Schnurren, z. B. von seiner Tournee mit dem DDR-Trommler Baby Sommer (die großen Erfolg hatte) und während der sich dieser 40jährige in eine Italienerin verliebte, bei der er – «erst mal, für ne Weile im Westen» – bleiben wollte. Aber seine Ehe-Megäre, gemeinsam mit der STASI, tauchte an fast jedem Punkt der Tournee auf und «kassierte ihn schließlich ein», wie ein fehlgegangenes Postpaket. Nix Westen, nix Italienerin, aus mit dem schönen Traum: Nun sitzt er wieder bei seiner sächsischen Megäre und kann die DDR-Trommel rühren.

Ebenso vergnügt erzählt Grass eigene Absurditäten: wie er nach dem Akademie-Abend zu Ehren Borns in der Akademie und einem – natürlich programmierten – Streit mit Handke zu einer Sauftour durch Berlin aufbrach, im Auto mit einer Freundin (tut so, als sei das eine Art Sekretärin von ihm und nicht, wie es der Wahrheit entspricht, seine Westberliner Geliebte, mit der er ein Kind hat). Die fährt ihn volltrunken an den Baum, das Auto zu Schrott (wer zahlt wohl das neue?), er verwundet, sie kreischend – ihn offenbar tot wähnend –: «O Gott, was habe ich der deutschen Literatur angetan», er wütend blutend von der Erde hochkrabbelnd und sich das mit der «deutschen Literatur» verbittend: «Es geht um MICH, nicht um die Literatur» – beschwatzt die auftauchenden Polizisten («sie haben mich natürlich erkannt») – – – und geht noch 2 weitere Stunden saufen: «Das Auto haben wir einfach stehen lassen, Totalschaden.»

Die Kraft müßte man wohl haben ...

12. FEBRUAR

«Gefröstelt vor Genugtuung» – das war die beste (Kempowski-) Formulierung von allen, die mich zum gestrigen TV-Duell gegen dies SPIEGELbürschlein erreichten; tatsächlich ein enormes Echo – und offenbar ein enormer Erfolg. Von Monk bis Fechner, von Liebermann bis zu einem Berliner Taxifahrer, vom Kunden im Fischgeschäft in Eppendorf bis zur Pulle Champagner von Siegfried Schober («ich bin Ihr Schüler») habe ich nur Gratulation und Bravo erhalten; auch von allerlei ZEITkollegen. Ich bin jedenfalls erleichtert – aus dieser Schlacht bin ich mal als Sieger hervorgegangen.

Deutsche Impressionen: Vor drei Tagen im Intercity nach Essen (ich brav zur mäßig bezahlten Vorlesung) treffe ich Siegfried Lenz; auf meine Frage – was soll man schon fragen im Zug – «Wohin geht's denn?» verdrehte er seine Cockerspanielaugen und sagte: «Zum Präsidenten.» Mehr muß man nicht notieren. Jeder normale Mensch hätte gesagt: «Nach Bonn.» Ganz Deutschland, das ganze Kapitel GEIST UND MACHT in zwei Worten.

16. FEBRUAR

Hochirritierende Eigen-Lektüre: lese in alten Artikeln und Aufsätzen für die Zusammenstellung von Band III der Taschenbuchausgabe meiner Essays.

Bin bei der Härte und Schärfe etwa des Artikels BRUDER BAADER direkt baff, daß so was wirklich mal in der ZEIT stand, und dann doch so garnicht baff, daß ich da rausflog – als Summe solcher Beiträge.

Baff auch über den alten MERKURaufsatz DIE VERANTWORTUNG DES INTELLEKTUELLEN, der mir zwar leicht angestaubt erscheint, aber doch auch ehrlich und wichtig. War übrigens ein «teures Stück» – hat mich meine Berliner Professur gekostet, die mir anzubieten die Uni damals bis Reno, Nevada, nachtelefonierte – – – damit ich dann dort in Berlin zur ersten Vorlesung, am Schwarzen Brett, perfide Auszüge meiner Selbst«anklage» lesen durfte, ich habe im REIDShotel in Madeira im Luxus gelebt, während die Armen 2 Meter weiter ... Ehrlich durfte man schon damals nicht sein.

Wie ein Nachklapp zu alldem aber auch ein geradezu widerliches FR-Interview dieser Tage mit Peter-Paul Zahl, für den ich mich schon damals gerade halsbrecherisch eingesetzt hatte. Jetzt sitzt er auf irgendeiner Karibik-Insel, ist «Sir Peter» und hat 2 Boardinghäuser zum Vermieten und schreibt Romane, die 70.000 Auflage haben. Meine nicht mal 7000 ...

Nicht viel anders mit dem Herrn Boock, der zwar noch sitzt,

aber in einer Art Luxushaft, der seinen ersten Roman ankündigt – aber KEIN MENSCH erinnert (sich) daran, daß ich, in dem Fall wirklich NUR ich es war, der ihn zum Schreiben ermunterte, der ihm mit Bölls Hilfe – bei Lamuv – zur Publikation verhalf. Den Mann gäbe es (als Autor) ohne mich nicht. Nun gibt es so selbstverständliche Meldungen, als handle es sich um das neueste Werk von Pasternak aus Peredelkino.

ALFRED HRDLICKA
Geburtstagsfest
26. Februar 1988
Ab 21.00 Uhr im Museum Moderner Kunst/Palais Liechtenstein,
Fürstengasse 1, 1090 Wien

26. FEBRUAR

Eine vollkommen gespenstische Veranstaltung: das «offizielle Wien» total abwesend, bei einem immerhin bedeutenden Künstler europäischen Formats (aber Lafontaine da!). Alfred redete nur betrunkenen Unsinn à la «Gesinnung ist alles», der todkranke Erich Fried sprach, wie er dichtet: rote Poesiealbumsprüche; nicht 1 Satz, der Sinn und Verstand gehabt hätte.

HOTEL SACHER, WIEN, DEN 26. FEBRUAR

Nachmittags beim 86jährigen Günther Anders. Stürzt sich in zerrissenen Hosen («hat keinen Sinn mehr, für mich was zu kaufen») auf die mitgebrachte Sacher-Torte. Spricht von sich als «dem letzten Philosophen des Jahrhunderts». Von seinem «Freund seit 65 Jahren» Hans Jonas: «Er bekommt die Preise für die Bücher, die ich geschrieben habe.»

Physisch uralt, die Arthritis-Hände wie Hummerkrabben, die Nase wie bei allen alten Juden immer größer – aber den Kopf erhält die Eitelkeit jung.

Erlosch, als ich 5 Minuten von mir erzählte. Wurde, wie ein Schauspieler, einfach von Minute zu Minute schwerhöriger. Der Sender war geschlossen – glücklich, als er mir beim Abschied sagen konnte: «Ach, du kriegst ja eine Glatze.» Er altert nicht alleine … («Sie, obwohl viel jünger, wirken viel älter als ich»). Geht jeden Abend im «Regina» essen.

Danach beim nächsten alten Juden: dem 74jährigen George Tabori. In seinem winzigen Theater «Der Kreis». Sehr lieb, fast «verliebt» in mich – streichelt mich: «Ich mag dich.» Das Tacheles-Gespräch unseriös wie wohl alles am Theater – gibt kein Konzept für das neue Stück, das er von mir will (wieviel mühseliger, langwieriger ist Prosa- und Essay-Schreiben doch! Wie lange saß Thomas Mann am Faustus – und Brecht schrieb nie länger als 4 Wochen an einem Stück, Tabori war eigentlich alles recht – ich als Heine; Heine als Sterbender alleine; Heine mit Mathilde; FJR auf der Heine-Italien-Reise. Es ist wie Fassbinders berühmtes «just be great» zu der Moreau).

Nachdenklich machend: Alle diese Leute nehmen mich für «selbstverständlich begabt», *they take it for granted*, daß ich das kann – eine Reportage, ein Stück schreiben, ein Mitterrand-Porträt machen. Nur meine Freunde, die Kritiker …

Gestern mittag Austern mit Rowohlts Naumann. Rasche Einigung über Tucholsky-Editionen. Nachdenklich machend: Elektrisiert war er ob der Idee, ich könnte Intendant im Hamburger Schauspielhaus werden. Meine Zögerlichkeit: «Aber was würde mit/aus meinen Buchplänen?» wischte «mein Verleger» mit einem «ach was» beiseite. Er ist eben ein Journalist (der mir zufällig wohl gewogen ist).

Hotel Sacher, Wien, den 28. Februar

Im Kopf immer noch die unmögliche Selbstunterschätzung Hrdlickas, der nur ewig von «Küh-sinnung» schrie und sich gegen alle einschlägigen Sprichwörter, von «Der Gegensatz von

Kunst ist ‹gut gemeint›» über Gides «Çe sont les beaux sentiments avec qu'on fait les mauvaises littératures» bis zu Janssens «Goya war gut, die Kollwitz meinte es gut» hinwegsetzte. Dabei hat er selber doch KUNST GEMACHT UND HAT'S NICHT NUR GUT GEMEINT???!

HOTEL KEMPINSKI, BERLIN, DEN 2. MÄRZ

Nachmittags in der großen Beuys-Ausstellung: lässt mich vollkommen leer, response-los. Halte das alles ausnahmslos für ideologisch aufgetakelte Scharlatanerie. Das ist kein Bildhauer – welches Bild hätte er je «gehauen»?

Rätselfrage: Warum sind seine Ready-Mades (anders als die *objets trouvés* von Picasso, Duchamps etc.) so ganz ohne Geheimnis? Sie transportieren nichts als sich selbst, die Schiene ist nur eine Schiene.

PARKHOTEL, FRANKFURT, DEN 4. MÄRZ

Gestern bizarrer Abend in Frankfurt. Lesung aus «Wolkentrinker» in «Romanfabrik», eine Ost-End-Mischung aus Puff, Kellerkneipe und Literaturhaus (was dieses reiche Land so alles subventioniert! Solche «Typen» können mir Honorar, Hotel und Flug zahlen!). Wo immer ich das Buch vorstelle, ist die Reaktion: «Das ist ja aber ganz anders als in den Kritiken!»

8. MÄRZ

Heute Fichtes Todestag! Es ist Gerd, eben am Telefon, der mich daran erinnert!!

STEIGENBERGER HOTEL, DUISBURG, MÄRZ

Samstag abend bei der Mondänen, wo es immer bizarrer wird, am Rande des Dürftigen. Die Suche nach einer Flasche Champagner – der schließlich warm serviert wird – nimmt geradezu ostentative Ausmaße an; das Essen kärglich und schlecht (Üppigkeit offenbar nur als Show – wenn viele Gäste), kein ernsthaftes Gespräch möglich.

Habe den ganzen Abend (den ich schlau um 22 Uhr qua vorbestelltes Taxi beendete) kein Wort von mir gesprochen – und sie mich keine Silbe gefragt. Dafür ging es 2 Stunden um ihre alberne «Installation», recte: eine Tischdekoration für die Antiquitätenmesse in Hannover, von der gesprochen wird wie von der Enthüllung einer Henry-Moore-Skulptur – nur mehr Aufwand: 2 Autos mit «hauseigenen» Handwerkern, Tischlern, Elektrikern, Friseur, Schminkdame, «Pressereferentin», ein Videoband wird aufgenommen. Es tut einem das Zahnfleisch weh. Zu denken, wie kärglich wichtige Autoren leben und welcher Rokoko-Aufwand für dieses unintelligente Hobby einer älter werdenden reichen Dame, die zugleich so hastig lebt, daß sie nicht mal mehr an sich denken kann.

14. März

Samstag die Ledig-Feier – eine banale Hordenzusammenkehrerei, 400 Menschen unter dem Motto «was Rang und Namen hat», lieblos gegen die Gäste und lieblos gegen Ledig, der diese Art Betriebsausflug mit ehemaligen Buchhalterinnen in Chintz nicht verdient hat. Jane, taktlos, als sei es IHR 80. Kam 2 Stunden zu spät mit einem Extraauftritt. Verblüfft, daß die Mondäne kam und noch maulte, daß ich sie nicht «gebeten» hätte zur Tristan-Premiere am folgenden (gestrigen) Sonntag. Man kenne sich da aus: Eben will sie noch aus dem Fenster von Springers Apartment in Miami springen, und ich bin krank vor Sorge – schon geht das alte Karussell zwischen Premieren, Parties, Autotelefon und «eben mal bei Reinhardt Wolf» weiter. Am liebsten wäre sie zu Tristan UND der Lulu von Zadek gegangen. Und da sie ja ALLES haben will, will sie auch noch die Krankheiten anderer haben: Sie BESTEHT förmlich drauf, auch meine Hautflecken zu haben – nur, weil sie gelegentlich mal irgendwo ne blasse Stelle hat; das ist eben – Gott sei Dank – noch keine Vitiligo …

Gestern abend spät nach dem Tristan, von dem mich nur der 2. Akt berührte, sonst hat mich weder die Musik in andere Welten geführt noch die Inscenierung, die letztlich in modernen Accessoires sich verhedderte, noch Inge Feltrinelli getroffen, der ich 1 Zettelchen ins Hotel gegeben hatte, daß Gerd und ich dort «soupieren» nach der Oper. War auch wunderschön, direkt am Alsterfenster, mein alter Oberkellner Nährig (seit über 20 Jahren) hatte den Tisch gedeckt, selbst der Bordeaux stand schon auf dem Tisch, Inge plapperte herrlichen Klatsch noch von dem Ledig-Abend (u. a., daß er selber, der mir ja auch so erloschen vorgekommen war, entgeistert und verärgert war über die Papperlapapp-Reden, über Rühmkorf, der wie zu einer Dichterlesung einfach alte Gedichte vortrug, ohne auch nur den Namen des Geburtstagskindes zu erwähnen; oder der alberne Kultursenator, der sprach wie zur Eröffnung einer Buchhandlung in Lüneburg – so tot und leer, daß ich sogar, leicht beschwipst, mich des Mikros bemächtigte, um Ledigs herrlichen Wahn zu feiern).

El Minzah Hotel, Tanger, den 17. März

Der 1. Tag in dieser ver-rückten Welt – gestern abend angekommen – nach einem – also vorgestern – sehr «vollen» Abend zum Abschied mit Wunderlich. Beherrschend wie so oft unser ewiges Streit-Thema: Ist der Mensch «erziehbar»? Er: Man ist, wie man ist, schon mit 6 Monaten. «Welchen Pfaffen Sie immer getroffen hätten – Sie wären, wie Sie sind …» Kismet nennt man das hier wohl.

Gestern abend zu müde und ängstlich in der dunklen fremden Stadt; im Hotel so «romantisch» wie schlecht gegessen.

Heute morgen gebummelt. Erste Eindrücke: Viele Frauen in den mächtigen breitrandigen Stroh-Hüten sehen indianisch aus. Ein Mann, dem «aus» der Hand ein krähender Hahn hängt.

Eben noch der malerische Alte mit 1 Gesicht wie 1 Landschaft, im weißen Turban, der im Schein einer Kerze vor Gewürzkörben hockt und liest – da: Omo und Ajax. Käse in kunstvoll geflochtenem Blätterkranz. Straßen-Cafés mit Tee aus frischer Pfefferminze – und mit Blick auf BMW-Grill, Mercedes-Stern oder Haribo-Bärchen. So viele Alte! Die schönen Gesichter. Etwas Seltsames: Bei Frauen sieht man nur die Augen unter dem Gesichtsschleier, dann geheimnisvoller. Schon die Nase stört entlarvend. Oft wie Fabeltiere, wenn unter dem Umhang (?) auf dem Rücken eine Last.

El Minzah Hotel, Tanger, den 20. März

Vorgestern abend – nach 2 Tagen Reise Mexico–Chicago–New York–Madrid – ganz pünktlich die Schwester alias Schnecke. Schön. Vergnügtes Wiedersehen auf der formidablen Terrasse mit Champagner, riesigem weißen Trompetenblumenstrauß.

Gestern Stadtbummel, Kasbah. OMO-Pappe für die Schuhe im Moschee-Eingang.

Museum: Keramiken! Meknès, Tétouan, Zagora, Safi, Fassil (= Fès). Kleine Delacroix-Ausstellung: «Extraits des Carnets du Maroc» – überwölbt von mächtigem Palmenschnitzwerk. Kasbah-Terrasse (am Museum), Blick übers Meer nach Spanien und Gibraltar.

Kinder «am Schnürchen» vor winzigen Löchern, in denen andere knien: Ich dachte, sie spielen – sie spulen aber Garn.

Place Souk Dakhil beim Mint-Tee Totenprozession mit grün überdecktem Sarg (Grün = Farbe des Propheten) und Klage-Heul-Gesang.

Im Café: Kapuzen-Männer spielen Tric-Trac mit zerknautschtem Zettel in der Hand.

Nachmittags bei Paul Bowles. Zu früh. Frage in einem Kramladen – «Ah, Sie wollen zu Monsieur Paul» –, man bittet mich, Platz zu nehmen: Sitze auf einem Palmolive-Karton zwischen

«Cake Orient», Zwiebeln, Kartoffeln und Eiern (die ich umstieß) und trinke 1 Tonic. Im Laden ein Schwatz, bald mit dem dazugekommenen, kriegerisch ausstaffierten Polizisten.

Bowles wohnt in einem 50er-Jahre-Bunker, winziges Loch von Wohnung, verkramt, niedrige Sitz-Kissen. Verabschiedet gerade einen paraguayischen Autor, den er übersetzt. Steht, schmal, elegant, englisch wirkend in hellen Gabardinehosen mit dickem dunkelbraunem Pullover, vor dem brennenden Kamin bei einer Temperatur, wie den ganzen letzten Sommer nicht in Hamburg! Verläßt Tanger nicht, seit es keine Schiffe mehr gibt: «Flugzeuge benutze ich nicht.» (Im Flur wie eine moderne Assemblage Stapel uralter Koffer.) Streng ritualisiertes Leben – morgens Markt und Post (kein Telefon, kein TV), mittags Essen zu Hause, nachmittags arbeiten, um 18.00 zu Bett (ißt abends im Bett). Ein aus langer Pfeife sich mehr und mehr bekiffender, mehr und mehr dämmernder «Diener!». Chauffeur – es ist schließlich 17 Uhr – erscheint nicht («liest wohl Chomeini-Propaganda-Broschüren»), Magd auch nicht.

Bowles, der betont: «I didn't want to live a literary life», erzählt von Genet, Sartre (in Washington rasend-nervös ihm von Genet erzählend), dessen «Huis Clos» er übersetzt hat, Baldwin, Capote, Gore Vidal, Comtesse de Nouailles (in Saint-Paul-de-Vence), Henry Miller, Moravia – und Bertolucci, der vergangene Woche abends um 23 Uhr direkt vorm Eingang zu diesem Hotel ausgeraubt wurde!

Er ist so uneitel, daß in den 2 Bücher-Regalen nur Paul-Bowles-Bücher stehen, und so ohne Widerspruch, daß er – der Übersetzer – auf meine Frage nach seiner Kenntnis deutscher Literatur sagt: «Ich lese keine Übersetzungen.» Nachmittags Jung-Autor aus Guatemala zum Drink. Abends Essen im «Romero», Kellner bei der Bestellung Gähnkrampf, beim Zahlen bittet er mich um eine Davidoff-Cigarre. Der 2. Kellner schlief im Stehen. Die Eile fällt in Schichten ab.

Heute per Taxi zum Cap Spartel, herrliche kleine Gischt-Bucht, winziges «Restaurant» Café del Sol.

Fahrt entlang den mächtigen Besitzungen des Königs, der Königin-Mutter (eine in den Felsen), des Königs von Kuwait und der sudanischen Königsfamilie – z. T. 40 Villen auf einem Anwesen.

El Minzah Hotel, Tanger, den 21. März

Abwegig-absurder Tag bei Paul Bowles, wo als erster wieder der junge Autor aus Guatemala oder Paraguay in der Wohnung stand (wie sich herausstellte: Er serviert dort das Mittagessen). Bowles erschien, wieder sehr elegant, in sehr abgestimmten Farben Pulli–Hose, diesmal taubenblau. Aber ich finde das «Entrée» nicht, er ist wohl im Kopf bereits arabisch, also a-rational. Er liest nicht, interessiert sich nicht für diese Welt – aber empfängt «Stern» und ZEIT; er fragt kein Wort nach mir, was ich eigentlich bin und arbeite – aber läßt sich 2 x am Tag zur Post fahren. Er wohnt seit 30 Jahren in dieser scheußlichen kleinen dunklen Wohnung, in der tagein, tagaus, the year through, der Kamin brennt: «I'm buying the olive-wood by tons and spend more money on it than on food», aber leistet sich einen Ford-Mustang und «Fahrer», mit dem er täglich ein paar 100 m fährt. Er liest angeblich keine zeitgenössische Literatur – urteilt aber schroff über John Barth, Barthelme, Pynchon und vor allem «all these East-Coast jews like Philip Roth or Saul Bellow». Hemingway, wenn aus dem Gefühl, nicht mehr schreiben zu können, habe sich «viel zu spät» erschossen.

Auf den bodenflachen Kissen saß auch wieder bekifft und weiterkiffend dieser Mrabet, von dem es mehrere Bücher (recorded and translated by Paul Bowles) gibt: jammernd über seine Armut, zugleich erzählend von 4 USA-Reisen, 1jährigem New-York-Aufenthalt am Central Park (wie der Marokkaner, der André Gide auf dem Man-Ray-Foto bei der Vernissage erkennt):

«Amerikaner gibt's nicht, das ist ein Salade Niçoise – Amerikaner, das sind/waren Indianer.»

Immer helle Stellen im Kiff-Gewölk, wie Paul Bowles, der sagt: «Ich kenne Amerika nicht, bin kein Teil von ihm, lebe seit 40 Jahren hier» und auf meinen Einwand «wie Baldwin, aber …» sagt: «Baldwin war Schwarzer, ein Schwarzer ist *engaged*, ob er will oder nicht – ein weißer James Baldwin wäre auch dé-tachiert gewesen.»

In den Läden herrliche Korbwaren, aber «Katzenstreu»; Gewürze in irdenen Schüsseln, aber deutsche «Heringe in Senf-Sauce»; Datteln und Oliven – aber Kelloggs Cornflakes. Vormarsch der Plastik-Kultur, Plastikbügel über alter Keramik.

El Minzah Hotel, Tanger, den 22. März

Im Zug nach Fès, ein Stück den Atlantik entlang, jetzt durch sehr grün-fruchtbare hügelige Täler, mancher «Bahnhof» besteht aus einem Esel –.

Hôtel Palais Jamai, Fès, den 23. März

Inzwischen also in Fès gelandet. Hotel wunderschön, von unserer luxuriös-kitschigen Suite Blick über eine unentwirrbare Stadt – die sich hoffentlich durch den «Service» eines Coupé-Gefährten – angeblich Mathematiklehrer – entwirren wird.

Diese Textur schwierig: Wer ist Gauner oder bloß hilfreich, Stricher oder nur freundlich. Gestern abend nach herrlichem «Sylt-Tag» am Strand und Fischgrill im Felsen-Restaurant «Le Mirage» zu satt zum Abendessen. Nur durch die Altstadt von Tanger gebummelt (dabei gemerkt, daß zu alt, müde und ängstlich für Abenteuer!) und für einen Night-Cup in den «English Pub», eine scheußlich-falsche englische Bar, wo man aber – im Gegensatz zu den kleinen Fischbrat-Ständen – Alkohol bekommt; ich wollte noch 1 Bier für die Bettschwere. Da setzte sich sehr rasch ein *good-looking local talent* an den Tisch, großspurig eine ganze Flasche Wein bestellend, in Spanisch, Französisch, Englisch parlierend, angeblich 4 Pässe (????), in Wien als Modefotograf lebend, bald gesellte sich eine – unsympathischere, angeberische – Variante dazu –, und man weiß nicht: Wollen sie sich wichtig machen, arabische Märchen erzählen, nur gesellig sein oder einen ausnehmen. Das «Gespräch» war nur prahlerisches Getue und Lügerei («kein Zwist zwischen Juden und Arabern») – die Schnecke und ich flüchteten bald unter großem Gelächter; alleine wäre mir unheimlich gewesen.

Der Coupé-*«Escort»* wurde prompt das nächste Abenteuer: war pünktlich vor dem Hotel (daß er sich weigerte, ins Hotel zu kommen, machte mich bereits mißtrauisch), schleppte uns flugs und ohne zu fragen in eine Ledergerberei, einen Teppichbazar, zu einem «Juwelier». Auf mein «Wir sind nicht hier, um zu kaufen» kam ein noch freundlich-erstauntes: «Sie wollen garnichts kaufen?» Weg war er! Mitten im Gewimmel der uns fremden Medina – im unerforschlichen Gewirr der winzigen Gäßchen, vollgepfropft mit Eseln, Menschen, Waren, Geschrei, Gerüchen – standen wir in wachsender Panik alleine. Monsieur Mathematiklehrer war spurlos verschwunden. Man kann da stundenlang sich verlaufen. Lachen und steigende Angst mischten sich. Abendessen im langweilig falsch-französischen Hotel-Restaurant; denn die Altstadt alleine kann man nicht betreten. Dies ohnehin ein großer Abstrich bei der ganzen Reise: Man hat bald einen Krampf in der rechten Hand vom ewigen Trinkgeldgeben; und man kann keinen einzigen Schritt gehen, ohne daß sich ein «Guide» aufdrängt und einem vor einem Brotladen erklärt: «Dies ist ein Brotladen» – und jeder sagt: «Ich bin kein Guide, ich bin Ihr Freund – alles klar?» Sie lungern vorm Hotel wie hungrige Wölfe, die auf die dummen, aber leckeren Schafe warten.

Hôtel Palais Jamai, Fès, den 24. März

Volubilis. Tagesausflug per Tages-Taxi. Märchenhaft. Die Lage! Die Mosaiken. Das Schweigen zwischen den Mimosenbäumen. Die Duschen – 300 vor Chr.!! – eleganter als im Hause Henkel.

Ohnehin leben ja, verglichen mit dieser wahrhaft orientalischen Pracht hier, unsere Industriewelt-Reichen kümmerlich im Bungalow. Der Palais Royal in Fès – wo der König allerhöchstens 8 Wochen im Jahr wohnt – groß wie eine Stadt mit 2 Moscheen, Golf, eigenem Krankenhaus etc. Und unsere «zivilisatorischen Errungenschaften», vom Bad über Infra-Grill bis Rolls-Royce, haben sie auch. Allein das 7torige Hauptportal in Meknès, wie ein Weltwunder.

Lunch auf der Dach-Terrasse im Zauber-Berg-Dorf Moulay Idris. Aber wieder «Übergabe» vom Fahrer an den nächsten Führer, der mein offenbar unerwartet kleines Trinkgeld angeekelt in der offenen Hand hält wie einen Igel.

Meknès also das nächste Palais Royal. Schöne Moschee, in deren Vorhalle man darf. Rückfahrt durch die unglaublich «ordentlichen» Felder, singende Frauen tanzen auf der Rückfahrt von der Feldarbeit auf dem LKW.

Abends endlich marokkanisches Essen im Fabel-Restaurant. Sympathische französische Tischnachbarn, die uns (keine Ahnung, was ich bestellen soll!) helfen – und mich («Ich kenne Sie doch aus ‹Apostrophe›») erkennen; Situation der geschmeichelten Eitelkeit, wie Thomas Mann auf dem Schiff …

Hôtel Palais Jamai, Fès, den 25. März

Üblicher Morning-Swim. Früh los zur Stadtbesichtigung – ohne Teppich-Medina. Museum – da Freitag; kompliziert, dieser Freitags-Sonntag und Sonntags-Sonntag – zu. 14 Stadt-Tore, eines vorne auberginefarben, hinten (innen) grün. Das andalusische Quartier erinnert von ferne an New Orleans. Keramik-«Fabrik»; die merkwürdig ewige Frage: «Warum wird so schönes, handgefertigtes Kunsthandwerk Kitsch – und bei Picasso in Vallauris Kunst?» Kaufe schöne grünblaue Schale für Sylt.

Vollkommen abenteuerliche Rückfahrt: in Tanger beim Reisebüro einen Zug Fès–Tanger erkundigt; laut Hotelportier Fès gibt es den nicht; laut Bahn-Auskunft Fès gibt es ihn; bei Ankunft am Bahnhof mit dem (überteuerten) Taxi gibt es ihn definitiv nicht: Bus-Abenteuer bis Meknès. Dabei schöne Fahrt durch das Abendlicht, die rosa Schleier der ersten Mandelblüten vor dem oben verschneiten Atlas-Gebirge. Innen krachen die Scheiben, schwebt der Kiffdunst, schreien die Kinder, eine Frau, so dick, daß sie 2 Plätze braucht.

Storchen-Nester!

Ankunft, per Zufall ausgestiegen!! Ankunft Sidi-Slimane. Auskunft: Wo geht wann der Zug nach Tanger? Hier in 15 Minuten. In 20 Minuten kommt der Zug. Ins Coupé: «Ist dies der Zug nach Tanger?» «Nein, nach Casablanca.» In letzter Minute raus. Nächster Zug – zurück nach Fès. 1 Stunde im nächtlichen Nowhere. Schließlich fährt der Zug. 4 Stunden, also so lange wie die gesamte Hinreise.

Im Zug «Die Hamlet-Maschine – japanisch» gestikulierender Finger-Mann, dramatische Mimik. Ich denke: ein den Hamlet repetierender Schauspielschüler. In Wahrheit lernte er den Prospekt einer japanischen Fotokopiermaschine auswendig.

Von Tanger nach Hamburg am 29. März

Leider nicht ganz so glatt, wie sich das liest: Abflug Tanger 1 Stunde verzögert – Anschluß in London weg – weiter nach Düsseldorf – und nun von Düsseldorf nach Hamburg; wer weiß, wann, wo und wie ich zu meinem Gepäck komme.

Das Besondere der Reise war auch das 12tägige Zusammensein mit meiner Schwester, auf deren Ankunft ich mich sehr gefreut und von der der Abschied mir sehr schwergefallen war. Sie ist eine eigentümliche Mischung aus welterfahrener Selbständigkeit (wechselt mühelos vom Englischen ins Französische ins Spanische) und kindhafter Hilflosigkeit. Sie kennt die Welt und hat dennoch einen engen Horizont: nämlich sich selbst. Weiter als die eigene Reichweite – d. h. die eigenen Interessen, Wünsche, Begierden, Ängstlichkeiten – reicht auch ihr Begriff von dieser Welt nicht. Sie ist nicht egoistisch (teilt ganz selbstverständlich die letzte Orange), aber *self-centered.* So beginnt sie jeden Morgen, ohne «Anlauf-Pause» als erstes zu berichten, wie sie geschlafen, was sie geträumt hat. Eben wie ein Kind: «Püppi hat schlafen ...» Einerseits listig à la Courage sich durchschlagend (und auch schon mal beim Schmuck-Kauf ein Armband klauend) – andererseits noch nach 3 Tagen desselben Weges fragend: «Hier gehen wir lang?» Sie hat sich deutlich alles Schwierige ihr Leben lang abnehmen lassen, «wo es langging», wann gegessen würde, wann wohin wie lange gereist: Mit Selbstverständlichkeit hat das immer der jeweilige Mann angeordnet und arrangiert. Weswegen sie, einer Vase gleich, die blau wird, füllt man sie mit blauem Wasser, und grün, füllt man sie mit grünem, auch problemlos Sprachen, Allüren, Sitten angenommen hat: Mit dem Russen war sie ganz russisch, mit Hussain etwas arabisch, etwas amerikanisch – und nun gibt es nur Mexico. Jedem Taxifahrer wird so stolz, als sei es der New Yorker Trump Tower, vorgeplappert, sie lebe in Mexico, jedes Gericht mit mexikanischem, jede Währung mit der mexikanischen verglichen, und wie göttliche Verlautbarungen werden «Das erlaubt Daniel nicht» oder «Da würde Daniel aber sagen» weitergetönt. Die Macho-Befehle dieses alten Mexikaners berichtet sie kokett kichernd, wohl als Liebes-, mindestens als Besitzbeweise wertend.

Kampen, Ostersonntag

So sitze ich nun also in meinem neuen «Schloß» – d. h. im erweiterten Handschuhfach, selber vollkommen erstaunt, daß mir das tatsächlich gelang und «vergönnt» war/ist; ein wenig kommt's mir vor wie das Herausfordern des Götterneids (der heutzutage ja mehr von Menschen, i. e. Kollegen, exekutiert wird) – es ist so «schön» geworden, so gemütlich, letztlich ja immer noch klein, aber doch eben ein zweiter Raum und optisch mehr als das. Nach dem eigenartigen un-logischen Prinzip von 2 x 2 = 5 wirken zwei ineinandergehende Räume, zumal wenn sie durch so eine große Flügeltür verbunden sind, zusammen größer als die Summe ihrer Fläche, es sind irgendwie mehr als die zwei Räume. Das hängt wohl mit dem Optischen, mit der sich ergebenden Perspektive zusammen – die hier besonders schön gelungen ist, da ja die beiden Räume nicht lediglich zwei aneinandergereihte Quadrate sind, sondern Vorsprünge und «Rücksprünge» haben.

Jedenfalls habe ich nun meinen «eigenen» Raum (wobei der bisherige allerdings nach wie vor der schönere ist ...), mein Schreibtisch steht, ich kann Bücher ordnen, Pullover oder Manuskriptpapier, alles hat seinen und mehr Platz. Das 2. Bad ist von Gerd bezogen – vermutlich mein letzter «Traum», den ich mir erfüllt und erkämpft (und bezahlt!) habe. Mehr muß übrigens auch garnicht sein – seltsamerweise habe ich garnicht das Bedürfnis nach 20 Zimmern oder dem Schloß.

Gestern zur Italienreisen-Vorbereitung Heine gelesen, voller Bewunderung wieder, er löst schon ein großes Echo in mir aus. ABER: vollkommen ekelhaft sein Platenangriff, darüber wird zu handeln sein beim Italienreport.

Heute morgen langes Telefonat mit Hochhuth, der mir u. a. eine sehr schöne Geschichte erzählte: Ein Münchner (Mode?-) Maler, der auch eine Zeichnung von ihm gemacht hat, lädt den Bundespräsidenten zur Vernissage ein. Der sieht die Hochhuth-Skizze und sagt: «Ich bin ja nicht einverstanden mit vielem, was er schreibt, aber ...» – und dreht sich zu einem Porträt von Johannes 23. –: «Dieser hat ja gesagt, er habe recht.» Wie nobel – zumal Hochhuth den Vorgänger dieses Papstes ja wacker attakkiert hat – und welch Unterschied zum Herrn Kohl, der sich im/beim Vatikan für «einen gewissen deutschen Schriftsteller» entschuldigt.

7. April

Von Sylt direkt nach Berlin, zu einer sinnlosen TVdiskussion. Groteskerweise spricht mich eben auf der Straße der «Terroristenanwalt» Groenewold an, der mir erzählte, er hätte DEN GESAMTEN Briefwechsel mit der RAF aus dem Gefängnis, Baader, Meinhof etc. – was er damit wohl machen könne.

Gestern las ich den eben erschienenen Nachlaßroman DER KLEINE HAUPTBAHNHOF von Hubert Fichte: in dem ich eine ziemliche Rolle spiele. Albernerweise unter anderem Namen, aber jedem Eingeweihten erkennbar.

Hochinteressant, fast ein Seminarthema: Was stimmt, und was stimmt nicht. Wie weit darf, muß, kann ein Romancier die «Wahrheit» verfälschen? An diesem Buch könnte ich die Drehung weg von der Wahrheit vom «wie es gewesen ist» Satz für Satz nachweisen. Nicht (wie es das übrigens tatsächlich noch vorhandene Foto zeigt) aus Ursula Lefkes' Schuh tranken wir in meinem «Studio» Champagner, sondern aus dem der guten Larissa; nie gab Wunderlich ein Fest «ganz in Weiß»; Fichte und ich aßen weder Austern im Brahmskeller (die es da nicht gab), sondern Muscheln (was ihm wohl nicht fein genug war – wie auch der Monatsbetrag für Konrad Bayer nie 5000 Mark war); die ganze Konrad-Bayer-Ledig-Badezimmer-Scene habe ich genauer fixiert in meinem Ledigporträt, und fast alles, was er über die Tagung der Gruppe 47 schreibt, stimmt so nicht (wobei man wieder fragen könnte, ob denn MEIN Gedächtnis «stimmt»); aber GENAU weiß ich z. B., daß er mit Bobrowski nicht reden, sondern FICKEN wollte (und's auch tat), als ich ihm mein Zimmer dafür gab.

Interessant und schrecklich für mich ist, mir mehr und mehr klarzumachen, daß ich in jener Zeit – da ich mich mit Autoren befreundet wähnte, als ihr Förderer mir vorkam – von denen nur als fischäugiger, ZU korrekt gekleideter Verlagsmanager gesehen und ge- bzw. mißbraucht wurde. Ich begriff damals nicht, daß für jeden Autor NUR wichtig ist, daß ihn EINER druckt, letztlich egal, WER; eine Art Büchsenöffner. Betrachtet so ängstlich-verächtlich, wie Maler Sammler betrachten. Ausnahmen wie Hochhuth, der mich allen Ernstes in diesen Wochen beim Kultursenator als Intendant des Schauspielhauses vorschlug (was der, der sonst schleimig um mich herumwimmelt: «Was können Sie für die Kultur in Hamburg tun, Herr Raddatz?», mit drei eisigen Zeilen beiseite fegte), sind NICHT die Regel, sondern die Ausnahme.

11. April

Gestern abend ein vergnügt-«junger» Wunderlich zum Essen, zurück aus Südfrankreich, wo er das Nachbarhaus dazugekauft hat, vielerlei Umbaupläne erzählt wie ein Kind vom neuen Spielzeug, heiter, gelassen, von dem Wein, der nach «ihm», will sagen seinem Besitz, genannt werden soll, von dem neuen kleinen Hund, von den Herren seiner Töchter respektive Stieftöchter: Er ist eben ein Lebenskünstler, verantwortlich nur sich selber, insceniert sein Leben und das Leben um ihn herum mit Grandezza, erzählt begeistert von einem neuen Litho-Verfahren, das er entwickelt hat (was auch seine Verliebtheit in seine Kunst zeigt) – und nur vollkommen entgeistert von den Dix-Erben, die er dort unten – sie leben wohl in Südfrankreich – kennengelernt hat: neureiche Halbverwandte mit eigenem Flugzeug. Dazu hat ein sozial engagierter Künstler wie Dix gelebt? Es zeigt vor allem eins: Man kann den Tod nicht überlisten, man kann nicht «richtig vererben» (wie ja auch dieser Tage die Intrigen um das Springererbe zeigen – genau 20 Jahre nach den «Enteignet-Springer»-Demonstrationen. Wie ein Akkord dazu heute Enzensberger in der ZEIT: «Wir werden alle vergessen werden, der eine früher, der andre später.»).

Das entzündet die Finsternis in mir, bei dem nichts geregelt, nichts heiter ist.

Warum geht in meinem Leben alles nur per Kampf, per Druck – nie etwas, noch nicht mal jetzt im Alter, seinen normalen Gang? Schlafe nur noch mit Adumbran, traue mich wegen des Cholesterins kaum, etwas zu essen, in kostbaren Schalen Süßstoff, in Jugendstilgefäßen Diätmargarine und in der Empirebutterdose (auf der besser statt einer Kuh eine Rapsblüte wäre …) Margarine.

14. April

Gadamer. Gebildeter Schwätzer. Man kann auch Plato und Nietzsche gelesen und dennoch nur Phrasen im Mund haben.

Unter dem Motto «Überleben ist alles» gibt der 88jährige pseudo-salomonische Weisheiten von sich, und zwar zu jedem Welträtsel eine: der Abend doppelt-irrsinnig. Claus Grossner versammelte TATSÄCHLICH ca. 20 «hochkarätige» Leute, fast alles Professoren, und zwar nicht irgendwelche, vom Bach-Spieler bis zum Präsidenten von DESY (was ich für den Titel eines Unterhaltungsromans hielt; ist aber eine physikalische Forschungsstätte).

Die setzt er um einen großen Tisch (mit gutem Buffet, immerhin) und «moderiert wie eine Lokomotive» (Kunsthallenchef Hofmann): Jeder darf 3 Minuten was sagen, Gadamer notiert und antwortet nach 5 Fragen. Also quackelt der Bachfachmann was über «Musik ist bloßes Zeichen», der Physiker was über Kernforschung und der Bildhauer was «über den Stein» – oder ich was über die ausgehende Ära der Aufklärung. Während der 4–5 Fragen kritzelt der alte Gadamer wichtigtuerisch was auf seine Tischkarte – um dann zu JEDEM Thema – «Ich bin Ihnen sehr dankbar für Ihre Bemerkungen» – etwas Weises zu sagen. Peinlich.

Wozu nimmt man an so was teil – wozu tun's die anderen, hochmögende Leute? Ist doch verschwendete Lebenszeit?

Das nächste – ewige – Rätsel: NIEMAND dort weiß, bei wem

er eigentlich eingeladen ist. Wie jemand neulich vom alten Warburg berichtete, daß der auf Befragen gesagt habe: «Grossner – ja, kenne ich –, aber ich habe nicht die geringste Ahnung, was er eigentlich macht.» So fragte mich mein Tischnachbar Hofmann dasselbe: «Was tut er eigentlich, wer ist das überhaupt, wovon lebt er?» NIEMAND weiß es – aber alle, oder viele, gehen hin. Ein typisches westdeutsches Phänomen; selbst in diesem engsten Sinne «geschichtslos».

Apropos: auch da peinlich-banale Läppischkeiten von Gadamer: «Ohne die Motetten hätte ich die schweren Jahre 1938–45 nicht überlebt.» Wie viele Millionen haben sie OHNE Motetten NICHT überlebt – und WIESO hat ER, in Amt und Würden offenbar, überlebt? Und wieso stehen nun alle vor dem Schwafler stramm und bitten um ein Wort des «großen Mannes», auch ein Gast aus Ostberlin – der übrigens «ein anderes Gesicht» hatte. ZU eigenartig, daß man «Ost-Menschen» am Gesicht erkennt, schwer zu analysieren, wieso. Hielt ihn für einen Tschechen oder Polen, als ich ihn sah. Geschichte, auch zeitgenössische Geschichte, hat andere Runen in ihre Gesichter gezeichnet als die Hummermayonnaise hierzulande.

HÔTEL LUTETIA, PARIS, DEN 25. APRIL

Michel Tournier: Low profile – entweder er ist sehr geschickt (im Sich-Entziehen), oder er ist nicht sehr intelligent. Das Interview läßt eher letzteren Schluß zu.

Lebt erbärmlich, der (Auflagen-)Millionär: das Pfarrhaus in Saint-Rémy kümmerlich, die Möbel Sperrmüll, der Garten klein und mies, das Essen – Lachs aus Silberfolienpapier, Brot aus Klarsichthülle, 1 Scheibe Schinken, ein paar Crevetten ohne Sauce, alles von einem Teller, der in einem blauen Plastikmüllbeutel «abgeräumt» wurde, Cracker zum Kaffee, 2 Glas Wein – entsetzlich. Er ist nett, aber bläßlich.

Bei Tournier nur sehr seltene Blitze à la «Ich verließ einen

Knaben und traf Simone Signoret wieder» über die ehemalige, fett und alt gewordene Liebe: Thomas Harlan (der schön und faszinierend war, als ich ihn kennenlernte – ca. 1960).

2. Mai

Prachtvoll-sonnenüberstrahltes Syltwochenende.

Rückfahrt durch das blühende und gemächlich-schweigende Schleswig-Holstein zu Grass, bei dem natürlich auch um diese Jahreszeit der Garten besonders schön ist. Dort Fechners und Wunderlichs. Wurde ein leichter, sehr angenehmer Abend, nicht zuletzt dadurch, daß sozusagen jeder «sein Wesen» vorführte (bei übrigens besonders gutem Essen): Grass erzählte von seiner DDR-Tournee durch evangelische Kirchen, ohne jede Öffentlichkeit, aber mit 1000en von Fans, ringsum die abblätternde und grau-verkommene DDR-Provinz. Fechner eher trocken Politisches konstatierend, meine ewige These der Kollektivschuld weitgehend teilend und mit zig Fakten-Details erhärtend, etwa Heinz Rühmanns Scheidung auf NSDAP-Befehl (während Grass ja in Anspruch nimmt, eventuell verführbar gewesen zu sein, wäre er jünger gewesen, hm). Fechner also der Dokumentarist.

Wunderlich der Bizarrste, Zierlichste, mit der ausbalancierten Bösartigkeitsphantasie seiner Lithos: Sein Bulldog Leo, der nie was «von Frauen» hielt, bekommt nur einmal eine Erektion: auf der Bank, wenn er das Geld riecht!!!

Hotel Kempinski, Berlin, den 5. Mai

Braschs «Weltpremiere». Sah ihn nie so aufgeregt-unsicher, zitterte tatsächlich. Tief verletzt über eine SPIEGEL-Infamie. Der Film ein in Duisburg spielendes, verrätseltes, gehärtetes Gedicht über das Thema: die Mitschuld der Gepeinigten.

Bin mir nicht sicher, ob ich es nicht ein «Filmchen» nennen würde, wenn ich Brasch nicht mögen würde.

Eigenartig, daß er partout dem Schwulsein nahe sein will.

Schon immer führte er ja Genet und Pasolini und Fichte (und mich ...) im Munde; betonend, daß er noch nie mit einem Mann ... Jetzt will er unbedingt, daß sein Film auch eine homosexuelle Nuance hat – à la Fichte, der umgekehrt partout auch jüdisch sein wollte.

Geradezu eine Karikatur: Da taucht ein Brasch Nummer 2 namens Peter auf – sein Bruder. Spricht wie er, derselbe Nöl-Slang im Ton von: «Mich geht das alles nichts an.» Irgendwie wirkt es äffisch. Namhafte Menschen dürfen keine Brüder haben (auch bei Enzensberger grotesk).

Karsten Witte. Könnte man mit dem leben? Bestimmt nicht. Man könnte über ein entlegenes Walter-Benjamin-Fragment diskutieren, aber sonst? Sein läppischer Ehrgeiz «dazuzugehören» läßt ihn von «Lore» (Mau) und «Hubert» reden. «Ich stelle morgen die Cocteau-Edition vor» – die er garnicht herausgibt.

KAMPEN, DEN 15. JUNI

1 Tag vorm 16. Juni, wie lange ist es her, daß ich da vor meinem Germanistikexamen zitterte; und erst der 17. Juni ...

Die üblichen kleinen Literatenenttäuschungen. Enzensberger, der mir nicht genug mein Heinebuch loben konnte – gar ein eigenes Buch mit der Widmung «Mit Dank für Ihren Heine» einmal schickte, gab (wie ich erst jetzt sah) einen Dokumentenband zum Streit Heine–Börne heraus, mit einem Dossier von Stimmen «über Heine», darin sich von Marcuse bis Demetz «sonstwer» findet – aber keine Silbe von FJR. Grüß mich nicht unter den Linden.

Ulkige Beobachtungen zur Genealogie des Kleinbürgertums: «Schwimmen Sie gefälligst gerade!» raunzt mich jemand im Bad an – die Deutschen müssen noch beim Schwimmen die Hände an die Hosennaht legen. Als ich am Wegesrand ein paar wild wachsende Lupinen rupfe, hält extra ein Wagen, dreht – ein Mann steigt aus und macht mir eine Riesenscene – – – die Blumen gehörten dem «Bund»??? Auf dem Bahnhof, als ich Gerd abholte letztes Wochenende, macht ein entweder leicht bekloppter oder leicht besoffner Soldat IM Bahnhof Liegestütz, worauf ein Polizist erschien, ihn zusammenbrüllte, nach «Major Schultz» fragte, mit Feldmarschallschritt durch den Bahnhof eilte, so mit den Beinen «dem werde ich es aber zeigen, der soll mal sehen, mit wem er es zu tun hat» singend. Als er aber 20 Pfennige investieren mußte, weil das Diensttelefon kaputt war, war ihm das zu teuer. Deutsche Ein-Blicke.

1. Juli

Ein Fernsehporträt über Nazim Hikmet (mit, natürlich, *statements* von Hermlin) brachte eine schmerzhafte (weil Nachweis, wie alt man ist) kleine Erinnerung: wie Hikmet mich in meiner Wohnung in Berlin-Adlershof besuchte, wir uns so spontan mochten und er an meine Wohnungstür malte: HIER WOHNT GOETHE.

11. Juli

Bedrippte Laune seit langem. Trotz schöner Sylttage, auch immer mal zwischendurch. Mir kommt meine Situation so unwürdig vor: ein Jüngelchen, das ICH ausgerechnet vor paar Jahren einstellte, damals 24 Jahre alt, lehnt den Abdruck meines Duisburger Vortrags (für THEMEN DER ZEIT) ab. Unsereins hätte doch gesagt: Egal, was der Alte da runterschmiert – es wird gedruckt, ich habe ihm meine Lebenskarriere zu verdanken. Noch dazu dies nix Geschmiertes ist, sondern ein sehr ernster und gelungener Text.

Fast genauso demütigt mich Lob: daß ich mir von einer Magazin-Redakteurin, obwohl es ja nett und lieb ist, bangend wie ein Schüler im Abitur heute sagen lassen muß: «Toll, der Heine-Aufsatz.» Klar, besser als umgekehrt – aber diese Benotungssituation … Man macht jeden Tag neu ein Examen.

14. Juli

Karsten Witte, der nun ausgerechnet in Volterra soeben seinen an AIDS gestorbenen Freund beerdigt hat, ist – als ich ihn tief berührt und bestürzt anrief – kalt und gelassen (vielleicht, hoffentlich, spielt er das; aber kann man es so gut spielen? Ich könnte es nicht). Erzählt mit diesem ewigen Ehrgeizklirren in der Stimme, daß er gerade an der und der Arbeit sitzt (noch dazu eine Sekundärarbeit, also nicht etwa Prosa – die ja Trauerarbeit sein könnte): «Ich kann ja nicht ständig die Tränentücher auswringen.» Hm.

Und wie es da nun bei Frau Knauf, meiner langjährigen Hausdame, zugeht? An den ausgefransten Rändern meines Lebens öffnen sich wirklich manchmal die absurdesten Löcher: Die Tochter von dieser brav gulaschkochenden Kleinbürgerin ist doch von ihrem eigenen Sohn – also Frau Knaufs Enkel – erstochen worden!!! Abgründe im Gartenhaus.

Gestern gemütlicher Abend mit Ute und Günter Grass, der mir schon sein neues Buch mitbrachte – von dem er ausgehöhlt und leer (er nun aber mit Recht, immerhin geht es um ein BUCH) ist und nicht weiß, was er nun machen soll. Er hat ja keinen anderen «Beruf»; was ihm bleibt, sind paar Radierungen zu machen (die ja in Wahrheit auch rasch gemacht sind), und gleich ein neues Buch hat er (und kann auch nicht haben) nicht im Kopf: «Ich habe kein Thema für einen Roman.»

Kampen, 17. Juli

Flashlights nach gläsern-schönem Sylt-Weekend: Altern reiche Leute leichter/besser?

Von Inge Feltrinelli eine Karte, (der 80jährige) Ledig habe bei seinem Londoner Geburtstagsfest «cheek to cheek» bis morgens um 4 getanzt, bis ihm seine Hose von oben bis unten gerissen ist ... da sehe ich, 1 Stunde später, seine alte Sekretärin

«BB» halb-blind, verquollenes Gesicht, eine schlurfend-stolpernde Greisin, am Strand entlangschnürend.

Wie seltsam Tiere sind. Eine Möwe am Strand neckt einen Dackel, der sie hechelnd jagen will: Sie spaziert vor ihm, fliegt auf, segelt flach über ihm, landet kurz vor ihm, fliegt wieder auf – ein kokettes Spiel, bei dem der Hund plump und dumm scheint.

22. Juli

Ist das die «neue Lebenssituation»?: sitze, wie ein fauler Buchhalter, vor einem leeren Schreibtisch in meinem (nach Léautaud genannten) «Wandschrank» – Büro in der ZEIT. Kein Anruf, keine Post, nichts zu essen, «richtige Arbeit» hat in so einer Zwischenstunde keinen Sinn. Ich ordne Bücher, Zeitschriften, alte «Vorgänge», u. a. sichte ich meine alten Artikel für Band III der Essays. Traurige Verrichtung – zuviel Tagesaktualität, für die ich – danklos – meine Nerven verbrauchte. Und die sichtbare Rapidität, mit der das dem Ende zuging. Der letzte Ordner mit der banalen Goethe-Affäre: grotesk und grausig.

Hôtel Lutetia, Paris, den 24. Juli

Seltsames Paris: steht Kopf über den «Wolkentrinker», ein 1wöchiger Marathon mit der Presse, 12 Zeitungen, 4 Radios, Déjeuners, Diners. Und «zu Hause»? Hier habe ich mich durchgesetzt als Autor, bin gar berühmt, Cioran sagt: «Man kennt Sie», und Tournier macht Komplimente am Telefon, will's rezensieren; immerhin der eine der anerkannteste, der andere der erfolgreichste französische Schriftsteller.

Saß gestern eine Stunde im spätsommerlichen Jardin du Luxembourg, vor mir 2 Burschen, die Brot aus der Hand aßen, Wurst mit dem Taschenmesser und etwas Obst – so saß ich hier auch mal, vor ca. 30 Jahren, abgerissen und verhungert.

Jetzt lebe ich in Suiten, fresse Austern, saufe Champagner,

kaufe bei Yves Saint Laurent und bin «berühmt». Bin ich glücklicher?

Verstehen tue ich die Stadt nicht. Frage bei Yves Saint Laurent im Faubourg nach einem Anzug; sie haben den nicht; ich sage, ich hätte den aber gestern bei Saint Laurent am Place Sulpice gesehen. «Ah-ça.» Das ist auf einem anderen Kontinent. «Là on a la clientèle pour des choses comme ça.» Auf deutsch: «Dort tragen die Neger Ringe durch die Nase …»

26. JULI

Die ZEIT hat «Fußpilz»; irgendeine diffuse Chemie-Störung vergiftet die Atmosphäre. Kaum jemand arbeitet mehr mit Lust, gar Begeisterung, es wird «Dienst nach Vorschrift» absolviert – und so sieht's dann ja auch aus. Keiner spricht mit keinem, jeder belauert jeden, und der böse Geist scheint Helmut Schmidt zu heißen, der doch allen Ernstes die schlipslose Kluft der jungen Redakteure beklagt, den Umstand, daß sie alte Zeitungen paketweise auf die Flure legen (an denen er dann irritiert mit seinen abgehalfterten Potentaten «entlangschreiten» muß).

2. AUGUST

Sonnenblumen im Krug, auf dem Tisch die ersten Dahlien, die Vogelbeeren färben sich: Das Jahr neigt sich. Beklemmung.

Nervosität auch vor der heute mittag stattfindenden Sitzung beim Senat über den Fortbestand der Tucholsky-Stiftung; wenn's da ernsthafte Schwierigkeiten gibt – wie soll ich dies Vermächtnis der Mary fortführen? Bin wieder einmal berührt von seinen Texten, die ich wegen der x-ten «Nachlaß-Edition» am Wochenende in Sylt las. Eine Art «Unterabteilung» von Berührtsein: Er wußte, wie scharf und polemisch immer er war, daß er sich auf SEINE Leute – Siegfried Jacobsohn vor allem – verlassen konnte. Sein Blatt stand hinter ihm. Bei mir genau umgekehrt, sie wollen einen viereckigen Kreis: Schärfe und Attacken, die niemandem weh tun.

Wenn Charakterlosigkeit und Verrat zusammenkommen: Hans Mayer läßt sich von Herrn Jens einen (Bloch-)Preis verleihen, aber meldet sich bei mir wegen einer (mir unerfindlichen und unbekannten) Lappalie nicht mehr. Aber genau dem Jens hatte er «Blutrache» geschworen, und zwar WEGEN Bloch!! Weil Jens und nicht er bei dessen Beerdigung sprach. Ekelhaft.

9. AUGUST

Lächerlich-verquackelter Abend mit Marlis Gerhardt, die zur Aufnahme der Sendung im Süddeutschen Rundfunk aus meinem Heine-in-Italien-Essay hier war. Nett, zuviel Champagner. Aber ich bin das anscheinend nicht mehr gewohnt, so banale Klatsch-Stunden. Daß Unseld mit der von Minks noch nicht geschiedenen Ulla Berkéwicz lebt, sie gar heiraten will (selber gerade geschieden) – – – was auch des Rätsels Lösung für die massive Verlagsreklame für deren Un-Bücher ist; daß Klaus von Dohnanyi, kaum Nicht-mehr-Bürgermeister, schon geschieden ist und allen Ernstes mit Ulla Hahn lebt; daß ein Frankfurter Kritiker seinen Machtwahn bis ins Bett ausdehnt und nun ein Verhältnis mit der Suhrkamp-Cheflektorin hat; ich muß gestehen, daß es mich alles nicht wirklich interessiert.

Aber ich werde wohl immer sonderbarer. Eben, noch brummenden Kopf vom Laurent-Perrier und die Tagesarbeit am Schreibtisch hinter mir (brav-diszipliniert), gehe ich ein bißchen spazieren – und ertappe mich, wie ich tatsächlich wie ein alter schwuler Professor aus nem billigen Film einem muskulösen Bauarbeiter OFFENEN MUNDES nachstarre, der mit mächtig spielenden tätowierten Muskeln irgendwelches Gestänge auf einen LKW lädt. Nicht, daß man mit so was wirklich ins Bett wollte – es ist eben nur das GANZ ANDERE.

Das ganz Andere dringt aber auch verwirrend in anderer Form ein: Anruf von einem der STERNchefredakteure: Sie wollten TRANSATLANTIC kaufen, und es gäbe nur EINEN denkbaren Chrefredakteur – FJR. Also nicht, daß ich das besonders ernst nähme, ist das Interessante daran, sondern daß ich eher ängstlich reagiere, jede Veränderung meines Status quo beunruhigt mich. Und die Idee, wieder irgendwelchen Autoren nachlaufen zu müssen, um das Einhalten von Terminen oder die Länge respektive Kürze von Texten bitten – kurzum, meine Ideen anderen «leihen» zu sollen, schreckt mich. Wie unlogisch; denn erst kürzlich, als ich Briefe von Siegfried Jacobsohn las, war ich ein wenig traurig, diese Begeisterung am intellektuellen Inscenieren zu sehen – die mir nun versagt ist. Hat man's, will man's nicht, hat man's nicht, will man's.

20. AUGUST

Absurditäten zuerst: Was schickt mir Wunderlich gestern früh «zum Frühstück»? Ein Buch («Der Rote Kampfflieger»), in dem AUF EINER SEITE GEMEINSAM sein Vater und mein Vater abgebildet sind – «Kameraden»!!! Die Chemie des Lebens ist nicht zu fassen (und wäre, so, in einem Roman nicht zu schreiben, würde als «unwahrscheinlich» abgelehnt). 50 Jahre später treffen sich ein junger, damals noch unbekannter Maler und ein ebenso junger, ebenso unbekannter Literat, es beginnt eine Lebensfreundschaft, mit wechselnden und wechselseitiger Karriere, Karrieren, auch «sonstigen Überschneidungen» – – und nun, viele Jahrzehnte später, stellt sich heraus, daß die Herren Väter in derselben hochfeinen Elitetruppe waren, sich demnach sehr gut gekannt haben müssen. Gedanken und Bilder sind garnicht aufzuhalten – wie lange kannten die sich? Sind Paul und ich nach einem besoffenen «Kameradschafts-Abend» entstanden …?

Der einzige, der diese Bizarrerie genauso komisch fände, wäre wohl Hochhuth. Den sah ich vor 2 Tagen in Zürich, Mittagessen in der schönen Kronenhalle – und war entsetzt. Ein Mann, der keinen Satz zu Ende sprechen, geschweige denn denken kann, dessen Assoziationsstürze immer heftiger und kürzer werden, der eben noch vom Selbstmord der Frau des Giftgaserfinders im 1. Weltkrieg spricht und schon bei Piscators Millionärsgattin ist, deren reicher Mann namens Deutsch – warum hießen so viele Juden Deutsch? – Mitbegründer der AEG mit Rathenau war (und, auf dem letzten Schiff nach Lissabon, von Salazar zurückgeschickt, umgebracht wurde); eine Minute später erzählt er von dem Matrosen, der bei der Vernehmung von Marie-Antoinette diese, als sie in ihrem langen Kleid auf einer Stufe zu stolpern drohte, am Arm hielt – und dafür geköpft wurde. 1 Minute später ist er bei Helmut Schmidt, der ihn «empfangen» habe (und natürlich gleich ein Dramenthema für ihn wußte – Lassalle); aber er spricht im selben Ton von «Empfangen» wie Lenz neulich im Intercity vom Präsidenten, mit leicht eingeknicktem Kehlkopf, gleichsam. In Wahrheit geschmeichelt über: «Er hatte 3½ Stunden Zeit für mich.»

Was mich an derlei AUCH bedrückt: die zunehmende, bald perfekte Einsamkeit, Isolation aller Menschen voneinander. Hochhuth sieht und spricht niemanden, liest keine Zeitungen, Bücher von Kollegen schon garnicht. Er weiß nicht, ob (daß) TRANSATLANTIC überhaupt noch erscheint – interessiert sich entsprechend auch nicht für meine diesbezügliche Frage um Rat –, glaubt allen Ernstes: «Rühmkorf hat mich bei Wunderlich schlechtgemacht» – weil Wunderlich nicht seine, Hochhuths, Gedichte illustriert –, als gäbe Wunderlich etwas auf Rühmkorfs Wort; dafür erinnert er sich aber, daß Rühmkorf in irgendeiner Ledigfestschrift etwas gegen ihn, ohne Namensnennung natürlich, geschrieben habe – muß Jahrzehnte her sein. Auf meine Erwähnung des neuen Grass-Buches hin kommt nur ein: «So, hat er ein neues Buch geschrieben?»

27. AUGUST

Noch ein erstaunlicher Paris-Eindruck: Allenthalben sagten mir die Presseleute, daß sie das Sujet meines Romans auch deswegen so fasziniere, weil man ja in Frankreich davon «garnichts wisse»: von Berlin nach dem Krieg, von der Teilung der Stadt, vom 17. Juni – – – absurd, diese Unwissenheit respektive nationalistische Beschränktheit. Neulich ein Gespräch in Nizza, in dem die Leute ganz verblüfft fragten, von was für einer Mauer man denn nur unentwegt spräche …

29. AUGUST

Eher peinigend-peinliches Mittagessen mit dem STERNchefredakteur, der mir «namens des Verlages» (und das ist in diesem Falle auch noch mein Hausnachbar!) einen 7-Jahresvertrag als Chefredakteur von TRANSATLANTIC anbietet; wenn Gruner & Jahr es überhaupt zu kaufen kriegt. Hm. Mir fehlt im Moment die Ruhe, das richtig zu überlegen.

30. AUGUST

Fahrt zur Redaktion. Dialog mit der Taxi-Chauffeuse (einer schleswig-holsteinischen Bauerstochter, wie sich herausstellen soll).

«Zum Pressehaus, bitte.»

«Da, wo die ZEIT sitzt?»

«Genau da.»

«Aber Sie arbeiten nicht bei der ZEIT?»

«Doch, da arbeite ich – wieso?»

«Weil Sie da nicht hinpassen.»

«?????»

«Ich fahre die ja oft, die von der ZEIT. Ich nenne die immer ‹die kleinen Kacker›. Sie tun so, als seien sie Banker – so in Grau und Blau und so. Sie dagegen sind irgendwie – exotisch.»

«Wieso bin ich exotisch?»

«Na – mooksch ehmt.»

«Was ist mooksch?»

«Min Vattah hat imma secht, zu son Typen wie Sie: ‹Paß uf, mcen Deern›, hatta secht, ‹dea is mooksch – und hat wat im Kobbe.›»

«Aber was ist denn nun ‹mooksch›?»

«Anners, ehm. Das sage ich Ihnen – wenn Sie da arbeiten: Lange wird das nicht gehen.»

Kampen, den 6. September

Morgen kommt meine Schwester aus Mexiko angeflogen, worauf ich mich freue – und was mich bereits jetzt «stört», weil ich mir so unvernünftig viel Arbeit aufgebürdet habe, daß ich mir nicht einen einzigen Tag «nur Kampen» leisten kann. Dabei war z. B. heute ein Bilderbuchtag, herrlichster Herbst, Milde, morgens schüttender Regen, ab 12 Uhr strahlende Sonne, habe den ganzen Tag draußen gesessen und den dicken Schinken über die Französische Revolution gelesen (der mich in seiner Materialfülle erschlägt und mir im Vorführen der notwendigerweise blutigen Dialektik dieser – oder jeder? – Revolution eben an denen Zweifel eingibt).

Der Geburtstag war ruhig, ein normaler Tag, außer, daß die Champagnermarke etwas besser war (was ich bei meinem sinkenden Alkoholkonsum, besser meiner abnehmenden Alkoholverträglichkeit, mir eigentlich zur Regel machen sollte ...). Bekam von Gerd noch eine Komplettierung der HIFIanlage, nun also auch CD, was hier besonders herrlich ist, weil man mit mehr Muße Musik hören kann. Kein Tag ohne Musik hier. Ansonsten eher: nix. Mein Gang zum Blumenhändler – «Ab morgen kommen sehr viele Aufträge für mich» – war so lächerlich wie peinlich, denn außer einem großen Strauß kam ÜBERHAUPT NICHTS.

Parkhotel, Frankfurt, den 6. September

Legen sich die Jahresringe, Ringe der Jahre, wie kühles Eisen ums Herz? Nichts von der Angoisse, die früher stets vor der Messe in mir zitterte – aber auch nichts von der Freude. Ich betreibe knapp und berechnend meine Geschäfte. In Holland erscheint der «Wolkentrinker»!

Kampen, den 13. September

Traurig-bedrücktes Ende der Sylttage: Meine Schwester mußte ins Krankenhaus mit einer – wie kompliziert, wird sich noch herausstellen – Magensache. Ich habe Angst: Krebs.

Der September hat ja in meinem Leben STETS seinen Negativ-Magnetismus – Tod meines Vaters, Bernds Tod; fast hätte ich hinzugefügt: meine Geburt.

Gestern noch Antje Ellermann, die ihren Rogner & Bernhard-Verlag wieder ins Leben zurückerwecken will, dabei war ich derart überreizt und nervös, daß viel Rat von mir nicht zu holen war. Wobei es auch schien, daß sie mehr «moralische Aufrüstung» suchte als effektiven Rat.

Hôtel Pullman, Avignon, den 17. September

Wieder im Abendlicht über «meiner» Bucht, eben – 19 Uhr – noch geschwommen. Erster Besuch in Sanary-sur-Mer, das unten am Hafen sympathisch mittelmeerisch wirkte. Via Centre d'Information Kontakt zu einem «Historien de Sanary», Telefon-Verabredung für nachmittags. Schöne Bergfahrt zu Sterne-Restaurant «Le Lingoustol».

Den ganzen Nachmittag mit dem skurrilen 70jährigen, der als 18jähriger Thomas Mann die Brötchen und Feuchtwanger die Steaks ins Haus brachte, zwischen Petrefakten und 3000 getrockneten Blumen und in alten Ordnern mit selbstfotografierten Orchideen die alten Dokumente der Emigranten gesammelt hat. Der Atem der Zeit, wenn man da Franz Hessel oder Martha Feuchtwanger auf irgendwelchen *surveillance*-Listen oder in Applicationslisten findet. Schaurig-seltsam die Häuser von: Werfel (neben einer Kapelle!), Thomas Mann (bürgerlich, zurückhaltend) und Feuchtwanger (hochelegant). Wie ihnen wohl zumute war an ihren «lateinischen Meeren», es war so schön hier und lieblich, noch Fischerdorf ohne Cerruti-Läden, aber mit Feigen-Markt. Aber sie waren doch bereits Amputierte.

HÔTEL PULLMAN, ÎLE ROUSSE, DEN 19. SEPTEMBER

Besuch in Saint-Tropez – wie auf einem Friedhof. Das ist nun 28 Jahre her: ein Rasen, ein Flimmern, jedes Här'chen auf der Haut elektrisiert – meine große Liebe. Sie zischte, als hätte ich mit bloßen Händen in eine (nach einer) Sternschnuppe gegriffen; ich erinnere jeden Moment, Eckfrieds erstes Lächeln, wie ich ihn ansprach in der Bar mit dem elektrischen Piano, unsere erste Nacht auf der Dachterrasse (wo, böses Omen?, seine Brille zerbrach), wie wir ineinander fielen, stürmten, rasten – ich hatte so ungezügelte Sexualität noch nie erlebt. Gestern bohrten sich viele kleine Messer in meine Erinnerung: das Sénéquier, wo ich auf ihn wartete; Le Gorille, wo ich frühmorgens Tonic für unsere verbrannten Schlünde holte; die Mole, an der wir parkten und ineinander so versunken waren, daß wir nicht merkten, wie jemand mich ansprach. Das Restaurant auf/neben dem Turm, wo der Wein in unseren Gläsern zitterte – der 2. Abend – und wir Speise um Speise unberührt fortschickten; der Kellner freute sich ganz ungeniert an unserer Verliebtheit; die Ecke, an der ich Blumen für ihn brach.

Und heute? Wie kühl, satt, komfortabel-tot ist dagegen mein Leben. Was ich heute bei einem Abendessen ausgebe, davon lebte ich damals 3 Wochen, jetzt parkt der riesige Jaguar, wo mein VW-lein hüpfte mit den albernen weinroten Samtrippenpolstern. «Karriere gemacht»? Mein Gott, was liegt hinter mir:

Jochen tot, Bernd tot, Rowohlt, die ZEIT. Jetzt kaufe ich am Hafen mein eigenes Buch in Französisch, wo ich damals Sonnenöl für Eckfried kaufte.

Hôtel La Prieuré, Avignon, im September

Die Pariser Presse beginnt, mit dem «Buveur de Nuages» umzugehen. Ich deutele mir's auf «positiv» um, obwohl vielleicht der Satz im Nouvel Observateur, le fameux Bernd sei letztlich unsympathisch, vielleicht doch ein «Verriß» ist? Jedenfalls kränkt er mich; unlogischerweise – ich will diese literarische Figur ja nicht verklären, bin sie und bin sie eben wieder nicht. Lady Macbeth ist auch unsympathisch! Sympathie ist doch kein literarisches Kriterium?! Wie ginge das mit dem «Ich» von Rousseaus Confessions. Quark. Ärgerlich, wie leicht ich mich ärgere. Selbst über Klatsch: Bucerius habe einem bei ihm eingeladenen Modearzt genüßlich bei dessen «Dieser grauenhafte Raddatz»-Schmähungen zugehört und «on top of it» gesagt: «Und was der uns auch noch kostet, was der für unverschämte Spesen abrechnet.» Als lieferte ich nicht auch «teure Ware». Diese Koofmichs wollen eine detailgetreue Reportage aus dem Ritz – aber einen Camping-Platz zahlen. Was für ein sandalentragender Lacoste-Spießer dieser schwerstreiche Verleger doch ist; keine Spur von Ledigs Charme, Charisma und Eleganz. Kleiner Mann.

Hôtel Lutetia, Paris, den 29. September

Die französische «Explosion» des «Wolkentrinkers»; aber darüber später.

Nur rasch ein wieder, wie immer, skurril-heiter-kluges Mittagessen mit Cioran (der, absurd, einst in derselben Straße wie meine Schwester wohnte; dort um die Ecke, Rue Racine, ernte ich nun bei Flammarion meine Erfolge). «Vive la France ...», erzählt er, bei gutem Wein und köstlichem Essen seinen Pessimismus pflegend, habe er einmal als junger Mann ausgerufen, als er, per Fahrrad durch England reisend, zum Abend einen winzigen Fisch serviert bekam. Aber auch die mit listig-lustigen Augen abgeschossenen Lebensweisheiten sind «treffend», vor allem mich, der wohl genau das sein Leben lang falsch gemacht hat: Man dürfe nie Erfolg zeigen, Zufriedenheit, nie sagen, es gehe einem gut; man müsse vielmehr stets den Eindruck erwecken: «Der arme Cioran, er hat nichts zu beißen, und lange macht er's auch nicht mehr» – dann bliebe der beißwütige Neid aus. Fast eine Antwort auf meine ewige Selbstquäl-Frage: «Warum treffen mich so viele Blitze»: weil ich immer so tue (auch, wenn's mir sauschlecht geht), als tänzle ich auf der *sunny side* of the Street durchs Leben, als habe ich Geld, Glück, Erfolg und habe noch nie etwas anderes als Champagner getrunken ...

Wozu mich der «Erfolg» hier sehr ermuntert. Wenn auch die Oberflächlichkeit der Literaturkritik mich dem Jubelgeschrei gegenüber mißtrauisch macht. Manchmal denke ich wie ein Masochist, ob die skeptischen Stimmen der deutschen Kritiker nicht eher recht haben als das «j'adore ce livre»-Geschrei.

HÔTEL LUTETIA, PARIS, DEN 2. OKTOBER

Wie anstrengend (und leer?) Hedonismus doch ist. Eine Woche «Amüsement» hat mich viel mehr angestrengt als intensive Arbeit an einem Manuskript, schrecklich, wie immer «näher», immer wahrer Max Frischs Satz wird: «Leben ist langweilig. Abenteuer gibt's nur beim Schreiben.»

Sehr schön, wieder mal im Musée Rodin, in Balzacs Haus, immer mal wieder im Louvre des Antiquaires und im Récamier essen (wobei alles unter 1 Stern in Paris fürchterlicher Fraß ist, aufgedonnert und fast stets mit schlechter Bedienung): aber zwischen Chéreau-Premiere und kleiner Händel-Oper.

Besonders intensiv-sonderbar die Tage mit der Schwestern-Schnecke (die vor 2 Stunden, tränenüberstömt, via New York nach Mexiko zurückflog). Wie 100% weiblich sie ist. Vorsichtigbehutsam (wie alle Frauen, als müßten sie ständig Ungeborenes schützen), aber zugleich beharrlich Ziele und Wege verfolgend. Erschleichend-schneckenhaft eben. Schnecken können ja auch über Rasierklingen kriechen, ohne sich zu verletzen. Einerseits vollkommen unselbständig, immer wieder «Wie komme ich dahin?» oder «Wo ist die Rue de Bac?» fragend, aber mit sicherem Instinkt das Geschäft mit Schüh'chen und Strümpfchen (mit Schmetterlingen eingewebt) findend. Auch die selbstverständliche Unterordnung – «Wie willst du dein Brötchen?», «Möchtest du deinen Saft gemischt?», «Hier sind deine Cigarren». Zugleich – hängt das miteinander zusammen? – die Selbstverständlichkeit, sich «aushalten» zu lassen: Nach 14 Tagen Europa, Sylt, Paris, bezahltem Ticket von Mexiko und immensen Krankenhauskosten – kriege ich nicht mal eine Krawatte, einen Kir angeboten – schlichtweg nichts.

STEIGENBERGER HOTEL, STUTTGART, DEN 9. OKTOBER

After-Fair-Weekend: nach Frankfurt Freitag Richtung Marktheidenfeld, Hotel Anker zum gemütlichen Relax-Wochenende – 2-Sterne-Abendessen in Wertheim, Schwimmen und Sauna, Bummelfahrten durchs Taubertal und die Indian-Summer-überstrahlte «romantische Straße» lang. Gerd heute in Würzburg in die Bahn gesetzt – nun weiter zur Mehring- und Hermlin-Sendung. Das Wochenende im Weinland – von den Bergen an der Bocksbeutel-Straße leckten die in blaue Netze gehüllten Rebstöcke wie Chow-Chow-Zungen herab – war wunderschön.

Die Messe-Flashlights bißchen düster: der diensteifrig um Frau Henkel tänzelnde, … heringshändlerhaft schlawinernde Unseld, ihr seinen Evangeliar-Reprint für 28.000 andienend; der elegante Ledig, der zu all und jedem sagt: «Es interessiert mich nicht» – was interessiert ihn denn? Nur Montechristo-Cigarren? George Weidenfelds Hotelhallen-Blick, mit dem er beim steten «so nice to see you» einem über die Schulter blickt, wo der nächstwichtigste Mensch steht; die erloschene Tunte Horst Krüger, mir auf einen Cocktail (!!!) von seinem Selbstmordversuch erzählend und lauernd zu fragen: «Sie sollen ja nicht mehr im ZEIT-Impressum stehen!?»; der gräuslich-«sachliche» Herr Honnefelder vom Suhrkamp-Verlag, rosig und praktisch, der kein Wort verliert über das 100-Bilder-Projekt außer Zahlen und Daten; Stefan Heym, der sich so/zu wichtig nimmt, daß er auf meine massivsten Komplimente reinfällt – und zugleich ganz selbstverständlich «wir Juden» zu mir sagt; der grobgeflochtene Jürgen Kolbe, nun mit 800.000 DM Jahresgehalt Bertelsmann-Chef, der mir zwischen Suppe und Fisch erklärt, wie er nun vis-à-vis dem alten Knaus «hart» sein wird, und auf meine Frage, wie er denn auch beim (kranken) Siedler in den Verlag eingreifen will, sagt: «Er hat 20%, ich habe 80%.»

Ich!!!

Lemuren und Karikaturen.

15. Oktober

Graubrauner Herbsttag mit fallenden Blättern, Riesenlappen segeln durch die Luft. Murkeltag zu Hause, aufräumen, lesen. Post erledigen – – – und paar Tagebuchnachträge; zurück aus Frankfurt–Stuttgart–München.

Der letzte Messetag in Frankfurt brachte immerhin noch 2 Ausnahmen vom Lemuren-Kabinett: Umberto Eco, der trotz des Millionenwelterfolgs völlig «normal» geblieben ist, nett, kollegial und unprätentiös. Und das seltsame Chagall-Paar Gisela von Wysocki und Heinrichs; in einem libanesischen Restaurant Pfefferminztee trinkend, händchenhaltend und kleine Kräuterbreis essend, unentwegt von «Ich entdecke mich ganz neu» oder «Meine Strömungen sind so anders» von sich gebend (heißt das «new age»? Was bin ich altmodisch-bieder und «unverändert», nix 68er und nix Innerlichkeit und nix New-Age. Old Age!).

Dann das schöne Wochenende in Marktheidenfeld in den

Schweizer Stuben bei Wertheim, im «goldenen Herbstlicht» die Romantische Straße und die Bocksbeutel-Straße im Auto entlanggebummelt, da (in Creglingen) ein Riemenschneideraltar und dort ein kleines Dorfgasthaus mit Federweißer und Zwiebelkuchen.

In München mit Enzensberger, der mir in seiner zynischen Fröhlichkeit gut gefällt, obwohl auch er älter wird – seine Pointen von dem «höflichen» Kind, das ihn in Ruhe lasse, wiederholen sich. Aber enorm informiert. ER wäre der Richtige für TRANSATLANTIC, zu dem er mich natürlich SEHR ermuntert. Diese Lobe – «Sie sind der geborene Redakteur» – haben auch immer etwas Schmerzliches. Witzig an seiner Haltung, daß er immer so «belästigt» tut von allerlei «überflüssigen» Akademien, Tagungen und Preisen (und mein Leben ein mondänes nennt, das seine hingegen ein zurückgezogenes) – – – während er gerade von einem Kongreß der John Hopkins University (mit Habermas und Sloterdijk) kommt und erst kürzlich wieder bei der Dame Getty und Lord George Weidenfeld in Portugal und, und. Er ist amüsant, auch aufrichtig?

19. Oktober

Frage mich manchmal, wenn ich morgens mit dem Luxusauto aus der Garage rausche, und da stehen Müllmänner oder Straßenarbeiter oder türkische Laubkehrer: Was denken die wohl? Welche (unerfüllten) Träume und Sehnsüchte sausen durch ihr Gehirn, wenn sie so was sehen? Oder rauscht vielleicht auch garnichts, das Leben ist eben so, es gibt halt oben und unten, und daß sie zu «unten» gehören, ist ihnen selbstverständlich?

Dabei gibt es eine eigenartige «Klassen-Solidarität», ganz verquer: So, wie sich Porschefahrer untereinander grüßen und Jaguarfahrer wiederum ganz evident sich (die feine englische Art?) NICHT grüßen, wiewohl durchaus wahrnehmen an der roten Ampel – so gehen Müll-Leute, die gerade die Straße versperren, und die Fahrer eines Sattelschleppers oder Baukrans ANDERS miteinander um, so à la: «Laß man, Willem.» Sie helfen sich auch (etwa beim Wenden) – sie würden einem Jaguarfahrer NICHT helfen.

Neulich schon im wunderschönen Schloßpark in Stuttgart an einem neblig-dunstigen, spätherbstlich-sonnigen Nachmittag und heute mittag ganz zufällig an der Alster wieder dieselbe Beobachtung; wie rasend Vögel aller Rassen durcheinander (Enten, Schwäne, Möwen etc.) herbeigerauscht kommen, füttert sie jemand. Sie peitschen förmlich durchs Wasser, sie hakken aufeinander ein, sie erjagen vollkommen rücksichtslos-gierig jeden Brocken: wie die Menschen. Eigentlich sahen sie aus, wie übermorgen die Premierenbesucher aussehen werden, die letztlich nichts anderes wollen, als dem jeweiligen anderen die jeweils andere Beute abzujagen und mit einem fetten eigenen Brocken (und sei es einem der Eitelkeit) davonzuhasten.

Gestern abend allein im Kino, später allein in einer der schönen Passagen essen, wie ich auch das ganze Wochenende, inklusive den Montag noch, vollkommen alleine verbracht habe: Ich lerne alt werden und Alleinsein mit der Energie, mit der andere eine neue Sprache erlernen. Noch ist's für mich Chinesisch – kann weder behaglich am Kamin sitzen (ich sitze da zwar, aber nicht BEHAGLICH) noch den Film genießen, noch «nur» lesen. Wobei der Mastroianni-Film «Schwarze Augen» – nach Tschechow!, was für ein Meister ist das! – mich sehr berührt hat: angeblich eine Komödie, in Wahrheit eine tief verzweifelte Tragödie in abgründiger Menschenskepsis, nach der Melodie: Liebe ist nur Lüge, das ganze Leben ist nur eine Lüge. Brillant (auch so scharfkantig wie ein Brillant).

23. Oktober

Gestern abend in einem sehr berührenden Film über Südafrika (nach einer wahren Begebenheit, eine tapfere Journalistin, die «in Wirklichkeit» tatsächlich durch eine Briefbombe getötet wurde). Und danach noch im TV das uralte Gespräch Gaus/Dutschke: war ziemlich verwirrt: diese neureiche Glitzerwelt der Hamburger Innenstadt, die nicht genug prunken und protzen kann, und der generelle «Genuß-jetzt»-Lebensstil der 80er Jahre – und wie sieht es anderswo auf der Welt aus – – – – wie sah es auch hier mal anders aus, wie anders und ernst war's zumindest mal gemeint (à la Dutschke). In beiden «Filmen» fielen Sätze, die mich sehr trafen. Wie das Motto, das im Programmheft des vorangegangnen Abends, Premiere des O'Neill-Stücks «Fast ein Poet», stand: DER MENSCH, DER NUR DAS ERREICHBARE ERSTREBT, SOLLTE DAZU VERDAMMT SEIN, ES ZU BEKOMMEN UND ZU BEHALTEN. NUR DURCH DAS UNERREICHBARE GEWINNT DER MENSCH EINE HOFFNUNG, DIE ES WERT IST, DASS MAN FÜR SIE LEBT UND STIRBT. UND NUR DURCH DAS UNERREICHBARE GEWINNT DER MENSCH SICH SELBST MIT DEM GEISTIGEN LOHN EINER HOFFNUNG. IN HOFFNUNGSLOSIGKEIT IST ER DEN STERNEN UND DEM FUSSE DES REGENBOGENS AM NÄCHSTEN:

DAS war doch mal auch mein Lebensprinzip? Ist die abnehmende Kraft des Alters auch eine abnehmende moralische Kraft?

29. Oktober

Lese Brodsky, mit großer Freude und großer Zustimmung. Seien es die Gedichte, seien es die Essays: weil ich, übermorgen geht's ab, ihn kommende Woche in New York interviewen will (und die alte Dame Piscator besuchen). Dabei die übliche Vorangst – werde ich mich in New York allein und bedroht/bedrückt fühlen, wird es eventuell zu dem Interview garnicht kommen (und wie stehe ich dann als «Spesenschneider» im Hause ZEIT da) usw.

Heutc außerdem Jochen Munds Todestag. Weckt in mir nichts, ein kleines wehes Wehen, nicht mehr, nicht das große Ziehen. Wie kann das sein?

HOTEL WESTBURY, NEW YORK, DEN 6. NOVEMBER

His Majesty Brodsky sagt mir um 10 Uhr am Telefon, ich möchte statt um 12 schon um 11 bei ihm sein.

Vor dem Haus im Village erster Eindruck: typisch für den russischen Emigranten – es ist das schönste, gepflegteste Haus in der Morton Street. Falsch. In Wahrheit haust er da in einem verkommenen, dreckigen Loch, wo man zwischen Asche, Katzen, Papieren und Artikeln (mit Brodsky-Foto) kaum sitzen kann. Das Telefon klingelt unentwegt (auch während des Interviews), angeboten wird mir nichts, nicht mal ein Glas Wasser, ich bin deutlich die lästige Zeitungshyäne, dessen Fragen er nicht mal braucht, um seine Lego-Baukasten-fertigen Antworten abzuspulen. Neben ihm ein Terminplan wie ein Außenminister zwischen Lesungen, Signierstunden und White-House-Dinner (Black-tie!), ein Achmatowa-«Festival». Der ganze Mann ein schlimmer Typ. «Petry Incorporated».

Bin es leid, solchen eingebildeten Leuten nachzulaufen.

5. DEZEMBER

Heute vor 30 Jahren bin ich aus Ost-Berlin weg.

Der Tag lief dann bizarr aus, fast so, als solle mir bedeutet werden, WARUM ich im Westen bis respektive WO ich da gelandet bin.

Hans Werner Richter bedankt sich für meine große Geburtstagseloge in der ZEIT mit keiner Silbe und sorgt stattdessen dafür, daß ich NICHT zu seinem Gala-Essen beim Bundespräsidenten eingeladen werde (was mir als Essen und Weizsäcker-Silberzungengequackel gleichgültig respektive sogar lieb, was aber als Geste mir gegenüber unglaublich ist; sie heißt, übersetzt: Zu DIESEM Kreise gehörst du nun wahrlich nicht).

16. DEZEMBER

Die erste positive Kritik der amerikanischen KUHAUGE ausgabe.

19. DEZEMBER

Sich durchbeißen. Ich beiße mich durch. Ich habe mich durchgebissen – all diese Sprichwörter sind bei mir Realität!

Ich beiße nachts mit solcher Gewalt meine Zähne zusammen, daß ich buchstäblich mein eigenes – sehr gutes – Gebiß durchbeiße!

KAMPEN, DEN 30. DEZEMBER

Eine fahl-pampelmusenfarbene (statt orangene) Sonne versinkt im Nebeldunst, das ist eine gute Stunde und Stimmung (nach langem, schön-melancholischem Wattspaziergang und Caviar-Kauf für morgen abend), Jahresbilanz zu ziehen. Ein Jahr vergeht ja ohnehin immer schneller, je älter man wird.

Dieses war von «außen betrachtet» eigentlich gut: Bucherfolg in Paris, das Fortgehen der rororo-«Gesamtausgabe» FJR, deren nächste drei (!!!) Bände, alle meine Essays, schon aus dem Hause respektive im Verlag sind, der Vertrag für den neuen Roman, die herrliche Wohnung hier, die im Moment besonders gemütlich-weihnachtlich ist mit einem fast 2 m hohen «Baum» von weißen Weihnachtssternen, einer zarten weißen Orchidee auf meinem Schreibtisch, von dem ich auf die Uwe-Düne blicke, und prunkenden weißen Amaryllis: Alles ließe sich sehr positiv beschreiben.

ABER. Aber irgendeine Grundmusik stimmt bei mir nicht.

Gelegentlich trübt (oder schärft??) das gar meinen ästhetisch-politischen Blick – etwa, wenn ich die Platte von Thomas Mann respektive seine Ansprachen an «deutsche Hörer» unangenehm finde, einen zierlich gehärteten Haß zu hören meine, eine geschmückte, wortverliebte Beleidigkeit spüre, etwas von diesem eisigen Hohn und der tantenhaften Mitleidlosigkeit, die Brecht ihm vorwarf. In der Sache hat er immer recht – aber dieses zynische Doitschland-Pathos mißfällt mir. Oder ich täusche mich und bin nur selber seit 12 Monaten beleidigt. Fast scheint es mir selber, als suchte ich direkt Vorwände, gekränkt sein zu können.

1989

5. JANUAR

Ich will das Tagebuch von jetzt an anders führen: nur *stating facts,* kein *raisonnement,* keine Kommentare (keine Weinerlichkeit). Mal sehen, wie lange das geht.

Ab heute steht mein Name nicht mehr im Impressum der ZEIT.

Hauptüberschrift der WELT heute: «Amerikanische Kampfbomber schießen libysche MIG-23 ab.» Letzter Satz des Berichts: «An den Weltdevisenmärkten ist nach Bekanntwerden der Aktion der Dollarkurs um knapp einen Pfennig auf 1,7850 Mark GESTIEGEN.»

Jürgen Manthey schreibt mir (auf eine verwunderte Anfrage von mir vor MONATEN, wegen eines diffamatorischen Interviews in der WAZ anläßlich meiner Vorlesungen in Essen): «Ein Interviewer der WAZ MUSS einfach irgendwo einen kritischen Satz über Raddatz einfügen, das ist er sich und den anderen schuldig.»

Als ich im FAZmagazin-Fragebogen seinerzeit – immerhin – «bekannt gab», ich werde mich eines Tages umbringen, hieß es nur und ganz allgemein: «Das war der witzigste Fragebogen seit langem.»

8. JANUAR

Karsten Witte zum Tee. Ent-flaust, weniger zierlich, ernster: der Tod. Schien mir auch magerer – die Krankheit?

Hochhuth heute in der WELT (!!! nach Walser und Kroetz ...): «Nicht einmal unter den Nazis war das Kulturleben hierzulande dermaßen korrupt wie heute.» Nun ist er endgültig verrückt geworden.

Maspalomas Oasis, Gran Canaria, den 12. Januar

3. Tag meiner napoleonischen Selbstverbannung: Hotel 1. klassig (nach 4maligem Umzug gutes Zimmer, Leuchtturm, hinter dem soeben die Sonne untergeht). Bisher kein Wort gesprochen: *morning swim*, Frühstück, lesen, ½ Stunde Spaziergang am Strand, lesen, Kaffee, Besorgungen, frühes Dinner, mit Adumbran ins Bett –.

Der parkartige Garten seltsam durch die Tiere: Sind Pfauen so eitel, daß sie wissen, wann sie (z. B. morgens vor den Gästen) ihr Rad schlagen? Vorhin «vergewaltigte» ein mächtiger weißer Erpel eine Ente – und drei Entenfrauen kamen zu Hilfe, bissen in seinen Kopf, ihn schließlich in die Flucht, während 2 riesige Kaninchen und 1 Pfau «neugierig» zusahen; «denken» sie dabei was? Die Entendamen hielten ein mächtiges Geschnatter ab und zogen gemeinsam «stolz» davon …

Maspalomas Oasis, Gran Canaria, den 17. Januar

Eine Woche hier – das Unvergnügen in mich eingegossen wie Beton in die Eingeweide; die – typisch? – streiken, nachdem ich gestern das 1. Mal aushäusig aß. Die Schnecke soll (und will) ihr Haus nicht verlassen.

«Außen-Erfahrungen» machen geradezu angst: mein erster Ausflug in die schwulen Dünen erfolggekrönt, Verlockung, Lokkung durch einen palmschönen Knaben. Aber ich laufe davor weg – und bin «glücklicher», mit Wunderlich zu telefonieren, der unter meinem «Einfluß» Themen der Französischen Revolution lithographieren will und mich um Ideen bat. Ist es das – daß mich niemand mehr «um Ideen» bittet?

Soziale Beobachtungen hier alle nicht ermutigend – wie die Männer ihre Frauen als Eigentum (tätschelnd) in den Speisesaal schieben wie ihre Autos in die – nein: aus der Garage; jede einzelne der Frauen sich an der Lippe, Augenbraue, am Haar nestelnd und die Männer zwar gockelnd, zugleich linkisch verlegen. Kleine Leute (mit Geld), die Angst vorm Nachbarn haben –.

Und die Häßlichkeit. Da haben sie nun ihr Leben geschuftet, die Couch-Garnitur und den altdeutschen Schrank und den Mercedes «geschafft» – aber stumpf vor sich hindösend liegen sie, rotgesotten, um den Pool. Von Lesen keine Spur (mit wenigen Ausnahmen).

Und die «anderen»? Mindestens so schlimm. Traf gestern bei meinem nachmittäglichen Strandspaziergang einen ehemaligen *«pick-up»*, Frankfurt, Lufthansa (d. h., er traf mich; daß diese Jungs sich immer an so ne halbe Stunde erinnern – ich nicht die Spur!). «Ich sehe ja immer deine Artikel in der ZEIT.» «Sehe»? «Na ja, um die Wahrheit zu sagen – lesen tu ich sie nicht. Das ist mir zu lang. Ich hab die neue Nummer mit – wegen des Theaterkalenders –, aber ich werde sie in diesen 4 Wochen nicht durchschaffen. Sag mal, ist dieser Márquez schwul?» Man ist nach 2 Minuten wie betäubt, parfumüberspritzt – ob Amado schwul ist oder Eco (aber nie 1 Zeile gelesen), wieso ich nicht weiß, daß es in Las Palmas Opernfestival gibt, Kollo und Pavarotti und die X und der Y, und da sind so tolle Bars, und man kann billig einkaufen – es war, als sei ich auf einer anderen Insel. Bin ich wohl auch. Vielleicht ist das mein Fehler. «800 Menschen?», fragte der reaktionäre Schiller nach der französischen Nationalversammlung, «800 Menschen können sich nicht auf etwas Vernünftiges einigen, das gibt es nicht.»

2. FEBRUAR

Retour vom Sonnen-Luxus-Gefängnis: Stadtleben.

Dienstag abend gleich ins Theater, mein Interesse reichte aber nur bis zur Pause: «Ritter, Dene, Voss», eine Parade-Nichtigkeit für diese 3 Schauspieler (die auch brillierten) von Thomas Bernhard; mein Mißtrauen gegen diesen Autor nur verstärkend. Ist im Grunde nur ein Literatur-Clown, ein Kabarettist – der in diesem Fall 3 Stars je 1 Monolog auf den Leib geschrieben hat; während der jeweils perfekt exekutiert wird, müssen die je anderen beiden mit den Fingern knacken.

Gestern abend bei Wunderlich: herrlicher Abend, wir stürzten wie zwei Ertrinkende auf-, ineinander, ins Gespräch. Das «Hauptthema» – ob positive Veränderung der Geschichte NUR durch Blut zu erwirken sei; gleichsam wie eine Geburt nicht ohne Dreck, Qual, Schmerz und Blut möglich ist – bietet ja auch endlose Variationen. Er arbeitet nun, von mir angesteckt und angestiftet, an Lithographien zum Thema Französische Revolution und ergötzte sich an meinen zahllosen Details, die ich z. T. schon per Telefax aus Gran Canaria an ihn durchgegeben hatte. Ihm geht's wie mir: Mit wem kann man sich schon so gut – auch lachend – unterhalten? Einer von uns beiden wird ja zuerst sterben – für den übrigbleibenden «Witwer» wird's schwer …

6. Februar

Sonntag morgen Maria-Wimmer-Matinee, sie liest Proust. Mir ergeht es sonderbar: Bis auf den sehr eindringlichen Tod der Großmutter (und den Traum des Erzählers) fand ich es sehr zierlich, jugendstilig, KEINE GROSSE LITERATUR, sondern geschmäcklerisch überladen. Die berühmte Hecken-Passage geradezu Dienstmädchen-Roman-haft.

Abends eine neue CD, Wagner ohne Gesang. Derselbe Reinfall: Meine Hoffnung, die musikalischen Strukturen eindringlicher, reinlicher, klarer hören (und verstehen) zu können ohne das Gekreisch der Tenöre, ging nicht auf; ich fand es schaukelnde, zu harmonische, glatte Musik.

Zwei frevelhafte Eindrücke/Urteile.

13. FEBRUAR

Abends Klaus von Dohnanyi, der ja gegenüber am Leinpfad wohnt: fängt mich ab, als ich spätabends spazieren gehen wollte, weil ich in meinem Manuskript über die Französische Revolution stockte, nicht weiterwußte: «Kommen Sie doch rein auf einen Sherry.» «Drin» mußte ich seine Lektionen/Belehrungen anhören.

Diese ausgedienten Politiker, die mit ihrer Zeit nichts anzufangen wissen, vor lauter Langeweile schreiben sie Bücher; das ist immer das Letzte, was ihnen einfällt, aber sie sprechen noch immer besserwisserisch und *ex cathedra.* Er klopft Sprüche wie «Ich habe null Entzugserscheinungen» oder: «Als ich neulich meiner Frau zu Weihnachten einen Leuchter kaufte, sagte der Ladeninhaber: ‹Sie hätte ich wiedergewählt.›»

Sie beteuern so laut, daß sie gerne und freiwillig weg vom Amte sind, daß man die Lüge HÖRT.

Wie ich in puncto Feuilleton-Leitung?

22. FEBRUAR

Ein trauriges Telefonat mit Brasch, dessen Vater nach der Mutter – an Krebs stirbt, der ohne Frau/Freundin lebt und zum ersten Mal in weichen Tönen – offenbar ist sie ihm weggelaufen – von Gefühls-Bedürfnissen redet; der seinen Nicht-Erfolg schlecht verkraftet: Der Film ist geräuschlos verschwunden, neue Angebote nicht in Sicht; das letzte Stück, nirgendwo rezensiert, hatte bei Tabori 2 Aufführungen in Wien, keine deutsche Bühne spielt es nach. Seine Wut auf Theaterfürsten wie Zadek verständlich – nur, wenn er mir im selben Atemzug erzählt, die Thalbach mache bei Flimm eine «Mann ist Mann»-Regie und verschaffe ihm da einen Mitarbeiter/Bearbeiter-Vertrag: Was ist das anderes? Was muß Brecht von Herrn Brasch «bearbeitet» werden?

Sprachlosigkeit (und *selfconcern*) fressen sich in die Gesellschaft wie ein Krebs.

Gestern abend bei Grass – erloschen, bitter, an NICHTS außer an sich interessiert, fragt nicht mal höflichkeitshalber, woran man eventuell arbeitet, zeigt Fotos vom portugiesischen Haus (wie ein Mallorca-Rentner seine Dias), das für ihn offenbar ein Floß der Medusa geworden ist: «Hätte ich das jetzt nicht, müßte ich außer Landes gehen.» Verwindet auf keine Weise, «was mir in diesem Lande angetan wurde». Selbst die Rushdie-Affäre (wo nun auch noch ein völlig überraschender Angriff auf Enzensberger in der ZEIT steht) ist nur Vorwand, von sich und eigenen Nöten zu reden: Grass holt als erstes ein – offenbar parat liegendes – Artikelchen von Rushdie, das der in der ‹Frankfurter Rundschau› über seinen 60. schrieb, und spricht nur davon, daß nun doch mal endlich untersucht werden müsse, welchen weltweiten Einfluß er, Grass, auf die internationale Literatur gehabt habe; am wichtigsten an der ganzen Rushdie-Sache ist ihm, daß der sich als sein «Schüler» bezeichne. Ich werde allenfalls aufgefordert, da «auch was zu unternehmen» – aber meine Bitte um Mitarbeit am ZEITmuseum wird abgeschlagen: Er habe eben einen Schreib-Block («Du weißt eben nicht, was das ist») und einen Ekel vor dem leeren Papier. In gewisser Weise natürlich tragisch. Aber auch lächerlich in dem paternalen Gehabe, dem «Ute, hol mal den Aschenbecher» und ICH-ICH-ICH-Gerede.

Scheußlich auch, was anderswo diese Rushdie-Sache zutage fördert (Gott behüte einen vor der sogenannten «Solidarität» unter Künstlern – und wenn die Mächtigen das wüßten, würden sie noch weniger drauf geben ...). Unseld sagte auf den Vorschlag, den kooperierenden Verlegern beizutreten: «Ich habe das Buch noch nicht gelesen» (als ob es darauf jetzt ankäme), ein Herr Beck vom Beckverlag: «Aber die fangen doch immer von oben an zu töten – und wir fangen mit B an.»

Denkwürdig, wie Gisela Lindemann vom letzten Tag Jean Amérys erzählte, der ja mit einer «Geliebten» – einer Amerikanerin – in Salzburg war, die von seinem Selbstmordplan wußte und der er auf ihren traurigen Satz «Du wirst uns sehr fehlen» antwortete: «Ich mir auch.» Das geht mir nach – nicht nur, weil er auf den ähnlichen Satz, auf die schamlose Frage eines SPIEGELmenschen «Sie schreiben so viel vom Selbstmord – wann tun Sie es?» antwortete: «Seien Sie doch nicht so ungeduldig»; sondern auch, weil ich ja gerade Abend für Abend in meinen Autographen wühle, dort die wunderschönen Briefe Amérys an mich fand – – – – wie überhaupt ganz erstaunliche Dokumente (auch meines Lebens ...). Wußte ja nicht mehr, was alles in den Briefen von Andersch oder Böll oder Breitbach stand ...

Nie merkt man sich Träume. Heute morgen aber erinnerte ich mich: Kohl – ausgerechnet!!! – war mein Hausgast, ich wohnte in einem sehr großen eleganten Haus, und er war überraschenderweise recht sympathisch, «einsichtig». Hinterher traf ich in einer Kneipe Augstein mit einer rothäutig-grob gewordenen Maria, deren Stimme laut-ordinär war, die mir eine Picasso-Vase für viel zuviel Geld andrehen wollte und deren Kinder hinterher bei mir zu Hause waren: Jakob bettelte mich um 500 Mark an, der Vater gebe ihm nichts, und Franziska wollte «Schnee». Und Rudolf hatte mir noch einmal – das hat er ja vor vielen Jahren wirklich getan – einen Blankoscheck für DIE SCHÖNE URSULA von Wunderlich geboten, ich könnte jede Summe einsetzen, die ich wolle.

Nun erkläre mir jemand so einen Traum. Komplexe? Machtwahn? Derlei Potenzwahnträume hat man ja auch wachend – z. B. den: Was wäre wohl mit all den pinschernden Feinden und Gegnern, wenn man den Nobelpreis erhielte; wie würden sie kotauen, um Interviews betteln, «schon immer dein bester Freund» gewesen sein. ZU schöne Vorstellung.

Die Realität sieht genau umgekehrt aus: z. B., wie der grauenhafte Kleinbürger im Schwimmbad, der mich fast jeden Morgen verfolgt, früher: «Ich bewundere Sie so» und «Ich lese immer das ZEITmagazin» – nun seit endloser Zeit mit Stentorstimme im Duschraum brüllend: «Da kommt Goethe» und den ganz verdutzten, nichtsahnenden und nichtswissenden und nichtsverstehenden, vollkommen fremden Männern unter der Dusche, mit Shampoo im Haar und nackt eingeseift, schreiend berichtet: «Der da eben rausging, der mit dem Bart, das ist der ...» Niemand kennt «den mit dem Bart», und niemand weiß, wer «Raddatz von der ZEIT» ist und was das alles mit Goethe zu tun hat: Er will mich «hetzen» wie den Juden unter der Dusche, dem das Stück Vorhaut fehlt. Ein weiterer Beitrag zur verschlagenen Aggressivität und Hepp-hepp-Mentalität der Kleinbürger.

11. März

Gestern abend spät schriller Anruf aus Californien der Witwe Marcuse, nommé Reinhard Lettau: aufgeregt, als ginge es ums Leben, aber nicht über Rushdie etwa, weil Grass aus der Akademie ausgetreten ist oder auch nur ein «Wie geht's» – sondern irgendein Niemand namens Lindner oder so ähnlich habe im Deutschlandfunk sein Buch verrissen, und nun sei er «tot, erledigt». Darüber 15 Minuten aus USA – wegen EINER Kritik.

Auf mein «väterliches» «Machen Sie es wie ich, ich sitze gerade bei einem schönen Bordeaux und rauche meine Cigarre und nehme es alles nicht mehr ernst» (was ja nur Attitude ist, in Wahrheit saß ich verletzt-griesgrämig-alleine, mir des «Abstellgleises» bewußt, auf das man mich rangiert hat ...) sprach die Witwe: «Ach, eine Cigarre – Marcuse hat auch immer Cigarren geraucht.»

12. März

Ganzen Tag Tucholsky-Arbeit.

Nach einer Stunde: mein Auto aufgebrochen, am hellerlichten Tage – trotz Alarmanlage! –, die Scheibe zertrümmert, Radio geklaut. Der Polizist, der die Anzeige aufnahm, hieß – Tucholsky –!!!

Hotel Kempinski, Berlin (puffähnliche Suite, mit «Stil»möbeln und Schabracken), den 13. März

Beginne, wie passend, die seit langem mit so großer Spannung erwartete Lektüre von Mary Tucholskys Briefen an ihn, Kurt Tucholsky. Leer. Perplex, wie ohne innere Spannung, «höflich», aber fern der Ton ist. Große Enttäuschung. Außer ihr Anstand: «Ich will kein Geld.»

Abends Bondys neue Botho-Strauß-Inscenierung in der Schaubühne. Ein herrlich angerichtetes NICHTS. Wunderbare Schauspielkunst – aber eigentlich könnten die auch im Stummfilm spielen; es sind Wörter, keine Worte. Diese Autoren haben nur mehr Appetit, keinen Hunger. So reichen sie ihrem Publikum Appetithäppchen.

Hinterher bei Fofi, wo prompt Bondy mit allen seinen Stars auftauchte. Lustig-befremdlicher Abend: Bondy witzig-jüdisch-schnell («Ich bin leider nicht lesbisch» über das verschwulte Tanger), politisch hell-wach. Liebgard Schwarz konnte keinen Satz zu Ende sprechen, geschweige denn zu Ende denken. So eine herrlich-manieristische Figur auf der Bühne – sind die Lampen aus und die Schminke ab, sitzt da ein stotterndes Vögelchen.

21. März

«Mein Mund gehört Kunibert» – solche ersichtlich erlogenen, aber ergötzlichen Geschichten erzählt am laufenden Band Platschek, mit dem ich vorgestern essen war – das habe ihm ein «Weib beim Vögeln» gesagt, weil sie nicht küssen wollte. Als ich ihn tags zuvor wegen der Verabredung anrief und eine Greisin abhob, ich mich entschuldigte, ob seine Mutter zu Besuch sei, kam nur ein Stöhnen – – – als sei er eben mitten beim Vögeln; es war die Haushälterin.

Die nächsten Wochen werden wohl sehr im «Zeichen Brasch» stehen, der in meiner Gästewohnung wohnt bzw. nicht wohnt: erst das Flugzeug versäumt, dann Verabredung, dann Schlüssel im Mühlenkamper Fährhaus holen (wo ich eben mit Platschek saß), dort 3 Stunden zu spät, kaum mich, kaum den – sehr wohlerzogenen, altmodischen – Platschek begrüßend, mit «Kati» stumm am Nebentisch Batterien Bier bestellend, keineswegs hier einziehend, nächsten Tag Anruf, er habe den Schlüssel abgebrochen, gestern, als gerade die Filmtruppe hier eintrudelte, Anruf «Kati», wo Brasch sei – – – der sich bei mir weder aufhielt noch meldete, obwohl ich ihn zu dem Abend mit Flimm eingeladen hatte. Gut, daß ich morgen nach Sylt abhaue – inzwischen wird er wohl ausgezogen sein.

Mein «Osterei» ist ein herrlicher Marmorkopf aus dem syrisch-römischen Raum, ein Frauenportrait von einem Grab, leise lächelnd, wie über den Tod triumphierend, 2000 Jahre alt – soll nach Sylt. Hat mir die Schnecke geschenkt – ich habe ihr dafür ein Badezimmer (d. h. Geld dafür) geschenkt.

Kampen, den 26. März

Regnerischer Ostersonntag (nach 2 sehr schönen, eiskalten, aber sonnigen Sturm-Nordsee-Tagen): zur Vorbereitung meiner kleinen Ansprache anläßlich Kantorowicz' 10. Todestag Herumblättern in seinen Tagebüchern, in Briefen an ihn (die zu meinem Erstaunen wenig ergiebig sind; abgesehen von einem großen Heinrich Manns und einem schönen Hermann Hesses nichts Bedeutendes – tatsächlich sind die Briefe AN MICH, so unappetitlich-selbstisch sich das anhört, die ich gerade für den Band zu MEINEM 60. heraussuche, inhaltsvoller ...).

Aber diese Kanto-Lektüre ist AUCH eine Fahrt in die eigene Vergangenheit; nicht erst seit Ingrids Ankunft in Hamburg nach der von mir organisierten Flucht aus der DDR mit falschem Schweizer Paß, extra eingenähten Büstenhalter- und Schlüpferetiketten (mußte ja alles «echt schweizerisch» sein), sondern auch an Kanto: seine ersten Vorlesungen, in denen er – für den jungen Mann unerhört – von seinen Freundschaften mit Hemingway oder Heinrich Mann erzählte; sein Auto – ganz unglaublich, daß jemand damals einen EIGENEN Wagen fuhr; unsere Silvesterfeier bei Arendts mit Blochs und Seitzens, wo Kanto als Schieber mit Mütze und rotem Halstuch sehr «à la Marseille» aussah und wir uns alle vergnügt betranken; seiner Flucht, die ich im Autoradio im Erzgebirge mit Katja Selbmann hörte, in deren – i. e. ihres Vaters – Bonzen-SIS-Limousine wir fuhren; mein heimlicher Besuch bei ihm in München, wohin der anständige Kindler ihn als Chefredakteur von DAS SCHÖNSTE geholt hatte (Besuche, von denen dann später die Herren Geheimdienstler wußten!!!); meine erste Arbeit bei (ausgerechnet auch) Kindler: die Edition seiner Tagebücher; die Entfremdung zwischen Kanto und mir (die ich heute gut, jedenfalls besser als damals) verstehe, weil ich ihn nicht verlegte, nachdem ich Rowohlt-Chef war; meine Rede bei seiner Beerdigung, zu der mir weiland Bucerius gratulierte – – – – schon denkwürdige Etappen alles, auch meines Lebens.

Und zu denken – in diesen Tagebüchern zu lesen –, WIE elend sie alle lebten im Exil, oft hungernd, ohne Zimmer, ohne Visen, ohne alles – und ich sitze hier in meiner luxuriösen ZWEITwohnung –, wie sie keine ERSTwohnung hatten –.

STEIGENBERGER HOTEL, STUTTGART, DEN 5. APRIL

Ich war noch eigenartig aufgewühlt von der Kantorowicz-Eröffnungsansprache (zur Ausstellung anläßlich des 10. Todestages). Kann mir meine Unruhe nicht erklären – weder war er mir so nah (wie ich beim Reden log; aber Nachrufe sind immer fromme Lügen), noch hat er mich je intellektuell so interessiert.

Dabei war der Abend mit Ingrid Kantorowicz, die ich fein ins Vier Jahreszeiten einlud, sehr angenehm. Ihre leise, boshafte Eleganz amüsiert mich, sie erzählt – am Todestag von Alfred Kantorowicz! – Grotesk-Komisches vom Tod eines gemeinsamen (sehr reichen) Emigrantenfreundes in einem Schweizer Luxushotel, durch dessen Kücheneingang – «Was machen wir nun mit ihm?» hatte die Witwe angesichts der Leiche gefragt – die die Leiche bugsieren mußte. In Hotels darf ja nicht gestorben werden …

Grotesk auch, mit welcher bösartigen Kälte – «Nun benehmt euch anständig und steigt in den Zug und kommt her!» – sie «die Verräterin» Erika Hofmann samt Arztgatten herbeordert, sich dann keine Minute um sie gekümmert, knapp Guten Abend gesagt hat – die hatten weder ein Hotel noch wußten sie, wo und mit wem essen. Ingrid: «Geht schön essen – ich bin mit Fritzchen im Vier Jahreszeiten.»

Ingrids Kühle hat etwas Schwebendes – und Weises. «Wichtig in unserem Alter, vor allem wenn man alleine ist, ist Geld zu haben. Man muß sich eben 1 Woche das Danieli in Venedig leisten können, wenn einem danach ist.»

9. April

Diffuser Sonntag, Herumleserei in allerlei «Neuem»: Fichtes Nachlaßroman, angeblich sein «kunstvollster», der PLATZ DER GEHENKTEN, ist das reine Blabla, EIN Satz auf EINER Seite – Hochstapelei eines Toten; womit er geradezu ein neues Genre geschaffen hat.

Zur «Soziologie des Kleinbürgers»: Frau Knauf, meine ehemalige Haushälterin, die jetzt Urlaubsvertretung bei mir macht und deren Enkel seine Mutter (also ihre Tochter!!) erstochen hat: «Und dann ist er mit ihrem neuen Mercedes weggefahren – undenkbar, wenn da was passiert wäre, der schöne neue Wagen –!»

10. April

Das sonderbare Selbstbewußtsein von Schriftstellern: Hochhuth, die heutige Presse ist voll der hämischsten Verrisse über die gestrige Premiere seines Leihmütter-Stücks, ruft an: Er sei «voller Lust», neue Stücke zu schreiben, unglücklich, wenn er 2 Tage – wie jetzt während der Berliner Proben – keine Scene geschrieben habe, übrigens ginge das ja auch so leicht – in 6 Wochen ein Stück.

Zugleich, nicht etwa *«keeping low profile»*, habe er einen Artikel-Vorschlag an die ZEIT geschickt und eben leider Flimm nicht erreichen können …; als sei das nun, HEUTE, der richtige Moment, das Entrée, das ich ihm bei Flimm geschaffen habe, zu benutzen. Ungebrochen –.

Die herrlichen Platschek-Lügen. Treffe ihn, wie ich mir von Kruizenga für 3 Mark Brot hole, er die Abendzeitung unterm Arm, dabei hochelegant im schwarzen Cashmere-Mantel. Er habe 2 Tage «auf dem Kiez leben müssen» (im Hause sei Krach gewesen), und da gebe es eine Kneipe, und in der Kneipe gebe es einen Transvestiten, und dieser Transvestit sei Südamerikaner, und als er mit ihm spanisch gesprochen habe, da habe er/die ihm eine Lektion in Marxismus gegeben und beim Stichwort «Überbau» seinen Gummibusen auf den Tresen gelegt. Niemand außer Platschek kann so was erfinden.

18. April

Sehr «zittrig» am Tucholsky-Buch.

Immer wird einem jemand «zu nahe», und das heißt zugleich fremd-unangenehm, wenn man so über ihn schreibt.

Lebende zuhauf: dieser Tage die ganz verlogene Dönhoff in einem TV-Gespräch, in dem – unwidersprochen, nicht mal eingeschränkt – von ihrem Widerstand gesprochen wird. Ekelhaft, wie sich die Leute ihre eigenen Lügen – im Bleylekleid mit Perlenkette – glauben und man sie ihnen, sind sie Gräfin und per Rappe geflüchtet, glaubt.

Fichte im Testament über seine 3 bestellten Nachlaßverwalter: «ein nettes Kleeblatt»!

Im Flugzeug Frankfurt/Strassburg nach Hamburg, am 24. April

«Dichterlesung» und Vortrag in Schiltigheim bei Straßburg mit Adolf Muschg, mit dem schon von Hamburg aus zum Abendessen verabredet. Jedoch: Er las und las und las UND diskutierte in seiner «zu kleinen» Eitelkeit vor 12 Leuten derart endlos, war auch durch Gähnen nicht zu bremsen, daß ich 3 x im Restaurant anrief, den Tisch konfirmieren, verlängern, neu erbitten mußte; als wir schließlich anlangten, war die Küche zu, das Essen kalt, der Wein warm – – – gute Gelegenheit für Muschg, weiterzureden, ohn' Unterlaß (ich bin sozusagen «anspruchsvoller eitel», lese in so einem Fall dann wirklich nur kurz); Muschg sprach NUR von sich, von seinem kleinen privaten Scheißkram, der neuen Japanerin, mit der er lebt, deren Kindern. Was geht mich das an? Ich esse doch nicht mit einem Schriftsteller, um über Windeln und Einbauschränke zu reden.

Aber über Arbeit, nicht mal SEINE, geschweige denn meine: sprach er nicht. Zeitungen liest er nicht. Schreibt an diesem 1800 Seiten arg geschmückten Parzivalroman mit Rüstungen, Flackerkerzen und scheppernden Schwertern; offenbar ein falscher Eco.

29. April (Kempowskis 60.!!)

Heute abend also Eröffnungsrede für/in Nannens neuem Museum in Emden. Statt bei Kempowskis Geburtstagsfeier. Hm.

Nannen und sein Emden; oder Emden und sein Nannen: grob, laut, kunstunsinnig. Bei schönem Museumsbau, mit einigen auch schönen Bildern; obwohl: zumeist 2. und 3. Qualität, kaum ein SPITZENBILD. Und: NUR diese deutsche Kunst, der ewige Nolde, der ewige Barlach, dazwischen eben diese Modersohns und noch Namenloseren – Altmeppen und Scharl und Segal, und WENN eine Beckmann-Quappi, dann eben doch nicht DIE Quappi: Das alles hat etwas seltsam Schweres, gar Unkünstlerisches; es ist ohne Raffinement. Deshalb wohl auch (nicht WEIL!) kein Max Ernst oder Magritte oder Dalí, nicht mal Oelze – das Raffinierte in der Kunst liegt/lag diesem Mann nicht. Er hat eben doch einen «Musikdampfer» gesteuert, in gewisser Weise hängt da der STERN – auf den er allen Ernstes stolz ist ... – noch einmal an den Wänden; es hat etwas Brüllendes.

Ich glaube ihm auch nicht die «Liebe zu den Bildern» (über die ich auch noch sprach – WÄHREND ich die Geschichte von Walter Benjamin, seinem Klee-Bild und dem daraus gefilterten Konzept der Geschichte als Katastrophe redete, SPÜRTE ich, wie weder er noch das Publikum verstanden, wovon ich sprach). Nannen führte mich zwar durch das Museum – aber erzählte ausschließlich, wie günstig er dieses Bild und wie teuer jenes erworben habe, bei wem und durch wen und wie teuer das JETZT sei, erzählte unentwegt dieselben Geschichten, die er mir schon zuvor beim spießigen Kaffee und Kuchen und davor am Telefon erzählt hatte, wie ein bestimmtes Bild in 6 Wochen das Wievielfache erbracht habe, wie sein Sohn auf sein Erbe verzichtet und ihm sogar noch ein Bild geschenkt habe, daß das Museum 6,5 und alles zusammen 13,8 Millionen gekostet habe. Dreizehnkommaacht war ohnehin jedes dreizehnkommaachte Wort; wieso er nicht 13 oder 14 sagt? Und die halbe Million vom STERN zu seinem Geburtstag und der Ankauf des Nebenhauses durch Gruner & Jahr und der Dienstmercedes auf Lebenszeit – vor lauter schwitzender Selbstgefälligkeit und Sich-in-Scene-Setzen kam er natürlich nicht dazu, auch nur das eine Wort «Danke» zu sagen. Er hat sowieso keine Ahnung, wer ich eigentlich bin, hat nie was von mir gelesen, zeigt aber wie der kleinste Mallorca-Reisende ein Fotoalbum herum, wie er mit dem «Henri-Nannen-Stern-Kunstexpress» (schauerlicher Gedanke: 4 Stunden Paris, 3 Stunden Florenz ...) durch Europa flitzte – eben eine Illustrierten-Idee. Der ganze Mann ist der STERN, IST eine Illustrierte.

So ist auch das buchstäblich grauenhafte Haus, in dem er wohnt, das er sich – schön an einer der Grachten gelegen, mit dem herrlichen weiten Horizont dieser Landschaft – selber gebaut hat und mir, dem Fremden, bis zum Schlafzimmer und Badezimmer mit Besitzerstolz zeigt; der Kleinbürger mit großem Portemonnaie (wie viel doch diese Bilderblatt-Macher verdienen!!!): nur grausliche Möbel, ausgebaute Dauben mit falschem Ikea-Holz ausgeschlagen und vollkommen verloren sinnlos, geradezu weinend dazwischen auf weißem Schleiflack einige traumhaft-schöne Tiffanylampen (auch im Museum 2 sehr schöne Tiffanyfenster – das eine doch tatsächlich in der scheußlichen «Cafeteria»).

Während dieser alternde Elefant mit Hörgerät und naßgekämmtem Weißhaar polternd von sich, dem Besuch Weizsäckers, dem Sonderzug durch Europa oder dem Sonderzug mit den «Mädchen» (Dönhoff, Knef), den ihm der STERN zu seinem Geburtstag schenkte, erzählt und dabei ständig betont, daß ihn «Hamburg» nichts mehr angehe – merkt man, daß er wie alte Feldwebel vom Krieg von nichts anderem erfüllt ist. Mehr noch: Daß es für solche Leute überhaupt nur die Welt der Journalisten gibt, ist mir so bisher kaum aufgegangen; sie leben wie die Bonner unter einer Glocke, ohne Kontakt zur Außenwelt – in diesem Falle interessanterweise auch ohne Kontakt zu Künstlern oder Schriftstellern. Statt der Preise hätte er doch von einem Besuch bei Christian Schad (kein Bild!) oder einer Begegnung mit George Grosz (kein Bild!) oder Dix (kein Bild!) erzählen können. Nix. Aber was Schulte-Hillen gestern zu Augstein und der Herr Steinmayr über Haug von Kuenheim gesagt, daß «die Gräfin» ihm den Weizsäcker «besorgt» und wie sehr krank (der Hitlertagebuchchefredakteur) Peter Koch sei; auch da übrigens eine Scene, die darzustellen eines Chaplin bedürfte: Während er mir von der 4stündigen Krebsoperation und dem Darm «voll mit Metastasen» berichtet, wird er fotografiert – und dreht sich mit dem schief-falschen Lächeln dieser Leute in die Kamera, unterbricht den Todesbericht, lächelt, spricht weiter, nächster Fotoblitz, nächstes Lächeln, weiter mit den Metastasen –.

Als ich die leckeren Hühnchen am Grill in der Küche sah, floh ich. Verabschiedete mich eilends bei der Hausherrin (die wie eine Sekretärin in der Redaktionskonferenz angeherrscht wurde: «Stühle weg, aber rasch!» – immerhin die Lebensgefährtin), die prompt «das Couvert» (mit dem Honorar) nicht parat hatte – – – – – und saß aufatmend kurz vor 8 schon in meinem Auto, legte Glenn Gould DAS WOHLTEMPERIERTE KLAVIER auf und gondelte durch die wunderbare Landschaft (das schönste Bild des Tages) mit tiefroter Abendsonne, gläsern grünem weiten Horizont und dünnem Nebel (Frühjahr ist im Norden ein bißchen Herbst) nach Hause.

1. Mai

Gestern Abendessen mit Hochhuth, der – ganz der große Schriftsteller – in den REICHSHOF «bat»: anders als sonst, recht elegant in grauem Anzug mit ordentlicher Krawatte, dick Trinkgelder verteilend, Champagner bestellend und dort offenbar seit Tagen «seine Leute» abfütternd; z. B. «meine Mädchen» – das sind die Sekretärinnen des Theaterverlags usw.; sitzt in einer Loge und arbeitet mit Heepe den ganzen Tag am Manuskript des neuen Stücks für Peymann, residiert, Herr Hochhuth hinten und vorne, und ist GÄNZLICH unberührt von den Verrissen.

Ein eher unlebendiger Abend – außer einem kleinen Streit über seine fürchterliche Jünger-Verehrung. Sagte ihm, er sei ein «Kopf-Homosexueller», sein Auf-dem-Bauch-Liegen vor «großen Männern» – ob nun Churchill und Hemingway in der Literatur oder Ledig und Jünger und Golo Mann unter den Lebenden – sei deutlich ein Ersatz für nie angefaßte Schwänze. War sehr betroffen, will «darüber nachdenken». Wozu?

Kampen, den 6. Mai

In halbnarkotischer Erschöpfung vom Beenden des Tucholsky-Buches. Hat mich «alle» gemacht wie selten etwas – liege hier (bei strahlendstem Nordseewetter, Sturm, Sonne, schon warm) nur in Decken gehüllt und schlafe wie betäubt. Husten, Schnupfen, Schwindel – krank von dem Buch.

Hotel Kempinski, Berlin, den 14. Mai

Botho Strauß' «Besucher» ein raffiniert angerichtetes NICHTS, ein Soufflé der Pointen und des Schauspieler-«Zuckers»; mit der köstlichen Doppelpointe, daß Bennent oben auf der Bühne Minetti karikierte (und auf dessen unrühmliche Bereitwilligkeit, das Naziregime zu schmücken, anspielte) – – – – und der 2 Reihen hinter mir saß. Und laut lachte und applaudierte. Ansonsten: reiner *Cami.*

Das alles im schönen Hebbel-Theater, von wo ich durch die Trümmer Berlins 1948 nach der Sartre-Fliegen-Premiere nach Hause ging durch Dreck und Dunkelheit – worüber (die Diskussion, nicht die Denunziation: Sartre, Harich, Fehling, die Gorvin) ich seinerzeit atemlos in meiner Abitur-Klasse referierte. Schließt sich ein (Lebens-)Kreis? Dann ja etwas früh.

Bizarre und typische Reaktion von Wunderlich: auf die Pressemeldung hin, der Senat richte Janssen ein Museum ein – was ihn, dem man keins einrichtet und ungerechterweise ja in dieser Stadt so wenig achtet, daß selbst sein schönes Runge-Bild in der Kunsthalle im Depot schmort – kränken muß. Aber er sagt lächelnd darauf: «Das habe ICH ja für Janssen arrangiert, an dem Abend bei Ihnen, mit Spielmann.» Tatsächlich HAT er an dem Abend mit Spielmann über eine mögliche und nötige Ehrung für Janssen geredet, eine Ehrenbürgerschaft oder dergleichen (und Spielmann hat auch prompt nächsten Tags an den Bürgermeister geschrieben) – aber von einem MUSEUM war natürlich nicht die Rede (und könnte wenige Tage nach so einem Gespräch auch garnicht realisiert, nicht mal projektiert sein, schon mit dem Haus benannt. Es ist Wunderlichs lebenserhaltende Form, Störungen abzuweisen respektive einzupuppen).

Im STERN irgendein Bla-Bla über/mit Rezzori. Putzig daran, daß er «diesen, äh, wie heißt er noch – ja, richtig – Raddatz» beschuldigt, ihn seinerzeit aus dem Rowohlt-Verlag quasi verdrängt zu haben. Die Wahrheit ist, daß er unter Ledigs «Hoheit» stand, ich nie etwas mit ihm – also auch nicht gegen ihn – zu tun hatte, weder seine Manuskripte las noch seine Konten kontrollierte; mich lediglich an den permanenten Schock des Buchhalters erinnere, wenn ständig Rechnungen aus dem VIER JAHRESZEITEN oder aus anderen Luxusetablissements kamen, die Rezzori mit balkanischer Selbstverständlichkeit an den Verlag gehen ließ – der sie «zähneknirschend» beglich. Ich fand ihn immer einen amüsanten, gut gekleideten Hochstapler – in die Sparte Literatur habe ich ihn nie einrangiert, eher in die Sparte Herrenoberbekleidung. All das waren ja damals für den jungen FJR Saurier, MEINE Literatur – respektive die, die ich zu fördern suchte – hieß ja Enzensberger und Jürgen Becker und Fichte und Rühmkorf und Kempowski und Elsner. Unvergeßlich ein Nachmittag in meinem kleinen Büro, wo wie stampfende und dröhnende Rosse solche Urviecher wie Marek, Salomon (und noch einer, dessen Namen ich vergessen habe, eine Art Kommunist; hieß er Schlesinger?) herumröhrten, Schnaps tranken und dicke Zigarren rauchten – und sich leise die Tür öffnete und 3 blasse, dünne, unscheinbare Herren diesen Zoo betraten: Enzensberger, Jürgen Becker und Fichte. Die «Ablösung».

20. Mai

Mein «Lebensmotto»: fällt auf den Rücken im GRASE und bricht sich die NASE – bewahrheitet sich immer wieder aufs Schönste. Bis ins Detail – es ist zum Lachen (Weinen): Nun erscheint in Paris, immerhin in einer der führenden Zeitungen der Welt – Le Monde –, nicht nur ein großer und offenbar nicht ganz schlechter Aufsatz von mir, sondern auch in dieser der deutschen Gegenwartsliteratur gewidmeten Sondernummer etwas ÜBER mich – vorgestellt als einer der wichtigsten zeitgenössischen Autoren Deutschlands – und DIESE NUMMER VON LE MONDE WIRD NACH DEUTSCHLAND NICHT AUSGELIEFERT! Streik. Es wäre so lustig gewesen – da Le Monde hier ja ohnehin nur von den «Kadern» gelesen wird, hätten's eben alle meine Feinde gelesen. GEGEN mich allemal – das kann man ja jede Woche irgendwo haben. FÜR mich – wird bestreikt.

Mai

Skurrile Tage, weil einerseits leer vom Tucholsky-Buch, das in mir nachglimmt, von dem ich von Stunde zu Stunde wechselnd finde, es sei gut oder schlecht und bei dessen Abschluß ich diese jungmädchenhafte, leicht alberne Eintragung von mir fand, die ich vor fast genau 30 Jahren in ein altes Tucholsky-Buch machte, 12. 9. 59 (!): «In tiefer Nacht, nach einem schrecklichen (und zugleich schönen) Tag zeigt sich mir wieder, wie mich jedes Wort von Tucholsky angreift, auch jedes – noch so falsche – Wort über ihn. Er ist ich. Es gibt niemanden, mit dem ich mich so tief identifiziere, auch in den Fehlern charakterlicher oder geistiger Art. Menschenverachtung aus Menschenliebe – ein gutes Wort. Ich wünsche so brennend, ein zweiter Tucholsky zu werden. Das ist ganz uneitel gesagt, eher missionarisch.»

Rührend – und ernst.

Vorgestern Abendessen mit Bissinger. Er erzählte u. a. von Kuby, inzwischen 79, der keinen Pfennig hat, dessen STERN-rente an die Geschiedene geht und der sich in diesem Alter von Honorar zu Honorar (das nicht kommt) hangeln muß. Schrekkensvision. Und groteske Erinnerung, wenn ich denke, wie ich ihn kennenlernte: in der Film-Villa in Pullach mit Hausbar und eingepflanzten Blumen in derselben, ich vor Hunger (war gerade aus Ostberlin angelangt) fast ohnmächtig werdend, weil ich die Sitte der «drinks» nicht kannte, lieber ein Schinkenbrot erbeten hätte, was ich mich nicht traute, in meinem einzigen Nyltesthemd, das ich überhaupt besaß (ich hatte 500, das war alles, und den Kindler-Vertrag zwar in der Tasche, aber gezahlt gab's ja erst NACH dem ersten Monat). Und Kuby spielte mit Joachim Kaiser auf ZWEI Flügeln im «Musiksalon» Tschaikowsky – – – – zum «Einzug der Russen in München». Das war ich ...

Den Abend davor Essen mit Schuldt, absonderlicher Mensch, Platschek (den er prompt auch sehr mag) in blond, hoffärtig («So ne Literatur wie die des Herrn Grass ...») und witzig-arrogant. Ein beschwingter Abend im sommerlichen Garten Il Giardino, der bei (zu) viel Wein ein schnelles Ping-Pong war, bei mir bei noch mehr Wein endete – und mit Umarmung und Kuß. Auch das komisch – wenn die Deutschen besoffen sind, fassen sie auch schon mal dem Buchhalter an den Schwanz. Dabei ist der garnicht so «deutsch», lebt (wovon eigentlich?) das halbe Jahr in New York, wo er eine Wohnung BESITZT UND ein Haus hier um die Ecke.

Das ist schon ein seltsames Land, in dem selbst die experimentellen Dichter Landhäuser und die Avantgardisten Zweitwohnsitze haben.

Im Flugzeug nach München, den 29. Mai

Klaus Manns Tagebücher. Ärgerlich zwischen «Chokolade im Schwimmbad genommen», «Tee bei ...» und «Cognac mit ...»; derlei Manikür- und Haarewaschen-Notizen erlaubt man (und vergnügt sich dran) THOMAS Mann, bei dem es die amüsant-pittoresken Details, gleichsam Hobelspäne eines großen Werks, sind. Hier etwas Bürschchenhaftes, zwischen München, Berlin, Paris und Skilaufen in der Schweiz, Venedig und Westerland. Ich reise ja auch viel, aber eben BERUFLICH, ich bin ja in Bogotá oder New York nicht zum Vergnügen. Und nicht von Papas Geld.

SEHR ärgerlich auch die hingesauten Anmerkungen, aus denen man weder erfährt, wer «Gustav» ist, noch was es mit «Ullstein-Appeasement-Politik» auf sich hatte; da steht dann allen Ernstes: «Ullstein: Berliner Zeitungsverlag.»

31. Mai

Rückfahrt von meiner letzten Vorlesung – wohl der wirklich letzten: Ich will nicht mehr; es strengt mich zu sehr an; ich sehe die honorarlose Honorarprofessur nicht mehr ein –. Was war mir das – der Titel – mal wichtig; nun gebe ich es ohne Zwang auf.

Klaus Mann, Cocteau: Es gibt offenbar Leute, die mit ihrer Person – ihrem «Ruhm» – das Werk verdrängen, in den Schatten drängen; auch ich? Alle drei (die Begabungsunterschiede mal außer acht gelassen) tanzten wir auf 1000 Hochzeiten, Klaus Mann – scheint mir – am oberflächlichsten (Canetti hat dieses von Tisch zu Tisch der Namhaften Hüpfenden beschrieben); und alle drei leiden wir darunter, als Schriftsteller nicht ernst genommen, nicht genug anerkannt zu werden. Solche Leute – ist das spezifisch homosexuell? – drehen zu viele Pirouetten, mäßigen sich nicht, und ohne Mäßigung kein «Werk». Goethe über Johann Christian Günther: «Er wußte sich nicht zu zähmen, und so zerrann ihm sein Leben wie sein Dichten.»

Auch typisch für «diese drei»: im Wirbel die Sehnsucht nach Ruhe, nach Partnerschaft. Klaus Mann wünscht ja quasi in dem Moment den Freund herbei, in dem er es mit irgendeinem Matrosen oder Stricher treibt. Wie es wohl gewesen wäre, wir hätten uns «richtig» kennengelernt? Ich war ja als Knabe geradezu verliebt in ihn (hatte sein Foto auf dem Schreibtisch) – da irrte er ohne Freund und mit von Koks zerfressenen Nasenlöchern durchs Leben; respektive in den Tod. Ich erlebte ihn noch bei einem Vortrag; und danach … Er notiert: «Irgendwo ist einer – ich warte auf ihn.» Ich war «irgendwo» …

KAMPEN, DEN 3. JUNI

Ganz zusammengefaltet in meinem Sanssouci (das wieder schön wie immer, verschönt noch durch den inzwischen angemauerten syrisch-römischen Kopf, prunkend mit Töpfen voll geklauter Lupinen und lichtüberflutet von der nicht enden wollenden Junisonne); tue mal die ersten Tage nichts, lese den grauslich-kitschig geschriebenen «Cinemascope»roman MARIE ANTOINETTE von Stefan Zweig – wobei mir meine Mondäne als die Marie-Antoinette der 50er Jahre durchschimmert: nie hinhörend, Probleme wegkichernd, Mode oder Journale oder die heutige Form des Klatsches, das Telefon (wobei fast immer, wenn sie telefoniert, sie noch mit jemand anderem spricht, und sei's nur ein «Domestik»), nie ein Buch WIRKLICH lesend, gar zu Ende, immer nur «Information», alles wissend, nichts kennend – – – also ganze Seiten über die rasende Flüchtigkeit, die Gesellschaft der Friseure, Modistinnen, Dekorateure sind BUCHSTÄBLICH wie Seiten über sie.

Die nicht zuhören kann, selbst am Telefon «flieht»: «Ach,

du hast Probleme, welche, ach so, ja, ich muß jetzt runter, ich habe Leute im Salon ...» und am Tag 2mal anruft, um über IHR schreckliches Schicksal zu klagen!

KAMPEN, DEN 13. JUNI

Mittelmeerische Hitze – und ein kraus-hysterischer Tag gestern: In den verkramten Nachlaßteilen von Mary Tucholsky, die mir ihre Sekretärin nach dem Tod peu à peu zuschickte, zwischen ausgebrochenen Ring-Perlen, alten Reiseweckern und einem mottenzerbissenen Fuchs, lag auch ein Stenogramm. Das habe ich jetzt «dechiffrieren» lassen, und es stellte sich heraus als, in IHRER Handschrift, der Text von Tucholskys berühmtem Abschiedsbrief an sie. Da zugleich Spekulationswellen von Tucholskys Ermordung heranbrausen (mir uneinsichtig: von wem und warum?), schoß wildestes Zeug durch mein Gehirn: Mary Tucholsky habe diesen Brief gefälscht, selbst geschrieben etc. – und tatsächlich ist er auf einer anderen Schreibmaschine geschrieben als Tucholskys ziemlich zur selben Zeit geschriebener an seine Schweizer Geliebte Nuuna. Ich war einen Abend, eine Nacht lang in Panik: Das konnte und wollte ich nicht unterstellen, ich «bot mein Wort aus 25 Jahren Freundschaft, wie perforiert immer», daß sie zu einer so ungeheuerlichen Fälschung nicht imstande gewesen wäre. Bis – aber darauf mußte ich erst kommen – ein Vergleich mit den Briefen an Hasenclever, ebenfalls zur selben Zeit geschrieben, klarstellte: Tucholsky hat 2 Schreibmaschinen gehabt.

Lehre: Wie rasch sind Menschen bereit, dem anderen – dem Toten – Ungeheuerlichstes zu insinuieren.

War so KO, daß ich mit Schlaftabletten verschlief, mir den heutigen, märchenhaft schönen Tag durch die nur zögernd abklingende Nervosität ruinierte. Na, das zumindest bin ich Mary Tucholsky schuldig.

Kopfweh, müde, matt, verdrossen.

Gestern abend Drinks mit Pressetante von Rowohlt, die wie eine lästige Pflicht die – immerhin – über 20 Buchhandlungs «meldungen» für Lesungen mit mir besprach – – – – – aber ihre Augen über Rühmkorf («unseren wichtigsten Autor») verdrehte und von den 65.000 verkauften Jelinek-Exemplaren schwärmte. Ich bin ja zum Glück kein neidischer Mensch und freue mich über den Erfolg eines Kollegen – aber es gehört sich doch nicht: Mit MIR muß sie doch über MICH und meine Bücher sprechen, nicht über ein Rühmkorf-Gedicht, sondern über mein Buch? (Das sie offensichtlich garnicht gelesen hatte.)

Dafür läßt Rühmkorf sich als den «größten lebenden Dichter deutscher Zunge» in einem Verlagskatalog feiern; liest sich schon rein sprachlich wie eine Parodie aus Rühmkorfs Feder …

Das Wort, das diese Tante am meisten benutzte (über Presseleute, Fernsehrunden oder Schriftsteller), hieß «hochkarätig».

Das vollkommen schockierende Erlebnis, in den alten Briefen an mich zu lesen, heute in Dutzenden von Erich Arendt; nicht nur, was für eine Freundschaft da mehr und mehr gemauert wird – sondern: die wunderbare Neugier, der Hunger nach Kultur. Wer ist Jürgen Becker, was schreibt ein Hubert Fichte, bitte die weiteren Bände Jouhandeau, wie ist der neue Aragon, habe deinen Artikel über X gelesen und deine Sendung über Y gehört, habe gestern die Nacht durch mit Peter (Huchel) gestritten oder: Ich finde, daß Karl Mickel doch nicht … Wo gibt es derlei heute noch? KEIN EINZIGER Literat schreibt auch nur EINEN solchen Brief an einen Kollegen – sie SPRECHEN auch nicht so und darüber –, wir sitzen und reden über Geld, über die Angst vorm Alter und – thronend auf endlosen Bänden von Veröffentlichungen – über unser Unterdrücktsein. Der

Vergleich mit diesem großen alten Mann ist geradezu ekelhaft – da war Bildung, Neugier, Lebenstiefe. Hier ist Geplapper, und die einzige Unersättlichkeit ist die des Kontos.

HOTEL QUISIANA, CAPRI, DEN 21. JULI

Mißvergnügte Abreise von Capri – vielleicht, weil unausgeschlafen (5 Uhr geweckt): Heute geht mir das Opernhafte, ewige Gelache, Erzählerei, Schäkerei auf die Nerven; beim Zoll, der «Schaffner» am Boot, beim Check-in: stets ein Gesinge und Gealbere (und natürlich kein Service – Flughafenrestaurant geschlossen, Papp-Becher-Bar unzumutbar).

Auch die schamlose Handaufhalterei enerviert mich: Ich bezahle für den Kofferservice Hotel = Boot; aber natürlich will der Kerl, der die Koffer aus dem Zimmer holt, der Portier, der Mann mit den Koffern am Hafen Geld, der Mann mit den (vom Hotel mit Aufschlag besorgten) Boots-Tickets am Hafen, der Mann mit den Gepäckkarren am Flughafen: jedermann.

In Wahrheit hat meine schlechte Laune ihre Ursachen wohl eher im fehlgeschlagenen «Abenteuer»: Ein besonders netter, mitteljunger, schlanker, schnauzbärtiger, behaarter, zierlicher Mann bewirtete mich gestern morgen im (den Landgrafen von Hessen gehörenden, von ihr gemieteten) Palazzo der Presidentezza des Malaparte-Preises Graziella Condardo. Große, rasche gegenseitige Sympathie, ich lud ihn zum Abendessen ein, er sagte (angeblich?) extra eine Verabredung in Neapel ab, es war ein Flirt *at its best*: deutlich, aber nicht grob. Auch wieder doch immerhin so deutlich, daß ich sagte: «Let your imagination work, I'm expecting a very special dessert.»

Nach herrlicher Boots-Umkreisung der Insel (mit Graziellas Chauffeur, der sich quand-même regelrecht bezahlen ließ: kein Witz – er wies sogar den anfangs gebotenen Betrag zurück und verlangte das Doppelte) abends Drinks im märchenhaft gelegenen Haus eines Bankers, Sigmar Mauricio, strahlend, holt mich dort ab, wir gehen durch die Dämmerung, unterwegs noch ein Drink über einer in der Abendsonne verschwimmenden Bucht – tausend kleine Flirt-Funken stieben, verbal und non-verbal, mieses Essen und billiger Wein in einem dafür zauberisch gelegenen Gartenlokal über dem Meer und unter orangenem Vollmond, zart-frivole Witze über das «ausstehende Dessert» – und plötzlich, nach «deutlichem» Weg zurück, stehen wir im Ort, auf der kreischend operettenhaften Piazza, wo er nahezu kommandierend fragt: «Hier noch einen Drink?»

«Hier?»

«Ja, wo sonst?»

«Well, either at your place or at my Hotel, whatever you prefer …»

«Just to make things clear – I'm not in the mood to have sex with you.»

Peng.

Als träte jemand mitten im Gespräch auf die Leitung. Ich bin/war derlei seit Jahren nicht gewohnt (und war jünger!, als es mir öfter passierte). Wie vom Donner gerührt, betäubt ging ich mechanisch-höflich (um mich nicht rüde einfach auf dem Absatz umzudrehen) mit – und bekam ein Glas Wasser angeboten!! Es war also nichts für einen *after-dinner*-Besuch vorbereitet. 2 schweigende Cigarettenlängen – au revoir, thank you for the evening. Das war's.

Scheußlich. Auch, weil es ja – ohne «Vollzug» – doch ein Betrug war (im Kopf bereits begonnen) – und dann dennoch vor die Tür gestellt zu werden …

Ich gebe ja derlei üblicherweise nicht ins Tagbuch – aber diese Kränkung mußte ich versuchen, durchs Aufschreiben loszuwerden.

Nachmittags: Sitze im Baur au Lac, warte auf Hochhuth (bis zum Weiterflug nach Hamburg), und der «schwarze Tadzio» rumort in mir. Liegt es an mir, lasse ich zu viele «Raketen steigen», wenn ich werbe? Ich halte das nicht für Imponiergehabe, wenn ich von García Márquez und Baldwin, Cioran und Pasolini, Lévi-Strauss und Guttuso erzähle, Komisches oder «Interessantes», ich kenne/kannte die ja wirklich (und im eigenen Tagebuch muß ich ja nicht lügen!) – aber vielleicht ist das Feuerwerk zu bunt, sind die Ballons zu groß; und verprellen, «blenden»? Gerd erzählt ja heute noch von meinem «Wasser»-(i. e. Wort-)Schwall des 1. Tages, der ihn entsetzt, betäubt habe. Ich will mit so was nicht angeben, sondern «mit Sprache streicheln», mit dem Gehirn flirten; und das mag – zumal für einen kleinen neapolitanischen Lehrer – zu viel sein. Mein alter/ewiger Fehler: Ich mache die Menschen sich nichtig fühlen, unterlegen; und das weckt instinktiv Aggressionen: Beruflich fliege ich raus, publizistisch werde ich ermordet, schriftstellerisch vernichtet – und erotisch (hier) abgewiesen oder (früher) betrogen.

Seltsam auch, wie meine Dumpfheit, Verdrossenheit verflogen war – die Geigensaiten waren ganz gespannt, alles sprühte, alle Poren – sonst so grau-verklebt – waren hungrig geöffnet, ich trank den orangenen Mond im grünen Wein, sprach, rauchte, aß, gestikulierte, alles auf einmal; und faszinierte ja auch spürbar, sehr bald kam das gewohnte «Sie sind garkein Deutscher» – und dann verschwand das Geschöpf gleichsam in den Schatten der Nacht …

Weiß bei alldem selber, wie ungerecht ich gegen mein eigenes Leben bin – schon äußerlich ist es ja außer der üblichen Ordnung: Luxushotel(s), in Capri durch Inge Feltrinelli sofort die besten Kontakte (also nicht «außen vor»), von allem nur das Beste, ob Weine oder Kaninchenrücken auf 6 Kräutern in einem Zitronen-Hain-Gartenrestaurant unterm Mond, heute der herrliche 1.-Klasse-Flug über die Alpen bei klarstem Wetter, ein köstlicher Imbiß, ein Glas Champagner. Aber auch innerlich: Ich lebe doch mit einem Hannah-Kasch-Copain, das, was ich immer suchte und wollte, ich kann, wenn ich will, nachts «zu Hause» anrufen, heute abend steht er am Flugplatz …

26. Juli

Gisela Lindemann (gestern?) tödlich beim Bergsteigen – vom Hause Muschgs aus – verunglückt. Ich erfahre das per Anruf des NDR – weil man mir 2 Aufträge «durchgeben» will …

Vorgestern abend mit Roger de Weck im Mühlenkamper: Bucerius hat ihn – der «Nachfolger» und Verleger werden sollte – bereits weggegrault. Dieser über 80jährige, ungefähr 1½ Milliarden schwer, hat sein Haus nicht bestellt, niemand weiß, wer die Mäuse erben wird, wie es mit dem Verlag weitergehen soll, selbst Helmut Schmidt zieht sich deswegen – nach erfolglosen «Lösungsversuchen» – als Verleger zurück.

Es ist dasselbe Phänomen wie bei Mary Tucholsky – die einerseits ein ewiges Monument errichten wollte und gleichzeitig alles tat, damit es eben nicht ewig sein kann, sondern möglichst mit ihr in die Grube fährt (der einzige Ort, wo sie den Kerl sicher hat …). Es KANN eben nicht sein, daß auch solche Menschen ersetzbar/ablösbar sind – ihr Werk, einerseits *forever* gedacht, soll andererseits sie nicht überdauern.

Noch 26. Juli

ZU MIR WILL KEIN GELD, NEIN, ZU MIR WILL ES NICHT, DAS GELD

Der erste Besuch der Dame von Christie's, mit der ich über den Verkauf des Mosaiks und des Christo sprechen wollte, verlief so: «Christo? Ja, SEHR interessant. Lebt der noch? Ach, und das ist alles Wunderlich hier bei Ihnen? Was macht der eigentlich? Meine Mutter hat mit ihm Abitur gemacht. Sehr schön, Ihr Botero – DEN nähmen wir sofort. Und Sie haben ja viel Jugendstil – darf unser Experte sich das mal anschauen? Auf Wiedersehen.»

Anruf, Rückruf, Anruf. Was denn der Experte solle, ich verkaufe ja keinen JUGENDSTIL, sondern Christo und/oder das Mosaik. Ja, aber der Herr sei so nett und so interessiert. Höflicherweise bitte ich zum Tee.

Der 2. Besuch, Auftritt Gräfin X. im Mini und ein Mr. Klein.

«Also für den Christo ist die Obergrenze 20–25.000 Pfund.» Ich: «Aber Sie haben doch in London gerade einen, mit demselben Motiv, für 72.000 Pfund versteigert – nur SO eine Summe interessiert mich?!» «Dann überlegen Sie es sich doch besser noch mal. Und das Mosaik – ja, wir wissen ja nicht, ob es echt ist.»

«Aber deswegen habe ich Ihnen ja Ektachrome und Fotos geschickt und mich an Sie gewandt, dann muß eben ein Experte es besichtigen.»

«Nein, ich glaube, das machen wir nicht. Wir müssen erst mal die genaue Provenienz wissen – aber wissen Sie, wir suchen ja auch KUNDEN, es interessiert Mr. Klein, was Sie eventuell bei uns KAUFEN würden, DESHALB ist er mitgekommen.»

Mr. Klein war indes mit Sherry und Tee von Tiffany-Schälchen zu Daum-Lampe zu Majorelle-Tisch geschlichen, hatte alles beschnüffelt und besichtigt, die feine Sabino-Obstschale und die Lederer- und die Minne-Skulpturen und muffelte dann: «Na gut, ich werde Ihnen zukünftig unsere ANGEBOTE schikken, Sie kaufen ja offensichtlich gerne.»

Noch etwas Sherry, eine Davidoff, *shake-hands, nice-to-see-you* – – – das war's.

Sie wollten mir nur was verkaufen, NICHTS abkaufen. Und beim Rausgehen sagte der Experte: «Botero – das war doch ein Spanier, nicht wahr?»

10. AUGUST

Zu alt für Beerdigungen: die von Gisela Lindemann hat mich über Gebühr angestrengt, psychisch erschöpft. AUCH, weil mir Berlin so nahe kam – dieses Herbstlicht auf den Fichten des

Zehlendorfer Waldfriedhofs, die roten Ebereschen, das Silber der Birkenstämme: Das gibt es SO nur in Berlin. Hat man also doch eine «Heimat»?

Geschockt hat mich auch – immer wieder – dieser atavistische Ritus der «Leichenfeier», bei der lachend und scherzend Tatarbrötchen verschlungen werden, während Muschg oder Fritz Rudolf Fries noch sprechen; vorher ein lächelnder Witwer ans Mikro klopfend: «Na, Funk-Qualität isses wohl nich.» Brrr. Schon neben dem Grab, ich hatte gerade meine Orchidee und die drei Hände Erde auf die Tote geworfen, flüstert er mir ins Ohr: «Du, kommst du nachher noch mit?» Wie bei einer Vernissage oder Premiere.

13. AUGUST

Die Natur wird immer künstlicher, man selber auch: Das Violincellokonzert von Dvořák, auf das ich mich am Eutiner See so gefreut hatte, war nur in der Rückfahrt im Auto zu ertragen: Der See stank wie die Pest faulig, das Konzert fiepte dünn – aber im Wagen saßen wir fein klimatisiert und mit Stereoanlage …

Gestern abend schöner Abend bei Grass, mit Rühmkorf und Duve (der «sehr Politiker» war, etwas unangenehm stramm wie immer), Rühmkorf weich und witzig und nach einer Rückenoperation fabelhaft aussehend, voller trauriger Selbstironie, aber auch kämpferisch. Grass einerseits lieb und weich, freute sich offensichtlich auf den Abend mit Freunden und über den Besuch – andererseits hat er eben immer diese Mittelpunkts- und Herrschergeste: «Jetzt will ich reden», wird nervös und geradezu ärgerlich, wenn andere sich unterhalten und nicht auf sein Sphinxwort warten, mit dem er alle 7 Welträtsel löst.

So haben wir uns – bei übrigens sehr gutem Essen – auch lustig gestritten: Mein angesichts der immer grotesker werdenden Verhältnisse in der DDR (respektive «aus» der DDR – also der Flüchtlinge) traurig-schneidender Abschied von allem, was mal als Sozialismus gedacht war, was man selber als eben doch vielleicht noch realisierbar, und wenn auch nur in Spurenelementen bewahrbar, dachte – – – stieß bei ihm auf pures Nichtverstehen. Sozialdemokratie sei eben die Lösung, hier wie überall, und er würde nicht nur wieder in den Wahlkampf ziehen, sondern auch bei einer eventuellen Gründung einer Art sozialdemokratischen Partei in Polen mitmachen. Das finde ich erstens so grotesk wie seine Appelle, aus dem ADAC auszutreten usw. – zweitens aber den eigentlichen Punkt garnicht begreifend: Denn nicht nur hat die Idee des Sozialismus (i. e. ihre Verwirklichung) ÜBERALL versagt – sondern hat auch die Sozialdemokratie, von Weimar bis heute, versagt. Neben ein paar Glanzlichtern wie Brandts Kniefall und seiner Ostpolitik hat sie von den Schmidtschen Raketen bis zu Brandts Berufsverboten doch NICHTS Wichtiges, Bewegendes herbeigeführt – was nicht-bürgerliche Parteien genauso gut gemacht hätten, irgendwelche verkaufsoffene Samstage, Urlaubstage mehr oder Rentenerhöhungen. Woher so ein Mann wie Grass den Mut und die gleichzeitige Naivität zu diesem Kinderglauben hat und auch eine bestimmte Beschränktheit – er stellt sich NIEMALS selber in Frage, er weiß ALLES zum Thema Deutsche Einheit etwa – das nächste Streitthema des Abends, weil ich ja finde, man tut Walser und seinem Aufsatz unrecht; Grass hingegen wußte vor allem rügend wie durch ein Lorgnon zu vermerken, daß Walser ja IHN darin (indirekt) kritisiert habe – offenbar ein Sakrileg, das jedem seiner Argumente Berechtigung, Würde und Wahrheit nimmt und ihn geradezu ausschließt, wenn nicht gleich aus der menschlichen Gemeinschaft, dann aber aus der Gemeinschaft der anständigen Intellektuellen. Grass kritisieren – undenkbar und unmöglich. Der in so was genauso blinde Rühmkorf applaudiert solchem Unsinn auch noch, er habe ja Walser IMMER schon im Verdacht gehabt, «eigentlich rechts» zu sein. Sie tragen ihr Links-Sein wie eine Monstranz vor sich her, mit der sie die Welt beschwören und von sich wegweisen. Links = gut. Wie töricht. Die sind nicht in der Lage, wirklich radikal zu denken – was ja doch hieße, auch mal die eigenen Positionen zu überdenken, gar zu verändern. Sie reden seit 20 Jahren dieselben Legosätze.

25. August

Heute also zu George Sand und Chopin nach Mallorca (und, leider, weiter nach Madrid zum Interview mit Jorge Semprún).

La Residencia, Mallorca, den 27. August

Sonnenuntergang zwischen George Sands bizarren Olivenbäumen, deren Korkenziehertänze unter den Silberfächern ihrer Hüte surreale Figuren auf die harten braunen Steine zeichnen, sich windende, zuckende Schatten: Was für ein schöner Teil Mallorcas. Ruhe, herrliches Hotel (mit Shuttle-Service zu einer kleinen Badebucht). Gestern abend Fischessen auf einer Terrasse vor lila verdämmernden Bergen. Ich lese (Semprún), döse, schwimme, esse gut, trinke und rauche wenig – und lebe dennoch irgendwie «neben» mir. Die Mischung aus Nervosität und Müdigkeit ist geblieben.

31. August

Letzter Tag: strömender Regen, grollender Donner – «George-Sand-Wetter».

Hotel Ritz, Madrid, den 1. September

Was für Filmschnitte das (mein) Leben bietet. Komme eben von dem sehr angeregten Gespräch mit Jorge Semprún, «schreite» aus dem feinen Ministerbüro – da sehe ich die ZEIT hängen, meinen Deutschland-Artikel auf Seite 1. In Madrid! Die Welt ist klein geworden; hätte Tucholsky mit der Weltbühne nicht passieren können.

Im Flugzeug München–Hamburg
(und weiter nach Kampen), den 8. September

Rückflug von Enzensbergers Geburtstagsfest, das lustig wegen der Gäste und absurd wegen des Lokals war: Peter Schneider und Unseld, Joachim Kaiser und Bienek, Michael Krüger und Tankred Dorst – eine lange Liste angenehmer Kollegen.

Das Ganze in einer Art katholischem Jungmänner-Heim, einen langen Gang voller Guardini-Portraits und frommer Broschüren entlang zum «Festsaal», wo Hans Magnus Enzensberger in einem Smoking aufwartete, der wie aus dem Kostümverleih aussah.

Ein interessantes Gespräch, in dem Peter Schneider dem Joachim Kaiser erklärte, warum ER nie und ICH so oft angegriffen werde: «Sie haben Ihr Leben lang doch nur Bücher oder Konzerte rezensiert – wer regt sich darüber schon auf. Der Fritz hat sich ständig ausgesetzt – wie jetzt mit dem Deutschland-Artikel – und kontroverse, explosive THEMEN aufgegriffen, oft erst zum Thema GEMACHT.»

Detail-Beobachtung: Homosexuelle haben keinen Schatten. Ute Grass erzählt von ihrer kranken Mutter, Karin Wunderlich von ihrer Tochter, Guntram Vesper erzählt/schreibt von Mama und Papa, Hochhuth von seiner Ehekrise – – – – aber nie, mit keinem Hauch einer Silbe, kämen sie auf die Idee, ihrerseits zu fragen. Ein Homosexueller hat offenbar nicht Vater noch Mutter, keine Kinder (vermutlich; obwohl's bei mir immerhin 2 waren …), und Partnerprobleme wirken bei Schwulen offenbar lächerlich bis peinlich; und Geschwister haben «solche» auch keine. Ob Biermann, ob Kempowski: Sie erzählen einem von ihrem Liebesleid und auch «anderes»; wenn ich nun Geschichten vom Knabenstrich erzählte?

Steensgard Hotel, Dänemark, den 13. September

Besonders schöner Besuch «bei Brecht»; was eine literarische Ausrede für einen traumhaften 2-Tage-Ausflug nach Dänemark ist: auf die Insel Fünen und in dieses sehr niedliche, nicht sehr funktionale, aber hübsche Hotel (wo man wie auf dem Kasernenhof PUNKT 7 Uhr beim Abendessen sitzen muß – das noch zumal nicht gut ist ...).

Aber die Fahrt – mit dem Fährschiff via Rømø – Beethovens Siebente im Autoradio, durch die herbstlich übergossenen Wiesen, vorbei an bezaubernden Herrensitzen, riesigen Waldungen, Feldern, immer wieder jäh wie ein blitzendes Messer eine Bucht der Ostsee auftauchend: herrlich. Das ganze Land wirkt wie «durchgeatmet» von der See – man spürt sie, in der Luft, am harten Rascheln der Blätter, am Licht. Dazu die vielfache Herbstfärbung, alles bei strahlender Sonne (noch heute mit einer kleinen Fähre zurück – dann über Niebüll mit dem Autozug «nach Hause»), dort brennend rote Beeren, dort ein Dahliengarten und anderswo ein Fuchsien«park» – ich weiß nicht, die wievielte Insel es ist, die ich dieses Jahr besuchte; aber ich weiß: DAS ist meine Landschaft.

In Svendborg – ob Brecht auf dieser Terrasse auch mal mit der Weigel saß? Auf einer kleinen Hotelterrasse über einer Bucht, unter einem schaukelten die Schiffchen, eine große Heringsplatte mit Tuborgbeer – alles wie im Bilderbuch.

30. September

Das schönste, genaueste und auch traurigste Echo auf meinen Deutschlandartikel (Hunderte von Leserbriefen!!!) kam von Wapnewski, der mir in einem langen Brief zwar gratulierte, aber zugleich schreibt, daß ihn das Thema nichts (mehr) anginge – Hitler, und jene (alle) Deutschen, die mit dem ans Ende der Welt marschiert wären, habe ihm «sein» Deutschland endgültig genommen. Wäre einen Essay wert, etwa wie Giordanos neues

Buch WENN HITLER DEN KRIEG GEWONNEN HÄTTE – eine grausliche Bilanz aus jenen vorprogrammierten Siegesräuschen, die dann bei nahendem Untergang ganz rasch und mühelos in Überlebensstrategien nach der Niederlage umgedacht und auch ganz real umFUNKTIONIERT wurden (Ludwig Erhard etwa und fast AUSNAHMSLOS ALLE Wirtschaftsführer) – die Elite des Nachkrieges war die Elite bei den Nazis, ob nun als Zuchtbullendirektoren der SSbordelle, wo die nordische Rasse erfickt werden sollte, als Furtwänglers oder als IGfarbenchefs. Sie waren alle da(bei) und blieben alle. Das letzte THEATER HEUTE-Heft bringt eine glänzende Zusammenfassung davon, was die Herren vom Theater und vom Film betrifft (und die Damen, *of course*).

Das lächerlichste Echo auf meinen Artikel kam von Grass: nämlich keine Silbe. Als Ute mit mir telefonierte, erzählte sie nicht nur, wie besonders gut ihr dieser Artikel gefallen habe, inhaltlich wie «stilistisch», sondern auch, wie sie fast 2 Wochen lang mit jedem Besucher – auch in Dänemark – darüber diskutiert und gestritten hätten. Dann kam Günter ans Telefon, «Guten Tag» und «Wie geht's» und «Ich war gerade in ...» und «Ich werde morgen in ... lesen» – – – und, als habe ich einen Pups gelassen, KEIN WORT zu dem Artikel. Da er nicht von Grass ist, ist er nicht.

Hôtel Lutetia, Paris, den 4. Oktober

Mittagessen mit Lortholary (der meinen nächsten Roman für Gallimard will); erzählt Balzac-reife Geschichten vom Bruderzwist im Hause Gallimard, wo der eine Bruder aus Angst vor dem anderen sich nicht traut, auf der Frankfurter Messe einen Empfang zu geben.

Eine der surrealsten Nächte meines Lebens, die einen schwarzen Schlamm aus Neugier-Entsetzen-Geilheit-Ekel in mir hochschwemmte (und vielleicht in allen – vielen – Menschen hochschwemmen würde?): Mit einem Pariser Freund, Laudan und meiner Schwester in den Bois-de-Boulogne, wo eine Straße nackten Transvestiten-Strichern, eine andere «normalen» Huren, eine dritte schwulem Strich und eine vierte jungen Leuten reserviert ist, die Partousen suchen. Hunderte von Autos schleichen im Schrittempo, halten, man verhandelt durch die herabgelassenen Fenster, man steigt aus (in die Büsche) oder ein. Eine abgedunkelte Sex-Parade (100 m daneben ein Polizeiposten). Wir halten bei einem sehr jungen, sehr gut aussehenden Jungen. Er kommt wie ein Zeitungsverkäufer, nonchalant und selbstverständlich an den Wagen. Nein, Männer möchte er nicht: «Ich stehe nur auf Frauen, viele, jeden Abend möglichst mehrere.» Er gibt lässig und ganz unverklemmt Auskunft, als erzähle er von seiner Vorliebe für Western oder Thriller. Männer «dabei» nimmt er nur allenfalls «mit in Kauf». Nein, Geld nähme er nicht. Es ist sein «Hobby». Bereitwillig gibt er Auskunft: Die Voyeure fänden wir 1. rechts, 2. links, gleich hinter der sowjetischen Botschaft (!!) – so, als sage man auf dem Markt, der Stand mit den Tomaten ist eine Zeile weiter. Als wir in diese Straße einbiegen, fliegen förmlich, in Schwaden, zu 4, 5, 8, 12 Männer auf das Auto zu, sie stehen mitten auf dem Damm, als wollten sie uns stoppen.

Wir halten rechts. Sofort sind neben uns – meine Schwester sitzt vorne – 4, 5, 6 Männer, die ihr Gesicht an die Scheiben pressen (eine umgekehrte Aquariums-Situation), erst in ihren Hosentaschen fummeln, schließlich ihre Schwänze herausholen, wichsen. Einer neben dem anderen, klein bis riesig, erigiert, die Gesichter, Augen, Lippen ans Glas gedrückt.

Wir fahren langsam an. Sie «winken hinterher». Um den Block. Ein Wagen folgt uns. Wir halten, der auch. Heraus steigt ein biederer Vertreter-Typ, kommt sofort auf unseren Wagen zu und öffnet wie selbstverständlich seinen Hosen-Schlitz. Was will so jemand, eine Frau, eine Triole, sich exhibitionieren? Warum sucht sich der gut aussehende Junge seine Mädchen nicht in der Disco, braucht er diesen schwarzen *thrill*?

Noch einmal zur Voyeur-Zeile. Derselbe unheimliche – aber uns alle offenbar auch erregende – Film namens Psychopathia Sexualis. Die offenbar in jedem Menschen nistet, ein unergründlicher, tiefer Boden.

«Où est la dame?» fragten dieselben Typen, als die beiden Freunde (nachdem sie uns im Lutetia abgesetzt) «heimlich» noch mal hingefahren waren, 3 Uhr morgens. Nein, Männer interessieren sie nicht; auf sein «Zeig mir doch mal deinen schönen Riesenschwanz» ein zögerndes: «C'est difficile.» Wenn sie eine Frau sehen, gar einen Schlüpfer, steht er sofort, immer, dauernd wieder. Stundenlang stehen diese einander vollkommen fremden Männer nebeneinander, starren in immer wieder (zu Hunderten heranrollende) parkende Wagen und wichsen gegen die Scheiben, wo innen meist ein Mann neben (s)einer Frau masturbiert. Manchmal steigen sie auch ein, fahren mit. Ein Homo-Stricher verlangte 500 Francs – was dem geizigen Laudan zu teuer war.

Seltsam auch die vollkommene Ungeniertheit. Teil der französischen Liberté (zu libertinage verkommen)?

8. Oktober

Gestern abend lustig-traurig-schöner Abend (mit zu viel Bordeaux) bei Wunderlich. Lange Debatte über das Ausrinnen der DDR (die mit der stolzen Zahl von 3,2 Millionen Geflüchteten ihren 40. Geburtstag feiert) und die vermutlichen Motive der Flüchtlinge: Ist es NUR das schönere Auto und die reifere Banane – oder sind es, verquere Dialektik, doch auch genau DIE Ideale, die ihnen mal die DDR-Erziehung eingepflanzt hat – Freiheit, Demokratie, Selbstverwirklichung.

Jedenfalls bleibt niemand unberührt von den Bildern, wie die Menschen sich aus dieser angeblich sozialistischen Falle flüchten und retten, Kinderwagen über die Botschaftszäune stemmen, ihre Autos wie alte Schuhe stehen lassen (obwohl doch DAS genau das ist, was sie am sehnlichsten erträumten und worauf sie jahrelang warten mußten).

Paris-Nachtrag: Wie kläglich und ärmlich doch der ZEIT-Empfang war. Zwar im eleganten Automobilclub, Buffet angemessen – aber das grausliche Oberlehrergequatsche von Helmut Schmidt (auf Englisch! In Paris!), der nicht mal einer Dame – Hilde von Lang – beim Betreten des Raumes den Vortritt läßt – der König und sein Gefolge. Widerlich. Statt die ZEIT zu präsentieren, gockelte er Polit-Weißsagerei vom Ende des Sozialismus, über die DDR (was wir ja ohne ihn alles nicht wüßten und begriffen) und darüber, daß «auch ich» Gorbatschow keinen Rat zu geben wüßte; er vergißt nur: Niemand hat ihn um Rat gebeten. Und niemand, keine einzige Zeitung, hat den Vortrag oder diesen Empfang erwähnt; bei dem kein einziger Künstler, kein Schriftsteller, kein Politiker war – dafür aber die deutschen Journalisten. Denen muß man ja unbedingt und für viel Geld die ZEIT vorstellen. Dieses Haus hat keine Seele – denn auch für eine Einladung (wie im Privaten) braucht es «Wärme»; wem die Menschen egal sind, der gibt eben kalte Buffets.

Parkhotel, Frankfurt, den 12. Oktober

Das vergiftete Messe-Rokoko: Während die DDR wackelt und wahrlich pathetisch-tragische Scenen im täglichen Fernsehen sind, tanzt man hier *à huis clos* um die Literatur; bzw. eben nicht um die Literatur, sondern um literarische Karriere-Intrigen: Einen Angriff – in den *facts* sicherlich berechtigt – auf den seine Autoren betrügenden Unseld im SPIEGEL startet der neue Redakteur dort («Ich bin sehr gelobt worden») nicht DER SACHE wegen, sondern weil er weiß, daß in diesem Rattennest man

Ober-Ratte wird, wenn man sich als besonders bissig erweist. Kein Lob oder Verriß eines Buches gilt im Grunde diesem Buch, sondern immer ist das munitioniert von irgendeinem «dem werd ich's mal zeigen». Das verkommt zum Gesellschaftsspiel; so geht jener Redakteur allen Ernstes IN UNSELDS PRIVATHAUS zu einem Empfang. Niemand erwartet mehr, daß jemand mit dem, was er formuliert, IDENTISCH ist.

18. Oktober

Die Sekretärin meines Arztes bittet mich ins Wartezimmer, öffnet die Fenster (weil es wirklich unangenehm nach billigem Parfum stinkt) und sagt: «Diese Ausländer, sie stinken oder parfümieren sich billig – keine Ahnung von Jil Sander.»

Hochhuth am Telefon, nachdem ich beiläufig den Namen Hildesheimer erwähnt habe: «Was, der lebt noch – ich dachte, der ist längst schon tot.»

Wann sagt man das über unsereins?

20. Oktober

Gestern kam – in zwei Worten: «Kein Interesse» – die Ablehnung meines Visums für die DDR: Mischung aus Ärger und Schmerz. Als sei ich, weil ich Unbequemes sage, deren Feind, vor dem man sich qua Grenzpfahl schützen muß (in Wahrheit glaube ich, daß ich mehr «für» die DDR getan habe als so mancher mit ... zig Publikationen). Enttäuschung, weil ich offenbar wie der reichgewordene Sizilianer aus New York dort gerne «bei den Müttern» rumkutschiert wäre. Jemand wie ich ist eben ÜBERALL unerwünscht, eckt immer und allenthalben an – Gräfinnen nie.

28. Oktober

Ganz Deutschland in einem Satz. Bei einer – gewaltlosen – Demonstration von hunderttausend in der DDR sagt der einsatzleitende Polizeioffizier: «Sie können hier doch nicht einfach

Kerzen abstellen! Wer soll das denn saubermachen?» Langes Gespräch mit Thomas Brasch. Er heiratet (eine Ostberlinerin, natürlich, die ohne Bad, Telefon und Klo im Prenzlauer Berg wohnt) – verquere Wege einer heimlichen Homosexualität??: Kaum stirbt der Vater, wird geheiratet.

Seine Erzählung von des Vaters Beerdigung, eine Story in sich: vorn Ehrenbataillon der Volkspolizei mit Ehrenbezeugungen, die er, der Dissident, mit seiner Schwester «abschreiten» muß, hinter ihm Margot Honecker. Und er, der noch den DDR-Paß hat («Den BRD-Paß habe ich zurückgegeben» – auch seltsame Verquertheit, dieses Sich-Klammern an das «Ich bin Bürger der DDR» – – – aber nicht dort leben wollen), wird zugleich für die bevorstehende BE-Aufführung seines Stückes «Rotter» als «BRD-Autor» angekündigt.

2. November

Thomas Brasch: «Wenn alle in dieselbe Richtung marschieren, kippt die Welt um» – als Kommentar zu den Massendemonstrationen in der DDR.

Hotel Kempinski, Berlin, den 4. November

Einer der vielleicht aufregendsten Tage jüngster deutscher Geschichte – an dem ich, ausgerechnet, in der Akademie meine Gedanken zur deutschen Einheit vormittags vortrug: Genau zu dieser Stunde demonstrierten ca. 1 Million Menschen in Ostberlin. Und ich aß gestern abend mit Ruth'chen, unserer alten Berliner Zeiten gedenkend. Kreisel der Geschichte.

Jetzt – nach ausgefallenem Thalbach-Macbeth – Abendessen mit Hochhuth, der für Springer (! – während ich für die ZEIT keine Einreise erhalte!!) in Ost-Berlin war.

Neugierig, was er erzählen wird.

Hotel Kempinski, Berlin, den 5. November

Hochhuths sonderbare Kälte (wohl die des Dramatikers, der ja noch mehr als ein Epiker mit dem «bösen Blick» beobachten muß): unge-be-rührt von dem Tag in Ostberlin, ohne jede Emotion, eher amüsant-lächelnd über die diversen Stefan Heyms, Stefan Schütz', Christa Wolfs berichtend, die noch immer irgendeinen «wirklichen, wahren, humanen» Sozialismus gerettet sehen wollen – weil sie sich das Jahrzehnte-Debakel ihres Lebens nicht eingestehen wollen.

Aber mit derselben distanzierten Amüsiertheit erzählt er vom Scheitern seiner Ehe und wie er eben einfach nicht auszieht (seine Frau will ja, daß er geht).

12. November

Herzzittern bei all den Vorgängen in der DDR, man schämt sich der Tränen nicht. Es gibt eben doch ein «deutsches» Grundgefühl – von Inge Feltrinelli, die aus Villa Deati anruft, bis zu meiner Schwester in Mexiko: Die Aufregung und tiefe Rührung ist allenthalben.

Selten hatte ich mit einem Artikel SO recht wie mit dem neulich: Nun sagt Herr Bahr: «Die Wirklichkeit habe seine Phantasie überholt.» Eben. Weil er keine hatte. Fast wörtlich sagt, sich beknirschend, der Tapeziermeister Kurt Hager: Er habe sich vom Leben entfernt. Das mußten so manche mit dem Leben bezahlen.

Lief gestern den ganzen Tag durch die Stadt, «Zonis gukken», wie das selbst-zynisch heißt: Es sind dieselben Menschen, Deutsche, berlinern herrlich – und sind doch ganz anders, sehen anders aus. Eine Diktatur prägt, zerquetscht auch Gesichter. Mal von den ulkigen *«funny little cars»* abgesehen. Sie weinen vor den Schaufenstern, sind vollkommen überwältigt, wenn man 20 Mark schenkt («So viel Geld»). Ich bummelte durch die Stadt und steckte jedem Trabi eine Tafel Schokolade an die

Windschutzscheibe. Ist das eine koloniale Geste, Glasperlen für die Neger?

Vorgestern abend mit Platschek essen, der wie immer grotesk-witzig war und als erstes wieder eine seiner erfundenen Weibergeschichten parat hatte: Er habe doch so vielen Frauen in der DDR die Ehe versprochen – und nun habe er Angst, die kämen alle an.

Umgekehrt «durfte» Brasch nun doch nicht heiraten – in Dresden auf dem Standesamt fehlte ihm die «PKZ»-Nummer, was immer das heißt; man muß sich das Wort nur mal laut aufsagen …

Noch einmal davongekommen. Was ihn am meisten bei den Demonstrationen beeindruckt habe, sei die Schwulengruppe gewesen …

HÔTEL LUTETIA, PARIS, DEN 16. NOVEMBER

Sympathisch-intelligent-unkomplizierter Nachmittag bei/mit Françoise Sagan. Wohnung mehr burschikos als schön, unprätentiös.

Herrliche Pariser Straße (rue du Cherche-Midi) mit Buchläden, Lampen-Montierern, Bistros, Blumengeschäften und alten Schaufenstern, in denen Holzhände (zum Aufspannen von Handschuhen) oder Seidenblumen in Krims-Krams-Vasen dekoriert sind.

HÔTEL LUTETIA, PARIS, DEN 17. NOVEMBER

Dieser größenwahnsinnige Zwerg Augstein: schickt mir doch über sein/mein Büro ein Telefax und bittet um dringenden Anruf – nicht ihn, nein, seinen Sekretär. Unruhige Nacht. Heute morgen: Er will (m)einen Botero kaufen!! Diese Leute sind verrückt; ihr Geld und ihre Pseudo-Macht hat sie vollständig versaut. Habe den Herrn Wurm höflich an Christie's verwiesen (wo ja gerade Billy Wilder seine Boteros versteigert …).

Davor (also gestern) makaber-unsympathischer Abend, zu dem mich – dringend in vielen Telefonaten – *un certain* M. Dement vom Verlag Fayard geladen hatte; wußte bis 2 Stunden zuvor nicht einmal, daß es ein Diner ist. Monsieur, den ich – wohlgemerkt – nie gesehen hatte, empfängt mich (der deutsch-pünktlich kommt) mit einem Sturzbach intimster Klagen, daß sein Lover weggelaufen sei, so brutal sei, ein Verhältnis habe. Einem Wildfremden! Erschwerend kommt hinzu, daß ich vor vielen Jahren – als wir hier das frivol-lustige «Champanir»-Frühstück an Heines Grab abhielten – mit diesem damals attraktiven Freund (einem Übersetzer) geschlafen habe. Joe-Orton-Situation. Mit schlechtem Essen, schlechten Manieren, unangenehmen Leuten (vorneweg die typisch presse-ziegige Nicole Sand von Le Monde; verklatscht, scharfzüngig, kann kein Wort Deutsch, ist aber dort die Expertin für deutsche Literatur!!).

Heute «freier Tag». Gemütliches Frühstück im Deux Magots, wunderbare David-Ausstellung (eine unglaublich herrliche Zeichnung/Skizze eines nackten Napoleon), kleiner Bummel durch den Louvre zu meinem geliebten Perugino, ein «Salade Flore» ebenda, mit dem wie stets skurrilen Cioran («Ich habe jetzt allmählich genug gelebt») zu Fuß zu Matta, dem das Haus von Condorcet (rue de Lille, gleich hinter dem d'Orsay) gehört, eine Art «Château de Ville» mit Vorplatz, Freitreppe, Hintergarten, vollgestopft mit unermeßlichen afrikanischen Kunstschätzen. Künstler (erfolgreiche) sind die letzten Fürsten dieser Welt. Er nett, etwas *talkative* (neidisch weggehend, wenn Cioran spricht).

Hôtel Lutetia, Paris, den 19. November

Noch zu Matta: Man darf keinem Künstler gegenüber auch nur den Namen eines anderen nennen: «Botero?» «Ja, er hat über Uccello geschrieben – aber der ist ganz Muskel, Botero ganz Fett.» «Giacometti» – sofort nimmt er 1 Blatt Papier und malt verächtlich-karikaturistisch Strichmännchen: «So leicht ist das.»

Grand Palais: afrikanische Plastik – überwältigend. Übrigens auch in der Einfachheit der sexuellen Darstellung – so selbstverständlich wie (in der benachbarten griechischen Ausstellung) die masturbierten Riesenphalli, die Fickerei von vorn oder hinten, Fellatio – alles das selbstverständliche Bild vom Menschen.

HÔTEL LUTETIA, PARIS, DEN 22. NOVEMBER

In Paris noch 1 großartiger Abend mit Breyten Breytenbach, herzlich, geradezu freundschaftlich, «Streit!» über das Thema, ob zu viel «sich einlassen auf die Welt» nicht den Schriftsteller erstickt. Etwas bizarr, so ein «schweres» Thema bei Austern und gutem Pouilly-Fumé auf der Terrasse von CHEZ FRANCIS mit dem erleuchteten Eiffelturm praktisch «auf dem Tisch».

Letzter Tag noch Abendessen bei Lortholary, das indirekt dieses Thema variierte: Denn die Frage «Woran arbeiten Sie?» richtet sich natürlich NIE auf den irgend nächsten Zeitungsartikel oder ein Interview-chen, sondern auf das nächste Buch. Cioran brachte mich nach Hause ins Hotel und stimmte in meine Klage über «In Paris ist alles zu viel und zu voll» heftig ein: «Hier sind selbst die Friedhöfe überfüllt.»

25. NOVEMBER

Gallenkneifen über die Erbärmlichkeit und Erbarmungslosigkeit der Literaten-Literaten-Fehden; selbst große «historische Umwälzungen» wie die im Augenblick im Osten produzieren nur Gehässigkeit gegeneinander: Biermann nennt (unter Zuhilfenahme Brechts) den Hermlin «außen Marmor und innen Gips»; Harich nennt Hermlin wiederum einen Denunzianten; Grass urteilt im SPIEGEL den einstigen Kollegen Walser ab (und lobt am DDRsozialismus die «Wärme und Gemütlichkeit»! Wenn DAS das Wesen des Sozialismus ist – gute Nacht).

26. NOVEMBER

Zur Zoologie der Gattung Mensch:

Gestern war Jochens Geburtstag; ich schickte – bewußt «unsentimental» – keine Blumen an Gitta Mund, sondern etwas Holsteiner Schinken (den er auch gerne mochte).

Was tut die Frau? Sie deckt – mit dem Schinken – «einen Tisch für 2 Personen»; sie terrorisiert (durch einen Unfall verletzt im Bette liegend) die gesamte ehemalige Gemeinde, das «Grab zu schmücken und Kerzen aufzustellen» – und sie läßt im ehemaligen, winzigen Arbeitszimmer von einem befreundeten Pfarrer eine Messe lesen!!!! «Ich habe die echt silberne Hostiendose extra geputzt, es waren noch Hostien von Jochen drin» und Weihrauch und Kerzen und klingeling – – – für den Mann, der sich seine Knaben holte, wann und wie er wollte, und der mir noch AUF DEM STERBEBETT (auf dem sie ihn salben durfte), wenige Minuten vor seinem Tode (da lügt man ja wohl nicht?), sagte: «Ich habe niemanden in meinem Leben so geliebt wie dich.»

28. NOVEMBER

Mary Tucholskys Geburtstag (habe Blümchen aufs Grab legen lassen) – wie scheußlich, was sich seit ihrem Tod an Ranmachereien und gewerbchengeilen Leuten auftut.

Das ist eine eigenartige Vorbereitung zu meiner nun endgültig für kommende Woche geplanten DDR-(respektive Ost-Berlin-)Reise, die mich SEHR nervös macht. Wie wird es sein, dort die Straßen entlangzugehen, in denen ich verliebt und verzagt war, meine «Karriere» begann – ich meine damit: begann zu lernen, wie man arbeitet –, wo ich mit Marianne Dreifuß oder Walter Czollek oder Jochen Mund entlangging und mich traf, mit den Kommilitonen, mit Ruthchen, wo ich weinte, als die 17.-Juni-Panzer kamen, und wo ich vergnügt in Ruthchens kleinem offenem Auto auf dem Verdeck sitzend und singend leichtsinnig war, lachte, trank. Ich merke nur an diesen kleinen Rück-Spiegelungen, WIE entscheidend diese Jahre waren, wie vollkommen prägend. Ich rieche jede Ecke und schmecke jeden Rauch.

Keiner – wie traurig – versteht das: Sie verstehen nicht mal, daß es für mich WICHTIG ist, dorthin mit meinem feinen Superauto zu fahren, es ihnen zu «zeigen», vorzufahren beim Stasi-Gefängnis oder vor der Uni oder meinem alten Verlag – dort, wo man mich gedemütigt, beleidigt, auch eingesperrt hat. Gewiß, es ist auch ein Stück lächerliche *«I made it»*-Ideologie des in New York reich gewordenen Sizilianers, der nun mit dem Ami-Schlitten durch Palermo segelt. Na und.

Einzig Wunderlich versteht, was in mir vorgeht, und sagt bitter lachend, als ich ihm von den «Verboten» erzähle: «Wie immer – Sie sollen nicht Sie sein.»

Schlafe schlecht aus Aufregung über den morgendlichen DDRbesuch, träume mein Leben zurück. Bin sehr aufgeregt.

3. DEZEMBER

Von geradezu zitternder, wohl auch etwas lächerlicher Aufgeregtheit wegen meiner DDRreise, die ich am Montag starte. KANN KAUM NOCH AUTO fahren, verliere/vergesse alles, bin fahrig und nervös, schlafe nur mit dicken Adumbrans.

Noch Stichworte zur Zoologie/Soziologie: Die Dönhoff, obgleich eingehüllt von Laudationes und Gratulationen zuhauf, hat genau bemerkt (was ja ihr schlechtes Gewissen zeigt), daß von mir KEINE SILBE eines Glückwunsches kam und keine Zusage, an ihrem heutigen Jubelfest in der Kampnagelfabrik teilzunehmen. Sie sagt zu ihrer Sekretärin (und die dann zu meiner und die zu mir): «Man muß doch mal das Vergangene begraben.» Was für ein klassischer Satz, der das GANZE DEUTSCHLAND umfaßt. Erst bringen sie die Menschen um, und dann mögen die Gehenkten doch nicht so nachtragend sein, bitte sehr.

Mich interviewt jemand (für VOGUE), der mir sogar wohlgesinnt ist, lobpreist meine Zivilcourage und fordert mich geradezu auf in dem Gespräch, doch «weiterzukämpfen». Als ich den widerlichen Denunziationsjournalismus z.B. von TEMPO kritisiere (etwa im Falle Grass), sagt der Mann: «Darf ich den Titel der Zeitschrift weglassen – ich arbeite da gelegentlich mit und würde dann keine Aufträge mehr bekommen.» Danach fragt er: «Warum sind Sie eigentlich nach der Affäre bei der ZEIT geblieben?»

GRAND HOTEL, BERLIN, DEN 12. DEZEMBER

Vollkommen durcheinander von der Woche in Berlin (Ost), meine «Heimkehr» – und auch wieder nicht. Entsetzt über das Schrott-Leben dort, der alte Kommilitone Schneider nicht mal 1 Bad, eine Dusche in der Speisekammer, aber sie funktioniert nicht – und ich habe zusammen 4 Badezimmer! (Obwohl ICH dort bestimmt auch eins hätte – er ist gründlich, begabt und intelligent – aber indolent und langsam bis zum Faulen.)

Dennoch ist's MEINE Stadt, ich liebe den Himmel, die Farben, den Dialekt, und wenn der Taxifahrer auf die Frage nach seinen Kindern sagt: «Icke? Eens.», dann ist es für mich wie Musik, und wenn zwei Knirpse mein Auto anhimmeln (auch noch, als ich vom Grab Erich Arendts und Brechts kam), einfach sagen: «Kenn wa ma mitfahrn, fährste uns zum Weehjnachtsmarjkt?», dann muß ich so lachen, daß ich die kessen Dreikäsehochs wirklich zum Weihnachtsmarkt fuhr: «Icke? Zehn.»

Die Diskussionen und Gespräche kann ich hier nicht aufnotieren, vieles steht ja auch im ZEITartikel. Beunruhigend nur das eine: NIEMAND, kein einziger Mensch von all den klugen Leuten, konnte mir auch nur andeutungsweise definieren, was das ist, sein könnte, sein soll: dieser «neue Sozialismus», von dem doch nie irgendwo ein Stückchen realisiert worden ist/werden konnte. Sie klammern sich an eine vage Idee, an «meine

Ideale», wie Stefan Heym es nennt, die er «nach 50 Jahren» nicht aufgeben kann und will (was ich MENSCHLICH verstehe) – aber das ist doch noch keine Position, keine Kategorie? Niemand von denen ist bereit, wirklich RADIKAL zu denken und das Ganze eventuell zu verabschieden, ein altes, verbrauchtes Modell, das eventuell gut war als Impuls und Korrektur im 19. Jahrhundert und auch noch in unseres hinein – nun aber ausgedient hat wie die Dampfeisenbahn.

So war es ein Riesenspagat, der mich zerrissen hat: die intellektuelle Ebene, die moralische, die «biographische» und die der Freundschaft, z. B. mit Schneider, die hielt und hält über nun 3 Jahrzehnte (praktisch ohne Kommunikation).

Ich kann noch immer nicht schlafen, rauche zu viel, bin verwirrt und zerwirbelt – möchte am liebsten morgen wieder hin – und auch nicht.

Das ist eine der nächsten «zentralen» Fragen: Soll man sich überhaupt SO sehr «der Welt» aussetzen – oder die zynische Heiner-Müller-Position einnehmen? GROSSE Künstler haben sich immer auch innen verschlossen gehalten – ich habe das nicht nur selber gerade eben in meinen Rezensionen der Thomas-Mann-Tagebücher hervorgehoben, oder dem Flaubert/Turgenjew-Briefwechsel, sondern ich kenne ja auch den Kafka-Satz: «Weltkrieg ausgebrochen – war im Schwimmbad.»

GRAND HOTEL, BERLIN, DEN 18. DEZEMBER

Nun bin ich eine Woche zu Hause vom «zu Hause» – und alles klirrt in mir nach vor Nervosität, Unsicherheit auch (u. a. über die Ja-oder-nein-Qualität meines Artikels). Schwere Schlafstörungen.

Störung des Gleichgewichts (und das ist ja beabsichtigt) auch durch die Diskrepanz zwischen privater Akklamation (per Brief) und öffentlichem Gemetzel; KEINER von denen, die mir entweder mündlich oder schriftlich Freundliches sagen/schrieben zu meiner Arbeit, ANTWORTET auch nur auf einen Brief, in dem ich etwa schreibe: Warum sagen Sie es nicht ein Mal, EIN EINZIGES MAL, öffentlich? So an Carola Stern und Peter Schneider und Bahr, schließlich nicht von mir aus der Luft gegriffen, sondern als REAKTION auf allerlei Freundlich-Lobendes. Nein, nicht mal der EINGANG eines solchen Briefes wird mir bestätigt.

Auch die DDR-Vorgänge, diese unangenehm rasche Erholung der Verbrecher von der SED (die sich expressiv verbis NICHT umtaufte, um ihr Vermögen nicht einzubüßen – aber WOHER hat sie das???), die schon wieder keßlippig von sich als der «wahren Kraft im Lande» reden, diese ganze widerliche Unappetitlichkeit: Hunderttausende haben doch mitgemacht, noch bis vor TAGEN überwacht und bespitzelt und Menschen gequält, zumindest gedemütigt (Pläne für «Internierungslager» der STASI für «politisch Labile» wurden erst gestern gefunden) – – – und nun sind es bemitleidenswerte alte Männer, die, wie Herr Hager, sich beschweren, sie hätten keinen Garten mehr, nicht mal mehr einen Balkon. Man findet sich psychisch und moralisch und politisch überhaupt nicht mehr zurecht.

KAMPEN, DEN 20. DEZEMBER

Der erste «Vor-Weihnachts-Abend» in meinem geliebten Sylt, der wie immer warm-behaglich-schönen Wohnung, das Auto voll Blumen, Kuchen, Wein (wie im Märchen) und ... zig eingefrorenen Köstlichkeiten. Morgen macht der Hausmeister die Kerzen an der Tanne auf der Terrasse an – deutsche Weihnacht kann beginnen.

Die ja wohl dies Jahr, ÖFFNUNG DES BRANDENBURGER TORS, etwas ganz Besonderes sein wird – – – und da (und dafür) mußten Menschen sterben!

Wie immer sind unsere lieben Intellektuellen bei alldem mehr an SICH interessiert als wirklich am «Weltgeschehen»:

Brasch macht sich lustig über Heiner Müller und dessen «entsetzliches» Gedicht, Hochhuth erzählt von den (Telefon-)Interviews, die er mit Christoph Hein, Christa Wolf, Stephan Hermlin gemacht hat – – – aber man erfährt nicht, was DIE gesagt haben, sondern nur, was er über die einzelnen denkt. Wobei Hermlins Position – selbst in dem eisig-kurzen Telefonat, das ich neulich mit ihm führte – besonders dubios ist: «Ich bin seit 1947 in dieser Partei und bleibe ihr treu» – als sei «Treue» in sich eine Tugend, egal, WEM man treu ist. Merken die nicht, daß sie inzwischen alle wie die Nazis reden? Jeden Tag wird nicht nur eine neue Luxusvilla, ein neues privates Jagdrevier, ein neues Millionenkonto in der Schweiz entdeckt, sondern auch die Verliese der STASI mit bunkerähnlichen Anlagen, elektrischen Schaltstellen und Plänen für Internierungslager noch NACH Honeckers Rücktritt (Lager für SED-Gegner!) – – – aber man dichtet und ist «treu».

Ich bin kurz davor, mein Maul aufzureißen.

Wobei mein «Maul-Aufreißen», i.e. mein ZEIT-Artikel, mir ausnahmsweise mal bekommen ist – bis zu, höre und staune, einem geradezu emphatischen Anruf des neuen FAZ(!!!)-Literaturredakteurs Frank Schirrmacher, der meinte: «Die ganze Redaktion hat sich Ihren Artikel aus den Händen gerissen, so etwas habe ich – außer bei Enzensberger – seit Jahren nicht gesehen, wir waren neidisch auf DIE ZEIT – was man, seit Sie weg sind, ja selten ist.»

Kampen, den 22. Dezember

Das BRANDENBURGER TOR ist auf!

Ein – auch mich – bewegender, wirklich historischer Augenblick (dem KEINER der offiziellen Redner gewachsen war – und der die VOLLKOMMENE Sprachlosigkeit der Fernsehfritzen offenbarte, die nur «Jetzt winken die Menschen» zu sagen wußten, wenn man winkende Menschen sah; und ansonsten sich selber filmten bzw. ihre technischen Schwierigkeiten kommentierten. Affen).

Wie tief mich doch die Vorgänge in der DDR berühren, zeigt ein (scheußlicher) Traum, in dem Paul Wunderlich mich beim Ansehen nackter Demonstranten im TV bespuckte, woran – Gott sei Dank nur in diesem Traum – unsere Freundschaft zerbrach. Ich interpretiere das so: Wunderlich ist ja, was Emotionen betrifft, mein Antipode, er sieht Geschichte lächelnd und spottend aus der Zuschauerperspektive, ähnlich der Heiner-Müller-alias-Brecht-Attitüde. Ich hingegen quäle mich mit der (Selbst-)Auseinandersetzung, ob ich mich nicht ZU sehr eingelassen habe, mein Leben lang, auf «Geschichte», will sagen: Politik.

Träume, diese schwarzen Blasen der Seele.

KAMPEN, DEN 30. DEZEMBER

Das Jahr endet also – Bilanz?

Die politische kann man garnicht ziehen, so rasende Entwicklungen hat es gebracht; rasend auch im doppelten Sinn des Wortes: 60.000 Tote in Rumänien, größtenteils so viehisch hingemetzelt, daß man es nicht faßt – sind diese wie Schäferhunde gezüchteten Killer überhaupt noch Menschen? Was man doch mit gewisser Erziehung aus «Menschen» alles machen kann. Misanthrop könnte man werden.

Und jedenfalls muß man jedes Fortschrittsdenken verabschieden. Hirnrissig, dumm und uneinsichtig dieses Sich-Klammern, immer noch und trotz allem, an den «wirklichen Sozialismus» und wie die Worthülsen alle so heißen. Wieso doch diese gewisse Lustlosigkeit, oft gar Verdrossenheit? Ist das die abnehmende erotisch/sexuelle Spannung? Womit ich nicht den seltener stehenden Schwanz meine, sondern die «Gesamt-Neugier» auf Leben, auf Erfahrung, auf das «Außen» – die ja, je jünger, desto gieriger ist (ein Kind steckt erst mal alles in den Mund oder faßt alles an – probiert aus; ich habe das Gefühl, alles ausprobiert zu haben, die Museen oder Inscenierungen oder Hotels dieser Welt zu kennen und nichts mehr «in den Mund stecken» zu wollen – mal den obszönen Beiklang außer acht gelassen – als meine Zigarre zum Rotwein). Abenteuer mache ich buchstäblich nur noch auf dem Papier.

1990

Romantik Hotel «Alte Post», Allgäu, den 7. Januar

Erschöpft zurück (in München) von Antje Ellermanns 50. Geburtstag: ein Bauernfest, liebevoll und simpel, aber ich bin derlei nicht mehr gewachsen; ich kann nicht so viele Stunden mit so vielen Menschen verbringen, lachen, witzig sein, Bla-Bla reden. So stehe ich mir bei «Festen» selber im Wege – gehe zu früh weg, verstehe einen herrlich obszönen, betrunkenen Bauernburschen nicht bzw. zu spät (wenn er eine eindeutige Geste macht), mag weder tanzen noch «ausgelassen sein». Ich gelte als so «gesellig» – und in Wahrheit langweilt mich Gesellschaft mehr und mehr: die ihr wenige Monate altes Baby wie eine Brosche tragende Eva Matthes oder der in 4 Minuten 7 Bier trinkende Harry Rowohlt. Ich weiß mit all diesen Menschen nichts anzufangen – und es waren zu viele: 100.

Hotel Vier Jahreszeiten Kempinski,
München, den 9. Januar (seit 10 Minuten
Tucholskys 100. Geburtstag)

Mit Joachim Kaiser bei Mozarts «Konzert für Klavier» und Schuberts «Symphonie Nr. 9» («aufgefunden») – reich und bewegend; und freundschaftlich. Er ist ein sympathischer Weingast, eben eine andere Qualität als irgendwelche SPIEGELjournalisten; er ist gebildeter – oder/und deshalb trauriger, verzagter.

Steigenberger Hotel, Stuttgart, den 11. Januar

Absurd-amüsanter Klatsch der Funkredakteurin über Hans Mayer, der bei seinem Zahnarzt Hans Meier beleidigt aus dem Zahnarztstuhl, Gebiß in der Hand, aufspringt und die Praxis verläßt, weil die Assistentin ihn mit «Guten Tag, Herr Mayer» begrüßt.

Steigenberger Hotel, Aachen, den 18. Januar

Je tiefer ich in die «Provinz» vordringe, desto «erfolgreicher» die Tournee; wie bei Marika Rökk: in Aachen 250 Leute in der Buchhandlung, enormer Beifall und Gott sei Dank kein langes Palaver – 3 Fragen, der Scheck und weg ...

Einen guten Barolo mit Knipp, der mich vor 20 Jahren mal gezeichnet. Nett, aber dünn. Ist in Aachen «Professor», also Zeichenlehrer geworden. Spricht nicht ohne Genugtuung davon, daß «man ja leider» Wunderlich einen Kitschier schimpfe.

Es stimmt eines: Er hängt in keinem Museum (und wo er hing, sind seine Sachen ins Depot gewandert). Wie er eigentlich damit fertig wird? (Da er's, bei seiner enormen Intelligenz, natürlich «realisiert».) Der Ausweg ist wohl der Rückzug aufs Geld nach dem selbstgezimmerten Motto: «Wohlleben zu Lebzeiten, Nachruhm danach ist besser als arm zu Lebzeiten und – à la van Gogh – berühmt/anerkannt/hochbezahlt, wenn man tot ist.»

Dorint Hotel, Freiburg, den 22. Januar

Das Klagelied der alten, provinztingelnden Marika Rökk: in 3.klassigen Hotels («interviewt» von Bübchen, die das Gespräch beginnen mit «Leider habe ich Ihr Buch nicht gelesen» und beenden mit «Wo und wann sind Sie geboren?»).

Wenn man mir erzählt, Sten Nadolny macht eine Reise mit 150 (!!) Lesungen, wird mir schwindelig. Es ist würdelos und dumm, selbst wenn wie gestern in Freiburg «erfolgreich», da mußte «das ganze Haus» geöffnet werden, weil 500 Leute anstanden.

Auch die Buchhandlung ist eher schnöde – niemand holt einen ab, 2 Minuten nach der Lesung (und nach dem Scheck) sind die Leute weg, dann steht man da in einer fremden Stadt, sieht sich das ewige Rathaus oder gotische Münster an und sieht auf die Uhr, wann der nächste Zug geht – in den noch furchtbareren Ort.

BADISCHER HOF, BÜHL, DEN 27. JANUAR

Zermahlen, zermürbt im Inter-City «nach Hause»: So recht verstehe ich mich selber nicht. In Wahrheit war's doch eine komfortable Reise, fast ausnahmslos in Luxus-Hotels, selbst die Flüge 1. Klasse, oft – wie gestern abend in Bühl, aber auch in Freiburg – herrlich gegessen, dazu noch sehr erfolgreich, alle Säle – es waren überall die dem Anlaß entsprechenden größten; Adolf Muschg, sagte man mir, «ist gut für ein Drittel Ihres Publikums» – proppevoll, oft mußten die Schlangestehenden weggeschickt werden – und dennoch mag ich das nicht. Mich interessiert «mein Publikum» nicht; sie sollen lesen und die Klappe halten. Vor allem mich nicht mit so profunden Fragen löchern wie nach dem J in meinem Namen oder ob ich mit Carl Raddatz verwandt sei oder warum Kurt Tucholsky «Schloß Gripsholm» geschrieben habe. Vielleicht ist es das, was mich so irritiert: daß die Leute, obzwar «an Büchern interessiert», so strohdumm sind respektive bleiben – das stellt einen Hersteller der Ware Buch natürlich in Frage.

Wie ein Trost zum Abschied gestern abend das Auftauchen des alten MERKUR-Paeschke, der nicht nur hingerissen, geradezu gerührt von meinem Text war («Sie sind Deutschlands bester Essayist») – und der Mann versteht ja was davon! –, sondern auch ein geradezu erschreckendes FJR-Gedächtnis hat:

Er wußte noch die Titel meines Lukács- und meines Kołakowski-Essays, ganze Sätze aus dem Marx-Buch und dem Heine auswendig. Am herrlichsten die literarischen Anekdoten aus seinem jahrzehntelangen Fundus, so etwa von dem stets abgelehnten Manuskript eines später wegen Unfähigkeit rausgeflogenen Justitiars der XY-Werke namens – Richard von Weizsäcker.

DONNER'S HOTEL, CUXHAVEN, DEN 31. JANUAR

Ich reise durch einen frostig-blassen Norden unter fahler Wintersonne; eben noch schwäbischer Barock, badisches Fachwerk – nun Hering mit Bratkartoffeln, Bier und Korn, Türgriffe in Form von Ankern und in den Schaufenstern Buddelschiffe statt Madonnen. Ein lustiger «Deutschland-Verschnitt», diese ganze Reise; wenn mir lustig zumute wäre …

Typische Bizarrerie meines Lebens: an Nordmeerdeichen und windschiefen Krüppelkiefern fahre ich im Zug vorbei – aber redigiere ein Paul-Bowles-Manuskript («bin» also in Marokko) bzw. lese als Vorbereitung der März-Reise ein Buch über Peru und die Lamas, Vecuñas und Indios!

HOTEL VIER JAHRESZEITEN KEMPINSKI, MÜNCHEN, DEN 7. FEBRUAR

Es stimmt offenbar nicht, wenn ich immer behaupte, ich sei nicht neidisch: Ich war im Gegenteil halb krank vor Neid auf einen frisch-verliebten jungen Arzt-Freund von Peter Laudan (den ich zumal selber attraktiv finde), der mir beim Essen nach der Lesung seinen «neuen Freund» vorstellte: einen sehr gut aussehenden, kräftigen Burschen mit herrlichem Schnauzer, Lockenmähne und sinnlichen Händen. Neid heißt ja wohl, des «anderen Weib, Geld usw.» haben wollen. In mir bohrte es: warum der, warum nicht ich; warum den …

Daß ich alter Mann auch noch in Betracht kommen könnte,

darauf ist der junge Internist vermutlich garnie gekommen. Ich bin eine «ferne Berühmtheit», geschlechtslos weit weg ...

Dafür durfte ich den folgenden Abend in Bad Mergentheim «beim Wein'chen» mit einer Hebamme, einem Oberlehrer, einer Kripo-Beamtin und einem reaktionären Buchhändler verbringen.

10. FEBRUAR

Ver«stimmt» (i. e.: erkältet) zurück von der gräßlichen Lesereise mit «Ausklängen» in Langenau bei Ulm, Crailsheim usw. – tatsächlich zwar stets volle Häuser, großer Applaus usw., aber anstrengend weit über meine Kräfte, physisch wie psychisch. Das Herumstehen auf pfeifend-kalten Provinzbahnhöfen, die Nächte in den wechselnden Furnierbetten, jede Dusche eine andere Armatur, und mal geht das Fenster nicht auf und mal nicht zu, aber dafür die Heizung nicht an respektive aus: Mich bringt das halb um und raubt mir Kraft, Nerven, Geduld und Selbstwürde. Man ist ein dressierter Pudel, von dem man für sein Honorar gute Laune, witzige Anekdoten und nächtelange Trinkfestigkeit verlangt.

13. FEBRUAR

Gestern langes und unangenehmes Telefonat mit Grass: Er weiß wieder mal ALLES; wie die DDR erhalten bleiben muß, warum, warum die Menschen, die es nicht aushalten, natürlich unrecht haben und daß die DDRwirtschaft keineswegs marode sei. Er wird ungeduldig und geradezu befehlshaberisch, wenn man auch nur Zweifel, geschweige denn andere Meinungen, formuliert, man hört direkt den Ton: «Aber ich habe es dir doch nun alles erklärt – warum parierst du nicht?» Wie Jürgen Becker neulich in Köln beim Abendessen sagte: Grass hat etwas Diktatorisches.

Amüsant dabei das Aufeinanderprallen der ZWEI Diktatoren: Er erzählte, daß ein ursprünglich für den SPIEGEL geschriebener ZEITartikel dort habe nicht erscheinen können, weil er in einem NEBENSATZ was gegen Augstein gesagt habe (wie ja auch der weiland bei Rahner bestellte Artikel über Augsteins Jesusbuch, als er sich als kritisch herausstellte, zurückgeschickt wurde – und ein positiver bestellt wurde; oder wie ein SPIEGEL-Redakteur mir nach irgendeinem kleinen Funk-Interview von mir sagte, das sei so amüsant gewesen, am liebsten hätten sie daraus einiges zitiert, aber da ich das Wort «Bier» benutzt habe, wäre das nicht gegangen – jedermann hätte das für eine Negativ-Anspielung auf den (biertrinkenden Alkoholiker) Augstein auffassen müssen).

Ich bin so müde, immer und allenthalben NUR für andere da zu sein – jeder will was, erwartet was, stellt sich unter das Geäst der deutschen Eiche. Ich würde so gerne mal beschützt werden, spüren können, daß sich jemand UM MICH kümmert, besorgt ist. Kindliche Wünsche, die wohl auch zeigen, wie schwer es mir fällt, alt zu werden – ich erwarte noch immer, wie ein Kind, daß der Onkel oder die Tante, die zu Besuch kommen, eine Tafel Schokolade mitbringen.

15. FEBRUAR

Mache im Moment eine eigenartige Erfahrung – ist es ein neuer Hochmut?: Ich finde viele der Bücher so «berühmter» Autoren wie die von Jorge Semprún, Mario Vargas Llosa oder (heute gelesen) die Memoiren von William Burroughs SO schlecht, daß ich nicht verstehe – wieso wird derlei in der ganzen Welt anerkannt, gar hochgejubelt?

Aber vielleicht sind das auch die Fiepstöne des Kindes, das sich die Angst im Walde wegsingt, weil es sich in seiner Einsamkeit grault. Erinnere den unsicheren, daher sympathischeren Grass an Adornos Wort: «Es gibt Leute, die haben kein Recht, recht zu haben.» Günter irrt wohl in der Sache, aber grübelt immerhin, wenn auch sein Auschwitz-Argument infam-falsch ist: Wieso sind 60 Millionen Deutsche harmlos und macht das PLUS von 15 Millionen sie zu potentiell eines neuen Auschwitz Fähigen?*

28. FEBRUAR

Nicht zuletzt durch die Dinge in der DDR vollkommen aus der Balance geworfen; ich bin so «außer mir», daß ich mich im Moment nicht mal selber definieren könnte: wer oder was ich bin, wohin ich gehöre: bin an der Grenze, mich mit den Freunden wie Grass zu zerstreiten (aber muß man nicht auch Freundschaften solchen Prüfungen unterziehen?), weil ich seine Position vis-à-vis der DDR nicht mehr verstehe, nicht akzeptiere und sie z. T. verlogen finde («Die Tschechen bitten die Russen bereits, ihre Truppen nicht abzuziehen» – – – genau das Gegenteil ist wahr, genau den Abzug hat Havel dieser Tage in Moskau erreicht).

Mich verunsichert das alles, auch die Nicht-Verunsicherung

* Zum Beginn des Jahres 1990 entstand in Deutschland eine rege politische Debatte im Hinblick auf die bevorstehende Wiedervereinigung beider deutscher Staaten. Günter Grass trat damals vehement gegen eine Wiedervereinigung ein und plädierte stattdessen für eine Konföderation, um sowohl ein mögliches Erstarken Deutschlands auszuschließen als auch den Sorgen und Ängsten der Nachbarstaaten Rechnung zu tragen. Er war für Einigung statt Einheit: «Wer gegenwärtig über Deutschland nachdenkt und Antworten auf die deutsche Frage sucht, muß Auschwitz mitdenken. Der Ort des Schreckens schließt einen künftigen Einheitsstaat aus.» Ein modernes Verbrechen von solchem Ausmaß, meinte Grass, habe nur von einem deutschen Einheitsstaat begangen werden können, folglich dürfe dieser nicht wieder entstehen. Im Februar 1990 diskutierte Grass in einem Fernsehgespräch mit seinem Antipoden in dieser Debatte, Rudolf Augstein, einem Fürsprecher der Einheit, der in der Sendung mehrfach konstatierte: «Der Zug ist abgefahren.» Die Wiedervereinigung gehe unaufhaltsam ihren Weg, Auschwitz sei eben nicht konstituierend für den künftigen Lauf der Welt.

solcher Leute, die – wie auch Stefan Heym neulich: «Ich bin überzeugt, ein Harnack würde in dieser Situation …»; er WEISS also genau, was wer wann tun würde oder getan hätte – immer alles wissen, nie (sich) in Frage stellen.

6. März

Vorläufiger Tiefstpunkt der Betrachtung meiner Person die eben abgeschlossene Lektüre von Fichtes Tagebuch-Manuskript («Wir sind schließlich nicht befreundet»), das ein einziges Sammelsurium von Gemeinheiten, Lügen oder auch bösartigst-voyeuristisch notierten wahren Begebenheiten ist. Bis zu meiner Schwanzgröße (die er übertreibt – mit der Sucht aller Schwulen gibt es bei ihm NUR Riesenschwänze) werden Parties bei mir oder Abendessen, Vorträge oder Telefonate erlogen, erfunden, umgedichtet. Es geht nicht mal so sehr darum, daß das natürlich keine Literatur ist – sondern darum, daß ich mich ja nun wahrlich mit Fichte über Jahre hinweg für BEFREUNDET hielt (wenn auch mit den in einer Freundschaft selbstverständlichen Aufs und Abs), mich mal etwas zurückzog, ihn mal mit seiner lästigen Neugier und Aufdringlichkeit abwehrte (etwa, als er mir nach Sylt nachreiste): hier nun genau geschildert, im selben Atemzug mit Schmähungen derer, die nach Sylt führen! – – – und nun Giftmüll lesen muß (es geht übrigens AUCH darum, ob ich derlei drucken lassen oder «verbieten» soll).

Aber ich verbiete keine Bücher.

8. April

Passendes Datum, um noch immer ganz vergiftet zu sein von Fichtes Heimtücke-Texten: Heute vor vier Wochen war sein Todestag. Mir wird übrigens das Genre Tagebuch wieder mal sehr verdächtig (aus welchem «Verdacht» heraus ich ja auch viele Jahre keines schrieb): Hat es nicht etwas Unreinliches und Lächerliches zugleich, wenn ich nun hier sitze und den gestrigen Abend mit

Günter Grass aufschreibe, während der seinerseits vermutlich zu eben dieser Stunde an seinem Schreibtisch sitzt, um eben diesen Abend aufzuschreiben? (Amüsant allenfalls wäre der Vergleich der Notate …): Mir jedenfalls sitzt dieser Abend wie eine Gräte quer im Hals – es war ja vorauszusehen, daß wir uns streiten, weil unsere Positionen in Sachen «Deutschland einig Vaterland» (wo mich allenfalls graust, daß es bald wieder «Heilig Vaterland» heißen mag) so diametral entgegengesetzt sind. Wer ihm widerspricht, ist «rechts» – aber meine insistierenden Fragen nach «links», nach Sozialismus kann er nicht beantworten; bzw. so halb, wie die nach dem von ihm favorisierten Konföderationsmodell – die Schweiz sei das, was doch aber nur beim Postleitzeichen CH noch stimmt, in Wahrheit ist es EIN Bundesstaat mit EINER Regierung, Währung usw. Grass wird auf solche Einwände hin geradezu wütend, schimpft («Du bist ein rechter FDP-wähler») und beurteilt die Welt AUSSCHLIESSLICH danach, wann er zu wem was gesagt hat bzw. nicht (wie er auch meine Reise zu Vargas Llosa als persönliche Kränkung auffaßt; ich habe nicht mit Leuten zu verkehren, nicht mal zu REDEN, mit denen er sich gezankt hat – und mein Einwand, daß er jenseits dieses auf einem irrigen Zitat basierenden Zanks in Wahrheit politisch Vargas Llosa näher steht als dem von ihm so vehement verteidigten García Márquez, wird abgetan wie ein Rülpser).

Mexiko, 10. April

Ein Tag im Leben der Schnecke/mit der Schnecke, der Schwester: Nachdem sie mich gestern für 60 Dollar mit dem Taxi hatte nach Guadalajara fahren lassen, wo alle Museen montags geschlossen sind – «das weiß ich doch nicht» –, war verabredet, mich heute um 9.00 abzuholen und nach Guadalajara zu fahren. Ich rufe – niemand ist da – an; sie schläft. «Wie spät ist es denn?» «9.30.» «Ach, ich habe so schlecht geträumt, daß …» 15 Minuten Bericht über ihre Träume. «Ich komme gleich.»

11.30 im Hotelgarten, in dem 6 Menschen sitzen: «Ich suche dich seit 20 Minuten, ich habe dich garnicht gesehen.» Zum Frühstück, dessen Servietten-Gabel-Untertassen-Losigkeit ein eigenes Stil-Leben wäre. «Tee willst du?» – Kein Löffel ist zu finden. «Estella» (das Dienstmädchen; man hat zwar keine Tassen, aber ein Dienstmädchen – «bügeln kann ich nicht»): «Wo ist denn die Zitrone?» Meine Frage, wann wir denn nun führen, erreicht unwirsche Beleidigtheit. Vielleicht könne ja Daniel mit, der Bauer, der auf den Namen Ranchero hört. Aber wo ist Daniel? «Das weiß ich doch nicht. Übrigens habe ich einen Platten, wir müssen erst mal Reifen wechseln fahren.» Nach einem Bissen Brot und einem Stück Papaya in dem vollkommen vergammelten Auto, zusammengehalten mit Leukoplast, hinter den Sitzen rollen leere Flaschen, ein Schuh, ein kaputter Ersatzreifen, undefinierbare Stoffreste, zur Garage. «Geld hast du? – Ich muß noch zur Bank. Wie spät ist es? Ach so, da hat die Bank zu, ha, ich brauche ja kein Geld.» (!) Reifenwechsel. Zurück in das «Haus» – Auftritt Daniel. Es ist lange nach 12.00. Daniel will frühstücken, eine Papaya schälen, die Handtasche ist weg, Daniel muß auf «die Ranch», die Tiere füttern, will aber mit nach Guadalajara. Estella muß eine Hose suchen, ein Hemd bügeln, weil Daniel sich auf der Ranch, wo wir ihn abholen sollen, umziehen will. Mein Einwurf, daß die Museen nachmittags schließen, erweckt Unwillen. Daniel ab. Die Schnecke schminkt sich, wir fahren los, müssen zweimal zurück, die Schlüssel sind weg, ein Brief muß noch zur Post – die hat zu. Die Hausschlüssel sind weg. «???» «Egal, irgendwie kommen wir rein.»

Auf abenteuerlichen Feldwegen im krachenden Wagen zur Ranch. Daniel nicht zu sehen. Schließlich wird mir erklärt, daß ihr Wagen falsche Papiere hat und keine Versicherung und wir «besser» mit Daniels Wagen führen. Der ist: ein Lastwagen, Baujahr 1956, ein absolut abenteuerliches Gefährt, beladen mit Getreide, ohne Sitze, ohne alles, die Fenster gehen nicht auf und die Türen nicht zu. Damit donnern wir – ich hopse manchmal 5 cm hoch – gen Guadalajara. Daniel erklärt, daß er 1.) mit dem Wagen nicht in die Innenstadt und 2.) nicht parken darf.

Ankunft im spektakulär schönen Museum. Daniel: «Schön für Sie, wo Sie doch neulich die Tochter kennengelernt haben.» (Ich hatte in Mexiko die Tochter von Diego de Rivera kennengelernt.) Er stand offenen Mundes – und sich bauernschlau einer fremden Führung anschließend –, hatte das alles noch nie gesehen; wie meine kunstsinnige Schwester (Guadalajara ist von ihrem Wohnort Chapala so weit weg wie Blankenese von der Hamburger Innenstadt). Sie steht vor der Kathedrale und fragt: «Ist das das Museum?» Ihr Hauptsatz ist «Das weiß ich nicht»: ob Zicklein ein Nationalgericht ist oder wer Vallarta war, wieviel Einwohner Guadalajara hat oder wann die Revolution in Mexiko war. Stattdessen, in einer Mischung aus Plärren und Quengeln, wird unentwegt geplappert – im Auto, im Café, im Museum: «Joghurt mit Himbeeren mag ich nicht»; «Salat mache ich nie in Tonschüsseln an»; «Hier links an der Hüfte tut es mir seit gestern weh» – wie ein Kind, nein, wie ein Eimer, der ein Loch hat, rinnt es unaufhörlich heraus, was gerade durch dieses winzige Gehirn schießt –, «der linke Schuh drückt mich.» Keine Minute Schweigen. Die Sprache wird perfekt beherrscht – aber daß Sprache auch ein Instrument der «Aneignung» sein kann – nix. «Wie groß ist der Lake Chapala?» «Das weiß ich nicht.» «Wo ist Zapopan?» «Das weiß ich nicht.» Da will ich aber, weil es eine besonders schöne Kathedrale haben soll, hin; 20 Minuten Fahrtzeit. Daniel droht mit dem Lastwagen. Ich erzwinge ein Taxi (und zahle es, natürlich).

Erschöpft sage ich, Daniel sei der Tag gewiß etwas zu viel und zu langweilig gewesen, und ich werde besser alleine zu Abend im Hotel essen. Bares Unverständnis. «Wenn's ihm zu viel wird, kann er ja ins Bett gehen.»

5 – fünf! – Minuten später, es ist nachmittags: «Daniel hat Hunger.» Wir gehen also in ein Restaurant. «Kann man hier

auch zu Abend essen» (es ist nämlich ganz hübsch)? «Das weiß ich nicht.» Wir essen also um 5 Uhr Ziegenbraten und trinken Bier. 10 Minuten später: «Bier bekommt mir nicht, ach, Daniel, mir ist ja so schlecht.» Mein Einwand, warum man Bier bestelle, wenn man weiß, daß es einem nicht bekommt, ruft gereizte Empörung hervor. Auch das Essen – da sie vor Kurzsichtigkeit keine Speisekarte lesen kann, nach 10minütigem Palaver bestellt; sie kann buchstäblich keine Speisekarte entziffern, ich mußte 4 Wochen lang Abend für Abend die gesamte Karte vorlesen; damit sie flirtend-kakelnd-schelmisch noch mal 10 Minuten mit dem jeweiligen Kellner quakeln konnte – auch das Essen war ihr nicht bekommen. «Jetzt bin ich todmüde.» Wie ein einzelliges Lebewesen wird genau das in genau dem Moment getan, wonach einem ist: schlafen, essen, trinken, jaulen, kraulen, gekrault werden. «Ach, Daniel, mein Daniel» – wie eine Fernfahrerbraut, Schuhe aus und Beine auf dem Armaturenbrett, schläft sie an Daniels Schulter im donnernden Lastwagen.

Ankunft Ranch. Autowechsel im Dunklen (der traum-schöne Sonnenuntergang über dem See wurde garnicht bemerkt). Daniel will auf «dem» Ranch bleiben. Abfahrt. «Licht willst du, daß ich anmache?» Beleidigt über meine «Belehrung», daß man im Dunkeln besser mit Licht fährt. «Hast du den Schlüssel?» Nein. Zurück. Daniel nicht zu finden. Schließlich findet sie Daniel und den Schlüssel.

Nach 300 m: einen Platten. 20minütige Wort-Diarrhöe mit dem Unterton: «Du fährst Jaguar, und ich habe kein Geld für Reifen.» Ab in die Nacht – sie kommt hüftschwingend und Äug'chen verdrehend wie vom Auto-Strich zurück mit einem jungen Mann, der ihr im Dunklen den Reifen wechselt. Vorbei donnert, aus dem Nichts auftauchend, Daniel. Ganz der «Grundbesitzer», die Hände in den Hosentaschen neben dem Jungen, der bäuchlings das Auto repariert. «Hast du Geld? Er sagt zwar, er will nichts, aber ...» Der Bruder als lebende Brieftasche zückt dieselbe, den 2. Reifen dieses Tages zahlend. Ab Richtung Chapala. «Ist das hinter uns Daniel?» – als könne man an den Scheinwerfern erkennen, wer hinter einem fährt. «Ich habe den Hausschlüssel nicht mehr.» «Wozu steht eigentlich der Jeep bei dir in der Auffahrt?» «Der gehört Daniel.» «???» «Aber der hat amerikanische Papiere, so darf Daniel ihn nicht fahren.» «Und wieso hat Daniel ihn gekauft?» «Er dachte eben … nun steht er da, für 6000 Dollar, seit 2 Jahren.» «Und wieso fährst du ihn nicht über die Grenze und verkaufst ihn, du bist doch US-Citizen?» «Er darf ihn nicht fahren, nicht mal besitzen – und ich kann ihn nicht fahren, er hat keine Automatik.» Im übrigen habe sie jetzt Kopfweh, sie müsse zur Apotheke, das Essen, das Bier, auch sei sie todmüde. Vor der Apotheke parkt – Daniel. «Er fährt dich jetzt nach Hause, ins Hotel, ich trau mich nicht mehr, der Reifen, es ist dunkel, ich habe keine Papiere und keine Versicherung …»

Ich werde umgeladen, wie das Heu aus dem Laster vor dem Hotel rausgeworfen, ich habe Hunger (das Essen hatte die «Qualität» einer Vorspeise und den Preis von 3 Gängen), im Hotel gibt es nichts mehr: Ich sitze unter einem Brecht-grünen Vollmond, der im (total vergifteten) Lake Chapala ertrinkt, und rauche meine letzte Davidoff, trinke im Plastikzahnputzbecher den letzten (heimlich mitgeschleppten) Amaretto. *Happy days in Chapala.*

«Morgen um 9.30 hole ich dich ab – ich muß allerdings Reifen kaufen, zum Zahnarzt, zur Bank, Schlüssel nachmachen lassen – und dann fahre ich dich nachts zum Flugplatz, zur Maschine nach San José – – –»

In der Nacht wurden im Schlafzimmer – unterm Bett – 6 junge Schäferhunde geboren …

3. Mai

Kultur nachholen im Galopp wie ein Verdurstender. Gestern Vortrag in Kiel und bezaubernde Bummelfahrt durch das prunkend-blühende Schleswig-Holstein, das von den gelben Zungen der Rapsfelder durchleckt ist, vorbei an blanken kleinen See-Augen und durch Dörfer in Blüten-Kissen.

Das Wochenende im explodierenden Berlin, Ku-Damm voller Ostler und die Linden voll Westler. Sensationelles Gefühl über dem Potsdamerplatz – wo russische und DDR-Uniformen verkauft werden! –, zur Friedrich-Straße. Zu Fuß die Linden entlang durchs Brandenburger Tor (wo just an dem Tag die Mauer – an der so viele starben! – per Dampframme wie bei einem Volksfest eingerissen wurde).

Abends Schaubühne, Peter Stein, Reinhardt-gefällige Inscenierung von Bernard-Marie Koltès' letztem Stück, eine z. T. peinlich-schwülstige Pseudo-Genet-Ballade auf einen Massenmörder, dem er wohl mehr auf den Schwanz als ins Hirn sah. Gut, Kunst ist a-moralisch: Aber diese Äug'chen werfende Apologie hat etwas Parfümiertes.

Wie schockierend-radikal dagegen, bewegend und auch zum Widerspruch aufreizend das Kresnik-Tanz-Theater «Ulrike Meinhof» letzten Freitag in Bremen: auch da einer, der sich gegen die Gesellschaft bis zu Gewalt und Mord stellte (und ungerecht ent-schuldet wird durch die Art der Inscenierung, die das Publikum auf ihre Seite zu ziehen versucht): aber tief berührend; vielleicht, weil man selber Teil davon war und ist. War, weil ich die Meinhof gut kannte, Samba mit ihr tanzte in des grauslichen Röhl Jugendstilvilla, und letztlich zu der auf der Bühne Dix-grimmig karikierten Pelz- und Schickeria-Welt gehörte; und wieder nicht.

Obszön dabei die Wempe-Werbung im Programmheft: «Wir wünschen Ihnen einen schönen Abend» und Reklame – ausgerechnet, Pelze sind die Dix-Kostüme der «Gesellschaft» für Luxus-Pelze: «Ihr Auftritt in Pelz». Parodie. Und schließlich das Thema, dieses Schicksal konterkarierend.

3. Mai

Statt *triumph and tragedy decor and parody*: Pausenflucht aus Robert Wilsons parfümierter «Black-Rider»-Inscenierung; vom *radical chic* Susan Sontags ist nur der *chic* geblieben – ein Hauch von Joop, na gut: Yves Saint Laurent über dem Ganzen. (Peter Stein: «Diese schwule Parfum-Flasche kommt mir nicht ins Haus.») Nicht *slap-stick*, sondern Kasperle-Theater; das Publikum rast, wenn eine Flinte falsch losgeht oder des Teufels Ohren (elektrisch) rot leuchten. Sie werden verkindert. Zeichen statt Be-Zeichnung.

10. Mai

«Ich kenne das Vergnügen, nichts zu tun, absolut nicht. Sobald ich kein Buch mehr in der Hand habe oder nicht davon träume, eins zu schreiben, überkommt mich eine solche Langeweile, daß ich laut schreien möchte. Das Leben erscheint mir nur erträglich, wenn man es übergeht»: Flauberts Wunderbriefe an George Sand! Jeder Satz ein Hieb, eine Wahrheit – sein Lebensekel, sein Demokratieverdruß, sein Fortschrittsspott (großartig über die Pariser Weltausstellung und die künftige «moderne» Welt), sein Ablehnen zu reisen, seine Ästhetik.

Lese das als Vorbereitung: Morgen geht es auf die nächste ungeliebte Reise; nach Frankreich «zu» George Sand.

Zuvor das Leipzig-Wochenende katastrophal; die Lesung, der ich so entgegengebangt hatte, fand garnicht statt: 1 Hörer war gekommen – Strumpfhosen statt Kultur, Pornovideos statt Bücher, Bananen statt Bach: Die DDR steht Kopf, Leipzig ein einziger Basar mit falschen Persern und Tinnef und Yoghurt und BILD; die Katastrophe (u. a. weil niemand mehr die eigenen Waren kauft) ist zu riechen.

Die Kunstausflüge – z. B. zu Tübke, zu Luther und Cranach nach Wittenberg und zum Wörlitzer-Park – konnten mich nicht trösten noch sänftigen.

KAMPEN, DEN 9. JUNI

Das große «Loch» im Tagebuch hat mehrere innere und äußere Ursachen.

Gleichsam aus dem fahrenden Autozug Avignon–Hamburg in Frankfurt rausgesprungen, per Taxi-Flugzeug-Taxi ins bei Prag gelegene Schloß D. zur Tagung der Gruppe 47, wo ich (morgens um 5 im Schlafwagen aufgestanden) bis 4 Uhr nachts «dabei» sein mußte, d.h. präsent als Subjekt (kritisierender Autor) und als Objekt. Fühlte mich sogar wohl im Kreise freundlicher Kollegen wie Jürgen Becker, Peter Schneider oder Peter Bichsel, auch mit dem unseren «bösen Briefwechsel» nicht erwähnenden Grass.

Dennoch: Ich habe, jedenfalls wissentlich, das 1. Mal unehrlich geschrieben, mein «witziger» Bericht über die Tagung ist gefälscht im Sinne von geschönt – ich fand die meisten lächerlich, das Ritual ausgeleiert bis überflüssig: Feuerzangenbowle, wo Erwachsene noch mal Schüler spielen, obwohl sie alle (Lebens-)Zeugnisse in der Tasche haben: Der alt gewordene Höllerer setzt sich stumm wie ein Schüler hin, wenn ihn der uralt gewordene Hans Werner Richter anblafft, und Autoren, an deren Brust so viele Preise klappern wie Orden an der eines sowjetischen Marschalls – Grass, Christoph Hein –, lesen mit zager Stimme Texte vor, um sich ängstlich das Urteil (z.B. von mir) anzuhören. Es hatte etwas Läppisch-Gespenstisches, und Richters «Drohung», er mache weiter, treibt einem die Haare zu Berge.

In Hamburg schon den Ostberliner Besuch im Hause, 2 Tage später hierher nach Sylt.

Der Besuch des alten Kommilitonen und seiner sympathischen Frau stellt einem geradezu die Lebensfrage: Ist es nicht – DAMIT verglichen – doch ganz gut gegangen: Sie wissen nicht, was Avocados sind, können nicht mit dem Fischbesteck essen, haben noch nie eine Auster gesehen und kennen den Namen

Botero nicht. Alles keine Synonyme für Glück; was ist schon Glück? Aber doch Chiffren für ein farbigeres Leben, ein bißchen Glitzern und Freude, die doch AUCH dazugehören sollte? Wozu GIBT es denn Tokio und San Franzisko, New York oder Burgund, Paris oder Marokko – – – wenn nicht «für mich», damit ich es sehe? Mehr noch: Gibt es es ÜBERHAUPT, wenn ich's nie gesehen habe (gleichsam eine Schopenhauerfrage)? Immer nur Trabi, nie Jaguar?

Das hat noch 2 weitere «Problemkreise»: zum einen die Verkürzung auf «Wohnung ohne Bad» (während ich hier in meiner Ferienwohnung zwei Bäder habe, was sie so wenig verstanden wie meine Frage nach einer Vorspeise oder mein Salat-Dressing, dessen Mischung sie fasciniert zusahen wie einer Zirkus-Nummer). Zum anderen: Dieses grau-stumpfe Leben, kein Mehl und keine Hosen und keinen Whisky, hat sie zwar ehrbar bleiben, aber phantasielos werden lassen. Mein Freund Schneider ist charakterlich eine Nr. 1 – aber er sieht keinen Dix an der Wand und kein Besteck auf dem Tisch und keine Blume in der Vase. Er liest an 2 Flaubertbriefen so lange wie ich an einem Buch und «studiert» 3 Tageszeitungen so lange, wie ich zum Schreiben eines ganzen Artikels für eben die brauchte. Dieses Leben ohne Farbe, Form und Reiz hat ihre Aufnahmebereitschaft nicht geschliffen – sie gehen spazieren und finden das Meer nicht (das man von meinem Fenster aus sieht). Sie sind viele Jahre älter – und die Geschwindigkeit, mit der ich ihnen wegen seiner Wieland-Ausgabe Reemtsma zugeführt und wegen seiner Voltaire-Ausgabe mit Leuten in Paris verkuppelt habe, nimmt ihm den Atem. Er kann solche Editionen – vorzüglich wie nirgendwo sonst – betreuen; aber was dann aus ihnen wird, weiß er garnicht. Insofern doch etwas für tote Seelen.

Kampen, den 22. Juni

Bei der Christa-Wolf-Debatte (bei der ich fürchte, der FAZ-Junge hat nicht ganz unrecht; jedenfalls hat er gut argumentiert) besonders interessant die schamlose Rolle von Jens; dabei meine ich nicht so sehr die falsche Position, man dürfe nicht urteilen, wenn man nicht dort und dabei gewesen (also darf man nicht über Schiller, Wallenstein und vor allem nicht über die Nazijahre urteilen?!), sondern das peinliche ich will ran, ich will ran, *coûte que coûte.* Keineswegs trat er aus dem STERN-Beirat aus, als man seinen Sohn dort (rechtens) wegen des Einbruchs im Hause des toten Uwe Johnson brandmarkte und entließ; keineswegs tritt er aus der Kisch-Preis-Jury (des STERN, wo er neben Joachim Fest sitzt, in dessen FAZ er schärfstens angegriffen wird) – alles egal, Hauptsache gedruckt. Ein Charakter wie ein Bürstenhändler, den man zur Vordertür rauswirft und der sich 5 Minuten später zur Hintertür hereinwinselt. Auf Seite 3 der letzten ZEIT greift Greiner ihn erbittert an – und auf Seite 5 steht ein Artikel des Herrn Jens; das ist nicht «Liberalität», sondern Juste-milieu – er hätte seinen Artikel zurückziehen müssen.

Kampen, den 27. Juni

Seit Sonntag habe ich den Roman begonnen. Unzufrieden. Nur der Vorgang des Schreibens macht Spaß – viel mehr als journalistisches Schreiben; es scheint mir, als sei es auch viel weniger Arbeit – mir weizenhelle Augen einer Person auszudenken als 600 Seiten zu lesen, um eine Rezension zu schreiben – – – was für ein Unterschied. Der Produktionsprozeß macht also Spaß – das Produkt (vorläufig) noch nicht.

Besonders stark erlebe ich, wie die Welt versinkt: die Aufgeregtheit über jede Tagesschau, jede Zeitungsnotiz, irgendeinen Streit um Christa Wolf in den diversen Feuilletons: Es interessiert viel weniger. Man baut sich seine eigene Welt, und beim Fahrradfahren am spätnachmittäglichen Watt ist es spannender, wie die nächste Scene weitergeht, am nächsten Tag, sogar aufregender, sich Haarfarben, Münder, Namen auszudenken, Moden der Epochen zu erinnern, Schlager heraufzubeschwören, Spruchbänder und Transparente aus dem Gedächtnis zu kramen – als sich über die demnächst bei der DEFA oder im DDR-Theaterwesen Entlassenen zu ereifern.

Kampen, den 12. Juli

Gestern «Kir Royal» an der Nordsee – Champagner bei meinem neuen Flirt, der (sehr hübschen) Brinkmann-Witwe in ihrem ungewöhnlich schönen, hoch-edel eingerichteten Haus, dann Champagner bei mir und dann gegenüber an der Bar – und es ging NUR um die passende Lederfarbe der Jaguarsitze, das dumme Personal und Pippi Münchmeyer und Puppi Boenisch und Peppi von Monaco und «neulich in London» und «kürzlich in Kopenhagen»: obszön. Das Komischste: ich immer mit, ich badete förmlich in dieser Ordinärheit – es war wie selbstproduziertes Badedas, ich schwamm auf meiner eigenen Seifenoper.

Mit dem Manuskript nicht allzufrieden. Wird es banal? Darf man das, dieses Einmontieren von Wirklichkeitsbrocken? Muß das dann – à la Döblin – nicht kunstvoller gemacht werden? Manchmal denke ich, diese Scene sei mir gelungen, dann wieder scheint mir alles sehr oberflächlich und unverschämt, derlei in eine Welt zu setzen, die Flaubert und Thomas Mann gebar.

Vergessen zu notieren: Ausgerechnet dieses Haus der Kir-Royal-Dame ist das Haus von Siegfried Jacobsohn. Und sie weiß das kaum, weiß jedenfalls nicht, WER das eigentlich war – und «hat zwar gehört», daß es jetzt seine Briefe als Buch gibt – die Briefe, in denen er doch von Sylt und dem Haus SCHWÄRMT –, aber: «Warum schenkt mir das keiner?» Die Idee, daß man Bücher auch KAUFEN kann, kommt so jemandem nicht.

20. Juli

Die Arbeit am Roman: Wie unverschämt, gar lächerlich ist es eigentlich, nach all den Riesen der Weltliteratur von Flaubert bis Joyce sich hinzusetzen und Prosa zu schreiben – Unverfrorenheit?

26. Juli

In 2 Stunden Abreise nach Bayreuth.

Darauf auch neugierig wegen «deutsch»: Die deutsche Frage gebärt ja jeden Tag neues Unheil, neuen Wirrwarr und neue eigene Unsicherheit. So finde ich z. B., daß die allerorts mit Empörung aufgenommene «englische Erregung» sehr zu Recht besteht, daß ich selber in mir genau diese Eigenschaften wahrnehme, die diese Herren um die Dame Thatcher erörterten: Selbstmitleid, Hang, geliebt zu werden, Angst, Aggressivität, Minderwertigkeitsgefühl, Sentimentalität, Überheblichkeit, Selbstbezogenheit (von der ja dieses gesamte Tagebuch ein Zeugnis gibt).

Romantik Posthotel, Wirsberg, Anfang August

Wagner habe ich, scheint's, zum 1. Mal begriffen, hatte mir auch Zeit genommen, zu lesen und nachzudenken. Der Bruch respektive die Dialektik zwischen Utopie und Skeptizismus, zwischen dem Aufscheinen-Machen einer besseren Welt (der Liebe?) und dem Deutlich-Machen von Geschichte als Katastrophe (um mit Benjamin zu sprechen) schon sehr spannend; und mein «Schopenhauer-Verdacht» prompt bei Nietzsche bestätigt gefunden.

«Was ist euch Harten/doch heilig und wert/giert ihr Männer nach Macht!»: Leitmotiv des Rings (Fricka) der Machtwahn (= Goldrausch), für den Treue und Liebe und gar Sexus geopfert wird. Großartig schon die Exposition (Rheingold ist eigentlich bereits der GANZE Ring), wie Wotan seine Verträge bricht bzw. Delegierte sucht, die seine Verrätereien exekutieren müssen – – – bis hin schließlich später zu Brunhilde, die ja tut, was er EIGENTLICH will bzw. wollen sollte – – – und DAFÜR von ihm gestraft wird: «Als junger Liebe/Lust mir verblich/verlangte nach Macht mein Mut» (Wotan zu Brunhilde) – das ist sprachlich wunderschön und inhaltlich gewaltig. Im selben 2. Aufzug der Walküre: «Schüfe die Tat/die ich scheun muß/die nie mein Rat ihm riet/WÜNSCHT SIE AUCH EINZIG MEIN WUNSCH ... zum Ekel find ich/ewig nur mich/in allem, was ich erwirke/das andre, das ich ersehne/das andre erseh ich nie ... Knechte erknet' ich mir nur.»

«Was ich liebe, muß ich verlassen/morden, wen ich minne/trügen, verraten/wer mir traut – – – – – – – – –.» Wenn da nicht das ganze Deutschland drinsteckt, vom Faust bis zu mir, und natürlich zum Siegfried: «Und doch alle Eide/alle Verträge/die treuste Liebe/trog keiner wie er.»

Und das alles eingebettet in tiefste deutsche Landschaft, mit Ausflügen zu Balthasar Neumanns Vierzehnheiligen, mehr Bankettsaal als Kirche in seiner selbstgerechten und sich selbst feiernden Pracht, oder nach Kronach, Cranachs Geburtsstadt (heißt er eigentlich «Cronach»?), schließlich in Weimar an sein Grab (wußte nicht, daß er dort beerdigt; wie ich auch nicht wußte, daß «mein» Herder in seiner Kirche in Weimar liegt).

Und schließlich in Buchenwald vor den Verbrennungsöfen: Parkplatzgebühr vorm KZ!

HOTEL BELLEVUE, DRESDEN, 2.–4. AUGUST

Fast Deutschlands schönstes (mit Riesen-Pool zumindest großzügigstes) Hotel, herrliche Lage an der Elbe mit Blick auf Semper-Oper, Kirche, Schloß-Ruine, Albertinum.

Die Stadt schmerzt: zum einen als Mal, was Adolf uns nahm, zum anderen, mit welch sinnloser Barbarei das zerbombt wurde, zum dritten, daß bis auf die Semper-Oper alles in Dreck und Ruinen liegt; nach 40 Jahren! Bäume wachsen aus dem Albertinum, vom Schloß ein paar Mauerreste (was natürlich vor 20–30 Jahren restaurierbar gewesen wäre), der wiederaufgebaute Zwinger schwarz-verrußt – das ganze Land ist ruiniert (nirgendwo auch nur 3.klassiges Essen zu bekommen, so im Ex-Stasi-Palais «Villa Bellevue», ein geschmackloser Hermann-Göring-Kasten über der Elbe mit Couch-Garnitur-Komfort).

Meißen ein Schock – eine Stadt, in der die Häuser zu 80% verfallen, nur die herrlich strenge frühgotische Kirche «erhaben».

Dresden: Gemisch aus Fußgängerzone, versunkener Villenpracht am «Weißen Hirsch», brutalem Neubau und «Resten». Trostlos.

Gemäldegalerie großartig – am schönsten die seltsam-blassen Farben des Dürer-Altars und die ebenso seltsame, fast kokette Munterheit der Cranachs. Neu-Zeit-Sammlung grauslich-anorganisches Gemisch: Kolbe, aber kein Seitz, Strempel, aber weder Penck noch Richter noch Baselitz. Heartfield scheint überhaupt nicht zur DDR-Kunst zu gehören? Wieso? Dann bitte auch Brecht nicht!

HOTEL ELEPHANT, WEIMAR, DEN 4. AUGUST

3 Weimar-Impressionen/Emotionen überlagern sich. 1. Hierher war die schönste, zitterndste, glücklichste Reise meines Lebens, strahlend-selig (und voll sexueller Begierde ohne Ende): vor ca. 40 Jahren … 2. Ich wußte/erinnerte mich nicht, wie klein das alles ist: das Goethehaus mit seinen Kämmerchen (und Gipsbüsten); die Gartenhaus-Puppenstube; das «Wittib»-Haus von Anna Amalia (zwar verglichen mit Goethes großzügig – aber im Vergleich mit französischen Verhältnissen *ridicule*); das Schillerhaus – wie winzig die Entfernungen, man wohnte ja buchstäblich ein paar Schritte voneinander (und schrieb sich dennoch Briefe?!).

3. Die Empörung über das Verbrecherpack, das diese Städte, das ganze Land so total verkommen ließ.

Hôtel Lutetia, Paris, den 9. August

Lächerlicher Auftakt und absurder Beginn der Paris-Tage. Beim (traditionellen) Frühstück im Deux Magots sitzt neben mir Francis Bacon, mit dem ich dann Tee trank, klönte – während neben uns 1 Stunde lang ein angemaltes Fotomodel fotografiert wurde. Er nicht.

Herrlich wieder Cioran am Telefon (esse heute mit ihm zu Abend), er sei vergangene Nacht «etwas wahnsinnig» geworden, habe gedacht, die Welt sei endgültig untergegangen – was ihm großen Schreck eingejagt habe!!! – oder er sei blind geworden, weil er nicht begriffen hatte: Es war die Schwärze der Nacht.

Den ganzen Nachmittag mein Gespräch mit Breyten Breytenbach, aufregend-interessant; auch «aufreizend», weil er sich kokett vor einem auf einem Polster wälzt, zeigend, «was er hat», von seinem Idol Pasolini erzählt und eigene Ölbilder von Männern mit Riesenschwänzen zeigt: *une folle qui s'ignore.* Aber ich mag ihn, und man kann sich stundenlang gut mit ihm unterhalten.

Hôtel Lutetia, Paris, den 11. August

Die «geschlossene» Stadt: kaum ein Geschäft, vor dem nicht die Rolläden hängen; in den paar, die geöffnet haben (oft mit leeren Schaufenstern), mürrische Bedienung wie in allen Restaurants, vom Récamier zur Closerie des Lilas.

Die kleinen Metallstühlchen im Jardin du Luxembourg (wo Teil II meines Breytenbach-Gesprächs stattfand) sind eine Marter. Meine Sinnlichkeit, Neugier, Aufnahme- wie Abgabebereitschaft ist durch so ein stundenlanges Gespräch erschöpft (gar meine Sexualität? Auch da «un-wach»: Verbraucht das Hirn die Eiweiß-Substanz??). Kaum Lust auf Museen. Die von billigsten Bus-Touristen verstopfte Stadt. Mir sind die Shorts- und T-Shirts-Träger mit ihren ewigen Flaschen und Büchsen vorm Hals oder der ewigen Eiswaffel ein physischer Graus. Hassenswert in ihrer Dummheit.

20. August

Schrecklicher Besuch des chinesischen Tucholsky-Stipendiaten bzw. schrecklicher Bericht: Von der 1 Milliarde Chinesen sind 800 Millionen Bauern, also dumm und uninteressiert an «geistigen» Dingen; aber von den 800 Millionen sind auch noch mindestens ein Drittel Analphabeten. DAS hat also dort der Kommunismus «geschafft». Ein Professor verdient 150 Yen, aber eine Zeitschrift kostet 3 Yen – also ist sie unverkäuflich, einflußlos, ungelesen. Drei Generationen einer Familie leben in einem Zimmer (aber ein Bonze baut sich für 2 MILLIONEN Yen einen Palast). Zwar ist Reis billig und die medizinische Versorgung umsonst, aber Bücher nicht zu bezahlen, Fernseher und Telefon auch nicht, Zeitungen drucken immer dasselbe Partei«chinesisch», und Schriftsteller können nicht nur nicht leben von ihrer Arbeit, sondern leben in «Einheiten». Mein Gott, was für eine Verbrecherwelt.

Flug Nürnberg–Hamburg am 26. August

Komisch-beeindruckend Hochhuths Selbstbewußtsein. Indirekt-Kritisches zu seiner altbackenen Dramaturgie nimmt er garnicht wahr; Direktes steckt er ungerührt unter dem Motto «Wer austeilt, muß damit rechnen ...» weg, nicht einen Moment stellt er sich in Frage. Inzwischen auch mit Wartenlassen, «Bestellen Sie mir noch ein Bier» oder «Sie holen mich dann morgen ab», sehr «Star». Die Herumkommandierten lassen sich das wie selbstverständlich gefallen, und er, huldvoll die fremden Leute, die am Eingang anstehen (beide Veranstaltungen überfüllt!), grüßend, bringt es – beneidenswert – fertig, unglaublich pampig einer intervenierenden Emanze zu sagen: «Wissen Sie, was Sie sind? Dumm. Ich habe noch nie so einen dämlichen Kollegen getroffen. Nichts als dumm sind Sie», ohne eine Miene zu verziehen.

28. AUGUST

Lektüre der Andersch-Biographie beendet; viele Ähnlichkeiten: das Bedauern, zu viel Journalismus gemacht zu haben (des Geldes wegen, der schönen Autos und Hotels wegen), immer «den Roman» im Kopf und im Plan, nie die Ruhe, die Prosa eben will, aufgebracht – dafür «aufgebracht» über Verrisse der zu eilig geschriebenen Bücher, links und konservativ, mehr *homme de lettre,* Anreger und Littérateur als großer Schriftsteller. Lektüre wie in einem Spiegel ...

Der gestrige Abend mit Haug von Kuenheim: glatt-freundlich, gar freundschaftlich sich gebend, aber NIE mit auch nur EINEM Wort zu irgendetwas Stellung nehmend, stets ein «Das werde ich Ted fragen» oder «Mal hören, was Hilde von Lang sagt», sei es zu einem Artikel, sei es zu einem Plan. Dabei habe ich mich selber in eine große Unruhe gestürzt: habe gefragt, gar angeregt, ob ich nicht nach Berlin – für DIE ZEIT – gehen sollte. Die Idee – «Ich spreche morgen mit Ted» – begeisterte ihn, im Gespräch entstand sofort ein «Salon» mit großer Altbauwohnung, ein «geistiges Zentrum der ZEIT», eine Kraftquelle für internationale Kongresse – – – kurzum, ich grabe/grübe mir mein ganzes, so «angenehm eingerichtetes» Leben um, von Gerd (räumliche Trennung zerstört immer eine Beziehung) zu schweigen.

Warum «pople» ich am eigenen Leben herum, schaffe mir selber Unruhe und Nervosität?

Dagegen ist die kleinere – obwohl auch Nerven kostende – Unruhe, daß Herr Wurm auch meinen 2. Plan, eine Reise auf den Spuren Uwe Johnsons durch Mecklenburg und nach New York, herrlich fand. Wieder eine «ungemütliche» Reise ...

29. AUGUST

Angenehmer Abend mit Rowohlt-Naumann, der aber (wie immer) wesentlich mehr an Journalisten-Klatsch interessiert ist als an meinen Büchern: Mein stolz gezeigtes Roman-Manuskript würdigte er – DER VERLEGER! – nicht eines Blickes, fragte weder nach Titel noch Inhalt noch Termin; aber über die Berlin-Möglichkeit war er geradezu ENTFLAMMT, darüber sprachen wir mindestens den halben Abend.

Wobei eine Anekdote mir zeigte, daß ich mich auch in Finanzen nicht richtig auskenne oder verhalte: Selbst bei einer Kleinigkeit mache ich Mist: Irgendein Senatsfritze will einen Vortrag; er fragt, wieviel Honorar ich verlange; ich sage, er solle ein Angebot machen (erwartete 1000 DM); er bietet 5000.

Kampen, den 2. September

Vorgestern das 1. Mal seit fast 2 Jahren wieder in der «großen Konferenz» der ZEIT, was mich sehr aufgeregt hat und was – leider muß ich es zugeben – mir auch «gefallen» hat; diese selbstauferlegte Abgeschnittenheit (ich gehe nicht mehr hin, seit man meinen Namen aus dem Impressum gelöscht hat) ist eigentlich nix für mich, ein bißchen von dieser Mischung aus ernster Information, Klatsch, Eitelkeit – kurz: Kollegenmief – ist doch auch meine Welt. War ja auch das innere Gesetz und die Berechtigung der Gruppe 47 …

Mein Vorschlag, das letzte alte Palais des Dresdner Barock qua ZEITstiftung (Bucerius soll was von seinen Mäusen rausrükken) plus Spendenaufruf an die Leser zu restaurieren, schlug ein wie die Bombe, die dieses Gebäude (ich glaube, es ist die königliche Akademie – gleich neben dem Albertinum, an den Brühlschen Terrassen) zerstörte. Bin etwas stolz auf diese Idee.

Kampen, den 4. September

Nun also ins 60. Nicht sehr bewegt von dem «Ereignis». Eigenartig «flacher» Besuch von Peter Wapnewski. So rührend-freundschaftlich es war, daß er extra aus Berlin anfliegt (anfangs dachte ich, der Besuch habe noch eine besondere «Pointe»), und sosehr wir uns gegenseitig die beiden Wedelworte GROSSE

FREUDE, GROSSE FREUNDE zufächerten: Das Boot hatte keinen Kiel. Es war nett und angenehm und die zwischen uns übliche Mischung aus lustig/melancholisch – aber es fehlte eine Dimension, die der wirklichen (An-)Teilnahme. Im Grunde interessieren wir uns nicht füreinander, selbst Fragen «Wie geht's Monica?» oder «Was macht Herr Bruns?» bleiben höflich. So wurde in Anekdoten ausgewichen: «Nein, Siedler geht es nicht besser – er verwechselt Metternich mit Meerrettich.»

Bei alldem mag ich Wapnewski ja, hänge gar an ihm, teile seinen Hochmut wie seinen Tiefmut – und daß er ein Ticket Berlin–Sylt bezahlt, um mit mir einen Abend zu verbringen, ist ja wahrlich Freundschaftsbeweis. So wird es nicht an ihm oder mir liegen – sondern am Menschen «an sich» (vor allem dem älter werdenden), daß er sich ganz zutiefst nicht für den anderen interessiert. Nimmt man das als gegeben – dann sind solche «höf-lichen» Abende bei Champagner und Caviar immerhin noch das Beste.

KAMPEN, DEN 15. SEPTEMBER

Heute vor wie vielen Jahren starb Bernd Kaiser – eben, vor 5 Minuten, starb er noch einmal, das «letzte Mal»: in meinem Roman, der mit «seinem» Tod endet, den ich eben – im Rohbau – beendet habe. Sitze zigarettenrauchend erschüttert über die eigenen Worte – ein lächerlicher Balzac-Verschnitt, der über den Tod seiner Figuren weinte?

Habe das Letzte aus mir herausgelotet, herausgeholt in diesen Wochen für die 400 Seiten Manuskript; auch keine angenehme «Erwartung», daß das Buch ohnehin verrissen wird – da könnte ich Proust und Joyce zusammen sein.

KAMPEN, DEN 22. SEPTEMBER

«Unbewegter» Abschied von Kampen, was heißt: Ich habe mich diesmal der Insel nicht sehr «hingegeben» – vermutlich war ich von der Arbeit am Roman absorbiert, «zu». Die immerhin ist so weit abgeschlossen, wie ich kommen konnte und wollte, die erste Durchschrift ist da, nun muß noch viel gesiebt, viele Fäden gezogen werden, mindestens noch dreimal neu-durchschreiben. Wobei mir an dieser Arbeit besonders auffiel, daß ich kein systematischer Denker bin, daß ich nicht «architektonisch bauen» kann: Ich entwickle kein Handlungsschema o. ä., sondern schreibe in Bildern, die sich ergeben, die ich oft beim Schreiben erst entwickle oder erfinde.

HÔTEL LUTETIA, PARIS, DEN 27. SEPTEMBER

Quiet days in Paris, diesmal genußvoll: das weiche Herbstlicht auf Kuppeln, Dächern und Skulpturen, flimmernd zwischen den letzten rötlichen Kastanienblättern oder grün gesiebt durch die Platanen. Die freundliche Aufnahme: Chefredakteur von «Débat» empfing mich, druckt den «großen» Artikel nach, danach Déjeuner-Interview beim «Nouvel Observateur», die mich als Freund und Autor des Hauses begrüßen, und heute Essen mit Lortholary, der sich für Gallimard um meinen Roman «bewirbt»: Mehr kann man nicht verlangen.

Der erste Abend eine *«tout Paris»*-Hommage für Liebermann im herrlichen Jugendstil-Théâtre des Champs-Élysées, mehr komische Wunschkonzert-Nummern-Revue als wirklicher Genuß.

Heute nur gebummelt, Notre-Dame, Saint-Sulpice, Seine, paar Sachen gekauft, abends (worauf ich mich freue) alleine in die Coupole, Kaffee bei Fauchon, morgen *déjeuner* mit Françoise Sagan, während in Hamburg der Mexiko-Artikel gedruckt wird: Ich werde noch mal sehr an diese freien, schönen, fruchtbar-arbeitsreichen Jahre ohne materielle Not zurückdenken (wo ich mir sogar leisten konnte, den eben per Fax erbetenen Moravia-Nachruf abzulehnen). Selbst gestern abend die Goethehaus-Diskussion «bestand» ich, wobei mir Schädlich in seiner behutsamen Genauigkeit und mit seinem freundlich-leisen Widerspruch sehr gefiel.

Paris war diesmal wundervoll, nur strahlende Herbstsonne, ich habe mir Zeit genommen, nicht 30 Leute angerufen, keinen Botero-Matta-Cioran-Adami-Zirkus; Spaziergänge, gestern abend meine «Privat-Oper»: alleine zum Abendessen in die schön renovierte Coupole, 1 ganze Flasche Pouilly-Fumé, zurück ins Hotel gelaufen, heute morgen ausgeschlafen, Frühstück im Deux Magots, Déjeuner bei Lucas Carton (herrliches Jugendstilrestaurant an der Madeleine).

Es war schön, genießerisch und nicht nur hedonistisch; z. B. habe ich – wenn's klappt ... – endlich die französische Tucholsky-Ausgabe bei Gallimard unter Dach und Fach.

Parkhotel, Frankfurt, den 3. Oktober

Die unerklärliche *«angoisse de la foire»*; nicht zu definieren, wovor (1959 war ich das 1. Mal hier – sogar hier, in diesem Hotel!).

Irgendwie un-normal, so «normal» diesen Tag zu verbringen: der wichtigste der deutschen Nachkriegsgeschichte. Wäre lieber in Berlin. Nun wollte ich den Abend alleine bei mitgebrachtem Champagner am TV verbringen; habe mich aber eben mit Ledig zum Abendessen verabredet. Noch ne Pointe. Die knallendste allerdings ist, daß ich erpreßt (oder denunziert) werden soll mit meiner «stalinistischen Vergangenheit» (die es wahrlich nicht gibt!). Gisela Elsner ruft mich gestern – «aus alter Treue» – an: «Ex-DKP- oder andere Genossen» hätten meine alten «stalinistischen Gutachten» aus dem Verlag Volk und Welt an sich gebracht und wollten die «auf irgendeine Weise gegen Sie verwenden». Nun weiß ich zwar, daß ich nicht ein stalinistisches Gutachten je schrieb; aber – die Affäre Johnson – aus Zitaten und aus einer Zeit, wo man Faulkner zum Niggerlover umlog, um ihn «durchzukriegen», oder Sartre «abschoß», um damit für Böll legitimiert zu sein: Aus derlei kann man viel collagieren ...

Zu eigenartig, dieser nie nachlassende Haß; dem sich allmählich alle beugen (warum sollte auch irgendjemand «für mich kämpfen»?). Mit derselben Geste des Belästigt-Aufgebenden, mit der Hochhuth neulich sein Bemühen aufgab, mich in die Berliner Akademie «einzubringen», sagte mir Joachim Kaiser gestern am Telefon: «Es hat keinen Sinn mit der Akademie Darmstadt, es wird nie was – lassen wir's besser.»

Affigkeiten, verglichen mit dem «deutschen Jahr», das hinter einem liegt, das jeden Tag neue Überraschungen – von den Westgeld-Wichsvorlagen für die jungen Burschen der Roten Armee, die uns immerhin mal befreite, bis zum westdeutschen Personalausweis für Honecker und Mielke – bot. Ich habe das alles hier nicht notiert. Es ging ja ein in meine 3 «großen» Deutschland-Artikel, in die Hörbild-Collage und gar in den Roman. (Kette der Pointen ohne Ende: FAZ macht ihre Messe-Literatur-Beilage auf mit einem Foto der Gruppe 47. Im Vordergrund: der junge F. J. R.)

Parkhotel, Frankfurt, den 4. Oktober

Die Riesenparty namens Messe (die mich bis zur zittrigen Schrift nervös macht), auf der Hunderte von literarischen Gschaftlhubern und kaum Autoren zu sehen sind. 2 Ausnahmen: Grass liest aus «Totes Holz» mit der feierlichen Inbrunst einer «Premiere»; aber er hat es schon Dutzende Male vorgelesen. Ein Missionar, der sich ständig selber missioniert. Gestern abend beim Rowohlt-Fest irrte er umher: «Ich suche meine Frau» – 5 Minuten später stand er mit seiner Geliebten am Tresen. Katholische Weltsicht.

Gegenbeispiel: Heiner Müller, der, den Rücken zum Publikum gewendet, an einem Ecktisch steht, seine Cigarre pafft und zynische Witze über Brecht, Seghers u. a. m. erzählt, am zynischsten über sich selber und seine Akademie-«Präsidentenwürde»: «mit Chauffeur»! Protestantische Askese.

Zurück aus München, kleiner Umweg, da ich im Anschluß an die Messe in Göppingen eine Lesung aus dem Tucholsky-Buch hatte; wieder verzagt und erbost über diese Hurerei: Man sitzt in irgendeinem Halleneingang unter der Annonce «Heute mittag Schweineschulter in Altbiersauce mit Hefeknödel» – – – aber kein Mensch begrüßt einen, man bekommt nicht mal ne Tasse Kaffee, und bei der Vorstellung wird nicht eines meiner Bücher auch nur erwähnt. Kam mir zwischen den staubsaugenden Kellnern wie ein Häufchen Elend vor.

Dabei das Messe-Ende noch ganz vergnüglich und dem Ego schmeichelnd: Leute vom SZmagazin fragten, ob ich mitarbeiten wolle und dürfe; Leute vom STERN sagten, am liebsten hätten sie mich als Ressortchef, und bei dem Stichwort kam ein anderer, mir fremder Herr und sagte: «Nein, den wollen WIR als Ressortchef» – das war ein Knabe vom SPIEGEL. Alles Quatsch – aber die Fama …

Den letzten Abend noch einen Drink mit Hochhuth und seiner noch-nicht-geschiedenen Frau (seit der Trennung sind sie innig). Ein geradezu groteskes Paar, sie thront wie ein riesiger Transvestit mit enormen Haaren, mächtigen Händen und unter dem Rocke fast hervorplatzenden machtvollen Schenkeln – und er daneben, klein wirkend, ein ältlicher Nörgler, der gleichwohl BESTIMMT, wohin man jetzt geht oder nicht geht, zum Hotel-Empfang rast, um eine WELT mit einem Artikel von sich zu kaufen, in dem auf 600 Druckzeilen seine ewig variierte These, daß von «Bonn nichts bleiben wird, als was hindurchfließt: der Rhein» verkündet wird.

In München wollte ich nun endlich mal einen ruhigen Abend alleine haben. Als ich um 8 Uhr das Restaurant suchte und nicht fand, wo der Portier mir den Tisch bestellt hatte, zirpte aus dem Dunkeln ein «Fritz, bist du es?»: Wondratschek. Mit irgendeinem undurchsichtigen Industrie-Berater-Ehepaar feierte er einen Scheck, den er einem törichten Mäzen abgeluchst hatte: Es wurde 2 Uhr nachts mit Strömen von Alkohol erst bei Schumanns, dann im Hotel, dann bei einer blondierten Tunte («die schönste Bar Münchens», schrie in dem leeren Ding Wondratschek wie am Spieß). Er wirkte wie eine Mischung aus Boxer, Zuhälter und Münchner Kir-Royal-Filmheld. Gestern abend ein mich dann doch erleichterndes Essen bei Grass. Erleichternd, weil ich's schade gefunden hätte, eine jahrzehntelange Freundschaft ginge an politischen Streitigkeiten kaputt. Er muß gemerkt haben, daß ICH mich zurückzog, mich nicht mehr meldete, nicht anrief – und meldete sich von sich aus, war gestern weich, nett: «In unserem Alter sollten wir uns keine Krisen, gar den Abbruch von Freundschaft leisten» –; eine Mischung aus weiser geworden, resigniert, müde wohl auch.

11. Oktober

Absonderliches «Abstreichen» des eigenen Lebens, auch noch anhand eines Alphabets: Ich bringe mein Telefonbüchlein *à jour.* Ein EINZIGER Buchstabe dabei zeigt, wie abgestorben, abgesunken und vermodert vieles an/in meinem Leben ist: K.

Nicht nur die Gestorbenen wie Kusenberg oder Peter Koch oder DDR-Anwalt Kaul (was war das damals für ein Drama mit ihm in Zürich!!), auch die «für mich Gestorbenen»: Kuby oder Kalow muß ich nicht mehr «verbuchen», Küchenmeister oder Kemp interessieren mich nicht mehr, selbst das Übertragen von Kroetz oder Kunert oder Koeppen gibt eigentlich keinen Sinn, weil ich sie NIE mehr anrufen, ihnen auch nie mehr schreiben werde ... Korlen, Traugott König, der Herr Kolbe – *tempi passati.* So schmal mein Adreßbüchlein wird, so schmal ist mein Leben geworden – nix mehr Knef und nix mehr Horst Krüger (die doch alle mal irgendwie «mit-spielten»).

Und das geht immer so weiter: bei L, die Lindemann IST bereits tot, Siegfried Lenz oder Erwin Leiser werde ich nie «bemühen», auch Lettau oder die dämliche Madame Lutrand nicht – – – also fliegen die alle «raus». Und kaum kommt ein neuer Mensch hinzu wie Lortholary unter L …

15. OKTOBER

Selbst eine «Flucht» ins herbstlich-strahlende Kampen übers Wochenende kann meine kummervolle Vergrätztheit nicht aufheitern: Die Gisela-Elsner-Warnung hat sich als substantiell herausgestellt. Hochhuth, Lizenzautor von Volk und Welt, rief Freitag atemlos an, um seinerseits zu berichten: «Irgendwelche Leute» (in seiner Wirrnis hat er die wichtigste Frage: wer sind die, nicht gestellt) waren bereits in Ostberlin in dem Verlag, um «Belastungsmaterial» gegen mich, i. e. alte Gutachten, an sich zu nehmen (und doch wohl: zu publizieren). Die Sache selbst ist vorläufig gescheitert, weil der noch-existierende Verlag (aber wie lange existiert er, respektive wem gehört er morgen) das ablehnt.

Was mich daran aufregt, ist, daß man auf ARGUMENTE nicht mit Argumenten reagiert, sondern mit dem Versuch der Denunziation. «Den machen wir fertig» ist die Überschrift, nicht: «Den widerlegen wir.»

Das hat noch zwei weitere Pointen: Hochhuth wie die Elsner stellen offenbar garnicht in Frage, DASS ich stalinistisch argumentiert habe, einst; sie warnen einen Freund, von dem sie das gleichzeitig aber annehmen. Die zweite: Das genau ist nicht der Fall. Ich habe hier 2 Leitzordner alter Gutachten und Artikel, über Hemingway oder Sartre, Aragon oder Erskine Caldwell, Böll oder Faulkner: Alle sind vollkommen OK, anständig im Argument, einigermaßen hilflos im Stil (ich war 21, 22, 23!), nicht EIN Wort, dessen ich mich schämen müßte. Ob das alle von sich sagen können? Und muß dennoch fürchten, daß irgendein übles Potpourri daraus gekocht wird, dem zu widersprechen, das richtigzustellen ich dann wieder entweder keine oder nur eine anwaltlich erreichte Leserbriefchance habe.

Was für ein finsteres Gesetz über meinem Leben liegt – mit der weiteren Pointe, daß derlei IMMER im Herbst passiert; als sollte ich nicht geboren sein.

17. Oktober

Klaus Schlesinger beschreibt in seinem neuen Buch seinen Besuch bei mir, u. a.: «... kalkuliert plaziertes Mobiliar eines feinen, mir aber fremden Geschmacks». Meine Lebens-Melodie – besser kann's nicht beschrieben werden, warum ich «ihnen» fremd bin.

Mir scheint nur, ich zerbreche Stückchen für Stückchen an diesem «Weggestellt»-Werden.

23. Oktober

Bitter kränkend der gestrige so «lustige» Abend mit Ingrid Kantorowicz: Ich soll die (auch noch schwer lesbaren) Tagebücher lesen und wegen einer eventuellen Publikation raten; ich durfte damals die Beerdigungsrede und neulich die Gedenkansprache halten – aber in einem Nebensatz erfahre ich, daß Erika Hofmann als «erste Erbin» (von Ingrids nicht unbeträchtlichem Vermögen) eingesetzt ist. Ich hatte an «erben» garnicht gedacht – war dann aber vor den Kopf gestoßen: Immer ist selbstverständlich, daß ich – möglichst umsonst – irgendeine Arbeit mache; und immer ist selbstverständlich, daß daran nie gedacht wird, wovon ich eigentlich eines Tages mal leben werde. Kaum geschlafen vor Zorn.

Holiday Inn Crowne Plaza,
Heidelberg, den 24. Oktober

Verwirrt von der Kantorowicz-Tagebuch-Lektüre im TEE: mehr der formulierte Verdruß eines Zurückgesetzten (ständiges Gejammer, in keiner Funktion zu sein, keinen Preis bekommen zu haben, nicht eingeladen zu werden) statt substantieller Kritik. Lobt «die Russen» (und Stalin) – weil die «Tägliche Rundschau» ihn druckt! Sieht keine Zusammenhänge, sondern Intrigen; gegen «uns Schriftsteller», der er doch nicht war. Sieht nicht – «endlich Fahrprüfung, brauche keinen Fahrer mehr» –, daß er doch, mit Bansin-Wochen, Villa, BMW und Ski-Ferien in Schierke – durchaus zur Nomenklatura gehörte.

HOTEL KEMPINSKI, BERLIN, DEN 2. NOVEMBER

Absonderliche Tagung des Kuratoriums «Unteilbares Deutschland», eine Horror-Show der Banalität: Denken muß sehr weh tun; wer Klischees abfeuert à la «Der Sozialismus ist nicht tot» oder «Ich will keinen Kapitalismus» (meist Leute mit 2.-Haus in der Toscana), hat Applaus. Je stotternd-unartikulierter, desto erfolgreicher.

Die erregende Erfahrung, nach Ostberlin spazieren zu können, ohne Ausweis, ohne Angst, ohne Kontrollen, ins selbe Land – das dann doch wiederum, und nach wie vor, ein ganz anderes Land ist: verdreckt und dunkel nach wie vor ohnehin, aber auch menschenleer, niemand «bummelt», unheitere Menschen, vermuffelte Kellner, schäbige Restaurants. Über allem der westliche «Film»: Waren, West-Side-Story in der Staatsoper und Opel-Autos. Aber die Psyche ist noch total anders. Ein historischer Vorgang ohne Beispiel: eine ganze Armee, Polizei – alles «umgekleidet», vereinnahmt, eingemeindet; aber die Gesichter unter den neuen Uniformen, die Herzen sind anders. Auch die Verhaltensweisen. Wie Menschen, die einen Krieg im Bunker überlebt haben, aber eben noch im Bunker leben.

Erleichtert landet man «im Westen», wo heiter-bunt in der Paris-Bar an einem Nebentisch George Tabori sitzt («Ich wollte dir einen Fan-Brief schreiben zu deinem ‹Linke-Krücke …›-Artikel») und am anderen Minetti, dessen köstliche Grimm-Lesung (mit den genüßlich ausgekosteten Grausamkeiten dieser mörderischen Märchen) ich 1 Stunde vorher im Schillertheater gesehen hatte; auch das eine Reise in die Jugend: dort (neben dem

BE) meine eindrücklichsten frühen Theater-Erlebnisse – oft mit Karten von Ruth'chen oder ihrem Vater: dem zu Ehren nun wiederum eine Film-Matinee ausgerechnet im Steinplatz-Kino, mit «meinem» Pisarek, der im Wolkentrinker so ausgiebig vorkommt, nun bis ins Detail («Mischehen Rosenstraße weitersagen») hier in einer Filmdokumentation, Ruthchen im Kino neben mir wie weiland …

Und nun Minetti («Ich verehre Sie», der mich Herrn Juhnke vorstellt, der sagt: «Nicht nötig, ich bin ein FJR-Fan») und dann Hannelore Hoger am Tisch: alles lustig, lebendig, wie Sekt nach einem Gruft-Besuch. Leider spreche ich wiederum nicht die Sprache der Theaterleute, weswegen ich Taboris überströmende Herzlichkeit nicht richtig einschätzen kann – ob Theaterschmus oder ernst gemeint: «Ich will ein Stück von dir.» Hm. Kann er ja haben.

Falls es einen krönenden Tiefpunkt gäbe, war der heute: Besuch im Hause Volk und Welt, wovon ich Jahre geträumt hatte, gezittert hatte. Es war alles tot, kalt, nichts sprach mich an als die (überraschende) Schäbigkeit des Gebäudes. Ein Herr namens Lehmann, der mich gebeten hatte – «Ich will ein Buch von Ihnen» –, ließ sich entschuldigen, Sitzung.

NOVEMBER

Dienstag Antje Ellermann mit ihrer Truppe, nette Leute, ein lustiger Abend, an dem mir nur das (zu) viele Rauchen und Trinken nicht bekam. An mir bemerke ich etwas ziemlich Unangenehmes: Ich «prunke» mit meinen Sachen, als hätten nicht andere Leute auch ein paar Bilder an der Wand und ordentliches Geschirr oder Besteck; ich sitze da und marktschreie «Gallé» oder «Majorelle» oder lasse die Leute nicht lässig selber das Besteck betrachten, sondern belehre sie, daß es von Heinrich Vogler entworfen ist. Zeichen der Einsamkeit (daß ich mit den Menschen nicht mehr, dafür mit den Dingen spreche)?

Freitag wunderschönes Konzert des Alban-Berg-Quartetts mit einem beeindruckend-mathematischen Schnittke, der mir besser gefiel als der «obligate» Mozart, und einem unglaublich virtuosen Bartók. Danach mit Gerd in der vor Reichtum glitzernden Hamburger Innenstadt essen.

Antje rührend: Ich hatte einen Christie's-Katalog mit unglaublich schönen Rivera-, Orozco-, Siqueiros-usw.-Bildern da – – – – will mir das Geld für einen besonders schönen Rivera leihen, gar schenken. Kommt nicht in Frage.

Übrigens noch immer stark unter dem Eindruck der Kantorowicz-Tagebücher, die zum einen gerade jetzt besonders aktuell sind als Röntgenbild dieser DDR-Verkommenheit und Bonzokratie; die zum anderen einen ewig grämlich sich beklagenden, zurückgesetzt fühlenden, von Preisen, Ehrungen, Tribünen, Akademiemitgliedschaften ausgeschlossenen Nörgler zeigen (mußte manchmal SEHR an mich und MEINE larmoyante Nörgelei denken!!); hinterläßt den Eindruck nicht einer radikalen Kritik an der SACHE des Sozialismus (oder der Philosophie), sondern des sich beklagenden Meckerers, der, hätte man ihn nur auf ein paar Ehrentribünen gebeten und ihm ein paar Funktionen gegeben, ein folgsamer Stalinist gewesen wäre. Zumal er ohnehin die Russen (weil sie ihn in ihrer Zeitung schreiben ließen) und Stalin viel zu positiv sieht, sogar den Slansky-Prozeß entschuldigt. Ein Mann, der sich maßlos überschätzt, der die Zeitläufe anklagt, die ihn davon abgehalten hätten, der große Schriftsteller zu werden – statt sich hinzusetzen und den Roman zu schreiben, von dem er nur schreibt. Zwischen «ich bin ausgebrannt» und «ich kann nicht mehr» werden schicke Ferien in Ahrenshoop, auf Hiddensee oder in Schierke gemacht (wo nur Privilegierte hinkamen) – und zwar mit ständig wechselnden Damen. Er war nicht ausgebrannt (dann kann man auch nicht ficken) – sondern es war nichts in ihm drin.

14. November

Gereiztheit, Empfindlichkeit, Nervosität und Angst.

Vielleicht zerreißt mich ja auch die politische Umstülpung mehr, als ich mir klarmache, auch die Frage, wieso ich selber nicht früher radikale Fragen – an Hermlin oder Arendt oder Heym – gestellt habe. Ich habe sie doch alle vor kurzem zu Tisch gebeten? Da bricht jetzt wie nach einem Erdbeben so viel auf und zusammen, mal nur Krusten, mal nur Erdverwerfungen, aber auch schon Abgründe. Mehr und mehr wird mir dies Zu-Schweigen und Nicht-Rechenschaftgeben von all denen zuwider. Nur: wieso eigentlich erst jetzt?

25. November

Totensonntag und Jochen Munds Geburtstag.

Gestern höchstlich irritierender Ibsen-Abend: Während auf der Bühne die (schlechten, weil essayistischen statt dramatischen) Dialoge um das Thema «Ich war also nur eine Episode für dich», saß vor mir – – – – der Rabe. Noch immer wunderschön, wenngleich älter geworden, gar mit grauen Strähnen, knabenhaft, kleine elektrische Ströme gingen hin und her; mir ging selbst die Schönheit seiner Fingerkuppen, die ich matt beim Klatschen schimmern sah, unter die Haut – und das alles ist ca. 20 Jahre her, da ich in seine Kommune zum Frühstück Marmelade und zu aller Entsetzen einen Löffel dazu mitbrachte und seine damals wallend-langen Haare in Kampen beim Radwechsel an Bernds VW anschraubte ... Beunruhigend, wie mich meine «Vergangenheit» plötzlich einholt – die schöne Ursula ruft nach Jahrzehnten an und gurrt wie einst; ich treffe heute morgen den Stier im Schwimmbad, nachdem ich vor wenigen Tagen seine Frau dort traf (mindestens 15 Jahre her, diese Triole, die amüsant, verrückt und sexy war); demnächst sitze ich auf einem Podium im Ostberliner Kulturbund-Club, in dem ich seinerzeit Mittag aß.

Kampen, den 31. Dezember

Ein schwieriges Jahr geht zu Ende – ein noch schwierigeres steht bevor.

Die «Bilanz» von 1990 ist nicht schlecht: Der Roman ist fertig; einiges Gute stand in der ZEIT; Band 9 meiner «Gesammelten Werke» ist erschienen; allerlei Radio- und Fernseh- und Vortragssachen waren nicht, um sich zu schämen. Dazu allerlei journalistische Projekte wie die Uwe-Johnson-Reise oder das Sahl-Interview.

ABER: Meine Stendhal'sche «Vorangst» zittert bei jeder Fernsehnachricht über den Golfkonflikt, den die USA ganz offensichtlich bewußt eskalieren, um ihre marode Wirtschaft und ihren entwerteten Dollar auf die Beine zu bringen; so logisch ist ja unsere Welt (die nun ohne Bremse und Korrektur die mögliche, unmögliche Gegenwelt aufgesogen hat): Krieg heißt Profit.

Noch schlimmer fast die totale Auflösung des sowjetischen Weltreichs – was man einerseits «amüsiert» und entgeistert aus der Loge beobachten kann. Ob nun Giftgasraketen auf Tel Aviv oder die Tausende, bald eventuell Hunderttausende jüdischer Flüchtlinge aus der Sowjetunion: Das Lachen kann einem vergehen; wenn's überhaupt da ist.

Geschichte läßt keine Pointe aus: Die Söhne derer, die sich falsche arische Papiere besorgten, um ihr Leben zu retten – besorgen sich jetzt falsche jüdische Papiere, um ihr Leben zu retten; diesmal in der umgekehrten Richtung – nicht AUS, sondern NACH Deutschland.

Ich versinke in einer Mischung aus Resignation, Müdigkeit, daß ich wieder mal anfange, das Datum festzulegen, an dem ich beschließe: «Nun ist's genug – das war's.» Eigentlich mein intensivster Wunsch für 1991: daß ich den Moment nicht verpassen möge.

1991

Hotel Römerbad, Badenweiler, den 2. Januar

Ungewöhnliche, geradezu genialische Leistung von Peter Wapnewski, der – einspringend für die «verhinderte» Frau Höhler – über Minnesang anhand eines eilends herbeigeschafften Walther-Gedichts extemporierte. Bildungssatt, brillant, sogar amüsant. Kam mir – obwohl ich ja ein wohlvorbereitetes Manuskript vortrug – wie ein Luftikus vor.

Unbekömmliche Stille. Nach Abendessen mit dem traurig-eleganten Wapnewski (der viele Kilo aus Kummer über Monikas Krebs abgenommen hat) nun ein leerer Tag, bis nachmittags das «Programm» mit der Hamm-Brücher beginnt; sie kam abends noch dazu, ein alt gewordenes junges Mädchen, das «sich seine Ideale nicht nehmen lassen will». Was für Ideale? Welche hat sie verwirklicht? Wapnewski fand derartige Fragen von mir «frech».

Auf dem Flugplatz Stuttgart–Hamburg: «Bomber Command Division» steht auf dem Ärmel der Harlekin-Jacke eines jungen Mannes neben mir; in der Hand hält er ein – ungelesenes – Buch von Canetti. Derweil füllen Cashmere-Mantel-Träger wie Jeans-Bubis ihre Plastiktüten mit 4 Äpfeln, 8 Schokoriegeln, 7 Joghurts und 7 Brötchen. Schwer, Menschen nicht zu hassen.

15. Januar

Geradezu gelähmt vor Angst, schlaflos, grünbleich im Gesicht mit dicken Rändern unter den Augen: Heute läuft das Kuwait-Ultimatum ab, und es wird wohl Krieg geben. Also doch noch einmal in meinem Leben – ich dachte, ich werde es ohne einen 2. Krieg beschließen können. Wenn diesmal gewiß nicht SO integriert, wird DIESER Krieg eben doch schlimme Auswirkungen auch auf Europa haben; zu schweigen von den armen Burschen, die zu Tausenden – wenn nicht mehr – ihr Leben lassen müssen. Blut für Öl. Auch nicht ganz fair, diese Gleichung – denn sollte man dem Herrn Hussein alles durchgehen lassen? Ruthchen aus Berlin rief eben an: Freunde von ihr in Tel Aviv, er als Kind versteckt und sie als einziges Kind einer großen Familie (durch viele KZs) übrig: sind damit beschäftigt, die Fensterritzen gegen Gas zu dichten. Deutsches Gas, auch noch!

Selbst der eitle und sonst sich seiner Sache so sichere Gaus, mit dem ich gestern Mittag aß (im auf fein getrimmten CÖLLN; auch das ist dahin in seinem murkligen Charme), war bedrückt, still und ernsthaft, polemisierte nicht einmal gegen meinen Hermann-Kant-Artikel, obwohl der ihm gewiß gegen den Strich ging. Ist auch schwer, jetzt eine «linke» Position zu wahren oder auch nur zu definieren, wenn die Russen in Wilna wieder mal Menschen mit ihren Panzern zermalmen. Das System ist nicht reformierbar, nur abschaffbar, da hat Kunert recht – und wenn es stimmt, daß Gorbatschow den Befehl zur militärischen Intervention und Unterwerfung per Schießen nicht gegeben hat, dann gilt Brechts Dictum über die Angeklagten in den Moskauer Prozessen: Als er von den Unschuldsbeteuerungen hörte, sagte er: «Um so schlimmer für die Angeklagten.»

Gemartert von den eigenen Schatten: Soll ich mich von einem Großteil meiner Bibliothek trennen? Einerseits werde ich ja NIE mehr Marx oder Lukács oder Franz Mehring lesen – Meter um Meter von Dingen, die ich ja längst erarbeitet HABE. Andererseits: Gerade WEIL ich's doch alles er- und durchgearbeitet habe, gehört es doch zu meinem Leben – ob nun Aragon oder Genet, Max Raphael oder Bloch. Gewiß, wozu 1 Meter Lessing, 2 Meter Brecht, 3 Meter Thomas Mann, gar Dos Passos, Baldwin oder Malcolm Lowry. Nur: Jeder von denen – und Dutzende andere – hat doch seine Spur in mich geschliffen? Da war's eine

Kisch-Edition und dort der Besuch bei der alten Dame Feuchtwanger. Hier ein Andersch-Nachruf und dort die «Entdeckung» von Anders. Vieles habe ich verlegt, gefördert, bevorwortet oder eben darüber geschrieben. Komme mit mir nicht ins Reine.

17. JANUAR

Es ist also Krieg (seit gestern nacht wird der Irak bombardiert). Ich hatte gehofft, das Wort bis ans Ende meines Lebens nur noch als Abstractum hören zu müssen. Dies wird gewiß der übelste, mörderischste und folgenreichste seit dem 2. Weltkrieg – – – wenn nicht gar, schließlich als ein Weltkrieg, schlimmer.

Entsetzlich dabei die Mischung aus jieperig und schmatzendgleichgültig, die «veröffentlichte» und die «normale» Öffentlichkeit: 1 Tag VOR Ausbruch der Schießerei brachte die WELT Fotos von Explosionen in der Wüste, wo noch garnichts explodiert WAR – bei näherem Hinsehen und Lesen der Unterzeile stellte sich das als Montage raus: So WÄRE es, wenn es geschieht …

Auch die TV-Nachrichten waren wie Hochrechnungen – alle Sender quälten sich über endlose Runden von «Experten»-Gesprächen mit der unausgesprochenen Logik: Bitte bleiben Sie, liebe Zuschauer, eingeschaltet, bis wir ENDLICH die bombardierenden Flugzeuge zeigen können. Getreu dem von Präsident Bush formulierten Motto: «Alle Alliierten sind SCHARF aufs Losschlagen.»

Derweil die «normalen» Bürger entweder die ALDI-Regale leerkaufen oder, höchst empört, über kleine Verkehrsstaus wegen der jugendlichen Demonstranten, in ihren Champagner-Austern-Lachs-Imbiß eilen. Da stehen sie, in feinen und möglichst bodenlangen Pelzen (bei strahlendem kalten Winterwetter in Hamburg), und schlürfen ihr Sektchen oder Bierchen und schmatzen und schlabbern und schämen sich nicht. Vielleicht muß der Mensch ja mittags was essen – aber er MUSS nicht da und das. Die Mischung aus Dickfelligkeit und Pampigkeit – drohende Fäuste aus den blockierten Autos, gestern wäre ein «Gourmet»-Lieferwagen fast vor Wut IN die Menge reingerast – ist ekelhaft und wohl doch sehr deutsch.

31. Januar

Im Kopf nur den Entsetzenswirbel über den Krieg (und das gigantisch erfolglose Affentheater der Amerikaner). Kaum einzuordnen die «neue Kriegsmethode» des Fernsehkriegs, bei dem in die Bomben Kameras eingebaut sind («Ende der Sendung», wenn das Ziel erreicht).

Hotel Sacher, Wien, den 5.–7. März

Etwas lächerliches und ziemlich un-charmantes Drehtüren-Kultur-«Festival»: Vor meinem Vortrag sprach Sarah Kirsch, nach mir Rühmkorf; man wurde abgeholt («Ich bin nur ein jobbender Student, habe sonst nichts mit der Veranstaltung zu tun» – kannte einen also garnicht), 3 Minuten Gespräch, 2 Minuten Fragen (frappierend üppig, inklusive 1 Sacher-Nacht, entlohnt), 5 Minuten *small talk* bei Tasse Kaffee (dazwischen die übliche Idiotin, die sich – «ich lese alles von Ihnen» – uralte Zeitungsartikel signieren läßt), dann rauf aufs Podium – runter: «Danke, großartig», Taxi, weg. Einerseits froh, daß keine Verpflichtung zum üblichen «kleinen gemeinsamen Imbiß», andererseits auch verblüfft über die rohe Formlosigkeit.

Abends dann in Ruhe mit dem sehr sympathischen, virilen Ransmayr (klettert 5–7 Stunden in den Bergen!), mit dem ich mich nicht ästhetisch am Teetisch unterhielt, sondern z.B. lachend über das sogenannte «normale Leben» – Geld (er hatte falsche Berater und hat Unsummen verloren), Steuern, Wohnung; wobei er, als kennten wir uns Jahre, so genau und gut wie Gerd Schneider beim letzten Berlin-Abend meine Qual von Hausverlust, Umgebungs-Entzug, Bücher ja oder nein behalten verstand.

Flimm, zufällig im selben Restaurant Schnattl, von mir belehrt, mit wem ich da sitze, stürzt sich mit blind-bietenden Angeboten («Egal, ob's was wird – das Thalia-Theater zahlt Ihnen …») auf den nüchtern-abwehrenden Ransmayr.

9. März

Sissy statt Lenin: Das kann man zum Motto des «neuen Ungarn» setzen; die Lenin-Straße wird umgetauft – das durchgestrichene Schild hängt unter dem neuen – in Elisabeth-Straße. Es gibt (der Zufall will es, daß heute die SZ darüber ausführlich berichtet) zumindest 2 Ungarn: das neue, freie, nicht-sozialistische, in dem man ZEIT oder Dunhill, FAZ oder BMW «am Kiosk» kaufen kann (und in dem ein Hotelzimmer 350 DM kostet …) – und das neue arme, in dem allein Budapest 30.000 Obdachlose hat, das Durchschnittseinkommen 150 DM beträgt und man zwar reisen darf, aber nicht kann, weil jeder nur 50 Dollar pro Jahr tauschen kann. Das Land ist frei, aber (bei 30% Inflation) wirtschaftlich ruiniert. Wo immer ich hinreise, von Peru bis DDR, dasselbe: die Wirtschaft kaputt und ich «der reiche Tourist».

24. März

«Ein Abend mit der Mondänen». Verspäteter Auftritt an der Hotelbar, in der Hand zwei zerknickte, verblätternde Tulpen, aus der Hotelzimmerdekoration gerissen. Bier vom Faß. 20 Minuten «wie schade, das niedliche Haus» – Reaktion auf meine Nöte, ohne Nachfrage, Gegenfrage, Ratschlag. «Ich muß darüber nachdenken.» Nach einer halben Stunde: «Die Rechnung bitte», und, als ICH natürlich zahle: «Ja, man sagt ja, Männer werden impotent, wenn die Dame zahlt.»

Im Wagen zur Agnes-Straße des Rätsels Lösung, warum so eilig. «Wie ärgerlich, kaum hatten wir telefoniert (und uns für den Abend verabredet), rief Bob Wilson an und wollte mit mir ausgehen.» Zu deutsch: DAS hätte ich natürlich viel lieber getan, und hätte er bloß 5 Minuten vorher angerufen, dann …

Erstürmung der Agnes-Straße, ohne Blick für die Kerzen (die Gerd rührend schon im Treppenhaus angezündet hatte), die Blumen, ein neues Bild. Nur der unverhohlene Blick auf die Uhr, in den Augen ein: «Nun macht schon, wann fängt das Essen an, ich muß wieder weg»; denn verabredet war sie natürlich noch mit Böb-chen. Mehrere riesige Vodkas, dann KEIN EINZIGES Blatt vom Salat: «Das schmeckt mir nicht, zu scharf», dann große Gläser Rotwein, dann EIN BISSEN vom Fleisch und KEINES der Gemüseteile: «Viel zu scharf, sicher köstlich, aber ich kann das nicht essen.» Dann, rasch, rasch, eine Brotkrume und eine Messerspitze Käse, ohne auch nur eine Augensekunde an den schön gedeckten Tisch, die herrlichen Gläser, die riesige weiße Hortensie im kostbaren Jugendstil-Übertopf zu verschwenden, Gestik, Körpersprache und «richtige» Sprache nur im Rasch-rasch-Ton. Sie würde auch Handstand auf einem Blitzableiter machen. Die Mousse au chocolat war noch nicht gegessen, da wurde schon nach dem Fahrer telefoniert – nur weg, nur weg.

Alles in allem: ein gemütlicher, freundschaftlicher, anteilnehmender Abend. Zu Gerd nicht einmal ein: «Wie geht es Ihnen?»

Kampen, den 28. März

Bedrückt und gedemütigt in der Vorfrühlingssonne: Seit nunmehr 14 Tragen höre ich (von Kuenheim): «Das geht in Ordnung mit Ihrem Vertrag», Sommer werde demnächst mit mir, Sommer müsse nur noch (Kuenheim: «Die Dönhoff stemmt sich dagegen, aber sie hat ja nichts zu sagen», hm), Sommer riefe an, Sommer wolle einen Kaffee mit mir trinken, Sommer habe sich meine Sylt-Nummer geben lassen, Sommer habe keine Zeit mehr gefunden, Sommer sei schon nach Sylt gefahren, dort werde er – nun sitze ich hier seit Montag, und das Telefon schweigt. Komme mir vor wie ein Debütant und nicht wie ein 60jähriger «gedienter» Mann. Deprimierend. Da nützt es auch nichts, daß Kuenheim mir vor ein paar Tagen – in der Wilson/Parzival-Premiere – noch einmal *expressis verbis* sagte: «Das ist OK mit Ihrem Vertrag, wird um 3 Jahre verlängert.» Das ist nicht einklagbares Premierengeschwätz.

6. April

Und der Fadenglas-Sammler zertrümmert,
in einem letzten Aufbäumen,
seinen unendlichen Alptraum

Aus Enzensbergers neuem Gedichtbuch, wer weiß, ob er mich nicht wirklich meint: Jedenfalls BIN ich gemeint – genauso geht es mir im Moment.

Wobei ich das dicker frierende Eis des nun alternativ-losen Kapitalismus deutlich spüre (dessen sich die Menschen, die entsprechend reagieren, gewiß garnicht bewußt sind): Das Gesetz «Erfolg um jeden Preis» ist noch schärfer präsent. So merke ich deutlich, daß ALLE mein Gejammer nicht mehr hören mögen; man ist nicht in der Klemme (oder sagte es nicht so unverblümt), das ist nicht die Musik für das Menuett, das hier getanzt wird. Will einer von irgendwelchen momentanen Nöten sprechen (wie ich jetzt gewiß zu oft und zu viel), dann ist das peinlich, als spräche man von seiner Verdauung oder einer Darmverschlingung.

7. April

Der Abend mit Kempowski besonders freundschaftlich-angenehm; bis hin zu der Geste, daß er mich fragte, ob er mir Geld leihen solle – wohl nur aus der Biographie erklärbar: Er als EINZIGER stellte diese Frage in meiner ganzen Malaise.

Die er – und seine erstaunlich heiter-normale – Frau auch besonders gut verstanden, meine Angst um die Bücher, Akten, Manuskripte; gerade gestern hatte ich ganze Stapel von Vorstudien zu Büchern, durchgearbeitetes Material, Anmerkungsnotizen usw. weggeworfen; in einer Mischung aus Trotz à la «will ja doch keiner haben, wird niemand je reinsehen» und Traurigkeit.

Außerdem ist er ein amüsanter Historiograph – er LIEBT Anekdoten und Details. Augenblickweise war es, als spule er mir MEINEN Lebensfilm in Ausschnitten rückwärts ab; z. B. wenn er von einem «großen Abend» bei mir am Leinpfad erzählt (den ich schon vergessen hatte), mit Augstein, der gerade seine Politik-Karriere aufgegeben hatte, und Ernst Bloch, der sich Stuhl und Tisch als Katheder in den Raum arrangiert hatte und von dort donnerte: «Haben Sie das aus gruuhndsäätzlichen Errwääkungen getan», mit Martin Walser und seinem schönen Begleiter und der Dönhoff, mit Grass und Rühmkorf usw. – – – und er, Kempowski, habe sich so klein und unbeachtet gefühlt.

Leicht bizarr allerdings die Situation, daß da zwei Leute bei Tisch sitzen, die sich ganz unverhohlen erzählen, daß sie Tagebuch führen («ich notiere JEDEN EINZELNEN TAG»), also wissen, daß spätestens anderntags der eine über den anderen und der andere über den einen irgendwelche Notizen macht: Zeitweise kam es mir vor, als sprächen zwei Spiegel miteinander, und ich spürte, wie es in mir zuckte: «Das muß ich aufschreiben.»

8. April

Heute, IN DER TIEFGARAGE (aber mir ist DAZU jeder Ort recht), teilt mir Dr. Sommer mit: «Ihr Vertrag wird verlängert»; er liege – von Bucerius unterschrieben, auf seinem Schreibtisch (wobei interessant/befremdlich ist, daß Herr Bucerius so was genehmigen muß – der doch offiziell keinerlei «Funktion» im

Hause hat – außer, daß er eben Eigentümer ist. Reinster Brecht, respektive Marx ...).

Gestern der sonderbare Hochhuth, der immer wirrer wird, dem 1½ Stunden am Telefon knapp Zeit zum Atmen blieb, so holterdiepolter stürzte sein Wortschwall durch die Leitung wie ein Katarakt: die Ehe, das Geld, die Exgemahlin. «Kräftig wie ein Russenregiment» – zugleich «dumm genug anzunehmen, ein Mann bliebe lange alleine, hoffend, ich verkomme im Dreck – sich nicht klarmachend, daß es immer irgendwo ne nette pensionierte Lehrerin gibt, die froh ist, unsereins die Knöpfe annähen zu können», die Söhne, die Verlage, die Redaktionen, die Nicht-Wohnungen, die Mißerfolge, die bösen Intendanten – – – es blieb gerade Zeit für ein atemloses «Und wie geht es Ihnen?» ohne EINE Sekunde Wartezeit für eine Antwort. Faszinierend, wie das Älterwerden wirklich die negativen Charaktereigenschaften potenziert: Wer sparsam war, wird geizig, wer (wie Hochhuth) immer schon von Bismarcks Hund zum linkshändig onanierenden Menzel («weil er dabei rechts malte») durcheinanderschwatzte, wird nun zum Niagarafall.

Und ich?

17. April

Der Vertrag ist da! Sogar – versehentlich? – bis 1995 verlängert!!

Auch dies übrigens Beispiel für den – da nunmehr ohne Alternative – krude und noch rauher gewordenen Kapitalismus: Sommer hatte, wie er selber zugab, überhaupt nicht daran GEDACHT, sich über die Höhe meiner Bezüge Gedanken zu machen; aber: «Wir brauchen Ihre Brillanz», selbst Bucerius kam neulich und sagte: «Was haben wir nur getan!» und habe von meiner brillanten Feder geschwärmt ...

Brillante Feder – aber möglichst umsonst (das ungerecht, umsonst ist's ja nicht – wenn ich an Sekretariat, Spesen, Telefon und Bezüge denke; dennoch ...). Es war übrigens, das ist zu vermerken, die Dönhoff, die sich gegen die Verlängerung des Vertrages sperrte. «Aber sie hat ja nichts zu sagen, es sei denn, sie legt ein veritables Veto ein» (Kuenheim). Hat sie wohl nicht.

Gestern abend essen mit Rowohlt-Naumann, nett und freundschaftlich-kollegial wie immer, aber auch ebenso oberflächlich. Das eigentliche Thema, die Tucholsky-Gesamtausgabe, war schon beim Drink vor der Vorspeise «durch», dann kam der ewige Journalistenklatsch und die – übrigens echte – Freude über meine Vertragsverlängerung. Das Interesse an meinem Roman füllte – im Gegensatz zu Hochhuths Ehedrama – EINEN Satz. Nach dem Titel des Buches wurde nicht gefragt, wo doch «Wie heißt du?» die erste Kinderfrage ist (und sogar Sommer fragte: «Wie heißt es?» – als könne er mit einem Titel etwas anfangen).

25. April

«Abgeschaltet» nach einem kleinen «Fichte-Vortrag» an der Uni, wo ein Student fragte: «Wie hieß der – Hans Henny Jahnn? Werisndes?» und wo mich der Seminarleiter hinterher nicht mal bis zur Zimmertür begleitete. Diese Uni-Atmosphäre ist mir noch fremder geworden, als sie es mir ohnehin war. Gestern Semesterbeginn in Hannover – das Seminar von schlurfenden Massen überfüllt, eine einmalige Versammlung häßlicher, auf dem Boden herumlümmelnder Menschen. Für eine Cigarettenlänge bei «Ordinarius» F. K., der mir geradezu stolz erklärte, er sei nun «voll Hochschullehrer» und interpretiere nur noch Texte, ohne Mätzchen – so habe er gerade die tolle Habilitations-Schrift eines afrikanischen Germanisten über Hubert Fichte «durchgearbeitet». Mein Gott – Fichte selber ist schon fragwürdig genug, und der lächerliche Eifer, mit dem man nun in seinen «Hörspielen» z. B. herumstochert (die doch in Wahrheit NIE Hörspiele waren, sondern Funkarbeiten, die er dazu deklarierte, weil sie das doppelte Honorar eines Features brachten; so einfach ist das); zu lächerlich. Und dann noch auf die höfliche Frage nach dem Wohlergehen seiner Frau ein Sermon, daß er mit ihr seit fast 2 Jahren «Trauerarbeit» leiste. Ich bekam erst einen Schreck, Krebs oder so was. Nein: Sie war Cutterin beim WDR, und die neue Technik macht die «klassische Cutterin» überflüssig. Nicht, daß sie arbeitslos würde – dann verstünde man Trauer –, aber «sie hat doch ihre künstlerische Arbeit so geliebt, und nun diese Maschinen». Es hat was Rührendes, so dumm ist es.

28. April

Absurde Tätigkeit vor der ungeliebten Frankreich-Reise: Ich lese (und suche heraus) in alten Tagebuchaufzeichnungen, für Kersten, der irgendeine Publikation plant. Das hat etwas Unhygienisches, in seinen eigenen alten Häufchen zu stochern.

Alle möglichen Wirrnisse finde ich nun in 10 Jahre alten Tagebüchern: Ich habe mich nicht geändert, nicht «gebessert», bin nicht klüger, sondern allenfalls wirrer geworden. Ich wüte mich über denselben Unsinn – daß z.B. der Herr Unseld in seinem Uwe-Johnson-Erinnerungsbuch jetzt zwar jeden Piesepampel bei Namen nennt, aber der Brief, den er eingangs erwähnt (mit dem Uwe Johnson mir den Weg nach Sheerness beschrieb), ist der Brief «an einen Freund»; bloß nicht FJR sagen!, und ich amüsiere mich leicht bitter nach wie vor über denselben Quark; daß der Herr Kindler im FAZ-Fragebogen als Lieblingsnamen einen aus Aragons AURELIEN nennt – als sei er «bei Aragon» aufgewachsen und habe das nicht HÖCHST widerstrebend (und mich schließlich WEGEN DERLEI BÜCHERN! entlassend) verlegt.

Pfingstsonntag, den 20. Mai

Da-capo-Rückkehr in den naßkalten Norden, wo knapp die Kastanien aufgesteckt haben und der Rhododendron noch nicht blüht. Donnerstag schöne Fahrt über kleine Straßen von Cap Benat nach Crillon-le-Brave; zum Abend bei Wunderlich in seinem abermals zum x-ten Male umgebauten (immer schöner werdenden) Haus in Vassols – Wände durchbrochen, Decken abgehängt, alte Kamine (aus Paris eingeflogen!) installiert, Fußböden mit herrlichem Sandstein «parkettiert» und im Garten die mehrere Meter hohe und weite Vogelskulptur aus Bronze (die mir in der kleineren Version nie gefiel und nun eine Dimension des Unheimlichen, Bizarren und Wundersamen hat; ein herrliches Stück Manierismus in einem Garten). Der Abend von heiterer Beschwingtheit, leicht, lässig, selbstverständlich. Paul mich tröstend auf liebevollste Weise, wenn ich so viel Fehlgelaufenes an meinem Leben beklagte. «Sie sind 1%, MAXIMAL, die was geschafft und geschaffen haben, die eine Gestalt geworden sind – machen Sie sich das klar und vergehen Sie sich nicht.»

Lustig-bizarr dabei, daß Wunderlich einerseits nicht nur sehr aufs Geld sieht und sich mit dessen Hilfe ein nicht zeremoniöses, aber behaglich-luxuriöses Leben leistet – und andererseits sagt: «Was sind schon irdische Dinge, man soll sich nicht zu sehr daran hängen.» Das ist: Wer 2 Rolls-Royce hat, kann ohne Mukken Ente fahren (was er tut), nur, wer NUR Ente fährt, träumt wenigstens vom Opel. Nur wer HAT, der kann verzichten – wer nichts hat, SEHNT sich und kämpft gar.

Gestern abend draußen in Behlendorf bei Grass – auch er hat umgebaut, Kamin verlegt, zwei Zimmer zusammengelegt, wodurch das Haus etwas wunderbar Normales, Biedermeierlich-Behagliches bekommen hat mit dem hinreißenden Blick auf Kanal, blühende Rapsfelder und über dicke Wolken blühender Obstbäume hinweg. Ein Schweigen anbietendes Nest. (Aber wer MACHT wohl alle diese Umbauten – «Günter hat trotz Gehämmer oft bis 11 geschlafen» –? Ute. Und bei Paul Karin, die selber von den manchmal 5 Faxen erzählte, die sie heimlich hinter Pauls Rücken an die Handwerker schickte.) SO wird MEIN Umbau nicht vonstatten gehen.

Der Abend war freundschaftlich, weich und ohne Schärfe, OBWOHL wir auch – bei köstlicher Fischsuppe, Spargel und mächtigen deutschen Schnitzeln – stritten. Worüber schon: über die Doppeltheit von Moralpolitik und Geist in diesen unseren Zeiten: Stephan Hermlin, der einst mit seiner «Westgeliebten» Ulla Hahn bei mir hier auf dem Sofa saß und auf meine ziemlich bitteren politischen Vorhaltungen, den Tränen nahe (falls Gips weinen kann), sagte: «Dies ist nicht mehr meine Partei» – aber nie austrat; Kunze, über den viele heute erzählen, in seiner Funktionärszeit habe man sich vor ihm gefürchtet; Hans Mayer, der die Jahre von Loests Haft hindurch dessen Frau heimlich unterstützte – und jetzt, *ad maiorem gloriam* Hans Mayer die DDR, Becher und den Antifaschismus verklärt, sich die eigene Biographie zurechtlügend; ich selber, der ja – von heute aus betrachtet – hätte jene Ballonaffäre* UNTERSTÜTZEN müssen (schließlich war es eines der ersten GULAGbücher, das damals dort hin-

---

* Die sogenannte Ballonaffäre geht zurück auf den August 1969, als Fritz J. Raddatz stellvertretender Verlagsleiter bei Rowohlt war. Damals bekam ein Lektor aus der DDR eine Sonderausgabe von Jewgenija Semjonowna Ginsburgs «Marschroute eines Lebens» zugeschickt, ein Buch, das zwei Jahre zuvor im Rowohlt Verlag erschienen war und in dem Ginsburg, eine antistalinistische Autorin, von ihrer Gefangenschaft in sowjetischen Arbeitslagern berichtet. Die Sonderausgabe war als ein grünes Notizbuch getarnt und verwies im Impressum auf eine westdeutsche Deckadresse der Bundeswehr, an die sich die Leser wenden sollten, und zwar, wie es ausdrücklich hieß, mit fingiertem Absender und verstellter Handschrift. So kam heraus, daß der Verlag im Auftrag des Bundesverteidigungsministeriums 1967 eine Ausgabe von Ginsburgs Memoiren hatte drucken lassen, die das Ministerium dann mit Hilfe von Ballons über dem Staatsgebiet der DDR verteilte. Der Vertriebschef Karl Hans Hintermeier hatte den Auftrag angenommen, ohne Heinrich Maria Ledig-Rowohlt, den Verleger, und seinen Stellvertreter Raddatz mehr als im allgemeinen zu informieren. Folglich hatten die beiden zugestimmt, wußten aber nichts Genaues über die Verwendung des Buches, über die Tarnung oder die dem Impressum beigefügte Aufforderung und hatten auch nie ein Belegexemplar zu Gesicht bekommen. Als der geheime Druckauftrag nun publik wurde, war die Aufregung im Verlag und

übergepustet wurde) – und der selbst nach soviel Jahren auch einem Freund wie Grass erst ins Gedächtnis rufen mußte, daß es nicht so sehr dieser Abwurf von Büchern über der DDR war, wogegen ich mich wehrte und wogegen ich protestierte – sondern die Tatsache, daß in dieses Buch zumindest eine Aufforderung zur Geheimdienstmitarbeit eingedruckt war, eine Art Agentenwerbung. Wir wissen so wenig voneinander: Grass, der Ledig nicht mag, war dann doch leicht erstaunt, als ich ihm von dessen Abschiedsbrief an mich (nachdem die Anwälte gesprochen hatten) erzählte und von dem beigefügten kleinen Tom-Wesselmann-Bild (das einzige Bild, das ich je mit Ledig zusammen – für seine Sammlung – gekauft hatte) mit den Worten: «Möge dies kleine Format dem entsprechen, mit dem Sie mich in Ihrem Herzen bewahren» (oder so ähnlich).

Schöner Abschluß des Abends: Grass las – 1 Stunde – aus seinem neuen Buch, offenbar eine schlank angelegte Liebeserzählung, im Prosa-Genre an KATZ UND MAUS oder TREFFEN IN TELGTE erinnernd: schien mir gelungen, heiter, ironisch, durch das Einführen einer Serenus-Zeitblom-ähnlichen Berichterstatter-Figur kluge und Distanzen zum erzählten Stoff schaffende Balance. Würde mich SEHR freuen, wenn ihm dies gelänge.

---

in der Öffentlichkeit groß. Bei Rowohlt kam es zu scharfen Auseinandersetzungen, Lügen und Mißverständnissen, begleitet von hämischen Kommentaren der Presse; schließlich stand hinter den Konflikten letzten Endes die Frage nach dem politischen Selbstverständnis des Verlags. Hintermeier mußte gehen, doch damit kehrte keine Ruhe ein. Geschäftsführung und Lektoren vertrauten einander nicht mehr, und Forderungen nach mehr Mitspracherechten der Mitarbeiter wurden laut. Nach Drohungen von linksradikalen Gruppen sagte der Verlag selbst die Teilnahme an der Frankfurter Buchmesse ab. Einige Lektoren wurden beurlaubt, andere kündigten, und am 1. Oktober 1969 verließ auch Fritz J. Raddatz den Rowohlt Verlag.

Interessant, wie wieder und noch Danzig ihn «nährt». DAS kann er erzählen – und wenn er sich entfernt (schon im Ende der BLECHTROMMEL wird er blaß oder journalistisch-polemisch).

24. Mai

Aufbruch zur nächsten Unlust-Reise; nach New York (wegen Uwe-Johnson-Reportage).

6. Juni

Mein Lebenszickzack wird immer wirrer. Eben am Telefon der arme Peter Wapnewski: Bypass-Operation. Gestern abend Botho Strauß' SCHLUSS-Chor: ein Omelett aus dem winzigsten Kiebitz-Ei der Welt, mit gigantischen Quirlen aufgedonnert; Zentrum eine nette Kabarett-Scene, nicht mehr. Sonst mythologischer Mumpitz – DAS lieben die Deutschen. Dafür wiederum wird von Bertelsmann der Schwätzer Bazon Brock engagiert, um – vorgestern abend – die «Festrede» beim Kischpreis zu halten: keine Haare, aber Löckchen. «Tout Hambourg» war da, großer Cocktail, alle umarmen mich – – – aber um eine Arbeit bittet mich niemand. Der rosige mächtige Konzernchef, feist und töricht, ließ fast seine Partyhäppchen vor Entsetzen fallen, als ich ihm «Vorschläge» machte, so wieselte dies falsche Hamburg umeinander – aalglatt – pausbacken – schiefmäulig-herzlich; ich, der knochentrockene Monk (zu dem ich inzwischen geradezu pampig, wenn das obligate «Wir müssen uns sehen» kommt, sage: SIE sind dran) … Inscenieren müßte man können, um dieses ganze Journalistengesocks kennzeichnen zu können. Dabei das neue Gruner-und-Jahr-Haus ein Alptraum an nützlicher Häßlichkeit – Jahrhunderte weit weg von der kapitalistischen Grandeur etwa des Empire State Buildings oder des Rockefeller Center, SOGAR des verschmockten Trump Tower; dies ist nicht mal mehr verschmockt, nicht mal mehr Schmalz, nur noch Margarine.

Morgen früh ab nach Mecklenburg, auf den Spuren von Uwe Johnson.

Hotel Neptun, Warnemünde, den 9. Juni

Eben noch über New Yorks Glitzerlichtern im «Rainbow-Room», nun in dem brennenden Meer der Rapsfelder Mecklenburgs, hier im Hotel «über» der grauen, in opalenem Nebel verschwimmenden Ostsee, fast 800 Kilometer durchs Land, jeder Ort – ob Ahrenshoop, ob … – ein Stück Biographie-Erinnerung.

Hotel Neptun, Warnemünde, den 11. Juni

Zurück aus der DDR, die's nicht mehr gibt. Da ist einmal die betörend schöne, ganz «heile» mecklenburgische Landschaft, Johnsons «Fischland», mit den Seen, den alten Häusern, den «verwittert» aussehenden Menschen, dem rasenden Gischt-Schaum des blühenden Raps; den Fliederkaskaden, der weiträumigen Stille. Da ist zum anderen das Verloren-Verkommene, das Nicht-Telefon, das schreckliche Essen, der lächerliche Kampf ums Bestellen «heimischer» Produkte (Bier, Korn – man kriegt immer zuerst irgendeinen westlichen Mist angeboten, und selbst der Zucker zum Kaffee muß aus Bayern – !! – sein). Da ist die mecklenburgisch schweigende Verzweiflung der Menschen, die stumm vor ihren leeren Strandkörben warten, die in ihren Kuttern – «Räucherfisch-Imbiß gratis» – warten, und keiner kommt zur Hafenrundfahrt. Da sind die grauenhaft ameisigen Vertretertypen, die mit goldenen Siegelringen an den Fingern am Frühstücksbuffet rumwedeln, tagsüber übers Land schwärmen und armen Bauersfrauen Marmorklos andrehen – und abends sich einsam an der Bar besaufen.

Und da war die Doppel- oder Dreifach-«Fotografie» der ganzen Reise auf dem Johnson-Negativ. Dieser um die Ecke denkende Dickschädel war auf schmerzliche Weise präsent – bis hin zu dem mir indiskreterweise gezeigten Abituraufsatz, der erschreckend linientreu war (irgendwie nicht in Ordnung, daß dieser Englischlehrer, den ich in Güstrow besuchte, mir den zeigte und mir gar kopiert schicken will – sie sind alle auch ein bißchen heimtückisch – und wenn's die Masseuse im Hotel ist, die erst «richtig» zu massieren begann, als sie merkte, daß ich Anteil nehme am DDR-Schicksal: Sie sprechen alle noch von «unser» und «ihr»). Sie fühlen sich wie annektiert, eindrücklich die Scene, wie Bauern am Rande der Autobahn sich dickschädelig starrend auf ihre Spaten stützten und stumm eine Kolonne – hochfein-technisierter – Bundeswehr vorbeibrausen sahen: Man spürte, daß sie «die da» dachten, daß es für sie eine fremde Besatzungsmacht war, die da reich und perfekt durch «ihr» Land fuhr. Die Russen – andersrum. Der Graben ist sehr tief geworden – das ist nicht eine Nation, sondern ein Währungsgebiet.

15. JUNI

Alles belastet mich, selbst die verrückt-freundschaftlichen Endlos-Telefonate mit Brasch, der eben noch «unbedingt Berlin verlassen» mußte, eine Art «Tagung» mit mir und Inge Feltrinelli abhalten wollte, um seine – italienischen? – Zukunftspläne zu besprechen – – – und um mir eine Woche später zu sagen, das sei nur eine törichte Panik gewesen, er wisse genau, daß «Weg» noch kein Ziel sei. Und wohin, wisse er nicht.

Lustig-naiv auch, daß er allen Ernstes meinte, bei solchen «Planungen» könne/würde Inge hilfreich-nützlich sein. Ich mußte ihn stoppen – sie erzählte mir schon, rasch und abwehrend, daß sie nicht die Beichtmutter für Herrn Brasch sein könne und wollte, daß er sie «andauernd» (er: einmal) anriefe. Er hatte ernstlich gemeint, er könne von ihr «lernen», wie man als Deutscher ins Ausland ginge und dort lebe – was ja in ihrem Fall durch die Heirat mit einem – auch noch intelligenten und politisch motivierten – Multimillionär wirklich unter etwas anderen Umständen geschah ...

Oder ist er doch so stark unter Kokain, daß er eben mal tänzerisch-eloquent und mal bramarbasierend-geschwätzig-sentimental-trotzig redet? Peter Schneider erzählte mir bei Hochhuths 60. in Berlin, man müsse sich Sorgen um Brasch machen, er «hinge an der Nadel» (was wohl mehr die «line» ist), und wenn man sich befreundet fühle, müsse man mit ihm reden. Glaube, daß so was nicht geht. Wer will schon vom anderen die Wahrheit über sich hören – zumal er dann leugnet, Koks zu nehmen (aber Bondy es Schneider bestätigt hat, daß er «stets» das Zeugs nimmt). Warum tun die das eigentlich? Was hat man davon? Mir ganz unklar. Ich habe diese Art der «Selbsterweiterung» nie gewollt und nie gebraucht.

19. JUNI

Vorgestern (!! also an «meinem» 17. Juni ...) bei Kempowski, dessen unermeßlich großes – und verwinkeltes – Caligari-Haus mich nicht nur gruselt (ich wußte buchstäblich momentan nicht, war ich in diesem Raum schon gewesen oder wie kommt man in den nächsten – bzw. vor allem: wie kommt man wieder raus), sondern auch bedrückt: Wie falsch muß ich «investiert» haben angesichts seiner 3000 Tannen, Riesen-Felder, Gartenwege und Eichenanpflanzungen; ich habe 3 Tannen auf der Terrasse in Sylt und eventuell demnächst in einem Teil-Gärtlein 3 Bäume und einen Rhododendronbusch ...

Er selber wieder liebenswert-skurril. Es wird darauf BESTANDEN, daß zu Mittag gegessen wird, obwohl keiner der Beteiligten (die Frau ist ohnehin Vegetarierin) wirklich was essen möchte. Es wird auch gönnerhaft gesagt: «Du darfst ruhig beim Gespräch dabei sein, Irma (??), wenn du dich ruhig hinten in eine Ecke setzt» (es war ein Tonbandinterview für den BR) – – – was sie auch prompt tut. Und es wird allen Ernstes gesagt: «Um Punkt drei bitte Kaffee und Kuchen» – was dann auch die Frau des griesgrämigen Genies Punkt drei serviert. Ein Dorf-Thomas-

Mann oder ein Schulmeisterlein Wutz; er sagte hübsche Sachen wie: «Ich bin doch nur ein durch den Fleischwolf gedrehter Klops, verglichen mit Ihnen» – womit er seine leichte Konsumierbarkeit meint im Gegensatz zum «Umstritten-Sein» des FJR und die Eingängigkeit seiner Literatur im Gegensatz zu meiner «anspruchsvollen»; und er sagt Absonderlichkeiten im offiziellen Gespräch, so, daß der sozialistische Traum (der immerhin das Jahrhundert beherrschte), seine Utopien, Abgründe und Abstürze, für ihn ÜBERHAUPT NICHT VORHANDEN war, keine Denkkategorie, kein moralisches Glatteis, keine Versuchung. Nie je. Selbst den Alten wie Becher billigte er das nicht zu.

Dafür die fast heimtückisch-genaue Beobachtungsgabe des geborenen Chronisten: Als er mir beim Tee Mineralwasser anbot und ich – meiner Meinung nach höflich – sagte: «Ich bin jetzt beim Tee, danke», konstatierte er – amüsiert: «Das ist eben, warum Sie so unbeliebt sind – Sie weisen die Leute zurecht; eigentlich hieß das ja eben: ‹Sie Dorftrottel haben kein Benehmen und bieten Wasser beim Tee an.›» Garnicht so falsch – sowohl, was mich betrifft, als auch, was ihn.

29. Juni

Eben fertig mit der Uwe-Johnson-Reportage und leer wie nach einem Buch; hat mich SEHR angestrengt, nicht nur als «Schreibübung», sondern wegen der persönlichen Nähe und wegen der unvermeidlichen Fragestellung nach Schuld und Versagen der DDR-Intellektuellen, die doch alle gewußt und mitgemacht haben? Die neue Kollektivschuld. Vor paar Tagen dazu ein grauslicher TV-Bericht über die Mauermörder, die natürlich alle «nichts gewußt», «nur Befehlen gehorcht» oder «danebengeschossen» haben (wobei man sich fragt, wie Menschen sterben können, denen man «nur» in die Beine geschossen hat (?)). «Ich habe ein reines Gewissen» war der Tenor von Leuten, die sich's in ihren entsetzlichen Kleinbürgerheimen mit Zierpflanze auf dem Fernseher und Dackel auf dem Arm gemütlich gemacht haben. War eine Fortsetzung von Fechners Auschwitz-Dokumentation. Wird ja lustig, wenn ich wirklich fürs ZDF dies Hermlin-Gespräch machen sollte – der immerhin paar Tage nach dem Mauerbau «zur Truppe» eilte, wie ein anderer Film vor kurzem dokumentierte. Das MUSSTE er??

4. Juli

Lese in einem amüsanten Raabe-Katalog etwa dessen Satz: «Ich bin mein ganzes Leben durch die heiße Hand an der Gurgel mit der Frage ‹Was wird mit Dir und den Deinen?› nicht losgeworden»; oder: «Wie die meisten Schriftsteller die meisten Abenteuer auf dem Papier erleben»; oder sein (Goethe an Ekkermann-) Zitat: «Wenn man weiter nichts vom Leben hätte, als was unsere Biographen und Lexikonschreiber von uns sagen, so wäre es ein schlechtes Metier, und überall nicht der Mühe wert.»

Sind alle Menschen so? Bucerius, der, wenn seine seit 30 Jahren von ihm im Tessiner Palazzo getrennt lebende Frau nach Hamburg kommt, allen Ernstes seine (seit Jahrzehnten) Lebensgefährtin «ausziehen» läßt; der Chauffeur, der sonst (die im Verlag leitend Tätige) herumfährt, chauffiert dann Mme. Buceria. Ein Volker Braun muß her! Als die «Ich habe ihm das Leben gerettet»-Dame sich an das Krankenbett des Darmoperierten drängte, sagte er: «Ich dachte, wir leben getrennt? Dann muß ich mich wohl scheiden lassen?» Sie hat übrigens, wie im bösen Märchen, ein Büro mit Sekretärin im Verlag, das sie ca. 2mal im Jahr für 24 Stunden nutzt …

Eigentlich erlebe ich lauter Balzac-Scenen: die Dönhoff (die empört Herrn von Kuenheim anraunzt: «Wieso sagt man mir nicht, daß der Raddatz wieder im Impressum steht?»), die damals, als Kissinger mal in Hamburg war und Sommer zur Gräfin sagt: «Ach, Henry ist heute abend bei mir zum Essen, soll ich Ihnen mal seine Nummer geben?»; die Antwort, sehr leise und wie es in alten Stücken heißt: nebenhin –: «Danke, ich habe die Nummer – er war gestern bei mir zum Tee.»

KAMPEN, DEN 15. JULI

«Im Augenblick der Produktion darf einem alles gefallen, alles als die schönste und beste Lösung erscheinen. Im Augenblick des Hinschreibens mag man in jeden Satz verliebt sein, hinterher aber muß diese ‹Affenliebe› des Verfassers der anspruchsvollen und verwöhnten Strenge des Lesers weichen. Nicht nur aber sein erster und sein bester, sondern auch sein unnachsichtigster Leser zu sein, halte ich für ein Grundprinzip jedes Schriftstellers.» Christian Morgenstern an Robert Walser, September 1906.

Dieses Grundprinzip nun habe ich überhaupt nicht. Ich mag und kann nicht mein eigener Lektor – «erster Leser» – sein, bin auf peinlich-äffische Weise von der eigenen Prosa angezogen, lache oder weine gleichsam mit den eigenen Figuren und ihrem «Schicksal» (obwohl ich das alles doch selber erfunden habe).

23. JULI

Wunderbares «Lebensmotto» in einem bisher unveröffentlichten Gedicht Celans gefunden, das dieser Tage die FAZ druckte:

Schreib dich nicht
zwischen die Welten,
komm auf gegen
der Bedeutungen Vielfalt,
vertrau der Tränenspur
und lerne leben.

Was meinen Zustand signalisiert. Inzwischen, da ich die Arzt-Diagnose habe, ist's vielleicht nicht nur PHYSISCH?: Alles, alles ist wunderbar in Ordnung, vom EKG über die Leber zur Milz und zum Cholesterin – – – – aber die Bandscheibe, Halsnackenwirbel, ist kaputt. Das strahlt natürlich nicht nur in die Arme, sondern in den Kopf; der – bei mir? – vielleicht eben doch der Sitz der Seele ist.

Ob man so arbeiten kann? Aber viele Kollegen haben ihre Arbeit einem siechen Körper, dem Schmerz, abgerungen. Muß ich mir bald ein Beispiel an Matisse oder Günther Anders nehmen? War es Hoffart zu glauben, ausgerechnet ich werde davon verschont und eines Tages rasch und ohne lange «Buß»-Zeit sterben?

27. Juli

Irritiert von der ewigen biographischen Lüge der Deutschen: Helmut Schmidt lobt bei der Eröffnungsrede des Menuhin-Frantz-Konzerts in Salzau (das SELFHELP gewidmet ist) diejenigen, die sich «von Anfang an auf die Seite der Gegner des barbarischen Naziregimes gestellt haben» – – – aber er war Hitlers Oberleutnant. Hans Mayer lobt im TURM VON BABEL die Ansätze der DDR, «die von keiner Geldwirtschaft vergiftet» menschliches Zusammenleben projizierte – – – aber niemand war schon in der DDR, dann später in der BRD so geldgierig wie Hans Mayer; er verkaufte sich nicht nur unentwegt teuer, sondern auch doppelt – z. B. qua Rowohltvorschuß auf die Memoiren, die dann bei Suhrkamp erschienen, ohne daß er etwas zurückzahlte. Er selber erzählte mir strahlend von den gigantischen Wiedergutmachungszahlungen, die er kassiert habe, NEBEN seinen Professorenbezügen und Honoraren von Funk, Fernsehen, Büchern, Zeitschriften. Er ist ja «eingestuft» worden als Generalstaatsanwalt oder Amtsgerichtsrat oder so was nach der Wahrscheinlichkeitsrechnung: DAS wäre er aufgrund seiner Begabung und ausweichlich seiner späteren Karriere geworden – und da er das nicht verdient hat während der Emigration und danach, bekam er das ALLES AUF EINMAL ausbezahlt; es müssen viele hunderttausend Mark gewesen sein. Aber von der «vergifteten Geldgesellschaft des Westens» faseln (auch den DDR-Nationalpreis hat er fein einkassiert, natürlich nicht zurückgegeben, das Geld behalten).

5. August

Das steht bei Ernst Bloch, PRINZIP HOFFNUNG: «Der Jüngling ist mit der üblichen Umwelt zerfallen, und bekriegt sie, der Mann setzt an sie seine Kraft, oft mit Verlust seiner Träume, ja seines besser gewesenen Bewußtseins, aber der Ältere, der Greis, wenn er an der Welt sich ärgert, kämpft nicht wie der Jüngling gegen sie an, sondern steht in Gefahr, verdrießlich zu werden, maulend streitbar. Wenigstens dort, wo die ältere Person sauer wird, wo sie sich auf Geiz und Selbstsucht schlechthin zusammenzieht. Wünschbarer als je erscheint im bourgeoisen Alter das Geld, sowohl aus dem neurotischen Haltetrieb zusammengekrallter Hände, denen ein Mittel völlig zum Zweck wird, wie freilich auch aus der Lebensangst eines invaliden Wesens. Wein und Beutel bleiben dem trivialen Alter als das ihm bleibend Erwünschte, und nicht immer nur dem trivialen. Wein, Weib und Gesang, diese Verbindung löst sich, die Flasche hält länger vor.»

Wie entsetzlich wahr.

7. August

Ansonsten zunehmend entgeistert bei/nach der Bloch-Lektüre; wieviel Geröll, Geraune, Unpräzises und Falsches, wieviel politisch Fahrlässiges und Geducktes, wieviel Bla-Bla-Seifenblasen, die schillern, aber leer sind.

20. AUGUST

Tag (Tage) der beunruhigenden Introspektion. Gestern, knapp 1 Woche nach dem Mauerbaudatum, wurde Gorbatschow gestürzt, und in Moskau rollen die Panzer (und die Börse kracht ...); am Sonntag, also den Tag zuvor, las ich noch Ruthchen aus meinem Roman – und zwar die Mauerbau-Scene (ich hatte sie als Geschenk zu IHREM 60. zum Wochenende eingeladen) – ein Besuch nach Jahrzehnten, sie war mir nah und ängstigend wie zur Zeit unserer Jugendliebe, und ich fragte mich, unlogisch, beim Betrachten der Fotos ihrer Kinder, wie die wohl nun aussähen, wenn sie VON MIR WÄREN, ein bißchen genauso, da ja von ihr, und eben ein bißchen anders, da von mir: Wie schluchtentief doch der Abgrund Sexualität ist. Ruths Bruder Georgi hat das krebs-hemmende Medikament abgesetzt – begeht also Selbstmord auf Raten –, weil er seine Libido nicht einbüßen will; absurd bei einem 60jährigen. Und wie in dem alten Reinigungszwang (ich ging ja oft, nachdem ich mit einer Frau geschlafen hatte, noch «los») ging ich Sonntag nachmittag in die Sauna – um nun in den nächsten Abgrund zu blicken. Ich beobachte auch einen unglaublich hübschen, ganz jungen, wunderbar gebauten Mann, vielleicht Mitte 20, der sich wie in ein ekliges Krötennest fallen und im Dunkelraum von ca. 6 uralten, schlabbrigen, sabbrigen Hängebauch- und Faltenarschgreisen betatschen, blasen, sogar küssen läßt, seinerseits wahllos ihre schlaffen kleinen Altmännerschwänze befingert und es sich wahllos von irgendeinem der bleichen Schleimtunten «besorgen» läßt. Ich hätte mich fast übergeben.

22. AUGUST

Wolfgang Hildesheimer stirbt. Werde ihn vermissen, seine lustige Traurigkeit und seine lakonischen Kärtchen. Er hatte etwas Jüdisch-Tieftrauriges, was mir sehr nahe ist – und was, wie man weiß, gute und «komische» Literatur schafft. Ich liebte seine Bücher, aber ich liebte auch den Mann sehr; nun ist's wieder einer weniger: Man kann garnicht sein Adressenbüchlein so rasch ändern, wie die Weggefährten sterben. Aufheben hätte ich die alten sollen mit den Adressen und Telefonnummern von Dutschke oder der Meinhof, Fichte oder Baldwin, Johnson oder Weiss, Böll oder Fried. Und es waren ja auch alles, so oder so, «Gesprächspartner». Älter werden heißt auch verstummen.

Und kälter und einsamer werden.

26. August

Gestern (Sonntag) Landpartie in Richtung Gorleben, wo im und nebst dem idyllisch gelegenen Sitz von Uwe Bremer in Gümse ein Schriftstellertreffen war. Ich fuhr aus dem vermutlich gleichen Grunde hin wie die Darsteller: um mal für ein paar Stunden aus der selbstgewählten Einsamkeit auszubrechen. Nur: Nach ein paar Minuten ist einem auch das wieder zuviel, ein «Hallo, wie geht's denn» und «Mein Gott, was ist das schön hier» genügen einem bereits – dann will man schon wieder flüchten.

Typisch, daß der eben erst aus USA «re-emigrierte» Lettau, der dort in einem ehemaligen Plessen-Haus wohnen wird (wie mühelos die immer alle ein Dach überm Kopf finden ...), genauso reagierte und sich ob der Nähe der zu vielen anderen (Schriftsteller) schüttelte. Er war herrlich-skurril wie immer, jeder Alltagsvorfall wird bei ihm ja zur Katastrophe (ein Wespenstich auf der Nase seiner Frau: ein «antisemitischer Angriff – ich habe das Hakenkreuz auf der Stirn der Wespe deutlich gesehen») – woraus ja wieder seine Stahlstich-Literatur lebt, von der er köstliche Scenen trauriger, ja melancholischer Bigotterie las. Im Abstand die avancierteste Literatur.

31. August

Lufthansaflug Hamburg–Erlangen.

Der «subversive Dandy» fliegt zum Poetenfest; so nannte mich heute früh Lettau, dessen Pinzetten-Hirn die sonderbarsten Details aufbewahrt: Ich habe, vor ca. 20 Jahren, bei einem gemeinsamen Besuch mit ihm und Böll bei Marcuse in La Jolla mitten in einer hochpolitischen Debatte erklärt, ich müsse nun gehen, nämlich zur Pediküre; und Böll habe gesagt: «Aber da schneidet man doch einfach drauflos.» Schade, daß ich die eigenen Anekdoten (i. e.: die über mich) nie aufgeschrieben habe, es kursieren Hunderte …

1. September

Die stete Verwunderung über solche «Poeten-Festivals»: enormer Andrang (kulturell interessierte Schafherden?); das Hipp-Hopp-Management der Veranstalter: «Sie sind in 10 Minuten in Saal B dran»; das Mehr-Interesse daran, daß «es klappt», als an Texten/Autoren – ich wurde mitten im Lesen aus dem Roman per Zettel «Bitte zu Ende kommen» unterbrochen und brach wütend mitten im Satz ab; das Bla-Bla des anschließenden Gesprächs, obwohl in meinem Fall geführt von dem mir wohlgesonnenen Maxim Biller: «Muß ein großer Autor auf Familie verzichten?» oder «Lieben Sie das Leben?» – alles in 15 Minuten.

3. September

Also 60:

Bitterkeit.

Mein Eintrag ins Goldne Buch von Kampen:
Ein Dank und Gruß an meine zweite Heimat Kampen,
dessen magische Schönheit
und seltsam schwebende
Melancholie Schriftsteller von

Franz Mehring bis Max Frisch, Siegfried Jacobsohn
bis Thomas Mann beschrieben haben.
Meine (mir) wichtigsten
Arbeiten sind hier entstanden –
ob die Habilitation oder das
Heine-Buch, die erzählerische Prosa
oder der Tucholsky-Essay.
Wenn es Glück gibt:
Hier ist es.

8. SEPTEMBER

Meinem Geburtstag nachdenkend: Eigentlich war alles eine Farce (hoffentlich werde ich das nicht eines Tages über mein ganzes Leben sagen ...). Der «große» Abend war zwar bunt und angeblich sehr freundschaftlich – aber genau betrachtet leer; Kempowski eifersüchtig auf Grass, Rühmkorf (Geschenk: eine Broschüre mit Widmung!) einsilbig, die Begegnung Wunderlich–Grass sich beschränkend auf «Was macht die Gesundheit – danke, gut», Lettau, entweder drogiert oder vermuffelt, jedenfalls vertrotzt das Lesen seines amüsant-skurrilen Gästebeschimpfungstextes verweigernd, Kaiser früh betrunken und – auf lautes Drängen nach «einer deutschen Rede» – eine witzige Rede haltend (Grass, mehr ihm erwidernd als mich «feiernd», antwortete kurz; wenn das sein «Darf ich dir deinen 60. Geburtstag ausrichten?» war ...), die Mondäne für 2 müde Stunden – ohne eine Blume – durchrauschend, Monk mit einem Bändchen Heinrich Mann unterm Arm. Lieblose Legenden. Ich muß mich schon fragen, ob ich mich, meine angebliche Lebensleistung und meine nebbich Bedeutung, nicht enorm überschätze. Was bleibt, ist offenbar der geistreiche Mann, der schnelle und zu schnellen Fehlern neigende Journalist, der gebildete Anreger.

Kampen, den 12. September

Mein Geburtstag als Farce. Gestern ZEITempfang im Anglo-German Club – mickrig, die kleinsten Häppchen der Welt mit dem deutschesten Sekt der Welt, eingeladen fast nur Redaktionsmitglieder, ein Betriebsausflug; ein paar «Gäste», weil man – als führen die Leute mit einem Combo-Bus von einer FJRfeier zur anderen – nur Leute eingeladen hatte, die bereits am 3. bei mir waren oder am 8. Oktober zu Rowohlt in Frankfurt geladen sind.

Eine «eigentlich» sehr schöne Rede von Theo Sommer, die es aber nur eigentlich war, weil er mir hinterher selber mit dem ZEITüblichen Charme brut sagte, er habe ja aufpassen müssen, nicht ZU viel Positives zu sagen, damit ich mich nicht in ein festes Angestelltenverhältnis wieder einklagen könne ... Und: Der todkranke Bucerius schlich für ½ Stunde herbei, er habe nicht versäumen wollen, mir die Ehre zu erweisen. Immerhin.

16. September

Das Leben – eine Skurrilität: Hochhuth, sich am Telefon überhaspelnd und nicht mal «Wie ist das Wetter?» fragend, NUR seine Sorgen und Autorenkümmernisse berichtend, erzählt dann aber die wirklich scheußliche Geschichte, daß seine (Ex?-) Frau ihm auf dem Postamt – wo er seine Postlagerbriefe holt – auflauert, ihn per Zettel auf die Straße rufen läßt und mit schwer beringten Händen – «sie trägt nie weniger als 3 große Brillantringe, von mir gekauft» – quasi zu Boden schlägt; jedenfalls so blutig schlägt, daß er ins Postamt zurückwanken muß, sich von den Brieftauben dort verarzten, die aufgerissene Lippe, den wacklig geschlagenen Zahn versorgen zu lassen, um dann mit verblutetem Hemd, Krawatte, Anzug durch Basel zu «radeln». Nach Jahrzehnten Ehe und gemeinsamem Kind ...

Dagegen war ja gestern abend der Überraschungsbesuch von Inge Feltrinelli hier ganz bürgerlich (mit übrigens ganz besonders schönem Geburtstags-Nach-Geschenk: einer kleinen Skulptur von Pomodoro, den ich ja als Künstler schätze und den ich auf der Heine-Italien-Reise auch kennengelernt hatte). Vielleicht liegt es am Gewerbe. Jedenfalls war, was sie vom Verlag, ihrem Sohn (der Vaters Todestag groß begehen will), selbst dem Handke/Hamm/Burda-Petrarca-Fest in ihrem Schloß erzählte, mir näher, interessanter und nicht NUR grotesk. Allenfalls die Schilderung, daß Lady Jane total dem Alkohol verfallen sei und der – wahrlich kein Kind von Traurigkeit – über ihr schlechtes Benehmen empörte Ledig androhte: «Dann müssen wir uns trennen, Jane.» Mit 84 Jahren. Die Menschen sind alle verrückt geworden.

Kampen, den 21. September

Bilderbuchtage – ein Bilderbuchtag – gehen zu Ende: perfekteste Septemberstimmung mit dem dünnen Licht und der Türkisdämmerung unter orangenen Abendwolken, wie ich sie so besonders liebe und die MEIN Sylt sind – über dem Meer noch der lila Kupferschimmer der Sonne, und über dem blitzenden Leuchtturm balanciert schon ein dicker trunkener Mond.

Aber ich bin nicht «leicht», die 2 Wochen hier haben mir nicht gutgetan, bin unvernünftigerweise nicht zur Ruhe gekommen.

Habe mir für morgen, für mein letztes (??) Frühstück, eine weiße Rose von meinem Grab gebrochen. Duftet sehr intensiv …

Parkhotel, Frankfurt, Buchmesse, Oktober

Die Hurenhaftigkeit dieses Berufs. Wie ein türkischer Bauarbeiter ins Vorstadt-Wohnwagen-Bordell geht man zum «Interview» in, tatsächlich, einen plüschausgeschlagenen Wohnwagen des SDR zu einem «Interview»: Heraus steigt Herr Mischnick, davor war der große neue Tolstoi namens Tilman Spengler «dran», sich in diesem Oral-Puff zu «erleichtern». Drinnen «bedient» irgendein Herr Lehmann mit der liebevollen Sorgfalt einer Soldaten-Hure, die «blasen» oder «wichsen» fragt – er kennt den Titel des Buches nicht, den Inhalt nicht und fragt, wann Band 4 erscheint und ob der – tote! – Held Bernd zurückginge in die DDR; vor Hast hat er auch nicht zur Kenntnis genommen, daß es keine DDR mehr gibt.

Die «Abtreibung» ist jetzt bereits abgetrieben.

PARKHOTEL, FRANKFURT, DEN 10. OKTOBER

Ich stehle mir den eigenen Schatten: betrank mich ausgerechnet auf dem Geburtstagsfest, das mir am wichtigsten war, auf dem Rowohlt-Abend mit schönen Hommage-Reden von Ledig (!), Inge Feltrinelli, André Schiffrin und dem regelrechten, sehr elaborierten Festvortrag von Joachim Kaiser. Zog über meine Nervosität eine Alkohol-Haut, so daß meine Schlußansprache statt witzig lallend war. Ärgerte mich den ganzen nächsten (verlaberten) Tag über mich.

13. OKTOBER

Messeabschluß, ein lieblos-banales «Fest», gegeben von Carlo Feltrinelli «zu Ehren von Heinrich Maria Ledig-Rowohlt» – der Gastgeber kommt nach den Gästen, die mit Henkell-Trocken begrüßt und wahllos an Tische zu schlimmem Fraß gesetzt werden; eine Rede, auch nur eine Begrüßung des Ehrengastes findet nicht statt …

Das Ganze in einem üblen, tanzsaalähnlichen Schuppen im Palmengarten (nicht etwa im Palmenhaus), die Gäste flüchteten noch vor dem Kaffee, den es nicht gab.

Ledig hat in der Bar des «Hessischen Hofs» neben dem Whisky immer ein Fläsch'chen Haarfixation stehen. «Wenn meine Haare abstehen, sehe ich so alt aus», sagt der 85jährige.

17. Oktober

Traurig, bitter und auch leicht amüsiert: der Abend «meiner» Stadt Hamburg mir zu Ehren ein Schlag ins Wasser – ein Interviewer, bei dem schlecht auszumachen war, ob er nur dumm oder auch noch bösartig war, eine lieb gemeinte, aber etwas mickrig-pflichtgemäße Rede der Senatorin, ein grausliches Buffet und ein – von Flimm verführt – anschließendes Besäufnis beim ewigen «kleinen Italiener», wo – anders geht's in Deutschland nicht – gesungen wurde: «Wir lieben unseren Fritz»; Flimm, die Senatorin, SZ-Burckhardt, die Mikula, Roger de Weck. Kegel-Stammtisch statt ernsthafte Beschäftigung mit meiner Arbeit, sophistische Afferei über Tod, Homosexualität und Eitelkeit statt Diskurs. Der Moderator als Monologist, eigentlich gab er sich die Antworten selber, neugierig auf eine von mir nie; die stilistische *figura* dafür war: Der Mann unterbrach jede meiner Antworten (wollte sie also weder hören noch sich darauf einlassen). Woher so viel Haß – die ewige Frage.

Von heute an: Heilwigstrasse, Hamburg, den 31. Oktober

Erstes Tippen im neuen «Arbeitsraum», den geradeaus sprechende Umzugsleute Keller nennen und ich Souterrain oder Gartenwohnung; als ich auf die Frage WOHIN MIT DIESER KISTE? antwortete: INS SOUTERRAIN, sagte einer von den Bubis: WO IS'N DES?, und als ich's ihm erklärte, meinte er trocken: ALSO SIE MEINEN DEN KELLER.

Da sitze ich nun – und fühle mich ulkigerweise wohl: drei kleine Räume, vollgestopft mit Büchern, ollen anspruchslosen Möbeln, hell, warm, extrem ruhig. Mir scheint, hier kann ich arbeiten, wenn auch die Bibliothek noch – für lange – ein Chaos ist: Rimbaud hinter Shakespeare. Es war ihnen nicht mal das Alphabet beizubringen.

Letzte Bedrückung war die Hrdlicka-Skulptur und der abnorm aufwendige Transport mit 2 Riesenkränen über die Dächer hinweg, die Fotos sind Dokumente.

Albernerweise irritiert mich etwas, daß genau gegenüber – über den «Fluß» – was an sich der schöne Blick dieser Wohnung ist – Augstein sein neues Haus baut; ich sehe ihm praktisch, vor allem wenn die Blätter fallen, in die Fenster. Unangenehmer Gedanke bei jemandem, der vorgestern sich mit Antje zum Essen verabredete, sich betrank, ihr einredete, sie sei betrunken, und auf die Einrede der Kellner, die Dame sei NICHT betrunken, sagte: WER MIT MIR SICH ABGIBT, MUSS BETRUNKEN SEIN.

Excelsior Hotel, Köln, den 5. November

Hier – vor wie vielen Jahren? – begann alles (und ich gehe gleich in jene Sauna, Spurensuche, wo es anfing …): Und hier lese ich nun heute abend aus «Abtreibung», dem 3. Band meines Bernd-Epitaphs – das Kapitel von seinem Tod; absurdes Leben.

Gestern in Hamm, vor 30 Leuten, 28 davon alte Nazis. Blockwartsweiber beschimpften mich wegen des Nazi-Schauspieler-Kapitels, Werner Krauss, nun gut, er habe den «Jud Süß» gespielt, was er denn hätte tun sollen – aber, wie er ihn gespielt habe, «so wunderbar überzeugend». Überzeugend! Sie sind unverbesserlich, sie haben marmorne Bäder und verschmutzte Seelen.

10. November

Mit Cafard zurück. Die Bizarrerie des Heym-Nachmittags ließ/läßt mich nicht zur Ruhe kommen. Der Ehekrach über sauer gewordene Kaffeesahne – «Ich hab dir doch gesagt, du sollst die Sahne nicht bei Meyer kaufen» – «Aber heute früh war sie ja noch gut, die von Meyer, und es war ein neues Töpfchen» – hatte mehr echte Intensität als seine Phrasen zum Sozialismus. Zwischen ihm und seiner Frau war eigentlich nur Jouhandeau-Geknarze, selbst noch im Auto – «Du mußt weiter links fahren, wir kommen ohnehin zu spät, warum biegst du hier nicht ab» –, aber meine Frage, wie er denn eine Sowjetunionreportage schreiben konnte und darin die Existenz von Lagern leugnen (die schließlich schon Camus «behandelt» hatte), wurde weggequackelt. Warum lügen sie alle? Warum sagt nicht wenigstens EINER «wir lügen alle» wie weiland die Boveri?

10. NOVEMBER

Leicht schräger Abend bei Liebermann: ich der einzige Gast. Geniert man sich, mich anderen «vorzuführen», oder muß ich das als besonders herzlich-privat verstehen? Ich jedenfalls käme nicht auf die Idee, Liebermann – oder wen immer – alleine einzuladen.

Das – gemietete – Haus eher unkonzentriert und nachlässig eingerichtet, kaum und dann nur mittelmäßige Bilder (Chagall-Litho!), auf die der Liebermann-Enkel (?) auch noch stolz ist.

Neidvoll-bedrückt aber seine (wenn's nicht gelogen ist, er sich da kein Air gibt) Nicht-Beziehung zu «Dingen» – das Haus, in dem er erst seit 3 Jahren lebt, gibt er schon wieder auf und zieht in ein – ebenfalls gemietetes – Haus in die Toskana; «vis-à-vis von Fiesole» (wobei es Ehekrach über das Vis-à-vis gab: «Das heißt gegenüber, und das ist falsch» sie, «Du hast keine Ahnung von Deutsch» er, «Aber du verstehst kein Französisch» sie zu dem perfekt Französisch Sprechenden). Möbel, Bilder, Lampen – ihm sei das alles gleichgültig, nur eine Arbeitsecke, mehr brauche er nicht. Kam mir sehr kleinbürgerlich gegenüber dem ahasverischen Liebermann vor (was ich ihm auch sagte). Er geht aus Deutschland weg «wegen der Lügerei allenthalten», expressis verbis auch Hans Mayer und dessen verlogen-schmalzige Memoiren einbeziehend – – – – –

Und heute morgen rief dann 1 Stunde lang Hans Sahl (woher kann er sich das eigentlich leisten?) an, um u. a. über Mayer, Jens et *tutti quanti* zu klagen, um sich für den «Orden» meines kleinen Programmhefttextes zu bedanken, um mir zu LIEBER FRITZ zu gratulieren, nach dem er allabendlich nach dem Essen frage: «Gibt es noch ein bißchen LIEBER FRITZ?» und auf das «Erst dein Kompott» ein Wehklagen: «Kann ich nicht VORHER ein bißchen LIEBER FRITZ kriegen?» Aber GANZ EIGENTLICH wollte er über sich reden, über die Verrisse seiner Premiere, über die Nicht-Kritiken seiner Essaysammlung, und mein Irrtum eingangs, er wolle sich nach mir erkundigen und nach meinem Roman (immerhin ein NEUES Buch und nicht Uraltessays ...), stellte sich rasch als solcher heraus – – – es ging nur um Hans Sahl, die ganze DDR taugte nichts, weil man ihn dort nicht verlegt habe, und die BRD gleich dazu, Suhrkamp ein Schwein, das sich auf Schweizer Kapitalistenpapier am Stalinismus bereichert, Stefan Heym («eigentlich Flieg, Sie wissen ...»: Wieso decken Juden so gerne das Pseudonymdeckbett jüdischer Kollegen auf???!) durch und durch verlogen, nicht der habe Kästner zur NEUEN ZEITUNG geholt, was er immer behaupte, sondern Hans Habe, «das andere Schwein». Erschütternd und nicht selbstverliebt nur der Bericht vom Besuch des Sohnes von Carola Neher, der sein und seiner Mutter (Verschwinden-)Schicksal in der Sowjetunion erzählt habe, 7 Stunden lang – eines der schwarzen Kapitel von den vielen dunklen im Leben Brechts.

Ramada Renaissance Hotel, Karlsruhe, den 17. November

Überanstrengt von der Lesereise (EINE Lesung) aus Karlsruhe zurück.

Die 2 Tage «mit» Peggy Parnass bizarr: Sie fiebert der «Menge» (die's nicht gibt) entgegen, bedient die auch mit jedem sich anbietenden (möglichst Emanzen-)Klischee, läßt über Mikrophon ausrufen, daß «Peggy Parnass am Büchertisch jetzt signiert» und bleibt tatsächlich auf diesem Rummelplatz bis morgens um 5 (absolviert noch 1 Lesung um 3 Uhr nachts!!!). Sie ist eine Mischung aus lieb und meschugge, läßt sich von Freunden die (kleinen) Reisetaschen an die Bahn tragen, besteht auf «mit dir zusammensitzen» in der Bahn (was ich hasse), läßt sich in Karlsruhe von irgendwelchen Buchhändlern an der Bahn abholen – – – alles ein bißchen Brigitte Bardot als jüdische KONKRETkolumnistin …

29. November

Vor paar Tagen ein lächerlich-mißlungener Abend, den die nicht einmal genügend Mikros installierende Bertelsmann-Stiftung zum Thema DDR initiiert hatte und auf dem von Psychologen chefarzt-wohlgekleideter Unsinn geredet wurde. Im Saal begrüßte mich als erste Frau Hamm-Brücher, und zwar mit den Worten: «Ich muß gleich wieder weg, ich bin im ZDF zu einer Talk-Show», um mir dann noch hastig Empfehlendes über ihr neuestes Buch mitzuteilen. Dann kam Herr Nooteboom aufs Podium, seines Zeichens Berufs-Holländer (aber mit zig Verbindungen im Kulturbetrieb), schlängelt sich zwischen einem DAADstipendium hier und «Unseld hat gerade was für mich im Wissenschaftskolleg gerichtet» dort hindurch. Er las einen Uralttext, wie er als 6jähriger den Einmarsch der Deutschen in Holland erlebt hat – so was läßt sich ja nicht kritisieren, auch wenn's mit dem Thema rein garnichts zu tun hat.

Der anschließende Abend, ich als Tischdame irgendeine «feine reiche Dame, die jetzt auch ein bißchen arbeitet».

Der Abend zuvor aber SEHR anders – Cocktail «prolongé» bei Graf und Gräfin Königsegg: Schreiben müßte man können. Ein enormes Hamburger Stadtpalais – direkt affig, wenn ich mir einbilde, eine schöne Wohnung zu haben; ich wohne wie zur Untermiete dagegen – mit mächtigen Stukkaturen, Kandelabern (KEIN Bild!), riesigen Räumen über mehrere Etagen.

Habe so was in Hamburg noch nicht gesehen. Flüchtete nach 1 Stunde, nicht nur, weil das Essen erbärmlich war, ein lauwarmes Goulasch mit pappigem Reis auf Silbertellern, Qualität «Essen auf Rädern», sondern auch, weil ich keinen Menschen dort kannte. Das Geheimnis lüftete mir der einzige Blumenberg (der offenbar sein Geld mit heimlichen Werbefilmen für diese Branche macht), indem er mir dort Armani, da Missoni und dahinten Cerruti zeigte: Es war ein Cocktail für Modeleute.

Grotesk übrigens, wie bei solchen Abenden alle sich darauf verlassen, daß ich der Pausenclown bin und immer was Amüsantes zu erzählen habe. Gestern war das Amüsante (weil die Exfrau von Janssen, also Ex-Schwägerin von Paul Wunderlich, da war), wie Janssen im Hause von Gustav Seitz (vor VIELEN Jahren) den armen Ernst Bloch «fertigmachte», den er einen Gauner, einen Hochstapler, einen miesen Propheten und Verführer schimpfte, bis der sich einem Herzanfall nahe in das Bett des Hausherrn legte, während Janssen die Treppe hinaufbrüllte (natürlich total besoffen), er sei vermutlich «nicht einmal Jude». Man mußte den alten Märchenonkel mit duftender Narde salben, bis Janssen, inzwischen noch betrunkener, am Bett erschien, ihm Schuhe und Strümpfe auszog, sie unter Tränen küßte und ihn den größten aller lebenden Philosophen nannte. Solche Geschichtchen unterhalten natürlich die Runde, zumal wenn die Geschiedene dabei ist, die bestätigen kann, daß ich's nicht erfinde.

30. November

Trister, nebelgrauer 1. Advent, an dem nur das Telefonat gestern abend mit Grass komisch ist: der wie aus der Pistole geschossen NUR von sich sprach, sein Buch, sein Lektor, seine Reisen, sein demnächstiges Gespräch mit Stefan Heym (geradezu unpassend, als ich erwähnte, daß ich gerade ausführlich mit ihm für die ZEIT gesprochen hatte), sein Krach mit Luchterhand.

Entsetzlich allerdings, was er von Karasek berichtet. Der hat allen Ernstes in der BUNTEN ILLUSTRIERTEN geschrieben (nachdem er für BILD über die Messe berichtete – solchen wird alles «verziehen» ...); aber NOCH schlimmer, WAS er geschrieben hat – nämlich die 10 schlechtesten Bücher des JAHRHUNDERTS vorgestellt. Und das waren – u. a. – Hitlers MEIN KAMPF, Stalins Schriften – – – – und Günter Grass' RÄTTIN. Das ist schon empörend und widerlich.

Heute Vorbereitung auf Matta, den ich in 3 Tagen in Paris interviewe, morgen vormittag Déjeuner beim Bundespräsidenten in Berlin. Was er wohl wollen will?

Hotel Kempinski, Berlin, den 2. Dezember

Also das Déjeuner beim Bundespräsidenten: pünktlich, liebenswürdig (schickte das Personal weg, bediente selber; ich: «Ich glaube, Sie nehmen den falschen Teller»). «Wollte» nichts Unmittelbares, sich kundig machen über meine Meinung/Einschätzung der DDR-Situation. Hörte genau hin, verlängerte um 1 Stunde, will meinen Vorschlag, statt dieses blöden und selbstgerechten «Tribunals» einen durch ihn zur Figura gebrachten Diskurs zu initiieren, «im Herzen erwägen». Ich: «Aber auch ein bißchen im Kopf.» Im ganzen: ungewöhnlich für einen Politiker.

Paris, den 7. Dezember

«What Matta's to others, doesn't Matta to me» – diese noch immer in surrealistische Spiele verliebte Matta-Devise (oder: «O l'âme, citoyens ...») war komisch, wie der alte Meister mir als skurriler Mensch gefällt, tanzend gelegentlich mit seinen 80 Jahren in seinem von «Prä»-Kunst (prä-kolumbianisch, prä-Benin ...) vollgestopften Haus; mit seiner Kunst kann ich weniger anfangen. Dennoch ein farbiger Nachmittag/Abend mit dem hinzugekommenen Cioran (der noch immer unter dem Motto «ich

nehme nichts» den herrlichsten Champagner und den köstlichsten Fisch unter Ausrufen wie «remarquable» und mit der Miene eines den Weltuntergang Betrachtenden genießt), dazu die hochelegante, man sagt schwerreiche Domina, die ihn angeblich als Schon-jetzt-Witwe beherrscht, dirigiert, seinen Markt verdirbt und kleine Seitensprünge des Meisters nicht duldet; dazu mit der strengen Prüfer-Miene aller gebildeten Chinesinnen die Witwe Michaux.

Anders am Abend zuvor, wo ich Adami abholte, der mir wieder sehr gefiel – intelligent, unmodischer im Urteil als in seiner Kunst; dann eine Vernissage, wo ein Wichtigtuer («Mein Vater war der engste Freund von Max Ernst») sich an unsere Fersen heftete; dann zum Max-Ernst-Empfang von Jack Lang, wo sich bei Champagner, *gossip* und (einigen) schönen Bildern «tout Paris» traf – in dem ich schwamm wie ein Fisch im Wasser: paar Worte mit Lang, Witze mit Chéreau, mal hier Klapheck oder Lyotard, mal dort Werner Spies oder die «Witwe Pasolini» namens Laura Betti. Ich bin so viel «besser» in Paris, genieße, daß die Leute meine Lebendigkeit, Geschwindigkeit, meinen Witz genießen, meine Ohren sind offen, und ich sauge die Stadt förmlich ein: die Géricault-Ausstellung oder eine mit afrikanischer Kunst, Giacometti oder noch mal Picasso-Museum, Louvre Médiéval oder Louvre des Antiquaires – alles, jedes Essen, jeder Wein ist ein Genuß. Hätte/Wäre ich … – damals, vor 45 Jahren …?

13. Dezember

Meine psychische, physische und nervliche Empfindlichkeit: Ich schneide mir ständig die Haut mit Briefpapier auf, wenn ich es mit der Kante an einem Finger entlanggleiten lasse.

Wundere mich selber, daß ich noch arbeiten konnte – und sei es die kleine «Polemik»-Philippika, mit der ich vorgestern den Kieler Landtag eröffnet habe. Pointe innerhalb der Pointe:

Nach meiner Politikerbeschimpfung in Gegenwart mehrerer Minister, Abgeordneter und der Landtagspräsidentin, die mich eingeladen hatte, gab ich das übliche 3-Minuten-NDR-Interview in der Eingangshalle – – – – und als ich mich danach umdrehte: war die Halle LEER. *Personne.* Kein Mensch von all denen, die kopfschüttelnd oder protestierend mein Ausziehen des tiefen Grabens zwischen Geist und Macht zur Kenntnis genommen hatten, war auch nur mehr da, die Einladenden nicht, die Minister nicht, die Abgeordneten nicht. Ich stand, ohne Gruß, Dank oder gar «Wir haben noch einen Tisch reserviert und würden uns freuen …» herum und war (Gott sei Dank) um 21 Uhr schon wieder zu Hause. Man stelle sich das in Frankreich vor.

1992

1. JANUAR

Also ein neues Jahr. Was es wohl bringen wird? Persönlich und historisch?

Der Zusammenfall des Riesenreiches im Osten nährt natürlich ALLE Ängste, von Hungerrevolten bis zu marodierenden Horden, die durch Europas Straßen ziehen werden (in meiner Spießigkeit habe ich DESWEGEN hier alles verbarrikadieren lassen mit schußsicherem Glas, elektrischen Jalousien usw. – welche Übertechnisierung mich wiederum nervös macht ...).

Das ausklingende Jahr angenehm-friedlich verbracht, außer der (meiner) Entgleisung, in ein Musical zu gehen, ON THE TOWN von Bernstein – von niedrigster Billigkeit. Gingen in der Pause, aßen festlich mit herrlichem Champagner, Kerzen, Orchideen, hörten mal keine klassische, sondern lustige alte Chanson-Musik, Piaf, Marlene, Sinatra, Brel, Ella, «nahmen» den Käse im Wintergarten, der herrlich illuminiert war von den Silvesterraketen, die über den Fluß geflogen kamen. Mitternacht unten am Ufer des Gartens, im Fluß spiegelten sich die phantastischen Böller.

Ich wünsche mir also noch ein paar Jahre. *Let's try.*

12. JANUAR

AIDSangst. Was ich wohl täte, wenn ich wüßte, ich hätte diese Krankheit? Hätte ich den Mut, Schluß zu machen? Ich habe ja als geradezu «Lebensprogramm» ohnehin vor, mein Ende selber zu bestimmen – aber werde ich dieses mir gegebene Versprechen je einhalten, je wahr machen? Die Angst vor siechem Alter, vor Geldlosigkeit und mehr und mehr zunehmenden körperlichen Beschwerden steigt. Dabei wundert mich die eigene Angst garnicht, wenn man denkt, wie umgeben von Chaos, wenige Kilometer weit weg, man auf dieser Insel BRD lebt: Krieg und Chaos und Hunger und Not 2 Flugstunden weit weg, das sich auflösende Riesenreich Sowjetunion, das nun – warum finde ich den Namen so scheußlich? – GUS heißt, kann von Hungerrevolten bis zu Atomwaffen-Schwarz-Handel die Rest-Balance, die Europa noch hat, kippen.

Im Zusammenhang damit eine Beobachtung, die fast einen Aufsatz wert wäre: die bald totale Vereinzelung der Intellektuellen. Ich muß mich da SEHR revidieren bzw. einen profunden Fehler eingestehen: hatte ich doch ernsthaft über viele Jahre hinweg geglaubt, man könne mit Schriftstellern befreundet sein. Während in Wahrheit doch die Berührungsfläche etwa der von zwei Quecksilberperlen entspricht: Jeder rollt den Sisyphusstein seines kleinen Rühmchens vor sich her, Rühmkorf ist offenbar Yeats und Brasch Shakespeare und Muschg Tolstoi und Grass sowieso Flaubert und Proust zusammen, und es geht NUR um «Ich habe gerade ... fertig». Sie haben alle AIDS im KOPF statt am SCHWANZ.

KAMPEN, DEN 14. JANUAR

Auch meine «Flucht» hierher funktioniert nicht: Meine sonderbaren Geldängste weichen nicht.

Ich kann damit nicht umgehen, abstrakte Zahlen oder Anlagesysteme verstehe ich buchstäblich nicht (habe nur ständig das Gefühl, das Geld ist weg; weil verborgen hinter anonymen Kolonnen), es existiert für mich nur in Dingen – sei's ein Auto, ein Bild, eine Vase, natürlich eine Wohnung. Aber «die Idee» Geld geht buchstäblich nicht in mein Gehirn – und so laufe ich förmlich fort vor allem, was mit diesem abstrakten Geld zu tun hat: mache oft tagelang Bank-Couverts nicht auf, schiebe

Rechnungen hin und her (bin immer erst froh, wenn sie bezahlt sind) und rechne wie ein Kind mit den Fingern: «Wenn das zu dem kommt und ich dann von dort noch die Summe X kriege ...»

KAMPEN, DEN 19. JANUAR

Verregneter Sonntag ohne Spaziergang.

Thomas-Mann-Tagebücher beendet, die dann doch aus den Manicure-Pedicure-Pudel-unleidlich-Niederungen in abgründige Tiefen tauchen: eine rührend-intensive Verliebtheit in einen Hotelkellner. Passagen von Größe und Ehrlichkeit beim Sich-Befragen, ob er denn «gewollt» hätte, wenn es überhaupt gegangen wäre – und der Einsicht, daß er seine (fast) ungelebte Erotik/Sexualität immer in sein Werk «investiert» habe: «Arbeit als Ersatz für das Glück» (dabei skurril, daß er einen nächtlich-steifen Schwanz als «Ermächtigung» bezeichnet, offenbar nicht an das «Ermächtigungsgesetz» denkend, und die Ejakulation als «Auslösung», mit anschließendem: «Sei es drum, dir zu Ehren, Tor!» – wie eine Gabe dargeboten dem «kleinen Franzl», den er zugleich hoffärtig verachtet). Neben dem ewigen «Wir hatten 17 Stück Gepäck» oder «Hesse wohl gekleidet und angenehm plauderig», «der Tag verletzt durch zu frühes Aufstehen» doch diese tiefe Ergriffenheit «von dem unvergleichlichen, von nichts in der Welt übertroffenen Reiz männlicher Jugend», die er zugleich als seinem Alter und seinem Lebensgesetz ungehörig ironisch abwehrt: «Zurückschrecken vor einer nach ihren Glücksmöglichkeiten sehr zweifelhaften Wirklichkeit.» Übrigens auch schön-nachdenkliche Reflexionen über den Sinn dieses Tagebuchs überhaupt mit einem selbst-mokanten: «So soll's die Welt dann eines Tages erfahren ...»

Haus Kampen, den 20. Januar

Noch immer haftend-starker Eindruck der Thomas-Mann-Lektüre; unter vielfältigen Aspekten, z. B. dem, daß er ganz selbstverständlich sich als «Weltmacht» begreift, die mal mit Nehru lunchen «muß» und mal, wenn Tochter Erika Einreiseschwierigkeiten ins McCarthy-Amerika fürchtet (sie ist ja Engländerin), damit droht: «Dann fliege ich mit ihr» – also voraussetzend, daß, wer mit IHM fliegt respektive einreist, auch keine Schwierigkeiten kriegen kann. Selbst dem niedlichen Kellner, in den er sich vergafft hat, überlegt er eine Empfehlung zu geben, als sicher voraussetzend, daß ein Hotel Dolder respektive ein anderes in Genf auch auf dem Kellner-Niveau parieren würde, wenn auch nur 2 Zeilen VON IHM vorlägen. Das Verblüffendste: Es stimmt wohl, er WAR eine Weltmacht – und selbst *en face* so berühmt, daß fast jeder ihn erkannte – und das in einer Zeit, in der es noch kein Fernsehen gab!!

Im selben Ton gelassener Selbstverständlichkeit und Beleidigtheit *(«the queen is disgusted ...»)* erklärt er den USA heimlich den Krieg und will sie ebenso heimlich – wegen McCarthy – verlassen. Auch das wiederum verblüffend (und für mich Spießer lehrreich), wie unaufgeregt dieser 75jährige erörtert (und ja wenig später beschließt), noch einmal aus-, um-, wegzuziehen, Haus zu verkaufen, sich neu einzurichten, eine gerade Heimat gewordene Heimat zu verlassen – wohl etwas mehr Umstand und psychischer Stress als mein Umzug 2 Straßenzüge weiter neulich!! (Selbst wenn man außer acht läßt, daß es ihn offenbar finanziell nicht beschwert.)

Wobei auch der finanzielle Zuschnitt dieser Existenz stets wieder verblüfft: immer zwei Schlafwagenabteile mit je separatem Bad, immer nicht nur zwei, sondern «mehrere» Zimmer, wenn nicht «schöne Wohnung» in den teuersten Hotels – daß es in Zürich außer dem Dolder oder dem Baur au Lac noch andere Herbergen geben mag, ist offenbar garnicht vorstellbar.

Und dann als Lebensbilanz: «Angenehm war es nicht.» Er fängt allerdings, sich selber Zuspruch gebend, solche Verzagtheiten auf mit der Selbstbestätigung des «Weltruhms» oder dem von Sonne und Wärme unterfangenen Leben.

Wie immer: Welcher moderne Autor würde mich so faszinieren?

Apropos: heute der 2. skurrile Brief von Kempowski, in dem er akribisch genau und mitleidlos seinen Schlaganfall schildert, ohne Weinerlichkeit von dem «deutlich zu sehenden Matsch im Kopf» spricht (er hat sich sein Hirn-Röntgen-Foto ans Fenster gehängt!). Ein veritabler Autor – denn der MUSS Voyeur sein, auch seiner selbst. Und diese Ironiedistanz zu sich selber hat ihn auch in Bautzen vorm Untergehen bewahrt (in den Briefen wird er nur weich, wenn er von mir/über mich spricht und dem Dank, den er mir schuldet). Hoffentlich stimmt nicht, was er von Christa Wolf erzählt – sie habe 1972 einen Preis abgelehnt, weil sie ihn nicht «zusammen mit diesem Häftling» entgegennehmen mochte??

MEIN Zustand bessert sich nicht – trotz stundenlangen Spaziergängen im inzwischen märchenhaften Wetter, kalte Wintersonne, nachts ein geradezu irrer Vollmond, der riesig oder orangen gestern abend über dem Watt hing wie eine Naturkatastrophe; oder gerade jetzt blicke ich VOM Schreibtisch in einen abenteuerlichen Sonnenuntergang, die Fenster der kleinen Häuser blinken wie rote Augen von geduckten Schafen in den Himmel. Kitschig-schön.

26. JANUAR

Anhaltende Depression. Störbar durch die lächerlichste Geringfügigkeit, ängstlich, wackelig, unbeschwingt.

Es muß – nicht, um mich, Gott behüte, zu vergleichen – Camus ähnlich gegangen sein, wie seine Tagebücher ausweisen: Während alle Welt den Erfolgreich-Beneidenswerten sah (noch dazu den Nobelpreis), war er eine verschattete Existenz, von Ängsten, Nöten und Sorgen gejagt, zutiefst an sich zweifelnd, privat unglücklich (der schöne Mann!) und umgetrieben von Vergeblichkeits-Gedanken.

Ich freue mich nicht einmal auf die Südafrikareise – im Grunde eine Frechheit: Wer kann sich das schon leisten, 4 Wochen Südafrika in besten Hotels, mit komfortablen Leihwagen usw.; und ich sitze und blase Trübsal, statt Spaß an den Vorbereitungen zu haben …

Im Schwimmbad. Ein «Herr» (ich glaube Chefredakteur so einer Lifestyle-Zeitschrift, der mich gelegentlich auf meine Artikel anspricht; wohl ziemlich reaktionär): «Zu Ihrem Artikel über diese Moskauer Protokolle muß ich Ihnen sagen: Was haben wir in der Kriegsgefangenschaft lügen müssen, um durchzukommen. Überhaupt – was haben wir bei den Russen durchgemacht. Und zu lesen haben sie uns diesen Schund von Weinert und Bredel gegeben.»

Schon war ich auf Seiten von Weinert und Bredel. Dieser Herr hat ja gewiß vorher auch nicht Rimbaud gelesen, sondern Anacker, Binding oder Blunck. Und wer hat ihn nach Rußland eingeladen?

Meine Zwiespältigkeit: nicht nur in dieser kleinen Schwimmbadscene. Ich gebe gleichsam alle 5 Minuten dem Anderen recht, vor allem in dieser STASI- und DDR-Debatte: mal Biermann, mal Grass, mal Dohnanyi, wenn er am TV Bärbel Bohley anfetzt, und 5 Minuten später wieder ihr, weil ich finde, er hat sich ungehörig Verhör-haft gegen sie benommen. Mal finde ich, Kunert hat mit seinem Akademie-Austritt recht, weil die Staatsdichter der «Zone» en bloc übernommen werden – mal finde ich, Gott behüte, MIT Jens, daß man denen eine individuelle Neuzuwahl nicht zumuten kann. Mal tun die mir dort leid, mal verachte ich sie in ihrer Mischung aus Faulheit, Larmoyanz und Trauer. Trauer um was?

8. Februar

Unvergnügtsein selbst beim Musikhören – neulich schon in Kampen, wo ich eine wunderbare Rachmaninow-Aufnahme praktisch garnicht hörte; oder gestern abend beim Argerich/Kremer-Konzert, das besonders schön war, ein ganz mozartsch-heiterer Beethoven, ein romantischer Schumann, wie ich es mag, und zwei (vor allem außerprogrammäßige) Stücke von Prokofjew, die in ihrer vollendeten Musikalität und Grazie hinreißend waren: Aber ich nahm alles nur «auf einer Schiene» auf und wahr. Auf der anderen fuhren die schweren Züge der Sorge.

Unlogisch auch das; denn wenn's so weitergeht, werde ich das «Alter» garnicht erreichen, ich weiß garnicht, ob ich «das Alter» erreichen WILL: dieses Regredieren in die Kindheit. Entsetzlich, wenn man alte Männer beobachtet, deren Frauen nun krümelabwischend und krawattezurechtzupfend wieder ihre Mütter sind und die wie im Laufställchen nun nicht die ersten Schritte machen, um die jungen Glieder zu erproben, sondern am Boden Turnübungen machen (ICH!), um die alten Glieder zu dehnen. «Das» Glied allmählich zurückschrumpfend in die Bedeutungslosigkeit der Vorpubertät.

Bewundernswert, wie Juden anscheinend besser (weniger) altern; nicht nur die Streitsucht des gleich 90jährigen Hans Sahl dafür ein Beispiel; auch Tabori, dessen MEIN KAMPF (Premiere) mich doch sehr beeindruckt hat. Allein die Huhnschlacht-Scene glanzvoll: wie man dadurch, daß man von etwas GANZ ANDEREM redet (will sagen: ein ganz scheinbar neben «der Sache» entlanggleitendes Bild arrangiert), GENAU die Sache trifft: genial. Und grausig. Die Hamburger Premierengäste (so wörtlich einer der Schicki-micki-Ärzte, die man da immer trifft) fanden das «lustig». Sie hatten ein Kabarett gesehn und keine Farce. So ist Hamburg.

Max von der Grün: «Ich mag den Raddatz ja, er ist zwar sehr schwierig, aber ich fahre auch einmal pro Jahr nach Reading, ich LIEBE Oscar Wilde.»

13. FEBRUAR

Mein Mißvergnügen steigert sich durch zahllose kleine «nervliche» Verletzungen: Durch die geschlossene Tür meines Sekretariats höre ich die Schulze sagen: «Nein, Herr Grass, Sie sind auf dem Apparat von Herrn Raddatz gelandet, ich kann Sie aber mit Herrn Greiner verbinden.» Oder Gaus ruft an, er habe den besten Text seines Lebens geschrieben und ich müsse ihn unbedingt und sofort lesen. Peng. (Der Text natürlich über DDR, IST übrigens gut – wenngleich ich in vielem widerspräche.) Oder Ralph Giordano, der anruft, um mir zu sagen: «Morgen (also: heute) erscheint ein offener Brief an Walter Jens von mir, den MÜSSEN Sie lesen.» Umgekehrt?!?

Ging den Abend darauf ins Theater: ein wieder sehr gutes, mich sehr bewegendes Stück DIE INSEL von Athol Fugard, den ich ja sehr schätze – als Einstimmung auf die Südafrikareise (vor der ich mich AUCH nur graule und auf die ich mich kein bißchen freue) ... hervorragend gespielt von zwei prachtvollen jungen (gelegentlich nackten!) Laienschauspielern.

20. FEBRUAR

Gestern ein so munterer wie leerer Abend bei Antje Ellermann, der nur in der Beschreibung «Wirklichkeit» kriegt, in der wirklichen Wirklichkeit schal war. Geladen waren Gaus und Frau, Rechtsanwalt Senfft und Frau, der Zauberer und ich. Bevor die anderen kamen, erzählte sie von Augsteins «Erstaunen», daß Senfft seine «Prozesse» persönlich nähme (es gibt da wohl irgendwelche juristischen Streitereien zwischen SPIEGEL und den von Senfft vertretenen Kant und Gysi). Auch Antje fand, das sei doch «normal» – Prozesse gegeneinander seien eine und privat-freundschaftliche Beziehungen, davon unberührt, eine andere Sache. Eine völlige Verkehrung der Wertigkeiten: Es ziert doch den Anwalt Senfft geradezu, daß er scin Mandat «persönlich» nimmt (selbst wenn man die Herren, die er vertritt, nicht mag).

Ihre Wohnung besteht aus EINEM Zimmer, man ißt praktisch neben dem Bett, genauer: zwischen Bett und Küche, an einem ungedeckten und ungehobelten Tisch mit wackligen Sperrmüllmöbeln. Würde man das studentisch nennen, wäre es noch geprahlt – und siehe, die Leute fühlten sich pudelwohl, riefen alle: «Wie hübsch!» und «Wie wohnlich!»

Gefaßt war ich auf einen kontroversen Abend, Streit mit Gaus und Senfft, für die ich ja «nach rechts» abrutsche und die die DDR verklären respektive verteidigen; überhöht gesprochen auch den Anspruch des Menschen auf «Idole» und Utopie.

Nichts davon geschah. Kaum waren die Kaliningrader Klopse verschlungen, begann Antjes Lover, der Zauberer, zu zaubern. Das war unglaublich verblüffend, man kam aus dem Kinderstaunen garnicht heraus – und es ließ mich doch gelangweilt. Ich bin für derlei Barock-Verlustierungen nicht gebaut, hätte lieber ein GESPRÄCH gehabt als Kartenkunststückchen, veschwundene Geldscheine und derlei Verblüffungshumbug.

28. FEBRUAR

Morgen Aufbruch nach Süd-Afrika – und wieder: Ob Gerd mit seiner bremsenden Furcht vor zu spektakulären Abenteuern nicht recht hat?

Wie ein Menetekel Ledigs Tod (in Delhi, by all means ...): Er ist der Mensch, durch den ich nach Hamburg geriet und der mein Leben wie wenige andere prägte – bis hin zu Läppischkeiten: Wenn ich heute bei Ladage + Oelke oder im Vier Jahreszeiten wie ein Fürst bedient werde – auch das habe ich ihm zu verdanken. Aber viel, viel mehr meine ganze Internationalität, meinen beruflichen Aufstieg, meinen «Ruhm» – alles fing mit ihm an und hängt mit ihm zusammen; selbst die ZEITjahre – vom Baldwin-Interview zum übermorgigen mit Nadine Gordimer (die ich ja durch Weidenfeld kenne und den wieder durch Ledig) –: tiefe Spuren.

Im Persönlichen ohnehin, er hat mich beeindruckt, amüsiert und verletzt. Ich habe ihn geliebt, dennoch.

Wäre ja zu seltsam, stürbe ich jetzt kurz «hinterher» – dann machte (äffte) ich ihn noch einmal nach …

Hotel Johannesburg Sun, Südafrika, den 1. März

Der Kindertraum Afrika ist Fratze: beim ersten kleinen Spaziergang, ein paar 100 m vom Hotel, der erste Überfall (konnte weglaufen) mit geübtem Griff nach Uhr und Gesäßtasche. Schokkiert. Konsequenz: Man kann auch am Tage das Hotel nicht verlassen, außer per Taxi.

Wie lebt man hier bloß in diesem Ozean aggressiver Schwarzer? Unlösbar wie das Israel-Problem.

Da fliegt man bei Tschaikowsky-Klavier-Konzert, Champagner und Räucherlachs um die halbe Welt (eine surreale Absurdität in sich) – um in ein Meer von Haien zu tauchen. Ich verstehe den Haß der Armen – aber lebbar ist das nicht. Konsequenz: Schluß mit diesen Abenteuer-Reisen.

Die eine kleine «Flucht» zum angeblich berühmten Carlton Tower, mit 50 Stockwerken Afrikas höchstes Gebäude, eine banale Lächerlichkeit: ein mieser Coffee-Shop, wo ein paar Neger ihre Kinder wippen oder an Video-Spielen fummeln (im Panorama-Restaurant) lassen. Ausblick auf eine Pittsburgh-Steinwüste, billig, grau, ohne Charme oder Architektur.

Dazwischen die grinsenden Relikte europäischer Zivilisation –

Benetton, Yves Saint Laurent und Doppelstock-Busse (von Mercedes!). Dabei das Angebot von vergammeltem Obst, Blumenstrünken und altem Weißkohl 200% unter dem am Eppendorfer Baum …

HOTEL JOHANNESBURG SUN, SÜDAFRIKA, DEN 3. MÄRZ

Gestern das Interview mit Nadine Gordimer. 1 Stunde Wartezeit, die ich mit dem 85jährigen (auf verzweiflungsvolle Weise Bucerius ähnlichen) Mann aus der Cassirer-Familie bei Tee und Plätzchen verbringen durfte. Das Haus luxuriös groß, *«protected»*, aber wie bei allen Schriftstellern anspruchslos eingerichtet, außer: Bilder von Vuillard, Toulouse-Lautrec (ein Litho, ein Aquarell), Cézanne, Slevogt, Signac, Vlaminck, Liebermann, Skulpturen von Barlach.

Selbstverständlich schwarzes Personal, dem ich – man ist ja liberal, sogar «radikal» – als «mein Freund aus Deutschland» vorgestellt werde, was sie weder interessiert, noch wissen sie, wo Deutschland ist.

Das Interview *middlebrow,* wie sie eben als Romancier auch *«middle»* ist. Leicht lächerliche Nähe zum Marxismus. In Johannesburg wird noch Ernst Fischer zitiert …

Mit den beiden zu einem ANC-Wohnbezirksmeeting in einer Art Schulzimmer, bei dem es in unverfälschtem APO-Vokabular um (gegen) das Referendum ging. Anrede «Comrade» mit geballter Faust und Aufrufen zum «Kampf». Ein zurückgespulter Film, wobei mich mehr die Weißen in ihrem hochkultivierten Englisch erschreckten, die sich selber abschaffen wollen (und die eben nicht ganz akzeptiert sind), als die Schwarzen in ihrer fast unverständlichen Sprache, deren Hunger nach Leben, Freiheit, Gleichberechtigung man ja versteht.

Hôtel La Grande Roche, Südafrika, den 4. März

Im unglaublich schönen Luxus-Hotel La Grande Roche gelandet, einem alten Weingut, unter (natürlich!) deutscher Regie komfortabel-eleganter Landsitz mitten in Weinfeldern, Blick auf einen Mont Ventoux und mit allen Schikanen à la Pool, Massage, 17.-Jahrhundert-Dining-Room: Vielleicht beginnt nun ein veritabler Urlaub, wie ich ihn noch nie seit Jahrzehnten gemacht habe! Und wie geht so was?

Der letzte Tag im unerquicklichen Johannesburg war noch mal leer und befremdlich mit dem Galerie-Besuch bei einem aufsteigenden weißen afrikanischen Maler, eine Mischung aus Agitprop und Dada.

Wenn man so was wie diese Hotel-Anlage, aber auch die Gegend, durch die man (mit dem anfangs schwierig zu handhabenden Leihwagen) fuhr, fragt man sich doch ernsthaft: Werden die, die sich das aufgebaut haben, das freiwillig abgeben? Welche Klasse schafft sich ohne Not selber ab? Die französische Aristokratie – vielleicht. Und Gorbatschow; immerhin zwei historische Beispiele.

Gewiß wurde alles hier einstmals gestohlen – aber im Sinn der «ersten Akkumulation» des Karl Marx hatten die Dönhoff oder Rockefeller einst auch alles mal gestohlen. Generationen sind eine gute Geldwaschanlage. Wer fragt denn, woher das Kennedy-Geld in Wahrheit kommt?

Hôtel La Grande Roche, Südafrika, den 5. März

Wie viele Paradiese gibt es? Venedig und Mexiko, die Toskana und Sylt, Burgund und New York – und nun noch dieses! Jedenfalls ist dieser Teil Südafrikas – in einer beunruhigenden Mischung aus Holland, England, Negerkral und deutscher Eiche – traumhaft schön (seltsames Wort: Meine Träume sind nie schön ...); obwohl alles «verkehrt herum», Weinlese im März, sich entblätternde Platanen und reif-fallende Eicheln.

Nur der Tier-Bio-Zyklus ist nicht verkehrt (auch eigenartig): Küken kurz vor Ostern. Die Farmen mit ihren weißen, reetgedeckten (!) Häusern, weitläufigen Anlagen, gepflegt/gesprengten Blumen-Rabatten (Hortensien!) absolut europäisch, die Schwarzen befremden fast, wirken mehr dekorativ als hergehörend.

BEACON ISLAND HOTEL, SÜDAFRIKA, DEN 10. MÄRZ

Kapstadt mit Parks, Avenuen, schönen Hotels, Restaurants, Vororten und dem Tafelberg war noch wunderbar; die ganze Umgebung paradiesisch.

Der Wechsel hierher – nach landschaftllich schöner X-Stunden-Autofahrt – enttäuschend: Touristen-Hotel der miesen Massen-Kategorie, schön gelegen, aber gräßliches Publikum, Kantinen-Anstehen und Animateure. Nur: Die Kategorie, die mir gefällt, kann ich mir nicht leisten; knapp diese ...

BEACON ISLAND HOTEL, SÜDAFRIKA,
DEN 13. MÄRZ (FREITAG!)

Die Reise ohne Arbeitsprogramm (zum 1. Mal seit ca. 25 Jahren!) bekommt mir nicht. Vergrabe mich *faute-de-mieux* in die Lorca-Biographie (die zu vehement auf seiner Homosexualität «beharrt») und finde mich da in vielen Idiosynkrasien wieder: 1 Leberfleck – schon ist's Hautkrebs. Der tod-traurige Party-Clown. Die Todesfurcht (gerade bei mir sehr aktuell).

Mich langweilt Afrika als «Afrika», wenn ich auch das Schöne durchaus wahrnehme.

BEACON ISLAND HOTEL, SÜDAFRIKA, DEN 14. MÄRZ

Die andere Seite meiner Lorca-haft zunehmenden Ängstlichkeit («Ich bin ein Glühwürmchen im Gras, das davor zittert, zertreten zu werden»; aber immerhin Glühwürmchen ...) ist die ständige Selbstverletzung – garnicht metaphorisch. Auch metaphorisch: Ich genieße die Reise, die ja reiner Genuß sein sollte, nicht.

Selbst die (mir schließlich bekannte) Ermordung Lorcas nimmt mich bei der Lektüre mit; zu Recht wiederum, wenn man das viehische Hinschlachten bedenkt: Dem Schwulen wurde 2mal in den Arsch geschossen, eine Folter ohne Ausmaß.

Hotel Maharani, Südafrika, den 16. März

Morgen ist nicht nur das für dieses Land entscheidende Referendum, sondern auch in Reinbek das Memorial für Ledig, der – was für kitschige Pointen hält das Leben bereit – im Maharadscha-Hotel starb (in Wahrheit: dort erkrankte und im Spital starb). Ich wohne nun im Maharani – und habe solche Schmerzen in der Lunge (Ledig starb an Lungenentzündung!), daß ich das Gefühl habe, ein Sterbender reist im Mercedes durch Afrika.

Die Stadt übrigens schön, von lässiger Eleganz, weder Spannung noch Elend vorführend – im Zentrum: Gestern sollen 13 Menschen in den Townships ermordet worden sein. Eine Reise neben einem Land, durch es hindurch.

Mont-Aux-Sources Hôtel, Südafrika, den 19. März

«Verraten und verkauft» in einem luxuriösen Bungalow-Hotel hoch oben in den Drachenbergen; unser komfortables Haus – 2 Schlafzimmer, 2 Bäder, großer Salon, Küche, Terrasse vor dramatischer Bergkulisse – völlig sinnlos: kein Room-Service, kein Schluck Wasser im Riesen-Eisschrank, der nächste Ort, wo man 1 Stück Brot oder Käse oder 1 Flasche Wein kaufen könnte, 40 Kilometer entfernt! Ich sitze etwas verzagt in der Abenddämmerung, im Ohr das Dudelsack-Gejammer eines offenbar idiotischen Schotten, der im Röckchen die Berge andudelt. Zum Entgelt werden nicht einmal die Hemden gewaschen …

Mont-Aux-Sources Hôtel, Südafrika, 20.–23. März

Der *pocket-book*-Oscar-Wilde FJR (obwohl meine Einrichtung bestimmt besser, richtiger, echter ist als seine offenbar scheußliche) amüsiert sich bei der Lektüre der Ellmann-Oscar-Wilde-Biographie: «Ich höre mich gerne reden. Es ist eines meiner größten Vergnügen ... und ich bin so gescheit, daß ich von dem, was ich sage, manchmal kein Wort verstehe.»

«Auf meine Werke habe ich mein Talent verwendet, auf mein Leben hingegen mein ganzes Genie.»

«Literarische Freundschaft basiert auf dem Mixen des Giftbechers.»

«Mit etwas mäßig Genossenem (Tabak!) kann man sich nicht anfreunden. Sich mit einer Sache anfreunden, das setzt voraus, daß man die Sache im Übermaß betreibt.»

«Die richtige Grundlage für eine Ehe ist ein gegenseitiges Mißverständnis.»

«Nur die Oberflächlichen urteilen nicht nach dem äußeren Schein.»

Südafrika, den 27. März

Entgeistert von der Düsternis von Oscar Wildes Ende: auf den Straßen von Paris alte Freunde (wie André Gide) anbettelnd; gedemütigt; verachtet; krank; Alkoholiker – und pfenniglos-arm.

Obwohl: Die Literatur dieses Mannes hat das Buch mir nicht nähergebracht. Die Gedichte scheinen mir schwulstig, der Dorian Gray jugendstilig, die «Theorien» keine und die Stücke verplappert. Kein großer Autor – eine große Legende. Was bleibt, sind die Bonmots (waren die ein Leben wert?): «Ich bin geschaffen, um zerstört zu werden. An meiner Wiege saßen die Parzen.»

«Ich bin ein Problem, für das es keine Lösung gibt.»

Vieles ist mir so nahe, und an Neid, Verfolgungssucht, Beißwut gegen «den anders Riechenden» bietet mein Leben ja ein gerüttelt Maß.

1. April

Die Rückkehr von 2 absurden Anrufen «verziert»: Reich-Ranicki wollte mich zu seiner Fernseh-Quasselbude einladen!!! Und mochte garnicht verstehen, daß ich (übrigens höflich) nein sagte. Er sah sich wohl in der Rolle – ja was für einer: des Gönners? Des Friedenshandreichers (nach dem Motto: Ich verzeihe Ihnen, was ich Ihnen angetan habe ...)? Ekelhaft.

Dann am nächsten Morgen um 8 (!!) Thomas Brasch, entweder drogiert oder Drogen-entzogen, halb lallend, halb unverständlich. Er wollte – und tat's – mir am Telefon einen Text vorlesen (als hätten wir vorgestern das letzte Mal miteinander gesprochen ...), den er mir – das kam aber erst NACH der Lesung – vor 4 Jahren mal gewidmet (und seitdem verkramt) hätte. Schicken will er ihn mir aber partout nicht. Verstehe die ganze Veranstaltung nicht.

11. April

Ulkig, wie z. B. Platschek, mit dem ich vor paar Tagen essen war, von Geldsorgen garnicht beunruhigt ist – es scheint eben doch, daß er irgendwelches privates Geld hat, sonst könnte nicht ständig von «dem Konto» und «man muß jetzt aus der Mark rausgehen» die Rede sein. Er publiziert ja kaum noch – angeblich habe er jetzt eine «Mal-Phase» und verkaufe wie irre, sein Händler habe neulich 2 «frühe Platscheks» für 100.000 Mark verkauft. Ich halte das alles für gelogen, ich kenne NIEMANDEN, der einen Platschek hat oder will. Andererseits kann man ja, geht's ums Essen, nicht lügen? Er lud jedenfalls in ein drittklassiges spanisches Restaurant ein, in dem beifallklatschende Friseure ihre Bräute zu süßem Wein einluden, während ein entsetzlicher «spanischer» Sänger sich den GANZEN Abend ohne Unterbrechung an unseren Ohren verging. Platschek fand das wunderbar und bestellte sich auch noch – geradezu pervers – das Lied COMANDANTE CHE GUEVARA. Ich war einer Ohnmacht nahe und bestellte, um endlich wegzukommen, ein Taxi – so, als hätte ich übersehen, daß die Rechnung noch garnicht bezahlt war. Schon zu Beginn des Essens, als ich bemerkte, wie langsam die Bedienung war (wir saßen nach 50 Minuten immer noch bei den Olivchen), sagte er: «Ja, wunderbar, nicht wahr.» Ob er da manchmal abends allein bei der spanischen Gitarrenmusik seine einsamen Abende verbringt?

12. April

Absonderliche Erfahrung, wie EIN Partner in einer homosexuellen Beziehung sich als Frau empfindet bzw. geriert. Mich ruft ein (lange zurückliegend) ehemaliger Lover an, ein übrigens sehr netter, ganz kultivierter und sehr gut aussehender Mann von ca. Mitte 40. Sein Liebhaber, ein 51jähriger Arzt, hat ihn Hals über Kopf wegen eines 22jährigen Kaufhausjünglings verlassen. Und nun kommt ein Beschwerdestrom der verlassenen Frau: Der Junge ist natürlich das Bübchen (bei verlassenen Frauen: die Schlampe, die Trulla), es ginge ja nur «um das junge Fleisch», «ich kann ja nichts dafür, daß ich nicht mehr 22 bin», und das Jüngelchen könne ja auch den Leberkranken nicht pflegen und würde ihm bestimmt «ins Portemonnaie fassen», zugleich drohende Untertöne: «Das kann er so nicht mit mir machen, ich weiß da allerlei krumme Sachen» (offenbar Steuersachen und Beraterverträge usw.), und er kann ja alleine das Haus garnicht in Ordnung halten, und da liegt so viel rum, wenn das Bübchen das sieht und findet, «ist er ja ausgeliefert». Er habe das – auch wie viele Frauen – schon zweimal mitgemacht, einmal sei es ein halbes Jahr gegangen, aber er habe «ihn sich zurückgeholt» (also ein halbes Jahr Fremdgeherei geduldet und «alles verziehen»), und nun wisse er nicht, wie lange er das mitansehen und aushalten könne, d. h., wiederum wird er den fickrigen Kerl nicht rausschmeißen, wenn er reuig wieder angekrochen käme.

Wie bei geschiedenen oder verlassenen Frauen immer «die andere das Drecksweib» ist und dem armen Mann sofort vergeben würde, so auch hier.

KAMPEN, DEN 22. APRIL

Die «faule» Montaigne-Lektüre, auf die ich mich, da «ohne Pflichten», gefreut hatte, verschlägt nicht – entweder ich bin zu griesgrämig, oder er ist WIRKLICH überschätzt: Ich finde den berühmten Essay über den Tod banal, letztlich reduzierbar auf die zwei Sätze «Wir müssen sterben» und «Man stirbt von Geburt an». Das wüßte ich auch ohne den Herrn Grafen. Auch der Essay über die Eitelkeit enttäuschend in seinem Lob der Faulheit, die sich halt ein schwerreicher Mann lächelnd leisten kann (indem er nie die Abrechnungen seiner Güter kontrolliert). ICH muß meine Abrechnungen kontrollieren.

28. APRIL

Irgendwann dieser Tage (Nächte) brennender Begehrlichkeitstraum mit – Bernd! Wie viele Jahre ist er nun tot – und immer noch in meinem Unterbewußtsein ganz lebendig. Kam mir gegenüber Gerd wie ein «Ehebrecher» vor.

Dann Angsttraum. Erinnere den englischen Lakonie-Satz (den ich heute in einem Francis-Bacon-Nachruf las): Man wird geboren und man stirbt. Das ist's.

Wobei mich sogar dieser Tod «traf». Sehe ihn deutlich bei unserem Gespräch, bei dem bizarren, Wein-vollen Lunch bei Whiltons, beim Frühstück im DEUX MAGOTS oder erst kürzlich (ich sprach ihn nicht an), wie er morgens schon sturzbetrunken das DEUX MAGOTS verließ, schwankend, abgerissen, alt, müde, unerkannt. Ein Schatten. Dabei war er doch einer der bedeutendsten (erfolgreichsten und reichsten) Maler des Jahrhunderts.

Wieviel graziöser, was heißt: vernünftiger doch Wunderlich

sein Leben arrangiert, «macht». Der Abend letzten Freitag wieder ein Hochgenuß – er kann eine neue Majorelle-Vase, die Fasanenpastete oder den Bordeaux genauso genießen wie das Gespräch. Er entwirft mit derselben Eleganz Schmuck für Karin (unglaublich schön, Lalique alle Ehre machend …) wie Rede- und Denkfiguren. Das Gespräch, ob über Genscher oder Julien Green, hat nie Pause.

29. April

Ein prunkvoller Frühlings-, gar Sommerbeginn (mit Tulpen, Narzissen, Kaiserkronen und den ersten Azaleenblüten im Garten, mit den ersten aufgesteckten Kastanienkerzen und Fliederblüten allenthalben) bringt lauter kleine «Enden»: Gestern habe ich mir meine «Seniorenkarte» für die Bahn gekauft. (Gott sei Dank sagte die nette Verkäuferin: «Für wen ist die? Doch nicht für Sie? Sie müssen nämlich 60 sein.»)

Kein «Ende», eher ein «Anfang», jedenfalls aber ein Kuriosum war respektive ist Wunderlichs bizarres Mitbringsel neulich abend: ein Abzug jenes Fotos der «Richthofen-Staffel», auf dem sein und mein Vater ZUSAMMEN abgebildet sind – die Herren haben also zusammen im Casino «gesoffen», als weder Paul noch ich auch nur «geplant» waren – damit die beiden Söhne dann Jahrzehnte später eine Lebensfreundschaft begründeten.

7. Mai

Vorgestern frappantes Gespräch mit diesem etwas undurchsichtigen Johnson-Biographen (Neumann?), der erzählte, TATSÄCHLICH HABE Elisabeth diese Affäre gehabt – vor und WÄHREND der Ehe –, an die ich nie geglaubt und immer für eine Ausgeburt der paranoischen Phantasie Johnsons gehalten habe. Was für Abgründe doch jeder Mensch in sich verbirgt …

Interessant wiederum auch, dass Frisch wirklich ihm mehrere hunderttausend Mark für den Hauskauf geliehen hatte. Daß es das noch unter Kollegen gibt (gab!).

10. Mai

Chaos-Wochenende bei Antje auf dem Lande (zur Verabschiedung von dem netten Roger de Weck).

Der Abend in seiner irren Mischung – Lettau und Bismarcks, Leute, die sich knarrend als «Hardenberch» oder «Humboldt» vorstellen, neben Journalisten – hat mir NICHT gefallen und mich zu sehr angestrengt; wie mich ja alles NUR noch anstrengt. Diese sich überschätzenden Klein-Begabungen wie Uwe Bremer (der lieb und nett sich «ranmacht», weil er eine Rezension wittert), letztlich auch Lettau, der sich von einem Preis zum nächsten Stipendium hangelt und in einem SEHR schön gelegenen Haus irgendeiner grünen Baronin praktisch UMSONST wohnt, mit Ententeich, Pferdekoppel und uralten Rosenbüschen vorm Fenster – irgendwie stört mich dieser Anspruch an die Gesellschaft, dieses selbstverständlich «Nehmende» genauso wie die schnarrenden Adligen, die einen Witz in meiner Tischrede so übelnahmen, daß sie noch beim Frühstück drüber sprachen und mich «einvernahmen», ob das ein Zitat gewesen sei: Ich hatte meine kleine lustige Rede (voller erfundener Anekdoten) beendet damit, daß es ja bekanntermaßen zwei am allermeisten ausgeprägte menschliche Eigenschaften gäbe, die Sexualität und den Neid; daß ich aber, von Gastgeberin Antje ermahnt, hier seien viele feine Leute und Adlige heute abend, nicht über Sexualität sprechen wolle, zumal man ja wisse, daß der Adel die kleinen Kinder in einer Tüte beim Apotheker kaufe … (und ich mich also auf meinen Neid auf den so vielseitig begabten Ehrengast beschränken wolle) …

Tucholsky hatte eben IMMER recht: Macht man in Deutschland einen Witz, sitzt die halbe Nation auf dem Sofa und nimmt übel. Die andere – untere Hälfte – denunziert; ganz Deutschland in EINEM Satz: Als ich, umweltbraver Bürger, neulich meine Weinflaschen in einen Container tat, hielt neben mir ein Auto: «Ich hab mir Ihre Nummer aufgeschrieben und zeige Sie an.» Ich: «??????» «Ja, Sie haben die Tüte mit hineingeworfen.»

Aber meine lieben Freunde, die Autoren, sind auch nicht anders: Kempowski ließ sich von mir die Einladungsliste zum 22. vorlesen und wußte zu jedem – von Monika Maron bis Kunert – nur zu mümmeln: Der/Die mag mich nicht, die kann ich nicht leiden, der hat nie was von mir gelesen, die ist dies, und der ist das ... es war NUR von ihm die Rede – eigentlich hätte ich nur IHN alleine einladen dürfen.

Genauso spiegelverkehrt Rühmkorf, der nur maulte: «Na, hoffentlich haben Sie nicht so viele Zonenflüchtlinge eingeladen» (kann er sich ja mit Gaus in eine Ecke verkriechen ...). Grass wiederum, der nicht kommen kann, konnte dieser Tage am Telefon von NICHTS als dem Unrecht und der Kränkung sprechen, die man ihm (mit den negativen Kritiken zu UNKENRUFE) zugefügt hatte – die Welt bestand ausschließlich aus Grass-Verfolgern.

HOTEL DUNA, BUDAPEST, DEN 16. MAI

Gisela Elsner hat sich umgebracht. Ihr konsequentes Kunst-Stück. Ich hatte doch «ernsthafte» Autoren – Konrad Bayer, Fichte, die Elsner. Bürger, Kleinbürger waren das nicht. (Eher «meine» Autoren Hochhuth und Kempowski.) Mein Adreßbuch wird immer leerer; demnächst ja gewiß Anders, Cioran ...

24. MAI

Nach-Party-Cafard. Das war's nun also, mein «großes Fest» für Hans Sahl: äußerlich wunderbar gelungen, strahlendes Wetter, herrlich geschmückte Wohnung, köstliches Essen, man konnte in verschiedenen «Lauben» im Garten sitzen, auch unten am

Wasser, Fackeln flackerten überall, und – lustige Pointe – nachts wetterleuchtete das Riesenfeuerwerk der Japaner, das man herrlich von der Terrasse und vom Garten sehen konnte. Dazu, wie Technik-Hochstapler Grossner sagte, «handverlesene Gäste».

ABER: Eigentlich habe ich nur Neid erregt, manche wie Gaus sagten das unverblümt, anderen sah man's an, wieder andere erzählten es «Freunden»: «Woher hat er das alles?» (als hätte ich es geklaut ...). Obwohl wiederum die meisten garnicht wissen, daß dies ein Dix und jenes ein Schad ist, Angelika Thomas – als Gerd sagte, hoffentlich fällt diese Picasso-Vase nicht um – in aller Unschuld: «Ach, hat Picasso auch Vasen gemacht?» UND: Jeder wollte und konnte NUR von sich reden bzw. schlecht über die anderen. Ab einem bestimmten Alter darf man offenbar sagen, was man will – es gibt immer Applaus, auch und gerade bei jungen Leuten. Das ist der Großvater-Bonus (während die Väter – also ich – geschlachtet werden).

(Selbst ein Bedanke-mich-Anruf von Sahl war eher Beschwerde, man habe nicht wahrgenommen, daß es sich um einen Abend FÜR IHN gehandelt habe – nicht alle hätten ihn begrüßt; dabei war er ständig umlagert, und ich vernahm wie plätscherndes Wasser im Vorübergehen immer dieselben Anekdoten: «Da sagte ich zu Brecht ...» und «Als Anna Seghers zu Kisch ...»)

Es war gewiß meine letzte «große Einladung», das hat, mal abgesehen von den zu hohen Kosten, eigentlich keinen Sinn. Warum muß ich mir hinterher anhören, daß Lettau die Blumen im Garten zu farbig/bunt fand, er liebe nur Grau (wo gibt es graue Blumen?), wozu ein anderer bissiger Gast immerhin sagte: «Schreiben Sie auch so?»

KAMPEN, DEN 1. JUNI

Die düster-geheimnisvolle Lektüre von Virginia Woolf (und ihrer makaberen Biographie, ständig am Rande des Wahnsinns). Fast hole ich diese seelische Spitzenklöppelei, diesen Irrsinn unterhalb der viktorianischen Geborgenheit, auf verquere Weise nach. Ich könnte ununterbrochen Sätze anstreichen: «Wie alle Gefühle, die ein anderer Mensch für einen hegte, ... so stimmte auch dies eine traurig.» (Leuchtturm)

Kampen, den 10. Juni

Der schönste Nord-Sommer (Frühsommer) seit Jahren. Seit meinem Gartenfest ununterbrochen strahlende Sonne, hier kühl gefächelte Sommertemperatur mit unglaublichen Nächten (zunehmender Mond) – und ich sinniere schwarz vor mich hin.

Mißtrauisch, ob dieser Virginia-Woolf-Essay nicht letztlich nur eine zusammengeschriebene Kurzfassung aus ihren Büchern respektive denen über sie. Bin ich ein Papierverschlinger bzw. -komprimator? Warum soll man eigentlich FJR ÜBER Virginia Woolf lesen statt sie selber?

Kampen, den 13./14. Juni

Besuch der alten Dame (Pfaffenwitwe aus München). Ankunft nach 12 Stunden Bahnfahrt, ohne ein Zeichen von Müdigkeit, keß sitzendes Toupet wie ein fesches Hüt'chen. Von der Waggontür an ein Sturzbach beginnend: «2. Klasse ja unmöglich, bin in Augsburg in die 1. umgestiegen, schönes Wetter hier, bei uns hat's ja geregnet, nettes Auto hast du (zu dem feinen Jaguar!), aber bißchen unbequem, schöne Grüße von Gaby (Tochter aus Amerika), sie wird nachher anrufen. Und was machen wir heute abend, zuerst will ich mal ans Meer.»

Ich war schon bei der Ankunft im Hause einer Ohnmacht nahe. «Na, jetzt wollen wir erst mal alles besichtigen – ach, Fritz, was bist du doch reich geworden, ach, ne Dusche hast du auch, ich liebe duschen, und wo schlafe ich, schönes Bild, ist das Wunderlich (es war ein Foto), und das Foto von deiner Schwester auf dem Schreibtisch ist auch sehr schön, sie ist also wieder blond (es war ein Foto von Gabriele Henkel), ja, ein Glas Champagner trinke ich noch, aber dann Schluß – na, noch ein letztes. Aber jetzt habe ich Hunger.»

Ich decke auf der Terrasse – Lachs, geräucherte Forelle, frische Butter, Vollkornbrot, Weißwein, alles verschwindet unter dem Ruf «Ich esse abends so gut wie nichts» in Blitzeseile – «Darf ich mir noch diese (die vierte) Scheibe Lachs nehmen?» –, die Forelle lächelt wie von Piranhas «gereinigt», der Wein ist alle. «Und nun den Käse, nicht wahr.» Der vorsichtshalber zarte Emmentaler (von wegen krank und schwach und Diät) bleibt verachtet liegen, eine Rolle Ziegenkäse ist weg: «Wunderbar diese Butter, wenn Jochen das noch wüßte, hast du noch etwas Brot, und der frische Camembert, auch sehr gut, aber ist das deine letzte Flasche Rotwein? Rotwein hat mir der Arzt empfohlen ...» Es klingelt das Telefon, und während des halbstündigen Telefonats aus Amerika schleiche ich mich in den Weinkeller, höre beim Aufziehen der nächsten Flaschen nur Satzfetzen: «Ja, wir haben gerade ANGEFANGEN zu essen.» und «Herrlich, hier könnte ich länger bleiben.» Als die nächste Flasche zur Hälfte geleert ist und ich bereits erschöpft auf die Uhr sehe, erfolgt das Kommando: «Und nun gehen wir ans Meer, ich will doch den Sonnenuntergang sehen, das muß ich ja alles Jochen erzählen (!!!). Wir können ja den Rest nachher austrinken.» (Ihr Mann Jochen Mund ist lange tot.) In einem Nebelgemisch aus Müdigkeit und Besoffenheit wanke ich neben der wacker in festen Schuhen marschierenden 75jährigen – «Manchmal könnte ich lachen, wenn ich denke, daß ich 75 bin» –, die vor 14 Tagen von einer einmonatigen USAreise zurückkam, die Steilküste entlang, dann gibt es rote Grütze – «Du hast aber kleine Schüsselchen!» – und dann Portwein, den auch der Arzt verschrieben hat, und als ich um Mitternacht sage, ich müsse ins Bett, ist der Gast verwundert.

Das so vorsichtig wie mühsam für die Diätbedürfnisse besorgte Frühstück, Magerquark und Margarine und Knäckebrot, wird etwas umgestaltet. «Ungarische Salami ist das? Herrlich, davon nehme ich auch, und von dem Pfefferschinken, Butter hast du doch genug da? Aber Brot, habe ich gesehen, ist nicht mehr viel, na, dann nehme ich für die Landleberwurst eben Knäcke, muß auch mal gehen, ist ja direkt Schmalhans Küchenmeister bei dir. Und nun muß ich mich zum Gottesdienst fertigmachen – ich freu mich schon auf das Singen. Und du mußt mich deinem Pastor vorstellen, von dem du dich doch beerdigen lassen willst, und mir auch dein Grab zeigen – ich bin schließlich eine alte Pfarrfrau ...»

HOTEL HILTON, BERLIN, DEN 7. JULI

Was für eine Lebenskurve: nach Berlin, um den Verlag Volk und Welt zu retten – in «meinem» Zimmer, in dem ich verhaftet wurde ... 1956.

Gekauft wurde er, für 1 Mark!!, von einem Ringheft-Postkarten-Terminkalender-«Verleger». Die Panik dort verständlich. Das Erwerber-Bübchen hilflos-frech («Sie müssen jetzt die Ärmel hochkrempeln») und ahnungslos, was ein Verlag ist.

HOTEL HILTON, BERLIN, DEN 8. JULI

Der Abend mit dem alten Kumpel Gerhard Schneider, blaß, traurig und eigenartigerweise «ferner», «unzärtlicher» als unser Briefwechsel; es gibt Nähen, die sich im Persönlichen verflüchtigen.

Statt gemütlichem Essen in einer Berliner Kneipe, wie ich es angeregt (und dummerweise die Platzreservierung ihm überlassen) hatte, standen wir erst vor einem geschlossenen Restaurant, gingen dann in den ehemaligen «Club der Kulturschaffenden» (wo ich mittags schon gewesen war) – die einzigen Gäste im gespenstisch leeren, muffigen Haus, wie im Speisesaal eines sinkenden Schiffes. Laut, bunt und lustig sind im Ortsteil nur die neuen Coca- oder Café-Möhring oder ähnlichen, neureich angemotzten Dinger, die «alten Stätten» versinken unter einer Bratkartoffeldecke. Nichts ist integriert – entweder oder. Das Alte ist oder geht kaputt, das Neue triumphiert kakelnd.

Gerhard ausgelutscht von einem 8–18-Uhr-Arbeitstag, ohne innere Kraft zu mehr als zum Überleben, von Konzert, Theater, Kino, auch nur Lesen keine Rede. Kann nur von seinen Sorgen und seiner – inzwischen ungeliebten – Arbeit an für mein Gefühl obskuren Lexika (des Sächsischen unter besonderer Berücksichtigung von ...) sprechen oder den 20 Bänden des Wieland-Briefwechsels (die ihm durch meine Vermittlung Reemtsma finanziert). Wer will die? «Die Wissenschaft braucht das» – woran ich nur sehe, wie wenig ich Wissenschaftler bin.

Den Bauch voll salzigem Hering, Bier und Korn deprimiert um 23 Uhr ins Bett – ich war eigentlich überhaupt nicht in Berlin.

BROWN'S HOTEL, LONDON, DEN 18. JULI

Am besten wäre ein Tagebuch (aber wozu überhaupt ein Tagebuch?), das ausschließlich NOTIERT:

George Weidenfeld heiratete die Dame, die – 46 Jahre jünger als er – den alten sterbenden Arthur Rubinstein zu Tode gepflegt und beerbt hat; Weidenfeld – der noch nie eine nichtreiche Frau auch nur GESEHEN, geschweige denn berührt hat – sagt sehr nüchtern zur Begründung: «Da kann sie mich doch auch pflegen, wenn ich demnächst im Rollstuhl sitze.» The *wedding-cocktail* fand in der gemieteten (!) Royal Portrait Gallery statt, die Flitterwochen verbringt man auf der Yacht von Ann Getty. Die Yacht ankert in Barcelona, wohin man mit dem Privat-Jet von Mrs. Getty düst: «Die Leute sollen nicht denken, man sei verkracht.»

Von Lettau kommt 2 Monate nach dem Fest ein kleiner Dank für den Sahl-Abend: «In der Annahme, daß Sie in den Sommermonaten Urlaub machen» und mit der Mitteilung, daß «das

Material» – für eines seiner dünnen Prosa-Textchen – «schwer zu bearbeiten» sei. Ich bearbeite natürlich keinerlei Material, der Sekt kommt bei mir aus dem Wasserhahn. Er arbeitet auf der Basis vom 3. Stipendium, einer US-Dollar-Pension und praktisch mit freiem Wohnen.

Derweil ich, ausgerechnet ICH, den Verlag Volk und Welt «rette». (Natürlich nicht ich alleine – andere haben auch geschrieben, protestiert, telefoniert.) Aber ich am energischsten, und meine Interventionen, ob qua ZEITartikel, Faxe an die Treuhand oder Telefonate wie Besprechungen mit dem Käufer-Bübchen, haben wohl den Ausschlag gegeben: Der Kauf wurde rückgängig gemacht. Das begann mit einem Besuch in «meinem» Zimmer neulich dort.

Kersten schickt mir weitere Tagebuchteile von Hubert Fichte, in denen ich beneidet-bevoyeurt-gehaßt-schwanzbemessen vorkomme. Frei nach Hochhuth: Hüte dich vor dem Menschen, der dir was zu verdanken hat. Wie ich mich doch in Menschen immer wieder irre.

Hochhuth, unberührt von den Verrissen des neuen Stücks, bevor es überhaupt da und fertig ist, sitzt in Ostberlin mit seiner neuen Hünenfrau in einem Café und läßt sich wie ein Star «umwerben» von 8.klassigen Boulevard- bzw. Tourneetheatermachern, die Handbewegungen wie Friseure und Augenaufschläge wie Schmierenschauspieler haben, dabei – in Worten, möglichst übrigens englisch – mit Millionen um sich werfen; ihm allerdings ernsthaft das Angebot fürs Drehbuch eines Hitlerfilms machen (für 100.000 Mark Vorschuß!!), weil «Dustin» so gerne den Hitler spielen möchte. Man ist ja mit Dustin Hoffman per du.

Zugleich akzeptiert Hochhuth klaglos, daß sein Artikel über den Volk-und-Welt-Skandal in der WELT nicht gedruckt wird (deren fester Mitarbeiter er ja ist). Er akzeptiert also genau das, was wir alle den Ossis vorwerfen, daß SIE es Jahrzehnte akzeptiert haben: das Nicht-Drucken eines Buches, Gedichtes, Artikels, das Nicht-Aufführen eines Stücks. Nur war das dort und damals mit Risiken verbunden – hier allenfalls mit dem, daß Hochhuth seinen Job bei der WELT verliert …

25. JULI

DIE MONOLOGISIERUNG UNSERER GESELLSCHAFT ODER DIE FERNE DER INTELLEKTUELLEN UNTEREINANDER

Am Mittwoch zum Abendessen. Grass, der mir vor Jahren geradezu beschwörend riet, die Zeitungsarbeit sein zu lassen und mich sogar aus dem Kompromiß mit dem «festen freien Mitarbeitervertrag» herausreden wollte – BESCHWOR mich nun: Ich hätte doch zu Bissingers neuer Zeitung gehen oder mir, wenn das schon nicht, einen gänzlich anderen Vertrag bei der ZEIT heraushandeln sollen. «Mehr im Zentrum der Macht, stellvertretender Chefredakteur oder so was, jedenfalls Mitbestimmung bei der Linie des Blattes und viel mehr Geld.» Genau alles, was ich NICHT wollte, nicht will: weder Macht noch Mitbestimmung. «Ich mache mir Sorgen um deine Gesundheit, wenn du hier nur sitzt und Essays schreibst» (Romane DARF ich ja nicht schreiben, schreibe ich sozusagen auch nicht. Ist Grass besorgt um SEINE Idee von einem Freund, nicht um den Freund wirklich?).

Er ist nach der anfänglichen Gekränktheit über die negativen Kritiken auch wieder ganz der alte, selbstbewußte, sich seines Werts bewußte und kraftvoll-unirritierte Grass. Wobei ich dieses Mal doch sehr anderer Meinung bin – ich halte UNKENRUFE für ein regelrecht schlechtes, uninteressantes, in der Story mageres und verblüffenderweise auch stilistisch schwaches Buch: «Der körperliche Überschwang der Witwe mag den Witwer irritiert haben, doch hat er dem Ansturm des mit Rock und Kostümjacke bekleideten Körpers standgehalten ...» Solche pubertär-phantasielosen Sätze, noch dazu FALSCH, denn sie hatte gewiß ja auch eine Bluse an?, sollte ich mir mal leisten. Peinlich.

Seine Erzählung von Inge Feltrinellis Fest für Nadine Gordimer und ihn in ihrem Schlößchen Villadeati, bei dem aus Protest gegen das kaum zu bändigende «Raubtier» Mutter der Sohn Carlo – doch auch eine Art Gastgeber – sich in einem Nebenzimmer auf die Erde legte und in den Fernseher starrte, statt sich um den Nobelpreisträgergast zu kümmern – die könnte auch das letztlich tiefe Unbeteiligtsein von Autoren untereinander bezeichnen (Jürgen Becker hat mir auf meinen Gratulationsbrief zu seinem 60. nicht mal geantwortet).

Hochhuth spricht inzwischen am Telefon schneller, als man hören kann, rast vom WELTchefredakteur zum selben Geburtstag von Tolstoi und Goethe zum Geburtstag von Bismarck zu einem Inselbändchen mit Essays zur Schelte der Fest-Angestellten («Der Unterschied zwischen Menschen ist nicht mehr männlich/weiblich, sondern freier Mitarbeiter/fester Angestellter»), und man weiß nach 10 Minuten nicht mehr, in welchem Jahrhundert man ist, bei welchem Stück von ihm oder welcher Intendant/Redakteur/Verleger gerade beschimpft wird.

Enttäuscht auch von Viscontis DIE VERDAMMTEN, mit dem allerdings in den Nacktscenen unglaublich schönen Helmut Berger: eine am Rande des Kitsches entlangschlitternde Oper in überbordenden, meist falsch überzogenen Bildern (Dahlien im Frühjahr in den Vasen!). Weder trug man solche Hüte, noch hatte irgendeine Krupp-ähnliche Halbnazifamilie in ihren privaten Festsälen wandhohe Hakenkreuzfahnen als Dekor. Alles quietschte – die Psychologie, die Logik, der geschichtliche Hintergrund.

Ulkiges Abschieds-Lunch mit Antje Ellermann, die mit ihrem Zauberer auf ein Kreuzfahrtschiff ins Nordmeer braust, drei Wochen mit diesem ihr INNEN fremden Menschen in einer Kabine, das Zauberwägelchen 3mal die Woche auf eine Bühne vor reiche Greise rollend und, was nun vollends bigott, die «Gästebetreuung» bei Landgängen machend (also die Rollstühle in Reykjavík herumrollend?) – so daß ihr neulich, der Millionärstochter, 20 Mark Trinkgeld zugesteckt wurden. Sie erzählte makaber von dem immer mehr sich auflösenden Augstein, der ab mittags betrunken in seiner Villa Schauerstein auf der Elbhöhe sitzt, fast nie mehr in den SPIEGEL geht und abends mit der Köchin in der Küche Skat spielt.

1. August

Freunde.

Anruf Peter Wapnewski, zögerlich-einschmeichelnd. «Weil wir doch – dazu ist man's ja – so gute Freunde sind, eine heikle Frage: Ich wußte garnicht, wie eng die Beziehung von Gabriele Henkel zu Reich-Ranicki ist, irgendwas mit Düsseldorf offenbar, und nun möchte sie den einladen, ich habe aber gleich gesagt: nur, wenn das Raddatz recht ist. Also, wenn Sie das stört, wird er selbstverständlich NICHT eingeladen.»

«Ich habe dazu nichts zu sagen als: Das würde mir eine weite Reise ersparen.»

Peter Wapnewski: «Schon in Ordnung. MIR liegt auch GARNICHTS daran. Was soll der auf meinem 70. Mich stört auch schon: Wer ist der fremde Mann, den Gabriele partout einladen will. Eigentlich doch merkwürdig, mir sozusagen einen fremden Menschen an den Geburtstagstisch zu setzen.»

Ich: «Das ist ein neuer Freund von ihr. Er war beim Fernsehen.»

Peter Wapnewski: «Ach der. Grauslicher Kerl. Sehr unintelligent. Ich kenne ihn garnicht. Das kann er aber doch nicht, diesen Zeitungsjob.»

2 Stunden später Anruf von Frau Henkel, zögerlich-unsicher:

«Also, da ist eine kleine Komplikation für den 7. September. Mir ist es ja egal, ich wußte nur garnicht, daß Wapnewski so eng befreundet ist mit diesem schauerlichen Ranicki, und er möchte ihn so gerne eingeladen haben, und.»

Ich: «Da ist garkein ‹und›, ich habe ihm schon geagt, daß ich dann nicht käme.»

Gabriele Henkel: «Na, Gott sei Dank, ich hätte es auch entsetzlich gefunden. Schon schlimm genug, daß Jens eingeladen wird, was soll der hier.»

Ich: «Übrigens, unter uns, Peter Wapnewski ist etwas irritiert über deine Einladung von XXX.»

Gabriele Henkel: «Aber Peter Wapnewski kennt ihn doch genau, schätzt ihn über alle Maßen, ist ganz begeistert, ihn wiederzusehen, hat mir gesagt, er habe schon mehrmals bei ihm im TV Auftritte gehabt und habe ihn immer besonders intelligent gefunden. Morgen muß ich übrigens nach Paris, zu Lagerfeld, ich habe garnichts anzuziehen, er hat gesagt, ich soll im *turtle-neck* kommen – aber ich will ja nicht mit ihm über Mode sprechen, sondern was Philosophisches.»

8. August

Am Mittwochnachmittag Besuch einer ganz netten, nicht unintelligenten Fernsehtante, die einen TVfilm über die politischen Haftanstalten der Ex-DDR und die kirchliche Betreuung dort macht – also über «meinen» Pfaffen Mund. Langes Gespräch über dessen Rolle, Vita, intellektuelle Biographie, wobei so einem Vertreter der jüngeren Generation viele Stichworte Leerformeln sind: religiöser Sozialismus, Ragaz, Rackwitz, kirchlicher Widerstand – alles Hekuba. Schwer, die vielfach zwielichtige und dann doch wieder integere Figur des Pfaffen zu verdeutlichen: ZK und Pfarrer, Oberst der Volkspolizei und Vertrauter der Kirchenleitung, SEDmitglied und Nicht-mehr-Marxist. Niemand kann ich allein den geradezu anekdotisch anmutenden WAH-

REN Zusammenhang erzählen und erläutern, wie es WIRKLICH zu dieser ganzen Anstaltsseelsorge kam: daß nämlich wir beiden schwulen Lover, ich noch mit Westberliner Ausweispapieren und er mit ZKausweis und ZKauto (die hatten eigene Nummernschilder, damit sie gleich erkennbar waren und nie kontrolliert wurden), in eine SEDgärtnerei am Rande Berlins fuhren, um Geranien für den Wintergarten des neu zu beziehenden Hauses in Ostberlin (also 1949, mitten im Umzug dorthin) zu kaufen; es gab ja keine Blumen im Osten. Aber ein überbeflissener Volkspolizist kontrollierte doch die Papiere, stutzte über meinen Westausweis in einem ZKauto, vor Aufregung fiel Jochen Westgeld aus dem ZKausweis – und schon waren wir verhaftet. Der kleine Polizist dachte, er habe DEN Agentenfang seines Lebens gemacht, und erst nach endlosen Telefonaten mit Berlin (wir waren an der Grenze zur Zone) durften wir, mit einem Volkspolizeioffizier im Wagen, zurück – und zwar direkt ins ZK, wo wir von einem Obermotz im Allerheiligsten «verhört» wurden, der aus allen Wolken fiel: «Wir haben einen GENOSSEN PFARRER IM ZK? Das wußte ich ja garnicht, und das ist ja unerhört – und unerhört günstig, ich habe nämlich gerade hochkomplizierte Verhandlungen mit Bischof Dibelius wegen ...» Und damit begann das Ganze. Geschichte ist AUCH SO: Wobei – Unterabteilung Geschichte – Frauen immer wieder merkwürdige Wesen sind: Gitta, nun seit Jahren ganz Witwe, hat natürlich vollkommen verdrängt, nicht nur, was ihr ihr schwuler Pastorengatte ein Leben lang angetan hat (immerhin wollte sie ihn deswegen mal anzeigen und sich ein andermal scheiden lassen, was das Ende seiner theologischen Karriere gewesen wäre, und immerhin weigerte sie sich noch während meines Studiums – bevor ich auszog –, mir Brote fürs Mittagessen in der Uni mitzugeben) – sie hat sich auch aus ihm einen Heiligen gebaut, den sie «besuchen» geht am Grabe («Das muß ich Jochen erzählen») und der sein Leben NUR dem lieben Gott und den

Gefangenen geweiht hat. Wie eine wütende Löwin fährt sie auf, wenn (wie jetzt für diesen Film) ein zweiter Pfarrer auftaucht und ebenfalls Anstaltsdienst gemacht haben will: «Jochen war der erste und der einzige, ach was, dieser junge Mann damals, der war groß und blond und hübsch ...», erklärt sie mit weiblicher Logik. Jung und blond – das kann ja nix sein und der kann nicht und darf nicht ...; als sei Jochen nicht auch mal jung und schwarz gewesen. «Was verstehen die alle davon ...»: Mit dem Satz wird alles abgewehrt, was die Heikligkeit dieser Mission und Position eines SED/Polizeioberst/Pfarrers auch nur andeutet – mit DEM Satz, mit dem Helmut Schmidt und seine Generation jegliche Erörterung über den Dienst in der Hitlerarmee abtun. Eine historisch wie logisch wie moralisch unaufrichtige Position. Interessant ist doch gerade, daß jemand SO war, alles in einem, sein 15jähriges Mündel – also mich – verführte und, noch dazu nachts, durch die Schwulenparks streunte und sich 20-Minuten-Pick-ups holte oder auch mal längere Affärchen hatte in irgendwelchen Studentenwohnungen – UND diesen ungeheuren Dienst verrichtete UND wirklich religiös war UND sich tatsächlich bis zur TBerkrankung aufgeopfert hat. SO ist das Leben.

Donnerstag nach Wien zu Gespräch mit Kohout, was wegen seiner mittelmäßigen Intelligenz mittelmäßig wurde (wenn auch in einer keineswegs mittelmäßigen, im Gegenteil hocheleganten Wohnung im ZENTRUM Wiens mit Blick auf Stephansdom). Er kann nur räsonieren, nicht diskutieren, sieht die Bizarrerie nicht, daß er, der noch 1967 den Kommunismus und selbst Stalin verteidigte, nun einklagt, die westliche Linke habe sich nicht rechtzeitig genug von sozialistischen Ideen gelöst. Rechtzeitig heißt für ihn genau der Tag, an dem ER sich gelöst hat: August 1968. 2 Tage vorher wären das noch Lobsprecher des Kapitalismus gewesen.

Sonntag, den 9. August

Eberhard Fechner am Freitag gestorben.

Traurig – weil ich ihn mochte, weil wieder einer weniger ist, mit dem man gerne mal einen Abend verbrachte, und weil ich seine Arbeit interessant fand.

Die kühle Reaktion: Kempowski sagte nur, Fechner hätte ja neulich «bei Ihrer schönen Party» (da, bei Hans Sahls 90., sahen wir uns zum letzten Mal) so schlecht ausgesehen, und als er ihm – Kempowski – gesagt habe, er nehme nun keine Medikamente mehr, habe er, Kempowski, nur gedacht: «Nana.» Wie gut, daß er nicht weiß, daß umgekehrt Fechner zu mir gesagt hat: «Der Kempowski wird nicht mehr, der schreibt nie wieder was, der erholt sich nicht von seinem Schlaganfall.»

13. August

Gestern wie immer mittwochs zu Sauna/Massage ins Atlantic. Das Hotel umlagert von Hunderten von «kids»???

Nach der Massage dämmerte ich am Pool in der Liege und fuhr, wach werdend, hoch: Vor mir steht dieses Idol von Millionen. Der kleine Popsänger Michael Jackson. Eine totale Kunstfigur, garkein Mensch, ein Design, entworfen in den Plattenstudios bei Pepsi-Cola; ein von zig Operationen bis zur Geschlechts- und Alterslosigkeit entstelltes Gesicht, schwarze Brille und Walkman im Ohr (als höre er nicht genug Musik ...), mit dem kleinen Arsch wackelnd wie ein Erpel, in spitzen Lackschühchen, bewacht von zwei überdimensionierten Bodyguards, die nicht etwa muskulös sportlich, sondern wie Pirelli-Männchen fett-aufgeblasen (dagegen sind Botero-Figuren von Bernard Buffet). Sie gehen wie überdimensionierte Schatten dieses Strichmännchens jeweils 1 Schritt vor, 1 zurück, je nachdem, wohin er sich wackelnd bewegt. Das Bürschlein, viele hundert Millionen Dollar reich, fährt in einem gepanzerten Bus, also praktisch in einem Panzerwagen, durch die Stadt, ohne Fenster, ohne Luft – in einer Art Geldtransporter. Was ja wiederum richtig ist – denn er ist ja nichts als eine ungeheuer teure Ware.

16. August

Am Freitag wundersamer Abend mit dem «Heidekind» Hummel, diesem spießig-freundschaftlichen Menschen, der mich einerseits in seinem *selfconcern* («Bitte etwas warmes Wasser für meine Pillen», verlangt er selbst in der Schwulenbar und «Daß deine Haushälterin aber auch das Frikassee sehr weich kocht» von mir) derart nervös macht, daß ich noch WÄHREND des Abends Hautausschlag bekam. Der aber andererseits so «zuverlässig»-freundlich ist, daß er nicht vergessen hat, was ich für ihn in Jahrzehnten getan habe. So kam er nicht nur mit einem 1000-Mark-Scheck, um mir im nachhinein die phantastische Majorelle-Art-déco-Vase zu schenken, die ich mir neulich in Paris gekauft habe (er hat mir immer nur Sachen geschenkt, die ICH mir ausgesucht habe – aus Unsicherheit), sondern auch eine veritable kleine Rede – vorbereitet – auf mich und die 25 Jahre, die wir uns kennen, in denen ich sein «Vater» gewesen sei, von dem er – politisch-ästhetisch, moralisch, literarisch – so viel gelernt habe, hat mich doch sehr gerührt.

Ganz gewiß sind diese Kleinbürger verläßlichere Menschen als meine mondänen Bekannten, wohl auch als meine egomanen «Künstler»freunde.

Kampen, den 30. August

Seit ich hier bin (und vorher schon in Hamburg), nur Anrufe der Mondänen mit Klagen über den Aufwand und die Mühsal – «Ich habe zu wenig Personal», «Mein Personal ist faul und nicht da», «Ich habe keinen Koch» –, die ihr ihre eigene Einladung zu Wapnewskis 70. verursachen. Wer hat sie denn gebeten (außer, fürchte ich, Wapnewski selber – der vielleicht mit «feinen Leuten» angeben und sich im übrigen die Kosten sparen wollte?)? Warum lädt sie Leute ein und findet sie bereits jetzt «fürchterlich», wo sie noch garnicht da sind, und ängstigt sich, sie könnten länger als ein paar Stunden bleiben: «Aber nach dem Frühstück müssen die weg» (ein Glück, daß ich so disponiert, einen eigenen Wagen habe und garnicht auf die Idee gekommen bin, dort «ein paar ruhige Tage zu verbringen»). Was das Geburtstagskind offenbar tat und auch noch bat, einen Sohn einzuladen, was empört: «Das geht nun wirklich zu weit» abgelehnt wurde. Ich höre nichts als: «Ach was, guten Wein können diese Germanisten doch sowieso nicht ästimieren, ich gebe einen kleinen Landwein» oder: «Champagner, wieso Champagner – das ist doch wirklich nicht nötig» oder: «Also für ein großes Essen habe ich wirklich keine Zeit und keine Leute – ne kleine geräucherte Forelle tut's auch.»

Proust (über den ich nun wiederum gerade beißende Sätze in Cocteaus Tagebüchern lese) müßte man sein: die wegwerfende Geste reicher Leute, die nur noch reichere gut bewirten (für Mrs. Getty wurde sich ein Bein ausgerissen). Wapnewski wird jetzt schon wie der lästige Hauslehrer, der *too demanding* ist, behandelt – muß mich SEHR beherrschen, ihm das nicht zu erzählen.

Cocteau über Proust (träfe auf Fichte zu; dies aber die einzige Ähnlichkeit): «Er spricht von einer Sphäre, in der er nicht empfangen wurde.»

KAMPEN, DEN 3. SEPTEMBER

1 Jahr älter.

Ich werde schlecht alt.

Tiefe *taedium vitae*-«Anfälle».

Kampen, den 4. September

Entdecke mehr und mehr eine (neben VIELEN anderen) unangenehme Eigenschaft bei mir: Wie aus lauter kleinen Kaleidoskop-Spiegelchen setze ich mir aus Lese-Bildern mein eigenes Portrait zurecht; will sagen: Ich streiche, ob bei Cocteau oder bei Kleist, Stellen an, in denen ich MICH charakterisiert finde. Bei Cocteau seinen Seufzer, wie bekannt ER und wie unbekannt sein Werk sei. Bei Kleist, daß er sich nie an dem erfreuen könne, was IST, sondern nur an dem, was NICHT ist. Letzteres wirklich sehr charakteristisch für mich.

Lehenhof Thierberg, Tirol, den 8. September

Gespenstisch liebloser wie lebloser Abend für Peter Wapnewskis 70. auf Onan. Die Seufzer der Gastgeberin gellten ja schon Wochen vorher durch den Äther – nun war's also soweit, und siehe, es war nicht gut. Die per Taxi aus einem Hotel herbeigekarrten Gäste störten eigentlich 5 Minuten nach ihrer Ankunft, geradezu ostentativ gähnte das Schloß ohne Blumenschmuck, die Häppchen zu dem EINEN Glas Sekt (es wurde nicht nachgeschenkt) waren die kleinsten, die ich je sah, wie der Fingernagel des kleinen Fingers, dann gab es an einer ZU langen Tafel (so daß man sich außer mit der unmittelbaren Tischdame mit niemandem unterhalten konnte) EINE Scheibe Pastete, weißen Landwein aus Karaffen, die aber nicht auf dem Tisch standen, so daß die Gläser ewig leer blieben, dann ein dünnes Süppchen, dann Reh mit Pfifferlingen, aber so ungeschickt serviert, daß stets entweder die Pilze oder das Fleisch oder der Rotwein fehlten (oder alles wie bei mir und meinen Damen), der Rotwein ein Fusel, daß mir noch heute der Kopf brummt, dann KEINEN Käse, dann einen Eierbecher voll Eis, aufgedonnert mit einer «Inscenierung», z. B. der Lebensesche (Wagner, Wagner), aus Marzipan (peinlicherweise beobachtete ich am anderen Morgen, wie der ganze Wald von Marzipan-Eschen in großen Kartons verpackt und in ein Auto verladen wurde …).

Außerdem liegt es an mir, daß mir solche Abende nicht (mehr?) gefallen: Es gibt kein einziges vernünftiges Gespräch. Bei Tisch gehört es sich nicht, und davor oder danach wird man von dem Herrn Baumgart – «Wie lebt es sich in Berlin?» – zu dem Herrn Sombart – «Was wollen Sie denn über Joseph Breitbach schreiben?» – oder zu der Dame Friedmann – «Wunderbar sehen Sie wieder aus heute abend!» – gequirlt. Mich interessiert aber keinen feuchten Fleck, wie Herr Baumgart lebt, ob in Berlin oder anderswo, und auch nicht, was der Herr Sombart schreibt, und mit Tankred Dorst weiß ich außer «Sie auch mal wieder hier» kein Wort zu wechseln, ich kenne sein Werk nicht, und es verführt mich auch nicht. Das Geburtstagskind durfte man nicht okkupieren, und NUR mit Enzensberger (der vor allem neugierig war in seiner Medienbesessenheit, ob man mir denn «jüngst Angebote gemacht» habe) konnte/durfte ich ja auch nicht sprechen. Das Ganze also ins Plumpe verfälschter Botho Strauß und letztlich dem eleganten Geist Peter Wapnewski nicht würdig.

Hoch sonderbar dann auch mein Besuch bei des toten Peter Laudans Freund. Fängt damit an, daß SEIN Name nun auf dem Klingelschild steht, und hört damit auf, daß er geizig wie der Tote KEINE Scheibe Wurst im Eisschrank und EINE Flasche Wein im Hause hat.

Meine abendliche Lesung aus «Abtreibung» mäßig, mir gefiel plötzlich mein eigenes Buch nicht mehr, fand die Bernd-Scene gleichzeitig zu lyrisch-ausgeschmückt und zu intim. Hofmeister, Wondratschek (glänzend aussehend wie sein Boxer) und Herburger (krank aussehend, sogar ungesund braun wie aufgeschminkt, als habe er AIDS oder Krebs – und albernd lobend rezensierend in die Diskussion eingreifend, dabei den «vorzüglichen Klaus-Mann-Essay» von Raddatz hervorhebend, den dieser nur leider nie geschrieben hat, und die Tatsache, daß Raddatz vor allem als Herausgeber von Rowohlts Literaturmagazin so große Meriten habe – was der nur leider nie herausgegeben hat).

KAMPEN, DEN 15. SEPTEMBER (MEINES VATERS TODESTAG)
In seiner Verdruß- und Sinnlosigkeitstheorie ist Pessoa keine «gute» Lektüre für mich; auch seine Psycho-Pathologie mir zu nahe. Schön-schrecklich z. B. seine Herbst«bestimmmung»: «... noch herrscht nicht jene unbestimmbare Angst, die unsere Wahrnehmung der sterbenden Natur begleitet, weil wir von ihr auf unser eigenes Ende schließen. Es war wie eine Erschöpfung nach der Anstrengung, ein vager Schlaf, der auf die letzten Gebärden des Handelns folgte. Ach, es sind Abende von einer schmerzlichen Gleichgültigkeit, daß der Herbst, bevor er noch in den Dingen anhebt, in uns anhebt. Jeder Herbst, der ins Land steht, steht dem letzten Herbst näher, den wir erleben werden ... Der Herbst erinnert seinem Wesen nach an das Vergehen aller Dinge ... es liegt eine Spur vorweggenommener Traurigkeit, ein für die Reise gekleidetes Leid in einem Gefühl, in dem wir vage aufmerksam auf die farbige Verschwommenheit der Dinge, auf den veränderten Ton des Windes, auf die ältere Stille, die sich, wenn die Nacht einbricht, durch das Weltall hin ausgebreitet. Der Herbst ... die vorweggenommene Erschöpfung aller Gebärden, die vorweggenommene Enttäuschung aller Träume.»

Besser könnte ich es nicht sagen, warum mir der September hier immer so wichtig, so dringlich und so tief ist, der Monat, in dem der Wind tatsächlich ein anderes Geräusch macht, eine andere Tonalität hat und in dem – wieso eigentlich – das Silber der Silberpappeln mehr zu sehen ist, als würde der Wind im Herbst die Blätter anders wenden. Mehr und mehr liege ich nachmittags auf meiner Terrasse und unterbreche die jeweilige

Lektüre und sinne den ziehenden Wolken, den segelnden und kreisenden Möwen nach und spüre, wie sie mein Leben mit davon-ziehen, Häutchen für Häutchen. Worüber ich nicht einmal traurig bin, denn ich habe ja keine Angst vor dem Tode, nur vorm Sterben.

KAMPEN, DEN 26. SEPTEMBER

Letzter Tag in Kampen – von so strahlender Herbstschönheit, daß die Angstmelodie summt, es könnte überhaupt mein letzter Tag hier sein. Es waren 5 wunderbare Wochen, mit meist schönem Wetter und bei interessanter, aber nicht erdrückender Arbeit.

Gelegentlich komische Besuche wie der von Inge Feltrinelli. Sie rollte sich wie eine genießerische Katze auf dem Sofa zusammen, als ich ankündigte, von dem «fürchterlichen» Fest für Wapnewski zu erzählen. «Sprich, erzähle alles, himmlisch, war es wirklich so schlimm?» – und dann genoß sie es mehr als den Champagner. Beste Freundinnen.

PARKHOTEL, FRANKFURT, DEN 30. SEPTEMBER

Die Messe knarzt und raschelt wie altes Laub, das ich auf einem Friedhof zusammenharke: alte Lemuren, alte Literatur, alte *has-beens.*

Das am schrecklichsten im Winde schaukelnde Blatt die (ehemals) schöne Lady Jane, die immer nur im Sinne hatte, reich zu sein – und nun (1 Jahr nach Ledigs Tod) trotz all ihrer Millionen und ihres Châteaus in einer Trinkerheilanstalt liegt.

Richtig interessant nur der «Rabe» mit z.B. meinen und Rühmkorfs (ganz exzellenten) Tagebuch-Exzerpten. Obwohl: Daß wir uns nun immer alle noch nächtens oder spätestens am nächsten Morgen per Tagebuch aufspießen wie Schmetterlinge und unter dem Glas-Sturz bösartig-lauernder Eitelkeit fixieren – hat ja auch was Komisches. Wie verhalten sich Leute – etwa Rühmi und ich demnächst bei Grass' 65. – zueinander, die wissen, sie werden sich gegenseitig bannen? Ich fürchte, zum Schluß leben wir nicht mehr wirklich (jedenfalls nicht «normal»), sondern als Träger und Spieler einer Rolle, die wir so oder anders fixiert sehen wollen.

In gewisser Weise war meine jahrzehntelange Scheu, fast Keuschheit gegenüber diesem Voyeurismus anständiger. Schade dennoch – weil Hunderte von skurrilsten Portraits ungeschrieben blieben. Die Nacht der sinnlosen Verliebtheit der Bachmann in den schwulen Baldwin, der mich anflehte, mit ihm in eine schwule Bar vor ihr zu flüchten (sie liebte stets Männer – Thomas Bernhard, Henze –, die Frauen nicht liebten); die Elsner mit ihren zahllosen Extravaganzen, die mich im rasenden Porsche umarmte und küßte, weil ich auf ihre Frage «Warum fahren Sie Zick-Zack?» antwortete: «Ich fahre Kaninchen tot» (in Wahrheit war ich betrunken). Ich hätte von Henry Miller zu Genet, von Uwe Johnson zu Dos Passos, von Kaiser, Kuby, Koeppen bis zu Konrad Bayer (nach dessen Beerdigung wir alle – Artmann, Rühmkorf, Hundertwasser usw. – im Prater Papierblumen schossen) ein wahres Leporello von Schnappschüssen fixieren können. Hätte. Ich fand's damals unredlich. Und wüßte auf die Frage, warum ich das jetzt und seit Jahren nicht mehr finde, keine redliche Antwort. Es sei denn die der Monologisierung unserer Welt. Jeder spricht nur noch mit seinem Spiegel. Das ist der letzte Partner geworden.

PARKHOTEL, FRANKFURT, DEN 1. OKTOBER

Unheimlich: Die Grundmusik der Buchmesse ist für mich seit 30 Jahren das ausgelassen aufspritzende Kindergeschrei auf einem Schulhof, auf den das Fenster meines semi-luxuriösen Zimmers weist. Seit 30 Jahren! Das heißt, es sind die Kinder der Kinder von damals!

Je näher der Tod, desto ergrimmter wehrt man sich gegen die Auslöschung.

Gestern makabre Begebenheit: Pressekonferenz des langsam sterbenden, einst so glanzvoll-mächtigen Verlages «Volk und Welt» (letzter Käufer abgesprungen). Ich, auf dem Podium, attackierte nicht nur – was nicht notierenswert wäre – abermals das neue ZK namens Treuhand, sondern erklärte mich mit Günter Grass und möglichen anderen Mitgliedern des Förderkreises bereit, in eine Kommandit-Gesellschaft einzutreten. Tief bewegt. Das Haus, das ich aufgebaut habe – «Der Geist von FJR prägte den Verlag bis 1989», hieß es in der Begrüßung –, der ich dort schließlich so schmählich behandelt, verhöhnt, überwacht und verhaftet worden bin – ich (u. a.) soll Retter dieses Verlages werden.

Lächerlicher Auftritt von Hochhuth, der zu spät – nach der aggressiven Diskussion – kam und, allen Ernstes, ein Buch aufklappte und eine «Dichterlesung» begann – und den Saal leer las. Literaten sind grotesk, egal bei welcher Leichenfeier und egal in welchem Schützengraben: Sie lesen vor. Hochhuth würde noch inmitten des schwappenden Eiswassers im Salon der untergehenden Titanic lesen ... Während, da ich ihn unterbrochen hatte, die Diskussion weiterlief, flüsterte er mir nur die letzten Hochhuth-News ins Ohr: daß der Inselverlag keine Rezensionsexemplare eines Buches von ihm versandt und daß ihm X erzählt habe, Y habe gesagt, daß Z wisse, Rowohlt werde sein neues Stück «Wessis in Weimar» nicht verlegen. So brennend war/ist er am Schicksal von «Volk und Welt» interessiert –.

PARKHOTEL, FRANKFURT, DEN 2. OKTOBER

Traditions-Mittagessen mit Gisela von Wysocki und Hans-Jürgen Heinrichs – dem nach wie vor händchenhaltenden und sich tief in die Augen blickenden, «Du hast heute so ein wunderbares Karma!» seufzenden Paar. Begann mit Fortscheuchen des verzagten Kellners, weil Heinrichs mir aus seinem neuen Roman vorlesen wollte bzw. vorlas. (Ein fiktiver Brief an mich, was wieder ganz lieb.) Wie immer bis zur Verstimmung verblüfft über das Selbstbewußtsein à la: «Ich habe das letzte Stück der deutschen Gegenwartsliteratur geschrieben.»

Parkhotel, Frankfurt, den 3. Oktober

Messe-Erschöpfung. Aufgescheucht nur zu einem Frühstück mit Carlo Feltrinelli, den ich ja schon als Kind kannte und der nun ganz der auf die Uhr schauende, vor dem Kaffee rauchende Manager ist. Ich wollte ihn in Sachen «Volk und Welt» anspitzen, was er sich mit gnädig-lauem Interesse vortragen ließ – ich in einer Art Bitt-Haltung. Ein Glück, daß ich nie etwas für mich zu erbitten brauche.

Die Audienz war nach 25 Minuten beendet, der junge Milliardär wartete nicht einmal ab, daß ich meine Cigarette nach dem Tee aufgeraucht hätte.

5. Oktober

Buchmesse, deren letzter Tag – alle Museen waren wegen Feiertag geschlossen – nur aus dem Abend bestand: die Radiosendung mit Peter Schneider, Schädlich u. a., die nicht gut lief, weil ich z. B. mit eingerollter Zunge sprach: Ich finde Schneiders Buch verheerend mißglückt und klischeehaft, bin aber mit Schneider befreundet und mag ihn wirklich. So konnte und mochte ich einerseits nicht scharf-polemisch sein, konnte und mochte andererseits aus meinem Herzen keine Mördergrube machen und ein schlechtes Buch loben. Heraus kam Wischiwaschi, da ich wiederum andererseits nicht so verlogen wie der «integre» Schädlich bin, der mir beim Spaziergang vorher sagte, wie mißraten er das Buch fände und auf meine knappe Antwort: «Also werden Sie es loben» unumwunden antwortete: «Ja.» Was er auch tat.

Mich langweilt die Saison der halbgaren Romane und des Pseudorealismus, der außerdem so unexakt ist, daß getrost eine

Figur aus «einem Gemälde Brekers» stammen darf; nun hat der Mann leider nicht gemalt ...!

Die Abschlußpointe der Messe: Hermann Kant als Stasi-Mann entlarvt. Das kleine Ferkel.

Am Rande eines Abends mit Gästen bei mir das einerseits bizarr-lustige, andererseits auch wieder rührende Detail, daß Gerd im dunklen Anzug kam – wegen Willy Brandt (und später nach entsprechenden Gläsern sogar etwas weinte) und den Abend rezensierte, indem er klagte, wir hätten garnicht von/über Willy Brandt geredet (was nicht ganz stimmte, weil ich zu Beginn das 1. Glas auf ihn hob, *expressis verbis*: «Obwohl Sie, Freund Wunderlich, ihn nicht mochten.»). Irgendwie ist Gerd ein Kind geblieben – seit Wochen tobt die Schlacht wegen einer wunderschönen Meißen-Suppenterrine, die ich mir leichtsinnigerweise (weil passend zu meinem Biedermeiermeißen) geleistet habe; er war – «Denk an dein Alter, da hast du dann kein Geld» – gegen den Kauf – aber gestern abend führte er sie den Gästen als neueste Errungenschaft des Haushalts vor und genoß die Bewunderungsrufe, als habe er das Ding angeschafft ...

Wobei ich vom Tode Willy Brandts schon nicht unberührt blieb – nicht nur, weil ich ihn persönlich gut kannte, oft mit ihm gesprochen/gestritten habe (er war, lang ist's her, eines Abends bei Grass der erste Zuhörer, als ich aus dem 1. Kapitel meiner Marx-Biographie vorlas), sondern auch, weil man dann doch das Klopfen des knöchernen Fingers an die letzte Tür vernimmt. Der hat nun viel bewegt und bewirkt, war ein sogenannter «großer Mann» und hat wahrlich seinen Lebensbogen ausgeschritten – und eines Tages kommt eben der Sensenmann, und alles ist vorbei, und ein Gehirn, ein Herz, eine Courage sind Fraß für die Ratten.

13. OKTOBER

Fahre morgen ungern zu Tabori nach Wien, nicht wegen Tabori, den ich mag (und vice versa) und mit dem sich zu unterhalten immer ein Vergnügen ist. Aber das Thema! Ein Gespräch über den Tod! Erscheint mir – noch dazu mit einem sehr Kranken – indiskret, als würde ich ihn fragen, in welcher Stellung er am liebsten fickt oder wie oft er es noch pro Woche kann.

Die ZEIT schenkt ihrem scheidenden Chefredakteur (ca. 20 Jahre) zum Abschied – einen Strandkorb.

HOTEL SACHER, WIEN, DEN 14. OKTOBER

Der Vollmond steht über der Oper von Wien, die Stadt strahlt in der Oktobersonne. Töricht-banales Papperlapapp-Gespräch mit George Tabori über den Tod – was an seiner Liebe zum Caféhaus-Smalltalk und zu anekdotischen Witzchen scheitert.

Er lebt in einer «gerade den Koffer ausgepackt»-Wohnung, vollgestopft mit Kaufhausscheußlichkeiten und Flohmarkt-Schrums, den er für Antiquitäten hält, knapp, daß man eine Tasse kalten Kaffee bekam. Ein liebenswerter Ahasver und seltsam wirrer Theaterzauberer, dessen «Schriften» dann doch eher Gequassel sind (was den Büchnerpreis nicht verhinderte – aber da gibt es eben Verabredungen).

Typisch auch, daß er mich zum Abend (zusammen mit Gerd Voss) in ein Restaurant «bestellte», das er für «hervorragend» erklärte und offenbar auch hält, «wunderbare französische Küche» – und das eine drittklassige Kneipe mit fast ungenießbarem Essen war, irgendwelche in Knoblauchöl ertränkten Coquillen, saurer statt trockener Wein und Brot von der vergangenen Woche. Nun hat der Mann, der am Telefon zwischendurch mal ungarisch, mal englisch, mal italienisch und mal deutsch parliert, auf der ganzen Welt gelebt, man dächte, er sei «weltläufig», und nun verdient dieser alte Mann außerdem viel Geld – alles vergebens: Er weiß nicht zu leben, denn NUR ficken und Witzchen erzählen und Wunderkerzen-Regie (die mal gut, oft aber auch schlecht ausgeht) ist ja auch nicht «das Leben».

16. Oktober

Der 65. Geburtstag von Günter Grass (in der Presse begangen wie der 100. Oder wie Willy Brandts Tod). Eingeladen bei ihm draußen in Behlendorf, wo zwischen Hundegebell, in der Küchenschürze irgendetwas abwaschender Ute und ca. 12 Kindern der Jubilar erst mal nicht zu sehen war; dann HÖRTE man ihn – er gab ein Telefoninterview, und das Telefon hat einen Verstärker, so daß man das im ganzen Hause wie eine Radiosendung hören konnte.

Es war eine reine Familienfeier, bei der zugegen zu sein eigentlich keinen Sinn machte, sowenig wie die Gegenwart der 2 übrigen Gäste, des übermüdet-muffeligen Manfred Bissinger und des SPD-hölzernen Duve, der jedes Gespräch tötet mit seinem «Zu dem Thema haben wir gerade eine Kommission gegründet» und jeden, Gott behüte, frivolen Witz erstickt in seinem: «Aber die Mieterhöhungen der letzten 6 Monate ...» Ansonsten waren SÄMTLICHE Kinder – das sind 4 aus der 1. Ehe, 2 von Ute und 2 uneheliche – da mit ihren Frauen/Männern, Freunden/Freundinnen UND ihren Kindern, gelegentlich Zwillingen. Eine unübersehbare Familien«bande», in der sich Grass selber gelegentlich nicht zurechtfand: «Die Blonde dahinten ist die Tochter von ..., nein, die Schwiegertochter ...» Es hatte zugleich etwas Rührendes und Archaisches und Chaotisches, ungepflegt sowieso (mit einem allerdings köstlichen, sehr reichlichen Buffet). Grass, der noch immer stolz ist auf seine Fähigkeit, Kopfstand zu machen – «Solange ich das kann, kann ich auch schreiben» (was ja wie ein leiser Selbstzweifel klingt) –, ganz der Patriarch, welch selbe Rolle ihm sehr gefällt und die er auch hemmungslos aus«nutzt»: etwa, indem er eine «Ermahnungsrede» an die junge Generation hielt, der er politisch die Leviten las; eine Mischung aus zärtlicher Familienvater und Stammtischstratege, der sich unerbittlich ernst nimmt und – das war besonders erstaunlich – sein eigenes Licht gewissermaßen unter den Scheffel stellt: Es wurde NUR politisiert, mit keinem Wort «erschien» der Künstler (bis ich auf DEN eine kleine Rede hielt). Der er doch schließlich in erster Linie ist.

Vielleicht werde ich DAS in den Mittelpunkt meiner Laudatio im Dezember stellen: das Humanum in Schreiben und Handeln, das ihn wohl auch so tief in die Politik ge-(ver-)führt hat. Obwohl mich das ungepflegte Ambiente und die wirre Inscenierung irritierten, kann ich nicht leugnen, daß mich seine sehr große, unverkrustete und unverzieratete Menschlichkeit auch sehr anrührt.

24. Oktober

That was the week that was: STASI-Unterlagen eingesehen, Grass-Geburtstag in Lübeck und Rheinsberg-«Hochzeitsreise» zum 30. Jubiläum der Stützner – die so lange für mich arbeitet.

Am aufregendsten die Reise in die eigene Vergangenheit, das Betrachten eines zurückgespulten Films: Gauck hatte mir, weil's da schneller geht, meine Stasi-Akten nach Schwerin «überstellt», wo ich – in einem seinerseits Stasi-ähnlichen Verhör-(respektive Schul-)Zimmerchen bewacht, weil man bestimmte Teile nicht einsehen darf, wie beim Abitur – auf einem wackligen Stühlchen sitzend an einem wackligen Tischchen («Wollen Sie eine Tasse Kaffee – kostet fuffzig Fenniche») also in mein früheres Leben einsteigen durfte.

Der Eindruck des Komischen, gar Hilflosen (der Stasi der 50er Jahre) überwog. Sie beschreiben die wechselnde Haarfarbe von «einer jungen Dame, die dort gelegentlich übernachtet», haben aber keinen Schimmer von meinem homosexuellen Zweitleben; sie lauern meinem armen Helenchen – der Haushälterin – auf, fotografieren sie von einem Nachbarbalkon, wenn sie die Mülleimer leert, und beschreiben ihr weißes Haar und ihr Kapott-Hütchen – aber können nicht herausbekommen, wo sie wohnt (als könne man ihr nicht nachfahren); sie engagieren die übliche Nachbarin, wissen aber nicht, wie sie Zutritt zur Wohnung kriegen sollen, um eine Wanze anzubringen (mein Verlagsbüro hatten sie verwanzt, aber technisch so schlecht, daß immer nur die Hälfte zu verstehen war); sie überwachen mein Telefon, notieren aber bei einem Telefonat mit Hans Mayer: «Ein Professor Meier, unbekannt» (müßte man ihm zusenden!!) und bei mehreren mit Erich Arendt, immerhin Nationalpreisträger: «Identität feststellen» oder fragen sich verzweifelt, wer ein Herr Herder sein könne (weil mein Freund Schneider sich während meiner Dissertation über Herder so nannte); sie halten, was ja SEHR geheim ist, die Personalausweisnummern von Pfaffen, Pfäffin und Tochter fest und seine Autonummer, können ihn aber – «Herr Ende 30, elegant, spitze Schuhe, Geheimratsecken, Sonnenbrille» – nicht identifizieren, wenn er mit eben diesem Auto bei mir vorfährt. Das Ganze eine Mischung aus Bedrohlichkeit, Dilettantismus und Wichtigtuerei à la «Herr Lehrer, ich weiß was». Selbst die Überraschung, daß «IM Kant» schon früh auftaucht, hat diesen Charakter der sich anbiedernden Petzerei – weil ja auch anderes, als daß ich eigene Gedanken hatte, nicht zu berichten war. Sah in Kant immer einen schlechten Schriftsteller und Gegner, mit dem zu diskutieren ich sogar bereit war, aber hätte ihn trotz aller Gerüchte nie für einen Spitzel gehalten. Kleines Ferkel. Schreibt allen Ernstes auf, was ich auf einem Weihnachtsbücherbasar (großen Quatsch übrigens) gesagt habe oder was für Cigaretten ich rauche («aus England eingeflogen»: wie Klein Moritz sich die große Welt vorstellt).

Erleichternd, daß KEINER meiner Freunde je ein Wort über mich weitergeleitet hat, selbst der «Genosse Czollek» steht eigentlich wie eine Eins da in seinem Bemühen, meine «überragende Intelligenz und hohen Arbeitseinsatz, ohne den der Verlag garnicht arbeitsfähig wäre» in den Vordergrund zu stellen, meinen «Antifaschismus» lobt und meine Nicht-Beteiligung an gesellschaftlicher Arbeit meiner kompromißlosen Jugendlichkeit zuschreibt (wobei interessant, daß in dieser kommunistischen Macho-Gesellschaft Frauen keine Rolle mehr spielen; die Cheflektorin Dreifuß-Spanierman wird als «alte Frau» abgetan, die – wie der ganze Verlag – total unter meinem Einfluß stehe; und eine andere «Dame» – ich könnte nicht mehr herausfinden, wer das war, und es interessiert mich auch nicht –, die im Verlag auf mich angesetzt wird, ermuntert man, ein Verhältnis mit mir anzufangen, wobei ihr Einwand, sie sei ja verheiratet, weggewischt wird, man aber wie sie hilf- und ratlos ist, wie sie das anfangen soll, denn «er ist so verschlossen und zurückhaltend, lebt nur in seiner Arbeit, kommt morgens, macht die Tür hinter sich zu und geht abends als letzter»).

Hochamüsant das «Charakterbild» – als seien sie Psychiater –, zu dem sich diese analphabetischen Oberleutnants bemüßigt fühlen: begabt, intelligent, in der Arbeit unschlagbar und unersetzbar (?!), arrogant, eitel, an Geld interessiert, unbeliebt (aber andererseits wieder «Vorbild für sämtliche jungen Lektoren im Verlag», die er gelegentlich zu «ausschweifenden Abenden» nach Westberlin einlädt). Erschreckend im Grunde nur das wörtliche, von ihm signierte Protokoll der Harich-Vernehmung, in dem er mich unsinnig und unberechtigt schwer belastet – während ich schlau lüge und ihn in MEINEM Vernehmungsprotokoll herauszupauken suche als einen lediglich Kultur-Nörgler. Der Mann mit dem Mundgeruch.

Was für eine graue, kleinkarierte, mies-denunziatorische Welt, die ungelüftet wirkt und nach nicht-gewechselten Unterhosen riecht. War's richtig, daß ich SO viel Lebensenergie, ja: Liebe da hineingesteckt habe, so unendlich viel Mühe, Arbeit, Grips?

Am nächsten Abend der «Staatsempfang» von Engholm für Grass zum 65. in Lübeck. Eine flach-freundliche Rede dieses wohl doch nicht übermäßig intelligenten Funktionärs; eine SEHR amüsante, wie fast immer herrlich formulierte kurze Ansprache von Rühmkorf, bei der mich die für ihn seltene Ehrerbietigkeit überraschte; die BESONDERS witzige Rede eines Germanisten (eigentlich eine *Contradictio in adjecto*), der das Märchen vom Schriftsteller Grass erzählte, der nach einem Welterfolgsanfang nur noch an dem gemessen und mit allem Späteren, daran verglichen, herbe kritisiert wurde, zumal mit den spärlich gespielten Stücken, dem man auch sein politisches Engagement zeitlebens vorwarf und dem ein Landesfürst den 65. Geburtstag ausrichtete, sintemalen er im Auslande hochgeschätzt und als Repräsentant deutscher Kultur begriffen wurde: «Sie haben, meine Damen und Herren, natürlich gemerkt, daß ich von Johann Wolfgang Goethe sprach.» Günter selber hingegen harsch, auch hier wieder eine POLITISCHE Rede haltend, in der alle Schwierigkeiten – von Asyl über Rechtsextremismus zu Ökologie – gelöst wurden.

Schloß Rheinsberg bezaubernd (war vorher nie da), heiter, leicht, entzückend in der Mischung aus Renaissance und friderizianischem Barock, inmitten dieser «heimischen» und beschwingten märkischen Landschaft – zumal im Herbst; wobei ich mich ohnehin frage, woher die immense Faszination kommt, die der Herbst mit seinen müden Asterfarben, blaß werdenden Dahlien und glänzenden Kastanien, die ich wie ein Kind beim Gang zum *morning-swim* aufhebe, auf mich ausübt; vom Anblick morgendlich in den Garten (vom Wasser her) watschelnder Enten und Schwäne, die den Hrdlicka offensichtlich «anstaunten», und unter den flammenden Rot-Ahornästen war ich geradezu gerührt. So also auch höchstes Wohlbefinden in dieser märkischen Landschaft. Berührend auch die «Ossi»-Liebe der Leute dort zu ihrer Arbeit, etwa des Museums-Direktors Peter Böthig, eines ziemlich jungen Mannes, der peu à peu aus dem zum Altenpflegeheim herunterdemokratisierten Gebäude wieder ein niedliches Landschloßmuseum mit in Plauen gewebten Damasttapeten, Spiegeln und Knobelsdorffbildern und paar hübschen Möbelchen macht. Sein berechtigter Stolz das Wiederherstellen der Privaträume Friedrichs, wo der immerhin den Anti-Macchiavell schrieb und die Korrespondenz mit Voltaire begann – und wo sich mit Wohnküche, Kachelbad und Fernsehecke der Chefarzt seine Wohnung hineinkriminalisiert hatte. Der Mann hat etwa den Elan, den ich noch bei Volk und Welt hatte – hoffentlich bereut er es nicht auch eines Tages so wie ich heute (oder wie ich ihn noch bei Rowohlt hatte: IM Kant berichtet der Stasi, daß ich «wieder» den ganzen Verlag in der Hand hätte und total das Programm bestimmte, zumal der Inhaber «Trinker» sei ...).

29. Oktober

Montag abend Essen mit Simon von Volk und Welt, der ja nett, sympathisch und intelligent ist – der aber noch immer in Ossihaltung das Heil VON AUSSEN erwartet, von irgendeinem Käufer, vom Förderkreis, von der Treuhand. Nur eines geschieht nicht: ein überzeugendes Programm selber zu formulieren, das ja auch die Attraktivität des Verlages für einen potentiellen Käufer erhöhen oder überhaupt nur ausmachen würde.

Rührend allerdings und kollegial, daß er mir (einen ersten Schwung?) meiner Uralt-Gutachten mitbrachte, mit denen mich ja, laut der inzwischen toten Gisela Elsner, jemand erpressen wollte. Ich kann nur sagen: Da soll mal jemand pressen. Das ist, zwischen Joseph Roth und Barbusse, Maurice Druon und Arno Schmidt (!) – das soll mir mal einer nachmachen, DEN für die DDR empfohlen zu haben ... – saubere Arbeit, akkurat, anständig und mit einem Aufwand an Intelligenz und Bildung, daß ich selber über diesen 24jährigen erstaunt war. Paßt ja gut zur Lektüre meiner Stasi-Akten ...

Den ganzen Montag mit der Stützner Tucholskys SUDELBUCH redigiert, eine seltsame Mischung aus Banalitäten, dummem Zeug und hervorragenden Klein-Beobachtungen. Wie berühmt muß man sein, daß das ein Verlag veröffentlicht? Denn regelrecht reflektierte Tagebücher sind's ja nicht – und selbst die «Heiligsprechung» durch die Mary wegen der paar letzten Sätze ist schwer zu verstehen. Wie das ganze Tucholsky-Phänomen, die nach wie vor hohen Auflagen: jetzt insgesamt viele Millionen verkaufte Bücher von jemandem, der seit 1935 tot ist und Journalist war: kaum zu fassen.

Das kann wohl dem, den ich mal für den Tucholsky «unserer Tage» hielt (fälschlicherweise), Rudolf Augstein nämlich, nicht passieren. Fast möchte man schnöde sagen: Er hat es versäumt, sich rechtzeitig umzubringen. Er ist nun vielstfacher Millionär und Besitzer von niemand-weiß-wieviel Villen und Landsitzen zwischen Elbchaussee, Sylt und Saint-Tropez – aber ein armes, stets betrunkenes Hühnchen, dessen mehr mit Alkohol als mit Tinte geschriebene Artikel – da vom Besitzer und Herausgeber – niemand zu redigieren wagt (offensichtlich) und der selbst in der Wagnerpremiere vom vergangenen Sonntag schweigend, viereckig und schwankend herumsteht, ohne mit jemandem zu reden. Gestern rief er mich, mittags um 13 Uhr, an: ein lallendes Wesen, den man kaum verstehen konnte, der irgendetwas von «Lilly» stammelte, bis ich begriff, er meinte Brandt und offenbar dessen Beerdigung, der Gaus, nein, nicht Gaus, äh, der, wie heißt der mit Katz und Maus noch, lallte, bis herauskam, er wollte mich fragen, wer die Gäste bei Grass' 65. Geburtstag waren (was ja im übrigen hochinteressant ist), und sich, er schien kurz vorm Einschlafen, verwunderte, daß die SPD-Ministerpräsidenten, die nicht beim Queen-Empfang waren (der am selben Tag stattfand), nicht bei Grass und Engholm in Lübeck waren. Mächtiges Thema, um jemanden anzurufen, mit dem er 10 Jahre nicht telefoniert hat ... ein Jammerbild, die nassen Reste einer enormen Begabung. Nun hat er alles erreicht, was hienieden zu erreichen ist – schöne Frauen, gut geratene Kinder, Erfolg, Macht, Ruhm, Reichtum, als Name gewiß eine Fußnote oder mehr in der Nachkriegsgeschichte: Und geblieben ist ein sabberndes Häufchen Elend, das einem leid tun kann. Fast eine Lear-Gestalt.

2. NOVEMBER

Abendessen vor 3 Tagen mit meinem Nachfolger Greiner, nett, leicht, unkompliziert: Es schmerzte kein bißchen, wenn er von langen Abenden bei Botho Strauß, seinen Sitzungen mit Reemtsma, irgendwelchen Beratungen mit Ministern und Verlegern erzählte, wenn so nebenbei kam: «Den rufe ich morgen mal an ...» oder «Da war ich gerade gestern ...», und dann kam irgendein «großer Name». Das amputierte Bein zuckte nicht: Ich dachte vielmehr umgekehrt: «Ein Glück, daß ich das alles nicht mehr muß.» Wunderte mich allenfalls ein wenig, wie wichtig offenbar doch so ein ZEITfeuilletonchef ist – habe das irgendwie nicht wahrgenommen, als ich's selber war, habe mich mehr in die Arbeit gestürzt, mich nicht richtig (von außen) gesehen. «Macht»?

5. NOVEMBER

Gestern abend der neue Chefredakteur der ZEIT, der sich gleichsam MIR vorstellte, der – glücklicherweise – garnichts von mir wollte, der auf zwei Worte reduziert den langen Abend lang («Ich trinke heute nichts» – und dann verschwanden 2 Flaschen Champagner, 1 Flasche Wein und 5 – ! – Grappas mit drei Cappuccinos in ihm) eigentlich nur sagte: «Ich bin Chefredakteur.» Davon ist er so erfüllt wie ein Kind vom Heilig-Abend-Baum: «Ich sage, ich mache, ich werde nicht dulden, ich denke ...» Der Mann ist nicht unsympathisch, übrigens sehr gebildet, selber Cellist (UND Tennisspieler UND Segler), und was er mir von/über Fontane erzählte, wußte ICH, der Fontanekenner, nicht. Aber er ist kein Herr – den ganzen Abend warf er mit Spitzen gegen seinen Vorgänger Sommer um sich, mit kleinen Bosheiten gegen (auch seinen) Arbeitgeber Bucerius und mit Sottisen gegen die Dönhoff («Ich muß vor allem sehen, wie ich die alte Dame ruhigstelle»). Das tut man nicht.

12. NOVEMBER

Muß man am Ende seines Lebens noch emigrieren? Die Deutschen haben NICHTS gelernt, und der DDR-Antifaschismus war eine Lüge wie alles dort, eine Art Pro-Mille-Fahrverbot, eine Tünche, die nun wie Nagellack abplatzt. Kein Tag, an dem nicht Neo-Nazi-Überfälle, Schändungen jüdischer Friedhöfe oder die Störung selbst der Weizsäcker-Demonstration in Berlin gemeldet werden. Die Politiker sind dumm und schwafelig, die Polizei sieht nur auf dem linken Auge (wie in Weimar!!!), und der riesige Machtapparat des Staates (den man doch gegen die RAF wohl einzusetzen wußte) «hält sich bedeckt». Überlege, in der ZEIT eine Variante von Tucholskys «Tabellenzeitung» zu publizieren: gegen links allemal.

Eine winzige Scene (die mir Erika Hofmann aus Düsseldorf berichtete) ist so schlimm wie eine aus Brechts «Furcht und Elend des 3. Reiches», für mein Gefühl schlimmer als ein paar randalierend eingeschlagene Schaufensterscheiben: Eine alte Frau wird in der Innenstadt in einer Telefonzelle von 3 Skinheads bedroht, mit dem Messer; sie käme da nur heil raus, wenn sie den Hitlergruß machte. Sie wird nächtelang nicht schlafen können. Ein Alp, der mir an den Hoden weh tut.

16. NOVEMBER

Testament gemacht. Komischer Vorgang.

«Den Tod überlisten ...»?

18. NOVEMBER

Im Grunde witzigerer Abend als der davor mit Antje Ellermann, die – was ich gemütlich finde – wieder zu einer unprätentiösen Suppe kam – von der aber wenig kommt. Sie ist ein seltsames Geschöpf, noch rascher als ich (obwohl viel jünger) ermüdet – aber auch INNERLICH müde, mehr interessiert daran, wer mit wem oder nicht schläft oder ob Paul Wunderlich viele Frauen hatte, oder sehr gespannt zuhörend, wenn ich von früheren Frauenabenteuern erzähle (und davon, daß Augstein mir immer die Mädchen ausspannte – wie er ja beim Essen stets nimmt, was man selber bestellt hat; man muß stets das bestellen, was man NICHT will, damit man bekommt – nämlich seins –, was man will) – mehr an so was interessiert als etwa an meiner Auschwitz-Empörung. Immerhin habe ich in «gesetzter Rede» am letzten Freitag die gesamte ZEITredaktion dazu bewegen können, eine pro-Kopf-freiwillige Spende (die dann durch eine größere von Bucerius aufgerundet wird) zu leisten, um den schmählichen Verfall des KZ aufzuhalten. Es ist unglaublich, wie hartfellig dieses noch immer reiche Land ist, daß man zuläßt, diesen Namen – der auf Generationen mit der Geschichte der Deutschen verbunden sein wird – abermals besudeln zu lassen. Schmach und Schande. Sie sind noch immer und auch schon wieder übel, verdächtig und unheimlich – die Deutschen.

Antje ist lieb, ein guter Kerl und ein guter Freund (mit der Macke, sich Liebe und Zuwendung kaufen zu wollen, indem sie allen möglichen Leuten kleine Konten einrichtet) – aber in ihr nistet eine Mischung aus Erschöpfung und Desinteresse – weswegen man nicht mal über ihren Verlag, ein Programm, literarische Ziele mit ihr sprechen kann. Lieber schenkt sie mir einen Marcel-Breuer-Schreibtisch, als auch nur mit mir über MEINE literarischen Pläne ernsthaft zu sprechen.

25. NOVEMBER

In einem Gay-Sex-Kino: totales Debakel. Diese feucht-dunklen Kellerräume, «hergerichtet» mit fleckigem Sessel, Porno-Video und Küchenpapierrolle, waren für mich eine Hinrichtungsstätte. Ich graulte mich ohne jeden Kitzel. Meine Phantasie war mehr besetzt von den Ausländer-Greueln, die täglich durch die Nachrichten geistern (und mich an Emigration denken lassen), als von irgendeiner Geilheit. Als mich ein hünenhafter Blonder ansprach, ob ich Deutscher oder Ausländer sei, ich sähe so undeutsch aus, hatte ich eher Angst, ein Messer in den Bauch zu kriegen als einen Schwanz in die Hand. Es war dann, wie sich herausstellte, ein sehr netter Däne, der «auf mich abfuhr», wie er sagte. Nur ich umgekehrt nicht – mich entschuldigend, flüchtete ich ans Tages-, will sagen Nachtlicht. Man muß ohne Nerven, ohne Ängste, von barocker Sinnenfreude (egal wie und wo) sein, um derlei genießen zu können.

5. Dezember

Das lächelnd-dumme Chamäleon Robert Wilson. Kontaktfreudig wie ein Fisch. Komme über ein *«How are you?»* fast nie mit ihm hinaus. Traf ihn gestern nacht auf einer (ansonsten langweiligen) mondänen Veranstaltung, einem *«Après-Concert-Cocktail»* für Christoph Eschenbach. Er ist der Fisch, aber – verqueres Bild – WIR sind alle im Aquarium: So sieht er offenbar Menschen – ganz nah und ganz fern zugleich; jedenfalls durch Glas. Sehr ähnlich übrigens dem Anämiker Peter Handke, der einen ansieht wie ein ekelhaftes Insekt – man schämt sich, geboren zu sein, unter prüfend-erstaunt–abschätzigem Blick. Muß gestern Wilson beleidigt haben, als ich sagte, daß Sprache ihn wohl doch nicht interessiere (oder er fand mich gottserbärmlich dumm) – er glitt gekränkt lächelnd davon, mitten im Satz. Doch tatsächlich IST Sprache für ihn doch eine Art Schall-Dekor, wie alles bei ihm/für ihn Dekor ist – jedenfalls nicht Verständigungsmittel.

12. Dezember

Mein Leben läuft rückwärts, ein Biographie-Film, der zurückgespult wird: «FJR mit Autoren», mit dem jugendlichen Enzensberger, dem jünglingshaften Fichte oder dem energisch dozierenden Verräter Mayer, aber auch einer Diva namens Knef oder dem «Pferd» Mildred Scheel; nun das Abschlußtableau «Volk und Welt»: «Mein alter Verlag», in Walter Czolleks Zimmer, in dem ich verhört wurde und in dem Paul Merker mir BEIM Verhör einen Apfel anbot und in dem Czollek mir sagte: «Wenn ich erfahre, daß du abhauen willst, lasse ich dich vorher verhaften» (ein Satz übrigens, der interessanterweise in den Stasi-Akten festgehalten ist) – in DEM Zimmer nun vorgestern die entscheidende Sitzung, mit der der Verlag gerettet wurde, «freigestellt» von der Treuhand, von Schulden entlastet und mit Startkapital von 3 Millionen honorig ausgestattet. Die Pointe: 65% der Anteile hält nun ein gegründeter Verein des Autorenförderkreises (Grass, Hochhuth, Muschg u. a.), und Präsident des Vereins ist wer? FJR. Ich bin also «Mehrheitsanteils»- na, wohl nicht Eigner, aber «Verfüger» meines alten Verlages!!!

Wobei mir in meiner Sentimentalität eine schöne Biographie-Lüge unterlief: Obwohl eilig, bestand ich «vor mir» darauf, vom U-Bahnhof «Stadtmitte» mit der U-Bahn nach «Tempelhof» (bizarrerweise: zum Propellerflugzeug wie weiland ...) zu fahren, weil ich meinen Fluchtweg nach-fahren wollte. In Wahrheit war ich ja von Adlershof mit dem Taxi zum Flugplatz Tempelhof «geflüchtet», was damals mit dem Presseausweis ging.

16. Dezember

Gestern abend «Großveranstaltung» im überfüllten Literaturhaus, wo Kersten jenen bereits inkriminierten Tagebuch-«Raben» vorstellte, in dem auch ein paar Absätze aus meinem (diesem) Tagebuch publiziert sind, neben brillanten von Rühmkorf und eher mäklig-gebildet-uninteressanten von Reemtsma und ferklig-eindimensionalen von Fichte, schwanzfixiert.

Insofern barocker Vorgang, nun hier im Tagebuch die Veröffentlichung von Tagebuchpassagen zu kommentieren – wie ge-

genüberhängende Spiegel, deren Optik respektive Perspektive sich ins Unendliche bricht. Reizvoll und sinnlos – wie ja jedes Spiel.

Ist Tagebuch «Spiel»? Kam mir doch selber befremdlich vor, wie ich das nun vor großem Publikum las, und es kam mir noch befremdlicher vor, wenn Rühmkorf – der das seine zur Publikation glättet, stilisiert; bin nicht sicher, ob das ganz zulässig – seiner im Saal sitzenden Frau ins Gesicht Absätze von seinem Puff-Vergnügen vorlas.

Ulkig dabei, wie wieder einmal Lichtjahre fern von aller Kultur der SPIEGEL berichtet, eine Mischung von HEPP, HEPP: «Wir haben wieder zwei (Rühmkorf und mich) erlegt» und kindhafter Dummheit wie Unbildung: Einer dieser Namenlosen, die sich dort tief frustriert ihre teuren Eigentumswohnungen verdienen, weiß zu rügen, daß man nicht zu Lebzeiten Tagebücher publiziert – der Mann muß also allen Ernstes nie die Namen Gide, Gombrowicz oder Jünger gehört haben. Wie man so einen Unsinn denunzierender Untertanen drucken kann. Es hat das Bildungsniveau eines Museumsbesuchers, der nur «Busen» sieht. Interessant, wie dieser Flegel-Journalismus im Bereich des Politischen funktioniert, eine Art Aufseher-Funktion hat – Macht darf man denunzieren – und wie genau dieses Prinzip im Bereich der Kultur NICHT «greift»: Dieses «Ich zeige Sie an» von Verkehrspolizisten ist dem Objekt Kultur so fern, daß einem die Schreiberlinge (deren Tagebücher z. B., weil sie ja «niemand sind», auch niemand läse) geradezu leid tun können. Giftig sein heißt nicht begabt sein.

Am Sonntag bei Antje Ellermann draußen auf dem Lande zum Weihnachts«brunch», den sie gruppieren wollte um Zadek herum – mit dem sie aber (der Hausgast war) wegen irgendwelcher Ruppigkeiten ihrer Tochter Krach bekam. Notierenswert daran ist nur, mit welcher zeremoniösen Selbstverständlichkeit Peter Zadek den «Star» spielt – und gleichzeitig beleidigt ist, daß die Gäste diesem Star nicht huldigen ... weil sie sich alle selber für Stars halten: ob Lettau oder Bremer oder Gisela Augstein-Stelly oder Frau Scherrer oder, oder. Nachdem ich, da ich ja – auch gegenüber der leicht verstörten Gastgeberin – ein höflicher Gast bin – eine Weile mit Zadek (übrigens angeregt und seine frechen Pointen genießend) geplaudert hatte, warf er sich einen Mantel um und verschwand zum Deich hin, der Jude aus London zersetzte sich zur Storm-Figur «wegen Nicht-zur-Kenntnis-genommen-worden-Seins». Wobei in der eisernen Konsequenz, mit der er seine Sich-ernstnehmen-Bizarrerie betreibt, Lettau eigentlich am komischsten ist. Wie ein Sturzbach ergießen sich Berichte über seine Lunge, die Folgen von Kortison, seine Niere, sein ja oder nein noch gut ficken können, seinen Alkoholkonsum und, natürlich, sein Manuskript. Man ist die Wand mit einem Gesicht, an die er hin-spricht. Intellektuelles «Squash». Manche Sätze geben garkeinen Sinn: «Ich sehe meine Prosa jetzt von außen.» Keine Ahnung, was das heißen soll. Oder schließt sich auch mein Aufnahmevermögen, weil ich zur selben Zeit denke: «Hat er denn wirklich nicht das Geld, mal zum Zahnarzt zu gehen», wenn ich die schiefen, verrotteten Zähne sehe, zwischen denen er «Ich muß einen ganz anderen Rhythmus der Worte finden» hervorstößt. Er ist Ästhet bis zur Beobachtung, ob jemand die Gabel falsch hält, und kann derlei auch wunderbar fixieren oder kommentieren, auch die falsche Farbe eines Pullovers oder eine billige Cigarettenmarke, also ein «Materialist» im Sinne von Ding-Fetischist: aber selber ungepflegt, schwitzend, schwarzzähnig und strähnehaarig. Er ist sein eigenes Objekt.

Abends dann noch zur sehr berührenden «Lichterkette» um die Alster, 400.000 demonstrierten gegen Ausländerhaß, vom Chefarzt zum Punker, von kinderwagenschiebenden Emanzen bis zur Kleinbürgerin, deren Hauptanliegen war: «Hoffentlich bekleckern die mit ihren Kerzen nicht den ganzen Rasen.» Bei aller berechtigten Entrüstung und Besorgnis im Ausland über diese Mordbuben: Auch DAS sollte zur Kenntnis genommen werden. Wird aber nicht.

Die Inhaberin respektive Mitinhaberin respektive Bewohnerin von drei riesigen Luxuswohnsitzen: «Mich langweilt diese Art Mitleidsveranstaltung und Mitleidstourismus. Die Leute sollen lieber ein Flüchtlingspaar aufnehmen, bei sich zu Hause.»

Gräfin Dönhoff und Dr. Sommer, beide höchstbezahlte ZEITherausgeber, spendeten für die von mir initiierte «Rettet Auschwitz»-Sammlung je DM 100.

Bei Volker Skierka zu Gast. Der ebenfalls anwesende Herr Wickert, ein Fernseh-Ansager, sagte auf meine Frage, warum – im Gegensatz z.B. zu Frankreich – in einer/seiner Nachrichtensendung so wenig bis garkeine Kultur vorkäme: «Die Leute wollen keine Kultur.» Mein «Woher wissen Sie das denn?» blieb unbeantwortet. Zwar stehen Schlangen vor jedem Museum der Welt und sind keine Karten für Bayreuth, Salzburg oder auch nur die Hamburger Oper zu bekommen – aber die pensionsberechtigten Fernseh-Bonzen wissen genau, was «die Leute» wollen, und auch, daß es Kultur eben nicht sei. Sie haben Brieftaschen im Kopf statt Gehirne.

COSTA RICA, DEN 20. DEZEMBER

Vorläufig total verunglückte Reise nach Costa Rica, wo wir 2 volle Tage ergebnislos nach dem verschwundenen Gepäck meiner Schwester fahndeten; stündlich wurden ihre Jeans, Badeanzüge und Seidentücher teurer und unersetzlicher, ihre Laune mieser, meine auch – und meine Brieftasche (wegen Neuerwerbungen) leerer.

Costa Rica, den 25. Dezember

Schauerliche Weihnachtstage, vor allem dank der gänzlichen Unerträglichkeit meiner Schwester; zu fürchten, daß sie tatsächlich nicht mehr klar im Kopf. Es rinnt ein unentwegter Kauderwelsch-Strom aus ihrem Mund, quasi Joyce pur: Ohne Punkt und Komma quirlt hervor, was das Spatzenhirn gerade produziert: Tomatenpreise, «Wo ist mein gelbes T-Shirt?», «Wie macht man die Kaffeekanne aus?», «Daniel verspielt sein Geld», «Ich habe Schorf am Kopf», «Was willst du, daß ich heute abend anziehe», «Dieser Joghurt schmeckt mir nicht», «Marc sammelt präkolumbianische Kunst». Ein vergreistes Kind, das sich nachts aufs Sofa im Salon legt und schläft oder vor der Warnung «Die Flut kommt» nur faul grunzend im Sand liegenbleibt – um zu heulen und zu schreien, wenn die nächste Welle Shorts und Sandalen und Sonnenöl wegschwemmt. Der Tag ist eine ununterbrochene Klage-Litanei und der Tageslauf ohne jegliche innere Uhr – wann man aufsteht, duscht, sich umzieht: alles Naturkatastrophen. Das gestrige «festliche Abendessen» sah so aus, daß ich von der Tischdekoration bis zum Obstsalat alles machen durfte und der Fisch – das einzige, was man ihr überlassen hatte – roh auf den Tisch kam. Mitten in die Tonbandmusik wurde geplärrt: «Peters Auto ist wirklich schön.» oder «Ich weiß nicht, wohin ich meinen Führerschein gelegt habe.»

Costa Rica, den 27. Dezember

Die Reise immer verkorkster.

Wie eine Monstranz, einen «Gottseibeiuns» gegen den Beelzebub, trage ich meinen Tolstoi-Tagebuch-Band vor mir her (nutzlos); dabei enttäuscht bis entsetzt über die kitschige Dummheit und tränendicke Selbstgenügsamkeit; Eintragungen à la «Heute gut gedacht» oder «Heute seelisch gut gewesen» zuhauf, nur im Alter gelegentlich rührend: «Am Vormittag gab es etwas Schönes aufzuschreiben. Vergessen» oder «Habe sehr gute Gedanken, aber alles ist ohne Zusammenhang, verworren»; «3. April. Was ich am 1. April getan habe, kann ich mich nicht mehr erinnern». Aber sonst sehr viel frömmelnder Seelenstuß. Mein Jahrzehnte zurückliegender Eindruck – den man sich nicht zu formulieren wagt –, daß «Krieg und Frieden» ein schlechtes, zusammenzementiertes und total un-psychologisch gebautes Buch ist, wird zumindest durch diese verheerend schlechte, billig durch «und dann nahm er einen Schluck Tee» zusammengeleimte Jeremiade «Kreutzersonate» gestützt. Ein einfältiger Redeschwall.

COSTA RICA, DEN 31. DEZEMBER

Am letzten Tag des Jahres eine bittere Bilanz. Bedrückend auch meine «ästhetische Griesgrämigkeit»: Eigentlich gefällt mir nichts von dem, was ich lese. Nach dem frömmelnden Poltergeist Tolstoi nun dieser hochgepriesene Ungar Nádas: intelligent, aber ohne den Atem des Epischen, ein Stagionekunststück, in dem zwischen ferkelnder Sau, schwulem Sex, Frauenfick und Rakosi-Schäferhunden Kunstfertigkeit vorgeführt wird, aber nicht Kunst.

Oder irre ich mich aus Verdrossenheit?

1993

Casa Turire Hotel, Costa Rica, den 5. Januar

Das neue Jahr beginnt schlimmer, als das alte endete – in einem Mischmasch aus Banalität, Nervosität und zu hohen Rechnungen. Ob meine Voraus-Ängste diesmal recht behalten, die noch bestätigt durch stundenlanges Neben-uns-Fahren eines Leichenwagens und dem Ende einer Irrfahrt auf einem Friedhof?

Der Sylvester-Abend läppisch verplappert (meine faule Schwester überließ vom Tisch-Decken bis zum Dessert alle Arbeit den Gastgebern; sie ließ sich vier Tage lang wechselseitig von denen, Gerd oder mir einladen, ohne auch nur 1 Drink zu spendieren ...); Gerd flog morgens ab, ich kam mir traurig und allein-gelassen vor; seit Tagen quirlen wir im zerbeulten Toyota durch dies uninteressante, kulturlose Land und haben die Wahl zwischen schlechtem Hotel (an der Karibik) und schlechtem Essen (hier) – zu sehen ist schier garnichts –, Affen kann ich auch bei Hagenbeck sehen, und um einen Papagei kreischen zu hören oder an vergammelten Bananenplantagen entlangzurumpeln, muß ich nicht 10.000 Dollar ausgeben; und mich vom Aufstehen bis zum Zubettgehen mit «Ich setze besser meinen Hut auf», «Wie, findest du, stehen mir diese Ohrringe?» oder «Papas Freunde hießen Killewald, die eine Tochter war häßlich» nerven lassen. Mich interessiert weder diese mickrige Exotik hier, noch daß «Daniel mein Auto benutzt und kein Benzin nachgefüllt hat».

Fazit: Ich muß Egoismus wie eine Fremdsprache lernen, diese letzten paar Jahre meines Lebens mich auf meine Arbeit konzentrieren; mich abkapseln gegen all diesen kindlichen Nuckel-Flaschen-Egozentrismus meiner Umgebung.

Nette Vorausbilanz eines Jahres. Interessante (und hochmütige) Traum-«Tröstung» für den Nicht-Respekt, das Nicht-Interesse – an meiner Arbeit – auf dieser Reise:

Traum I: Hans Mayer – einen «demütigen» Zettel mitten während eines Vortrags vom Podium reichend, bittet um Versöhnung und Entschuldigung.

II: Ernst Bloch, an einer Straßenbahnhaltestelle, mit einem Einkaufsnetz voller Manuskripte stehend und ein eigenes Buch lesend, gratuliert mir zu einem Aufsatz und lädt mich zu sich nach Hause, um darüber zu diskutieren.

III: Willy Brandt, schon zerfurcht-krank, bittet mich – «obwohl Ihre große Rede neulich blaß war» (ist das die Grass-Rede in Hamburg?) – in die Leitung der Partei (oder in die Regierung?): «Ohne Leute wie Sie geht es nicht.» Peinlich-lächerliche Revanche des Unterbewußtseins!

17. Januar

Mit sonderbarer Entfernung hat mich der Tod von Nurejew berührt. Es muß 30 Jahre her sein, daß ich ihn in Amsterdam in einer schwulen Kneipe kennenlernte, ein interessant-knäbischer Mann, der MICH ansprach. Unvergeßlich die kleine Scene, wie er auf mein «Where are you from?» antwortete: «Russia» und ich daraufhin lachte: «Sehr witzig» – weil ich das nicht glaubte (ihn ja auch weder kannte, noch also «erkannte»). Es war dann – falls es «elegant» im Bett gibt – eine elegante Nacht in seinem Hotel, in dem zu meinem Erstaunen dieser junge Mann eine Luxussuite bewohnte, vollgestopft mit Orchideenkörben, Konfekt- und Obstschalen und – als Ouvertüre – teuerstem Champagner. Erst als er mir gegen Morgen eine Theaterkarte schenkte und sagte: «Komm doch abends ins Theater», dämmerte mir etwas; bislang waren wir ja «Fritz und Rudolf» gewesen (und ich hatte mich an seinem wahrlich makellosen Körper delektiert wie an einer köstlichen Speise – es war, ohne Zärtlichkeit, Sex pur, aber voller Grazie ...). Wirklich hingerissen war ich dann erst abends im Ballett, es schien, als sei DAS seine wahre Erotik, das «andre» eine Art mindere Akrobatik, ein körperlicher Vorgang wie Essen und Trinken, kultiviert, aber unbeteiligt. Seine Seele war im Tanz.

Peinlicher ein anderer Rudolf: Augstein ist ertappt, als junger Mann im VÖLKISCHEN BEOBACHTER geschrieben zu haben; d. h. nicht FÜR den VB, sondern für irgendwelche Provinzzeitungen. Angeblich hat ohne sein Wissen (Höfer klopft an die Tür ...!) eine Agentur den/die Artikel dann an den VB weiterverkauft. Daran ist nicht interessant, ob DAS stimmt, sondern: Der Mann wollte «ran», *coûte que coûte*, er wollte Karriere machen, auch unter den Nazis – und zwar nicht als Antiquar, Kofferträger oder Leihbibliotheksbesitzer, sondern ALS SCHREIBER. Genau, wie er Leutnant war. Wer Leutnant war (darum mußte man sich ja bewerben), wollte eigentlich General werden. Und wer kleine «unpolitische» Feuilletons schrieb, wollte «Hauptschriftleiter» werden. Was er auch – ein Gründgens für kleine Leute – geworden wäre. Er hat als junger Mann ein winziges Rädchen mit-bedient und hätte, nach einem Sieg Hitlers, das ganz große Rad gedreht. Ebenso peinlich-unwägbar nun die «Enthüllungen» über Heiner Müllers Stasi-Verbindungen, bei denen das Unangenehmste seine gewundenen, kleinkarierten Erklärungen sind, in denen er – ausgerechnet ER, der doch jahrelang die Rolle des großen Zynischen spielen wollte – sich naiv nennt. Naiv auf Heiner Müller: ein Schimpfwort. Es ist die Augstein-Medaille, umgedreht; aber dieselbe (falsche) Münze.

20. JANUAR

Vorgestern abend (zu) langer Besuch von Hochhuth; schon das verstörend – noch um Mitternacht –: «Haben Sie noch einen Cognac?» – putzmunter, während mir die Augen zufielen und ich schon um 11 Uhr gefragt hatte, ob ich ein Taxi rufen solle. So ungerührt, wie er Champagner, Weißwein, Wasser, Rotwein und Calvados in sich hineinschüttete, 3 Kohlrouladen (nach 3 Heringsfilets) verschlang, so ungerührt erzählt er – als berichte er von einem Fremden – von eigenen Schicksalsschlägen: daß der Herr Naumann von Rowohlt sein neues Buch nicht verlege – er ist immerhin 30 Jahre lang Autor des Verlages und einer der renommiertesten (an dem zumal der Verlag viel Geld verdient hat) – der Herr Naumann hat «Gewissensbisse», ist in Sachen Treuhand und ganz generell politisch-moralisch anderer Ansicht ...; daß Helmut Schmidt ihn bei einem Besuch am Brahmsee, zur Wiederaufnahme des STELLVERTRETERS gratulierend, ganz ahnungslos gefragt habe: «Und kriegen Sie denn was dafür?»; daß die Inscenierung dieses neuen Stücks – mit kleinen Kleist-Einlagen; der hatte ja mit Weimar nun wahrlich nix zu tun – «ganz fürchterlich» würde; daß er selbstverständlich neben seiner neuen Dame – «Eigentlich ist sie ja ein Mann», erkennt er selber genau, «aber sie kocht sehr gut» – eine andere, jüngere habe, worüber die andere («die Euler») verdrießlich sei: «Sie ist natürlich sehr eifersüchtig, aber ich habe es ihr von Anfang an gesagt und sage es ihr auch weiterhin, daß die Dame mich manchmal auch in Berlin besucht.»

ICH war nicht nur «eifersüchtig» auf die Kraft, mit der er, gleichaltrig, derlei noch «bewältigt», sondern auch baff über die kühl registrierende Gelassenheit: Ist das die – beobachtende – Qualität des Dramatikers?

Im übrigen habe ich an ihm bemerkt, was mich ja an mir selber so stört – er interessiert sich in Wahrheit für nix mehr, nicht Jugoslawien, nicht Irak/USA, nicht Somalia, nicht Ost-West: Er interessiert sich FÜR sich und für sein Geld – um das er einerseits barmt, andererseits nicht sehr besorgt ist (was dafür spricht, daß er genug hat), obwohl er Häuser, Aktienpakete, Tankstellen und Bargeld an seine Ex-Frauen und die drei Söhne verteilt hat.

Psychisch ungesunde Arbeit: Ich tauche zu sehr und zu tief in meine Vergangenheit ein. Das Schreiben des Artikels über meine STASI-Akte (bei zweiter Lektüre dann doch nicht nur komisch); das Peu-à-peu-Sichten des Materials für Marbach (die Stützner und eine Hilfskraft ordnen «mein Leben» nun volle Pulle und entdecken in alten Leitzordnern wahre Schätze); das Auffinden alter Briefe und Briefwechsel, ob der rührendsten von Jochen, der quälendst-ausführlichen (Hunderte!) mit Arendt oder der endlosen, geradezu existentiellen mit Mary Tucholsky: Es ist eine Achterbahnfahrt in mein vergangenes Leben. Dabei erschreckend, wie oft der junge Mann schon über «müde, am Ende, kann nicht mehr, nervlich überlastet, Lebensverdruß und viel zuviel Arbeit» klagt. Habe ich mein ganzes Leben «versungen und vertan», und das Resultat sind diese Briefe, darein ist es geronnen? Allein die vielen Mary-Leitzordner, der Kampf (gegen Rowohlt, anfangs gegen Kindler, der meine Herausgeber-Tätigkeit nicht gestatten wollte – «dem Herrn Raddatz» –) bergen ein Stück Literaturgeschichte; und meine große Bindung an Mary, letztlich wohl eine regelrechte Liebe, ersteht aus diesen z. T. durchaus zänkischen Briefen. Eine Geschichte für sich – und zugleich (wenn ich in anderen ihrer Hinterlassenschaften lese) auch eine Geschichte des Erschreckens: wenn ich eine lachende, offenbar glückliche junge Frau in flotten Cabriolets IM JAHRE 1934 sehe – – – 1 Jahr vor Tucholskys Tod, und wenn ich «Geschäftsbriefe» (es ging ihr als Geliebte des Firmeninhabers, für den sie auch Prokura hatte, SEHR gut) mit «Heil Hitler» unterzeichnet finde. Gleich nach dem Krieg aber «Witwe des antifaschistischen deutschen Schriftstellers …» und Propuske der sowjetischen Militäradministratur, Kulturbundausweise und Namenswechsel. Ach ja.

3. FEBRUAR

Ich bin eine lächerliche Figur – ich führe ein Proust-Leben, Frühstück unter dem OrchideenBAUM bei Mozartmusik, und alles rieselt vor Samt und Cashmere und weißer Seide, selbst meine Morgengymnastik mache ich auf einer Cashmeredecke über einem schwellend-dicken Teppich – – – und heraus kommt nur Unbeträchtliches. Man DARF so leben, wenn die Produktion es rechtfertigt – – – aber darf man den 12-Zylinder-Jaguar in der geheizten Garage «scharren» haben, wenn man unbeträchtliche Büchlein und gelegentlich mal auffallende Artikelchen schreibt?

Apropos Artikel: Das Echo auf den letzten in Sachen Müller/ Wolf gibt viele Rätsel und Fragen auf:

1.

Niemand mag die Wolf verteidigen, sie ist als «die große Sentimentale» und auch doch als «Staatsdichterin» unbeliebt; natürlich vor allem bei Frauen – Monika Maron z. B., die ich gestern in dem (übrigens sehr schönen, Beethoven-Sonaten mit mozartscher Heiterkeit vorgetragenen) Brendel-Konzert traf, sprach direkt haßverzerrt über sie – – – und nahm Müller aus. Das ist

2.

seltsam: Müller «durfte», ihm nimmt man eigentlich nichts übel, er sei eben immer Zyniker gewesen, habe doch stets gesagt, er spräche mit allen, hätte auch mit Hitler und Stalin gesprochen. Diesen albern-gefälschten «Material»-Begriff des Schriftstellers läßt man IHM durchgehen – vor allem Frauen; denn

3.

die leserbriefschreibenden Frauen sind besonders unangenehm, schrill in der Tonlage: «in stolzer Trauer». Frauen wollen immer bewundern, zerren das Objekt ihrer Hingabe (und Hysterie?) an ihren Busen und beschützen es vorm bösen Feind. Sie würden ja auch ihren Sohn verteidigen, wäre er ein Mörder –

sie schmückten gar, war er als Mörder-Soldat eingezogen, seine Flinte mit Blumen.

4.

Radikal sein in Deutschland ist schwierig bis unmöglich. Jetzt herrscht fast dasselbe Geschrei wie damals bei meinem Artikel über die deutschen Dichter, die bei den Nazis mitmachten (von ferne ein ähnliches Thema): «Wir wollen uns unsere Helden nicht kaputtmachen lassen» (d. h., wir wollen nicht denken lernen – das tut nämlich weh). Und vor allem jene Linken, die Gründgens oder Furtwängler (die ja nicht mit der GESTAPO paktierten, sondern ihre das Grauen dekorierende Kunst machten) nicht genug verurteilen konnten, können jetzt nicht genug «unseren Heiner» verteidigen. BEIDES zu verurteilen – wie ich – ist ein Störfall.

MARITIM HOTEL, BONN, DEN 6. FEBRUAR

Lebensbizarrerie: auf dem Wege nach Venedig, um dort den 10. (!) Jahrestag mit Gerd zu begehen – in Bonn. Glücklicherweise fand ich die Stadt mit Superkunsthalle und Maritim-Hotel so total verändert, daß ich nichts mehr von Bernd erschnupperte. Der «Auftritt» grotesk: Hochhuth stürmt – im selben Moment wie ich eingetroffen – in die Hotelhalle und plappert interpunktionslos durcheinander: «Hier gibt's keine Treppen ich verbiete mein Stück haben Sie schon mal ein Gebäude ohne Treppen gesehen die Schleef-Inscenierung ist eine Katastrophe neulich ist der Lift hier steckengeblieben haben Sie (zur Concierge) notiert daß das ZDF (es war der WDR!) die Rechnung übernimmt kennen Sie in Salzburg ... ich muß noch ein Fax mit Korrekturen nach Berlin durchgeben.» Sprach's und verschwand ohne Antwort auf meine Frage: «Wollen wir vor der Sendung noch einen Kaffee an der Bar trinken?» Er ist – gut für ihn, weil unverletzbar? – innen ganz «zu»; hält meine Teilnahme an so einer Sendung für eine Huldigung, wehrt Kritik mit militant-feistem Lachen ab und ist selbstsicher wie die Siegessäule. Auch beneidenswert – verglichen mit meiner nägelkauenden Nervosität (die Radisch wollte schlicht nicht glauben, daß ich schon genauso alt bin wie Hochhuth – muß kein nur gutes Zeichen sein ...).

Die Schlacht um meinen Müller/Wolf-Artikel tobt, fast wie weiland zum Dossier «Wir werden weitermarschieren ...» Allenthalben Glossen irgendwelcher Kürzel-Journalisten, die sich einschießen auf die Verteidigung des «unversehrbaren Werks» von Autoren, die eventuell «gefehlt» haben. Stimmt das? Ist das Werk wirklich ganz unabhängig von der eventuellen Versehrtheit des Urhebers? Stimmt das heutige SZ-Beispiel Richard Strauss', wobei putzig, daß – um dem «Kollegen» FJR eins auszuwischen – jedes Mittel recht ist: «FJR doziert mit Thomas Mann ...»; aber ich habe Thomas Manns Sittlichkeitspostulat (in) der Kunst zitiert. Also doziert Thomas Mann?! Brrr.

HÔTEL LA FENICE ET DES ARTISTES,
VENEDIG, DEN 10. FEBRUAR

Eigentlich zaubrische Tage, in denen die filigrane Schönheit Venedigs mich wieder vollkommen in ihren Bann schlug – im grünen Guardi-Licht lag die Stadt, schon warm-sonnig, fast leer, die ersten Masken huschten durch die Arkaden, noch der kleinste Tante-Emma-Laden witzig und charmant, geschweige denn die vornehmen Geschäfte, deren eigentlich simple Auslagen (Stoffe, schön bezogenes Papier, Leder) eben anders sind als bei uns – nicht protzig, sondern von raffinierter Formleichtigkeit. Ich trank das alles – zumal nach dem kulturlosen Costa Rica – wie ein verdorrter Schwamm, ob Peggy Guggenheims Bilder oder die Palladiokirche mit den Tintorettos (und die an der Decke der San Rocco), den irren Bellini mit den roten Engelsköpfen in der Accademia oder sogar die albern-provinzielle Gounot-Faust-Aufführung im Fenice; selbst die hilflose Cosima-Collage mit Maria

Wimmer gefiel mir, nicht nur wegen des prachtvollen Ballsaales im Palazzo Zenobio: Ich war eigentlich wild entschlossen, alles in diesen 4 Tagen wunderschön zu finden, mich wohlzufühlen, mal plaudernd mit Loriot, mal diskutierend mit Joachim Kaiser.

Kampen, den 21. Februar

Ein sehr schöner Abend bei Grass am vergangenen Wochenende, mit viel Streit, aber ohne Zank; vor allem wegen der Müller/Wolf-Sache, wobei er, genau umgekehrt, wie es in der Öffentlichkeit geschieht, Müller schärfer kritisiert und Christa Wolf – «obwohl mir natürlich Müller ästhetisch näher ist als die stets etwas gütig-larmoyante Christa Wolf, die eine gute BDM-Führerin geworden wäre» – in Schutz nahm. Das Schöne, mehr Schwebende als Ausgesprochene des Abends war, daß aus Respekt vor der Arbeit des anderen wir auch Gegensätze austragen können, ohne uns auseinanderzudividieren; daß ich z.B. noch einmal die Erinnerung wachrufen konnte an meine seinerzeitige scharfe Ablehnung seines Plebejerstücks, weil ich damals «mir meinen Brecht nicht besudeln lassen wollte».

«Erschütterung» – so würde die Eintragung in seinem jugendstilig-seismographischem Stil bei Thomas Mann lauten: Ich traf (in großer Eile, weil Gerds Zug 5 Minuten später eintraf) den «Raben» in Westerland beim Kuchen-Holen. Er stand plötzlich – «Guten Tag, Herr Raddatz» neben mir – also das, was ich mir seit Jahr und Tag ausspinne, daß ich ihn endlich einmal irgend alleine erwische – – – und ich war wie von einem Dolche zerschnitten, stumm, ließ mein Kuchenpaket fallen und nahm die angebotene Umarmung nicht an, während sich mir der Magen hob vor Erregung. Wie von Robert Wilson ausgeleuchtet, brannten sich mir in Sekundenschnelle Segmente ins Auge – die schönen Fingerkuppen, die edle Halsbewegung, natürlich die etwas ironisch lächelnden riesigen Augen, der inzwischen mit grauen Strähnen durchzogene Bart.

Inzwischen: Die kurze Affäre mit dem damals langhaarigen Studenten, der in Steilshoop in einer Wohngemeinschaft lebte (wo ich also nächtens meinen Porsche parkte) und zu meinem gelinden Grummeln nachts in der U-Bahn «revolutionäre» Parolen sprühte, muß ca. 2 Jahrzehnte her sein. Und ich habe den Knaben – jetzt Mann – nie vergessen, er war vom Schulterblatt bis zum eleganten Schwanz (ja, das gibt's: eben nicht nur groß, das auch, aber groß und sogar abstoßend sind viele – seiner war vollendet) MEIN IDEAL an Schönheit. UND intelligent, damals natürlich extrem links, wie es sich für das Alter gehört, etwas kokett und zu «keiner exklusiven Zweierbeziehung» bereit, wie das APO-Kauderwelsch das nannte.

3. März

Der Christa-Wolf-Heiner-Müller-Stasi-Wirrwarr geht weiter; groteske Zettel-Korrespondenz mit Zadek, der mir auf mein «Wie heißt der Gegenbegriff zu Sippenhaft?» (weil er MIR ja mein Eisler-Stück ungelesen retourniert, statt umgekehrt die Co-Intendanz mit dem Stasi-Gesprächspartner Heiner Müller aufzukündigen) nun einen Rückzettel schreibt: «Loyalität». Man ist also mit den Verrätern loyal, zu denen, die mit den Schergen auf dem Sofa saßen – und «straft» (na ja, ich kann die Strafe überleben) den, der darauf hinweist. O du mein Deutschland. Hier war immer DER der Nestbeschmutzer, der auf ein schmutziges Nest HINWIES, und nicht der, der's beschmutzt hat.

Bei Lichtenberg heißt das: «Wer ein dickes Fell hat, braucht kein Rückgrat.» Den Satz zitierte mir zwar Freund Kersten neulich zur Charakteristik Hochhuths – das aber ist ungerecht. Der hat ja Rückgrat, wenn auch ein sklerotisches. Er ist ein querulierender Wirrkopf, aber nicht ohne Charakter. Lebenszeichen allerdings bekommt man seit langem vom ihm nur noch, wenn er was WILL – wie gestern 4mal aus dem Intercity, weil ich ihn wegen irgendeines Schmarrens an Greiner vermitteln wollte. «Ich melde mich abends noch mal, ich möchte Sie sehen» (er hatte am frühen Abend eine Lesung) – natürlich meldete er sich keineswegs, was heißt: Er traf jemand Interessanteres.

Kleines Lebensaperçu: verkaufte gestern jene «Was kost' der Fisch»-Goldarmbanduhr («Was kost' der Fisch?» sagten in Berlin die neureichen Jüdinnen, um auf dem Markt ihre dicken Ringe dem Fischhändler vorzuprotzen) – die hatte ich ja mal in Ostberlin auf dem Schwarzmarkt gekauft, um bei einer eventuell sehr plötzlich notwendig werdenden Flucht einen Wertgegenstand bei mir zu haben, der mir das Ticket in den Westen und die ersten Wochen dort finanzieren sollte. Ich erhielt DM 150!

Beeindruckendes Interview von Christa Wolf mit Gaus: Sie hat mich berührt, scheint mir ehrlich und erzählt von den Krümmungen ihrer Lebensbahn mit Anstand und ohne Fehl. Oder berührt sie nur meine sentimentale Ecke (die mich auch ihre Bücher schätzen läßt)?

HOTEL KEMPINSKI, BERLIN, DEN 5. MÄRZ

Mitternächtlich-einsam im Hotel nach Bundespräsidentengala: meinem Affen Eitelkeit reichlich Zucker gegeben – ob Geplauder mit Otto Sander, Minetti, Kultus- und Bausenator, mit Star-Gast Brandauer (glatt-weanerisch) oder dem Hausherrn, der mich «prominent» begrüßte. Was für ein tiefer Minderwertigkeitskomplex muß in mir sitzen, daß ich geschmeichelt selbstbestätigt davon bin, daß – von Talk-Show-Böhme bis zum alten Berggruen – alle «Guten Abend, Herr Raddatz» sagen. Das kleine Nachkriegsfritzchen ist «berühmt» – einerseits: Ja, es ist meine Leistung, ich hab's ja durch mein Schreiben geschafft, daß jeder mich kennt, ich habe mich «durchgesetzt». Andererseits: Was gehen mich diese Leute an, ich sehe während der Unterhaltung auf die Uhr, sie amüsieren mich nicht, sind mir gleichgültig. Früher hätte ich wenigstens jetzt, Mitternacht, die

Lederjacke angezogen und hätte was «erlebt» – heute interessiert mich auch das nicht, bin nicht mal mehr zu der Kneipenverabredung mit Irene Dische gegangen, habe z. B. Brasch nicht angerufen, will meine Ruhe haben, ins Bett, weil ich sonst morgen früh Kopfweh hätte. Eine lächerliche «öffentliche Person», die die Öffentlichkeit scheut, gar flieht, und zugleich in einer Art Ghetto-Komplex zu ihr gehören will. So laufe ich – wie gestern abend bei Monika Maron (noch dazu schlechtes Essen!) – hin, um wegzulaufen – und in dieser albernen Luxus-Suite Affenthaler Burgunder aus der Minibar zu trinken. Ich registriere die Affigkeiten dieser Leute – Otto Sander erzählt beim Warten aufs Taxi als erstes, daß er ja auch schon mal vor dem Bundespräsidenten gelesen habe, und will mit dem Ruf «Ich bin eine Berliner Institution» mein Taxi schnappen (das ich dann mit dem Satz «Ich bin eine internationale Institution» nahm) – und bin doch nicht besser, nicht anders als die; die ich scheußlich finde. Der Mann ohne Mitte.

Lustiger und nicht-lustiger Nachtrag: Schauspieler unter sich – Minetti lobt den Brandauer: «Ich finde sein Lispeln so besonders charmant, obwohl, eigentlich ...» (doch sehr störend, wollte er sagen). Nur: Brandauer lispelt garnicht. Otto Sander: «Sehr gut, sehr witzig, nur – ich mag diesen Wiener Schmäh nicht, mich macht das nervös.»

Zusammen, als wir auf die Taxen am Schloßausgang warteten, fielen sie über einen sehr bossig aussehenden Mann mit Dame im Pelz her, der in seine wartende Limousine stieg; ein großer Produzent irgendwelcher TVserien – sie verachteten ihn aus tiefster Künstlerseele. Heute im Flugzeug zurück nach Hamburg – Hark Bohm, um eben diesen Mann herumscharwenzelnd, ihm ein Script «überreichend» und noch im Airportbus erläuternd. Der Filmboß, ein Klischee wie aus einer seiner Serien, in Krokoschuhen, Innenpelz, mit riesiger goldener Armbanduhr und Vuitton-Köfferchen, hörte abwesend-gelangweilt nicht hin.

Das nicht Lustige: Ich unterhielt mich ja ziemlich (unziemlich) lange mit Weizsäcker. In Sachen Christa Wolf sagte er: «Ach, das ist doch alles 30 Jahre und mehr her – Schwamm drüber, darüber kann man doch nicht urteilen.» Der Freiherr muß es wissen. Nur erklären kann er damit z. B. nicht, wieso dann dem Stasi-Mielke wegen eines weit über 30 Jahre zurückliegenden Polizistenmordes der Prozeß gemacht wird (statt wegen der wahren Verbrechen dieses Mannes …).

10. März

Das gestrige Konzert hat mich besonders berührt: Sowohl Mozarts B-Dur-Konzert für Klavier wie Bruckners unvollendete Neunte (hatten sie alle Angst, eine Neunte zu vollenden?) sind ja Alters-Todeswerke. Man nennt das Jahr 1790 – sein vorletztes – einen Tiefpunkt in Mozarts Leben: kränkelnd, ständiges Kopfweh, prekäre finanzielle Situation. In Briefen hat er, glaube ich, geklagt, das Leben habe jeden Reiz für ihn verloren – also (schauerlich, wenn das ein «Vergleich» sein sollte – so viel Anmaßung wäre selbst mir fremd) ähnlich, wie ich mich seit geraumer Zeit fühle.

Bei Bruckner hat mich nicht nur das Adagio geradezu ergriffen (so sehr, daß ich noch 1 Stunde unter dem beinern hereinscheinenden Vollmond auf dem Wintergarten saß, meinen Bordeaux trinkend, dem Irr-Spiel des Mondes auf dem Kopf des einen Minneknabens und später im Gebüsch der mächtigen Orchideenpflanze zusehend); es hat mich auch das selber «beerben» beschäftigt: Musikologen sagen ja, er habe besonders bei diesem Adagio, das er selber als «Abschied vom Leben» auffaßte, Stellen aus dem Benedictus der F-Moll-Messe, aus dem Adagio seiner achten und aus dem Kopfsatz der siebenten Sinfonie «zitiert» – und der «Miserere»-Ruf aus dem Gloria der D-Moll-Messe stellt gar das Hauptelement dar.

Also: Summe ziehen. Nichts anderes tue ich seit langem.

11. MÄRZ

Vermutlich muß ich mich genieren über meine albern-unseriöse, selbstbezogene Weise, Musik zu hören. Anscheinend höre ich weniger zu als in mich hinein.

Ein langes Hochhuth-Telefonat ist eine komische Marginalie – er bringt es wirklich fertig, in EINEM – atemlosen – Satz BEIDE Schiller (Friedrich wie Karl), Brecht, Bismarck und die Treuhand unterzubringen, über die an Raststellen Geld verteilende SPD zu höhnen und irgendein Sprichwort zu der ihren Ex-Lover Pfeiffer verpfeifenden Ex-Geliebten dieses Barschel-Intimus anzubringen («Nichts ist so todsicher, auf nichts ist so vollkommener Verlaß wie auf die Aktion des Papstes und die Rachsucht einer verlassenen Frau»).

Da Sätze am Telefon ja keine Satzzeichen haben, weiß ich nicht, ob es nicht auch immer noch derselbe Satz war, mit dem er Leo Matthias über Vater/Sohn-Verhältnis zitierte, um des Rowohlt-Naumann Untreue gegen sich und gegen mich zu erklären (tatsächlich hat er ja diese beiden «alten» Ledig-Autoren SOFORT nach dessen Tod abserviert und feiert nun «seine» Entdeckungen Irene Dische und Tilman Spengler). DAZU nun wieder weiß Hochhuth umgehend zu erzählen, daß der Herr Reemtsma SOFORT nach dem Tode seines gehaßten Vaters dessen Villa «plattgemacht» und auf demselben Grundstück einen Bungalow errichtet hatte (schon rein architektonisch eine kriminelle Rache) oder daß bei einem Telefonat der Sohn von Christoph Hein auf Hochhuths Frage «Ach, sind Sie der Sohn am Apparat?» zurückbellte: «Unter anderem der Sohn.»

15. MÄRZ

Ist es unanständig, wie ich Musik «benutze»? Neulich das Konzert zur Betrachtung der eigenen Psycho- und Arbeitssituation – gestern abend die sehr schöne (und schön gesungene) «Siegfried»-Aufführung im Hinblick auf mein Manuskript: machte gleich heute früh noch eine Einfügung zum Thema Frauen als Mütter, Mütter als das Verlorene (ergreifend die kurze Scene im 2. Akt: «Müssen denn Menschenmütter sterben ...») und auch Mütter als das a-sexuelle Frauenideal bzw. Inzest-Tabu, vergleiche die Scene in Strindbergs «Vater», wo sie ihn endgültig besiegt und er DER MUTTER IN DER FRAU gegenüber die Waffen streckt: schauerlich.

Ich kann nicht sagen, daß ich so einen Abend wie gestern nicht auch ARTISTISCH genossen hätte; aber RICHTIG genießen kann ich nur, wenn sich in meinem Kopf etwas in Bewegung setzt.

PARKHOTEL, STUTTGART, DEN 28. MÄRZ

Ist meine These, Kunst habe auch etwas mit Moral zu tun, wirklich zu halten? Hat sie nicht auch etwas Kunstfremdes, gar Banausisches – und ist DESHALB so publikumswirksam? Ein billiger Applaus seitens derer, die noch immer ihren Goethe-Gipskopf auf dem Buffet haben und vom Wahren, Guten und Schönen faseln? Mir fallen doch selber genug Gegenbeispiele – von Genet über Céline zu Ezra Pound – ein, und den Gide-Satz von den schönen Gefühlen, mit denen man schlechte Kunst macht, habe ich selber zigmal zitiert. Dennoch wehrt sich in mir etwas gegen diese Kälte-These vom total bindungslosen, un-verantwortlichen Künstler (Beispiele von Brecht bis Heiner Müller zuhauf), «nur das Werk zählt». Steckt da in mir ein verborgener Religions-Rest? (Bindung heißt ja Religion.) Wäre mal ein spannendes Essay-Thema.

HÔTEL LUTETIA, PARIS, DEN 17. APRIL

Noch ein Nachtrag zu solchen Typen wie Gaus: Er ist recht eigentlich kein Intellektueller, sondern nur ein intelligenter Politiker, gut war er als Spiegel-Leitartikler – da verband sich sein Machtbedürfnis noch mit Schreiben. Schlimm wurde es, als er – spät im Leben – die DDR und den Sozialismus entdeckte; und als der Herr Botschafter immer machtloser wurde (weil Helmut Schmidt an ihm vorbeiregierte), verbösartigte er sich stündlich – seit er nun nicht mal mehr ein «Fräulein Lehmann, verbinden Sie mich auf der 2. Leitung» hat, kommt ausschließlich gallenbittere Dummheit aus seinem Mund, zwangsläufig eingeleitet mit dem Satz «Als ich noch Exzellenz war» oder «Als SPIEGEL-Chefredakteur habe ich ...» – so, als würde ich jedes Gespräch mit meiner Rowohlt- oder ZEIT-Vergangenheit einleiten; derweil ich doch selig bin, daß es Vergangenheit ist.

Gaus kann reden, aber er ist kein Herr.

Hôtel Lutetia, Paris, den 19. April

Paris-Chaos, will sagen Gesellschafts-Bla-Bla: Vorgestern bei Adami – aber da noch andere Gäste da waren, kein einziger Satz sinnvollen Gesprächs. Bin ungeeignet für solche Rinnsal-Abende. Gestern mittag auf dem Lande bei reichen Freunden 5 Stunden – bei endlosem Essen – Geschwafel. Wenn man sich zu erinnern sucht, was man einen ganzen Tag lang besprach, dann ist da ein Champagner/Trüffel/Spargel/Gigot/Erdbeer-gefülltes Loch.

Hôtel Lutetia, Paris, den 20. April

In der Apollinaire-Ausstellung, die mir bemerkenswert, weil schon bei ihm das typisch französische Ästhetik-Geschwätz – «ça je trouve un beau tableau d'un peintre ravissant» – begann. Überschätzt. Anschließend im Musée Dapper mit herrlichen Léger-Skulpturen. Möchte eine haben.

Hôtel Lutetia, Paris, den 22. April

Der letzte Tag und Abend in Paris noch reichlich bizarr. War dank der neuen «Beziehung» (ein Museumsdirektor bei jenem Brunch auf dem Lande) als VIP vor dem Massenansturm ALLEINE im Pompidou, die Matisse-Ausstellung ansehen – ein

Glücksgefühl, das sich von Bild zu Bild steigerte. Fühle mich als TEIL dieser Ikonographie, sie BEWEGT mich, ich nehme Anteil an ihr, mehr mit dem Solarplexus als mit dem Kopf. Die Farben, Körperfigurationen, die schwingenden Stimmungen sogar bei den *natures mortes*: einmalig und großartig.

9. MAI

Susan-Sontag-Party-Nachlese: Es war ein SEHR schöner, farbiger Abend in Blütenpracht, Zauberblumen in der Wohnung, herrlichem Buffet und Gästen, die sich offenbar gut mischten. Skurrile Dialoge zwischen Hochhuth und Susan Sontag – er: «Darf ich Ihnen meinen Namen buchstabieren?» Sie: «Aber ich habe einen ganzen Essay über Sie geschrieben.» Oder Grass, der meinen STASI-Artikel «furchtbar» fand und einen Vertrag mit mir schließen wollte, daß ich ihm «derlei» vorher vorlege.

Der Abend zuvor im Literatur-Haus eher seltsam. Meine Einführungsrede ziemlich kärglich (ich kann doch nicht so recht lügen, und ich finde ja, daß die negativen Kritiken recht haben), sie dafür hochprofessional und mit New Yorker Chuzpe sich selber preisend: Dies ist ein großartiger Roman, dies ist ein wundervolles Buch, mein Roman war ungeheuer erfolgreich in USA – man denke, ich z. B. würde nur halb soviel mich loben. Der Zeitungshohn nähme kein Ende. Kleines Detail: Keiner kam ohne ein kleines Geschenk, eine Blume, ein Buch, irgendeine Aufmerksamkeit. Nur Miss Sontag kam «so», nicht mal ein Buch mit Widmung für mich …

Dennoch schlimm, wie dieser Kreis allmählich altert – der alt gewordene (elegant, wohlerzogen und witzig wie immer) Wunderlich, der alte Rühmkorf, der alte Grass: kaum ein «neues Gesicht». Selbst bei meinem Besuch bei Guntram Vesper in Göttingen 2 Tage zuvor bekam ich einen Schreck: Aus dem knäbisch-schönen Mann, in den ich ja nahezu verliebt war, mit den glühenden Augen ist ein Kleinbürger geworden, der mit bebrillter Lehrerfrau «Kaffe und Kuchen» serviert, über Honorare, Vorträge und Funksendungen redet (aber nicht über Inhalte, auch nicht über Debatten, sei es STASI, sei es Botho Strauß, sei es PEN). Er ist nett und aufmerksam, holt mich ab, geht durch die – ganz schöne – Stadt mit mir spazieren und weiß, wo Heine, Bürger oder Bismarck gewohnt haben. Aber das Feuer?

Morgen nach New York.

Hotel Nestroy, New York, den 12. Mai

Nachtrag zu meiner Susan-Sontag-Party: Grass erzählte, daß Rühmkorf ihn wenige Tage zuvor besorgt gefragt habe, ob «etwa» Kunert käme, worauf er – Grass – gesagt habe: «Hoffentlich nicht – aber ich habe mehr Sorge, daß Kempowski ...» Ziemlich mies: Jetzt verabschiedet man die, die konsequent Auskunft geben – und verurteilen –, was «real existierender Sozialismus» war (Kempowski hat immerhin 8 Jahre gesessen!); man will sich nicht die Ruhe im Einweckglas mit Verfalls-Datum stempeln lassen.

Der erste New-York-Tag, reines Flanieren im strahlenden Mai-Sommer durch die Eleganz dieses Teils der Stadt. Befremdet über die Einsamkeit der Menschen, die selbst im Gehen auf der Straße telefonieren (gewiß mit einem Anrufbeantworter) oder – wie mittags an der Bar im Plaza – auf einen einquackeln: über ihren Papa, ein Haus in Marbella, die zwei Brüder, ein Dinner in Wien, wo ... lauter fremder Unsinn, der niemanden interessiert.

Will mir einen genießerischen Abend mit Drinks im St. Regis, Theater und *late dinner* im Algonquin machen.

Hotel Nestroy, New York, den 17. Mai

Rührquirl-Notizen auf dem Rückflug von einer New-York-Woche, nach Trump-Tower-Espresso-Abschied und «letztem» Spaziergang auf der Mai-Sonnen-überfluteten Park und 5th Avenue Eindrücke und Gedanken überschneiden sich.

Vor allem unzufrieden mit mir: Bin ich, was Tucholsky «der Affe der reichen Leute» nennt – d. h., «mache ich mich ran» an Berühmtheiten, die mit mir eigentlich nichts anzufangen wissen? Roger Straus käme offenbar nie auf die Idee, mir einen Vertrag anzubieten, auch wenn er «fascinating» sagt, wenn ich von meinem neuen Buch erzähle, oder: «But that's more than an article, that's a book», als ich von meinen AIDS-Recherchen erzählte. Arthur Miller – nett, offen, landarbeiterhaft in verschmutzten Jeans von der Gartenarbeit bei improvisiertem Lunch («Inge, wo sind die Teller» ...) auf seinem enormen Roxbury-Landsitz mit eigenem See – muß sich mal knapp nicht meinen Namen für die Widmung buchstabieren lassen; übrigens in einem erbärmlich-nichtigen Stück («The last Yankee»), schülertheaterhaft. Das darf man also bei Weltruhm, da wird man auch («Die haben ein sehr gutes Honorar bezahlt») zu 10 Tagen Argentinien eingeladen – der Vortrag «Freedom of the Press» kann ja nicht umwerfend gewesen sein.

Jedenfalls waren die – verblüffend und irritierend – vulgär Schwules behandelnden – Stücke, die ich sah («Jeffrey», «Angels in America»), dramaturgisch derart primitiv, daß auch die wie üblich zur Perfektion gedrillten amerikanischen Schauspieler das nicht anheben konnten. Sie wurden von einem Dompteur, nicht Regisseur, von Lach-Nummer zu Transvestiten-Witz und zu frivoler statt shakespearescher Heiterkeit (oder Sentimentalität) gepeitscht. Keines der 3 Stücke hatte eine Struktur, hatte inneren Ernst, Würde. Das bei dem Thema! Aber: Erfolg ...

Inzwischen singe ich meine Provinz-Nummern, gebe Feste für Leute, von denen ich wie nach einem Restaurant-Besuch nie wieder höre, bzw. mit Gästen wie Rühmkorf, der mich noch nie in seinem Leben auch nur zu einem Bier eingeladen hat; ich weiß nicht mal, wo er wohnt: So oft war ich sein Gast ... Dafür läßt er sich die Büchner-Preis-Laudatio von Wapnewski halten. Ein solidarischer Kollege!

«Mache ich mich also ran»? Auf Häppchen- und Champagner-Ebene – die meine Herren Literatenfreunde nicht mal genießen: Sie sehen kein Bild, sie mampfen das Essen rein, sie stellen die Stühle um, damit sie besser mit dem Jeweiligen schwätzen können –: bramsig, großfüßig, un-mondän (im französischen Sinne des Wortes). So fühle ich mich einerseits auf dem «Parkett» in Paris oder New York wohler, bin andererseits dort natürlich nicht zu Hause; meine Arbeit kennt hier ja überhaupt niemand – in Paris eventuell ein bißchen. Es könnte gut sein, daß sie hinter vorgehaltener Hand fragen: «Was macht der eigentlich?» Ein Random-House-Bubi, den mir Inge heiß empfahl, hatte schlicht keine Zeit für einen Drink; einerseits zu Recht – was gibt's schon mit mir zu bereden. Andererseits nicht zu Recht: Schließlich bin ich auch Autor – herrlich, sich vorzustellen, man schreibe gleichsam zufällig einen Bestseller oder bekäme einen richtigen Preis: wie sie einem hinterherliefen!

Ein griesgrämiger «Rührquirl». Dabei waren es schöne, heitere, auch gemächliche Tage, seit Jahren mal wieder in der neu-überraschenden Frick Gallery – bietet nicht nur Reichtum, sondern erlesene Kunst, was diese Gründerväter doch um sich drapierten, halbe Schlösser und Museen (und das alles per Schiff, ohne Telefon).

Unvorstellbar, daß ich doch in früheren Jahren die New Yorker Nächte bis morgens um 5 «genoß» und die sonderbarsten, witzigsten Kurzaffären hatte, von Allen Ginsberg zum Pagen. Nun abends brav 1 Drink, Theater, Dinner – und ab ins Bettchen. Ich werde zu meiner eigenen Roman-Figur …

22. Mai

Der gestrige Abend mit Platschek – er lädt immer mal unter der vornehmen Lüge, er habe ein teures Bild verkauft, zu elegantem Restaurant-Dinner ein – flach und nur mäßig skurril. Ich mag seine diebischen Augen, mit denen er ein Päckchen Streichhölzer aus dem LUTETIA auf dem Tisch entdeckt und sagt: «Muß aber Heinrich Mann draufstehen» (was eben zeigt, wie gebildet er ist – – – daß er weiß, daß in dem Hotel die deutschen Emigranten tagten); aber unser Gespräch (was ja heißt: auch, was ICH sagte) war schal. Ist das gegeben bei zwei kultivierteren älteren Herren, die alle van Goghs dieser Welt gesehen und alle Flauberts der Weltliteratur gelesen haben?

Zu dieser Verkapselung gehört aber auch: Ich bin angewidert von den z. T. überdeutlichen und brutalen Sex-Scenen der Stücke, die ich am Broadway sah, und mir ist förmlich flau im Magen heute nach Beendigung der Lektüre dieser amerikanischen Foucault-Biographie, die in extenso Sado-Maso-Praktiken und Foucaults Verfallenheit an diese Schwanzring-Brustwarzenspangen-fist-fuck-Instrumentarien beschreibt (und hochintelligent analysiert).

HOTEL KEMPINSKI, BERLIN, DEN 27. MAI

Wenn ich doch begriffe, wie gut es mir geht: ohne Sorgen, was Hotel-Taxi-Flugzeug usw. kosten, ohne Zeitdruck, Terminhast kann ich meine selbstgewählten Themen erarbeiten (97% der Menschen, las ich kürzlich, können ihr Leben nicht selbst bestimmen). Heute also Besuch im Brecht-Haus, den ich hier nicht zitieren will, um «mein Pulver nicht zu verschießen» (für die Reportage). Nur die Kargheit – protestantisch? – soll festgehalten werden; vor allem, wenn man das mit Aragons französischem Luxus oder Arthur Millers amerikanischer Großräumigkeit vergleicht – und bedenkt, daß mit denen verglichen Brecht doch wirklich die Literatur-Welt verändert hat.

Gestern gleich nach der Ankunft die große, aber künstlerisch bis zur Leere enttäuschende Ausstellung zeitgenössischer amerikanischer Malerei – ob Rauschenberg, De Kooning, Lichtenstein oder Warhol: alles in die großmäulige Sprache der Reklame verzerrte Derivat-Kunst der europäischen Moderne, grell statt farbig, laut statt stark, Klischees schaffend statt entlarvend, Tricks statt Gesten. 1½ Ausnahmen.

Die anderen malen frech Malewitschs schwarzes Quadrat noch einmal.

2. Juni, im Zug nach Frankfurt

Noch ein Nachtrag zu meinem Besuch im Brecht-Archiv: kein Buch, kein Widmungsexemplar von Hans Mayer, der doch ganz gewiß mit derselben Beflissenheit, über die Janka vom Besuch bei Thomas Mann berichtet (Mayer redet Mann mit «Herr Professor» an ...), dem armen Brecht jede gedruckte Zeile von sich zusandte mit epischen Widmungen. Das war dem Meister nicht bewahrenswert (wie ich in meinem gestern geschriebenen Artikel andeute ...).

Lauter Zusammenhänge: Der einst alerte, auf verschrobene Weise komische Heißenbüttel mußte gestern zur Feier seines 70. (im Literaturhaus) hineingetragen, dann im Rollstuhl herumgefahren werden; er erkannte niemanden, blickte blöden Auges herum, alle flohen ihn oder flüchteten sich in makabre Witze à la: «Einarmig genügt wohl nicht?» Ein Goya-Bild der tuschelnden *has-beens*: FJR mit Gneuss, Drommert mit Meichsner, Mechthild Lange mit ... Man kann sich nicht oft und energisch genug klarmachen: In 8 Jahren bin ich 70! – wie schnell alles aus ist.

Notierenswert, daß dann doch bei vielen banalen Gelegenheiten Nachdenken-machende Gespräche. Bei dem Heißenbüttel-Cocktail erläuterte mir ein ehemaliger ZEIT-Wissenschaftsredakteur, daß eben von dem Moment des befruchteten Eis an ein «menschliches Wesen» existiere mit komplettem genetischen Programm – daß also die Abtreibung – Ja-oder-Nein-Diskussion – anders geführt werden müsse, nicht à la «Mein Bauch gehört mir», denn dann müßte man Frauen auch zubilligen, einen 2jährigen Mongoloiden umzubringen – kein qualitativer Unterschied.

Wie ein PS zum Abtreibe-Thema gestern abend einen meiner geliebten Tierfilme gesehen (das einzige, was ich wirklich gerne im TV sehe). Wie immer schockiert über das feste Code-System, mit dem Fortpflanzungs- oder Nahrungstrieb geregelt sind, der Kampf ums Weibchen (ob bei Seelöwen, Fischen oder Tigern), die «Haushalts»-Fürsorge und Fütter-Sorgfalt der «Mütter» (eine Seelöwen-Mutter «weiß», wie sie die Geburt abnabelt, und Krähen drum herum «wissen», daß sie gleich die Nachgeburt zum Fraß bekommen …) – es ist alles wie beim Menschen. Kampf ums Fressen, Ficken, Fortpflanzen, Sterben. Das Bücher-Schreiben (Malen, Komponieren, Dome bauen) ist das Gefieder-Putzen.

Sind also «menschliche» Regungen wie Liebe, Freundschaft, Solidarität Schimären?

Kampen, den 18. Juni

Wie doch Leere in einen eindringt. Nun ist der 17. Juni VIERZIG Jahre her, ich warf – TATSÄCHLICH in kurzen Hosen – Steine auf die russischen Panzer (die inzwischen verschrottet werden), und meine innere Erregung gilt inzwischen einem neuen Marmorbad in meiner Sylter Wohnung, nicht der Gesellschaft. Marmor ist verkalktes Muschelgestein. Das ist von mir geblieben: Kalk und Muschel, fein gemahlen.

Kampen, den 19. Juni

Alarmierendes Zeichen: Mir gefällt meine geliebte Syltbude im Moment (hoffentlich nur im Moment) nicht mehr, finde sie plüschpantoffel-spießig, phantasielos, überladen mit gedrechselten Leuchtern und drittklassiger Airport-Art. Vor allem nach dem sehr schön und streng gewordenen, neu-gekachelten Bad, in dem alle 20 cm irgendein Schnokus hing oder stand (und das nun kühl und akkurat wie ein Operationszimmer ist), finde ich alles überladen und peinlich-kleinbürgerlich.

Peinlich-kleinbürgerlich finde ich vor allem mich selber und meine «Kunst»-Produktion. Da ist dann doch – selbst wenn's wie mit den Sonetten schiefgeht – Grass ne andre Kategorie; und typischerweise ist er auch kraftvoller, weniger skrupulös sich selber gegenüber (anderen sowieso) und von keinem Selbstzweifel geplagt. Das geht einem zwar mit seinem «Du mußt» oder «Du darfst nicht» oder «Ich werde dann da aber …» auf den Geist, ist aber für SEINE innere Balance gut.

KAMPEN, DEN 23. JUNI

Zwei Lesefrüchte:

«Wenn unser Herz einmal seine Lese gehalten hat, ist Leben nur noch ein Übel» (Baudelaire).

«Ältere Männer, die nicht lächerlich erscheinen wollen, sollten nicht von der Liebe reden als einer Sache, an der sie noch Anteil nehmen könnten» (La Rochefoucauld; von Wunderlich mir mit unserem neuen Spielzeug Fax zugeschickt).

KAMPEN, 2. JULI

Endlich schönes Wetter. Baudelaire-Lektüre fast beendigt – mit zweifelhaftem Erfolg insofern, als er mir NICHT gefällt; im Journalismus oberflächlich, in den Gedichten zuviel Klingelingeling.

Besorgnis erregend mein Nervenzustand – ich bin von einer innerlichen Angespanntheit, daß ich z. B. nie DIE Sache genießen kann, die ich gerade betreibe, sondern immer schon «voraus-gespannt» auf die darauf folgende bin: bei der Morgengymnastik aufs Schwimmen; beim Schwimmen aufs Frühstück; beim Frühstück auf die Cigarette danach; bei der Cigarette auf die Post, die Faxe, das Telefon danach – und so den ganzen Tag.

Ich sehe auch nichts mehr – ein ganz unheimliches Phänomen, schwer zu beschreiben. Während ich früher jedes Kornfeld, jede Möbelintarsie, jedes Lederpolster im Auto gleichsam mit den Augen streichelte, mir ALLES sinnlich Wahrnehmbare geradezu ein Lustgefühl bereitete – ob nun ein Velázquez oder das Anziehen neuer Strümpfe aus besonders feinem Baumwoll-Material –, SEHE ich das jetzt zwar alles, aber nehme es gleichsam nicht wahr. Es dringt quasi nicht in meine Seele. Im Englischen hat man den Unterschied *«I look at it but I don't see it»* – so etwa. Ich ZWINGE mich, die Kornblumen oder die schwarzen Rinder oder die blühenden Disteln auf der morgendlichen Fahrt nach Keitum anzusehen, wahrzunehmen – sie bereiten mir keine innerliche Freude, sie dringen nicht in mich ein. Wenn aber das Salz dumpf wird …

Ich bin lächerlich.

Kampen, den 14. Juli

Hans Mayer verlogen: «mein Freund Brecht»; aber in Brechts Bibliothek findet sich KEIN einziges Buch von Mayer.

Ich könnte aus eigener Zeugenschaft BEWEISEN, daß er z. B. in 2 Details lügt: «Mein Freund Bloch» hat ihm die Tür gewiesen, ich selber habe noch zu vermitteln versucht bei einem Besuch im Hause Blochs in Tübingen, er wehrte das aber kühl und entschieden mit dem für mich berühmt gewordenen *«les relations suspendues»* ab. Und das «Ringen» um Bleiben oder Gehen in Sachen DDR: Hier, in Kampen, bin ich ZWEI JAHRE vor seiner Flucht mit ihm spazieren gegangen (Jens, war zeitweise dabei, könnte es bezeugen), und die Flucht wurde VORBEREITET – Mayer wörtlich: «Ich gehe nur, wenn ich hier eine Professur kriege.» Und von da an wurden alle Höllerers, Dönhoffs, Golo Manns der Welt eingespannt, ICH persönlich habe qua Rowohlt Teile seiner Bibliothek – als «Arbeitsunterlagen» deklariert – in den Westen kommen lassen, und, kein Zufall, sein «Abschiedsbrief» an die DDR ist in MEINEM Rowohltbüro geschrieben und trägt den Absender Rowohlt Verlag. SO sieht des Herrn Mayer «plötzliche Flucht» aus.

17. Juli

Im ganzen war Kampen dieses Mal un-leicht.

Ertappe mich dabei, junge Eltern mit ihren Kindern zu beobachten, die wie Enten-Eltern um die Brut herumschwimmen, ihnen etwas beibringen, sie bewachen/behüten, und dabei, daß ich traurig bin; so eins «hätte ich doch ...». Spüre ja auch, wie bei meinem klugen Freund Paul der Familienrummel ihn in gewisser Weise trägt – und sei es, daß er sich ereifern, wüten oder mokieren kann: Die «jungen Leute» bringen eine Art Abwechslung, «Neues» herbei. Außerdem – schlau, wie er ist – hat er sich da seine Gemeinde herangezogen. Wenn ihm schon der große äußere Erfolg nicht beschieden war, er in keinem Museum (mehr) hängt, auf keiner Auktion mehr gehandelt wird, so hat er wenigstens seine «intime Clique» um sich, für die er der Größte, das Leit-Tier ist. Es ist wie die Fruchtblase ums Ungeborene, die Schutzhülle, die jeder von uns braucht.

Derivate davon gestern abend, ganz rührend, bei respektive nach einer Lesung von Sarah Kirsch hier im Dorf (immerhin, es gibt nicht NUR Caviar-Fresser hier, sondern – der Raum war überfüllt – auch anderes Publikum). Sie, eine Mischung aus sensibler Libelle und Marketenderin, verkaufte allen Ernstes MITGEBRACHTE eigene Bücher und beantwortet – wie wir alle – routiniert/angeekelt die dämlichen Publikumsfragen. Aber kleine Selbstbestätigungs-Vokabeln wie «Es war gut besucht» oder «Ich habe viel signiert» spann sie auch wie einen Cocon um sich zur Selbstverteidigung und war über die Maßen gerührt, daß ich – «wirklich von Anfang an?» – da war. Der Abend endete bei Ziegenkäse, Pellkartoffeln und Rotwein.

22. Juli

Der Grat vom Intellektuellen zum Nörgler ist schmal – mir scheint, ich habe ihn überschritten: *«Tu te parle vieux»*, sagt man dazu in Paris.

Gestern abstrus-ausführliches Telefonat mit Rowohlt-Naumann: Auf mein abermaliges Drängen, die Angelegenheit mit den jahrzehntelang in der DDR illegal gedruckten und verkauften Tucholsky-Überdrucken (bei Volk und Welt und Aufbau) zu klären, ich sei das Tucholsky und der Stiftung schuldig, man habe schließlich die Mary veritabel betrogen – – – sagt sogar er: «Na ja, und da fällt ja schließlich auch Geld für IHR Konto ab.» Selbst DEM muß ich noch mal erklären, wohin die Tantiemen für Tucholsky fließen – nämlich zu keinem kleinsten Anteil (leider) in meine Tasche, sondern eben in die Stiftung.

Interessantes Musik-Erlebnis vor 3 Tagen beim Schloß-Wotersen-Konzert, wo die Hammerklaviersonate gegeben und von Joachim Kaiser interpretiert wurde. Zum einen wußte ich ungebildeter Mensch garnicht, daß das nicht nur Beethovens bedeutendste, sondern insgesamt wohl DIE wichtigste Sonate der Musikgeschichte ist – – – ich liebte sie nur seit Jahrzehnten sehr, und besonders das Adagio –, und AUCH interessant, daß Musik mit Worten nicht erklärbar ist: Mein so eloquenter und begabter Freund Kaiser war brillant, wo es um die Schönheit des Musikalischen ging, da fielen nur Worte wie harmonisch, charmant, genial, zauberhaft; richtig erklären – das allerdings glänzend – konnte er nur die technischen Strukturen des Sonatenaufbaus. Musikalische Schönheit läßt sich nicht dingfest machen.

HOTEL FONDACHHOF, SALZBURG, DEN 27. JULI

Graulicher Beinahe-Unfall: Auf der Fahrt von Bayreuth hierher raste – bei Tempo 170 km/h – der Auspuff des Vorfahrers in die Windschutzscheibe (die, einmal wirklicher Vorteil des Luxus-Autos, barst und splitterte – aber nicht brach); das Ding donnerte wie eine Panzerfaust, und Gerd – der fuhr – wäre in jedem anderen Auto tot, ich zumindest bei der erfolgten Zickzack-Carambolage schwerstverletzt. «The Survivor» heißt «Kuhauge» in USA …

Dem voran ging Isoldes Liebestod, wunderbar gesungen in Bayreuth.

Boulevard-Schick der «Gleichgewicht»-Premiere von Botho Strauß gestern in Salzburg. Ich fand, daß er lustig-direkt da war, wo er zugleich journalistisch-platt war: Scenen in der U-Bahn, in einer aufgelassenen Straße, deren banale Dialoge à la «300% Mieterhöhung» aus der «Morgenpost» stammen könnten und die man Hochhuth nicht durchgehen ließe. Das dann unterrührt mit Zen-Bla-Bla und einer Pseudo-Dreiecksgeschichte in gestelztem Bedeutungsdeutsch, als gäbe es Madame Bovary oder Effi Briest oder Mlle. Maupertin nicht bereits. Alles von parfümierter Künstlichkeit statt kunstvoll – und störend die aufgesetzt wirkenden Actualia: bißchen Skinhead, bißchen DDR-Wirtschaft, bißchen Scenen-Jargon. Botho Strauß ist – if so – Essayist, Erläuterer, kein Bild-Werfer, kein Dialogschreiber. Letztlich schreibt er über seine Figuren, statt sie sprechen zu lassen.

7. AUGUST

Zurück aus Bayreuth/Salzburg.

Diese Fest-Woche hatte ja EINEN Atem, beginnend mit dem Tristan über das Strauß-Stück bis zur Poppea: die Versuchungen, Gefährdungen und Abgründe der Liebe, die doch zugleich wenn schon nicht als «eine Himmelsmacht», so doch als bestimmende Kraft des menschlichen Lebens begriffen wird/wurde. Nur: Ich tue das nicht (mehr). Was mich doch in jüngeren Jahren so sehr umgetrieben hat, zur Verzweiflung oder zum steilen Jubel-Glück brachte: ist einfach nicht mehr da. Ich verstehe gleichsam die ganze Aufregung nicht mehr, sehe nur Händeringen, Augen gen Himmel schlagen und Fäuste an die Brust pressen und denke so vor mich hin: «Mein Gott, was für ne Uffrejung, nu seid ma bißken ruhiger, wird schon nicht so schlimm wern.» Die Bahn älterer Menschen erschüttert zu sehen durch «Liebe» (gar Sex) scheint mir lächerlich, das Leben hat doch eine «Bahn» auch im Sinne von Kurve, und der abnehmende Mond soll nicht tun, als könne er die ganze Welt noch in Silberglanz tauchen.

Insofern war auch die vergangene Woche in Berlin (ich flog noch am Tage meiner Rückkunft aus Salzburg weiter nach Berlin) ein Spaziergang um mich herum.

Der Abend bei und mit Wapnewski durchaus das «Abschluß-Bild» in der Mischung aus Weltverachtung und Melancholie in der Küchenschürze. Die hatte er allen Ernstes umgebunden, servierte als Vorspeise geröstetes Brot, das Ganze auf einem Mini-Balkon, neben zum Trocknen aufgehängter UNTERwäsche. Es gab ein Essen, wie es im Moment «in» ist: kärglich-kostbar, ärmlich-fein; selbst-gebackene Kartoffelpuffer mit Lachsstreifen, dazu allerfeinsten Champagner, dann wiederum mickrigen Käse, aber (den weiland von mir geschenkten, aber scheußlich schmeckenden und nach Kork riechenden) Brunello di Montalcino. Alles wirkte wie ein Abschieds-Abend, es roch und klang förmlich nach ausrinnendem Leben. Die Geschichte, die Wapnewski dazu erzählte, wirkte wie ein Pünktchen auf dem i: Seine Frau Monika macht in Volterra augenblicklich überlebensgroße TONfiguren und hatte die 15 fertigen zu einer Gruppe im Garten arrangiert. Wapnewski, unter dem «Vorwand», den Garten sprengen zu wollen, stolperte und zerschmetterte «alle neune», d. h., die letzten 2 «Überlebenden» riß er Lasso-gleich mit dem Schlauch um und zu Scherben. Freud hat nicht umsonst gelebt.

So liegt über allem ein dünner Film, der Menschen voneinander entfernt.

KAMPEN, DEN 15. AUGUST

Allerlei Nachträge.

Z. B. über den Besuch des SPDpolitikers Vogel in der ZEITredaktion. Ein mittlerer Postbeamter, der KEINEN EINZIGEN Satz in eigener Sprache formulieren kann, NUR in dem gestanzten «Ich-gehe-davon-aus»-Deutsch redet, die exakte Information an der ZEIT lobt – die ja nun gerade KEIN Informationsblatt, sondern ein REFLEXIONS-Blatt (if so) ist, dessen Lieblingslektüre – O-TON! – das Kreuzworträtsel im Magazin ist und auf meine Intervention hin – «Diese Ihre Lieblingslektüre erklärt einem vielleicht, wieso die SPD nicht mehr der Ort irgendeiner geistigen Debatte ist» – antwortet: «Aber dann lesen Sie doch die ...» (folgt irgendein Parteiblättchen); und der auf meine Bemerkung, die geistige respektive eben nicht-geistige Entwicklung der SPD könne man doch eventuell, pars pro toto, an der Entwicklung vom ehemaligen Blechtrommler Grass zu dessen Austritt aus der SPD nachzeichnen, nur zu antworten weiß: «Ich selber war es, der Grass in die SPD aufgenommen hat, das Dokument trägt meine Unterschrift.» Aufgenommen – als sei es ein sakraler Akt, eine Gnade. Und das eine hat ja mit dem anderen nichts zu tun – sie können alle nur eines perfekt: Antworten geben, die mit den gestellten Fragen NICHTS zu tun haben.

Dieser ist wenigstens ehrbar; aber KEINE silbernen Löffel gestohlen zu haben ist ja auch noch keine Qualität. Skierka erzählte mir, er habe an dem Tage mit Vogel mittags bei Paolino gegessen, und der – wie Italiener eben sind, gastfreundlich und schlau-großzügig – habe nach der Mahlzeit gesagt: «Es war mir eine Ehre, Sie als meinen GAST zu bewirten.» Am nächsten Tag kam von Vogel ein Scheck über den Betrag SEINER Mahlzeit (ohne die von Skierka) mit der Bitte, den Betrag einer wohltätigen Organisation zuzuleiten. Auf die Idee käme Mitterrand NIE.

Eine Zeitung ist schon ein interessanter Mini-Kosmos oder führt das vor, was die feinen Leute «gruppendynamische Prozesse» nennen. Der Herr Leicht z. B. wird «nicht angenommen», wie ein Körper ein Medikament (oder einen Giftstoff?) abstößt, so stößt der Redaktionscorpus ihn ab. Der Grund, meines Erachtens: Er ist ein Intellektueller. Das war/ist Ted Sommer nicht – der ist gebildet, intelligent meinetwegen – aber kein Zweifler, Nörgler, In-Frage-Steller, Besserwisser. Er hatte nie Leichts Schärfe, sondern immer eine Kegelclub-Bonhomie. Deswegen lachten sie über seine dümmsten Witze, die Gruppe identifizierte sich in und auf diesem Niveau – mit kleinen Salzkörnchen der Selbstironie, wiederum auch bei Sommer –, während sie sich angegriffen, «gepiekt» fühlt von dem Herrn Leicht. Und prompt allergisch reagiert.

Ist es schlimm oder gut, daß mich das vollständig gleichgültig läßt? Die innere Mechanik der Zeitung interessiert mich nicht mehr. «Schafft ihn fort und klagt um ihn», heißt es im Coriolan.

Letzter Nachtrag: In den beiden letzten Tagen den Rest der Korrespondenz mit Mary Tucholsky (für das und vor dem Weggeben nach Marbach) durchgelesen. Das war eben DOCH eine der wichtigsten Beziehungen meines Lebens – geradezu erotisch in der Spannung, dem Vertrauen, der Wut, dem Enttäuschtsein, dem immer wieder betonen: «dennoch ...». Meine frühen Briefe zeigen nicht zuletzt die große Anspannung der Ost-Berlin-Zeit, diese totale Präokkupation von «der Sache»! (ein Gemisch aus Literatur, Sozialismus, literarischen und politischen Querelen), ohne EINE Minute Zeit für auch nur den kümmerlichsten Hedonismus; keine Zeile über einen Theater-Abend, ein Konzert, ein Museum. Ich war ca. 22 Jahre – ein Pfeil, der von der Sehne schnellte, das Ziel hieß Arbeit, Durchsetzen von Büchern, Kämpfen um Pressefreiheit. Und die Seelenlage war die eines Jammerlappens. Schon so früh fast NUR Klagen über Übermüdung, zu viel rauchen, durchgearbeitete Nächte usw. – mit z.T. eher kühlen Reaktionen von Mary Tucholsky. Nur selten Güte von ihrer Seite – dachte sie vielleicht: «Lasse den sich man ausweinen – Hauptsache, er macht die Tucholsky-Ausgabe, und zwar mit möglichst vielen Bänden»? (Was ihr ja immerhin auch viel Geld einbrachte, z.B. den Einbau der Ölheizung konnte sie sich erst nach Eingang eines Schecks von VOLK UND WELT leisten.)

Transmar-Kongress-Hotel,
Erlangen, den 28. August

Im ICE zurück nach Kampen von einer meiner «Seidenraupen»-Fahrten: wie eine Seidenraupe, die den selbstgesponnenen Faden gleich wieder auffrißt, um Nahrung zum Spinnen des nächsten Fadens zu haben, den sie wieder auffrißt, um …

So sause ich zu gelegentlichen «literarischen Veranstaltungen», an denen mich nichts als der Scheck interessiert (der bald aufgefressen ist). Diesmal also in Erlangen Gespräch mit Adolf (wie kann jemand 1933 seinen Sohn Adolf nennen? Wieso hat er nicht einen anderen Namen angenommen) Muschg. Das verlief nett, routiniert, flach: wie seine Literatur. Sie ist ohne Fehl und Tadel, ordentlich gebaute Sätze schmoren auf der Flamme einer kleinen Phantasie; nie und nirgendwo wird die Sphäre des «ganz brav» durchstoßen: mit einem Wort: gefällig. Gehobene Unterhaltungsliteratur für das gebildete Publikum: «Feingliedrig wie ein Geschmeide wucherte eine freie Wolke Dampf gegen das Fenster hin.»

Das derlei auch prompt goutiert. Vom Anstößigen würden sie sich abwenden. Das bleibt im Kanon «Goethe war ein Genie, Mozart war frühvollendet» und eckt nirgendwo an. Es befriedigt Erwartungshaltungen – übrigens auch politisch.

Zum Thema DDR wußte der an der Züricher Goldküste wohnende, pensionsberechtigte Professor vor der «Hetzjagd» zu warnen (die böse Westdeutsche auf ehrenwerte Ossis veranstalten, angeblich): Applaus. Denn sie wollten ihren Pakt mit einer Diktatur auch nie untersucht sehen. Die viel strapazierte Redefigur «Ich kann nicht beschwören, wie ich mich verhalten hätte …» sagt genug. Ich weiß es. Und Schädlich, Kunert, Sarah Kirsch, Schütz, Fuchs wissen es auch.

Der kleine, sympathische – mit dem bräsig-selbstzufriedenen Schweizer verglichen nervöse – junge Kurt Drawert war auch entsprechend empört. Während Muschg irgendwas von Gnade und Grazie faselte, erzählte er von der DDR-Realität, den Stasi-Honoraren für Schedlinski, den Landhäusern und Autos und Honecker-Privat-Nummern der Christa Wolf. Der Mann wußte, wovon er redete: hatte Pep.

Das/Der war Lichtblick, das einzig Lohnende dieser vertanen 2 Lebenstage im Hotel mit Schuhputzmaschine neben dem Lift, Bonbon auf dem Kopfkissen und Fußpilz-Spannteppich. Das Schlimmste die Geiselnehmerei der Kulturbeamten-Veranstalter, die nicht nur erst nach der Veranstaltung, sondern auch erst nach dem anschließenden «Umtrunk beim kleinen Italiener» (statt bei Nürnberger Bratwurst und Frankenwein) löhnen. Man sitzt, hört deren Quatsch an, trinkt Pinot Grigio und ißt scheußliche Calamares – und wartet auf sein Geld. Schmählich.

Wie höflich, dachte ich nächsten Morgen, als früh das Telefon klingelte und der Herr Muschg sich bedankte und verabschiedete; es war aber nicht Höflichkeit – er stand ratlos am Hotel-Desk, wo man angeblich von nichts wußte, daß die Veranstalter sein (unsere) Zimmer zahlten, und wollte nun meinen Rat, «ob wir etwa unsere Zimmer selber bezahlen müssen». Oh, du meine Schweiz.

Eine lustige Beobachtung zu mir: Ich löse alle Redensarten *in corpore* ein. Man muß «Kreide fressen», um sein Cholesterin niedrig zu halten – ich fresse aber keine Kreide, auch nicht im übertragenen Sinne; und habe prompt zu hohe Cholesterin-Werte. Mein Sylter Masseur erklärt mir, daß ich so unter Spannung stünde, daß seine Finger geradezu elektrisiert würden, wenn er auch nur eine Fußreflexzonenmassage mache; man nenne das «überspannt». Von «dünner Haut» (die ich mir bereits beim Briefeöffnen aufschneide) bis zum «Durchbeißen» (wogegen ich Attrappe nun nachts eine «Knirsch-Schiene» an den Zähnen trage): Alles, was man sonst nur im übertragenen Sinne benutzt, gilt bei mir garnicht «übertragen».

Gestern nachmittag ruft Rudolf Augstein an, total betrunken, sinnlos stammelnd, ob ich noch mit Gabriele Henkel befreundet sei, die gebe doch ein Essen für Henry Kissinger, und er wolle da absagen, aber was er denn mit seiner Begleitung tun solle, man sei ja gut erzogen (???!?) und müsse doch die Begleitung angeben, zumal er absage.

Selbst meinen Witz, ob er denn nun die «Begleitung» alleine hinschicken wolle oder ob ich den Anruf so verstehen dürfe, daß ICH seine «Begleitung» sein solle, verstand er nicht mehr. Wie oft Betrunkene wurde er ganz steif-förmlich-höflich und bedankte sich für das Gespräch, als habe er Kissinger INTERVIEWT.

KAMPEN, DEN 3. SEPTEMBER

62. Geburtstag – un-bemerkenswert.

Der Ort, an/in dem ich wohne: alleine –.

1. OKTOBER

«Es gibt keine andere Quelle der Schönheit als die Verletzung – einzigartig, verschieden bei jedem einzelnen, versteckt oder sichtbar –, die jeder Mensch in sich trägt, die er sich bewahrt und in die er sich zurückzieht, wenn er sich von der Welt in eine vorübergehende, doch tiefe Einsamkeit abwenden will.»

Ein Genet-Zitat aus der (vorzüglichen) Edmund-White-Genet-Biographie, die ich soeben beendet habe.

HOTEL VIER JAHRESZEITEN KEMPINSKI,
MÜNCHEN, DEN 8. OKTOBER

Für 1 Tag also hierher, um Solschenizyn zu interviewen. Böser Nerven-Crack zuvor: Im Zug zerbrach meine Brille. Plötzlich blind, plötzlich nicht mehr lesen, plötzlich sogar Schwindelgefühl, eine Art Balance-Verlust. Statt ruhigem Room-Service-Abend mit Vorbereitungslektüre nervöser Cigaretten-Abend im

Restaurant mit der notdürftig vom Hotel-Techniker geflickten Brille. Kaum geschlafen.

Was ungerecht ist – denn unter besseren Bedingungen kann kein Mensch Interviews führen: Hotel-Limousine, Konferenzsuite, Dolmetscher, Stenograph; ich konnte mich ohne jede Technik-Irritation ganz aufs Gespräch konzentrieren.

Das wider Erwarten sympathisch verlief. Er ist kein Taschen-Tolstoi, durchaus ein eigener – auch listiger; nahm Geld fürs Interview – Kopf voll störrischer Altmodischheit, der den «Entwurf der Moderne» ablehnt und ohne Selbstgefälligkeit, aber voller Selbstbewußtsein auf angeblich verbrauchten Begriffen wie Seele, Verantwortung, Mission, Glaube besteht.

Wenn das Gespräch eindimensional blieb (gar nur einen einzigen Gedanken variiert), dann liegt das an mir, weil ich die «Was halten Sie von Gorbatschow?»-Masche nicht mag. Mag sein, daß mein zunehmender Degout allem Journalismus gegenüber mir die Ganglien «führte» und ich aus einer Art «Bockigkeit» heraus nicht die sich anbietenden hurtigen Fragen stellte.

Damit mag das Gespräch der «Vergessenheit» des Autors auf makabre Weise entsprechen: Der Stenograph erzählte mir: «In Hamburgs Thalia-Buchhandlung wußte niemand auch nur den Namen Solschenizyn», und er selber berichtete, daß sein Italien-Verleger Mondadori die Publikation des «Rote Rad»-Zyklus abgebrochen habe. Sic transit.

21. OKTOBER

Lesung in Schwerin. Interessant die andere «Haltung zum Buch» der Ossis: Sie nehmen das anders in die Hand, es ist auf seltsame Weise weniger Ware (und sie zögern entsetzt bei dem Preis: «Da muß ich erst mal meinen Mann fragen»), sie blättern und prüfen und lesen etwas drin rum – und kaufen dann, immer noch gegen die Preisschranke ankämpfend, sozusagen «freundlich» das Ding in die Hand nehmend.

Wie sie ohnehin nach wie vor oder sogar schärfer denn je sich vom «Westen» abgrenzen; inzwischen ist ihnen jeder Mercedes zum Kotzen (außer dem, den sie selber fahren) und jeder BMWfahrer ein Brutalo-Rabauke, und sie feiern sich als die, «die eben nur Trabis hatten, da gab es diese Karossenprotzerei nicht». Wobei sie vergessen, daß die meisten nicht mal nen Trabi hatten, vielmehr 15 Jahre darauf warten mußten. Vor allem aber vergessen sie, daß sie zwar – vielleicht – «ein einig Volk von Trabi-Brüdern» waren – – – aber ebenso ein einig Volk von Stasi-Brüdern; jedenfalls Hunderttausende von ihnen. Und die, die jetzt streiken, weil sie ihre Braunkohle weiter verarbeiten wollen – egal, ob die jemand will, kauft und brauchen kann –, haben DAGEGEN nicht gestreikt. Haben ÜBERHAUPT NICHT GESTREIKT, egal wogegen – auch nicht, wenn der Nachbar verschwand oder die eigne Tochter nicht studieren durfte.

31. Oktober

Das mache auch wohl nur ich: gestern früh ab Nizza, mittags in Hamburg gelandet, nachmittags mit dem Auto nach Lübeck, wo ich ab 13 Uhr eine «literarische Nacht» in der Petri-Kirche leitete, mit Lesungen, Podiumsdiskussion, scenischen Veranstaltungen. Das Verrückte, immer wieder, an solchen Sachen ist, daß so viele Menschen zu derlei hingehen – – – aber doch offensichtlich NICHTS verstehen. Manchmal nicht mal akustisch, weil z. B. der arme Karl Mickel in der Sakristei Gedichte lesen mußte, während im Kirchenschiff ohrenbetäubend «lustige» Musik spielte. Intellektuell aber gewiß nicht – wenn Delius einen Text liest, der sich auf Fontanes «Herr Ribbeck im Havelland»-Ballade bezieht, raunt es hinter mir: «Da waren wir doch auch mal, doch, das kennen wir.» Dieses angeblich literaturinteressierte Publikum ist eigentlich hassenswert, sie sind amüsiersüchtig und in Schablonen (in diesem Fall vom «Dichter») lebend wie jener junge Mann heute mittag (als ich im Maritim-Hotel in Travemünde schwimmen war), der aus seinem Wagen stieg und sagte: «Ach, herrlich, die gute Meeresluft.» Sie denken, fühlen, bewegen sich NUR in den Klischees, die ihnen von Illustrierten oder vom TV vorgestanzt werden (weswegen z. B. an jedem Swimming-Pool der Welt so viele «Drinks genommen» werden – das haben sie irgendwo gesehen, das ist die große Welt).

Wenn sie wüßten, wie sehr Schriftsteller sie verachten, die doch alle NUR des Honorars wegen durch diese ewigen Reifen springen – am unverhohlensten noch sagte ihnen gestern nacht das Kunert ins Gesicht, der auch den einzigen wirklich literarischen Text las – wenn er auch possierlich wirkt unter der Regie seiner enormen Juno, mehr und mehr einem Seehund ähnlich, aber dressiert. Während Mickel vorführt, daß es eben DOCH so etwas wie ein «Ostgesicht» gibt – eine unheimliche Mischung aus verschlagen, verkniffen, listig, feige, geduckt, beflissen. Ich mochte ja seine frühen Gedichte sehr (verlegte sie bei Rowohlt, die, die damals in der DDR nicht gedruckt werden durften) – täusche ich mich, wenn ich mich an einen schönen, klaren Kopf erinnere?

4. NOVEMBER

Ach Gottchen, die Welt der Schreiber ... Anruf heute morgen (ganz früh) Joachim Kaiser. Also, das sei nun mein bester Artikel (was man ja nie gerne hört, weil dann all die anderen minder gut waren/sind), einfach großartig, das mache mir keiner nach. Ich dachte, er spricht von Baudelaire – nein, er meinte die GenetREZENSION, also doch eigentlich garkein «Aufsatz». Und es gäbe einfach in ganz Deutschland allenfalls vier Leute, die derlei könnten – er (als erster genannt), Habermas, Joachim Fest und FJR.

Eine hübsche Combo – aber nichts davon ist wahr. Das ist eine ordentliche Buchbesprechung, nicht mehr. Wäre es abends gewesen, hätte ich gedacht, er sei betrunken. Doch es stellte sich heraus, er wollte unter dem Vorwand dieses Lobes eigentlich nur davon reden, wie ALLE anderen ohnehin halb bekloppt seien, Herr Schirrmacher und, und, und.

Dennoch ulkig, so ein Anruf – einerseits lieb, denn das ist ja nicht üblich im Gewerbe, daß man sich lobt. Andrerseits eben auch komisch.

Wobei ich gar nicht verhehlen kann, daß dieses mich «vervielfältigen» mir im Augenblick Spaß macht: mein Buch, die vielen großen ZEITarbeiten kurz hintereinander, jetzt mein Tucholsky-Buch als Taschenbuch, diverse Interviews, Lesungen, Podiumsdiskussionen, in den nächsten Tagen das SPIEGELsonderheft mit meinem Augstein-Aufsatz. Vielleicht hat die Stützner recht, wenn sie das als Quelle für den Hass sieht.

Apropos Augstein. Auch schon eine Pointe in sich, daß er nun öffentlich, ausgerechnet in einem SPIEGELinterview mit ihm (mit sich?) kundtut, sein Sohn Jakob würde sein Nachfolger, erbe die SPIEGELanteile und würde dort im Hause inthronisiert. Die Pointe ist nicht so sehr, daß die anderen Kinder das wohl nicht gerne gelesen haben werden, vor allem die ehrgeizige Franziska nicht, die das doch partout WOLLTE; die Pointe ist vielmehr, daß es ja gar nicht SEIN Sohn ist, sondern vielmehr der von Martin Walser, mit dem die schöne Maria weiland ...: wahrlich eine Roman-Scene, könnte von Stendhal sein. Walser implantiert den SPIEGELnachfolger – besser hat kaum je ein «unehelicher Vater» sein Kind unterbringen können und eine fremdgehende Mutter auch nicht.

14. NOVEMBER, GRAUER NIESEL-NOVEMBER

Den 1932er Vortrag Thomas Manns über Goethe noch mal gelesen und mich vor allem an den Schlußgedanken vergnügt, mit denen Thomas Mann auf den «bösen alten Mann» Goethe eingeht (nicht, daß ich vermessen genug wäre, mich zu vergleichen; aber man kann dieselbe Nervenstruktur haben, dieselben Dégoûts – ohne ein äquivalentes Werk zu schaffen). Sowohl Goethes Abwehr und Unverständnis der Jugend gegenüber erfrischen mein Herz (wenn ich an die ästhetische Hochstapelei heute denke) als auch die beschriebene Vereisung seines Alters, etwa in den Diwan-Zeilen: «Sie lassen mich alle grüßen/und hassen mich bis in den Tod.»

Oder mit dem Vers «Ich bin Euch sämtlichen zur Last,/einigen auch sogar verhaßt» … das ruhmreiche Petrefakt vom Frauenplan weiß genau: «Warum sollte ich mir nicht sagen, daß ich immer mehr zu den Menschen gehöre, in denen man gerne leben mag, mit denen zu leben aber nicht erfreulich ist.» Herrlich.

Thomas Mann, der ja stets aufs Erfrischendste von SICH spricht, wenn er andere darstellt, erwähnt nicht nur die «Bösheit des mächtigen Alters» bei Goethe, sondern erinnert auch an Napoleons Dünnlippigkeit im Gedanken an den eignen Tod: Einem Maréchal, den er gefragt hatte, was man wohl dereinst bei seinem Tode sagen werde, und der sich in weihevollen Klagen erging, die die Menschheit in diesem Falle erheben werde, schnitt er das Wort ab: «Alles Unsinn! Sie werden Ouf! sagen.»

Viel Utopie liest man aus derlei Bemerkungen und Verhaltensweisen nicht. Dennoch kann ich nicht leugnen, daß mich ein – natürlich wie immer bei ihm zitierter – Satz vom alten Hans Mayer, neulich bei einem eher grotesken Fernsehdisput mit Liebermann, doch berührt hat. Bloch habe angesichts des stets siegreichen Kapitalismus gesagt: «Da fehlt doch was.» Hervorragende Definition. Nur Haus und Auto und Reisen und Landhaus und, und, und – das kann's doch nicht sein? Da fehlt doch was? Oder ist das sentimental?

26. November

Das Schönste sind immer die Abende mit Paul (Wunderlich, dessen Mischung aus Sarkasmus, Eleganz und Selbstironie so wohltuend ist wie ein guter Bordeaux-Jahrgang (den ich allerdings, mit köstlichem Rehrücken, auch serviere). Selbst eine böse Verletzung – beim Bändigen der beißtollen Köter hat ihm einer eine Sehne am Mittelfinger der rechten Hand zerrissen – löst er noch dekorativ: Nachdem kein Arzt ihm helfen konnte, es sei denn mit dramatischen Operationsdrohungen, hat er sich selber einen Stützring für den irreparablen Finger gebaut. Er wird noch seinen Tod zierlich lösen.

Am Abend zuvor zum Abendessen mit Hochhuth, der sich im Chaos seines Kopfes und seiner (Un-)Sitten treu blieb respektive übertraf: herrschte den verdutzten Kellner an: «Tun Sie ruhig alle Kartoffeln auf den Teller» und sagte auf dessen peinliches «Das darf ich nicht, das tut man nicht»: «Wieso, essen Sie zu Hause auch so?» Dazwischen ging es im Galopp von Menzels Zeichnungen über seine Lesetournee durch 52 – ZWEIUNDFÜNFZIG!! – Städte und die Apanagen für 2 geschiedene Frauen (2 Basler Stadthäuser, ca. 5000 DM monatlich *each* und die nach wie vor «geldschluckenden» drei Söhne) zu einer Golo-Mann-Anekdote; der habe als junger Mann einen schönen Lover aufgegriffen, mit einem Freund zusammen mit nach Hause genommen, wo prompt die beiden zusammen ins Bett gingen – und zwar ins Bett von Thomas Mann! Der Gekränkte, Verschmähte habe nur noch sagen können: «Macht aber keine Flecken.»

Mitte Dezember

Der ganze Unterschied zwischen jüdischem Scharfsinn und deutsch-tiefsinnigem Bla-Bla in 2 Zitaten:

«Michelangelo hat aus dem Marmor den herrlichen David gehauen – aber in rein bildhauerischem Sinn ist dieses Werk unbedeutend. In ihm steckt die Schönheit des Jünglings, aber durchaus nicht die Schönheit der Skulptur.»

Kasimir Malewitsch

«Michelangelo ist der Bildner der Qual: seine Welt in Marmor gebliebener Gestalten: unausdenkbare Martern vortäuschend.»

Gerhart Hauptmann

18. Dezember

Meine Bemerkungen zu Thomas Manns Tagebüchern fertig, wohl die letzte Arbeit in diesem Jahr – doch wieder nahezu «ergriffen» von dem seltsamen Mann, leidenschaftlich und papiern zugleich, Stehkragen, aber DARÜBER halt doch ein Kopf (und darunter eine Seele).

Wenn ich das/den vergleiche mit diesen Abhub-Schreibern, die wieder mal und immer noch «von allem nichts gewußt», «doch nicht anders gekonnt» und «eben geglaubt haben» – die vor allem – sie in erster Linie – so sehr «gelitten» haben, während «der Herr Thomas Mann sich's in Kalifornien wohl sein ließ» – es ist zum Kotzen. Des jungen Maxim Billers Brief «Die Deutschen hassen eine klare Sprache – und deswegen hassen sie SIE» trifft den Nagel auf den Kopf. Das wuhrt und währt – heute in einem Nachruf auf den Pädagogen Becker steht ganz «harmlos», ich wette sogar: unbeabsichtigt: «Er verteidigte als junger Anwalt den Vater des Bundespräsidenten, Ernst von Weizsäcker, bei den Nürnberger Kriegsverbrecherprozessen. Viele Möglichkeiten standen ihm danach offen, auch das Bundeskanzleramt unter Konrad Adenauer ... einer der Söhne, Nicolas, verteidigte 1991/92 Erich Honecker.» Ganz Deutschland in einem Nachruf.

Viel Seele heißt oft auch viel Kälte. Schmalz wird auch kalt.

1994

The Traveller's Club, London, den 13. Januar

In diesem feudalen (wenn auch heruntergekommenen) Londoner Club fand nun gestern das so geheimnisvoll wie spektakulär eingefädelte TV-Gespräch mit Salman Rushdie statt; an dem teilgenommen zu haben ich mich ohrfeigen könnte.

Untergebracht von den Pariser TV-Menschen (eine Zulieferfirma für ARTE) in einem 8.klassigen Studentenhotel, flüchtete ich im ersten Schock mal rasch ins Ritz zu einem Drink. Dann der übliche Hemdenrausch bei TURNBULL & ASSER, dann zum Erfinder des Lichts in der Malerei, zu Turner, in die Tate Gallery, dann zum pompous George (darüber weiter unten).

Verabredet war eine Sitzung/Besprechung aller Teilnehmer um 20 Uhr – ich saß in meiner Jugendherbergskemenate bis 20.30 – *personne.* Ging also fein zu Whiltons alleine essen (wo man, die Krise hat London fest im Griff, *«no problem, Sir»* – einen Tisch bekommt). Zurück im Hotel ein aufgeregter Portier, man erwarte mich «dringend» unten in der Bar. Dort lümmelte eine unübersehbare Schar von Franzosen, die vor allem – nachts um 11 – am Bestellen des Abendessens, des Weins und später des Desserts interessiert waren. Es stellte sich in Minutengeschwindigkeit heraus, daß die Chemie nicht stimmte – für die Franzosen (ich war der einzige «Ausländer») war ich Störenfried, man kakelte, schrie und diskutierte atemberaubend, von Vorbereitung keine Spur. Niemand konnte Auskunft geben, ob man wirklich den ganzen folgenden Tag brauchen würde, wann genau mit der Arbeit begonnen würde, WAS die Arbeit überhaupt sein würde. Auf mein abermaliges Drängen, ich würde gern den

Abendflieger des nächsten Tages zurück nach Hamburg nehmen, kam ein *«impossible»*. Den nächsten Morgen PÜNKTLICH um 8 habe man bereit zu sein.

Also schlief ich unruhig in dem überheizten Zimmerchen ohne Luft, aber voller Lärm, war um 6 wach, pünktlich in der Halle – um zu entdecken, daß die Herren Franzosen – also die Hauptdarsteller Claude Lanzmann, Bernard-Henri Lévy und der DÉBATS-Chef Nora (der einzige, den ich kannte) – gemütlich frühstückten. Was ich dann auch tat.

Im strömenden Regen zu Fuß – *security reasons* – zu Minibussen. Voll Techniker. Für uns kaum Platz. Krimihaft fuhr ein Wagen uns voraus. Angeblich wußte unser Fahrer nicht, wohin wir überhaupt führen. Statt daß, wie wir alle annahmen, die Fahrt stundenlang in entlegene Gegenden ging, waren wir in wenigen Minuten am Ziele – eben diesem Club – angekommen. Wo wir von 9 Uhr morgens bis 14 Uhr herumlungerten, eingesperrte Clowns vor dem Auftritt, noch ohne Schminke. (Geschminkt wurde übrigens nur Lévy.)

Eine Unverschämtheit wie eine Farce. Keiner von uns vieren mochte eigentlich mit dem anderen sprechen, die Franzosen «nahmen mich nicht an» (ich legte mich auf eine Ledercouch und schlief), machten Small-talk und lasen, wichtig, wichtig, mit Bleistiftanstrichen in den SATANISCHEN VERSEN (vermutlich zum 1. Mal). Es gab aus Pappbechern miesen Tee und kalten Kaffee, nach Stunden die schlimmsten «Sandwichs» meines Lebens – ansonsten tigerte man Stunden um Stunden in der riesigen Bibliothek, drei große verbundene Räume, umher, rauchte, schwieg, belauerte sich. Nicht nur mischte ich als der einzige Nichtfranzose mich nicht mit den anderen – wie tief ist doch der Rhein nach wie vor –, sie wollten auch nicht viel miteinander zu tun haben, sie warteten auf «ihren Auftritt»; das kennt man ja von jeder TV-Sendung und den Minuten davor – aber doch nicht STUNDEN. Andererseits war man auch so «eingeklinkt» in die Angelegenheit, daß man nicht einfach weggehen mochte, noch mal ins Museum z. B. oder zu einem schönen Imbiß ins Ritz. (Schrecklich übrigens auch die Marginalie, die keine Marginalie ist: Einer brachte eine Zeitung, und *front-page-news* war – mit Foto – der Überfall in Halle auf eine Behinderte, der Neonazis ein Hakenkreuz in die Wange geschnitten haben!!!) Wie verhält man sich da «als Deutscher»? Alle sahen die Zeitung an und – schwiegen. Tödliche Diskretion. Dann nahm ich die Zeitung, ging zu Lévy und sagte: «Haben Sie das gesehen? Was für ein Land.» Dazu kam: «Oui.» Keine Silbe mehr.

Als um 14 Uhr der von seinen Geheimdienstlern wie von Dienstboten umgebene Star eintraf, waren wir verschwitzt, überraucht, übernervös und müde, voller Rückenschmerzen vom Sitzen auf unbequemen Clubsesseln. Nun begann der – übliche – Kampf vor der/um die Kamera. Nicht von Rushdie, der war ja der Mittelpunkt, aber der anderen – wer sagt zuerst was, wieviel, wie lange, wie oft, wer unterbricht, Gott behüte (ich z. B. gegen seinen Protest Claude Lanzmann; als säßen wir in der Schule). Dazu die Mischung aus Handicap und Anspruchshaltung: Obwohl man mir auf mehreren Vor-Erkundigungen gesagt hatte, das Gespräch finde auf Englisch statt, bestanden die (des Englischen nur mäßig kundigen) Franzosen darauf, ihre Fragen auf französisch zu stellen. Nun platzte mir der Kragen – und ich bestand meinerseits auf Englisch, jedenfalls für MEINEN Teil des Gesprächs. Das Ergebnis: Ich konnte mich mit Rushdie rasch, genau und problemlos verständigen, während sie oft nichts oder nur die Hälfte verstanden und ich etwa *«oral history»* übersetzen mußte.

Die der Levantiner Rushdie z. B. als literarische Struktur seines Romans für sich in Anspruch nahm. Er war zwar ohne Frage der Überragende und auch auf kraftvollere Weise Intelligentere als z. B. diese Salon-Pariser (die vorher noch abschätzig über sein Buch gesprochen hatten, das sie nun *«un vrai ro-*

man, un grand œuvre de la littérature mondiale» nannten und die über ihn gespöttelt hatten, er sei längst eine Interview-Schallplatte, eine Antwortmaschine); aber er hat auch etwas Verschlagenes, so eine Schlangenbeschwörereleganz wie diese Leute auf indischen Marktplätzen, eine Mischung aus schlau (Vorbilder UNTER Joyce wurden nicht mehr zugelassen, Grass – auf den er sich früher bezog – überhört) und verschlagen. Manchmal wirkt der Mann mehr wie ein Rikscha-Fahrer als wie ein *oral-history*-Märchenerzähler: Man weiß nicht, wo man mit ihm landet. So war auch sein «Ich freue mich, einem so berühmten Mann zu begegnen», mit dem er mir sein Buch widmete, zu oberkellnerhaft, zu deutlich verlogen-höflich. Auf mein *«You are very polite but not saying the truth»* umarmte er mich opernhaft. So groß, wie er denkt, daß er sei, ist er, glaube ich, nicht. Gegen die Salon-Hündchen aus Paris, die zu apportieren gelernt haben, immer noch ein Löwe.

Ein lustiger «Ich bin Präsident von allem»-Löwe war nachmittags zuvor der alte George Weidenfeld, dem auch nur zuzuhören kaum mehr möglich ist, ohne schwindelig zu werden: Zwischen Oxford und Bonn und Israel, Moskau und New York fand ich mich nicht zurecht, WAS er nun eigentlich genau tut und ist. Jedenfalls bin ich bereits der *«main-speaker»* bei irgendeiner Großveranstaltung und Gastprofessor in Oxford. Zu schön, diese aus Tee und kalter Zigarre entwickelten Gespinste.

Ich floh die Stadt, erreichte mit kreischenden Rädern die letzte Maschine und war selig in meinem *Malmaison.*

1. FEBRUAR

Der gestrige Besuch bei Grass so bizarr wie schön. Bizarr, weil er – anfangs – erschreckend gealtert wirkte. Wir kamen gegen 19 Uhr – Ute: «Wir haben seit 4 Tagen unentwegt Besuch – keiner, außer euch, hat Blumen mitgebracht»; DEUTSCHE LITE-

RATEN! – da saß auf unbequemen Sofa'chen ein Greis vor einer erkalteten Tasse Kaffee und schlief. Eine Menzelzeichnung.

Erst mein Begehr: «Lies doch was aus deinem neuen Manuskript, ich würde gern etwas hören» machte ihn lebendig und – schöner, schön zu beobachtender Vorgang – machte ihn von Minute zu Minute, von Textpassage zu Textpassage munterer, bis er wieder der alte (junge), herrlich vortragende Günter Grass war. Der so tief in der Manuskriptarbeit steckt, daß ihn im Grunde alles andere – Politik, VOLK UND WELT-Querelen (die ich dann auch überhaupt nicht erwähnte, es war nicht der Moment für derlei) – nicht interessiert; NATÜRLICH auch nicht MEINE Arbeit. (Mein Roman DIE ABTREIBUNG kam eine Sekunde vor – als Ute fragte, ich schildere doch jemanden mit geriffelten Fingernägeln, das bekomme sie jetzt auch, ob ich nicht wüßte, was das sei und wie man dagegen ...; DER Autor als Arzt. So, als fragte eine Dame in den Wechseljahren Thomas Mann nach Lektüre der BETROGENEN, wie man denn ...) Gut. Oder schlecht. Aber mir hat die Intensität dieser Arbeit, die Versessenheit gefallen – und ich kam mir lächerlich und anmaßend vor, selber gerade einen Roman zu beginnen. Fast war ich erleichtert, danach nicht gefragt worden zu sein. Nicht, daß ich die berühmt-berüchtigte Scene evozieren will, wie Heine Goethen besucht und auf dessen höfliche Frage «Woran arbeiten Sie, Herr Heine?» die respektlose Antwort erhält: «An einem Faust» – woraufhin das Gespräch im Kühlen endete; aber vermessen und leichtfertig kam ich mir doch vor, verglichen mit dem Ernst und der Kunstobsession, mit dem/der Grass sein Papier pflügt.

Ob das Manuskript nun gelungen ist? Kann ich nach ANHÖREN – nicht: Lesen von 3 Kapiteln von 32 – nicht sagen. Mir schien es kühn konstruiert, diese verborgene Fontane-Biographie als «untergenähtes Unterfutter» einer Romanhandlung – und dann auch wieder Bierzeitungs-banal. Fontane bei McDonald's –

ist das wirklich KOMISCH oder nur läppisch? Eine HEUTE agierende Figur «Fonti» zu nennen, damit sie rückversetzt ins 19. Jahrhundert ZUGLEICH Fontane sein kann – hm. Und ob diese Idee, eine Romanfigur im SELBEN Satz, in derselben Scene ZUGLEICH 1870 und 1989 agieren zu lassen, wirklich als Kunstgriff trägt oder nur als Kunstfertigkeit abplatzt – – – das kann ich jetzt noch nicht sagen.

Egal. Es war ein berührender Abend beim von mir geliebten normal-bürgerlichen Essen (falscher Hase mit Rotkraut) und der sympathisch (auch seine Einsamkeit traurig dokumentierenden) leisen Geste zum Schluß: Er würde so gerne Wunderlich wiedersehen, ob ich da nicht etwas arrangieren könne. Zu Befehl. Die beiden Genies schaffen's ja nicht, ihr Gipfeltreffen selber zu organisieren.

Hotel Steigenberger, La Canaria, den 15. Februar

Das Pochen des beinernen Fingers: kam beim Wasser-Ski heute nicht auf die Bretter; ich merkte beim Start: «Das geben meine Muskeln nicht mehr her.» Alle Ausreden – zu hohe Wellen, zu lange aus der Übung – sind eben welche. Die Wahrheit: Ich bin zu alt für so etwas. So wird ein Scheibchen nach dem anderen abgeschnitten – Ski schon seit Jahren nicht mehr, Tennis auch nicht; wann die «letzte Scheibe»? Dabei war ich doch so stolz, nicht einer dieser Stubenhocker-Literaten zu sein (und dennoch nicht dümmer als die), sondern Sport und Bordeaux und im offenen Porsche durch die Pyrenäen und Knaben und Frauen …

21. Februar

Ungezogener, gar rüpelhafter «Belehr»-Brief von Grass wegen Stefan Heym; muß zurechtgewiesen werden.

Friedenau, am 17.2.1994

Lieber Fritz,

soeben lese ich Dein Plädoyer für Stefan Heyms PDS-Kandidatur. Mein erster Gedanke war: Er ist nicht recht bei Trost. Doch mein zweiter Gedanke ging schon mit Zorn einher. Wie kann man eine Kandidatur gutheißen und mit der Überschrift «Aufrecht» krönen, die auf undemokratische Weise, nein, vordemokratische Weise in Scene gesetzt worden ist. Es ist nun mal so, daß in einer Demokratie der Kandidatur ein parteiinterner Wahlvorgang vorgeschaltet ist. Nichts dergleichen ist geschehen. Stefan Heym wurde zum Kandidaten ernannt. So etwas geschah in vordemokratischen Zeiten in Ständeparlamenten, und so etwas geschah zu Herrschaftszeiten der SED und gehörte zur Praxis einer Partei, die nie aufgelöst worden ist; vielmehr wurde die PDS eine bloße Nachfolgeorganisation, die sich mit üblichem Etikettenschwindel auch noch Partei des Demokratischen Sozialismus nennt. Gysis Trick und Wählerbetrug ist allzu deutlich. Im Wahlkreis Berlin Mitte/Prenzlauer Berg sitzen die ehemaligen SED- und nun PDS-Mitglieder mit privilegierten Wohnungen dicht bei dicht, insbesondere in Berlin-Mitte. In ganz Ost-Berlin verfügt die PDS über 30 000 Mitglieder, die SPD zählt knappe 3000. Da die SED nie aufgelöst, sondern nur umbenannt worden ist, durfte sie ein Großteil des Parteivermögens auf dem PDS-Konto verbuchen, und gleichfalls ging SED-Grundbesitz an die PDS über. So ausgestattet, kann man beim Wahlkampf im Namen der PDS gegen den Sozialdemokraten Wolfgang Thierse richten. Da haben wir sie wieder, die alte Kampfrichtung seit Kominternzeiten: Feind Nr. 1 ist die Sozialdemokratie.

Ich muß Dir nicht versichern, wie sehr ich Stefan Heym in zurückliegenden Jahren geschätzt habe. Mit ihm zusammen bin ich Mitte der achtziger und Anfang der neunziger Jahre in Brüssel aufgetreten. Zu einem frühen Zeitpunkt, als niemand – und Du ganz gewiß nicht – dieses Thema wahrgenommen hat, haben wir uns Gedanken gemacht, wie eine zukünftige Einigung der Deutschen aussehen könnte. Und gleichfalls haben wir uns nach dem Fall der Mauer – abermals ganz im Gegensatz zu Dir – darüber Gedanken gemacht, welch verhängnisvolle Folgen eine Ruckzuck-Vereinigung haben würde; unsere rechtzeitigen Warnungen sind mehr als bestätigt worden.

Der hohe Grad von Übereinstimmung von damals besteht heute nicht mehr, und in diesem Sinne habe ich in einem Brief an Stefan Heym meinen Widerspruch deutlich gemacht.

Ich begreife Dich nicht, lieber Fritz. Vorgestern bist Du noch wie ein Scharfrichter durch die Gegend gelaufen, und heute deckst Du eine trickreiche Kumpanei, die auch Dich unglaubwürdig macht. (Übrigens nennst Du Heyms Roman «Fünf Tage im Juni» entweder aus Schlamperei oder wider besseres Wissen einen Roman über den «Volksaufstand vom 17. Juni». Es sei Dir, der Du neuerdings ausrufst: «Man wird ja wohl noch Sozialist sein dürfen» gesagt, daß in der DDR nie ein Volksaufstand, wohl aber ein Arbeiteraufstand stattgefunden hat. Die Adenauersche Titelei «Volksaufstand» ist im gleichen Maße Geschichtsverfälschung gewesen wie die SED-Titelei «Konterrevolution», siehe mein deutsches Trauerspiel «Die Plebejer proben den Aufstand».)

Soviel in Länge und dennoch Kürze, denn mein Zorn ist immer noch nicht abgekühlt.

Freundlich grüßt Dich
Dein *Günter*

Prof. Dr. Fritz Raddatz,
Hamburg, den 23. Februar 1994

Lieber Günter,

was Du mir doch gelegentlich und immer mal wieder für sonderbare Rüffelbriefe schreibst, unwirsch und wie dieser nun im Ton doch fast schon an der Grenze einer Freundesbeziehung. Wie eigenartig, daß Du fast nie – jedenfalls meist unter großen Schwierigkeiten – Meinungen anderer akzeptieren kannst. Ich hingegen halte es eher mit Voltaire (falls ich das nicht wieder falsch zitiere und es war ein anderer), der dem Sinn nach einmal gesagt hat: «Ich bin völlig anderer Meinung, aber ich will meinen letzten Blutstropfen dafür geben, daß diese Meinung geäußert werden darf.»

Du mußt mich wahrlich nicht über die PDS belehren, der ich nirgendwo Kränze geflochten habe und von der ich wohl weiß, daß sie zum einen eine Art Geldwaschanlage ist und zum anderen in ihrer Mitgliedschaft zu guten Teilen aus SED-Funktionären besteht. Du solltest mich aber auch nicht belehren (woher Du nur immer weißt, daß Du ganz gewiß und der andere ganz gewißlich nicht recht hat?), wie man Figur und Person Stefan Heym zu begreifen hat. Deine Auftritte mit ihm, auf die Du anspielst, kenne ich nicht – ich kenne aber mein großes ZEIT-Gespräch mit ihm, das nicht nur ihm wichtig war, sondern auf das ich geradezu stolz bin: formuliert es doch, daß ich im grundsätzlichen vollständig anderer Meinung bin und doch ihm den Respekt nicht versagen mag. Du weißt nun ganz genau, daß ich «dieses Thema ganz gewiß nicht wahrgenommen» habe. Woher eigentlich?

Du weißt sogar, daß ich «wie ein Scharfrichter durch die Gegend gelaufen» bin. Das ist, was ich am Beginn meines Briefes einen Ton nenne, der unter Freunden nicht möglich sein sollte, der bewußt verletzen soll und dem eine Behauptung zugrunde liegt, die schlichtweg der Wahrheit nicht entspricht. Könntest Du mir bitte einen, auch nur einen einzigen Beleg für den «Scharfrichter» Raddatz beibringen? Einem Mann des Wortes wie Dir mag ich nicht unterstellen, daß Du meinen Aufsatz über die STASI-Unannehmlichkeiten von Christa Wolf und Heiner Müller meinen könntest, der von irgend denkbarer Fairneß und vom Bemühen, jeglichen Hepp-hepp-Ton zu vermeiden, geprägt war; während Scharfrichter gemeinhin ja Tötungsabsichten haben. Nicht einmal Deine Wortwahl für den 17. Juni ist richtig: Im Gegensatz zu Dir nämlich war ich dort und an beiden Tagen auf der Straße und kann Zeugnis davon ablegen, daß die Demonstrationen, an denen ich – wohl eher «Volk» als «Arbeiter» – teilnahm, durchaus mitgetragen und mitgeprägt waren von Hunderten, wenn nicht Tausenden von Studenten, Bürgern, Intellektuellen. Viele Freunde und Bekannte von mir aus Verlagen und Redaktionsstuben sind danach und deswegen eingesperrt worden.

Lieber Günter, mach Dir doch Deinen Zorn nicht so ungenau und mach Dir Deine Erregungen, wenn jemand etwas anderes denkt, als Du denkst, nicht so leicht. Ich sehe keineswegs – das weißt Du ja aus mehreren Gesprächen –, daß Deine rechtzeitigen Warnungen «mehr als bestätigt worden» sind, was den Vereinigungsprozeß betrifft. Ich sehe vielmehr darin viel rechthaberische Deklamation (bis hin zu Deinen TREUHAND-Verdikten in Sachen VOLK UND WELT, wo Du auch auf Gegenargumente mit keiner Silbe eingehst). Eigentlich muß derlei doch möglich sein, ohne daß man den anderen mit aggressiven Verdikten wie «nicht recht bei Trost» oder «unglaubwürdig» zudeckt.

Hotel Kempinski, Berlin, den 11. März

Luc Bondys Inscenierung des neuen Handke an der Schaubühne («Die Stunde, da wir nichts voneinander wußten») war perfekt auf verletzende Weise; nicht nur, weil der Mann mit dieser Kunstfertigkeit auch das Hamburger Telefonbuch inscenieren könnte – – sondern auch, weil alles so leer ist. Geht das, ein Theaterstück ohne Worte? (also: ein Ballett), in dem die dressierten Affen namens Schauspieler zu artifiziellen Höchstleistungen getrieben werden: die aber nix «bedeuten»?

Schon wenige Tage zuvor in Hamburg Peter Brooks «The man who» war fragwürdig – Etüden über die Körpersprache Irrer, kein Wort, nur Artistik, die sich um sich selber dreht (und in diesem Fall sich noch frivol letzend an der «falschen Bewegung» Gestörter).

Da bin ich doch anders gebannt von dem SCHINDLERS LISTE-Film, auch, wenn ich sehe, daß er nicht allzu selten am Schmalz langschliddert und daß er genau die Tränen produziert, die nix als «Erleichterung» produzieren und bei denen man dennoch seine Eiswaffel lutschen kann. Tatsächlich bestellte man rings um mich Eis, Cola, Schokoriegel, und als ich mich empörte: «Schämen Sie sich nicht, bestellen Sie nach dem dritten toten Juden das nächste Eis?», da sagte das junge Mädchen neben mir: «Beruhige dich, Alter, ich sehe das ganz cool.» So haben ihre Eltern oder Großeltern ganz «cool» zugesehen, als die abtransportiert wurden. Ein ekelhaftes Volk.

19. März

Mit Grass wieder mal versöhnt, hat nachgegeben in einem neuerlichen Brief, der zwar zeigt, daß er wenig von mir weiß und versteht (wenn er in mir eine Art Ex-Kommunisten sieht, wohl eine Sorte Leo Bauer oder gar Wehner; aber ich WAR nie Kommunist, nicht nur, weil ich nie in einer Partei war) – der aber auch zeigt, daß ihm an der Freundschaft mehr gelegen ist als an Zerreißproben durch Politik.

Nachtrag zur Romreise: mein Schock über die gereinigte Sixtinische Kapelle: Michelangelos Bilder schienen mir laut, bunt, zu heiter-frivol. WAS stimmt nun – unsere tradierten Sehgewohnheiten, die Kerzenruß und Weihrauchschmauch immer mitgesehen hatten, oder die «wirklichen» Farben, die nun wiederhergestellt sind? Wie würde man reagieren, sähe man die in Wahrheit ehemals ja knallbunten griechischen Statuen, deren strengen und kühlen, farblosen Marmor man heute so bewundert?

27. März

Lauter murrige Nachträge, nur – wie fast immer – der über einen amüsanten Wunderlich-Abend nicht; den ich zum Dank für das Fabel-Couvert mit dem weiland nicht eingelösten Scheck «köstlich» mit Caviar und Tatar und allerlei Erlesenheiten ausgerichtet hatte. Lustig auch immer wieder – neben allem Gebildeten, das zwischen uns hin- und herspringt – seine Geldfaszination. Wahrlich träfe auch auf ihn Tucholskys spöttisches Wort über Max Liebermann zu: «Er wäre auch ohne Hände ein großer Bankier geworden»: So erzählt er nicht nur von den enorm reichen Schwiegereltern (?) aller möglichen Kinder und Stiefkinder, sondern ebenso amüsiert über deren Schock: «Was, MALER ist Ihr Vater – also arm und brotlos!» Was er besonders genießt, da er es ja eben nicht ist – vielmehr von Spekulationen mit südafrikanischen Rand oder «Kanal-Aktien» (was immer das sein mag) erzählt, die ihm 30 und mehr % Gewinne bringen.

Dagegen ist dann ein (der darauf folgende) Abend mit Hochhuth doch staubig-raschelndes Papier, in dessen Wust man nur selten einen lesenswerten Zettel findet: etwa, wenn er von einem geplanten Monolog-Stück EFFI BRIEST erzählt und (zu meiner Verblüffung, dachte ich doch, meinen Fontane zu kennen) davon, daß sie mit Manfred von Ardenne verwandt war/ist, daß die «ganze Geschichte» sich eigentlich in Düsseldorf abgespielt habe und daß der EIGENTLICHE Skandal darin bestanden hatte, daß es EIN BÜRGERLICHER war, keineswegs ein Major von Crampras.

THE CONNAUGHT, LONDON, DEN 21. APRIL

Fast krank vor Wut: Der Herr Oxford-Professor, der laut Lord George «ganz wild auf mich» sei, ließ sich von mir einladen, plauderte bei Tee und Schnittchen von sich, erkundigte sich, wer George Weidenfeld eigentlich sei – das war's. Keine Einladung nach Oxford, kein Angebot.

Abends eines dieser mondänen Weidenfeld-Dinner, bei denen ich den Operndirektor und den weltberühmten «Wotan» nicht erkenne, aber «je peu me defendre» und plaudere in drei Sprachen mit Harold Pinter neben mir, dem deutschen Botschafter mir gegenüber, Mme. Wagner neben ihm oder Mme. Flick, die meine Tischdame war.

Witzige Pointe: Ich verirrte mich in Lord Georges Privat-Bad – und stand im Balkan: ein schmutziges Chaos voll Hunderter von Flacons, abblätternder Farbe, scheußlichen Handtüchern, und an den Wänden «Zertifikate» wie ein Friseur oder Masseur. Bühnenreif: vorne Bacon und Klimt und Schiele und die Diener in weißen Handschuhen – und hinten zerschlissene Frottélaken.

Heute morgen nun mein professionelles Gespräch, an dem einzig beeindruckend, wie der alte Wiener Jude lebendig wurde; will sagen: Als er von seinen diversen Israel-Engagements sprach, wurde der alte Mann jung, energisch, kämpferisch, nicht mehr *name-dropping* zwischen Helmut Kohl, Mercedes-Chef und Oetker, sondern ganz ernst und sympathisch.

Albergo del Sole al Pantheon, Rom, den 5. Mai

Abschiedskaffee vorm Pantheon, Ankunft in Venedig.

Venedig galt Harold Brodkey, den ich zu spät im Leben (meinem und besonders seinem) kennenlernte: Liebe auf den ersten Blick, wie das ja immer so ist: entweder sofort oder nie; die Mischung aus schwuler Koketterie und jüdischer Chuzpe und europäisch-amerikanischer Bildung ist mir sehr nahe; wie umgekehrt er schon nach ½ Stunde – neben dem ihn sichtlich nicht interessierenden Volker Hage vom SPIEGEL – sagte: «Aber wir sind uns ja sehr ähnlich» – außer, daß ich kein AIDS habe (??) und auf die in diesem Fall taktlose Frage *«How are you?»* (die mir unterlief) nicht sagen muß wie er: *«Thank you, I'm dying.»*

War verwirrt über Rowohlt-Naumann, der mich vorstellte als jemanden mit «einer phänomenalen Sammlung», als «den zu seiner Zeit besten deutschen Verleger», als den «heute brillantesten Literaturkritiker», als «hochinteressanten Romancier». Immer wieder ein Rätsel: ÜBER mich spricht er gut, aber für eben die Bücher, die er bei Tische so preist, tut er so gut wie nix. (Gewiß, gewiß – es war immerhin Naumann, der mit dem Satz «Ich habe als Student Ihre Marx-Biographie verschlungen – die MUSS ins Rowohlt-Programm» die 10bändige Taschenbuchausgabe meiner essayistisch-biographischen Arbeiten begann und veranlaßte und durchsetzte, die Lizenzen von Suhrkamp und HoCa und S. Fischer einholte; ich will und sollte ihm das nicht vergessen.)

Der 2. Abend mit Brodkey auf der schönen Canale-Grande-Terrasse des Hotel Monaco (nur dort kann er noch hin, weil er mit dem Motorboot direkt anlegen kann, nicht laufen muß) war geradezu intim-schwärmerisch und sein *«I'll never forget you»* nächsten Morgen am Telefon wohl nur mäßig übertrieben. Wunderbar sein: *«I hate you – you are so young, intelligent, successful, in love.»*

Wie banal dagegen war Rom. Am ersten Abend mit der wie

immer lieb-hilfreichen Inge Feltrinelli zu einer Super-Party bei reichen Reaktionären in palastartigen Räumen nahe dem Quirinal; das «Berlusconi ist fabelhaft»- und «Fini ist unerhört intelligent»-Gequatsche anödend, doch das ungeschriebene Gesetz «Man widerspricht als Gast bei Tische nicht» würgte mich, zumal meine Tischdame die Gattin des künftigen Außenministers war.

Das Verhältnis zwischen Inge und ihrem Sohn Carlo scheint besonders kompliziert. Er schon im Taxi muffig: «Ich weiß nicht, ob das gutgeht – wir haben eigentlich eine Verabredung, nie auf dieselben Parties zu gehen.» Sie, eher kleinlaut (was ungewöhnlich bei der flott-schnellen Inge): «Ich laß dich ganz alleine.» Er herrscht sie an, und sie pariert. Er löscht ihren Pailletten-Charme, wie man eine Kerze auslöscht, und windet sich fast körperlich, wenn sie im Inge-*speed* sagt: «Der lügt, wenn ich den Mund aufmache», oder wenn sie «Die Leopardin» sagt, wenn sie eine Nichte des «Il Gattopardo»-Autors Lampedusa meint.

15. Mai

Um auch mal Positives zu notieren: Manchmal denkt man, es ginge einem ganz gut.

Vorgestern besonders freundschaftlich-angenehmer Abend mit Wapnewski, der alt und bitter geworden ist, aber auch distanziert zu sich und der Welt, der meinen Caviar und Champagner genoß (den ich mir eigentlich nicht leisten kann) und mir rote Rosen mitbrachte: Von wem er die wohl hatte, denn gewiß waren sie doch nur «weitergereicht»?! Man schenkt doch einem Kollegen nicht rote Rosen …

Leicht beunruhigend nur, daß wir mit keinem Wort über Literatur, auch nicht über die eigene, sprachen, nicht über Pläne, was er z. B. mit seinen Tagebüchern tun wird; derweil er allerdings, sich umblickend, fragte: «Wer erbt all das?» Zu viel Bordeaux.

Gestern und heute gut gearbeitet, den Hans-Henny-Jahnn-Aufsatz für den MERIAN fertig, der mir sogar Spaß gemacht und der mich ein anderes Mal erinnert hat, was für eine grauenhafte Zeit die Adenauerzeit war (auch DAS muß man mitdenken, wenn man heute über die Ost-Künstler redet und darüber, wieso soviele in die DDR gingen; auch Jahnn, auch Arno Schmidt erwogen das – weil man dort Kultur ernst nahm: bis zum Verbot. Brecht bot dem hierzulande mißachteten, gedemütigten, armen und kranken Döblin – OBWOHL Katholik und Antikommunist – Villa, Auto, Personal und Pension an!).

Gestern abend in der überraschend unentschiedenen, kontur- und bißlosen DREIGROSCHENOPER-Inscenierung der Thalbach (ging, sie zu vermeiden, aus der Premierenfeier rasch weg). 2 lustige Miszellen: Vorm Theater spricht mich ein kleiner Buchhalter-Typ an, den ich nicht sofort erkenne. Biermann. Dann lustig und wie in alten Zeiten (auch, wie er unter Kuratel einer jungen, offenbar frisch geheirateten, Frau steht, die ihn geradezu «rein-pfiff»). Und: in der Pause am Theaterrestaurant-Tisch gegenüber ein altes, müdes Ehepaar, das vergeblich wartet, bedient zu werden, bis er sich schleppend erhebt, 2 Tassen Kaffee vom Tresen zu holen, dann setzen sich – ohne zu fragen, ohne zu erkennen – 2 Burschen in Jeans mit ihren Biergläsern an denselben Tisch und schwätzen, lachen, ohne auf die beiden «Alten» Rücksicht zu nehmen: Es war Helmut Schmidt mit seiner Frau. *Sic transit …*

28. MAI

Eine Grotesk-Reise hinter mir – und groteske Tage, fast die ganze Woche:

Gestern und vorgestern Stuttgart/Marbach: Das war also der 1. Abend, an dem sich wie selbstverständlich die beiden Herren Marbach-Direktoren VON MIR einladen ließen. Der Oberdirektor ein am Rande des Pampigen bossiger Mann, unintelligent und meines Erachtens auch ungebildet – ICH jedenfalls habe noch nie anderes als Stellenplan- und Stellenplanabbauprobleme aus seinem Munde vernommen. Der andere, Handschriftenabteilungsleiter, etwas verschmitzter, lustiger – er hat immerhin mit den diversen Witwen oder sonstigen Urheberrechtsinhabern zu tun, über die er z. T. die komischsten Geschichten erzählt, so etwa von einem Thomas-Bernhard-«Sklaven», der dem Dichter das Bier holen oder die Briefe zur Post bringen durfte und daraus einen Winzlings-Eckermann destillierte. Irgendwann tauchte dann so eine Figur in Marbach mit Koffern voller «Erinnerungen», Notizen usw. auf, die er wohl stets flugs aufs Papier brachte, wenn der Dichter etwa nach einem Fernseh-Abend bei ihm das Haus verlassen hatte. Das Problem Tagebuch zur Kenntlichkeit gebracht …

Nächsten Tags war's unangenehmer, weil ich ja in Marbach «meine Pyramide» besichtigte: SEHR widersprüchliche Gefühle. Einerseits beruhigend, vor den doch Respekt erheischenden Wänden mit eigenen Devotionalien zu stehen, die eigenen Korrespondenz-Leitzordner, Autographenmappen usw. anzusehen; andererseits das Gefühl des läppischen «Wer will das». Einerseits führt es Fleiß und Spektrum eines Lebens vor – andererseits weckt es auch das Gefühl «Das war's also?» mit dickem Fragezeichen. HÖCHST irritierend dabei zwei «Prinzipien» dieses Schiller-Museums: «Werke» (inklusive der Handschriften dazu) interessieren dort offensichtlich garnicht; nicht nur MEINE nicht, sondern generell keine – nur Briefwechsel und Tagebücher. Das ist nicht nur an dem winzigen Detail ablesbar, daß meine Korrespondenz-Ordner *correctissime* geordnet sind, während die Manuskripte der Bücher, die Ordner mit den Rezensionen der Bücher usw. wie Kraut und Rüben durcheinanderstehen. Aber auch zwei «deutlichere» Beispiele führten diese Mischung aus Frivolität und Abstraktheit solcher «Sammler»gehirne vor. Auf meine Bitten zeigte man mir die «Abteilung» Rühmkorf (auch, weil ich kollegenneidisch war UND weil ich wußte, er hatte etwas mehr Geld bekommen): ein Tesa-Film-verklebtes Jiffy-Tüten-Chaos grausligster Art, NIEMAND weiß, was in diesen verknautschten Couverts überhaupt drinsteckt (er könnte theoretisch altes Zeitungspapier hineingestopft und verkauft haben) – auch das in gewisser Weise zu meiner Wut: Wieso wurde für SO WAS mehr bezahlt, für etwas, das man überhaupt nicht kennt (während bei mir wochenlang «geprüft» wurde?!). Dito mit Hans Sahls Material – die Frage, ob denn die Tagebücher (die ich ja mal edieren sollte) dabei seien, konnte mir der Herr Dr. nicht beantworten. Dafür wußte er, daß es seiner Frau «sehr schlecht ginge». WIE schlecht – auch DAS wußte er nicht – hier lag nämlich ihre Todesanzeige …

So sind auch noch die zwei vorangegangenen Abende zu verzeichnen, die ihrerseits sich ins Läppische zersetzten: der eine die 80-Jahre-Geburtstagsfeier für George Tabori, die, wenig respektabel besetzt, von einem läppischen «Lieber-George-Brief» von Flimm verlieblost und von einem mit ungenießbaren Scheußlichkeiten verunzierten Buffet gekrönt war. Ich war etwas zittrig, weil seit langem das 1. Mal bei so was ohne Gerd und wohl wissend, wie gerne er dabei gewesen, WIE wohl er sich da gefühlt hätte zwischen allerlei Schauspielern und Flimm und Antje usw. Das einzig lustige Detail: wie Flimm die entgleist guk-kende Kultursenatorin fragte, ob sie auch «Mitglied der RAF sei oder werden wolle» – des Raddatz-Fan-Clubs, den er mit Grass und Bissinger gebildet habe und dessen Präsident er sei. Das sind so Kantinenwitze –.

Irrwisch Biermann neuerdings oft dabei und dazwischen, mit mir – *after all!* – sehr freundlich, wenn nicht gar freundschaftlich tuend; hm. Oder täuscht mich meine Eitelkeit?

Schönes Motto für mein Leben (von Montherlant): *«Se faire des amis est le souci du commerçant, se faire des ennemis – celui de l'aristocrate.»*

HÔTEL LUTETIA, PARIS, IM JUNI

Der Grund der Paris-Reise, das Interview mit Amado, war schattenhaft-banal: ein alter Mann, der wie eine Platte das wiederholt, was er ... zigmal gesagt hatte (und was ich aus meinen Archiv-Unterlagen kannte). Wenn ich ehrlich bin, ist es rausgeschmissenes Geld.

Berührend und bedrückend auch dieses Zermahlen-Werden vom Alter. Wenn ich z.B. die z.T. absurden Fotos der «Veteranen» sehe anläßlich dieses Invasions-Jahrestages, humpelnde Greise und weißhaarige alte Frauen, die irgendwo in Kalifornien noch mal ins Wasser hüpfen und selbst dort schon meist von Strandwächtern gerettet werden müssen (zu den Feierlichkeiten sind umfangreiche medizinische Hilfsvorbereitungen getroffen worden, weil «jemand sich beim Aussteigen aus dem Bus die Hüfte brechen» oder «jemand vor Aufregung einen Herzanfall bekommen» könnte). Und das waren die knackigen GIs, 18–20jährige lebensfrohe Jünglinge, strotzend vor Kraft, vor Geilheit, siegessicher, wunderbar gepflegt und stolz, mit prallen Ärschen und fickrigen Schwänzen – jetzt ist der Jüngste 68, und der US-Präsident wurde in Italien (wo die Amis gelandet waren) von einer 73jährigen Greisin empfangen, einer ehemaligen Krankenschwester. Gräßlich.

So auch mit dem WÄHREND des Gesprächs gähnenden Amado, der sich Honig ums eigene Maul strich, keinem echten Argument gewachsen war, sondern es mit dem Weichzeichner «Ach, wenn Sie wüßten, wie es damals war» schönte. Das Schönste an dem Gespräch war der 1stündige Spaziergang von der Wohnung am QUAI CÉLESTINS durch die vom Regen frisch gewaschene Stadt, die Seine entlang im abendlichen Juni-Licht. Ein Genuß.

Ein höchst lebendiger letzter Abend dann allerdings *thanks to* Freund Valerio Adami, der mich mitnahm zu einem Essen bei Jane Kramer, der Europa-Korrespondentin des NEW YOR-

KER – eine Art Susan Sontag der nächsten Generation, eine jener scharfzüngigen, neugierigen Ostküsten-Jüdinnen, mit denen ich mich so rasch so gut verstehe. So auch hier – und auch meine Eitelkeit kam zu ihrem Recht: Sie kannte mich genau, viele meiner Arbeiten, kannte von den kürzlichen Sachen den Kempowski-Artikel und die Brodkey-Rezension, ist also sehr *«à jour»* und wollte mich (wie ich sie) schon lange kennenlernen. Ein Abend des schnellen Kulturgeschwätzes bei mäßigem Essen und (zu) wenig Wein – zwischen Berlusconi, Allen Ginsberg und Thomas Mann –; aber sehr sympathisch.

Fühlte mich jedenfalls eher wohl als bei der Enzensberger-Premiere DELIRIUM den Tag vor meiner Abreise hier in Hamburg – ein eher fataler Theater-Abend, an dem der geniale Tabori aus einem Nichts ein Soufflé gezaubert hat, die tänzerische Vorführung von gelenkigen Gliederpuppen, genannt Schauspieler. Mindestens von Enzensberger ist es eine Frechheit – eine Anthologie von Gedichten von Brentano und Brecht, Harsdörffer und Becher, Morgenstern, Chlebnikow und, natürlich, Enzensberger, eine Perlenreihe ohne jeden roten Faden, bildungssatt und geradezu höhnisch unter dem Motto «Seht her, was ich alles gelesen habe» (die Kritik in der TAZ sprach zu Recht von einem umgekippten Bücherregal), kein Konzept, kein innerer Zusammenhang. Das war die Fortsetzung des Handke- und Peter-Brook-Kunstgewerbes, das ich neulich schon kopfschüttelnd sah. Derweil brennen Türken.

NOCH EIN PS ZU AMADO:

Nicht nur das Erloschene irritiert. Es/Er wirkt, als habe sich da nie jemand mit sich selber auseinandergesetzt, als habe er sich nie wirklich gefragt, was es heißt, so lange Kommunist gewesen zu sein – «ausgetreten kurz vor dem 20. Parteitag». Auf mein «War das nicht ein bißchen spät?», schließlich seien die Stalinschen Prozesse Mitte der 30er Jahre gelaufen, wovon er –

lebend in einer informationsfreien Welt – doch gewußt haben müsse, kommt nur eine klägliche Logik-Schlaufe: «Erkenntnis ist ein Prozeß, der dauert.» Dauerte also 20 Jahre!?!

Er ist nicht nur ein Unterhaltungsschriftsteller (ich habe ja, leide, zur Vorbereitung allerlei von diesen «Kakao»-, «Jubiaba»-, «Herren des Strandes»- und «Gabriela»-Romanen gelesen, die nicht nur von einer schmackhaft gemachten Exotik leben und ein vorgeformtes Figurenensemble haben (Arbeiter: arm; Gutsherren: reich; Frauen – zum Ficken da), sondern festgefügte Handlungsabläufe variieren. Ihr Erfolg im Osten war gewiß, da man dort ja nie einen Neger gesehen, eine Rumbarassel gehört, Zimt geschmeckt hatte: Touropa in Buchform). Er ist auch, hokkend in dieser abstoßend häßlichen Pariser Wohnung, ein eitler, alter Mann, unintelligent und der eigenen Vergangenheit gegenüber unaufrichtig. Er FRAGT sich nicht mal, ob man wirklich 1950 Stalin noch «einen Gott» nennen, als solchen empfinden konnte. Hat nicht das Format von Semprún, ist sich selber gegenüber wohlgefällig und schwärmt noch jetzt von «der Ungarin Anna Seghers», die er liebte und an die seine Frau – die schließlich eine Tasse Kaffee brachte – «jeden Tag denkt». Denkt sie auch an die Verräterin, die ihren Verleger Janka abholen ließ, schweigend?

Der heutige SPIEGEL wieder *«le Comble»*: JETZT schreiben sie – in Sachen war Ranicki ja oder nein Agent – von dem «ehemaligen Einbrecher Jens», der ja im Hause des toten Uwe Johnson eingebrochen sei, «um Intimes zu erschnüffeln». Das Schmutzblatt verschweigt indes, daß SIE es waren, die die *«Sore»* druckten – nämlich den gestohlenen Brief Uwe Johnsons gegen mich, ohne je 1 Sekunde zu recherchieren, ob die dort erhobenen Vorwürfe gegen mich denn der Wahrheit entsprachen, ohne auch nur die 20 Pfennige Stadtgespräch zu investieren und MICH nach den Zusammenhängen und nach der Wahrheit zu fragen. Der miese Herr Karasek antwortete auf Haug von

Kuenheims Satz (in einem Telefonat), sie druckten ja nun Hehlerware: «Was soll's. Wenn ich auf der Reeperbahn eine Rolex kaufe, frage ich ja auch nicht danach, wo sie herstammt.» Rotwelsch.

21. JUNI (PFINGSTSAMSTAG)

Endlosstreiflicht, dieses Land kennzeichnend: Meine Ruth Pisarek erzählt mir neulich in Berlin von ihrem Bruder und meinem Freund Schorchis Tod (qualvoll und viel zu spät schließlich durch ihn selber mit Hilfe des Arztes durch eine Überdosis Morphium herbeigeführt): Patienten ihrer und seiner Augenarztpraxis waren spürbar «befremdet» darüber, daß er auf dem jüdischen Friedhof beigesetzt wurde (wohl aufbewahrt bei mir die gräßlich-«schönen» Fotos der beiden Kinder mit dem gelben Stern!); «Aber das ist ja so weit draußen» war noch die gnädigste Bemerkung. Das Absurde: Ruth fand in ihrem Mandelstam-Buch, das ich ihr 1960 geschenkt hatte und in dem sie nach einem «Spruch» für den toten Bruder suchte, einen Zettel von mir: «damit du weißt, wie man's macht». Also offenbar ein Selbstmord-Gedicht.

Wie billig-ordinär dagegen der Hamburger Journalistenklatsch. Weil Augstein Peter Zadeks Wiener Shakespeare-Inscenierung verrissen hat, windet der sich nun in Qualen («Niemand kennt Herrn Karasek oder Herrn Stadelmeier, egal, was die schreiben – aber Augstein kennt die ganze Welt»). Also spitzte der Herr Zadek Antje an, sie müsse «was unternehmen» (als gehöre ihr der SPIEGEL; das erinnert mich an Bölls Verwunderung, als Solschenizyn, kaum zu ihm geflohen, zu ihm sagte: «Rufen Sie sofort die Gräfin Dönhoff und Herrn Augstein an, damit das abgestellt wird» – und Böll ihm nicht klarmachen konnte, daß es dieses sowjetische Prinzip, mal eben bei Stalin anrufen, hier nicht gibt). Typisch die Zadeksche Unterstellung: Augstein habe den Artikel in Wahrheit geschrieben, um sich an Antje zu rächen, weil sie ihn verlassen habe, dort «an Zadeks Seite» der Mittelpunkt gewesen sei und er diese «Demonstration von Unabhängigkeit» nicht habe ertragen können. Daß ihm vielleicht ganz schlicht und einfach die Inscenierung nicht gefallen habe – DARAUF kommt der Künstler garnicht.

Pointe der Pointe: Da Heiner Müller lauthals ebenfalls über den Abend schimpfte, ist der nun auch prompt Zadeks antisemitischer Feind geworden, und er, Zadek, signalisiert mir nun («Was wohl Raddatz zu der Sache meint?»), es täte ihm leid, daß er damals anläßlich meines Artikels über Heiner Müllers Stasi-Kungelei sich vor den gestellt habe.

KAMPEN, DEN 21. JUNI

Ein Notat zum Stichwort Entfernung zwischen Schriftstellern. *Out of the blue sky* rief hier, nach ca. 2 Jahren Schweigen, Thomas Brasch an. Aber ich frage mich, ob sein Gehirn noch wirklich richtig funktioniert, ob es nicht zerfressen, zumindest durchlöchert ist vom Kokain (wie alle Welt behauptet). Es war ein unkontrollierter Sturzbach zwischen unzusammenhängenden Haltepunkten.

Ich war in San Francisco, habe dort eine Oper geschrieben, bin dort in Ohnmacht gefallen, «schreiben heißt atmen lernen» (das mit lutherischer Bedeutung), ich schreibe einen Film über eine afrikanische Sängerin (lange Erklärung, warum er den Film NICHT schreibt, irgendwas mit Rassismus und seinem Judentum, total unverständlich), Schindlers Liste habe ich mir nicht angesehen, ist ein schlechter Film, die Leute gehen in San Francisco toll mit AIDS um, ich schreibe Prosa, sie ist aber schlecht, wäre nur gut, wenn ich die Frage meines Vaters «Was ist der Unterschied zwischen Furcht und Angst» beantworten könnte, Sascha Anderson habe ich gesagt: «Erklär mir, wie dir zumute ist, ich will nichts darüber schreiben, ich will's nur wissen», das habe ich in mein Tagebuch eingetragen. Ich schreibe kein Tagebuch, in einer Zeit, in der Klaus Kinski tot ist, den Brecht ans BE holen wollte, und Hanns Lothar auch.

21. JULI

Skribbel-Notate ohne Kontur, mehr Bedrückungsnotizen, wie sie meine Träume anbieten: ausschließlich Wälz- und Alpträume, von Krieg, explodierenden Häusern, Kampf, Not, Betrug, Jagd, Verfolgung, Einbruch. Ledig arrangiert sein eigenes Totenbett und sortiert die von mir dort liebevoll arrangierten Fotos von Jane aus (FÜR ROMAN MERKEN!!), oder ich konferiere mit Churchill auf einem beschossenen Kriegsschiff.

Muß aufpassen, nicht ein mürrischer alter Mann zu werden, den es ärgert, daß der Regen von oben nach unten strömt. Wobei interessant und warnend Rowohlt-Naumanns Erzählungen über Rühmkorfs Tagbücher (die er um und um schreibt). Sein Lebens-Mißmut war/ist Nicht-Anerkennung! Darauf wäre ich NIE gekommen, weil ich umgekehrt stets dachte, ob er nicht etwas über Gebühr anerkannt sei. So sind wir wohl alle, wir Literaten. Genauso klage ich – der vermutlich von vielen, von «außen» als extrem erfolgreich gesehen wird, gar als «reich». Und so klagt Grass, der sich zurückzieht auf ein: «Im Ausland erkennt man meine Bedeutung» – und nur der sogar gegen sich selber zynische Paul Wunderlich klagt nicht, sondern konstatiert es kühl – und kassiert; unter dem Motto «Der Teufel scheißt stets auf den größten Haufen» bekommt er noch qua Anwalt Unsummen, weil Telefonkarten ohne Genehmigung Motive von ihm benutzen oder eine Kaffeefirma zur Werbung eine seiner Mokkatassen abbildete. Herrlich. Weniger herrlich, wie «Freundeklauend» alle möglichen Leute zu ihm wallfahren, aber nichts von seiner Kunst halten. Sie finden IHN herrlich, den Gastgeber, den ironischen Gentleman – aber kämen nicht auf die Idee, etwas von ihm zu kaufen (im Gegensatz zu mir), finden seine

Arbeit gar scheußlich. Geht das? Rühmkorf übrigens, was ich nicht wußte, seit Jahren Haschisch konsumierend. Was ja wohl nicht süchtig macht, aber das Gehirn versoßt.

Hotel Schlosswirt, Salzburg, den 2. August
(seit 2 Tagen retour aus Salzburg)

«Seine Figuren, von der Existenz versteinert, scheinen jeden Augenblick in ihrer eigenen Einsamkeit zu Asche zerfallen zu wollen. Nicht das Schicksal zerstört sie, nicht ihre eigenen Leidenschaften; nicht der Konflikt mit der Gesellschaft zersetzt ihre Gefühle: der Mensch ist einsam bei Pirandello, und die Tragödie entsteht ausschließlich aus dieser Einsamkeit beziehungsweise aus der Tatsache, daß der Mensch, da er nun mal so einsam ist, bei dem Versuch, eine Beziehung zu einem von ihm Verschiedenen herzustellen, entdecken muß, daß er in einer Welt von Masken eingesperrt ist, in der er selbst auch nur Maske ist. Die Tragödie entsteht also aus der Tatsache, daß der Mensch in der eigenen Einsamkeit aus einem Maskendasein entfliehen will, aber von den anderen Masken daran gehindert wird – und er selbst, genauso Maske, wird seinerseits die anderen daran dann hindern. Das ist die Tragödie des modernen Solipsismus oder der Radikalisierung, innerhalb derer der romantische Idealismus zusammengebrochen ist: das Bild des ICH verfügt über ein autistisches Gegenüber in sich selbst.»

Enzo Siciliano im Programmheft über Pirandellos DIE RIESEN VOM BERGE.

Das ist das Motto für mein Salzburg«erlebnis» und für meine momentane Befindlichkeit generell. So, wie passenderweise das Programmheft ausschließlich mit den erstarrten Einsamkeits-Bildnissen De Chiricos oder Mario Sironis (dieses von mir entdeckten späteren Faschisten, anfangs Futurist, sah ihn erstmals mit Gerd in Rom) oder Donghi illustriert ist – so einsam, starr, beziehungslos ging ich durch diese Tage. Ganz tief innen war ich völlig unberührt von Oper wie Theater – wohinzu allerdings kommt, daß ich immer mehr und mehr wieder einmal merkte, wie zutiefst fremd mir die Welt der Oper ist: Diese a-weltliche Logik, will sagen EIGENE Logik, die mit der Realität nichts zu tun hat – wenn ich recht begreife, spielt der GANZE Don Giovanni in EINER Nacht?! –, bewegt mich nicht. Ich weiß schon, und las neulich bei Wapnewski viel besser, eleganter formuliert, daß, wer Oper mit der Elle «wirklicher Logik» messen wolle, eben besser Opern nicht ansieht/anhört – aber ich kann mir ja nicht selber ein Wohlgefallen vormachen, das ich nicht habe. Gewiß, gewiß, der Don Giovanni ist DIE Oper der Weltliteratur, man weiß das als gebildeter Mensch; aber in mir regt sich GARNICHTS, während der Komtur ermordet wird, die Damen betrogen oder die Rollen vertauscht werden. Der «schöne Klang»? Kann ich nicht beurteilen.

So taumelte ich (nicht nur wegen der mörderischen Hitze; und das noch im Smoking ...) abwesend, abweisend durch die Festtage, die für mich – von RAKES PROGRESS über ANTONIUS UND KLEOPATRA bis eben zu jenem RIESEN VOM BERGE – nur EIN Leitmotiv hatten: die Einsamkeit, Beziehungslosigkeit der Menschen, die Unmöglichkeit von Liebe (wie ich sie, noch immer naiv?, verstehe) und der ständige Verrat. Ob ich bei Chéreaus Mozart saß oder im Café Tomasselli, ob ich eine blöde Ausstellung GERMAN ART sah (Beuys, Richter, Polke, Baselitz usw.), bei der mich nur EINMAL ein Stich traf, nämlich als ein Bild hieß: «Sag mir, ich liebe dich» – ich war tot, zerbrochen, leer. So hing ich der Grazie des Verrats nach.

Damit verglichen der Klein-Verrat von der Mondänen geradezu niedlich und ohnehin nur zu belächeln: ... zig Faxe «Wir müssen uns sehen», aber sie habe – nicht mal via SZ – keine Premierenkarten. Eine Stunde vor der Strawinsky-Premiere – ich gehe den Tisch für den nächsten Tag bestellen –: Wen treffe ich im GOLDENEN HIRSCH? Madame mit ihrem «Fant», wie

Wapnewski den Lover nennt, wie immer ihre Suppe NICHT essend (Bernhardsche Frittatensuppe), aufgetakelt zur Premiere und – der höfliche G. bestellt ihr gerade einen Wein, nach exakt DREI Minuten (der Fant durfte nicht mal die eben angezündete Cigarette aufrauchen) «Ich muß gehen» verkündend, wir hatten KEIN EINZIGES Wort miteinander gesprochen, keine Pausen-Verabredung während der Premiere, zu der sie keine Karten hatte, keine Faxe tagelang. Dann aber MORGENS UM NEUN hektischer Anruf am Tage meiner Abreise, um mir die Ohren mit irgendeinem Personalproblem vollzupusten und daß Nicole Heesters sie «seit 6 Wochen belästige» (sie wird ja eingeladen sein). Verabredung zum «Trost-Telefonat» am selben Abend, wenn ich retour in Hamburg bin. Als ich, zuverlässig wie stets, anrufe, paßt es nicht: «Ich sitze gerade so gemütlich mit Nicole Heesters und Pit, wir lachen viel. Ich rufe morgen an.» Seitdem nichts mehr gehört. Wahrlich eine kleine Pirandello-Scene zum Thema Einsamkeit, Autismus, Maske. Schreiben müßte man können.

Kampen, den 29. August

Tagebucheintragung wie ein Endlos-PS: Bin seit 10. 8. hier, anfangs heftig gestört durch meinen ansonsten lieben und hilfreichen und sympathischen Neffen Peter aus USA, der aber nicht wissen kann, daß mich schon täglich gemeinsames Frühstück mit Geplauder aus der Balance bringt und mich auch ein «Entschuldige die Störung, aber wo kann ich Dollars wechseln?» völlig aus der Arbeitsbahn wirft.

Ein Lichtblick der Besuch von Alexander Kluge, mit dem ich über das ZEIT-TV reden wollte – und dessen Brillanz, leichtfüßige Intellektualität und kenntnisreiche Vertracktheit mich geradezu entzückte. Mag sein: korrumpiert von seinem «Nur Sie und ich und vielleicht noch Enzensberger können das» – und dann sprühte er vor Ideen, und ich sprühte zurück, und wir entwarfen in 2 Stunden die herrlichsten Fernsehprogramme für die Nation und für 2 Jahre (die natürlich, da viel zu kompliziert, kein Mensch senden würde).

Bedrückt dazwischen und immer wieder über das öffentliche Akzeptieren leichtgewichtiger Literatur-Ware, auch von Lettau, dessen neues 85-Seiten-«Opus» wahrlich nicht schlecht, auch fein-gesponnen geschrieben, aber doch nicht mehr als ein Salzburger Nockerl, eine hübsche, leicht kunstgewerbliche Arabeske. Das ist nun große Literatur, wird gerühmt und gepriesen im Sinne von Preisen, steht sofort auf der Bestenliste und wird sogar übrigens akzeptiert als Resultat JAHRELANGER Arbeit. 85 Seiten! (Derweil er – wovon nur – in Berlins Mommsenstraße eine 3000-Mark-Miete-Wohnung hat.) IHM verzeiht man das auch, daß er auf einem Podium als Diskussionsbeitrag sagt: «Da kann ich nur antworten: ‹Ja.›» EIN WORT. Dafür bekommt er gewiß auch noch Honorar.

Aber man kann auch solche Dialoge hören. Lettau zu Jürgen Becker: «Ich stehe schon nach 1 Woche auf Platz 5 der Bestenliste.» Becker: «Das sagt garnichts, ich stand 3 Monate drauf – deswegen verkaufst du kein Buch mehr, und die Kritik nimmt es auch nicht wahr. Mein Buch wurde nicht mal in der ZEIT besprochen.» Mein Hieb gegen ihn: «Und mein freundschaftlicher Brief an Sie, Monate her, wurde nicht mal beantwortet.» Becker: «Ach, Docteur, seit Monaten liegt ein weißes Blatt Papier neben meinem Manuskript auf dem Schreibtisch – um Ihnen darauf zu antworten. Aber ich schreibe doch keine Briefe mehr.»

Was ja, ins Brutal-Deutliche übersetzt, heißt: «Bitte schreiben Sie mir keine Briefe mehr, ich bin daran – und an Ihnen – nicht interessiert.»

Kampen, den 8. September

Vorgestern – nachdem er tags zuvor hier anrief – endloses Telefonat mit Brasch in San Francisco, wo er «hingeflüchtet» ist, weil er Berlin nicht mehr aushält, wo er – wovon nur – ein Appartement für mehrere tausend Dollar pro Monat hat und «Stadtgespräche» mit Europa führt – nur, es sind überhaupt keine «Gespräche», eher ein Lallen. Wie jemand, der hellen Bewußtseins betrunken ist, aber seine Gedanken nicht gliedern kann. Es geht zwischen Kohl und Pohl – «Das habe ich garnicht gelesen, nur den Teil über mich» – hin und her, zwischen «Ich hab Sie lieb» (???) und «Frauen verstehen nicht, was ich mache». Er sitzt angeblich an der 6. Fassung eines Romans – kann das SO was werden? Mit wem verkehrt er überhaupt? In Berlin «trinke ich nur oder kokse» – aber das scheint dort genau dasselbe zu sein. Dieser Mann geht unter. Vielleicht ehrt ihn das – ähnlich wie es in gewisser Weise Augstein ehrt, daß das Geld ihn kaputtgemacht hat.

18. September

Die Sätze des Arztes Relling in Ibsens WILDENTE – neulich sehr markant in Flimms grandioser Inscenierung, mit wunderbaren Schauspielern – haben mich an mir irregemacht: Auf die Frage nach einer «Kur» für den weltverbesserischen Ekdal sagt der: «Meine gewöhnliche. Ich sorge dafür, die Lebenslüge in ihm zu erhalten ... Ja, ich sagte die Lebenslüge. Denn sehen Sie, die Lebenslüge, die ist das stimulierende Prinzip.»

19. September

Gestern also das «Friedensfest» für Grass und Wunderlich (der nicht wußte, daß Grass – der ihm in letzter Zeit zunehmend auf die Nerven ging, eingeladen war –). Gleich zu Beginn der Violinschlüssel zum gesamten Kammerkonzert-Abend: Wunderlich geradezu ergriffen von der Schönheit meiner neuen Neger-

Skulptur, die bei mir nur «der schwarze Giacometti» heißt und dessen strenge Eleganz hat, geheimnisvoll und erhaben – und Grass, der, kaum besehen, zu schwätzen anfing: wie die Dinger heißen, wo sie herkommen, daß er da mal war, daß er weiß, wo und wie und von wem sie gemacht werden.

Ansonsten ein friedlicher, gemütlicher Abend. Die Überschrift für den Abend hätte heißen können DIE ZÄHMUNG – denn Grass war brav, unstreitsüchtig, ließ das Politik-Gezänk beiseite (und war, auch komisch, dadurch wiederum etwas langweilig). Aber er hatte wohl gespürt/geahnt, daß Paul sich deswegen zurückgezogen hatte, nicht ständig belehrt werden wollte. Paul ist schon ein Menschen-Bieger (VERbieger?).

HOTEL VIER TORE,
NEUBRANDENBURG, DEN 25. SEPTEMBER

Zurück von einer traurig-machend-schönen Herbstfahrt durch Mecklenburg-Vorpommern, durchs Uwe-Johnson-Land, ZU Uwe Johnson, weil ich die Laudatio für den ersten Uwe-Johnson-Preisträger hielt, allerlei Notizen.

Die Fahrt bei strahlendem Indian-Summer-Sonnenschein, entlang diesen im Licht schimmernden silbern geschuppten Seen, darüber Störche, Kormorane und allerlei andere Vögel, durchschnitten von gemächlichen Seglern, war wunderschön, im bequem dahingleitenden Jaguar mit Beethoven-Pollini.

Die Laudatio hielt ich gerne, weil ich diesen Kurt Drawert mag – und zwar doppelt: Ich finde, er ist ein guter Lyriker, der seine Verletzungen durch Geschichte und Gesellschaft (der DDR) nicht ausstülpt, sondern zum Grundieren existentieller Befindlichkeit macht:

Und zu mir kommen,
und mich zu berühren,
wie mich noch niemand berührt hat,
weshalb ich nicht
ohne dich sein kann,

wie ich es mit dir nicht lange
ertrage, und so gehen wir beide
aneinander entzwei, wie wir entzweit
voneinander zugrund gehn,
was meine Trauer begründet,

die ohne dich sprachlos sein würde
und ein zu schneller, sinnloser Tod
wär inmitten des Lebens mit dir
als Objekt und Verlangen
der Träume.

Das ist schon was.

Der Kerl kann aber auch noch etwas anderes, was mir imponiert (EINARBEITEN IN ROMAN!!!!) – er kann unerbittlich sein gegenüber dem Mitläufer- wie Denunziantentum, das sich jetzt zwischen Jammern und «Opposition» die Hände ringt, einer Opposition, die es vorher durchaus NICHT gab: «Die einen fühlen sich zum ersten Mal von der Geschichte und ihren Führern betrogen, und die anderen fühlen sich zum zweiten Mal von der Geschichte und ihren Führern betrogen, und sie werden abermals von der Geschichte und ihren Führern betrogen werden und dann noch einmal, bis zum Ende und bis zum endgültigen Ende hin, denn sie wollten den Betrug, solange er ihnen einen kleinen, schäbigen Vorteil versprach, sie übten eine Funktion aus innerhalb dieses Betrugs, der ein von ihnen selbst erwählter Betrug war, sie haben jeden Tag gesehen und gehört und gelesen, daß alles ein großer, endloser Betrug ist, aber sie haben ihre Funktion ausgefüllt …»

Großartig, genau das ist es, das waren sie alle als Blockwart und als «Genosse», und deshalb ist das jeweilige «Reich» wie Spülwasser im Abfluß vergurgelt, damals die HJDolche und die Fahnen und die Parteiabzeichen – und jetzt die Mauer und das DER MARXISMUS IST ALLMÄCHTIG, WEIL ER WAHR IST-Plakat. Der Herr Kant hatte ja schon am 17. Juni rasch sein Parteiabzeichen abgemacht, ich kann das bezeugen, denn ich WAR an dem Tag im germanischen Seminar, das er bis 1 Stunde zuvor als SED-Assistent terrorisiert hatte, und nun lief er mit eingeklemmtem Schwanz und niedergeschlagenen Augen und ohne die Plakette mit den verbundenen Händen rum – so mies, schäbig und rasch bereit zum Verrat wie sie alle stets. Auch dazu ziemlich gut der Drawert: «Hätte in einem langen, aufopferungsvollen Kampf eine Opposition das totalitäre Gebäude gestürzt, würden wir jetzt am Anfang einer neuen Epoche stehen. Aber gerade die unerwartete Plötzlichkeit, mit der ein Weltimperium zusammengebrochen ist, das kurze, geschichtliche Fingerschnipsen, das hierfür genügte, der leichte äußere Windstoß: das ist die große Beleidigung …»

27. September

Gestern schockierender Abend mit Hans Platschek: ein Greis ohne Witz, ohne Charme, erloschen, gebückt mir mit Tatter-Eifer buchstäblich 10 seiner Bilder («Jedes in 2 Stunden gemalt») vorstellend, nicht etwa kurz abwechselnd, sondern jedes minutenlang betrachtend und meine erzwungenen Kommentare – «Nein, das Blau dort rechts oben», «Sehr gut, Ihr Selbstportrait» – aufleckend. Er begrüßte mich: «Mögen Sie ein Glas Apfelsaft?», was ich zuerst als Witz nahm und lachend ablehnte, dann drohte er allen Ernstes Apfelsaft mit Rum an, schwadronierte nur Unsinn, jedes der Bilder – von der Kunstfertigkeit der Pflastermalerei –

koste 10.000 DOLLAR, er sei jetzt von einem Zivi versorgt, den ihm die evangelische Gemeinde (für monatlich 40 Mark) stelle, er könne nichts mehr essen, sich zugleich nicht vor den Frauen retten (das ist alt bei ihm), vor dem ständig piependen Fax, aus dem aber nichts kam, stand er, ein gebückter, krummer alter Shylock, und rieb die Hände, als erwarte er 1000 Mark-Scheine, die das Ding ausspeie; auch die kamen nicht. Alle möglichen drahtlosen Telefone kreischten und klingelten – aber es war nie jemand dran; ob er sich solche elektronischen Signale selber bestellt wie alte Stars die Blumen?

Im Mühlenkamper Fährhaus bestellte er als Drink einen Pfefferminztee, DAZU Rum mit Zitronensaft, DAZU ein Bier, DAZU Glühwein, den es nicht gab, also Grog – weil er friere –, das Grogglas war ihm zu heiß, wozu zu Recht der Kellner sagte, so sei es doch gedacht und warum er es nicht am Stiel anfasse – kurzum: ein Tattergreis, der im Restaurant belächelt wird, der NICHTS aß, die herrliche Krebssuppe ungegessen zurückschickte, stattdessen einen riesigen Espresso bestellte – aber noch immer ein Herr blieb: Er bestand darauf, nicht nur mich einzuladen (zu welchem Zweck er mit zitternden Händen eine Brieftasche voller Geld, Kreditkarten usw. auf den Tisch schüttete), sondern mich auch per Taxi nach Hause zu bringen, obwohl der Wagen genau an seinem Haus vorbeifuhr. Wie der jämmerliche, knochige Rest vom einstmals eleganten, Geistesblitz und freche Witze wie ein Vulkan hervorsprühenden Platschek.

Wieviel älter als ich ist er eigentlich?

KAMPEN, DEN 30. SEPTEMBER

Interessante Erfahrung mit der Diskrepanz des Arbeitsbegriffs in West und (ehem.) Ost.

Hier, im Westen, wird die Arbeit heiliggesprochen, -gehalten –, aber nicht der INHALT der Arbeit, sondern die Tätigkeit als Erwerbszweck. Es ist ganz selbstverständlich und gilt auch nicht als unhöflich, einer Verabredung wegen «Ich habe eine dringende Besprechung» oder «Ich muß was mit meinem Verleger/Galeristen/Chefredakteur besprechen» abzusagen.

So erinnere ich mich, wie verblüfft ich schon vor 100 Jahren war, als ich Enzensberger mal in Rom anrief und mich zu einem Schwatz (typisch Zone) verabreden wollte und er sagte: «Heute und morgen kann ich nicht, ich habe Terminarbeiten, vielleicht in 3 Tagen.» Selbst Wunderlich terminiert ein Essen um: «Da kommt ein Galerist.» Es sind also Handels-Verabredungen. Und wenn jemand erwartet, der/die andere(n) seien interessiert am INHALT der Arbeit des anderen – der täuscht sich gewaltig. Die Grasssche Attitüde, seine Radierungen zu zeigen oder aus einem Text vorzulesen, ruft meist gelangweiltes Befremden hervor. Aber man ist doch DESWEGEN mit ihm befreundet, weil er macht, was er macht? Neulich an dem Abend bei mir saß er wie nackt da, als er auch nur VON dem Inhalt des neuen Buches erzählte – vorzulesen hat er sich schon garnicht mehr getraut (obwohl ich sicher bin, er hatte ein Manuskript dabei und hätte auf Aufforderung hin gerne gelesen).

Im Osten war's genau umgekehrt: Weniger das Resultat zählte – das ja auch bei der Industrieproduktion schäbig war – noch etwa das Geldergebnis, weil das Geld ja nix wert war und keine Bedürfnisse befriedigen konnte (die, von BMW bis Mallorca, in den Bereich der Träume abgedrängt wurden). Aber der VORGANG Arbeit war wichtig, war ein Stück Identifikationsangebot (weswegen jetzt Arbeitslosigkeit dort viel schwerer auszuhalten ist), Arbeit war ja – gemäß der marxistischen These – ein Teil Menschwerdung *(the tool-making animal)* und damit auch kommunikativ: Man SPRACH über seine Arbeit und die durch sie eventuell produzierten Widerstände. Arbeit war also – im Gegensatz zu hier – GESPRÄCHSthema, während im Westen das Weg-von-Arbeit (Lotto, Urlaub, Feiertage, Weekend, Kino usw.) Gesprächsthema ist.

1. Oktober

Drinks mit dem neuen Chef des ZEITmagazins.

Meine Höflichkeit – «Erzählen Sie mal von Ihren Plänen» – nahm er grob-deutsch für bare Münze und plapperte 1 volle Stunde von so wunderbaren Dingen wie einem Interview mit Karl Lagerfeld. Nicht auch nur die ANDEUTUNG eines Interesses an MEINEN Plänen, am Autor FJR – der sich dann anbot wie eine Hure auf der Reeperbahn: «Ich hätte da auch noch eine Idee.»

Da war dann deutlich, daß der junge Mann nicht auch nur die Namen kannte, die ich nannte – Matta hielt er für ein spanisches Gericht, Condorcet wahrscheinlich für ein Parfüm und Adami für eine Hemdenmarke. Mein Vorschlag, etwas über/mit Adami zu machen, wurde mit «Die Copytests zeigen, daß bildende Kunst nicht interessiert» beantwortet (wieso sind dann eigentlich die Museen überfüllt?). Also Copy-Test-Journalismus, was man beim TV Einschaltquotenjournalismus nennt. Mein Vorschlag, auf den «Spuren von Lima» nach Cuba zu fahren, verstand er auch nicht, weil er nicht wußte, wer Lima ist, vermutlich hielt er das für ein lateinamerikanisches Land.

Und wo holt man sich seinen Trost, seine Tröstchen? Bei der Klo-Frau. Als ich ging und an der Garderobe des Vier Jahreszeiten nach meinem Mantel fragen wollte, kam mir die Garderobenfrau zuvor und kramte den unter Hunderten hervor: «Solche Herren wie Sie gibt es nicht so oft, die merkt man sich.»

Wie weit runtergekommen in seinem Selbstwertgefühl muß man sein, um derlei – à la Thomas Mann, der ein Zurkenntnisgenommenwerden durch den Steward auf dem Schiff notierte – aufzuschreiben.

22. Oktober

Direkte Fortsetzung der gestrigen Eintragung: Abendessen mit Rowohlt-Naumann, den ICH eingeladen (was er auch zuließ!), dem ich zuvor geschrieben, diesmal möchte ich über MICH –

also den Rowohlt-Autor, den fast fertigen Roman und diverse Pläne – sprechen.

Schon das gelang kaum – ohnehin kann man ihn NIE länger als 20 Minuten «bei der Stange», i.e. bei EINEM Thema halten, schwuppdiwupp ist er beim Journalistenklatsch; diesmal also – ich hatte die paar Pröb'chen aus dem Roman, die im Hamburger ZIEGEL erscheinen, vorher mit der Bitte um Lektüre geschickt – mußte ich förmlich grob beim Aperitif sagen: «Bitte jetzt noch keinen Klatsch, das können wir nachholen, wenn wir bereits besoffen sind, ich WILL jetzt mit Ihnen Tacheles reden.»

Das gelang mühsam, er sah aus wie vergewaltigt.

Beim Klatsch zum Bordeaux dann war amüsant, wie hingerissen er von Harpprechts (Anti-)Thomas-Mann-Biographie erzählte; also wieder sprach der neugierige Journalist; lustig und verblüffend natürlich, wie der sein Leben lang auf Herr getrimmte Thomas Mann mies und raffig und halb betrügerisch in Gelddingen war: Die Honorare für ostdeutsche und sowjetische Ausgaben ließ er sich vom russischen Botschafter in Zürich in bar auszahlen – und sein Verlag S. Fischer ging leer aus. Herr Buddenbrook als Plusauflagenraffke …

Nachzutragen noch grotesk-hastiger Anruf von Hochhuth, der wie stets am Telefon einfach anfängt zu reden, kein «Guten Tag», kein «Hier ist Rolf Hochhuth», NATÜRLICH kein «Störe ich?»; er strotzte wieder von Pennälersottisen, daß der Herr Muschg verbiete, daß seine Telefonnummer selbst im internen Verzeichnis der Akademie-Mitglieder aufgenommen wird: «Der gehört zu den Leuten, die, wie Ulrich Becher, völlig vereinsamt, ihre Nummer aus dem Telefonbuch streichen lassen, weil sie sich angeblich vor Anrufen nicht retten können; es ruft aber NIEMAND an – ähnlich wie jene, die zu ihrem 60. Geburtstag verreisen unter dem Motto ‹Ich muß mich der übergroßen Feierei entziehen› – weil sie wissen, KEIN MENSCH feiert sie.»

Nachzutragen auch noch Naumanns Bösartigkeiten gegen

Rühmkorf, der eben noch sein Liebling war; schrecklich, wie ein Autor, JEDER Autor, abhängig ist von der Gunst seines Verlegers, aus der er rasch fallen kann.

23. OKTOBER

Was ich vor Jahr und Tag in philiströser (und auch pharisäerhafter) Weise, allerdings mehr *jokingly* gesagt habe: «Demnächst werden die Horden aus der asiatischen Steppe, aus China und Rußland durch unsere Villenstraßen ziehen und …»: Das ist jetzt (fast) wahr.

Zwar ziehen hier keine Horden durch, aber DIREKT VOR MEINER TÜR, neben der Garagenauffahrt, «wohnt» ein Obdachloser auf der Straße, liegt in der Kälte auf einer zerlumpten Matratze, zugedeckt mit einer Plastikfolie. Als «Möblierung» ein aus dem Supermarkt geklauter Einkaufswagen, an dem irgendwelche Plünnen und ein Paar Stiefel hängen, am Handgriff eine Plastikkinderwindmühle befestigt und neben dem Schild «Bitte Hilfe» ein Geranientopf.

Das ist einerseits noch immer die «deutsche Gemütlichkeit», sozusagen «Schöner wohnen in der Gosse», noch im Dreck bißchen was Nettes – das ist andererseits erschütternd und gräßlich. Da rausche ich also mit meinem 12-Zylinder-Jaguar aus der Garage, vorbei am nackten Elend. Ich alleinstehender Mensch bewohne 7 Zimmer mit 2 Bädern. Und da liegt ein Mensch wie ein Lumpenbündel. Als ich das mal vor vielen Jahren aus New York berichtete, daß auch die Damen Kennedy oder Getty aus ihren luxuriösen *5th-Avenue-apartments*, wenn sie ihre *Chauffeur-driven-limousines* besteigen wollen, über solchen in Pappkartons hausenden Menschenmüll hinwegstaksen müssen – da schien das exotisch, weit weg, fast unvorstellbar. Jetzt ist es hautnahe Wirklichkeit. Wie verhält man sich? Man kann ja wiederum so jemanden nicht ins Haus lassen/bitten (etwa, damit er mal baden kann). Aber mein Hinlegen von Schinkenbroten ist doch auch kläglich?

Enttäuscht bis entgeistert von der nun seit langem erwarteten Uwe-Johnson-Biographie, ein dicker Wälzer in Oberlehrerdeutsch, ohne Schwung, ohne Annäherungsmöglichkeit an diese seltsam-verschrobene und auch heimtückische Figur, die nur BEschrieben, aber nicht er-schrieben wird.

Selbst meine, wenn auch nur sehr partielle, Kenntnis dieses Mannes, mit dem ich mich auf eigenartige, fast masochistische Weise befreundet wähnte, gibt mehr von den Blitzen und Zakken als dieses Proseminar auf Papier.

Die Mischung aus Bedrohlichkeit und Sanftheit, Schärfe, Verurteilung und verletzlicher Behutsamkeit ist überhaupt nicht erfaßt. «Katharina, mach dich nicht ran» konnte er zu der kleinen Tochter sagen, wenn die sich mir (weil sie an mir hing) auf den Schoß setzte, und dem weinenden kleinen Mädchen ging weder Mutter noch Vater ins Schlafzimmer nach. «Das tut man nicht» war sein oberstes Gebot (woher dieser aus kleinsten Verhältnissen stammende Mann das eigentlich wissen wollte), und das konnte sich darauf beziehen, daß «man» beim Tippen zwischen Satzzeichen eine Leertaste schlägt, das konnte sich aber auch auf Existentielles beziehen: Als ich nach Eckfrieds Selbstmord am Rande meiner Kraft, meiner Lebenskraft war, besuchte er mich in Hamburg, wir standen auf meiner Leinpfadterrasse, und er sagte: «Hier wird sich, Fritzchen, nicht runtergestürzt.»

Das Makabre: daß ER sich fast sein ganzes Leben «runterstürzte», ob durch die ewige Raucherei oder die exzessive Trinkerei. Ich ging ja von meinen Besuchen bei ihm, weiland noch in Berlin, stets so sturzbetrunken weg (nach MINDESTENS 5 Flaschen Wein), daß ich wie ein Fisch im Aquarium nicht wußte, schwimme ich nach oben oder nach unten; wenn ich mich recht erinnere, gibt es bei Jürgen Becker in einem seiner Bücher eine Scene «Raddatz weht mit einem Mantel ohne

Knöpfe den Ku-Damm entlang» oder so ähnlich; da kam ich von einem dieser Johnson-Gerichtstage.

Gräßliche kleine Scene in meiner Erinnerung festgebrannt: Ich hatte die kleine Tochter nach Hamburg eingeladen, sie kam am Flugplatz an, ein getrimmter kleiner Dackel, mit Marinekleidchen, abstehenden Zöpfen, in «Uniform» auch in ihrer «Tach»-Haltung, zu mehr traute sie sich nicht; und wir fuhren raus zu Wunderlichs aufs Land (wo ja gleichaltrige Kinder waren, u. a. mein Neffe Peter), die Gören hatten ein verschmiert-dreckig-fröhliches Kinderwochenende mit Spiel und Fackeln und Essen im Freien usw., und als ich montags Katharina ans Flugzeug brachte, weinte sie herzzerreißend, klammerte sich an mich und schrie: «Ich will nicht nach Hause. Bei dir wird so viel gelacht, bei uns zu Hause wird nie gelacht.» Nein, gelacht wurde bei diesem rabiaten Trunkenbold nie, nur belehrt (die beste Scene in der Biographie ist die, wie Jurek Becker sich vor dem schwarzlederbekleideten blonden Halbglatzkopf fürchtet, der ohne Dezenz in seiner jüdischen Vergangenheit rumbohrt; er begriff das wohl als «Neugier des Romanciers»).

Eine andere Scene habe ich ja in einem Roman «verwendet», d. h. umgebaut: ein Abend bei mir am Leinpfad mit Ledig, seiner Frau Jane, Feltrinelli, Giese, James Baldwin. Wie er den anschrie: *«You are not a writer»*, und als Jimmy auf großes pathetisches Predigerformat auflief à la *«The bones of my ancestors are buried in the soil of America»* oder so, schrie der puterrote, betrunkene Deutsche den amerikanischen Neger an: *«And you are not even a negro.»* Die empört intervenierende Jane wurde geschlagen und aufs Sofa geboxt, so daß ihr überreicher Schmuck von ihr abfiel wie die Kugeln vom Weihnachtsbaum. Anschließend fuhr das deutsche Genie mit Ledig in den Puff, d. h., Ledig wollte – wohl auch zur Ablenkung und «Beruhigung» – dorthin, wurde aber in seiner Chauffeur-driven-Limousine von Johnson verprügelt und aus dem Auto geworfen. «Den seh ich nie wieder», sagte Ledig nexten Morgen.

Gewiß, aus so was soll eine Biographie nicht bestehen. Aber wenn sie so garkeinen Farbtupfer dieser Art auf der Palette hat, sich nur von einem «Und dann machte er Abitur» (übrigens, weithin unbekannt, mit einem stalintreuen und DDRhymnischen Abituraufsatz) hangelt zum anderen «Und dann schrieb er an Peter Suhrkamp»: Dann ist das eventuell brav. In jedem Fall aber fahl.

Manchmal denke ich, ob man das Werk nicht neu untersuchen müßte. Ist es WIRKLICH so bedeutend, wie auch ich betone und beteure? Ist es nicht doch dröge/bösartig/charme-los wie schamlos, mehr Notatprosa als von epischem Schwung?

5. November

Wenn ich doch mehr lachen könnte. Wie über den «HUBERT FICHTE LITERATUR PREIS», den jetzt die feine Hansestadt (die den Mann TOTAL ignoriert und nie je mit 1 Pfennig unterstützt hat) ausschreibt: Das ist schon lustig, wie Fichte weit über den Tod hinaus Hochstapler geblieben ist und auf Schamanenweise die Welt mit seinem schrillen Kriegsruf ICH BIN EIN GANZ GROSSER DICHTER überzeugt (über-zeugt!!) und behext. Bald wird es einen Hubert-Fichte-Platz geben, hoffentlich mit ner Klappe in der Mitte ... Seminare, Secundärliteratur und «Interpretationsmodelle» gibt es schon, auch eine «Retrospektive» im Funk mit 12 seiner «Hörspiele», die ja nie welche waren, sondern frech montierte Textchen.

27. November

Einladung bei dem Fernsehansager Wickert (der früher Korrespondent in Paris war und deswegen den Franzosen spielt): grauenhafte Wohnung mit dem Prunkstück eines Bacon-«Lithos» – was heißt, daß er keine Ahnung hat und nicht weiß, daß es KEINE LITHOS VON BACON GIBT, der umgekehrt sogar die Kunst der Lithographie haßte. So, wie Grass von meinen «Stilmöbeln» spricht, wenn er Antiquitäten meint – so dekoriert sich der deutsche Intellektuelle die Wohnung mit Mist. Dafür belehrte er alle seine Gäste nicht nur, welcher Käse welcher ist (wir haben ja alle noch nie in unserem Leben Käse gegessen und waren ja auch noch nie in Paris), sondern auch, WIE man ihn ißt. Grotesk: Bis zu Günter Grass ließ jedermann sich das sagen und fragte brav: «Ach, und das ist also Ziegenkäse, und ißt man den ohne oder mit Rinde?»

3 Tage Berlin, als Vorwand der Empfang zum 65. Geburtstag von Gaus (wo fast NUR Ossis waren, von Hermlin über Heym zu Hein), ich wollte mir aber 2–3 «schöne Tage in Berlin» machen. Das Ergebnis dieses Hedonismus-Versuchs: Die Castorf-Premiere am 1. Abend fiel aus, ich endete lustlos und einsam bei Fofi speisend. Lettau, der operiert und leidend und dem ich einen kleinen Teebesuch vorgeschlagen hatte, sagte nicht mal ab. Karsten Witte, dito Teebesuch, stirbt – ein grauslicher Anblick und ein SEHR bedrückender Besuch bei einem, in den ich sogar mal verliebt war, der ein gutaussehender – und natürlich hochgebildeter – Mann war: Nun macht ein uraltes Klappergespenst die Tür auf, dürr, verblichen, auf einem Auge blind, zu schwach, um die Teetassen aus dem Bord zu nehmen, und zu hilflos, meine Blume ins Wasser zu stellen. Der un-erhörte Gedanke schoß mir durch den Kopf: Hätte er mich damals «erhört», hätte er noch zu leben. (Dachte ich ja auch, als Laudan starb, unrechterweise, denn ICH war ja weggelaufen.) Erschrekkend auch, daß Witte noch zierlich stirbt – hatte ja immer etwas Gewolltes, Verzieratetes, Geschmücktes, sozusagen ein Spitzmündchen und diese seltsame Neid-Ambition: «Eines Tages werde ich Raddatz sein» (statt «Eines Tages werde ich Karsten Witte»). So sprach er nur von seinen Erfolgen, ob bei Vorträgen oder «meinem neuen Buch», das in Wahrheit eine Zusammen-

fassung alter Essays ist. Er trinkt den eigenen Tod mit spitzem Mündchen und abgespreiztem kleinen Finger.

Der Abend, seit langem mal wieder, mit Brasch verrückt und schief wie ein 20er-Jahre-Film: Wir stürzen beide ineinander wie Liebende, reden alles durcheinander und vor allem, seltsamerweise, ganz viel über Homosexualität (die ihn magisch anzieht, ohne daß er, ich bin sicher, je einen Schwanz in der Hand, geschweige denn anderswo hatte). Er ist im Kopf schwul. So sehr, daß er in meinem neuen Romantext (in der kleinen ZIEGEL-probe) das Wort schwul streichen möchte, obwohl's doch eine Romanfigur benutzt, die sich dadurch u. a. charakterisiert, nicht ich. An den Fahnenrand schrieb er einen direkt wütenden «Verbots»kommentar. Dennoch scheint mir sein Hirn vom Kokain versehrt – er sagt wunderschöne Sätze, die in der Mitte aufhören, wirft Bilder hoch, die sinnlos abbrechen: Löcher in der eigenen Phantasie.

30. NOVEMBER

Lauter kleine Pe-Esse.

1. PS

Am Rande des Gaus-Abends in Berlin langes, erstaunlich friedfertiges (da wir doch verkracht waren) und ernsthaftes Gespräch mit Stephan Hermlin. Wenn auch ziemlich wirr. So spricht er geradezu mit Kinderstolz davon: «Sie wissen, daß ich PDS-Mann bin» und erzählt, gleichsam im selben Atemzug: «Die SED war schon 1959 nicht mehr meine Partei»; was eine Antwort ist auf meine Erinnerung: «Wissen Sie noch, wie Sie vor vielen, vielen Jahren auf meinem Sofa saßen und mir sagten: ‹Dies ist nicht mehr meine Partei – aber wenn Sie das veröffentlichen, werde ich leugnen, das je gesagt zu haben.›» Das muß Anfang der 70er gewesen sein, da kam er mit seiner damals unbekannten Ulla Hahn, und ich habe mich daran gehalten und es nie öffentlich gemacht. Aber wieso ist/bleibt jemand in einer Partei, die – wie ich nun erfahre – seit Jahrzehnten schon nicht mehr «meine» ist? Das sind nicht nur Wirrseligkeiten eines alten Mannes (er wird 80), es ist auch Biographie-Zickzack. Mit Manès Sperber sei er gut ausgekommen (das war doch der Feind Nummer 1?), aber Jorge Semprún ist «fast ein Faschist».

Mal sehen, ob er meine Einladung zu einem ZEITgespräch annimmt.

2. PS

Hochhuth erzählt von der Akademie, i. e. von der «Unterstützung» seines Antrags, mich dort aufzunehmen, durch «meine Freunde». Rühmkorf, der ihm wie Jürgen Becker versprochen hatte, den Antrag zu unterstützen, schriftlich, hat nix dergleichen getan – wie Jürgen Becker; der sogar die entsprechende Sitzung leitete – und schwieg. Nur die treue Mayröcker hat eine «Empfehlung» geschrieben; wobei einem bereits dies Wort den Magen umdreht.

3. PS

«Die schöne Ursula». Was für eine Situation, was für eine Begegnung, was für ein Mensch: Da sitzt diese «ehemalige Orchidee» in einer Hinterhofwohnung, so schlimm, daß ich buchstäblich die Wohnung nicht fand und, schließlich an irgendeiner Tür eine verschlafene Schlampe herausklingelnd, auf den Hinweis: «Dahinten ist noch ein Hof» blödmaulig sagte: «Und da wohnen wirklich Menschen?» So irrte ich mit einer 50 Mark teuren Superblume durch Müll und an Eisentüren entlang – um in einer Wohnung OHNE JEDES MÖBEL zu landen. Und in der «wächst» diese fleischfressende Pflanze – dem Tode entgegen; der ihr ins Gesicht geschrieben steht. Nur: Im Unterschied zu Hermlin, dessen eisern auf schön getrimmtes Gesicht gleichsam zerbirst beim Lachen, häßlich wird (ich habe das noch nie je beobachtet bei einem Menschen – daß Lachen sein Gesicht verhäßlicht), hat sie ihre alte Schönheit, ihre laszive Tierhaftigkeit noch immer, je mehr und je berlinisch-schnoddriger sie lacht. Ein «Ditte Menschenkind» – verlassen von ihren reichen und berühmten Liebhabern, Augstein, der ihre Beziehung zu/mit Wunderlich schließlich gesprengt hat, hat nicht EINMAL angerufen, geschweige denn einen Scheck geschickt. Wunderlich weiß bisher ja nicht, daß sie stirbt – habe ihm heute nach langem Bedenken, ob ich da «eindringen» soll, geschrieben, heikle Sache. «Die Frau wird bald große Schmerzen haben», sagte mir ihr Arzt – verschlissene Puppen eines alten, vermotteten Puppentheaters.

3. DEZEMBER

Gespenster-Sonate oder -Party bei Gisela Augstein; mehr Farce als Fest, in dem Stil, wie Hubert Fichte sie gerne beschrieben HÄTTE, aber leider nicht HAT (sondern durch sein plattnäsiges Durchs-Schaufenster-der-reichen-Leute-Blicken nur karikiert hat; dazu bräuchte es einen Balzac).

Eine Lemuren-Versammlung von *has-beens*. Der alte humpelnde Herr Hegewisch protzte mit seinen «sehr hübschen 15 Picasso-Zeichnungen» und damit, daß er nun nicht nur Bilder, sondern auch «Wohnungen sammle»: «Besuchen Sie uns doch mal in Paris, das ist wirklich eine schöne Stadt.» Dafür begrüßte Augstein ihn mit: «Lebst du immer noch mit dem Pudding?» (womit seine Frau Erika gemeint ist). Früher hätte man sich daraufhin duelliert, zumindest dem anderen eine Ohrfeige gegeben.

Aber der dicken, geradezu viereckig gewordenen Kröte Augstein, dem Krethi und Plethi beflissen nicht nur das Bier BRINGT, sondern auch die Flaschen öffnet, als könne er das nicht selber, erlaubt man alles – wegen reich und wegen Macht; selbst, wenn man UNMITTELBAR daran garnicht partizipiert. So benimmt er sich wie ein ungezogener kleiner König, der – «von gleich zu gleich» – dem Bundeskanzler zu seiner Meniskus-Operation 6 Flaschen CHIVAS REGAL schickt und den

Bedanke-mich-Brief anmahnt: «Da habe ich ihr aber sofort geschrieben» – als dann ein Brief von Frau Kohl kam. Der Mann muß einen tiefen Minderwertigkeitskomplex haben, sonst würde er nicht unentwegt von berühmten Leuten sprechen, mit denen er gerade ... oder die er demnächst ... oder «die ich neulich erst» ..., und wenn man das Bedeutungs- und *name-dropping*-Geschwafel unterbricht, stampft er wie ein Kind auf: «Ich will jetzt meine Geschichte zu Ende erzählen.» Nur, wenn man ihm mit dem Messer über die Zunge fährt, hält er die mal still.

Er: «Eigentlich wollte ich Gisela (immerhin war das mal seine Frau, und er hat einen Sohn mit ihr) die Memoiren der jetzigen amerikanischen Botschafterin in Paris mitbringen, eine der größten Huren der Welt. Aber sie hätte das auf sich bezogen.»

Ich: «Wir wollen hier nicht die Gastgeberin beleidigen.»

Er: «Ich bin hier der Gastgeber» (womit er andeuten will, daß sie per Abfindung von IHM lebt).

Ich: «Ach, deswegen gibt es den miesen Sekt statt Champagner.»

Woraufhin er schwieg und Frau Dohnanyi entgeistert vom Sofa floh.

Indes der Herr Funk, seines Zeichens herausgeworfener SPIEGEL-Chefredakteur und jetzt STERN-Chefredakteur, vor ihm Männchen machte (Augstein hatte ihn nackt im Bademantel in seinem Sylter Haus empfangen und in 30 Minuten gefeuert), sich schweigend sagen ließ: «Neulich habe ich das erste anständige Foto von dir gesehen» und floh, um zu sagen: «Nie hat mich ein Mensch so gekränkt wie Rudolf Augstein.»

Hôtel Lutetia, Paris, den 12. Dezember

Nun also mal wieder in «meinem» Paris. Ausgehungert von der Kulturprovinz Hamburg, die bestenfalls eine kleine Janssen-Ausstellung zustande bringt, sauste ich ins Grand Palais: Poussin, Caillebotte. Man darf es gewiß niemandem sagen: Caillebotte sprach mehr zu mir, Poussin ist doch oft arg zierlich, in den Motiven – eine weiße Taube in der Sonne – läppisch; nur in der *peinture* der Farbe genial. Was Caillebotte erzählt, geht mich mehr an.

Hôtel Lutetia, Paris, den 15. Dezember

Mein «Grundgesetz» des Ewig-beides-(alles-)Wollens: Männer und Frauen, links sein und elegant, Kritiker und Romancier, verhaßt und geliebt. Nun will ich nicht nur eine Wohnung im Süden, auch eine in Paris: Die Stadt, wie immer, elektrisiert (und ermüdet) mich; das herrliche Dezember-Sonnenlicht, der Mond über Saint-Sulpice, die Wunderwerke im Louvre des Antiquaires, die meine Begehrlichkeit ins Unermeßliche steigern; die Flimmergirlanden der weihnachtlich geschmückten Champs-Élysées; mein geliebter Blick vom Trocadéro-Palais Chaillot (wo leider auch Hitler stand), die mäßig interessante Derain-Ausstellung, die schönere mit Klimt und Schiele im Marmottan – die laszive Eleganz dekorativer Morbidezza lockt/verlockt mich sehr – oder heute die Voltaire-Ausstellung im Musée Monnaie (sehr angebracht bei dem extrem reichen Voltaire!) – alles ein großer Genuß. Aber.

ABER doch alles Augenreize. Immer, Tag für Tag, Abend für Abend, könnte ich das nicht.

Nach soviel Soufflé freue ich mich auf Bratkartoffeln; will sagen: Nach soviel Außensteuerung freue ich mich auf meine Arbeit.

Lieber Heinrich Senfft –

wider alle Vernunft (und Arbeitsökonomie) schreibe ich Ihnen einen langen Brief zu Ihren freundlich-ermahnend gemeinten Weihnachtszeilen (übrigens hoffend, daß mein kleiner Gruß Sie trotz bella Italia erreicht hat) … Mir scheint, Sie und einige andere, wie zum Beispiel Freund Gaus – sehen vieles falsch und biegen sich etwas zurecht: eine DDR, die es so nicht gab. Schon bei Gaus finde ich das lustig bis befremdlich, wie jemand, der nicht die geringste Ahnung von Marxismus, Sozialismus usw. hatte, als er nach Ostberlin ging, sich in einer Art Schnellkochkurs infizierte. Mag sein, Sie kennen ihn länger – ich kenne ihn immerhin seit ca. 30 Jahren und kann BEZEUGEN: Weder in seiner Rundfunkzeit noch in seiner SPIEGELzeit hat er sich je mit den Problemen beschäftigt, die ich bereits damals, als sehr junger Mann, durchlebt und durchdacht hatte.

Ich fürchte, das ist bei Ihnen nicht anders.

Wo waren Sie denn, als ich als junger Mann von 18 Jahren beschloß, die Adenauer-Globke-Bundesrepublik zu verlassen und in die DDR zu übersiedeln? Da machtet Ihr doch alle hierzulande feine bürgerliche Karrieren – und setztet Euch keineswegs, auch nicht das geringste bißchen, mit dem auseinander, was dort geschah beziehungsweise auch eben nicht geschah. Ich fühlte mich «zunehmend unsicher», wenn ich «in den Osten des Landes gehe»? Lieber Heinrich Senfft – ich BIN ja dorthin gegangen, ich habe dort einen Verlag aufgebaut, ich habe – damals schon, nicht jetzt, auf schicken Parties, mich mit den Re-Migranten, mit Heym oder Hermlin oder Seghers oder Kantorowicz oder Bloch oder, oder … gestritten, mit ihnen auch gearbeitet und war mit ihnen verzagt. Ich kenne zahllose Schicksale, die ich aufschreiben könnte – und vielleicht eines Tages aufschreiben WERDE («leider» Juden – das war nämlich keineswegs sehr beliebt). Verzweifelte. Es ist nicht überheblich, sondern hängt mit meiner Biographie – allerdings auch der intellektuellen – zusammen, wenn ich Ihnen sage: Ich WEISS, wie es da war, ich habe es mir nicht erst in den 70er oder 80er Jahren per Nischentheorie zurechtgelegt. Ich habe dort gekämpft, manche Jahre lang, für ein anderes Deutschland, und mußte denn doch (allmählich) wach werden, wenn ich zu den Brecht-Premieren im (damals noch) Deutschen Theater vorübergehen mußte an einem Zuchthaus, dessen Fenster – es war ein alter Bunker – mit Brettern vernagelt waren; dahinter saßen keine Kriegsverbrecher, sondern meist Kommunisten wie Leo Bauer, bevor sie nach Sibirien verschwanden – und alle Hermlins der DDR fuhren schweigend in ihren Autos zur Premiere daran vorbei und hinterher zur Feier in die «Möwe».

«Die Wahrheit ist konkret». Ich gebe Ihnen EIN – eines von vielen möglichen – Beispiel für die Vertracktheit des Problems, für die Zerstörung, die man dort mit/in Menschen anrichtete – und für meinen Dennoch-Respekt vor den meisten von ihnen (nicht vor Hermann Kant, der ist ein Würstchen). Es muß doch wohl damit zusammenhängen, mit diesem Respekt, daß ich, WÄHREND ich widerspreche, mit all denen weiter im Diskurs bin, daß Heym eben MIR damals das große Interview gab, dem «im Osten Unsicheren», und daß ich jetzt – seit Jahren ihm schärfstens widersprechend – mit Hermlin zu einem großen ZEITgespräch verabredet bin. Die sprächen nicht mit mir, wenn sie mich für so dumm/naiv hielten, wie Sie mich karikieren. Es hätten auch nicht Amado und nicht Semprún und nicht Brodsky und nicht Solschenizyn (to name a few) mit mir so ernsthaft gesprochen, wenn diese Leute nicht meinen Ernst spürten und nicht wüßten, daß ich da etwas betreibe, was man moralisch-politische Ethnologie nennen könnte.

Das EINE Beispiel:

Ich war 19, als ich in die DDR zog; mäusearm (ohne berühmten und gut verdienenden Stiefvater; übrigens auch – da «bürgerlicher Herkunft» – ohne Stipendium). So arbeitete ich vom ersten Semester an – eben bei Volk und Welt; zum Schluß als stellvertretender Cheflektor. Der Verlagschef war ein Berliner Jude, den sie am Potsdamer Platz halb totgeschlagen hatten, bevor ihm – allerletzte Chance, weil man dorthin ohne Visum kam – die Flucht nach Shanghai gelang. Die Cheflektorin war eine Wiener Jüdin – ebenfalls in Shanghai «überwintert». Ich war mit beiden – sie waren Kommunisten in den 20er Jahren gewesen und jetzt selbstverständlich hochrangige SED-Genossen – eng befreundet. Sie liebten meinen Elan, mein Temperament und meinen Arbeitseinsatz – und ich konnte nicht genug hören, erfahren, lernen. Ich liebte sie AUCH wegen ihrer Vita. Falls Sie eines meiner Bücher gelesen haben, lieber Heinrich Senfft, dann werden Sie sich an eine Narbe erinnern; die habe ich «gestohlen» jenem Mann; ich sah sie einst, als wir mal zusammen am Müggelsee schwimmen waren, ein dicker Wurm, von der Leiste bis zum Hals. NIE werde ich diese Narbe vergessen – und, wer sie dem Manne zugefügt (gerne wüßte ich, ob Sie oder Gaus vergleichbare EXISTENTIELLE Erfahrung berichten können etwa aus dem Jahre 1952). Und WÄHREND wir befreundet waren, entfernten wir uns voneinander, politisch. Ich sah mehr und mehr diese Zuchthäuser, wurde mehr und mehr gequält von verbotenen Büchern, zensierten Filmen, einem nach Sibirien verschleppten Horst Bienek (AUS Brechts Theater heraus – der Meister sah weg), einer untersagten Hanns-Eisler-Oper und einem aus der Wand des Bahnhofs Friedrich-Straße herausgemeißelten Bild. Mein Stiefvater war kein eleganter Literaturkritiker – mein Pflegevater war ein zerquälter Geistlicher, er war, lieber Heinrich Senfft, der (einzige) Haftanstaltspfarrer der DDR – von insgesamt sieben Anstalten. Ich weiß besser als IRGENDEIN Mensch auf dieser Welt, wie es da aussah.

Warum ich die Geschichte erzähle? Weil sie SO nicht zu Ende ist. Ich blieb nämlich, im Streit, in emphatischen, schließlich (von Paul Merker geleiteten, verhörähnlichen) Diskussionen, mit diesem Mann befreundet. Ich steckte ihm heimlich, per Hauspost, Koestlers DARKNESS AT NOON zu, und ich begriff, als er es mir auf dem Klo mit den Worten zusteckte: «Das Buch habe ich nie gelesen.» Derweil er etwa eine heimliche

Schweizreise von mir, die ich selber bezahlte, deckte – weil ich unbedingt Steinbecks FRÜCHTE DES ZORNS in Lizenz nehmen wollte; und derweil er duldete, daß ich Faulkner zum Vorkämpfer der Neger in den USA umfrisierte, um ihn verlegen zu können. (Faulkner HASSTE bekanntlich Neger.) Und dieser Mann, als ich störrischer und störrischer wurde, als immer mehr verboten (Tucholsky, DEUTSCHLAND, DEUTSCHLAND) und verhaftet wurde und ein Brecht log, daß sich die Balken bogen, sagte zu mir: «Fritzchen, mein Sohn, wenn ich je spüren sollte, daß du abhauen willst – dann lasse ich dich vorher verhaften.» Und ich BLIEB mit ihm befreundet – ich konnte die Narbe nicht vergessen und die Wüste Shanghai; das hatten WIR ihm angetan. Und ALS sie mich verhafteten, im Verlag, durfte ich mich von ihm verabschieden (die Herren im grauen Ledermantel mit der pistolendicken Hüfte waren ja dumm; ich hätte über die Feuertreppe türmen können), sagte er mir: «Sei dumm wie die Schlange» – und schob mir ein Päckchen chinesische Cigaretten (damals das Funktionärfeinste) hin. Und ich habe den Mann verstanden, die schreckliche Verwüstung, die man mit/in ihm angerichtet hat; und ich blieb mit ihm befreundet; und ich schrieb ihm – als ich rauskam und dann doch «türmte», mit 70 Mark in der Tasche, einen Abschiedsbrief, wie ihn sich eigentlich Liebende schreiben (ich erspare mir und Ihnen, eine Kopie dieses Briefes beizulegen; aber ich glaube nicht, daß einer von Euch so früh und so genau und so, Pardon, herzzerreißend sich seiner Zeit ausgesetzt hat).

Das war die Zeit, zu der Enzensberger (ich war gerade in der «Freiheit» gelandet), als ich ihm seine Idee, Lawrence Durrell den Nobelpreis zu verleihen, mit dem Hinweis auf diesen «Imperialistenkitsch» beantwortete, mir sagte: «Sie sind eben marxistisch verseucht»; zu der mir ein junger Assistent von Adorno namens Habermas, als ich ihn – ich war Kindler-Chef – fragte, ob er eine Marx-Ausgabe edieren würde (es gab NICHT EINE

Zeile von Karl Marx im Jahre 1959 in der BRD!), sagte: «Sie müssen ein mutiger Mann sein», und es war ein wenig später die Zeit, zu der mir der Herr Walser zu meiner dreibändigen Anthologie «Marxismus und Literatur» schrieb: «Ich habe keinen dieser Namen je gehört.» Ihr hieltet doch alle den Namen Shdanow für eine Vodka-Marke und den von Trotzki für den der Lipizzaner? Was tat denn Gaus, als ich die ersten Vorlesungen über DDR-Literatur an der Uni Hannover hielt und in der Springerpresse unbändig beschimpft wurde, deswegen? Und der Anwalt Senfft?

Daß Sie der Anwalt von Hermann Kant sind, ist gewiß OK. Sie sollten sich aber nicht zu seinem Fürsprecher machen. Die deutsche Scheidelinie (die ich nie mitmachte) verlief ja immer: «Ein Talent, doch kein Charakter» – das war dann Heine oder Brecht; beziehungsweise «Kein Talent, doch ein Charakter» – das war dann Raabe oder Siegfried Lenz. Doch GARKEINE Alternative scheint mir zu sein: «Kein Talent und kein Charakter.» Unbegabte Schriftsteller gibt's viele, und SO unbegabt war Kant ja garnicht in allen Büchern (was ich ihm stets nobel bescheinigt habe, noch neulich). Aber er ist ein Lügner und Worte-Hehler, er hat über mich noch an seine – nun, nennen wir's: Obrigkeit – berichtet, als ich schon bei Rowohlt war.

Gerade WEIL ich – oder obwohl ich? – mich wahrlich besser in all diesen Verwinklungen und Verwicklungen auskenne, weil ich aufs intimste Schicksale hochanständiger Versager «dort» kenne, respektiere ich auch die Verzweiflung und den Hohn der Schädlich, Sarah Kirsch und Günter Kunert. Die kommen bei IHNEN garnicht mehr vor? Wer hat denn – als ziemlich einziger – Position und Kandidatur von Heym ÖFFENTLICH verteidigt (und sich Waschkörbe von Wut-Leserbriefen zugezogen), allerdings ohne seinen/meinen Dissens mit dieser mir nicht mehr einsehbaren Parole vom «menschlichen Sozialismus» zu verbergen? Ich habe mir seit nunmehr mehr als zwei Jahrzehnten den

Schädel eingerannt (und fast einschlagen lassen) für eine unabhängige integre Position, und es tut mir leid, wenn es arrogant klingt: Ich sehe ganz wenige, um nicht zu sagen, NIEMANDEN, der das mit dieser Verve, diesem Temperament und dieser «Gerechtigkeit» getan hätte. Verteidigt, als ich gejagt und erjagt wurde, bin ich von keinem von Euch allen worden; wenn ich mich recht erinnere, gab es von Gaus, der beim Diplomatenreiten durch den Tiergarten sein Herz für den Sozialismus entdeckt hat, nicht einmal einen Leserbrief an die ZEIT.

Sehr mehrheitsfähig war ich da, scheint mir, nicht.

Der Brief ist zu lang und zu aufdringlich. Nehmen Sie ihn nicht nur als datumgebundenen «Erguß», sondern doch auch als Beweis, daß ich mich – meinetwegen: zu Teilen – mit Ihnen befreundet wähne. Vielleicht ist er ja auch nur der eigenen Hygiene wegen geschrieben. Sie haben ja gewiß einen großen Papierkorb. Da soll dann auch getrost hin, was ich Ihnen hier beilege – für meinen Geschmack ein Beispiel für die «richtige», faire, aber nicht augenblinzelnde Erörterung all dessen, was Ihnen hier nun anvertraut hat mit den allerbesten Wünschen für ein erträgliches 1995,

Ihr

Fritz J. Raddatz

1995

5. Januar

So beginnt also das NEUE JAHR: Probleme beim Lesen (was ich wie eine Bedrohung empfinde), Schmerzen und, wie die erste Untersuchung gezeigt hat, kaum noch funktionierende Tränendrüsen, außerdem rechts ein bedenklich erhöhter Augendruck, was die Vorstufe vom grünen Star ist/sein kann. Netter Anfang …

Der eigentliche Jahresanfang war eher grotesk. Dieses Mal nicht alleine mit Gerd in Kampen, nicht zuletzt, weil das die letzten Male etwas bedrückend-auf-die-Uhr-sehend war und ER gesagt hat: «Laß uns nächstes Jahr was unternehmen.» So habe ich Grass und Rühmkorf (natürlich mit Frauen) eingeladen und, weil Ute Grass «intervenierte» (es gehe ihm so schlecht, berufliche Probleme), Bissinger. Nun hatte ich Rühmkorf eingeladen, BEVOR ich von Hochhuth seinen «Verrat» berichtet bekam, nämlich daß er den ZUGESAGTEN Bürgen-Brief für meine Aufnahme in die Berliner Akademie nicht geschrieben hat. So war ich jetzt ziemlich gegen ihn eingenommen, und alles ging mir auf die Nerven: daß er – zum Essen – eine Stunde zu spät kam mit den Worten: «Mitgebracht habe ich dir nichts» (während sogar der ansonsten gestenlose Grass mir einen schönen Band mit seinen graphischen Arbeiten, mit freundschaftlicher Widmung, mitgebracht hatte); daß er seine Kippen in die Gallé-Vase schmiß (er weiß natürlich nicht, was das ist) und daß er dreimal das gegen Morgen mühsam bestellte Taxi einfach nicht nahm: «Ach, ich bleibe doch noch ein Stündchen.» Ich fand/finde, daß er sich mächtig verzieratet und kostbar macht, selbst in seinem Wutausbruch gegen Biermann – «Ich hasse den, ich glaube, ich könnte ihn (er-)schlagen» – war noch etwas Rokoko-Kokettes, eben nicht die Brachial-Wut von Hrdlicka.

So hielt ich mich an Grass, mit dem der Abend sehr angenehm war, der auch mal von MEINER Arbeit sprach (gerade DIE NACHGEBORENEN gelesen hatte – am liebsten allerdings das Kapitel über IHN) – wobei meine Prosaarbeiten nie, mit keiner Silbe erwähnt werden; das ist so, als habe ein junger Hund einen See auf den Teppich gemacht. Prosa darf nur EINER schreiben – wer wohl. Auch Bissinger war angenehm, still, bedrückt – was ihm gut steht, nicht so bramsig, wie er sich sonst gerne gibt (und erstaunlicherweise kam heute sogar ein *lettre au château*; typisch: nur von ihm).

9. JANUAR

Wie nennt man «aftermath» auf Deutsch? Schlechter Geschmack im Mund?

Den habe ich nun doppelt nach der Silvesternacht: Am Wochenende erschien in der SZ ein Gespräch mit Grass (das ohnehin banal), in dem er u.a. mich – neben Walser, Botho Strauß – als «rechtsgebeugten» Autor denunziert, der inzwischen die Idee von der Verantwortung des Schriftstellers leugne.

Als sei es nicht DIESE Idee, die sich wie ein roter Faden durch ALLE meine Arbeiten zöge, als sei es nicht DIESE Idee, derentwegen ich mich auch gegen die Stasiverstrickungen der Wolf und Müller bäumte (ob «Freund» Grass das mit rechtsgebeugt meinte?).

Wie kann man eine lange Nacht hier mein Gast sein, freundschaftlich (jetzt muß ich sagen: pseudofreundschaftlich) reden, essen, trinken, sich um Mitternacht umarmen – und den ganzen Abend wissen: In München rollen schon die Rotationsmaschinen, um die Beschimpfung aufs Papier zu drucken.

Es ist inhaltlich absurd und vom Gestus her ekelhaft.

Enttäuschende/enttäuschte Lektüre der Fontane-Tagebücher (London 1852 respektive 1855–1858). Zum einen halten sie durchaus nicht das «Versprechen», man erführe so viel über das viktorianische England: Außer allerlei *Diners* und *Déjeuners* mit irgendwelchen Diplomaten oder höheren Beamten erfährt man reinweg GAR NICHTS; es ergibt sich weder ein Bild der Gesellschaft noch ein biographisches Bild mit dem ewigen Eintrag «An Emilie geschrieben» oder «Brief von Emilie».

Die Eintragungen sind ohne Dimension:

23. März 1858

Gearbeitet. Mit George in die Stadt. Gesandtschaft, Farrence, National-Galerie. Nach Haus. Gearbeitet. Zu Beta's (sein Geburtstag). Geplaudert bei Rotwein und Sandtorte.

So geht das seitenlang, man weiß gar nicht, WOZU er überhaupt so ein Tagebuch führt, WOZU selbst – das in seiner preußischen Disziplin gar recht beeindruckend – unentwegt «gearbeitet» eingetragen wird (Seite 313, 9. März bis 13. März z. B., beginnt jeder Eintrag mit diesem Wort). Aber «gearbeitet» ist doch für unsereins selbstverständlich? Was sonst tut man denn jeden Tag (mit wenigen, sehr wenigen Ausnahmen)? Dann müßte ich ja JEDEN Tag, jede Notiz meines Tagebuchs mit dieser Selbstverständlichkeit beginnen?

Nur sehr gelegentlich etwas «Inhaltliches», so etwa eine wunderbare Shakespeare-Betrachtung, in der er – bis heute gültig, etwa Zadek ins Stammbuch geschrieben – den Unrat und das Ungebärdig/Schrundig/Schmutzige an Shakespeare hervorhebt und die unzulässige Glättung durch ALLE deutschen Shakespeare-Adaptionen/Inszenierungen. Dabei denkt man an Peter Steins albernen Vorwurf gegen Zadeks Arbeit: «Shakespeare in Unterhosen». Selbst die müßte man ihm noch ausziehen, um den wahren Shakespeare zu haben.

Verblüffend auch, daß EIN Name nicht einmal, nicht ein

einziges Mal fällt: Karl Marx. Immerhin lebte der seit 1850 (?) in London. Aber Fontane hat ihn nie je gesehen, nicht besucht; er ist ihm offenbar nicht mal ein Gerücht.

WEITER 10. JANUAR

Noch einmal Fontane. Wobei bereits dies in den Kontext gehört: Ich lese ja so «liederlich» den ganzen Tag nur herum, weil ich alle 2 Stunden zu einer Augendruckmessung muß, Star-Verdacht. Nur käme ich eben nicht auf die Idee, in mein Tagebuch «unwohl» oder «kränklich» einzutragen, ohne z. B. die eigenen Ängste einzudenken; in diesem Fall vor dem Blindwerden. Seit ich diese Augenprobleme habe, kann ich kaum schlafen, träume angstvoll und rauche tagsüber zuviel: Was würde aus meinem Leben, wenn die Augen versagen? Nicht nur die Idee, nie mehr ein Bild, eine Skulptur sehen zu können, verfolgt mich, sondern auch die Panik, nicht mehr arbeiten zu können. Doch bei Fontane heißt die knappste Eintragung «im Bett». Wer hat etwas davon? ER weiß es doch – und für andere ist dieser Umstand alleine nicht interessant.

Dennoch habe ich, 1895, also 100 Jahre her, ein schönes Motto auch für meine momentane Befindlichkeit gefunden: DAS ALTE GESELLSCHAFTLICHE LEBEN SCHLÄFT MEHR UND MEHR EIN, ALLES IST TOT ODER KRANK – – – oder verkracht.

Es war also nie anders … auch nicht, was das Interesse an Literatur betrifft. Der heute so Berühmte und Gerühmte notiert noch 1894 den Mißerfolg eines Sammelbandes seiner Erzählungen: «Kein Mensch kümmert sich darum, doch wohl noch weniger als recht und billig. Natürlich sind solche Geschichten nicht angetan, hunderttausend Herzen oder auch nur eintausend im Fluge zu erobern, man kann nicht danach laufen und rennen, als ob ein Extrablatt mit vierfachem Mord ausgerufen würde, aber es müßte doch ein paar Menschen geben, die hervorhöben: ‹Ja, wenn das auch nicht sehr interessant ist, so ist es doch fein und gut … und die Sauberkeit der Arbeit zu sehn ist ein künstlerisches Vergnügen.›»

ZU schade, daß er selber uns derlei so wenig, fast gar nicht bietet – solche Selbstcharakteristica oder auch Äußerungen über andere, über Literatur, Stücke, Inscenierungen, Politiker –, das sind Rarissima unter den ewigen «Die Vossische druckt mein …» oder «In den X-Monatsheften erscheint mein Artikel Y». Das ist so, als würde ich im Tagebuch eintragen, wann ich einen Artikel an die ZEIT gegeben oder wann MERIAN was von mir gedruckt hat. Da er nichts über Redaktionsalltag, über Ablehnungen oder Publikationsschwierigkeiten schreibt, vielmehr nur den Umstand «abgeliefert» oder «gedruckt» notiert – ist es obsolet. Es hat keinen Sinn, so was festzuhalten. Manchmal liest es sich wie Gleichgültigkeit der eignen Arbeit gegenüber (weil er nie auf PROBLEME der Arbeit eingeht) – wie er ja auch den Tod eines seiner Söhne mit Thomas-Mannscher Kühle beschreibt: «Als ich eintrat, war er eben tot. Das Begräbnis war herrlich, 4 Uhr nachmittags, schönster Herbsttag, Exzellenzen und Generäle in Fülle.»

Auch das übrigens irritierend: Sein Umgang mit allen möglichen Exzellenzen, Prinzen, Adligen, Militärs, Politikern (meist werden nur reihenweise die Namen von Abendessengästen – bei ihm oder bei anderen – aufgezählt, ohne irgendeinen Witz, irgendeine Beschreibung) legt den Verdacht nahe, daß ihm das/er sich imponierte.

Wie eben auch viel zu selten artistische Bewertungen zu finden sind – die, WENN sie da zu finden, köstlich, treffsicher und souverän sind. Er war ein unbestechlicher Kritiker: «Böcklins Toteninsel ist schön, wirkt aber doch, als habe er bei sich eine Anleihe gemacht»; Wildenbruch: «armer Stümper, der sich einbildet, in Heinrich von Kleists Sattel weiterreiten zu können. Den Sattel hat er vielleicht, aber nicht das Pferd»; «Ganz Raabe-glänzend und geschmacklos, tief und öde»; «Wenn man von Flemming heißt und auf einem hinterpommer'schen Gute wohnt, muß man durchaus konservativ sein – von dieser Regel darf nur DER eine Ausnahme machen, der SEHR klug ist. Ein kleiner Durchschnittsmensch muß innerhalb seiner Klasse bleiben und darf nicht halbgenialen Allotria treiben»; eine kleine Betrachtung zu Makart ist Urteil über eine ganze Kunstrichtung: «Trotzdem läßt mich all diese Pracht und all dies Können ganz kalt, ja mehr, es langweilt mich. Eins der Weibsbilder, in einem weißen Bademantel, ist sehr schön – aber es flößt mir nur ein Porträt-Interesse ein: ‹Muß das eine schöne Person sein› – über diese Betrachtung komme ich nicht hinaus»; die ganze Gottfried-Keller-Ästhetik in EINER kurzen Abfuhr: «Ich bin mir aber doch nicht sicher, ob dies Vorgeschilderte die Aufgaben sind, die man sich stellen soll. Eine exakte, natürlich in ihrer ART AUCH den Meister verratende Schilderung des wirklichen Lebens, das Auftretenlassen wirklicher Menschen und ihrer Schicksale scheint mir doch das Höhere zu sein. Ein echtes, ganzes Kunstwerk kann ohne Wahrheit nicht bestehen, und das Willkürliche, das Launenhafte, so reizvoll, so geistreich, so überlegen es auftreten mag, tritt doch dahinter zurück» (23. Mai 1881).

Es ist ein Jammer, daß er uns sich vorenthalten hat: DAS wären wunderbare Tagebücher gewesen/geworden; statt der banal-albernen Eintragungen «gearbeitet. Hoppenrade. Besuch von Frau Krigar. Spaziergang. Gelesen» (6. 2. 1881), womit niemand etwas anfangen kann. Hat er das gewußt? Immerhin gibt es den Vers von ihm:

Tagebuch du nahmst mich pünktlich
wochenlang zu Protokoll
doch dein Inhalt, so bedünkt mich
ist zum Weinen jammervoll.

Herauspicken muß man sich herrliche Berlinismen wie «unpratschig», «herumgepusselt».

Und merken sollte ich mir, wie er seine «Brouillons» – die wie unter Druck in großer Eile und kurzer Zeit hingeworfenen Erstfassungen seiner Romane – später pusselte und bastelte, feilte und umschrieb.

Noch 2 «Nachklappen»:

Zu Gustav Freytags AUS EINER KLEINEN STADT, Februar 1881: «Ledern, trocken im höchsten Grade ... es wirkt alles wie auf fernste Zukunft berechnet und dadurch prätentiös und wenig angenehm. Infolge davon pulst kein Leben in dem Buch ... Allem fehlt die freudige Unbefangenheit, DIE LUST AN DER SACHE SELBST, alles ist herausgeklügelt und dient einem doctrinairen Zwecke.» 8. XI. 1881: «Am Abend in Putlitz ‹IDEALISTEN›. Ein SEHR schwaches Stück, in Hoffnung auf Tantieme zusammengeschmaddert ... Und solcher Mann glaubt ganz ernsthaft, er vertrete die BESSERE, SITTLICHERE Seite deutscher Kunst. Dann bin ich für Unsittlichkeit und Schweinerei.»

13. Januar 1995

Lieber Günter –

was sind wir nur für seltsame Freunde; wenn wir's denn sind: Da sitzen wir also einen langen, freundschaftlich-heiteren Silvester-Abend zusammen, ein gemütliches Neujahrsfrühstück hindurch – und währenddessen weißt Du, daß die Rotationspressen einer auflagenstarken Zeitung eine Beschimpfung gegen mich aus Deinem Munde ausdrucken; nach einer nicht direkt ungastlichen Nacht mit Umarmungen zu Mitternacht ein geradezu bösartiger Angriff – ich bin also Kumpan des Botho Strauß, «rechtsgebeugt» und kann mit dem Begriff «Verantwortung des Schriftstellers» nicht mehr umgehen. So hättest Du also die Neujahrsnacht auch mit Botho Strauß verbracht?

Das ist doch die Auflösung aller Begriffe? Ich bin «rechtsgebeugt»? Womit? Mit welcher Zeile von mir wäre das belegbar? Ganz kürzlich war ich für Dich noch unehrenhafter PDS-Helfer, weil ich aus purer Noblesse plädierte, dem alten Emigranten Heym nicht das Wort zu verbieten (wohl anmerkend, daß ich in fast nichts seiner Meinung bin). Da nanntest Du mich einen «enttäuschten Kommunisten» und gingst auf meine Antwort, daß ich nie Kommunist gewesen sei, deswegen auch kein «enttäuschter» sein könne, nicht ein.

Nun stehe ich «rechts» – mit meinem großen Aufsatz über Carl von Ossietzky, vor drei Wochen erschienen? Mit meinem Buch über Tucholsky (das Ute so besonders gut gefiel)? Mit meinem letzten Essayband über Benn, Brecht u. a.? Mit meinem Aufsatz über die Ausländerliteratur?

Das hat weder Logik noch Vernunft; Walser – zu dem Du mich gruppierst – hat mich ja gerade vor wenigen Wochen emphatisch angegriffen. Weil ich die Verantwortung des Schriftstellers fordere. Selbst da, wo Du und ich differieren (was doch wohl ohne Verunglimpfungen und öffentliche Schmähungen möglich sein muß?), nämlich in Sachen DDR und DDR-Autoren – klage ich ja gerade eben diese Verantwortung ein. Das hier beigelegte kleine Interview in Sachen Christa Wolf und ein längerer Brief (ich erzählte in der Nacht gar von diesem Brief, als Bissinger sagte, er kann die Position von Senfft und Gaus nicht mehr ertragen) formulieren meine Haltung; die – anders als Deine und vieler, die jetzt urteilen – biographiegeprägt ist. Ich würde nie behaupten, dies sei die EINZIG MÖGLICHE, gar die WAHRE – aber es ist eine, die zu Diffamierungen keinen Anlaß bietet. Zu dem absurden Etikett «rechtsgebeugt» – was immer Du mit «gebeugt» meinen magst – schon überhaupt nicht.

Du beklagst in dem Gespräch mit Herrn Zimmermann die Beliebigkeit der literaturkritischen Standpunkte, das Sich-nicht-Einlassen auf Inhalte, Denkstrukturen, Formulierungen: und tust mit dieser durch rein gar nichts zu belegenden Nebenbemerkung genau DAS. Unerfindlich ist mir auch die «Tenue»: Noch tief in der Nacht, es waren nur noch Ute und wir beide übrig, ermunterst Du mich zu einem Buch – «Das kannst nur Du schreiben, früher hätte es noch Hans Mayer gekonnt» – und sprichst voller Respekt von meiner Arbeit (wie es normal ist: Unsere Freundschaft gründet doch nicht zuletzt im gegenseitigen Respekt vor der Arbeit des anderen?) –, und die ganze Zeit weißt Du, daß ich wenige Tage später eine ruppige Anrempelei auf dem Schreibtisch finden werde. Das hätte ich doch gerne erklärt.

FRIEDENAU, DEN 17. JANUAR 1995

Lieber Fritz,

wie soll ich Dir auf Deinen Brief antworten? Zuerst einmal: Es tut mir leid, daß Dich der Artikel in der «Süddeutschen Zeitung» verletzt hat. Dann aber – und schon zweifle ich, ob Dich meine Erklärung erreichen kann – muß einiges berichtigt werden. Zum einen eine Nichtigkeit: Zimmermann hatte mich im Sommer des vergangenen Jahres in Behlendorf besucht; ich hatte keine Ahnung, daß, wie Du glaubst, in München die Rotationspressen eine «Beschimpfung gegen mich aus Deinem Munde ausdrucken», während wir beim Neujahrsfrühstück saßen. Zum anderen: Die unsägliche Reihung von Namen, die Dich neben Botho Strauß setzt, ist nicht mein Werk. Nie käme ich auf die Idee, Dich unter dem Sammelbegriff «rechtsgebeugt» in solche Gesellschaft zu bringen. Zwar habe ich mit Zimmermann darüber gesprochen, inwieweit der deutsche Einheitsprozeß die Intellektuellen und Schriftsteller auseinander- oder in Distanz gebracht hat, doch da ich bei dieser Gelegenheit wie auch an anderer Stelle niemals auf den Gedanken käme, Enzensbergers und Walsers neue Positionen als deckungsgleich zu werten – zwischen beiden liegen Welten –, so habe ich, was Dich betrifft, nur kritisch vermerkt, was Dir bekannt ist, insbesondere, daß ich nach wie vor Dein Urteil über Christa Wolf als zu rigoros empfinde, auch daß die ihr angehängten Be- und Verurteilungen wie Lüge oder Lebenslüge allzu anmaßend klingen, insbesondere aus westdeutscher Sicht.

Ich gebe gerne zu, daß mich Deine wechselnde Parteinahme gelegentlich irritiert hat, und ich frage mich auch heute noch, wie Du einerseits, z. B. Christa Wolf gegenüber, einen streng moralischen Standpunkt vertreten kannst und andererseits in der Lage bist, Stefan Heyms Kandidatur für die PDS nicht nur zu akzeptieren, sondern auch als neuerlichen Ausdruck von Sozialismus zu feiern. Davon war übrigens im Gespräch mit Zimmermann nicht die Rede.

Nun mag es sein, daß ich mich ungebührlich oder gar zu Unrecht irritiert und verwundert gesehen habe. Da wir in dieser Sache beide verschiedener Meinung sind, steht wohl auch jedem von uns das Recht auf Irrtum zu. So bin ich denn weiterhin verwundert, daß Du hinter dem Artikel in der «Süddeutschen Zeitung» nicht journalistischen Pfusch vermutest, vielmehr mir, Deinem Freund zutraust, Dich als «rechts» stehend und gar «rechtsgebeugt» zu bezeichnen.

Und doch bleibt am Ende ein Rest, für den ich mich nicht entschuldigen und den ich nicht erklären kann. Ich hätte, wie ich es bei Interviews in der Regel tue, alles von mir Gesprochene vor der Drucklegung lesen müssen, und diese Nachlässigkeit hat dazu geführt, daß ich Dich verletzt habe. Vielleicht kannst Du mir verzeihen …

Dein *Günter*

19. Januar

Und Grass «entschuldigt» sich nun, er habe das NIE gesagt und wie ich nur glauben könne ... Aber das EINZIG Richtige, derlei dann auch ÖFFENTLICH richtigzustellen, darauf kommt er offenbar nicht (während sich derlei doch festtritt – ich bekomme das wie jenen Uwe-Johnson-Brief bei passender Gelegenheit im nächsten Interview um die Ohren).

Damit verglichen ist ja dann ein Abend mit Gerd wie der gestern, wo ich über den jüdischen Katholiken Döblin, seine schreckliche Flucht durch Frankreich, seine «Erweckung», sein Schicksal im Nachkriegsdeutschland erzählte, ein schieres Wunder. Er schien geradezu glücklich («was ich bei dir alles lerne») – jedenfalls kein vertaner Abend. Nur: ICH lerne nie etwas, ich «gebe» nur immer – den Bordeaux ohnehin, aber auch die Gesprächsdramaturgie. Ich bin das 4. Programm.

30. Januar

Vorgestern im Arte-Interview ein alter Nazi-Offizier (Kageneck?), der noch jetzt mühelos und selbstverständlich von «der Amerikaner» sprach, von «Russenpanzer» – dem der Tiger, «eine wunderbare 88-mm-Kanone», weit überlegen gewesen sei: «Wir haben an einem Tag 68 Russenpanzer geknackt.» Dieser schneidige Hitler-Diener, der sich für einen Herren hielt, begriff gar nicht die Ironie des französischen Befragers: «Graf Kageneck, sagen Sie mir, wie kam es dazu, daß Sie bei all dieser großartigen Überlegenheit den Krieg verloren?»

7. Februar

Es gibt kriminelle Energie; und es gibt kriminelle Bizarrerien: Gestern kam also der Rowohlt-Scheck (leider zwar an mich, aber nicht für mich) für die illegalen Überdrucke, die Volk und Welt zu DDR-Zeiten von Tucholsky-Büchern aufgelegt hat: 1,2 Millionen Mark!

Um diesen Betrag hat man also die Mary betrogen, während man munter «die Witwe des großen Antifaschisten» bei ihren Besuchen in Ostberlin bewirtete und hofierte.

«Man» – wer ist «man»? Das müssen doch viele im Verlag gewußt haben?

16. Februar

So befremdlicher wie erleichternder Abend mit Bissinger: «Ich habe nur eine Botschaft»; und die war, daß er – respektive DIE WOCHE, mir «in jeder von Ihnen zu wählenden Form» zur Verfügung stehe – Kolumne «mit Foto», Reportage, Interview, Buchrezension, politische Kommentare, was «immer Sie wollen». Das wird helfen bei dem Brief an die ZEITchefredaktion, an dem ich ja bereits jetzt herumformuliere, obwohl er erst heute in einem Jahr fällig ist. *On verra.*

Zugrunde liegt dem, nicht zuletzt, eine ZEIT-Media-Analyse, die DIE WOCHE hat machen lassen, um den Konkurrenten zu röntgen, d. h. besser ins Visier zu kriegen. Demnach wird DIE ZEIT in erster Linie wegen einiger Autoren geschätzt, wobei, nicht verwunderlich, diese Inge Meysel des Journalismus namens Dönhoff ganz oben rangiert, dann Schmidt, dann Sommer – und dann, als Nummer 4, *little me*!! Dann – nach dem Prinzip «alle wollen Boris Becker» – ist man natürlich begehrt. Besser als umgekehrt.

23. Februar

Rudolf Hausner – «der Rudi» – liegt im Sterben; ein Einakter. Er ruft seinen Händler Huber an und bittet den, ihn zu besuchen. Huber sagt: «In 10 Tagen.» Hausner sagt am Telefon mit Grabesstimme: «Morgen.»

Nexten Tag ist Huber bei Hausner, es gibt Champagner am Bett eines winzig gewordenen 80jährigen Krebskranken. «Ich muß meine Dinge ordnen – und du mußt dieses Bild von mir kaufen, jetzt, sofort und sofort bezahlen.» Wozu man die völlig fiktiven, nicht marktgerechten Irrsinnspreise von Hausners Bildern kennen muß: um 100.000 Dollar.

Angesichts des Sterbenden wagt Huber nicht, Hausners letzten Wunsch abzuschlagen, und bittet lediglich, einen Siebdruck von dem Bild fertigen zu dürfen, damit er durch dessen Verkauf einiges von seinen Kosten wieder reinbekommt. «Aber dann bist du ja tot», sagt unbekümmert die am Bett sitzende Ehefrau. Worauf ein langes Feilschen um Nachlaß, Nachlaßrepros und Nachlaß-Stempel anhub – Sterben ist halt ein seltsam Ding. Jane Ledig-Rowohlt – von der es jetzt heißt, sie habe sich «umgebracht» – hat 20 Millionen Pfund hinterlassen – die der dicke Lord George Weidenfeld mit seinem erfahrenen Händchen für reiche Damen für eine Stiftung der University of Oxford an Land gezogen hat. Absurd: Die Mode-und-Society-Beauty, von der ihr *husband* Ledig schon vor vielen Jahren sagte: «Ich habe es manchmal satt, zu dem Hühnchen ins Bett zu kriechen und um Geld zu bitten» (also ein Edel-Pimp in Londoner Maßanzügen und Turnbull & Asser-Krawatten?!), die Dame, die nie eine Universität von innen gesehen hat, kauft sich nun *post mortem* in eine der feinsten Unis der Welt ein. NICHT eingekauft hat sie sich in den quasi eigenen Verlag, den Ledig DANN doch nicht hätte verkaufen müssen.

Sonst hat anscheinend niemand etwas bekommen, über das schöne Haus (des Arztes von Voltaire) am Genfer See ist so unbestimmt und wischiwaschi verfügt, daß vermutlich der Erblasser-Anwalt drin landen wird.

KLEINES HAUSNER-PS:

Wie lange das alles her ist (und wie viele Namen man jetzt fast PRO MONAT aus dem Telefonbüchlein streichen muß); daß «der wilde Rudi» z. B. auf einer meiner Parties am Leinpfad sich gegen Morgen in meinem Bett anfand; nicht alleine, selbstverständlich, sondern mit einer hübschen Kunststudentin. Wenn ich mich recht erinnere, wurde es dann die Dame an seiner Seite, die nun über «Nachlaß-Stempel» nachdenkt ...

Ebenso lange ist es her, daß ich partout eines seiner schönsten Bilder kaufen wollte (er lebte damals in Hamburg und hatte auf Initiative von Wunderlich einen Lehrauftrag – mit Atelier – am Lerchenfeld), eines dieser Bilder, an denen er so unendlich lange, oft mehr als ein Jahr, malte und dessen FORMAT, nämlich lang und schmal, mir auch so gefiel (wie weiland das Beckmann-«Quappi»-Bild, das ich AUCH nicht gekauft habe). Ich hatte das Geld nicht, obwohl er mir einen generösen Preis gemacht hatte; er andererseits wollte partout, daß das Bild «in deiner Sammlung hängt, sonst kauft es ein *sugar-king* aus Caracas, und ich sehe es nie wieder, und bei dir hängt es in guter Gesellschaft». Doch selbst seinen Vorschlag, das Bild abzubezahlen, hielt ich für peinlich. Damals hatte ich «Ethos»: Ich fand, man darf ein Auto oder einen Kühlschrank abbezahlen, aber nicht ein Bild. Beweis für die Dummheit von Ethos – so hätte ich heute eines seiner schönsten Bilder, und ER wäre damals vermutlich über den Abzahlungsvertrag froh gewesen.

Hotel Kempinski, Berlin, den 1. März

Berlin: das Zentrum eine einzige Baugrube, man watet durch Dreck, Bauschutt und über Planken; unter denen sich – immerhin – die ersten Glas- und Prunkfassaden (z. B. in der Friedrichstraße) erheben.

Enttäuschend Grosz.

Da sind nur SEHR wenige Bilder gut, sind überhaupt BILDER – vieles ist mit dem Strich einer Anti-Reklame Plakatkunst, bestenfalls «hübsch». Am erschreckendsten die Primitivität der «obscönen» Bilder, die mehr *Pissoir*-Zeichnungen gleichen als Kunst: grob, direkt, offenbar zur Selbstaufgeilung verfertigt und –

besonders abstoßend – in einer Art Sonderkabinett gehängt, in dem vom Tonband kleine Ferkel-Verse (von wem? Von Grosz?) geflüstert werden, irgendwas von Fotze und Schwanz und Abspritzen. Eigenartig, wie stark meine Bremse gegen derlei, wie mich ja auch Fick-Filme ekeln. Pornographie dieser Brutalität verletzt irgendwas in mir. Ist es gar Scheu? MACHEN tu ich gerne alles und hab's ja auch mein Leben lang getan – aber die DARSTELLUNG (es sei denn, es ist KUNST) stößt mich ab.

Bemerkenswert dann mein Interview-Besuch bei Stephan Hermlin, vor dem (ihm wie dem Besuch) ich mich mächtig nervös gemacht hatte bis hin zu gestörtem Schlaf und wilden Träumen.

Lustige und nicht so lustige Äußerlichkeit: Was damals uns jungen Leuten so fein und reich und bonzenhaft schien, ist, von heute her gesehen, ein ärmlich-verkommenes, mieses und übelschlampig möbliertes Siedlungshaus.

Die Begegnung überraschend herzlich und das Gespräch ebenso überraschend offen (wobei ich allerdings aus Sorge, die Blume schließe sich dann sofort, bohrend-aggressive Fragen vermied). Lästig allenfalls die nicht nur Anwesenheit, sondern auch das Dazwischengerede seiner aufdringlichen Klafte von Ehefrau, die ich erst zum Schweigen brachte (selbst ER mußte ihr manchmal über den Mund fahren), indem ich sagte: «Frau Hermlin, gerne mache ich demnächst ein Interview mit IHNEN – heute mache ich eines mit Stephan Hermlin.»

WAS er sagte – vor allem sein Bejahen des Revolutionsterrors, frei nach dem Banal-Motto «Wo gehobelt wird, da fallen Späne» –, war z. T. entsetzlich und ist (nach meinen Interview-Gesprächen mit Biha, Semprún, Amado usw.) eine direkte Fortsetzung meiner Polit-Ethnographie. Was nur in den Köpfen dieser Wegseher und Verschweiger los war …

Umgekehrt wieder frappant, wenn er sagt (und ich glaube,

da lügt er nicht), daß ER es war, der so manchen – «Die saßen hier, Raddatz, auf DIESEM Sofa, und flehten mich an, was zu tun» – durch seine Intervention «bei höchsten Stellen» (später benannte er die: Honecker) die Ausreise ermöglichte. Wenn DAS stimmt – haben die sich, zumindest IHM gegenüber, unanständig benommen; und hat ER nicht ganz unrecht, wenn er sich gegen die Inanspruchnahme des Begriffs «Flüchtling» durch diese verräterischen Kollegen aufbäumt.

Ach, es stimmt wohl doch der von mir so verachtete Satz «Charakter ist nur Eigensinn» bei meinen Freunden, den Literaten. Etwa, wenn ich gestern in den Zeitungen lese: Günter Grass stellt demnächst mit einer Lesung im Frankfurter Haus der jüdischen Gemeinde sein neues Buch vor – eingeleitet von Marcel Reich-Ranicki.

Sein TODfeind, der Mann, den er angeblich tief verachtet – «Dem gebe ich nie wieder die Hand» –, der ihn von BLECHTROMMEL bis UNKENRUFE auf das verächtlichste angegriffen hat, über dessen letzten geradezu berserkerhaften Verriß er bei mir am Telefon TATSÄCHLICH WEINTE: Dem übergibt er zur Taufe sein neues Kind. Ja, das muß man Charakter nennen.

Wieder einer weniger. Ich will Grass vorerst und wohl für lange nicht sehen.

«Ein intimer Freund und ein gehaßter Feind waren mir immer notwendige Erfordernisse meines Gefühlslebens. Ich wußte beide mir immer von neuem zu verschaffen.»

Sigmund Freud in DIE TRAUMDEUTUNG (zitiert nach der Peter-Gay-Biographie, Seite 69).

4. April

Langer und unkonzentrierter Nachtrag, nach 14-Tage-Reise nach Lanzarote: Klima das Ideale für mich wie auf allen Kanaren, aber das «Publikum» in der Mischung aus tätowierten Tankstellenpächtern und Zweitfriseusen *(if so ...)* total unerträglich. Die Schmerbäuche schon mittags beim Bier, jeden Spanier, und wenn's ein Maurer ist, fotografierend wie einen Affen im Zoo und – wenn Sonne ist – stundenlang in der Sonne dösend: gräßlich.

Es wird mir nicht gelingen, den Ort zu finden, an den ich in den langen grauen und trübsinnig-machenden Wintermonaten fliehen kann. Irgendwelche «eleganten» Bali-Seychellen-Malediven-Situationen sind mir zu weit und nicht «mein» Klima, dito Mexiko oder Karibik. So war das Beste an dem Kleinbürgerleben in dem dort gemieteten Häuschen (abwaschen, Müllbeutel leeren, Klopapier kaufen inklusive), daß ich meinen Rimbaud-Essay geschafft habe. Ohne die(se) Arbeit wäre ich an jedem Ort der Welt und an diesem besonders todunglücklich.

Da beginnt ein Problem, will sagen beginnt etwas, was mich mehr und mehr (be-)drückt: Meine Arbeit nimmt ja ab, mein «Gefragtsein». Ich BEOBACHTE nicht nur den Kulturverfall, ich bin TEIL DAVON: In der Post nur die idiotischsten Vorschläge für irgendwelche Hopp-Hopp-Magazin-Sendungen, bitte ganz rasch, und morgen müssen wir drehen – aber: kein Wort vom Honorar, vom Inhalt, von der Länge der mir zur Verfügung stehenden Zeit. Das Muster ist so: Man weiß nur so ungefähr, wer ich bin – «Sie waren doch beim Aufbauverlag und bei Desch» –, ist verwundert bis empört, wenn ich sage: «Warum soll ich mich mit jemandem, über was auch immer, unterhalten, der keine Ahnung von meiner Arbeit hat» und ist, wenn ich nach dem Honorar frage, gänzlich ungehalten: «Wir dachten an 500 Mark.» Daß das keine 250 Mark für mich sind, und dafür repariert mir kein Elektriker eine Steckdose, ist diesen Hurtig-Bubis schnurzpiepe.

Hochhuth, in seiner nur schwach verborgenen, homophil unterfütterten Anbetung «großer Männer» (ob Papst oder Churchill oder Hemingway, ob positiv oder negativ – immer kniet er – oder speit er – vor einem Ledig, Adorno, Curd Jürgens gar) – Hochhuth verehrt ja den Herrn Jünger. Der setzt ihn auf seine Gästeliste zur Feier dieses grotesken 100. Geburtstages – und, ganz «Kamerad», Rückgratmensch und tapferer Krieger, duldet es schweigend, daß die Ministerpräsidentenkanzlei den Namen Hochhuth streicht – wegen Filbinger.

Woraufhin nun der seinerseits charakterstarke Hochhuth nicht etwa grollend fernbleibt – sondern sich den Eintritt erschleicht als «Korrespondent» irgendeines Magazins. Zwei aufrechte Männer grüßen einander …

25. Mai

Gestern abend Gespenster«sonate» mit Platschek, der uralt, klapperdürr und nun nicht mehr amüsant-irre, sondern banalgreisenhaft-meschugge geworden ist; ein dürres Männlein, noch immer von «den Weibern» faselnd, die ihn verfolgen, weswegen er sich in Montevideo (wieso er da ÜBERHAUPT eine Wohnung hat, angeblich gekauft, in Wahrheit gewiß von Muttern geerbt) ein so schmales Bett gekauft habe («Sie wissen doch, wenn die Weiber ein breites Bett sehen …»), aus dem er prompt rausgefallen und sich ich weiß nicht was gebrochen hat; den steifen Schwanz gewiß nicht …

Er ist so dürre, daß er die Hosen immer hochziehen muß und der Gürtel offenbar kein so eng passendes Loch mehr hat, er trinkt kaum, raucht NUR – und kotzte im Restaurant das Essen auf den Tisch und sich voll. Dieser freundlich-skurrile, SEHR gebildete und begabte Mann – nun nur mehr die Silhouette einer Horrorfigur. Dies im Kopf, rief Wunderlich heute morgen an, um mir zu erzählen, daß Horst Janssen zum lallenden Idioten regrediert ist, hirnlos im Rollstuhl, in dem er, niemanden erkennend, unter sich scheißend und pissend, acht Stunden am Tag Kinderlieder singt. O mein Gott, wie wird man selber enden. Wird man die Kraft haben, es vorher «würdig» zu beenden? Nur: wie und womit? Insulin spritzen? Aber ich weiß gar nicht, wie man sich selber eine Spritze verpaßt.

HÔTEL LE LITTRÉ, PARIS, DEN 1. JUNI

Ich bin mit meinen 63 Jahren noch manchmal eine Energiebombe, rase von Rodin zu Chagall, vom Louvre zu Brancusi (im Pompidou), vom Flohmarkt zum Louvre des Antiquaires, vom Musée Marmottan zur Orangerie mit meinen geliebten Seerosen von Monet – und URTEILE auch: Brancusi fand ich enttäuschend, doch nur eine Modeerscheinung, quasi ein Witz, aber keine Kunst. Geradezu erschütternd in seiner genialen Größe dagegen der noch-nicht-niedliche frühe Chagall der russischen Jahre: Man bekam fast einen Herzanfall vor so viel geballter Schönheit, und den «Cyklisten» von Maillol, den ich schon vor unendlichen Jahren mit einem Flirt in Kopenhagen sah, will ich gar HABEN.

Beeindruckend die Begegnung mit Arthur Miller (zur Vorbereitung meines Interviews): Dieser bald 80jährige ist jünger als mein Neffe, sprüht vor Interesse («Was ist in Deutschland los?»), hat auch, was man ihm wahrlich wünscht, noch neue Erfolge – einen neuen Roman, Polanski will ein Stück inszenieren, sein letztes hatte Riesenerfolg am Broadway, und ein anderes wird in Hollywood verfilmt.

«Was – der lebt noch?» fragte dann gestern abend zu meinem Entsetzen ganz unverblümt die etwas zippige Frau von Adami (beide kamen zum Drink nach dem Dinner ins Restaurant – weil er zu einem mondänen Cocktail mußte, ich glaube, die Prinzessin von Monaco hatte Geburtstag, und er «lebt» ja in Monaco, d. h., er zahlt keine Steuern). Er wie immer herrlich, sprühend, übrigens ein sehr gut aussehender Mann (der angeblich ohne jede Sexualität lebt), meine Schwester, die fleischfressende Pflanze, verschlang ihn mit den Augen (und da alles, was eine Hose anhat, ihr das bißchen Gehirn vernebelt, sprühte sie nicht nur vor Charme und Witz in 3 Sprachen, sondern merkte gar nicht, wie «neutral» der Mann ist).

Hôtel Le Littré, Paris, den 3. Juni

Nachtrag über charme-lose Tage in Paris, vom 27. Mai – 1. Juni.

Die Idee, daß ich mich mit meiner Schwester dort treffe – MEIN Vorschlag und mein Geschenk –, um mit ihr dort ihren Geburtstag am 31. Mai zu feiern; VIELE Brüder würden wohl derlei nicht tun …

Es war nur insofern keine gute Idee, als sich die Mischung aus molluskenhafter Apathie und uninteressiert-chaotischem Passivsein noch potenziert hat. Sie und ihr mitgebrachter jüngster Sohn, gleichsam eine männliche Schnecke, reagieren nur auf direkte Berührung. Das heißt, ohne «Kommando» geschieht rein gar nichts, wird nicht mal gegessen. Nur ein ständiges «Jetzt gehen wir ins Rodinmuseum – Marmottan, Louvre», was weiß ich, setzt sie in Bewegung, nach dem Schlachtruf: «Was ist heute für ein Wochentag, für ein Datum, wie spät ist es, was machen wir hinterher, wo ist die U-Bahn, wie fährt man mit der U-Bahn?» Ich war der Treiber einer Schafherde, mußte mich innerlich entschließen, eben MEIN Paris zu entdecken respektive zu genießen und mir die Laune nicht verderben zu lassen durch den stummen Konsumismus vor Monet, Minne-Knaben oder Picasso.

Die köstlichsten Mahlzeiten, ob Austern in der Coupole oder Fischgulasch bei Bofinger oder «großes» Geburtstagsdiner «Chez Francis», wurde stumm gelöffelt wie eine Eintopfsuppe, nie ein Ausruf, ein Schrei: «Mein Gott, ist das schön!», nie ein DANKE, nie ein Erstaunen. Diese beiden Menschen, ohne Spielformen, Gesten, Begeisterungsfähigkeit, sind ganz «zu» – und ich glaube dem Neffen kein Wort apropos seiner Kunstsinnigkeit. Er ist am KunstHANDEL interessiert.

Schmarotzer, die mich mit ihrer tagelangen Aussaugerei physisch krank machen.

Das hat viele Ebenen. Die eine ist: «Fritz kennt so viele interessante Menschen» (die man nachgerade anfordert): Adami oder Cioran in Paris, Wunderlich in Hamburg – doch es käme meiner lieben Schwester NIE in den Sinn, WOHER ich die eigentlich kenne; daß das eventuell mit meiner Arbeit, mit MIR zusammenhängt – denn die Arbeit ist ihr vollkommen fremd wie gleichgültig, ohne Rücksicht kommt sie, während ich an einem Manuskript sitze, ins Zimmer – sie käme auch zu Picasso ins Atelier, während er malt –, um mir mitzuteilen, daß ihr linker Fuß juckt, daß sie friert, daß sie ich weiß nicht was geträumt hat.

So mußte ich mich in «mein» Paris zurückziehen – das immerwährende Glücksgefühl, das ich angesichts der schönen Fassaden, der Häuser, der Kirchen, der Kunst habe – auch die kaufbare etwa im Louvre des Antiquaires, wo der junge Herr nicht EINE Sache wirklich ansah, so, wie er hier, bei einem Ausflug von Hamburg nach Lübeck, vor dem Buddenbrook-Haus nickte, als ich sagte: «Hinein willst du ja wohl nicht», obwohl eine Ausstellung über Thomas Mann und Heinrich Mann dort lief.

Sie mampfen, statt zu essen, sie sehen nichts, sie lernen nichts, sie reisen im Vertrauen, der liebe Fritz zahlt alles, ohne einen Pfennig in der Tasche um die halbe Welt – und ich drehe mich mit brüllendem Kopfweh und schmerzender Rückenverspannung nachts schlaflos im Bette.

Pause machen!!!!!!

17. Juni (!!!!)

(Überraschender?) Anruf von Günter Grass. Das Fragezeichen, weil ich – hoffentlich nicht ZU mißtrauisch – ein wenig vermute, er wollte hören, ob ich seinen neuen Roman rezensieren werde. Jedenfalls fragte er ziemlich rasch: «Hast du das Buch vom Verlag bekommen?»

Ich war etwas milder als vorgenommen (in Sachen Ranicki-Prostitution), weil er erzählte, daß er seit vier Monaten ziemlich schwer krank war/ist: Er hat Tucholskys Krankheit, vollständig Geruch und Geschmack verloren, und es rührte mich dann doch, wie er erzählte, was es heißt, Spargel zu essen, aber sich nur zu ERINNERN, wie der schmeckt, oder Flieder zu sehen, aber sich nur zu ERINNERN, wie der riecht.

Es scheint ein Virus zu sein, den er nun mit Cortison bekämpft – das hilft, hat ihm aber ständiges Ohrensausen, eine Art latenten Hörsturz eingebracht.

Das alles mag sogar mit der enormen psychischen Anstrengung dieses Riesenromans zusammenhängen, von dem er nicht zufällig behauptet: «Ich habe mein Letztes gegeben»: Knapp das Zielband erreicht, brach er praktisch zusammen. Normale Menschen werden eben nie verstehen, WIE ungeheuer unsereins er-, ja: AUSgeschöpft wird vom Schreiben. Ich erinnere mich – und ihn – an den grausamen, aber präzise-richtigen Satz von Hans Mayer nach dem Tode von Uwe Johnson (er starb knapp nach Abschluß seines vierbändigen Romans JAHRESTAGE): «Er hätte sich vorher nicht sterben lassen.»

Jedenfalls habe ich schon jetzt – mag sein, die Lektüre enttäuscht mich dann – enormen Respekt vor der schieren Schreibleistung von Grass – und komme mir, wenn ich mein Herumgepople am eigenen Roman betrachte, wie ein Nicht-Schriftsteller vor. Auch, weil ich viel zuviel zwischendurch mache, hier mal nen Rimbaud-Essay, da mal ne Funksendung über die Thomas-Mann-Biographien und heute z. B. eine (mich sehr anstrengende) «Rezension» von Hitlers MEIN KAMPF. Fühle mich unbegabt und leichtgewichtig.

Aus der Ranicki-Irritation habe ich dann allerdings am Telefon doch keinen Hehl gemacht, habe ihm auch gesagt, daß ich das unehrlich fände. Seine «Entschuldigungen» waren geschraubt und unaufrichtig: Man könne eine Einladung der jüdischen Gemeinde nicht absagen. Nein, das kann man wohl schlecht – aber man kann sagen: «Ich wünsche, von diesem Mann nicht vorgestellt und eingeleitet zu werden.» Nun ja.

20. JUNI

Tausendste Fortsetzung zum Thema VERKOMMENHEIT DES KULTURBETRIEBS:

Heute kommt die Nachricht, daß Cioran gestorben. Anruf einer mir unbekannten Dame aus dem Süddeutschen Rundfunk, atemlos: «Endlich habe ich Sie am Telefon» – als sei es meine Pflicht, auf Anrufe aus dem SR zu warten, «wir brauchen noch heute, ganz bald, ohne Manuskript gesprochen, etwas ‹Hochkarätiges›, um Schohran unter die Erde zu bringen.» Die Dame wußte nicht, von wem, und nicht, MIT wem sie sprach. Termine, Studio, Telefonleitungen – alles wurde in rasender Hast besprochen, bis ich in großer Ruhe sagte: «Ich möchte Sie nicht ironisieren – aber Sie haben nun unentwegt von technischen Dingen geplaudert, von Inhalten sowieso nicht – nur haben Sie EINES bisher nicht erwähnt: Was zahlen Sie eigentlich?» Stotterndes Schweigen. «Darüber habe ich noch nicht nachgedacht, also, wissen Sie, Sie machen das doch aus dem Kopf, also, ich weiß nicht – vielleicht 200 Mark?»

Helle Empörung, als ich darauf hinwies, daß das ja wohl irgendwie und irgendwann IN meinen Kopf hineingekommen sein muß, daß sie also ein Stück MEINER ARBEIT für ein paar Pfennige haben möchte und ob sie derlei ihrem Autoschlosser zumuten würde. Die Dame wollte gar mit mir diskutieren – ich lehnte beides kühl und rasch ab.

1 Minute später stand eine andere Redakteurin in der Tür, SIE müsse was zu Ciorans Tod schreiben, sie kenne ihn aber gar nicht und sein Werk auch nicht, ob ich ihr ein paar Stichworte geben könnte, wie er gelebt: «Der hat doch immer im Hotel gewohnt» (NIE hat er im Hotel gewohnt) und bitte etwas Kurz-Griffiges. MICH um den Nachruf zu fragen – auf die Idee kam sie nicht.

Mein süßer Cioran. Wieder einer weniger. Gerade dieser Tage haben wir von ihm gesprochen, neulich noch in Paris, uns an den bizarren Abend erinnernd, wie ich vor Jahren ihn und meine Schwester in Paris zum Essen einlud, er – wie immer – leidend «Ich kann gar nichts essen» seufzte – aber, der *homme-à-femmes*, von meiner Schwester so bezaubert war, daß er bei jeder Bestellung die Augen verdrehend sagte: «Ach, DAS essen Sie» – um dann vom Crevetten-Cocktail als Vorspeise über große *«plats principals»* bis zu üppigem Dessert alles mit- und nachzubestellen, voller behaglichen Seufzens.

Er war ein genießerischer Pessimist, der zwar «wußte», daß Notre-Dame bald eine Moschee sein wird – aber dennoch gerne in Paris flanierte und der zwar den Untergang der Welt prophezeite, um nicht zu sagen herbeisehnte – der aber, als ich ihn mal besuchte, sich über Krankheit und Fast-gestorben-Sein beklagend, auf meinen Einwand: «Aber das wollen Sie doch – selber untergehen und mit Ihnen gleich die ganze Welt», leise lächelnd replizierte: «Aber doch nicht so rasch, mein Lieber.»

Nun war's also, wie es bei uns allen mal sein wird, doch «rasch».

Adieu, mein lieber alter Cioran.

Nachtrag 21. Juni

Eben meine Schwester zum Flugplatz gebracht – da stand ein weinendes altes Hühnchen, klein, schüchtern, armselig: Ich war zu Tränen gerührt. Sie ist eine Klafte geworden – aber ich hänge eben doch sehr an ihr. Wer weiß, ob man sich noch einmal sieht …

8. Juli

Depression.

Nicht direkt meine Laune hebend der gestrige Besuch des Grünen-Politikers Joschka Fischer in der ZEITredaktion. Bei seiner höchst oberflächlichen Blattkritik ging er über das Feuilleton mit der Bemerkung hinweg: «Kultur ist nicht mein Ding.» Darauf ergab sich in der anschließenden Diskussion ungefähr folgender Dialog:

FJR: «Wenn ich ein Aperçu von Ihnen – Pardon für das harte Wort – mal ernst nehmen darf: Sie sagten mit größter Nonchalance, Kultur sei nicht Ihr Ding. Ich finde dieses mit der, in diesem Fall wohl: linken Hand Wegwischen von Tradition, von Theorie, von Denken, von Inhalten lamentabel. Ich will Ihnen nicht unrecht tun und Sie mit Churchill oder Mitterrand vergleichen oder daran erinnern, daß de Gaulle das befreite Paris mit einem Gedicht von Aragon begrüßte. Ich erwarte auch nicht, daß Sie hier Rilke aufsagen oder mit Handke statt mit dem Grundgesetz unter dem Arm herumlaufen – aber …»

Joschka Fischer (unterbricht): «Ich kann sogar Gedichte auswendig.»

FJR: «Um Gottes willen, bitte nicht. Es ist bestimmt DIE GLOCKE.»

Joschka Fischer: «Aber zum Kern. Es stimmt, ich habe mit Kultur nichts am Hut. Ich war noch nie in der Oper. Ich gehe nicht ins Theater, nicht in Konzerte. Ich lese ein bißchen. Ich finde es ehrlich, das zuzugeben. Erst gestern habe ich mit einem der berühmtesten zeitgenössischen Maler gesprochen – ich habe seinen Namen vergessen.»

FJR: «Und es geniert Sie nicht, zwar die Gesellschaft umbauen zu wollen, aber ausschließlich in Termini wie Hammelsprung und Wählerverhalten, Mehrheitsbeschaffung und ‹Politik ist in erster Linie Personalpolitik› zu reden?»

Joschka Fischer: «Nein, warum sollte mich das genieren. Das ist mein Alltag.»

Feist, aber leer.

13. JULI

Rudolf Augstein will den großen, neben seinem Riesenbesitz gelegenen Besitz von Brigitte Bardot in Saint-Tropez kaufen: Die Hunde stören ihn.

Dazu ist anzumerken: Mit großem Vergnügen habe ich die im SPIEGEL vorab gedruckte Axel-Springer-Biographie des Ex-STERN-, Ex-TEMPO-Chefs Jürgs gelesen. Nicht nur wegen vieler absonderlicher Details, etwa des Religionsticks, um nicht zu sagen religiösen Wahns des Zeitungstycoons – er fuhr mit gepanzerter Limousine ins Kloster zum Beten oder per Hubschrauber ins extra dafür errichtete Chalet hoch oben in den Schweizer Bergen zum Meditieren; nein, vor allem hat mich die eklatante Parallele zu eben jenem SPIEGELchef amüsiert, ein (verglichen an Auflage und Vermögen) «kleiner» Springer. Ob nun die diversen Herrensitze, Häuser und Anwesen (z. T. möglichst in der Nähe, nämlich Sylt)!; ob nun die 4 Ehen und zahllosen Affären und das Nicht-oder-nur-wenn's-paßt-zur-Kenntnis-Nehmen der diversen Kinder aus den diversen Ehen oder auch der cäsarische Größenwahn, mit dem mit den Mitarbeitern umgesprungen wird.

Der eine eine Art Mystiker, der andere Alkoholiker – nette Typen, die uns die Welt erklären, wenn nicht gar verbessern wollen.

Kleine Fixierungen. Vergangene Woche – erstaunlicherweise auf SEINEN dringenden Wunsch – ein Mittagessen mit Günter Gaus, der erstmals seit langem nicht bramsig war, eher kleinlaut, resigniert, bescheiden, davon sprach, wie einsam es um ihn herum geworden sei, und deutlich traurig war, als ich nebenbei (nur, um meine Entfernung von Grass zu erklären) erwähnte, daß der und Rühmkorf und Bissinger bei mir zu Silvester waren. «Wieso war ich nicht dabei?» stand deutlich in seinem Gesicht. Und: «Wieso werde ich nie und nirgendwo um einen Artikel gebeten?» sagte er ganz unumwunden – was ja auch in der Tat absurd ist, denn der Mann KANN ja schreiben, und selbst seine extrem andere Ansicht sollte man doch zur Kenntnis nehmen. Mein kühles «Wir sind für die Generation, die jetzt die Macher sind, altes Eisen» hörte er ungern, wenn auch bejahend.

Lauter kleine, immer schwerer werdende Abschiede vom «einst».

Ähnlich, wenn auch anders, Freitag abend Hans Platscheks Besuch; diese Besuche von einem immer greisenhafter, immer dürrer und fahriger werdenden Freund sind rührend, müssen aber eingeschränkt werden. Es beschäftigt mich zu sehr, wie dieses rührende Männlein da sitzt, im Essen herumstochert, ohne etwas zu sich zu nehmen, keine Blume, knapp das neue HAN-Pferd sieht, geradezu gestört wirkt, wenn ich sage: «Sehen Sie doch mal – da ziehen 12 Schwäne unten vorm Garten vorbei» und immer wieder seine alten «Lacher» abzieht. Vor allem «Thema Nummer 1» muß immer noch herhalten: «Ich komme zu spät, Sie wissen schon, ich wurde die Tante nicht rechtzeitig los.»

Schrecklich, diesen noch immer eleganten Rest eines einst sprühend-eleganten Mannes da kauern zu sehen, dessen Witzchen ausgeleiert wie ein altes Gummiband sind – und der zugleich, ich wüßte keinen zweiten zu nennen, ein so hilfsbereiter Kollege ist: Er hat doch allen Ernstes nun bei seinem wieder anderen Verlag – EVA – so lange gebohrt, bis die Dame mir einen Interessenbekundungsbrief wegen meiner literarischen Essays schrieb. Das heißt zwar noch nichts – obgleich ich mich freuen würde, die diversen Majakowski-Rimbaud-Nietzsche-Virginia-Woolf-Texte «verbuchen» zu können: Aber Platschek werde ich das nie vergessen.

9. AUGUST

Magenhebend verzagt. Hübsch der – umgekehrten – Reihe nach: Komme eben von einer Art «Vorstellungsgespräch», d. h., ich war – auf Vermittlung des rührenden Hans Platschek – bei der «Verlegerin» Groenewold, deren reicher, linker Anwaltsehemann ihr die EUROPÄISCHE VERLAGSANSTALT gekauft hat. Dort, auf einem Stühlchen hockend, bekam ich ein Glas Wasser angeboten (nicht mal 1 Kaffee), und eher unlustig (oder gehemmt) sprach sie über meinen Plan, meine literarischen Essays zu einem Bändchen zusammenzufassen. Ich war in der Rolle des Vertreters, der beteuern muß, daß diese Zahnpasta aber sehr gut putzt. Schließlich «gönnte» sie mir ein Angebot, das nach der Eingangsbemerkung «Das ist doch alles für ein anderes Medium geschrieben» besonders abstrus ist: nach Abzug der Steuern weniger als 2 Monatsgehälter meiner Haushilfe! Unterstützt wurde dieses Angebot, über das nachzudenken ich versprach, durch den aufmunternden Satz: «Bald wird es gar keine Autoren mehr geben, für CD-ROM braucht man die nicht.» Nun weiß ich zwar nicht, was das ist – aber was für Aussichten das sind, das weiß ich. Der große und mächtige Rowohltverlag faßt meine Essays nicht mit der Kohlenschaufel an, Rowohlt-Naumann erklärte seinerzeit ungerührt: «Das läßt sich nicht verkaufen.» Fairerweise muß ich mir sagen, daß ich das Geld mit den Texten ja am Funk verdient habe, pro Essay doch mindestens 10.000 Mark, manchmal mehr, je nachdem, über wie viele Sender sie liefen. Dennoch, es bleibt ein bitterer Nachgeschmack.

14. August

Gestern vor 34 Jahren war Mauerbau …

In einer der ZEITFreitagskonferenzen wurde vom Vortragenden der «Blattkritik», diesmal hervorragend gemacht von dem politischen Redakteur Christoph Bertram, zum Schluß eingeklagt, man wisse nicht mehr, für was die ZEIT eigentlich stehe, was ihr Herz, Hirn, ihre Seele sei. Sommer: «Das hatten wir 2mal – bei der Ostpolitik und im Feuilleton von FJR.» Jetzt sei eben die direkte Fortsetzung der Ostpolitik unklar. Ich intervenierte: Die direkte Fortsetzung der Ostpolitik sei die deutsche Einheit, und da sei das Defizit die Schwäche; es sei noch immer eine Zeitung für Düsseldorf oder Kassel, nicht für Halle oder Dresden.

Sommer gab mir recht, eine andere Redakteurin meinte, ich habe den Finger auf die Wunde gelegt. Und dann intervenierte der junge, ganz kundige Filmkritiker: Er sei es leid, mit anhören zu müssen, wie grauhaarige Ehemalige ihre kaputten Steckenpferde ritten. Ihn interessiere die deutsche Einheit einen Scheiß, «Thema» sei CD-ROM, Vernetzung, Digitalisierung; das sei unsere Zeit und ZEIT.

Transportsysteme ohne Inhalt. Das ist, was mich bedrückt: meine Art zu denken, Probleme zu sehen und zu lösen (versuchen), meine Form, mich zu artikulieren: vieux jeu.

Meina – Italien,
oberhalb des Lago Maggiore, den 16. September

Der Doppelschock bei meinen Freunden, den Maler-Fürsten: Sie malen gar nicht mehr. Hier sitze ich den 2. Tag bei Valerio Adami – den ich mag, dessen Bilder ich schön finde und über die ich schreiben will; übrigens in einem mäßig bequemen «Bungalow», an dem das Schönste der Blick auf den See ist und wo im Bad kein Handtuchhalter sich findet – und sehe zu im Atelier. Was sehe ich? Seinen ziemlich dummen, wenn auch 4sprachigen halbschwulen Assistenten – der die Bilder malt.

Adami sagt ihm zwar, wo er welche Farbe auftragen soll, aber malen tut der!

Sie sind eigentlich nur noch Bild-Regisseure, Ideengeber, Umriß-Zeichner. Gemalt sind die Bilder nicht mehr von ihnen. Sie sind Fabrikanten eines erstmals von ihnen entwickelten Modells geworden.

Ansonsten – wieder mal auf unbequemen Stühl'chen – sitze ich hier in Mißmut, ein weiteres Mal (wie ein Teenager ohne Erfahrung) hereingefallen auf das dringende: «Du mußt uns besuchen.» Zu seltsam, warum all diese vermögenden Leute zwar Gäste herbeizwingen und auch irgendwelche Gästezimmer haben – aber kaum Komfort bieten –, so hier: zwar ein dramatisch in den Boden gelassenes Bad mit Blick auf den See, aber kein Kleenex, kein Zahnputzbecher und kein Handtuchhalter; von auch nur einem Sessel, in dem man lesen kann, zu schweigen. Ein Eisschrank, aber nichts drin («Wir frühstücken nie»), ich muß morgens im Haupthaus herumschleichen und eine Scheibe Brot suchen; als ich eben, 20 Uhr abends, hinüberschlich, in der Hoffnung, es gäbe einen Drink, bald Essen, saßen zwitschernde Weiber in der Küche, und ich bekam einen – Tee angeboten! Dies ist das allerletzte Mal, daß ich irgendjemandes Haus-Gast bin, ich brauche meinen kleinen Komfort (den ich übrigens meinen Gästen – bis zum Schuhanzieher – wesentlich entwickelter gebe) und meinen Rhythmus. Warum muß ich mich mit 65 Jahren zum Mittagessen zwingen, wenn ich nicht Mittag essen will?

MEINA, DEN 17. SEPTEMBER

Nach erstem langen Interview-Gespräch mit Valerio Adami (das interessant und intelligent war; nur: Warum giert ein weltberühmter und vermögender Malerfürst nach dem Klein-Ruhm der ZEIT?) schöne kleine Beobachtung: Wenn er sich (der a-sexuell lebt) als Asketen betrachtet, klingt das in seinem Akzent-Französisch wie *achète* – kauft!

30. SEPTEMBER

Heute abend mein großes Diner zu Ehren von Rolf Liebermann – und zugleich die Frage: WARUM MACHE ICH DAS EIGENTLICH? Ca. 30 Leute, die, nachdem sie meinen Champagner getrunken und mein köstliches Buffet leer gefressen haben, schlecht über mich reden werden.

Rühmkorf ist doch tatsächlich in mein Badezimmer geschlichen (statt das Gästeklo zu benutzen) und hat sich dort auf ein Spickzettelchen – wie ein onanierender Schüler auf dem Klo – notiert, was für Hautcremes usw. ich benutze, UND das öffentlich gemacht (was nun genüßlich der SPIEGEL, der ja gern Klo-Geschichten druckt, aufgreift). Mal abgesehen von dem Umstand, daß es ja um Salben gegen meine HAUTKRANKHEIT, diese Flecken, die tapfer seit vielen Jahren zu verbergen ich mir Mühe gebe (das ist also so, als schriebe ich über Rühmkorfs Schlafzimmer, in dem ich ein Korsett gefunden hätte – ohne zu erwähnen, daß er eine Rückenoperation hinter sich hat) – wie widerlich ist diese Schlüsselloch-Guckerei. DAS ist doch nicht Tagebuch schreiben? Er kann sich ja gerne und meinetwegen kritisch mit Person und Autor FJR beschäftigen, aber doch nicht mit seiner Zahnpasta und seiner Präservativ-Marke?

Ein hochseltsamer, ich kann nicht einmal sagen bitterer Abschied: der Tod von Bucerius. Ich erfuhr gestern davon, als ich die Redaktion verließ, so gegen 18 Uhr, da war er wohl gerade gestorben. Was für ihn und seine Umgebung übrigens eine Erlösung gewesen sein muß, denn er war ja, was man im Volksmund «total gaga» nennt und was auf fein-medizinisch irgendwie Zerebral-Arthrose oder so heißt, das Gehirn funktionierte nicht mehr.

Dann aber das Merkwürdige: Wir gingen abends essen, meine beiden französischen Hausgäste und Gerd, ins Mühlenkamper Fährhaus. Ich hatte gleich ein paar Zeilen an die Buceria namens Hilde von Lang geschrieben und wollte sie am Leinpfad, also hier um die Ecke, durchstecken – da stand der

Leichenwagen mit offener Verladeklappe vor der Tür. Das war dann doch ein sonderbarer, den Atem verschlagender Anblick – der übrigens meine beiden Berufsgenießer und Katholen überhaupt nicht rührte («Das ist eben so, so enden wir alle mal»), mich aber schockierte das bis zum Appetitvergehen.

Dabei habe ich dem Mann nichts zu danken; der mich nach Anfangseuphorie («Ich wünschte, Sie schrieben mir allein das ganze Blatt voll»; den handschriftlichen Brief habe ich aufbewahrt) nicht leiden konnte, der mich und meine Arbeit verfolgte und schließlich genußvoll meinen «Sturz» betrieb, was er wiederum später bereute; als Zeichen dafür erschien er, gerade von einer schweren Operation sich erholend, auf dem Empfang, den weiland DIE ZEIT zu meinem 60. gab.

Wie immer. Ich glaube, ein großer Mann – als der er nun gefeiert wird – war er nicht, mehr ein gerissener, doch wesentlich der Vorstadtadvokat, kein eleganter Kopf, mehr ein verbissener, auch zu seinem eigenen Vorteil andere – vom ersten Miteigentümer bis zu Henri Nannen – wegbeißender, rechthaberischer Mann. In Nachrufen heißt es dann: «Er ging unbeirrbar seinen eigenen Weg.» Wohl wahr – nur liegen am Rande dieses Weges, der für IHN so erfolgreich war, auch eine ganze Menge Leichen. Selbst den Satz «Er hat DIE ZEIT gemacht» muß man gerechterweise überprüfen – GEMACHT haben DIE ZEIT die Schreiber und Redakteure (denen er, als einziger namhafter deutscher Verleger, jegliche Altersversorgung verweigert hat); bei einem Privatvermögen von 1½ MILLIARDEN DM. An sich kein Notfall.

30. September und 1. Oktober

Die Windsbraut ist also vorübergezogen: das große Liebermann-Fest – mit fast zu vielen Gästen. Mit aller Mühe konnte ich die Wohnung so um-arrangieren, daß jeder einen Sitzplatz hatte. Das ulkige an solchen Festen ist nicht, daß es – obenhin betrachtet – alles recht zivil, leise und höflich zugeht, man denken könnte, die Gäste delektieren sich am Champagner, den Köstlichkeiten des Buffets und den Weinen, sondern: daß es Spiegel der Gesellschaft ist, zu deutsch, es von Intrigen, kleinen Gemeinheiten und Eifersüchteleien wabert. Wapnewski sagt: «Was für ein herrliches Fest, was für herrliche Delikatessen, was für herrlicher Champagner – nur schade, daß all diese Leute da sind»; die dicke Sängerin, angeblich der große «Star», in Wahrheit ohne Engagements, zankt sich mit Frau Liebermann eben wegen der Nicht-Engagements, z. B. in Hamburg (als hätte Mme. Liebermann was damit zu tun); der Herr Kunsthallen-Ex-Chef Hofmann entschuldigt sich orientalisch bei Wunderlich, der seinerseits fragt: «Für was eigentlich?», das aber genau weiß: weil nämlich NIE eine Wunderlich-Ausstellung in der Kunsthalle war und seine Bilder dort ins Depot gewandert sind; Kempowski, der Spießer, der gegen und über alles ironisch sein kann (in seinen Büchern), nur nicht gegen sich selber, verläßt beleidigt das Haus, weil ich über seine häßliche Krawatte gespottet habe – so ging der Plumpsack munter um.

Wobei nachzutragen noch eine kleine Groteske am Rande der offiziellen Liebermann-Feierlichkeiten: vergangenen Freitag – als «Ehrengast der Staatsoper» – beim Konzert. In der Reihe vor mir Hans Mayer. Denke: Ach wie gut, VOR mir. Da kommen Leute – er sitze auf einem falschen Platz –, bereits tief beleidigt: «Man hat mich hierher geleitet.» (Wer denn? Die Königin von England?) Er kann nicht zugeben, sich geirrt zu haben – und landet, muffelnd und meckernd, auf dem Platz – neben mir!! So brachten wir das Kunststück fertig – Bouvard und Pécuchet verkehrt herum –, einen ganzen Konzert-Abend hindurch nebeneinander zu sitzen und uns «nicht zu sehen». Mein kleiner Versuch zur eleganten Lösung – ein «Bitte nach Ihnen» bei Beginn der Pause – wurde nicht gehört, ich nicht gesehen. Dann also nicht, so sah auch ich ihn nicht mehr.

Beim Empfang fragte mancher: «Wo ist denn Hans Mayer?»;

er war geflüchtet. 2 Tage später, beim großen «Frühstück» – will sagen Lunch – im Rathaus, erzähle ich das Flimm, der sich totlachen wollte, sagte: «Das ist eine Theaterszene, die stehle ich dir» und vorwegnehmend sich amüsierte: «Paß auf, nachher bei Tisch sitzt ihr wieder zusammen.» (Das Protokoll denkt offenbar: «2 Literaten ...») Ich bekomme meine Plazierungskarte: Meine Tischdame ist die Kultursenatorin – – – und neben ihr sitzt Hans Mayer!!! (Rufend: «Ich bin neben die Senatorin gesetzt worden» – was ja nicht mal stimmte, denn die war ja MEINE Tischdame.) Mir war das denn doch zu dumm, ich mochte die Christina Weiss nicht als «Mauer» benutzen, erzählte ihr aber rasch die Geschichte des Vor-Abends und daß ich bis heute nicht einmal weiß, WESWEGEN wir überhaupt verzankt sind respektive er sich mit mir für verfeindet erklärt. Niemand weiß den Grund. Also nahm ich mein Glas, stieß das seine – über die Frau Senatorin wegreichend – an und sagte: «Ach, Hans Mayer, wir werden es beide überleben.» Der dickköpfig-kindisch schmollende alte Mann hatte kein Wort, keine Geste, keine Pointe zur Verfügung – er stieß knapp und stumm mit mir an, das war's. Nun, das war's dann bei/mit mir auch.

11. Oktober

«Abschied von Gerd Bucerius»: Was ist das Gegenteil von Premiere? Eine *«Derniere»*? Wie eine Mischung aus Generalversammlung der geballten deutschen Medienmacht, Premierenfeier und Cocktail jedenfalls wirkte das gestrige Staatsbegräbnis im Michel. Einerseits hat das die schön-steife hamburgische Würde mit Flagge überm Sarg (lag er da wirklich drin?) und Diener in Kniehosen mit weißen Strümpfen und Degen, die den Sarg hinaustrugen.

Andererseits eine «Ratsversammlung» der Mächtigen. Ich überlegte mir während der peinlichen Predigt – peinlich, weil nie jemand von kirchlicher Bindung dieses Mannes gehört hatte –, wie viele Milliarden da wohl versammelt waren: rechts von mir Schulte-Hillen, links vor mir (der gespenstisch häßlich, geradezu gemein aussehende) Augstein, links hinter mir Bertelsmann-Wössner, rechts hinter mir Herr Mohn höchstpersönlich – so ging das die Reihen der «Privilegierten» hindurch. Wenn man dann noch «die kleinen, privaten» Vermögen hinzuzählt – genau neben mir Gaus, ein paar Reihen davor Dohnanyi, weiter vorne Böhme, jeder von ihnen auch ein paar Millionen schwer und, rechnet man ihre Besitzungen zwischen Reinbek und Südfrankreich hinzu, sogar SEHR reich: So war es doch der wirtschaftliche Erfolg, der sich selber feierte. Grauhaarige Reiche saßen da und sangen (vorweg mit besonderer Inbrunst Augstein) lauthals «Befiehl du deine Wege ...» und schämten sich – die doch wahrlich «das Regimente führen» – nicht, «Bist du doch nicht Regente/der alles führen soll/Gott sitzt im Regimente/Und führet alles wohl» zu trompeten. Regisseur müßte man sein. Es war ein DEFA-Film ...

Ungern sage ich/«bescheinige» ich ihm das: Die einzig anständige Rede, in der auch mal das Wort Trauer vorkam, die von Herzen zu kommen schien (und wenn's Routine war, dann ist es eben SEHR gute Routine), hielt Helmut Schmidt, während die Gräfin Dönhoff, mein Gott, was für eine kalte Frau, Archiv-Details vortrug, die ewigen Geschichten von den Juden, die Bucerius versteckt habe (HAT er? Ich habe nie einen gesehen oder gesprochen), und von der Pistole, mit der er den Kumpan Blumenfeld habe befreien wollen. Sie ist ein nicht-nazistisches BDM-Mädchen. Ihr Nachruf in der ZEIT geradezu perfide gleichgültig, abgeschrieben aus fotokopierten Archivunterlagen wie von einem Schüler der Gruner-&-Jahr-Journalistenschule; nicht EINE Regung, nicht EIN persönliches Wort (über IHN; über SICH schon: daß sie – eine Gräfin ist halt keine Angestellte – keinen Vertrag mit dem Verlag habe – wen interessiert das in DIESEM Zusammenhang, wen interessiert es ÜBERHAUPT?).

Zum Fürchten. Das hält sie wohl für preußisch – man nennt es zu Recht Sekundärtugenden –: «Ein deutsches Mädchen weint nicht.» Die Nachkriegsvariante von «In stolzer Trauer!». Pfui.

15. Oktober

«Der Rudi ist in Ordnung»: so mein Automechaniker über Herrn Augstein; denn er betreut nicht nur seit 4 Jahrzehnten all seine Luxusschlitten – der Negersänger-Cadillac steht für viel Geld seit Jahren im Depot –, sondern auch die seiner 4 Frauen. «Ich kenne auch fast alle seine Freundinnen, mindestens 20», am schlimmsten sei gewesen, als sie mal die Autos und 2 Damen verwechselt hätten. «Daß er fast immer besoffen ist, stört mich nicht – neulich abend haben wir zusammen viele Flaschen Bier weggezischt.» Der Ruhm der Gosse.

Verwunderlich dann doch der offenbar tiefsitzende Minderwertigkeitskomplex dieses mächtigen Pressetycoons. Er vergißt buchstäblich in keinem seiner Artikelchen, «sich ranzumachen», eine Art Kellner-Perspektive à la «Den habe ich doch jahrelang bedient» einzubauen: ob eine Rezension der Genschermemoiren, er war natürlich sein «Freund», oder eine Replik auf Ulrich Klose: «Seine Tochter ist mein Patenkind», was ja nun im Kontext der Diätendebatte ÜBERHAUPT NICHTS zu suchen und zu sagen hat; ob in einer Polemik gegen Robert Leicht, in die er «die ZEIT, deren Mitbesitzer ich mal war» einflicht, oder in einem Nachruf auf Horst Janssen, von dem er viele Kärtchen bekommen habe (als gäbe es irgend jemanden in Hamburg, der sich hätte retten können vor diesen scheußlichen Schmierkärtchen): Er ist, was Tucholsky den «dabey-gewesen-Bey» nannte. Auch mit Bucerius – der sich vor ihm schüttelte: «Der Mann, der gegen mich prozessiert hat» – war er per Nachruf natürlich befreundet.

Irgendetwas «fehlt» diesen Politikern; weswegen sie sich vermutlich so gerne mit Künstlern umgeben – die sie nicht ernst nehmen, die sie aber offenbar um irgendetwas beneiden.

17. OKTOBER

Wie man wohl sterben wird? Komme eben vom «Ergebnis» – Gespräch mit meinem GOTT IN WEISS namens Professor Greten im UKE: ALLES ist OK, «wie bei einem jungen Mann» – Herz, Nieren, Lunge, Leber, Bauchspeicheldrüse, Durchblutung; nur das übliche zu hohe Cholesterin («genetisch»). Aber EINES dieser Organe wird ja mal versagen? Wie? Wann?

22. OKTOBER

Die Schatten werden länger, die wieder kullernden Kastanien und die herabraschelnden Blätter des Walnußbaums: Symbol, Symbol für die ablaufende Zeit. Zugleich wird mein Verstehen immer kürzer:

Vorgestern abend diese Theater-Collage DIE STUNDE NULL, angerichtet vom neuen Scene-Regie-Star Marthaler – für mein Empfinden ein wichtiges Thema vollkommen vergeigt, in deutscher Humorigkeit – Nachttopf auf der Bühne, umkippende Gartenliegen – ertränkt. Die Unterhose (tatsächlich mußten sich diese alten häßlichen Mimen bis auf die Unterhosen ausziehen) als Argument! In Wahrheit dampfte genau DIE Spießigkeit, die entlarvt werden sollte, von der Bühne herab, mit Zoten, Schunkelliedern und Klamauk. Das ist der ästhetische Irrtum, dem weiland viele Gruppe-47-Autoren unterlagen, die meinten, Reiseprospekt-«Lyrik» zu entlarven, indem sie genau so schrieben, wie Reiseprospekte formuliert sind, so mit «majestätischer Bergwelt» und «der rauschende Bach». Genauso majestätisch rauschte es hier.

Dieses Neo-Rokoko, in dem jeder Geschichtspickel überpudert und jede Schuld-Falte zugeschminkt wird in Humor, Gefälligkeit und Amüsement, macht mich verzagt.

5. NOVEMBER

Zweimal Sinistres – gar doppelt Sinistres – ist nachzutragen. Kürzlich während eines schweigend-einsamen Abends bei Kaminfeuer und zugegeben reichlichem Bordeaux dachte ich: «Eigentlich kann ich bald das Telefon abmelden.» Hätte ich an dem Abend GEWOLLT – ich wollte NICHT –, so hätte ich nicht gewußt, wen anrufen. Es sind nämlich fast alle tot – und die, die leben, mit denen bin ich verzankt oder «nehme übel» à la Rühmkorf; oder entferne mich, wie vom besserwisserischen Grass.

Aber die vielen Toten – mein schönes kleines ledernes Adreßbuch wäre hostiendünn, würde ich per Streichung es neu anlegen – sind etwas Schreckliches: Bihalji-Merin oder Fechner, Ledig oder Horst Janssen, Golo Mann oder Rauch, Sonnemann oder Witte oder Witter: Das Alphabet hindurch müßte ich Xe machen, sie sind erst soeben, kürzlich oder vor längerem gestorben. «Die Alten» ohnehin: Böll und Frisch, Dürrenmatt und Mary Tucholsky und Bloch und Erich Fried; auf so manchen habe ich Nachrufe geschrieben (die bildeten ein kleines Bändchen ...); im Lederbüchlein GEBLIEBEN sind eigentlich sinnlose Eintragungen wie Dönhoff oder Habermas oder Unseld – Leute, die ich nie anrufe und daran auch im Traume nicht dächte (falls man im Traum denkt ...).

Die nächste Kategorie sind die «Untoten», fast die schlimmste: Leute, mit denen ich mich befreundet wähnte und die ganz offensichtlich doch nur den nützlichen Feuilletonchef meinten, für die DER interessant war (weil er Aufträge zu vergeben hatte) und die nun sich NIE oder fast nie melden, die nicht zurückrufen und Briefe nicht beantworten: Hochhuth, Thomas Brasch, Jürgen Becker, Lettau, Höllerer, Enzensberger, Kempowski. Es wird einsam ...

Hôtel Lutetia, Paris, den 8. November

Erster Tag in Paris. Glücksgefühl – der perlgraue Himmel, die Spät-Sommer-Sonne auf den Fassaden, der goldene Concorde-Phallus: zu Hause.

Tief beeindruckend die Cézanne-Ausstellung mit der (meiner) wundersamen Beobachtung, daß seine Maler-Liebe (seine Form-Erotik) mehr dem Mann gilt – vom frühen Negerbild bis zu den beiden (ein großes, ein kleines Bild; letzteres auch noch in Privatbesitz!) «Badenden Knaben»: Da ist ein anderes Fluidum, eine zartere – zärtlichere? – *peinture*. Ergreifend. Wie gerne wäre ich reich, um so ein Bild zu besitzen!

Daneben, im selben Grand Palais, «10 Jahrhunderte China» – die phantastischen vielarmigen Buddha- oder Seidenbilder. Bei uns saßen sie, glaube ich, zu der Zeit noch auf den Bäumen.

Spaziergang in der warmen Herbstsonne, die immer schöner werdenden, immer royaler gepflegten Tuilerien hindurch zum Louvre, wo endlich wieder – schwere Arbeit – mein Lieblingsbild gefunden, Peruginos «Apollo und Marsyas», das sehr androgyn. Wie sich meine Augen doch nie täuschen – da es neben zwei Raffaels und im Raum mit Tizian und Leonardo, muß es ja wohl ein Wunderwerk sein. Beschwingt nach Hause, wo ich vor Kunsterregung keine Ruhe fand.

Hôtel Lutetia, Paris, den 10. November

Die ewige Lust – will sagen: Unlust-Kurve. Nach ein paar Tagen wird mir das Herumbummeln, Nichts-Tun, Flanieren, Café-Haus-Sitzen und Museen-Abgrasen zuviel; vor allem natürlich, weil alleine (und fast jeden Abend alleine essen!). Bereits umgebucht auf Abflug Montag früh.

Wobei ansonsten alles herrlich – 2½ Stunden mal ganz in Ruhe das Quai-d'Orsay-Museum (mit großartiger Kopenhagener Sonderausstellung voll der großartigsten grünen Degas' und ganz früher, unerotischer, gar nicht schaukelnder Gauguins usw.) regelrecht erwandert, Raum für Raum; u. a. «Le Cycliste» von Maillol «gefunden», den ich neulich im Maillol-Museum sah (und von dem ich mir einen Guß wünsche). Morgens das 1. Mal die «Collection Permanente» im Pompidou, wo ansonsten geradezu kriminelle Sonderausstellung «Feminin – Masculin» mit auf «das Glied» reduzierten einschlägigen Darstellungen, die in dieser Einseitigkeit widerlich und willkürlich – da hätte man ebenso Michelangelos «David» oder einen x-beliebigen George Grosz ausstellen können. Die Collection Permanente dagegen geradezu tröstlich voller Wunder der Matisse, Picasso usw. – wenn auch zu francophil: kaum ein Dix, kein Beckmann, kein Oelze sowieso, aber auch kein Schad, Grosz usw. Auch Amerika, mit 1 Rothko und 1 Twombly, lächerlich unterrepräsentiert.

25. November

Zeitraffer eines Ausbruchs – man kann's auch ANFALLS nennen – von «gesellschaftlichem Leben» (und insofern auf komische Weise «gerecht», daß ich Montag abend in einer Fernsehsendung über «Klatsch in der Gesellschaft» auftrete ...); die letzte Woche also, oder sind's schon 10 Tage?

Abschiedsessen mit Rowohlt-Naumann, der nun endgültig und vermutlich für immer nach New York geht, ein mutiger Schritt für einen 55jährigen, zumal die amerikanischen Verleger nicht auf ihn gewartet haben werden, da kann er so viel Naumann heißen, wie er will, er IST eben nicht jüdisch; imposant auch, wie jemand wegen einer Liebe – wie immer «steckt dahinter eine Frau» – einen Weltkonzern zwingt, ihm in New York – da lebt die Dame – einen ganzen Verlag zu gründen. Hut ab.

Der Abend war nett und höflich eröffnet mit einem leider konsequenzenlosen Kompliment über meinen Roman (immerhin hatte er bereits hineingelesen), denn: Nun braucht er ja nix mehr für das Buch zu tun. Da ist leicht loben. Neues brachte der Abend nur 2mal: daß er persönlich sehr reich sei (womit er der Mär, die neue Dame sei es, entgegentritt); und ein Brief von Jane Rowohlt, den er mir indiskreterweise zeigte (weiß nicht, an wen er gerichtet war), in dem wörtlich steht: *«if we are travelling to India, Ledig will only come back as a cadaver»* – was Naumann kommentierte: «Sie hat ihn umgebracht.» Zwar wüßte ich nicht, warum – aber seltsam ist der Satz. Wäre verwendbar für eine meiner geplanten «lieblosen Legenden» ...

2 Tage später zum Restaurant-Abendessen bei und zu Günter Gaus, der 66 wurde – und immer un-bissiger wird, immer weicher, resignierter, sich verschmäht und unbeachtet fühlend. Zu meinem Erstaunen erinnerte er sich unendlich lange zurückliegender «Beziehungen», mein (Rowohlt-)Telegramm über das Manuskript seines «Gespräche mit Herbert Wehner»-Buchs, EINEN Tag nach Eintreffen des Manuskripts (ach, ach ...); meine Party für ihn am Leinpfad, als er «neu» nach Hamburg kam, als SPIEGELchefredakteur – ER erinnerte sich noch all der prominenten Gäste, Inge Feltrinelli, die Dönhoff, Ledig, Grass usw. – ICH erinnerte mich eines schnaubenden Brief-Zettels von Augstein (aufgehoben, liegt in Marbach!), wieso ich für den Herrn Gaus einen Empfang gäbe, der solle arbeiten und nicht feiern.

Kurz: Es war ein angenehmer Abend, der vielleicht, was ihn betraf, so friedlich eingestimmt war durch mein (ehrliches) Kompliment für seinen SPD-Leitartikel dieser Woche im FREITAG und mein vehement geäußertes Unverstehen, wieso ein Mann dieser Feder in keiner großen Zeitung – z. B. der ZEIT – gedruckt würde.

Die Mit-Gäste allerdings verschwimmende Konturen: am absonderlichsten aber die «Gästin», meine Freundin Antje, mit der ich gleich mehrere Male an dem Abend vermählt wurde. Es geht darum, daß sie fast SOFORT und völlig ungebremst die absurdesten Sex-Geschichten erzählt, mit der eindringlich-schleppenden, keine Unterbrechung duldenden Stimme der Alkoholiker. Sagt etwa Gaus: «Kuby ist nach wie vor ein sehr guter Autor», bricht sie mit einem «Und ich bin sehr gut im Bett» ein – zum bleichen Entsetzen dieser wohl kaum mehr praktizierenden älteren Herren, gar des Pummelchens mit Brosche namens Frau Gaus.

11. DEZEMBER

Fast schon Jahresende-Bilanz. So lange Tagebuchpause, weil in vollkommener Klausur am Henry-James-Essay, den soeben fertig. Enormer Arbeitsgalopp (nach dem großen Manuskript über den Spanischen Bürgerkrieg), weil dies ja der letzte der 6 Essays für das Buch LEBENFRESSER, das bereits im März erscheint (und noch ein Vorwort braucht). Atemlos, abgespannt und auch wieder «guter Dinge», daß das geschafft ist. Wobei interessant, daß man, kaum hat man was «gelernt» oder «begriffen» – in diesem Fall: Henry James' Determinismus-Theorie, dem zufolge es in Wahrheit keinen Sprung in die Freiheit aus seiner «Klasse» heraus gibt; so wenig, wie Kommunisten aus ihrer Partei springen können. Wie man also so ein kleines Begreifen gleich umsetzt: Prompt gefiel mir gestern abend bei der Thalia-Premiere Hebbels MARIA MAGDALENE gut, fand es modern, weil eben der Meister Anton nicht aus seinem Wertesystem aussteigen kann.

16. DEZEMBER

Werde ich ein Frauenfeind? Jedenfalls strich ich in der Harry-Graf-Kessler-Biographie, die ich in der Bahn nach Berlin las, seine Bemerkung (nach einer Begegnung mit der Frau des Kunstkritikers Meier-Graefe) an: «Das ist, was den weiblichen Geist entwertet; daß Frauen, auch die gescheitesten, immer auch mit dem Geschlechtsteil urteilen.»

Dabei BIN ich überhaupt nicht frauenfeindlich, im Gegenteil. Vorgestern in Berlin ein wunderbarer, wie immer traurig-milder (milde und traurig, weil wir noch heute denken: «Wären wir doch zusammengeblieben») Abend mit der Liebe meiner Studentenzeit, Ruthchen; angeheizt auch durch den Tod ihres Bruders, dem ich ein Epitaph im neuen Roman gesetzt.

UND dem Frühstück bei einer anderen Dame meiner Vergangenheit, Ursula – die ihrerseits sagte: «Am liebsten hätte ich mit euch BEIDEN gelebt» (Wunderlich und mir). Beide Frauen auf sehr verschiedene Weise zart, begabt, intelligent und taktvoll. Zum Lieben eben. Weswegen ich sie ja auch liebte.

Möglicherweise war ich besonders «weich», weil so sehr angetan von der Moskau-Berlin-Ausstellung, derentwegen ich ja nach Berlin gefahren war (als Belohnung, weil mit dem Henry-James-Essay 2 Tage vor Termin fertig): eine grandiose Inszenierung der Gleichzeitigkeiten, Widersprüche und Parallelen in Kunst, Theater, Architektur: atemberaubend. Ob die Gropius- oder Mies-van-der-Rohe-Entwürfe (mal für Berlin, mal für Chikago, mal für Moskau), ob die Bühnenbilder in Moskau für Brecht, haargenau ähnlich denen bei irgendeiner Piscator-Inszenierung, ob Burljuk-Bilder (er war der Entdecker von Majakowski). Die dasselbe sind wie Kirchner oder Schmidt-Rottluff, ob Filmplakate oder das allmähliche Sich-Verzieraten ins Niedliche, da ein Türmchen und dort ein Hammer-und-Sichel auf dem First (oder eben ein Hakenkreuz): Einen Essay könnte man schreiben.

KAMPEN, DEN 31. DEZEMBER

Wie das Wetter trügen kann: heiterste Wintersonne bei Glitzerschnee und trockener Kälte seit Tagen. Aber in mir grau: bedrückend die vielen «Abschiede» des letzten Jahres, noch in diesen Tagen: Heiner Müller (mit dem ich zwar nicht eng war und dessen Arbeit der letzten Zeit ich hochstaplerisch fand) tot, Walther Killy – hier in Kampen! – tot; auch mit dem war ich nicht eng, aber er war «einer von uns», ein Herr, mit dem und dessen Interpretationen ich nie einig war, aber eben darüber mit ihm trefflich streiten konnte. Der nette Psychiater Dolf Meyer, bei dem kürzlich noch eingeladen: tot – und dazu das Jahr durch: Janssen, Hausner, Biha, Bucerius, Schorchi – es geht, mal eng befreundet, mal entfernt bekannt, quer durch das Alphabet.

Mit den meisten hängen doch Fetzen meines Lebens zusammen: wie Horst Janssen bei dem ebenfalls längst toten Seitz den nun auch toten Ernst Bloch beleidigte, der schließlich weinend im Bette lag und von Ledig und mir getröstet werden mußte, oder wie er betrunken meiner Schwester und mir ins Restaurant folgte, wo er ihr eine Rotweinflasche über den Kopf (und das neue weiße Kostüm) goß, um anschließend das gesamte Lokal zum Champagner einzuladen. Oder Heiner Müller: unvergeßlich jener Abend der sterbenden DDR, wir saßen mit Inge Feltrinelli in der Bar des GRAND HOTEL, er zeigte uns den Hirschgeweih- und Kunstledersessel-Raum, der für Honecker reserviert gewesen, sagte mir sein neuestes Gedicht auf, das mir so gefiel, daß er es mir auf drei Zettel schrieb (einer meiner schönen, nun in Marbach archivierten Autographen), bat Inge um eventuelles Asyl in Italien und bescheinigte Gysi, der beste Mann für die Rettung des unermeßlichen SED-Vermögens zu sein: ein melancholisch-zynischer Abend, unten in der Hotel-Halle tanzten aufgedonnerte Schieber, und ich heulte, als sei es «meine» DDR, an der Brüstung zu dieser TITANIC-Szene.

1996

Kampen, den 3. Januar

Seit 3 Tagen nun auch außen grau: Symbol für das angebrochene Jahr?

Der Silvester-Abend still.

Der Heine-Gaurisankar, vor dem ich mich graule (obwohl's mir Spaß macht), mich ängstige, ob ich mich nicht übernommen habe – und nun die Cuba-Reise, die mich in meiner Phantasie ganz anderswohin lockt.

Zittrigkeit: das Alter. Empöre mich, wenn Gerd beim Tod eines 70jährigen sagt: «Der hatte doch sein Leben hinter sich.»

Nur: Ich FÜHLE mich nicht alt, gar sterbend – nicht im Kopf. Die Zipperlein sind da, selbstverständlich, und sollen hier nicht aufgelistet werden (dann brauchte ich viele Seiten ...) – aber wenn ich merke, mit welcher Lust (Angst nur wegen des Termins) ich mich in das Heine-Abenteuer stürze, wie gespannt ich auf Cuba bin, wie ganz hinten in meinem Kopf ein Bändchen Erzählungen entsteht: Warum soll man da bald in die Grube fahren? Aber dieses Warum ist so unsinnig – das hat sich der knapp 2 Jahre ältere Heiner Müller ja auch gefragt, WÖRTLICH.

7. Januar

Gestern abend Grass zum Essen, ein Besuch, vor dem ich mich leicht gegrault hatte: Ich kann ja nicht lügen und sein Buch loben, das mir tatsächlich mißlungen scheint; andererseits will niemand zu einem Abendessen geladen werden, um sich anzuhören, er habe Mist geschrieben (fände ich umgekehrt auch nicht amüsant).

Es war ein ziemlich alt gewordener Grass (wir hatten uns das letzte Mal Silvester 1994/95 gesehen, also vor über einem Jahr). Alt und müde, gequält von Tucholskys Krankheit, irgendwas am/im Siebbein, wodurch er immer wieder für Tage Geruch und Geschmack verliert, außerdem hatte er eine Bruchoperation und muß morgen mit einer verstopften Arterie im Bein aufs neue unters Messer.

So zog er sich in einen Panzer aus nur leichtem Trotz und milder Ironie zurück; den Vorwurf, daß man dem SPIEGEL – noch dazu er, dem dieses Revolverblatt einen Spion nach Indien nachgeschickt hat – eben überhaupt kein Interview gibt, akzeptierte er. Die EIGENTLICHE, nämlich ästhetische Debatte aber fand im Grunde nicht statt, mein Einwand, die ästhetische Apparatur des Buches stimme nicht, die Figuren ertränken in Kommentaren und Artikel-ähnlichen Suaden (die noch dazu – «Ein Schnäppchen DDR» – erkennbar SEINE, die des Autors seien) – – – das wehrte er in einer Mischung aus unwirschem Desinteresse, Lob auf die gute Fischsuppe und dem klammen «Das kann man nur direkt am Text diskutieren» ab. Er hatte – ähnlich mir – deutlich keine Lust zu regulärem Streit und findet die Herummeckerei zugleich auch ein Sakrileg, denn: «Meine Leser haben mich nicht verlassen» (als sei eine hohe Auflage ein literarisches Kriterium; dann wäre Simmel der Sieger über Kafka). Diese gewisse papale Gereiztheit zeigt sich am deutlichsten, wenn ich von MEINEM Schreiben erzähle – taktvollerweise ohnehin nur nebenher und in Andeutungen. Aber der eine Satz «Ich habe einen neuen Roman fertig» wurde mit geradezu donnerndem Schweigen beantwortet. Daß ein Essayband erscheint, das «durfte» ich. Summa summarum: Auch dies, fürchte ich, ein kleiner Abschied, gleichsam unter dem Motto «nicht mal mehr Krach». Wir sind im Guten auseinandergegangen, aber ohne die Intensität der großen Freundschaft. Es ist die nachlassende Erotik des Altwerdens.

Ein wiederum anderer Abschied, nur als kleine Anmerkung,

ist nachzutragen: Von all den eher entbehrlichen Bildern – also solchen, denen ich nicht in großer Trauer nachweine – die ich zur Hauswedell-Auktion gegeben habe – – – – – – – ist nur der kleine Tom Wesselmann verkauft, den mir damals Ledig nach unserer «Scheidung» mit dem Brief schickte: «Möge es dieses kleine Format sein, das Sie mir im Herzen bewahren.» Nun verauktioniert …

22. FEBRUAR

Kopfwehgeplagt auf Seite 72 (!!) des Kubaberichts, der nie erscheinen wird. Kopfweh wegen Flucht. Und Flucht wegen: Gestern also das «Fest» zum 50. Jahrestag der ZEIT, zu allwelchem Zwecke in den «Festsälen» des Hotel Atlantic (schon das: biederer geht's nimmer) sich ca. 400 Menschen trafen, die das waren, was sie wohl unter «festlich gekleidet» verstehen; und das heißt, die Herren – ob Bundeskanzler oder Bote – im feierlichen Schwarzen mit entweder schwarzer (also wie zur Beerdigung) oder hellgrauer (also Kellner-)Krawatte; die Damen in dem, was man wohl «Cocktailkleid» nennt. Zur Begrüßung ein Gläschen Sekt, dann sehr lange gar nichts, dann ohrenbetäubende Musik von 6 weißen Negern, und als man meinte, man sei zu der leckeren Steckrübensuppe erlöst, begannen die Reden. Welchselbe alle von Erfolg, Auflage, Anzeigeneinkommen oder Digitalsatz zu berichten wußten. Vom INHALT des Blattes aber keineswegs. Nur, daß halt «die Gräfin» so süß sei – so süß, wie der Wein war, reiner ALDIschloßabzug, von dem ich dennoch zuviel trank. Als dann schließlich das allseits beliebte WENN IN CAPRI DIE ROTE SONNE IM MEER VERSINKT erklang und nicht etwa als lustige Parodie aufgefaßt wurde (vielmehr wurden allen Ernstes die Augen der Herren Sommer oder Dohnanyi oder zweier älterer Herren an meinem Tisch feucht, sie sangen mit!), flüchtete ich nach Hause.

29. Februar

Schockiert von einem Besuch bei Platschek in der geriatrischen (!!) Klinik, wo ich ein uraltes Hühnchen fand, faselnd, Fades witzelnd, ungepflegt, in uralter Trainingshose, zerrissenem Pullover und orangefarbenen Plüschpantoffeln (nur ein Zeichen, daß sich NIEMAND um ihn kümmert, daß er keinen Menschen hat, der ihm auch nur einen anständigen Pyjama oder Morgenmantel besorgt). Der Charme, der Witz, die sprühende berlinisch-jüdische Frechheit: alles dahin. Dagegen mit aufgerissenem Auge (als sei das gar nicht denkbar): «Denken Sie nur, ich hätte sterben können, ich wäre beinahe abgenibbelt.» Tod – bereits Krankheit – ist anscheinend eine Un-Möglichkeit, wird nicht gedacht, nicht antizipiert.

10. März

Kopfweh, dabei sollte ich hüpfen und springen: «Der» Brief hat seine Wirkung getan, dem papiernen ZEITritual folgend (was man in dem Hause wohl «fein» findet), sagte der Herr Chefredakteur nach der letzten «Großen Konferenz» – der Freitagskonferenz der Gesamtredaktion – zu mir: «Darf ich mal einen Augenblick zu Ihnen kommen.» Er durfte. Und durfte sagen: «Die Verlegerin und ich möchten Sie in den nächsten Tagen zum Essen einladen und Sie bitten, das Haus NICHT zu verlassen; wir wollen Ihnen vorschlagen, den bestehenden Zustand um 2 Jahre zu verlängern.»

Ich mußte mein Gesicht sehr mühsam in gelangweilt-desinteressierten Zügen bewahren und mir Mühe geben, wie nebenhin zu sagen: «Na gut, da habe ich ja bis zu dem Essen noch Zeit, mir das zu überlegen, es im Kopf und in der Seele zu bewegen.»

Lächerliches Theater, denn die wissen, daß ich weiß, daß die wissen. Egal: Ich bin gerettet; denn ich denke, wenn ich nun noch einmal – von heute gerechnet 2½ Jahre – normal-gut verdiene, und d. h. ja auch, etwas in den Sparstrumpf stopfe, dann müßte eben der für die darauf folgenden 10 Jahre: bis 2008!!! reichen. Mehr soll man nicht wollen – eigentlich soll man nicht mal wollen, älter als das zu werden.

16. MÄRZ

Glockenläuten, Choral von Leuten und knallende Dom-Pérignon-Pfropfen: So MÜSSTE es sein (und so ist es leider nicht): DIE ZEIT verlängert mir den Vertrag doch tatsächlich bis zum Jahrhundert-(was in diesem Fall heißt: Jahrtausend-)Ende.

Der – etwas zu lange, nämlich bis Mitternacht währende – Einakter verlief so: Im feinen und teuren (schon das leicht affig angesichts von Sparzwängen – einen Vertrag kann man ja auch bei einer Tasse Kaffee bereden) Landhaus Scherrer an der Elbchaussee saß ZU pünktlich, eigentlich ein Formfehler, eine Dame kommt nicht zu früh, Madame von Lang, mich wie einen lange nicht gesehenen Freund begrüßend. Gleich darauf Chefredakteur Leicht – dann 1 Stunde *small talk*, bei dem ich alter Schmierenschauspieler schon meinen Pfauenfächer auszuspannen begann: Die Rolle hieß: «intellektuell, brillant, witzig». Zum Hauptgang – nachdem sie gesagt hatte: «Ich warte mal, was FJR bestellt, das wird sicher das Beste sein» und nachdem er gesagt hatte: «FJR soll den Wein bestellen, er versteht mehr davon» (meinen sie das wirklich, oder wollen sie meinem Affen namens Eitelkeit Zucker geben?) – wurde das «Hauptgericht» serviert, lässig, wie nebenbei, nonchalant, so im Tone von: «Wir wollen doch zusammenbleiben, lieber FJ, das wollen wir heute regeln», unterbrochen allenfalls von einem Einwurf der Verlegerin, ich sei «der teuerste Mann an Bord», was ich guter Kenner Heines und seines Satzes «Ich bin Cottas teuerste Puppe» parierte mit: «Einer MUSS ja der Teuerste sein – warum dann also nicht ich»: Und als wenig später, sehr fair, Leicht erwähnte, ich säße ja seit Jahren auf denselben Bezügen, war mein

Moment gekommen: «Das soll auch getrost so bleiben, ich bin ja kein Dienstmädchen, dem man 5 Mark mehr die Stunde bietet – da gäbe es witzigere Lösungen.» Wie und was, hin und her – – – bis ich sagte: «Na ja, es steht ja ein Ende des Jahrhunderts ins Haus, *which happens to be* gleichzeitig das Ende des Jahrtausends. Wieso verabreden wir uns nicht auf DIESES Datum als dann eben auch noch das Ende des Vertrages.» Was, ich dachte, ich höre nicht recht, rasch und mühe- wie problemlos akzeptiert wurde! Nur die rechnende Kleinbürgerdame konnte sich nicht verkneifen zu sagen: «Das sind ja noch 3 Monate dazu‹gewogen›» (da mein Vertrag ja Ende SEPTEMBER ausläuft). Was sie dann wohl selber kleinkariert fand.

Konnte tief in der Nacht zu Hause kaum Ruhe finden – nun erregt nicht wegen GeldMANGEL und Zukunftssorgen, sondern durch den Gedanken: «Was soll ich eigentlich mit dem ganzen Geld.» Dieser jähe Wechsel von Abgrund zu Gipfel machte mich schwindelig; denn nun habe ich wahrlich ausgesorgt, mit 68 Jahren werden meine ZEITbezüge enden – aber bis dahin muß Eichhörnchen Fritzchen genug Nüsse für den Winter versteckt haben.

Übrigens, in der für mich bekannten Un-Eitelkeit, unterließ ich es nicht, «ganz nebenbei» zu erwähnen, daß ich immerhin im LE MONDE-Artikel über die ZEIT der einzige Kulturjournalist des Blattes sei, der (auch noch rühmend) erwähnt worden sei, und fragte keck: «Wie viele Federn hat das Blatt denn, die man auch im Ausland kennt?»

Kleiner Wermuts-Nachtrag.

Ob ich, in meiner Schreibereitelkeit, meine Position bei der ZEIT über die Jahre weg völlig verkannt habe?

Es irritierte mich schon gewaltig, wie Ute Grass kürzlich in einem «Nebenbei»-Satz vom «Gnadenbrot» sprach, das man mir dort gewähre. Jetzt nun, bei diesem Abendessen am Donnerstag, sagte die Lang *en passant* (als ich bemerkte, man nutze den einzig namhaften Kulturjournalisten des Blattes nicht recht), nun, ja, das Ganze sei wohl eben doch als eine Art Abfindung aufgefaßt worden.

Ins Deutliche übersetzt: Man hat nicht per Vertrag den Autor FJR behalten, ans Haus binden wollen – – – man hat vielmehr statt einer veritablen Abfindung sich abfinden müssen/wollen mit dem Umstand, dafür gelegentlich etwas drucken zu müssen.

Der Hieb sitzt. Habe ich mir doch eingebildet, mit vielen Aufsätzen und Interviews der letzten Jahre nicht nur MIR gedient zu haben, MEINE Fähigkeiten unter Beweis gestellt und ausgewiesen zu haben – – – – – – sondern auch dem Blättchen gedient, wenn nicht gar Ruhm eingeholt zu haben.

21. März

Zirkus-Karussell-PS: Inzwischen wurde ich DRINGEND in der letzten Freitagskonferenz gebeten, den Leitartikel zum Thema «Talkshow-Unsinn» zu schreiben. Wogegen ich mich erst wehrte – 1.) weil ich ja als gelegentlicher Gast «befangen», 2.) weil eine Schelte natürlich seltsam in den Ohren meiner NDR-«Partner» klingen muß (von denen, allerdings, ich NIE wieder gehört ...!).

Nach sonntäglichem Telefonat mit Leicht nun also geschrieben, und: Das große Halleluja bricht aus!!! Wie unseriös letztlich Zeitungen sind. Ein Applaus-Geschrei, als hätte ich den ersten Artikel meines Lebens geschrieben: Am Andruck-Abend ruft der stellvertretende Chefredakteur an, er wolle seine Bewunderung ausdrücken, der sich drei weitere Kollegen anschlössen. Um 23 Uhr Leicht mit «großer Glückwunsch und auf ein neues» am Telefon. Nächsten Morgen Ted Sommer mit «Fabelhaft, Fritz, endlich Feuer auf der 1 – die Pranke des alten Löwen» am Telefon. 1 Stunde später die dusselige Gräfin im Lift: «Ach, da brauche ich Ihnen ja keinen Brief mehr zu schreiben, um zu sagen, wie fabelhaft ich Ihren Artikel finde.» So ging das den ganzen Tag – als seien meine Artikel über Thomas Mann, Powys, Brodkey etc. nicht VIEL besser, intensiver, wichtiger, gebildeter auch. Es hat etwas von Theaterkantine: «Gertrud, du warst heute wunderbar.» Am nächsten Tag ist das vergessen – und wehe, es kommt irgendein Ärger, ich habe irgendwas verwechselt, durcheinandergebracht – noch morgen werde ich ans Kreuz genagelt. Hatten wir ja schon …

Hôtel Lutetia, Paris, den 26. März

Wo beginnen?

Ich treibe wie Treibholz durch Paris – mal mit dem Wirbelsturm namens Inge Feltrinelli zu 6 Personen im «Lipp» (u. a. mit dem momentan erfolgreichen amerikanischen Romancier Richard Ford und einem englischen Literatur-Agenten, Ed Victor, der sich noch daran erinnerte, wie ich 1969 die rebellischen Studenten, an der Spitze Danny *le rouge*, in den «Hessischen Hof» lotste und dort eine «revolutionäre Rede» hielt – wahrlich *tempi passati*); mal – sehr logisch – auf dem Edel-Flohmarkt in Clignancourt, wo ich leichtsinnig eingekauft habe, eben jenen «Plunder» – aber ich sage mir: In 10 Jahren bist du tot, warum nicht jetzt sich noch an etwas freuen?; mal in der Corot-Ausstellung, wo ich sein Licht, seine schönen Portraits und, Höhepunkt, die «Nude Romaine» (??) erstmals richtig entdeckte – ein Wunder von einem Bild, eines von denen, die/das ich stehlen möchte – und mal alleine im «Récamier» luxuriös essend und des süßen Freundes Cioran gedenkend, mit dem ich dort oft gesessen und der mir vorausgegangen.

Hôtel Lutetia, Paris, den 27. März

Der Verteidigungsminister als Lyriker: M. Chevènement, mein Interviewpartner, sagte auf mein dickes Eingangskompliment (zu seinem Buch) geschmeichelt: «Vous le trouvez bon?» Das Schön-Schreckliche an Frankreich – es geht alles so reibungsloshöflich im *Pardon-merci-bonne-journée*-Rhythmus; aber es ist nie so gemeint. Und man interessiert sich immer für das Andere: bei Marx z. B. (Monsieur hatte mein Buch gelesen) dessen Familienleben, das uneheliche Kind, die schauerliche Algerienreise – nicht seine diktatorischen Gelüste, sein ordinär-rüder Kampf gegen Bakunin oder Lassalle.

31. MÄRZ

Besonders farcenreiche Tagebuch-Eintragung; denn: Es ist eine über das (mein) Tagebuch. Leicht absurd: Gestern langer und überraschend angenehmer Abend mit dem neuen Rowohlt-Chef Niko Hansen – – – über einen möglichen Vertrag für eine «spätere?» (Hauptfrage: wann ist später) Publikation meiner Tagebücher. Meine – unvernünftige? – Idee ist, JETZT mit einem Verlag abzuschließen und JETZT dafür Geld zu kassieren, ohne die Tagebücher, natürlich, JETZT zu veröffentlichen. Am liebsten erst nach meinem Tode.

Ansonsten macht der Mann einen guten Eindruck. Weniger verspielt, als ich dachte, unterhalb seiner wohlerzogenen Lächel-Ebene ganz ernst, wohl auch hart, quasi die männliche Variante von Maria Augstein: scheinbar somnambul und leichthin, in Wahrheit Drahtseile in den Nervensträngen. Dann war's wohl doch die richtige Wahl für «meinen» Sessel.

Bestochen hat mich auch die lässige Eleganz des jungen Mannes aus gutem Hause, der gar mit Grazie die Forelle zu zerlegen weiß, der das schöne alte englische Buttermesser, die ekkigen Scharniere einer Teekanne so gut sieht und goutiert wie eine afrikanische Skulptur, ein Hundertwasserbild oder die Minnebronzen. Durchaus nicht mit der «Was-kostet-der-Fisch»-Vulgärheit eines Karasek, sondern mit leise genießerischem Behagen. Könnte mir den sehr gut alt werdend vorstellen.

Kampen, den 5. April, Karfreitag

Im SZmagazin interessantes Interview mit Barenboim, der mit mehr Recht und mehr Autorität das sagt, was ich so oft in Konzerten denke (und auch manchmal sage): «Musik existiert im Grunde überhaupt nicht, auch nicht die FÜNFTE von Beethoven. Sie war zunächst nur in seinem Kopf, dann hat er schwarze Flecken auf weißem Papier notiert. Das ist aber noch keine Musik, es sind nur Zeichen.»

«Nur Zeichen» – DAS ist eben der Unterschied zur Malerei, bei der genau das «Zeichen» – und sei es ein Miró-Kringel – bereits die Kunst selber ist, keine «Übersetzung», keine Interpretation braucht. So in der Literatur – jeder BUDDENBROOK-Satz, jede DON CARLOS-Scene ist PER SE da, Literatur, selbst wenn bei einem Stück der Regisseur «Les-arten» anbietet; der Text ist der Text selber, die Skulptur ist kein Formangebot, sondern sich selber Form.

Darin liegt das Schöne, wohl aber auch das Gefährliche der Musik – sie kann «aufgefüllt» werden bis zum Pausenzeichen der NS-Sondermeldung – was mit einer Brecht-Gedicht-Zeile nicht funktionierte.

Hotel Vier Jahreszeiten Kempinski,
Berlin, den 14. April

Eben retour von überleichtsinnigem Berlin-*weekend* (das ich Gerd zu Weihnachten geschenkt habe); überleichtsinnig, weil ich ja auf meinem Hosenboden sitzen müßte und Harry namens Heine lesen.

Die Stadt kaum mehr in den Griff, geschweige denn Be-griff zu kriegen: das kümmerliche Krieger-/Siegerdenkmal der Russen vorm Brandenburger Tor, wo kein Blümchen und kein Wachsoldat, weil DIE zu arm und WIR keine Lust dazu, selbst die einst doch bedrohlichen und vor allem siegreichen Panzer sehen dürftig aus, wie Spielzeug – – – – und dann der Glas- und Lichtpalast der in der Friedrichstraße neu eröffneten Galerie Lafayette, westliche Glanzfackel über dem alten Osten flackernd und triumphierend, allenthalben neue, z. T. schöne, zumindest anspruchsvolle Häuser, Geschäfte, *penthouse*-Wohnungen mit Blick auf Gendarmenmarkt und Französischen Dom, das Adlon entsteht wieder und neu-alt als Prachtpalast, neben dem – buchstäblich NEBEN – die protzige sowjetische (russische) Botschaft aussieht wie ein alter Knickerbocker-Anzug – dann wieder stolpert man aus dem Bahnhof Friedrichstraße wie nach einer Bombennacht, alles aufgerissen, aufgewühlt, alles wird «grundsaniert», das ärmlich wirkende BE kaum zu finden oder der «preußische Ikarus» an der Weidendammer Brücke, den einst Biermann besang – – – – aber INNEN, IM BE, eine dann doch grandios-seltsame, anti-Brechtsche Brecht-Inscenierung, Schleefs PUNTILA, der nix auf dem Tisch torkelt und nix besoffen singt, kalt, genau, böse, sehr choreographisch, ekelhaft z. T. mit den ewigen nackten Männern und Fick-Scenen – – – – aber: Es hat schon was, da ist ein hoch-manirierter Stil-Wille, da ist der Imperativ des Meisters befolgt, den man – steht man in der Bibliothek, vom Rücken seiner Bücher ablesen kann: BRECHT STÜCKE. Anfangs gelangweilt und angewidert, war ich dann doch fasciniert von diesem kalten Marsch durch die BBinstitution (die in der Berliner Presse auch z. T. umjubelt) – – – floh dennoch nach 2 Stunden (statt die verordneten 5 abzusitzen) in die PARIS BAR zu westlichen Austern. Aber die Stadt schlägt mit Tiger-Tatzen in einen hinein, man könnte jeden Abend vom Orgelkonzert im wilhelminisch-kitschigen BERLINER DOM bis zum Barenboim-Mahler-Konzert in jener Konzerthalle was unternehmen, die einst DEUTSCHES SCHAUSPIELHAUS am Gendarmenmarkt hieß, wo der Herr Gründgens mit Dame Hoppe den Nazis ein Feigenblatt umhäkelte. So taumelten wir durch die ZU große, wenngleich ungemein beeindruckende – eben «erschöpfende» im Doppelsinn des Wortes – Afrika-Ausstellung voll ihrer

Wundermären und Fabelwesen – – – um nexten Tags in einer wiederum enormen, wohl EINTAUSEND Stück umfassenden Ausstellung zu landen, die ein Herr Cortiz (Erbe des Platinkönigs von Bolivien) zusammengerafft hat, unvorstellbare Reichtümer in PRIVATBESITZ.

KAMPEN, DEN 25. APRIL

Wachsende Unruhe wegen Heine. Jedenfalls bis gestern hatte ich das Gefühl, ich schaffe das Buch nicht. Erst seit heute nachmittag – plötzlich herausfindend, daß ich nicht JEDE Zeile lesen muß, jedes Vor- oder Nachwort oder jedes Artikelchen – werde ich ruhiger.

Nachzutragen sind zwei Abende, die zu notieren ich nicht die Stimmung fand – weil mich SOFORT auf Heine stürzend –: ein Abend beim alten Gerd Schneider in Berlin, der (der Abend) doppelt seltsam war: zum einen ein stumpfes Strindbergshausen, Krach schon beim «Du kannst eben nicht mal Wein in den Eisschrank stellen», zum anderen doch aufregend, wie die Menschen «dort», im alten Ostberlin (und d. h. im ganzen Osten), in einer vollkommen eigenen Welt leben, alle Bezüge, alle Assoziationen, aller Klatsch bezieht sich STETS und NUR auf alte DDR-Zusammenhänge, auf Themen wie Revolution, Verrat, Geheimdienste, Macht, Kriecherei – ob das nun jüngste «Aktualitäten» sind wie der IM Fries oder Mademoiselle Maron oder Kunert, der angesichts der Tatsache, daß er bis 1968 (?) in der SED war, ein wenig ZU schrill proklamiert, wie böse die SED war und wie man denn nur … Es gab, was ich bisher nicht wußte, sogar Selbstmorde in der Ex-DDR, weil Menschen mit alldem nicht mehr fertig wurden; ein Ex-Kommilitone, nicht mal ganz unbegabt und lange mit dem BE verbandelt, Achim, hat z. B. jegliche Nahrung verweigert, bis er tot war.

Themen über Themen. «Schreiben müßte man können …»

Ein so ganz anderer, überraschend angenehmer Abend dann gleich nach Rückkehr aus Berlin: bei mir zu Gast das Ehepaar Nevermann, beide gebildet, auf unstörrische Weise widersprechend (was ich sympathisch finde, wenn's begründet ist), er komisch-distanziert von der weiland-Affäre seines Vaters erzählend, der als Hamburger Oberbürgermeister nicht die besuchende Queen begrüßen durfte, weil er mit Geliebter lebte (ob der Sohn zu der noch Kontakt hat, die seine Mutter verdrängte?). Dazu Gisela Augstein und ihr lustig-robuster «Herr Doktor», der je kräftiger, wacher und lauter wurde, desto später der Abend und desto mehr Flaschen er sich selber aufgezogen hatte, verbunden mit dem Griff nach meinen Davidoffs; und dazu die Witwe des – auch 70! – kürzlich verstorbenen Psychiaters Meyer, die – eine so kluge wie tapfere Lösung – nach dem Tod ihres Mannes für 3 Monate in ein Kloster gegangen war und beeindruckend davon erzählte. Schon bemerkenswert, wie wir Weltenkinder immer dann, wenn uns der Arsch auf Grundeis geht, zu den anderen, denen mit Häubchen oder Tonsur und mit Glauben, flüchten. Erst tänzeln wir ein Leben lang durchs Leben – und dann, husch, Unterschlupf bei Menschen, von denen wir vorher nie Notiz nahmen.

Die Gäste gingen um 2 Uhr nachts.

Kampen, den 27. April

DIE ZEIT ist verkauft! Ein Schock. 7 Monate nach dem Tod des Gründers – also nicht einmal die «Witwen-Schamfrist» einhaltend – ist die stolzeste, unabhängigste Redaktion (denn eine Zeitung IST die Redaktion, nichts anderes – es gibt da keinen Besitz, keine Häuser, nichts: Eine Zeitung kann man unter wenigen Hüten aus dem Hause tragen – – – oder eben verkaufen) bei Nacht und Nebel verscherbelt worden. Übrigens ohne irgendeinen Protest – kein Helmut Schmidt, keine Dönhoff: Sie starren eben auch wie jeder kleine Angestellte auf den monatlichen Lohnstreifen (beide vermögende Leute!) und kneifen ihren harten kleinen gräflichen Arsch zusammen.

Schwer zu definieren, was sich an «Charme» ändern wird – es ist ja ein spezifisches Parfum, das DIE ZEIT hat oder ausmacht – die winzigen Bürozimmer ohne Knautschledergarnitur und Kendzia-Palmen (die Dönhoff ohne Vorzimmer, einfach der kleine Raum mit Winz-Sofa!) oder der 90jährige René Drommert, der vor 60 Jahren mal irgendeine Funktion hatte und dem man ein Bürozimmer gelassen hat mit Dutzenden von russischen Zeitungsabos, *Prawda* und *Iswestija* und *Novyj mir* und *Literaturnaja Gazeta* – nie mit einer Zeile «ausgewertet» oder zitiert, alles zusammen pro Jahr gewiß eine beträchtliche Summe kostend; wie auch des alten Leo Büro, wo er wie seit Jahrzehnten seinen Orangensaft für den Gin preßt (früher: pressen ließ).

All das – selbst, wenn's Äußerlichkeiten sind – wird jetzt gewiß weggebürstet mit einer Konzern-Stahl-Bürste; für den jämmerlichen Preis von DM 150 MILLIONEN, während Gründer/Besitzer Bucerius 1½ MILLIARDEN hinterließ, die in einer Stiftung eingefroren sind, die alles darf auf der Welt, vermutlich blinden Inderinnen beim Teppichweben helfen, nur eines auf keinen Fall darf, qua Satzung: der ZEIT helfen. Er hat das eigene Kind ermordet, in Eis gestellt und behaglich erfrieren lassen. Heiliger Freud.

1. Mai

(Das Datum, zu dem ich als Student die Demonstration floh, bei der das GERMANISCHE (!!) INSTITUT geschlossen an Ulbricht vorbeiziehen mußte; ich hingegen sauste zum Kudamm und löffelte Riesen-Eis-Becher in mich hinein. Das war MEINE Demonstration.)

Gestern einigermaßen bemerkenswerter Abend mit Felix Schmidt und 2 seiner Jung-Redakteure; bemerkenswert insofern, alldieweil deutlich, daß ich für die – die vor mir aufstanden, als ich an den Tisch trat; früher hätten sie die Hacken zusammengeklappt – Urgestein war, «Sie und Hans Mayer». Das ist für sie vollkommen dasselbe.

Sie wollen für ARTE einen Film zum Thema HOMOSEXUALITÄT UND LITERATUR machen, und ich soll als eine Mischung aus «Fräulein-Nummer», Zeitzeuge (!) und Experte die analytisch-interpretatorischen Zwischentexte formulieren, mit denen «Takes» über Oscar Wilde (daher «Zeitzeuge» ...), Genet usw. eingeblendet werden.

Noch immer wuselt in mir das Unverständnis über den ZEITverkauf – von dem Felix Schmidt übrigens, der ja AUCH – wie alle, die nicht bei Bertelsmann sind ... – bei Holtzbrinck arbeitet – zu berichten wußte, daß der EINZIGE in der ZEITstiftung, der gegen den Verkauf, gar heftig opponierte – – – ausgerechnet Herr Mohn war. Den besten Kommentar hat der immer intelligente Schirrmacher in der FAZ geschrieben – der darauf einging, wieso da ein Stück Bundesrepublik den Bach runtergeht, UND der versucht zu definieren, was dieses ganz eigene ZEIT-«Parfum» war. Nächst-intelligent Benjamin Henrichs mit der Anmerkung, daß es ja auch etwas Genantes, Schmähliches habe, wenn «ein 50jähriger feststellen muß, er kann sich nicht selber ernähren», und muß Papa um die Miete bitten.

3. Mai

Ein «Gründgens-Abend» liegt hinter mir. Zu Gast waren Günter Gaus (und Frau), der Sohn des alten Exil-Verlegers Fritz Landshoff samt Antje, deren Schwiegervater er ist (da sie dessen Sohn, also den Enkel des eigentlichen Verlegers, einst geheiratet hat). Kurz zuvor, am späten Nachmittag, rief jemand von der ASPEKTE-Redaktion an, ob ich «3,20 zu Kesten machen» könne; das ist heutzutage der Stil, mit dem man einem den Tod eines Schriftstellers mitteilt. Gräßlich, diese Kulturverkommenheit – die ja nicht IMMER so komische Formen hat wie der Felix-Schmidt-Abend (von dem übrigens heute ein Honorarvorschlag kam, der auf wiederum andere Weise die «Verkommenheit» der Medienwelt zeigt: nämlich so hoch, daß ich es erst nicht glaubte – für EINEN Tag Arbeit bieten die das Doppelte von dem, was ich für den gesamten neuen Essay-Band an Buchhonorar erhalte!).

Gründgens also wegen Kesten, so sonderbar sich das anhört: Ich begrüßte meinen Gast Landshoff: «Wir wollen ein Glas auf den alten Kesten leeren – er war ein zänkischer Freund, übrigens gemeinsam mit dem auch gerade gestorbenen Wolfgang Koeppen mein PEN-Club-Bürge – und schließlich Autor und Lektor Ihres Vaters» – was, wie ich mich korrigieren lassen mußte, nicht stimmte, denn Kesten war «bei der Konkurrenz» Allert de Lange, war auch nicht, wie es die hartnäckige Fama will, «Entdecker» von Anna Seghers, da die – im 8. Monat hochschwanger – unter Pseudonym ihr Manuskript DER FISCHER VON ST. BARBARA an Fritz Landshoff geschickt hatte. So kamen wir über die Irrtümer und Legenden auf die Legende Klaus Mann, engster Freund (und m. E. mehr als das) von Fritz Landshoff, der aber seinerseits wiederum mit Gründgens befreundet war und blieb; sein Sohn – mein Gast – wohnte nach dem Krieg als junger Mann bei Gründgens (??!!) und erzählte nun nicht nur die schauerlichsten Geschichten von diesem in Wahrheit immer einsamen Mann, der schon morgens zitterte, wenn er abends Auftritt hatte, und dem Ruhm und Ruf, eisig zu sein, verboten, hinterher noch in der Kantine mit den Kollegen «einen zu trinken» – wie von Klaus Mann, der 1947 «heimlich» in Gründgens-Aufführungen in Berlin ging (müßte mal prüfen, ob das in Klaus Manns Tagebüchern steht) …

Da nun Gaus vor vielen Jahren einen seiner besten und inzwischen geradezu berühmten TVfilme mit Gründgens gemacht hatte, war der quasi der «steinerne Gast» des Abends – und wurde nur allmählich durch die mit steigendem Bordeaux-Konsum noch immer steigende Eitelkeit von Gaus vertrieben, der nicht und nicht loskommt von den 2 Sätzen «Als ich SPIEGEL-chefredakteur war» und «Als ich im diplomatischen Dienst war».

Die Pointe des Abends: DIE ZEIT wurde zwar verkauft – sie, die Zeitung bekommt aber das Geld gar nicht – sondern auch diese mickrigen Millionen kriegt wieder die Stiftung; die der ZEIT null Pfennig davon abgeben darf. Dieses Scenario hat nicht Marx, sondern Freud geschrieben, das hat nix mit Ökonomie zu tun, alles mit Psyche.

1. JUNI

Heine-Buch angefangen; brav, tapfer und pünktlich – auf diesem extra gekauften Papier, auf dem es sich «so schön schreibt».

Wird's «so schön»?

18. JUNI

Lettau tot: wieder einer weniger. Wenn meine Informationen stimmen, ist er buchstäblich STURZbetrunken bei der Feier des 90. Geburtstages seiner Mutter die Treppe runtergefallen, lag seitdem bewußtlos in der Intensivstation und ist vorgestern nacht gestorben. Die offizielle Version ist «Lungenentzündung» – derentwegen man ja eigentlich nicht Treppen herunterfällt; oder Herzinfarkt VOR dem Sturz. Wie immer; wieder ein Strich im Adressenbüchlein. Meine Erinnerungen schreibe ich heute hier nicht auf, nur den Nachruf, bin zu müde. Die Traurigkeit kommt erst jetzt in Wellen.

27. JUNI

Kann mir nur einen schrecklichen Dorian-Gray-Spiegel vorhalten: Immer und immer mehr werde ich zu einer grotesken, lächerlichen Figur, einem Mann wie eine Attrappe: vor Blumen, Kerzen und erlesenstem Mobiliar alleine zum Abendessen sitzend bei Mozart oder Hanns-Eisler-Platten, bei Weinen oder Champagner aus ichweißnichtwievielGläsern – – – und zugleich ein zurechtgeschminktes Gespenst, Impotenz schon im Kopf vorwegnehmend, allenfalls wie eine groteske Thomas-Mann-Kopie auf dem Wintergarten hinter den Palmen zu den halbnackten Maurern hinüberstarrend, die am Nachbarhaus arbeiten und die wahrlich herrlichsten Körper spielen lassen (manchmal habe ich das Gefühl, sie wissen, daß ich sie beobachte) – zwei junge, muskulöse, in Shorts vor allem – und sind leicht kokett: alles sehr ekelhaft. Ich widere mich an.

Wie kann man in diesem Zustand ein Buch schreiben? Oder kann man es gerade?

Zwischendurch 1 Tag in Bremen zu den ARTE-Fernsehaufnahmen über HOMOSEXUALITÄT UND LITERATUR, bei denen ich «der rote Faden» sein soll. Das sieht dann so aus: Ich muß zu Bildsequenzen sprechen, die ich nicht sehe, weil es die Aufnahmen noch nicht gibt, und werde nicht nur unterbrochen – Sie sollten 1,4 über Marlowe sprechen, es waren aber 1,8 –, weil Längen nicht stimmen (was ich als Zeitungsmann allenfalls verstehe); sondern auch unentwegt mit einem «Jetzt war das Bild blaustichig» oder «Wir hatten ein Kabelgeräusch im Mikro» oder «Die Verbindung zur Regie war unterbrochen» – also: Sieg der Technik. WAS ich sagte, war vollständig schnuppe, Hauptsache, das Hemd war nicht gestreift, und die Manschettenknöpfe blinkten nicht. Da ich FREI sprach, wurde es manchmal zur Groteske: Immer wieder begann ich: «Oscar Wildes Roman ist auf artistisch raffinierte Weise eine Inscenierung auf doppeltem Boden, weil ...» – – – und dann kam: «Stopp, bitte noch einmal, der Hintergrund ist zu dunkel/hell, unruhig, faltig.» Kultur im Fernsehen geht gar nicht. Es ist das Medium für die *Message,* für Nachrichten – *if so.*

16. Juli

Retour von einigen insofern schönen Sylt-Tagen, als das Wetter schlecht war – mißlich wäre ja GUTES Wetter gewesen, wegen Manuskript: So habe ich, scheint mir, gut gearbeitet, habe immerhin 300 (HANDSCHRIFTLICHE) Seiten fertig. Mein «Tages-Pensum» an Gesprächen betrug «2 Heringsfilets, bitte».

17. Juli

Gestern schräges Abendessen mit Schuldt, der mich in ein obskures türkisches Restaurant am Ende der Stadt bestellt hatte, ½ Stunde – verschwitzt in Radmontur – zu spät kam, weil ihm ein Reifen geplatzt sei, atemlos von Radfahrten bis Schweden und Finnland (!!!) erzählte, bei denen er «im Wald schläft», morgens um 7 sich im Regen wäscht, abends vor seinem Baumloch sich was «kocht» (?) und 7 Wochen dieselben Klamotten trägt, die, täglich durchgeschwitzt, allenfalls mal in einem Bach «gewaschen» werden. Jeder reist halt in seiner RELAIS & CHATEAUX-Kette …

Er ißt mit großem Appetit das halbgenießbare Essen, trinkt türkischen Wein – ich wußte gar nicht, daß es so was gibt – und erzählt pausenlos in schön gewundenen und nie abreißenden Sätzen von einer entlegenen Literaturzeitschrift in Paris, einem Schriftsteller, dessen Namen ich nie gehört, von Meetings in New York oder London mit literarischen Leuten, die ich nicht kenne: eine skurrile, nicht unsympathische Person, von der ich allerdings nicht genau weiß, warum WIR ausgerechnet uns gelegentlich treffen – – – denn eigentlich sind wir ja Antipoden.

27. Juli

Literaturstreiflicht: Wapnewski wird zu einem Vortrag innerhalb eines Vortragszyklus gebeten, in dem auch Joachim Kaiser einen hält. Da er weiß, wie teuer Kaiser ist, meint er schlau zu sein und schreibt auf die leidige Honorarfrage vermeintlich schlau und wapnewskisch-elegant, er möchte nicht MEHR als Herr Kaiser. Woraufhin eine ABSAGE kommt – da Herr Kaiser schon zu teuer sei, könne man sich nicht noch einen zweiten …

2. AUGUST

Vorgestern nacht ist die schöne Ursula gestorben – zierlich, verrückt und besonders, wie sie war in der Nacht, in der der Mond – ein riesiger Vollmond – der Erde in diesem Jahrhundert am nächsten stand …

War und bin über Gebühr traurig, habe mich in DER Nacht blitzschnell betrunken, habe unsere – allen Ernstes noch vorhandenen – alten Platten, PIAF usw. aufgelegt, förmlich GESEHEN, wie sie dazu tanzte, wie wir tranken, wie wir bis tief in die Nacht durch die Lokale zogen, wie ich mit Ledigs Chauffeur («Fahren wir wieder zu der hübschen jungen Dame?») spätabends nach der Rowohlt-Arbeit dort aufkreuzte, geklauten Gäste-Whisky unterm Arm, um auf die Reeperbahn zu rasen.

Sie war ein DITTE MENSCHENKIND, in ihrem inneren Anstand von all dem Dreck, in dem sie sich mit Behagen wälzte, nicht berührt, sie konnte in einer wüsten Kneipe, in der ein Betrunkener seinen Schwanz rausholte und auf die Theke legte, trocken sagen: «Pack ihn wieder weg, Schätzchen, ich hab schon größere Riesen gesehen», und sie nahm vom reichen Augstein, mit dem sie échappierte (was sie wiederum die «Ehe» mit Wunderlich kostete), kein Geld; wohl die einzige seiner Damen …

13. AUGUST (!!!)

Auszug aus einem Tagebuch – von Rühmkorf über Ranicki in der WOCHE; wobei interessant, daß er sich nicht zu schade zum Laudator eines Speer-artig inscenierten Geburtstags war; daß er Ranicki übelgenommen hatte, vor vielen Jahren, daß der einen jungen Rowohlt-Autor verrissen hatte – aber NICHT wegen des jungen Autors, sondern weil ER, Rühmkorf, den als Lektor «an Land gezogen» und nun zu fürchten hatte, sein Stuhl wackle (beiläufig: Er wackelte MÄCHTIG, Ledig wollte ihn längstens und immer wieder und bei der Gelegenheit endgültig rausschmeißen, ICH habe mich für ihn ins Zeug gelegt – den Dank kann ich in meinem Badezimmer zusammensuchen …); daß Grass, genau wie ich es ahnte und ihm auch vorgeworfen habe, bei jener Lesung in der jüdischen Gemeinde zu Frankfurt, die Ranicki einleitete, ihm zwei Zeichnungen geschenkt hat – was man ja wohl nicht mehr unter «Ich kann doch einer jüdischen Gemeinde nicht absagen» verbuchen muß.

Wieviel lieber ist mir dagegen der vollständig zerstörte Thomas Brasch, der gestern 2mal – nach sehr langer Zeit – anrief und NUR zusammenhangloses Zeug redete, offenbar schwer drogiert (was klingt wie ein schwer Betrunkener), ein unkontrollierter und wohl auch nicht zu kontrollierender Wasserfall, der Steine, Schlamm, Baumwurzeln und totes Getier herunterschwemmt: Stasi und Goldhagen, Juden und Schwule («Ich Altersschwuler»), Berlin und San Francisco, AIDS und Wichsen, kleine schöne Schimmersteine («Deine Augen haben Hände» habe ein Schwuler zu ihm auf der Straße gesagt) und hochseltsame Bekenntnisfetzen («Raddatz, ich liebe Sie»), dazwischen wieder SPIEGELschelte, ZEIThäme, Raddatz-Geschimpfe oder die Beichte, seit Monaten mit keiner Frau mehr geschlafen zu haben (was wohl das Kokain anrichtet; nur: WAS ist so schön daran, es zu nehmen?).

Es war ein Hörbild des Jammers – und hatte doch was Großes. Der kann wenigstens noch kaputtgehen an dieser Welt …

16. August

Über die Verkichertheit unserer Welt.

Vorvorgestern und vorgestern «Auftraggeber»-Diners, was heißt: ein Abendessen mit Skierka (MERIAN) und ein Abendessen mit Marlis Gerhardt (SR). ABER: Beiden, obzwar nette, gebildete und kultivierte Leute/Leutinnen, ging es doch fast immer den ganzen Abend lang nur um Klatsch. Die «Geschäfte» wurden eher widerwillig-nebenbei, gleichsam zum Dessert besprochen, ansonsten ging es NUR darum, ob Michael Naumann nun doch zur ZEIT, Karasek dagegen vom SPIEGEL wegginge (beides stimmt nicht mal), ob Karasek von seiner Frau getrennt oder Enzensberger nicht eben doch schwul sei (was mich beides für keinen Pfifferling interessiert), komisch-traurig allenfalls die Geschichte von einem «Adoptivsohn» Hans Mayers, Gärtner, glaube ich, oder Tischler oder so was, selbstverständlich glücklich verheiratet mit Kinderchen, alles das Modell Golo Mann –, für den/die der fast blinde alte Mann noch Geld heranschaffen muß, weil «sie bauen doch gerade, und DAS ist doch so teuer». Die alten Schwulen, die sich irgendwann vor Urzeiten von solchen Halbstrichern haben durchficken lassen und sie nun zur «Familie» erküren, ausgenommen werden für den Rest ihres Lebens, weil die liebe Ehefrau für sie bei ALDI einkauft oder ne Suppe kocht – gibt es was Traurigeres?

Das, sozusagen, hatte noch etwas Ernsthaftes, Tragisches. Ansonsten boten beide Abende keine Minute etwas, das man «intellektuelles Gespräch» hätte nennen dürfen. Die Kicher-Mattscheibe in den Kopf von Intellektuellen einmontiert.

24. August

Gäbe es doch die Computertomographie des ZEITfeuilletons. Für das ich gestern mit vehementer kleiner Rede in der allgemeinen Konferenz eintrat, das am späteren Abend zum Chefredakteur ins Heim gebeten war, wo eröffnet wurde, daß Frau Löffler die neue Chefin sei.

Nun tobt das Entsetzen, man telefoniert bis Bali (wo Henrichs seinen 50. verbringt), will protestieren, kündigen, die Arbeit verweigern – woraus SELBSTVERSTÄNDLICH nichts wird – – – – sowenig Michaelis die Einladung, wie er in seinem emphatischen Klageruf androht, verweigerte, vielmehr brav dort bei Tische saß.

O du doitscher Journalismus.

KAMPEN, DEN 1. SEPTEMBER

In einem Interview erzählt der jüdische, weiland emigrierte Kunsthändler – und dann auch noch Kunstsammler – Berggruen, wie der Chocolatier Ludwig bei ihm in Paris ein Bild kaufte, der Rahmen war aber nicht in Ordnung, Würmer; «Was machen wir da?» – «Tja, was machen wir da?», worauf der Riese Ludwig noch riesiger wurde und mit Stentorstimme rief: «Vergasen, Herr Berggruen, vergasen» (tatsächlich kriegt man Würmer aus dem Holz per Gas raus – dennoch).

Vor paar Wochen intervenierte ich, gleichsam ZUGUNSTEN von Goldhagen, daß seine Replik in der ZEIT zu lang, zu selbstgefällig sei – weniger wäre mehr gewesen, man habe ihn durch diesen Endlosabdruck um die wichtige Wirkung gebracht. Darauf Ted Sommer: «Ich werde mir doch nicht in der New York Times nachsagen lassen, ich hätte den Juden Goldhagen noch einmal beschnitten.» Das Hahaha der Konferenzrunde wollte kein Ende nehmen.

Der Herr Wiesengrund, der es liebte, unter dem Namen Adorno zu publizieren, sagt über Heine, der habe sich die Sprache «fungibel» gemacht, sie gleichsam zur Glätte «genötigt», weil er «ein Fremdling» gewesen sei, nicht in ihr gewohnt habe. Der krummnasige schwarzlockige Jude Heine hat die blondäugige doitsche Sprache vergewaltigt. Sagt der Jude Adorno.

KAMPEN, DEN 3. SEPTEMBER

Rentner.

Hotel Kempinski, Berlin, den 17. September

«Rentner-Tag».

Abendessen mit einem so temperamentvollen wie abstinenten Brasch, trinkt keinen Tropfen Alkohol, erzählt – O-Ton FJR –, daß ihm Theaterleute, ein Herr Wuttke vom BE, nicht einmal mehr auf Briefvorschläge antworten.

Las mir erbarmungslos in einem 6.klassigen Ristorante Texte vor, die ich allerdings 1. klassig fand. Prosa von einer Dichte wie lange nicht gelesen.

Danach zu «Kati» – der Thalbach, von der er lange getrennt, aber nie getrennt. Kein Tropfen Alkohol im Haus, ich bekam nicht mal ein Glas Schnaps, sie – wie eine müde, alte Maus – saß auf dem Sofa einer schauerlich-unaufgeräumten Wohnung – kämmte ihre Katze, rauchte, schwieg. Kam mir mit meinen alten DDR-Geschichten alt, *démodé* und unangebracht vor. Meiner raschen Bitte um ein Taxi wurde nicht widersprochen.

18. September

Der Brasch-Abend ließ mich unruhig schlafen: Ist so jemand nun «freier» oder kümmerlicher – jemand, der nicht «wohnt», nur haust, der im Restaurant – Vorspeise ohnehin nicht – ein paniertes Schnitzel mit Kartoffelbrei bestellt (es sah aus wie von Claes Oldenburg), es nach 3 Bissen zurückgehen läßt und bei Espresso mit Coca-Cola bleibt; auch nicht gerade eine Siebeck-Zusammenstellung. Ist es gut, so unabhängig zu sein z. B. von dem Schnick-Schnack, mit dem ich mich umgebe (um-mülle?), der ja auch eine Belastung ist: Eben habe ich mehr als 20 Minuten damit verbracht, Bananenblüten in die neue riesige Jugendstil-Vase zu arrangieren. Ist jenes Leben «echter» – oder nur kurz? Ist es nicht auch Imitation, das ewige Brecht-Modell? «Weiber» – aber Kati ist immer da, Kati hieß dort Heli. Brasch hat auch etwas Unheimliches, wenn er etwa erzählt, daß er seit 6 Monaten keinen Sex mehr gehabt habe, daß er nicht mal onanieren könne: Ist das nicht ein VOLLSTÄNDIGER Beziehungsbruch, d. h., der einzige Lebensmittelpunkt und Zielpunkt ist sein Manuskript (und ist es dafür gut genug?). Er gibt mir nach wie vor viele Rätsel auf – aber übt auf mich auch einen starken Sympathie-Magnetismus aus, stark wie eigentlich kaum ein «Kollege».

23. SEPTEMBER

Das, was man «die Hamburger Gesellschaft» nennt – und was, verglichen mit Paris oder New York, eben keine ist; sondern die Tagung eines Taubenzüchtervereins –, ist schon ein wunderbares Phänomen.

Am Donnerstag also wieder so ein *«Cocktail prolongé»* in dem, was Graf und Gräfin selber, GEDRUCKT, auf der Einladung ihr «Stadtpalais» nennen, zu Ehren eines Menschen, den die paar Leute, die ich wiederum kannte, NICHT kannten: Nobelpreisträger aus Peru oder Gitarrist aus Argentinien, wurde geraten. Es war aber ein Schuh-Designer! Dem zu Ehren übrigens der Hamburger Bürgermeister ein Frühstück im Rathaus gegeben hatte (vermutlich macht er eine Leiser-Fabrik auf).

Die Dialoge spielen sich dann so ab: «Ich verehre Sie so, habe Sie immer verehrt», sagt jemand zu einer verblühten Schönheit. Als ich mich erkundigte, stellte sich heraus: Nadja Tiller. Nicht die Garbo! Man verehrt eine 18.klassige Kleindarstellerin – nicht zuletzt, weil die 17.klassige namens Nicole Heesters nicht da war. Dieses Mal allerdings gab es erstklassiges Essen – was wiederum pointenreich war: Gisela Augstein kam gerade atemlos in den «Salon», berichtend, daß auf der Eingangstreppe (sehr schön, zugegebenermaßen) mehrere Leute gesagt haben: «Was, der Raddatz ist hier, das traut der sich, nach allem, was er über dieses Haus geschrieben hat?»

Tatsächlich hatten einige Leute bereits die Fahnen von meinem neuen Roman gelesen – und die «Essen-auf-Rädern»-Scene nicht ganz unrichtig übersetzt als Schilderung dieses Hauses. Truman Capote in der Provinz –.

Mich noch immer verblüffend, *recte:* abstoßend: dieser *merry-go-round*, mit dem die diversen Ex-Damen sich statt auf Karussell-Pferde auf Augsteins Besitzungen schwingen. «Ich war diesmal nur 4 Wochen in Saint-Tropez» (wo er einen großen Besitz, neben der Bardot, den er dazukaufen will, hat); denn «Maria kam ja dann». Ist es denn den Frauen nicht unangenehm (die alle schwer reich abgefunden, also in der Lage sind, sich ein gutes Hotel zu leisten), in das Bett zu schlüpfen, in dem eben noch die – ehemalige – Rivalin schlief und, wer weiß, der ehemalige Ehemann mit …? Wie altmodisch-nobel dagegen jenes «Ich gehe», schweigend, stolz, endgültig (und nie einen Pfennig nehmend) der Mary, als sie Tucholsky verließ. Und was geht in IHM, dem Herrn der Häuser, vor, in die sich nun die Ex-Frauen drängeln? Er KANN ja nichts anderes als ein Zyniker (geworden?, schon immer gewesen?) sein – eben KEIN Satiriker, der die Welt anders haben will und daran leidet, DASS er sie nicht ändern kann, und DAS singt: von Heine bis Tucholsky. DAS ist der große Unterschied – deswegen haben DIE ein Werk – – – und der hat ne Illustrierte.

Die Morgenpost berichtete, ich sei bis 5 Uhr morgens geblieben – ich war um 22 Uhr gegangen.

1. Oktober

Postskriptum. Das Sonderbarste zum Thema «Empfindlichkeit». Heute werde ich bei meinem Heilpraktiker mit der Nachricht empfangen, mein Sekretariat habe angerufen. Rückruf. Keine Antwort. Auf die Behandlungsbank. Durch den Kopf – weil Frau Schulze dort nur in SEHR dringenden Fällen anruft – rasen Gedanken vom Tod von Grass, Unfall des ZEITchefredakteurs, Verkauf der ZEIT, SPIEGELverriß des Romans. Meine Vene schließt sich – die Infusion muß abgebrochen werden. Nun erreiche ich Frau Schulze. Es geht um eine Hotelreservierung. Die Infusion kann neu begonnen werden. Die Vene ist normal.

HOTEL DORINT, FRANKFURT, DEN 3. OKTOBER

Zweiter Messetag und schon einer zuviel. Nicht nur das Geplapper: «Sie auch hier» und «Wir müssen uns mal sehen» (während man sich sieht) zerquirlt einem den Kopf, auch der letztlich uninteressante Klatsch, daß Herr K. nun zum «Tagesspiegel», Herr S. zur «Berliner Zeitung» geht, was wohl mit der neuen ZEITfeuilleton-Dame Löffler wird, zermürbt mich. Nur selten lustig und meist peinlich: lustig, daß der FAZ-Herausgeber Schirrmacher mir «unbedingt ein wichtiges Angebot» machen will, peinlich, wenn der Neu-Berliner Verleger Conradi mir sagt: «Alle singen überall Ihr Lied, es war das beste Feuilleton der ZEIT, erst gestern sagte mir X.: ‹Die Löffler schafft das nicht, dazu braucht es eine überragende Persönlichkeit (!) wie FJR›», und, als ich lachend sagte: «Ach, ich kenne inzwischen diese Nachrufe – wenn ich wirklich tot bin, wird man so auch über meine Romane reden», antwortete er kühl-wegwerfend: «Das ganz gewiß nicht.»

Doitscher Charme.

13. OKTOBER

Das Absurdeste auf der Frankfurter Messe war wohl jene Lesung im RÖMER, die als wichtig gilt, vor allem, wenn man in DEM Teil dabei ist, der anschließend im TV gesendet wird. Ich WAR dabei, nämlich Nummer 2 – wurde aber «angenommen» von einer Dame Marx, die eigentlich nur Negatives oder Törichtes («Wann schreiben Sie endlich mal den saftigen Schwulenroman») zu sagen wußte. Als sie gar «entdeckte», mein Roman folge doch der Fernsehdramaturgie à la Schreinemakers, denn er sei doch so «assoziativ», platzte mir der Kragen (und wenn mir der Kragen platzt, bin ich gut), verbesserte sie, daß sie wohl die Fremdwörter verwechsle, das Fernsehen, zumal das von Frau Schreinemakers, sei nicht assoziativ, sondern additiv, nach dem Rezept: «Man nehme eine Domina von der Reeperbahn, einen AIDSkranken Schwulen, einen verprügelten Türken» – während Kunst das Incommensurable bündle, Divergierendes unter einen Stil-Willen, zu einem GANZEN zwinge, man doch aber beim besten Willen beim TV nicht von STILwillen sprechen könne – na, und so. Ob nun mein Ausbruch oder ihr kleinlautes «Eigentlich haben Sie recht» – – – – der ganze Beitrag wurde herausgeschnitten. Da jammert man über Zensur in der DDR. Was ist das?

18. Oktober

Gestern «Tee» mit der feschen neuen Feuilleton-Domina («Keinen Alkohol, bitte»): Die hat die strammen Oberschenkel auch im Kopf, wird dieses Rodeo siegreich und lange reiten und vor allem die Damen («Das Mädel muß mal ein bißchen …», sagt sie über die Radisch) und Herren zureiten. Da sie weiß, in welch marodem Zustand das ZEITfeuilleton ist, UND da sie weiß, daß sie also alle Unterstützung von Chefredaktion und Eigentümer fürs erste hat (sie war sogar bei Holtzbrinck in Stuttgart; er nimmt also auch SEINE Zügel in die Hand), wird sie sich ganz schön durchfräsen. Wie gut, daß ich der *«elderly statesman»* bin, um dessen Gunst sie anscheinend buhlt (vermutlich auch *«gebriefed»* – der Mann ist eitel, machen Sie ihm Komplimente, dann kommen Sie mit ihm zurecht), daß ich nicht im Tagesgeschäft mit so jemandem bin.

Die Person ist nicht dumm und gewiß sehr belesen, aber doch TV-verdorben: Schnell und «vor den anderen» sind ihre Haupt-Kategorien, Inhalte kamen nicht vor, nur Namen, «Promis» drucken, rasch, rasch. Da ist sie auch zu Kotauen bereit – eine der hübschen Pointen: Sie will «nach Canossa», i. e. zu Christa Wolf fahren, und der Herr Chef will sogar mitreisen: Eine mächtige Zeitung verbeugt sich vor einer Autorin, die sie vorher beschimpft hat. Das tut sie aber nicht aus besserer Einsicht, aus wahrem Respekt, aus der Erkenntnis, daß ein Künstler (auch in seinen Irrungen) immer mehr ist als eine Zeitung – sondern aus Marktinteresse. Sie will «attraktiv» sein, und das heißt, gekauft werden – und deswegen rast die neue stramme Dame von Walser zu Enzensberger zu Peter Hacks und eben zu Christa Wolf. Nicht, weil deren TEXTE sie – sie: die Dame wie die Zeitung – besonders interessieren, sondern weil sie dem JOOP-Schrei des kapitalistischen Dschungels folgen.

23. Oktober

Besonders netter Anruf von Thomas Brasch zu meinem Roman, den er – wie schön-uneifersüchtig – glänzend gelungen findet: «Wie schön, daß Sie ein Schriftsteller sind. Ich küsse Sie für den Roman.» Das ist rar unter Kollegen.

Übrigens ähnlich ein Anruf von Platschek. Nun schwindelt der immer, wenn auch auf angenehme Weise.

26. Oktober

Der erste Verriß des Romans ist also da – ausgerechnet von dem «jungen Mann», der danach lechzte, sich mir auf der Messe vorstellen zu dürfen als neuer Literaturwart der WELT. Warum tut so jemand das – wenn er das Messer schon wetzt? Und warum dürfen solche Leute so ungeahndet anstandslos schartige, rostige Messer wetzen: Oliver (im Roman) liebe auch Männer: kein Wort davon, er sagt sogar einmal expressiv verbis das Gegenteil. Ein Wortwitz, «wann ist man ein älterer Männer», wird als Stilblüte denunziert. Daß AIDS oder Ausländerfeindlichkeit vorkommen (in einem Buch, dessen «Held» ja Ausländer IST!), wird mir als Stammtischsammelsurium angelastet – käme es NICHT vor, wäre ich der Elitäre, den die böse Welt nicht kümmert. Nun ja.

Der «elitäre Intellektuelle» (bei Leuten dieses Jahrgangs ein Schimpfwort à la Goebbels) kommt auch im neuen Memoirenbuch von Helmut Schmidt vor – seitenlang Raddatz (und Lenz und Grass), eine Privatabschrift unseres seinerzeitigen Interviews am Brahmsee, bei dem offenbar ich ihn besonders geärgert. Ich nehme das als Kompliment dieses Mannes, für den Kunst Inge Meysel ist und, wenn's ganz avanciert wird, Nolde. Wenn er wüßte, daß beide, Lenz wie Grass, damals außer sich vor Wut waren über sein herrscherliches Gebaren, beide erwogen, das Gespräch (das dann in der ZEIT erschien) nicht zum Druck freizugeben – und Grass vielmehr einem anderen «Druck» nachgeben mußte, nämlich dem auf die Blase: unvergeßlich, wie er dem von mir angemieteten Chauffeur sagte «Halten Sie mal» und der, ganz feiner Kutscher, fragte: «Zu welchem Behufe, Herr Grass?» und Günter schnauzte: «Zum Behufe des Pinkelns.»

Nicht tröstend, eher komisch der ewige Gleichklang mit Freund Wunderlich, bei dem gestern abend zu einem höchst vergnügten Abendessen; er erzählte nicht nur vom komischen Hemdenkauf bei Turnbull & Asser während seines Londonbesuchs anläßlich einer großen Ausstellung seiner jüngsten Arbeiten, wie er große Packen 50-Pfund-Noten zückte und der feine Bediener immer feiner und stummer wurde: Die Banknoten waren uralt und nicht mehr gültig; er erzählte aber AUCH, daß die EINZIGE Ausstellung, die IRGENDWO zu seinem 70. im nexten Jahr geplant wird, eine in – – – – – Eberswalde ist! Weil er dort leider geboren … Nix Paris, New York oder auch nur Hamburg. Eberswalde. Das trifft sich mit meiner «Triumphreise» übernächste Woche nach Dresden und Leipzig oder mit dem heute eingetroffenen Honorarangebot von 700 DM für eine Lesung in Frankfurt (was selbstverständlich abgelehnt wird).

31. Oktober

Miscellen der Verwunderung. Auch der Verwundung.

Dieser Tage Abendessen zu viert mit Ralph Nash und Joachim Helfer, bei dem zweierlei verwunderlich. ICH hatte, um Manier zu zeigen – da wir in ein Restaurant gingen –, vorgeschlagen, ICH lüde Joachim und RALPH lüde Gerd ein, also das, was ich eigentlich als typisch deutsch verachte: «getrennte Rechnung». Zu meinem Erstaunen akzeptierte der reiche Mann – UND ließ MICH, als die Rechnung kam, den Wein FÜR ALLE bezahlen (was meine Rechnung doppelt so hoch machte wie seine).

Ein Thema bei Tisch war Joachims Unglück: Es mache ihn nervös, mit nunmehr 32 Jahren keinen Pfennig eigenes Geld zu verdienen. Mein «Dem kann ja abgeholfen werden – dann VERDIENE es halt, viele Autoren müssen und mußten das ihr ganzes Leben, Heißenbüttel, Jürgen Becker u. a.» wurde offenbar als Ungehörigkeit genommen; ich wurde zum einen auf Proust verwiesen (der aber VON SEINEM EIGENEN Geld lebte!) oder auf die Rolle der Mäzene – etwa bei Rilke. Gut, gut – nur dann nicht über das harte Schicksal klagen, genug Geld vom Freund zu bekommen.

Mit der hübschen Pointe, daß DER nun zu allen möglichen literarischen Kolloquien und Stipendien MITreist, allen Ernstes in diesen Landschulheimen mitwohnt, etwa jüngst in Budapest, obwohl das INTERCONTI gegenüber (wo er auch morgens die Zeitungen holte).

24. November

Rührend das Echo auf meine Ost-Lesereise. In gewisser Weise ist dort noch die alte Lese-«Erziehung» vorhanden, auch ein spürbarer Respekt vor dem, der was macht: immer Begrüßungsschreiben im Hotel, mal Blumen, mal Meißen-Wein. Wie lange wohl diese Mischung aus «Gehorsam» (gegen «oben», und Schriftsteller waren im Osten «oben», nicht nur gesellschaftlich, auch als «Propheten», als Leute, die man fragte: «Sage mir, wie ich leben soll») währen mag?

BESONDERS rührend dann eine alte Dame im Brechthaus, die ich nicht erkannte – es war eine meiner beiden Sekretärinnen aus der alten VOLK & WELT-Zeit, also genau 4 Jahrzehnte her –, die mir ein kleines Bildchen – ihr mal gewidmet – schenkte, das sie also all die Jahre gehütet hatte: Manchmal denkt man, man hatte doch Wirkung auf Menschen …

27. November

Ist Reemtsma eitler, schreib-eitler, als ich wußte?

Er nennt sich allen Ernstes «Professor», nimmt den LESSINGPREIS der Hansestadt Hamburg an, der doch für ein WERK vergeben werden sollte und nicht für – sehr lobenswerte – mäzenatische Betätigungen. Er benimmt sich wie eine Art intelligenter Pop-Star. Es muß nichts Schöneres geben, als unter der Qual, berühmt zu sein, seufzen zu können …

5. Dezember

EIN LEBEN LANG VERGEBLICH LERNEN, WAS LEBEN IST – so ähnlich, nur schöner und genauer formuliert, heißt es in Becketts ENDSPIEL, das ich vergangene Woche wieder einmal – mit Vater und Sohn Bennent glorios besetzt – sah und das mich diesmal tiefer als früher beeindruckte. Nicht nur diesen einen Satz befand ich für so gültig, Überschrift nicht nur dieses verronnenen und schwierigen Jahres. Mag sein, ich war noch nicht reif für Beckett, als ich all diese Stücke sah, es kann ja kein Zufall sein, daß ich nie über ihn gearbeitet/geschrieben habe.

Das wird sich ändern – mir fiel so viel ein an diesem Abend, daß ich dann doch noch einen Beckett-Essay plane; allein dieses Stück, existentialistischer Gegenentwurf zu Brechts PUNTILA, der abgeleitet von Hegels Herr-und-Knecht-Idee, Beckett wohl eher von Schopenhauer und Kierkegaard – – – – das wäre schon lohnend, zu untersuchen.

Ansonsten waren es wirre Tage des Jahresendes, das in gewisser Weise beschleunigt naht, weil ich ja übermorgen nach Gran Canaria fliege, also die eigentliche Weihnachtszeit «ausspare»: der nette, aber hilflose Besuch meiner Heine-Lektorin, deren «Es ist ja sehr intellektuell» gewiß nicht NUR Kompliment war; der zweifelhaft-enthusiastische Brief des Heine-Verlegers, der hinter dem Jubelvorhang über die ersten 200 Seiten doch «muß noch vertieft werden» hervorflüstert – wobei mit vertieft wohl gemeint ist «verflacht»; denn es ist ihnen zu wenig erzählt, zu viel interpretiert: Ich bin der Pfeffer, der durch die Mühle gemahlen wird.

Wobei eines interessant: Es kann gut sein, daß ich mich (falls das noch geht) ver-intellektualisiere – – – da ja mein Leben tatsächlich nur noch im Kopf stattfindet, ich mich vergnüge einzig und allein beim Denken und Schreiben. So interessiert mich auch in der Tat wenig, was Heine aß, trank, wie er sich kleidete und mit wem er (nicht) schlief, als was er wann worüber wie dachte und wann er das revozierte. Für eine BIOGRAPHIE vielleicht wirklich nicht die ganz richtige Voraussetzung.

An dieser Ver-Intellektualisierung mag auch meine häufige Verdrießlichkeit liegen, weil ich nicht begreife, wie Menschen so kenntnislos, neugierlos, interesselos durch die Welt schlendern.

Hotel Palm Beach, Gran Canaria, den 24. Dezember

Grauer Nachtrag zu 2 Sonnenwochen, die aber nicht «innen» sonnig gewesen. Für die Haut gut, für die Seele nicht: So könnte ich diese 14 Tage summieren, auch nicht fürs «Empfinden», wenn man darunter auch ästhetisches Empfinden summieren mag: so viele so häßliche Menschen, grauenhaft gekleidet, meist nackt oder halbnackt den Strand verseuchend, «Vati» schon morgens um 10 vor dem Skat sein 1. Bier kippend, «Mutti» mit Hängetitten und Rucksack: ein Graus.

Verstörend auch, fast einer analytischen Studie würdig: wieso Erwachsene, Menschenmänner zumal, den ganzen Tag nur DÖSEN können, Tag für Tag in irgendeiner Liege – entweder ordinär und billig am Strand oder «fein» und teuer am Hotelpool – liegen, Stunden um Stunden, und NICHTS tun, nicht mal lesen; WENN sie lesen, ist es DIE BUNTE oder MARIE CLAIRE, DIE ZEIT wäre schon zu anspruchsvoll, ein Buch «kommt nicht vor» – für wen schreibt man seine Bücher eigentlich, seine ZEIT-artikel? Sind die Menschen – von diesem wild gewordenen Kapitalismus – derart verbraucht? Sind sie – eben von dem – derart verdummt, ihre Neugier aufs Format der Mattscheibe reduziert und ihre Phantasie reduziert aufs Nachahmen von «Cocktailglas am Swimmingpool», was sie auf irgendeiner Werbefotografie gesehen haben? Oder «Sekt zum Frühstück» – wer will das?

Kampen, den 31. Dezember

Bilanz? Wohl nicht möglich.

Das EIGENTLICHE ist ja der heranschleichende – Tod: je näher er kommt, desto rätselhafter, inakzeptabler. Nun hat so ein Gehirn das alles aufgesogen, z. T. begriffen, verarbeitet (die gesamte MODERNE), hat gefragt, geantwortet, in Zweifel gezogen; hat vielleicht doch ein wenig an einige wenige Menschen weitergegeben – und dann ist es weg wie ein Ei, das auf die Küchenkacheln knallt, aus, vorbei, vergessen? Obwohl man WEISS, daß es so mit Leonardo und Picasso und Thomas Mann ging – ist es nicht zu BEGREIFEN fürs eigene Leben.

1997

8. Januar

Dieser unerträgliche Intimitätsterror unserer «Moderne»:

Der Versicherungsvertreter, der mich in Kampen besuchte, weil die Police 25 Jahre alt ist, erzählte mir doch allen Ernstes von den psychischen Störungen seiner Frau und Verbrennungen seiner Enkelkinder beim Urlaub auf Hawaii (nicht, ohne mir die Fotos der Bälger zu zeigen), und mein «Anlage»berater auf der Bank (wo ich heute großkotzig den soeben ausbezahlten Betrag des Presseversorgungswerks «in Dollar investierte», kam mir 2 Minuten lang vor wie Herr Reemtsma) erzählt mir glatt von seinen Ferien, den Kindern, daß er aber mit Freunden dort auch «ordentlich einen draufgemacht» habe. Nachdem ich auch für die Tucholsky-Stiftung mit einem großen Betrag «in Dollar gegangen» war, sagte er abschließend: «Klasse.»

12. Januar

Unersprießlicher Spaziergang übers Eis (!!): Die Alster und die Kanäle sind zugefroren, und ich wanderte mein Leben zurück: vorbei an der Wohnung im Leinpfad, dann hinten «auf dem Fluß stehend» vor dem Agnesstraßen-Haus, zurück, die Brüstungs-Böschung hochkrabbelnd hier hinein in den Wintergarten der Heilwigstraße, voller blühender Orchideen, Amaryllis usw. – – – –

Dies ist gewiß die schönste, eleganteste und großzügigste aller meiner Wohnungen: Aber der Leinpfad war heiterer, wo Damen und Herren allnächtlich sich die Tür in die Hand gaben, wo ich «VOLLE Pulle» mit meiner Arbeit bei Rowohlt identisch war, wo ich noch die Oberherren der ZEIT empfing, als sie mich engagierten, ich mich also noch einmal «volle Pulle» in jene neue Aufgabe stürzte, wo allerdings das Eckfried-Drama sich abspielte (aber, denke ich heute, LEBEN war ja auch das). Dort, am Leinpfad, schrieb ich mein MARX- und mein HEINE-buch, das KUHAUGE, meine Habilitations-Schrift, dort war noch Mary Tucholsky zu Gast und Jochen Mund, nicht zu reden von Bloch, Feltrinelli, Giese, Ledig, Baldwin, Dutschke und – VOR ALLEM – Bernd. Es waren wohl meine schönsten, wichtigsten Jahre in Hamburg – damit meines Lebens –, die ich in dieser Wohnung verlebt habe, ich brannte an beiden Enden (während ich meine «Enden» jetzt nur noch salben und einbalsamieren kann ...), ich kaufte Bilder wie verrückt, ich ging aus, ich arbeitete (gut, DAS ist das einzige, was geblieben ist), dort hatte ich den ob der blauen Samtwände baffen Dutschke zu Gast ebenso wie Gabriele Henkel oder Augstein oder die Dönhoff, damals kam Leo noch verstohlen 5 Minuten NACH Petra, da saßen Fichte und Hochhuth, und dort warfen die verrückten Österreicher – Ossi Wiener und Konrad Bayer usw. – meine Picassovasen durch die Luft und schrieen: «Seht mal den Kitsch», während Chotjewitz nackt mit einer weißen Lilie in meiner Wanne und Rudi Hausner ebenso nackt, aber statt mit einer weißen Lilie mit einer seiner Studentinnen in meinem Bett lag (sie ist heute seine Witwe), Bazon Brock machte 20minütige Kopfstände, denen Siegfried Lenz applaudierte, und Brock hatte mir «signierte» Holzpantoffeln mitgebracht, die ich wegwarf, sie würden heute viel Geld bringen, denn signiert waren sie von – – – Beuys. Die schönen Knaben waren Legion, aber auch die diversen Larissas und Lindas, dort gab es reichlich *«assiette-à-trois»*, und dort hat Uwe Johnson Jane Ledig verprügelt. Diese Geschichte dieser Wohnung ist/wäre ein Stück Literaturgeschichte.

16. Januar

Die ganz großartige NIBELUNGEN-CD, die ich – von Wapnewski glanzvoll vorgetragen und interpretiert – an den Feiertagen auf Sylt hörte. DIE hat mich tatsächlich geradezu ergriffen, spannend wie ein Krimi, gebildet wie Shakespeare und blutrünstig wie die Nazis. Bei einem winzigen Detail merkte ich plötzlich, wie GERMANISCH ich bin: daß nach germanischem Verständnis das/ein Geschenk etwas Heiliges, und zwar auch heilig, ja: bindend für den Beschenkten, daß man etwa mit einem geschenkten Schild nicht kämpft gegen den Schenkenden und, daß es ein Treuebruch ist, mit einem geschenkten Schwert zu schlagen. Das ist bei mir – wie durch ein Sieb gerührt – dann in der Niedlichkeitsvariante gelandet, daß ich mich so sehr über «richtige» Geschenke – etwa Wunderlichs Leuchter zum Geburtstag – freue, gleichzeitig so ergrimmt bin über «falsche» wie den hingeklatschten Caviar von der Mondänen (Caviar kann sie ihrem Arzt schicken, aber doch nicht einem Freund – ? – zum 65. Eine reine Geld-Wegwerf-Geste, bestellt durchs Sekretariat) und warum ich selber so gerne schenke.

20. Januar

Er wiegt sich in der Musik ICH BIN DER VON BÖSEN REAKTIONÄREN VERFOLGTE ANTIFASCHIST, ohne mit einer Wimper zu zucken, daß ihm nun NACHGEWIESEN wurde: Er war weder im «Widerstandskampf» noch in Spanien, er war weder im KZ noch ist sein Vater in einem umgekommen; besonders ekelhaft der neckische semantische Schlenker, ja, der Vater sei nicht IM KZ, sondern AM KZ GESTORBEN: eine geradezu widerliche Wortspielerei als Rechtfertigung für eine Lüge, die ALLE, die wirklich im KZ umkamen, denunziert.

Doch interessant an der Sache ist ja nicht Hermlin und sein schamloses Sich-Winden, interessant, bedrückend ist die Doppelmoral der «Verteidiger», die bei einem Kommunisten als ruchlos anprangern, was sie bei einem «Rechten» selber praktizieren und in jedem Fall begrüßten.* Als de Man «entlarvt»

---

* Stephan Hermlin, mit bürgerlichem Namen Rudolf Leder, zählte zu den bedeutenden Schriftstellern der DDR. Er wurde 1915 als Sohn jüdischer Eltern in Chemnitz geboren, war Mitglied der DDR-Akademie der Künste, der Westberliner Akademie der Künste und Vizepräsident des Internationalen PEN. 1996 entzündete sich an seinem Werk eine der größten Literaturdebatten der Nachkriegszeit, ausgelöst durch Karl Corinos Buch «Außen Marmor, innen Gips. Die Legenden des Stephan Hermlin», das in einer minutiös recherchierten Studie Selbstauskünfte Hermlins mit den Fakten konfrontiert, die Corino in Archiven und andernorts zusammengetragen hatte.
Die Thesen Corinos wurden in allen Feuilletons des Landes diskutiert. Manche Journalisten witterten Demontage, «Haßgesänge», sogar Antisemitismus. Andererseits machte sich Empörung darüber breit, daß Hermlin jahrzehntelang mit einer erfundenen oder doch geschönten Biographie aufgetreten war und eine antifaschistische Legende befördert hatte.
Der Vorwurf bezog sich in erster Linie auf Hermlins Buch «Abendlicht» (1979), das von den meisten Lesern und Rezensenten als autobiographisches und nicht als fiktives Werk gelesen worden war, zumal sich Hermlin gegen diese Lesart nie gewehrt, sie vielmehr in Interviews bekräftigt hatte. Nun kam ans Licht, daß sein Vater eben nicht, wie angenommen, im Konzentrationslager umgekommen, sondern in London an Lungenkrebs verstorben war. Außerdem war Hermlin nach Corino weder Offizier im Spanischen Bürgerkrieg noch Mitglied der Résistance gewesen, und seine Mutter war eine galizische Jüdin und keine Engländerin. Fritz J. Raddatz setzte sich in einem großen Artikel in der ZEIT vom 18. Oktober 1996 mit dem Fall auseinander und betonte, daß fast der gesamte Text von «Abendlicht» in «vielfacher Variante vorher als deklariert autobiographischer Text publiziert worden» war. Er hielt allerdings auch fest, daß Hermlin zwar gelogen habe, ungeachtet dessen aber ein großartiger Schriftsteller bleibe, gerade auch in «Abendlicht».
Völlig frei erfunden war Hermlins Lebenslauf übrigens nicht. Sein Vater war, wie Corino anmerkte, tatsächlich einige Wochen in einem KZ interniert gewesen, und auch der Autor selbst entging 1942 nur knapp der Deportation, nachdem er in der französischen Armee gedient hatte. Hermlin starb 1997 in Berlin.

wurde als Reaktionär und Rassist, applaudierte dem die ganze Presse – dies hier ist wahrlich schlimmer. Der «armen Christa Wolf» darf man ihre Stasi-Kungeleien, dem «lieben Heiner Müller» sein Pups-Sofa, auf dem er gemütlich mit der STASI saß, nicht vorhalten, nicht mal, daß er eben DAS entsprechende Kapitel aus seinen Memoiren herausstrich – aber Höfer darf man abschießen. In Ordnung ist das nicht.

Mehr und mehr reibe ich mich (wund) an diesen Verabredungen, an dem jeweils zähen Label, das, einmal aufgepappt, hält. So ist's ja auch in ästhetischen Fragen. Am Wochenende – weil ich es halt wissen will – doch in Elfriede Jelineks STEKKEN STAB UND STANGL gegangen – ein (allerdings von herrlichen Schauspielerinnen köstlich dargebotener) Furz, ein Abiturienten-Witz, was die Machart betrifft, mit beflissen ineinandergerührten Heidegger-Celan- oder Pressezitaten (die niemand, der es nicht weiß, erkennt; kein Mensch begreift, was der Satz «1800 in der Stunde» bedeuten soll, wenn man nicht WEISS, daß das der Satz eines KZaufsehers ist: So viele jagte man pro Stunde durch den Schornstein). Das ist künstlerisch läppisch, moralisch fragwürdig und politisch bestenfalls Journalismus – – – – alles, was man Hochhuth hohntriefend ankreiden würde und was hier als avantgardistisch, neu und mutig bejubelt wird. Ein Sprach«spiel» aus «Die Informierten – die Uninformierten» würde man nicht mir, nicht Hochhuth – eigentlich niemandem durchgehen lassen. Hier ist es «toll». Eine Mischung aus läppisch und infam, was uns da eine subventionierte Bühne anbietet. Vom Applaus umbrandet.

21. JANUAR

Soeben – 17 Uhr 40 – ist mein Harry gestorben. Fühle mich ungebührlich, wie ein «Verräter» und traurig: Ich habe ihn geliebt, bin so tief in ihn eingetaucht, er wird mir fehlen, und ein seltsames Schuldgefühl beschleicht mich, als sei es zum Schluß zu rasch gegangen.

Spät am Abend

Traurigkeit – Balzac hat über den Tod seiner Figuren geweint; aber Harry war ja gar nicht «meine», eine von mir erfundene, Figur; oder doch? – und dies seltsame Schuldgefühl. Habe mir zum Abendessen die Lederer-Heine-Skulptur auf den Tisch gestellt, Kerzen drum herum, habe ihn gestreichelt, mit ihm gesprochen, auch kleine lustige «Verabredungen» getroffen à la «Ich war gut zu dir, sei du auch ein wenig gut zu mir». Was für ein sentimentaler Hund ich bin. Peinlich. Aragon-Ferré und Ferrat-Platten, sehr unlogisch; oder doch nicht: französische Melodiösität.

Leere.

27. JANUAR

Meine Träume immer bedrohlicher, und zwar BEIDE Kategorien: die gänzlich, bis ins farbigste Detail, bis in den genauesten Dialog ERFUNDENEN wie die «auf den Spuren» existierender respektive existiert habender Personen: kürzlich Marlene, ganz genau, bis in die Stimmfärbung hinein, im selben braunen Hut und kleinem Kostüm, in dem ich sie damals kennenlernte und mit ihr bei Lembke aß. Nur: Was geht mich Marlene Dietrich an, wieso regiert sie einen Traum? Ob es die – tatsächlich amüsante – Zarah-Leander-Platte war, die Gerd mir geschenkt und die durchaus klarmacht, daß sie die Nazi-Ersatz-Marlene war; übrigens seltsam verrucht und mondän, auch frivol, gelegentlich «Ich bin doch zu schade für einen alleine» paraphrasierend, keineswegs «Die deutsche Frau schminkt sich nicht» oder die blonde Dutt-Trägerin, die auf Männer an der Front wartet.

Oder Ledig – ein dramaturgisch haargenau «ausgeführter» Traum. Doch Ledig ist doch lange aus meinem Leben verschwunden? Kann es sein, weil er damals – «Hier ist Rowohlt, ein junger Mitarbeiter von mir möchte so gerne ...» – die Verbindung mit Marlene herstellte, der natürlich der Name Rowohlt geläufig war und die deswegen im ATLANTIC den Anruf entgegennahm?

Die 2. Kategorie sind die «erfundenen», romanhaften Träume; so farbig, so spannend oder zermürbend, wie mir kein Roman gelingen wird: eine Flugzeugentführung über Cuba; eine – politische? – Verfolgungsjagd in der Karibik mit Yachten, Schnellbooten, Ertrinkenden: Klein-007 spukt in meinem Kopf herum.

28. Januar

Thema «Terror der Intimität»:

In Bochum, kurz vor meiner kleinen Adami-Rede, tauchte auf eine Art Pazifismus-Theologe, den ich vor ca. 30 Jahren für Rowohlt entdeckt, in der «wilden Zeit» verlegt und seitdem gänzlich aus den Augen verloren hatte. Der drängte sich mit seiner Zweit-Frau auf, wollte unbedingt zum Abendessen einladen (ihm ganz unbekannte Leute), ließ sich nur schwer abwimmeln, daß der Künstler ja schließlich ... und daß auch ich immerhin ... gut. Dann möge ich in seine prachtvolle Jugendstilvilla wenigstens zum Frühstück kommen. Und als ich morgens in meiner Badewanne in dem gräßlichen HOLIDAY INN bedachte, wie schrecklich wohl das Frühstücksbuffet sein werde – – – – tat ich das. Landete in schönen Räumen voll Sperrmüllmöbeln bei einer aufdringlich-«selbstbewußten» Frau, hartem Ei und miesem Schinken – also bei dem, wovor ich geflohen. Die fremde Frau, von mir heuchlerisch ermutigt: «Erzählen Sie doch mal von sich», TAT das auch (ich war froh, nichts von mir erzählen zu müssen – Leuten, die auch keine Ahnung haben, was und wer ich bin) und begann damit, wie entsetzt sie gewesen sei, daß ich meinen Mantel um die Schultern gehängt und den Schal bei meiner Rede nicht abgenommen hätte; erst «Ihre wunderbaren Worte haben mich versöhnt».

Dies ein witziges Detail, was ich «darf» und was nicht. So, wie mir heute in der TAZ vorgeworfen wird, daß ich (heute abend läuft der ARTE-Film) bei laufender Kamera geraucht habe. Also: Tabori «darf» natürlich mit wahren Schärpen umgehängt herumrauschen, «der Künstler» – – – – und in fast jeder «modernen» Inscenierung «darf» auf offener Bühne geschissen, gewichst und gepinkelt werden, am besten auch gefickt – – – – – aber ich «darf» nicht rauchen ...

Aber: Als die mir fremde Frau hinausging, frischen Tee zu machen, flüsterte der mir genauso fremde emeritierte Herr Professor zu: «Sie ist eine sehr erotische Frau – aber ich habe noch daneben eine Jüngere, eine ganz wunderbare Lebenserfahrung, wir schreiben uns alle Details, die wir vorher ...» – und dann mußte ich alle möglichen Details seines Liebeslebens ertragen, wie, wann und mit wem er diese «sehr erotische Frau» betrüge (mit 68!, immerhin ...), die nichts wissen dürfe und die ihm gedroht habe: «Wenn ich mal ... dann ersteche ich dich.» Mein trockenes «Na, dann wissen Sie doch wenigstens, wie es demnächst – glücklicherweise rasch – mit Ihnen endet, denn derlei bleibt ja nie geheim» fand er nicht komisch.

2. Februar

Gestern noch hochseltsamer Opern-Abend mit einer Nicht-Oper: Lachenmanns, tja, was ist es: Musiktheater? Über Andersens Streichholzmädchen mit Allusionen an Gudrun Ensslin – eine kühl-rationale Etüde mithilfe einer Art Gegenmusik, die sich dem Wohlklang, dem «Gefühl» verweigert, die die Töne spaltet und abspleißt vom Harmonischen der herkömmlichen Musik – – – – für mich, den musikalischen Dilettanten, schwer zu beurteilen, ob gelungen oder schickes Kunsthandwerk. ICH erlebte jedenfalls einen – um 20 Minuten zu langen – Abend, der einen ausgeprägten Stilwillen vorführt, ein phantasiereiches Bühnenbild – das Ganze eben ein Märchen, das ja auch unwägbar, a-rational nur Bilder und Gedankenfetzen wirft.

Es gilt immer, sich klarzumachen, daß Maler wie die Impressionisten wie die Fauvisten wie eigentlich alles «Neue» in der Kunst immer erst einmal abgelehnt wurden, eben WEIL es neue, ungewohnte Wege ging, tradierte Hör-Fühl-Denkweisen aufbrach.

4. FEBRUAR

Kalamitäts-Situation in der ZEIT – «Es herrscht Krieg im Feuilleton» ist der Satz des altgedienten Michaelis –, wo man den, wie sie es nennen, «Einmarsch» der neuen Principessa Löffler nicht akzeptiert, mit der man nicht spricht, die man nicht grüßt und der man wohl vor allem verübelt, daß sie 3 «Neue» mitgebracht hat. Unbegreiflicherweise beschäftigt mich das, obwohl es mich doch nichts – mehr – angeht; so stark, daß ich kürzlich bei einem Ressort-Abendessen eine «friedenstiftende» Rede hielt, daß ich aus eben dem Grunde einen der «Neuen», den begabten und sympathischen Assheuer, lauthals begrüßte – – – – und daß ich aus «taktischen Gründen» ganz froh bin, gerade in der letzten Zeit öfter «präsentiert» worden zu sein wie bei jenem Abend (an dem sich Chefredakteur Leicht geradezu tränengerührt für meine «kleine Ansprache» bedankte).

15. FEBRUAR

Großartig-genau-kalte Marthaler-Inscenierung von Horváths KASIMIR UND KAROLINE, schien mir einleuchtender, poetisch grausamer als Brecht, weil ohne Lehre, Nutzanweisung und Bedeutung; der bessere Nachfahr von Wedekind und Strindberg. Selbst noch die zänkische, provinzfriseusenhaft aufgedonnerte Parkhauswächterin hätte eine seiner Figuren sein können. Das Publikum je jünger, desto dümmer, feixend, wenn Herren ins

Damenklo gehen und wenn ein Tisch umfällt, das Eisige offensichtlich nicht begreifend, nur Klamauk sehend und den Menschenmüll bejubelnd statt der «altmodischen» Katharsis durch Mitleid(en).

Ebenso reiner, purer Kunstgenuß bei einem Kissin-Abend, der – schöne Pointe; denn unter der Knute der Verlagsdomina hatte ich ja das Wochenende zuvor noch «ein paar hübsche Anekdoten» Heine mit Chopin, Heine mit Schumann ins Manuskript eingeflochten – einen so harten, geradezu unverschämt schnellen und «unromantischen» Chopin spielte, einen so vehementen Schumann, daß sogar eine Saite riß. Großer, bewegender Abend. Wie mich ja seltsamerweise der Abend der Lachenmann-Oper «bewegt» hatte, obwohl es doch eine sehr bewußte Anti-Fühlmusik ist.

Gestern zurück von 2 Tagen Mailand, auf dem Hinweg Unterbrechung in München, um die große Richard-Lindner-Retrospektive zu sehen: überwältigend gut, ein ganz eigener, nicht (schon gar nicht in die POPart) einzuordnender Maler; war doch ganz stolz, daß «mein» Bild sehr prominent hing, sich auch als eines der stärksten von den insgesamt wohl über 60 Exponaten bewährte; «mein Bild» ist ja kein Bild, sondern eine Collage, die er nach dem – jetzt in der Sammlung Thyssen-Bornemisza befindlichen – THANK YOU anfertigen ließ, für mich, weil ich in der Zeit, in der ich mit ihm durch Hamburg und Hamburgs Puffs zog, besitzsüchtig jammerte, es sei so unerhört, daß ich kein Bild von ihm … und er zurückjammerte, er verdiene jetzt endlich und so spät im Leben Geld, daß er mir kein Bild (die kosteten damals ein paar hunderttausend Dollar) schenken könne: «Aber ich mach dir eins.» So entstand die Collage –.

Die Bedrohungs-Vereisung der Lindner-Menschen, vor allem die endlose Ferne zwischen Mann und Frau: wäre ein Kapitel in MÄNNERÄNGSTE wert gewesen.

Das Ganze wiederum nicht ohne Pointe: Dies Bild im Original sah ich ja erstmals am Tag vor meiner Abreise aus Madrid nach Cuba (wo es eben in der Sammlung Thyssen hing) – und nun vor dem Abflug nach Milano, wo, im Hause Feltrinelli angekommen, ich als erstes ein Foto von Giangiacomo mit Castro sah …

Der Besuch hochinteressant: nicht nur Inges Professionalität, die man ja in Deutschland, wo man nur die schicken Roben sieht, ihr nicht zutraut; sondern auch die beeindruckende Seriosität ihres Sohnes Carlo, der vollkommen in den Stapfen und in der Tradition seines Vaters, dieses internationaleren Super-Reemtsmas, steht, sich total dem Verlag widmet, das große Institut mit unterhält, selber bescheiden un-mondän lebt, dafür aber von Bertelsmann eine Kette von 27 «Ricordi»-Läden zusätzlich zu den bereits bestehenden 35 Buchläden erwirbt – kein Bill Gates, aber ein hochintellektueller, genauer Stratege. Alles sehr beeindruckend. Schön, daß es so was noch gibt.

21. Februar

Skurrile Schlingen –

in denen ich mich verfange und verwickle: Ein junger Redakteur interessiert mich, zuerst nur so, nun auch «so». Gestern Abendesseneinladung, bei der er eingangs auf meine etwas alberne Frage «Haben Sie etwas Zeit?» sagte: «Bis morgen früh», was ich vor Schreck überhörte – um mich, wohl noch immer über mich selber erschrocken, zum Ende des Abends fürchterlich zu betrinken (kann mich nicht einmal mehr an meinen Abgang erinnern. Blöd). Das alte Spiel «Ist da was, kann da was werden» überanstrengt mich inzwischen derart, daß ich ihm ausweiche. Noch blöder. Um dann im Bette zu liegen und zu träumen: «Was wäre, wenn».

Am verwirrendsten aber: Ich bin zu alt-ängstlich-unsicher geworden, um überhaupt herauszuriechen, ist der andere nur betäubt von der «Berühmtheit», oder ist er an mehr interessiert.

Ich habe mich in den Fäden der selbstgesponnenen Eitelkeit verfangen und finde nun aus diesem Netz nicht mehr heraus – wenn so jemand mir unentwegt Komplimente macht, sich an 12 und mehr Jahre zurückliegende Aufsätze von mir per Datum erinnert, mein Heine-Buch «eines meiner großen Erlebnisse» nennt usw. – – – dann weiß ich nicht mehr, hat der sich auf den eitlen Raddatz «vorbereitet» (aber warum dann? Warum auf dem Verabredungsbestätigungszettel ein «Ich freue mich – sehr sogar»?). *En bref:* prominentengeil oder geil? Wie finde ich das heraus?

23. Februar

Die verächtlichen Kritiken zu meinem Roman bohren in mir weiter, bis zur Schlaflosigkeit.

Meine Verunsicherung geht viel weiter: ob nämlich die Kritiker (ohne es zu wissen) recht haben. Lebe ich ein – wie es im Scene-Jargon heißt – «abgehobenes Leben», ver-intellektualisiere ich mich und damit mein Schreiben? Wahr ist ja, daß mich mehr interessiert, sogar regelrecht erregt, wenn ich – vor ein paar Tagen – diesen jungen Maxim Vengerow einige Tschaikowsky-Partiten spielen höre, wie ich überhaupt noch nie Violine gehört habe, geradezu existentiell aufwühlend, wie dieser junge sibirische Jude den schön gestrichenen Schmerz des alten Petersburger Schwulen – – – – MEHR, sehr viel mehr aufregt als eine eigene Erektion. Das mir ewig im Ohr dröhnende Frisch-Wort «Leben ist langweilig, Abenteuer gibt es nur auf dem Papier» (oder so ähnlich) ist ja zur Überschrift meines Lebens geworden. So kann der Vorwurf, es kämen zu viele «gebildete» Namen und Assoziationen vor, zwar einerseits eben zurückgereicht werden auf – deswegen verdrossen reagierende – Kritiker, die wirklich nicht wissen, wer René Gruau ist (schon der in Sachen Kunst extrem ungebildete Hans Mayer war anno dunnemals sauwütend über eine Anspielung auf Delvaux in meiner Habilitations-Schrift, weil: «Den Namen habe ich noch nie gehört und in keinem Literatur(!!!!!!)lexikon gefunden.»).

Hochheikler Vorgang: Bin ich eventuell nur erotisch so entflammt, weil dieser junge (übrigens gar nicht so junge, 40jährige) Redakteur mich AM KOPFE packt, weil er von meinen Arbeiten spricht, viele kennt, viele mag (oder so tut), weil sich, bevor das Essen überhaupt auf dem Tisch stand, ein ganzes Gewebe von Adorno zu Jünger zu Botho Strauß verspinstete? Es wirkte wie eine Wärmetherapie, floß vom Hirn durch den Solarplexus in den Schwanz, der unter dem Tisch stand, während wir Champagner tranken und über Heinrich Heine sprachen.

Und wenn das so ist respektive WEIL es so ist – – – – irre ich mich auch so rasch. Wenn dieser arme Mensch wüßte, was da in mir vorgeht – der doch nur mal mit dem so viel Älteren, so viel Berühmteren plaudern wollte, sich über meine Freundlichkeit freute, weil die Anderen im Haus so unfreundlich sind, und der sich gewiß mit dem leicht koketten Satz «Bis morgen früh» auf meine Frage «Haben wir etwas Zeit?» gar nichts Böses (Schönes) dachte.

2. März

Den Verkehr mit der präpotenten Mondänen abgebrochen, die mehr und mehr «die Geist-Ziege» wurde, wie Thomas Mann seine amerikanische Gönnerin nannte; nur, daß die sich UM IHN kümmerte, während diese reiche Dame das noch VON MIR erwartet.

Selbst Annäherungen haben etwas Pseudohaftes. So war am Montag der nette Kurt Drawert hier zum Frühstück, der immerhin von allerlei Preisen anerkannte und durch allerlei Stipendien abgestützte Lyriker, dessen Arbeit ich durchaus schätze und der mir auch persönlich sympathisch. Nur: Er spricht NUR von sich, hält Einwürfe über MEINE Situation offensichtlich für peinlich-unangebracht (weil ich mein Steak zahlen kann) und bemerkt gar nicht die Widersprüche in seinen Schatten-Klagen: daß er ein sehr aufwendiges Auto fahre; daß er eine wunderschöne große Altbauwohnung in Darmstadts renommiertem Jugendstilviertel habe; daß seine Frau «selbstverständlich» auch verdiene, da Fotografin.

Aber wieso denkt so jemand, man könne von «Beruf Lyriker» sein? Wieso sieht er nicht den Unterschied, daß ich zwar AUCH ein teures Auto, eine große Wohnung habe – sie mir aber ausschließlich selber erarbeitet habe – da ein Vortrag, da eine Sendung, hier ein TVfilmchen? Und – mal abgesehen von MIR – wieso sieht er nicht, daß kein Celan und kein Benn (und kein Kafka) von ihrer Literatur leben konnten, daß es für derlei kein «soziales Netz» gibt und gab, daß er eben ARBEITEN müßte? Dann sei er zu be-, gar überlastet, könne dann nicht mehr schreiben. Wieso konnten die Anderen?

Derlei widerständliche Gedanken trüben dann doch den Genuß am Gast.

3 Tage später Abendessen mit Gaus, der immer erst nach der ersten Stunde erträglich wird, wenn er seine Eitelkeit hat abregnen lassen und seine Kommandos – «Das ist dumm»; «Angelschellfisch ohne Senfsauce ist …»; «Rote Grütze ohne Sago ist …»: was alles ein Kellner über sich ergehen lassen muß – losgeworden ist. DANN gelang ein erwachsenes Gespräch, z. B. über die Gorleben-Proteste, über «Das Gewaltmonopol liegt und muß liegen beim Staat», über: «Wieso akzeptieren wir den Gesetzesbruch, wenn wir mit ihm sympathisieren, und würden laut schreien, gar nach der Polizei, wenn es ein Gesetzesbruch von Rechts wäre, wenn mit demselben Gewaltpotenzial die Münchner Wehrmachtsausstellung gestürmt würde.» In solchen Gesprächen zeigt sich seine hohe Intelligenz und sachlich-journalistische Kompetenz (weswegen ich ihn ja neulich, zu meiner

Freude und zum Entsetzen der Redaktion, als ZEIT-Artikler vorgeschlagen habe). Aber.

ABER: Regelrecht widerwärtig waren mir seine als lustig gemeinten Erzählungen aus seiner ersten SPIEGELzeit, wo man soff und mindestens 3mal die Woche loszog. Was stört mich daran – und warum hat mich Ledigs Puff-Geherei nicht gestört? Und meine eigene Herumschlaferei in jenen Jahren, als zur einen Tür Linda hinausging und zur anderen irgendein Knabe hereinkam, als Sex einmal am Tag das mindeste war, meist «egal mit wem»?

Weil Ledig (und Jane) mondän war(en), ein farbiges Paar außerhalb der Ordnung, und das Gaus-Paar so bürgerlich, sie immer mit Perlenkette über dem Bleyle-Kostüm und Handtäschchen am Arm – aus dieser Bürgerlichkeit auszusteigen: Das wird dann eben kleinbürgerlich. Und genau dieses Spießertum dampfte da bei seinen Erzählungen, es hatte alles den Kasinoton von «Was waren wir doch für tolle Hechte», diesen mir ekligen «Weiber»-Ton.

Wobei mal zu untersuchen wäre, inwieweit «Macht» – oder Karriere – eben doch Aphrodisiaka sind, warum die alle bei ihren unaufhaltsamen Karrieren so aus der Rolle fielen (ich war Eckfried die ganzen Jahre TREU, sah niemand anderen, berührte niemand anderen; was ich oben schrieb, war NACH Eckfried). Das kann man ja bei Willy Brandt sehen (konnte man), jetzt bei Schröder oder Lafontaine oder Waigel – alle rasch die Dritt-Frau und noch rascher ein Kind. Statt Karriere-Knick der Karriere-Fick.

8. März

Vergangene Woche «Bruch» mit der Mondänen; endgültig platzte mir der Kragen bei ihrer Erklärung, daß ja mindestens 3 Menschen mein langes Fax (mit den Verwahrungen gegen ihre Unhöflichkeit und ihren Größenwahn) gelesen hätten;

ob meiner Verwunderung, wer da alles meine Post sähe, kam – mit derselben unverschämten Naivität, mit der sie eben anruft respektive nicht anruft, wann es IHR paßt – der Satz: «Ich bin eben eine öffentliche Person.» Worauf ich «Gratuliere» sagte und einhängte.

Vorgestern den auf graziöse Weise zugleich heiteren und selbstverliebten Hans-Jürgen Heinrichs zum Frühstück, an dem angenehm, daß er gebildet ist (sofort die Neuguinea-Skulptur als solche erkannte und das nicht für einen Holz-Baselitz hielt wie andere Besucher, wenn die wüßten, daß es Holz-Baselitze gibt) – und an dem rätselhaft, von was er (und seine Dame Gisela von Wysocki) lebt – immerhin gibt es da einen offensichtlich großen Besitz auf Gomera; «mit drei Leuten Personal, einer allein für den sehr großen Garten, Zimmern voller Bücher, Kamine, Musik‹salon›»; also vom Schreiben kann es nicht sein.

HÔTEL LUTETIA, PARIS, DEN 21. MÄRZ

Das war also die große Louvre-Woche. Verbrachte Glücks-Stunden nur vor den Bildern/Skulpturen – ob in einer Khmer-Ausstellung oder den Utrillos im kleinen Montmartre-Museum oder den Goyas/Zurbaráns/Velázquez des Louvre. Gut, daß ich das einsame Flanieren (und Dinieren) allmählich und mühselig mir «angelernt» habe. Dialog nur mehr auf dem Papier.

HÔTEL LUTETIA, PARIS, DEN 23. MÄRZ

En attendant Rouaud (der letztlich ein literarisches Leichtgewicht – ich sollte so jemanden nicht couronnieren …). Ohnehin immer wieder verstört über die französische Oberflächlichkeit: gestern abend «Diner» beim obersten Chef von Gallimard, Monsieur Cohen. Die Wohnung prätentiös-billig, wir waren in einem Raum mit Klappstühlen, Buffet (ohne Vorspeise, ohne Käse) im Flur, eine Sorte Wein. Kein Bild, kein schönes Möbel, keine Skulptur (keine Fauré-Vase, wie ich sie mir nachmittags «heimlich» kaufte) – und nur Geschwätz. Eben noch über Symbol und Illusion der Kunst, eine Sekunde später über einen Strand in Martinique, in einer Runde wurden allen Ernstes Ratespiele gespielt à la «Was für ein Tier wären Sie gerne?»; als ich «Loup blanc» sagte, hieß es «Voilà le poète» – so gibt ein Klischee dem anderen die Hand. Am schlimmsten der junge Gallimard im grauen Sommeranzug und offenem Hemd und kurzen Söckchen, wogegen selbst der Herr Unseld ein Elegant. Ein leicht betrunkener Dummkopf, nicht willens oder nicht in der Lage zu einem Gespräch. «Heine? Nein, der wird hier nicht gelesen.» Das war's.

Tatsächlich gibt es in den Buchhandlungen 1 Meter Handke, aber kein einziges Buch von Heine. Schockierenderweise ist auch Grass «passée», wenn man Glück hat, findet man einen «Tambour» als Taschenbuch. Dafür Ernst von Salomon und Jünger, Jünger, Jünger (und immerhin viel Thomas Mann). Doch in der «Kunst und Politik»-Ausstellung im Pompidou ist Uwe Johnson Gründungsmitglied der Gruppe 47, und Jünger liegt als Dokument politischer Literatur neben Böll und Stefan Heym (!!). Totale Uniformiertheit. Wie in der 30er-Jahre-Ausstellung im Palais Tokio kein Schlemmer, ein mickriger Schlichter, keine Lempicka – und keinerlei Zusammenhänge, etwa der Formübergänge Neue Sachlichkeit–Faschismus, was am Beispiel Sironi oder Schad herrlich zu dokumentieren wäre. Oder umgekehrt von den Rosta-Fenstern zum Stalinismus. Aber Majakowski existiert überhaupt nicht, in beiden Ausstellungen nicht. Da hängt sinnlos ein Miró neben einem Malewitsch, dann rasch ein Plakat, eine Wochenschau, eine Illustrierte, ein Möbel'chen: das additive System der Speisekarte, damit alle «amüsant» oder «elegant» sagen können bzw. auf meinen Einwand, Meuniers Skulpturen nähmen in ihrer Feier der Arbeit, der Muskeln, der Ähre faschistische wie stalinistische Figurationen vorweg, ein schlichtes: *«Mais ils sont tellement beaux comme sculpture.»*

Restaurant-Maßstäbe.

15. April

Gestern schön-verrückt-farbig-abstruser Abend mit und für Wolf Wondratschek, der im INTERCONTI eine Lyriklesung hatte anläßlich der wirklich sehr absonderlichen Idee des Hotels, eine ganze Etage – also in JEDEM Zimmer statt der üblichen Redouté-Rosen oder anderer Scheußlichkeiten – GEDICHTE von ihm in Rahmen wie Bilder aufzuhängen (UND in jedem Zimmer, quasi neben der Bibel, ein Buch von ihm auszulegen).

Das war schon mal als «Ereignis» lustig, tatsächlich war die ganze Etage – mit den grauslichsten «Senator-Lounges» in Hotelchippendale – zu besichtigen, man ging von Zimmer zu Zimmer, immer ein wenig erschrocken, wenn da schon jemand drin war – aber es waren halt immer Party-Gäste; auf den Fluren köstliche Häppchen und guter Wein bzw. Champagner. *«Tout Hambourg»* – was in diesem Fall eine absonderliche Pointe hatte: Wondratschek ist ja gleichsam ein un-schwuler Fichte, d.h., er treibt sich mit Vorliebe auf der Reeperbahn oder in ähnlichen Milieus herum. So waren bereits bei der Lesung in einem der «Festsäle» die aufgedonnerten «Damen».

Neben den Hamburgerinnen im kleinen Grauen Zuhälter mit Sonnenbrillen und goldenen Armbändern neben irgendwelchen Kulturbeamten und/oder SPIEGELredakteuren, ein grotesker Zirkus – mal wurde ich einem Herrn Marke oder Maske vorgestellt, das war wohl ein preisgekrönter Boxer, mal wollte der «König von St. Pauli», ein stadtbekannter Zuhälter, Bordellbesitzer und wohl auch «bißchen» Verbrecher, von mir wissen: «Sahn Se ma, wat is denn nun der Unterschied zwischen Gedichten und Romanen.»

Beim «gesetzten» Essen dann – für die *«happy few»*, ein Essen mit vielen Gängen, Weinen und allen Raffinessen – war für eine Weile mein Gegenüber der ehemalige Chefredakteur der BILDzeitung. Wahrlich, ich habe lange nicht mehr eine so gemischte Gesellschaft erlebt – und einen immerhin so unspießigen Schriftstellerkollegen. Der aber natürlich – wie alle anderen – ruhmgierig ist, unter der Camouflage «Was geht mich der Rummel an». Zum Beispiel nach einem Kurzinterview, das wir gemeinsam in einer dieser Hotelsuiten absolvieren mußten – im Anschluß sagte er: «Du warst brillant, kannst du nicht in diesem Sinne irgendwo über mich schreiben?» Oder: Er hatte mir gerade – wieder in einem anderen Zimmer – erzählt, er führe nächste Woche nach Cuba und ich möge ihm doch Hotel- usw. Ratschläge geben, und ich begann gerade meine lustige Leihwagen-Benzin-kein-Benzin-Geschichte, da kam der Herr Hage vom SPIEGEL ins Zimmer: Auf stand mein lieber Wondratschek, ich war MITTEN in einem Satz, ließ mich stehen respektive sitzen und flog auf Hage zu und mit dem los, anderswohin: Es könne sich ja ergeben, daß im SPIEGEL – «gräßliches Blatt» – sich etwas ergäbe, ein paar ach so verachtenswerte Zeilchen. Zu Tisch wurde der Herr Hage dann nicht gebeten. Aber was ist eine lustige Geschichte aus Cuba gegen eine Erwähnung im verachteten SPIEGEL?

20. April

Absurde Schnipsel.

In der ZEIT ein Dossier über «jüdische Soldaten in der Hitler-Armee», an dem fast GAR NICHTS stimmt, nicht mal ein angebliches Hitler-Bild, auf dem leider kein Hitler. Zwar Empörung in der Redaktion – aber wird es Konsequenzen geben? Wie läppisch doch verglichen mit so einer veritablen Geschichtsfälschung mein Goethe-Ausrutscher damals, dessentwegen die einen ihrer renommiertesten Autoren «wegwarfen».

Mittwoch abend Nashs und Wunderlichs zu Gast, ein wie immer farbiger, leichter und mit gebildeten Ping-Pong-Bällen spielender Abend, an dem mir – wie so oft – angenehm auffiel, wie belesen und kultiviert der junge Joachim Helfer ist, der auf Anhieb ein Ginsberg-Gedicht auswendig wußte – so gut, wie er sich über das «Er-verschwindet-im-Weltall-Problem» des Kometen unterhalten konnte: Auf Ginsberg kam er, weil meine Platte noch herumlag – es ist eine ROTE Plastik-Schallplatte, auf der Ginsberg seine eigenen Gedichte spricht, HOWL vor allem, die ich dieser Tage, seinen Tod «begehend», mir noch einmal angehört hatte – – – dabei nicht nur wieder einmal feststellend, ein wie gutes Gedicht das ist (man kann mit EINEM Gedicht berühmt werden und überdauern!), sondern auch mich erinnernd an eine wilde *1-week-affair* mit Ginsberg in New York vor vielen Jahrzehnten, da war ich noch ängstlich-verklemmt und sicher überwältigt von so viel «Freiheit», so viel ungehemmter Zärtlichkeit, so viel selbstverständlichem «Nimm meinen Schwanz in den Mund» oder «Bitte fick mich». Er war schön damals, noch schlank, hatte einen «eleganten» Schwanz und war sehr verliebt in mich – ich traute mich wohl noch nicht, verliebt zu sein, fuhr den Berg mit angezogener Handbremse rauf. Dennoch erinnere ich mich noch jetzt, wie sehr ich eintauchte in diese so freie Sexualität, «unternäht» mit kleinen Traurigkeiten und «unterfüttert» mit Bildung, von Faulkner über Kafka zu Whitman; immer, wenn wir pausierten, sprachen wir, streichelten uns mit dem Hirn. Nur störte mich seine Marihuana-Raucherei, das kannte ich nicht und wußte auch nicht, wozu man das macht – und hatte auch Angst davor.

HOTEL OTTO HEINRICH, DEN 23. APRIL

Der Hurenberuf: «Vorstellung» meines Heine-Buches vor den Vertretern des Verlags (der sich enorme Mühe gibt, Schloßrestaurant, Champagner, 4-Gänge-Diner, Opernsängerin; ach, wie schön muß es sein, ein erfolgreicher Autor zu sein ...). Mußte also nett, charmant, witzig, klug sein – zu deutsch: mich anbiedern. Warum macht man das? Mein Geld habe ich ja als Vorschuß, eine darüber hinaus gehende Auflage kann ein so intellektuell angelegtes Buch nicht haben – und dennoch wippt man da mit den Hüften, plaudert mit fremden Menschen «geistreich», trinkt und raucht zuviel und ist geschmeichelt, «ein Erfolg» zu sein.

Das Ganze natürlich enorm spießig, inklusive einem klavierspielenden Verlagsbesitzer, wenn auch paar ganz clevere Vertreter, die viel gelesen, sich deswegen allerdings peinigenderweise für unsereins halten. Früher war das mit den Setzern so – bald wird es das einst so stolze Wort gar nicht mehr geben.

Hotel Intercontinental, Frankfurt, den 24. April

The day after in Frankfurt, wo ich nur Zwischenstation mache auf dem Wege nach Osnabrück zu einem (überflüssigen) Vortrag.

Ganz lustiges Abendessen mit FAZ-Herausgeber Frank Schirrmacher, der mich auf allerlei Weise verblüfft: zum einen, obwohl doch ein SEHR mächtiger Mann, noch immer verletzt (und damit rachsüchtig) über irgendeine SPIEGELniedertracht, deren Details ich längst vergessen; dem geht's also wie mir. Schirrmacher bestätigte mir AUCH eine geradezu kategorische Abneigung Reich-Ranickis gegen mich, wie er ihn in vielen FAZ-Konferenzen erlebt habe; «Sie werden eines Tages enden wie Raddatz» habe er ihm einmal wutentbrannt entgegengeschleudert – worauf der Kunstkritiker Beaucamp gesagt haben solle: «Das wäre ja noch nicht mal das Schlechteste.»

Dies das andere Verblüffende: Für diesen – wesentlich jüngeren – Mann bin ich eine Art Denkmal, einer, «der die Bundesrepublik mit geprägt hat», einer, an dessen minimalste Artikel – wie an den über Peter-Paul Zahl – er sich erinnert, dessen Marx-Buch er gelesen hat wie vieles andere. So bestätigt sich das alte böse Wort «Man muß nur übrigbleiben» – eines Tages werden wir dann alle «Monumente». Schon jetzt kriege ich ja andauernd Briefe, Interview-Gesuche etc. im Tenor von «Sie kannten doch noch Peter Huchel» (Name auswechselbar).

Lustigerweise will Schirrmacher mich partout zur FAZ abwerben. Hübscher Gedanke. Wäre ich jünger, würde ich ihn zwingen, Ernst damit zu machen und mir die Leitung des Feuilletons anzubieten. So ist's nur eine amüsante Geste.

Der Abend, unter den immer wieder erstaunlichen Vorzeichen wie «Den Wein bestellen bitte Sie – Sie verstehen mehr davon» oder «Sie haben ja eine formidable Kunstsammlung» (woher so jemand, den ich noch gar nicht kenne, so was wissen will), war jedenfalls nicht langweilig, wenn auch zu Teilen mir das Macht-Gelüste respektive Macht-Bewußtsein fremd.

26. April

Gestern abend «feine» Einladung auf Stahlstich-Carton bei dem Fernseh-Ansager Wickert, den meine Tischnachbarin für einen «mächtigen Mann» hielt, obwohl er in Wahrheit doch nur vorliest, was andere ihm auf ein Blatt Papier geschrieben haben.

Ich habe gar nichts gegen den Mann, finde ihn sogar gelegentlich ganz sympathisch – bin nur immer über eines verblüfft: Er ist so furchtbar deutsch, obwohl gerade er doch sehr viel im Ausland, noch dazu in Paris, gelebt hat. Gestern hielt er zwar keinen Vortrag, wie man Käse zu essen hat – dafür unterbrach er aber – nach der nicht sehr reichlichen Vorspeise: EINE Scheibe Lachs – das Tischgespräch; wir sollten doch nicht alle durcheinanderreden, er wolle ein THEMA vorgeben, es sei zufällig das seines neuen Buches (der Mann schreibt zwar keine BÜCHER, aber sie verkaufen sich wie rasend): Was sei das, das man «spezifisch deutsch» im Ausland nenne – – – – an Beispielen in Kunst, Literatur, Theater usw. bitte «einzureichen». Nun hätte man das Gespräch abkürzen können mit dem einen Antwort-Wort: «Sie.»

Indes saßen da aber – dies eben meine Verblüffung – «ausgewiesene» Menschen, der Intendant des Hamburger Schauspielhauses, der neue Musikdirektor der Hamburger Oper, ein großer Bertelsmann-Boß (ich glaube, er war vorher Minister oder so was), der Direktor der Deichtorhallen – – – – – und alle parierten, alle stoppten ihr Gespräch, alle waren beflissen, das Begehr des Hausherrn zu bedienen; wer nicht rechtzeitig zu Worte kam, gebärdete sich mit Fummelfingern nervös-ungeduldig: «Ich will jetzt auch mal was sagen.» Keiner dieser hochmögenden Herren – ich auch nicht! – sagte: «Lieber Herr Wickert, dürfen wir vielleicht reden, über was WIR wollen, bitte unterbrechen Sie doch nicht einfach das Tischgespräch.»

Nach einer Weile langweilte mich das doch so sehr, daß ich sofort nach dem Dessert per *«french leave»* verschwand. Auch nicht die besten Manieren.

29. April

Beobachtung von Gesichtern, die eben noch freundlich respektive scheiß-freundlich, lachend oder liebedienerisch – und sich jäh verzerren, wenn etwas «Unangenehmes» geschieht. Kenne das, was mich stets amüsierte, von beflissenen Antiquitäten-Händlerinnen, die einen umschwänzelten, bis das Gesicht urplötzlich geradezu wütend-bösartig wurde, wenn man sagte: «Ich möchte etwas VERkaufen» (obwohl sie ihr Zeugs ja von irgendwoher und irgendwem kriegen müssen). Die Schachtel, bei der ich jahrelang Stück für Stück für viel Geld meine Meißen-Teller kaufte, immer unter dem Motto: «Endlich habe ich wieder einen für Sie gefunden und reserviert – die sind ja so selten und SO gesucht und SO begehrt», wurde geradezu ordinär, als ich welche zurückverkaufen wollte: «Das will kein Mensch.»

So gestern vormittag, als ich einem ZEITmagazinredakteur sagen mußte, daß ich zu dem Zeitpunkt, den er für mich ausgemacht hatte, nicht nach Kassel fahren kann, um ein Interview wegen der DOCUMENTA für ihn zu machen. Er wurde in Sekundenschnelle geradezu pampig.

Noch interessanter und intensiver gestern abend. «Arbeitsessen» mit Rowohltchef Niko Hansen und seinem/meinem Anwalt Kersten wegen meiner Forderung, für Tucholsky-Bücher auch nach Ablauf des Urheberrechts 2005 Tantieme zu zahlen. Einerseits: Fordern kann ich da gar nichts, denn das Recht ist ja auf seiner Seite. Andererseits hatte er mir bei einem früheren Essen, kurz nach seinem «Amtsantritt», eine entsprechende ZUSAGE gemacht, und ich ließ ihn wissen, daß ich nicht akzeptiere, wenn so eine verbindliche Verabredung nun einseitig aufgekündigt wird; noch dazu unter dem absurden Vorwand, der Verlag zahle ja die Miete des Stiftungsbüros. Das war nämlich – von mir initiiert – ein Geschenk an Mary zu ihrem 60. Geburtstag, die Frage war damals: ein Collier, ein Max Ernst oder ein Mercedes. Hätte denn Rowohlt nun den Max Ernst zurückgefordert?

Wie immer, derlei gehört nicht hierher. Schön nur war zu sehen, wie das eben elegant-gepflegt-freundliche Gesicht vom Herrn Hansen, der sich gebührlich über Lustiges aus dem Munde des Gastgebers amüsierte, Wein und Tischgeschirr und Bilder lobte, kurzum ein kultivierter Gast war – – – – – – sich zu einer bösen, kalten Grimasse verzerrte. Übrigens auch das seines «Gegners» in dieser Sache, nämlich meines Anwalts. Als könne man nicht auch derlei ganz freundlich-zivilisiert austragen, es sind doch GESCHÄFTE, keine persönlichen Dinge?!

Nachtrag zu Tucholsky: Ich hatte ja gewünscht, daß der «Kurt Tucholsky» getaufte Zug nach Sassnitz «ausgestattet» wird (was auch, auf Kosten der Stiftung, sehr schön gelang) UND daß ich eine Art Jungfernfahrt mache, wo ich den Fahrgästen erkläre, um wen und was es sich handelt, und wollte an die Passagiere Taschenbücher verschenken.

Nach endlosen Verzögerungen (JETZT weiß ich auch, warum) und Hin und Her stellt sich heraus: Der «Zug» besteht AUS EINEM WAGGON, und der hat fast nur Rucksacktouristen als Passagiere.

Grand Hotel Europe, St. Petersburg, den 5. Mai

Schafft Schönheit Angst? Traurigkeit gewiß – war selbst vom (allerdings perfekten) «Schwanensee»-Kitsch ergriffen. Aber Angst? Jedenfalls schien mir dies eine der schönsten Städte der Welt; die einzige, die ich kenne, die quasi perfekt erhalten ist, vergammelt zwar zum Teil – aber ein vollkommenes architektonisches Ensemble ohne einen einzigen Bilka- oder Parkhochhaus-Bau, nur Paläste, Jugendstilkaufhäuser, sämtliche Straßenzüge in weiten Schwüngen die Kanäle entlang in erhaltenen (wenngleich oft reparaturbedürftigen) Fassaden; und wenn neu aufgebaut – immerhin haben «wir» 70% der Stadt zerstört! –, dann «gefälscht» alt, also nach den alten Plänen. Eine Augenlust, mal erhaben-dramatisch wie beim Winterpalast, Marmorpalast oder den Kathedralen, mal «normal» als Wohngebäude (deren Inneres man wohl besser nicht kennt).

Und nun jede Nacht Alpträume schwerster Art! Einen wahren Katalog zum Abhaken: die 1. Nacht Gewalt, Vergewaltigung brutalster Art (der Schwester), Panik, körperliche Verletzung.

Die 2. Nacht Geld, Haft (dabei habe ich wahrlich mein bißchen Geld verdient, jedenfalls war ich meine Ersparnisse los).

Die 3. Nacht meine Schriftsteller-Existenz, Verwicklung in einen Uwe-Johnson-Skandal, in ominöse «Vor-Ihnen-wurde-immer-gewarnt»-Drohungen, Erpressungen.

Die 4. Nacht war's der Journalist, Gefährdung meiner Reputation wie meiner Position.

Nur die letzte Nacht, ich hatte mit 1 ganzen Flasche teurem Champagner «Abschied» gefeiert, blieb ruhig – bei leicht-erotischen, «angenehmen» Träumen *(no sexy Russians!).*

Verwirrend diese Nacht-Blasen, wo ich sonst so heiter gestimmt die Stadt, das Museum, die Dostojewski- und die Puschkin-Wohnung genoß (beide übrigens bedrückend bescheiden verglichen mit dem luxuriösen Komfort, den *little* unsereins sich glaubt leisten zu müssen; noch mehr die Dachbude der Achmatowa).

Alles war so leicht, so schön, ohne Hast (auch das Essen gut) – und in mir dieses Beben. Oder hat es mit dem Ticken der ablaufenden Lebensuhr zu tun, das ja nicht zu überhören (und dessentwegen auch ich mir Geldausgaben leiste, die «eigentlich» zu hoch; nach der Devise: «Wie lange, wie oft noch – wann, wenn nicht jetzt?»).

18. Mai (Pfingstsonntag)

Bequemer, und damit doppelt beunruhigender, Besuch bei Günter Grass, wieso der Widerspruch?

Zum einen war der kleine «Ausflug» in dieser Jahreszeit betörend schön, die gelben Rapsfelder leuchteten schneidend in den Horizont hinein, auf seinem herrlichen Grundstück blühte alles, die Wald«wand» prunkte im Maiengrün, der Kanal lag als Silberband uns zu Füßen, während wir im kleinen neuen «Pavillon» saßen; Gerd hatte, überflüssig zu sagen, NATÜRLICH keine Kamera dabei – selbst Grass sagte: «Schade, das wäre ein hübsches Foto.»

Beunruhigend dann aber, weil er die Welt nur noch nach seinem vorgeformten Raster wahrnimmt, ausschließlich, wie sie sich ZU IHM verhält; so ist nicht nur die GESAMTE deutsche Literatur-Kritik «von Haß beseelt – sie hassen Bücher; alle», sondern auch generelle Probleme «weiß er», stellt nie etwas in Frage, sich schon gar nicht. Ich erzählte beispielsweise von meinem Gespräch/Interview mit Mme. David, Documenta-Chefin, und dessen 2 Positionen immerhin diskutierbar/erörterbar sind: meine, die den «Rummel» und das Multi-Kulti-Chaos ablehnt, sich wehrt gegen den gigantischen Kultur-Zirkus und sich damit dem Schweigen des Kunstwerks verweigert – ihre, die Soziales, Politisches einbeziehen will, die «den weißen Kubus» – also das NUR-Bild – ablehnt. OBWOHL ich meine Position HABE, stellte ich die in Frage – was Grass geradezu unwirsch (die der David meinend) mit dem Wort «Unsinn, dummes Zeug» abwehrt. Einem auch nur möglichen Gegengedanken verweigert er sich.

So, was meine Jahre nach der Feuilletonchefzeit ausmacht: ER weiß genau, daß es falsch war, bei der ZEIT zu bleiben (hätte ER mich ernährt?), daß ich «ein anderes Feuilleton» hätte machen MÜSSEN (aber welches und bei wem?), daß ich – fast ein Kompliment – das heute noch könne, nachdenklich stimmend daran nur: Bin ich wirklich eine lächerliche Figur, ein alberner *has-been* in dieser Redaktion, bilde ich mir lediglich in meiner scheußlichen Eitelkeit ein, dort erwünscht, gefragt, gebraucht zu sein? (Aber: Wieso dann der «Antrittsbesuch» vorgestern von Roger de Weck, wieso dann die Bitten diverser Redakteure, bei fälligen Vollversammlungen dabei zu sein, wieso dann immer wieder dieses «Was sagt FJR, da hat FJR gefehlt»? Schwer, das selber zu bestimmen, den eigenen Ort.)

Wie ein PS zu alldem gestern abend das Gastspiel des «Berliner Ensembles» mit ARTURO UI und dem schlechterdings genialen Wuttke. Aber: Nicht nur ist das Stück – von Brecht selber wohlweislich nie insceniert – dramaturgisch schwach; es verrät auch den Greuel an die Albernheit, es lächert die Scheußlichkeit weg. Meines Erachtens gibt es halt Themen, die sich dem Schwank verweigern. «Man kann über alles lachen»? Dies Wort war VOR Auschwitz gesagt. Fazit: Vom berühmten «Stückeschreiber» bleibt wenig, er war zu journalistisch, zu dicht am Wirklichen dran. Ein großes Thema: von Géricault über David, von Voltaire bis Peter Weiss: Distanzlosigkeit zur Wirklichkeit entleert die Kunst ihrer Wahrheit. Beckett ist wahrer. Nur das Existentielle zählt. DA liegt auch die Versehrung, die Grass sich und seinem Werk zugefügt hat.

Herrlich-absurder Abend für den 70jährigen Monk, der der Jüngste der Versammlung zu sein schien: Noch nie je habe ich an einer Beerdigung teilgenommen, bei der ALLE ANWESENDEN tot sind; je reger sie redeten, je törichter waren sie: Der einladende NDR-Intendant, offenbar schon 1000 Jahre einbalsamiert, sprach kaum von Monk, dafür um so ausführlicher von sich, vom NDR und dessen Nöten und von den «Massen», die es zu bedienen gelte. Das nennt man dann wohl Kulturauftrag des Rundfunks.

Monks endlose und vor Alterserschöpfung flüsternd leise gehaltene Rede hüpfte von Anekdote zu Anekdote in Kegelvereinsdramaturgie: «Und weißt du noch, Franz, als wir ...», «Und da denke ich, wie Hans und ich ...»; so zu möglichst vielen der Anwesenden, wobei spürbar die Schul-Angst umging, etwa NICHT aufgerufen zu werden. Ich hatte Glück und kam – im Gegensatz zum darob deutlich verärgerten Grass – «dran», allerdings mit einer Anekdote, die nicht wahr sein kann. ICH jedenfalls erinnere mich nicht: Ich hätte, hoch oben auf den Stufen des DEUTSCHEN THEATERS in Ostberlin, die zur Beerdigung Brechts 1956 herbeigeeilten Monk und Hubalek (DDR-Flüchtling Monk mit einem Einladungstelegramm Bechers in der Tasche; schon das unwahrscheinlich) «königlich» mit einem «Da seid ihr ja» begrüßt. Ich halte das für genauso erfunden wie die Geschichte, die mir Schirrmacher neulich abend referierte – er habe irgendwo den Bericht gefunden, wie ich Bernhard besucht habe und mit meinem Porsche fast ins Wohnzimmer gedonnert sei. Wahr daran ist nur der Porsche (der ja offenbar, er kommt als «anrüchig» auch bei Kempowski vor, ein besonderes Metall des Anstoßes gewesen sein muß). Bernhard habe ich aber NIE besucht.

So war es ein hübsches Intrigenkabinett, in dem als schwules Webschiffchen der Herr Königstein hin- und herflitzte und Sottisen über jeden der Anwesenden absonderte, über Käthe Reichel: «Schon immer eine dumme Gans und schlechte Schauspielerin» (wobei ihm nicht mal mein sehr viel schärferes «die Ilse Ritter der DDR» einfiel). Oder der Herr Meichsner, wohl der eigentliche und ja auch namhafte, nun Ex-Nachfolger von Monk, der über JEDEN der anwesenden Funkintendanten-Redakteure-Kommentatoren herfiel, stolz verkündete, daß er nun nach 44 Jahren seinen 2. Roman fertig habe – und über den wiederum hinter kaum vorgehaltener Hand alle anderen Funkleute lästerten, er sei ein «Publikumsertränker» und «Quotenkiller», so ziemlich 2 Minuten bevor er mir sagte, was für einschmeichelnde und rückgratlose Arschlöcher SÄMTLICHE hier anwesenden Funkleute seien (er ist pensioniert). Am besten gefiel mir die Sprachschöpfung von einem Arschloch ohne Rückgrat.

Hotel Adler Post, Schwetzingen, den 26. Mai

Eröffnungsrede Schwetzinger Festspiele – 2 sonnige süddeutsche Tage voller Pickel: Der eine Tag, den ich mir «frei» nahm in Schwetzingen, war zwar schön, aber leer. Spaziergang durch den Schloßgarten wurde nicht als Bummel genossen, sondern löste – wie auch das Schloß – Gedanken über Macht-Herrschaft-Schönheit aus; warum ist Demokratie fast immer häßlich?

Ähnlich der Abend. Das Henze-Ballett (3 Teile nach Cocteau, Gide usw.), mehr Kostüm-Gehopse und Zigeuner-Zirkus als strenge Choreographie, langweilte mich; ging in der 2. Pause.

Lebens-Zittrigkeit. Unruhe, Unrast, Nervosität, auch Selbst-Vorwürfe; so geniere ich mich posthum vor Mary Tucholsky, daß ich – ab 1. 1. nun neben «Vorsitzender» auch «Geschäftsführer» – demnächst erstmals Bezüge bei der Tucholsky-Stiftung erhalten werde. Objektiv ist das albern – das Geld ist da, und sie hat ja Jahrzehnte total von diesen Einkünften gelebt; zwar ohne «Gehalt» – aber eben sämtliche Bezüge für sich in Anspruch nehmend (wenn auch, weil sie bescheiden war, nicht verbrauchend). Und ich habe genau all diese Jahre für nix gearbeitet. So was hat mit Realität also nix zu tun, es ist eine innere Disposition. Zum Nicht-Glücklichsein?

Fast lächelnd las ich in diesem Zusammenhang im Programm-Heft ein paar Memoiren-Fetzen von Henze, wie er Anfang der 50er Jahre den sehr jungen, mageren Thomas Harlan «mit veilchenblauen Augen» kennenlernte. Doch es währte nicht, der von Neurosen geplagte schönschwänzige Nazisohn floh, ich glaube nach Israel (!). *Quel vie.*

Kampen, den 16. Juni

Heute nachmittag bißchen Herum-Lektüre in Roland Barthes. Entgeistert über seine oberflächlichen Homo-Notizen aus Marokko, pubertäre wie zierlich-geschmückte Notate über die «sanften Augen» oder auch mal die schönen Schwänze – wozu schreibt man derlei überhaupt auf? Dasselbe mit seinen Pariser Notizen aus Saunen und schwulen Bars – als Information von jedem Schwulenmagazin übertroffen, als Literatur vollkommen unerheblich, als Gedanke leer. Das war eben doch ein kleiner Mann, der ein paar Hübschigkeiten über ein Automobil oder das Gesicht der Garbo zustande gebracht hat, das er dann französisch-großmäulig «moderne Mythen» nannte: und damit durchkam.

Kampen, den 17. Juni

«Signierstunde» bei meinem kommunistischen Bauern, wo ich mir frischen Ziegenkäse kaufe und dessen Frau meine Bücher liest. Zur Belohnung bekam ich einen Strauß blühenden SCHNITTLAUCH geschenkt – bäuerliche Sylt-Romantik.

2 spätabendliche Videos. Der eine Film ging über den Schah-Besuch 1967 (?) – Teil auch MEINER Biographie, denn ich war es ja, der jenes rororo-aktuell-Büchlein von Bahman Nirumand (gegen allen Widerstand im Verlag) auf den Markt geschleudert hatte, das Buch, das recht eigentlich den gesamten Widerstand gegen den Schah und das Schah-Regime munitioniert hatte und zu Zigtausenden in Berlin gekauft und gelesen wurde.

Der 2. Film über Kurt und Mary Tucholsky – wahrlich auch Teil meiner Biographie, ohne mich gäbe es ja z.B. die Briefe nicht mehr (ja, ja, GESCHRIEBEN hat sie Kurt Tucholsky, ich weiß), Mary hätte sie VERBRANNT, der Kampf um diese Zeugnisse ging Jahre. Das ist keine Biographie-Protzerei – ich schreibe es mir hier nur selber auf, um mir nur noch einmal klar zu werden, wie unendlich viel Lebensenergie ich in all das gesteckt habe, was für Kämpfe, wie viele Verletzungen, welch Temperament-Aufwand.

PS zu den Stichworten Biographie und ehrlich: Eher possierlich, wie Martin Walser sich gelegentlich in Interviews immer auf seine Arbeit an dem seinerzeit spektakulären rororo-aktuell-Band ALTERNATIVE bezieht. Er HAT dieses Buch überhaupt nicht herausgegeben, und wäre die Rowohlt-Korrespondenz nicht verbrannt, könnte ich das BEWEISEN. Er hat ALS ERSATZMANN, auf meine Bitten hin, das Vorwort geschrieben, weil Heinrich Böll plötzlich sehr krank wurde und – denn ER war als Vorwortautor vorgesehen – nicht schreiben konnte. Walser hat sein Vorwort IN EIN EXISTIERENDES BUCH hineingeschrieben, das einzig und allein ich zusammengestellt hatte, mit SÄMTLICHEN Autoren hatte ich korrespondiert, sie zu dem Buch eingeladen, die Honorare ausgehandelt (was ja an sich ein «Herausgeber» tut), die Themen aufeinander abgestimmt usw.

So entstehen Lebensläufe …

24. Juni

Gestern abend zum «Süppchen» der possierliche Schuldt, bemerkenswerte Mischung aus grob und zart, laut und still. Begabt in jedem Fall, wenn mir auch diese «hoch-avancierte» Ästhetik etwas fremd ist, ich bin dagegen ein biederer Schuster (der nicht bei seinen Leisten bleibt). Doch er ist ein lustvoller Wortverdreher und -spieler, wirft Worte gleichsam in die Luft und läßt sie in ihren Bedeutungen wie Seifenblasen schillern – «Leichter» (das Schiff) kommt z. B. von leichten Booten, die die zu schweren vor bestimmten Häfen, deren Bassin nicht genug Tiefgang hatte, erleichterten. So ist sein ganzes neues Buch eine lustige und luftige Wortakrobatik.

25. Juni

Es gibt Dinge, die gibt es gar nicht: Hochhuth kennt einen durch «Chips» (Computer, nicht Kartoffeln) reich gewordenen Menschen, Flüchtling auch noch aus irgendeinem Ost-Land, der hat seine Fabrik verkauft für 280 Millionen DM. Davon hat er 80 für sich behalten, 80 an seine Belegschaft verschenkt – und den Rest in eine «Kulturstiftung» eingebracht, die u. a. dafür zu sorgen hat, daß einmal pro Jahr – ich glaube: zum 20. Juli oder war es der 31. Januar? – sein STELLVERTRETER aufgeführt wird. Ohnehin hat sich diese Stiftung darum zu kümmern, daß Hochhuth-Stücke generell aufgeführt werden.

So jemanden habe ICH nicht. Ich pople indes statt in der Nase in meiner Biographie, ein ebenso unappetitlicher Vorgang. Gestern der 1. Teil eines Dokumentarfilms über die Schleyerentführung – gut gemacht, nicht NUR Krimi, auch mit geschichtlich-politischen Fragen, so daß wenigstens ANDEUTUNGSWEISE klar wurde, woher diese Terrorleute eigentlich ihre sogenannten «Ideen» hatten – und ich erinnerte mich: Auf dem Höhepunkt der Schleyerkrise (oder am Tiefpunkt), ich war noch gar nicht lange Feuilletonchef der ZEIT, bat ich Rudi

Dutschke, Heinrich Böll und Herbert Marcuse (alle doot) um je einen Beitrag, daß sie DAS, Terror, Mord, nicht gewollt und gemeint hatten. Die Beiträge kamen – – – aber es gab einen eigentlich ganz netten, aber spießig denkenden stellvertretenden Chefredakteur (Sommer war im Urlaub), der befahl: «Das wird nicht gedruckt, in der ZEIT schreiben nicht Leute wie Dutschke und Marcuse.» Die Sache eskalierte, in den üblichen *«fake-antiquities»*-Formen, falsch-fein, was man in der ZEIT so für fein hält, ich ging nach Hause, trank einen Tee (!!!) und beschloß, bei Nicht-Erscheinen den nächsten Tag meinen Posten zu räumen (was DAMALS ebenfalls ein Skandal gewesen wäre), war aber ganz ruhig, hatte weder Angst um den Posten noch Sorge ums Geld – – – – – bis man aus einer UNSERER Krisensitzungen Sommer in Schweden erreichte mit dem ZEITtypischen Satz: «Ted, wir haben hier ein kleines Problem ...» Sommer, natürlich, erkannte, WAS die ZEIT da in der Hand hatte, ordnete das Erscheinen der Artikel an – die prompt die Nummer 1 der Nachrichten abends waren: «In der heutigen Ausgabe der liberalen» ... usw.

Die Mörder hat zwar dieser Aufruf ihrer *«maître penseurs»* auch nicht erreicht, d. h., hat sie nicht mehr beeinflussen können – aber eventuell ihre Nachahme-Täter.

7. Juli

Mosaiksteinchen.

Neulich in der besonders schönen Mucha-Ausstellung kleiner Wutanfall, wie schnöde man den Freund Wunderlich behandelt respektive verachtend ignoriert, weil er «Kunstgewerbe» macht: Dort nun, in einer MUSEUMSausstellung, werden prunkend REKLAMEtafeln (Lithos) für Kakao, Korsette, Nestlé oder Cigarettenpapier gezeigt. Paul HAT nicht einmal Reklame gemacht, «nur» Tische, Leuchter, Bestecke, Teller. Eines Tages wird ein Museum stolz DAS vorführen. Vielleicht hat er mit seiner Maxime «Der Ruhm kommt später, JETZT will ich das Geld» recht –.

Kürzlich Besuch «meines Archiv-Warts» aus Marbach, der klug und gebildet (übrigens in Hamburg bescheiden in einer Pension wohnend), mir abstruse Dinge erzählte: von Ernst Jünger, der als Besatzungsoffizier in Paris sich Marocainleder-Schatullen herstellen ließ – und zwar in einer Farbe, die er SO wünschte, daß sie «noch in Jahrzehnten besonders schön sei» – für seine Tagebücher. Mein Satz seinerzeit, seine Texte röchen leicht nach Sattelleder, war berechtigter, als ich damals wußte. Widerlich. 2 Straßen weiter wurden die Emigranten und Juden zusammengetrieben …

Oder: daß die Erben von Döblin, irgendwelche Urenkel, die den Namen nicht ohne amerikanischen Akzent aussprechen können und GEWISS nie eine Zeile von dem Mann gelesen haben, mehr als 30 Millionen DM für den Nachlaß verlangen.

Marbach als Skurrilitäten-Kabinett.

Und 2 abstruse Telefonate:

Brasch, nach MONATEN, um sich zu erkundigen, wie man eine riesige Granitskulptur (eines Freundes, «Sie wissen ja, ich werde jetzt altersschwul») aus Israel nach Berlin transportieren könne und ob sie im Preis sinke, weil dort nicht verkauft.

Das war's.

Hochhuth, dessen Assoziationssturz ja JEDEN Namen, den man in einem Gespräch erwähnt, mit Anekdoten behängt, wußte: Der Vater der Dönhoff war sehr alt, als er sie zeugte, er kannte noch Bismarck und, guter Deutscher, grüßte den nach dessen Sturz nicht mehr.

Seine – Hochhuths – andere Diarrhöe: Bei Namen Lebender weiß er nur «Der hat mich mal gedruckt» oder «Der hat mich mal verteidigt». Beim Gespräch über die Schnödigkeit, mit der der MILLIARDÄR Bucerius uns alle ohne Altersversorgung ließ, erwähnte ich z. B. Strothmann, der in der ZEIT mal für Israel zuständig war und wortlos zu seinem 65. gekappt wurde. Hochhuth: «Ja, der war nett, der hat immer was von mir gedruckt, mehrere Artikel.»

Vorgestern – «Wir bitten Sie herzlich und dringlich» – zu einem Radio-Interview über die DOCUMENTA nach Kassel. «Bitte seien Sie pünktlich, wir gehen genau 19 Uhr auf Sendung.» Zwar hatte man mir eine falsche Adresse gegeben – ich war dennoch pünktlich. Eingeplant, i. e. mir vorgegaukelt war ein 60-Minuten-Gespräch mit mir und Tilman Spengler. Um 19.05 begann eine Combo zu spielen, dann kam ein Eingangs-Statement, dann kam ein eingespieltes Interview mit Mme. David, dann kam ein Statement von ich-weiß-nicht-wem. Dann war es 19 Uhr 25 – da durfte ich EINE Frage beantworten, dann Spengler eine, dann spielte die Combo. Die 2 extra herbeigereisten Autoren hatten jeder MAXIMAL 10 Minuten. Dafür Reise, Spesen, Honorar, ein «Regisseur», ein Moderator, eine Redakteurin, drei «Betreuer». Ich saß bei Schinkenbrot und Radeberger Pils im Speisewagen retour und wußte nicht, ob weinen oder lachen.

Heute FOCUSinterview über Heine-Buch. Auch der Mann extra aus München angereist. Die 1. Frage: «Was finden Sie an Heine?» So ging es weiter – der Mann war nett, aber hilflos und doof. Gedruckt werden gewiß nicht mehr als 6 Sätze.

Gestern abend sehr eindringlich, behutsam wie nachdenklich von Freund Tabori für die Leipziger Oper eingerichtete MOSES UND ARON-Gastspiel-Aufführung. Bewegend. Seltsam dabei Schönbergs Äußerung, er habe das NICHT im Gedanken an eine Aufführung geschrieben. Also ein Bild, das man NICHT sehen soll? Fast schon das Thema des Abends: «Du sollst dir kein Bild machen.» Das Ganze die alttestamentarisch-jüdische Variante von DANTON; denn offenbar ist Aron der «irdische», um nicht zu sagen genießerisch-materialistische «Bruder» von Moses, wie Danton der hühnchenfressende «Bruder» des rigiden Gesetzgebers Robespierre ist.

Nicht direkt «verkommen», aber doch das zweifelhafte Gewäsch der Herren Interpreten vorführend ein paar Sätzchen von Hans Mayer im Programmheft, der weiß: «Die Juden in MOSES UND ARON, nicht allein wenn sie ums goldene Kalb tanzen, sind Österreicher. Eine Sprachanalyse des Textes könnte es bestätigen» usw. – dieses herrlich-mayerische «könnte» – er LIEFERT aber diese Sprachanalyse nicht, er verblüfft den Leser, der sich kleinlaut-ungebildet vorkommt, weil er den Text nicht zur Hand hat. Der TEXT aber liest sich so:

(Ein Beispiel)

Selig ist das Volk, und groß zeigt
Ein Wunder,
Was Begeisterung, was Entzücken imstande:
Unverwandelt keiner, jeder erhoben,
Unergriffen keiner, jeder ergreifend.
Menschentugend, kraftvoll, wiedererweckte:
Ernst und Freude, Maß und Übermaß,
Frohsinn, Glück und Sehnsucht, Schwung
Und Ruhe, Besinnung.

Das, natürlich, ist typisches Wiener Caféhaus, SO, genau so, spricht man dort beim Heurigen. Der pure Verblüffungsquatsch. Statt auf das seltsame Gemisch aus Luther – Altem Testament –, gar Wagner und fast Brecht hinzuweisen, kommt bei dem «Kölner Anwalt» (wie Adorno ihn nannte) eine weitgereiste Handbewegung; die leider in eine gänzlich falsche Richtung weist.

Verblüffend an derlei ist nur, daß man DEM derlei stets gestattet, abgenommen hat. Sonst druckte man's doch nicht – unbesehen? – wieder im Programmheft ab, diesen Stuß.

9. JULI

Donnerstag frappierend enttäuschender Abend. Ich hatte, weil ich derlei Situationen ja kenne, der Mann mir leid tat, den rausgeschmissenen ZEIT-Chefredakteur zum Essen geladen.

Der Mann kam, legte das Handy auf den Tisch, machte den Mund auf und schloß ihn erst wieder, als er gruß- und danklos um Mitternacht davonfuhr. In den 4 Stunden hatte er nur von sich (und, natürlich, den Querelen der ZEIT) gesprochen – wenn in seinem Mund nicht mein Champagner, mein Caviar, mein Lachs, meine Bresaola, mein Bordeaux, mein Käse, meine Zitronencreme verschwanden; ungekostet, ungepriesen. Es war eine Mund-Diarrhöe.

Schade, daß ich nie mein Stück «Die Journalisten» geschrieben habe – sie wollen die ganze Welt belehren und sind doch (meist) selber ganz kleine Leute. Sie rufen «Herr Kohl darf nicht ...» oder «Präsident Chirac muß ...» – und haben Angst, auf die Straße gesetzt zu werden. Nimmt man ihnen die verliehene Macht, sind sie kümmerlich und bangen um die Rate, das Reihenhaus abzuzahlen. Die verliehene Macht – die kommt immer vom Inhaber; also vom Geld.

Und ich? Bin ja oft genauso klein, nicht nur im Bangen um irgendein Honorar. Der SPIEGEL-Hieb (ich habe an nebensächlicher Stelle im Heine-Buch Marx mit Lassalle verwechselt) hat mich 2 Nächte «um den Schlaf gebracht» – vor allem durch das Nachdenken: Welcher Selbstverletzungs-, ja Selbsttötungsmechanismus arbeitet da eigentlich in mir, tief-unbewußt? Immer irgendein kleiner, unbedeutender Fehler, den ich hätte bemerken müssen (niemand weiß besser als ich, daß es Lassalle war, der mit Bismarck plauderte) und der sich doch – allen Kontrollen entschlüpfend – einschleicht; wo ich doch weiß, daß man jedem außer mir so etwas durchgehen ließe. Daß der Franz Biberkopf kurz nach der Arm-Amputation «die Hände faltet», hat noch niemanden dazu gebracht, Döblins «Berlin Alexanderplatz» zu verwerfen; zu Recht – ein läppischer Fehler (lustigerweise unbemerkt geblieben), fast ein «Böhmen liegt am Meer», dessentwegen ein Werk nicht minder-wertiger ist. Doch bei mir wird ein ganzes Buch reduziert auf ein Versehen, mehr als «Es war nicht Marx» ist offenbar über das Buch nicht zu sagen. Das sind schreibende Stricher.

Dafür – so weit bin ich gesunken – in der «Hör Zu» gelobt, wo das Buch, unter «Entertainment» aufgeführt, 4 Sterne erhält; als läsen Hör-Zu-Blätterer Bücher!

2. August

Vorgestern mit Anwalt Kersten im VIER JAHRESZEITEN, weil die schwierige Frage, wem ich eines Tages die Tucholsky-Stiftung übergeben soll/will/kann, zu besprechen war. Am Nachbartisch der scheußliche Karasek. Ich rufe zu ihm hinüber: «Nun muß ich auch noch das Hotel kaufen, damit man Sie hier nicht hineinläßt – das Schwimmbad (wo er gelegentlich auftaucht) genügt wohl nicht.»

1. Pointe (ich sah schon merkwürdige Reaktionen auf den Kellnergesichtern): An genau DIESEM Abend WAR das Hotel verkauft worden.

2. Pointe: Karasek ging in die Halle, kam zurück, entschuldigte sich, einen Moment stören zu dürfen: «Trotz all Ihrer Abneigung gegen mich – ich möchte Ihnen eine Kolumne im TAGESSPIEGEL (dessen Herausgeber er ist) anbieten, ich verehre Sie, Sie können absolut schreiben, was Sie wollen – ich sage das in Gegenwart eines Zeugen, eines Anwalts auch noch.»

DER Mann, der mich SEIT JAHREN tödlich verfolgt, die INFAMSTEN Widerwärtigkeiten gegen mich im SPIEGEL initiiert, gedruckt und selber geschrieben hat, der einen im Auftrag des SPIEGEL von mir geschriebenen Artikel mit der Begründung, ich sei ein halber Faschist und der Totengräber Tucholskys, abgewürgt hat – tut nun, als sei das alles nie geschehen, deswegen kann man doch getrost miteinander arbeiten …

Hotel Ambassade, Amsterdam, den 7. August

Verdrehte Gefühle und hoch-überspannte Nerven von diesen 2 Amsterdam-Tagen, mein Ideen-Samen zu einer großen Tucholsky-Ausstellung ist wunderbar aufgegangen, es hat 2 Jahre gedauert, aber nun hat das Goethe-Institut die ganze Stadt in eine Tucholsky-Stadt verwandelt, Plakate überall, 2 großartig inscenierte Ausstellungen, das Ganze «gelegt» auf die internationale Deutschlehrertagung mit 1600 Teilnehmern, von denen ca. 1000 zu meinem Eröffnungsvortrag gekommen waren (der mir, frei gesprochen, gelungen). Gerade meine Akzentsetzung auf «was da – unter und mit Hitler – geschieht, entspricht zu guten Teilen den tiefsten Instinkten des deutschen Volkes» war die richtige.

Dennoch, geradezu verquer, habe ich in letzter Zeit ein bedrängendes Gefühl, der Mary unrecht zu tun – wohl vor allem, seit ich mir nun erstmals, da auch «Geschäftsführer», ein winziges Gehalt zahlen lasse. Wenn ich in den alten Akten lese, daß sie, für den Fall des «finanziellen Notfalls», sich von Marbach (wohin sie ihr Millionen-DM-wertes Archiv VERSCHENKT hatte) einen Monatsbeihilfebetrag von 3500 ausbedungen hat, kann man ihre Bescheidenheit nicht hoch genug veranschlagen. Irgendwas ist mir da an mir fatal – – – wenngleich ich zur selben Zeit mir sage: Das da, in Amsterdam, habe ICH gemacht, ICH initiiert und niemand anders, wie auch die Tucholsky-Gesamtausgabe – – – SO WAS hat SIE zeitlebens nicht geschafft. Ihr Teil an dem Ganzen war rührend, aber zu Teilen ungeschickt – ich dagegen arbeite hochprofessionell (und werde diese Ausstellung eventuell in viele Länder schicken, nach Paris ist es jetzt bereits sicher).

Der Abend mit Andreas Landshoff, Sohn des Exilverlegers und Vater von Antjes geschiedenem Mann, war hochinteressant – ich wußte gar nicht, daß er à la Ledig «nicht anerkannt» vom Vater mit seiner Schauspieler-Mutter in Berlin gelebt hatte (also nie emigriert war), die Mutter die Geliebte von Pamela Wedekind, die wiederum mit Erika Mann … usw. und daß sein «Ziehvater» Wolfgang Liebeneiner war, der wiederum den schlimmen Euthanasie-Film ICH KLAGE AN für die Nazis gedreht hatte. So sausten den ganzen Abend Namen über den Tisch; wenn er erzählte, wie er im von ihr an Gründgens vermieteten Haus in einer Mansarde wohnte, erzählte ich von meiner (einzigen) Begegnung mit Klaus Mann – das war dann ausgerechnet dessen Berlinbesuch, bei dem er auf Bitten von Vater Landshoff aus Amsterdam herauszufinden suchte, ob der Sohn eventuell Nazi-verseucht. Dieser, der Sohn, war inzwischen mit Suhrkamp befreundet, dessen Cheflektor hieß Hermann Kasack – und den hörte ich, tief beeindruckt, 1947 in irgendeinem literarischen Hinterzimmer aus seinem DIE STADT HINTER DEM STROM vorlesen, dazu mich der Pfaffe Mund mitgeschleppt, seinen literaturinteressierten minderjährigen Lover, der auch im NAAFI-Club am Reichskanzlerplatz verkehrte, wo Landshoff aus und ein ging. So könnte ich endlos weiter aufschreiben – ZU viele Ko-Indizien, Namen von Menschen, die man ganz anders, aber eben beiderseits kannte – Gerhard Hirsch, offenbar ein früher Gründgens-Lover und noch früherer Lektor bei VOLK UND WELT (!!), der dann hier im Hamburger SCHAUSPIELHAUS Dramaturg war, ich kannte ihn zu DER Zeit gut, er rief mich nach Eckfrieds Denunziationsbrief mit dem Satz (er war schwul, es durfte aber niemand wissen) an: «Wenn mir so was PASSIERTE, BRÄCHTE ICH MICH UM.» Er BRACHTE sich um, wenig später.

KAMPEN, DEN 19. AUGUST

Besuch von Kempowski, der hier eine Lesung hatte. Aber, anders als angekündigt, nicht aus einem NEUEN Buch, sondern, wie er selber sagte – «Hauen Sie bloß ab, alles olle Kamellen» –, aus alten Büchern (was eigentlich nicht Usus ist). Also ging ich, verabredet auf «hinterher», Viertel vor 10 hin. Da las und las und las er, ich umstreifte den erleuchteten Saal, fast 1 volle Stunde, um nicht unhöflich zu sein. Als der Star schließlich erschien und ich, doch etwas belegt, sagte, ich hätte fast 1 Stunde gewartet, kam in einer Mischung aus Selbstbewußtsein und Pampigkeit: «Was ist schon 1 Stunde.» Dann gingen wir ins Gogärtchen, immerhin keine Kneipe – er bestellte 1 Bier und Salzletten, zum ratlosen Entsetzen der Kellnerin. Indes er auf den «gräßlichen» Uwe Johnson schimpfte, da er gerade den Johnson-Preis entgegengenommen hatte, und erzählte, daß sein Verlag ihm Briefe vom «Controller» schickte, weil man bereits knapp 400.000 Mark in das neue ECHOLOT-Projekt gesteckt habe (NICHT sein Honorar, sondern Unkosten – das Honorar kommt noch drauf). Er habe aber auf die Unwilligkeit, weiter zu zahlen, nur geantwortet: «Dann lassen wir doch das Ganze» – wohl wissend, daß das nach fast ½ Million Investition nicht mehr geht. Das schlaue Schulmeisterlein –.

KAMPEN, DEN 29. AUGUST

Die verärgernde Enttäuschung der – nunmehr 3wöchigen – Proust-Lektüre.

Diese Lektüre hat sehr verschiedene Defekte des Artisten Proust offenbart, von denen ich mich nur wundere, daß so viele Bewunderer nie darauf hingedeutet haben (oder, was ich vermute, die meisten haben den so Gepriesenen gar nicht gelesen).

Das eine ist die schwer erträgliche geschmäcklerische Zierlichkeit, durchaus bis ins sprachliche Detail hinein, das ständige bezaubernd, hinreißend, zauberhaft, eine Sprache der Gesellschaftsklatschspalten. Damit im Zusammenhang der Farbrausch mit dem ewig wiederholten «Mauve-farben», obwohl Mauve Malven heißt und es Malven in VIELEN Farben gibt (noch heute las ich, aus anderem Grunde, Rudolf von Salis' Beschreibung von Rilke und dessen MalvenBLAUEN Augen …). Diese falschen Farbräusche – Hortensienfarben –, aber auch Hortensien gibt es in vielen Farben; oder Onyx-farben – ich selber habe Manschettenknöpfe sowohl aus schwarzem wie aus braun-beige Onyx – zeigen eine Schmucksprache, wie sie, *pars pro toto*, so ein Satz verrät: «die gleiche, rosig durchglühte, doch perlmuttfarbene Blässe lebte in den marmorhaften Wangen …»

Am liebsten würde ich in einem eigenen Buch mal, nicht als Zitat kenntlich gemacht, einige solcher parfümierten Passagen einmontieren – die Kritik würde sich das Maul zerreißen.

Die nächste Ebene ist die entscheidendere: Proust ist ein Parvenu, einer, der eine Gesellschaftsschicht schildert, in die er nicht gehört, in die er nur durch Schliche und Intrigen «gebeten» wurde und deren Papperlapapp er letztlich bewundert; sonst würde er nicht viele, viele Seiten damit vergeuden auseinanderzuzwirnen, ob nun der Sohn eines Herzogs auch Prinz sein kann und ob eine Gräfin mehr oder weniger ist als eine Duchesse und wann jemand statt Monsieur Monseigneur angeredet werden muß und wer von wem abstammt, durch Heirat in eine andere Adelsschicht gelangt oder gar abgestiegen ist. Er drückt sich die Nase an der Schaufensterscheibe platt und tanzt sich in einen Saal, in den er nicht gehört und von dessen Glanz (den er dann *most colorful* abschildert) er «hingerissen» ist. Sehr, sehr selten gibt es kleine Distanzpassagen, Ironismen über Bälle oder seichtes Salongeplauder oder über den Herzog von Guermantes, der sich bei einem Gespräch ärgert, in dem Namen fallen, die er nicht kennt: «Ungewiß, ob Ibsen oder d'Annunzio tot oder lebendig waren, sah er …» Zumeist aber ist der Autor geblendet von «Sie war die Tochter des Marquis de …» oder «Ein Norpois hatte unter Ludwig XIV. die Tochter des Herzog von Montmart geheiratet …» – Seiten und Seiten und Seiten voll mit diesem Quatsch-Klatsch in dieser Dekor-Sprache: «weiß-gelb geifernde Schlangen krümmten sich auf seinem Gesicht, während seine Stimme abwechselnd schrill und dumpfgrollend war wie ein ohrenbetäubender rasender Orkan». Stefan Zweig ist ja *Kafka* dagegen, noch öfter und fahrlässiger als jener benutzt Proust diese ewigen «Wie»-Vergleiche, was man sonst keinem Anfänger durchläßt (und was NICHT nur auf die schlechte Übersetzung zurückzuführen sein kann; Onyx-Augen hat ja nicht die Übersetzerin «erfunden», auch nicht das ständige «erblassen» und «erröten»). Für meinen Geschmack ist Balzac der kräftigere – der, nicht zufällig, erinnerbare Menschen, Figuren, Charaktere geschaffen (ERschaffen?) hat und nicht nur robenraffende, diademtragende, Schwanenfederfächer fächelnde Marquisen. Selbst die vielen berühmt gewordenen Dicta – Graf Montesqieu leiht sich Schmuck bei einem Bekannten, der ihm den mit der Bemerkung gibt, es sei Schmuck seiner Familie; darauf der parfümierte Snob: «Ich wußte, daß Sie Schmuck haben – daß Sie eine Familie haben, wußte ich nicht»; irgendeine Herzogin verlangt, daß man sich in ihrer Gegenwart erhebe, worauf eine andere bemerkt: «Welche Veränderung – bei Ihrer Mutter mußten die Herren sich hinlegen» – selbst derlei hat eigentlich nur Pennäler-Niveau. Das ginge ja, wenn es ALS Pennäler-Niveau vorgeführt würde – aber Proust «rechnet eins-zu-eins», schlimmster Fehler in der Kunst. Man kann ENNUI nicht darstellen, indem man Langeweile verbreitet.

Abstoßend und sogar seltsam linkisch seine homosexuellen Schilderungen (selbst wenn man «die Zeit» abzieht, zu der natürlich kein Genet möglich war). Wie Monsieur de Charlus mit dem Handwerker verschwindet oder wie ein Graf es mit dem Diener auf den Champs-Élysées (wie das?, wo dort?) treibt, der ihn dann beim nächsten großen Empfang vorstellen muß und ihn erkennt – banal. Befremdend dabei, wie der homosexuelle Proust – und das ist SEIN Ton, nicht die zitierte Sprache «der Gesellschaft» – die Homosexuellen verunglimpft, von ihrer Krankheit, notwendigen Isolierung, Einsamkeit und Glücklosigkeit schwafelt; auch das SEITENlang.

KAMPEN, DEN 31. AUGUST

Prousts Drapier-Räusche – «Die Gräfin trug ein scharlachrotes Gewand mit zimtfarbener Schleppe, dazu ein Rubin-Collier» – sind bereits vorgeformt im – – – – – Nibelungenlied! Der – unbekannte – Autor wird in der Literaturwissenschaft als «Stoff-Fetischist» bezeichnet, weil er so hingebungsvoll Roben und Rüstungen und verzierte Waffen schildert, es gibt regelrecht «Schneider-Strophen», weswegen einige Literaturhistoriker annehmen, der Mann WAR Schneider.

Seit Tagen Brasch-Absurditäten-Kabinett. Am Telefon ein Autor, der zwischen Haß-Ausbrüchen und Unterwürfigkeitsgesten gegen seinen Verleger Unseld hin- und hergeworfen ist (die er mir alle endlos am Telefon vorliest, betonend, er sei pleite); mal im Ton von «Siegfried, vergib» und mal ein mehrere Seiten langes Wut-Gedicht. Anlaß ist sein auf nunmehr 6000 (!!) Seiten angewachsenes Manuskript, mit dem der Verleger (verständlicherweise) offenbar nix anfangen kann, das er in seiner Not als «möglichen Faksimile-Druck» anbietet, von dem auch mir nach stundenlangen Gesprächen nicht klar ist, ob Roman, dazwischen Gedicht, auch Reportage über irgendeinen Bumke, den niemand kennt (was ja egal wäre – DANN kennte man ihn, *if so*...). Brasch, der mich eben beschwört, einen Verlag zu gründen, sagt im nächsten Moment, die Zeiten der üblichen Verlegerei seien vorbei, er bestelle sich jetzt 1000 Tüten in San Francisco, lasse 1000 Manuskript-Kopien herstellen und verteile die, Otto Sander habe ihm gesagt, er kaufe SOFORT so eine Tüte für 1000 Mark, und dann hätte er doch soundso viel Mark, 1000 mal 1000. Mein Einwand, Sander würde, wieder nüchtern, keine 10 Mark dafür ausgeben, ernüchterte Brasch wiederum.

Nun will er – nachdem dem Verlag offenbar jährlich wechselnde Fassungen zwischen 300 und 4000 Seiten vorliegen – eine «Kurz»-Fassung von NUR 1000 Seiten hinschicken und dafür SOFORT Vorschuß haben (zum Vorschuß habe sogar ich ihm geraten, weil seine Bank ihm den Kredit sperrt, und woher, wenn nicht von einem Manuskript, soll Geld kommen?). Fast kann einem der unsympathisch-klobige Unseld – dessen Chauffeur letztlich von seinen Autoren bezahlt wird – leid tun: Jeder Walser, Handke, Bernhard will NUR, daß er sich um dessen Manuskripte kümmert, sie sofort liest, druckt, bewirbt; und eben auch ein Brasch, zu dem er brutal, aber nicht ganz falsch sagt: «Sie sind als Autor vergessen.»

Der Auto-Tod der englischen Prinzessin mit dem Pharaonensohn füllt meine Phantasie, es müßte ein Essay geschrieben werden über das Auto als Todestransportvehikel – James Dean und Kennedy und Walther Rathenau und Grace Kelly und Camus und nun diese britische Soraya. Gut, daß die mörderischen Fotografen keine Deutschen waren.

Kampen, den 4. September

Steigender Ärger über die Proust'sche Schmuck-Prosa voll «Onyx-Augen» und «azurblauem Licht in den Augen» und Farbräuschen, die tatsächlich kaum zu ertragen: «In dem Sonnenschein, von dem am Horizont die gewöhnlich unsichtbare Küste von Rivebelle mit Gold überflutet wurde, unterschieden wir, kaum abgegrenzt gegen das leuchtende Himmelsblau, aus dem Wasser aufsteigend, rosig, silbern, unmerklich, die kleinen Angelusglocken, die rings um Féterne her läuteten» (selbst wenn es falsch übersetzt ist und man nicht die Glocken, sondern ihr Läuten unterscheidet – die Übersetzerin kann ja diese Farbpostkarte nicht VOLLSTÄNDIG erfinden).

«Als die Tür sich öffnete, strömte das rosige Licht uns entgegen, das den Raum erfüllte und den weißen Musselin der vor dem Abendhimmel ausgespannten Vorhänge in morgenrotfarbene China-Seide verwandelte. Die Möwen hatten sich von neuem auf den Wellen niedergelassen, doch jetzt sahen sie rosig aus.» – Das sollte ich mal, nicht als Zitat kenntlich gemacht, in einem Text von mir einbauen!

«Und die gleiche rosig durchglühte, doch perlmuttfarbene Blässe lebte in den marmorhaften Wangen zugleich von Mutter und Sohn.»

Manches liest sich, als habe er schlicht den Gotha ausgeschrieben: «‹Der Herzog-Titel Aumale ist lange in unserer Familie gewesen›, erklärte Monsieur de Charlus dem Marquis de Cambremer ... wir hatten den Vortritt vor allen ausländischen Fürsten ... als die Prinzessin von Croy bei der Beisetzung von ‹Monsieur› (das war der König) niederknien wollte, bevor meine Urgroßmutter es getan hatte, machte diese in aller Kühle darauf aufmerksam ... der Herzog von Burgund war zu uns Vorreitern mit erhobenem Stab gekommen, wir erreichten beim König, daß sie ihn senken mußten ...»

Das geht seitenlang so: «Und zwar hatte die Herzogin von Guermantes diesen Rang, obwohl sie auch für ihre Person durch ihre Mutter eine Nichte der Königin von Polen, der Königin von Ungarn, des Kurfürsten von der Pfalz, des Prinzen von Savoyen-Carignan und des Prinzen von Hannover war, der später König von England geworden ist ...» Puh. Das Schlimme: Das ist die AUTORENSPRACHE! Wenn er es als Charakterisierungsmethode für alberne Geblähtheit benutzte, ginge es noch, obwohl – das tut er ja manchmal bei Charlus – es auch da lächerlich wirkt, zumal unwahrscheinlich, daß jemand sich so gebärdet: «Viele unserer Titel übrigens sind uns vom Hause Lothringen zugekommen durch Thérèse d'Espinoy, meine Urgroßmutter, die die Tochter des Damoiseau von Commercy war ...»

Aber wenn sich all das seitenlang wiederholt, wenn immer wieder der «apfelrote Teint» (??), wenn eine «Liebes-Scene» sich so liest: «... ihren Kopf zwischen meine Hände nahm und ihr die weiten überschwemmten stummen (!) Wiesen zeigte, die sich im sinkenden Abendlicht bis an den Horizont erstreckten (im Morgenlicht also nicht?), der von den in gleicher Richtung verlaufenden Ketten ferner bläulicher Hügel abgeschlossen war», wenn eine lesbische Scene «ein optisches Phänomen» ist, in dem «eine Art von phosphorisierender Bahn von einer zur anderen lief» – – – dann ist das nichts als schriftstellerische Impotenz.

KAMPEN, DEN 6. SEPTEMBER

Was mich am Tod respektive dem Umgang mit diesem Tod der englischen Prinzessin stört: als sei nur SIE gestorben, tagelang kein Wort über den mit verunglückten Freund, den toten Chauffeur (dessen Namen man erst nach 1 Woche erfuhr), den schwerstverletzten Leibwächter. Und die Massenhysterie (die selbst die Königin aus ihrem Schweigen vor die Kamera zwang), als sei da nicht eine Soraya der 90er Jahre durch eigenen Leichtsinn umgekommen, ein Playgirl, das sich an die Bucht von Saint-Tropez auf die Yacht eines Kaufhausmilliardärs «zurückzog», bei der Versace-Beerdigung in der 1. Reihe saß – kurz, eben jenes Leben führte, das ihr Illustrierten-Abbild auch zeigte. «Ein Herz für die Armen»?? Wieviel von ihren 70 Millionen hat sie denn wann und wo für wen gespendet? Für die auf Fotos so dekorativen Negerkinder? Interessant, daß die Massen so was zu einer «Ikone» machen, ihr Oberflächlichkeit, unverdienten Reichtum, Halbwelt-Leben verzeihen. Idol ist, wie man selber leben will. Also so?

9. SEPTEMBER

Eben verläßt der Fernsehmann Wickert nach 2 Tee-Stunden das Haus, in denen er sich von mir die Dramaturgie des morgigen Abends – mitschreibend – einblasen ließ, an dem ja mein Heine-Buch von ihm vorgestellt werden soll. Nun, das mag ja noch in Ordnung sein – lieber indes hätte ich mich überraschen lassen.

Das bekommt aber einen anderen Aspekt, wenn ich bedenke: Den «zweiten Teil» des Gesprächs widmete er SEINEM TV-Portrait von Grass, den er am Abend seines 70. im TV interviewen soll – – – – offensichtlich nicht wissend, WAS er überhaupt fragen soll. Da saß der berühmte Mattscheiben-Star, den Schreibblock auf den Knien, und schrieb, was ich ihm sagte, was für Themen, was für Probleme, für literarische Gesichtspunkte, auch biographische Verhakelungen «zu fragen» seien.

Damit gut gerüstet geht der Mann nun also vor die Kamera und fragt MEINE Fragen. Auf die Idee, mich zu bitten, an dem Gespräch z. B. teilzunehmen (meinetwegen: er das politische, ich das literarische), kommt er gar nicht. Man kann's auch Mundraub nennen.

Sonntags schon um 18 Uhr in die Oper. Eine wunderschöne, harte, gar nicht «veroperte» Inscenierung von Verdis MACBETH, gute Stimmen, gutes Dirigat. Aber das ist nicht so interessant. Interessant vielmehr ist die Künstlichkeit dieser Kunstform (hat Thomas Mann sich nicht mal über das leicht Alberne der Oper als Kunstform geäußert?) – kann man Wahnsinn singen? Nicht zufällig – meine Weisheit habe ich aus dem Programmheft –, daß Verdi selber sich gegen «Belcanto» in diesem Zusammenhang wehrte, daß er sagte: «Ich möchte, daß die Lady nicht singt», offenbar schwebte ihm eine Art Sprechgesang vor. Dazu viele kluge Überlegungen im Programm-Heft, die ich hier nicht abschreiben muß. Peinigend dagegen der geschwollene Stuß dieses obligaten Heiner Müller, den die Theaterleute ja wahrlich in JEDEM – sich nicht bietenden, aber anbietenden – Zusammenhang zitieren, egal, ob's einen Sinn ergibt oder nicht. Dieses hier ergibt gar keinen: «Das UND trägt den Akzent, die Wahrheit reist im Zwischendeck, der Abgrund ist die Hoffnung.»

Was, bitte sehr, Herr Lehrer, wollte der Dichter damit sagen?

«Mit den Deutschen ist's nichts, den klotzigen Eseln» – so ähnlich sagt es Schopenhauer, jedenfalls steht's so auf Wunderlichs Schopenhauer-Portrait. Der «Premieren»-Abend meines Heine-Buches war grotesk. Jetzt habe ich mal einen Verlag, der was für mich tut – und der macht's falsch. Es war alles eine Nuance (neudeutsch) zu üppig, wie eine schicke Vernissage und nicht wie eine literarische Veranstaltung, mit Riesentabletts erlesenster Kanapees, auf allen Tischen 3 bis 4 Flaschen Wein UND nach dem Ganzen, ab 23 Uhr, ein «gesetztes Essen».

Wozu dann diesen Nachrichtensprecher? Als der er sich übrigens entpuppte – interessantes «soziologisches» Phänomen: Zieht man von diesen Leuten (wie z.B. Wickert) die Maschinerie, die Scheinwerfer, die Mattscheibe ab – bleibt nix. Der Mann konnte überhaupt nicht frei formulieren. Gab hilflos Stichworte à la «Hatte Heine nicht auch» oder «Wie war denn das dann in Paris».

Zu diesen künstlich produzierten Figuren fiel mir ein, wie ich vor endlosen Jahren mal bei Romy Schneider (als sie in Hamburg lebte) eingeladen war und, nachdem eine kleine unbedeutende und unattraktive Hausdame die Drinks angeboten hatte, ich mich fragte, wann denn nun endlich der «Weltstar» mal auftauchte – – – – bis ich begriff: Die Puschmaus WAR Romy Schneider!!! Hätte vermutlich bei Gründgens, Kortner, der Giehse nicht passieren können – BÜHNENschauspieler hätten/haben ihren eigenen Charakter.

Wozu mir wieder als PS zu dieser englischen Kindergärtnerin einfiel, wie seinerzeit – da war ich mit Maximilian Schell befreundet – Soraya sich über Paparazzi und «Verfolgung» usw. beklagte (vor allem über ihre Liaison mit Schell war die Presse entzückt) und, als wir zu Ehmcke am Gänsemarkt essen gingen, im Blitzlichtgewitter zu Fuß vom VIER JAHRESZEITEN, ich ihr im Restaurant sagte: «Setzen Sie sich dahinten bei der Gardine in die Ecke, ich setze mich vor Sie, dann kann Sie niemand sehen», antwortete die «Kaiserin»: *«I want to sit open»* und setzte sich so, daß jeder im Restaurant sie gut sehen konnte und die Fotografen zur Tür hereinstürmten, bis die Polizei kam (weil ein Restaurant als «geschlossener Raum» gilt). Genauso «versteckte» sich nun diese «Prinzessin» auf der weißen Luxusyacht, nackt, in der Bucht von Staint-Tropez – gewiß der «heimlichste» Ort der Welt.

HÔTEL LUTETIA, PARIS, DEN 24. SEPTEMBER

Paris – bei strahlend-sonnigem, fast sommerlichem Herbstwetter – schließt sich nicht auf; alles «klappt» nur zur Hälfte: Abends, verabredet und eingeladen, stehe ich im dunklen Anzug und Blumen und Heine-Buch bei Liebermann vor verschlossener Tür, einem Zusammenbruch nahe, weil in dieser XVIème – feinen Wohngegend – Mietspalast in der Avenue Monmorency –, mein Taxi war ja weg, kein Café, kein Restaurant, von wo zu telefonieren – nach ½ Stunde kam der Concierge – und eine entgeisterte, ungekämmte, ungeschminkte Mme. Liebermann im Trainingsanzug steht neben einem halb eingeschlafenen Rolf Liebermann: Sie hatten's vergessen. Absurd-peinliche Situation, die zu meistern – statt beleidigt abzutauchen – ich viel Humor aufbringen mußte; auch angesichts des Tellers nackte Nudeln und der 2 Käse-Rinden (was für ein Haushalt in der 7-Zimmer-Penthouse-Etage!), die mir – «Keineswegs dürfen Sie jetzt gehen» – angeboten wurden.

Wir fingen uns dann bei Rotwein und Cigarre, sind ja schließlich keine Postbeamten, lachten und sprachen über die Verkommenheit von Politik und Kultur (er boykottiert die Schweiz wegen der Nazi-Gold-Affäre; immerhin, ein 87jähriger Mann!). Waren uns aber traurig einig, daß wir beide über Jahrzehnte so viel/zu viel Energie in die tägliche Aufgeregtheit – von rororo-aktuell über Staatsoper bis ZEIT-Feuilleton – gesteckt haben.

25. SEPTEMBER

Alle Proust-Notate nicht hier (gehen in meine Reportage ein). Aber die Fahrt in die Normandie – zu «seinen» Orten – will doch fixiert werden; nicht so sehr wegen der Schönheit (gibt es

«Eleganz» einer Landschaft?) bei hochsommerlichem Sonnen-Wetter, sondern wegen der Hoch-Bizarrerie meiner beiden Pariser Freunde – die jedes Detail, jede Kirche, jede alte Dorf-Markthalle kennen, die ein Dach, eine kleine Kirche, einen skurrilen Antiquitätenladen sofort sehen: und NIE die Landschaft, die kommt mit einem *«Ça c'est tellement beau»* weg, während das absolut kleinste Kunst-Detail mit wahrer Inbrunst genossen wird, ein Giebel, eine Schindel-Fassade, eine Holz-Katze auf einem Dach. Im Kopf bereits die abendliche Vernissage, zu der man noch unbedingt in Paris sein muß (und die wir, wegen Stau, natürlich – Gott sei Dank – verpaßt haben), rasen die Strandpromenade von Deauville entlang, nur auf der Suche nach einem Proust-Hotel, einer Proust-Villa. Auf die Idee (für mich eine Sehnsucht), einen Moment am Meer zu verweilen, am Strand zu sitzen, Wellen und Möwen zu lauschen (ich hätte so gerne ½ Stunde geschwommen), kämen sie nie. Ich war verhungert nach Luft, Sonne, Stille, Meer, hätte mich irgendwo 1 Stunde in einen Liegestuhl gelegt bei dem hochsommerlichen Wetter – sie waren «verhungert» nach einem guten Déjeuner mit Wein, 3 Gängen – eine Qual für mich.

Es ist geradezu ein Erlebnis, zwei solche Arte-Fakt-Menschen zu beobachten, für die der Crevetten-Schaum und die Profiteroles mit heißem Chèvre ihre Genuß-Substanz sind. Aber eben zugleich ein romanischer Kirchturm. Ein Konsumentenleben, meines war/ist ein Produktions-Leben. Da aber das/mein Produkt nicht so erheblich ist: Wer lebt da richtig?

HOTEL WESTBURY, NEW YORK, DEN 6. OKTOBER

Mein vermutlich letzter New-York-Besuch, mit Zeit und Geld und ohne innere Lust; eher wankend als spazierend an meinen Inkunabeln entlang, Matisse-Gang, Demoiselles d'Avignon, American Wing (Tiffany) und Rockefeller-Wing (Neu-Guinea, eine Wunderwelt des entsetzlichen Totenkults); ich absolviere das alles mehr, als daß es mich entzückt. Wie auch die Wanderungen durch die Art-déco-Stadt, der Reagonomics-Trump-Tower scheint mir gar schäbig, der Rainbow-Room leicht vulgär – meine Seele schleift.

Apropos tot: habe auch kaum noch Bekannte hier, Freunde gar nicht, fühle mich aufdringlich, weil ich mit den Verlegern (Roger Straus) kein Thema und mit Autoren (Arthur Miller) eigentlich wenig gemeinsam habe.

Das strikte Rauchverbot macht mich grantig – weil mir was verboten wird.

Und die Angst, das spesenteure Interview mit Toni Morrison zu verpatzen, läßt/ließ mich nicht schlafen.

Hotel Westbury, New York, den 7. Oktober

Die New-York-Woche geht dem Ende zu.

Gestern also Besuch bei/Gespräch mit Toni Morrison in Princeton. Beeindruckende Frau mit schönem, ausdrucksvollem Gesicht und ihre dramatischen Gebärden stets unterstreichenden Augen, gelegentlich Schauspielerin, die ihrer Wirkung bewußt, und dann plötzlich tief-ernste Sklaven-Urenkelin. Das Gespräch seriös, beteiligt, *«full of compassion»* und hochintelligent. Der Gang zum Restaurant dann sonderbar – plötzlich war sie eine enten-haft watschelnde, dicke Neger-Mammi aus «Vom Winde verweht», die von der Ernsthaftigkeit in die Eitelkeit kippte – «Morgen habe ich Lunch mit Hillary» oder «Ich bin das Aushängeschild der Uni» – meine Cigaretten rauchte und mir erzählte, sie müsse aus Geldgründen an dem Universitätsjob festhalten; die Auflagenmillionärin.

Hotel Westbury, New York, den 8. Oktober

Düster bedrückender Abschied von New York: Beide Ärzte haben «Befunde» festgestellt, nix «Der eingebildete Kranke». Es scheint in/an den Füßen eine – irreparable? – Nervenstörung, und auf meine Frage «Werde ich eines Tages nicht mehr laufen können?» kam keineswegs ein entschiedenes «Keine Sorge».

Wie ein Auftakt/Abtakt ein ziemlich entsetzlicher Abend mit dem einst so alerten Grove-Presse-Verleger Barney Rossett, nun ein eigensinnig schwatzhafter weißhaariger Greis, der von 18 bis 23 Uhr nur von sich, seiner GI-Zeit in Japan – mit Foto-Alben vorblättern – und dem Kampf um seinen, ihm von Weidenfeld und der Dame Getty geraubten Verlag wie dem um seine Memoiren plapperte. Ließ mich die Rechnung bezahlen. Wieder ein «Abschied».

14. Oktober

Der gestrige Grass-Staatsakt nicht ohne komische, aber auch kleine ergreifende Aspekte. Erst einmal muß man ja anmerken, daß ein großes Theater AUSVERKAUFT ist, nur, um einen Schriftsteller zu ehren. Dann, daß immerhin Autoren wie Rushdie und Nadine Gordimer von weit angereist kommen, um ihr HAPPY BIRTHDAY TO YOU aufzusagen (wobei eine der komischen Pointen die Bullen des Rushdie waren, die Seiten-Bühne, Vorderbühne, Hinterbühne in ganz «unkenntlich» machenden roten und grünen Sakkos bevölkerten, den Publikumsraum starr im Auge – als könnten sie sehen, gar etwas tun, wenn da einer eine Pistole zöge. Wäre ja auch ein schöner Tod: auf der Bühne als Gratulant zum 70. von Grass).

Komisch dann die ungelenke Bravheit, dieses Deutsch-Biedere: Christa Wolf, die stimmlos als Muttchen ein paar Gedichte des Jubilars aufsagte; Rühmkorf, der mit bei vielen Auftritten geübter Komödianten-Geste ein «politisches» Gedicht aufsagte, ein Majakowski der Primanerzeitungslyrik, die gegen Kapital, Zinsen und Gewinne protestierte – alles, was er hat und wovon ER profitiert.

Beeindruckend dann der 90jährige Hans Mayer, der zwar sitzen mußte und (gräßliches Schicksal für einen Textverschlinger) kaum noch sehen kann, aber 20 Minuten ohne Manuskript und druckreif sprach; wie der neue PENpräses Conrady hinterher zu mir sagte: «Auffallend, wie selten er ICH gesagt hat.» Oft genug war's schon – und wieso er nun eine Parallele zu Heine zog respektive «schlug» (so schrecklich jüdisch ist Grass ja nun nicht) – das war wohl nur, um seinen ewigen Satz «ein europäisches Ereignis und ein deutscher Skandal» loszuwerden (den er auch, einziger Verhaspler, umdrehte).

Zuzugeben ist aber: DAS schafft kein deutscher Gegenwartsschriftsteller, diese Aufmerksamkeit, sintemalen ja die Weihefestspiele nun zwischen Lübeck und Göttingen, ARTE und ZDF und ARD eine Woche lang weitergehen.

Interessant auch mein kleiner Streit mit Rushdie, der auf meine kritischen Bemerkungen zu Grass' letztem Roman (da ALLE meine ZEITartikel gelesen hatten, und die, die ihn nicht lesen konnten, wie Rushdie oder Gordimer, hatten sich berichten lassen) sagte: «Jeder Roman über 700 Seiten ist mißglückt.» Auf mein spontanes «Ein rasches Urteil über Proust, Tolstoi und Thomas Mann» lächelte er nur. Habe mit ihm verabredet, nach Erscheinen der englischsprachigen Ausgabe von EIN WEITES FELD mit ihm darüber zu diskutieren.

Beim anschließenden Empfang das sogenannte *«tout Hambourg»*. Kein Wort mit Christa Wolf, dünnlippige Begrüßung mit Lafontaine und überraschend angenehmer Eindruck vom neuen Stadtkommandanten, Runde oder Runge oder so ähnlich; wirkt humorvoll, verschmitzt und unverkrampft. Wird mal zum Essen eingeladen.

18. Oktober

Zögerlicher Nachtrag zu den Staats-Akt-ähnlichen Grass-Feiern, die mir dann – alles summierend – doch leicht übertrieben schienen. Aber: Entgeistert war ich von der kunstgewerblich verhakelten und zugleich mit tausend Bedeutungswimpeln abgesteckten Verfilmung der RÄTTIN, die bemühte Bilder-Fibel von Erstsemestern einer Filmhochschule. NIE hätte so was einen Abnehmer, einen Zahler, einen Sender, einen Regisseur, einen Produzenten gefunden, stünde dahinter nicht der Name Günter Grass.

Das ist eines der Rätsel, dieser Zwiespalt zwischen Person und Werk. Einerseits, natürlich, wird man als Schriftsteller nicht berühmt, wenn man kein Werk hat und wenn an dem Werk nichts ist. Andererseits (mit einer solchen Andeutung endet auch Kaisers Geburtstagseloge) hat das Werk doch SEHR viele Defekte, läßt durchaus die Frage zu respektive offen, ob es denn wirklich ein zuchtvoller Kunstbau oder nicht doch nur ein Kraftakt und Temperamentsausbruch ist.

Also die öffentliche Person. Die ist Grass ja tatsächlich geworden, und egal, ob man – wie die Rechten – gegen ihn oder ob man – wie viele Linke, so etwa auf dem Empfang der ziemlich schleimige Lafontaine – für ihn ist: Er ist DA, man kommt um ihn nicht herum, eine seltsame Art Rocher de Bronze, eine mal liebenswerte, mal starrköpfige, mal rechthaberische und mal empfindsame öffentliche Figur. Dabei ohne die «Würde», aber ohne das Steifleinene eines Thomas Mann. Schon ein ganz eigenes Gewächs.

HOTEL LOS JAMEOS PLAYA, LANZAROTE, DEN 30. OKTOBER

Nun sitze ich jammerlappig seit 14 Tagen in der Sonne, worum mich viele beneiden – und beklage mich; das alte Lied: das für mich perfekte Klima, Meer, Pool – alles für mich perfekt –, aber ich klage: Tatsächlich ist das «freizeitgekleidete» Publikum, Tankstellenpächter, Schraubengeschäftbesitzer und Vorstadtfriseure, kaum zu ertragen, ich habe gar nicht gewußt, wie viele Menschen schlichtweg nicht in der Lage sind, mit Messer und Gabel zu essen.

So ist der salzhaltige Atlantik mir versalzen durch die «Waschen und Legen»-Vulgarität der Leute – und durch die vollständige Genußlosigkeit (wohl der Klientel entsprechend) des Lebens hier – vom Schinken zum Senf zum Fisch: alles drittklassig qualitätslos, Herero-Marmelade und Kühne-Essig. Vom miesen spanischen Wein zu schweigen.

Umgeben von geblümten Gardinen, gläsernen Teekannen, Kantinenbesteck und bastgeflochtenen Lampen. Kotzt mich an und macht mich nervös. Es ist – für mich – keine Erholung, weil ohne Spiel und Charme. Erholungs-Zwang.

Meine Sorgen möchte ich haben. Zugleich nahezu ergriffen von meiner Faulkner(-Biographie)-Lektüre; darüber hier im einzelnen nichts, weil im – entstehenden – Essay zu lesen.

Nur soviel: Sowohl sein Gentleman's-Ekel – er haßte es, in Gegenwart anderer zu essen; in dieser Schmatz- und Zahngepule-Gesellschaft hier nur allzu gut zu verstehen – als auch sein Bedürfnis, ein «Nest» auszustaffieren, mir sehr nahe. Gewiß war sein Rowan Oak samt Farm, Tennisplatz, Gesinde- und Privatflugzeug leicht übertrieben und sein «Auf-den-Strich-Gehen», will sagen nach Hollywood, wahrlich selbstverschuldet; aber das Auspolstern der Höhle, worin sich zurückzuziehen, kenn ich nur zu gut. Es hat wohl mit zweierlei zu tun: Weltangst und Feminität (bei Faulkner ja viel Androgynes!). Der sogenannte «richtige Mann», von Sartre bis Grass, gibt nicht viel auf Wohnbehaglichkeit, gar Luxus. Schon Thomas Manns Abhängigkeit von Schreibtisch, Teppich, allerlei Dekor zeigt ein, sein Element der Weiblichkeit. Grass, als er damals wegen einer Frauengeschichte bei mir Asyl suchte, kam mit einem Leinenbeutel, darin das «Butt»-Manuskript – er konnte sich an den nächstbesten Tisch setzen und weiter daran arbeiten. Faulkner hatte einen abnehmbaren Türknauf, um sich ein-zu-igeln, die Muschel zu schließen.

Hotel Domizil, Tübingen, den 11. November

Besuch – letzter? – bei Hans Mayer; nach langjähriger «Pause». Er ist seine eigene Anekdote, die so geht: Hans Mayer hat Besuch. Er redet 2 Stunden ohne Unterlaß, wo er alles Vorträge gehalten und welche bedeutenden Leute er dabei getroffen hat. Nach langem betäubtem Schweigen wird der Besucher gefragt: «Und nun zu Ihnen – haben Sie mein neustes Buch gelesen?» So wurde die Frage «Wie geht es?» unwirsch weggewischt (und, selbstverständlich seinerseits nicht gestellt), daß er praktisch blind ist und nicht mehr lesen kann – schockierend das Spezialtelefon mit Riesenzahlen auf einer Extratastatur; «eine Bibliothek? Das vermisse ich nicht. Ich habe alles im Kopf, ich habe ein abnormes» – er wollte wohl sagen: enormes – «Gedächtnis.» (Was wahrlich stimmt.) Nur gelegentlich blitzt ein «Erkennen» auf, daß da ein anderer Mensch in Fleisch und Blut sitzt; so, als er von einer Heine-Sendung spricht und fragt, mit welchem Gedicht er sie wohl begönne. Die Lehrer-Schüler-Situation macht ihm Spaß und mehr noch, als ich mit «Vermutlich ‹Die Grenadiere›» das Examen bestehe; «doch ein intelligenter Mann», Schüler Raddatz bekam eine Eins (später noch einmal, als ich eine Zeichnung als von Guttuso erkannte – natürlich war es ein Geschenk von irgendjemand Berühmten). Derlei weicht seine selbstgerechte Intellektualität für einen Moment auf, so erzählt er, daß seine von den Herren Girnus und Schuhmacher gestohlene Leipziger Bibliothek gefunden wurde, er sie «besichtigen» durfte und das erste Buch aus den vielen tausend Bänden, das man für ihn herauszog – ein Band Tucholsky mit FJR-Widmung war. Derlei ist seine einzige Möglichkeit, Freundlichkeit zu zeigen. Ansonsten eine erstarrte Ich-Ich-Ich-Feier und ein versteinerter Haß; nach wie vor heißt Ranicki «der polnische Verbrecher», und selbst die Erwähnung von Unseld – als ich berichtete, daß Suhrkamps Grab in Keitum/Sylt ungepflegt-vernachlässigt ist – produziert nur eine verächtliche Handbewegung. Und ein sofortiges «MEIN Grab wird sehr schön», er hat es sich auf dem Dorotheestädtischen Friedhof gesichert: «Da gehöre ich schließlich hin, ich werde neben Brecht und Eisler und Arnold Zweig und Hermlin liegen, das wird sehr schön.» Er merkt nicht, wie absurd dieser Satz klingt, immer, immer wieder und noch immer, bis über den Tod hinaus, dieses «Ich gehöre zu den Berühmten, ich bin bei feinen Leuten eingeladen», offenbar ein unausrottbarer Minderwertigkeitskomplex, wie es schon Bobrowski in einem schönen Distichon festhielt –, jeder Name gilt nur, wenn er mit Hans Mayer in Beziehung zu setzen ist – sagt man Liebermann, kommt *subito*: «Er hat mir seine Heine-Partitur gewidmet», und sagt man Monk, heißt es: «Ich weiß gar nicht, was er gegen mich hat.» Wapnewski darf überhaupt nicht vorkommen: «Der hält die große Heine-Rede? Da fällt einem nur ein, was einem immer bei Wapnewski einfällt – wieso eigentlich?»

Ich glaube, das vollständige Abhandensein einer menschlichen Dimension hat diesen geradezu panisch intelligenten Mann gehindert, ein bedeutender Mann zu werden.

Menschen sind für ihn Leute.

HOTEL HOLIDAY INN, ETTLINGEN, DEN 12. NOVEMBER

2 Pe-Esse noch zu Mayer:

Er hat die Flüchtigkeit des Zirkus-Zauberers, statt eines Kaninchens im Zylinder sein exzellentes Gedächtnis im Orkus verschwinden zu lassen – wenn es dem Zurechtschminken der eigenen Vita hilft. So wußte/weiß er genau, daß wir uns – «Da waren Sie der Kaffeeholer» – bereits 1947 im Verlag «Volk und Welt» kennenlernten, weil das so eine schöne runde 50 ergibt; er verdrängt dabei – wohl wissend: «Sie sind jetzt 66» –, daß ich da 16 Jahre alt war, also noch zur Schule ging (ich machte 1949 Abitur!), und daß er, wenn ich nicht irre, 1947 noch in Frankfurt/Main lebte.

Ebenso fabelt er sich die hübsche Geschichte zurecht: «Sie wissen: Meine Intervention bei Helmut Schmidt hat Sie gerettet.» Wahr daran ist, daß er – im Gegensatz zu vielen öffentlichen Protesten vieler Autoren – lauthals die Klappe hielt, angeblich einen Brief an Helmut Schmidt geschrieben hat, «den ich Ihnen aber nicht zeige». Wahr ist auch, daß ich nicht «gerettet» wurde (als Feuilletonchef) und daß mit Sicherheit der gräßliche Schmidt, der mich noch kürzlich in seinen Memoiren einen «elitären Intellektuellen» schalt, sich mit keinem Wort für mich verwandt haben wird.

HOTEL SORAT, ERFURT, DEN 12. NOVEMBER

Im schönen, leider total verregneten Erfurt gelandet – hier war ich einst mit 15 Jahren!!, auf Liebesreise mit Jochen Mund, wir bettelten auf der Straße eine Frau um einen Apfel an und holten uns mit ZK-SED-Ausweis bei der CDU (!!, die war hier mächtig) Gutscheine fürs Essen in einer «Speise-Gaststätte». Jetzt, 50 Jahre später, pflücke ich hier – der Lebensbaum hat 21 Bücher-Ringe, und viele haben angesetzt – die 1000-Mark-Scheine von den Bäumen – – –. Alles auch eine Reise in die Vergangenheit – Bonn neulich: Da war ich einmal glücklich, es machte mir nichts, daß Bernd in einem Zimmerchen wohnte, in dem es ein Waschbecken gab – erst wurde der Salat und später ... gewaschen. Er hatte nix, ein kleines Stipendium – ich hatte wenig, es war die Vor-ZEIT-Zeit, ich war «freier Autor», der Marx war gerade erschienen, und ich mußte beim WDR-Fernsehen tingeln, damit ich den Flug nach Köln/Bonn bezahlt bekam. Aber wir trieben es bereits auf der Autobahn, wenn er mich in Köln abholte, die Geduld reichte die 30 Minuten nicht.

Und nun sitzt hier ein abgenutzter, «berühmter», wohlhabender alter Mann, der resigniert in die Hotel-Sauna geht, bevor er vor ein paar Leuten «auftritt». *O tempora ...*

Hotel Gebhards, Göttingen, den 20. November

Keineswegs ein Trost, daß sich im Gästebuch Grass und Walser, Kempowski und Wickert, Rita Süssmuth und Kardinal Ratzinger verewigt haben: Es bleibt, daß man in einem Vertreter-Hotel sitzt mit Glaskachelwand im Zimmer (also nicht zu verdunkeln) und Whirlpool, zu dem man über den Parkplatz gelangt …

Schmähliches Gewerbe, diese Lese-Reisen; diesmal beim «kleinen Türken» abends gelandet, *un-eatable.* Wenigstens mit Guntram Vesper, freundlich wie immer – aber brennt nicht. Selbst der offenbar untergegangene Sohn, von dem er nicht weiß, was er – in Göttingen – studiert, ob er trinkt, drogiert ist, Weibergeschichten hat, wird fatalistisch als «Schicksal» genommen.

Möglich, daß mir meine Bahn-Lektüre das so auffällig machte; die Briefe von und an Hans Werner Richter – die mir mich vorführten in so unglaublich vielen, energischen Aktivitäten (an die ich mich zumeist gar nicht mehr erinnere), daß mir beim Lesen schwindelig wurde und sich mir Ledigs Wort «Sie sind eine Kerze, die an beiden Enden brennt» ins Gedächtnis drängte: Notstands-Kongresse und Resolutionen mit Enzensberger oder Walser, Tagungen mit Willy Brandt, Buchpläne mit Richter, Interventionen bei Gruppe-47-Tagungen, Korrespondenz, Bücher mit Fichte oder Cohn-Bendit, Interpellationen bei Ulbricht, Demonstrationen gegen Springer, Habilitation bei Mayer – *quel vie*! Aber auch der generelle Eindruck: In diesen 60er, 70er Jahren waren die Schriftsteller Teil der Gesellschaft, und sei es qua Opposition; sie bildeten ein Netz (das Richter kunstvoll knüpfte), auch wenn Hildesheimer gegen X, Koeppen für Y und Böll gegen die SPD und alle zusammen gegen den verabscheuten Ranicki tobten.

Was bleibt davon? Ich las den Band wie einen Kultur-Krimi, fast vergaß ich, in Göttingen auszusteigen.

Dieses «Was bleibt davon»-Gefühl verzerrte sich ins Surreale bei der Lesung vorgestern in der Lübecker Stadtbibliothek – klosterähnliche, herrlich restaurierte Räume, unter deren gotischen Rippenbögen jahrhundertealte Pergament-Folianten schlummern, die mächtigen Wände schön polsternd. «Nein, benutzen darf die selbstverständlich niemand», sagte geradezu empört der Direktor. Bücher, die man nicht einmal in die Hand nehmen darf! Wozu dann? Kulturgut?

HOTEL MARITIM, NÜRNBERG, DEN 23. NOVEMBER

Zurück also von der Lesereise-Malaise.

Allenfalls die Nürnberger Abschluß-Pointe ist lustig: Ich saß, nachdem ich auf «Endlich mal ein deutsches Restaurant, ich kann die kleinen Italiener, Türken, Griechen nicht mehr ertragen» bestanden hatte, bei den obligaten Würstchen mit Sauerkraut zusammen mit dem Graphiker Prechtl und fragte den höflicherweise, woran er denn so arbeite. «An einem Titelblatt für den SPIEGEL»; und weil meine Synapsen, trotz Ermüdung und Verdrießlichkeit, immer schnell sind, sagte ich: «Aha – wann kommt der Courier des Zaren, um Ihre Heine-Zeichnung abzuholen, die den Angriff von Herrn Augstein auf mich zieren wird?» «Morgen früh.»

HOTEL ADLON, BERLIN, DEN 2. DEZEMBER

Schockierende historische Überlappung dieser Stadt: Bin im hochluxuriösen Hotel direkt neben der (damals sowjetischen) russischen Botschaft, in der DDR-Zeit Machtzentrum des Zaren, Zitter-Haus der Okkupations-Macht, die wahre Regierung des Landes; jetzt können sie den Strom für die Außenbeleuchtung nicht mehr bezahlen ...

Und in der Wilhelmstraße, wo mickrige Schautäfelchen an Reichskanzlei, Außenministerium usw. der Kaiser-Bismarck-Weimar-Zeit erinnern, nun ein Küchenmöbelgeschäft und ein «Ristorante Porta Brandenburgo» –.

Dafür die Linden, die Friedrichstraße, der Gendarmen-Markt von erschlagendem Pomp, mal häßlich, mal gelungen, im ganzen ein hochelegantes Regierungs-Zentrum, das seinesgleichen sucht in der Welt – als architektonisches Ensemble wie im Luxus der Läden, Passagen, arrangierten Plätze, Restaurants. Die Champs-Élysées eine verkommene Provinz-Avenue und der Ku-Damm eine abgeblätterte Schöne, Boulevard der Kläglichkeit. In 10 Jahren wird dieses alte Berliner Zentrum hochherrschaftlich, gediegen und elegant sein, der Westen Berlins dann der Puff für die Diplomaten.

Noch zerstampft und zermürbt vom Horror- und Raritätencabinett namens Berlin; das dann übrigens doch NICHT EINE architektonische Besonderheit bietet – die vertane Chance einer bauplanerischen Stunde Null, die man ver-nutzt hat zu Travertinpomp und falscher Proportion, mit der man einen der schönsten Plätze der Welt, den Gendarmen-Markt, zugeklotzt hat. Die Berliner hatten nie Geschmack und Stil-Gefühl; die paar, die es hatten – haben sie ermordet: Juden.

10. DEZEMBER

Altherrenklage auf der Straße vorm Pressehaus. Nicht ohne Komik, wie ein paar Grauhaarige (wenn überhaupt noch Haare) im Nieselregen die schlapp hängenden Köpfe zusammenstekken und über die ZEITläufe klagen: Herbort, Manfred Sack, Michaelis und ich. Die Verträge von Herbort und Sack sind nicht verlängert worden, man hat sie – rüde, wie der Ton dort geworden ist – gebeten, ihre Zimmer doch möglichst rasch zu räumen, und hat auch für ihre Ressorts (Musik respektive Architektur) keine Nachfolger bestellt.

Kam mir insofern etwas deplaziert vor in der Runde, alldieweil ich stracks von einer Besprechung kam, in der es um eine Kolumne von mir ging: «Denn wir haben im ganzen Ressort keine Feder wie die Ihre.»

Eigentlich ein Grund zum Feiern, wie ich im Hause «gefragt» bin, wie mein «Sturz» völlig am Autor FJR vorübergegangen ist, wie man sich «bewirbt» – jaja, das Gekakel darüber auf diesen Seiten ist auch gleich jener Thomas Mann'schen Eitelkeit, der beruhigt feststellt auf einer Ozean-Riesen-Reise: «Der Steward hat mich erkannt.» Die Stewards der ZEIT «erkennen» mich also. Auch schon was.

KAMPEN, DEN 19. DEZEMBER

Vor einigen Tagen einen Zusammenschnitt alter DDR-Wochenschauen gesehen: ekelhaft die seifige Mischung aus Lüge, Anbiederei, Jauchzen und Befehl. Was machen diese schunkelseligen Schlager-Kapos eigentlich JETZT? Vergnügen sich mit ihrer West-Rente, reisen nach Mallorca und verklären die eigene Vergangenheit? Diese hackenzusammenschlagenden, aber auch Menschen zusammenschlagenden Vopos: alle gezwungen, alle nix gewußt, alle «im Herzen dagegen»? Widerlich.

Interessant die doppelte Moral in der westdeutschen Öffentlichkeit: DDR-Untäter haben eine Art Generalpardon, so unter dem Motto «Wer weiß, wie ich mich benommen hätte ...». Schönes Eingeständnis. ICH weiß, wie ich mich benommen HABE – nicht in der Partei, nicht in nichts. Ging auch.

Diese gezinkte Moral auch gegenüber den kommunistischen Autoren. Zu sagen, Hermlin habe (seine Biographie zurecht-) gelogen, ist Sakrileg. Aber jeder Biograph darf (und muß) sagen, daß Faulkner gelogen hat, z. B. mit seinem angeblichen Absturz über Frankreich im 1. Weltkrieg, der Silberplatte im Kopf und der Offiziers(-Phantasie)-Uniform. Er war nie über Frankreichs Himmel, er ist nie abgestürzt, er war nie Offizier: Aber es gilt, gölte, nicht als Sakrileg, das zu schreiben. Darauf hinzuweisen, daß Hermlin weder im KZ war noch sein Vater im KZ gestorben ist (sondern schlicht in London): Das ist «uralter Antikommunismus».

Die momentan tobende Debatte über Brechts *«Sex for Text»*-Diebstahl der Arbeit seiner Liebhaberinnen, die er «anstandslos» als eigene firmierte (und dafür kassierte), 80% der DREIGROSCHENOPER sind nicht von ihm, alles frei nach Tucholskys Satz «Das Stück ist von Brecht – von wem ist also dieses Stück?» – schlägt die schönsten Blüten. Klaus Völker in der FR, geradezu biedermeierlich entwaffnend: «Zu Brechts schriftstellerischer Genialität gehörte die Fähigkeit der produktiven Aneignung fremder Texte.» Diebstahl ist also genial – wenn er von links erfolgt. Wehe, man fände derlei bei Céline, Jünger oder auch nur Benn – – – die Jagd wär' auf.

Schreckliches Nacht-Telefonat von Brasch, einem Blutsturz ähnlicher Anti-Unseld-Katarakt; der habe ihm geschrieben «Jetzt ist Schluß ...», weil weder er noch der Lektor sich in dem täglich sich verändernden, wöchentlich neugefaßten Manuskript zurechtfänden. Eine fast dramatische Situation, in der wohl beide recht haben. Brasch in seiner Wut: «Jede Nachttischlampe dieses Verbrechers haben WIR ihm bezahlt, wir, die Brechts und Hesses und Bernhards und Handkes und, ja, auch ich» – gleichzeitig KANN ja aber der Verleger nicht schlicht alles und alles SO drucken, wie ein zwar hochbegabter, aber total die ästhetische Disziplin mißachtender Autor es ihm hinwirft. Allein das Telefonatdurcheinander, eben noch Hölderlin, 1 Sekunde später Finnegans Wake, darauf ein Heine-Aufsatz von Volker Braun in der BERLINER ZEITUNG, dann wird ein Heinegedicht zitiert, dann geht's um Kokain (Kokain als Produktionsdroge – wieder eine schöne titelfähige Formulierung), dann Unselds Unterstellung, er habe den Lektor zusammengeschlagen (kann man so was unterstellen, also erfinden?), dann irgendwelche 288.000 Mark, die Unseld jährlich an ihm verdiene (???). Chaos pur. Jetzt sollen die 7000 Seiten als Fortsetzungsroman in der BZ erscheinen. Schöne, wilde und unsinnige Idee. Würde natürlich nach 40 Folgen spätestens abgebrochen.

Kampen, den 26. Dezember

Der «zue» Himmel (wie man das in Berlin nennt) fördert die düsteren Gedanken: vorbei die Zeiten der großen Essays über Virginia Woolf oder Baudelaire, vorbei die Zeiten der langen Reportagen über Faulkner oder García Márquez, vorbei wohl auch die Zeiten der großen Interviews (sitze hier an dem mit Toni Morrison – und weiß schon jetzt, daß die EINZIGE Reaktion sein wird: «Das müssen wir um ... kürzen» – wobei offenbar egal ist, daß dann jedes Komma 100 Dollar kostet). Auch die Bitte um eine «scharfe» Kolumne im Politik-Ressort macht mich eher skeptisch: Sie wollen doch immer was Provozierendes, das niemanden provoziert. Sie sind so kulturfern, vornean dieser Spießer Helmut Schmidt, der – per «Ich» – eine Werbung für die ZEIT zeichnet, in der er prahlt, zu deren Autoren gehören Grass und Enzensberger. Grass hat seinen LETZTEN Beitrag in der Woche dort veröffentlicht, in der ich als Feuilleton-Chef ging, also ca. vor 12 Jahren, Enzensberger hat in dieser selben Zeitspanne eine Glosse von 80 Zeilen drucken lassen, also pro Jahr ca. 8 Zeilen. Das nennt dieser vollmundige Banause «Autor der ZEIT», weil er vermutlich das Feuilleton überhaupt nicht liest. MUSS man ja nicht, aber müssen muß man dann: die Klappe halten.

Kampen, den 28. Dezember

Wie eine blaß-geruchslose Winterblume, so «blüht» in mir die Enttäuschung über die/bei der Lektüre der Gedichte von Kavafis (dessen Gesamtwerk soeben, gar zweisprachig, erschienen; leicht angeberisch – und den Preis des Buches verdoppelnd, denn wer kann schon Griechisch).

Es sind doch arg rhetorische Lyrik-Übungen, Geschichtslektionen einer ohnehin vergangenen Epoche à la:

Gleich hier, auf der rechten Seite, im Eingang
Der Bibliothek von Beirut, bestatten wir
Den gelehrten Grammatiker Lysias …

Na und? Was daran ist große Lyrik? Das hat weder heroische Gebärde noch Innen-Raum, noch die Kraft des Epos:

Jener auf dem Vierdrachmenstück,
Der eine lächelnde Miene zu zeigen scheint,
Ein edles, zartfühlendes Gesicht,
Ist Orophernes, Sohn des Ariarathes.

Leer, kostümiert, Vasenmalerei. Aber, was eigentlich schlimmer ist: Auch «jene» Gedichte, also die homosexuellen, die, die ihn zum «anrüchigen» und «modernen» Dichter gemacht haben (sollen), sind eher banal, sind nicht zufällig von dem Gefälligkeitsmaler Hockney mal illustriert worden – kleine Momentaufnahmen schwuler Scenchen à la:

Ihr verbotener Genuß hat sich erfüllt.
Sie erheben sich von ihrem Lager.
Ohne ein Wort zu wechseln, ziehen sie sich hastig an.

Derlei gibt formal gar nichts her und inhaltlich nicht mehr als irgendein beliebiges schwules Tagebuch. Bisher «traf» mich nur ein einziges Gedicht IN VERZWEIFLUNG, das mit der Zeile beginnt:

Er hat ihn völlig verloren …

Weil es eine existentielle, nicht eine Begebenheits-Situation rhythmisiert:

Sucht er seine Lippen auf den Lippen anderer junger Männer
Und sehnt sich wieder nach seiner Liebe.

Doch selbst das – punktiert man die Linie von Shakespeare-Sonetten bis zu Benn – ist nicht wahrhaft bedeutend. Das Gerücht Kavafis hält einer Überprüfung nicht stand.

KAMPEN, DEN 31. DEZEMBER

Has-been-FJR zunehmend kritisch bis bissig. Auch das heißt vermutlich Älter-Werden: daß man Dinge sieht, hört oder liest, die man eventuell früher gut, gar begeisternd gefunden hätte – und die MIR jedenfalls inzwischen am Zahnfleisch wehtun – – – Schmalz, das abgesegnet durch «große Namen», anstandslos konsumiert wird, das aber – publizierte man solchen Stuß mal unter eigenem Namen – erbarmungslos gerügt würde. Etwa so ein Satz von Ernst Bloch über Proust: «Der Überschuß dieses Dichters ist die Finesse und Mikrologie seines Porzellanblicks ...» Das reine Geschwätz, Worte, die keinen Sinn ergeben, was ist ein Porzellanblick. Zum Speien.

Oder – im letzten Band der RECHERCHE zitiert – so ein Satz von einem der Goncourts: «Man blieb stehen, um das von der Kühle beschwingte zarte Gezwitscher eines Buchfinken anzuhören, der in dem Blütenblatt einer weißen Rose wie in einer reizenden winzigen Badewanne aus Nymphenburger Porzellan plätscherte.» Jedes Wort verzuckert, jedes Bild schief, das Ganze hysterischer Jugendstil, erbärmlich schlecht. Schon die Dramaturgie Prousts, sehr fragwürdig.

Doch macht dieser kritische Blick – Matisse, na ja; Bach, ganz schönes Klingeling manchmal; Tod in Venedig, überkoloriert – einen auch ganz schön arm. Passende Inscenierung eines Jahres-Endes, weil das nahende Lebens-Ende verdeutlichend.

1998

11. JANUAR

Wirrer Jahresbeginn, weil: Dickköpfig flog ich am 2. 1. nach Nizza, mich dort umzuschauen nach dem berühmten, begehrten Sonnenloch für den Winter (tatsächlich war schon fast Frühling), und HABE eine sehr praktische, perfekt zu handhabende MIETwohnung gefunden. *Games people play:* Nun bin ich also schlaf-, weil ratlos, ob ich oder nicht; was NUR von Gerd abhängt bzw. davon, ob ich meine, ich kann ihm wochenlange Abwesenheiten zumuten und die Idee: «DER sitzt in Nizza in der Sonne, und ich kann im Büro schuften.» *Delicate balance.*

Merkwürdigerweise begleitet von ständigen Angst- und Verfolgungsträumen. So ein obscöner Folter-Traum, d. h. (leider) nicht ein Erektions- oder Wichstraum, wie die, von denen Thomas Mann in seinen Tagebüchern berichtet, sondern ein Sexual-Qual-Traum, in dem in Riesen-Klappen hin und her wabernde Nackte, Männlein wie Weiblein, sich die Brüste abschnitten, mit Rasierklingen in den Penis schnitten und so. Grauenhaft.

Gestern abend gemütlicher, vielleicht etwas biederer Besuch zum Abendessen bei Grass auf dem Lande. Er führte seine neue Arbeitsidee vor, die auf erfreuliche Weise zeigte, wie bzw. daß seine Phantasie, sein Hirn weiter produzieren. Es soll «das Jahrhundertbuch» werden («diesmal wirklich», sagte er ungewohnt selbstironisch – weil er doch so bräsig EIN WEITES FELD als «das Jahrhundertbuch» hatte herausposaunen lassen): Er macht von JEDEM Jahr des Jahrhunderts ein thematisch ausgedachtes Aquarell (also eine Liebknechtrede, das 1. U-Boot, die Erfindung des Stahlhelms – statt der Pickelhaube – usw.).

Zu diesem optisch erfaßten Thema läßt er «Umfeld» recherchieren (also: Wie war das bei dem ersten Streik im Ruhrgebiet usw.) – und daraus/dazu schreibt er eine kurze, 1–3 Seiten lange Geschichte. Blendender Einfall. So war der Abend ein Vergnügen; auch ein Trost, weil er meine melancholische Skepsis aufgrund des Bandes Hans-Werner-Richter-Briefe (den er gerade «voll Bewunderung für deine Aktivitäten damals» gelesen hatte) zu sänftigen wußte. ER zumindest findet, es sei nicht alles dumm gewesen, nicht vergebens verausgabte Lebensenergie.

Ziemlich entscheidend dann ein sehr kurzer Dialog, nachdem er nochmal in hellsten Tönen von meinem Heine-Buch gesprochen hatte UND zufügte: «Schon dein Marx war wirklich hervorragend.» Darauf ich: «Paß nur auf, wer weiß, vielleicht ist das nächste eine Grass-Biographie.» Was er mit einem «NOCH lebe ich ja, dazu mußt du mich um einiges überleben» eher uninteressiert-leichthin abtat.

22. Januar

Gestern abend das, was man als Kind «lebende Bilder stellen» nannte: Grass und Wunderlich bei mir zum Abendessen, und wahrlich, sie stellten das berühmte Klee-Bild ZWEI HERREN EINANDER IN HÖHERER STELLUNG VERMUTEND GRÜSSEN SICH – wobei possierlich ist, wie der alles auf dieser Welt in Form verwandelnde Wunderlich auch diesen «Wilden» zu zähmen weiß; denn zähmen ist ja auch formen. Jedenfalls hatte der Großschriftsteller Kreide gefressen, war zahm bis lieb, ließ die von ihm ach so geliebte Politik draußen und erzählte Geschichten, in denen er – natürlich – AUCH vorkam, aber nicht NUR –:

wie er Uwe Johnson durch eine Einladung («Komm doch einfach mit») nach USA gekränkt hatte, weil natürlich niemand Uwe Johnson, aber alle Grass kannten; wie er heimlich bei jedem Veranstalter im voraus angerufen und darum gebeten habe, man möge um Gottes willen beide Namen gleich groß auf den Plakaten drucken; wie gleichwohl Uwe Johnson sich zurückgesetzt vorkam und sich im Lauf der Reise überall vorstellte: «Ich bin der Fotograf von Günter Grass.»

Oder wie er – um dem ziemlich im Abseits vegetierenden Arno Schmidt etwas Rampenlicht zu verschaffen – eine Rede auf ihn gehalten habe, ich glaube in irgendeiner Akademie, und Arno Schmidt war anwesend und kam hinterher, en passant, an ihm vorbei, klopfte ihm auf die Schulter, sagte: «Brav, junger Mann» und ging.

Zugleich läßt Grass sich auch als Gast die Schau nicht stehlen: Wenn er nun gerade erzählt, darf niemand ihn unterbrechen, und selbst als Karin Wunderlich HINTERHER erzählte, wie der große Einsame aus/in der Lüneburger Heide sie nicht empfangen hatte, obwohl das damals für sie, die junge Fotoreporterin, so wichtig gewesen wäre – – – empfand Grass dies augenscheinlich als Anmaßung. So im Gestus von: «Über Arno Schmidt erzähle ICH!»

Nur Paul darf und durfte. Als wolle er ihn quälen, berichtete er mit epischer Ausführlichkeit von seinem Besuch im Geburtsort Eberswalde und filibusterte bei steigendem Bordeaux-Genuß jede Andeutung eines «Ja, das kenne ich, als ich in Danzig ...» einfach beiseite. Grass hielt brav still und ließ nicht erkennen, welche Qualen er litt.

Paul genoß es sichtlich. Erschreckend übrigens (was ich auch nicht wußte), daß Grass quasi unter Polizeischutz lebt, leben muß – er hat derart viele bösartige Drohungen, daß eine Art «Sonderkommando», vor allem nachts, immer mal wieder das Haus «abfährt», und Ute ist nachts bereits wach geworden von Nazi-Parolen und «Wir hauen den Grass tot»-Geschrei; auch keine schöne Nachtruhe in dem einsam gelegenen Haus.

Seltsames PS: Nie je hat man ja von seinem Vater gehört, und als ich danach fragte, spät in der Nacht, kam so gut wie nichts.

Beide Herren waren entsetzt – zumal sie derlei nicht an sich erfahren hatten –, als ich von den Prügelorgien MEINES Herrn Vater erzählte, von Hundepeitsche und Pferdepeitsche auf den – extra dazu zu entblößenden – Po.

27. JANUAR

DER SPIEGEL ist eben doch ein Drecksblatt; nach einer über viele Jahre sich hinziehenden Endlos-Kette der Schmähungen, Verdächtigungen und Verleumdungen nun diese Woche wieder ein «Meisterstück» aus der Mist-Werkstatt: Über die Veränderungen in der ZEIT recherchierte ein junger Mann (der sogar ganz sympathisch und un-verspiegelt wirkte), u. a. bei mir. Vorbedingung: Werde ich zitiert, dann kriege ich das vorher zu sehen. Das wurde in die Hand versprochen – nun BIN ich zitiert, hab's aber natürlich nie vorher gesehen. Und bin prompt FALSCH zitiert: Meine lustige Anekdote, ich habe – vor ca. 20 Jahren!!! – bei meinem «Antrittsbesuch» im Feuilleton als neuer Chef auf die leicht inquisitorische Frage nach meinem «Konzept» geantwortet: «Ich habe kein Konzept, ich habe nur meinen Kopf und meine Phantasie ...», wird hier in die GEGENWART transponiert, so als habe ich das – wie es wörtlich heißt: «über meine Nachfolger spottend ...» – herabsetzend auf die Dame Löffler und ihre Crew gesagt. Was nicht stimmt.

Die böse Macht dieses Blattes, die mir SEHR OFT geschadet hat, obwohl NIE etwas stimmte, bestenfalls zurechtgebogen war, was über mich dort stand (man denkt immer: «Aber über alle anderen – da wird es stimmen»; wenn das AUCH nicht der Fall ist, dann ist's wirklich ein «Fall»).

Weder bin ich je auf Springers Grundstück in Kampen eingedrungen, um dort die Vietcong-Fahne zu hissen (was ein Stadtgespräch an «Recherche» hätte klarstellen können; indes ICH mich beim Gegner Springer schriftlich entschuldigt habe), noch habe ich mein Marxbuch «unter einer Tiffany-Lampe» geschrieben; weder gab es ein «Plagiat» im Marxbuch, wie der beißwütige Harich es in seiner Rezension behauptete (ich mußte klagen und GEWANN gegen den mächtigen SPIEGEL), noch konnte ich mich bei einem ausgelassen-alkoholisierten Tanz auf einem Gruppe-47-Fest mit Grass und Ute «nicht entscheiden, mit wem ich ins Bett gehen wollte» – selbst vor derlei Insinuationen schreckt des Herrn Augstein Blatt nicht zurück, der seinerseits einst bei Karin Wunderlich unangemeldet an der Tür klingelte, da er «gehört habe», hier würden Partousen veranstaltet. Diese Schleimspur zieht sich durch die Jahre, und nach dem Prinzip «etwas bleibt immer hängen», denn wenn der Hund ans Bein pinkelt, stinkt das Bein und nicht der Hund, hat's eben doch «Effekt» gemacht: die (aufregende) Nachricht, in meinem Essayband MÄNNERÄNGSTE seien ein paar Seiten über Tucholsky abgedruckt, die ich schon einmal publiziert hatte (das Normalste der Welt in Essaybänden, sei es von Bloch, Adorno, Lukács oder Marcuse), oder kürzlich die Sensationsmeldung, ich habe – was stimmt – im Heine-Buch Marx und Lassalle (als Bismarckbesucher) verwechselt: immer ein Rüchlein-Spray «nicht gesellschaftsfähig, Achtung vor dem!».

31. JANUAR

Erwische mich – der sich so gerne über Journalisten-Eitelkeit mokiert – bei ziemlich widerlicher Journalisteneitelkeit: Wenn die USA dieser Tage Irak bombardieren, wird mein Brecht-Artikel nicht auf S. 1 der ZEIT (und eventuell sogar überhaupt nicht) gedruckt. Also wünsche ich inständig, daß die USA nicht bombardieren. Wie ekelhaft man sich selber sein kann … und das auch noch angesichts eines ganz klitzekleinen Artikelchens – wenn's noch ein profunder Essay, gar ein Buch wäre. Schlimm.

Tagebuch übers Tagebuch, also eine gar sonderbare Eintragung: Bestürmt von allen Seiten – zuletzt von FAZ-Schirrmacher –, meine «Erinnerungen» festzuhalten, habe ich gestern «meinen» Verleger Niko Hansen/Rowohlt zu einem ausführlichen Gespräch über die mögliche (respektive nicht-mögliche) Publikation meiner Tagebücher gebeten. Zwiefältig eigenartig: Zum einen trat er mit Umarmung und «Ich bin tief bewegt» ein; zum anderen teilte er im Laufe des Kamin-Gesprächs durchaus, ernst und erwachsen, meine eigenen Bedenken, ob das angebracht, ratsam und richtig ist; denn: Als ich mit dem Tagebuch begann – mit DEM Teil, der nun erhalten und nun vorliegt; die Jahrgänge 1969–1970 habe ich ja verbrannt, weil «zu intim», nicht zuletzt wegen meiner Eckfried-Qualen und der anschließenden erotischen Finsternisse –, also: Als ich das begann, war's nicht unter dem Aspekt einer möglichen Publikation. Das mendelte sich erst allmählich heraus, nachdem ich selber mehr und mehr das Gefühl hatte, damit ein Stück zeitgenössischer Kulturgeschichte zu fixieren.

Nun habe ich den Schwarzen Peter wieder in der Hand. Rowohlt würde, wenn. ICH weiß noch immer nicht (zumal ja nach wie vor private Einsprengsel drin), ob's angebracht. *On verra.* An dem Hansen jedenfalls gefällt mir die Mischung aus wohlerzogener Leis-heit und knallhartem Business-Man.

Ich braue mir ein mächtiges «Früher war alles besser» zusammen, wie alle alten Männer es tun: Am Dienstag bei der Brecht-Akademie-Feier in Berlin – der Bundespräsident hatte immerhin einen so intelligenten Redenschreiber, daß er von den «Fragen eines lesenden Arbeitslosen» sprach – war ich BERÜHRT, herzergriffen von Monks Rede: Sie skizzierte seine allererste Berliner-Ensemble-Erfahrung, Probe und schließlich Premiere der MUTTER COURAGE; und als er erzählte, wie sie, die jungen neuen Hilfsregisseure, sich erstaunt umgeblickt hätten, wer denn die anderen jungen Leute «da unten» seien/gewesen seien, offenbar Studenten, erinnerte ich mich: Ja, es waren Studenten, und ich war einer von ihnen, damals, 1949, und Papa Pisarek hatte uns Eingang und Besuchserlaubnis verschafft. Ästhetische Prägung bis heute, diese frühen Brecht-Erlebnisse – dieselbe wehmütige Erinnerung stieg hoch, als Geschonneck (ich hielt ihn für längst tot) nochmal aus dem Matti las – der «Matti aller Mattis», wie Monk ihn zu Recht nannte ... lief schließlich weg und betrank mich alleine in der PARIS BAR.

15. FEBRUAR

Ich vereinsame in meinem melancholischen Hochmut – egal; ein heutiges SPIEGELgespräch mit Walter Jens, der sein Geschwätz «Rhetorik» nennt und vor dem 2 töricht-beflissene Redakteure (leider auch der nette Hage; den anderen, Schneider oder Schreiber oder so, kenne ich garnicht) «auf den Knien ihres Herzens» mitschreiben, egal, was für einen Unsinn er schwadroniert, kränkt mich auch: Zwischen Catull und Aristophanes eitelkeitgirlandiert das so hin, zwischen irgendeinem englischen Brocken und paar Zeilen weiter «ich kann kein Englisch» (aber, natürlich Latein und Griechisch, weswegen kein Absatz ohne «multum non multa»-Kauderwelsch, was die SPIEGEL-Spießer offenbar für «Bildung» halten), kein Absatz ohne «Ich habe 150 Einladungen pro Jahr» und «Wie sagte doch Franz Josef Strauß über mich», «Ernst Bloch sagte mir» oder «Ich sage mit Lessing». Es ist zum Speien. ABER, aber, wenn in meinem Interview Toni Morrison IN EINEM NEBENSATZ sagt: «Ich weiß, Sie waren mit James Baldwin befreundet», dann rät mir sogar meine Sekretärin: «Streichen Sie das, das wird man Ihnen übelnehmen.» Der Herr Jens darf natürlich sagen «Da sage ich mit Lessing ...» – aber ich darf nicht mal befreundet gewesen sein, mit wem ich BEFREUNDET WAR ...

Seltsames Lebensgesetz des «Hinterher»: HINTERHER geht man, wie vor 4 Tagen, in jenem CÖLLN-Austernkeller mit mir essen, in dem man mich (als Feuilletonchef) schändlich entließ; HINTERHER hält – zu meinem 60. – Ledig-Rowohlt eine Rede: «Die Jahre mit Raddatz waren die besten Jahre meines Lebens», jener Ledig, der mich PER TELEGRAMM rausschmiß; HINTERHER …

KAMPEN, DEN 19. FEBRUAR

DER EINSAME IST BÖSE – diesen auf ihn gemünzten, höchst doppeldeutigen Satz Diderots nahm Rousseau besonders übel; zumal eben nicht klar war/ist: einsam, weil böse – oder böse, weil einsam.

Wie ist's bei mir/mit mir? Werde ich einsam(er), weil bitter, oder bitter, weil …? Ich befinde mich in einer Negativ-Spirale, weiß nicht, bin ich «etepetete» und der komische Alte mit Gamaschen und weißen Handschuhen – oder verludern eben doch die sozialen (also auch menschlichen) Geflechte.

Da zu jeder Tragödie die Farce gehört, kommt nun das andauernde ICH BIN EIGENTLICH EIN KÜNSTLER-Gewusel hinzu, das mich auch nervös macht: Heute, 10 Tage überfällig, kommt ein dickes Couvert aus der Klinik Würzburg, in dem ich die endgültigen Resultate für meine Polyneuropathie vermutete: Ich nahm es im Wagen mit hierher, um nicht zu «gestört» vor/bei der Autofahrt zu sein: Darin ist EIN KOCHBUCH des behandelnden Professors, gewidmet «dem großen Schriftsteller»!!! Schreiben müßte man können. Er will nicht Neurologe, er will SCHRIFTSTELLER sein. Wie ein Herr Jupp o. s. ä., ein schwuler Modemacher, der in einem Interview erklärt (nachdem er 150 Millionen für seinen Hosenladen bekommen hat; auch das schon obscön, wenn man denkt, das war DIE ZEIT bei Verkauf wert …): Er wolle nun schreiben: «Schreiben hat eine tiefe Musikalität. Ich habe dadurch versucht, eine Gleichzeit (!!!) zu meinem Herzrhythmus herzustellen.» Jupp Joyce. Der Hosenhändler wird nun wohl Romancier ... Zeit, Hosenhändler zu werden.

24. Februar

Erwische mich bei täglichen kleinen Fehlleistungen – Autoschlüssel (nach panischer Suche) im Müll gefunden; heißes Wasser in der Teekanne, der Tee im Müllbeutel; laufend Termine übereinandergebucht; und – das Schlimmste – kleine Sprachverluderungen, winzige kleine Versprecher – so steht auf einem meiner Einkaufszettel: «Badelsatz besoren».

Ob mit dieser Unkonzentration auch meine Indolenz zusammenhängt? Denn in Wahrheit bin ich ja sehr unduldsam – was geht mich letzten Endes an, wie meine Pariser Freunde leben, ob und wann und wie oft sie auf Flohmärkte oder in die Oper gehen. Es ist IHR Leben, und jeder lebt, wie er lebt, was seinem «Lustprinzip» entspricht – für die umgekehrt ist es mindestens so absurd, daß ich nach Teneriffa in ein Spießerhotel fahre, um an einem Mallarmé-Essay zu schreiben, nicht zuletzt, weil sie sich – zu Recht – fragen würden: «à qui bon», wenn, dann lese ich Mallarmé selber und nicht den Kram, den Herr Raddatz da herausstochert. Aber MIR macht's eben Spaß, dies «Durchforschen der Moderne», und wie die sich an ihrem 1000sten Täßchen oder Schüsselchen vergnügen, bereitet es mir ein geradezu physisches Vergnügen, in meinen Virginia-Woolf- oder Faulkner- oder Majakowski-Bänden die zig Lesezettelchen zu sehen: Das habe ich alles durchgearbeitet; geschweige denn das Lesen SELBER und das Schreiben drüber. Die halt: «Wir sind in die Berge gefahren und haben wunderbar gegessen und hinterher 3 Stunden geschlafen mit der Katze auf dem Bauch» – und ich: «Mir ist eine wunderschöne Formulierung gelungen.» Laß sie doch. Allenfalls dieses Credohafte, dieses hochmütig-verächtliche «Was WIR machen, ist gebildet, elegant und flaneurhaft kultiviert – alles andere ist blöd» wär zu kritisieren –.

27. FEBRUAR

Gestern Abendessen mit Gaus und seiner – von ihm mal huldvoll gepriesenen, mal herrisch zurechtgewiesenen – Frau. Er hat sich eigenartig verändert, gibt seine Depressionen und Enttäuschungen zu, seine Abhängigkeit vom «Betrieb» (der natürlich, mit dem bißchen TV und dem winzigen FREITAG, ihm nicht ausreicht). Bitter seine Schilderung, als er «niemand mehr war», wie der Herr ZEITchefredakteur ihn nicht mal mehr zurückrief, ihn kaum jemals einlud («Du, Fritz, warst in deiner Freundschaftlichkeit einer der wenigen» – wußte ich garnicht mehr).

Am schwierigsten wohl diese Abhängigkeit (von «uns» allen?) von dieser zumeist sinnleeren Betriebsamkeit – nun hat der Mann ein großes Grundstück mit allerdings winzigem Haus in Spanien – auch das eine Absurdität, typisch für deutsche Intellektuelle: Die Hütte hat EINEN Raum von ca. 60 qm, keine Küche, und das Bad möchte ich nach dieser Beschreibung nicht sehen; warum gönnen sie sich nie Komfort, gar Eleganz oder Luxus (zumal die beiden sehr reich sind)???

Gut, er hat das Ding also, könnte mühelos, wie beide selber erzählen, ein schönes Haus mit weitem Blick übers Meer dort bauen – aber sie wären halt weg von ZDF und FAZ und SPIEGELklatsch und, und («Und es gäbe keinen Fritz Raddatz dort»; nun ja ...).

Ach, wenn einem doch jemand Leben beigebracht hätte.

GRAN HOTEL BAHIA DEL DUQUE, TENERIFE, DEN 7. MÄRZ

Das einzige bißchen Glück im ansonsten anödenden Hotel-Luxus: Ich beginne, Mallarmé zu verstehen; an einem Essay über den arbeite ich hier – mein Rettungs-Anker vor endgültiger

Cafard-Havarie. Es ist die seit nunmehr Jahren selbe Situation, nur diesmal comfortabler: Wetter herrlich, meine wunde Haut erholt sich, das für mich ideale Atlantik-Klima – ansonsten die gräßlichen einsamen Abende im Speise-Saal (oder einem der 4 Luxus-Restaurants) neben Gebrauchtwagenhändlern mit dem Messer in der linken Faust, die schulterklopfend Veronika oder José zu den Kellnern sagen.

Schlafe (zu) viel, aber schlecht, diesmal aus/mit schlechtem Gewissen gegen Gerd, der im Abstand von 2 Stunden beide Eltern separat in «Heime» abtransportieren lassen mußte, eine tränentreibende Aktion, die Mut, Verzweiflung und Tatkraft forderte – und an der ich per Ferngespräch teilnehme. Nicht sehr freundschaftlich. Doch er wollte nicht, daß ich blieb.

Unruhe auch über den nun endgültigen Entschluß (habe von hier mit dem Makler telefoniert), nun doch die Wohnung in Nizza zu mieten. Eine Mischung aus Trotz und Vernunft; denn dies Hotel-Milieu erspare ich mir auf diese Weise, lieber sitze ich alleine und esse mit Blick aufs Mittelmeer mein Tatar als hier angeberisch aufgedonnerten Reh-Rücken.

Gran Hotel Bahia del Duque, Tenerife, den 9. März

Grotesk-grinsender Traum: der eigene Tod, ruhig (wishful dreaming!) sterbend, Gerd hält schluchzend meine Hand: «Laß mich nicht alleine.» Ich: «Ich will es ja nicht.»

Gran Hotel Bahia del Duque, Tenerife, den 11. März

Wie mein eigenes Rätsel: Es scheint, als habe ich meine Arbeit(-swelt) nicht nur erotisch, sondern gar sexuell «besetzt».

Letzte Nacht träumte ich von FAZ-Schirrmacher (den ich knapp kenne!), der mir anläßlich einer Einladung zu einem gigantischen FAZ-Fest, zu dem die ganze Stadt geladen war, ein Angebot machte – natürlich für irgendwas ganz «Leitendes», oberhalb der Herausgeber – und mir 300.000 DM in gerollten

Scheinen gab; die steckte ich in meine linke Hosentasche, so daß irgendein Gast diese «Erektion» berührte und sagte: «Ha, über Reklamationen können Sie wohl nicht klagen.» Dazu brauche nicht mal ich Freud …

Nachts zuvor war Augstein dran, noch rätselhafter, weil seit Jahren nichts mit ihm zu tun, ihn nicht gesehen, und die Duz-Freundschaft interpretiert ja die Nähe etwa zum Chauffeur.

Dennoch irgendetwas Wirres, mit Maria Augstein – natürlich –, einem Beil und Franziska. Da kommt wohl, falls Erotik auch Freundlichkeit ist, wie ein Schluckauf meine abgewiesene Fürsorglichkeit hoch: Ca. 2 Jahre lang war ich, in meiner Zeit mit der schön-somnambulen Maria Augstein, eine Art Ziehvater von Jakob und Franziska Augstein, durfte ihnen den Weihnachtsbaum schmücken, ein Radio schenken (was der arme Papa sich nicht leisten konnte), und beide Kinder, bei einem gemeinsamen Urlaub auf Sardinien, flohen schreiend zu mir, als – ein unrasiertes Ungeheuer – Papa per Boot an unserem Strand auftauchte: «Fritz, Fritz, wir wollen bei dir bleiben» (Rache und Triumph für Kriemhild Maria).

Kampen, den 28. März

WURZEN STREICHT HITLER VON EHRENBÜRGERLISTE. Jetzt, im Jahre 1998 – wo immer Wurzen liegen mag …

Kampen, den 29. März

Horror-Wochenende: Als sei ich Masochist – in Wahrheit wohl eher aus einer schwer definierbaren Bilanzstimmung –, habe ich den Koffer mit Eckfrieds Briefen geöffnet und ALLE gelesen – – – und verbrenne, bis auf geringe Ausnahmen, alles. Wen interessiert es, wen geht es auch was an, diese rasende, unvernünftige, wahnhafte, geradezu un-irdische Liebe (die eben an diesem Un-Irdischen auch zerbrach).

Spüre bei jeder Zeile, daß ich den Mann – damals ein traumschöner Junge von 29 Jahren – noch heute liebe, daß diese Wunde vielleicht verheilt, aber nie vernarbt: Jede Zeile, jedes Liebeswort, selbst die auf jeden Außenstehenden lächerlich wirkenden eingeklebten Blümchen, Mondschein-Assoziationen («werde ich Dir begegnen, wenn ich in die Sterne blicke») berühren mich tief. Er war zu weich, zu unfertig, zu kaputt schon so früh. Bereits die allerersten Briefe – das alles ist jetzt 37 Jahre her! – sprechen von Abschied, von «es geht eben nicht» und – Leitmotiv – von meiner beruflichen Inanspruchnahme, von «Deiner mir fremden Welt», davon, daß ich zuwenig Zeit für Gemeinsamkeit haben werde. Ich war 30, hatte gerade die Arbeit im heißgeliebten Rowohlt-Verlag übernommen, der ja zu meiner DDR-Zeit mein Tor in die Welt gewesen und der damals (Suhrkamp war noch klein, fein, aber unbedeutend) der wichtigste deutsche Verlag war, ich STÜRZTE mich in die Arbeit: Es war nicht «Karrieresucht» (ich glaube, ich wußte garnicht, was Karriere ist) – es war eine Art erotische Beziehung zur Arbeit. DAS – ohne es zu begreifen – spürte dieser hochsensible, schöne Bauernjunge – das andere Stärkere. DAS war seine Eifersucht, daher, bis zum bitteren Ende hin (mit dem Denunziationsbrief, der in meiner ARBEITSwelt verteilt wurde), das Fremde, der Feind.

Er hat mich abgöttisch geliebt, er kam sich zu klein, zu dumm, zu unbedeutend vor – «hättest Du nur ein Wort gesagt, ich wäre mitgekommen nach Paris – ich wäre Dir überallhin gefolgt» –, es sind herzzerreißende SOS-Signale – die ich garnicht verstand, weil ich seinen Lebenszickzack zwischen beutegierigen Bauernbrüdern, selber keinen Beruf habend, eingenebelt bereits in einer psychiatrischen Klinik, und Vaterproblemen nicht begriff.

Dabei sind die Briefe «besser», intelligenter, als ich sie in Erinnerung hatte (was mich so umwarf, daß ich vor Magenschmerzen gestern nicht zu Abend essen konnte und nur mit dicken

Kopfweh- und Schlaftabletten Ruhe fand). Er konnte seine Liebe so zart formulieren: «Ungeduldiger. Ist die Saite schon überspannt? Streichelst Du mich nicht mehr? Das wäre sehr, sehr bitter, wenn Du mich nicht mehr liebhaben kannst. Sehr bitter ist, wenn der eine lieben muß und der andere nicht lieben kann. Meine Augen streicheln Dich, und meine Hände folgen ihnen zaghaft.»

Die Briefe schon dieser frühen Zeit – alles in allem sind es HUNDERTE – haben Barometerstürze, die ich eben nicht begriff und die mich schon damals zerstörten: «Wer soll die Führung übernehmen. Es geht garnicht anders, als daß es bei Dir läge», dann das verzweifelte «Ich bin zu der Überzeugung gekommen, Du solltest versuchen, mich zu vergessen» – und 2 Tage später: «Verlasse mich nicht, bleib bei mir, ich möchte mit Dir leben, egal wo und wie, ich habe mein Leben lang auf einen Menschen wie Dich gewartet, habe es – ihn – nicht zu erträumen gewagt.»

Er war intelligent auf eine natürliche Weise, aber total ungebildet; den Namen Marx hatte er noch nie gehört, aber gewissermaßen seinen Privat-Marxismus ausgebildet. «Du lebst nur von Sekundär-Werten», schreibt er, «Büchern, Theater, Oper, Kunst – alles, was andere Menschen GEMACHT haben. ICH lebe in der Natur, sehe Entstehen und Sterben, säe und ernte, ich lebe in einem anderen Rhythmus.» Zu Recht sah er, daß ich zwar Natur liebe – aber als «Ausgleich», nicht per se. «Du wirst nie in Gummistiefeln mit mir durch Jauche und durch die Felder gehen.» Und warum eigentlich nicht? Sage ich HEUTE. Damals war ich viel mehr als jetzt der totale Stadtmensch, damals war eine Kuh etwas Fremd-Widriges, eine Gaudi-Fassade entzückte mich (dessen Namen er nicht kannte).

Die Briefe zeigen einen zutiefst lauteren, von Angst zerfressenen, dem Leben mißtrauenden Menschen, der selbst dem Anker, den er in mir gefunden zu haben meinte, nicht traute – zumal der Anker selber einen Anker brauchte. Ich war noch so unfertig, so unsicher, so angespannt in Sehnen und Muskeln wie eine vom Dach gefallene Katze, ich war so mit ÜBERleben (nach DDR und Jochen-Katastrophe) beschäftigt, daß ich noch garnicht wußte, wie man das macht, LEBEN – keine Gemächlichkeit, keine Geduld, und Zärtlichkeit vielleicht im Bett, aber nicht in der Seele kannte.

DIE hatte ich – vielleicht das erste Mal, wie er – DORT entdeckt. Aber ER war ein Mensch ganz und gar ohne Selbstwertgefühl, weswegen einerseits dies anrührende «Ich laß mich zum 1. Mal im Leben fallen, ganz und gar – wirst Du mich auffangen können, hast Du nicht Angst vor der Verantwortung, DU mußt die Führung übernehmen» – und andererseits Angst, ja HASS auf die vermeintliche Überlegenheit, die er bald Kälte, Gleichgültigkeit, Karrieresucht und Ehrgeiz nannte.

Wobei er in vielem recht hat. Tief berührend etwa der Vorwurf, ich habe am Grabe Tucholskys – zu dem wir gereist waren – die Blumen nicht DURCH IHN niederlegen lassen, habe dort gleichsam allein gestanden und ihn allein gelassen, «obwohl Du es durch meine Arme hättest tun müssen, es sind auch die Deinen»; ein unvergeßlicher Satz. Recht hat(te) er. Er fühlte sich als Accessoire, als ein «auch» – während er das «nur» wollte.

So blieb ihm EINE Waffe: sein Körper. Er war nicht nur schön, sondern verführerisch – ein Honigtopf, von dem alle, Männlein wie Weiblein, naschen wollten, ob er halbnackt im Skiurlaub auf einer Hotelterrasse lag oder ganz nackt am Strand. Und in einer gewissen naiven Animalität – später in einer ganz wirren Lustsuche – gab er dem nach. Bald war die Zerstörung so weit, daß er mir in actu sagte: «Töte mich, bitte töte mich»; er wollte durch mich und MIT mir untergehen, hatte mir ja mehrmals den GEMEINSAMEN Selbstmord vorgeschlagen – auch da hatte ich ihn also «allein gelassen».

14. April

Gestern abend im TV bei einem allerbilligsten Landser- und Kriegsfilm geschniegelt (und immer noch energisch – jung und gut aussehend) der Herr Oberleutnant Helmut Schmidt mit dem Kommentar, ER habe von der Judenvernichtung erst NACH dem Kriege erfahren. Wie dreist kann dieser zahnraffendbissige Mann – der NIE mit EINEM Wort erklärt hat, warum er, doch freiwillig, OFFIZIER der Naziarmee wurde – lügen. DIE KINDER sangen bereits Abzählreime: «... dann kommst du ins KZ», und die Juden wurden auf Hamburgs Moorweide oder in Berlin-Zehlendorf VOR ALLER AUGEN zusammengetrieben: zu Spreewaldfahrten wohl?? Man kann auch Brechts boshaftes «um so schlimmer für die Angeklagten» über die ihre Unschuld Beteuernden der Stalin-Prozesse umkehren: um so schlimmer für die «Nichtswissenden»; denn sie WOLLTEN nichts wissen.

18. April

Oster-PS:

Der beunruhigende Irrtum eines «Chefs», man könnte/dürfte mit einem «unter ihm Stehenden» befreundet sein. Roger de Weck rief mich kurz vor den Feiertagen an, seine Frau sei in Hamburg und ob man sich nicht mal ... (wobei er zu Recht voraussetzt, daß ich Madame sehr gerne mag, schätze; und wohl zugleich voraussetzte, daß die ins Wackeln geratene Ehe zwei «neutrale» Stunden gut vertrüge). So lud ich zu einem Karfreitag-Nachmittag-Champagner, was auch wirklich zwei sehr angenehme, heitere, ernsthafte (natürlich über die ZEIT) und intelligente Gesprächs-Stunden wurden. Nur: Was soll das? Morgen muß er mich eventuell entlassen, in 1½ Jahren «darf» er mir den Vertrag verlängern (wobei ich nicht mal weiß, ob ich's überhaupt noch will) – oder auch nicht. Es ist letztlich derselbe Irrtum, dem sich ein SPIEGEL-Redakteur Karasek hingab, der meinte, weil er mit Augstein nachts gemeinsam loszog, sei er ... Irgendwann kurz vor seinem Tod (von dem man bis heute nicht weiß, ob's nicht Selbstmord war) hat ein anderer SPIEGELknabe namens Schultz-Gerstein in einem Artikel beschrieben, wie das ging: erst «befreundet», dann irgendeine Sex-Kumpanei, dann die Begehrlichkeit des Chefs nach seiner Frau – – – und dann die absolute Unmöglichkeit, über das Sekretariat noch zum «Chef» überhaupt vordringen zu können. Wie sonderbar, daß diese Distanzen nicht mehr gelten. So würde wohl heute niemand mehr verstehen, daß und warum ich NIE in denselben Hotels wie Ledig-Rowohlt abstieg, wenn wir gemeinsam unterwegs waren. Ich fand, es gehörte sich nicht.

Hotel The Pierre, New York, den 21. April

New Yorker Notizen. Ich überlege (zum x-ten Mal) vor dem Rockefeller Building, wie beunruhigend dünn die Grenzen zwischen Art déco, Nazi-Architektur und stalinistischer Kunst sind, weil wohl allem zugrunde liegt die Hybris: «Der Mensch kann alles», mal inkrustiert als Pilot, mal als «Bauer», mal als «Arbeitsmann»; der Sieg der gottesstürmerischen Technik allemal.

Vormittags Interview (in seiner studentenbudenhaft-entsetzlichen New Yorker Wohnung, wo mir nicht mal ein Schluck Wasser, geschweige denn ein Kaffee angeboten wurde) mit Arthur Miller: noch immer ein sympathischer Hüne; aber ausgebrannt – eigentlich ist das «Interview» eine Hochstapelei, er hat nichts gesagt, was ich nicht schon allenthalben von ihm irgendwo gelesen habe.

Das alte Lied – wir werden alle zusammen älter –, so auch der resigniert-mürrisch-zynische Roger Straus, der amerikanische Suhrkamp, den ich nachmittags sah; so haben wir uns eigentlich nichts mehr zu sagen.

Miller ist – glaube ich – nicht wirklich intelligent; er hat sein Leben lang dasselbe gedacht, «he had convictions» – aber sich nie ändern heißt ja auch, sich nie zu entwickeln. Wieviel aufregender ein Thomas Mann, Aragon, Enzensberger, die ihren früheren «convictions» dann widersprachen. Bei Miller ist alles lieb, plan, sympathisch – und ein bißchen langweilig.

Metropolitan-Museums-Tag mit meinem Lieblings-Tick: direkt von Tiffany im «American wing» durch die fast verborgene Tür zu Vermeer (was sie «picture» statt «painting» nennen!?!). Dürer, Holbein, Cranach, Tizian, Fragonard – alles nochmal nach der Flick-Collection, fast mein Lieblingsmuseum.

Spätnachmittags Drink (ich: tapfer Orangensaft) bei Jean Stein, der letzten Faulkner-Geliebten: reich durch irgendeine Warner-Brothers-Verwandtschaft, hausend in einem Adler-Horst-Penthouse über dem East River (gehörte einst Mrs. Vanderbilt), auf geschmacklose Weise geschmackvoll eingerichtet, bemerkenswert: Kunst – außer 3–4 Giacometti-Zeichnungen – garkeine, alles etwas drapiert und arrangiert wie die künstlich-hilflose Dame des Hauses, die mit Kinderaugenaufschlag «Oh, Paul, how sweet!» zu ihrem Butler (in Tennisschuhen und Jeans!) sagt, wenn er ihr das Glas Wein bringt, das sie bestellt hat. Eine Kunstblume im Gewand und Gestus der unter Reichen neuerdings beliebten *arte povera*, deren Inscenierungsschleier ich am liebsten mit einem brutalen «Wie war Faulkner im Bett?» zerrissen hätte.

HOTEL THE PIERRE, NEW YORK, DEN 23. APRIL

Amüsant die giftig-bösartige Susan Sontag, die hier 2 Stunden zum Frühstück war – 2 Stunden Galle über alle und alles: Jean Stein eine «Salonière», Enzensberger «disgusting», Bob Wilson ein «couturier», Grass nett, aber dumm, Paul Auster ein schlechter Schriftsteller, Arthur Miller anständig, aber unbegabt und vergessen, Toni Morrison eine geldgierige Zynikerin. Es bleibt nur eine: Susan Sontag. Dennoch witzig, jüdisch-new-yorkerisch-schnell, befreundet tuend (eher vermutlich meinen Namen mit *einem* d schreibend).

Schön-trauriger Abschieds-Abend mit 1 Glas Champagner (und wunderbarem Eck-Tisch) im Rainbow-Room; der unwirkliche Blick auf diese unwirkliche Stadt: Ob's wohl mein letzter Besuch da war? Vorher noch zum Drink bei der reichen *arte-povera*-Dame, die «Gäste» geladen hatte, von denen aber nur 3½ gekommen waren, darunter ein gräßlicher präpotenter türkischer Schriftsteller, dessen Name eher unbekannt (mir ganz gewiß), der sich aber wie ein Star aufspielte und seufzte: «Ich mußte durch 10 Städte zu Lesungen, my publisher wants to push me.» Der Arme. «Going» rasch, nachdem ich zwei von den kleinsten Kanapees der Welt genommen hatte, so winzig, daß man vorher zum Zahnarzt muß – hätte man auch nur ein mikroskopisch kleines Loch im Zahn, diese *'hors-d'œuvres* verschwänden darin. Sauste mit einer *arte-povera*-Limousine ins Theater, wollte O'Neills LANGEN TAGES REISE IN DIE NACHT ... sehen, das mir mit der Bergner und Ernst Deutsch unvergeßlich. Scheint als Stück zu halten – nur waren die Schauspieler und die Inscenierung so unvergleichlich schlecht(er).

9. Mai

Vorgestern Gerds 50. Geburtstag.

Gestern Abendessen mit Kempowski, der wohlauf, keine Spuren seines Schlaganfalls, witzig-verschroben wie immer («Bitte Salzkartoffeln mit Petersilie und keinen Wein» zum Oberkellner im Vier Jahreszeiten), der weitere Bände des ECHOLOT und einen großen Roman fertig hat, der zugleich ein abstruses Verhältnis zum Geld hat – so leistet er sich einen Assistenten/Chauffeur (dem er übrigens Anweisungen gibt, wie er wünscht, fotografiert zu werden, und was er wünscht, daß der Mann «für die Nachwelt» notiert) – – – aber leisten tut es in Wahrheit sein Verlag; denn von den DM 5000 monatlich, die der arbeitslose Germanist erhält, zahlt Kempowski ihm ganze DM 500!! Bewundernswert.

Bewundernswert aber auch nach wie vor sein Gedächtnis, er ist eigentlich mehr Gedächtnis-Steller als Schrift-Steller: So wußte er bis ins Detail genau die unendlich weit zurückliegende Situation zu schildern, wie in Berlin die «Memorabilia» der Gruppe 47 versteigert wurden. Aschenbecher, die Glocke, mit der Hans Werner Richter die nächste Lesung einläutete, usw. – – – und zwar war ICH der Versteigerer, der mit einem Zylinder auf einem Stuhl stand und die Gebote von Höllerer oder Hildesheimer oder Grass entgegennahm; Grass habe – so Kempowski – gegrummelt wegen des «Unernstes» der Sache.

Mit derselben Akribie, bis hin zur Tischordnung – «Und ich hatte als Tischdame die schwerhörige Frau Hildesheimer, grauenhaft!» –, konnte er die erste «Tafel» schildern, die ich vor ebenso unendlich zurückliegender Zeit auf der Frankfurter Buchmesse zusammengetrommelt hatte, um zum ersten Mal Madame Gabriele Henkel in die Welt der Literatur einzuführen (was ja auch George Weidenfeld in seinen Memoiren schildert); Kempowski wußte, ob Enzensberger dabei war und Peter Weiss, oder: «Nein, … ich glaube, der nicht», ob Böll oder, oder, fast wußte er noch die Speisenfolge – in jedem Fall beschrieb er aufs Köstlichste die lustig-sonderbare Situation, wie der freche FJR da die «berühmte» Salon-Dame hoffähig zu machen suchte; damals war sie noch angemessen bescheiden, prätendierte nicht, dasselbe zu sein wie ihre Gäste. Lang, lang ist's her.

Kempowski erzählte mir auch Hoch-Absonderliches aus seinem Privat-/Intim-Leben (das ich hier eigentlich notieren wollte, aber nexten Tags kam ein Brief, in dem er mich – wissend, daß ich Tagebuch schreibe – bat, das nicht zu fixieren: «… ich weiß ja, daß Sie ein diskreter Mensch sind, aber manches sollte man eben doch nicht notieren, das lesen dann in 20 Jahren irgendwelche Leute, und dann weinen einsame Menschen.» Einsame Menschen – das wäre seine Witwe. So entspreche ich dieser Freundesbitte und halte die Details nicht fest). Wozu als

Einschub hübsch der Satz paßt, den Hochhuth mir – kurz vor seiner 2. Scheidung wegen Geld-in-Sicherheit-Bringens – von seiner Noch-Angetrauten gestern am Telefon reportierte: «Ich werde mit Wollust deine Witwe sein.» Mit der Wollust, die die beiden nicht mehr einte …

Die Tiefenwirkung der Intim-Details: ein SEHR detaillierter Traum von einer affektiv aufgeladenen Affäre mit (dem ja leider bereits toten) Reinhard Lettau. In dem Traum war's für ihn wie das Ausprobieren von nem «anderen Joint», nur mal sehen, wie das ist – – – und wurde dann mehr, wurde jenes «Mein Gott, ist das intensiv, ich habe Sexualität noch nie so schön, noch nie so vollkommen ergreifend erlebt wie bei diesen Malen mit dir» – ich schreibe deshalb «jenes», weil ja in der REALITÄT, nicht im Traum, ich diesen Satz so oft erfahren, gehört habe; eben von all den angeblich «normalen», jedenfalls verheirateten Männern, mit denen ich «Affären» hatte; bizarrerweise gehörte dazu ja auch Lettau irgendwann in grauer Vorzeit in New York, aber halt auch J. B. (der mir in einer *assiette-à-trois* seine Frau bot wie eine reife Frucht und beim Orgasmus zu dritt rief: «Ach, Docteur, ich habe so viel von Ihnen gelernt» – ich glaube, er meinte, daß Socken-Tragen ordinär ist); oder von X, der hinterher geradezu erschrocken sagte: «Der Jude mit dem Deutschen, das wäre eigentlich ne richtige Kurzgeschichte – und Rassenschande ist es doppelt»; er war auch noch nach dem Ficken witzig, oder Y, der sich selber beobachtete – «Das funktioniert ja wirklich!» –, wie sein eigener Zoo-Besucher, der hinterher ganz zart/zärtlich wurde und sagte: «Es war ungewöhnlich und sehr, sehr schön», oder M. I. – – – sie alle wollten von meiner Energie tanken, wollten meine Elektrizität auf ihre schwach gewordenen Volt-Spannungen umleiten und wollten einerseits irgendetwas «Fremdes» ausprobieren, von dem sie – angeblich – bis dato nur gehört hatten, wollten aber auch «das Besondere» erfahren, indem sie meinten, daß ich darin lebte wie ein Fisch, der in einem anders gefärbten Wasser schwimmt. Und fast ausnahmslos – wie nun letzte Nacht in dem hochsensibilisierten hocherotischen Traum – kam eben jenes: «Es war so schön wie noch nie.» Die Armen – sie kannten wohl nur reinstecken und rausziehen, bißchen stöhnen und dann duschen, offenbar hatten sie Phantasie auf dem Papier, FÜR das Papier reserviert, aber nicht die Fingerspitzen, die Fünkchen auf der Haut. Spiel der Worte – das ja. Spiel der Körper – das nein.

13. Mai

Am Sonntag Antje (Landshoff-Ellermann) zu Gast, lieb.

Glaube, daß sie ein Freund ist – nur hat sie 1. keine Zeit, befreundet zu sein (da ja Freundschaft wie ein Muskel ist – benutzt man ihn/sie nicht, dann atrophiert sie), und 2. hat sie ZU VIELE «Freunde».

Das neue «soziale» (??) Phänomen: Per Fax oder per Handy ist man lieb, fast zärtlich – sie sagte nexten Tags: «Es war ein epischer Abend» (weiß nicht, was sie unter «episch» versteht), es war aber lieb gemeint.

17. Mai

Vor paar Tagen der «Revisor» aus Marbach hier, der sympathisch-skurrile Meyer, der sage und schreibe 5 Stunden hier unten in der Bibliothek «angeschnallt» saß und Manuskripte, Korrespondenz und Tagebücher prüfte; schon eigenartiger Vorgang, dieses Überprüfen des «Nachlasses», während man oben sitzt und Fontane liest.

Das Abendessen mit ihm dann lustig, weil der Mann ja einen eigenartigen Totenvogel-Beruf hat: Er schwebt von Greis zu Greisin, um in den Schubläden zu stöbern und Verschollenes oder zu Bewahrendes zu erschnüffeln: bei Günter Kunert, «der sich bislang dagegen gewehrt – aber nun ist er ja auch älter geworden und denkt doch darüber nach»; bei der Witwe von

Willy Haas, die mit 92 Jahren rüstig Weltreisen unternimmt und «Präsidentin» eines internationalen Vereins «zum Kampf gegen die Beschneidung von Frauen» ist; bei einer Geliebten von Hermann Kasack, die «unschätzbare» Liebesbriefe hat: «Seine Frau war eine vernünftige Person und hat das Verhältnis akzeptiert.» Auch was er sonst erzählt, sind wahre Literatur-Schnurren: Der Ernst-Jünger-Nachlaß kam in BRAUNEN Kartons, was dem Archiv wegen der Symbolik unangenehm war. So hat man alles umkartonieren lassen; der – inzwischen uralte – Sohn von der sagenumwobenen Felice (nicht genau wissend, ob er eventuell der Sohn von Kafka ist) hat ALLE Briefe Kafkas AN Felice vor Jahren verkauft, heute ein unermeßlicher Wert – und weiß nicht mehr, an wen – die Briefe sind spurlos verschwunden. Mit dem Angebot – meine Geldgeschäfte gehen im Moment wahrlich schlecht – würde er allerdings auf sich warten lassen, Marbach hat wegen der Überzahlung an den Döblin-Sohn, einen greisen Parfümerie- und Galanteriewarenhersteller in Nizza (????) kein Geld. Ich zahle also Döblin; apart.

Kampen, den 21. Mai

Eine so zarte wie schreckliche Scene vor 2 Tagen. Bei mir der Kunst- und Gewerbe-Museumsdirektor Hornbostel, weil ich mein Testament ändern will/werde: Regelrecht GEERBT soll nur noch von Gerd werden; außer mein Urheberrecht. Ihm vererbe ich aber nicht all meinen Schnokus, mit dem er nix anfangen kann und der schwer zu verkaufen. Also: ein FJR-Raum in jenem Museum, ein Ensemble aus all diesen Gallé-Majorelle-Lalique-Tiffany-Sabino-Walther-Nancy-Schneider-Nancy- und Muller-Frère-Objekten, die ich so im Lauf der Jahre zusammengekarrt habe; wenn's geht, dazu ein paar «Interdependenzen» – der Schreiber FJR und die Künstler: Wunderlichs Marx-Bronze-Pistole («Kunst als Waffe»): zu meinem Marx-Buch gemacht, Hrdlickas Marmor und mein Essay über ihn, Guttuso-Interview und mir von Guttuso gewidmete Bilder, Janssen-Zeichnungen zu einem Buch von mir, Hundertwassers Konrad-Bayer-Porträt (weil ich den entdeckt/verlegt habe usw.) – der Museumsmann war entzückt.

Beim Gehen erklärte er mir, daß er ja eigentlich nicht Kunsthistoriker, sondern Archäologe sei – – – und sah meine (neuerdings im Flur aufgebauten) entsprechenden Objekte, die er alle – persisch, minoisch, griechisch oder so – sofort erkannte, datieren konnte. Ich sagte: «Einiges habe ich von einem befreundeten Archäologen, der leider sehr früh verstarb.» Ohne eine Minute zu zögern, sagte er: «Etwa Bernd Kaiser aus Bonn, der in Persien verunglückte?» Es war wie ein Schock, nach wohl 22 Jahren erinnert sich da jemand noch an Bernd, meine große Liebe. Der Mann – «Aber das war doch das junge Genie des archäologischen Nachwuchses» – hat angeblich noch die Nachrufe in seinen Akten.

Schlief schlecht. Ich habe doch auch viel Unglück im Leben gehabt. Wie wäre es, er lebte noch?

KAMPEN, DEN 26. MAI

Verschreckter Beginn der Fontane-Arbeit. Zum einen über seinen doch ziemlich üblen Konservatismus (der, nur ein Winz-Beispiel, ihn natürlich nicht im Traume daran denken ließ, Marx oder Engels in England zu besuchen), über sein charakterloses Sich-Arrangieren mit den Herrschenden, seinen Dienst bei Zensurbehörde oder stockkonservativer KREUZZEITUNG, *pecuniae causa*, also «gekauft». Noch mehr entsetzt über den ziemlich scheußlich-aggressiven Antisemitismus; das habe ich vorher so deutlich nicht gewußt.

Völlig verschreckt aber über die epische Armseligkeit, die erzählerische Mickrigkeit. Die «Idee» oft gut – die falsche Ehre der preußischen Armee in SCHACH VON WUTHENOW –, doch auch das oft in Tiraden oder gar künstlich einmontierten Briefen. Aber das ERZÄHLERISCHE, das LITERARISCHE! Genau das, worauf er doch so stolz war: Das scheppert so dahin zwischen «erwiderte der Prinz», «nahm der Prinz das Wort», «alles lachte», «lachte Sander», «Alvensleben bestätigte», «der Prinz schwieg» und «beide verneigten sich». Eine Klapper-Dramaturgie sondersgleichen, die sich zwischen «Nostiz und Sander lächelten und nickten» und einem (auch noch ständig wiederholten) «es übergoß sie mit Blut» hin- und herbanalisiert. Die Fontaneschen Bonmots – «Er ist nichts weniger als beliebt. Wer den Aparten spielt, ist es nie» oder «Weil der Staat Friedrichs des Großen nicht ein Land mit einer Armee, sondern eine Armee mit einem Land ist» – sind von Hochhuthscher Eindrücklichkeit, aber LITERATUR ist das nicht.

KAMPEN, DEN 31. MAI

Langes «typisches» Hochhuth-Telefonat: In irgendeinem Nebensatz fiel der Name Remarque, woraufhin er ohne Punkt und Komma hervorsprudelte, daß der ja mit den eigenen Degas-Bildern im GEORGE V in Paris gewohnt habe, unter Marlenes Nebenaffären gelitten, sie aber auch geliebt habe; daß er, Hochhuth, an Willy Brandt seinerzeit geschrieben habe, man möge nicht vergessen, Remarque zum soundsovielten Geburtstage zu gratulieren, was geschehen sei, woraufhin Remarque ihm, Hochhuth, einen Dankesbrief geschrieben habe mit der Formulierung, ihm, Hochhuth, gehe es ja genauso wie ihm, Remarque: Der erste Wurf sei so ein Welterfolg, was danach komme, würde daran gemessen und käme nie mehr in die Nähe.

KAMPEN, DEN 3. JUNI

Nachträgliches, was in diesem Fall auch heißt: Abträgliches zur Fontane-Lektüre.

Ich habe, scheint mir, herausgefunden, WAS mir nicht gefällt bzw. warum mir manches mißfällt – es ist die Kehrseite von dem, was mir so gut gefällt: Er ist ein Sentenzen-Schriftsteller.

Das will sagen, daß es unendlich viele Beispiele für wunderbare «Lebensweisheiten» (manchmal leider auch Biedermeierkissen-Bestick-Sprüche), Erkenntnisse, Einsichten und «Verordnungen» gibt, in denen man entweder sich selber erkennt oder die man sich gerne zu eigen machen würde: «Die fertigen gotischen Dome sind nicht vollendet, und die vollendeten sind nicht fertig.» (Ein ganz besonders eindrückliches Dictum!)

Dazu kommen wunderbare literarische Anmerkungen, manchmal – wie im Falle von Spielhagen oder Raabe – kleine Literatur-Kritik-Zauberwerke: «Raabe wird dem ordentlichen Leser auch dann noch etwas bieten, wenn dieser Leser ungeduldig wird und vielfach in den Schrei ausbricht: ‹Ich kann es nicht mehr aushalten!› Aber zu diesem Schrei gibt er doch auch redlich Veranlassung, und wenn ich viel von ihm lesen müßte, so würd' er vielleicht zu denen gehören, die gerecht zu beurteilen mir auf die Dauer unmöglich würde. Er gehört nämlich – zu jener mir entsetzlichen deutschen Menschengruppe, die mit ALLEM unzufrieden sind, alles erbärmlich verlogen und Quatsch finden, nur den einen wirklichen und unzweifelhaften Quatschkopf nicht, den sie selber erfunden haben.»

Großartig (anläßlich Menzel) über Kritiker: «Wer eine Kunst nicht selber übt, hat sein Lob und seinen Tadel an bestimmter Stelle schweigen zu lassen, nämlich da, wo das mangelnde Können auch sein Wissen lahmlegt.»

Über Gutzkow: «Er war ein Hochstelzler, was ein bißchen an Hochstapler erinnert und auch SOLL, denn alles ist Schein, falsch, unecht.»

Seitenweise könnte man derlei herausschreiben, auch köstliche Menschen«bilder»: «Hedwig T. ist ein kleines gutes Thier und wohl zu leiden, aber kaninchenhaft oder seidenhasig wie die ganze Familie. Alle 4 Schwestern unter die hydraulische Presse gelegt und den Alten obenauf, kommt noch kein Tropfen Esprit heraus.»

Nun aber das große ABER: An ihm ist selber etwas Ofenhokkerisches, Hausjoppenhaftes, selbst da noch, wo er tapfer-aufrecht-störrisch ist, etwa wenn er dem ursprünglichen «Feind» Manteuffel nach dessen Sturz nicht «nachtreten» mag.

Das vielfach variierte Lebensmotto «Aber genug – ich schreibe mich sonst in kitzligste Fragen hinein»; «Man soll nicht Anstoß geben»; «Zu meinen kleinen Tugenden zählt die, die Menschen nicht ändern zu wollen» – – – hat zum einen etwas Verducktes, Verhuschtes, Mäuse-, nein: Eichhörnchenhaftes, da soll klüglich und sich bewahrend und für den Winter vorsorgend ein Nüß'chen versteckt werden: Es ist aber, dies das Entscheidende, das alles kein KUNSTGESETZ, eine für meinen Geschmack nicht-mögliche Verfaßtheit für einen Schriftsteller: KEINEN Anstoß geben (er meinte wohl: erregen)?? Die Menschen NICHT ändern wollen? Aber der Schriftsteller ist doch auch Prediger?! Er mag wissen, daß er sie nicht ändern KANN – aber er muß es doch versuchen! Er muß doch Sisyphos sein!!

Das ist das Geheimnis respektive des Rätsels Lösung, weil es alles Wohnstubenprosa ist, Kachelofen statt Kamin (à la française), immer ein Hauch von (vorweggenommenem) «Untertan», immer kleine Kammermusik und nie Aufschrei (à la Zola; den er prompt nicht mochte). Für Fontane ist es «mit den Wochen, die das Arbeitsjahr abschließen, wie mit den Wirtschaftskassen der Frauen vom 27sten ab. Es ist nichts mehr drin. Nur Kraft ist noch schwerer zu schaffen als Geld.» Das ist hübsch gesagt – man sieht aber die gekachelte Küche und ein abgeschabtes Portemonnaie. Keine Sätze, die man sich von/bei Kafka, Proust, Joyce, Genet vorstellen könnte. DESWEGEN ist Fontanes Prosa keine GROSSE PROSA: Er ist ein Epigrammatiker, aber kein Psychologe. Prosa ohne Psychologie geht nicht. Die Kraft der französischen Romane des 19. Jahrhunderts war, daß sie eine BÜRGERLICHE Psychologie (Psychologie des Bürgertums) gegen das höfische, verbrauchte und korrumpierte Zeremoniell einsetzten. Fontane meint zwar von sich, er sei Psychologe – verwechselt das aber mit Stimmungsmalerei; DIE stimmt immer, aber – verräterisch – «Liebe war nie meine Force». «Meine ganze Produktion ist Psychographie und Kritik, Dunkelschöpfung im Lichte zurechtgerückt.» Natürlich sind Apodicta wie über Turgenjew – «Apollo mit Zahnweh» – oder über Wagners Versuch, die Weltenrätsel zu lösen, der sich für ihn zusammenfasse in dem Satz «Vater, koof mir nen Appel», hübsch und eindringlich, ergeben ein kleines Zitatenlexikon. Aber die *confessio* «Natürlich wünscht sich ein vernünftiger Mensch nur das Zulässige, das Mögliche, das Wohlmotivierte» mag gut fürs Leben sein. Es ist schlecht, weil zu niedrig gehängt, für die Kunst.

KAMPEN, DEN 7. JUNI

Besuch von Hochhuth – und Abendessen; von IHM eingeladen: Das macht auch nur noch ER! –: wie stets mit ihm ein so absonderlicher wie freundschaftlicher Abend. Diesmal gar Aufgabe des Sie – mir ist die Duzerei garnicht so recht, es ist falsche Nähe: Daß man sich – wie alle Welt – mit Augstein duzt, heißt GARNICHTS, hat etwas von «Johann», also Chauffeursintimität.

Apart war die Abnahme des Hörens bei Zunahme der Egozentrik. So sprach ich von MEINEM Yourcenar-Essay, er verstand aber nur Yourcenar und Essay, sprach eilendst von deren Essays – ich sofort von ihrem HADRIAN (dessen Breitwandgeschmücktheit ich nicht mag), worauf er prompt Thomas Manns – etwas unverständliche – Bewunderung für diesen historischen Schinken parat hatte. Schöne Bühnendialoge, aneinander vorbeigleitend. Gelegentlich redete jeder von uns beiden gleichzeitig – also war keiner interessiert daran, was der andere sagte –, und keiner setzte voraus, der andere sei es. Verhakte Monologe. Bei Hochhuth sind es meist auch Bildungs-Sturzbäche, er ist ja ein wandelndes Bildungslexikon, weiß nicht nur, wer Herr von X war, der auf dem berühmtem Akademiefoto zwischen Heinrich Mann und Thomas Mann saß, sondern hatte auch Bücher von dem gelesen, die er zitieren konnte, und weiß auch, welcher liberale Abgeordnete es war, der Bismarcks Forderung nach «Recht auf Arbeit» in der Verfassung «kommunistisch» nannte. Dazwischen kommen dann hübsche kleine Selbstrechtfertigungen à la: «Nun habe ich dem Peymann ein teures Theater gekauft.»

Lustig oder mehr die Frage, wer von uns beiden eitlen Pfauen mehr respektive weniger Selbstbewußtsein habe.

13. Juni

Ohrfeigen-Freitag für den *has-been.* Zu meinem (was niemand wissen konnte: LETZTEN) großen Fest gestern kamen reihenweise Absagen – mal verlogen à la «ich komme vielleicht», mal noch, besonders unfreundschaftlich, am selben Nachmittag.

Das hat zwei Seiten: Zum einen bin ich nicht mehr «interessant» genug, weil ich ja keine Aufträge zu verteilen habe; wär es so, kämen sie in Scharen. Zum zweiten haben wir alle inzwischen Commerz-vergiftete Hirne, wir lassen keine dämliche Vorstadtlesung, kein Interview, keinen Vortrag «fallen» für einen Freund. OBWOHL alle so wohlhabend – interessant, wieviel Absagen mit der Begründung «Wir fahren gerade für ... Wochen in unser Haus in Italien/Frankreich/Dänemark/Portugal» kamen.

Es wurde dann dennoch ein rauschendes, wunderbares Fest, genug lustige und interessante Leute, Joachim Kaiser – extra aus München, diesmal besonders charmant/lustig/geistreich; FAZ-Schirrmacher – extra aus Frankfurt – von lässiger Gebildetheit und sehr selbstverständlichem Machtbewußtsein; der still-feinsinnige ZEITchef de Weck --- 35 Gäste tummelten sich um ein reiches Buffet und tranken – als letzter kam Christoph Eschenbach mit 3 «boys» um 2 Uhr morgens – über 100 Flaschen leer.

Anders der Abend vor dem meinen, ZEITempfang zum Abschied von Christoph Bertram im fein-dämlichen Anglo-German Club, bei dem nicht nur die verlogene Dönhoff mir ins Gesicht fabulierte, wie fabelhaft sie mich als Feuilletonchef IMMER gefunden habe, die Verräterin, sondern bei dem die grau gekleideten «Damen und Herren» gleichsam auf ihren Händen saßen, bis ICH – «das vorlaute Fritzchen» – ein paar Worte sagte (die den Geehrten zu Tränen trieben), aber hinter der Hand mag es eher heißen: «Was reißt der eigentlich ungebeten seine Klappe auf.»

Gerds Bericht nach der Party: «Man nennt dich ‹die Langspielplatte›» (so habe Gisela Augsteins Lover gesagt), weil ich zu oft zu lange rede, ist nicht direkt ermunternd.

HÔTEL PALAIS MAETERLINCK, NIZZA, DEN 2. JULI

Ein Brief von Gerd hierher, er habe nun die See-Bestattung für sein Ende gewählt, und zwar das Meer vor Sylt – «Dann sind wir einander doch nahe» –, hat mich tief berührt.

Das Chefredakteurs-Wort «Ironie kommt nicht an» hat eben doch Gültigkeit: Kürzlich erlaubte ich mir den Scherz, in einem Artikel zu schreiben: «‹gediegen› – ach, ich weiß leider nicht, woher das Wort gediegen stammt» – – – woraufhin ich endlose Leserbriefe mit Lexikonexzerpten und wütenden Begleitbriefen erhielt: «Wenn er so was schon nicht weiß, dann hätte Herr Raddatz doch wohl wenigstens im … nachschlagen können.» DIE ZEIT hat wirklich die schlimmsten Spießer-Leser der Welt, die auch Heine nach (s)einem ICH WEISS NICHT, WAS SOLL ES BEDEUTEN, DASS ICH SO TRAURIG BIN schreiben würden: «Na, hören Se mah, Herr Heine, Sie werden doch wohl noch wissen, warum Se traurich sind, wa?!»

So ja auch die nach wie vor und nie unterbrochene Verfolgungsjagd auf «den Herrn R.» wegen Goethe und der Bahnhof; noch heute, nach ca. 15 Jahren, die dieser lächerliche Fehler her ist, kommen Briefe: «Das ist doch derselbe Herr, der nicht mal wußte ...» Diese Hohlköpfe würden auch Briefe an Thomas Mann schreiben (wenn sie's gemerkt hätten), weil er Toni Buddenbrook 1847 einen Strandkorb erblicken läßt (welchselbiges Möbel aber erst 50 Jahre später entwickelt wurde), oder an Kleist, weil der von «Ixion» schreibt, «der verdammt war, ein Rad auf einen Berg zu wälzen». Ein dickes Buch der «Fehler» wäre zusammenzustellen, witzig und amüsant: als habe das irgendetwas mit der Lebensleistung eines Menschen zu tun. Das imposanteste Glied des deutschen Mannes ist der erhobene Zeigefinger.

15. Juli

Franziska Augstein erhält den Curtius-Förder-Preis «für ihre Essays»; der Haken an der Sache: Es GIBT keinen einzigen Essay von ihr. Erhielte den Preis – Preisfrage – auch ein Fräulein Franziska Schultze?

Valerio Adami, soeben mit einem Millionen-Dollar-Honorar für ein Fresko in einer italienischen Bank entlohnt, widmete dieses Fresko dem Thema «gegen Zinszahlungen». Wird er – Preisfrage – das Geld zinslos anlegen? Vorerst kaufte der über 60jährige sich einen Porsche. Kurz zuvor hatte er per Anwalt seiner leider auch malenden Frau – die also Adami heißt – verboten, sich Adami zu nennen. Die Ehefrau nahm ihrerseits einen Anwalt. Ansonsten lebt das Paar harmonisch – und täglich – zusammen.

17. Juli

Der MESSIAS im Müll: Seit Tagen versuche ich, meine ca. 700 alten Langspielplatten zu verkaufen, bei einem Laden, der annonciert: «Kaufen JEDE Platte» – und der mir angewidert die schwarzen Scheiben mit den Worten «Die sind ja gebraucht!» zurückgibt; heute nahm man mir für DM 10 welche ab ... So muß ich also in den Müll werfen, was Konwitschny oder Barenboim dirigierten, was Brendel oder Casals spielten, was Händel oder Schostakowitsch schufen – – – mir tut der Magen weh. Kein Altersheim, kein Ausländerauffanglager, keine Blindenanstalt – sie wollen alles «neu», CDs, empfinden Gebrauchtes als Kränkung.

Bach in die Mülltonne: ekelhaft.

Schlosshotel Weyberhöfe, Sailauf, den 19. Juli

Hier war ich Axel Springers Schokotört'chen: schmählich und ein wenig grotesk – eine Veranstaltung der Werbeabteilung des Springer Verlags «auf den Spuren von Tucholsky», d. h., man hatte die höchst-karätigen (heißt das so?) Anzeigengeber geladen, wobei neben üppigen Déjeuners auch etwas «Kultur» geboten werden sollte. Kultur war mittags FJR mit einem Vortrag und abends Uwe Friedrichsen mit Tucholsky-Interpretationen (die beiden «Künstler» trafen sich auf der Schloßtreppe, schweifwedelnd). Die «perfekte» Dramaturgie zeigte nur allzu klar, daß man Pausen-Clown ist: Flug und Limousine am Frankfurt-Airport und Schloßhotel – wo ich, zu früh, mit dem Grafen über Karpfenzucht plauderte, bis die Tortenplatten, die riesigen Kaffeekannen und schließlich der Bus mit den satt-müden «Gästen» kam. Die durfte ich dann beim Mittagsschlaf oder, wenn's gutging, beim Klappern mit den Kuchengabeln stören.

1 Minute nach dem obligaten Applaus gab es den Scheck, dessentwegen ich das alles tue, und 1 weitere Minute später hatte ich mich in Luft aufgelöst, war vergessen.

Bezeichnend übrigens die kurze Begegnung mit Uwe Friedrichsen, dem noch nicht geschminkten Mimen mit schwarzem Sakko über dem Bügel – der mir erzählte, er habe bei den beiden Hamburger Bühnen, auf denen er immerhin jahrelang auftrat – und als eine Art Jungstar galt –, vergebens angefragt, ob man denn etwas zu seinem 65. «machen» wolle; es kam nicht mal Antwort.

Insofern eine Pointe: zwei Anrufe aus dem Grab.

Der 85jährige Helmut Kindler, der – so war er immer, der Cadillac fahrende Neureiche – von «meiner neuen Frau» redete (als sei es eben ein neues Auto), der irgendwas von mir gelesen, über irgendwas plaudern wollte, so tuend, als seien wir befreundet, gar mit einem Besuch drohte. Die banale Herzlichkeit von Hans Habes ILONA.

Und dann Hanne Goebel, die langjährige Mätresse von Carlo Schmid, weder wusste ich, daß sie überhaupt noch lebt, noch, woher sie meine Nummer hat. Sie wollte zu ihrem 77. einladen – allerdings mit dem rührenden Hinweis, es sollten alle die Leute kommen, die «damals» Carlo Schmids 70. gefeiert haben – – – – das war bei der zu jenen Zeiten noch nicht in die luftigen Bereiche der Kunst entschwebten Gabriele Henkel, als sie noch Freund ihrer Freunde war und solche in der Tat bezaubernden Gesten zur Verfügung hatte – die Gästeliste von Wapnewski über Biedenkopf zu ich-weiß-nicht-mehr-wem (wenn ich mich recht erinnere, zumeist in dem Gedenkbuch verewigt). Auch das: versunkene Welt.

HOTEL KEMPINSKI, BERLIN, DEN 4. AUGUST

Abends Verabredung mit einem, wie ich dachte, amüsanten ehemaligen STASI-OFFIZIER, der, schwul, im Auftrag der «Firma» als Kellner verkleidet mit Westmanagern in den Hotels schlafen mußte. Es kam aber stattdessen nur fades Zeug à la «Man hat doch dran geglaubt» und Undefinierbares über literarische Pläne, etwa einen «Rimbaud»-Roman (???); das alles in einem «Scene»-Lokal am Prenzlauer Berg – – – was mich alles zusammen bis zu Gähnkrämpfen langweilte – was gehen mich diese Leute mit ihren grünen Haaren oder ohne Haar an, was soll daran «interessant» sein, noch dazu in Gegenwart eines jungen

Mannes, der mir – was ich hasse – nach paar Minuten von seiner vergangenen Liebe und der (sofort gefundenen) neuen erzählte, das alles bei Grießpudding zum Rotwein. Brrr.

KAMPEN, DEN 6. AUGUST

Splitter'chen. Schade, daß es so unbeträchtlich wirkte, wenn man's schriebe (und wieso eigentlich?) – die zierlichen Hysterien meiner beiden Pariser Freunde wären schon ein hübsches «Unter der Treppe». Sie lassen aneinander die bösartigsten, hämischsten Aggressionen aus – und dann, «aber wir hatten ja Karten», geht's abends nach Menton zu einem Konzert. «Damit es besser aussieht, wenn du dich ficken läßt», sagt der eine zum anderen, wenn er ihm die Genickhaare ausrasiert (weil man so 30 Francs spart), oder: «Du bist genauso vulgär wie deine Mutter, ich bleibe in Paris und komme nicht nach Nizza.» Am nächsten Tag ist er da, weil in Montpellier eine Diva singt, die es unbedingt zu hören gilt. «Ich will dich nie mehr wiedersehen, du hast mir mein Leben verdorben, ich steche dir ein Messer in deinen dicken Bauch» – derlei ist noch das mindeste. Es wird aber eilig gesagt, weil gegen Mittag der Flohmarkt zumacht.

Die Erklärung? Kann wohl ein Außenstehender nicht geben. EINE aber ist gewiß: daß keiner von beiden irgendein soziales Leben hat, keiner einen Beruf, keiner Verwandte – jeder «normale» Mensch hat mal Krach im Büro, zittert um seinen Urlaub, Gehaltserhöhung, Kündigung, um einen kranken Vater oder die Berufschancen des Sohnes. Wenn dieses gesamte soziale Umfeld wegfällt und nur der Durchfall der Katze als Kummer bleibt, richten sich die Aggressionen – wie bei eingesperrten Ratten? – gegeneinander. Auch leicht eklig/ekelhaft.

Gestern bei der Herfahrt endlich mal im Museum Schleswig, das wunderschön gelegen, gut restauriert, schöne Räume – und insgesamt eine Labsal. Allein die von Springer geschenkten Keramiken, jedes Stück für sich ein Museumsstück (immerhin hatte der Herr von BILD auch Geschmack, was man vom Herrn des SPIEGEL nicht sagen kann), eine Labsal. Die Morandi-Ausstellung interessierte mich nicht so sehr, das Beste an ihm scheint mir sein Dictum «Nichts ist so abstrakt wie die Realität», hübsch die kleine Wunderlich-Ecke (von der sich voll Grausen – «na, wer sich so was hinhängt ...» – die spießigen Gäste abwandten) und oben Möbel, Portraits oder die BRÜCKE-Leute, alles von wohltuend-unaufgeregter Bild-Gelassenheit. Neulich auch in Berlin, in dem neueröffneten Nationalmuseum, eine herrliche Sammlung, deren Exponate auf verschiedenfarbigem Samt geradezu leuchteten – – – und die gegenüber in der Nationalgalerie gezeigten Max-Ernst-Schmuckstück'chen auf ihren Platz verwiesen: den des Gefälligen.

28. AUGUST

Amüsiert-befremdet zurück von der Reise zu «Pauls Hochzeit», was heißt: der Hochzeit seiner Tochter (auf dem Besitz in der Provence). In den letzten Wochen verabschiedete man sich jedoch in Hamburg mit dem Satz: «Na, wir sehen uns dann ja bei Pauls Hochzeit.» Heiliger Freud.

Und so war's dann auch: eine reine Wunderlich-Inscenierung, die meisten Gäste weißharig, also kaum Lauras Freunde. Der erste Teil eine Mischung aus «Hochzeit des Paten» und Fellini: in der kleinen Dorfkirche von St.-Pierre-de-Vassols versammelten sich ca. 200 Hochfein-Gekleidete, die Damen in Roben, die Herren im Smoking, die weder die Gebete sprechen noch die Lieder singen konnten: eine gemietete Kirche und ein Leih-Pfaffe. Dann kam die Vorfahrt der Rolls-Royce und Mercedesse, dann betrat der Brautvater, im Cut, mit grauem Zylinder und blauer (selbstangefertigter) Sonnenbrille die Kirche, am Arm «das Opferlamm» in Spitze, mit 10 Meter langer Spitzenschleppe. Dann kam die Abfahrt, das Brautpaar hinten auf dem Verdeck eines Rolls-Royce-Cabrio, davor Karin in der Ente als

Filmende, dann Paul in seinem Rolls-Royce, dann etwa 120 Luxuskarossen.

Doch in DEM Moment, in dem die Karawane im Schlöß'chen ankam, hatte alles Stil, Grazie, Heiterkeit: leichthin übers Grundstück verstreut Tische mit Champagner, Paté und winzigen, aber ausgesucht provenzalisch-leckeren «Häpp'chen», nichts war zu dick aufgetragen, alles hatte Charme und Leichtigkeit, bis zur diskreten Beleuchtung von Park, Skulpturen und Brunnen. Das Anwesen (mit einer wunderbar/wunderlich-skurrilen neuen Skulpturengalerie, endend an einem Wunderlich-Brunnen) schien wie erschaffen zu so einem Fest.

30. AUGUST

Mein Leben-gegen-den-Strom. Rolf Michaelis, einer «meiner» unbalanciertesten, aber liebenswertesten Redakteure – dem man Grappa-trinkend am Tresen eines italienischen Restaurants um Mitternacht begegnen konnte: aber immer in der linken Hand das jeweils neue Handkebuch; der auch schon mal über seiner Schreibmaschine in der Redaktion einschlief, so daß ich tiefnachts einen halbfertigen Artikel von ihm direkt in die Bleisatzmaschine hinein fertigdiktieren mußte (SO lange ist das her!) – Michaelis also WURDE aus der ZEIT ausgeschieden; wie ich höre, unter unwürdigen und demütigenden Begleitumständen.

So schrieb ich ihm einen Brief und schickte ihm einen Karton jenes Champagners, den ich weiland Woche für Woche zur «Feier» der neuen Nummer dem Ressort spendierte. Zurück kam ein, wie ich finde, eher dürftiges Kärtchen.

Wie ich finde: Oder ist es nicht ganz sympathisch? Was mehr hätte er eigentlich schreiben sollen. Erwarte ich immer «mehr», also zu viel von den Menschen?

KAMPEN, DEN 3. SEPTEMBER

Unheimlich: ein sehr präziser, «schöner», erotischer – nicht sexueller – Traum von einer großen Liebe, ein junger Mann, blondgelockt und eben ein «Traum» an Geist, Seele und Körper, kein geiler Traum, das auch, aber es war weniger sexuelle Erregung/Befriedigung als erotische Erfüllung. Höhepunkt die «Beichte» einer Nacht mit einem anderen (den ich, Logik des Traumes, auch kannte und begehrte), mein stupendes Unglück ob dieses Treubruchs, ein gemeinsames, quasi seelsorgerisches Gespräch mit dem Pfaffen, in dem der blonde Engel sich anfangs mokierte, ich tue so, als sei Sexualität etwas Heiliges, dann tief erschrocken über die Pfaffenreplik: «ABER sie IST etwas Heiliges, das Heiligste, was der Mensch hat, es ist seine ‹Pforte› zum Mitmenschen» – und schließlich ernst wie beim Eid sagte: «Gut, ich liebe den Fritz, dann werde ich nur noch onanieren.»

Am unheimlichsten: daß ich mir – man vergißt doch Träume? – so etwas so genau merke, so sehr, daß ich mich beim Erwachen vor Gerd genierte, als sei es alles Wahrheit.

19. SEPTEMBER

Lange Pause, weil in wochenlangem Sylt-Regen an der neuen Erzählung bastelnd, die mir im Moment nicht zu gelingen scheint.

Es waren also nur graue Dämmerwochen, ohne meinen geliebten Indian Summer an der See, mit nassen Unvergnügtheitsspaziergängen.

Morgen seltsam unfreudig nach Nizza, wo ich also meine neue Wohnung «trockenwohnen» werde, für eine Woche mit Gerd, alles sehr schön und alles sehr comfortabel; aber in mir ein Zwicken und Zwacken, ob's denn dann wirklich «meins» sein wird, ob ich zu der Landschaft, zu allem DU sagen werde (wie seit Jahrzehnten zu Sylt) oder ob's eine irritierend-falsche Mondänität wird. *On verra.*

Nizza, den 23. September

Da sitze ich also, «auf» meiner dritten Adresse, in verzagter Freude (und in strahlend-heißer Sonne): verzagt, weil die «Apparatur» zu kompliziert, für die mein Französisch nicht reicht – was heißt Bohnerwachs, Müllschippe und Abzugshaube. Ich blicke von der wunderbaren Terrasse über Garten, Pool und Meer auf die «Skyline» von Nizza, direkt auf die Kuppel des Negresco – und weiß nicht: richtig oder falsch? Beschwöre ich den Zorn der Götter, oder habe ich's verdient? Aber: die Sonne, das Licht, der Zauberblick auf die Baye des Anges (in Hamburg ist es grau und kalt). Wird es mich «ent-laden» – oder ist eben das schlecht für meine Arbeit, weil es die notwendige (für mich notwendige) Spannung sänftigt und auch ein gewisser «Verrat» am geliebten Sylt?

4. Oktober

Mein Widerwillen, vor allem Unverständnis gegenüber dieser Ästhetik der Zusammenhanglosigkeit, des Assoziativen, wie sie seit geraumer Zeit im Schwange, wenn nicht «en vogue», schick ist. Gestern Elfriede Jelineks Robert-Walser-Stück, ein wüster, zusammengekehrichter Haufen von Zitatschnipseln, wie vorher schon ihr STECKEN STAB UND STANGL, wie vorher die Stücke – zumal das letzte, «Krieg» – von Goetz; kaum eigene Sprache, keine Handlung, collagiertes «Material», ein Bedienen der Fernbedienung, die Zapp-Ästhetik, damit doch ein Sich-Ranmachen an Sehgewohnheiten, statt UNGEWOHNTES sichtbar zu machen. Hat den vergänglichen Appeal von Plateau-Schuhen. Plateau statt Niveau.

Nizza, den 14. Oktober

Sonne zwar, aber keine innere Ruhe (von der ich mir einbilde, sie eher/nur in Sylt zu finden): die brüllend-laute, von hupenden, stinkenden Autos verstopfte Stadt, das Strichlein «Strand» am Postkartenmeer (Hans-Jürgen Heinrichs hat mich vergiftet mit einem wüsten Wellenfoto, Natur pur, in seinem Gomera). Immer will man – will ich – das Andere: Bin ich auf so einer Natur- und Wellen-Insel, passen mir die tätowierten Bäuche nicht, das Rucksackpack mit Shorts und Sandalen, im Restaurant das Messer in der linken Hand ragend. Hier nun sitzen kultivierte alte Herren mit einer Rosette im Knopfloch bei 2 (!) Dutzend Austern, aber mein Kopf dröhnt von Lärm und Dreck. Ridikül, wenn ein Mann von gleich 70 seinen Ort nicht findet!

Nachtrag zur Süße der Macht: Bei Schirrmachers Abendeinladung – also: bei der FAZ – drängte sich die Prominenz von Bubis über Unseld zu Muschg, Michael Krüger oder Baumgart. Fernseh-Verlags-Zeitungsgrößen aller Couleur standen Schlange am Buffet der Macht-Häppchen, über dem eine Flagge, «ich bin dabeigewesen», hätte flattern können.

Widerlich: Nun, da mit einem «Enthüllungsbuch» über seinen früheren Arbeitgeber plump-ordinär landend und landauf, landab verrissen, «beichtet» ein ehemaliger SPIEGELredakteur, er habe MICH stets aus Neid attackiert, es sei dem KUHAUGE schweres Unrecht geschehen, er habe es jetzt erst (!!) richtig gelesen und sei verwundert, was für ein gutes Buch es sei. So was also nennt/nannte sich Literaturkritiker.

Traurig: Schirrmacher schreibt mir als PS zu seiner Party, der Herr Reich-Ranicki spräche nun von «Versöhnung» (mit mir); alldieweil ich ihn – an der Grenze der Höflichkeit – zurechtgewiesen und zurechtgestutzt hatte, vor einem Boxring-ähnlichen Kreis gespannter Zuhörer (Schirrmacher: «Hätte ich doch ein Mikro – 2 Mythen begegnen sich»); dieser Mensch kann nicht «zwischen-hören», und wenn ich zwar witzig, aber doch auch wieder ernst, etwa sage: «Wieso sprechen Sie im Zusammenhang mit sich von Schreiben – Sie schreiben doch mit dem Telefonhörer», dann lacht er, ohne zu merken, wie schrecklich dieser Satz ist. Wie will/kann so jemand je Literatur beurteilen, so gänzlich ohne Gehör für Zwischentöne.

25. NOVEMBER

Per «Lieber und hochverehrter» – ein Nein des Feuilletons zu meinem Vorschlag, ein paar Zeilen zu Joachim Kaisers 70. zu schreiben. Weiß nicht, wem gegenüber das schnöder, Kaiser oder mir. In jedem Fall: wieder ein kleiner Skandal, daß dieses «Intelligenz»-Blatt nicht 70 Zeilen opfern mag für einen der wichtigsten, elegantesten und auch hochverdienstvollsten Kritiker des Landes. Sie reiten im Damensattel – aber sie haben kein Pferd.

1. DEZEMBER

Eine schwarze Pointe des Abends: Der Theaterintendant explodierte fast, als ich den Namen Brasch erwähnte; es stellte sich heraus: Nicht mal mehr eine beauftragte Shakespeare-Übersetzung schafft er. Baumbauer: «Man hat mich gewarnt, ich ginge ein hohes Risiko ein, ich dachte dennoch ...» Also mußte er den Auftrag kündigen – wobei alle sich fragen: «Wovon lebt Brasch eigentlich?» –, aber viel schlimmer doch: eine so wunderbare Begabung, ein so großartiger (auch noch schöner) Kopf: alles kaputt? Einerseits: Sein gellendes Schweigen zu allen Stasi-Wende- oder Walser-Debatten ziert ihn. Andererseits ziert einen Schriftsteller natürlich NICHT, wenn er nicht mehr schreiben kann – bzw. SCHREIBEN kann er ja, die Sätze aus dem wirren Manuskript, die ich kenne, haben Kleistsches Format –, sein Schreiben nicht mehr in einen Zusammenhang bringen kann. Eine schmerzliche Katastrophe: Kann Kokain das alles bewirken, so viel zerstören?

17. DEZEMBER

Mein lieber Freund Joachim Kaiser, enttäuscht über meine Krankheits-Absage zu seinem 70. Geburtstags-Fest, sagt: «Du hattest den Ehrenplatz neben E.» – und weiter: «Ach, der E. ist eben doch nur ein Schwuler, der früher links war und jetzt rechts ist.» Was ja besonders mir gegenüber höchst taktvoll ist.

Immer wieder: woher nur die für «unsereins» doch nie ganz zu verstehende tief-innere Abwehr gegen Homosexualität, auch bei sogenannten zivilisierten Menschen. Ist es doch AUCH Sexualneid, weil der enorm leichtgemachte Sex-Konsum der Schwulen inzwischen recht bekannt? Dieses Rasche, in 7 Minuten auf der Klappe oder in 20 Minuten im Park, gibt es ja für «Normale» nicht, so, wie es jemand mir neulich erzählte: Neben ihm auf der Klappe sagt der, mit dem er «im Gange» ist: «Wir müssen rasch machen, ich parke doppelt.» Da hupt es. Hosen hoch. «Das geht um mein Auto.» Raus, nach 2 Minuten wieder da. «Jetzt parke ich besser.» Dann ging's weiter. Unvorstellbar wohl doch in «normaler» Situation?

Man stelle sich vor, es gäbe Parks – wie die Schwulenparks –, in denen Dutzende von Frauen herumstrichen, die mühelos und in wenigen Minuten für nix zu ficken wären: Es müßten vermutlich eigene Autobahnabfahrten dorthin gebaut werden mit kaufhausgroßen Parkplätzen.

Läppische Wellen schlagen ans Krankenlager: Anruf Gaus: Bericht vor allem von SEINER Krankheit, die – Stimmbandkrebs (und das für einen Fernsehmoderator!) – allerdings wirklich schlimmer/ernster. Dennoch leicht lächerlich: «Meine Prominenz brachte mich zum allerbesten Arzt, nobelpreisverdächtig.» Was sind wir doch alle für klein-ängstlich-eitle Leute; ich auch: bringe meinem Arzt UND der Vorzimmerdame Bücher von mir mit, darauf bedacht, daß «sie wissen, wer ich bin».

Anruf FAZ-Schirrmacher, berauscht von seiner Regieleistung in Sachen Walser-Bubis-Streit, keineswegs übersehend, daß Walser nicht ohne Schaden aus dieser Sache hervorgegangen, im Gegenteil: «Zum Abschied hat er Bubis seinen Schal übers Gesicht wehen lassen und gesagt: ‹Denken Sie an mich, Herr Bubis, wenn Sie mit der deutschen Sprache auf gutem Fuße bleiben wollen.›» Schirrmacher – dies nun tat wiederum MEINER Eitelkeit gut – betonte: «Das sage ich nicht, um Ihnen Komplimente zu machen», daß FJR sein Vorbild (nicht nur) in dieser Debatte sei respektive gewesen sei: «Mit Ihnen/durch Sie bin ich journalistisch sozialisiert worden, ich habe mir jetzt Ihre Emphase und Ihr Engagement geliehen – Ihr Charisma werde ich leider nicht erreichen.» Bißchen dicke …

31. Dezember

So gehe ich – in den letzten Tagen beim Anhören von Peter Wapnewskis ganz HERRLICHER Tristan-Platte gelernt habend, daß (auch) Tristan seine Mutter nie gesehen – gelassen-skeptisch in ein neues Jahr.

1999

8. JANUAR

Bizarrerien: Ein Mann namens Frank Ripploh, mit dem ich vor endlosen Jahren eine *one-night-affair* hatte; da erzählte er mir («Ich kenne dich, du bist doch ...?») von vagen Filmplänen, und ich nahm das als die übliche Angeberei, er – – – nun, dieser machte tatsächlich seinen ganz komischen schwulen «Taxi-zum-Klo»-Film, bekam AIDS; ich besuchte ihn vor 2, 3 Jahren in Westerland in der Klinik – und nun höre ich, daß er mit erträglichen «Halbwerten» schwer reich geworden: an schwulen Porno-Videos. Er schlägt dem Tod mit der Brieftasche die Forke aus der Hand.

9. FEBRUAR

Rolf Hochhuth am Telefon. SOFORT: «Ich habe eben einen Brief an Wapnewski geschrieben, dem Mann gebe ich in meinem ganzen Leben nicht mehr die Hand ...»: Wapnewski hatte bei seiner Trauerrede über Everding seinen, Hochhuths, Namen nicht genannt! Nun mag das ein – läßliches – Versäumnis sein, da ja tatsächlich Everdings letzte Theaterarbeit die Inscenierung von Hochhuths EFFIS NACHT war; aber ein Verbrechen ist es ja eigentlich nicht.

Doch so ging das ganze lange Telefonat, ein Sturzbach an Beschwerden und Krächen und «Demütigungen»; nur wenn er mal Atem holte, versuchte ich, auch mal was sagen zu können, was eher mißlang, so daß wir – wie bei einer schlechten Tonspulenqualität – übereinandersprachen: Ich hörte ihn reden, während ich redete; will sagen: Keiner hörte dem anderen zu.

Nur EINE Bemerkung, da spürt man den alten, sozial interessierten Hochhuth, packte ihn: als ich erzählte, daß man Manfred Sack nach 47 Jahren ZEITzugehörigkeit, als ihn einer der Chefs im Lift traf, mit den 2 Silben verabschiedete: «Tschüs, Sack!» Das war's.

10. FEBRUAR

Out of the blue sky Anruf von Biermann, mit dem ich seit Jahren nicht telefoniert habe: Wie eh und je singt er mir am Telefon Lieder vor, schwätzt von Intrigen der Brecht-Tochter und Suhrkamp und seinen Erfolgen und seinen Frauen, ca. 1 Stunde lang. Ich finde ihn ja nach wie vor komisch und begabt, und meist hat er auch recht mit seinen Sottisen; aber gut, daß das alles dosiert ist.

14. FEBRUAR

Winterstürme weichen dem Wonnemond, Beifallsstürme bleichen den Bedeutungshof – orgiastischer Applaus bei Marthalers Sinnlosigkeits-Potpourri «Die Spezialisten», einem Schlafrausch der Leere, Bröckchen aus Business-«Denglisch» («Produktionsakkumulation») und Lufthansa-Deutsch («Blasen Sie sich am Mundstück der Schwimmweste auf»), dazwischen etwas existentialistischer «Boogie-Woogie», Hinfallen und Kletterstangenkrabbelei, bejubelt vor allem, wenn Koffer plumpsen oder an den Schwanz gegriffen wird: frenetisches Ohne-Sorg-Wohlbefinden eines sehr leicht zu amüsierenden Publikums – was auf St. Pauli der Auftritt in der Unterhose, ist hier die Ballett-Parodie «Mann im weißen Glitzerhemd» – watthamwadagelacht.

Das Ganze wäre ernsthaft – und das heißt: auch politisch – zu analysieren. Es folgt nämlich dem Prinzip der Trivial-Literatur: Das Erwartete wird bedient. Das «Erwartete» war früher der Graf und das Dienstmädchen und ist heute das «Hat alles ohnehin keinen Sinn». So wird hier die Endlos-Schleife der Friseur-

Musik zur Repetition des Bedeutungslosen; größter Lacher: «Stört Sie, daß mein Mantel da hängt?» Und es hängt nirgendwo ein Mantel. 30 x «Es geht ihm schon besser» oder «Ich möchte, daß es mir gutgeht»: Rosendienstag.

20. FEBRUAR

Rollsplitt vom Berlinbesuch.

Freund Gerhard Schneider in seiner neuen 3-Zimmer-Wohnung, stolz wie ein Schloßbesitzer, das 1. Bad seiner jahrzehntelangen Ehe. Schlechtes Gewissen angesichts meiner nun 2 «Ferienwohnungen», die besser equipiert, größer und eleganter, geschweige denn mein «Hauptwohnsitz».

Eindruck, daß sie VOLLKOMMEN in einer/ihrer Ost-Welt leben; mein – ungerechtes – Erstaunen, wenn sie von den Bonnern sprechen, als sei es auch ihre Regierung; dabei sehr richtig-nüchterne Urteile. Seine Ostpingeligkeit geht so weit, daß er in einem Dokumentenband (den er für mein Projekt besorgt hatte) seitenlang die Druckfehler anstreicht und/oder nach einem längeren Gespräch sagt: «Jetzt wollen wir mal das Resultat der Diskussion zusammenfassen.»

Anschließend mieses Essen mit Bier, was beide alles herrlich fanden, so herrlich, daß sie anschließend zu Hause noch 1 Flasche Wein getrunken haben, während ich deprimiert im Bette des Hotels lag, im leeren Doppelbette.

Das Abendessen am nexten Tag mit (nun auch PEN-Präsident) Christoph Hein auf andere Weise bizarr: Er ist nicht nur – wie ich finde – ein sehr guter Schriftsteller, sondern auch ein lustig den Champagner und Wein genießender Skeptiker, wenn nicht gar Zyniker. Den absurd klaffenden Graben zwischen der Existenz seriöser Autoren, die oft nicht das Geld haben, zu ihren schlecht oder gar nicht bezahlten Lesungen zu fahren, und den gigantischen Honoraren der öfter «einleitenden» TV-Stars (die bis zu 20.000 pro Abend kassieren) schilderte er sarkastischamüsiert, und auf mein «Wie gut, daß es wenigstens Christoph Hein nicht so geht» meinte er mit geradezu strahlender Ironie: «Na, ich kann Ihnen ja mal meine Verkaufsabrechnungen schicken.»

Dann aber begann ein kleiner Bösartigkeits-Galopp quer durch die Gegenwartsliteratur, den er mit einem «Was oder wer, glauben Sie, wird bleiben?» wie mit einem Schachzug eröffnete. Christa Wolf hat ihr Publikum verloren – Grass ist berühmt, aber ungelesen – Walser eher notorisch, aber auch ungelesen – Enzensberger ein Scharlatan (meine Charakterisierung «Nurejew der Literatur» wurde wie ein Geschenk entgegengenommen) – Arno Schmidt bis auf die ersten Bücher ein Bildungsspießer. Es blieben nur Thomas Mann und Brecht. Mein «Und Benn?» wurde mit Schweigen übergangen, und nur mein «Auch Rühmkorf ist doch eher gelenkig als groß» wurde leicht zurechtgewiesen, der sei immerhin «munter» und eine vokabuläre Begabung. Meine Frage: «Aber wenn man sich an seinen Sprachspielen ergötzt hat und sich, zurücklehnend im Sessel, fragt: ‹Was habe ich eigentlich gelesen?›» wurde beschwiegen. Ich wußte bisher nicht, daß er so scharfzüngig, leicht frivol und abschätzend ist.

27. FEBRUAR

Gestern den ganzen Tag Testament neu abgefaßt, Beerdigung bis ins Detail, welche Musik, festgelegt.

1 Stunde später ruft der Bruder von Fritz Arnold an – – – der hatte (da er wußte, daß er ganz «verkrebst» ist) nicht nur die Musik festgelegt – – – sondern die entsprechenden CDs mit roten Pünktchen versehen, wie verkaufte Bilder bei einer Vernissage … UND hatte schriftlich festgelegt, man möge mich fragen als «Fest-Redner»; o vanitas über den Tod hinaus, es muß also unbedingt ein «Berühmter» am Grab sprechen, obwohl wir nicht mehr als freundlich bekannt, keineswegs befreundet wa-

ren. ICH habe zwar auch Grass «freigestellt», ob er bei meiner Beerdigung sprechen mag – aber wir sind schließlich in ups and downs seit Jahrzehnten BEFREUNDET.

KAMPEN, DEN 5. MÄRZ

Fortsetzungsroman «Verkommenheit des Kulturbetriebs»: Meine Heine-Biographie ist als Taschenbuch erschienen. Ich wüßte das nicht, wenn nicht Wunderlich – mit höflichem Brief – Exemplare erhalten hätte. Mein Anruf beim Verlag, es sei ja ganz nett, daß der Umschlaggestalter ... aber nicht auch der Autor ... löste baffes Erstaunen aus: offenbar, daß es ÜBERHAUPT einen Autor des Buches gibt. Dann: «Ich habe ja auch Ihre Adresse nicht!»; der Name ZEIT ist also im Verlag unbekannt. Als ich der Dame meine hiesige Adresse gab, fragte sie: «Schreibt sich Kampen mit C oder mit K?»

Vor 3 Tagen angenehmer Abend, zu dem Gaus geladen hatte (der, was ungewöhnlich, von selber merkte, daß der Wein nix taugte, und MICH bat, besseren zu bestellen). Einig war man sich am Tische, daß DIE ZEIT nix tauge und daß de Weck ein schlechter Chefredakteur ist (was ich beides vehement bestritt, Fehler und Versäumnisse zugegeben). Nun kam aber am Ende des Abends – gebeten von Antje – M. de Weck dazu – – – und wurde geradezu beflissen zu Tische geleitet, der Tisch umgesetzt, Wein empfohlen und befohlen, Vorspeisen und Hauptgerichte empfohlen und bestellt, auch Nachtisch.

NIZZA, DEN 27. MÄRZ

Krieg auf dem Balkan, wo schon einmal das Völkermorden begann; nur zu hoffen, daß die Russen zu schwach und ohne funktionierende Militärmaschine.

Hier – seit 1 Woche, seit 2 Tagen leider kalt und naß – noch immer fremd, also auch schlecht arbeitend; auch schlecht schlafend, weil gequält von «beruflichen» Träumen – die, wie es sich gehört, sonderbar «versetzt» sind: in meiner Gegenwart, und bis dann noch «schuldig», James Baldwin ermordet: Da mischt sich der Rowohlt-Kummer mit Vence, wo Baldwin zuletzt lebte. Rowohlt-Kummer: Es nagt doch sehr an mir, daß Niko Hansen meine ja nicht geldgierige, sondern vor allem vertrauensvolle Geste, ihm meine Tagebücher zum Verlag zu geben, in den Wind schlug: erst Zusage von Geld und «Überreden», meine Bedenken gegen diese Publikation zu überwinden (sie im Gegenteil «bald» zu publizieren), dann Zögern, dann: «Ich nehme und zahle die Option» – und dann ein lakonischer Zettel, er könne im Moment nicht. Habe die Beziehung abgebrochen; und bin bedrückt über das alles.

Und hier ein pseudo-mondänes Leben, was erstens albern, weil zu «mondän» was anderes gehört als meine 2½ Zimmer mit «Balkon», und zweitens blöd, weil ich's nicht mag, selbst wenn die Gäste sympathisch und ich mir mit Niçoise-Vorspeisen, mit Salade Niçoise und Nizza-Käse und Nice-Torten große Mühe gebe.

Nizza, den 10. April

Horror dort, Horror hier. Dort, in Nice, bei 2 mondänen Diners respektive Déjeuners bei einer Marquesa de Riencourt, deren offenbar beträchtliches Vermögen von ihren Vorfahren, Steuereintreiber irgendwelcher Habsburger (oder Hohenzollern?) zu deren oberitalienischen Herrschaftszeiten «abgezweigt» wurde. Eine Fabel-Villa in Èze-sur-Mer direkt an einer eigenen Bucht (mit Privatinsel, auf der ein Privat-Pool) gelegen, aber man speist bei Kerzenlicht hinter verschlossenen Portieren, in geschmacklosem Chippendale-und-Ormoulu-Dekor, kein Bild, keine Skulptur – – – – – – und nur Geschwätz. Das geht so: «Ach, Sie sind Schriftsteller, wie interessant. Was schreiben Sie?» Ich, um nicht ausführlich zu sein: «U.a. literarische Reportagen – z.B. ‹Auf den Spuren von Faulkner den Mississippi entlang bis

Oxford.›» «Oh, j'adore Faulkner – – – Annette, was hast du für ein himmlisches blaues Kleid an, wunderbar zu deinem Teint.» Aus. Selbst eine Lady Saatchi, unermeßlich reich wie alle Gäste, die immer die Bucht entlang auf ihre Yachten oder Villen («Die dort, da drüben, in St.-Jean-Cap-Ferrat!») zeigten, die unter anderem Namen eine recht erfolgreiche Romancière ist und nicht ungebildet (sie kannte z. B. Goethes Aufsatz über Shakespeare), fragte mich, wer denn das Drehbuch zum BLAUEN ENGEL geschrieben habe, hatte noch nie den Namen Heinrich Mann gehört (wurde in ein apartes Elfenbeinbüchlein eingetragen), hielt ihn für den Autor des MEPHISTO, und den eigentlichen Drehbuchautor Zuckmayer kannte sie auch nicht. Le Rhin est très profond: Ich sollte mal Malraux mit Maurois verwechseln oder Lady Sitwell mit einem ihrer Brüder verheiraten!

Der Fotograf Newton, ein unsympathisch-ungebildeter Mann, ein social climber, der vom Fotografieren Arthur Millers berichtet, aber dessen Stücke nicht kannte, sagte auf meine Frage, ob er Fritz Kortner kenne: «Da war ich zu jung» – er ist mein Alter, hätte ihn also zigmal nach dem Krieg, da er oft in Deutschland war, sehen können –, um dann hinzuzufügen: «Aber unvergeßlich ist er in der ‹Dreigroschenoper›» (in der der gute Kortner nie je spielte). So war das alles. Die Leute sehen mich nie wieder.

Aber wer SIEHT mich wieder?

Makabres Beispiel vorgestern. ZEITchef Roger de Weck bei mir zum Abendessen (kam 1 volle Stunde zu spät). Wir wollten/sollten u. a. über die Ja-Nein-Verlängerung meines Vertrages sprechen, was ich brieflich VOR VIER WOCHEN (damit er's rechtzeitig mit seiner Oberbehörde regeln kann) vorgeschlagen. Geredet wurde STUNDENLANG über ZEITinterna, seine Kümmernisse («Ich bin körperlich angeschlagen, habe lange keinen Urlaub gehabt»; wie ein Postbeamter – Chefredakteure sollen keinen «Urlaub» machen!!!), gar über einen homosexuellen Großvater (was wohl heißen sollte: Wir hatten auch einen Krankheitsfall in der Familie) – – – – – – aber endlos und Stunden kam nicht die Rede aufs Eigentliche. Dann hieß es: «Ich würde eigentlich gerne Ihren Vertrag verlängern.» Würde, eigentlich: Was heißt so ein Satz? Goanix. ICH mußte die Verabschiedung mit einem «Ich erwarte schriftlichen Bescheid bis Ende Mai» etwas abrupt-konkret gestalten.

16. April

Eleganter lettre au château des ZEITchefs, er sei der Zauberlehrling und ich «wahrlich ein Zauberer»; das ist zwar wohlerzogen nach einem Dinner, allein: kein Wort ZUR SACHE …

Wie sehr doch die «Entfernungen» einreißen. Selbst mein Freund Wunderlich «verspitzt» sich (nicht gegen mich): Er verbietet das Ausstellen seiner Bilder in einer Janssen-Ausstellung, die den Titel «Zeitgenossen» trägt; das sehr zu Recht, zumal nach allem, was ihm in Hamburg NICHT widerfährt. Aber die Bemerkung: «Ich bin nicht der Zeitgenosse einer Lokalgröße» – – – nun ja. Auch seine verständliche Ablehnung meiner Einladung, mich in Nizza (aus Vassols) zu besuchen mit der Bemerkung, er sei zu alt für Reisen und um in fremden Betten zu schlafen – – – und nun: ICH werde im selben Fax eingeladen, IHN zu besuchen, und an die Hochzeit (für mich eine teure Reise) wird wohl nicht mehr gedacht.

Helmut Schmidt bedankt sich per gedrucktem Carton, was OK ist, nach VIER Monaten, was gar nicht OK ist, für meinen Geburtstagsbrief; der seine kommt mit Portostempelmaschine der ZEIT – was nun ÜBERHAUPT nicht OK ist –, was geht die ZEIT sein Geburtstag an, das ist doch etwas Privates, dafür müßte die Sekretärin des sich so gerne preußisch-korrekt gebenden Herrn Briefmarken lecken!

Gestern abend Pausen-Flucht aus allzu provinzieller, traditioneller Shakespeare-Inscenierung. Interessiert mich eventuell allmählich GARNICHTS mehr? Jedenfalls war ich so enttäuscht von dem bläßlichen Aufsagen eines meiner Lieblingsmonologe der Theaterliteratur, daß ich ging.

ICH BIN EIN JUDE. HAT NICHT EIN JUDE AUGEN? HAT NICHT EIN JUDE HÄNDE, GLIEDMASSEN, WERKZEUGE, SINNE, NEIGUNGEN, LEIDENSCHAFTEN? MIT DERSELBEN SPEISE GENÄHRT, MIT DENSELBEN WAFFEN VERLETZT, DENSELBEN KRANKHEITEN UNTERWORFEN, MIT DENSELBEN MITTELN GEHEILT, GEWÄRMT UND GEKÄLTET VON EBEN DEM WINTER UND SOMMER ALS EIN CHRIST? WENN IHR UNS STECHT, BLUTEN WIR NICHT? WENN IHR UNS KITZELT, LACHEN WIR NICHT? WENN IHR UNS VERGIFTET, STERBEN WIR NICHT? UND WENN IHR UNS BELEIDIGT, SOLLEN WIR UNS NICHT RÄCHEN?

Da habe ich zu sehr Kortner selig im Ohr, bei dem es blitzte und donnerte und der die Sterne vom Himmel fallen ließ in diesem Monolog, um mich mit Brävlichem abspeisen lassen zu können.

Ausgerechnet in DIESEM Stück, als sei es Teil der Inscenierung, Rudolf Augstein im Publikum (der seit Jahren nicht mehr im Theater) – ein Bild des Grauens. Daß er halbblind und gestützt herumschleicht, ist ihm nicht vorzuwerfen. Aber für sein GESICHT ist man ab einem bestimmten Alter verantwortlich: Er hat, es tut einem leid, es so zu sagen, die Visage eines machtgeilen Wüterichs, dem nun die Einsicht von der Machtlosigkeit der Macht, von dem großen Vergebens nicht etwa die Schönheit von Skepsis und Melancholie verleiht, sondern eine aufgeschwollene Gewissenlosigkeit. Verglichen mit dem wenig jüngeren Grass und seiner melancholischen Wut oder dem graziösen Wunderlich, nicht zu denken an Rolf Liebermanns Cäsarenkopf, schlurfte hier ein bankrotter second-hand-car-dealer.

1. Mai

Vor wie vielen Jahren im 19. Jahrhundert ließen sich in den USA Arbeiter und Arbeiterführer erschießen, weil sie um mehr Rechte, um den 8-Stunden-Tag kämpften? Heute steht in der Conditorei Lindner eine Menschenschlange, um 10–12 und 15 Stück Kuchen zu erwerben …

Derweil stehen diese beiden Nachrichten in derselben Nummer einer Zeitung: Der Manager X erhält ein JAHRESGEHALT von 350 Millionen Dollar – eine Milliarde Menschen auf der Welt lebt von weniger als EINEM Dollar pro Tag. LEBT.

Vergangene Woche Abendessen mit Wunderlich, wunderlich-schön wie immer. Sein Ernst innerhalb aller Skurrilität: Er plant eine Litho-Serie über die «großen Mörder» unseres Jahrhunderts, unter dem «Foto» immer nur eine Zahl: die Zahl seiner Opfer: Stalin, Pol Pot, Bokassa usw. ABER: Er kann kein Hitler-«Portrait» malen, seine Hand weigert sich.

Interessant auch – habe ich, glaube ich, schon mal bemerkt und notiert: Blumen langweilen bis irritieren ihn. Ich hatte, da ein Essen à deux mit ihm immer ein besonderes Vergnügen ist, wunderschöne Blumen-Arrangements in der Wohnung verteilt, in jede Picasso-Vase eine weiße Calla, auf dem Tisch in schöner Jugendstilvase Kaiserkrone, im Salon weiße Orchideen, der Wintergarten ohnehin ein Blumenmeer – – – er übersieht das fast geflissentlich. Die Natur macht etwas, was er nicht kann.

Zum Abschied: «Wohin hauen Sie ab, wenn es Krieg gibt? Auch nach Frankreich? ICH fahre sofort von Hamburg weg und gehe nach Vassols.»

Beichtvater Raddatz ist erschöpft; wieso alle nur immer denken: «Im Falle der Not kann ich Raddatz anrufen …», und dann schütten sie mir ihr Herz aus: Vor geraumer Zeit Benjamin Henrichs, als er sich in seinem Kampf gegen die Feuilleton-Dame Löffler übernommen und verkalkuliert und verintrigiert hatte; vor sehr langer Zeit Volker Hage, als den wiederum sein ehemaliger Duzfreund Greiner aus der ZEIT rausgeekelt hatte; gestern am Telefon Maxim Biller, weil er Ärger mit der ZEIT hat. Das Bemerkenswerte daran: Alle diese Herren, die so schneidig-schneidend und «mutig» sein können, so gern eine scharfe Klinge führen (und, überflüssig zu sagen, MIR noch nie mit auch nur einer Handbewegung je geholfen haben/hätten; Henrichs schon gar nicht, der nicht Zeit für eine Tasse Kaffee oder einen Händedruck hatte bei MEINEM Sturz), die sitzen bei mir auf dem Kummersofa oder am Kummertelefon und: sorgen sich um ihre weiteren Einkünfte. «Ich brauche doch das Geld»; «Ich habe schließlich Familie»; «Ich habe hohe Schulden» – so plötzlich der Tenor der hehren Knappen.

Ein wenig auch mein gestriger Hausgast Drawert; der allerdings mit mehr Recht (zumal bei mir, den er wiederum zu Recht für reich hält): Erstens ist er ein KÜNSTLER, was man von dem Herrn Hage wohl nicht direkt sagen kann; und zweitens geht's ihm wirklich schlecht. Ich bin da auch «nachsichtig», weil ich ihn und seine Arbeit mag, ihn für SEHR begabt halte. Jedennoch: Ich halt's nicht aus, einen ganzen Abend lang Gegreine und Geweinerei und Gejammer, wer ihm was abgelehnt, verrissen (EIN Verriß – und schon lag er in der Nervenklinik …) und ihm nicht geantwortet usw. hat. Wenn ich in einer Atem-, nein: Wein-Pause, mal Luft holte, um 1 Sätzchen von MIR, wer MIR nicht antwortet, das Geld nicht schickt etc., einzufügen, kommt umgehend: «Jaja – aber ich hatte neulich …» Selbst als ich mit

EINEM Satz über meinen wehen Rücken sprach, kam wie aus der Pistole geschossen: «Ich muß auch demnächst an der Nase operiert werden.»

Hotel Vier Jahreszeiten Kempinski,
München, den 9. Mai

Der Abend mit Enzensberger (in einer Art Biergarten): eine kultiviert-spitzzüngige Heiterkeit, wie eh und je in der Allür' «Was geht's mich an», zugleich seine Erfolge – «zwei Übersetzungen in China, eine in Taiwan und eine in Peking» – als Karten ins Spiel mischend, eine seltsame Melange aus hart und zart. Er spielt perfekt die Rolle «literarische Weltmacht», aber lächelnd ironisch im Ton: «Was heißt das schon, eine Weltmacht zu sein?» Pseudofreundschaftlich, mir scheint, innen ganz unbewegt. Seine neueste griffige Formulierung ist die von der «Erfolgsverdrossenheit», womit er – von Max Frisch bis zu Augstein – den Lebensekel Erfolgsgekrönter karikiert. Es ist die charmante Anämie des Brentanoschen «Laßt mich los, faßt mich nicht an!» Selbst die Anekdote von einem Besuch Gabriele Henkels bei ihm – «Ich weiß gar nicht, was sie hier wollte» – war davon, wenn auch präzise beobachtet, geprägt: Sie habe, als seine kleine Tochter mit ihrer Perlenkette spielte, gesagt: «Wäre ich ein großzügiger Mensch, schenkte ich sie ihr – ich bin aber kein großzügiger Mensch.» Es war gewiß so – aber man könnte es auch mit Mitleid erzählen.

Ein Unberührbarer.

Hotel Vier Jahreszeiten Kempinski,
München, 10. Mai

(Tag der Bücherverbrennung)

Die Stadt, italienisch gefälscht – und «hübsch» –, ist eine Riesen-Bonbonniere; welch Unterschied zur kühl-diskreten Eleganz von Hamburg.

Darin tanzt Enzensberger sein heiteres «noli-me-tangere»-Ballett, gibt sich das Air des (bewegend schönen) Dürer-Portraits «Fugger der Reiche»; ein Bildnis ohne jeden Schmuck, ohne Insignien von Reichtum und Macht, kein Hermelin – er ist reich, er muß es nicht zeigen.

Der Unterschied, in welcher Liga er spielt und in welcher ich spiele, wurde den Abend sehr deutlich: Während ZEIT-Chefredakteur de Weck ihn zum 3. Mal – vergebens – besuchte und um Mitarbeit bat, laufe ich wie das Kind vor Weihnachten erwartungsvoll (und zunehmend deprimiert-nervös) zum Briefkasten, nach dem Brief der versprochenen Vertragsverlängerung auslugend ... Ähnlich «auf meinen Platz verwiesen» beim mittäglichen Salatblatt mit Michael Krüger, tüchtiger Verleger, guter Autor, intelligent-gebildeter Mann: Haben wollte er «sofort» (wie alle!) die Benn-Biographie von mir, gellend weg hörte er, als ich von der Erzählung sprach. Dann, die Unart aller Verleger, wollte er ein Buch «bestellen» (eine politische Geschichte der Nachkriegsliteratur) – sie wollen immer nicht das, woran man arbeitet, sondern wollen, daß man für etwas arbeite.

Fast leid tat mir die Mondäne, über die sich nun alle nur noch achselzuckend lustig machen, deren «Ich bin Künstlerin»-Ambition sie als die Caprice einer reichen Frau verlachen: «Sie schadet damit nur einem – sich selber.» Kann es sein, daß diese doch einst intelligent-sensible Frau das nicht weiß/spürt/hört?

En bref: 3 verplemperte Tage.

16. Mai

Peter Handke (heute in einem unsäglichen Kosovo/Serbien-Gesalbadere in der SZ): «Der Herr Enzensberger weiß immer, wo's lang geht, ein grinsender höhnischer Zuschauer, der mensch-gewordene Hohn. Der islamische Rümi sagt, ‹sie tragen bedruckte Seiden nicht als Ornament, sondern um ihre Schönheit zu bewahren›. Enzensbergersachen sind das Gegenteil – Ornament zur Verhöhnung der Schönheit.»

Der Herr Unseld hat's ja auch nicht immer einfach: Habermas fällt über Enzensberger her, der hält nichts von Habermas, Enzensberger mokiert sich – schweigend; aber im Gespräch mit mir – über Walser («ichgestört» ist eines seiner neuen Lieblingsworte) –, und Handke fällt über Enzensberger her – – – – – – alle zusammen Autoren des Suhrkamp Verlages.

KAMPEN, DEN 21. MAI

Verquere «Seelenlage»: Was ich, leicht bangend, erhofft habe – DIE ZEIT wird mir noch einmal meinen Vertrag verlängern, so, wie ich's selber vorgeschlagen habe, auf meinen 70., also bis Ende 2001 (zu welchem Datum ich dann übrigens genau ein Vierteljahrhundert bei dem Blatte bin). Es kam aber NICHT die große Erleichterung, gar Freude, mußte abends mich ZWINGEN, ein Glas Champagner zu trinken – – – es kam mir im Gegenteil wie ein «Urteil» vor: so definitiv, als habe mir ein Weis-Sager das genaue Datum meines Todes gesagt.

Es ist wunderbar, noch 2½ Jahre «Sicherheit» zu haben, die Gewißheit, es kommt jeden Monat ein Betrag, und die, daß man noch nicht an den Spartopf muß, der dann wohl reichen wird, ab 70, wie lange kann's dann schon noch währen?

Aber etwas Schmähliches hat es auch, und zwar doppelt: zum einen, daß einem verdeutlicht wird: «Mit 70 bist du nix mehr wert, vermutlich verblödet und ohne Geist, ohne Ideen, die verwertbar wären.» Zum anderen: Wieso eigentlich sagt man derlei nicht zu der Ostpreußin, die dieses Jahr NEUNZIG wird und durchaus «im Hause gehalten», oder zu dem schwätzenden Exkanzler, auch schon über 80 – «Er rief nach seinem Fahrer», heißt es heute über den Erkrankten in den Zeitungen – – – nach welchem Fahrer wird unsereins rufen? Und: Kleingemahlen muß ich zugeben, daß ich eben doch mehr Zeitungsmann bin, als ich's wahrhaben wollte – mir wird diese Art Arbeit (und natürlich das Büro) fehlen. WENN ich Schriftsteller bin, dann einer, der «für eine Zeitung schreibt», wie Brasch es mal sagte – Grass oder Wunderlich haben/hätten dieses Problem nicht: Mag sein, daß ihnen nix mehr einfällt, daß sie sich wiederholen in Motivik wie Zeichengebung, aber es SAGT ihnen keiner, sie müßten ein Haus verlassen; welches auch, sie arbeiten ja in keinem anderen Haus als dem eigenen.

Halbschriftsteller also, doch immer in «soliden finanziellen Verhältnissen lebend», was auch nicht schlecht: meine Zauber-Insel wieder und wieder genießend, Wind, kalte Mai-Sonne, Salzgeschmack auf der Zunge.

28. Mai

Endlosfortsetzung des Romans MEINE FREUNDE, DIE POETEN. Hochhuth, von mir befragt, ob er die Berliner Ausstellung über «Theater in West und Ost des Nachkriegsdeutschland» gesehen habe, wußte nur, wutschnaubend, EINEN Satz zu antworten: wie kurz und offenbar verächtlich ER vorkomme. Die gesamte Dokumentation einer Epoche war damit «verdorben». Ähnlich der gute Drawert, der kürzlich bei seinem Besuch hier auf meinen Satz, ich hätte eventuell noch Kempowski zum Abendessen dazubitten wollen, dünn sagte: «Ach, Kempowski – der hat mir mal einen Brief nicht beantwortet.» Ein Kollege war im Orkus verschwunden.

Übel allerdings – wie immer – die entsprechende Augstein-Variante. Hochhuth hatte seinen Bismarck-Aufsatz, diese Woche in der ZEIT, dem SPIEGEL angeboten, der noch-stellvertretende Chefredakteur Wild hatte ihn zum Druck angenommen. Daraufhin intervenierte Herausgeber Augstein angeblich, Christus, Friedrich der Große und Bismarck seien seine Themen! – und schon blieb der angenommene Aufsatz ungedruckt. Augstein hat eben doch ein Illustrierten-Gehirn. So sagte die

REVUE-Chefin Nina Kindler weiland zu ihrer Sekretärin, die es gewagt hatte, einen entsprechenden Pullover zu tragen: «Rosa ist meine Farbe!» – – – und schon war die Dame entlassen.

Ich habe Angst vorm Krieg. Ich mag mich nicht einmischen in das zur Zeit obskure Literatengezänk, ob die NATO nun dürfe oder nicht und ob dies der «Überfall auf ein friedliebendes Land» sei; sicher ist ja, daß die Serben bestialisch hausen und gehaust haben – ebenso sicher ist, daß das Zerbomben eines ganzen Landes dem kein bißchen Einhalt gebieten konnte. Die «moralische» Frage, ob man so eine Diktatur «angreifen» darf, beantwortet sich (für mich) jeden Tag neu und anders: Dürfen darf man laut UNOCharta nicht – müssen muß man wohl doch (diese moralische Frage, die auch eine taktische ist, wird noch verworrener durch den Beschluß, diesen Balkan-Hitler vor einem Tribunal anzuklagen – wie kann man mit einem Angeklagten, gar Verurteilten «Friedensverhandlungen» führen? Mit Hitler in der Wolfs-Schanze?). Dann also «totaler Krieg» bis zur bedingungslosen Kapitulation des Viehs. Das heißt «Bodentruppen», das heißt viele, viele Tote, das heißt «richtiger» Krieg. Beginnend vermutlich im Herbst. Kriege beginnen immer im Herbst. Mir ist schlecht vor Angst – und dumm im Kopf: Das erkläre mal jemand einer Mutter in Idaho, warum und für was ihr 22jähriger Sohn in einer Ecke der Welt gefallen ist, von der sie nicht die geringste Ahnung hat, wo das ist. Und das befehle man mal. Aber hat's Roosevelt nicht AUCH befohlen – und Tausende seiner Boys, z. B. in der Normandie, «geopfert»?

13. JUNI

Bizarrerien-Lese. Vorgestern Besuch bei Grass, dem ich einen Vorabdruck in/zu einem GRASS SPECIAL im neuen Teil der ZEIT verholfen habe; verabredet war – als eine Art «trailer» – ein Interview, das Chefredakteur de Weck gemeinsam mit mir führen wollte. Ich hatte über die diversen Sekretariate dort in der «Oberetage» mitgeteilt, daß man a. sich um ein Tonband/einen Stenographen kümmern müsse, b. ich gern alleine führe (weil ich mich nicht verplappern mag vor so einem Gespräch).

1 Tag vorher Anruf de Weck: «Wir fahren doch zusammen, nicht wahr?» – und an das Tonband hatte er nicht gedacht. Er habe im Wagen etwas mit mir zu besprechen. Also: fuhr ICH! Und es ging wieder mal ums Feuilleton, daß er nun endgültig die Dame Löffler loswerden wolle, die das wüßte, beleidigt in Urlaub gefahren sei usw.

Ankunft in Behlendorf: «Ach, Sie denken aber auch an alles», als ich meine Blumen für Ute Grass aus dem Kofferraum holte. Dann nahm er Platz, mehr mein Sekretär als der Chef, bediente das Tonband – – – und ließ MICH das Gespräch führen. Er nahm in 1½ Stunden mit 2 Fragen daran teil: «Leben Sie gerne in diesem Jahrhundert?» und «Wie denken Sie über den Tod?»

Große Schwierigkeit, das zu redigieren, weil ja nicht immer FJR/Grass in der gedruckten Fassung stehen kann und nur 2 x «de Weck». Redigieren außerdem mußte ich – weil der Chef vergessen hatte, Termine mit dem Autor abzusprechen, wann wer wie das Manuskript ihm zum OK schickt. Die Journalistenhochnäsigkeit: «Wir faxen Ihnen dann …»; aber Grass HAT gar kein Fax. Und: «Sie zeichnen uns dann für die Aufschlagseite» – aber Grass DENKT gar nicht daran, «im Auftrag» zu zeichnen. Wurde nur durch irgendeine witzig-pampige Intervention von mir à la «Stell' dich nicht an!» gerettet.

Heimkehr gegen 23 Uhr (er fuhr meinen Wagen zurück): Da kam die Katze aus dem Sack: «Bitte übernehmen Sie doch wieder das Feuilleton!» Bestärkt in diesem Überfall gewiß durch freundliche Grass-Huldigungen beim Behlendorf-typischen Abendessen, Linsensuppe mit EFHA-Würstchen aus der Büchse und Thomy-Senf im Kaufhaus-Glas, Fritz sei eben eine Legende und: «Suchen Sie doch nicht lange, HIER SITZT doch der beste Feuilleton-Chef!» usw.

Nur: Keiner, auch Günter nicht, noch weniger de Weck, wollen oder können begreifen, daß ich das nicht mehr KANN, daß ich inzwischen eine Wunderkerze bin: sehr schnell, sehr hell und zischend, aber ebenso rasch VERzischend. EINEN Abend «brillant sein» ist einfach – – – 7 Tage Sitzungen, Anteilnahme, Neugier, Phantasie, Leidenschaft, «Brillanz» – – – nicht mehr möglich.

Was soll mir das – vermutlich viele – Geld in meinem Alter, wozu und für wann und wen soll ich's aufheben, mich in einem 10-Stunden-Job vernutzen, um ein mickriges «Remake» hinzulegen, mir gar das ersehnte schöne Haus mit Pool in der Provence kaufen – – – in dem ich dann nie sein kann und nach 5 noch weiteren Jahren im Rollstuhl umherfahre? Alles Unsinn.

Doch der merkwürdige Chefredakteur, ein bescheiden-freundlicher Mann – – – – – – schickt mir nexten Tags zwecks Redigierens die Interview-Abschrift; im Couvert: eine Flasche feiner Essig, eine Büchse Paté, ein Glas Cérises Noires. Lieb, rührend und hilflos.

Wie um 180° so anders mein Freund Wunderlich, bei dem gestern abend zum wie stets fabulösen Dinner, Hummer mit dem neu erworbenen Jensen-Besteck und Gang nach Gang und erlesene Weine und Esprit – – – – – – und das immer wieder neu verblüffende Vorführen seiner Wonne an Künstlichkeit wie Kunstvollem: hatte von einer Straßenbrücke die Gay-Parade in der City beobachtet, die geschminkten, kostümierten, aufgedrehten Schwulen und Lesben; genießend wie neulich hier meine KUNSTblumen: Nach einem kurzen, eher gelangweilt-angeekelten Gang durch meinen blühenden Garten (nur ein Blatt, das er abriß, erregte seine Aufmerksamkeit, weil er diese Äderung und den «Bau» des Blattes prüfen wollte) bemerkte er beim Weggehen, daß die Blumen im TREPPENHAUS künstlich sind (allerdings sehr echt aussehende italienische Falsifikate) – – – DAS gefiel ihm, lobte er, bewunderte er.

Kampen, den 23. Juni

Sylt-übliche Wellentäler vor der Brandung: «Jeder Mensch hat eine Art Angst-Knopf, wenn man den drückt ...», so ähnlich sagte mir kürzlich Arthur Miller in unserem Gespräch; ich habe vor allem einen «Nerven-Knopf», wenn man den drückt ... Seit dem bedrohlich-ernstgemeinten «Können SIE nicht wieder Feuilleton-Chef werden ...» des ZEITchefs träume ich buchstäblich JEDE Nacht von der ZEIT, irgendwelchen Quatsch von Pariser Wohnungssuche meiner Sekretärin oder Debatten mit Greiner oder Wahlpartys bei Sommer (alles Leute, die mit dem allen NIX zu tun haben, außer eben mit der «Firma»), meist Streit, Diskussion, Entscheidungen. Der Stein ist also sehr tief in mich hineingeplumpst und zieht dort ZWEI Kreise: der eine – was wäre es für ein «Triumph». Der andere – um Gottes willen, ich KANN und WILL das nicht mehr, wieso soll ich X (zumal ich die heutigen Xe gar nicht mehr kenne oder, wenn ich sie kenne, nicht mag) anrufen, er möge doch «bis Freitag 14 Uhr» über Y schreiben, und zu Z fliegen, um den Geburtstagsartikel über A zu bestellen, während ich 3 Stunden später zurück sein muß, um an einer Sitzung über neue «Erfassungssysteme» teilzunehmen.

Bedrückend auch, wie wenig pfleglich man mit mir umgeht, wie baby-egoistisch: «Ich will die Milch aus deiner Brust!» eine Firma sich verhält: Ob ich gesund genug, phantasievoll genug, kundig genug, vor allem willig genug bin, interessiert nicht, nach dem banalen Schema «Der war mal sehr gut – also ist er's immer/heute noch!» grapschen sie nach meiner Lebensenergie; glücklicherweise nicht wissend, wie wenig Rest da ist.

Nizza, den 30. Juni

Vor den Skurrilitäten-Tänzen meiner Literaten (Joachim Kaiser am Telefon: «Da war die Crème de la Crème von München – von Sawallisch bis zu mir!»; Walter Kempowski am Telefon, «nebenbei» wie auf der Bühne zu seinem Sekretär sprechend:

«Herr Hempel, wie heißt doch gleich der Fisch, den ich so gerne esse?» – «Seezunge, Herr Kempowski») habe ich mich hierher gerettet, wo ich mich in einem Skurrilitäten-Ballett fand: Diner in einem Haus respektive Besitz, wie ich's wirklich nicht für möglich hielt, daß es so was gibt, eine Villa von ca. 100 Zimmern auf der «Zunge» von St.-Jean-Cap-Ferrat in einem Park, wohl größer als das Fürstentum Monaco und «bespielt» von Dienstbotenscharen, gewiß zahlreicher als dessen legale Einwohner – Alleen, Parkwege, dort eine «eigene» Felsküste, da direkt am Meer –, so daß optisch beides ineinander übergeht – der olympiareife Pool («Ich wasche das Mittelmeer», sagte lässig nebenbei die schielende New Yorker Hausherrin); beim 5. Pool auf dem Gelände hörte ich auf zu zählen wie bei der 40. Picasso-Keramik, ganz nebenbei in einem Nebencouloir versteckt, in beleuchtete Wände eingebaut: Säle, Räume, Statuen, Bilder, Hortensienfelder und Wasserfälle; Citizen Kane lebte ärmlich, und Inge Feltrinellis Schlößchen ist eine Hundehütte, die Anwesen von Mme. Henkel Katzenklos.

Um Mitternacht betrank ich mich unterm Vollmond auf meiner Dienstmädchenterrasse – und aß etwas; denn «Danke, nein» ist das Gesetz dieser Diners, bei denen unter Gefahr, die Haut reißt auf, die 12fach gelifteten Damen viel mehr als eine zierlich mit Messer und Gabel zerteilte Erbse nicht ins Mündchen bugsieren können. Alkohol sowieso nicht. An den dekorativ verteilten 3 Bars im Park nahm niemand ein Glas, bei den mindestens 10 versteckt übers Gelände verteilten Sofa-Sessel-Gruppen in erlesenem Design und in diskreten Farben (das Haus, überraschend für Amerikaner, ist schön!) drückte niemand eine Zigarette aus. Nur ich – der Exot, der sprach, der Themen berührte, der Witze machte – ein seltener Zierfisch im Bassin, in dem ansonsten alle schweigend und gelangweilt schwimmen. Doch man gab sich Mühe meinetwegen. «Lieben Sie Tolstoi?» fragte mich die Dame des Hauses, ganz Sagan-unschuldig. «Nein», sagte ich.

Nizza, den 4. Juli

Durchaus nicht ganz zur Ruhe gekommen, von makabren Träumen geplagt: Marilyn Monroe – ja wahrlich kein Abbild von Gerds eben gestorbenem Vater und auch nicht von der beruflich sterbenden Mme. Löffler – stürzt dekorativ in einen Gully-Abgrund, wo sie (allen Ernstes träumte ich vom berühmten «Avedon-Foto»!) wegen Stöckelschuhen hängenbleibt und schließlich im weißen Kleid, ein toter Falter, aufschlägt. Was soll/ist das? Oder der «Versagens»-Traum mit Ruth, die plötzlich Zahn- statt Augenärztin und meine reihenweise herausfallenden Zähne operieren muß. Wieso sind Zahnträume angeblich Impotenz-Träume?

14. Juli

Die «Branche» immer verkommener: gestern bei einem kleinen Abendessen (bei dem netten Skierka) kurzes Gespräch mit dem SPIEGEL-Aust, der meinen kritischen Befund über des Blattes Nicht-Kulturteil kaum verstand («Das ist nicht mein Métier!») und auf meine generelle Kritik an dieser Illustrierten mit dem Satz antwortete: «Welche ist denn besser?» Meine Replik, «daß andere schlechter sind, macht euch doch noch nicht gut», verstand er schon überhaupt nicht. Letztes Argument («letztes» im Doppelsinn des Wortes): «Wir haben die höchste Auflage.» Das kann man nicht mehr kommentieren.

Hotel Hitthim, Insel Hiddensee, den 5. August

Eine Hiddensee-Woche voller Wundersamkeiten. Hergefahren wegen der entsprechenden Scene in meiner Erzählung, schnuppere ich noch Vergangenheits-Luft, der Salzwind bläst mir die Sommer mit Ruth ins Gedächtnis, «Papa» Pisareks Lesung der Mannschen Joseph-Romane, zu denen sein Jiddisch so gut paßte, und meine Besuche im Erich-Arendt-Haus, das ich (von der 4. und letzten Muthesius-Frau bewohnt) besichtigte, ich sah die Badedecken und Strohhüte von Katja Arendt durch, hörte die – damals, ich war ca. 19, ein Schlüsselerlebnis – Gershwin-Platte. Der schlaue Fuchs Arendt hatte sich (es heißt, mit unlauteren Mitteln?) das schönste Haus der Insel «acquiriert». Ein Film «zurück»: Wo ich einst in kurzen Hosen und langem Lokkenhaar auf der Terrasse stand, im Gerhart-Hauptmann-Haus (das Foto habe ich noch), das Leben und alle Hoffnungen vor mir – werde ich nun, eine «Zelebrität», aber ohne Haare, von der Direktorin empfangen. Details: «Der Radio», den Hauptmann hierher transportiert hatte – um Hitler-Reden zu hören, offenbar nicht angewidert. Die Mimin Inge Keller, Ex-Gemahlin des Eduard von Schnitzler, durfte sich hier auf direktes Dekret Honeckers ein Pracht-Sommerhaus im Naturschutzgebiet errichten. Heutiger Kommentar: damals SED, heute Kapital. Stimmt so ja nicht: Denn der viel zitierte Zahnarzt hat sich's immerhin erarbeitet und die Baugenehmigung nicht von Gerhard Schröder (wie undenkbar!).

Die Insel, Natur pur und fast unheimlich schweigend (weil autolos), zauberschön, aber auch – noch immer – Ost-verhext, genug des Primitiven, war für mich ein Widerspruch: Confitüre heißt hier nach wie vor «Brotaufstrich», und Gerhart Hauptmann hatte zwar einen beachtlichen Weinkeller – das Hotel hat ihn aber nicht.

11. August

Fortsetzung zum Stichwort «Verkommenheit des Kulturbetriebs»: Siegfried Unseld, auf einem «Künstlerfest» des Kulturministers Naumann (auf dem allerdings keine Künstler waren) zu seinem Jung-Autor Joachim Helfer, den er zum 2. Mal in SEINEM LEBEN SAH: «Was ist denn das für eine Party, zu der ein so vollkommen unbedeutender Verleger wie Joachim Unseld eingeladen ist? Nie wieder gehe ich zu dergleichen.»

Rolf Hochhuth, zum 2. Mal von mir erinnert, ob er öffentlich dazu stehe (wenn ich das verwende), daß Augstein seinen Bismarck-Artikel mit dem Satz «Bismarck ist mein Thema!» aus dem Heft gefeuert hat: schweigt.

14. AUGUST

Vorgestern ein obligatorisch-skurriles Abendessen mit Kempowski (immerhin BESTEHT er drauf, die Rechnung zu begleichen). Er «reist» nur noch mit diesem Sekretär/Chauffeur, den er wie seinen Diener behandelt («Herr Hempel, haben Sie denn auch das Buch mitgebracht, das Raddatz mir widmen soll?»; «Herr Hempel, nun erzählen Sie mal Herrn Raddatz, wie wir mit dem Computer ...!»). Auch im Vier-Jahreszeiten-Grill eher die Allüren des kleinen Mannes, der zu Geld gekommen: «Eure Bratkartoffeln sind nicht gut, neulich waren sie am Rand ganz verbrannt»; «Nein, keine Pfifferlinge, da ist immer Sand drin» – und der Kellner muß, in DIESEM Restaurant, höflich bleiben und beteuern, daß HIER kein Sand drin ... das Wiener Schnitzel – weswegen man ja ohnehin nicht ins Vier Jahreszeiten gehen muß – erst hochgelobt, dann nicht gegessen, das Bier nicht ausgetrunken (ich werde wegen «Alkohol», i. e. Rotweins, gerügt), der Speck auf der Vorspeise des Dieners stibitzt bzw. vom servilen Oberkellner: «Sehr wohl, Herr Kempowski», für ihn nachgebraten und nachgebracht für eine inzwischen kalte Vorspeise, auf die auch gebratener Speck gar nicht paßt – und so. Ansonsten: Beuys «sehr nett, hat mir mal Kaffee und Kuchen angeboten» (womit der gesamte Kunstquark des Herrn Beuys ins positive Töpfchen geordnet); Reemtsma «gräßlich, hat mir nicht die Hand gegeben, und wie kann man dieses Entführungsbuch in der 3. Person schreiben, hätte ICH NIE getan»; Volker Braun «mag ich nicht, hat mal eine Lesung mit mir abgesagt».

Interessant vor allem aber, mit welcher (getroffenen?) Gereiztheit er auf meinen Einwand reagierte, ob es denn ganz rechtens und reinlich sei, all diese ECHOLOT-Bände unter seinem Namen ALS AUTOR zu publizieren, da doch kein einziges Wort darin von ihm, es doch eher «herausgegeben» heißen müßte (oder welches collagiert-arrangiert-insceniert-Verbum immer). Gereizt wie eine Viper kam: «Sie wissen nicht, wieviel Arbeit ich damit hatte, nicht wahr, Herr Hempel?» Und mein Argument, ich habe auch viel Arbeit gehabt, als ich in allerdings nur drei Bänden MARXISMUS UND LITERATUR herausgab, wäre aber nie auf die Idee gekommen, diese Textsammlung mit FJR zu betiteln – wurde überhört. Stattdessen kam, natürlich, das Walter-Benjamin-Argument und das Pissoir von Duchamp: Nur, weil 2 Leute hochstaplerisch «Zitate» als eigenes Kunstwerk ausgaben, ist das ja noch kein «Gesetz»? Konnten uns nicht einigen, wobei ich zugeben will, daß hier ein Problem steckt. Ich wollte ja auch gar nicht attackieren, nur fragen, ob er nicht meine, daß …

Meine Freunde, die Poeten: haben immer meine Nummer, meine Adresse, wenn sie was wollen; sonst Schweigen: heute serviler Brief mit gewidmeter CD, gewidmetem Plakat usw. von Biermann, weil er möchte, daß ich für eben diese CD in die Posaune puste. Nun bin ich der «liebe Fritz J.»; war ja auch mal anders, als er mich öffentlich der Lüge zieh (und in Deutschland hat ein Poet IMMER recht), weil ich im Blättchen einen – übrigens schön-nachdenklichen – Abend bei ihm referierte und der Stimmung wegen von ‹Rotwein› geschrieben hatte, er aber nur Apfelsaft angeboten haben wollte: was für wesentliche Details. In Wahrheit wollte er sich nicht vor seinen Damals-noch-KONKRET-Freunden der Verzagtheit zeihen lassen, die ich ihm bescheinigt hatte, er wollte noch das Kettenhemd des Kämpfers schimmern lassen, das ich ihm verdunkelt hatte.

Hôtel Lutetia, Paris, den 20. September

Warum ich nicht (mehr) in diesem Papperlapapp-Paris leben könnte – ein Abend bei/mit Valerio Adami. Einladung in ein mäßiges Restaurant, er spendierte für 5 Personen 1 Flasche Wein, keine Vor- und keine Nachspeise; na gut. Aber das Gespräch.

Ich fragte nach den politischen Verhältnissen in Italien. «Keine Ahnung, sie sind so wirre, wir kümmern uns darum nicht.» Also ich von den deutschen politischen Verhältnissen, der Seltsamkeit, daß unter der rechten Kohl-Regierung die sogenannte veröffentlichte Meinung links war und sie jetzt, unter der linken Schröder-Regierung, rechts ist; ich versuchte von Walser, Handke, Botho Strauß, Sloterdijk zu erzählen. «Interessant!» Dies eine Wort. Dann wandte man sich – auch noch vergebens – der Weinkarte zu. Erscheint ein israelischer Maler – eine italienische Dame später im Taxi: «Ich kenne ihn gut, seit Jahren, ein Bild von ihm habe ich nie gesehen» – man kommt auf Israel, fragt, ob ich, ich sage «ja», aber immer mit Beklommenheit, und erzähle meine Begebenheit beim Abendessen im Haus Gerschom Scholem – um zu verdeutlichen, daß ein Deutscher (in Israel) gelegentlich nicht das Recht hat, RECHT zu haben: wie ich kritisch-empört darauf hinweise, wie die Israelis die Araber behandeln, z.B. mit einem «Zeichen» im Paß – wie weiland hier bei den Juden –, und wie plötzlich, ein empathischer Rachegott Jahwe, Gerschom Scholem aufstand und fast schrie, mit gerecktem Arm: «Nicht Sie, Sie nicht!» Dazu sagt man am Pariser Quackel-Tisch: «Amüsant.» Eigentlich müßte man da aufstehen und gehen ...

Auch die mehr und mehr grassierende Unsitte, schlecht über «Freunde» zu sprechen, verunsichert/befremdet mich.

So also Adami über seinen angeblich besten und längsten Freund Ralph Nash, über dessen neue «Armut» er nur spottet («Ach was, der hat doch, ob in Zürich oder London, überall

Geld versteckt»), den er egoistisch nennt, der nie etwas für andere täte, wie über Joachim Helfer, Nashs Lover, den er meiner Meinung nach zu Unrecht «kalt und zynisch» nennt, vielleicht eine Begabung, aber doch jemand, der stets nur von anderer Leute Geld lebe.

Hochbefremdliche Scene beim Abendessen im CHEZ FRANCIS, wo, durch eine Scheibe von mir getrennt – also bühnenhaft –, Hans Mayer saß; d. h. EIN Hans Mayer: jemand, der in jedem Detail, in der gesamten Körperhaltung, Körpersprache ein perfektes Double von Mayer war, bis hin zum Schmollmund, wenn der Kellner kam (und offenbar Nicht-Genehmes anbot); ich hörte ihn direkt sagen: «Also, das essen wir selbstverständlich nicht!»

Gibt es einen jüdischen Phänotyp? Die Ohrläppchen, die Finger, die Art, mit seinem jungen Gast zu flirten, aber zugleich «huldvoll» zu sein, alles dasselbe, nur jünger. Gespenstisch.

Ergänzend dazu die sonderbare Beobachtung, daß man IMMER Deutsche erkennt, an der Art, sich zu bewegen, sich zu kleiden, wie sie sitzen, sogar, wie sie kauen. So, wie man Amerikaner erkennt, und nicht nur am senkrecht gespießten Messer in der linken und der Gabel in der rechten Hand und an der «Chicken und Coca-Cola»-Bestellung im 2-Sterne-Restaurant. Es sind «andere Menschen».

Kampen, den 30. September

Nobelpreis für Grass. Gerecht und gegönnt. Telegramm. Bei der Telegrammaufnahme sagte ein – offenbar nicht unbelesener – junger Mann: «Na, das wird ja 'n heißer Tag – Sie sind Nummer 3 nach dem Bundespräsidenten und dem Bundeskanzler!»

Spiegelverkehrt zum Grass-Jubel und seiner «Krönung» meine Paristage: Ein Pariser Verleger, der vor ca. EINEM Jahr Kontakt mit mir aufgenommen hatte, er wolle meine früheren Bücher neu, den 3. Band der Romantrilogie erstmals und die Heine-

Biographie in Paris verlegen – – – bot mir nicht mal 1 Glas Wasser an (was er Günter nun wohl anböte?). Er hatte deutlich die von mir ordentlich zugeschickten Bücher – plus ein Dossier der französischen Kritiken über die ersten beiden Prosaarbeiten – nie auch nur in der Hand gehabt.

PS zu Grass: Nun die schön geschminkten Lügen mit der neuen Krone. «Ich habe nie auf den Nobelpreis gewartet», wiederholt er auf allen Sendern. Aber als er EIN WEITES FELD fertig hatte, sagte er wörtlich zu Inge Feltrinelli: «Dies ist mein Nobel-Preis-Buch.» Er wollte ihn immer. Zu Recht, aber er WOLLTE ihn. À la Thomas Mann, der sinngemäß sagte: «Mein Leben war auf den Nobelpreis ausgerichtet», was meinte, er gebührte ihm gleichsam naturrechtlich.

PS zu meinem etwas dünnen und kurzen Grass-Artikel wegen Nobelpreis: Eigentlich wäre das die Gelegenheit gewesen, auf das so wichtige wie ungute Spannungsverhältnis Kunst : Politik intensiver einzugehen und es nicht mit einem Schlenker abzutun. Das wurde mir am Abend, an dem das Manuskript druckte, ich also nix mehr nachtragen konnte, besonders deutlich.

8. Oktober

Es geschehen noch Zeichen und Wunder: Grass ruft an und bedankt sich für meinen Artikel.

Der – geradezu angeekelt – in der gestrigen «Blattkritik» der ZEIT mit keinem Wort erwähnt wurde.

Die innere Uhr – darf man sagen: Seele – dieser Zeitung ist kaputt, kaum einer der Redakteure denkt an das Ganze, jeder nur an «seinen» Auftritt qua Artikel oder sonstwie; Egomanen sind alle Schreiberlinge (ich natürlich nicht ...), aber ein Redakteur ist eben nicht nur Schreiber.

14. Oktober

Grass-Lesung am Sonntag im THALIA, Menschenschlangen wie bei einem Popstar, die vom ausverkauften Haus abgewiesen werden mußten. Drinnen Ovationen, das Publikum stand auf! Als käme ein Heilsbringer. Unangenehmes Gefühl: Die Deutschen lieben ihren/einen Führer – die verzückten Gesichter der jungen Mädchen, das sofortige Gelächter bei jedem schalen Witz: Mit Literatur hat das alles nix mehr zu tun, es ist Heils- und Erlösungserwartung, und ich bin SICHER, daß selbst die 700 (!!) Exemplare, die er signierte, nicht gelesen werden.

Hinterher Essen «im kleinen Kreis», in Wahrheit also das Nobelpreis-«Déjeuner»: etwas Salat, ein paar Nudeln, 2 Glas Wein beim Italiener. ZAHLEN tat nicht der nun noch reichere Mann – er ließ den THALIA-Chef zahlen.

Dahrendorf zu Haug von Kuenheim: «Das Raddatz-Kapitel in meiner Bucerius-Biographie ist das schwerste Kapitel.»

Wieso?

22. Oktober

ZEIT und kein Ende: Nun weiß ich also, daß Bucerius mich «geliebt» hat, wohl ähnlich wie Ledig: Beide schmissen mich vor lauter Liebe raus.

Brief auf ZEIT-Papier an Ralf Dahrendorf

Lord Ralf Dahrendorf
c/o Bank Gesellschaft Berlin UK
1 Crown Court
Cheap Side
London EC 2V 6 JP

25. Oktober 1999

Euer Lordschaft,
lieber Herr Dahrendorf –

haben Sie Dank für die liebenswürdig-elegante Geste, mir den kleinen FJR-Abschnitt Ihrer gewiß hochinteressanten Gerd-Bucerius-Biographie vor Drucklegung zur Kenntnis zu geben.

Es war alles so – und es war alles ganz anders.

Beginnen wir mit dem Ende: Der Goethe-Schnitzer, ein Flüchtigkeitsfehler, wäre bei keinem anderen ZEITredakteur so gnadenlos geahndet worden: ein Artikel, nachts eilendst von Chefredakteur Sommer erbeten, weil ein anderer Aufsatz für die Seite 1 plötzlich ausgefallen war («Nur Raddatz kann helfen»), spät in einer Stunde mit Hilfe von (verwechseltem) Archivmaterial kurz vor Andruck geschrieben, gegengelesen vom Chefredakteur und zwei Mitgliedern des politischen Ressorts – und dann halt eine schiefgegangene Pointe. Hélas. Derlei – wenn Ted Sommer den toten Roosevelt an einer Drei-Mächte-Konferenz teilnehmen ließ; wenn die Gräfin den Warschauer Aufstand mit dem Aufstand des Warschauer Ghettos verwechselte – wird/wurde gemeinhin mit einer versteckten Zeile «Die Redaktion bedauert den Irrtum» abgetan. Sintemalen ich aus dem schiefen Witz kein Argument gemacht hatte. Ganz anders als etwa

Helmut Schmidt, der in einem Artikel über Henry Moore (ZEIT Nr. 27/1986) die FAZ scharf angegriffen hatte mit unterstellten Sätzen, die nicht von der FAZ stammten – und sich prompt von der FAZ empört zurechtweisen lassen mußte. «Die Darstellung in der ZEIT ist insoweit nicht korrekt», las man in der ZEIT; das war's. Bei mir aber war's anders. Wieso?

Sie selber – ich nehme an, in Ihrem Helmut-Schmidt-Kapitel wird diese FAZ-Panne nicht erwähnt – zitieren nun aber, die Zitatdramaturgie suggeriert: zustimmend, Einwände eines FAZ-Kritikers gegen mein berühmt-berüchtigtes Dossier «Wir werden weiterdichten, wenn alles in Scherben fällt» (ZEIT Nr. 42/1979); dazu Vorbehalte von Herrn Jens (auch dies ein ungewöhnlicher Fall: daß die Redaktion bei einem Außen-Mitarbeiter dringlich die Zurechtweisung ihres Feuilletonchefs bestellt; können Sie sich Herrn Buhl vorstellen, wie er Infamien gegen den Politikchef bestellt?). Nur: Kaum etwas an meinem Dossier war falsch: Erich Kästner war Mitglied der Reichsschrifttumskammer und hat pseudonym an Goebbels' Ufa mitgearbeitet; Peter Huchel hat – unter dem Motto «Ich habe zwölf Jahre lang geschwiegen» – fünfzehn Hörspiele im Reichsrundfunk geschrieben; Günter Eich hat höchst dubiose Hörspiele in den zwölf Jahren verfaßt; Wolfgang Koeppen ist in der Nazizeit – unter dem Motto «Ich war emigriert» – nach Nazideutschland zurückgekehrt, wo zwei seiner Bücher erschienen (nicht denkbar bei/von Brecht oder Tucholsky). Der «Fehler»: Koeppen war ein Jahr früher zurückgekehrt, als ich angegeben hatte. Das darf man wohl eine «läßliche Sünde» nennen.

Inzwischen werden/wurden, meiner These «Es gab keine Stunde Null» folgend – wer zu früh kommt, den bestraft das Leben –, Essays, Dissertationen, Biographien (Eich) verfaßt, die all das bestätigen und erweitern.

Nein, lieber Herr Dahrendorf, wenn die Summe meiner ZEIT-Tätigkeit nur unter «wild, aber fehlerhaft» zu rubrizieren wäre, dann bliebe immerhin unerklärlich, wieso ich später unter wechselnden Chefredakteuren immer wieder gebeten worden bin, aufs neue die Leitung des Feuilletons zu übernehmen. Es könnten ja, gebe ich zu bedenken, auch Leidenschaft, Temperament, Engagement und, wer weiß, vielleicht auch ein Gran Begabung mit im Spiele gewesen sein. Daß unter meiner Leitung weiland die Elite des Landes im ZEITfeuilleton publizierte – ob Grass oder Walser oder Böll, Biermann oder Stephan Hermlin oder Hans Mayer, Thomas Bernhard oder Peter Handke oder Hubert Fichte, Enzensberger oder Tabori, Jurek Becker oder Jürgen Becker, Günter Kunert, Erich Fried oder eben Rolf Hochhuth; to name a few – alles nur «wild»? Meine ZEITgespräche mit James Baldwin oder Max Frisch, Czesław Miłosz oder Susan Sontag füllen drei Bände der edition suhrkamp. Man wird nicht direkt rapportieren können, daß nach «Bismarcks Entlassung» die Glanzzeiten des ZEITfeuilletons begonnen hätten.

Es ging also im Auf und Ab meiner Beziehung zu/mit Bucerius um Anderes, um Gravierenderes: Es ging um Richtungskämpfe. Es war eine inhaltliche Auseinandersetzung.

Zwei Beispiele. Da Sie selber die «Moral»-Kategorie einführen, darf ich an meinen bösen Disput mit dem Inhaber anläßlich meines Artikels zu dem Film «Das Boot» (nach dem Buchheim-Roman) erinnern. Annehmend, daß Ihnen die Verliese des Vatikan lückenlos zugänglich, füge ich hier lediglich meinen Brief an Bucerius bei (nicht die Artikel, nicht seinen Brief, nicht den im Namen des gesamten Ressorts von Rolf Michaelis geschriebenen Protestbrief). Dieser Dissens macht überscharf deutlich: Gelegentliche, immer unwichtige «Fehler» waren das Instrument des klugen Advokaten, um eine inhaltliche Position dem Blatt zu amputieren: Im «Boot»-Artikel war kein «Fehler» (sowenig wie in dem Jünger-Aufsatz), vielmehr habe ich wieder und wieder und immer noch einmal versucht, die große Frage nach historischer Schuld, nach politischem Versagen, nach Vergessen und Verscharren und löckchendrehendem «Ich wußte von nichts» zu stellen; mal scharf, mal traurig, mal analytisch, mal wohl auch verzagt – meine Freundschaft mit Alexander Mitscherlich gründete nicht zuletzt darauf. Aber diese Fragestellung war «unerträglich» – so Bucerius hocherregt zu dem damaligen Fernsehspiel-Chef des NDR am Abend nach Erscheinen meines «Boot»-Artikels. Auch in dieser Auseinandersetzung strapazierte Bucerius den Begriff «Moral»; wobei gänzlich unklar blieb/bleibt, was gemeint war: A-Moral? Un-Moral? Moral-Losigkeit (in which aspect)?

Das zweite Beispiel: Als ich Rolf Hochhuths Angriff auf den damaligen Ministerpräsidenten Filbinger veröffentlichte (abermals eine «Nachfrage» nach schuldhaftem Versagen …), war Bucerius außer sich. Er war umgehend bereit, um die «Sache zu bereinigen», einen größeren Betrag, eine Art «Bußgeld» an eine caritative Organisation zu überweisen und der Sache nicht weiter nachzugehen. Nur Hochhuths Starrköpfigkeit (er nahm Anwälte auf eigene Kosten) war/ist zu verdanken, daß geschah, womit sich dann die ZEIT schmückte: der Rücktritt von Filbinger nach klarer Beweislage, die herbeizuführen Gerd Bucerius keineswegs erpicht gewesen war.

Der Brief – halten zu Gnaden – ist viel zu lang geworden. Sie sind ein kluger Leser und haben natürlich längst bemerkt: Er ist der eigenen Hygiene wegen geschrieben, auf gar keinen Fall als «Intervention» zu Ihrem Text, der selbstverständlich so erscheinen soll, wie Sie es für richtig halten. Ich fühle mich nicht aufgerufen noch befugt, Ihre Arbeit zu korrigieren oder zu rezensieren – füge aber zweierlei, das gar nichts mit mir zu tun hat, für den Biographen an:

Sinngemäß schreiben Sie, Bucerius habe es sich zur hehrsten Aufgabe gemacht, sein «Lebenswerk DIE ZEIT» zu erhalten. Das genau hat er nicht getan, rätselhafterweise, indem er der ZEIT von seinem beträchtlichen Vermögen keinen Pfennig zur

Verfügung stellte (beträchtlich oder, nach Verkauf der Bertelsmann-Anteile, immens), sondern alles der Stiftung vererbte, die alles darf, nur eines nicht: die ZEIT in schwierigen Zeiten unterstützen.

Auch das zweite Detail scheint mir nicht uninteressant für einen Biographen: Als wohl einziges beträchtliches Zeitungsunternehmen hat die ZEIT keine Regelung für eine Altersversorgung der Mitarbeiter – im Gegensatz zu Springer oder SPIEGEL, Bertelsmann oder FAZ. Vor vielen Jahren ging ich gemeinsam mit Diether Stolze zu Bucerius, um ihm eine faire Regelung für diejenigen, die ja wohl auch sein Vermögen mitschufen, vorzuschlagen. Ich habe selten einen solchen Wutanfall erlebt, Bucerius raste durch sein Zimmer, riß Leitzordner aus den Regalen und wirbelte sie durch die Luft, immer wieder rufend: «Ich kann das Wort Altersversorgung nicht hören.» Noble Worte eines Milliardärs.

Ja, lieber Herr Dahrendorf, ich bin «wohlauf», wünsche weiter Freude an Ihrer Arbeit, Gelingen und grüße Sie freundlich mit der Verwunderung, warum Sie mir mein middle initial nehmen?

P. S. Damit dies alles nicht etwa übellaunig klingt, füge ich an, daß Gerd Bucerius es sich – kurz nach einer schweren Operation – nicht nehmen ließ, zu dem Empfang im Anglo-German Club zu kommen, den die ZEIT anläßlich eines Geburtstages für mich gab; mit den Worten: «Mindestens das bin ich Ihnen schuldig, nach allem, was ich Ihnen angetan.» Und daß er mich, vielleicht zwei Jahre vor seinem Tod, in meinem Kampen-Domizil besuchte, sich nach meiner extemporierten, fast zweistündigen Blatt-Kritik – «Hilde, unterbrich ihn nicht» – von mir mit den Worten verabschiedete: «Das waren die denkwürdigsten zwei Stunden der letzten Jahre für mich.»

29. Oktober

«… denn ich bin in den Jahren, und wenn man alt wird, beginnt die große Vereisung, der Rückzug über die Beresina, die Armee geschlagen, die Fahne versenkt»: mein neues Opfer Gottfried Benn.

Alles auch nicht ohne – bittere – Komik. Heute früh Anruf meines – damals ja tüchtigen – Heine-Verlegers. Des kleinen Autors Herzchen bibberte: «Einer wenigstens meldet sich, er wird ein Buch aus meiner Serie machen wollen, er wird meine Essays verlegen wollen, er wird die Benn-Biographie bei Ullstein auslösen wollen»; er wird wollen, möchten, können, sollen. Er war entlassen worden (in der Lesart: «Ich habe gekündigt!»).

Ähnlich verschattet mein Besuch vor paar Tagen bei Wapnewski in Berlin: alt, resigniert, müde, verabschiedet, krank. Der elegante Mann – geradezu mühselig noch ein Döschen Caviar und ne Flasche Champagner credenzend – lebt in die Schäbigkeit hinein, ohne Personal, die Wäscheschleuder sichtbar, die Badezimmertür offen, im Flur das Herz-Fahrrad, die Kerzen nicht angezündet und das Essen zwischen Büchern und Papieren, alles mit evidenter Anstrengung. «Abends esse ich Tütensuppen» – – – dieses Wort aus SEINEM Munde! Geplagt derart von Schmerzen, daß er kürzlich auf dem Rinnstein einer Straße saß und weinte. Mein treuer Freund wird zu einer Beckett-Figur.

2. November

Nachdenklich machender Satz von Alfred Aschauer, als er sich gestern (zu spät in der Nacht) verabschiedete: «Schön hast du's hier; auch gut?»

Und erschreckendes Gespräch mit seinem Kollegen, dem Maler/Ex-Maler – «Ich male nicht mehr, bin ausgebrannt» – Rainer Küchenmeister, der mich aus Paris nach Lektüre der FEINDBILDER-Serie in der ZEIT anrief. Er ist ein Überlebender der ROTEN KAPELLE, sein Vater, Mitglied dieser kommunistischen Widerstandsgruppe, wurde in Plötzensee geköpft. In Ostberlin nannte man eine Straße nach ihm, deren Name per Umtaufe nach der Wende gelöscht wurde. Küchenmeister – «Sie haben meinen Vater zum 2. Mal getötet» – trat mit einem langen Brief der Erläuterung aus der Berliner Akademie aus. Herr Präsident Walter Jens ließ nicht einmal den Eingang bestätigen, geschweige denn würdigte er Küchenmeister einer Antwort.

4. November

Tapfere Knef. Die Zeitungen sind voll mit/über eine(r) neue(n) CD, einige hochrühmend. Ein sympathisches Stehaufweibchen, nach 1000 Krankheiten, Scheidungen, Finanzkatastrophen und sonstigen Abstürzen; «unsere Generation» gibt nicht so leicht auf ... wie lang es wohl her ist, als sie bei einem meiner Feste am Leinpfad – «Was hast du da für ne scheußliche Pufflampe?» sagte sie zu einer wunderschönen Jugendstil-Lampe – über den Herrn Augstein wegschnippte, der sich irgendwie huldvoll-blasiert zu ihr herabließ: «Ach, wissen Se, mein Lieber, Sie denken, Sie seien berühmt. Steigen Sie mal in Alabama die Gangway runter – da wird Sie kein Schwanz erkennen. Mich aber!»

Radisson SAS, Berlin, den 24. November

70. Geburtstag von Günter Gaus, der, schwer krebskrank, sich dennoch ein solches «Fest» nicht ersparen mochte. Die Reise hatte ein makabres Motto: Als ich vormittags auf einer Behörde meinen neuen Personalausweis holte und sah, daß er wiederum befristet ist, bemerkte ich zu dem pickligen Behördenjüngling: «Gilt ja wieder nur 10 Jahre!» Worauf der sagte: «Das reicht ja wohl auch.» Fand er, für mich ...

So empfing also der zum Tode verurteilte, schrecklich gealterte, von der Chemotherapie gezeichnete, kahlköpfige Gaus – – – und keine Schmeichelei war zu dick aufgetragen, als daß er sie nicht gerne, fast gierig annahm. «Du hast wohl recht», sagte er in aller Bescheidenheit, als ich meine kleine Rede damit begann, daß er der beste Leitartikler der Republik sei. Nun ist das sogar (fast) wahr, auch weil es keine guten Leitartikler mehr gibt, aber AUCH, weil er wenigstens ein eigenes, störrisches Konzept hat mit seinem Ost-Donner, seiner Wut auf Westdeutschland und die falschgelaufene Einigung. Wut führt die Feder meist gut. Aber das SO selber zu bestätigen – nun ja.

Meine kleine Nicht-Rede war wenigstens kurz, eine vergleichbar witzige Paraphrase auf das Wort «eitel» (eben auch = vergebens) und den seltsamen Gebrauch als Eigennamen. «Eitel Friedrich» heißt ja wohl «nur der», «es gibt nur diesen einzigen Friedrich» – – – also «Eitel Günter»; GANZ ohne Spitze war das nicht … jedenfalls war das folgende strohtrockene «Plädoyer» eines Hamburger Anwalts lang und dürr.

Der Abend ansonsten lieb und belanglos (bei gutem Wein und Champagner) bis auf mein kleines rencontre mit Christa Wolf, die ganz «hohe Frau» spielte, mir meine Frage nach der «sonderbaren Entfernung» zwischen uns beantwortete mit: «Lesen Sie mal Ihre eigenen Artikel!», worauf ich spitz wurde und sagte in alter Peter-Huchel-Tradition: «Das ‹eigene› würde ich aus dem Satz streichen», und hinzufügte: «Seltsam, daß Sie aber frère und cochon mit dem Herrn Schirrmacher sind, der ja nicht nur wie ich eine moralische Entgleisung beurteilte, sondern Ihre gesamte schriftstellerische Existenz VERURTEILTE, Ihnen geradezu den Titel ‹Schriftsteller› absprach.» Es war eine kühle Begegnung («Was wissen Sie davon?» war ihre uneinleuchtende Replik) und soll dann auch meine letzte mit der Dame bleiben. «Wir können ja mal darüber reden», meinte sie. Nein, können wir nicht.

26. NOVEMBER

Absonderlicher Brief von jenem Roland Links; paar Auszüge: «Zu dem, was in meinem Leben ‹geblieben› ist, gehörst DU ..., was Du eine Mischung aus Frechheit, Temperament, Naseweisheit und Tempo nennst» – so hatte ich wohl, mich herabstufend, mich in meinem Antwortbrief, gleichsam ‹sachte, sachte› sagend, charakterisiert –, «ist noch nicht einmal die halbe Wahrheit. Es gelang und gelingt Dir immer wieder, Deiner sicher zu sein. Deine Gaben sind größer, und Du hast mehr aus ihnen gemacht. Du läßt Dich – wie Tucholsky – von Deinen Selbstzweifeln anspornen. Typen wie ich werden durch sie gehemmt ... Mary wußte gut, warum sie Dich mit Tucholsky nahezu gleichstellte. Ich tue es auch, und das vor allem bestimmt mein Verhältnis zu Dir.»

Hm, hm.

4. DEZEMBER

Vorgestern mittag Enzensberger zum Déjeuner (was mir NIE und weniger und weniger bekommt: 2 Glas Champagner, mittags, werfen mich um).

Die immer amüsanten, zierlichen Distanzvermessungen im so typischen Tonfall: «Jooo, der Herr Unseld ...» oder: «Der nette Rühmkorf ...», wohl wissend, daß ‹nett› tödlich ist und er es auch so meint, weil dann immer der Satz beschlossen wird mit: «Der schreibt einem ja da so Briefe und will Widmungen, die er einem unerbeten in seine Bichl neingemalt hat, leihweise zurück – um aus diesen Widmungskritzeleien wiederum ein Bichl zu machen, der Herr Rühmkorf.» Tot isser. Natürlich zugleich immer klug-treffend: «Im Solarplexus MUSS Grass ja wissen, daß es nach dem Anfangserfolg nur noch bergab ging.»

Behäbig ist er nicht geworden, aber selbstgewiß (dabei durchaus zugebend, daß er in früherer Zeit NIE auch nur geträumt hätte, mal wohlhabend zu sein). Er WEISS, daß er eine

Art Zentral-Macht in der deutschen Gegenwartsliteratur ist, daß er NEIN oder JA sagen kann, wann und wie er will, und ist dann doch, wie auch anders, auch er, ein bißchen älter geworden. Als hätte ich eine CD aufgelegt, kam mit exakt DENSELBEN Sätzen sein Bericht, den er mir neulich beim Abendessen in München «zur Lage von Hans Magnus Enzensberger» gegeben hatte: 300.000 Gedichtbücher insgesamt verkauft, das Mathematikbuch mit 750.000 Exemplaren ein veritabler Bestseller: «Dies alles ist mir unterthänig.» Wir tanzten einen hübschen Pas de deux und waren, als die Flasche leer war, die beiden einzigen, die in Deutschland klug, begabt, erfolgreich und berühmt sind.

Gastgeschenk: keines.

7. Dezember

«UNBEDINGT sollte das als Buch erscheinen», schreibt mir die Verlagslektorin Runge des BELTZ Verlages zu meiner ZEITserie; «Es kann dir doch nicht schwerfallen, dafür einen Verlag zu finden», sagte dazu Antje Ellermann, Inhaberin eines Verlages; «Das wär' ja ein Ding, wenn das nicht als Buch erschiene», sagt beim Abendessen mein Anwalt Kersten, engstens verknüpft mit dem Haffmans Verlag; «Für Sie ist es doch kein Problem, einen Verleger zu finden», sagt Hans Magnus Enzensberger beim Mittagessen, seines Zeichens Herausgeber der ANDEREN BIBLIOTHEK; «Du, nur du kannst die politische Geschichte der Nachkriegsliteratur schreiben», sagte vor paar Monaten Hanser-Verlagschef Krüger zu mir – und antwortet auf einen Brief nicht, mit dem ich ihm die ZEITserie zusandte; «UNBEDINGT mußt du das als Buch veröffentlichen», sagt mir Rolf Hochhuth gestern abend am Telefon, erwähnend, daß er – mit Erfolg – bei 3 Verlagen publiziere.

24. Dezember

Anruf Thomas Brasch (Quartals-Freund, wie andere Quartals-Säufer sind; man hört monatelang NICHTS von ihm, dann dreimal pro Nacht). Er ist eine einzige Paraphrase des Benn-Satzes: «Ichzerfall, der süße, tiefersehnte», den er über Kokain bzw. die eigne Kokain-Phase formulierte. «Damals war ich tief im Koks», sagt Brasch jetzt über das letzte Mal unserer Quartals-Säufer-Telefonate, in denen er strikt leugnete, Kokain genommen zu haben – – – wie er es JETZT leugnet zwischen hastigem: «Raddatz, ich liebe Sie» und «Ich muß jetzt rüber zu Peymann», weil er natürlich aus dem unter seiner Wohnung gelegenen Restaurant GANYMED telefoniert, gleichsam die Kantine des BE. «Ich rufe nachher später oder morgen noch mal in Ruhe an.» Das war's.

Anruf Grass. Berichtet amüsant von der «Stockholmer Ehrung», wie er es nennt, sagt ganz gemütlich auf meine leicht entsetzte Frage, wieviel Zimmer er denn im Hotel bewohnt habe mit seiner Cavalcade aus 6 Söhnen und vier Enkeln: «Na ja, das kann ich mir ja wohl noch erlauben.» Erzählt von einem Lübekker Seminar – «Ich wollte das so, statt einem Fest-Diner» –, bei dem Thomas Manns Faustus und sein WEITES FELD – die Rezeption der Romane, NICHT die Romane – verglichen wurden. Geht das?

31. Dezember

Jahrhundertende UND – wenngleich falsch gerechnet – Jahrtausendende. Unrationale Mischung aus «na und» und Doch-Emotion in mir. Das eine wohl der Kopf, das andere in tieferen, also nicht kontrollierbaren Regionen; das zeigen Träume: Ich zurre in denen mein Leben, gar eine Lebens-«Bilanz» zurecht, lege mir (der alte Fehler) wie eine wärmende Stola meine «Berufswelt» um; arbeite an einem großen DDR-BRD-Buch, mache mit Enzensberger einen Film in meiner Wohnung, in dem er «ganz in Weiß» die Hauptrolle spielt und in dem Rühmkorf, als Eisenbahner kostümiert, eine Art Schaffner – also Nebenrolle – zu mimen hat, in dem dann aber auch Heiner Müller auftaucht und gar – besonders abstrus – Paul Wiens, den ich ja mal mochte, der oft in meiner Ostberliner Wohnung war – – – – und den man nun als IM «enttarnt» hat, eine Art Literaturgoulasch, dessen Ingredienzen ich sonderbarerweise nach dem Erwachen nicht vergesse. Die andere Dimension: ganz lebhafter und sehr erotischer Traum von Ruth (wobei erotisch-sexuelle Träume selten bei mir sind), da tauchen also Blasen als Grundmotiv zum Thema «Unser ungelebtes Leben» auf aus dem Schlamm der Vergangenheit.

Bilanz? Wohl keine. In den Vordergrund schiebt sich das Gefühl von «alles eitel», durchaus im Doppelsinn: also auch «alles vergebens». So viel Elan, so viel Kameradschaftlichkeit (zu Schriftstellern), so viel Leidenschaftlichkeit, auch ein kleines Talent-Splitterchen: «Im Ergebnis!», wie das im russifizierten Ulbricht-Deutsch hieß: Null. Mein neues Opfer – die Arbeit an dem Benn-Buch stülpt mich sehr um, die fast geniale Mischung aus eisig-kunstbesessen-geschichtsabweisend – sagt: «Aber man muß doch leben – – – muß man?»

2000

10. Januar

Alberner Brasch-Anruf: «Meine Liebe gehört ihm», sagt er meiner Haushälterin am Telefon, das möge sie mir ausrichten. Als ich zurückrief, saß er in der Theaterkantine vom Berliner Ensemble, neulich saß er im Ganymed – wo und wie lebt so jemand? Er erzählte von einem nie veröffentlichten «Roman»-Manuskript der Hurwicz, das sie 1947 «im Auftrag» von Brecht geschrieben hat und aus dem er «und Kathi (Thalbach)» Ende Januar im BE lesen. Interessant daran nur, daß Brecht derlei «in Auftrag» gab, weil er die ihn umgebende (Ostzonen/DDR-) Wirklichkeit nicht kannte, er «ließ sie sich berichten».

Dann, auch in den ersten Tagen des Jahres, langes Telefonat mit Grass – ein («Hör»-)Bild des Jammers: Ute mit der 2. Lungenentzündung im Krankenhaus, er – der nun wahrlich Weltberühmte – alleine im Hause OHNE JEGLICHE HILFE, keine der zahllosen Töchter, Enkeltöchter, Schwiegertöchter, die ihm auch nur ein Spiegelei briete, eine Haushälterin gibt es in diesem armen Haushalt offenbar nicht – – – – UND er weiß nicht, wie und wo er sich erkundigen soll nach einem Sanatorium o. ä. für Ute, wohin er mit ihr nach der Krankenhausentlassung fahren will. Faktisch könnte er das Büro des Bundespräsidenten anrufen …

«Und woran arbeitest du?» – immerhin. Auf die Benn-Nachricht kam: «Weißt du, daß mein Lehrer Hartung seinerzeit Gedichte von mir an Benn schickte, der sie interessant fand, aber meinte: ‹Der Mann wird Prosa schreiben!!!›»

ICHICHICHICH.

Am Wochenende das strapaziöse Antje-Landshoff-Unternehmen: wie vor 10 Jahren nun diesmal zu ihrem 60. ein «Fest» im Allgäu. Dazu reisten die Menschen aus Hamburg und New York, Neapel und Milano, Berlin und der Karibik an. Nun ja, nein, sie reisten wegen und für Antje an, und das ist ja auch rührend, spricht für sie, daß sie so viele «Freunde» oder wenigstens Bekannte hat, die «ihr die Ehre erweisen»; aber, aber – «bitte machen Sie Umstände, Butterbrot habe ich alleine», diesen Else-Lasker-Schüler-Satz hätte sie doch EIN WENIG befolgen können/müssen.

Am Ende des Abends – «endlich» – Zusammenstoß mit dem verdreckten und verschwitzten Harry Rowohlt, der sich in seinem Clochard-Outfit originell vorkommt und in seinem Grobianismus witzig (doitscher Humor), mit irgendwelchen «Da habe ich gesagt, der Raddatz hat doch ...» um sich werfend. Mein sehr unverblümtes: «Von Beruf Erbe, mein lieber Herr Rowohlt junior – SEHR kann mir das nicht imponieren – eine eigene Leistung würde ich da schon vorziehen: die ja leider nicht vorhanden ist. Man würde so gerne zu IHNEN aufblicken – aber wenn man sich den Hals verrenkt hat und nach oben blickt: Dann ist da GARNICHTS.» Bin ganz froh, damit wohl das Bürschlein endlich aus meiner Peripherie entfernt zu haben.

Gran Hotel Bahia del Duque,
Tenerife, den 22. Januar

Same procedure as every year: goldene Armbanduhren, Shorts und nackte Füße in Turnschuhen, Rühr-Ei-Gebirge mit 6 Speckstreifen, dazu Sekt, das Glas am Stiel angefaßt, im teuersten Restaurant – Russen. Ansonsten nach 25 Jahren Ehe: «Nimmst du Milch zum Kaffee?»

Ich spreche seit Tagen – außer *«muchas gracias»* – kein Wort, das Eis-Gebirge des Gottfried Benn erschlägt mich (im Sonnen-Liegestuhl!), eine Finsternis-Lektüre, die mich verschlingt; doch das gehört alles ins Buch, keine «Energieverschwendung» durch Nebenzitate.

GRAN HOTEL BAHIA DEL DUQUE, DEN 24. JANUAR

Eine Woche, mehr hält man hier zwischen Vivaldi und Parlez-moi-d'amour am Frühstücks-Buffet nicht aus, die widerlich vollgehäuften Teller, das Hereinbugsieren ihrer Frauen von den Männern, die, nachdem sie bestellt haben, sagen: «Und was nimmst du?» Und die Muttis, die ständig ihrem Männe am Sakko, am Hemd, am Pulli zupfen und mit ungewohnter Gebärde «ein Wein'chen» schlürfen.

Und dazu 1000 vollkommen niederziehende Seiten Benn!

NIZZA, DEN 10. FEBRUAR

Getrübter Himmel bei klarer Sonne und in den Azur-Horizont hineinbrennenden Mimosenwäldern (Mandelieu): innerlich nicht zur Ruhe gekommen. Und nun der schwarze Donner zum Abschluß. Hans Platschek erstickt/verbrannt in seiner Wohnung – nach Tagen – aufgefunden. «Die Einschläge kommen näher», sagte der gräßliche Totenkopf-Adorant Jünger dazu; wieder einer weg: der herrlich herrenhaft, verrückt, gebildet, obszön (nie ferkelhaft), schneidend im Urteil und liebenswürdig im Umgang war, voller (meist selbst erfundener) Anekdoten, ein Jude vom Bayerischen Platz im Berlin der 20er Jahre, elegant im Lügen, wenn er behauptete, für viel Geld einen «Brummer» (ein Bild) verkauft zu haben, um die Rechnung im Restaurant übernehmen zu «dürfen», und bizarr, wenn er – in seiner wilden Londoner Zeit mit der ebenso wilden Elsner – in eine Apotheke ging, seinen Schwanz aus der Hose holte, ihn auf die Theke legte und wie nebenhin sagte: «Haben Sie Übergröße in Grün?» Die Elsner sprang aus dem Fenster einer Klinik (weil man sie zum Rauch-Entzug verurteilt hatte), er rauchte eine sehr letzte Cigarette.

Kampen, den 4. März

In meine Reparatur-Anstalt übers Wochenende geflüchtet, um allerlei Schocks zu «verdauen». Meine Schwester hat Alzheimer, sitzt alleine in ihrem mexikanischen Dorf und kann ihr Fax nicht mehr bedienen, Geldscheine nicht mehr unterscheiden, Preisschilder auf dem Markt nicht erkennen. Ihr letztes anarchisches Aufbäumen gegen diese Welt, gleichsam unter dem Motto ihres Lebens: «Jemand muß sich um Püppi kümmern.»

Passend dazu mein Besuch im Hamburger AIDS-Hospiz (das nur «definitiv Sterbende» aufnimmt), das ich mir ansehen wollte, weil ich ihm testamentarisch eine Summe hinterlassen will. Der schauerliche Eindruck eines beflissenen Gut-Mensch-Infernos: «Mögen Sie eine Tasse Kaffee?» und: «Wir sagen nie Patienten, sie heißen ‹Bewohner›.»

11. März

TV mit/für Kempowski in Mainz, das übliche Fernsehgequakkel. An dem Abend war nur interessant: der ganz durchsichtige, zarte Kempowski, der kaum antworten konnte/mochte, der nach 3 Schritten nach einem Stuhl verlangte, der mit fast unhörbarer Stimme las, der nach 10 Minuten – sein Bier war nicht zur Hälfte getrunken – bei dem ewigen-obligaten «kleinen Italiener» aufstand und sagte: «Ich halte das hier nicht aus, den Lärm, das Rauchen, den Alkoholgeruch»; woraufhin er (es ging ja immerhin um IHN, wir waren doch nur die Dekoration) eilends und etwas angewidert in ein Taxi wie in einen Krankenwagen gesetzt wurde. So wurde der Dichter entsorgt.

Intelligent, angenehm, witzig, schnell und höflich nur FAZ-Schirrmacher.

18. März

Brief an Hochhuth

Ach, mein Lieber –

Deine Gedichte sind bedrückend-eindringlich; jedennoch: Du hast unrecht mit dem Satz «Man zieht sich auf dem Markt nicht aus». NICHTS anderes tut jeder Schriftsteller, Lyriker ohnehin: Von Goethe bis Benn haben sich ALLE auf dem Markt ausgezogen, von Rilke zu schweigen. Auch Rühmkorf (speziell) in seinen Tagebüchern, oder jüngst etwa Hilbig in seinem neuen Roman. Ich sehe/sähe KEINEN Grund, WARUM Du derlei nicht veröffentlichen solltest.

Zum Stichwort «Echo-los» ein Kurzdialog:

ZEITsitzung vergangenen Donnerstag. Es wird selbstgefällig der «gelungene Unterhaltungsjournalismus» belobigt, immer und immer wieder. Bis ich: «Habe ich eigentlich recht gehört, daß hier der Begriff Unterhaltungsjournalismus ganz ungeprüft und unkritisch auf unsere Arbeit angewendet wird?»

«Ja – haben Sie was dagegen?»

Haug von Kuenheim: «Aber Fritz, das MAGAZIN z.B. war immer Unterhaltungsjournalismus.»

ICH: «Sie halten ein Interview mit Francis Bacon, einen Proust-Essay, eine Reise auf den Spuren von William Faulkner für ‹Unterhaltungsjournalismus›?»

De Weck: «Ich habe garnichts gegen unterhaltende Texte.»

ICH: «Aber können wir denn nun auch hier im Hause nicht mehr korrektes Deutsch benutzen? Tucholsky etwa war gewiß ein ‹unterhaltender› Schriftsteller, vielleicht unterhaltender als so mancher ZEITleitartikel – aber er war doch kein UNTERHALTUNGSJOURNALIST, sowenig Martin Walser ein UNTERHALTUNGS-Schriftsteller ist, weil er unterhaltende Romane schreibt. Ist dieser Unterschied hier nicht mehr gewärtig?» –

De Weck: «Nein.»

Wir haben, mein Lieber, unser Stück vom Kuchen gehabt, länger gar als so mancher (deswegen verhaßt). Ein Freund riet mir jüngst: «Seien Sie doch um Gottes willen Fatalist»; nur gab diesen Rat ein Nichtstuer – wie kann ein Schreibender Fatalist sein??

Sei herzlich gegrüßt vom *Fritz.*

1. April

Sonntags-nach-Frühstück-Spaziergang, den Leinpfad entlang. Dort sitzt auf einer Bank eine einsame alte Frau in schäbiger Jacke und Pudelmütze, mit einem Stock im Boden stochernd, erloschenes Gesicht; genau gegenüber von Augsteins Führerbunker-Villa. Es WAR Rudolf Augstein. Ein Bild des Jammers, fast hätte ich ne Mark hingelegt. Sic transit …

5. April

Gestern abend eine Art Beerdigungsfeier: die Verleihung des ersten «Christian-Ferber»-Preises an Reiner Kunze im Literaturhaus: der Saal brechend voll mit «Ehemaligen» – die gehbehinderte Witwe Ferber, der blond gefärbte «Ehemalige» Klaus Geitel (der allerdings eine brillante und berührende Laudatio hielt), der kaum-noch-sprechen-könnende alte Konsul Wikkert, der ehemalige Gefährte und Freund Ferbers namens FJR, der ehemalige DEUTSCHE GRAMMOPHON-Mächtige Plagemann, der nun mit Krückstock im Foyer kauerte.

Kunze liest seine Gedichte derart auf Wirkung gedrillt, mit eingebauten Pausen für Lacher (oder Schluchzer), mit Zischen und Wispern und allerlei Lautmalerei, mit einem «Sie können gerne ‹Bitte noch einmal› rufen, wenn Sie ein Gedicht noch einmal hören möchten» ins Publikum – – – und in der Tat, er liest dann auf Zuruf dasselbe Gedicht mit haargenau denselben

Mätzchen, demselben Aufblick, denselben Pausen noch einmal; und macht so seine – wie ich finde – oft wunderschönen Gedichte kaputt.

Tja, meine Freunde, dic Poeten. Grass ist, sozusagen aus Freude über den Nobelpreis (der ihm allerdings fast nur noch fürchterliche Post bringt, 10.000 Einladungen zu Komitees und Präsidien und Podien), in tiefe Depression verfallen. ER rief an – ich hatte mich außer mit einem Telegramm nicht gemeldet, wollte keine Schranze und kein Groupie sein.

Um ihn zu dem Abend, zu dem ich Grassens nun eingeladen habe, dazuzubitten, rief ich eben Siegfried Lenz an, sagte – wie es sich gehört –: «Störe ich gerade?» – – – worauf ein «Nein, lieber Fritz – aber ich sitze gerade an der Vorbereitung für eine Lesung in der Bundeswehrakademie ...» – – – und dann kam eine Aufreihung, wo er überall höchst erfolgreich lese und vortrage und welche Menschenmengen sich hinterher am Signiertisch drängen, «die alle ganz viel von mir gelesen haben». Zu dem Grass-Abend kann er leider, leider nicht kommen ...

KAMPEN, DEN 1. JUNI

Gestern hier gelandet; nach: Rückkehr von Boston, Schirrmacher-Besuch.

FAZ-Schirrmacher ein hungriger Wolf; daß er das beste deutsche Feuilleton macht, ist kein Wunder. Er ist «aufgeregt», sieht/riecht/schmeckt Themen. Er stürzte sich auf die 2 Leitzordner Tagebücher – deswegen, also wegen eventuellem Abdruck, war er da – und als ich ihn gegen 16 Uhr das erste Mal störte, wußte er nicht, wie spät es ist: Er las einen «Kulturkrimi», wie er sagte, «das ist der bundesdeutsche Gesellschaftsroman, der nie geschrieben wurde».

Ulkig, nun hier übers Tagebuch im Tagebuch zu schreiben und reichlich unhygienisch, daß ich ernsthaft erwäge, mich «öffentlich zu machen», also zu publizieren, was doch einmal als

Herzwäsche gemeint war. Das hat mit seinem Singen Freund Joachim Kersten getan. Schirrmacher jedenfalls will's nun in der FAZ eventuell in einer Folge von 3 Monaten – drucken; zerschlagen wird sich das, wie alles im Leben, am Jelde.

KAMPEN, DEN 3. JUNI

Es gibt also Todes-Rosen (ist Rilke nicht an einem Rosen-Dornen-Stich gestorben?): vorige Woche wegen Krebs-Verdacht Biopsie der Prostata. Die Folge: Die Ejakulation schießt wie eine Blut-Fontäne hervor, roter Samen! Sieht schauerlich-schön aus, diese Vermengung der beiden Lebens-Säfte.

Krebs: Theodor Storm sagte zu seinem Arzt: «Bitte die ungeschminkte Wahrheit, ich ertrage das.» Darauf der Arzt: «Ohne Frage Magenkrebs.» Woraufhin Storm zusammenbrach, mit hängenden Händen wie Lidern herumhockte. Woraufhin seine Frau den Arzt-Schwiegersohn zu Rate zog. Woraufhin der Arzt-Schwiegersohn ein Lügen-Concilium von 3 Ärzten zusammenrief, das dem Schriftsteller erklärte: «Alles OK, Sie haben garnichts, es muß eine Fehldiagnose gewesen sein.» Woraufhin der alte Storm erleichtert-beflügelt sich hinsetzte und den SCHIMMELREITER schrieb, woraufhin er 1 Monat später starb. Eine der schönsten deutschen Erzählungen verdankt sich der Lüge.

Derlei weiß (bzw. referiert – es steht wohl in Thomas Manns Storm-Essay) Hochhuth, der gestern hier zum Essen und wie immer vollkommen liebenswert und vollkommen kauzig: von Mozarts Ermordung, einem unehelichen Kind des Komponisten, dem Erwerb des Liebermann-Palais durch den Quandt-Sohn der Magda Goebbels (die in 1. Ehe mit einem Quandt verheiratet war) und seiner geschiedenen 2. Frau erzählt, die ihm bei einem Abendessen kurz vorm Scheidungstermin den Ehering vom Finger riß, rief: «Da siehst du mal, was für ein Wicht'chen du geworden bist, du stirbst ja ohnehin in ½ Jahr, wozu noch die Scheidung, ich werde mit Wollust deine Witwe sein.»

Jedenfalls eine Mischung aus Belesenheit – weiß wörtlich Benn-Briefe an Oelze zu zitieren – und Anekdotensattheit von Charme und Witz; «Wenn Sie reinkommen, das 1. Haus links», habe Liebermann Besuchern sein «Palais» gekennzeichnet, «rein» nach Berlin war gemeint, weil das Haus gleich links neben dem Brandenburger Tor.

KAMPEN, DEN 11. JUNI

2 Tage Ceremonien zu Ted Sommers 70. hinter mir: die eine, im «Liebermann-Garten» von Jacob an der Elbe pompös mit «tout Hambourg», die andere, in einer Kneipe seiner Wohngegend Volksdorf, familiär-freundschaftlich und damit auch denkwürdig; nicht nur seltsam, daß ich, der Außenstehende, dazu geladen war (es hieß: «nur Familie und engste Freunde») – sondern auch, zu sehen, wie stabilisierend «Familie» sein kann. In gewisser Weise geht/ging mich das nix an, ich bin und war nie so eng mit dem Mann, daß ich seine Rolle als *pater familias* hätte beurteilen können/wollen. Aber es hatte etwas Berührendes, da sämtliche geschiedenen und jetzigen Ehefrauen, sämtliche Kinder – «Ich bin der Zweite aus dem ersten Wurf» – zu erleben, die sich nun um den Vater scharten, ihm Ständchen brachten und kleine, oft recht zärtlich-dankbare Reden hielten, oder die vielen Geschwister, die vom «Oberhaupt der Familie» sprachen. Das alles hatte etwas Bewegendes – und Nachdenkliches: unsereins ohne Familie, ohne Kinder, ohne irgendein Geäst, das im Sturm schützen könnte.

Ich bereue, die 2 Söhne, die ich «gehabt hätte», nicht gehabt zu haben. Ein Lebens-Versäumnis.

KAMPEN, DEN 14. JUNI

Die Unreinlichkeit, daß ich mein Tagebuch publizieren will (obwohl's nie so gedacht war; angeblich deswegen so «authentisch»), rächt sich.

Nun etwas, das man hohnlachend quittieren oder aber auch bedrückend finden kann: Der Herr Schirrmacher von der FAZ schied am 29. Mai – nachdem er den ganzen Tag die Scripte gelesen hatte – mit Elogen à la «Das ist der Gesellschaftsroman der Republik, der nie geschrieben wurde. Das ist Balzac» und mit der ZUSAGE: «Das drucken wir.» Wollte im Hause klären, ob 3 oder 4 Monate lang als Fortsetzung und ob meine Honorarforderungen («Das mache ich schon») erfüllt werden können. Seitdem: kein Wort. Kein Fax. Kein Telefonat. Nichts. Immerhin ist es 2 Wochen her.

KAMPEN, DEN 21. JUNI

Meine Schwester – einst eine Schönheit – macht nun ihren «Kose»namen Schnecke wahr: Sie entzieht sich der Welt und kriecht in ihr Gehäuse zurück; will sagen: Ob Alzheimer oder wie die Sache immer heißen mag – sie, die Englisch, Französisch, Spanisch und Deutsch perfekt spricht/sprach, früher gar Russisch, kann keinen Satz mehr ohne Fehler sagen («Er hat mir das weggenommen, wie heißt das, womit man abschließt?» – gemeint ist der Schlüssel). Sie erkennt ein STOPzeichen nicht mehr («Was bedeutet das?»), sie begreift den Unterschied zwischen 10 und 100 Dollar nicht mehr (auch nicht, wenn ihr Latin Lover sie ausplünderte), sie ißt und trinkt nicht, außer dazu gezwungen, schläft unausgezogen und in Schuhen.

Ich bin entsetzt und tieftraurig, eben wurde hier ein neues Faxgerät angeschlossen, und ich musste zu Gerd sagen: «Die Nummer von der Schnecke braucht nicht mehr eingespeist zu werden.» Der elektronische Abschied. Hier hängen Sachen von ihr, die sie nie mehr anziehen, und liegt Bettwäsche usw. für sie, die sie nie mehr benutzen wird.

Kampen, den 25. Juni

«Bärenklaudermatitis» – das wäre doch ein schöner Titel für meine Memoiren: Weil ich eine graziöse, vom Sturm umgeknickte Blume in eine meiner irdenen Vasen rettete, sitze ich seit 3 Tagen mit blasenwerfenden Hautverbrennungen. Symbol für mein Leben: Ich habe keine Instinkte, das Naiv-Animalische ist bei mir verkümmert, Gerds ständiges «Vorsicht, Vorsicht!» kenne ich nicht, was ihn schützt vor roten Ampeln oder steinigen Fußwegen oder «Abstürzen» oder Verbrennungen durch eine Blume!

Kampen, den 26. Juni

Der lexikondicke Band der Briefe Kurt Weill/Lotte Lenya eine letztlich ziemlich widerliche Lektüre, nicht nur wegen des jüdischen Antisemitismus à la «dieser russische Jude» oder «diese polnische Judina», sondern wegen einer Gschaftlhuberei, die reiner Tucholsky ist: «Mein Agent sagt der Regisseur X habe gemeint daß der Schauspieler ihn anrufen werde damit der Produzent der mich verehrt mir ein Angebot macht und es wird nur der allerbeste Screenwriter genommen und abends waren wir bei Y der ein widerlicher alter Jude ist und morgen gehe ich mit Z essen der mit A verheiratet ist die aus dem Hause B stammt und sehr gute Verbindungen zu MGM hat und meinetwegen C einladen wird der gestern mit D gegessen hat und Chaplin ist ‹der bezauberndste Mensch den ich in meinem Leben gesehen habe› ... weil er ‹den ganzen Abend nur mit mir gesprochen hat›.»

So geht es Seiten und Seiten und Seiten (während die Lenya mit dem jeweiligen Lover im Bett liegt), «eben hat ... angerufen ... ich war bei dem musikalischen Leiter von MGM, er hat in Tönen von mir gesprochen, daß ich dauernd schamrot werden müßte. Ich sei etwas, was sie unbedingt brauchen ...» – der ganze Weill ein Schmock, «ein nicht herangelassener Herr» (der, dies ist das Seltsame, ja ‹herangelassen› WAR, von Anfang an in USA nicht *nobody* – wenn auch nicht berühmt – war, ganz gut verdiente) – – – aber es geht nur: «Der Agent sagte, Mrs. X kenne Mr. Y, und der habe gestern mit Mr. Z telefoniert, wobei ihm gesagt wurde, daß …» Und nur die berühmtesten Stars und die berühmtesten Regisseure – – – die Minuten später alle «aufgerissene Arschlöcher» sind, wenn nicht Schlimmeres, nämlich «Juden», ob Gershwin oder Brecht, Adorno oder Max Reinhardt oder Fritz Lang.

En bref: Herr Wendriner macht Musik.

3. JULI

LES BEAUX ADIEUX – wie könnte der Plural vom Plural heißen, «am Adieusten»? So jedenfalls häufen sich nun die runden Geburtstage, die Adieux, die Beerdigungen: am Wochenende beeindruckend-festlich der «Abschied» von Jürgen Flimm als THALIA-Intendant, burlesk, wie eben Theater-Leute das können, mit einer «elegant hingeschmissenen» (seiner letzten) Shakespeare-Inscenierung: Dieses Shakespeare-Lustspiel WAS IHR WOLLT ist ja, weil so locker gestrickt und so così-fan-tutte-haft gebaut, geradezu prädestiniert für angenehmen Klamauk, wo man dann auch mal mitten in einer Scene «lieber Jürgen» rufen kann oder ein Gedichtchen auf den Scheidenden eincollagiert. Und bißken Musike und bißken weiße Luftballons und bißken Tränen und Lachen und Umarmen: alles zusammen anrührend. Nun geht er sonstwohin, ich kannte ihn noch aus seiner Kölner Zeit, ich war in JEDER Premiere, er war zigmal mein Gast (gelegentlich zu lange in den Morgen hinein).

HOTEL KEMPINSKI, BERLIN, DEN 29. JULI

Wie viele Vergangenheiten gibt es (in die man reisen kann)? Vergangene Woche also Fahrt nach Mansfeld, Benns Geburtshaus, ein verkommenes kleines DDR-Dorf, das Pastorenhaus, schieftürig, bewohnt von einer Unter-Pfarrer-Ehefrau: «Ja, nein, den Mann kenne ich nicht, aber manchmal wird nach ihm gefragt.» Keine Plakette an der Tür, nirgendwo im Dorf, sein Taufkirchlein daneben rührend-verträumt – «abgehoben». Weiter nach Rheinsberg, zum von ihm ungeliebten Tucholsky, die Gegend bezaubernd, still, märkisch-fritzisch, bescheiden, mit chromblitzenden West-«Pickeln» übersät; Gespräch mit dem sehr tüchtigen Böthig wegen meines 70.; na ja. Im selben Schloß, in dem Tucholsky seine Blondine verführte und in dem ich zum 70. gefeiert werden soll – saß der junge Prinz Friedrich und trauerte um seinen schwulen Lover Katte, den sie umgebracht hatten. Fritz II und Fritz ohne Zahl am selben Ort ...

Weiter nach Ravensbrück – das also unweit von Benns Geburtsort und des Juden Tucholsky Liebesnest –: immer und immer wieder ein Schauer; man WEISS es alles – aber es zu SEHEN ist etwas anderes. Wäre Ruthchen 2 Jahre älter gewesen, wäre sie durch diese Pforte gegangen und NIE MEHR wiedergekehrt ... schändlich die Verkommenheit des Mahn-Ortes. Wie viele reiche, schwerreiche Deutsche gibt es inzwischen mit Zweit-Dritt-Viert-Sitzen, Privatflugzeugen und Diamantkiesel-überschütteten Zweit-Dritt-Viert-Frauen: Und keiner gibt EINE Mark zur Erhaltung. Schmählich. Wie wäre es, Herr Flick, Sie haben doch nicht nur genug Geld, sondern auch genug Dreck am Stecken?!?!

Weiter zu Honeckers «Schloß Hubertusstock», sozusagen ins «Honilithikum», verziert mit Hirschgeweihen und röhrenden Hirschen in Bronze im Park, die grünen Plüschsofas lassen noch grüßen: aus der Broschüre, dort erwerbbar, aus der einem die Herren Helmut Schmidt oder Franz Josef Strauß entgegengrinsen, kumpaneienhaft.

Weiter – deutsche Geschichte auf engem Raum – an dem Grundstück, auf dem einst Görings «Karinhall» stand (ihm, da Ministerpräsident, war Hubertusstock angeboten, das er, da zu klein für den Pansen, ablehnte), vorbei nach Wandlitz, wo die DDR-Bonzen sich in ihren spießigen Villa-chens verschanzt hatten und man all die «Ich war's nicht»-Leute noch in ihren Volvo-Limousinen vorbeibrausen sieht – – – weiter nach Berlin, zu seinen scheußlich-neureichen Neubauten, ohne architektonischen Pfiff, groß, laut, teuer, glitzernd, der Potsdamerplatz ein baugeschichtliches Bordell.

Weiter zum alten Freund Thomas Brasch, der neben dem BE und über dem GANYMED wohnt, d.h. NICHT wohnt, weil nicht mal ein Stuhl zum Sitzen vorhanden. Ein Bild des Jammers – dieser einst «schöne Mann» nun kahlköpfig aufgeschwemmt, die brennenden Augen eingesunken und erloschen, der wunderbare Geist taub, das einst so streitsüchtige, temperamentvolle Gespräch banal («Wie geht's Wunderlich?»). Als ich zum Essen drängte, mußte er vom 1. Stock den Lift nehmen und saß – offensichtlich angeekelt davon, daß ich wirklich aß, mit einer Tasse grünem Tee neben mir. Nach knapp 1 Stunde hieß es: «Ich muß mich hinlegen» – und Thomas Brasch verschwand.

Oder es liegt an mir, an MEINEM Eigentlich-nicht-mehr-interessant-Sein. Wahrscheinlich eher das. Als ich, immerhin wollte ich wenigstens mein Bier austrinken, an einem Nebentisch Tabori sah – der mir schließlich mal geschrieben hatte: «Nur weil es Dich gibt, weiß ich, warum ich in Deutschland bin» – und an seinen Tisch ging: «Ich will nur rasch guten Abend sagen» –, blickte der mich an wie einen Toten: «Du trägst jetzt einen Bart» (den ich seit 35 Jahren trage, er KENNT mich garnicht ohne Bart) und: «Bist du jetzt in Berlin?» Ich verabschiedete mich mit einem leisen «Es scheint so».

Das einzige, was all die noch ein wenig lebendig hält, ist Haß. Ich, der ich dem Manne weder befreundet bin noch Grund habe, ihm auch nur freundlich gesonnen zu sein, ich finde es NICHT in Ordnung, wenn Brasch sagt, Ranicki hätte seine Memoiren statt «Mein Leben» doch besser MEIN KAMPF nennen sollen.

Abends Inge Keller in BESUCH DER ALTEN DAME, ging nur hin, weil ich mich an sie erinnern wollte – – – es stellte sich heraus, ihr letzter Auftritt als Ensemble-Mitglied des DEUTSCHEN THEATERS, in dem sie ab 1946, glaube ich, auftrat, DER Star der DDR, die Madeleine Renaud des Ostens, auch «schick», verheiratet mit Karl-Eduard von Schnitzler, Hiddensee-Haus mitten im Naturschutzgebiet mit Spezialerlaubnis von Honecker usw. – hatte sie in vielen Rollen gesehen.

Nächsten Morgen nach Tempelhof, HÖCHST seltsamer Ausflug, parkend vor meinem Geburtshaus, das scheußlich verschandelt, während einige der Nachbarhäuser noch JETZT, wie viele Jahrzehnte später, im gelben abgeblätterten Rauhputz erhalten sind – alles, die Parks, die Wege, die Zufahrt etwas verkommen, diese einst so PERFEKTE Art-déco-Siedlung mit Teichen, Spazierwegen, geharktem Kies und städtebaulich vorbildlich – da das Krankenhaus, da die Schule, dort die Einkaufs-Straße –, versunken und verpatzt durch Garagenanbau und «Windfang» über den Türen. Obsolet geworden wie der dort Geborene.

Auf dem Rückweg nach Hamburg Besuch bei Grass in Behlendorf, der FÜR MICH kein Vergnügen, während er weise und genießend schien: den Nußbaum im Abendlicht, das Huhn auf dem Tisch und die Terrakottas im Atelier. Auch da: Es wird an mir liegen, an den ziemlich blank liegenden Nerven. Aber es «bekommt mir nicht», wenn er ganz ungerührt sagt: «Tja, mit dir kann man sich nicht schmücken, deswegen bist du auch in keiner Akademie und hast keinerlei Preise.» Über dies «nicht gesellschaftsfähig» wird noch einiges zu sinnieren sein. Schönes Thema für die Memoiren.

Kampen, den 10. September

Meine arme süße Schwester, sie liegt seit Wochen im Koma bzw. bewußtlos (weiß den Unterschied nicht), 2 Schlaganfälle, das alles in Bangkok, by all means, wie eine schwarze Krone dieses wirren Lebens – mit 17 aus Deutschland weg zu den französischen Verwandten, die sie im Stich, d. h. alleine ließen in Paris 1947, wo sie einen Araber heiratet (nicht Amerikaner), mit dem sie nach USA geht, dann in den Irak, dann wieder USA, dort 4 Kinder, die inzwischen amerikanisch *like appelpie* sind, dann Scheidung, dann Mexiko mit wechselnden Latin Lovers, deren letzter ihr offenbar ihr letztes Geld stahl. Dieses langsame Verlöschen des Gehirns – sie wußte meinen Namen nicht mehr, nicht den von Sylt oder ihrem Sohn, war *handicappée* oder *dérangée* – und nun, alle Hirnadern sind rissig und porös, die Schlaganfälle, deren Folgen man noch garnicht weiß, sie erkennt seit Wochen niemanden.

Auch aus der Balance geworfen, weil ich nun garnicht mehr weiß: Habe ich in der letzten Zeit, den letzten Jahren gar, das Tagebuch doch schielend auf eine Veröffentlichung geschrieben – – – verführt durch Freund Kerstens Jubelrufe, durch Niko Hansens Jubelrufe, durch die Jubelrufe von Schirrmacher: «Nennen Sie mich bitte Ihren Freund, Sie waren und sind mein Vorbild.» Dann Schweigen.

Soll ich aufschreiben, daß ich letzte Nacht, zum ERSTEN Mal in meinem Leben! «auf Französisch» träumte? Vermutlich eine hirnliche Rück-Verlängerung über/durch die Schwester zur französischen Mutter. Also Zeichen für Mutter-Ersatz der Schwester = inzestuöse Bindung. Daher auch mein Groll gegen Freunde, die «nur Ihre Schwester» sagen. Zeichen, daß keiner von denen was von MIR begriffen hat, begreifen WOLLTE; begreifen hieße ja Teilnahme, und Teilnahme ist anstrengend, ist nicht mehr «angesagt» in unserer Gesellschaft. «Wie geht's?» – «Danke, sehr gut.» So muß es «laufen».

Aber die letzten 2 Monate ja tief, sehr tief in der Arbeit am Benn. Davon stets abends so «ausgehöhlt», daß es allenfalls für die von ihm so genannten «Radiergummi fürs Gehirn» nommé Krimi(s) reichte. Erschöpfende, aber wunderbare Arbeit, auch voller Zweifel, ob wunderbar (= schön) sein kann, was ja auch widerwärtig ist; denn das war der Mann durchaus. Aber das soll und muß hier nicht ausgeführt werden – steht alles (hopefully) im Buch.

Meine «Abschlußverhandlungen», die ja, genau genommen, Todesvorbereitungen sind: Im Oktober Vertrag mit dem Hamburger Museum, wo nach meinem Tode ein *«artists room FJR»* entstehen soll; also eine Schenkung zu Lebzeiten – ab diesem Datum lebe ich gleichsam in Leihgaben. Dann der inzwischen unterzeichnete Vertrag über meine Memoiren – auch das ein eigenartig Ding, ein wenig komme ich mir vor, als habe ich mein Leben verkauft. Dann der Reue-Besuch des säumigen Marbach-Direktors, der nun «Beeilung» machen will, damit alle «Transporte», schönes Wort, bis Ende des Jahres arrangiert werden – also der «Vorlaß» genannte Nachlaß.

Ein Abschieds-Reigen. Das fürsorgliche Hausväter'chen, das korrekt sein Haus bestellen will (und alles für Gerd – auch und vor allem das Finanzielle – ordentlich geregelt hinterlassen will).

«Mach nur einen Plan – und mach einen 2. Plan –, gehn tun sie beide nicht», sagt der Klassiker.

Kampen, den 16. September

Emotionalen Inzest – gibt es das? Zum zweiten Mal wüsten Traum «auf» Französisch, was bei meinem schlechten Französisch nicht nur lächerlich ist, sondern auch befremdlich. Da es ein Traum mit und über meine Schwester war, deutlich ein «über» die Schnecke Zurückträumen zur französischen Mutter. Deutlich, weil auch der russische Lover der jungen Schnecke eine – natürlich: sexuelle – Rolle spielte.

So sickert die Schwester, ihr bewußtloser Zustand, in MEIN Bewußtsein – auch wenn ich das am Tage – und am wirkungsvollsten in der Arbeit – verdränge.

Im Marbach-Archiv sind die Oelze-Briefe AN Benn verwahrt. Der Lordsiegelbewahrer – ich weiß nicht, wer es ist, wieso er es ist, welchen Verwandtschafts- oder Erb-Grad er hat – verweigert mir die Einsicht. Der Herr Provinzprofessor schreibt unumwunden, er habe «eigene Pläne» damit. Ist so was zulässig? Was wäre, ich würde Einsicht in Tucholsky-Materialien mit dem Argument, ich hätte «eigene Pläne» damit, verweigern??!

Zum Schluß was Komisches (Eitles). Bei meiner Jugendliebe Ruth in Berlin tauchte ein Zollfahnder auf, sie hat wohl in der Schweiz ein Auto gekauft, und das darf man anscheinend nicht. Der Mann wurde in etwas gebeten, was offenbar eine Art Bibliothek ist – sah dort einige Bücher von mir stehen, strahlte: «Ach, gnädige Frau, sind Sie auch ein Raddatz-Fan? Ich lese ALLES von ihm …»; dann sagte er Buchtitel auf, sprach vom Toni-Morrison- und vom Saul-Bellow-Interview … Und es wurde nicht mehr zollgefahndet!

Tucholsky sagte zu so was: «Finnstes»?

HÔTEL PONT ROYAL, PARIS, DEN 30. SEPTEMBER

Sah ein paar schöne Dinge – ohne Begehrlichkeit. Angesichts einer Sèvres-Terrine mit einer Schnecke drauf brach ich fast in Tränen aus.

THE ST. REGIS, NEW YORK, DEN 4. OKTOBER

«Tag der deutschen Einheit» …

New York schien mir freundlicher als Paris, wenn man auch weiß, daß die «may I help you»- und «enjoy your dinner»-Freundlichkeit dressiert ist: Es hilft. Aller Service 1a, Stadt sauber, leuchtend, strahlend im neuen Reichtum, die Armut gewiß «an die Ränder» verdrängt. Jedoch: Ich finde, es ist vertane

Lebenszeit, wieder MoMa (scheußlich vollgepflastert mit Zeitgenössischem), wieder Atem verschlagen von Vermeer und Velázquez im Metropolitan, wieder baff über die perfekte Altmodischkeit im Theater und darüber, wie leicht Amerikaner zu amüsieren sind – ob in einem platten Gore-Vidal-Stück oder, wenn 12 nackte Jungs ihre – überraschend kleinen – beschnittenen Pimmel hin- und herschwenken; derart provinziell-banal, daß ich in der Pause ging.

«Interview» mit Roger Straus bühnenreif: 2 altgewordene, halb-taube Herren in überkommener Eleganz essen jeder einen Salat, dazu etwas Wasser (wohin sind die Zeiten der 4 bis 5 Martinis vor dem Essen ...), verstehen jeweils die Hälfte von dem, was sie ohnehin mißverstehen. Fragte mich, wieso Ledig emigriert sei: So viel wußten die beiden «Freunde» voneinander ...

Antiquitätenbummel – Symbol für Amerika: entweder Schrott und Gefälschtes oder Ruhlmann für 200.000 Dollar. Die Tiffany-Lampe, die ich bei meiner rührenden Mrs. Rosenblatt gerne gekauft hätte, kostete 85.000 Dollar! Ihr tauber Mann las derweil einen Internetausdruck der zusammengefaßten Holocaust-Literatur. Gut, daß er taub und meinen deutschen Akzent nicht hört.

Freue mich auf meinen Schreibtisch.

23. Oktober

Gestern abend in TOSCA, wegen Benn, dessen Lieblingsoper das war; fest entschlossen, es fürchterlich und kitschig zu finden. Stattdessen sehr berührt – und verwirrt.

Diese rasende Liebe, dieses Sein-Leben-opfern-füreinander, dieses «nur dich»; wie lange ist das bei mir her? Wenn Liebe DAS ist, das Sich-Fressen, das Die-Haut-des-anderen-überziehen-Wollen, diese Raserei und gegen die Sterne bleckende Flamme: Dann ist's bei mir lange her.

Wenn aber Liebe das Gefühl von Beständigkeit ist, von Sichaufeinander-verlassen; VON «ich bin froh, daß es dich gibt» und von nicht mehr ohne den anderen leben wollen: Dann liebe ich Gerd.

Das Streicheln nimmt ab, das Streicheln in Gedanken nimmt zu, es ist eine andere Zärtlichkeit, und ich weiß nicht, welche die «ehrlichere» ist.

27. Oktober

«Es ist getan»: der nächste große Schritt aufs Ende zu.

Gestern nachmittag habe ich beim Notar den Schenkungsvertrag mit/für das/dem MUSEUM FÜR KUNST UND GEWERBE unterschrieben.

Was überwog nun? Eitelkeit und das ewige «den Tod überlisten wollen» – oder Bürgersinn? Ich vermute mal: eine (un-)schöne Mischung aus beidem. Der Gedanke schon sonderbar, daß es also nach meinem Tod eine Art FJRmuseum geben wird, noch sonderbarer, daß eventuell Menschen, die hier bei mir gelegentlich meine Gäste waren, dann dort in «meinen Räumen» sich bewegen werden. Am allersonderbarsten wohl für Gerd, der schließlich dann 2 oder mehr Jahrzehnte in den Dingen (mit-)gelebt hat.

Brown's Hotel, London, den 1. November

«Grüß den Georg», sagte der Wiener Jude und meinte den anderen Wiener Juden: Eric Hobsbawm, *world famous historian*, meinte Lord George Weidenfeld.

Am Ende eines spannenden und manchmal auch ausgeleierten Gesprächs. Immerhin: Als ich ihn fragte, ob er sich – Mitglied der KP bis 1956 – auch über einiges zu schämen habe, sagte er: «*Yes and no.*» Man, er, habe nicht wissen wollen. Was auch deshalb eine interessante Parallele zu Stephan Hermlin ist, als der ihn in Berlin, sein Mitschüler, in den kommunistischen Jugendverband gebracht hat, 1932. «Das war eine mäßige Steglitzer Wohnung», bestätigt Hobsbawm: «Wir haben das nicht gewußt», kommt es bei dem Kommunisten wie vom Bankdirektor aus Dortmund, wenn ich seinem «Für diese Idee haben so viele gelitten» entgegenhalte: «Und dieser Idee wegen sind Tausende gestorben.»

7. NOVEMBER

Helmut Kindler zu Besuch.

Ich in meiner Schafigkeit hatte gedacht, seine immer häufigeren Anrufe: «Wir müssen uns mal sehen» seien sentimentaler Natur, hätten gleichsam «Erinnerungscharakter» – an die Zeit, da ich mich bei ihm und der roten Nina vorstellte, das erste Kindler-Buchprogramm entwickelte (liegt in Marbach – z. T. grotesk – mit Neruda und Aragon und Majakowski und Lukács: Ich wollte mir meine DDR rück-verlegen). Es ehrt ihn ja auch, daß er den Nobody mit den verrückten Ideen tatsächlich zum Verlagsleiter bestallte, immerhin kam ich «von der Straße», hatte NICHTS, 300 Mark von der «sparsamen» Mary Tucholsky gepumpt. EIN Hemd (voller Sorge, woher ich ein 2. oder 3. nehmen sollte, da es Gehalt ja erst zu MonatsENDE gab), hatte noch nicht mal westdeutsche Papiere (zumal ich ja ablehnte, Flüchtlingsstatus zu beanspruchen und durch ein Flüchtlingslager zu gehen), keine Wohnung in München: eben nichts.

Und ich hatte mich sogar ein wenig auf einen «lustigen» Abend voller Erinnerungen gefreut, feines Hummersüpp'chen kredenzt, wollte von meinem Schock über das «zu feine» (recte: neureiche) Kindler-Haus erzählen, wie ich nach dem 1. Gespräch zur resoluten Mary an den Tegernsee zurückfuhr (im Bus) und sagte: «Die haben weiße Telefone – da geh ich nicht hin – ich spreche nicht in weiße Telefone, dazu bin ich nicht aus der DDR abgehauen.» Und wie die Mary, ganz Tigertank, mich anbrüllte: «Es kommt darauf an, was Sie IN das Telefon hineinsprechen, Sie Idiot, und nicht, welche Farbe es hat.»

Aber. ABER: Der alte Mann wollte nur seiner jungen Frau imponieren, ich sollte vorgeführt werden, so im Tone von: «Siehst du, was ich für berühmte Leute kenne» – – – UND: ER WOLLTE WAS. Die Dame ist – natürlich, wer ist das heutzutage nicht – Künstlerin, und nun macht sie ein Buch, in dem ihre Kunstwerke abgebildet sind, und ich habe sofort eine GROSSE Rezension in der ZEIT zu schreiben, und von der macht er dann einen Sonderdruck, und den verteilt er und, und, und: Mein Feuer war dann rasch erloschen, was bei mir immer (wenn ich mich langweile) bedeutet: zu viel Wein, zu viele Cigaretten. Anfangs dachte ich noch: Eigentlich lustig, da steht bei mir im Flur der Mann, der mich mal rausschmiß, und fummelt verlegen am Papier, aus dem er die Blumen nicht auswickeln kann (beiläufig: ein mickriger Strauß, das, was ich «Automatenblumen» nenne). Aber dann merkte ich rasch, daß er auf meine ausgelegten Angeln: «Wissen Sie noch, als ich – – – und da haben Sie gesagt – – – und dann hat Ihre Frau» garnicht anbiß. Er ist, wenn auch alt, halbtaub und halbblind umhertorkelnd, der alte «Ich-kaufe-ich-verkaufe-Typ»; nu hat er ne junge Frau, da soll die auch einen hübschen Schmuck um den Hals kriegen: Und der soll ausgerechnet ICH sein.

Noch heute ging ein präziser «Es tut mir leid ...»-Brief ab.

17. November

Der Endlos-Fortsetzungsroman «Verkommenheit des Kulturbetriebs». In Berlin gibt's ein Restaurant WELTBÜHNE. Ich vor geraumer Zeit hin, ob man nicht irgendeine Art «Dekoration» mit und für Tucholsky machen möchte. Ja, möchte man. Der Besitzer kam sogar nach Hamburg, um sich allerlei Material bei mir in der Stiftung anzusehen. Ich schickte alte Platten, Fotos, Bücher, Plakate. Keine Eingangsbestätigung. Die Nachfrage ergibt: «Herr X ist nicht mehr bei uns.» DAS TEURE MATERIAL IST FUTSCH.

Die noch-Bundesbahn taufte vor Jahr und Tag einen Zug nach Tucholsky. Da man bei mir deswegen anfragen muß, erlaubte ich's nur unter der Bedingung, daß Plakate an Tucholsky im Zug erinnern; ich ließ wunderbare Foto-Siebdrucke herstellen mit je einem Tucholsky-Text'chen in Deutsch und Schwedisch (von uns die Übersetzung bezahlt, der Zug geht nach Schweden) eingedruckt, fuhr den Zug «Probe» mit 3 Bahndirektoren. Den ZUG gibt's noch – die Plakate nicht, sind «auf dem Abstellgleis geklaut worden». Auf meinen Protest hin sagt der einzige noch übrige der 3 Direktoren: «Ich sehe das ganz sportlich» – was immer er darunter verstehen mag. Briefe beantwortet der Mann nicht.

Ohne Vorwarnung (jedenfalls nach außen wahrnehmbare) hat der Herr von Holtzbrinck den Chefredakteur Roger de Weck gefeuert, die Alt-Herausgeber Dönhoff & Schmidt nicht mal INFORMIERT, geschweige denn sich mit ihnen beraten – was beide ohne Murren hinnehmen, mit ihren dürren Preußenärschen an ihren Sesseln sich festklammernd, weil's ja so angenehm, Büro, Sekretärin und Reisespesen ohne Obergrenze zu haben: Die Dönhoff begründet ihre Charakterlosigkeit gar damit, «daß man von innen Schlimmeres verhüten kann» – was eigentlich noch Schlimmeres? Das Lied haben wir doch schon mal gehört?

Die erste Redaktionssitzung, in der das Scherbengericht öffentlich verhandelt wurde, fand letzten Donnerstag statt, überfüllt, es waren ca. 60 Redakteure da. EINER stand auf und sprach zu/über de Weck: EINER. Wer war das wohl? (ALLE anderen saßen auf ihren Zungen.) De Weck fand sich 5 Minuten später in meinem Zimmer, den Tränen nahe. «Das vergesse ich Ihnen nie.»

Nebenpointe: heftiges Kopfnicken nach meiner Intervention; de Weck – «die Redaktion will gewiß noch unter sich sein und diskutieren» – verließ den Raum; darauf verkündete eine

Dame, die Sitzung würde nun umfunktioniert in eine Redaktionsvollversammlung, und an der dürften nur festangestellte Redakteure teilnehmen; worauf ich – «Ich habe verstanden» – aufstand und ging; niemand hinderte mich daran.

Gran Hotel Bahia del Duque,
Tenerife, den 7. Dezember

Meine «Arbeit» hier (ohne Auftrag): Rilke. Sehr zwiespältiger Eindruck. Vieles gespreizt und seelchenhaft, der verzärtelte Dichter von Fürstinnen und Baronessen (auf deren Schlössern er allzuoft zu Gast), denen fast alle seine Briefe gelten; sehr selten Männern. Dann wieder Großes, auch – 1917/1918 – Erstaunliches, wie er sich einen Moment lang aus seiner ehrlichen Anti-Kriegs-Empörung der Münchner Räte-Revolution zuwendet.

Kampen, den 23. Dezember

Abschied von meiner Sekretärin Ilse Schulze, 24 Jahre bei mir, nicht zu erweichen, mir noch das letzte Jahr zu «opfern»: «Ich will nicht mehr und kann nicht mehr.» So was ist ja eine Art Ehe, wieviel Sonderbares – neben all dem Täglichen, den Kämpfen, Intrigen und Enttäuschungen, auch Triumphen – hat sie «mitgemacht», immer diskret, allenfalls ein «Frau Augstein bittet um dringenden Rückruf» oder «Frau Scheel erinnert an Ihre Verabredung» oder «Frau Henkel läßt ausrichten, daß ...»; ganz zu schweigen von den diversen Knaben respektive jungen Männern, die dann doch immer mal «vorlagen», wie der große Zauberer Thomas Mann das nannte.

So knackt alles vernehmbar weg.

Kleines Trauer-Aperçu, ein dünner schwarzer Spitzenschal: ARTE-Abend mit/für Hildegard Knef zu ihrem 75. (früher hätte ich ihr geschrieben – nun, Sekretärin-los, weiß ich nicht, wohin): eine sinister-banale Veranstaltung, die mich dennoch rührte, die alte, betörende Stimme, das einst schöne – jetzt durch 1000 billige «Schönheitsoperationen» verunstaltete Gesicht. Irgendwo muß es Fotos oder 1 Foto geben, wo ich umzirzt von drei blonden Riesinnen reichlich betrunken (auch aus Angst vor denen??) hänge: Jede gönnte mich der anderen nicht; wie «Freundinnen» eben so sind – wieso hat DIE den und ICH nicht. Also kamen Anrufe und Depeschen mit Rendez-Vous-Vorschlägen, besonders hartnäckig-raffig von einer prominenten Politikergattin, die ganz unverblümt sagte: «Von ... bis ... ist mein Mann nicht da, ich wohne in Zimmer ... im Vier Jahreszeiten.»

Kampen, den 30. Dezember

Als sei man schon tot.

Drückend die «Produktions-Pause». Das Benn-Manuskript wird getippt, derweil kann ich nicht dran arbeiten – und kann, ALTER!, aber auch nicht mehr leisten, eine gänzlich andere Arbeit – etwa die Vorbereitung aufs Updike-Interview – dazwischenzuschieben. Also liege ich auf dem Sofa und lese – – – Rilke. Was ich Kersten, der ja gebildet und voller Ideen, zu verdanken habe; er meint, ich «müsse» eine Rilke-Biographie schreiben. Dessen manchmal fast Tucholsky-scharfe politische Interventionen – «Ich hasse Kaiser Wilhelm» – mich tatsächlich interessieren, nicht der Cornett, mehr das Stundenbuch. *On verra.*

Schauerliches von der Schwester aus Bangkok. Da wiederum ist's undankbar, dem Jahr nicht wenigstens anzurechnen: Man ist noch einmal davongekommen, alle «Ergebnisse» OK bei den diversen Ärzten. Also un-tot.

2001

Nizza, den 9. Januar

«Die Jahre mit Dir überstrahlen alles», schreibt mir Roland Links, mein Nachfolger bei «Volk und Welt», nach meiner Flucht (die VOLK & WELT-Jahre meinend). «Ihnen habe ich die schönsten Jahre meines Lebens zu verdanken» – so widmete mir kürzlich Rolf Michaelis ein Buch (die ZEIT-Zeit meinend). «Mit Fritz – das waren die besten Jahre meines Verleger-Lebens» – so (oder ähnlich) begann Ledig seine kleine Rede zu meinem 60. in Frankfurt – die Rowohlt-Jahre meinend. Sie werden HINTERHER, wenn ich tot bin, also bald, feststellen: «Der war doch gar nicht so schlecht als Schriftsteller», der war doch ... dies und das und jenes; wie ich ja jetzt bereits in den beiden ZEIT-Büchern von Janssen respektive Dahrendorf als ein «der war doch damals ...» rangiere. Doch WÄHREND ich tat, was ich tat: Bringt ihn um, schmeißt ihn raus, verhaftet ihn. So erscheint jetzt ein Buch über den verlogenen Erich Kästner, nachweisend, was ich seinerzeit sagte, daß er feige und listig die ganzen Jahre der Nazizeit fleißig produziert hat (Filme, gar Erfolgsstücke unter Pseudonym): Was war's für ein Geschrei, als ich jenes ZEIT-Dossier schrieb; «mein Freund Kästner», so Leo, war beschimpft worden; und «mein Freund Eich», so Hans Werner Richter – indes auch über dessen höchst anrüchige Arbeit während der Nazizeit inzwischen ein ganzes Buch erschienen ist. Dieser Tage eine Art Lexikon über jene, die «unter der Diktatur schwiegen» – – – indem sie fleißig schrieben, natürlich alles «im Widerstand». Letztlich ein ekelhaftes Land. Nur, da bremst man sich: Welches ist denn anders? Diese ziemlich lächerliche Frankophobie (die ich z. T. auch habe) wird ja aufs «trefflichste» durchlöchert, Tag für Tag – – – durch die Nachrichten von Korruption bis in die höchsten politischen Etagen, Verhaftung von Mitterrands Sohn, Geheimdienstkomplotte bis hin zum Mord, Cäsarenwahn und republikanischen Royalismus: Dagegen sind ja des schmutzigen kleinen Kohl Unterschleife die – eben – eines Sparkassendirektors, der mit der Portokasse durchbrannte.

21. JANUAR

Unendliche Fortsetzung(-smöglichkeit) meines «Männerängste»-Buches: Kaum habe ich all das noch einmal dargestellt/variiert/interpretiert am Beispiel Gottfried Benns, dieses nahezu Gebet-hafte/Gebot-hafte «Laß mich allein» – da «tritt es an mich heran» (wie er das ausdrücken würde) bei Rilke. Ein permanenter Schrei. «Das Liebeserlebnis ... unfähige Nebenform der schöpferischen Erfahrung – ... unerlaubt», der Ruf, «um dich so zu lieben, wie du's erwartest, müßte ich mich aufgeben – aber dann hättest du ja nicht mich, sondern eben einen, der sich aufgegeben hat»: dies als Brief! an die Klossowska, Mutter von Balthus und jenem leicht verkommenen Pierre Klossowski, den ich für Rowohlt «entdeckte», ihn verlegte, ein – auch – surrealer Angeber, der darauf bestand, Rilkes Sohn zu sein (Rilke lernte aber die Mutter erst kennen, als beide Knaben schon «da» waren). Lauter Kreiselbewegungen (auch, wenn Benn über Rilke sagt: «Nicht ganz schlecht für einen Tschechen»). Jedenfalls wäre Rilkes «Die Arbeit ist so unendlich viel mehr als die Liebe ... sie ist alle Liebe» ein weiteres Kapitel jenes Buches von mir, das gar nicht verstanden wurde im «Haha, Angst vor Frauen, ich habe aber nun gar keine Angst vor Frauen»-Geplapper erigierter Journalisten, die meinen, wenn/daß sie einen hochkriegen, darauf eine passende Antwort zu haben. Im Kopf kriegen die nix hoch.

Selbst die Säkular-Form von Liebe, die Freundschaft, unterliegt diesem Gesetz. Der Künstler ist unfähig zur Freundschaft, er braucht auch diese Potenz für sich, sein Werk. In meinen einsamen Nizza-Abenden noch mal – diesmal per CD gehört, nicht gelesen – den Briefwechsel Flaubert/Turgenjew genossen, diesen Tanz der Bienenköniginnen: «Ich liebe Sie» – «Ich brenne auf Sie» – «Aber Donnerstag, ja Donnerstag kann ich leider gar nicht» – «Wie wäre es Dienstag. Ja, bitte kommen Sie Dienstag» – «Ich bin untröstlich, ich konnte Dienstag das Haus nicht verlassen».

Ähnlich der Briefwechsel im tanzfächercircenhaften Ton Rilke/Stefan Zweig: «Aber Dienstag ging es leider gar nicht»; die tiefste Anteilnahme und das «glückhafte Wahrnehmen» an der Arbeit des Anderen – aber das Exemplar von Zweigs «Jeremias», Rilke zugeeignet, fand sich in dessen Nachlaß aufgeschnitten bis Seite 17 …

Erinnert an Thomas Manns Gemeinheit über den «Freund» Feuchtwanger: «Alles ist so erlesen bei ihm, er schreibt auf dem kostbarsten Papier mit eigens für ihn gefertigten Federn im luxuriösen Haus, und was dabei herauskommt, ist – Scheiße.»

Wäre ein schöner Essay. Wenn noch jemand Essays von mir wollte.

24. Januar

Zunehmende Enttäuschung – wenn ich's nicht gar Entsetzen nennen will – über die mickrig-klapprige Roman-Dramaturgie bei/von Balzac; die beobachteten Details – «Madeleine warf dem Staatsanwalt einen Blick zu … erwiderte die Herzogin lächelnd» – sorglos (was für einen Blick denn?!), die Handlung durch Ärgerlichkeiten – «sie sank in einen Sessel» – in Bewegung gehalten, die epische Motorik durch ständige Erläuterungen – «Es ist nicht uninteressant, hier darauf hinzuweisen» – eines *deus ex machina*-Autors durchbrochen: Die gesamte Prosa ist aus Applikationen zusammengebastelt («Gehen Sie zum Herzog und lassen Sie meine Karte hineinreichen») wie psychologisch unmotiviert. Es ist eine Sittenbild-Apparatur, in der die einzelnen Menschen Figuren sind, keine Gestalten – also «Dallas» oder «Denver» *avant la lettre.*

Winziges Glossarium aus «Geheimnisse der Fürstin von Cadignan»: «‹Nie›, unterbrach die Fürstin die Marquise und legte ihr die Hand auf den Arm». 10 Zeilen später antwortete Madame d'Espard «mit koketter Anmut und vollführte eine reizende Geste». 30 Zeilen später: «fuhr die Marquise nach einer Weile nachdenklichen Rücksinnens fort». 5 Zeilen später: «fügte die Fürstin mit einem feinen Lächeln hinzu.» So geht es unendlich weiter in einem Meer der Banalität, «sagte die Fürstin mit melancholischer Miene», «die so berühmte Blässe der Fürstin hatte eine gereifte Tönung angenommen», «antwortete Daniel mit bewegter Stimme», «blickte die Fürstin erschüttert an», «rief sie mit der Miene verzückter Seligkeit», «… wandte sie d'Arthez in einer Bewegung voll keuscher Verwirrung ihr sanftes, edles Antlitz zu» – alles in Zeilen-Abstand. Nun mag «Rücksinnen» oder «gereifte Tönung» der miserablen Übersetzung zu «verdanken» sein, aber der Kitsch «Wie der Heiland über die Wogen des Sees von Tiberias, schien diese Frau auf den Fluten der Verleumdung einherzuschreiten» ist ebenso gewiß dem Autor zu «danken». Er kann überhaupt keine Menschen schildern, beschildert sie lediglich: «den sie mit einem jener Blicke begleitete, die eine blonde Frau brünett erscheinen lassen …» – was das wohl für Blicke sein mögen.

Was ich bisher (wieder-)gelesen habe, sind Illustrierten-Romane, auch im Tempo der flüchtig galoppierenden äußeren Spannung.

4. Februar

Fortsetzungsroman «Verkommenheit des Kulturbetriebs»: ZEIT-Abschieds-«Fest» (na ja, «Fest»-Häppchen mit Billigwein) für Dieter Buhl, den ich mag/mochte, weswegen ich hinging. Zuvor an der roten Ampel die Dönhoff: «Ach, 50 Jahre bin ich so gerne in die Redaktion gegangen – jetzt nicht mehr.» Aber sie GEHT hin, statt den Krempel hinzuwerfen. Dort, am Buffet, das kein Buffet war, der neuernannte Chefredakteur/Herausgeber Naumann. Nach dem obligaten «Wie geht's?» ich: «Ich weiß, Sie haben jetzt viel um die Ohren, da will ich auch nicht stören. Aber irgendwann, im Frühjahr vielleicht, würde ich gerne ganz, ganz kurz, eine Zigarettenlänge, Ihre Zeit in Anspruch nehmen, um Pläne für mein letztes ZEITjahr auszuhecken.» Naumann: «Ich rauche nicht mehr.»

Gestern – wie immer – schöner Abend bei Wunderlich, herrliche Blumen, schöne Kunst, gutes Essen, intelligentes Gespräch. Was ich jedennoch als «Bilanz» feststelle: Er liebt die Menschen nicht (weswegen er die wunderlich-seltsamsten-ironischen Geschichten über Sammler, Händler, Sohn und Tochter erzählen kann). Ich liebe Menschen; das ist meine Schwäche, zumal es ja heißt: Ich liebe mich. Die äußerste Schwäche (angreifbar machend). Doch etwas traurig: Die zu meinem 70. geplante Ausstellung in/auf Schloß Rheinsberg – Manuskripte, Fotos, Bilder mit Widmungen, meine altmodischen Karteikästen, Skulpturen, paar witzige ausländische Ausgaben meiner Bücher – fällt ins Havelwasser: Die Lotto-Gelder, die für derlei normalerweise zur Verfügung stehen, werden zum Erhöhen der Abgeordneten-Diäten benutzt.

11. Februar

Einsamer werden – älter (alt) werden: ein *vicious circle.* Denn den Generationsgenossen hat man nichts mehr zu sagen, es ist alles – wie bei einem alten Ehepaar – gesagt; und man – ICH –

lebe ja nicht mit der jüngeren Generation. Wie neulich der eher bläßliche Abend bei Wunderlich, nun gestern abend hier zum Essen Nash mit Helfer (der allerdings jung) – der alte, früher komische und leicht absurde, aber doch immer «sparkling» Ralph Nash erloschen, sich aus dem Gespräch geradezu ausschaltend, wie eingeschlafen auf dem Sofa sitzend und bei Tisch – da kann man ja schlecht schlafen – Geschichten, die wir schon 7mal gehört haben, drei weitere Male erzählend (noch dazu: pointenlos).

Das wurde übertroffen allenfalls von MIR, der SEINE Geschichten – wie Gerd mir leicht feixend beim Frühstück berichtete – dreimal wiederholte. In diesem Fall die vom Kotzbrocken Unseld, aus dessen Haus ich per «Versandzettel» die Mitteilung erhalte, daß das von mir herausgegebene ZEITmuseum der 100 Bilder nunmehr in der 10. Auflage, d. h. im 180. Tausend, vorliegt. Das wiederum heißt, daß alle von mir bei Suhrkamp herausgegebenen ZEITbücher zusammen eine Auflage von ca. ½ Million haben, wo hinzukommen die 3 Bände meiner ZEITgespräche, mein DDR-Buch TRADITIONEN (in gebundener, in Broschur-Version UND im TB erschienen, zusammen ca. 50.000) UND mein kleiner Essayband in der Edition Suhrkamp: alles in allem kein «Verlust»-Autor. Das aber ist dem gräßlichen Unseld nicht einmal das Beilegen einer Visitenkarte wert. Die Geschichte erzählte ich Joachim Helfer zum Trost – weil das feine Haus Suhrkamp ihm sein FERTIGES Buch, ohne ihn zu fragen, ohne ihn auch nur zu informieren, aus dem Herbstprogramm gestrichen hat (obwohl er mit dem vorangegangenen einen bemerkenswerten kritischen – leider nicht kommerziellen – Erfolg hatte). Natürlich war das junge Genie («Er ist Suhrkamps wichtigster Autor», höre ich ja seit Monaten von der jiddischen Mamme Ralph) deprimiert – – – – heißt das doch

1. Publikation im unwichtigeren Frühjahrsprogramm,

2. ein fertiges Buch zu haben, das nicht «da» ist – also ½ Jahr Untätigkeit,

3. ein deutliches Signal, daß man das neue Buch nicht sehr schätzt; denn wäre man BEGEISTERT vom Text, würde man alles tun, um …

Helfer tat/tut mir leid. Kein Grund, meine Geschichten dreimal zu erzählen. Es muß wie die Gesellschaft von Tauben gewesen sein.

NIZZA, DEN 20. FEBRUAR

Monastisch-monologes Leben, Sprechen nur beim Kauf von Dingen, vom Aschenbecher bis zum Auto (weil die Auto-Leiherei nie klappt). Für die wilde Herumträumerei jede Nacht, in der die Marionetten aus den Kulissen gezerrt werden, alle, die möglich (und unmöglich) sind – ob Grass und Hochhuth, Gabriele und ZEITredakteure (die wahrlich «in mir» nichts zu suchen haben), Antje und Enzensberger, Ledig und Platschek –: Nur dieser Tanz der Nachtgespenster zeigt, daß ich das Versinken meiner beruflichen Welt nicht verwinde. Es ist halt das (hoffärtige) Gesetz meines Lebens, daß «Leben und weiter nichts» nicht zu meinen Geboten gehört, dieses «Genieße Dein Leben» (was ich ja durchaus auch tat und tue) ist nicht mein Codex: Es war halt die Arbeit. Hoffärtig nenne ich es, weil ich mich damit/darin vergleiche, ob mit einem Walter Benjamin oder einem Rilke, gar mit «meinem» Leben-niederer-Wahn-Benn («Traum für Knaben und Knechte»). Doch es ist ja egal, wie bedeutend das Produkt ist/wird, das sich diesem Gesetz verdankt (auch Rilke war nicht Goethe): Entscheidend ist der innere Sensor. Und der ist nicht gerichtet auf Palmen, Meeresglitzern oder Auto, Blumen – alles «auch», aber die Situation des Echolosen meiner Arbeit, des Abgewimmeltwerdens, des «O Gott, da meldet der sich wieder mit so unerbetenen wie unwillkommenen Vorschlägen»: lähmend.

Insofern – Mephisto-Kerstens Anregung! – die Rilke-Lektüre ein konvexer Spiegel, da der sich nun wahrlich «der Welt» verweigerte, selbst in den, wie sein Briefpartner Stefan Zweig es nannte, «Bordellspiegel des Ruhmes» nicht blicken mochte; übrigens hatte er kaum Ruhm, sein Tod wurde in wenigen Zeitungen mit wenigen Zeilen bedacht.

6. März

Wachsende Enttäuschung bei Lektüre der Gide-Tagebücher: doch fast nur dünn aufgegossener Literatur-Klatsch (mit sehr/ zu vielen Einschüben von Attacken auf ihn, zumal über Leute und Phänomene, die heute meist vollkommen verblaßt – was allerdings dem Herrn FJR mit seinen Tagebüchern ebenso passieren wird!). Selten geschliffene Formulierungen wie «Kein Strom – ein Destillat» über die Arbeit eines Kollegen, verblüffend die Klage über «Nicht-anerkannt-Sein» des heute so berühmten und doch wohl auch schon zu Lebzeiten nicht «Unbekannten» auf die Anfrage einer Akademie, welche sonstigen Ehrungen hinter seinen Namen zu setzen seien: «Anfangs haben die Ehrungen mich gemieden, dann habe ich die Ehrungen gemieden.» Zugleich – bei ständigen Klagen über Müdigkeit, Antriebsschwäche und Desinteresse: «alle Triebkräfte erlahmt» – der Stolz, daß eine Buchhandlung am Boulevard Saint-Germain «ausschließlich meine Bücher» im Fenster ausstellt (könnte von Thomas Mann sein; nein, von JEDEM VON UNS). Berührend bei dem Älterwerdenden, verglichen mit mir heute, dem «jungen Mann», nämlich knapp 60: «All die Gedanken, die einst vom Begehren genährt wurden, alle Unruhe, die es entfachte – ach, wie schwer wird es sein, sie zu verstehen, da die Quelle der Begehrlichkeit versiegt.» Erinnert mich doch stark an mein geradezu widerwilliges Beobachten jung-verliebter Paare, gleichsam mit einem «Ach Gott'chen, was ist denn daran so schön» oder einem «Muß das sein», wenn sich 2 Menschen küssen; Gide: «… man wundert sich, wenn man sieht, wie sich Jüngere von ihr (der Begehrlichkeit) quälen lassen.» Wahr. Dem widerspricht der Eintrag kurz davor (wie ich mir auch, *in vivo*, widerspreche): «Ist meine Begierde tot, dann ist es auch mein ganzes Ich.»

Gut und treffsicher die giftigen (neidischen?) Beobachtungen zu/über Cocteau, überraschend die über Proust, offenbar von der sehr offensichtlich vor sich hergetragenen Homosexualität, wie ein Bekenntnis; der Schwanz als Hostie. Auch verblüffend (für mich Ungebildeten), daß der berühmte Satz von Wilde «Ich habe mein Genie in mein Leben und mein Talent in mein Werk investiert» von Wilde zu Gide MÜNDLICH geäußert wurde.

Verblüfft bin ich auch über die «Bravheit» der doch seinerzeit anscheinend (oder scheinbar?) sensationellen und anstößigen Eintragungen, alles sehr verbrämt und diskret, mal über «M», wohl seinen jahrelangen Lover, mal «Theoretisches» über Homosexualität.

Verhaeren zu Maeterlinck: «Übrigens, Ihnen kann ich das ja gestehen, im Grunde interessiert mich nur noch das, was ich selber schreibe.» Maeterlinck zu Verhaeren: «Genau wie mich, übrigens interessiert mich auch das, was ich selber schreibe, nicht mehr allzusehr.»

Wunderlich unterhält sich mit Raddatz …

10. März

Ludwig XV., alt und kränklich, sagt zu seinem Leibarzt, er habe nun beschlossen, «einspännig zu fahren». Der Leibarzt: «Abschirren, Majestät, abschirren!!» Marbach: ein Graus und ein Gräuel. Widerlich, mich anekelnd die falsch-frömmelnde, flüsternde Atmosphäre in diesem Riesen-Bücher-Sarg, eine Mischung aus TURNBULL & ASSER (wo die Hemdenschneider wenigstens eine Sherry-Fahne haben) und Marlies Möller, das Ganze etwas Beflissen-Huschendes – – – – – aber eben nicht der große RESPEKT vor Kunst. Hat auch etwas Onanistisches, Selbstbezogenes (eben NICHT das Erotische, das ja Wesen der Kunst), wie alle diese Grauen, Pickligen irgendeinen «Schatz» befingern, dessen INHALT sie oft nicht kennen, und wenn, dann nicht einordnen können. Hauptsache: HABEN, HABEN, HABEN, wir ‹haben› den Nachlaß von X, wir ‹haben› die Bibliothek – nebbich – von Améry. Aber wer WILL denn die Bibliothek von Améry sehen, das war ein netter Mann, ich mochte ihn ja, wir verstanden uns gut, aber er spielte doch in der Provinz-Liga. Zu meinem Schock ist's aber ebenso mit Benn: VOLLKOMMEN ungeordnet, Hauptsache ‹haben, haben›, nämlich auf «Mikrochips», von niemandem richtig katalogisiert, die Geburtsurkunde neben einem Brief von Erika Mann, die Todesanzeige neben Rezeptblöcken, albernste Ferienfotos der offenbar saudummen letzten Frau, die sich auch noch in ihren Reise-Alben erdreistet zu «dichten»: «Jetzt aber schweift das Aug' voll Schmerz, denn alsobald geht's runterwärts» (davor neckisch die liebe Ilse Benn 1966 auf dem Autokühler und ein Berg im Hintergrund – – – – daneben ein wichtiger Brief von Heinrich Mann, dann wieder ein Foto der Benn-Tochter Nele: ungeordnetes Chaos, aber ‹technisch auf dem letzten Stand›. Davor knieen dann irgendwelche Provinzprofessoren, weil sie ‹ein Seminar über Benns Tagebücher› abhalten wollen in Oldenburg oder sonstwo – aber es GIBT keine «Tagebücher» von Gottfried Benn, was es gibt, sind seine TERMINKALENDER, die irgendwer – nicht ER – «Arbeitsbücher» genannt hat, in die er Patiententermine, Besorgungen à la «Reinigung abholen» und Medikamente hineingekliert hat – – – UND, allerdings, das ist das Schön-Bizarre an dem Mann, gelegentlich ein Gedicht.) Ich saß, verzweifelt, vor dieser ständig kaputten Supermaschine in diesem vollautomatisierten Haus: «Dafür brauchen Sie einen Chip, den kriegen Sie am Automaten, dafür brauchen Sie eine elektronische Karte, die kriegen Sie am Automaten im Untergeschoß.» – Telefonieren? «Nein, telefonieren können Sie hier nicht – im Keller ist ein Kartentelefon, aber ich kann Ihnen kein Geld wechseln, damit Sie eine Karte kaufen können.» – «Eine Tasse Tee wollen Sie? – da müssen Sie an den Automaten gehen, aber der nimmt nur 1-Mark-Stücke.» Ein Käfig nicht voller Narren, sondern voller Schranzen, die an Mittagspause oder «Hier dürfen Sie nicht rauchen» oder «Ich muß heute früher gehen» interessiert sind und in dem abgebrochene Akademiker in den Häuf'chen herumstochern, die ein anderer gelegt hat (tue ich auch, stimmt, stochere in Tucholsky-Heine-Benn-Häufchen, GEMACHT haben DIE es – – – – aber immerhin kommt bei mir auch ein kleines Häuf'chen zustande und bei denen allenfalls die Entdeckung einer ‹Les-Art›, eines Kommafehlers und das erhabene Forschungsergebnis, daß weder Rilke noch Thomas Mann noch auch Benn Duden-gerecht richtiges Deutsch schrieben. Hélas!).

Für mich hatte der Besuch noch die possierliche Pointe, wie die Herren Direktoren auf der alleruntersten Kante der Unhöflichkeit entlangschlidderten. Der Herr Direktor Ott sah mich an irgendeinem Wackeltisch den Automatentee trinken, kam, um mir zu sagen: «Hier dürfen Sie nicht sitzen, hier gibt es gleich einen Empfang für den Internationalen Frauentag»; wozu, recht hat er, ich ja wahrlich nicht gehöre. DAS war die Begrüßung des Hausherrn. Der andere, Herr Dr. Meyer, war Gott sei Dank unsichtbar, vermutlich aus Angst vor mir krank geworden. Himmelangst kann einem werden, wenn man sich vorstellen muß, ebenso als inzwischen nun nicht mehr ‹Karteileiche›, sondern Mikrofiche-Leiche da ‹abgehangen› zu werden, niemand wird eine Ahnung haben, WAS da eigentlich in dem FJR-Nachlaß steckt (zumal, wenn's auch großmäulig sich anhört, MEIN Material wesentlich vielschichtiger und interessanter ist: Es gibt kein einziges Foto von Benn mit einem zeitgenössischen Künstler, es gibt eine läppische Karte von George Grosz an ihn – wenn ich das vergleiche mit meiner Goldmine ...), sie werden, wenn ich Glück habe, alles abheften, und hinter irgendeiner Stahltür ‹liege› ich dann. Nun ja, wo sonst (außer in Keitum unter einem Rasen). Dabei habe ich noch Glück, weil sich meiner Dinge der so kundige wie gewissenhaft-höfliche Ulrich von Bülow annimmt, seines Zeichens Vertreter des Herrn Meyer.

22. März

Ja, ja, man stirbt von seinem 30. Lebensjahr ab jeden Tag ein wenig, in Wahrheit ja vom Moment an, da man auf der Welt, da ‹ein Weib euch eine Windel gab› ...: ABER es stirbt sich, scheibchenweise, im 70. Lebensjahr doch ungemütlicher, wahrnehmbarer, schmerzhafter. So bin ich mittendrin in einem ‹geistigen Sterben› auf Raten. Mort à crédit – – – – – – Schweigen ringsum; Vorschläge von mir in der ZEIT – egal, egal, ob ich da einstige ‹Verdienste› habe, stoßen nicht etwa, was noch ginge, auf Granit, sondern auf Höflichkeitswatte: Greiner, dem ich zum Stichwort DEUTSCHE LEITKULTUR angesichts der Tatsache, daß die beliebten Kulturleitbilder keine Deutschen sind/waren, Kafka, Mozart, Karl Kraus, Robert Musil usw., einen Aufsatz «Der politische Rilke» vorschlug, weil es ganz unglaublich ‹radikale›, gegen den deutschen Nationalismus gerichtete Briefe von ihm gibt: «Das interessiert niemanden.» Greiner, als ich ihn darauf aufmerksam machte, daß Rolf Hochhuth – AUCH nicht ganz ohne Verdienste um die ZEIT; Stichwort Filbinger – am 1. 4. seinen 70. begeht: «Darauf hätte ich nicht geachtet – bitte schreiben Sie 58 Zeilen.» Die ebenso große Kunstwartin, als ich mich ‹bewarb›, etwas über die wahrlich großartige, großartig inscenierte Ausstellung der russischen Avantgarde im Hornborstel-Museum zu schreiben – ein RIESEN-Thema, dieser phantastische Aufbruch der Formen und jeglichen überkommenen Kanons, und dann bei Stalin/Shdanow gelandet, von denen unterdrückt und geknechtet, atemberaubend die Entwürfe der Lissitzky oder Tatlin z. B. – – – – die Kunstwartin: «Bitte 40 Zeilen.» (Abgelehnt.) Der große Feuilletonchef, immerhin auf meinem Stuhl sitzend, was noch nichts heißt, doch ICH bin mit meinen ‹Vorfahren› anders umgegangen, und wenn ich Leo nach Salzburg schickte, damit er dort im GOLDENEN HIRSCH prunken und protzen und *winen* und *dinen* kann, der Feuilletonchef will mir 3 – DREI – Zeilen aus dem VOLK & WELT-Nachruf streichen – – – – wozu er meine Telefonnummer zu wählen weiß; was er NICHT WEISS, UM ETWA EINEN, IRGENDEINEN ARTIKEL BEI MIR ZU BESTELLEN, UND SEI ES Z. B. ZU DER GROTESK-DEBATTE «Ich bin stolz, ein Deutscher zu sein», zu der ich einen Sturm-der-Entrüstung-Beitrag unter der Überschrift «Ich bin NICHT stolz, Deutscher zu sein» beigesteuert hätte: stolz auf 6 Millionen ermordete Juden? Stolz auf Überfälle auf fast alle europäischen Länder (und die Toten dort)? Soll ich stolz darauf sein, Brillenträger zu sein? Genug, ich will hier nicht die ungeschriebenen Artikel, die keiner will und um die mich keiner bittet, ins Tagebuch klieren. Aber notieren will ich, daß meine sprichwörtlich überschnellen Synapsen rasen wie eingesperrte Tiere, daß ich Themen, Interventionen, Streitgespräche am laufenden Band produziere respektive mir ausdenke: um die mich keiner bittet. Mein Hirn rast wie die sprichwörtliche Trommel, nur tritt sie nicht mal ne weiße Maus. Es ist (wie bei einem aufgenommenen Kredit die Zinsen) zu ‹teures Geld›, dieses letzte Jahresgehalt dort, das ich dem Herrn Besitzer partout nicht schenken wollte, das mich jetzt aber ‹Gemüts-Zinsen› kostet: eine Mischung aus der Depression des ‹Abgemeldeten› und der Wut des Verachteten, dem man allenfalls ein altes halbes Brötchen hinhält, gereicht durch die Dienstbotentür. Es wäre weniger schlimm, fiele mir nix mehr ein oder wäre meine Formulierungsfähigkeit impotent. Ist aber beides nicht der Fall. So träume ich mir regelmäßig ‹druckreife› Dialoge,

Interviews, Artikelfolgen zurecht – – – – – und erwache gerädert. Eine Druckmaschine, bei der weißes Papier herauskommt. Schmählich.

1. April

That was the week that was: Montag/Dienstag der Marbach-Archivar hier, der gründlich-neugierig mir (kein NUR angenehmes Gefühl) ‹in die Wäsche sah›; d. h. Briefe, Dokumente, Fotos, Widmungsexemplare usw. durchsah, was widerstrebende Emotionen bei mir auslöste. Zum einen: ‹Wieso kommt dieser fremde Mensch dazu› (ungerecht, denn ICH habe ja den fremden Menschen hergebeten). Zum zweiten (schon beim Vorbereiten des Materials) das Gefühl, ‹mein Gott, welche Fülle›, verglichen z. B. mit dem ach-so-kostbaren Benn-Archiv, das ich ja nun soeben einsah und in dem NICHTS Wertvolles ist, kein einziges Foto etwa Gottfried Benn mit Zeitgenossen, kaum wichtige Korrespondenz usw. (was NICHT heißt, ich vergliche mich mit Benn, ich weiß schon, ‹in welcher Liga ich spiele›). Allein die ca. 100 oder mehr Widmungsexemplare von doch fast SÄMTLICHEN interessanten Zeitgenossen, ob nun Grass oder Arthur Miller, Genet oder Amado, Aragon oder Toni Morrison: Wer hat das? (damit verglichen doch auch die so groß-herausposaunte ‹Stiftung Hans Mayer› mickrig!!!). Zum dritten der Widerwille gegen den Autographen-Fetischismus dieser Archivare, die 2 Zeilen HANDSCHRIFTLICH von Willy Brandt mehr interessieren als 5 Seiten getippt von Grass, egal, egal, was der INHALT ist. NICHT interessant übrigens sind dann MEINE Handschriften, immerhin komplette Buch-Manuskripte. Wurde geradezu verächtlich beiseite getan. Mittwoch dann die Dame Raabe vom Arche-Verlag, mit der ich kürzlich aus anderem Grunde einen Mittags-Salat aß, nebenbei meine Erzählung erwähnte: Und siehe da, sie las, war/ist BEGEISTERT, und ich werde diese (meine letzte?) Prosa-Arbeit also in dem Verlag publizieren, in dem

Benn nach dem Kriege zu publizieren begann. (Am selben Mittwoch ging mein Benn-Manuskript in die Post zum Verlag; da sage man, das Leben habe keine Pointen ...). Donnerstag Abendessen mit der Literaturhaus-Dame und einem netten Anwalt, dessen Funktion dort mir nicht ganz klar: Geburtstag, Geburtstag. Bin, wie alle Schriftsteller, unsicher, was ich will respektive NICHT will (Hochhuth, der seit MONATEN sich grault, daß niemand seinen 70. wahrnehmen könnte, rief TIEF GERÜHRT über meine paar ZEITzeilen an, er habe GEWEINT!!!). Daß nun also diese Stadt ‹aufwacht› und sich meines 70. erinnert, ist ja ganz erfreulich. Aber ERNSTHAFT wäre ich lieber weg, RICHTIG weg – was ich ja Gerd vorgeschlagen hatte, Afrika (meiner Tier-Liebe frönen), denn weder Sylt noch Nizza ist ‹weg›; aber es ging ja nicht, der Herr hat ‹Quartalsschluß›, war geradezu erleichtert, als ich heute morgen sagte, ich werde den Tag alleine in Kampen verbringen, er könne abends dazukommen. Weiß also nicht, was ich will. Man will ‹beachtet› werden – und zugleich in Ruhe gelassen. Weil der Mensch ein logisches Wesen ist. Freitag abend Inge Feltrinelli zum DEUTSCHEN ABENDESSEN mit Räucherfisch, Reh und Harzer Käse. Überraschend freundschaftlich und anteilnehmend, z. B. an meinen Nach-ZEIT-Problemen, knallharte Geschäftsfrau à la «Sei nicht falschfein – du mußt FORDERN.» Schöner lustiger Abend. Zu viel getrunken und geraucht. War alles bißchen viel für einen älteren Herrn, wenn auch im ganzen erfreulich. Kein Grund zum Greinen ...

7. April

Die nächste Enttäuschungsreise steht bevor: im Mai nach Boston (wieder dies gräßlich-langweilige Boston!), um Updike zu interviewen; habe mich immer vor der Lektüre seiner Bücher gedrückt, weil schon das ‹Hineinlesen› mir zu zeigen schien, daß das nicht mehr als (allerdings: sehr gut gemachte) Unterhaltungsliteratur ist, amerikanischer Walser, wortgelenk und inhaltsleer. Nun lese ich also preußisch-brav – – – – – und bin ziemlich entgeistert. Wenn ICH SOLCHE Lebenserinnerungen wie der vorlegte – heißah, die Jagd wäre auf: nichtssagend und sogar im Beschreiben der Hautkrankheit banal (angenommen, ich würde ein ganzes Kapitel über meine Vitiligo schreiben ...). Das hat alles seinen flotten ‹Plot›, und man langweilt sich nicht – es sei denn, man achtet auf die «Machart». Ein Beispiel, *pars pro toto*: «... er lächelte in alle Richtungen, doch sein Lächeln landete nirgends – es war wie die Fausthiebe, mit denen ein Boxer sich auf den Kampf vorbereitet. Sein Blick, huldvoll und allgemein gehalten wie der einer byzantinischen Ikone ...» Zuerst denkt man: ‹treffliche Bilder›. Dann merkt man: zwei ‹wie›-Vergleiche in zwei aufeinanderfolgenden Sätzen, also doch stilistisch Stefan Zweig. Das trägt einen so dahin wie plätschernde Wellen; aber es kann halt nur dem gefallen, der plätschernde Wellen mag und nicht die Brandung des Ozeans. Wird eine nettverlogene Begegnung, die ich mir da aufhalse; in Wahrheit ja nur, um mein ‹Deputat› bei der ZEIT zu erfüllen – – – das im Ernst keiner will. Grotesk.

23. April

«Das Leben, sagt der Derwisch, ist eine Reise.» Kleist. Wohl wahr. MEINE Reise im Moment kurvenreich: 14 Tage bei herrlichstem Sonnenwetter in Nizza über Ostern, während es hier stürmte und schneite. Diesmal auch ‹wolkenlos› sonst: positive Reaktion des Benn-Verlegers, enthusiastische Reaktion der Erzählungs-Verlegerin; also: Erleichterung beim kleinen Autor: Man macht ja immer aufs neue Abitur und zittert vorm Rotstift des Lehrers und ob man wohl ‹bestanden› hat – eine der scheußlichen Besonderheiten dieses Schreiber-Berufs. Bei Rückkehr keine Schauer-Post, gar ein Ins-Blatt-Rücken eines dort (ZEIT) lange lagernden Artikels, in sich unwichtig, aber als Nervenberuhigung auch das für mich behaglich. Die ‹Reise› verläuft also in ruhigen Bahnen. Nun das Verrückte: Ich habe mich nicht einen Deut ‹erholt› (weiß offenbar gar nicht, was das ist und wie das geht), schlecht geschlafen, oft Tabletten, oft Kopfwehtabletten, eben jenes ‹Lebenszittern›, das ich mir nicht nur als Wort von Thomas Mann ausleihe.

Hotel Sheraton, Boston, den 5. Mai

Motto: Flucht; oder: «Sie fielen aus Gottes Hand» (ist das der Titel eines Böll-Romans?). Amerika hat mich dieses Mal regelrecht angeekelt, diese verkommenen, übergewichtigen Pappbecher-Gestalten, die halbnackt in Etablissements einfallen, die man Restaurant zu nennen zögert. Das Sheraton (das Updike in seiner Buchwidmung so lobend hervorhebt; vielleicht mich damit rügen wollend, weil ich mich bei ihm entschuldigte, ihm dieses Salesman-Hotel zuzumuten) ein Pöbelbahnhof ohne Service (der sich gar selber nicht mehr wahrnimmt: die gegen den ‹Vertrag› verstoßende vorverlegte Abreise, das Auschecken erst abends: wurde ohne Kommentar gebilligt, ohne ‹Strafzahlung›, wie bei der Buchung noch als Bedingung hervorgehoben). Die Vulgarität – war mein Auge durch die Lektüre von Updikes RABBIT-Romanen geschärft? Ich sah jedenfalls NUR Rabbits, wo immer, ging mir so auf die Nerven, daß ich kurz entschlossen umbuchte und *stante pede* nach dem Gespräch mit Updike Hotel, Stadt und Land verließ, aufatmend im Lufthansa-Sessel. Dieses Land – «Amerika, du hast es besser» gilt lange nicht mehr – ist bevölkert mit unentwegt irgendetwas schlabbernden, knabbernden Feisten, die sich mit einer Art Schwimmbewegung, statt Schnorchel mit Handy am Ohr, durch die Straßen bewegen, ein nicht enden wollender Strom von Ordinärheit und Häßlichkeit; wohin sind die Zeiten der schnieken GIs, die einst unser – MEIN – Amerika-Bild prägten, der flotten jungen Offiziere in ihren Gabardine-Hosen, beige und olivfarben? Jetzt wälzen auch die sich überdimensioniert wie Botero-Skulpturen in einer Art Strampelanzug durch die Straßen oder fläzen sich in die Plastik-Stühle. Das einzige Erstaunen: daß die nicht zusammenbrechen unter den 200-Kilo-Menschen, aufgeschwemmt von Junk-Food, das sie ohne Unterlaß in sich hineinschwemmen. Der Taxifahrer zum Flugplatz manschte während der kurzen Fahrt in sich hinein: 2 große Tüten Kartoffelchips, 2 dicke Tafeln Schokolade, 2 Büchsen Coca-Cola, das alles schmatzend und schniefend und schwitzend, er füllte beinahe die vorderen beiden Sitze, die durch Unrat zusammengehalten schienen. «Ich möchte Sie bei Ihrer Mahlzeit nicht weiter stören» lag mir auf den Lippen; aber dann hätte ich mit meinem ohnehin sinnlosen Gepäck – ich hätte auch in Unterhosen essen gehen können – im Nowhere gestanden. Das Updike-Gespräch: nett und höflich, wie er stets ist (seine Schuppenflechte rötet sich erst im Laufe so einer Debatte, also bei/nach Anstrengung), präzise sich beobachtend – also Auskunft über sich gebend –, wie er die Welt betrachtet und beschreibt – – – – und dennoch etwas flach, unintellektuell, routiniert. Man merkt, daß er – sehr amerikanisch – das Geschäft der Publicity gleichzeitig verachtet und zu betreiben versteht; so ja auch erstaunlich, daß er – eine Stunde Autofahrt – in die Stadt kommt, um sich mit mir zu treffen, hätte mich ja auch zu sich ‹kommandieren› können, in irgendein Dorfrestaurant. Er ist ein Scheibenschießer, der auf elegante Weise ins Schwarze trifft – – – aber das Schwarze ist in seinem Fall immer NEBEN der Scheibe. Verblüffend dieses ungebrochene Behaglichkeitsgefühl bei so vielen amerikanischen Autoren über dieses ihr Schrott-Land – auf eine entsprechende Bemerkung von mir sagte Updike, dies sei eben ein freies Land, und das sei ja das Wunderbare an Amerika, und hier könne sich eben jeder kleiden und könne jeder essen, wie und was er will. Meinen Einwand, das könnte man eigentlich in Europa auch, SO frei sei ja das tatsächlich gleichfalls, und mir schiene, daß es die Gesellschaft sei, die diese Menschen wie durch eine gigantische Mühle à la Max und Moritz mahle, und heraus kämen dann eben diese in unserem Fall nicht kleingemahlenen, sondern fettgestanzten Menschen: begriff er offenbar nicht. Der Begriff «gesellschaftlich» ist fremd dort; ich hatte ja dieselbe Erfahrung vor 1 Jahr mit/bei Saul Bellow. Kleines Beispiel: Updike bewunderte den Blick – wie ein kleiner amerikanischer Junge mit Wauhh! – aus dem Fenster im 24. Stock – das ist eben Symbol für «oben». Er sah aber NICHT das Hochhaus genau gegenüber, IN das man in diesem Fall hineinsehen konnte – ‹in Augenhöhe›, wie das neue Modewort heißt (sonst sieht man ja die Skyscraper nur von unten): Da konnte man die Ameisen krabbeln sehen, in jedem Stockwerk in ihren gläsernen Waben eingesperrt, klimatisiert und gestanzt, emsig und taub, gar willenlos gemacht, «job and money» als Lebensmotor ihnen eingesetzt, da, wo Träume, Sehnsüchte, Hoffnungen sitzen müßten. Produkte, nicht Teilhaber der Gesellschaft; auch der Company. Wo Menschen eine Seele haben (sollten), hat man diesen armen Fett-Wesen ein Zähl-Maschin'chen ein-operiert.

7. Mai

Wenn man doch Träume verstünde, SICH durch sie definieren könnte, daß ich fast ausschließlich Angst-Zank-Streit-Disput- oder Verfolgungsträume habe mit schrecklichsten Untergang-im-Moor- oder Absturz-aus-Himmelhöhen-Scenen: Daran habe ich mich im Laufe der Jahrzehnte gewöhnt. Wobei merkwürdig ist, daß ich meine, früher viel weniger geträumt zu haben. Dieses Zunehmen hat wohl mit dem eigentlich Beunruhigenden zu tun: Seit geraumer Zeit scheinen meine Träume Ersatz-Existenzen zu sein. Ich phantasiere allenfalls die Dramaturgie zurecht, aber das Personal nehme ich so gut wie AUSSCHLIESSLICH aus den Personen «meiner Welt» (wie untergegangen die auch sein mag): Jugendliebe Ruth oder Ledig,

Kommilitone Schneider oder DIE ZEIT, VOLK & WELT oder Rowohlt, Grass oder Zadek. Alle immer in verqueren und – der Natur des Traumes entsprechend – absurden Situationen, aber – ABER: Es sind fast immer Dialog-Scenen, Dispute, schlagfertige Repliken, Argument-Ketten, deren Rapidität meiner ehemaligen Schnelligkeit (des Kopfes) entspricht. Das heißt doch wohl: daß ich mein gemächlicher werdendes Leben, meine Situation des *has-been*, des Nicht-gefragt-Seins in Wahrheit nicht verdaut habe, sosehr ich mir Mühe gebe, unter blühenden Büschen im Garten zu liegen (oder auf der Nizza-Terrasse oder in Kampen); daß ein Schwungrad weiter-schwingt, das aber keinerlei Funktion mehr hat. Ein dressierter Delphin, der noch aus dem Wasser schießt und tanzt – – – dem man aber gar keinen Ball mehr zuwirft. Und das wiederum heißt eigentlich was ziemlich Übles: daß ich also DOCH in 1. Linie der schnell-reagierende Journalist war («Papst ist tot – Küng anrufen»), der letztlich nicht eigenschöpferische, der in 1 Sekunde Biermann anruft, nachdem er nachts die Nachricht von Dutschkes Tod erhält: Das Gedicht «Drei Kugeln für Rudi Dutschke» schrieb dann aber eben Biermann, was wiederum heißt, daß ich eben KEIN Schriftsteller bin, Verknüpfer, ein Teppich-Weber – wenn nicht gar Teppichhändler –, der aber nach dem vorgezeichneten Muster des ENTWERFERS webt. Daher wohl ein guter Verleger (der immerhin viele Autoren entdeckte, deren Name und Werk heute die Kataloge anderer Verlage schmücken: Fichte und Mishima, Vargas Llosa und Isaac Singer, Mayröcker und Jelinek, Konrad Bayer und Kempowski – allein, daß ich MIR das hier bescheinigen muß …): Aber wo und wenn und wann von mir die Rede ist, dann ist's eben von dem Feuilletonchef oder Verlagsmann, bestenfalls noch dem Essayisten. Der Autor als Irrtum?

Der Meine-Welt-geht-unter-Song, wievielte Strophe? Die Presseabteilung des Propyläenverlages (da zu Springer gehörend, Teil des 3.größten Medienkonzerns) lädt mich zu einer Lesung (aus dem Benn-Buch) mit ROBERT Walser ein. Die Verlegerin Antje schwärmt von der Pariser Wohnung von Christoph Eschenbach: «Alles Art déco, voller Gallé-Vasen.» Die Lektorin des Propyläenverlages, die kürzlich hier 3 Tage mit mir die Endredaktion machte, ist «jetzt noch hingerissen von dem Bodega» (ich vermute, sie meint Botero). Gestern abend zum Essen bei Antje, wo auch – «Ehrengast» – Peter Zadek saß (dessen Premiere eines amerikanischen vergifteten Boulevardstücks wir tags zuvor gesehen hatten): Er ist doch letztlich eine sehr unsympathische Type. Ließ NIEMANDEN gelten: Peter Stein ein Dummkopf, die Hoger «fürchterlich»; die Thalbach «ein Graus»; der eigene Star des Abends, Frau Engel (eine Jung-Kopie der Ilse Ritter), «eigentlich keine gute Schauspielerin, aus der wird nichts, eine Zicke mit Allüren, noch dazu andauernd krank – eben aus dem Osten»; Heiner Müller – «seine Literatur habe ich immer Scheiße gefunden» – – – der große Mann erinnerte sich aber sicherheitshalber nicht, daß er MIR – «du hast meinen Freund beleidigt» – vor vielen Jahren mein Hanns-Eisler-Stück (das er «unbedingt inscenieren» wollte) zurückschickte: weil ich auf Müllers Stasi-Verflechtungen in einem Artikel aufmerksam gemacht hatte. Auch politisch kam nur Quatsch aus seinem Munde: Präsident Bush ist «fabelhaft», die Leute «mögen ihn eben» (meinen Einwand, die «Leute» hätten «Hitler» auch «gemögt», wedelte er mit affektierter Hand beiseite), Schröder sei «genau das, was die Deutschen brauchten», und Blair müsse – es blieb unklar, warum er ihm dieses schwere Schicksal verordnete – «sofort ins Zuchthaus». Wie sagt der Klassiker: «Man muß sie nicht kennen.» Er wirft ja schöne Bühnen-Scenen in die Welt. Dabei soll man's dann besser belassen.

13. Mai

Vielfach verstörender Tag bei und mit (dem im übrigen sehr freundschaftlichen) Grass, der «nach Erreichen des Zielbands» namens Nobel verändert-weich-teilnehmend-unbelehrend ist. Also: Er hatte angerufen, ich möge früher kommen, er wolle mich zeichnen. Also 16 Uhr in Behlendorf, wo er streng bereits auf dem Parkplatz vorm Haus stand: «Nun los, fangen wir an.» Der Vorgang höchst befremdlich, mit-nehmend in des Wortes doppelter Bedeutung. Zum einen haben wir uns trotz 40jähriger Freundschaft noch nie so lange so genau und schweigend angesehen: Denn es ist nicht so, wie ich dachte (habe ja noch nie «gesessen»), daß wir uns unterhalten, etwas erzählen. Vielmehr ist es (bei ihm) ein totenstill-schweigender Vorgang, der dabei eine geradezu erotische Intensität hat – denn wann und bei welcher Gelegenheit sind schon 2 Menschen schweigend und zugleich körperlich sehr nahe so lange in einem Zimmer beieinander? Hat etwas von Hypnose und zugleich von jenem *la petite mort*, als den die Franzosen den Orgasmus bezeichnen: Es wird einem etwas «weg-genommen», man gibt etwas von sich preis – – – und der andere, der «Täter», nimmt etwas von einem/an einem wahr, was man selber nicht kennt, WIE man sich selber nicht kennt: Wer schaut schon beim Orgasmus in den Spiegel? Daher wohl auch die Scheu der «Wilden», sich fotografieren zu lassen – sie fürchten, man nähme ihnen die Seele. Davon hat es etwas; egal, wie «ähnlich» dann das Produkt ist. Daher ich mich auch angesichts des Resultats – *n'en parlons pas* – der beiden Zeichnungen (1 x Profil, 1 x *en face*) in die Anekdote flüchtete: Als eine von ihm portraitierte Dame der Gesellschaft offenbar «mit sich» nicht zufrieden war, sagte Liebermann: «Ick habe Ihnen, jnädige Frau, ähnlicher jemalen, als Se sintt.»

Der Tod des großen Lügners: Hans Mayer «hat sich sterben lassen», wie er es ausgedrückt hätte; so die Nachrichten, die mir vom Kranken- bzw. Sterbebett zukommen. «Es ist genug», soll der 94jährige gesagt und einige Tage Nahrung und Flüssigkeit verweigert haben, bis langsam das Bewußtsein, dann das Leben schwand. Heroisch und groß.

Was er beides im Leben nicht war. Insofern ist mein ZEIT-Nachruf ebenso verlogen, die Schlagschatten aussparend, was nicht NUR dem knappen Platz, 80 Zeilen, zu «danken» ist. Nachrufe sind wohl immer ein gut Teil verlogen.

Wie in diesem Fall der «liebe Verblichene» selber – – – ob die «Freundschaft» mit Brecht, die eine lose, wenn auch freundliche Verbindung war («Als Harich mein Thomas-Mann-Buch attackierte, war noch nachts Brecht am Telefon: ‹Was ist da los, kann ich helfen?›» – – – mit Sicherheit erfunden, denn für alles in der Welt hätte Bertolt Brecht eventuell interveniert, aber nicht für ein Thomas-Mann-Buch).

So war der Mann mehr als «listig», wie Brecht sich so gerne titulierte – er hing sein Fähnchen allzugerne und allzuoft nach dem Winde; und der «Windmacher» war er. Hier in Kampen, 1 Jahr vor seinem Weggang aus der DDR, ging er mit mir und Jens spazieren, um uns pathetisch (ich gebe zu, ich war nicht unbeeindruckt) zu erklären, er könne die DDR nicht verlassen, denn das hieße, seine Studenten im Stich zu lassen, das könne er als sich ernst nehmender Pädagoge nicht tun. Doch als wenig später der berüchtigte Artikel «Eine Lehrmeinung zu viel» erscheint – verläßt er das Land. Er ist mit der DDR beleidigt. Es ging allein um ihn, seine verletzte Eitelkeit. Ein Beispiel für sehr viele. Ein anderes, kleineres: Den jungen, unbekannten Peter Handke verspottete er als unbegabten Jungen. Als der Erfolg kam, war Handke auch bei Mayer der Hochbegabte – er hat sich stets in seine Einsamkeit eingesponnen, und nur dort lebte er, sein eigenes Koordinatensystem: orientierungslos. Fast kann einem der Liebe-los gelebt habende Mann (er hatte nie eine Beziehung, immer nur Affären oder Stunden-Stricher) leid tun.

Sein Sexus war im Kopf.

PS: Weder bei der Beerdigung – wo unerklärlicherweise ein protestantischer Pastor sprach; war er «heimlich» getauft? – noch bei dem gräßlichen Streuselkuchen-Essen hinterher war ich dabei.

Freund Schoenberner, gerne zu Schnurren aufgelegt, erzählte mir von der makabren Veranstaltung und erinnerte an den Voltaire zugesprochenen Witz: In seiner letzten Stunde fragt ihn ein katholischer Pfaffe, ob er nicht doch «abschwören» wolle dem Übel, er brauche nichts zu tun, als rasch zu versichern, daß er nie im Solde und/oder im Auftrag des Satan oder satanischer Mächte gestanden habe, dann sei die «letzte» Ölung möglich. Darauf Voltaire: «Ach, Monsignore, dies ist nicht die Stunde, sich weitere Feinde zu machen.»

9. Juni

Mörderische Woche, was in diesem Falle fast BUCHSTÄBLICH war. Fernsehen im Hause, um den Video-Film für das Museum zu drehen, der dann/dort in der sogenannten «Sammlung Raddatz» gezeigt werden soll – – – damit das Publikum, das ja die Hinterlassenschaft des TOTEN FJR sieht, auch noch per Bild einen Eindruck vom LEBENDEN FJR erhält. Schon makaber genug.

Die Tage selber schauerlich, ein ständiges: «Dann hängen wir den Botero ab, den hängen wir dahin, wo der Wunderlich hängt. Und dann hängen wir den Wunderlich ab, den hängen wir dann dahin, wo der Botero hängt.» Das Sofa weg, der Tisch mehr nach links, der FJR «hat einen Schatten links im Gesicht» (was er SAGT, ist vollkommen gleichgültig – aber der Radiergummi muß vom Schreibtisch, der «sieht nicht schön aus») – – – die getürkte Realität, alles verlogen, alles «echt-falsch», weswegen auch die Aufnahmen von Wohnung und Interieur alles schön-lügen, es sieht aus wie bei reichen Leuten. (Was, apropos, manche gar von mir denken mögen: Freund Grass, der ein Statement zum ‹Sammler FJR› gab, schimpfte beim anschließenden Abendessen – wer wohl hat bezahlt? – auf den Museumsdirektor ein, ob der sich klar sei, daß er von mir eine Schenkung in Höhe von 8 Millionen DM erhalten habe; schleierhaft, wie er auf diese Fabelsumme kommt – – – – – – so schätzen mich die Leute ein. Besser, sie denken, ich sei reich als arm – GEBEN tun sie mir eh nix.)

14. JUNI

Ein sehr berührender Vormittag: Eröffnung bzw. Umtauf-Einweihung einer sich jetzt KURT-TUCHOLSKY-SCHULE nennenden Schule: Ich hatte, entgegen meiner Absage-Gewohnheiten, zugesagt, die sogenannte «Festansprache» zu halten. Aber Tucholsky hätte sich wohl doch gefreut: In ca. 9 oder 12 Sprachen begrüßten «ihn» Schüler, Koreaner und Inder, Neger und Türken, Italiener und Spanier – – – sein Wunsch nach Ende von Rassismus und Rassenschranken und Religionsbarrieren schien wie erfüllt. Tatsächlich glaubt man, wenn man so was sieht/hört: Die werden sich nicht mehr die Köpfe einschlagen. Eine Inderin sang den GRABEN (sogar sehr gut), die Lehrer gaben Sketches, etwa: Kurt Tucholsky haßt-liebt – – – alles locker, sympathisch, nicht schul-zwang-haft (nur eine Senatorin sprach von Konferenzen, Komitees, Bildungsweg und Gremien – zum Einschlafen). Politiker können nicht anders – es ist nicht gedacht und nicht artikuliert. Sie sei «eine Schülerin» von mir, so stellte sich mir die Dame vor, wohl meinend, sie habe dies und das von mir gelesen; woran nur eines zu erkennen ist: wie alt man geworden ist. In der Tat war ich mit Abstand der Älteste – «der Alte ist ja spitze», war ein Schülerkommentar nach meinen paar Sätzen – –.

Schämen müßte – nein: muß – ich mich ob der eitlen Ruhmgier, mit der ich an meinem 70. Geburtstag herumbastle, dies plane, jenes verwerfe, das dritte «erwarte» – – – während in Wahrheit alle Welt die Hände hebt und sagt: «O Gott, auch das noch!» Es ist ja ganz deutlich, daß alle diese halbherzigen Versuche – «man müßte doch einen Empfang machen»; «irgendwas sollte doch in Hamburg geschehen» usw. – nur gedrängte Ausflüchte und Notlügen sind. Wenn jemand – z. B. «die Stadt» – wirklich an einer Art Ehrung interessiert gewesen wäre, dann hätte man das 1 Jahr zuvor in Angriff nehmen müssen: um die richtigen Leute einzuladen, ein amüsantes Programm zustande zu bringen, und nicht dieses «Wie erreicht man denn Jürgen Flimm?»-Gehaspele.

Doch warum mir so sehr daran liegt, ist nicht ganz klar. Letzte Nacht träumte mir gar irgendwas von einer Festschrift, von einer Joachim-Helfer-Rede, von Riesen-Empfang auf der Buchmesse (wo in Wahrheit einsam und verspätet Antje Ellermann einen Tisch für 3 Personen bestellt hat, nur: Der dritte Gast ist unklar ...), eben abgesagt. Es bleibt bei meinem ganz kleinen Abendessen Ende September mit Grass, Wunderlich und Kersten, der «harte Kern». Was auch genau richtig ist – – – aber ich «wollte» offenbar mehr.

Nachzutragen wäre noch die Freundschaftlichkeit von Grass, der ja neulich extra hierherkam, um mich, den Sammler, den Literaten, den Kollegen, in die Kamera für «jenen» Film zu sprechen. Nun habe ich im Schneideraum «abgehört», was er gesagt hat: Benn würde schreiben: «Danach kann man nur noch sterben» (werde ich auch bald, wenn ich mich weiter so überanstrenge und so furchtbar viel rauche wie in den letzten Wochen).

Kampen, den 22. Juni

Kälte, strömender Regen, rasende Schmerzen im Nackenwirbel (gestern für 3 Stunden nach Hamburg zum Arzt, dessen ansonsten bewährte Spritzen auch nix halfen/helfen): Noch vor 1 Woche dachte ich: «Na, es geht alles so gut, ZU gut, Museumsfilm fertig, Marebuch-Verhandlung endlich abgeschlossen, 2 Bücher in Produktion, paar gute, große ZEITbeiträge auf der Rampe», und nun wird das Unheil kommen. Und schon isses da, vielleicht ist Unheil das zu große Wort – aber, daß ich nun regelmäßig – mal Rücken, mal Schulter, mal Nacken – wie ein Junkie meine (Cortison-)Spritze brauche, ist ja AUCH ein Zeichen zum Ende hin. Interessanterweise WEISS man das, und ich will es dennoch nicht wahrhaben.

Dazu paßt die ‹Materialermüdung› bei Freundschaften, selbst bzw. leider auch bei so engen, wichtigen und über Jahrzehnte gehalten habenden wie die zu/mit Wunderlich und/oder Grass. Es ist wie in langen Ehen: Es kommt der Moment, wo man sich eigentlich nix mehr zu sagen hat respektive man schon, wenn der andere den Mund aufmacht, weiß, was er sagen wird.

So Ende vergangener Woche das Abendessen mit Wunderlich, einerseits schön, genießerisch und liebenswert wie stets, aufmerksam und sogar an meiner Arbeit interessiert (von der eigenen redet er seit langem nicht mehr, vorbei die Zeiten, zu denen wir darüber regelrecht diskutierten) – – – aber eben auch nur an MEINER. Sonst interessiert ihn nichts und niemand, es sei denn Anekdotisches, wenn ich immer sage, mein Neugier-Pegel ist abgesunken, ich muß nicht zum x-ten Male ins Van-Gogh-Museum oder in die Frick Gallery: Dann ist sein Teilnahme-Pegel, seine Neugier, auf Null gesunken. «Bloß weg mit dem Schrott», sagt er zu den von ihm einst erworbenen Bildern von Botero oder Richter – und bietet sie bei Christie's zur Versteigerung aus. Fast ein poetisches Aperçu in diesem Zusammenhang (des Vergehens; auch ein schön-doppeldeutiges Wort ...): Karin brachte mir ganz besonders herrliche, aprikosenfarbene Pfingstrosen mit, riesige Blüten wie Mohn; und Paul sagte: «Warten Sie ab – wenn sie verblühen und die Blütenblätter abfallen, sind sie am schönsten.»

26. JULI

Wie man – sich – selber zur Farce wird, zu einer schönen (schön heißt in diesem Fall: typischen) Chaplin-Figur.

Obwohl nun das «Beiseite-gestellt-Werden» sich mählich und gleitend, ergo: eigentlich ja «bekömmlich» vollzieht, macht es mir doch mehr zu schaffen, als ich mir selber zugebe. Ich MERKE es aber – indem ich mich etwa dabei ertappe, in irgendeinem feinen Liegestuhl in irgendeiner meiner feinen Latifundien zu liegen – – – und mit den Fingern trommele. Ganz «die Ruhe genießend».

Da ich ja wahrscheinlich nicht ‹richtig› begabt war und bin, habe ich wohl diese Leere aufgefüllt, durch Energie, durch Schnelligkeit, Reaktionsgeschwindigkeit, Schlagfertigkeit.

All dies aber, Schnellebigkeit usw., sind ja chorische Qualitäten, Geschwindigkeit per se gibt's ja nicht, sie muß immer in Bezug zu etwas stehen, etwas ‹bewegen›. Jetzt rast in mir gleichsam leer das Tempo weiter, ein Riesenschwungrad (wie in einem dieser Stummfilme; war's «Lichter der Großstadt»?), aber das Wesen eines Schwungrads (glaube ich) ist es, daß es etwas antreibt. Es kann nicht «Schwung» ohne Transmission sein. Dies also die Chaplin-Figur, zu der ich geworden bin: Da dirigiert jemand mit großem Temperament und merkt gar nicht (schlimmer noch: MERKT es), daß da gar kein Orchester ist, auch kein Publikum: nix. Aber er kann die dann doch lächerlichen Armbewegungen nicht lassen, als sei er an eine Volt-Leitung angeschlossen, die man vergessen hat, abzuschalten – die Arme fliegen, der Kopf fliegt in den Nacken, die Haare schwingen Karajan-haft, der Mann zuckt und rappelt und gestikuliert. Es gibt nur keine Musik. Das bin ich – – – der noch immer zu seiner Sekretärin (die er ja nun auch bald nicht mehr haben wird) sagt: «Wenn was ist – ich bin da und da zu erreichen.» Es ist aber nichts, und niemand will ihn erreichen; übrigens im doppelten Sinne des Wortes.

Dies Tempo (statt Begabung) mag zuzeiten imponierend gewesen sein, sonst wäre ja auch nicht aus mir geworden, was dann doch aus der Nachkriegsratte geworden ist (der/die so lange so tat, als beherrsche sie fließend Englisch und Französisch – bis er TATSÄCHLICH recht gut beide Sprachen beherrschte, immerhin Sartre oder Lévi-Strauss, Arthur Miller oder John Updike interviewen konnte). Eine Art Selbst-Induktion. Und wenn Gerhard Schneider mir jetzt aus Berlin – in einem Nebensatz – ins Gedächtnis zu rufen versucht, die Studenten (als ich weiland nebbich Seminare hochstapelte) seien von mir «begeistert» gewesen (was nicht stimmen KANN, realiter, aber: «The image is the message»), dann entspricht das dem leicht rätselhaften Satz, den mir der ebenso leicht rätselhafte Links jetzt auf die Rückseite eines Fotos mit Marianne Dreifuß kritzelte, das er mir schickte: «Auch sie himmelte Dich an – wie wir alle.» Nun, davon habe ich im Kampf um halbverbotene Bücher oder um meine zwar oberflächlichen, aber dennoch bekämpften Uni-Examina nichts gemerkt. Es war eben jene Pirouette. Die mag bei einem jungen Menschen «blenden». Ein alter Nurejew ist dann doch peinlich.

28. Juli

Was gäbe man/gäbe ich für mögliche Traumdeutung. In einer dieser – übrigens leidvoll-schlaflosen – Nächte: eine Reise mit Lenin im Zug durch Rußland, lange Dispute (über was?) mit Lenin. Lenins Angst vor dem/vor einem geschlossenen Abteil. Was heißt das? Und wie kommt Lenin in einen meiner Träume?

Sickern da die Anti-Kapitalismus-/Anti-Globalisierungs-Demonstrationen von Genua ein? Wabert da ein diffuses «Recht haben die» in mir, vor allem angesichts der Brutalität der Berlusconi-faschistischen Polizei?

2. Absonderlichkeit: eine Fahrt mit Ruth und dem «Papa» in einer Art Courage-Planwagen entlang von gleichsam in Buden ausgestellten «Angeklagten», unspezifisch, wessen. Halt vor einer dieser Buden, und da sage ich: «Die nicht, das ist Maria Augstein mit ihren Kindern Franziska und Jakob, die sind in Ordnung.»

Wie nun wieder kommt Maria Augstein in meinen Traum, die ich seit ca. 15 Jahren nicht gesehen, und wie kommen die beiden Kinder hinein, denen ich – ca. 20 Jahre oder mehr ist's her – törichterweise den «Ersatzvater» spielte (Jakob: «Ich hätte so sehr gerne ein Kofferradio», das schenkte ihm der mittellose Vater nicht zu Weihnachten – also lag's in meinem Kampener Handschuhfach unter dem Weihnachtsbaum des Knaben, der mich heute nicht mehr grüßen würde). Rätselhaft.

11. August

Fortsetzungsroman MEINE FREUNDE, DIE LITERATEN. Anruf von Hochhuth, einfach mitten in einem Satz beginnend (auch gar nicht wissend, ob ICH überhaupt dran bin): «... also, ich wollte nur eben mal sagen ...» In diesem Fall: wie exzellent ihm mein Benn-Buch gefällt – er ist übrigens selber ein sehr guter und genauer Benn-Kenner – und wie er «natürlich vergeblich» versucht hat, eine Rezension in der ZEIT anzubieten. BEGONNEN aber hat er das Gespräch, nein: den Monolog, mit: «Ich bin dir sehr dankbar, daß du mich erwähnst.» Als erstes also wurde der Namensindex angesehen, ob unter H auch Hochhuth steht. Dann kam, von geradezu einfältiger, jedenfalls un-eifersüchtiger Freundlichkeit: «Wenn ich so gut schreiben könnte wie du ...», eine Kette von Komplimenten über Stil,

Wortwahl usw. «Aber was ist Patou, habe in allen Antike-Wörterbüchern nachgesehen, es steht nirgends …» Die un-mondänen deutschen Literaten: Daß es ein Parfum ist, schmiß ihn geradezu um … Der Hochhuth-Sturzbach wiederum läßt einen manchmal besorgt sein, eben noch Benn, dann natürlich Thomas Mann, das ginge ja noch, dann aber der Tod Fontanes, der ja nun wenig mit Benn zusammenhängt, dann der Tod Hugo von Hofmannsthals; am Tage der Beerdigung des Sohnes, der sich in seinem Haus erschossen hatte; beim Greifen nach dem Zylinder: alles typisch Hochhuthsche Skurrilitäten, belesen, aber ohne ‹Anordnung›, gleichsam ohne Dramaturgie.

Kampen, den 26. August

Das auslaufende 6. Lebensjahrzehnt. Kein Grund für frohes Denken, für Glücksgefühl gar.

Wenn zwar auch dies eventuell ungerecht mir selber gegenüber: noch gesund, noch Geld zum Leben, noch angenehme Wohnsitze (= Lebensumstände), noch harmonische Gemeinsamkeit mit Gerd, respektable Feiern vor der Tür und 2 – ZWEI! – Bücher auf dem Tisch, die wenigstens MIR nicht ganz mißlungen scheinen.

Doch DAS bereits das Thema, das ewig zu variierende: private Akklamation und öffentliche Attacke. Der Kritiker der WELT – sich anmeldend zu einem Interview – sagt: «Nach Ihrem Buch ist alles, was über Benn geschrieben wurde, Makulatur.»

Wird er's schreiben?

Lustig-primitiv-ärgerliche Erfahrung mit einem *youngster* von der ‹Frankfurter Rundschau›, der ebenfalls zu einem Interview bei mir, mich eingangs «verdientermaßen berühmt» und «Vorbild» und «exemplarisch» nannte. Dann kam das Transkript: eine einzige Arie der Beschimpfung, genährt nicht etwa aus Kenntnis meiner Arbeit, sondern aus Archiv-Kopien, alles im Tone von: «Und dann hat aber die FAZ über Sie geschrieben …»; «Im SPIEGEL stand aber über Sie …» (und zwar, natürlich, NIE eine positive Bemerkung, NUR Aggressives).

Nun ja, derlei Provinz-Häme kann nicht Summe meines Lebens sein. Jedennoch: Es kränkt eben. Was es ja soll.

Interessant, wenn nicht gar wichtig an so einer Erfahrung ist nur: In diesem Kotz-Beruf habe ich nun Jahrzehnte meines Lebens verbracht, um nicht zu sagen mich verbraucht? Diese Leute, die die Welt von Stil bis Globalisierung belehren tagaus, tagein, sind ja selber Früchtchen. Positive Ausnahme dieser Tage Michael Naumann, der in dem Redaktions-Chaos teilnahmsloser Kollegen, von denen ich außer «Wir müssen vorziehen», «Nein, wir müssen verschieben», «Ich muß um … Zeilen kürzen», «Das Bild können wir nicht nehmen» KEINE Silbe zu einem Artikel von mir, dem Updike-Interview, zu IRGENDETWAS HÖRE – der also hier anrief, um mir zu sagen: «Ich wollte, muß gleich in eine Sitzung, nur rasch loswerden: Ihr Updike-Interview ist schlechterdings großartig, und wenn dies wie andere Ihrer Beiträge ungedruckt herumliegt, besteht die Antwort nur aus einem Wort: NEID. Nie schafften die so was, also wollen sie auch nicht, daß es ein anderer schafft – und wollen's deshalb am liebsten nicht drucken.» Also sprach der Chefredakteur der inzwischen verkommenden ZEIT.

KAMPEN, DEN 3. SEPTEMBER

70. Geburtstag. Grabstein gekauft.

KAMPEN, DEN 6. SEPTEMBER

Der alte Rezensent rezensiert also seinen Geburtstag, über den vergnügt zu sein dann doch nicht ganz ohne Bitterkeit gelang. Bitter, weil das Ende so nahe, bitter, weil das große VERGEBENS mit beinernem Finger an die Pforte klopft, bitter, weil die Frage «Das war's? War das alles?» nicht beantwortbar.

Komisch indes die *cérémonies des adieux*, will sagen, auch die Stummheit oder Gedankenfaulheit der, ja, ja, Freunde – also sagen wir: der Umwelt. Inge aus Milano schickte eine Präcox-Orchidee, d. h. 8 Tage zu früh; die Mondäne 2 Tage vorher ein Fax: «Der Countdown läuft» und dann 70 allerdings märchenhafte Rosen – aber keine Zeile; sämtliche Neffen (ich wäre wohlhabend, hätt' ich noch das Geld, das ich über Jahrzehnte für sie ausgab) schickten GARNICHTS (der sogenannte Lieblingsneffe 5 Tage später ein Fax); von denen, die sich «Familie» nennen, also dem Mund-Clan, kam 1 Karte, 1 Brief und 1 Glas Marmelade; von Antje eine Wärmflasche; von Rowohlt keine Silbe, kein Präsent, keine Blume, goarnix; von der ZEIT 1 Anruf Naumann, 1 Anruf Sommer, 1 Briefkarte eines stellvertretenden Chefredakteurs (sogar besonders nett) – in meiner naiven Eitelkeit hatte ich FEST angenommen, es käme mindestens 1 Kiste Champagner (die ja, ganz überflüssig, Herr Naumann zum Grass-Interview angeschleppt hatte).

Am interessantesten ist letztlich meine Selbstüberschätzung. Ich war SICHER, etwas vom Bundespräsidenten zu hören, vom Kanzler, hatte Sorge, meine Vasen hier würden nicht reichen (die Hälfte blieb leer). Von Wapnewski 1 Buch, von meinem Urheberrechtserben Kersten 1 Brief'gen. Was blieb, war zweierlei – zum einen «die alten Seilschaften»: Gerd Schneider, aus Berlin, Erika, besonders schön und gedankenvoll.

Zum anderen die öffentliche, die «veröffentlichte» Person: Blumen & Brief, sogar Scheck der Dame Raabe von ARCHE, ein Zauberbrief und eine kostbare Diderot-Edition vom Herrn Seeger von Propyläen (die Ausgabe insofern 1 Stück bundesrepublikanische Kulturgeschichte, als ihr ein Revers einlag, den man beim Kauf unterschreiben mußte, versichernd, daß man großjährig und den Band/die Bände nicht an «Minderjährige» weitergebe: Diderot!). Und mehr Presse/Funk, als ich gedacht hatte (überraschenderweise fast alle, mit wenig Ausnahmen, positiv und freundlich, Michael Krüger und ein Herr Steinfeld, FAZ und SZ, geradezu freundschaftlich; wobei ich letzteren garnicht kenne).

Jedennoch: Wer alles sich NICHT rührte – etwa mein Pastor Giesen aus Keitum, der noch vor 10 Jahren hier mit der Schnecke schäkerte und der mich doch beerdigen soll und das Datum der Kampen Herald Tribune hätte entnehmen können, in der ein Schnokus über FJR stand: Hm. Ich werde noch die eigene Beerdigung verbieten müssen …

10. September

PS zur «Geburtstagsrezension»: «Eigentlich» kann ich mich nicht beklagen, viel Presse, manche gar respektvoll-freundlich, viele und manche schöne Briefe. Doch 2 interessante Abstriche: Alles mögliche per Post, vor allem von den offiziellen Institutionen, von Biedenkopf über Hamburger Senat bis Rau (der dann doch einen Referenten-Brief schickte). Aber NICHTS Öffentliches. Diese Briefe kosten 1,10 DM Porto, mehr nicht. Eine öffentliche Reaktion, eine Rede, eine Auszeichnung, eine Akademiemitgliedschaft: Damit würde man sich offenbar kompromittieren. Und: kaum Geschenke. So kam etwa von meiner «Familie», also den Neffen, GARNICHTS.

Die Tochter in Amerika ist Dollarmillionärin. Eine Flasche Wein?

Nein.

Da ich ja Schenken als Streicheln begreife – konnte ich mich nur freuen über 3 Gaben: Paul Wunderlichs Zeichnungen; die Grass-Zeichnungen wie seine Bereitschaft, die Laudatio zu halten (was wegen Krieg gar ausfallen mag, sei's drum).

14. SEPTEMBER

Kriegsgefahr? Der menschenverachtende, grausam-brutale Überfall in New York macht mir angst. Es zeigt sich, daß man im Alter – GANZ nervendick war ich ja nie – Haut aus Seidenpapier hat: Träume, wie ich in einem Flugzeug sitze, ich sehe mich/uns (die Passagiere) auf die World-Trade-Center-Türme zurasen, träume mich in die oberen Stockwerke, träume, wie ich – Kopf voran; so wie es eines der entsetzlichen Fotos zeigt – aus den oberen Etagen stürze.

Angst aber auch vor Krieg, den der grützdumme Bush eventuell anzettelt in seiner Texas-Ranch-Colt-Mentalität; plötzlich reden sie von «Rache», die vorher gerade DIESEN Begriff und das daraus abgeleitete Handeln der Israelis verurteilten. Zumal: Rache AN WEM? Als könne man einen Partisanenkrieg gewinnen. Aber sie WERDEN etwas tun, irgendetwas Gigantisches; Saurier: viel Panzer, wenig Hirn.

Werd' ich also am Ende meines Lebens noch einmal Krieg erleben?

Einen Weltkrieg?

Tee und Zigaretten gekauft. So kläglich ist der Mensch.

22. SEPTEMBER

Wievielte Fortsetzung der «Geburtstagsrezension»: Berlin also. War «festlich» da. 500 Menschen im Logenhaus.

Lustig, daß Michael Naumann seine Laudatio mit einer zwar hübschen, aber total erfundenen Geschichte von einem Besuch mit mir und Joseph Brodsky am Grab von Johannes R. Becher begann. Es muß ZU schön sein (bis zu den gelben Schuhen, die ich angeblich trüge), «Geschichten um FJR» zu erfinden.

Als Nachhall geht nun in Berlin angeblich mein (ein in diesem Fall NICHT erfundenes) Bonmot um; ich begrüßte höflich den Bundeswirtschaftsminister (den ich nicht kenne und auf dessen Anwesenheit man mich aufmerksam gemacht hatte) mit den Worten: «Man sagt mir, Sie seien ... Verstehen Sie denn etwas von Wirtschaft?» Er: «Soviel wie Sie gewiß.» Darauf ich: «Also nichts.» Pointe: Sein Ministerium sitzt in der alten medizinischen Akademie, in der Benn studiert hat.

Meine sogenannte Ansprache (auch wenn man mir Gegenteiliges klatscht) war schlecht, ich war und bin innerlich nicht schwebend-frei (was Voraussetzung meiner frei gesprochenen kleinen Interventionen ist), New York hängt in meiner Seele ... ich kann das nicht wegwischen, und die Pointen knallen nicht, weil ich den großen Knall höre. Gut, daß ich nexte Woche in Hamburg nicht sprechen muß, sondern LESE.

Auch war ich unhöflich und saß und saß an meinem Tisch, statt, wie sich's gehört, zwischen den Gängen, zumindest «nach Tisch», mich mal an einen der anderen Tische zu setzen, wo immerhin Volker Braun oder Peter Schneider oder Delius oder, oder saßen, schließlich gekommen, mir die Ehre zu erweisen.

Ich klemmte mich – auch das typisch für meinen «Seelenzustand»? – lieber zwischen die alten Freunde, rechts neben mir Ruth'chen (gegenüber der geradezu verstörend seinem Großvater, dem «Papa» ähnelnde Sohn) und links Gerd Schneider. Der hatte mir ein nun wiederum verstörendes kleines Portfolio mitgebracht mit alten Fotos, die ich alle nicht kenne und nicht habe; dazu bemerkte er: «Nein, die kannst du nicht kennen – die hat Dieter Dahnke gemacht.» Das war ein spießiger Kommilitone, dem ich eine Art «Nachhilfeunterricht» (in was eigentlich? In Benehmen?) gegeben hatte, der Professor wurde und nach der Wende als IM denunziert wurde; und zwar in der ZEIT. Pointe: Ich KANNTE eben doch EIN Foto – es war in meiner STASI-Akte, und seit Jahren wunderte ich mich, wie dieses Foto, ein Originalabzug, keine Kopie, in diese Akte gekommen sein kann, woher die eine echte Fotografie von mir hatten, die ich nie besaß und nie gesehen hatte. War das in der ZEIT also doch keine Denunziation? Mir fiel ein, daß dieser Dahnke damals Gerhard Schneider ängstlich gefragt hatte, ob ICH dahinterstecke (was der, richtig, emphatisch leugnete, da ich auf derlei auch gar keinen Einfluß hätte). Irgendwas stimmt da nicht. Wie angenehm, daß es nur noch historisch interessant ist.

Heute brachte (als «Voraus» für mein morgiges Diner) ein Bote DREI wahrlich «phantastische» Kaltnadel-Portraits von Wunderlich. Was für ein bezauberndes Siegel unserer jahrzehntelangen Freundschaft. War sie vielleicht das Beste von allem?

25. SEPTEMBER

Vergangenen Sonntag also mein «kleines, aber feines» Privat-Abendessen für den «harten Kern»: Grass, Wunderlich, Joachim Kaiser (dessen «Laudatio» auf mich von allen gepriesen wurde, während mir *unisoni* die Gäste in Berlin sagten, übrigens unter Berufung auf einen entsprechend wörtlichen Ranicki-Satz: «Wenn du solche Freunde hast, brauchst du dich um Feinde nicht mehr zu bemühen!»), Antje Landshoff brachte mir als Gastgeschenk einen Steinpilz mit, Kerstens und, natürlich, Gerd.

Es war einerseits ein schöner Abend, alles fein geschmückt mit Blumen und Kerzen und dem feinsten Porzellan und, und, und, tatsächlich genossen auch alle alles, merkten sogar, daß es ein besonderer Bordeaux war – – – – – – und dennoch war es auch wieder, nun sagen wir: sonderbar.

Wunderlichs Zauber-Portraits FJR wurden doch eher «mit Staunen» angesehen, nur der neuerdings seine Umgebung mit einem Schutzwall aus Lob einmauernde Grass hielt eine kleine Bewunderungsrede auf Wunderlich. Der wiederum saß fast den ganzen Abend stumm bei Tisch, hörte sich unser Altmänner-Gebrabbel «Weißt du noch, wie's damals war?» an, mischte sich nur auf direktes Befragen à la «Wo waren SIE eigentlich in Gefangenschaft?» ein, schaute stumm auf das Grass-FJR-Portrait, mit dem ich die Menukarte geschmückt hatte – – – – und beobachtete doch ALLES ganz genau; wie sich nexten Morgen am «Vielen Dank»-Telefon herausstellte: Er hatte jeden Satz von Kaiser im Gedächtnis und auch, daß der eigentlich nur von sich sprach, sich gerne und reichlich Lob spendete; hatte genau Grass' Empörung im Ohr, daß Kaiser – was er gerne und wiederholt berichtete – mit seiner Kolumne in der BUNTEN DM 2 MILLIONEN verdient hat; hatte genau die abstruse Pilz-Gabe Antjes beobachtet wie die «Ich fühle mich vernachlässigt»-Klagen der schönen Kersten-Frau Jacqueline (da er, einer der besten und gefragtesten Anwälte der Stadt UND ein hochgebildeter Schöngeist, der jeden Abend bis in die Nacht hinein liest, wohl kaum viel Zeit für die ihm neue Ehe-Situation aufbringen wird).

So war eigentlich Wunderlichs Kommentar-Beschreibung des Abends fast das Beste dran. Er ist nun ein sozialer Voyeur – er WAR mal, damit tue ich ihm, der gerne Triolen lebte und zeichnete, wohl nicht unrecht, ein erotischer Voyeur.

4. OKTOBER

«Abschlußrezension» (wie Bilanzabschluß) Geburtstag: Zum einen war's etwas komisch, wie ganz ungeniert hier bei Tisch in meiner Gegenwart erörtert wurde, welches denn nun mein «bestes Buch» sei (was ja immer besagt, alle anderen taugen eigentlich nichts). Das täte man doch bei Grass, mit Grass auch nicht? Grass würfelte dann für die Marx-Biographie, Kaiser, glaub ich, für die Heine-Biographie, Paul sagte gar nichts, und Kersten euphorisierte über die Tucholsky-Biographie. Im ganzen: taktlos.

Nun also am Freitag die Abschluß-«Veranstaltung» im Hamburger Literaturhaus, deren Höhepunkt wohl doch die Laudatio von Grass auf mich war (gewiß seinetwegen und nicht meinetwegen auch so überfüllt); er tat das mit großem Charme und viel Witz, weil er die «Lesung aus den Raddatz-Texten» integrierte, also keine Laudatio apart und DANN die Texte sprach, sondern immer zu irgendeiner Charakterisierung meiner Person – kühn oder politisch oder analytisch oder, oder – «Belege» aus meinen Texten vorlas; die sich, von ihm vorgetragen, übrigens recht gut anhörten (und zu meiner eigenen Überraschung – man liest ja die eigenen Bücher nie mehr), auch in der Interpretation meist scharf und richtig.

Mein Aperçu dann insofern eigenartig, weil ich ja aus den unveröffentlichten Tagebüchern las und dabei hinwiederum jene Scene, wie ich am selben Orte schon einmal aus ihnen gelesen hatte und wie dumm-ungebildet der SPIEGEL etwa darauf reagiert hatte. Also allerlei Schleifen und Kurven und Pirouetten – – – – die aber insgesamt sehr gut ankamen, der Ruf «Mehr davon!» und «Wann wird das gedruckt?» unüberhörbar.

Auch noch den ganzen weiteren Abend oben beim von der ZEIT elegant und üppig ausgestatteten Buffet. Mein Verleger der Memoiren wird's nicht leicht haben (schrieb mir, umgehend, das Material müsse IN dem Buch erhalten bleiben); aber vor allem ICH werde es nicht leicht haben, die rechte Form muß ja gefunden werden zwischen Erzählung, Bericht, Erinnerung und eben authentischem Zitat.

7. Oktober

Krieg. Nie hätte ich gedacht/geträumt, auch nur befürchtet, daß es in meinem Leben noch einmal zu einem regelrechten Krieg – ja, hoffentlich nicht, WELTkrieg – – – kommen würde. Schockiert und verängstigt will ich hier aber nicht das Zeitungspalaver JANEINJA wiederholen, den «Zwang» der Amerikaner zurückzuschlagen und den religiösen Irrsinn der Mörder von New York, wobei ja der religiöse Irrsinn auch mitten in Europa, nämlich in Irland, rast; Religion, von der Marx irrtümlich annahm, sie verschwände, scheint das Schlimmste zu sein – von den Kreuzzügen bis zur blutigen Raub-Eroberung Lateinamerikas; unvergessen mein Besuch in Kuba (oder war's Kolumbien) im Haus, heute Museum des höchsten katholischen Würdenträgers der «Kolonie», das zugleich war: Wohnhaus, Amtssitz, Folterkeller der Inquisition und Goldschmelze – alles unter einem Dach.

Bizarr, wie die Linien unserer Freundschaft seit eh und je: genau DIESEN Abend also Abendessen bei Paul Wunderlich, der besonders schöne, unglaublich harmonische, gelungene Möbel zeigte, tatsächlich in der Qualität von Roentgen oder Leleu.

Das Gespräch – auch von mir dorthin dirigiert, damit wir nicht NUR über die Querelen mit seinem Schwiegersohn reden – interessant: Wieso sind die Banalitäten des neuen, eben erschienenen Tagebuchs von Kempowski – ALKOR – nur banal, damit langweilig-unbeträchtlich – – – und wieso sind gleichsam DIESELBEN Banalitäten des Tagebuchs von Thomas Mann es nicht? «Kakao getrunken, Rossini gehört», so etwa: Und bei Kempi klingt's alles spießig-bieder-rechnerisch, auch stets ein wenig beleidigt («Wieso schickt mich das Goethe-Institut nicht nach …?»), er hat keine Distanz zu sich selber, deshalb wirkt es so «platsch»-ernst. Bei Thomas Mann amüsiert mich sogar «Pudel geschoren». Es gibt ja die Anekdote, der zufolge es zu dessen Zeiten einen Epiphyten gab, und Thomas Mann, befragt, was er von dem Nachschreiber halte, soll geantwortet haben: «Er schreibt wie ich – nur meint er's ernst.» Ob's das ist? Oder gilt das simple Gesetz «quod licet jovi, non licet bovi»?

Wie etwa in der Tagesdebatte, da ein Fernsehansager US-Präsiden Bush quasi mit dem Mörderbanditen Bin Laden verglich – – – und sich dabei auf eine der bekanntesten indischen Schriftstellerinnen berief, die den einen des anderen «Spiegel» genannt hatte (oder so ähnlich). DIE darf das – der Fernsehfuzzi darf's nicht.

Noch 7. Oktober

Nachtrag zu nachdenklichem, bewegendem Henze-Opern-Abend (wegen scheußlich schmerzendem Rücken leider in der Pause gegangen): «We come to the river», eine Kriegs-, respektive Anti-Kriegsoper. Hochdifferenzierter, mich erfreuender, fast militanter Text im Programmheft von Henze (vermutlich Jahre zurückliegend), der die «Angriffsmöglichkeit» der Kunst erläutert/verteidigt, der erklärt, wie er das musikalische Material der Anti-Kriegsidee zuordnet. Bleibt ein Aber, jedenfalls eine Frage: Funktioniert das?

Gibt es antimilitaristische (antisemitische, kommunistische) Musik? Erinnere mich an den DDR-Witz über die marxistische Blinddarm-Operation.

Ist Musik nicht Form per se? Kann eine Idee/Ideen nur begleiten, eventuell interpretieren – aber nicht sein? Mir scheint, sie braucht jeweils das «Halteseil» von Sprache und Inscenierung – – – und genau daran scheitert es: Denn was bleibt, ist eben Oper; mal «gut gemeint», mal, meinetwegen, karikaturistisch, mal höhnisch-frivol, kennt man alles von Mozart bis …, aber in dem Moment, in dem ver-opert wird, in dem ein Regisseur irgendeine Lichtmaschine einsetzt, irgendeinen Sänger dahinsinken, sich umdrehen, eine Marschkolonne sich bewegen läßt: ist es eben SPIEL. Die Gewißheit, wenn die Schminke abgewaschen ist, erhebt sich die Leiche und raucht eine in der Garderobe, nimmt der Sache das Bohrende. Nicht aufzulösendes ästhetisch-moralisch-politisches Urproblem. ICH kann's nicht lösen.

Arabella Sheraton Grand Hotel,
Frankfurt, den 14. Oktober

Die (hoffentlich: meine letzte) Buchmesse tanzt nach dem Motto: «Wer war die alte Dame, mit der ich Sie gestern fotografiert habe?» Die alte Dame war Inge Feltrinelli; auch wer ich bin, wußte der Fotograf nicht – Hauptsache knipsen, egal, egal.

So hat der Messe-Virus (der nicht nur die Messe befällt) einen Doppel-Namen: Sekundär und Personalisierung. Will sagen: Niemand mehr hat das Buch gelesen, von dem und über das gerade geplappert wird; in einem TV-Interview wurde der sympathisch-schüchterne Peter Stamm über die Dunkelheit in Lappland, die Swiss-Air und warum er in London lebe, befragt; mit nicht einem Satz nach der Prosa-Struktur seines neuen Buches.

Ich werde vornehmlich befragt, was das J. in meinem Namen bedeute und ob ich ein Dandy sei, und wenn ja, was der Angeklagte dazu zu sagen habe. Vorgestellt – auch bei der Lesereise, über deren klägliche Strapazen ich hier nicht ein abermaliges Mal jeremiaden will – werde ich neuerdings: «Anläßlich Ihres Geburtstags stand ja über Sie zu lesen …» Nie, nicht ein einziges Mal, habe ich in diesen Tagen und Wochen gehört: «Meine Damen und Herren, ich stelle Ihnen FJR vor, dessen jüngstes Buch X ich deswegen mit großem Vergnügen gelesen habe, weil …»

Wie das Negativ eines Portrait-Fotos sieht sich dann an, wie Menschen ihre persönlichen Probleme vor sich hertragen. Der Herr Unseld junior, den ich zwar seit Jahren, aber doch nur flüchtig kenne, bricht am Lachs-Brötchen-Empfangstisch 1 Sekunde nach dem «Guten Abend, Herr Raddatz» in eine 40minütige Tirade gegen den Herrn Unseld senior aus, den Papa, der seine Enkelkinder noch nie je und seine – übrigens aparte – Schwiegertochter nur 3 x im Leben gesehen habe; selbst mein «Das war schon 2 x zuviel» konnte den Sohn nicht stoppen, mir voll Zorn und heftig gestikulierend den Vater schwarzzumalen – der mich aber überhaupt nicht interessiert.

Sowenig mich interessiert, daß der Herr Wagenbach mit seiner Tochter entzweit, den offenbar tüchtigen Schwiegersohn lieber den erfolgreichen Diogenes-Verlag leiten läßt, als dem (weil ja lieb Töchterlein dranhängt) das eigene Haus anzuvertrauen.

Wagenbach als umgekehrter Lear – ganz lustige Vorstellung, in deren Loge ich dennoch nicht sitzen möchte.

So sehne ich mich in/aus diesem Schleiertanz der alten Lemuren an den einsamen Strand von Kampen; bin ich dort, werde ich nervös, fühle mich alt, einsam, abgeschafft und ausgeschaltet.

DIE ZEIT HAUSPOST
BETRIFFT: 31. DEZEMBER 2001

Lieber Herr Naumann,

verzeihen Sie eine – hoffentlich: letzte – Belästigung, wobei ich (der Verliese des Vatikans ungewiß) nicht einmal weiß, ob ich SIE mit derlei behelligen soll; indes wäre es sehr freundlich, wenn Sie's andernfalls an die richtige Instanz im Hause weiterleiten:

Ich scheide also, wie der Vertrag es vorsieht, zum 31. XII. 01 aus der ZEIT aus. Da ich in nächster Zeit viel auf Reisen sein werde, liegt mir – braver Zinnsoldat – daran, daß alles correctissime und pünktlich erledigt wird. Als da ist:

Mein Büro wird bis zum Ende des Jahres geräumt sein.

Die Buchhaltung müßte informiert werden, daß mit dem Ende des Jahres 2001 meine Bezüge nicht mehr bezahlt werden.

Bitte achten Sie darauf (respektive lassen Sie darauf achten), daß mein Name ab dem 1. I. 02 nicht mehr im Impressum gedruckt wird.

DIE ZEIT hat für mich diverse Zeitungen/Zeitschriften abonniert – es müßte wohl rechtzeitig dafür gesorgt werden, daß diese Abos gekündigt werden.

Ich werde mir erlauben, in der Zentrale Adresse/Telefonnummer/Faxnummer usw. meines künftigen Büros zu hinterlegen; es wird nach einem Vierteljahrhundert ZEIT-Zugehörigkeit nicht ausbleiben, daß noch allerlei Post/Anfragen u. ä. für mich eingehen.

Eine Bitte habe ich, und es wäre mir eine große Hilfe und Erleichterung, wenn Sie/der Verlag dieser Bitte stattgeben könnten: daß ich weiterhin Zugang zum ZEIT-Archiv habe, mich also bei Bedarf an das ZEIT-Archiv wenden kann. Ich werde demnächst mit der Arbeit an meinen Lebenserinnerungen beginnen, und durchaus ist denkbar (siehe unter «Vierteljahrhundert»), daß ich Daten, Zusammenhänge, Artikel gar etc., verifizieren muß. Selbstverständlich akzeptiere ich, wenn die ZEIT das für eine Zumutung hält.

Wenn Ihr strapazierter Terminkalender es erlaubt: Es wäre mir eine Freude, Sie nähmen eine Einladung zu einem Abschieds-Glas an; vielleicht in der ersten Dezemberwoche?

Herzlich grüßt Sie
Ihr

NIZZA, DEN 25. OKTOBER

Possierliche Absonderlichkeit: Mme. Friede Springer hat (zum Entsetzen der dort Tätigen) ihre Teilnahme an der Verleihung des «Welt-der-Literatur»-Preises abgesagt: wegen der Laudatio Raddatz. Man hat «im Hause» ein Dossier meiner Anti-Springer-Interventionen, die letzte angeblich 1980, zusammengestellt und in der «Ober-Etage» verteilt. Nun wackeln diese Etagen; und ich sage, aus Daffke, nicht ab.

Die sensiblen Tycoone. Machtvolle Firmen sind inzwischen empfindlicher als junge Lyriker: Peter Wapnewski wird zu einem ZEIT-Empfang nicht geladen, weil er zuvor das Blatt als langweilig charakterisiert und abbestellt hat. Peter Sloterdijk, der fürs ZDF eine Art «philosophisches Quartett» moderieren soll und dazu/darüber Interviews gab (also die von ihm geplanten Inhalte skizzierte), wird gemahnt: Nur der Sender (wer ist das?) dürfe öffentlich über seine Sendungen perorieren; also nicht etwa der, der sie macht.

Wie angenehm, alt und (relativ) unabhängig zu sein. Selbst würde mir das ansehnliche Laudatoren-Honorar – immerhin fast die Jahresmiete für diese Wohnung hier – entgehen, müßte ich nicht darben. Schade, daß es nicht immer so war …

3. November

Die Überwucherung durchs Secundäre wäre ein schönes schauriges Thema. Wenn man Äußerlichkeiten secundär nennen darf, dann muß festgehalten werden, daß Äußerlichkeiten inzwischen auch die sogenannte literarische Kritik bestimmen. Das Häme-Blätt'chen SPIEGEL kann nicht darauf verzichten, bei einem Vergleich der Tagebücher von Kempowski und Rühmkorf zu erwähnen/beschreiben/karikieren, wie letzterer bei einer Lesung seinen mehrfarbenen Seidenschal gestreichelt habe; für diese Herren mit ihren Wollschals offenbar ein literarisches Kriterium; nicht indes, WAS in den Tagebüchern steht. So durfte auch jemand in der SZ mein Benn-Buch verreißen (was ja erlaubt ist, wenn argumentiert würde), indem den ganzen Eingangsabsatz NUR mein Name rezensiert wird, nicht etwa das Buch (dessen überreizte Sprache dann, o du mein Klippschüler, an einem BENNZITAT sinnfällig gemacht wird – in der Eile, jemanden «fertigzumachen», verwechseln diese kleinen Jieperer Objekt und Subjekt). Aber das, was das J. in meinem Namen besagt: DAS ist interessant, DAS muß kritisiert werden; o heilige Einfalt, die nie die Namen T. S. Eliot oder W. H. Auden je gehört. Und wie ich auf dem Klappentextfoto aussehe: DAS ist wichtig – nicht, was und wie ich bisher gearbeitet habe.

Scenenwechsel. Mein Abschied von der ZEIT beschäftigt mich – bis in wirre Träume hinein – über die Grenze des Erlaubten hinaus. Ich hing dann wohl doch – jenseits der Eitelkeit und des Wissens, daß ich da einen hübschen Schallverstärker in der Hand habe – an der Arbeit. Aber: Nachdem der immer schwer zu greifende, mal hochfreundschaftliche, mal im Lift nur huldvoll nickende Herr Naumann, seines Zeichens Chefredakteur, meinen Brief zum 31. Dezember erhalten hat, vor nunmehr 3 Wochen: nichts. Keine Antwort, kein Anruf: «Lassen Sie uns einen Kaffee trinken.» Schweigen. Vielmehr: Gestern hörte er meine Stimme auf dem Flur vor seinem Zimmer, bat mich herein, Kaffee, Cigaretten, Klatsch (natürlich über Frauen; auch irgendetwas mich absolut nicht Interessierendes aus seiner Familie – ich erzähle ihm doch auch nix von MEINER Familie?), dann ging er ohne 1 Wort zu sagen aus dem Zimmer, in eine Sitzung, in der Tür ein: «Wollen Sie mit reinkommen (in die Sitzung)?» Das war's – – – KEINE SILBE über diesen Brief, der ja sogar mit einer zu beantwortenden Bitte endet. Ach, wie gut, daß ich die Leute nicht brauche, finanziell – quasi – unabhängig und mit eigener Arbeit beschäftigt bin.

Lustiger Klatsch. In einem Gang auf der Messe umarmte mich plötzlich ein dicklicher älterer Herr, graumeliert, und ich wußte nur das obligate «Wie geht's denn?», weil ich nicht wußte, wer war's. Es war, fiel mir hinterher ein, Cohn-Bendit. Der seinerzeit unter MEINEM Namen versteckt in irgendeinem Provinzhotel an dem Buch für rororo-aktuell schrieb; wenn ich anrief, war das so: «Hier Dr. Raddatz vom Rowohlt Verlag – – – – ich möchte bitte Herrn Raddatz sprechen.»

Fiel mir ein, als ich dieser Tage las, Soraya ist in ihrem 400-qm-Luxus-Apartment in Paris gestorben: Sie «versteckte» sich vor vielen Jahren mit ihrem Liebhaber Maximilian Schell im Kampener Hotel Waltershof unter meinem Namen; wenn ich anrief, ging das so: «Hier Dr. Raddatz vom Rowohlt Verlag – kann ich bitte Herrn oder Frau Raddatz sprechen?» Gleichsam als Revanche besuchten mich dann die beiden nach meinem

Autounfall (auf der Rase-Fahrt zu Eckfried im Porsche überschlagen) im Krankenhaus in Oldesloe; und weil sie damals so berühmt wie später die Dame Lady Di, stand das halbe Krankenhaus Kopf, ich bekam die beste Sonderbehandlung, die denkbar.

So holt einen die Vergangenheit ein. Das ist nicht nur ein alberner Spruch. Nächste Woche halte ich die Laudatio für die WELT-Literaturpreisträgerin Pat Barker (gute Autorin) auf dringlichste Bitte der Herausgeberin der WELT DER LITERATUR: «Sie sind unser Traumkandidat.» Es gibt also noch Erfolge im Leben ...

11. NOVEMBER

Thomas Brasch ist tot. Der Freund, der wunderbare Schriftsteller, der Vertraute sogar – mit wohl keinem meiner anderen Künstlerfreunde war ich so «intim», manchmal in sentimentaler Stimmung, manchmal von ihm frivolisiert; und auch er hat wohl kaum einem so viel von sich anvertraut, Intimstes – also sehr Persönliches, aber eben auch Intimes seiner Arbeit (als sei das zu trennen: Eben das war ja das Funkelnd-Erotisch-Geistige an ihm, daß er es NICHT trennen mochte und konnte) – – – und eben daran ist er zugrunde gegangen, weil er seine extrem dünne Haut über diese Welt spannte, und die zerriß mit der; so rabaukig er sich geben mochte und konnte.

Wenige Tage vor seinem Tod – als spräche ich bereits sein Kaddisch – erzählte ich spätnachts meinen Gästen hier nach der Lesung im Warburg-Haus nebenan von ihm; wie die mir 1–2 Tage später sagten, auf eindringliche Weise das zerstörte Portrait eines Freundes zeichnend. Am Samstag derselben Woche war er tot, die Thalbach hatte seine Hand gehalten (wie sie das, metaphorisch, in ihrer beiden Leben getan hatte). Und die Thalbach sagte mir in ausrinnender Stimme am Telefon: «Eine Welt ohne Thomas ist mir nicht vorstellbar», dann hörte ich Thalbachsches «Ikkk komme jleich», und sie antwortete auf meine Frage: «Von wo sprechen Sie denn?» – «Na, aus'm Ateljeh.» Sie filmte. Eben hatte sie geweint, dann ging sie unter die Scheinwerfer und mußte vielleicht mit rollenden Augen sagen: «Wilhelm, ich liebe dich» und einen Schauspieler küssen. *Quelle profession.*

Dieser Tod hat mir ein Loch in die Brust geschossen, seltsame Sentimentalität, aber ich BESTAND in der eher desinteressierten ZEITredaktion darauf, daß man mir Platz – wenig – für einen Nachruf gab. Wozu? Was hat ER davon? Wozu tut man so was? (So, wie ich auf Bitten der Thalbach nach Berlin zur Beerdigung rasen werde, um dort «ein paar Worte am Grab» zu sprechen. Ist das töricht, atavistisch, oder was IST es?)

Am Mittwoch nach München zu zwei Nichtigkeiten und einer Wichtigkeit: Noch mal Lesung aus dem Bennbuch. Abendessen mit Enzensberger, der schon ein schillernder Mensch ist, von federnder Intelligenz und zugleich einem «Laßt mich doch alle los»-Grundzug, der auch was Anämisches hat. Mit derselben «Leben: niederer Wahn»-Haltung, mit der er einen fragt: «Jo, SIE können ja gewiß auch Auto fahren – gar Ski laufen oder Tennis spielen?» (wodurch man also ein mikroskopiertes Wesen ganz da unten wird, schlimmer als ein Mallorca-Urlauber, ein winzig da unten krauchendes Wesen, das der erhabene Hans Magnus Enzensberger knapp erkennen kann – – –), mit derselben Haltung des Erwählten kann er auch durch die Literatur galoppieren. Nachmachen müßte man können dazu den leicht bayerischen Tonfall seines «Joa, die Suusen ...» (womit dann Susan Sontag erledigt ist) oder «Jooaa, der Maachting ... döa ist ja erfolgsdeprimiert» (Martin Walser also) oder die Benn-ähnliche (Dumm sein und Arbeit haben, das ist das Glück-) Herablassung: «Ich freu mich ja so sehr für den Grass, daß er endlich den Preis bekommen hat, nun ist er halt nicht mehr so gnatzig und bitter.» Auf mein gewagtes: «Na, SIE hätten sich doch aber auch über den Nobelpreis gefreut» kommt ein leicht ungnädiges: «Ach, ich kenne ja viele von diesen Akademie-Greisen, wissen Sie» (was ja nun, genau genommen, KEINE Antwort ist). Selbst Tod hält ihn nicht auf, den Einsamkeitszirkel um sich zu schlagen. «Joa, SIE kannten ja gewiß den Brasch …?», oder: «Den Mickel, ja, den kannte ich ja gar nicht» – was aus dem Enzensbergerschen übersetzt heißt, es hat/hätte auch nicht gelohnt, «solche» zu kennen, mehr noch: Da ER sie nicht kannte, gab es sie eigentlich gar nicht; so kann er allen Ernstes sagen: «Es ist ja auch unhöflich, zu sterben.»

Die Öffentlichkeit, die doch kaum einer so gut und so raffiniert bedienen kann wie er, «interessiert mich nicht» (nachdem man soeben von der FAZ bis … alles Mögliche las), aber er berichtet zugleich, daß er Berater «so eines Theaters in Berlin» sei, eine eigentlich recht niedere Stufe, das Renaissance-Theater'chen nämlich, wo «Lili Marleen» so ein großer Erfolg gewesen sei; es war aber ein Marlene-Dietrich-Abend.

Man hat das Gefühl, daß seine Nerven nur im Kopf Platz haben, verankert sind.

Wichtig dann, von bitterem Ernst, mein Nachmittagsbesuch bei Gitta Mund, Jochens Witwe. Seit Monaten könne sie nicht schlafen – das schon mehrfach am Telefon beteuert –, weil sie irgendetwas von meinen Memoiren-Plänen gehört hatte. Natürlich wußte ich, was sie wollte, und begann sogleich das Gespräch, noch bevor der Tee auf dem Tische stand: «Du willst also, daß ich lüge. Ist das dein stets betontes Christentum?» Sie meint aber, ganz tapfer-störrisch, in dieser so hilfreichen, eher katholischen Dialektik: «Verschweigen ist nicht lügen.» Kurzum, sie appelliert, meine Beziehung zu Jochen Mund «minus das» darzustellen, den Vormund, den «Heiligen» zu schildern (den sie wider besseres Wissen aus ihm macht; natürlich auch, weil es schmückt, Witwe eines Heiligen zu sein und nicht Witwe eines Sünders).

Doch ist Spott gar nicht angesagt, vielmehr eine höchst problematische Angelegenheit: Die «Wahrheit» wäre selbst für unsere «Und das ist gut so»-Zeit noch schockierend, immerhin war ich minderjährig, als er mich verführte, und der Mann, ein Pastor, mein Vormund. Die Wahrheit indes wäre für diese Frau, die Jahrzehnte, wissend, was um sie herum geschah, litt und schwieg und die Unterhosen wusch – – – eine Art Todesstoß. Sie hat's eigentlich nicht verdient, erzählte – wir haben ja das 1. Mal seit 55 Jahren offen miteinander gesprochen – eindringlich und schauerlich von IHREM gestohlenen Leben, dem Leben einer damals 25jährigen Frau, die Familie, Kinder, einen treuen Mann erhofft hatte und die mißbraucht wurde, indem sie eben NICHT mißbraucht wurde, die dreimal in ihrem Leben Sex hatte; unvorstellbar.

Fast nicht lösbares Problem für mich und mein Buch: Sage (i. e. schreibe) ich nicht die Wahrheit, amputiere ich mein eigenes Leben um das vielleicht entscheidende Erleben, zumindest meiner jungen Jahre. Amputiere ich nicht, komme ich mir fast wie ein Mörder vor an einer Frau, der so grausliches Unrecht geschah (nicht durch mich zwar).

Denke mir im Augenblick eine «katholische» Lösung: Andeutung, aber nicht ausmalen. Hm.

Suchte Trost im schön restaurierten Schloß Schleißheim – doch dieser mir ja stets leicht verdächtige Ballsaal-Barock kann alles mögliche, trösten kann er nicht; dazu braucht es eine stille Kunst, nicht ausgemalte Treppenhäuser, auch nicht die lebenslustige, wenn nicht lebenshungrige Prallheit der Rubens und/oder Caravaggio.

Nächsten Tag, also vorgestern, nach Berlin zum seltsamen Springer-Fest, wo man sich vor mir mehr graulte, als ich gewußt hatte, gar hinterher (etwa vom immer als Kork auf allen Wellen schwimmenden George Weidenfeld; nun nicht mehr auf dem Getty-Ticket, aber auf dem des Springer-Konzerns) erfuhr. War lustig.

Denn in die Reihen der verschlossenen Gesichter von allen möglichen Chefredakteuren, Vorstandsvorsitzenden, Aufsichtsratsvorsitzenden usw. hinein begann ich mit dem Anbieten eines «amuse-gueule»: So tuend, als wisse ich nicht von den Querelen, eröffnete ich meine Laudatio damit, daß ich es «ja auch eine gewisse Pikanterie» nannte, daß ausgerechnet ich, der Jahre, wenn nicht Jahrzehnte, Gegner des Springer-Verlags gewesen sei, nun hier, ausgerechnet, stünde. Dazu könne ich den Versammelten diese Geschichte erzählen: Auf dem Höhepunkt meiner Anti-Springer-Aktionen wie -Publizistik lud mich Axel Cäsar Springer in sein Haus nach Kampen ein – «wo ich von dem seinen unweit, einem Knecht Matti gemäß, eine Hütte besitze». Ich sprach eine volle Stunde – «damals war ich jung, noch der Emphase fähig» – auf ihn ein; als ich endete, applaudierte er und sagte: «Sie haben den Marquis Posa gut gegeben. Was kann ich tun, um Sie an mein Haus zu binden – Leute wie Sie brauche ich dringend und unbedingt in meiner unmittelbaren Umgebung.» – «Sie sehen, meine Damen und Herren», schloß ich, «der Mann ist nicht nur intelligent, sondern auch voller Weitsicht. Hier stehe ich also ...»

Applaus bei offener Bühne nennt man wohl, was da kam (alles eben VOR meiner eigentlichen Rede), Weidenfeld erzählte mir hinterher – er saß zwischen und vor und hinter all den hohen Chefs –, es sei eine Art Vorhang vor den Gesichtern weggezogen worden. Wobei ich nur die Marquis-Posa-Sache erfunden habe, alles andere, und das Gespräch ging ja lange weiter, ist die reine Wahrheit. Kurzum: Nachdem meine übrige freie Rede auf Pat Barker wohl auch ganz ordentlich war (jedenfalls kamen zig Leute und sagten, es sei nicht nur «klasse» usw. gewesen, wie man das eben heute so sagt; noch mehr kamen, um zu sagen, sie könnten es nicht glauben und nicht fassen, daß ich derlei «frei» und ganz ohne Manuskript spräche): Danach also kamen all jene Chefs und beglückwünschten mich, bedankten sich gar, daß ich ihrer Einladung gefolgt sei: «Darf ich Ihnen ein Glas Wein bringen?», und der Chefredakteur der WELT: «Ich rufe Sie noch Montag an, ich möchte mit Ihnen sprechen.»

Ich weiß, WAS er mit mir sprechen will. Aber will ICH? Würde ich, auch aus «Rache» wegen des schnöde-unbeachtlichen ZEITabschieds, nun «zu Springer» gehen??? Puhh –.

17. NOVEMBER

Groteske Miszelle: Eine Bedienerin bei meinem Schneider erzählt mir, sie habe in Dublin eine Bacon-Ausstellung gesehen, offenbar eine Art «Inscenierung», wie derlei heute genannt wird, die das Atelier nachbaut. Im Mittelpunkt auf einem Tisch lag was? Mein Marx-Buch (englische Ausgabe) mit meiner Widmung für Bacon; das hatte ich ihm seinerzeit bei unserem Gespräch/für unser Gespräch mitgebracht. Immerhin hat er's nicht weggeworfen …

18. NOVEMBER

Fortsetzungsroman «Verkommenheit des Kulturbetriebs».

1 besonders unappetitliches Beispiel: Ulla Hahn, eine anständige Person, vielleicht keine SEHR bedeutende Autorin, veröffentlicht einen Roman (nicht gelesen). Sie wird angerufen vom Chef des LITERARISCHEN QUARTETTs, er gratuliert mit den Worten: «Dafür müssen Sie den Büchner-Preis bekommen», lädt sie und ihren Mann Klaus von Dohnanyi zu sich zum Abendessen. 1 Woche später: ein rasender Verriß in eben diesem Literarischen Quartett.

Sein Satrap, der Herr Karasek, hatte ihr, ebenfalls vor der Sendung, beim Spazierengehen mit den Worten gratuliert: «Ein Lesevergnügen.» 2 Tage später in irgendeiner Klatschzeitung ein lobender Hinweis auf den Roman. Dann in der Quartett-Sendung: rasender Verriß. (Das in der Klatschzeitung sei doch nur ein «Hinweis» gewesen, da habe er das Buch ja noch gar nicht gelesen; man weist also lobend auf Bücher hin, die man nicht kennt.)

Dazu – Autoren haben ja meist ein gutes Gedächtnis – die Hahn heute morgen zu mir: «Wissen Sie noch, als ich damals diesen Band über Hermlin machte, ich war noch bei Radio Bremen, und wir hatten über das Buch gesprochen; und da riefen Sie mich an und sagten: ‹Ich finde doch alles mögliche recht mißglückt in dem Buch – wundern Sie sich nicht, wenn Sie das am Donnerstag in der ZEIT lesen.›»

24. November

«So oder so ist das Leben», singt die begnadete Sopranistin Hildegard Knef: Gestern morgen früh mit ICE «Therese Giehse» zur Beerdigung von Thomas Brasch; schon dies in sich eine *Pointe*, da die Giehse eine der besten Brecht-Schauspielerinnen war, er den armen Bertolt Brecht vergötterte, wenn nicht gelegentlich («die Weigel» – «die Thalbach») nachahmte – – – die Giehse andererseits als lesbische Freundin der Thomas-Mann-Tochter Erika die einzige «Grenzgängerin» war, die zwischen den verfeindeten Lagern Mann–Brecht verkehren durfte: also eine sehr besondere Marketenderin Courage.

Ein eisig-klarer Wintertag, der Schauspieler-Wunsch der Thalbach: «Hoffentlich kommen viele Leute» ging in Erfüllung, wenngleich die REGISSEURIN Thalbach ziemlich versagt hatte: ein mickriges Pappkarton-Foto von Brasch (auch noch eines, auf dem er kaum zu erkennen war) an der «Kanzel», von der/vor der/hinter der ich sprach, die Lautsprecheranlage funktionierte nicht, es blieb ungeordnet und unübersichtlich, WER nun die Quasi-Witwe ist, da Brasch ja keine seiner Damen je geheiratet hatte, auf diese Weise einerseits die Thalbach, weil bekannt per se, im Mittelpunkt stand, andererseits die Kindesmutter, mit der er vor 11 Jahren die letzte Tochter hergestellt hatte, die neben ihr saß, stand.

Die Versammlung – von Unseld über Peymann, Otto Sander oder Luc Bondy – so beeindruckend wie bedrückend. Letzteres, weil niemand aus dem sogenannten literarischen Leben da war, kein Senator, keine Kulturbeauftragte, auch kein 2.-Glied-Nevermann, niemand von den Feuilletons (Gerd sagte, ich fürchte, er hat sogar recht: «Aber Thomas Brasch ist doch ein vergessener Autor») – dafür aber viele Theater-Leute (ist es, weil die Rampenlicht lieben – und auch eine «Derniere» ist in gewisser Weise «Rampenlicht»??). Zugleich für meinen Geschmack – manchmal schien mir, ich war der einzig «Ergriffene», um ein Haar hätte ich nicht weitersprechen können – zu viele Sottisen und Eifersüchteleien, wobei mir noch der Berlin-schnoddrige Otto Sander am besten gefiel: Als ich auf dem Friedhof noch Freund Erich Arendts Grab besuchte und seltsamerweise das von Eisler nicht fand, schlenderte auch Sander herum und sagte auf meine Frage: «Welches Grab suchen Sie?» – «Das von Heiner Müller?», um im selben Augenblick zu sagen: «Ha, da ist es, ich habe es gefunden, das muß es sein» – – – und deutet auf einen Kitschtempel mit falschen griechischen Säulen.

Nicht so gut gefiel mir etwa der Herr Unseld, der auf mein höfliches – ich dachte, dies ist nicht der Moment und der Ort, die Klingen zu kreuzen, wollte also «nett» sein – «Da haben Sie einen Ihrer wichtigen Autoren verloren» kühl antwortete: «Ich habe sooo viele wichtige Autoren.» Widerlich. So war wohl auch sein Na-ja-Kompliment: «Großartig, IHRE Rede – wie Sie das machen, einfach frei zu sprechen» eher un-gemeint; denn als er beim sogenannten «Leichen-Schmaus» leider neben mir saß, erzählte er, daß er ja große Sorge gehabt habe, daß ER sprechen müsse: aus dem Unseldschen übersetzt: «Wieso SIE – wieso nicht ICH?»

Literaten sind noch am Grab/über das Grab hinaus neidig. Mußte an Hans Mayers Wut denken, weil nicht ER bei Blochs

Beerdigung zu sprechen gebeten war (sondern der daraufhin Jahre hindurch geschnittene Jens); kam mir wohl in den Sinn, weil Brasch nun direkt neben Hans Mayer liegt. Otto Sander: «Keine schlechte Lage, neben Hans Mayer zu liegen.» Auf mein «Es schmückt wohl Mayer eher, neben Thomas Brasch zu liegen» kam ein bühnen-gewohntes «touché». Spielerei, Eifersüchtelei – aber da ist doch einer tot?

Wie wenig das interessiert und wie sehr sentimental ich offenbar bin, ich, den es die ganze «Ganymed»-Party hindurch im Halse würgte, zeigte der späte Abend.

Anruf Hochhuth. Nachdem ich mich gemeldet hatte, sagte er: «Was ist mit dir, du hast ja Berge von Asche auf deiner Stimme.» Ich: «Ich komme eben von der Beerdigung von Thomas Brasch.» «Ach ja, ist der tot, du kanntest ihn wohl gut. Was, du hast am Grab gesprochen? Du mußt auch an MEINEM Grab sprechen, übrigens …» Und dann ging das Hochhuthsche Holterdiepolter los … ein Gedicht, und der SPIEGEL habe es abgelehnt zu drucken, dann, versprochen, es als Leserbrief, und dann auch dort nicht zu drucken, und nun müsse er SOFORT, am besten heut' nacht noch, Augstein anrufen, und ich müsse ihm die Nummer geben, und er würde eine Erzählung schreiben «DER SPIEGEL und …»: Die Intervention der «Euler», die sich den Hörer griff, um mir zu sagen, wie widerlich sie seine «Ranmacherei» fände – was sie natürlich IHM sagen wollte, der daneben saß, indem sie es MIR sagte – – – – brachte ihn kein bißchen in Verlegenheit, auch mein «Ein Gedicht ist doch vor allem FORM, kein Leitartikel» warf ihn nicht aus der Bahn seines: «Aber im SPIEGEL hat man 2 Millionen Leser», und mein wiederholtes «Glaubst du, daß das für Mallarmé, Rilke, Benn ein Argument gewesen wäre?» brachte ihn auch nicht aus der Fassung. Sich den Mächtigen zu verweigern hält er nur für dumm, weswegen er keine Sekunde zögert, einen Kritiker, der ihn gestern unflätigst verrissen hat, morgen anzurufen und ihm einen

Text anzudienen. – Wenn ich ihm dann, quasi als Gegenargument, erzähle, daß ich den Herrn Augstein nicht in mein Haus lasse, daß ich mit KEINEM dieser SPIEGEL-Bubis verkehre, daß ich keine unterwürfigen Briefe an die ZEIT schreibe, daß ich den Herren der Springer-Oberetage mit meiner Springer-Anekdote neulich eine Ohrfeige gegeben habe … und daß ich seltsamerweise AUCH und dennoch noch lebe, sagt der Kämpfer Hochhuth zwar etwas kleinlaut: «Du hast recht» – es klingt aber wie ein: «Laß mich in Ruhe, ich mache es, wie ICH will.» Womit der nun hinwiederum recht hat.

Brasch-PS

Auch in seinen Texten, künstlerisch unerbittlich, dennoch «bittlich», nistet das Neu-Testamentliche:

Wir warten aber auf einen neuen Himmel
und eine neue Erde
nach seiner Verheißung,
in denen Gerechtigkeit wohnt
(Offenbarung des Johannes)

Wahrlich kein sehr neuer Gedanke, aber immer wieder «denkt» man ihn denn, verblüffend/verstörend, wieviel Biblisches im Impetus der Schriftsteller genannten Prediger nistet.

Wenn der HERR die Gefangenen Zions erlösen wird,
so werden wir sein wie die Träumenden.
Dann wird unser Mund voll Lachens
und unsre Zunge voll Rühmens sein.
Dann wird man sagen unter den Heiden:
Der HERR hat Großes an ihnen getan!
(Psalm 126, 1–2)

So SEHR weit weg von Marx ist das NICHT, setzt man für «Herr» jemand anderen ein: Dann haben wir hier die Vision vom befreiten Menschen (für welches Wort man wiederum nur «Proletariat» einsetzen muß), und dann haben/hören wir sie alle: Nietzsche, Bloch und den armen Bertolt Brecht.

Thomas Brasch war Haut. In der Haut, so sagt man, nistet die Seele des Menschen. Er hat seine Haut über diese Welt gespannt, und die Welt zerbarst. Und seine Haut zerriß. Was war das Besondere an diesem Mann? Er wirkte ja ungebärdig, und dabei war es eine zärtliche Ungebärdigkeit. Er wußte als hochentwickelter Künstler, daß Kunst das Gehärtete sein muß. Unter dem Gehärteten, unter dem Unerbittlichen des Kunstgesetzes lag aber seine Bittlichkeit. Immer, wenn Sie genau lesen, ob in Stücken, in Prosa, vielleicht ganz besonders in der Lyrik, werden Sie finden eine Gebärde des Flehentlichen. Sabre nennt man in Israel die dort Geborenen. Sabre ist die Kakteenfrucht: außen stachlig und innen süß und saftig. Thomas Brasch, nicht dort geboren, war gleichwohl ein Sabre. Er hat uns eine Welt vorgeführt, vor der er die Menschen warnt. Gleichwohl hat er gesagt, sie möge nicht so sein. Das war der Impetus des Werks von Thomas Brasch. Deswegen konnte er Freund sein, deswegen konnte er die Menschen streicheln, übrigens nicht nur mit dem Wort, sondern veritabel streicheln. Eine Umarmung mit Thomas Brasch war immer gleichzeitig die Umarmung mit einem großen Stück Traurigkeit. Diese seltsame Wechselwirkung zwischen Traurigkeit, Trotz und Zärtlichkeit war, was für mich den Menschen Thomas Brasch ausmachte und was sein Werk prägte. Deswegen glaube ich, daß es lange wirken wird. Zärtlichkeit war gleichzeitig das Ungebärdige, das Nicht-akzeptieren-Wollen eines jeglichen Kodex. Ich habe mir einen Satz aufgeschrieben, mit dem er seine wunderschöne Majakowski-Auswahl im Suhrkamp Verlag vorstellte, wo er sagt, woran liegt es denn, daß wir diese Welt, diese Gesellschaft, gleich welche Gesellschaft, auch die, die Majakowski bauen wollte, nicht ertragen? Das liegt daran, daß wir, gelähmt von den vergangenen stillen Zeiten und dem kommenden endlosen Alptraum, die Arme nicht mehr hochbekommen, das einzig Nötige zu tun, jede staatliche Ordnung mit all ihren Wurzeln aus unserem Leben, unserem Beruf und aus unserem Herzen zu reißen. Dieses ist zugleich die Definition eines Einsamen. Das ist die andere Seite des Thomas Brasch. Er hatte gewiß nicht allzu viele, aber ein paar sehr gute Freunde. Vielleicht ist es unangebracht, wenn ich *einen* Freund nenne, und das ist Kathi Thalbach. Gleichwohl war er und wollte es auch sein, einsam bis ganz zum Schluß. Er verlor sich in dieser Welt. Vielleicht darf man erinnern an den Kleistschen Satz: «Die Wahrheit ist, daß mir auf Erden nicht zu helfen war.» Mit dieser Familie der Literatur, ob Büchner, ob Bertolt Brecht, aber bis hin zum anderen Großen, dem dritten großen B, Gottfried Benn, hat er diesen Zirkelschlag der Einsamkeit auch gebraucht zur Selbstdefinition seines Ich, und damit übrigens, das kann eben nur Kunst leisten, und das hat seine Kunst geleistet, daß wir uns damit auch definieren. Das ist die Leistung der Kunst, uns Augen neu einzusetzen. Dafür danke ich Thomas Brasch. Ich habe ihn geliebt, den Künstler, den Menschen.

Adieu, Thomas Brasch.

(Fritz J. Raddatz, Auszug aus der Grabrede auf dem Dorotheenstädtischen Friedhof)

25. November

Werde ich nicht nur zum alten Nörgler (das/der bin ich bereits), sondern auch zum Literatur-Mäkler? Immer mehr und immer öfter bin ich ergrimmt/enttäuscht/überrascht, wie sorglos vieles von dem geschrieben ist, was man für «klassisch» hält, was «Kanon» ist – und doch zugleich offenbar flüchtig (oder gar gar nicht??) gelesen wurde.

Nun also Döblin. Auch die 2. Lektüre von «November 1918» – der mehrbändige Roman gilt ja als eins seiner Hauptwerke – läßt mich geradezu baff vor den sprachlichen Sorglosigkeiten, um nicht zu sagen geradezu schmerzenden Schlampereien der endlosen «sowohl-wie»-Konstruktionen, der Banalitäten à la «und schon kam ihn ein Gelüste an», des Illustrierten-Stils à la «den Menschen unten stockte der Atem», der Unangebrachtheiten à la «ich muß entweichen, dachte Heidberg» (der FLIEHEN will), der laschen Beschreibungen à la «in seinem wohligen Arbeitszimmer» oder «die ganzen Wände voller Bücher» (was ist ein wohliges Arbeitszimmer, und könnten es auch die halben Wände voller Bücher sein?), der falschen Zeichnungen à la «es zuckte um seine Augen und die Mundwinkel», der veritablen Abstrusitäten à la «der Wagen fuhr schlank weiter», der schlackernden Anschlüsse à la (in 10 Zeilen Abstand) «schnaubte der Chefarzt» – «schnob der Soldat», der flachen Beschreibungskunst à la «ihre hellblonden schlichten Haare» (was um alles in der Welt mögen «schlichte Haare» sein, wenn's schon nicht Haar sein darf?).

Genau genommen: ein Graus. Aber der Graus trägt das Etikett «Meisterwerk», und dieses Etikett haftet wie mit Uhu angeklebt.

Nicht viel besser der HAMLET-Roman, den auch ich stets als das letzte große Buch eines großen Autors zu rühmen pflegte. Dieweil es doch von pappener Dramaturgie ist, das immer und immer wieder – zigmal ZU oft – beschriebene Fett des Krimi-Autors, die alberne Dramaturgie, der zufolge sich Leute am Kamin ENDLOSE Geschichten erzählen, zumeist nicht besser als Karl May, und – am schlimmsten – die VERORDNETE Unheimlichkeit; dauernd und immer wieder wird GESAGT, daß das Haus etwas Unheimliches habe – – – es HAT aber nix Unheimliches, Döblin kann die Unheimlichkeit, die Doppelbödigkeit (von Ehe und Ehebruch usw.) nicht HERSTELLEN, er kann sie nur betonen mit kleinen Flaggen à la «Achtung, Spannung!»

Niemand, der so und derlei heute schriebe, käme damit durch. Und es ist nicht Zeitgebundenheit, sondern pure Sorglosigkeit, wenn nicht schriftstellerisches Unvermögen.

Hübsch wäre eine Kolumne «Überprüft» oder dergleichen, meinetwegen gar: «Mit dem Rasiermesser gelesen»: in/mit der man mal Revue passieren ließe, was alles so in den Zettelkasten «Meisterwerk» plumpst – von Tolstois KREUTZERSONATE bis zu dem unsäglich überschätzten Márai –; das Fazit wäre halt doch recht oft: «gewogen und zu leicht befunden.» Dixi.

26. November

Vielleicht sind's auch nur ein bißchen viel «Schlußstriche» in der letzten Zeit: ZEITende; Marbach-Transport; Grabstein-Kauf; 2 Bücher fertig und die Memoiren als Spiralnebel im Hinterkopf (Memoiren sind ja immer der Schlußstrich); der Museums-Film. UND nun das Standesamt: was ich ja nur des eventuellen Erbes wegen, d. h. des Einsparens der Erbschaftssteuer für Gerd *(if so)*, getätigt habe. Meine Liebe für ihn ist ganz anderswo verwurzelt, braucht keine amtlichen Stempel, ist eingebettet in grenzenloses Vertrauen und in Dankbarkeit für inzwischen so viele gemeinsame Jahre, gemeinsames Erleben: ob in Kampen, Nizza oder auf Mississippi-Kolumbien-New-York-Reisen.

2. Dezember

Interessante Beobachtung zum Sprichwort DER KNARRIGE AST BRICHT – DER BAMBUS BIEGT SICH:

Hochhuth mit seiner mir unsympathischen Wieselei; hat also TATSÄCHLICH nächtens den armen Augstein angerufen, dem Eitlen geschmeichelt mit der Idee, ihm das inkriminierte Gedicht zu widmen, und damit erreicht, daß es ALS LESERBRIEF erscheint. ICH hätte nie den Hörer für ein solches Gespräch abgehoben, und wäre es um einen veritablen Essay gegangen – – – – aber der wäre dann eben auch nicht gedruckt worden. So hat alle Welt Hochhuth mit seiner BERLINER ENSEMBLE-Intrigue verlacht – – – – ABER: Dorten läuft nun, seit Wochen ausverkauft, sein STELLVERTRETER. ICH hätte mit einem Herrn Peymann, zu dem ich (*recte:* Hochhuth) nie über das Vorzimmer hinausgelange, der nie antwortet und ablehnt, auch nur 1 Wort zu oder mit mir (= Hochhuth) zu reden: gebrochen, alles zurückgezogen. Aber ich wäre dann eben nicht «gespielt» worden – – – so, wie ich nun in der ZEIT nicht «gespielt» werde, *ni fleur ni couronne* aus dem Hause schleiche, keine Verabschiedung, kein: «Bitte bleiben Sie», kein Händedruck: schlichtweg GARNIX. In 2 Tagen gehe ich das letzte Mal nach 25 Jahren aus diesem Hause, gleichsam zur Hintertür hinaus, der Bürstenbinder, der nun lange genug an der Klingel lästig war und sich doch bitte sehr zum Dienstbotenausgang schleichen möge.

Wunderbare Illustration dieser Tage in den Zeitungen zum Thema «wann ist etwas Kunst» beziehungsweise «braucht Kunst einen eigenen kulturellen Hintergrund – und auch/vor allem den des Marktes, um als solche erkannt zu werden?»: In einem balkanischen Nest namens Medzilaborce, aus dem wohl die Vorfahren von Andy Warhol stammen, gibt es Ur-Verwandte des Berühmten und ein nicht ganz regendichtes Warhol-Museum, in dem den Betrachtern wohl die Kuh von Warhol am liebsten ist. Einwohner oder Tanten oder der Vetter Maichal Warhola (der ihm SEHR ähnlich sieht) haben keine Ahnung, wer dieser Maler war/ist, sie finden manches lustig, gehen in den von ihm bemalten Schuhen spazieren (1000e von Dollar wert) und machen aus seinen Zeichnungen (vermutlich gar Millionen Dollar wert) Kindertrompeten. WÜSSTEN sie den Wert – nähmen sie's auch als Kunst, DANN wäre es was.

Ein Indio vom Amazonas würde also vermutlich meinen Dix grauslich finden (wie ja bereits Einwohner von der Isar den Botero entsetzlich fanden/finden: Ich mußte ein großes Laken drüberhängen, wenn Frau Pastor Mund zu Besuch kam). Ob nun einen Cranach oder einen Picasso – sind die Augen/ist das Hirn frei vom einbettenden kulturellen Bezug und ist die Seele «rein» vom den Genuß mitbestimmenden Geld-Wert; ist Kunst nicht Kunst, würde ein solcher Betrachter meinen kleinen Goya «nach Velázquez» nur sich schüttelnd als Abbild eines Krüppels sehen. Wäre einen Essay wert.

4. Dezember

ZEIT-Ende. Schmählich. Wortlos. NIEMAND, absolut niemand fand 1 Wort (ich meine damit nicht eine dieser peinlichen «Verabschiedungen» mit Lügenreden und Gavi-Wein), niemand kam heute, gestern, vorgestern in mein Zimmer, niemand sagte: «Wollen wir nicht künftig dennoch ...», niemand – natürlich – schrieb 1 Zeile, dieser seltsame Michael Naumann – der mal befreundet mit mir tut, in MEIN Ohr seinen Hohn über die Mitarbeiter pustet, die er alle verachtet und der ja sowohl einstens mein Verleger war als auch mein Laudator noch vor wenigen Wochen: antwortet schlichtweg 2 Monate lang nicht auf meinen Abschiedsbrief, mit dem ICH noch nobel IHN zu einem Glas Wein einlud. Also schlich ich aus dem Hause (heute war der Umzug der letzten Kartons, des Schreibtisches, des Grass-Bildes «Bölls Schreibmaschine») – – – ich räumte Bücher, Akten, Ordner im neuen Tucholsky-Stiftungs-Büro ein, ging noch einmal in mein leer-geräumtes Büro, um mich von der tapferen Heide Sommer zu verabschieden, blickte auf die leeren Wände, in denen ich nun Jahre offensichtlich DIE ZEIT geschändet, und auf den Platz, an dem der Schreibtisch stand/gestanden HATTE, an dem ich ein volles Vierteljahrhundert – – – – – nun ja: was? NUR Sinnloses verzapft? NUR der ZEIT Schande gemacht? NUR obsolet war?

Die Antwort weiß zwar nicht der Wind, aber ich weiß sie auch nicht.

So schlich ich wie ein Bürstenhändler durch den Dienstbotenausgang hinaus.

Gran Hotel Bahia del Duque Gran Melia –
Tenerife, den 19. Dezember

Schön-grausliche 10 Tage: schön, weil Wind, Sonne, Schwimmen, das alte Lied: auf diesen häßlichen Inseln das mir bekömmlichste Klima, man kann geradezu sehen, wie stündlich Falten in der Haut verschwinden.

Grauslich, weil ZEIT-Ende und ZEIT-Kränkung zu einem wahren Lemuren-Tanz der Träume führen, Nacht für Nacht ich mir die «Schutz-Truppen» meiner ehemaligen Welt vorbeiziehen lasse; mal ganz rasch Heißenbüttel, dann ausführlich, mit dem ich in seinem Auto (aber er fährt realiter gar nicht Auto) zu einem Hesse-Kongreß fahre, den er – «Joa, der Herr Unseld also …» – als lästig empfindet, wo er dann aber plötzlich ein Hesse gewidmetes Gedicht vorträgt. Also Hans Magnus Enzensberger, wie er leibt und lebt. Mal koche ich mit Hildesheimer, mal fahre ich im Porsche mit Grass, mal erklärt mir Bucerius: «Sie wohnen ja im Hause meines Vaters», und seine Leib-Dame Hilde von Lang überreicht mir 1 Scheck: «1 Monatsgehalt pro Jahr = 25 Monatsgehälter»: die Armada der Wünsche, die Scheherezade der Copains. Letzte Nacht eine ganz ausführliche, mit Räumen und Personen haargenau ausstaffierte Sitzung in den Redaktions-Räumen der «Welt» (was ja heißt: Wieso kommt, und sei's der Rache wegen, kein Angebot?) und eine feierlich-traurige Begegnung mit Ruth; was ja wieder in der Traumdeutung heißt: ein emotionaler Notruf.

All dies bedeutet Schatten auf der Seele; was sonderbar klingt, da von Arbeit die Rede ist; und nicht sonderbar, weil Arbeit für mich nie Job war. So bin ich tatsächlich hier ums Telefon herumgeschlichen, fest überzeugt, die Redaktion wird mich um den Nachruf auf Stefan Heym bitten – wer, wenn nicht ich? Ich kenne ihn seit 1950, war Copain wie Streitpartner, mochte seine jüdische List, seine kleinen Verlogenheiten und seinen Anstand der Wahrheit, respektierte sein Werk. Alberner Gedanke, wohl wahr: Er wird sich wundern, daß der Fritz schweigt. Es gehört sich nicht.

Kampen, den 28. Dezember

Das Jahr endet so unentschieden wie das Wetter hier; Matsch, Sonne, Schnee, Regen, Sturm, Dunkel; alles durcheinander. D. h., das Jahr «endet» nicht so, sondern WAR so, mal ging alles ganz gut, der fatale Geburtstag ordentlich überstanden, die beiden Bücher (von denen ich überzeugt bin) gebührend verrissen, d. h. gerühmt in winzigen Provinzblättern und hingemordet in den «führenden» Blättern, die einzig wichtige positive Kritik von Drawert in der NZZ von der Redaktion abgelehnt nach dem ewigen Motto: «Positiv über Raddatz ... unmöglich!», andererseits beide Bücher rasch in 2. Auflage, in den letzten Wochen des Jahres noch Aufnahme in die Akademie der Künste, was wieder im 70. Lebensjahr eher schmählich, wäre *recte* abzulehnen, wenn das hinwiederum nicht ein zu «großer» Akt wäre. Ehrenhaft jedenfalls ist es nach so vielen Jahrzehnten des «Rausgestelltwerdens» nicht, zumal es keineswegs «die Akademie» ist, die das nun etwa dringlich wollte, sondern wieder der Freund Grass war, der's beantragt hat und dem man es wegen des Nobelpreises nicht abschlagen konnte.

So klingt wie eine Jahres-, nein, wie eine Lebensbilanz, wenn ich grad irgendwo den 90. Psalm las: «... wir bringen unsere Jahre hin wie ein Geschwätz. Unser Leben währet siebzig Jahre, und wenn's hoch kommt, so sind's achtzig Jahre, und wenn es köstlich war, ist es Mühe und Arbeit gewesen.»

Editorische Notiz

Die hier vorliegenden Tagebücher folgen wörtlich dem – oft handschriftlichen – Original; sie sind weder neu formuliert noch redigiert noch stilisiert. Sie sind allerdings gekürzt, und das aus zwei Gründen. Zum einen wegen häufiger Wiederholungen, zum anderen – sehr gelegentlich –, um dem Recht auf Persönlichkeitsschutz Genüge zu tun.

Die meisten der im Text erwähnten Artikel, Interviews oder Reportagen des Autors erschienen in der ZEIT respektive dem ZEIT-Magazin. Viele davon – wie auch längere Funk-Essays (zu William Faulkner, Marguerite Yourcenar, Thomas Mann u. a. m.) – fanden später Aufnahme in Sammelbänden. Dasselbe betrifft die Reiseberichte (Mexiko, Kolumbien, USA, Kuba). Die Romane oder Biographien (Karl Marx, Heinrich Heine), auf die der Diarist manchmal hinweist, werden nicht gesondert ausgewiesen.

Die hier vorliegenden 20 Jahrgänge (1982 bis Ende 2001) wurden für die Publikation ausgewählt, weil sie einen besonders markanten Zeitraum im Leben des Diaristen umfassen.

Namen literarischer Figuren (Hamlet, Monsieur Charlus, Effi Briest, Ditte Menschenkind usw.) sowie Namen, die lediglich kurz erwähnt werden, sind im Personenregister nicht aufgeführt.

Personenregister

A

B

C

D

E

F

G

H

I

J

K

L

M

N

O

R

S

T

Y

Z

Der Abdruck des Briefs von Gräfin Marion Dönhoff auf S. 51–52 erfolgte mit freundlicher Genehmigung der Marion Dönhoff Stiftung. Der Abdruck des Briefs von Günther Anders auf S. 172–173 erfolgte mit freundlicher Genehmigung von Gerhard Oberschlick. Der Abdruck des Briefs von Oto Bihalji-Merin auf S. 173–174 erfolgte mit freundlicher Genehmigung der Familie Schoenberner. Der Abdruck der Briefe von Günter Grass auf den Seiten 529–530 und 585–586 erfolgte mit seiner freundlichen Genehmigung. Gedicht von Kurt Drawert auf S. 553 in: Drawert, Kurt. «Privateigentum. Gedichte», Frankfurt 1989. Gedicht von Konstantinos Kavafis auf den Seiten 724–725 in: Kavafis, Konstantinos. «Das Gesamtwerk», Zürich 1997. Der Abdruck des Briefauszugs von Roland Links auf S. 809 erfolgte mit seiner freundlichen Genehmigung.

Das für dieses Buch verwendete FSC®-zertifizierte Papier *Lux Cream* liefert Stora Enso, Finnland.